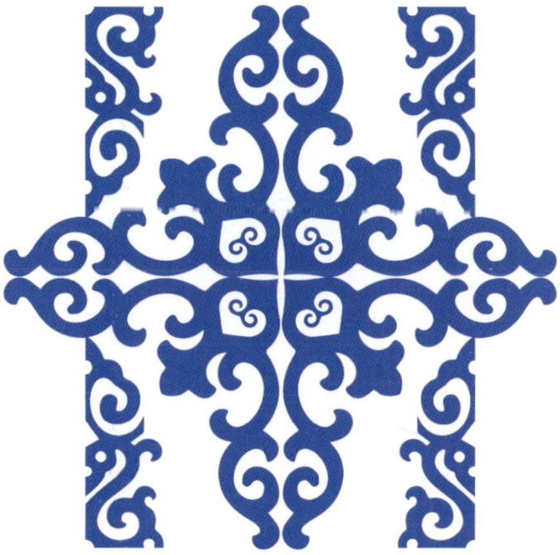

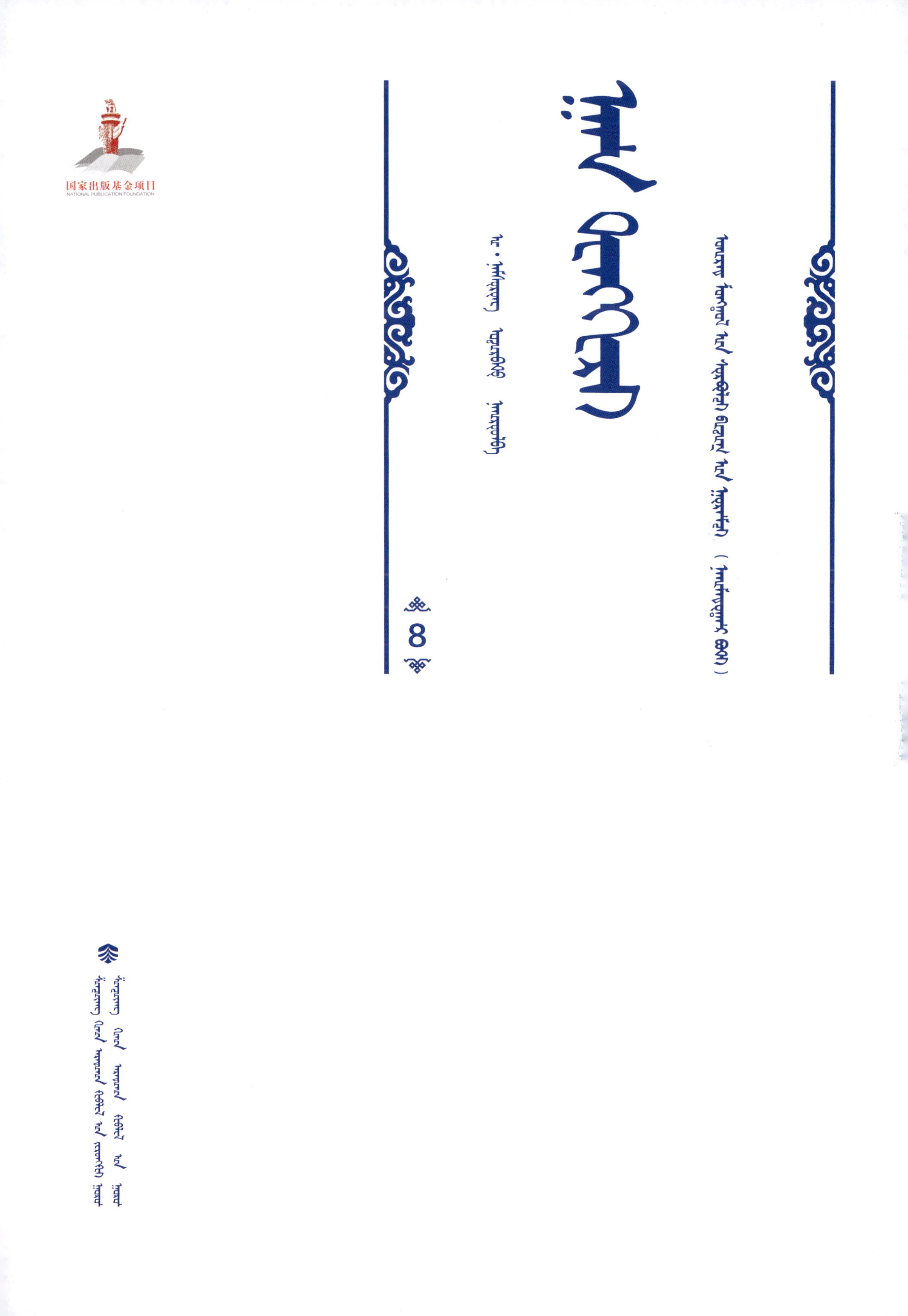

国家出版基金项目
NATIONAL PUBLICATION FOUNDATION

8

图书在版编目（CIP）数据

汗腾格里：卫拉特蒙古文献集成.（8）：蒙古文 / 那木苏荣，敖其尔巴图编．
-- 乌鲁木齐：新疆人民出版社，2020.12

ISBN 978-7-228-20461-8

Ⅰ．①汗… Ⅱ．①那… ②敖… Ⅲ．①蒙古族—少数民族文学—作品综合集—中国—蒙古语（中国少数民族语言）Ⅳ．① I291.2

中国版本图书馆 CIP 数据核字（2020）第 213390 号

选题策划：山巴依尔　吴樱格
责任编辑：吴樱格
责任校对：格丽玛
整体设计：舒　娜
技术编辑：王　娟

HANTENGGELI—WEILATE MENGGU WENXIAN JICHENG
汗腾格里——卫拉特蒙古文献集成
（第八卷）
那木苏荣　敖其尔巴图　编

出 版	新疆人民出版社 新疆人民出版社
地 址	乌鲁木齐市解放南路 348 号
邮 编	830001
发 行	新疆人民出版社
制 版	乌鲁木齐形加意图文设计有限公司
印 刷	北京富诚彩色印刷有限公司
开 本	787 × 1092　1/16
印 张	32.25
字 数	400 千字
版 次	2020 年 12 月第 1 版
印 次	2020 年 12 月第 1 次印刷
印 数	1 — 1000 册
定 价	68.00 元

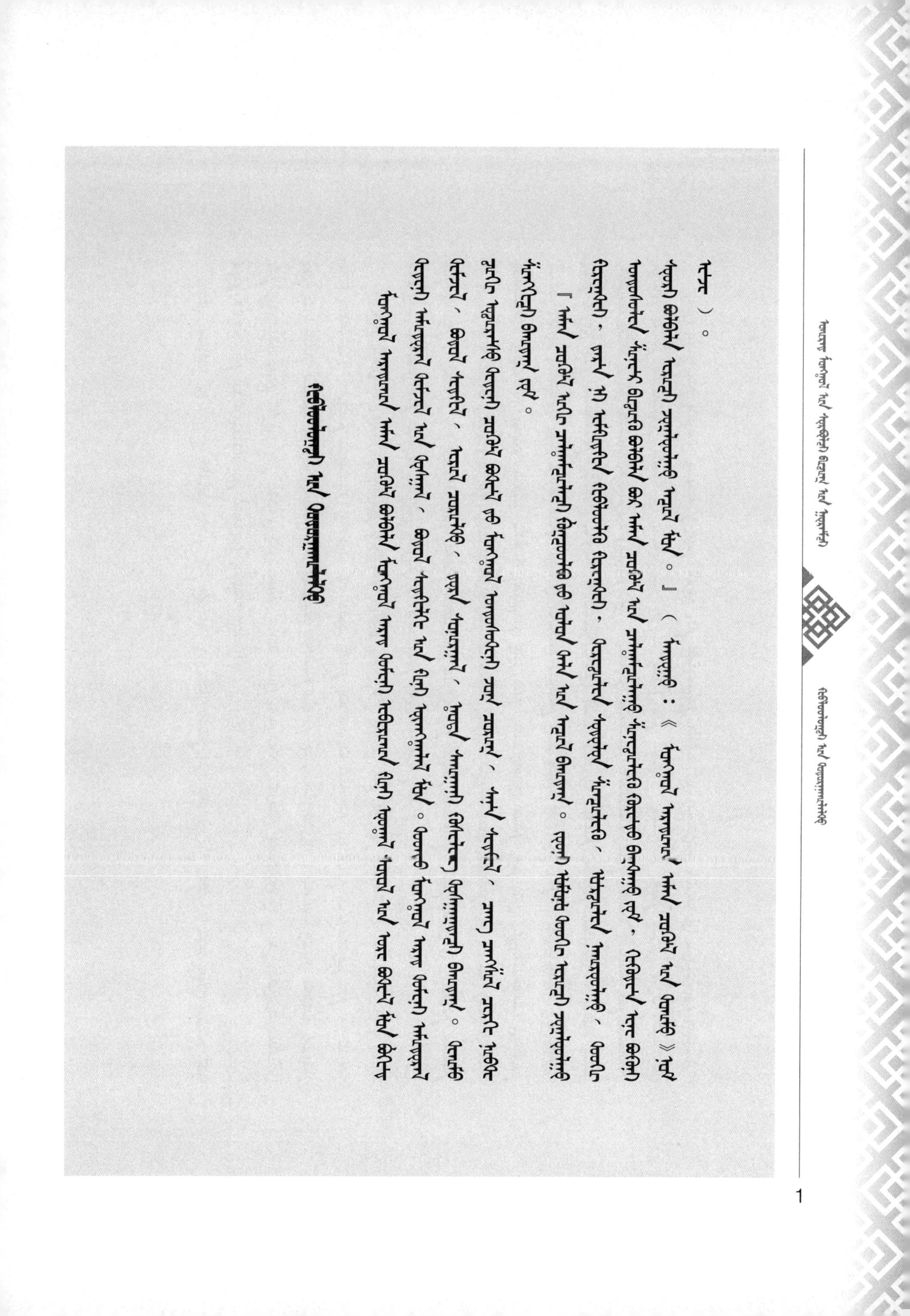

[illegible]

[illegible]

[illegible]

[illegible]

[illegible])。

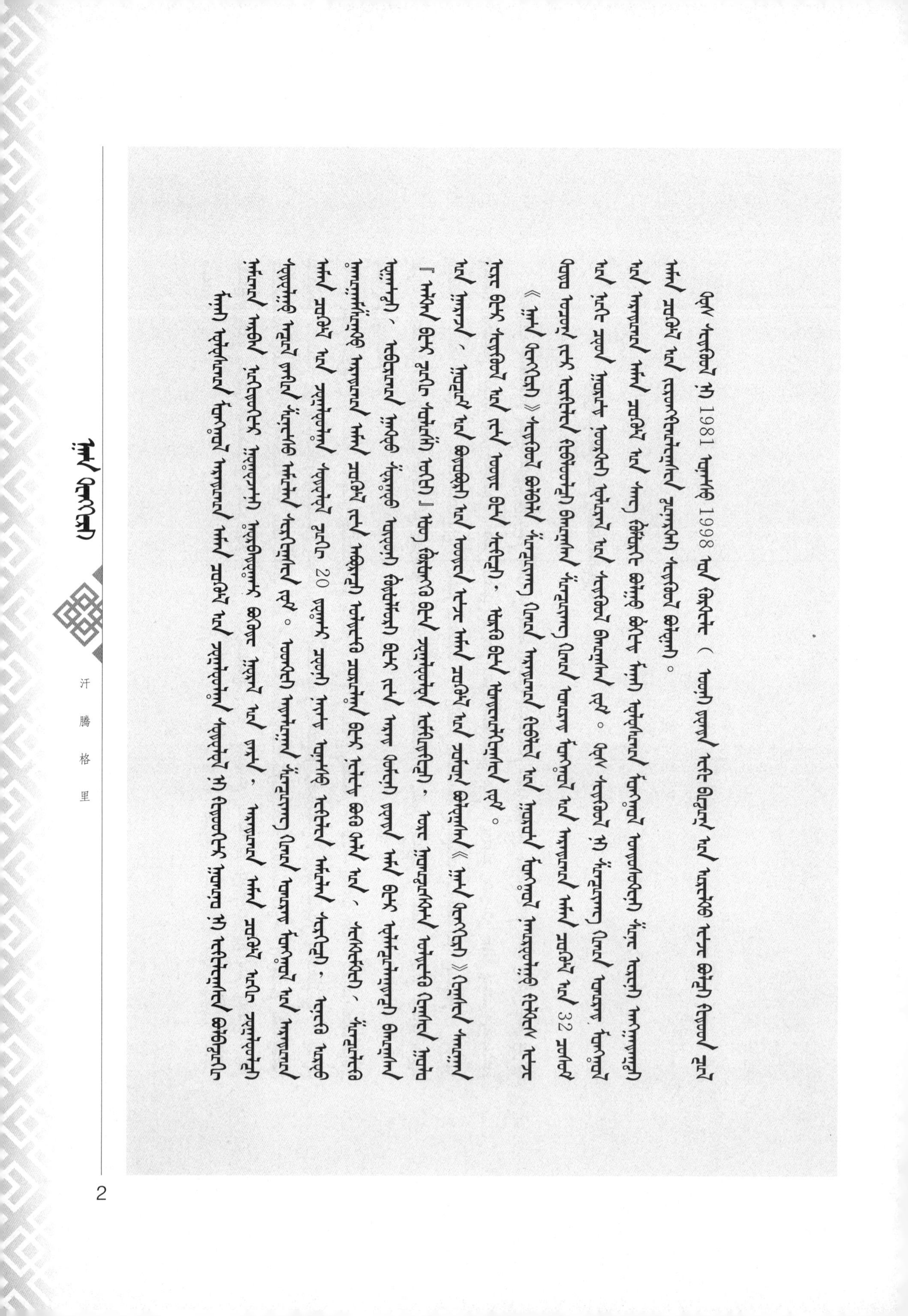

[illegible]

ᠰᠤᠷᠪᠤᠯᠵᠢ ᠪᠢᠴᠢᠭ ᠪᠤᠯᠤᠨ ᠲᠡᠮᠳᠡᠭᠯᠡᠯ ᠪᠢᠴᠢᠭᠰᠡᠨ ᠂ ᠬᠠᠷᠠ ᠂ ᠲᠠᠯᠠᠪᠤᠷᠢ ᠲᠠᠢ ᠰᠠᠭᠤᠷᠢᠨ ᠰᠤᠷᠪᠤᠯᠵᠢ ᠶᠢᠨ ᠪᠢᠴᠢᠭ ᠤᠨ
『 ᠰᠡᠳᠬᠦᠯ ᠪᠠᠷᠢᠮᠲᠠ ᠪᠤᠯᠤᠨ 』 ᠂ ᠨᠣᠮ ᠬᠠᠪᠰᠤᠷᠤᠯᠲᠠ ᠮᠠᠲᠧᠷᠢᠶᠠᠯ ᠪᠤᠯᠤᠨ ᠰᠤᠷᠪᠤᠯᠵᠢ ᠵᠢᠨ ᠰᠤᠳᠤᠯᠤᠭᠰᠠᠳ ᠤᠨ ᠪᠢᠴᠢᠭ
ᠡᠨᠡ ᠠᠵᠢᠯ ᠤᠨ ᠦᠷ᠎ᠡ ᠳ᠋ᠦᠩ 1981 ᠣᠨ ᠤ 1 ᠳᠦᠭᠡᠷ ᠰᠠᠷ᠎ᠠ ᠳᠤ ᠬᠡᠪᠯᠡᠯ ᠡᠴᠡ ᠭᠠᠷᠴᠤ ᠡᠬᠢᠯᠡᠭᠰᠡᠨ ᠪᠠᠢᠨ᠎ᠠ ᠂
ᠪᠠᠢᠨ᠎ᠠ ᠃
ᠰᠤᠳᠤᠯᠤᠯ ᠂ ᠮᠣᠩᠭᠣᠯ ᠠᠷᠠᠳ ᠤᠨ ᠳᠠᠭᠤᠤ ᠶᠢᠨ ᠰᠤᠳᠤᠯᠤᠯ ᠤᠨ ᠲᠤᠬᠠᠢ ᠬᠡᠷᠡᠭᠯᠡᠭᠳᠡᠬᠦ ᠡᠬᠡ ᠮᠠᠲᠧᠷᠢᠶᠠᠯ ᠢ ᠬᠠᠮᠤᠷᠤᠭᠰᠠᠨ
ᠪᠠ 『 ᠳᠠᠭᠤᠤ 』 ᠶᠢᠨ ᠰᠤᠳᠤᠯᠤᠯ ᠤᠨ ᠰᠤᠷᠪᠤᠯᠵᠢ ᠶᠢᠨ ᠪᠢᠴᠢᠭ ᠵᠢᠨ ᠬᠡᠮᠵᠢᠶ᠎ᠡ ᠂ ᠲᠡᠦᠬᠡ ᠶᠢᠨ ᠰᠤᠳᠤᠯᠤᠯ ᠂ ᠬᠡᠯᠡ ᠂
ᠮᠣᠩᠭᠣᠯ ᠠᠷᠠᠳ ᠤᠨ ᠳᠠᠭᠤᠤ ᠶᠢᠨ ᠰᠤᠳᠤᠯᠤᠯ ᠤᠨ ᠲᠤᠬᠠᠢ ᠪᠢᠴᠢᠭᠰᠡᠨ ᠪᠠᠷᠢᠮᠲᠠ ᠶᠢ ᠡᠮᠬᠢᠳᠬᠡᠨ ᠬᠠᠮᠤᠷᠤᠭᠰᠠᠨ ᠂ ᠡᠨᠡ ᠪᠦᠬᠦ
ᠡᠨᠡ ᠠᠵᠢᠯ ᠤᠨ ᠰᠤᠳᠤᠯᠤᠯ ᠂ ᠮᠣᠩᠭᠣᠯ ᠠᠷᠠᠳ ᠤᠨ ᠳᠠᠭᠤᠤ ᠶᠢᠨ ᠰᠤᠳᠤᠯᠤᠯ ᠤᠨ ᠬᠦᠮᠦᠰ ᠦᠨ ᠲᠤᠬᠠᠢ
ᠳᠠᠭᠤᠤ ᠶᠢᠨ ᠰᠤᠳᠤᠯᠤᠯ ᠤᠨ ᠪᠠᠢᠳᠠᠯ ᠪᠠᠢᠨ᠎ᠠ ᠃
ᠳᠠᠭᠤᠤ ᠂ ᠬᠡᠯᠡ ᠵᠠᠩᠰᠢᠯ ᠂ ᠰᠤᠶᠤᠯ ᠂ ᠲᠡᠦᠬᠡ ᠂ ᠤᠷᠠᠨ ᠵᠣᠬᠢᠶᠠᠯ ᠂ ᠪᠠᠭᠰᠢ ᠂ ᠰᠤᠷᠭᠠᠭᠤᠯᠢ ᠶᠢᠨ ᠬᠦᠮᠦᠰ
ᠪᠠᠢᠨ᠎ᠠ ᠃ ᠡᠨᠡ ᠦᠶ᠎ᠡ ᠳᠦ ᠂ ᠣᠯᠠᠨ ᠤᠯᠤᠰ ᠤᠨ ᠮᠣᠩᠭᠣᠯ ᠠᠷᠠᠳ ᠤᠨ ᠳᠠᠭᠤᠤ ᠶᠢᠨ ᠰᠤᠳᠤᠯᠤᠯ ᠪᠤᠯᠤᠨ
ᠪᠤᠰᠤᠳ ᠤᠯᠤᠰ ᠤᠨ ᠰᠤᠳᠤᠯᠤᠯ ᠂ ᠰᠤᠷᠪᠤᠯᠵᠢ ᠂ ᠪᠢᠴᠢᠭ ᠪᠠ ᠪᠤᠰᠤᠳ
ᠡᠷᠳᠡᠮ ᠂ ᠰᠤᠷᠪᠤᠯᠵᠢ ᠶᠢᠨ ᠪᠢᠴᠢᠭ ᠪᠤᠯᠤᠨ ᠬᠡᠪᠯᠡᠭᠰᠡᠨ ᠪᠠᠢᠨ᠎ᠠ ᠃ ᠡᠨᠡ ᠪᠦᠬᠦ ᠮᠣᠩᠭᠣᠯ ᠰᠤᠷᠪᠤᠯᠵᠢ
ᠣᠯᠠᠨ ᠤᠯᠤᠰ ᠤᠨ ᠮᠣᠩᠭᠣᠯ ᠠᠷᠠᠳ ᠤᠨ ᠳᠠᠭᠤᠤ ᠶᠢᠨ ᠰᠤᠳᠤᠯᠤᠯ ᠤᠨ ᠬᠦᠮᠦᠰ ᠪᠠ ᠣᠯᠠᠨ ᠤᠯᠤᠰ ᠤᠨ ᠮᠣᠩᠭᠣᠯ
ᠰᠤᠳᠤᠯᠤᠯ ᠤᠨ ᠪᠦᠲᠦᠭᠡᠯ ᠪᠤᠯᠤᠨ ᠬᠡᠪᠯᠡᠭᠰᠡᠨ ᠪᠤᠯᠤᠨ ᠪᠠ (ᠨᠡᠢᠲᠡ 51 ᠪᠦᠲᠦᠭᠡᠯ ᠬᠡᠪᠯᠡᠭᠳᠡᠪᠡ ᠂ ᠣᠯᠠᠨ

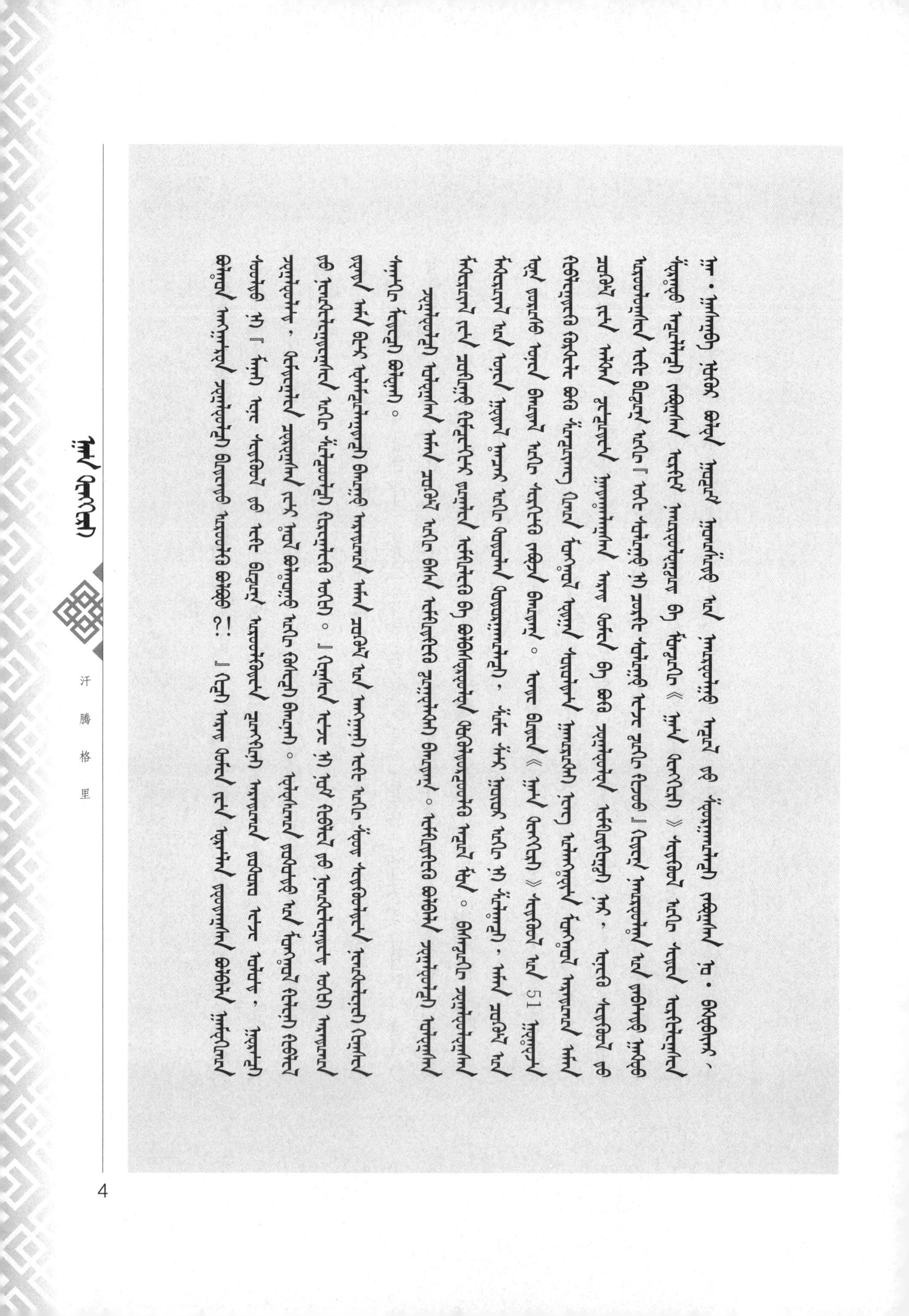

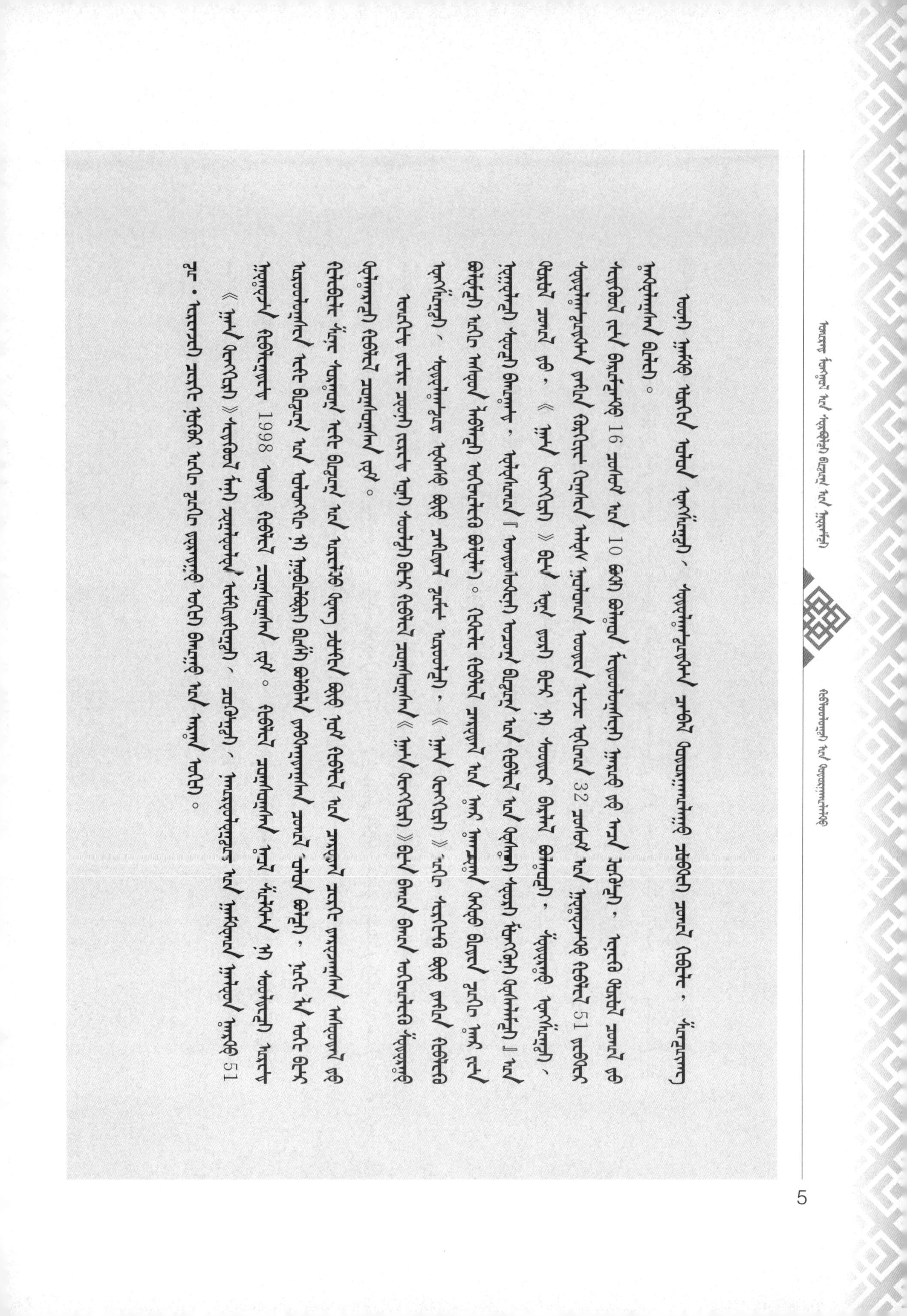

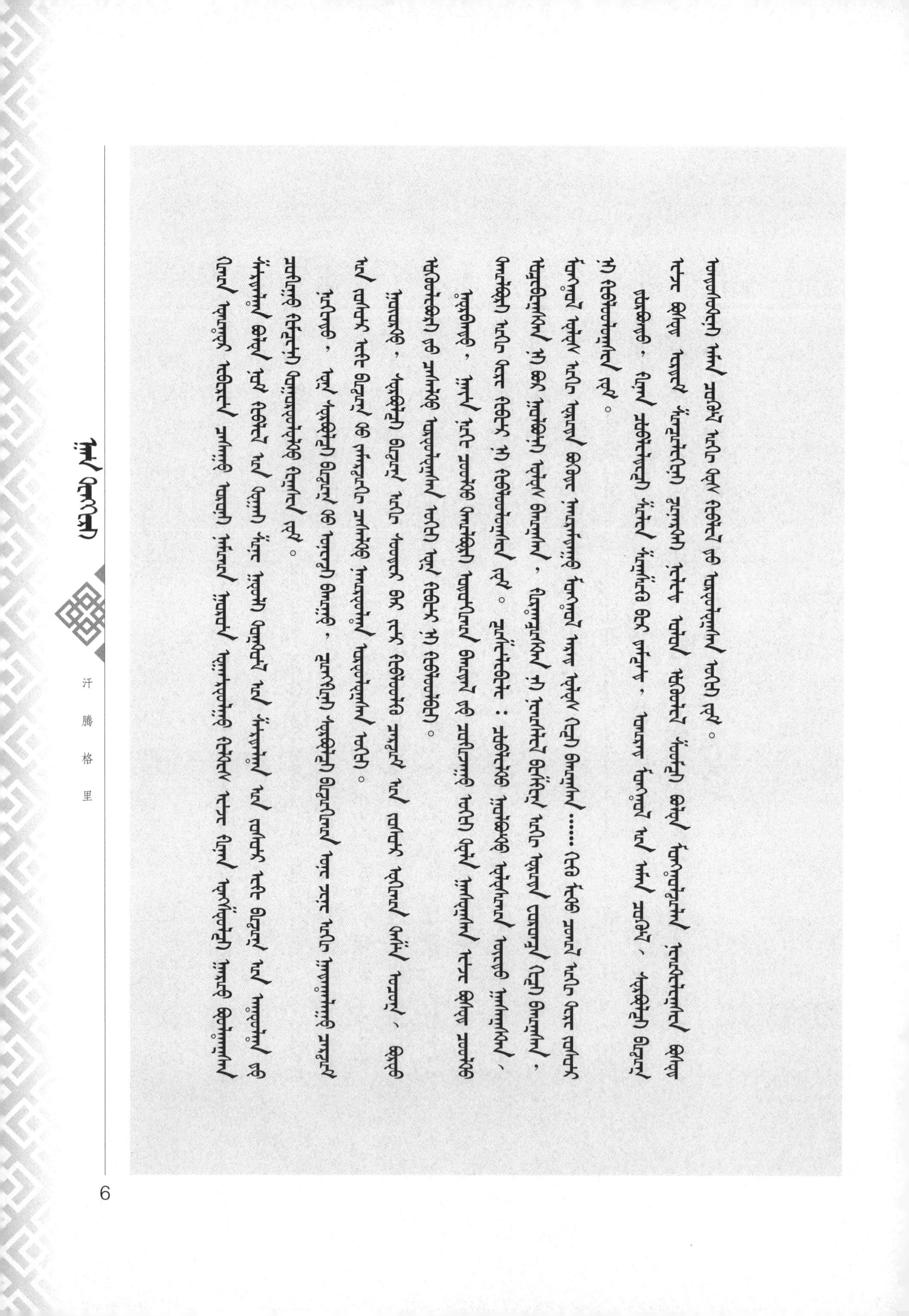

[illegible]
[illegible]
[illegible]
[illegible]
[illegible]
[illegible]
[illegible]
[illegible]
[illegible]
[illegible]
[illegible]
[illegible]
[illegible]

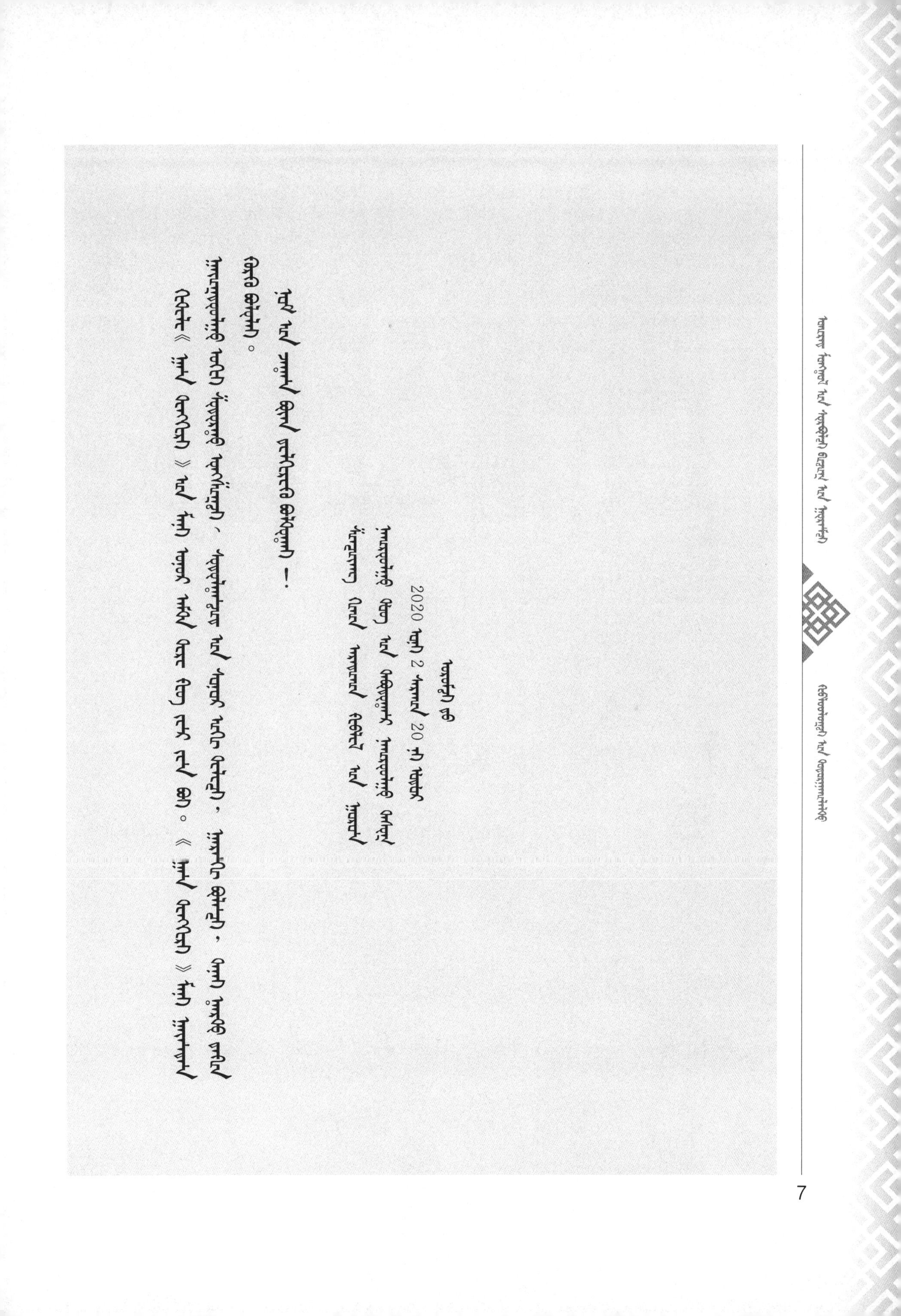

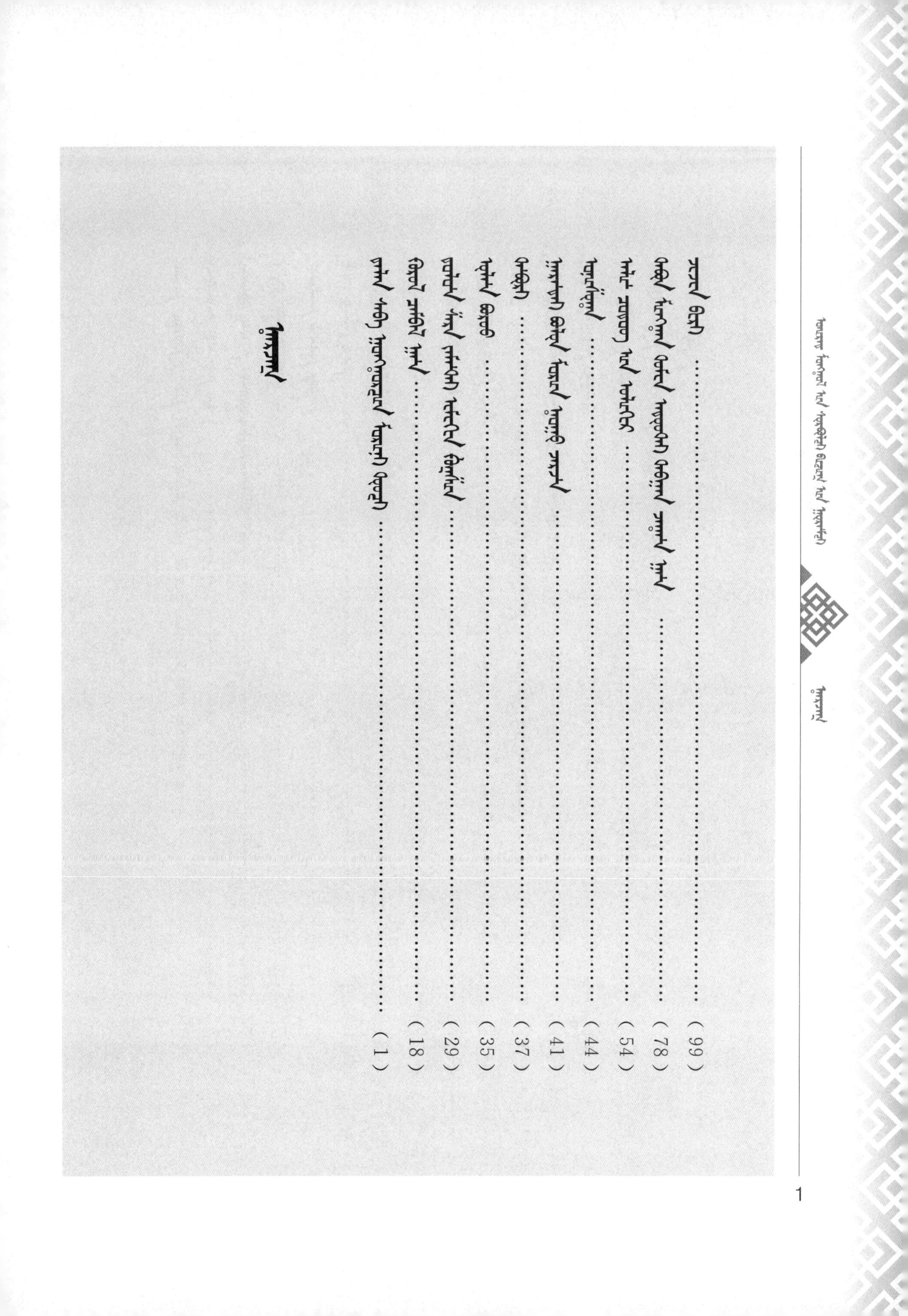

[illegible]

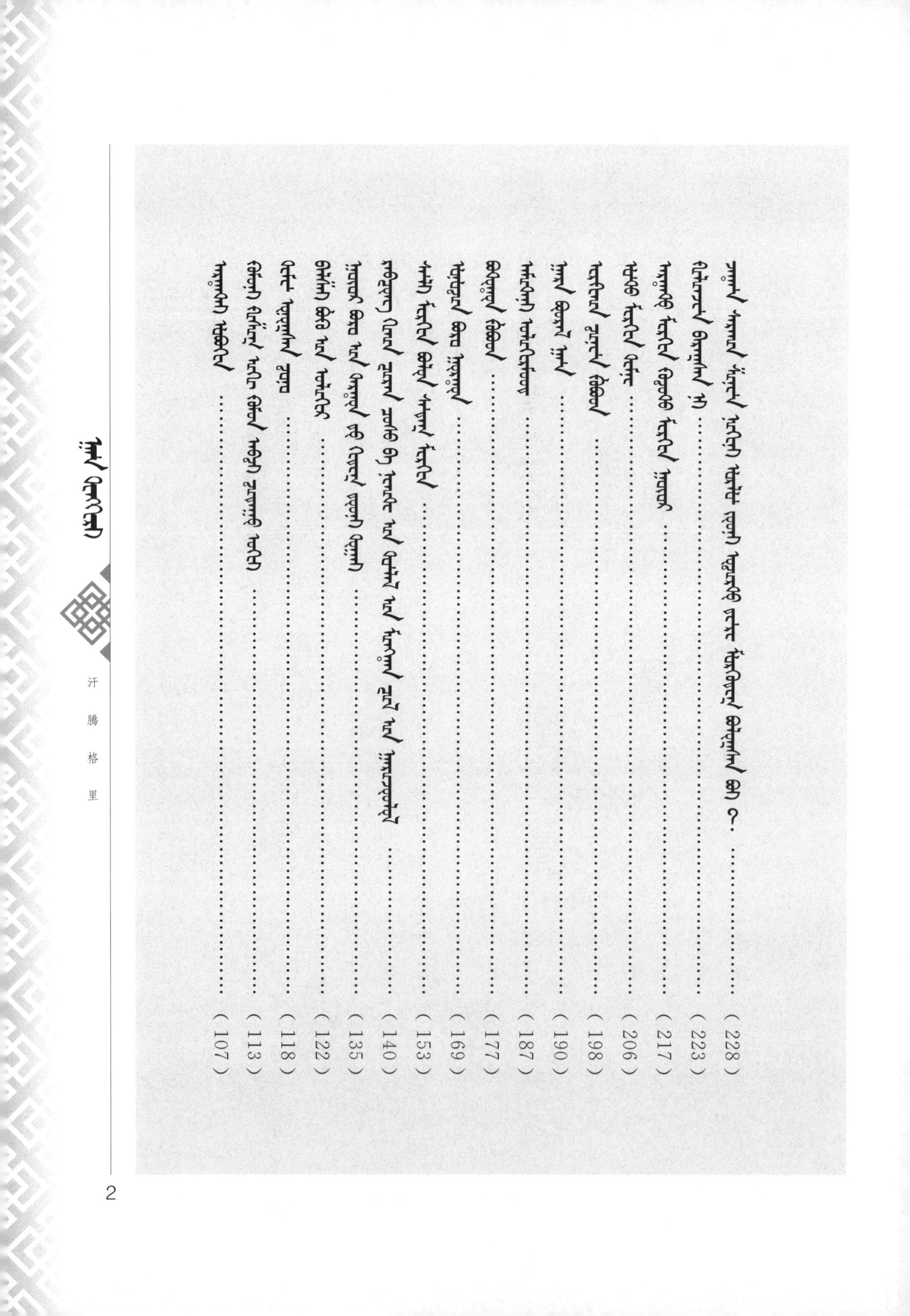

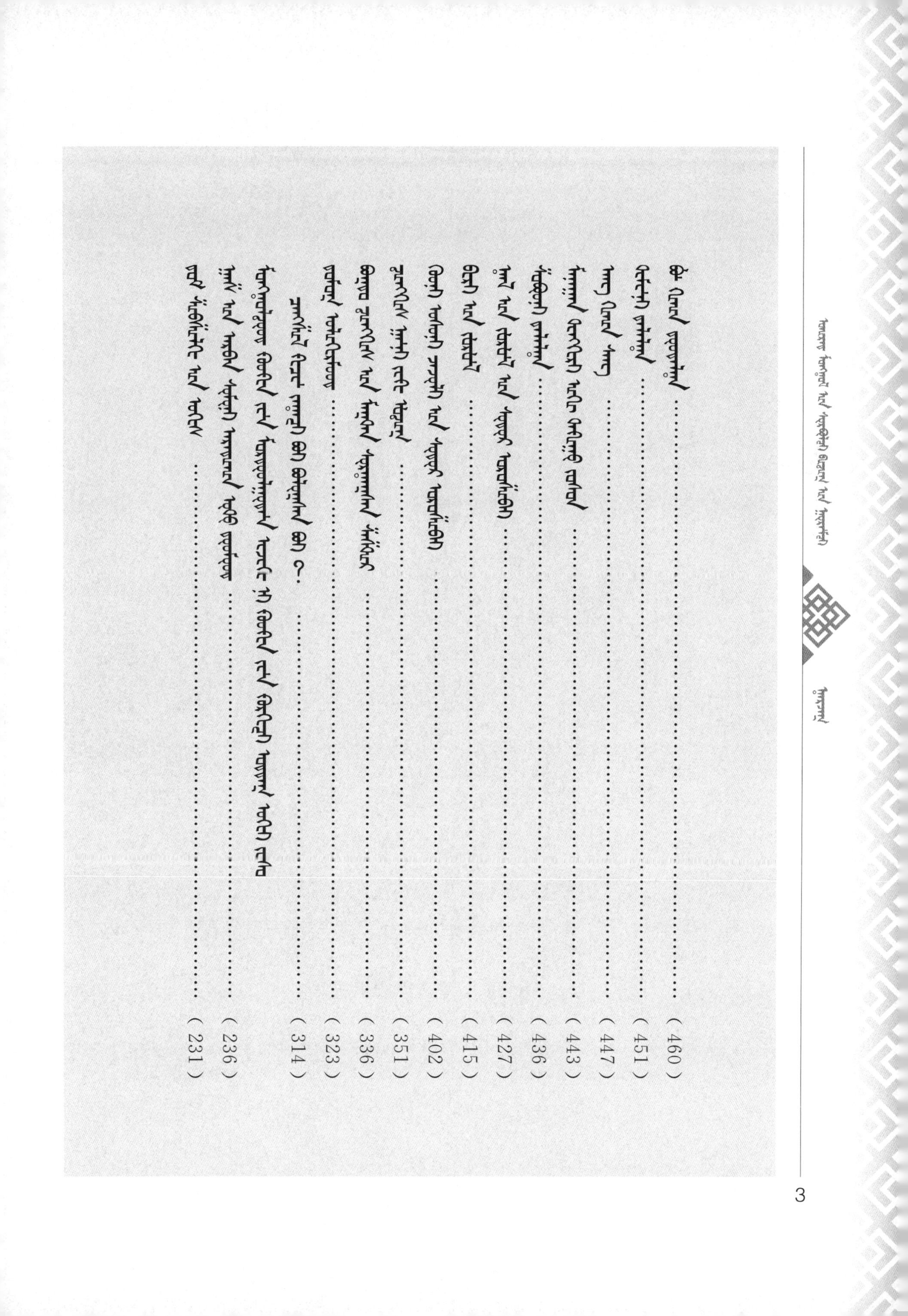

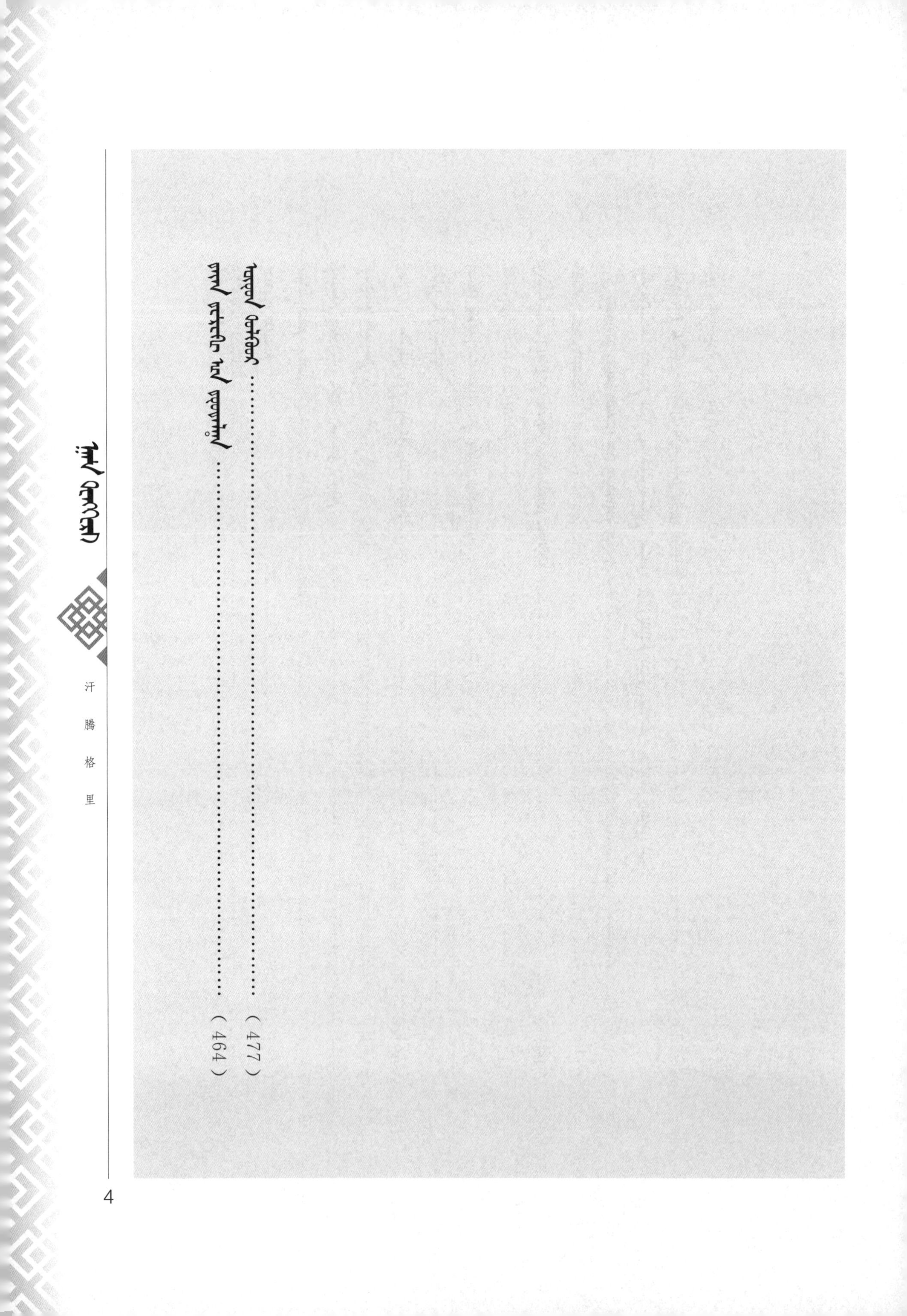

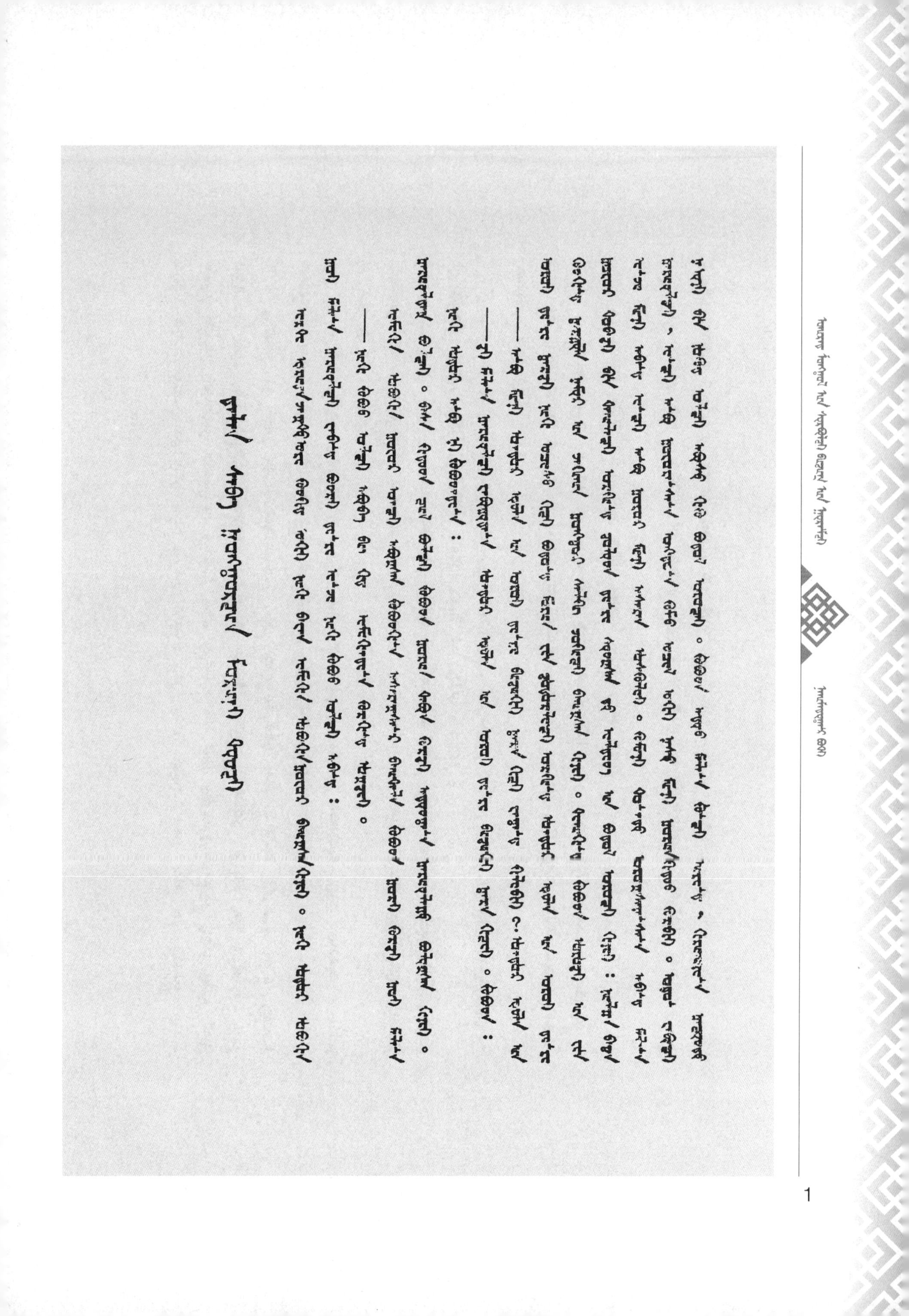

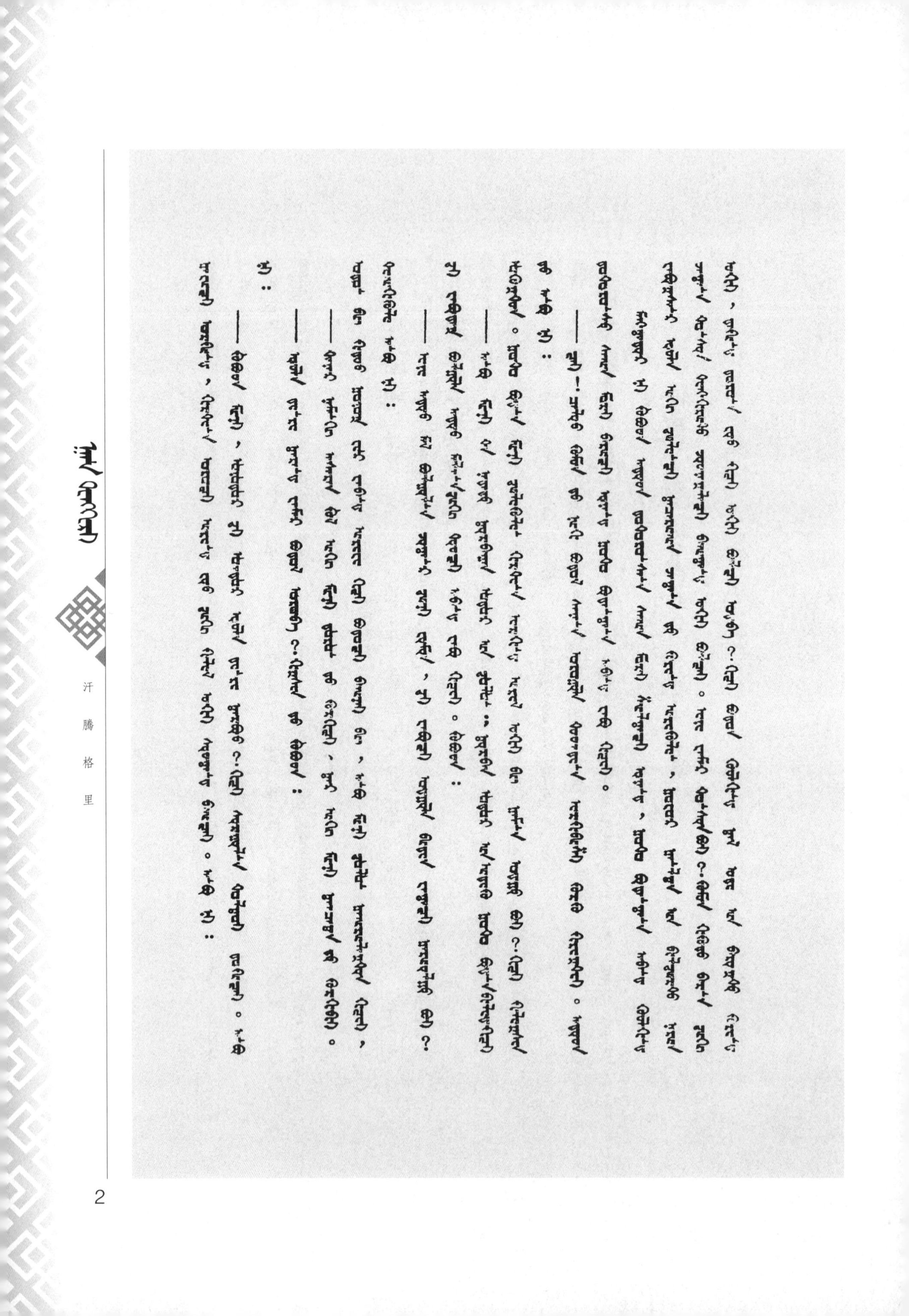

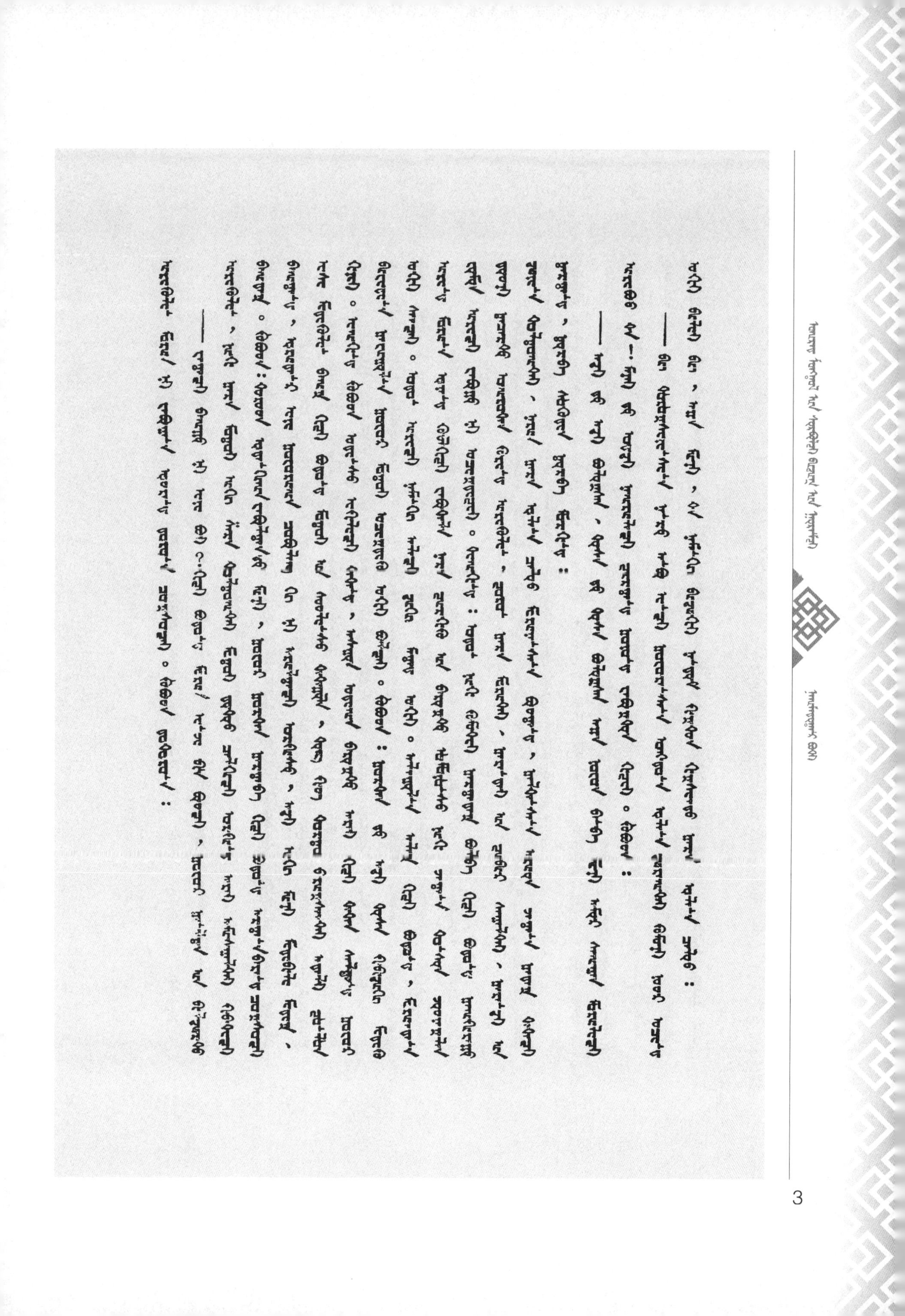

[illegible]

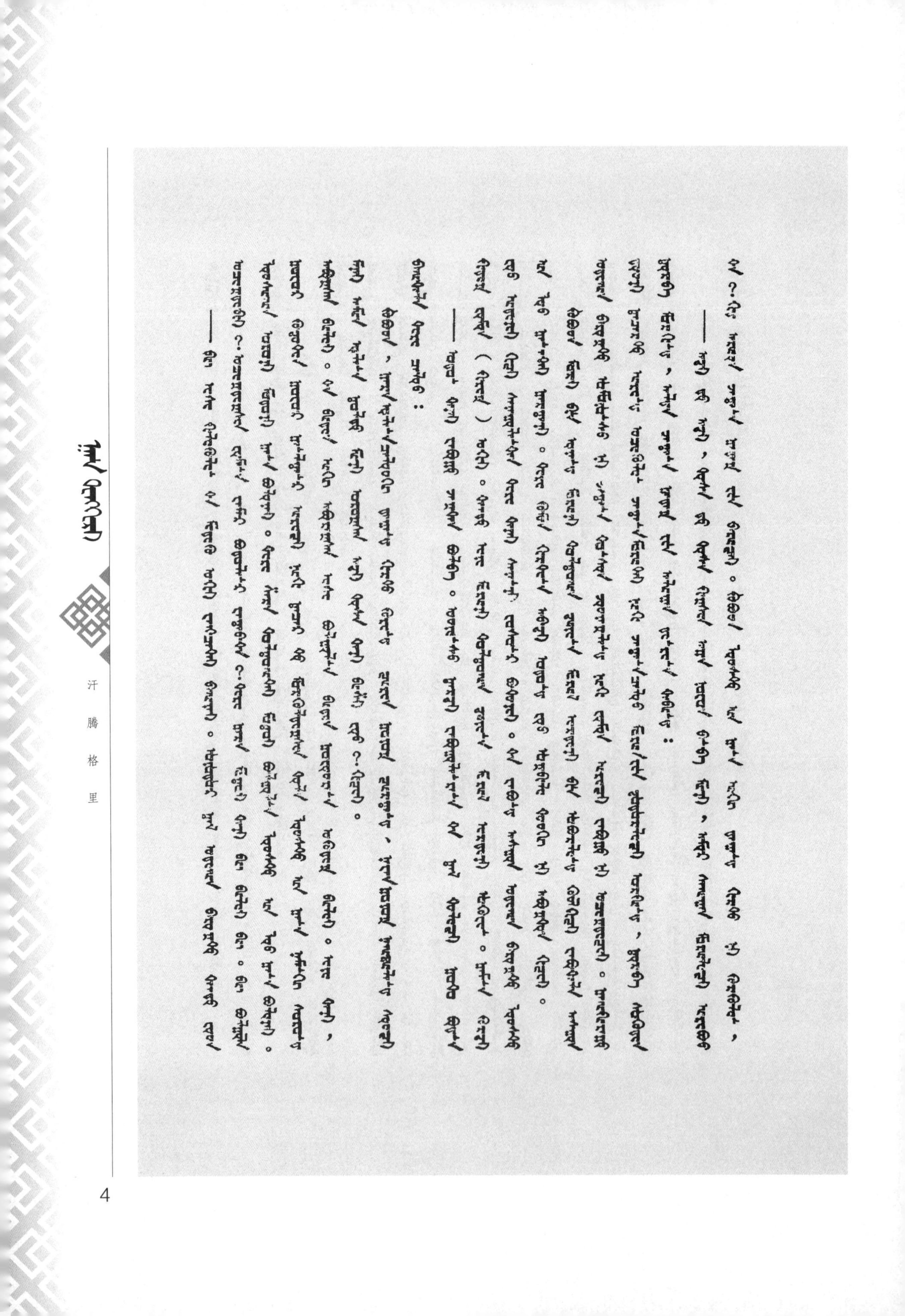

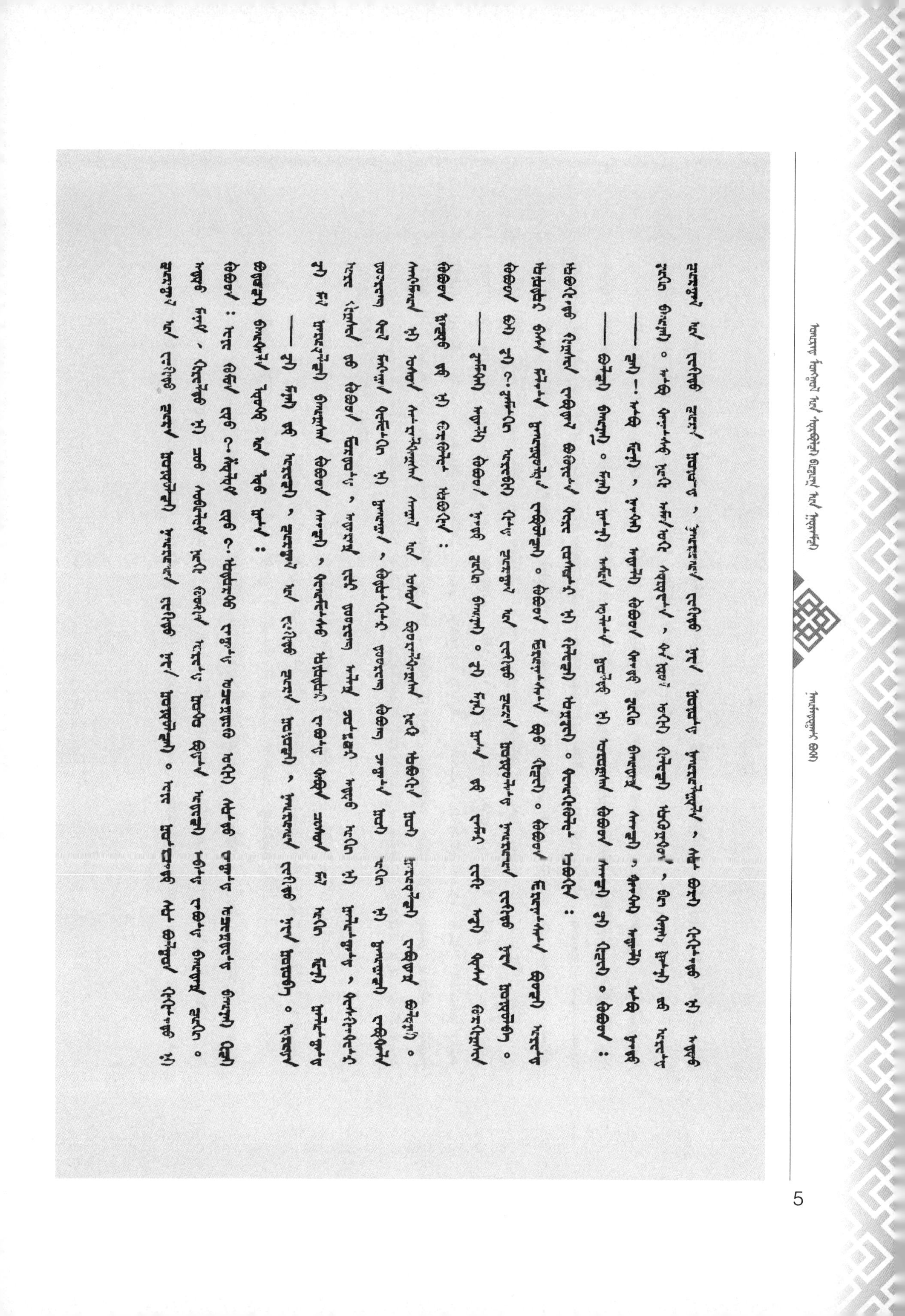

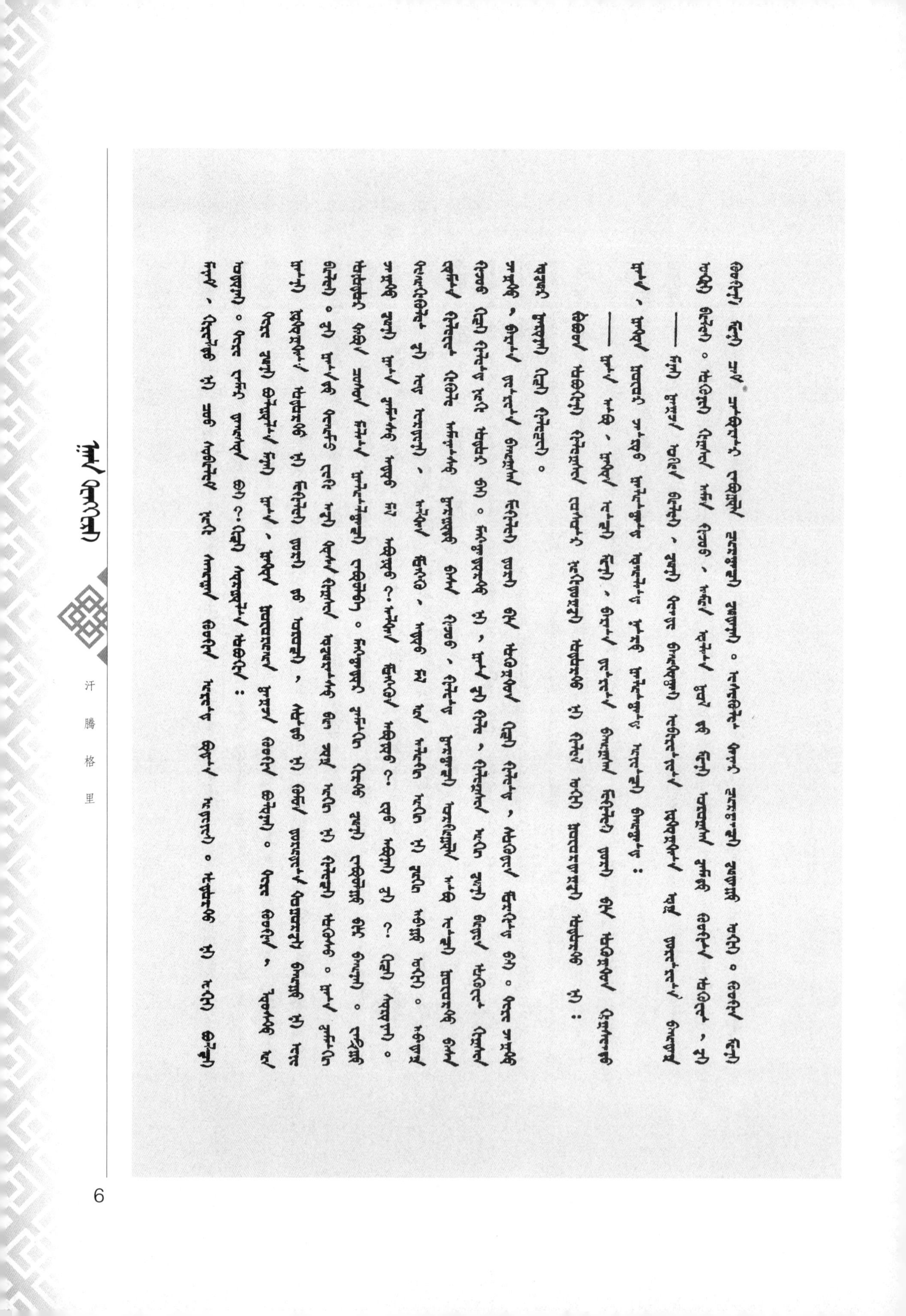

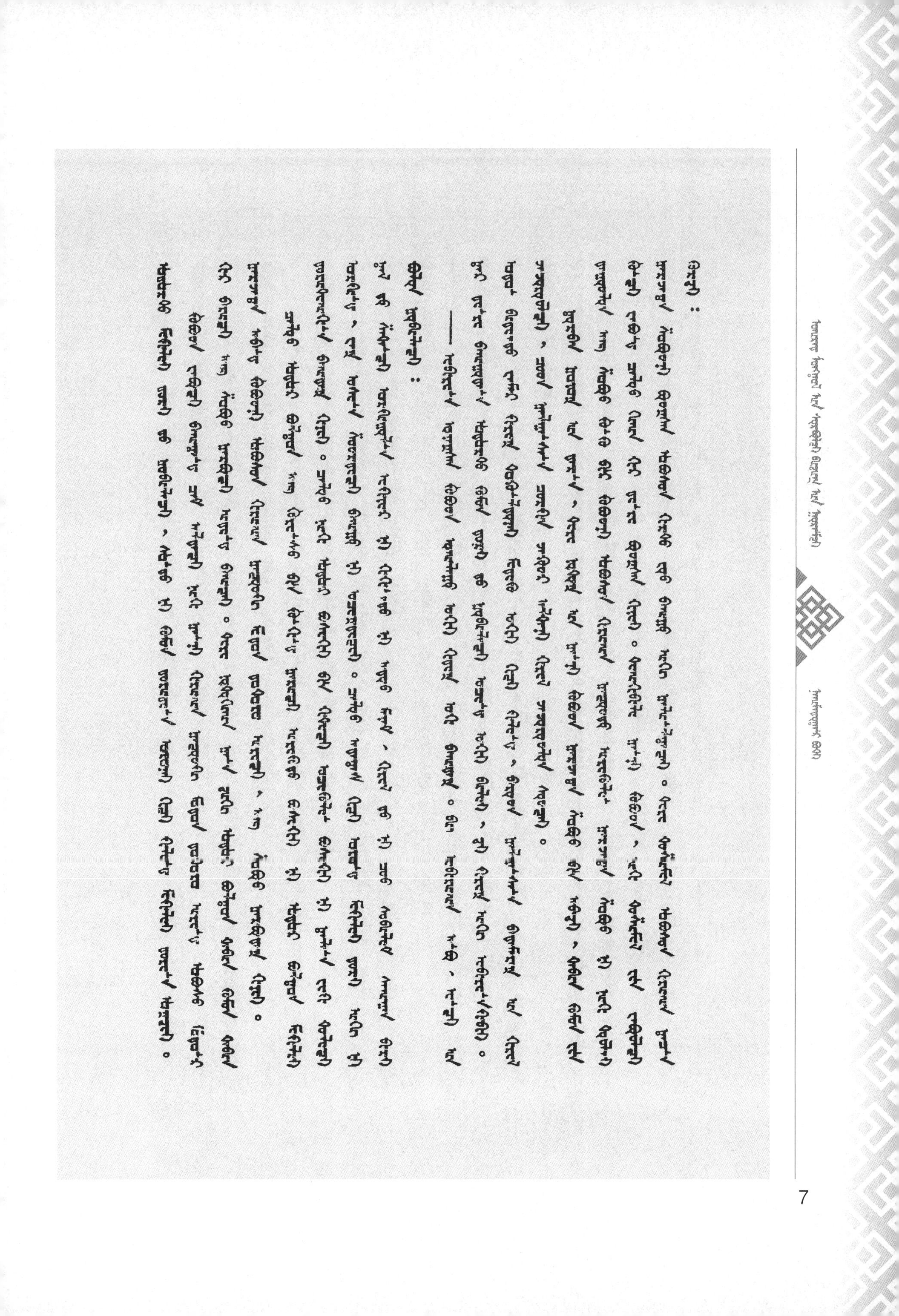

[illegible]

—— [illegible] ᠭᠡᠪᠡ ᠄

[illegible] ᠃

—— ᠴᠢ ᠶᠠᠭᠤ [illegible] ? ᠭᠡᠵᠦ [illegible] ᠭᠡᠪᠡ ᠄

[illegible] ᠃

—— [illegible] ᠃

—— [illegible] ? [illegible] ᠃

—— [illegible] ᠭᠡᠪᠡ ᠄

[illegible] ᠃

—— [illegible] ᠄

—— [illegible] ᠃

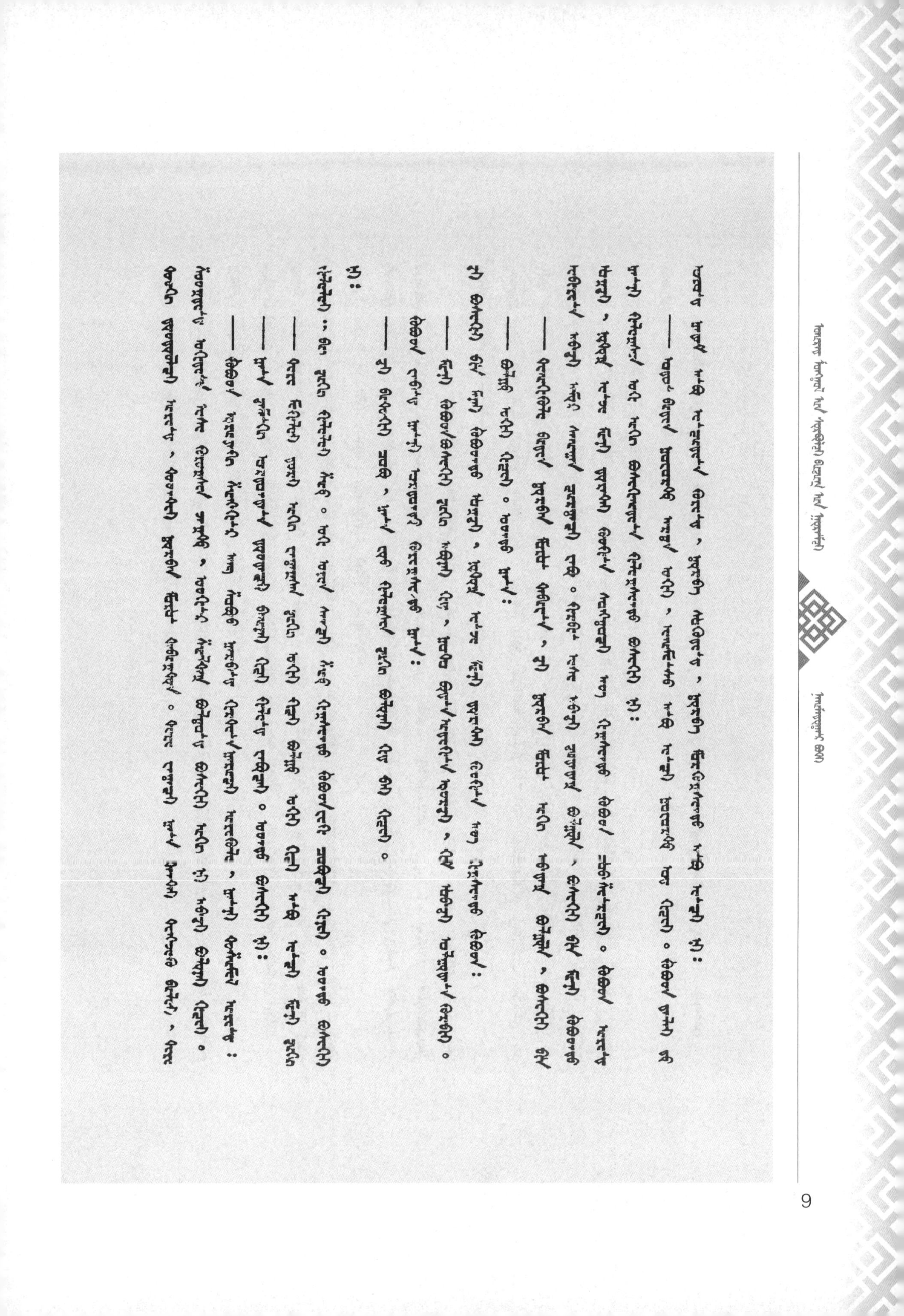

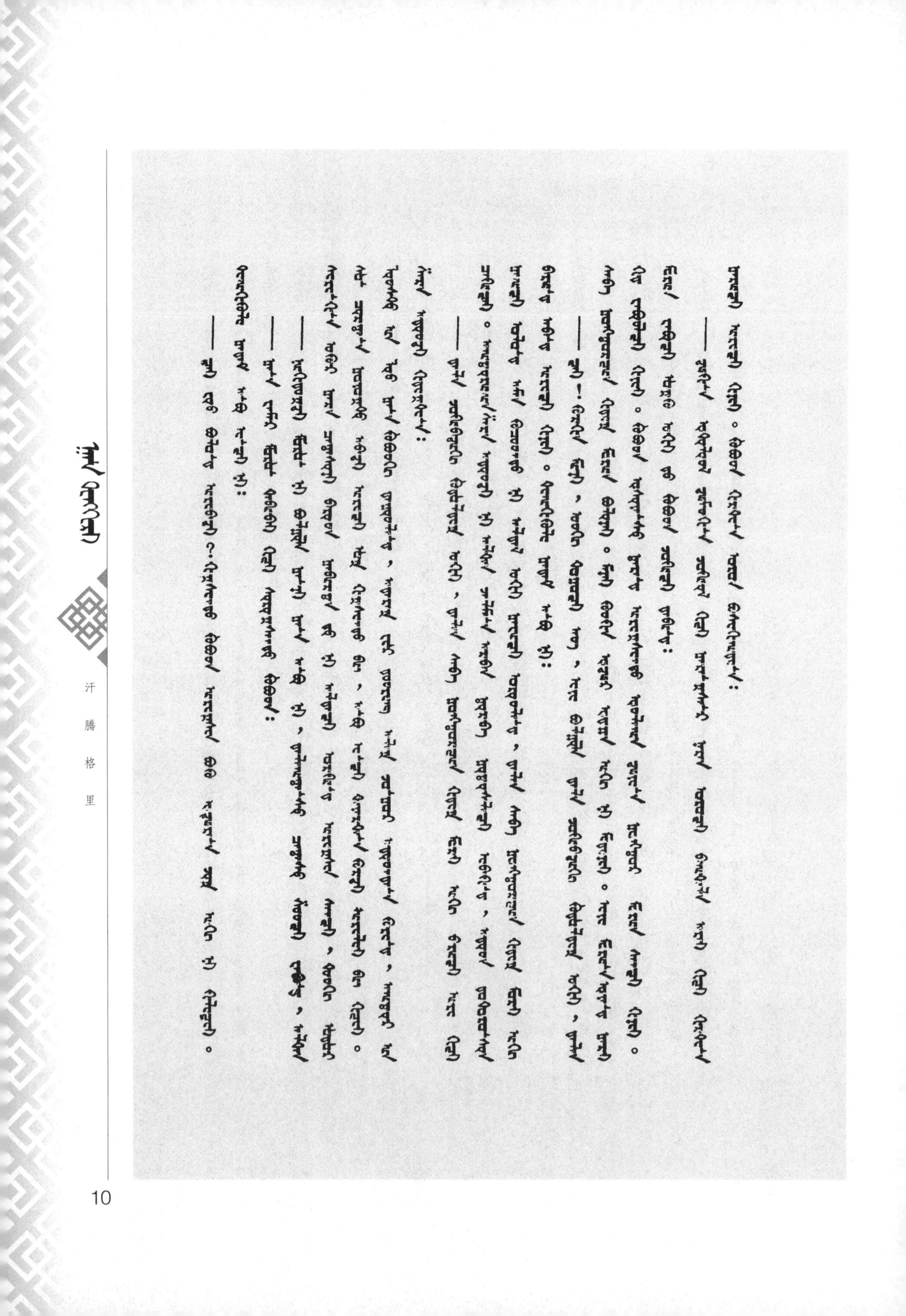

[illegible]

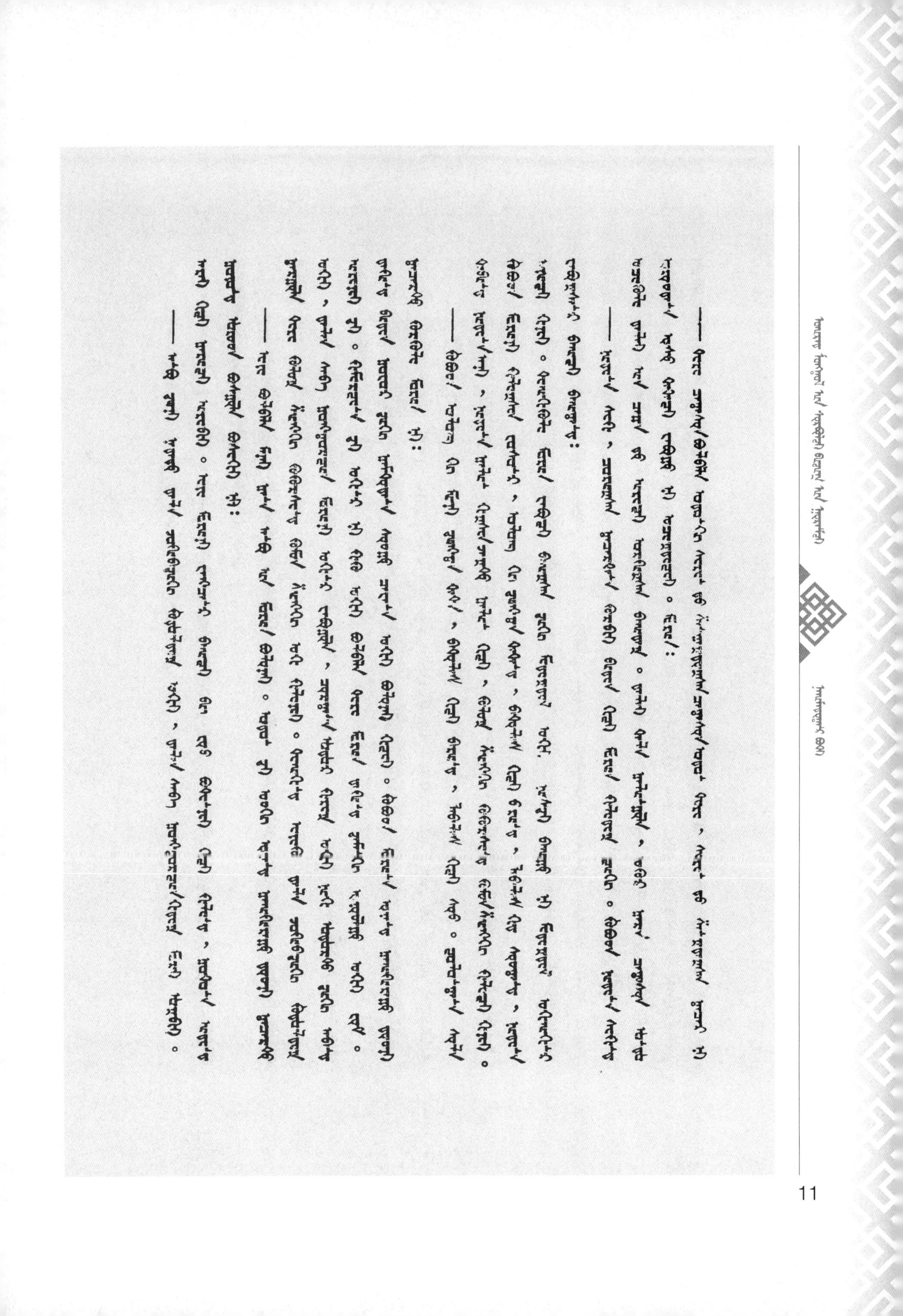

—— [illegible]
[illegible]

[illegible]

—— [illegible]
[illegible]

[illegible]
[illegible]
[illegible]

—— [illegible]
[illegible]

[illegible]
[illegible]
[illegible]
[illegible]

—— [illegible]
[illegible]

[illegible]

—— [illegible]

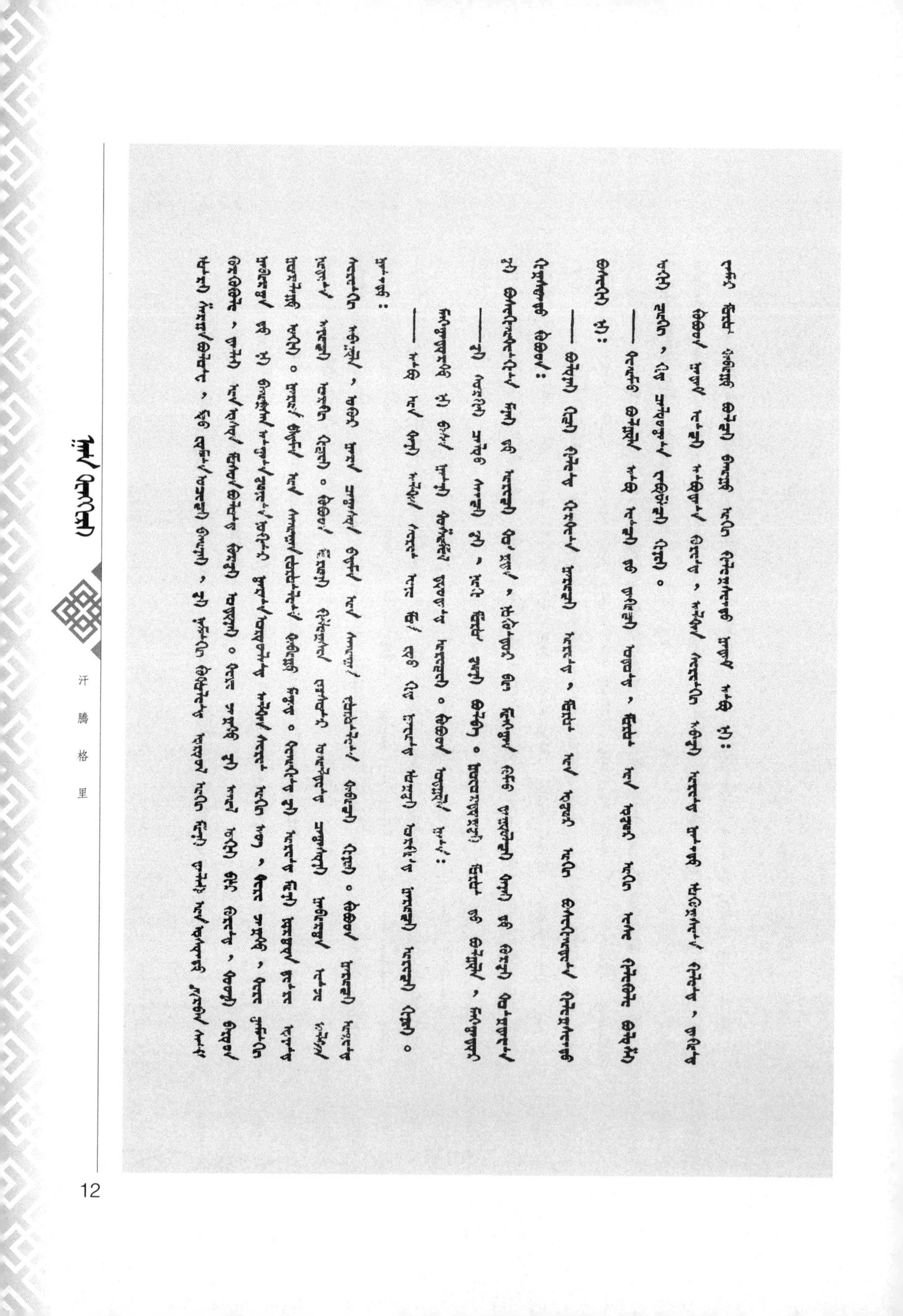

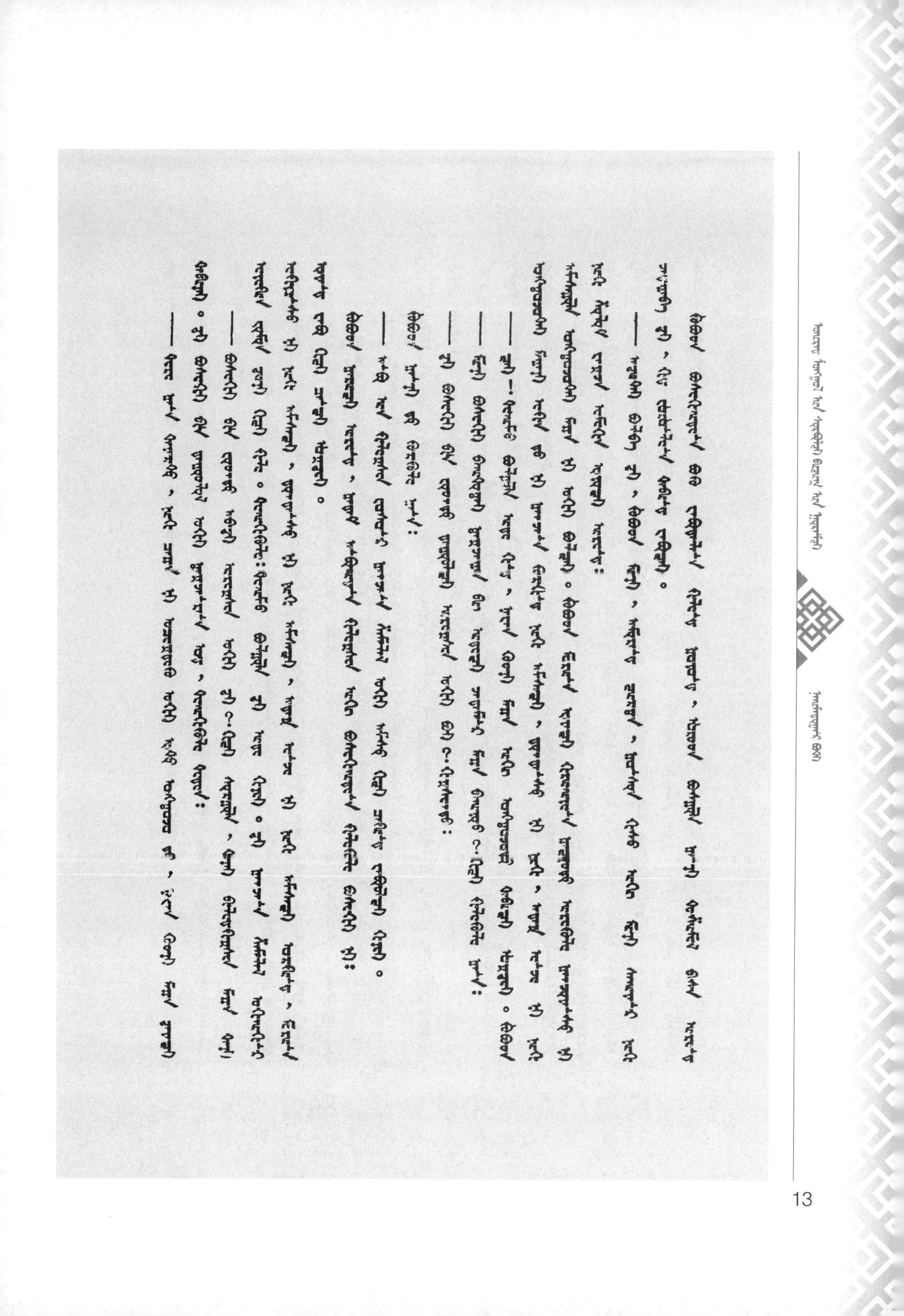

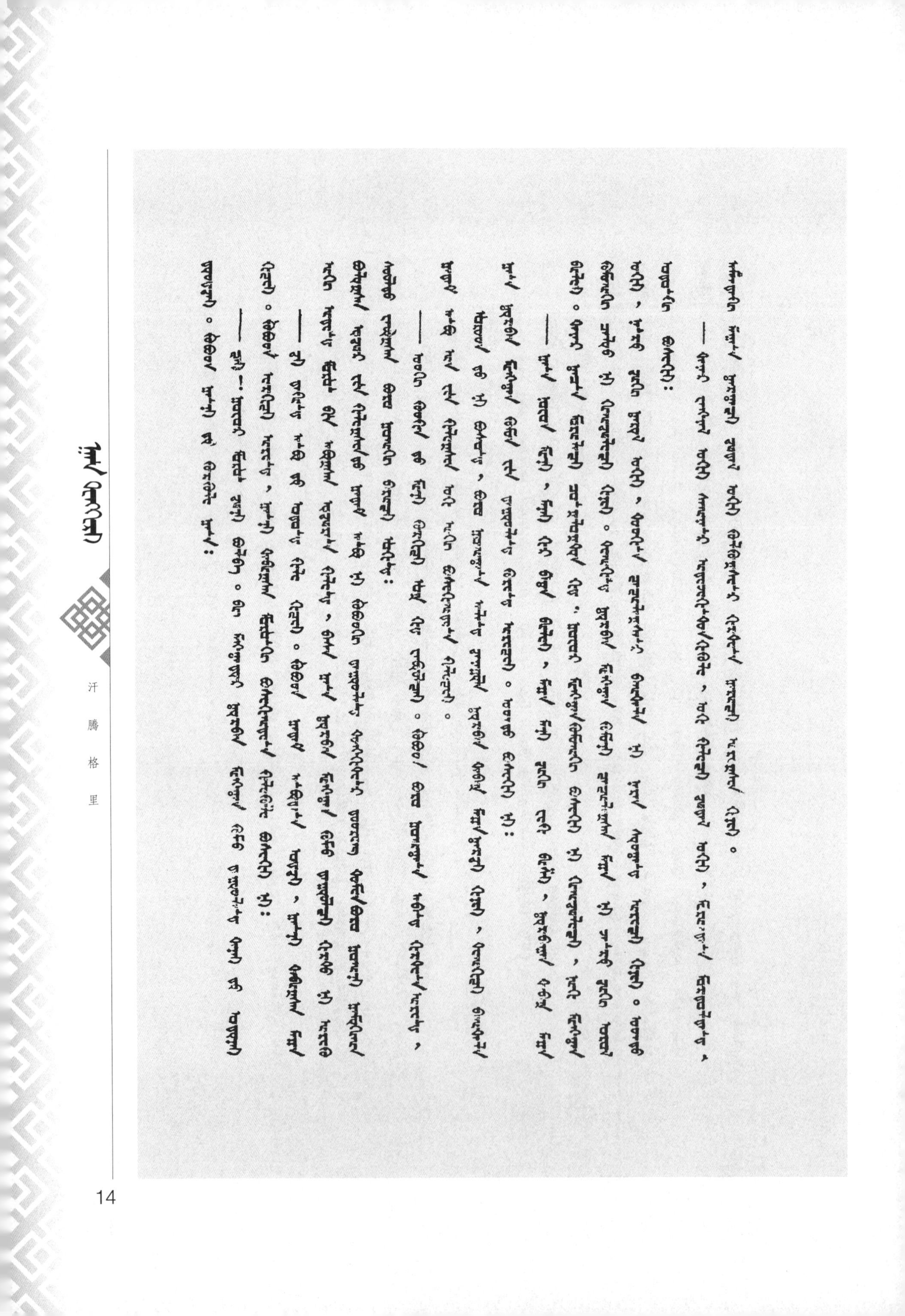

ᠬᠠᠷᠢᠭᠤᠯᠲᠠ ᠪᠣᠯᠪᠠ ᠃ ᠬᠡᠯᠡᠪᠡ:

—— ᠬᠠᠭᠠᠨ ᠠᠪᠤᠭᠠ ᠶᠢᠨ ᠃ ᠪᠢᠳᠡᠨ ᠤ ᠬᠤᠪᠢᠶᠠᠨ ᠳᠤ ᠬᠤᠪᠢᠶᠠᠷᠢᠯᠠᠭᠰᠠᠨ ᠂ ᠬᠤᠷᠢ ᠪᠠᠢᠳᠠᠯ ᠤᠨ ᠵᠠᠰᠠᠭ ᠬᠠᠭᠠᠨ ᠨᠣᠶᠠᠳ ᠪᠣᠯᠤᠭᠰᠠᠨ:

ᠪᠢᠳᠡᠨ ᠠᠯᠲᠠᠨ ᠢᠶᠠᠨ ᠪᠠᠭᠤᠯᠭᠠᠵᠤ ᠂ ᠮᠥᠩᠭᠦᠨ ᠢᠶᠠᠨ ᠬᠠᠷᠢᠭᠤᠯᠵᠤ ᠂ ᠲᠠᠷᠢᠶᠠᠯᠠᠩ ᠬᠤᠷᠢᠶᠠᠵᠤ ᠂ ᠬᠤᠪᠢᠶᠠᠨ ᠬᠤᠷᠠᠵᠤ ᠳᠠᠭᠠᠪᠠ ᠪᠣᠷᠣᠭ ᠰᠠᠶᠢᠬᠠᠨ ᠪᠣᠯᠵᠤ ᠂ ᠪᠣᠯᠣᠨ ᠰᠠᠶᠢᠬᠠᠨ ᠰᠠᠭᠤᠵᠤ ᠪᠠᠢᠨ᠎ᠠ ᠃

—— ᠲᠠ ᠪᠢᠯᠠᠭᠤᠨ ᠢᠶᠠᠨ ᠪᠠᠭᠤᠯᠭᠠᠵᠤ ᠂ ᠮᠥᠩᠭᠦᠨ ᠢ ᠬᠠᠷᠢᠭᠤᠯᠵᠤ ᠂ ᠬᠤᠪᠢᠶᠠᠨ ᠬᠤᠷᠢᠶᠠᠵᠤ ᠂ ᠲᠠᠷᠢᠶᠠᠯᠠᠩ ᠬᠤᠷᠠᠬᠤ ᠪᠣᠯ ᠢᠶᠠᠨ ᠬᠡᠯᠡᠪᠡ:

ᠪᠢᠳᠡᠨ ᠬᠠᠮᠲᠤᠷᠠᠯᠴᠠᠬᠤ ᠶᠢ ᠵᠥᠪᠰᠢᠶᠡᠷᠡᠭᠰᠡᠨ ᠬᠡᠯᠡᠭᠡᠳ ᠂ ᠵᠣᠬᠢᠶᠠᠯᠳᠤᠭᠤᠯᠤᠯ ᠤᠨ ᠵᠠᠷᠯᠢᠭ ᠵᠠᠷᠯᠠᠭᠰᠠᠨ ᠬᠠᠭᠠᠨ ᠵᠠᠷᠯᠢᠭ ᠬᠡᠯᠡᠭᠡᠳ ᠬᠠᠷᠢᠭᠤ ᠲᠤᠰᠢᠶᠠᠯ ᠶᠡᠭᠡ ᠵᠠᠷᠤᠭ ᠪᠠᠢᠳᠠᠯ ᠬᠠᠷᠢᠶᠠᠲᠤ ᠶᠢᠨ ᠃

—— ᠲᠠ ᠬᠠᠭᠠᠨ ᠠᠪᠤ ᠶᠢ ᠬᠠᠷᠢᠭᠤ ᠶᠢᠨ ᠃ ᠲᠡᠭᠦᠨ ᠦ ᠵᠠᠷᠯᠢᠭ ᠢ ᠪᠢᠴᠢᠭᠰᠡᠨ ᠂ ᠲᠡᠭᠦᠨ ᠦ ᠬᠠᠮᠲᠤᠷᠠᠯᠴᠠᠭᠠᠨ

ᠪᠢᠳᠡᠨ ᠬᠠᠷᠢᠭᠤᠯᠬᠤ ᠬᠤᠪᠢᠶᠠᠨ ᠬᠤᠷᠠᠭᠤ ᠬᠡᠷᠡᠭᠲᠡᠢ ᠪᠣᠯᠤᠭᠰᠠᠨ ᠬᠡᠯᠡᠯᠴᠡᠭᠡᠨ ᠦ ᠪᠣᠯᠤᠨ᠎ᠠ:

ᠬᠠᠷᠢᠭᠤᠯᠬᠤ ᠰᠠᠶᠢᠬᠠᠨ ᠠᠯᠲᠠᠨ ᠪᠠᠨ ᠪᠢᠴᠢᠭ ᠪᠠᠢᠳᠠᠯ ᠪᠤᠯᠤᠭᠰᠠᠨ ᠂ ᠬᠠᠭᠠᠨ ᠬᠤᠷᠠᠯ ᠠᠴᠠ ᠬᠤᠪᠢᠶᠠᠨ ᠪᠣᠯᠤᠨ᠎ᠠ ᠃

—— ᠲᠠ ᠰᠠᠶᠢᠬᠠᠨ ᠪᠢᠴᠢᠭ ᠠᠪᠤᠭᠠ ᠃ ᠰᠠᠶᠢᠨ ᠬᠠᠷᠢᠭᠤᠯᠵᠤ ᠪᠢᠴᠢᠭᠡᠳ ᠂ ᠲᠠ ᠪᠣᠯᠪᠠᠰᠤ ᠠᠯᠲᠠᠨ ᠬᠠᠷᠢᠭᠤᠯᠬᠤ ᠰᠠᠶᠢᠬᠠᠨ ᠬᠡᠯᠡᠪᠡ ᠂ ᠰᠠᠶᠢᠨ:

ᠲᠡᠭᠦᠨ ᠰᠠᠶᠢᠬᠠᠨ ᠰᠠᠶᠢᠨ ᠤᠨ ᠂ ᠰᠠᠶᠢᠨ ᠪᠣᠯᠣᠭᠠᠳ ᠬᠠᠷᠢᠭᠤ ᠪᠢᠳᠡᠨ ᠨᠣᠶᠠᠳ ᠃ ᠪᠢᠳᠡᠨ ᠰᠠᠶᠢᠨ ᠲᠤ ᠬᠠᠷᠢᠭᠤᠯᠬᠤ ᠪᠣᠯᠵᠤ ᠪᠠᠢᠨ᠎ᠠ ᠃

—— ᠬᠠᠭᠠᠨ ᠰᠠᠶᠢᠨ ᠬᠠᠷᠢ ᠬᠠᠷᠢᠭᠤᠯ ᠪᠢᠳᠡᠨ ᠬᠠᠮᠲᠤ ᠪᠣᠯᠤᠭᠰᠠᠨ ᠬᠤᠷᠢ ᠰᠠᠶᠢᠨ ᠪᠣᠯᠤᠨ᠎ᠠ ᠲᠡᠭᠦᠨ ᠂ ᠬᠠᠷᠢᠭᠤᠯᠤᠭᠰᠠᠨ ᠪᠣᠯ ᠬᠠᠭᠠᠨ ᠬᠡᠯᠡᠵᠦ ᠬᠡᠯᠡᠭᠰᠡᠨ ᠬᠠᠷᠢᠭᠤᠯᠬᠤ ᠪᠣᠯᠤᠨ᠎ᠠ:

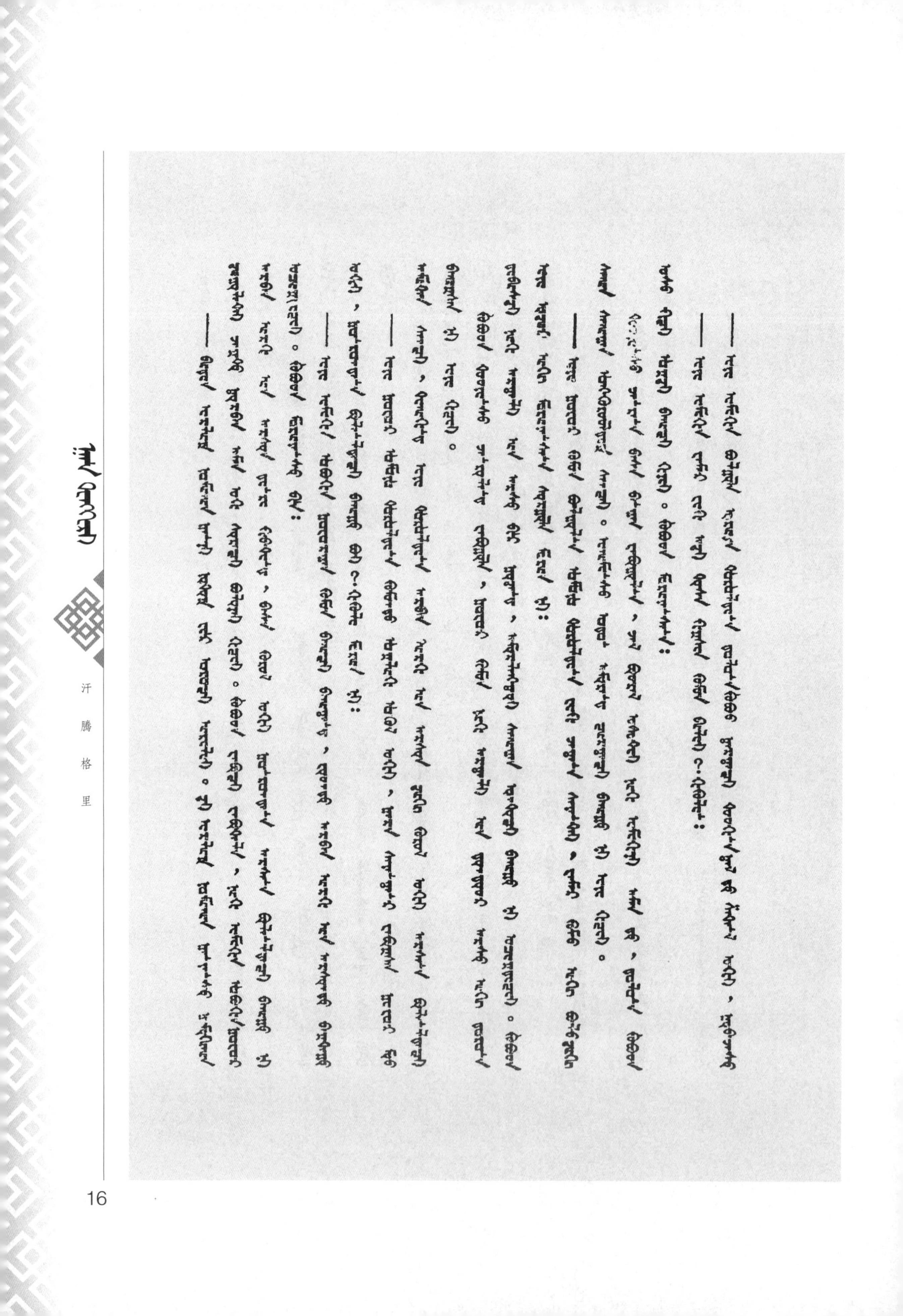

[illegible]

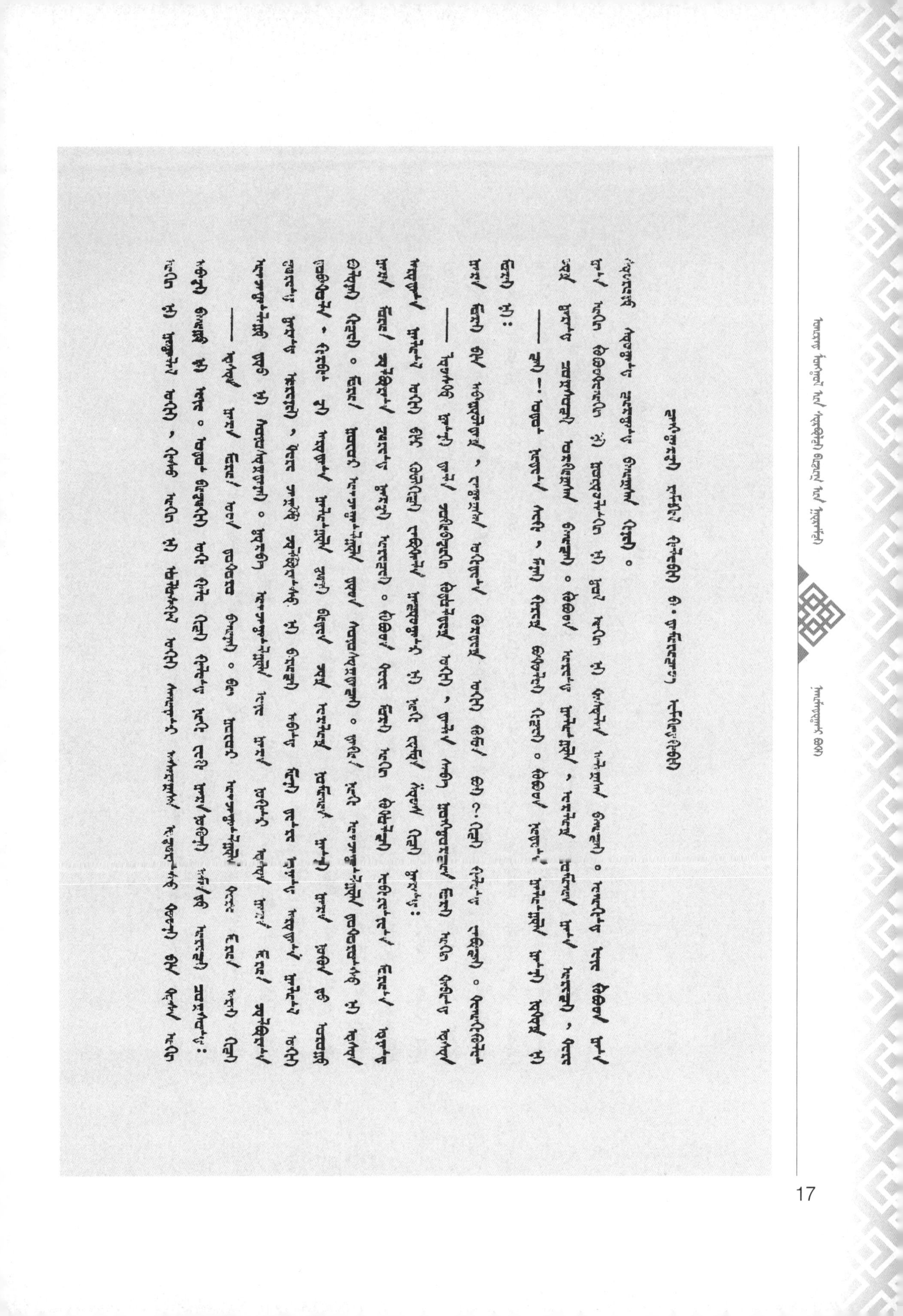

[illegible]

[illegible]

[illegible]

[illegible]

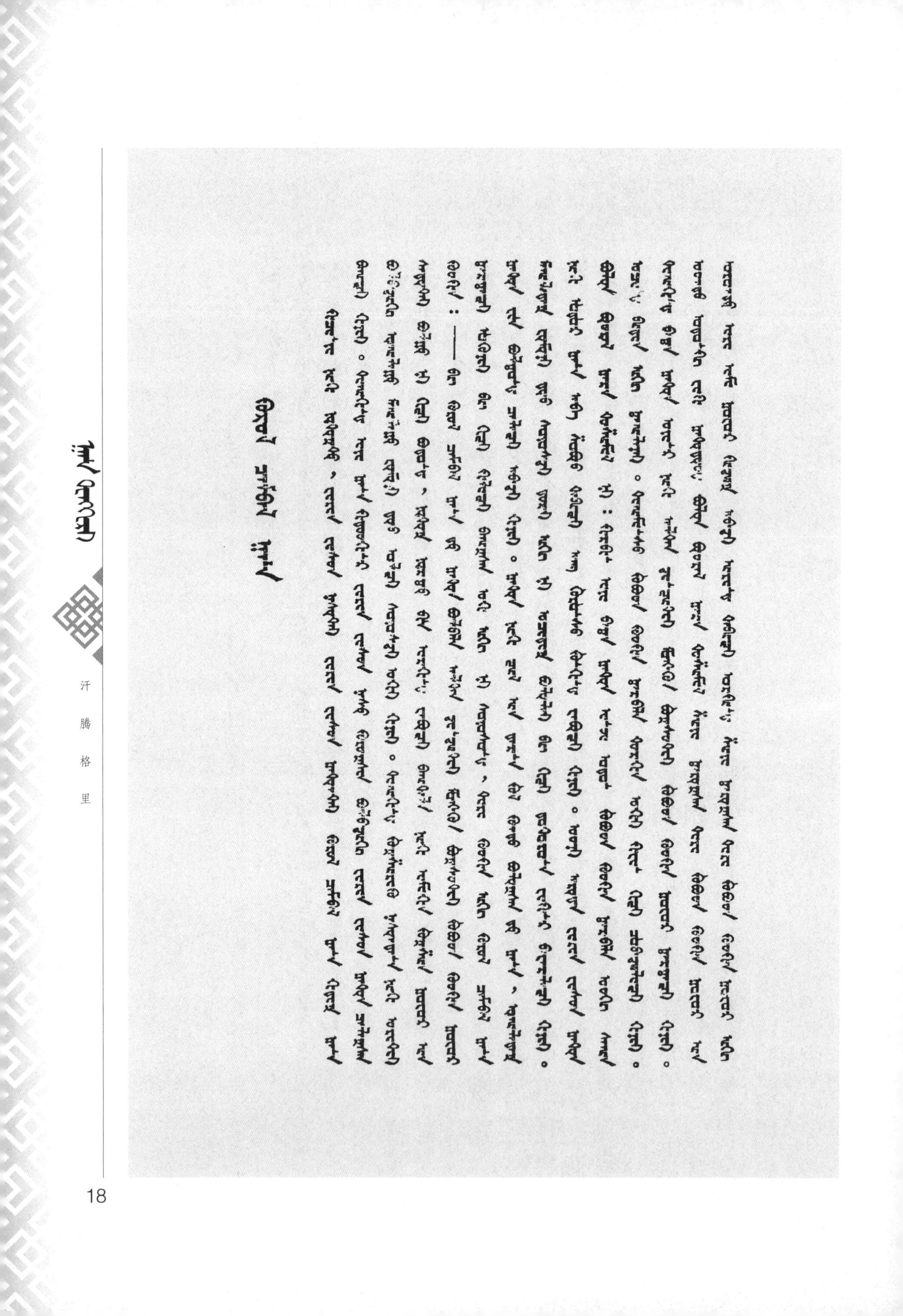

[illegible]

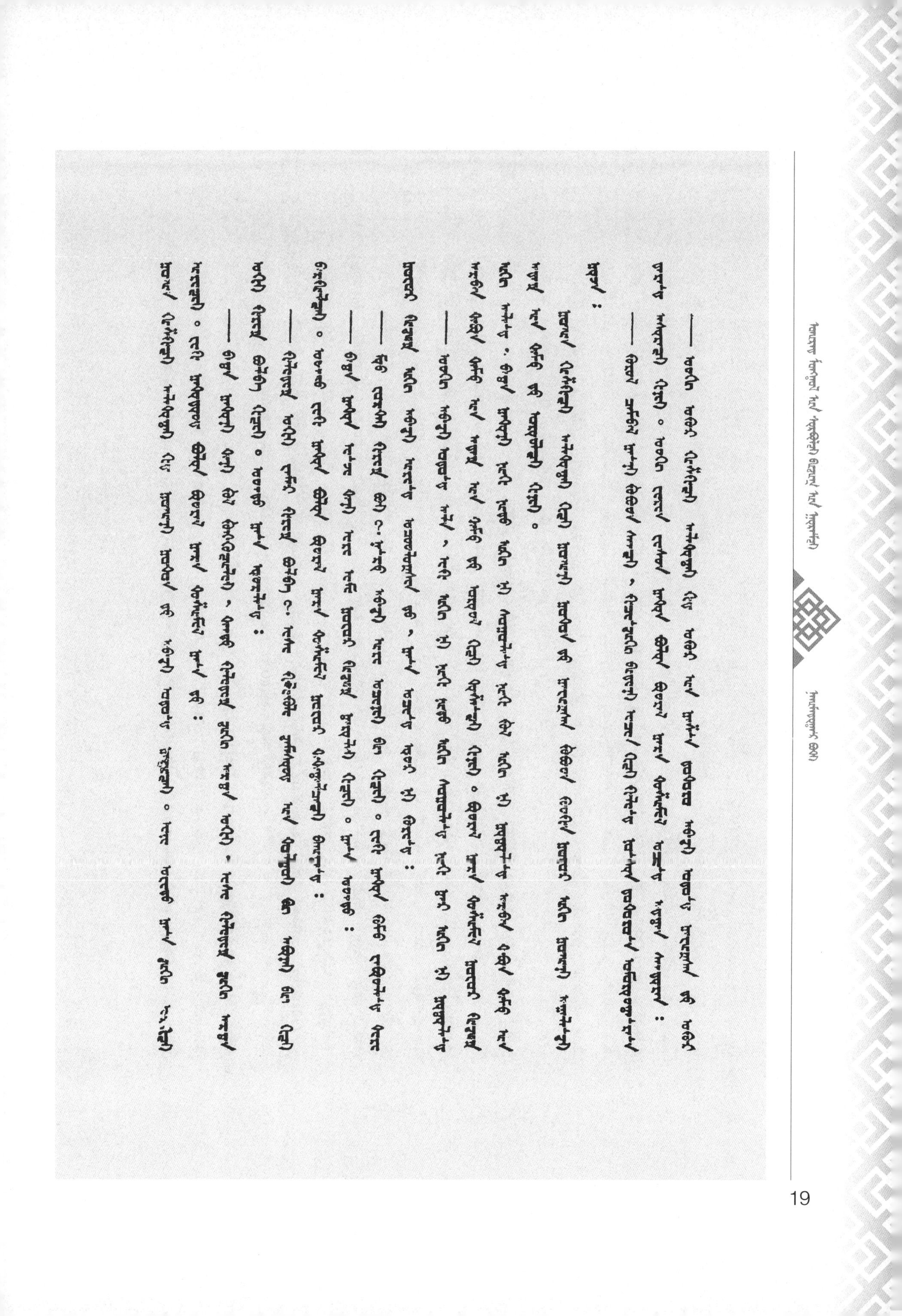

[illegible]

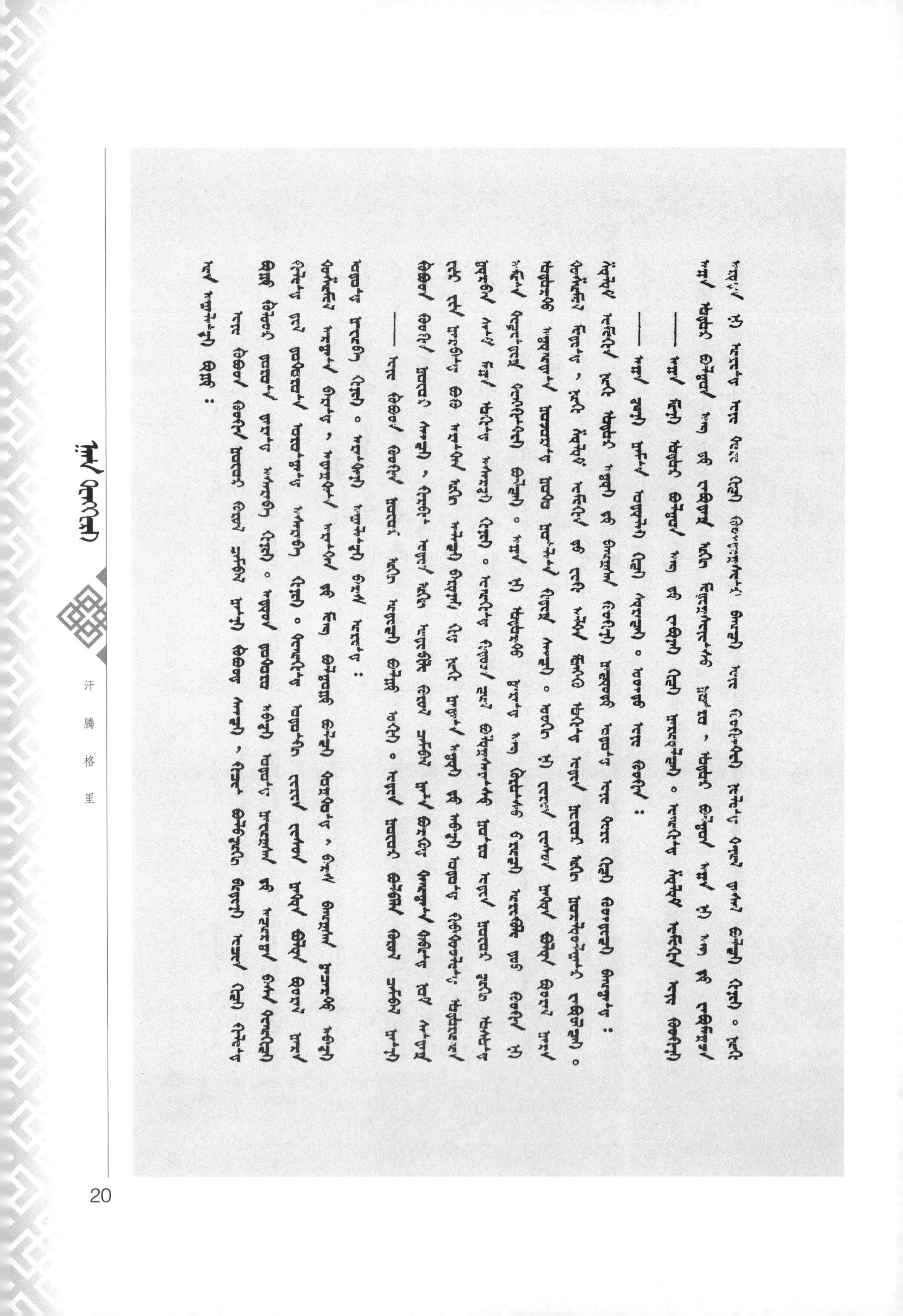

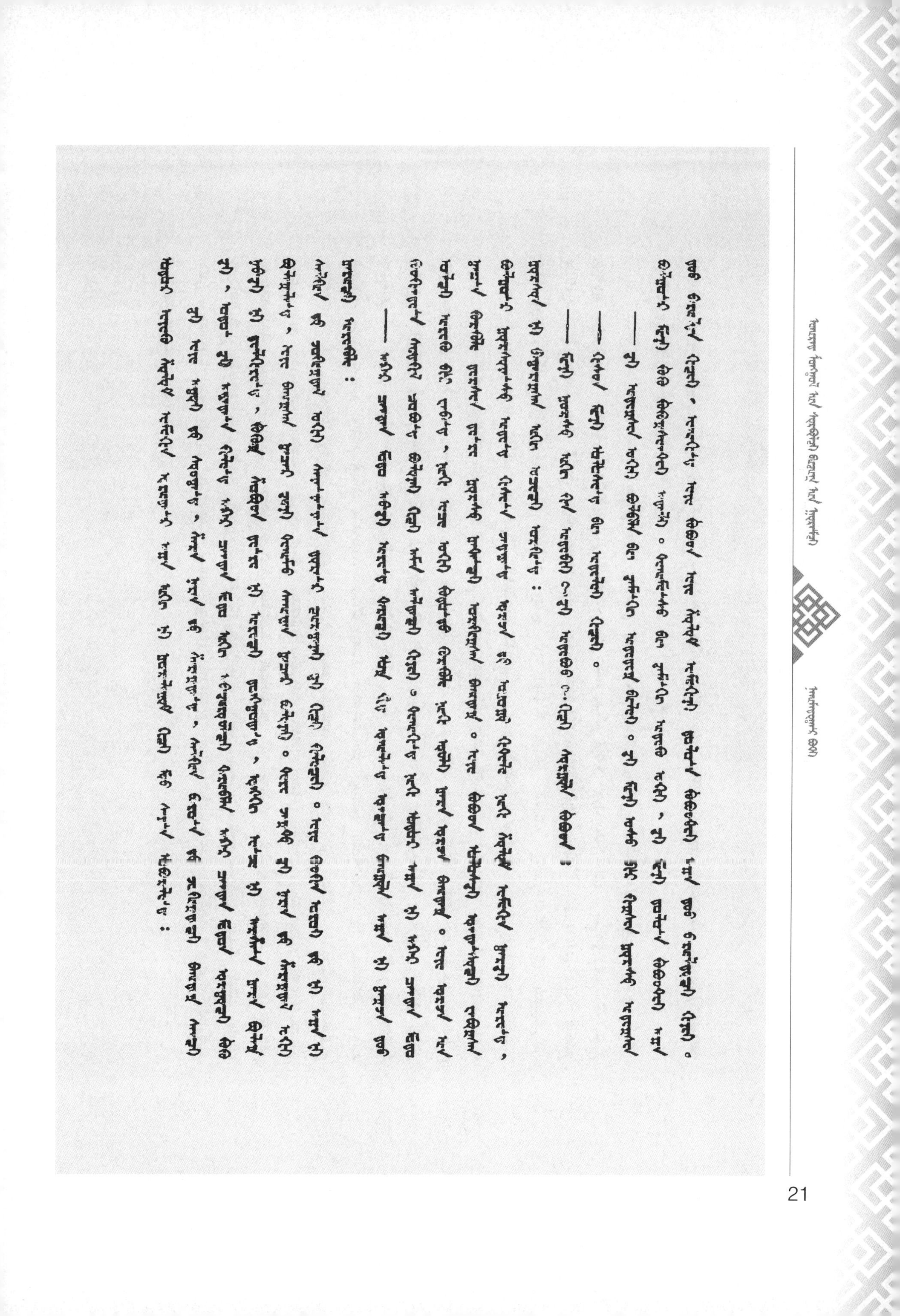

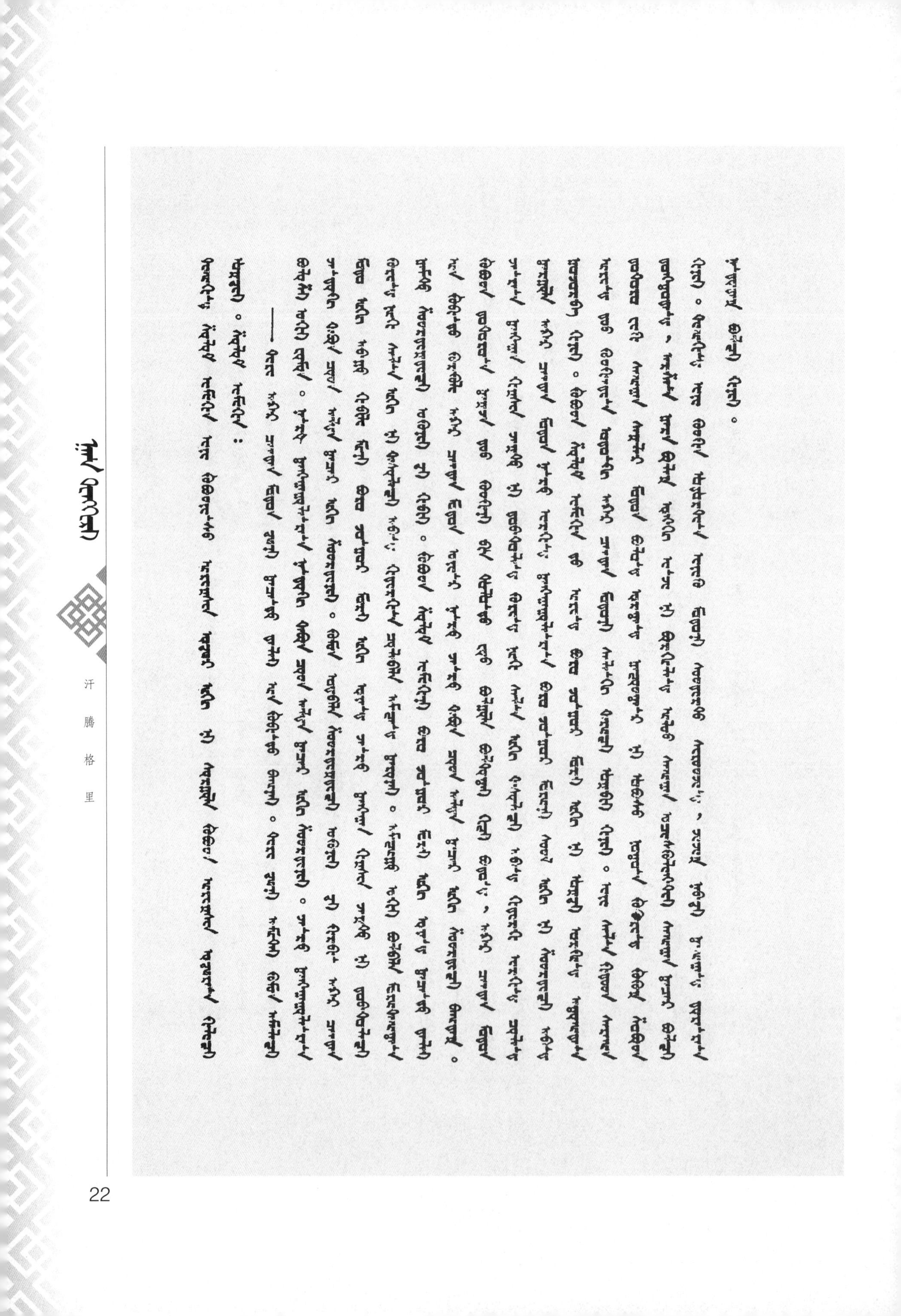

[illegible]

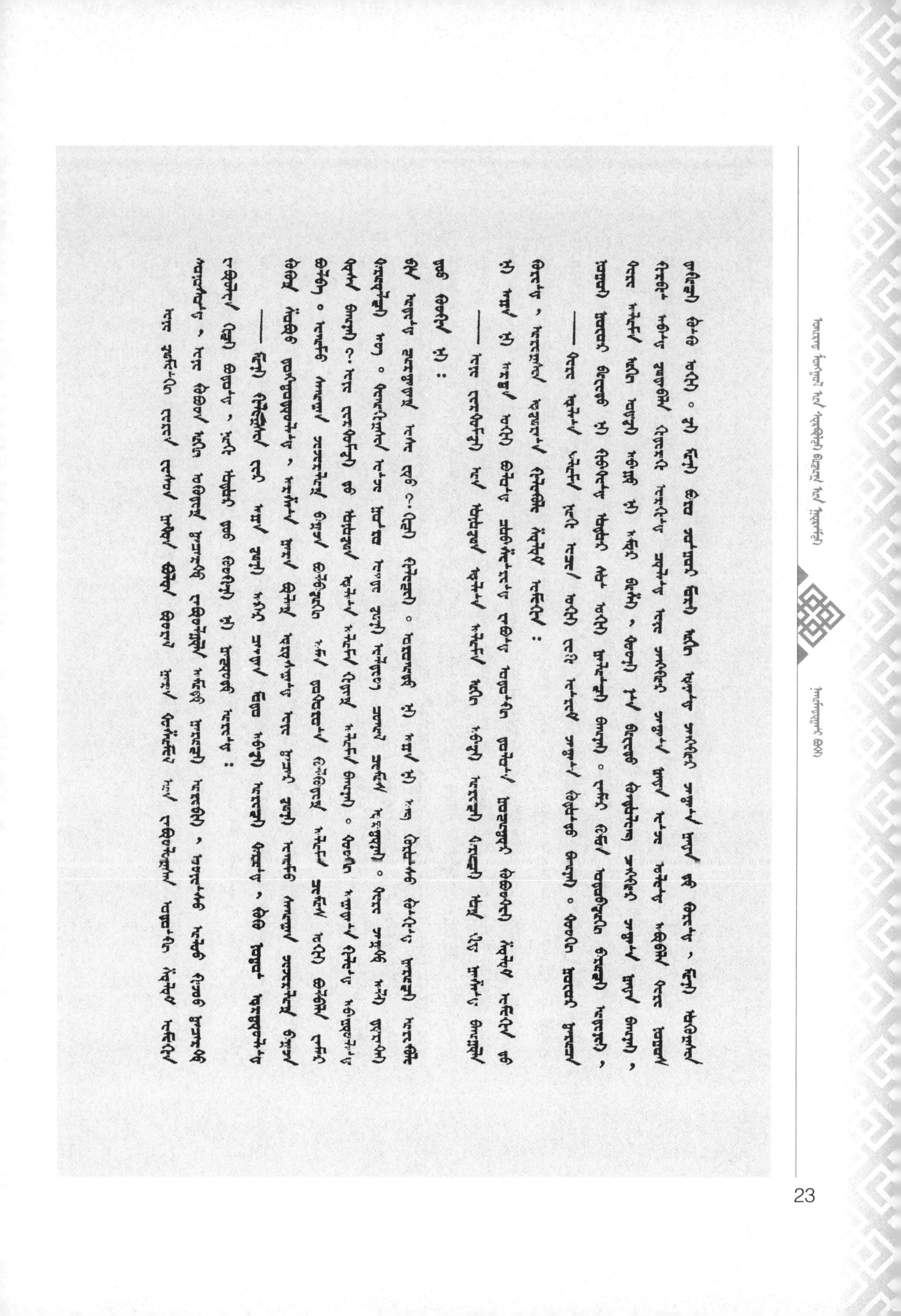

[illegible]

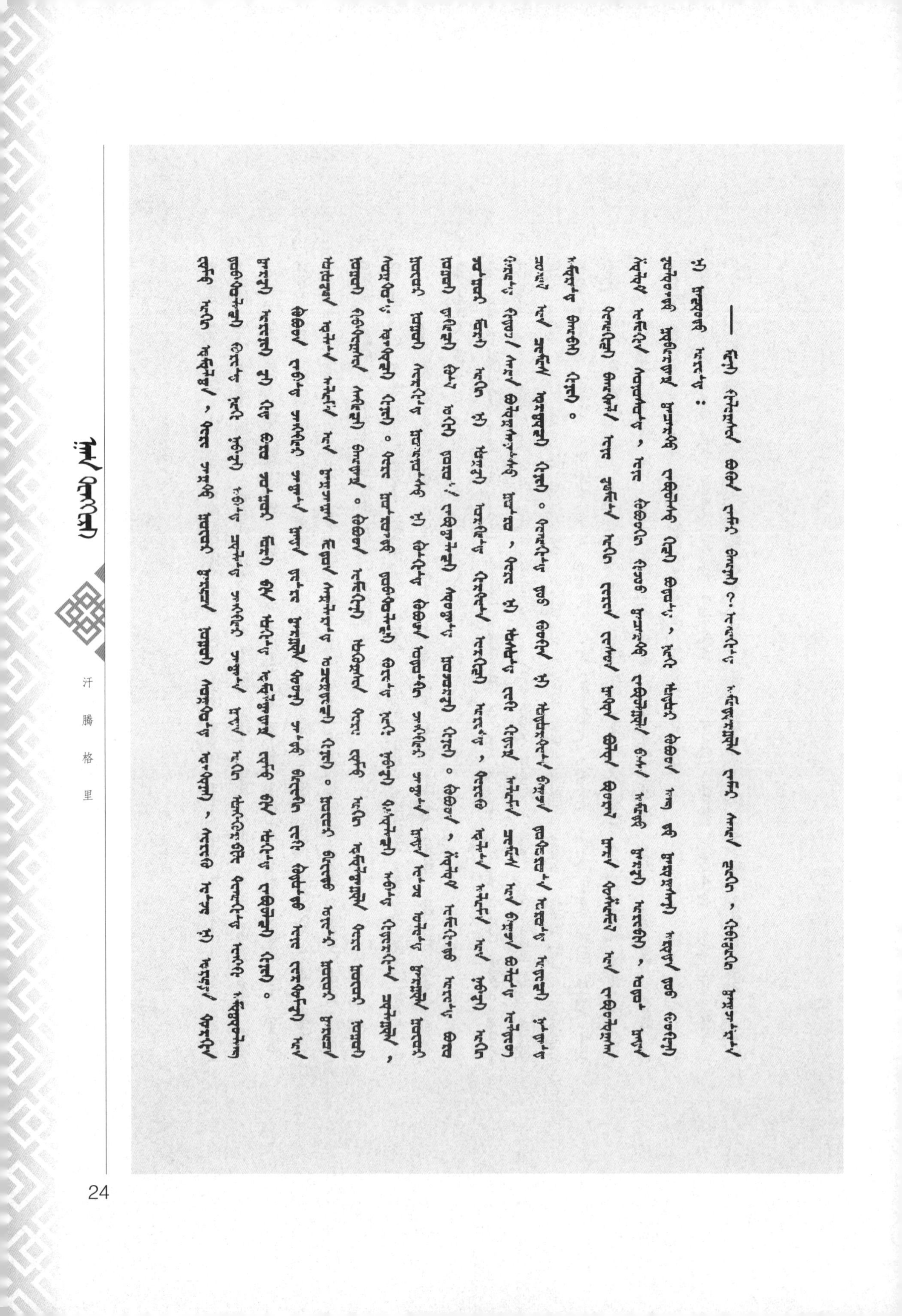

[illegible]

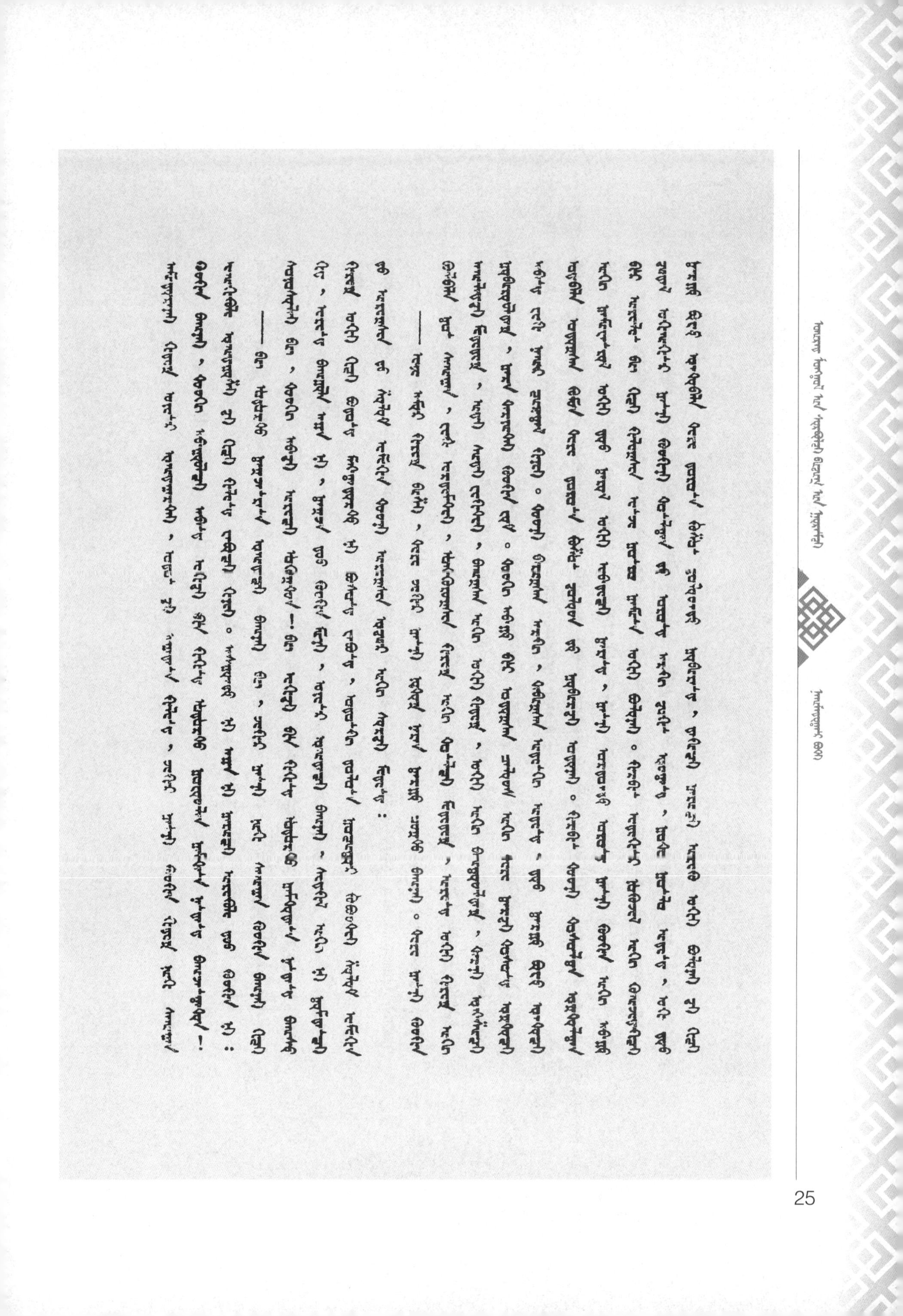

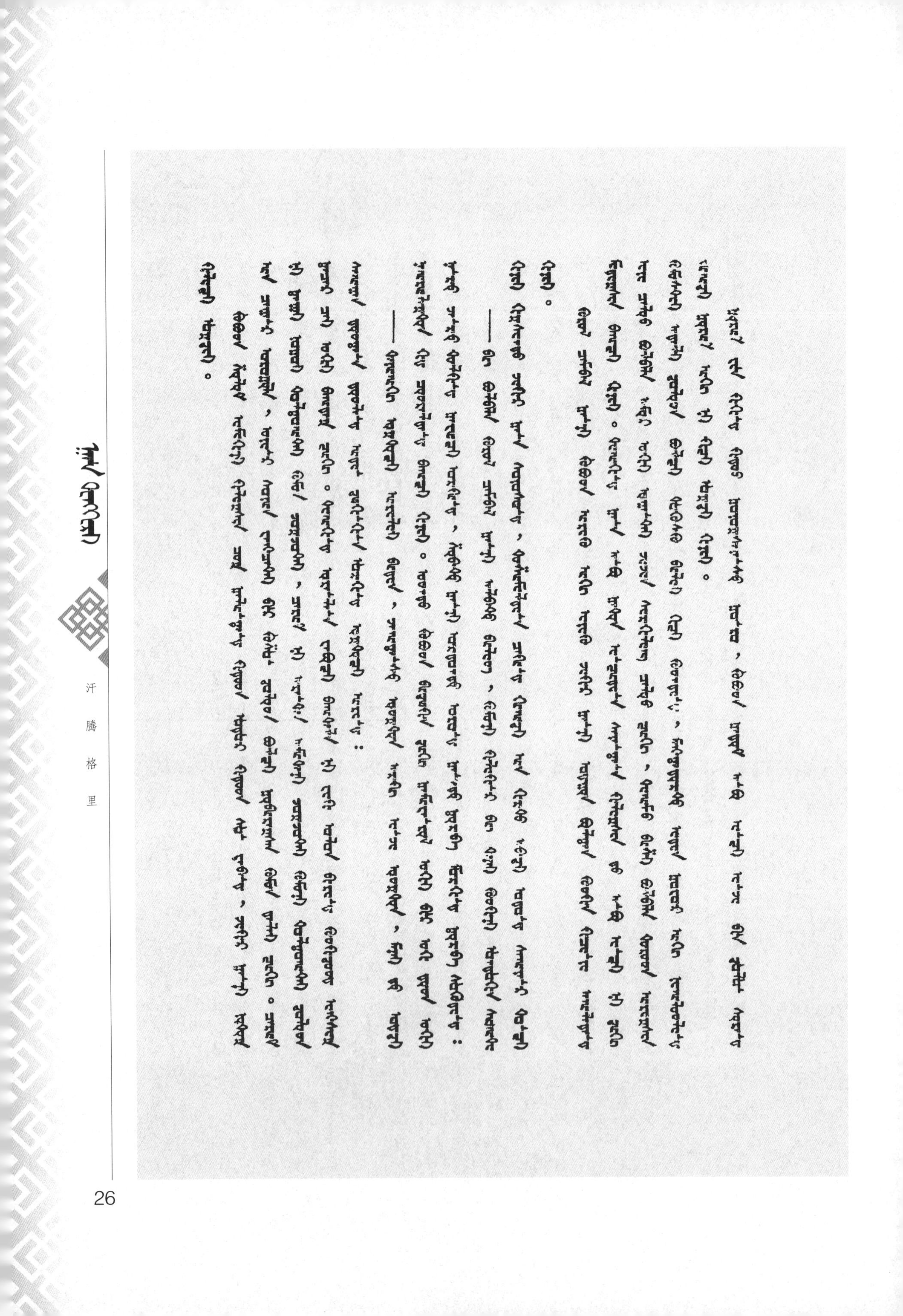

[illegible]

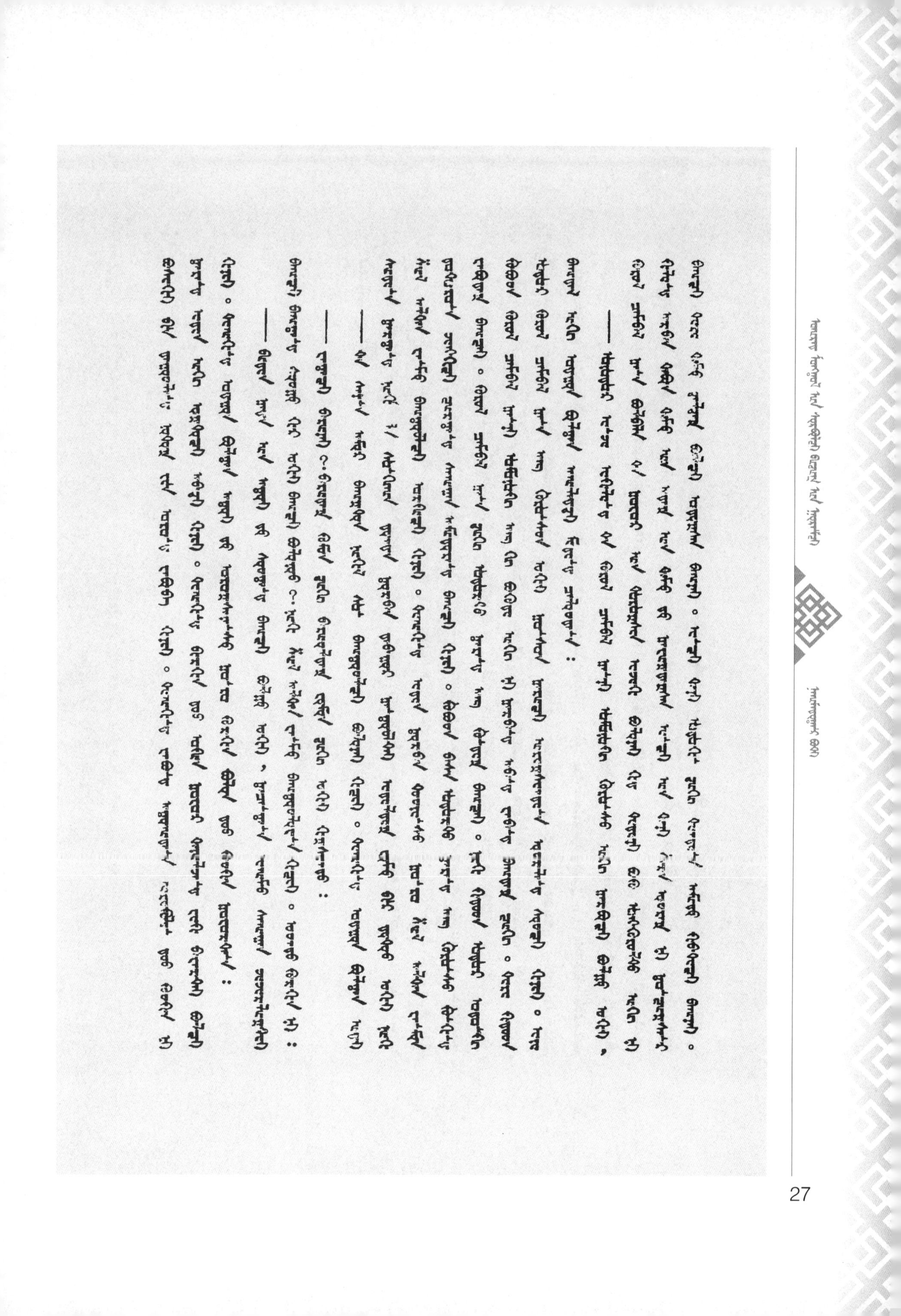

[illegible] ᠃ [illegible] ᠃
[illegible]
[illegible]

—— [illegible] ᠂

[illegible] ᠄

[illegible] ᠃ [illegible]
[illegible] ᠃ [illegible]
[illegible] ᠃ [illegible] ᠃ [illegible]
[illegible] ᠃ [illegible]
[illegible] ᠃ [illegible]
[illegible]

—— [illegible] ᠃ [illegible]

—— [illegible] ᠄

[illegible] ᠃ [illegible] ᠄

—— [illegible]

[illegible] ᠃ [illegible] ᠄
[illegible] ᠃ [illegible]
[illegible] ᠃ [illegible]

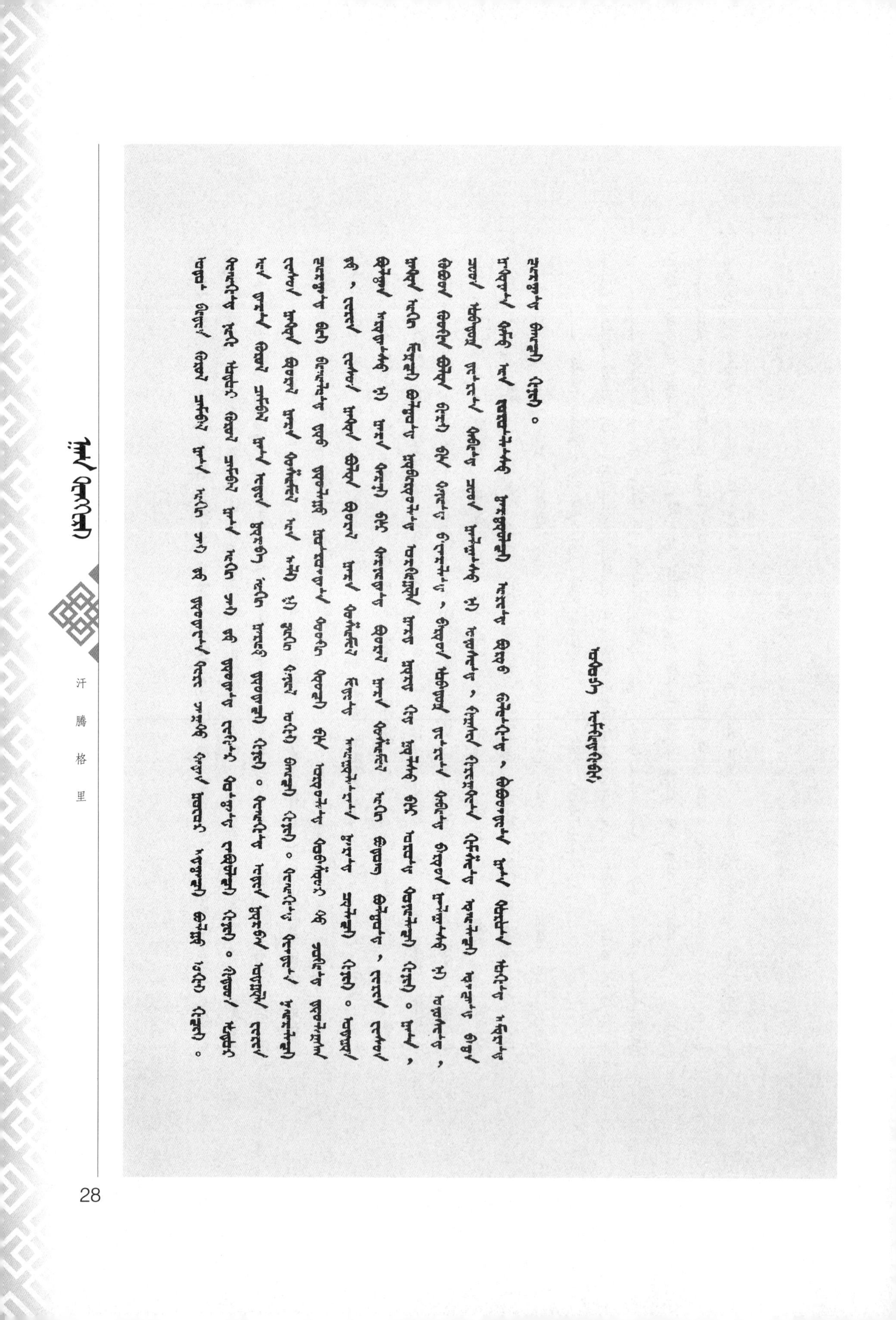

[illegible]

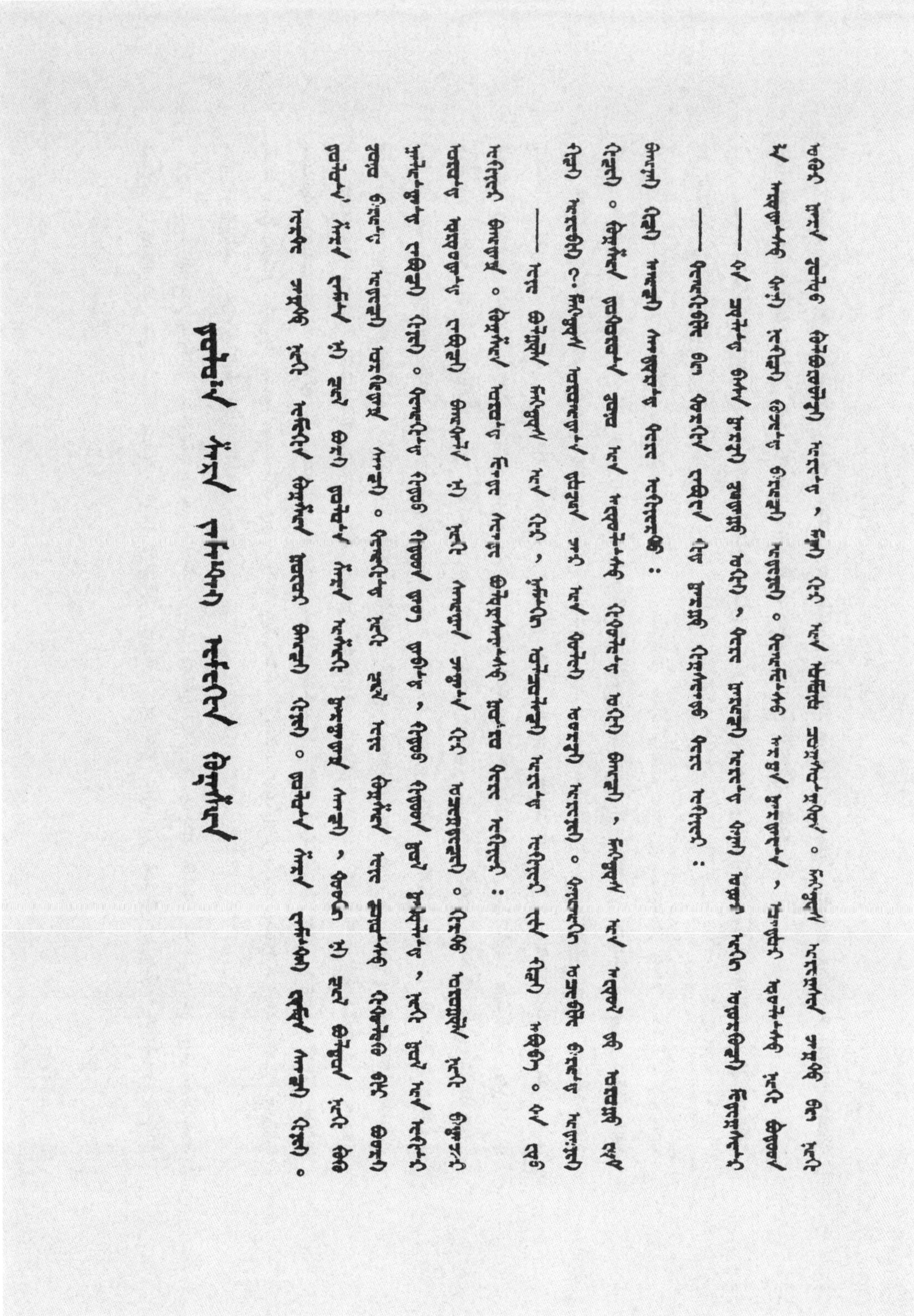

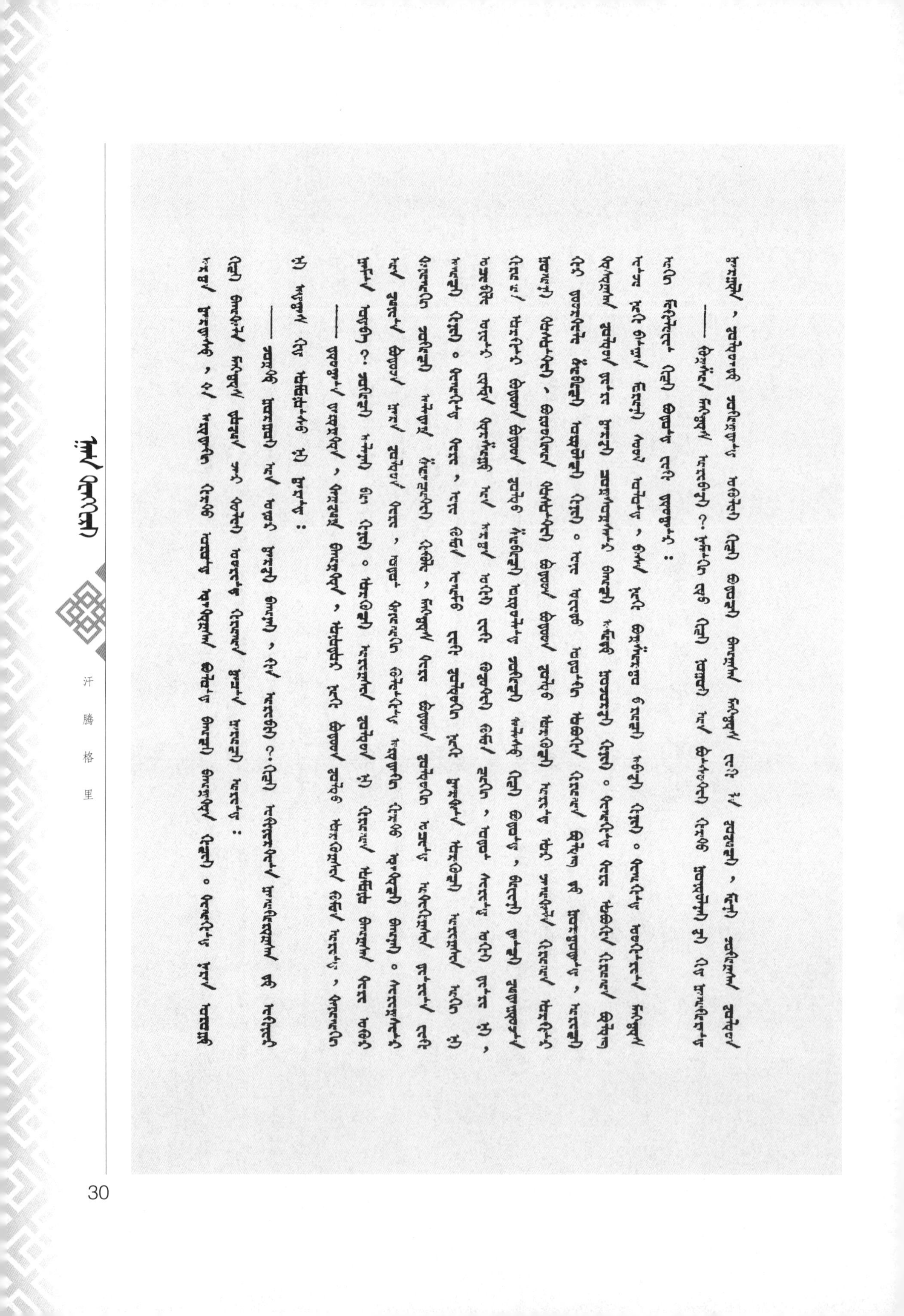

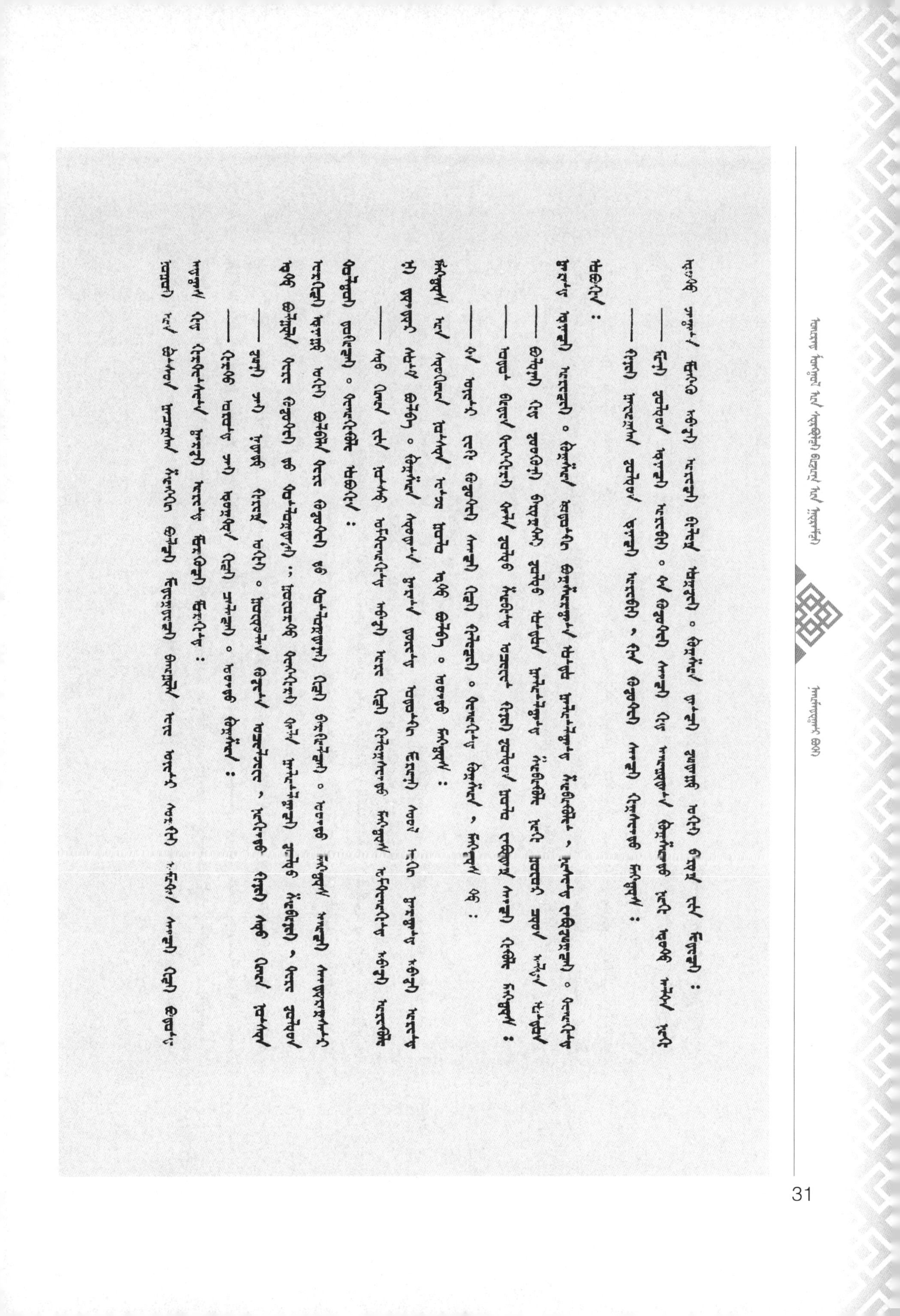

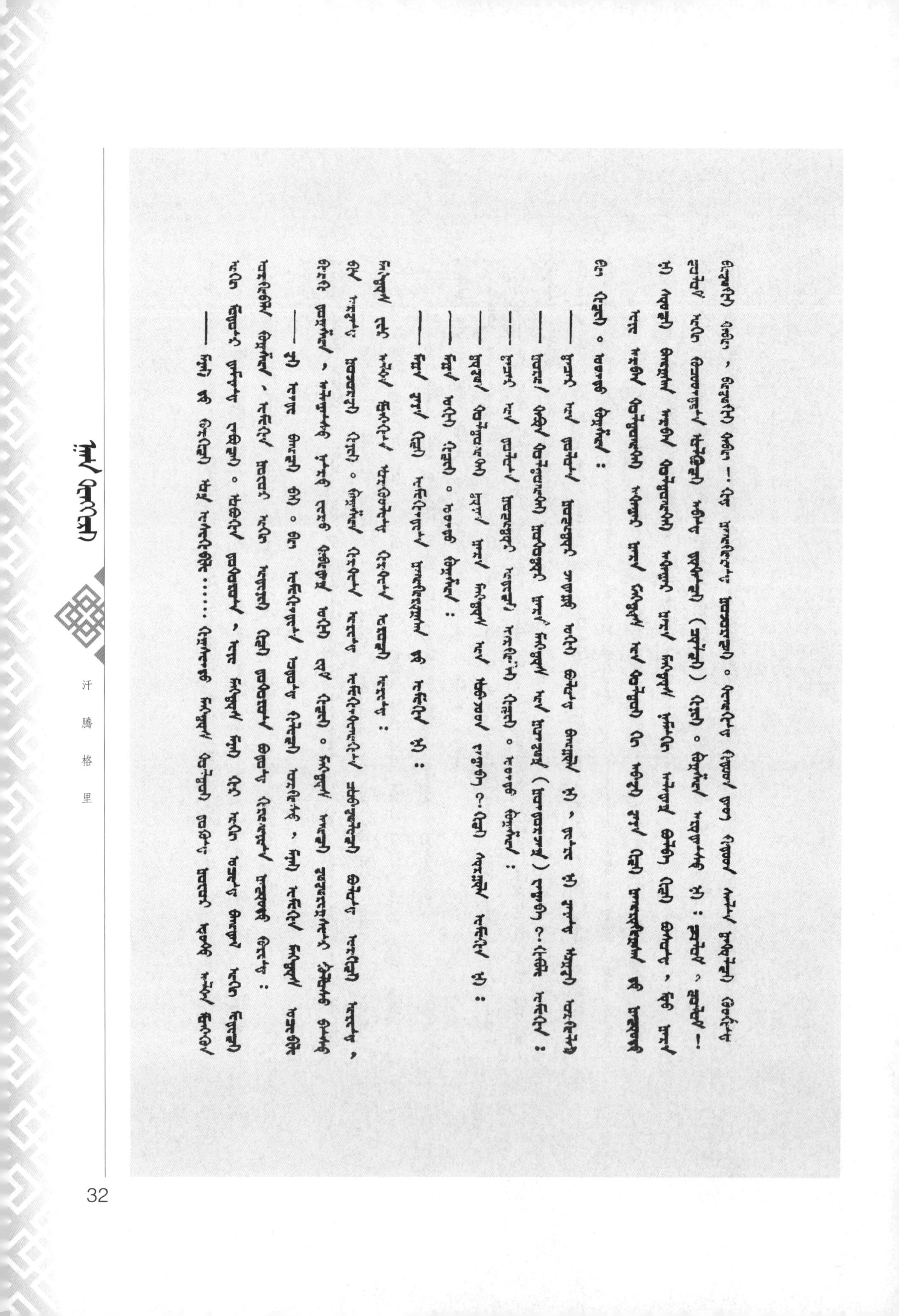

[illegible]

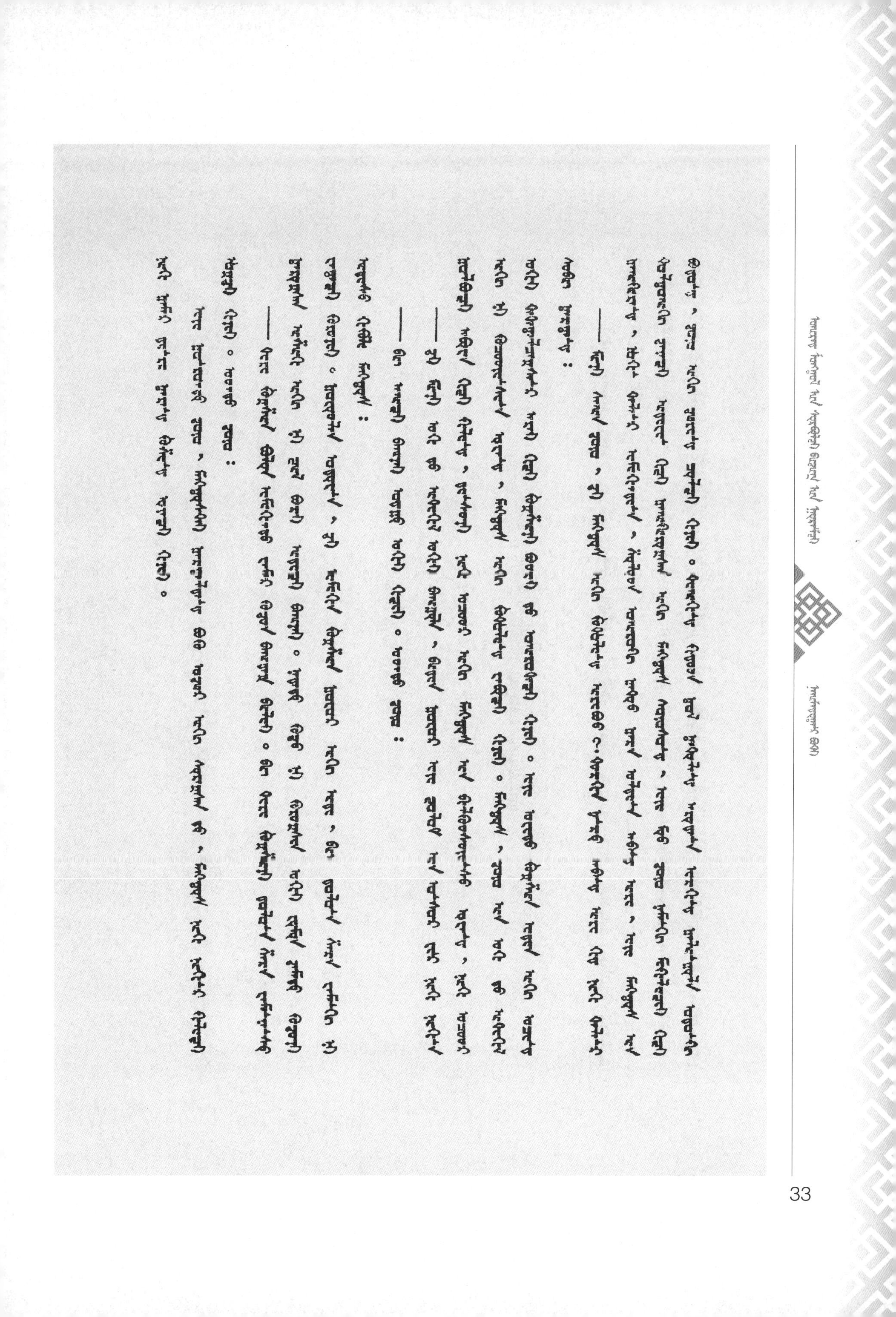

[illegible]

—— [illegible]

[illegible]

—— [illegible]

—— [illegible]

[illegible]

—— [illegible]

[illegible]

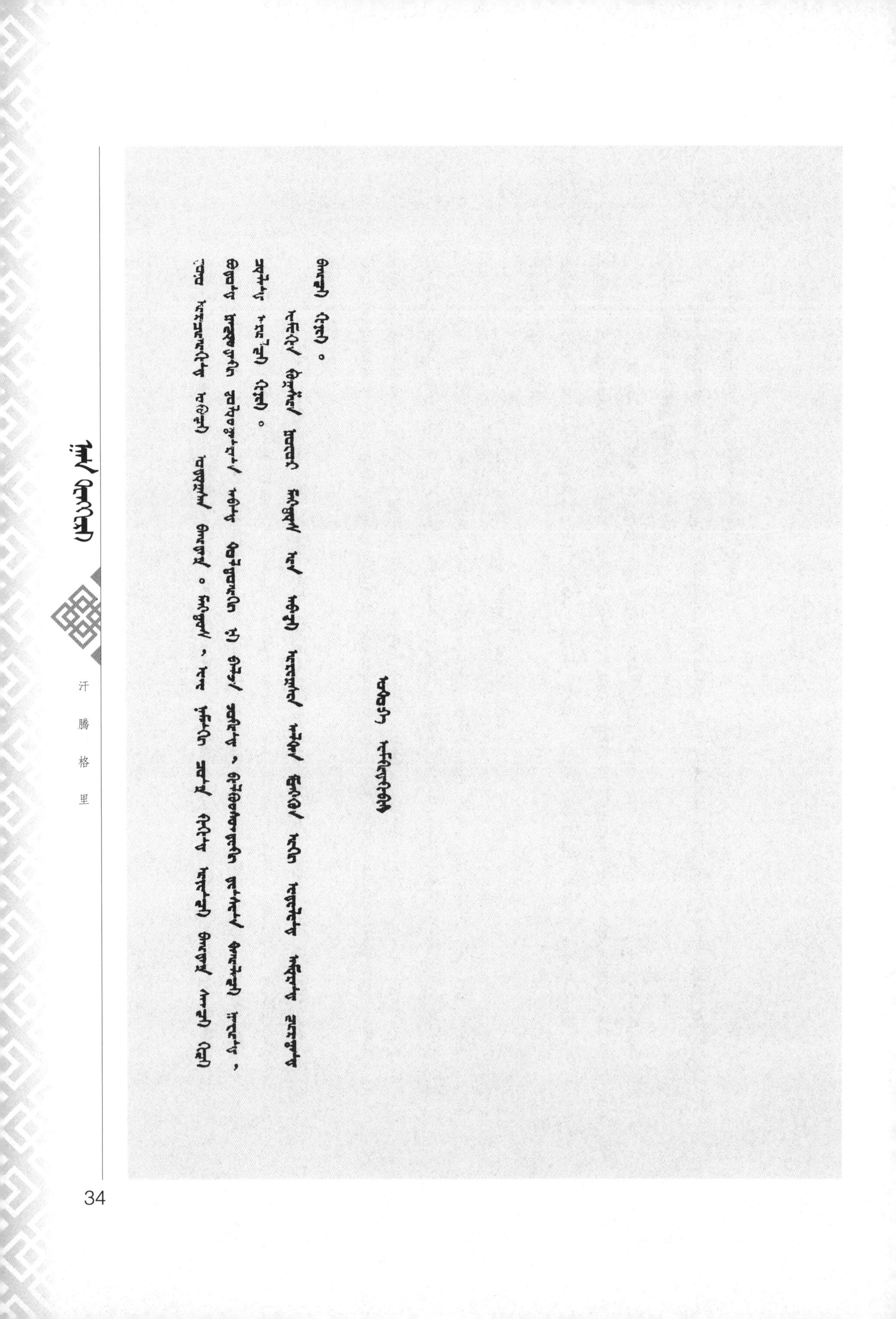

[illegible]

[illegible]

[illegible]

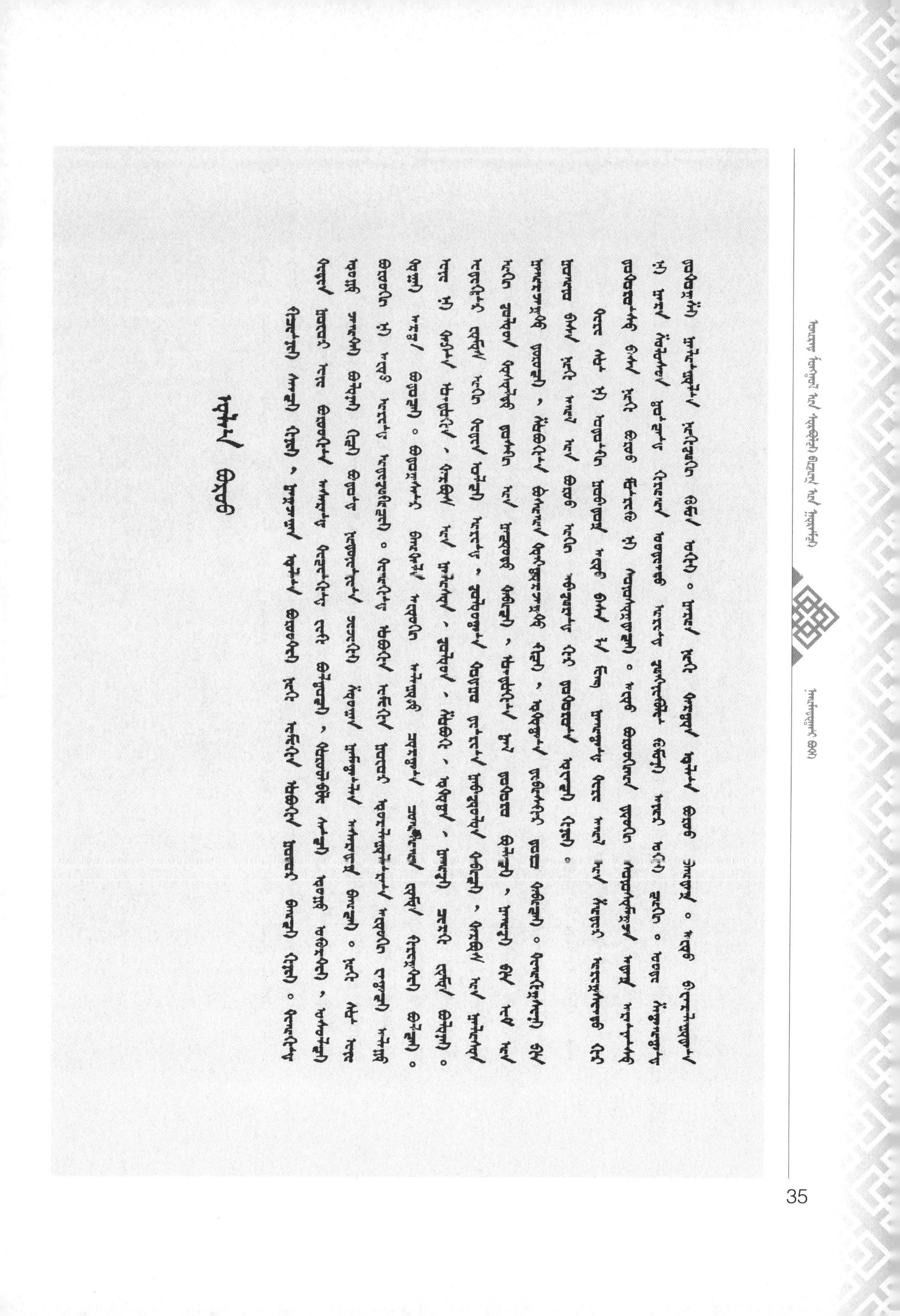

ᠥᠮᠦᠨᠡᠬᠢ ᠦᠭᠡ

[illegible]

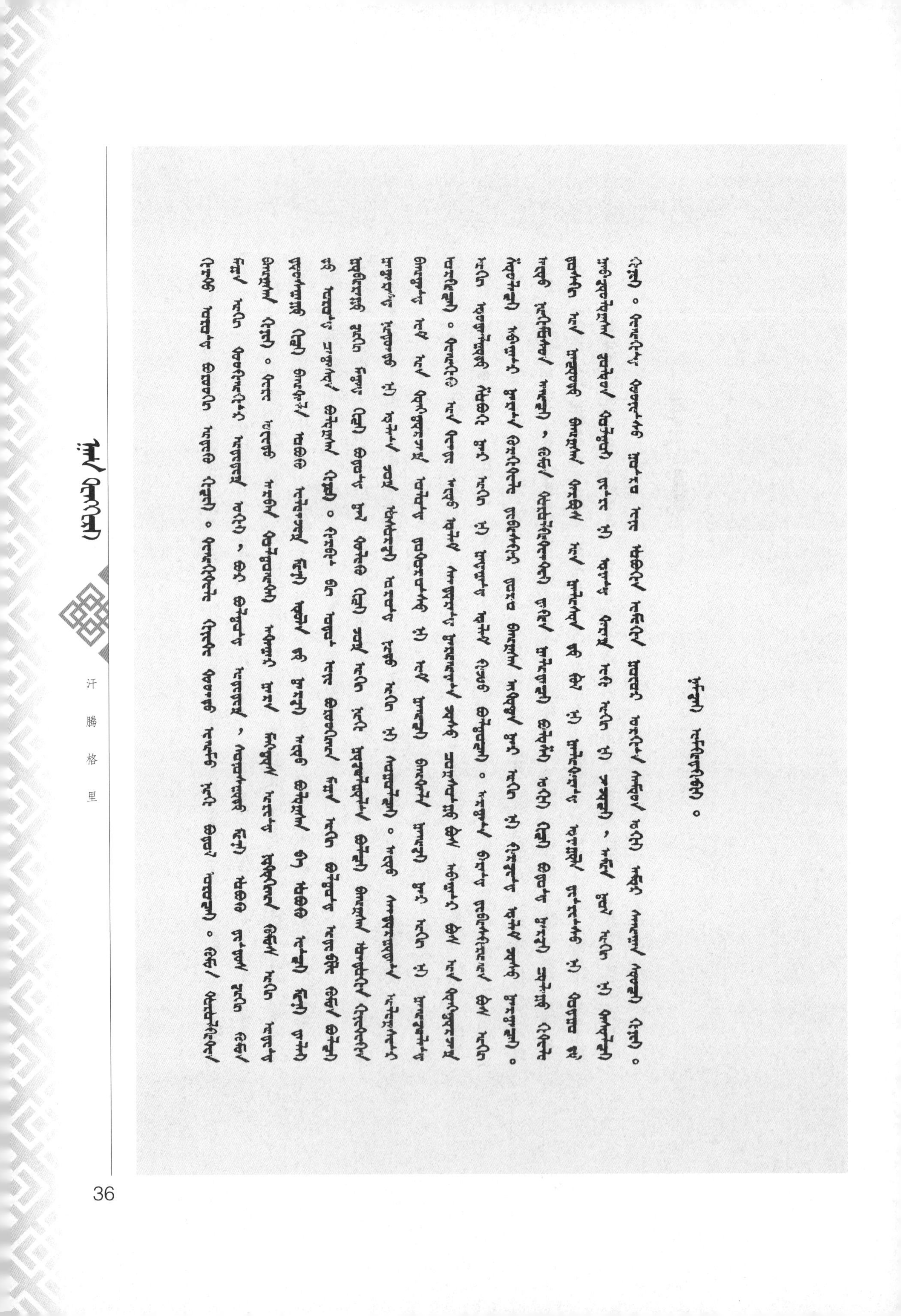

[illegible]

ᠳᠠᠰᠬᠠᠯ

ᠨᠢᠭᠡ

[illegible]

ᠵᠢᠱᠢᠶ᠎ᠡ : [illegible]

ᠬᠣᠶᠠᠷ

[illegible]

ᠵᠢᠱᠢᠶ᠎ᠡ : [illegible]

ᠭᠤᠷᠪᠠ

[illegible]

—— [illegible]

—— [illegible]

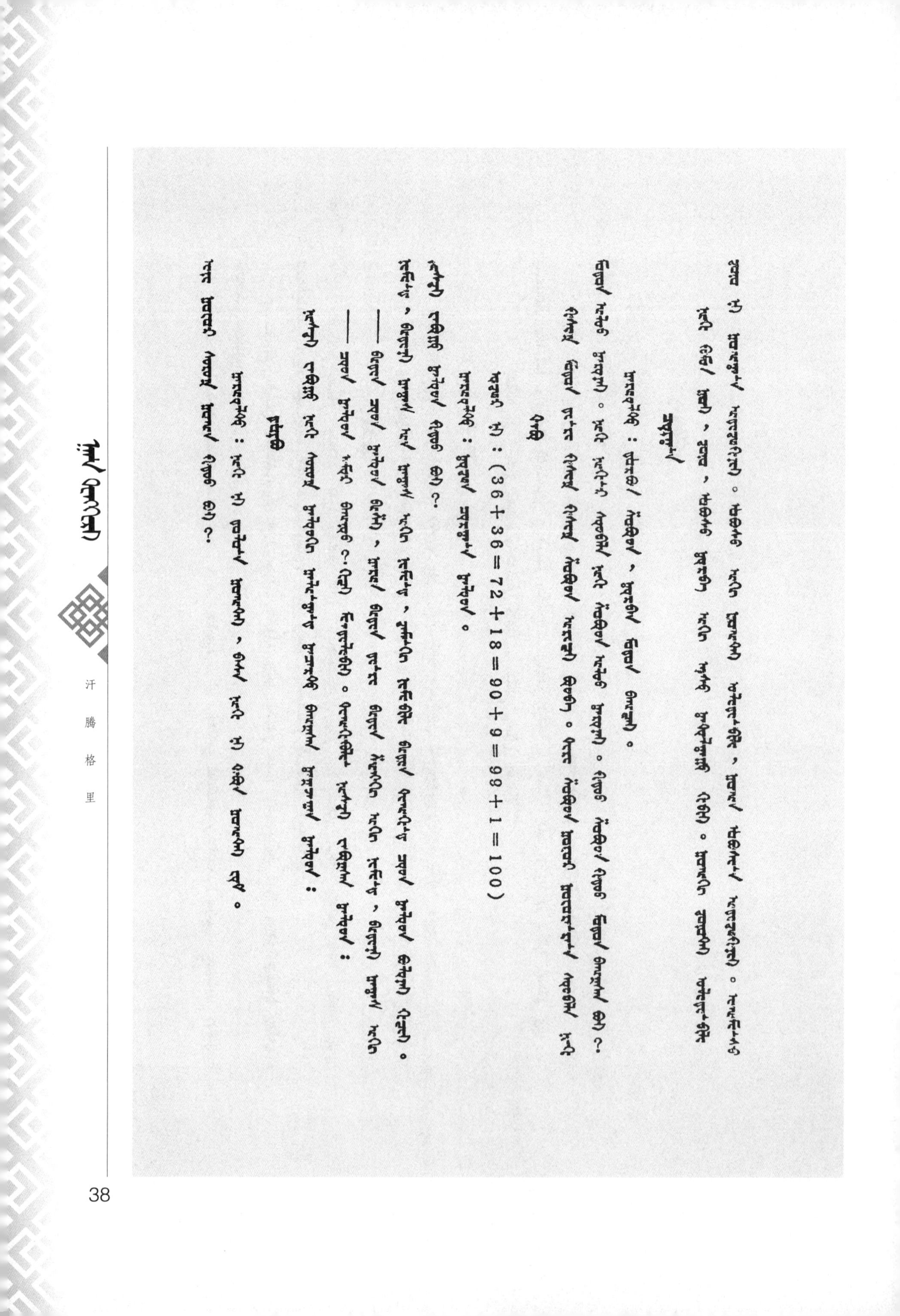

[illegible] 。 [illegible] 。 [illegible]

[illegible] 。 [illegible]

[illegible]

[illegible] : [illegible] 。

[illegible] ?

[illegible] 。 [illegible]

[illegible]

[illegible] : (36 + 36 = 72 + 18 = 90 + 9 = 99 + 1 = 100)

[illegible] : [illegible] 。

[illegible] ?

[illegible] 。

—— [illegible]

—— [illegible] ? ·([illegible]) [illegible] 。 [illegible] :

[illegible] :

[illegible]

[illegible] : [illegible] 。

[illegible] ?

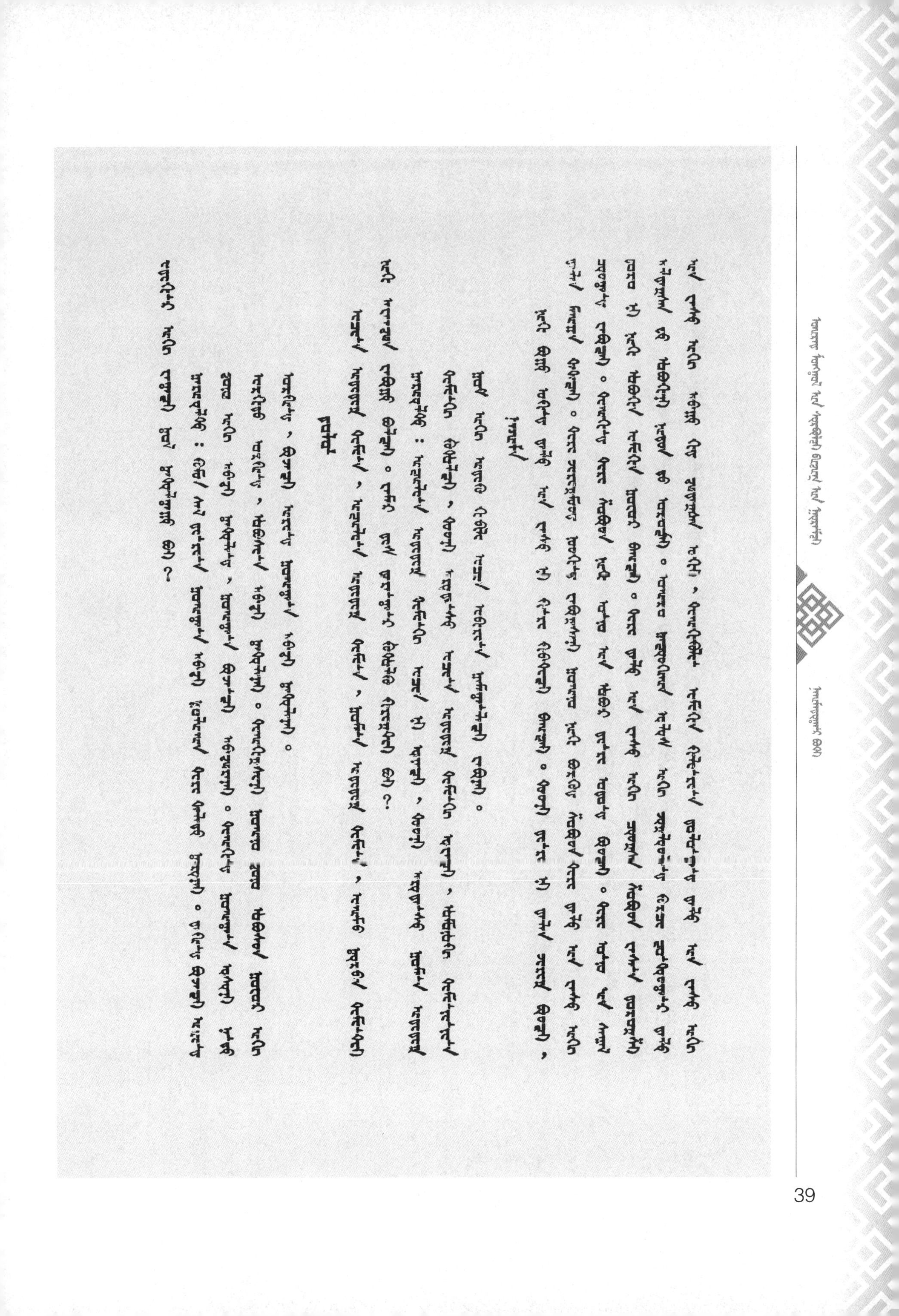

[illegible]

[illegible]

[illegible]

[illegible]

[illegible]

[illegible]

[illegible]

[illegible]

[illegible]

[illegible]

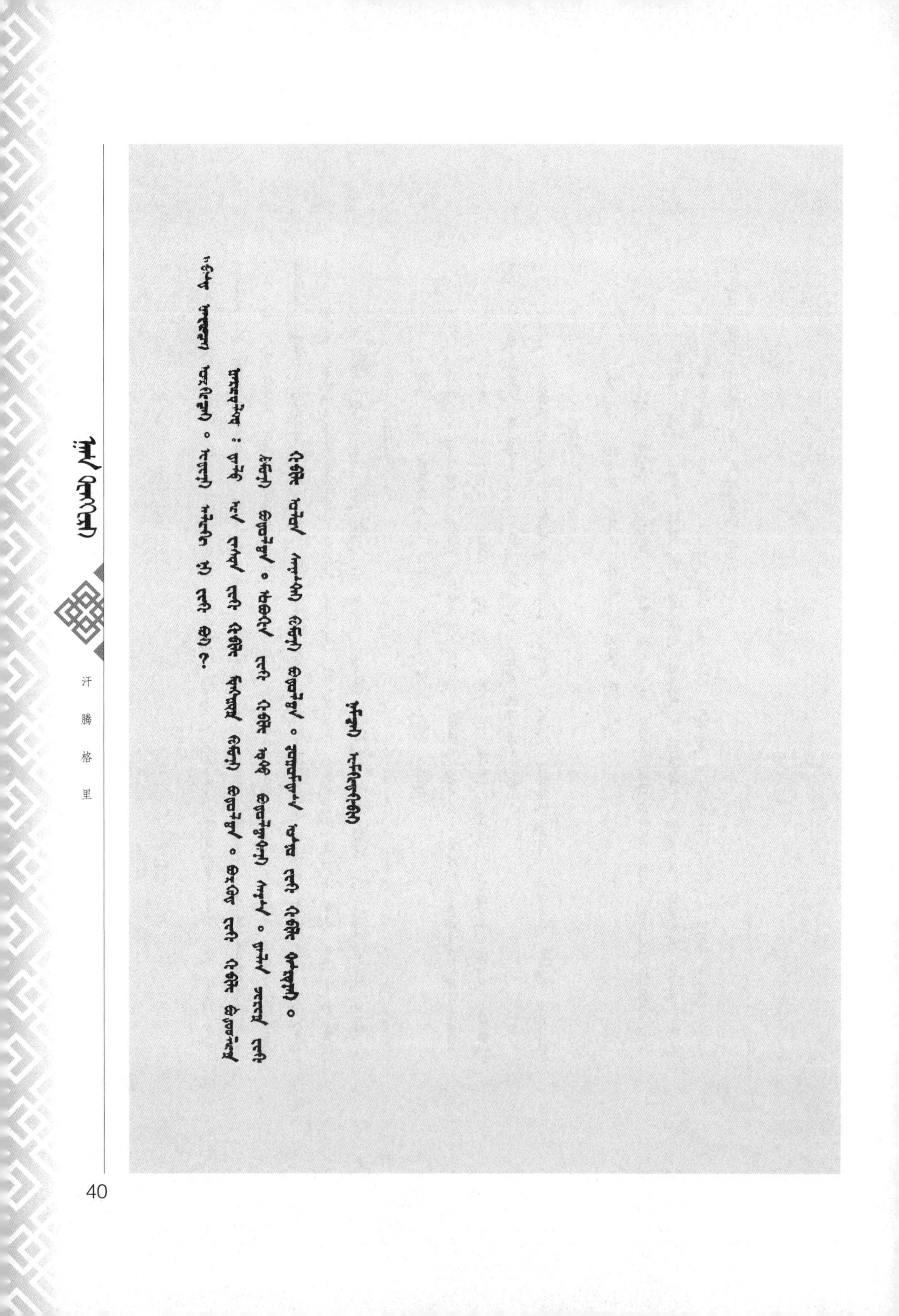

[illegible]

[illegible]

[illegible]

[illegible]

[illegible]

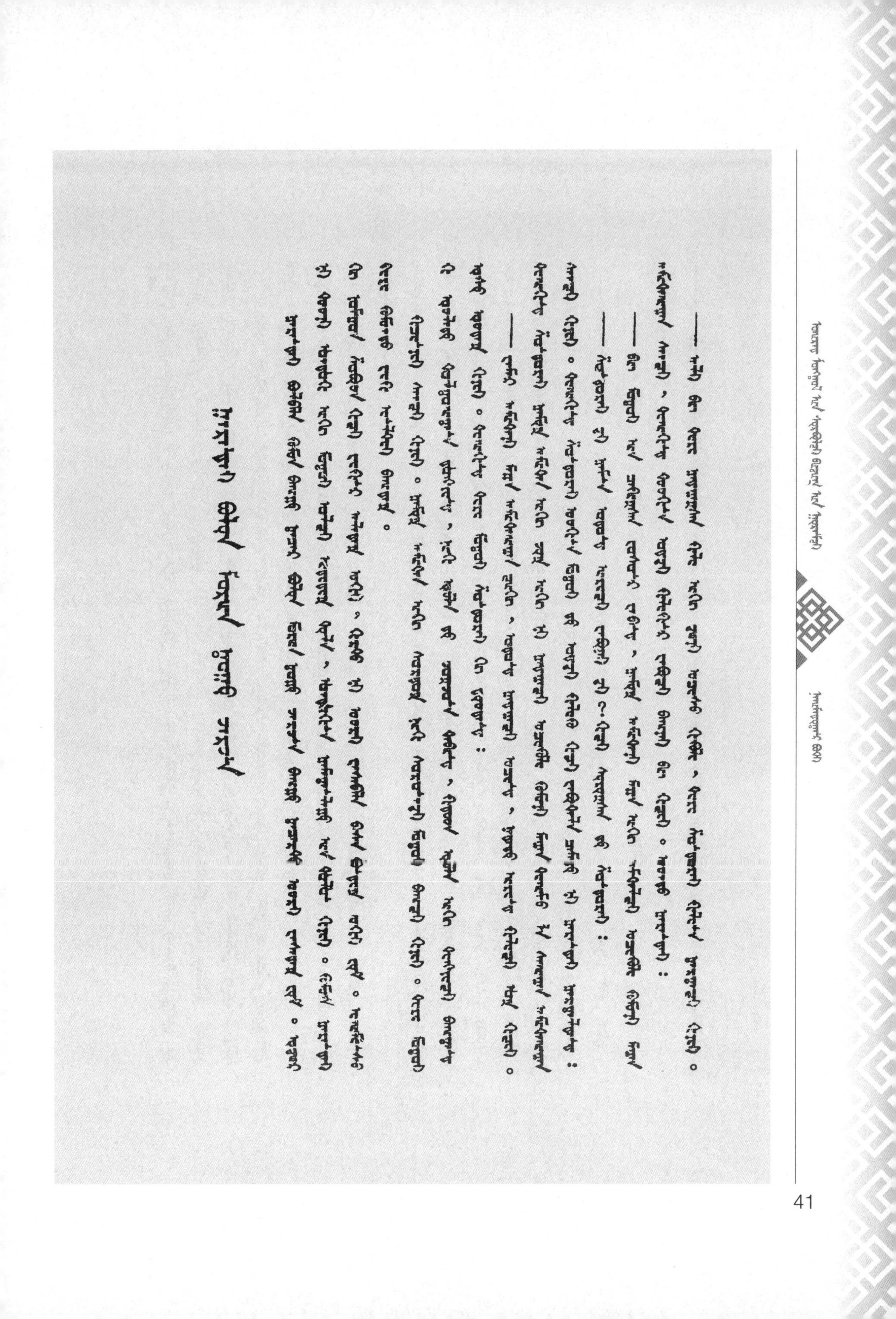

[illegible]

[illegible]

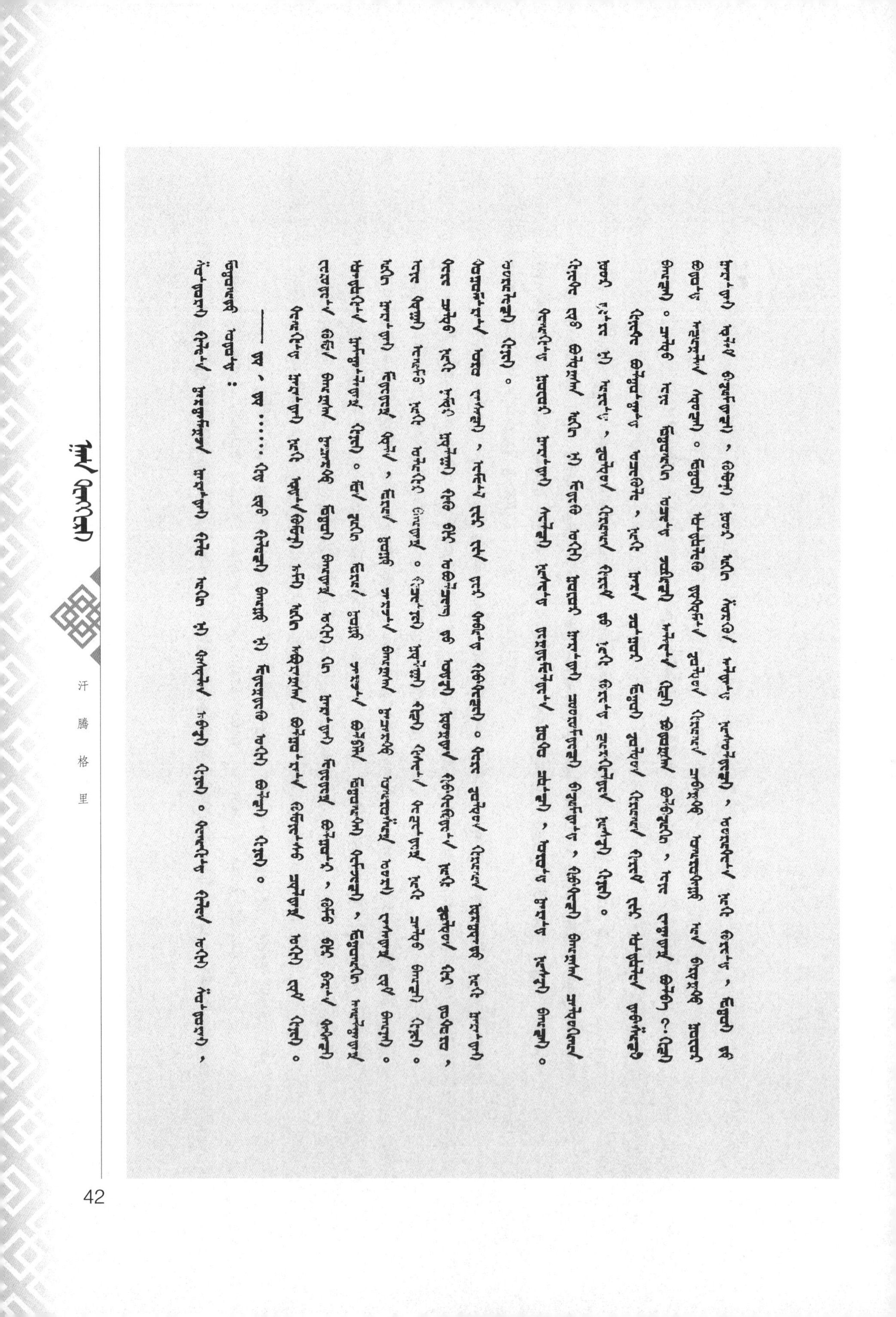

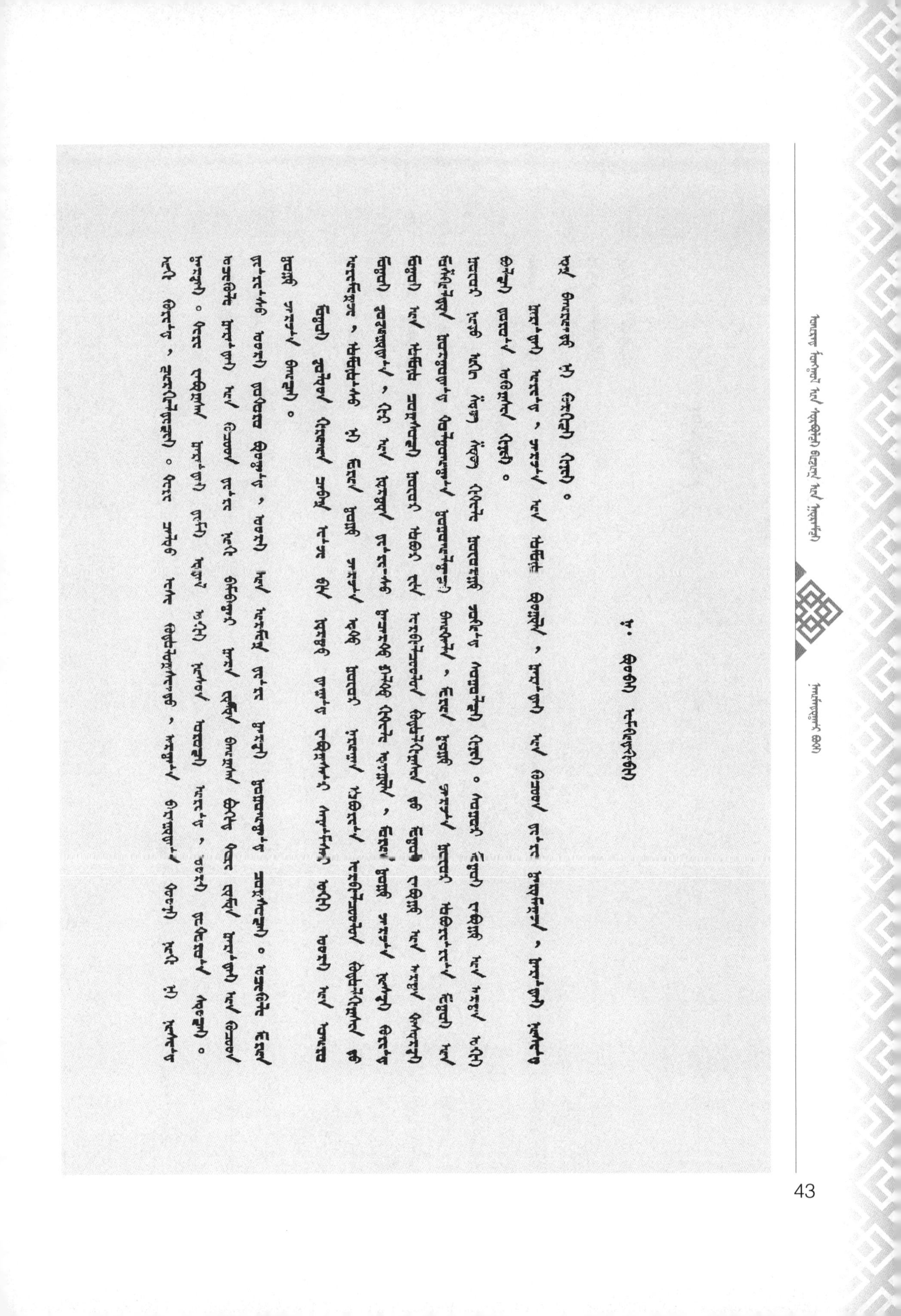

4. [illegible]

[illegible]

[illegible]

[illegible]

[illegible]

ᠲᠠᠶᠢᠯᠪᠤᠷᠢ

ᠬᠥᠪᠡᠭᠦᠨ ᠮᠣᠷᠢ ᠮᠣᠷᠢᠲᠠᠢ
ᠬᠡᠷᠡᠭ ᠶᠠᠪᠤᠳᠠᠯ ①

ᠮᠠᠨᠠᠨ ᠬᠡᠷᠢ ᠲᠠᠯᠠ
ᠮᠠᠨᠠᠨᠠᠢ ᠬᠡᠷᠡᠭ ᠬᠦᠮᠦᠰᠦ ②

ᠮᠠᠨᠳᠤᠯᠲᠠ ᠣᠷᠣᠨ ᠪᠠᠶᠢᠳᠠᠯ ᠠᠭᠤᠯᠠ
ᠪᠣᠷᠣᠭᠤᠯ ᠮᠠᠨᠠᠨ ᠪᠣᠷᠣᠭᠠ ③

ᠲᠠᠭᠠᠨ ᠲᠠᠭᠤᠯ ᠲᠡᠷᠡ ᠤᠯᠠ
ᠲᠡᠩᠷᠢ ᠪᠣᠭᠳᠠ ᠲᠠᠯᠠ ᠤᠯᠠ ④

ᠤᠯᠠ ᠠᠭᠤᠯᠠ
ᠪᠣᠭᠳᠠ ᠬᠠᠶᠢᠷᠬᠠᠨ ⑤

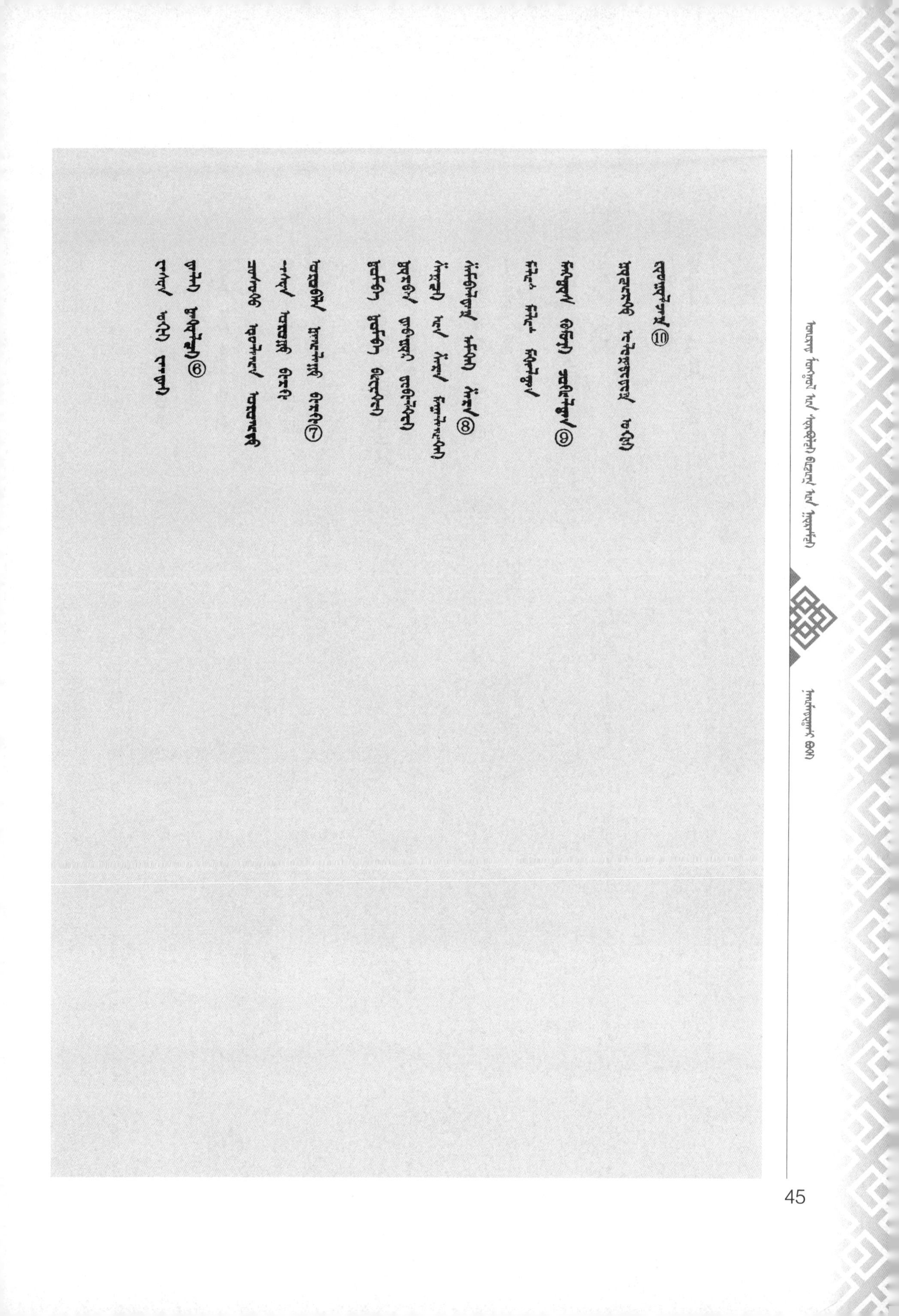

[illegible] ⑥
[illegible]

[illegible]
[illegible]
[illegible] ⑦

[illegible]
[illegible]
[illegible]
[illegible] ⑧

[illegible]
[illegible] ⑨

[illegible]
[illegible] ⑩

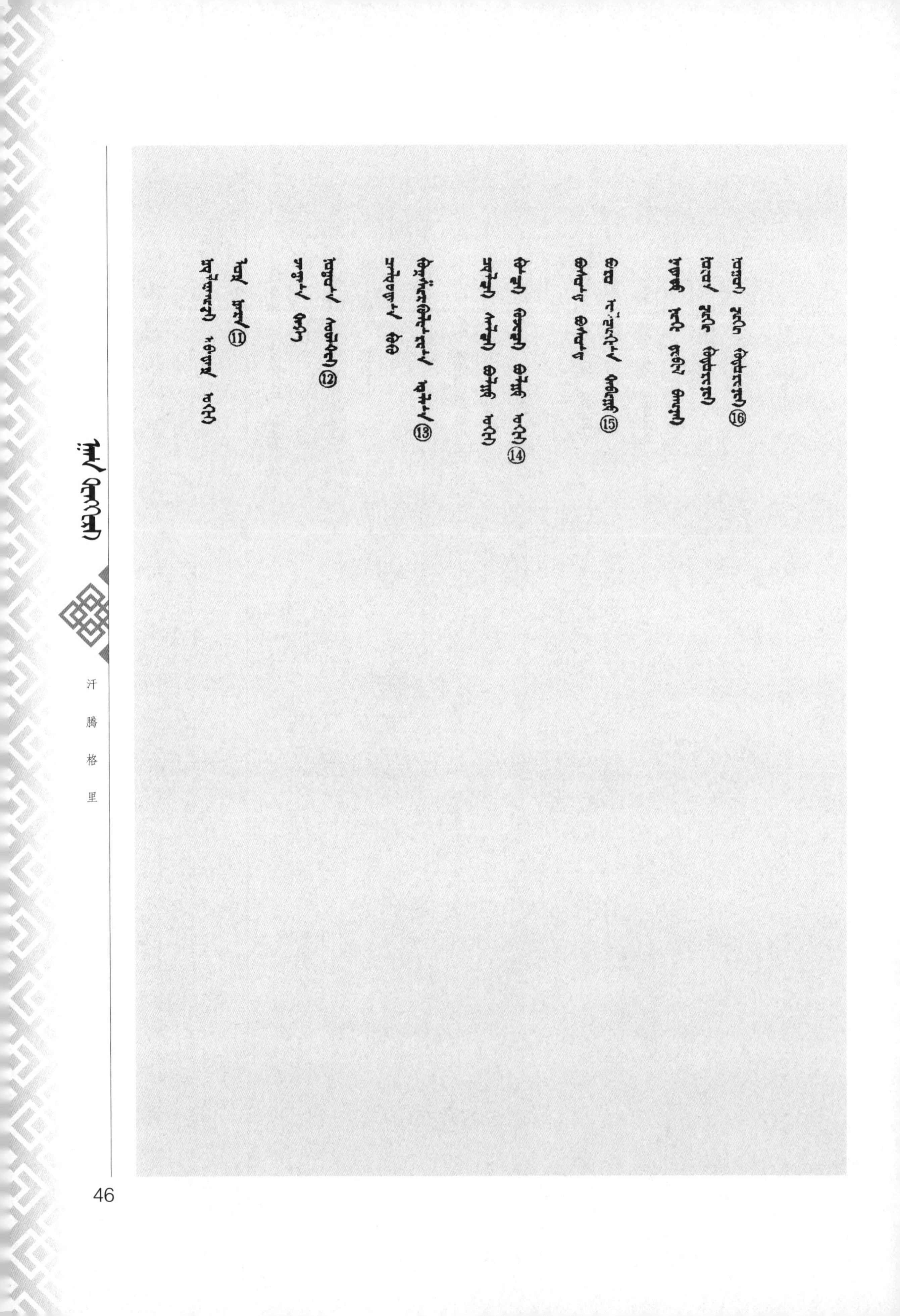

[illegible]
[illegible] ⑪

[illegible] ⑫
[illegible]

[illegible] ⑬
[illegible]

[illegible] ⑭
[illegible]

[illegible] ⑮
[illegible]

[illegible] ⑯
[illegible]
[illegible]

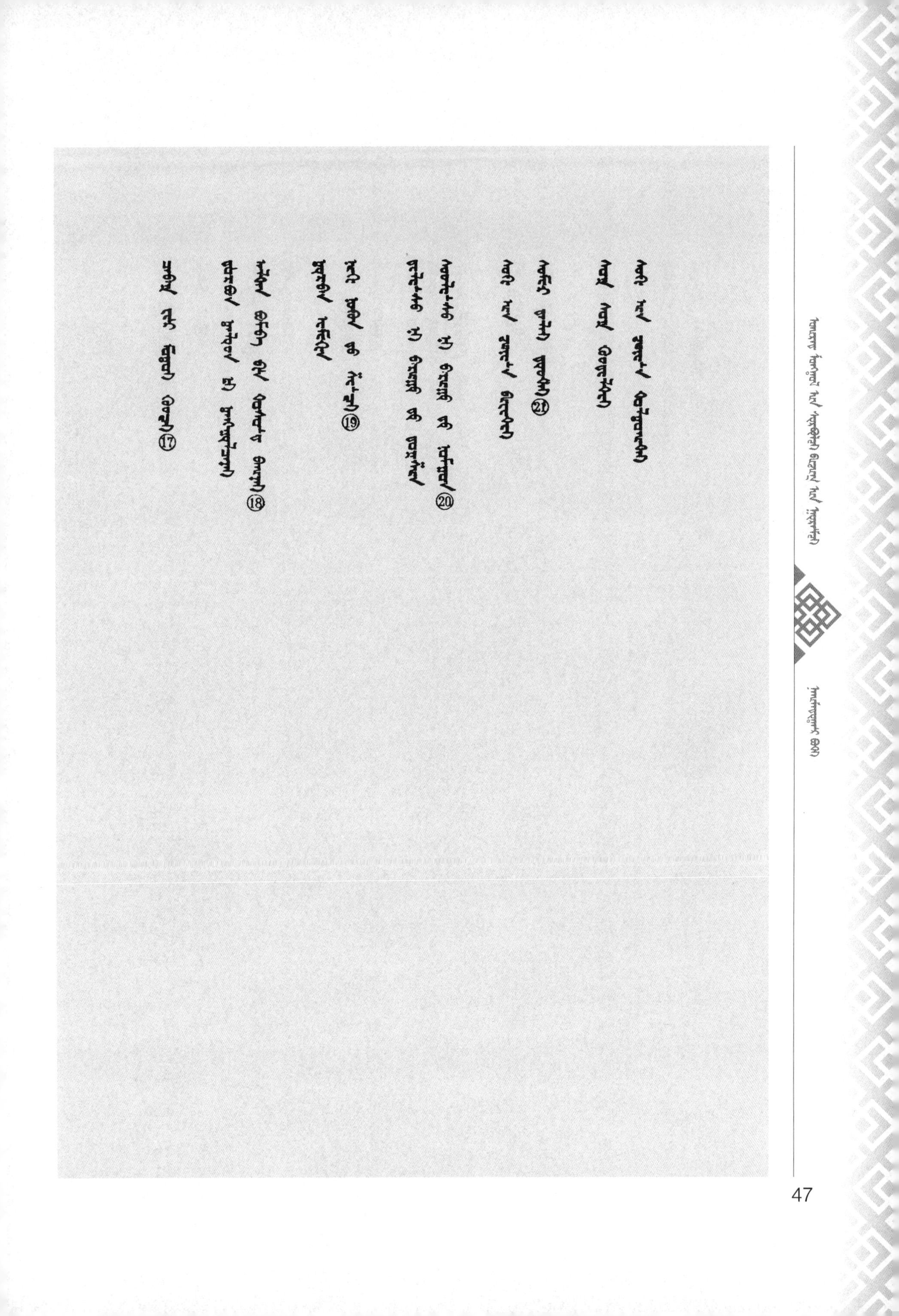

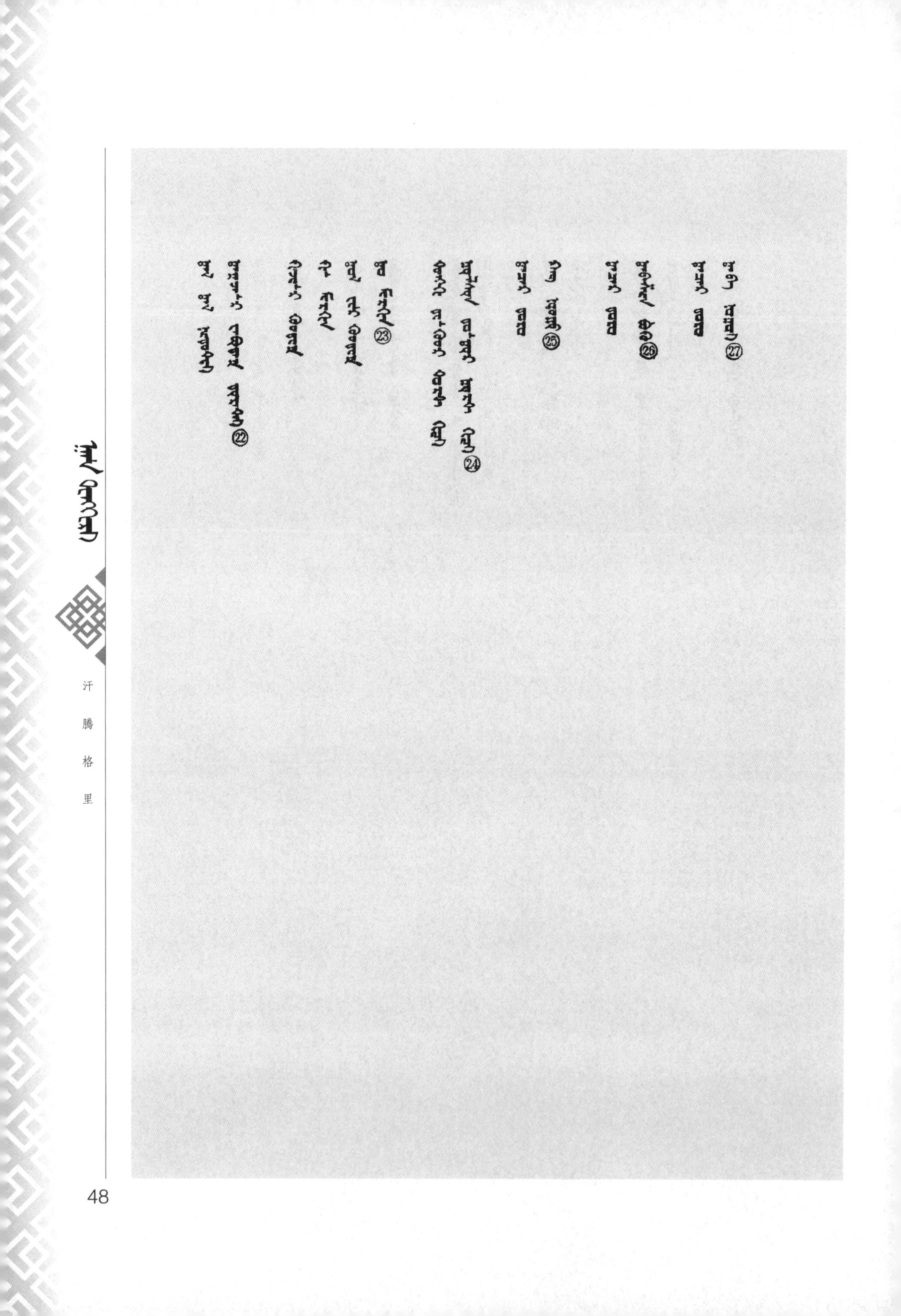

[illegible]
[illegible] ㉒
[illegible]
[illegible]
[illegible]
[illegible] ㉓
[illegible]
[illegible] ㉔
[illegible]
[illegible] ㉕
[illegible]
[illegible] ㉖
[illegible]
[illegible] ㉗

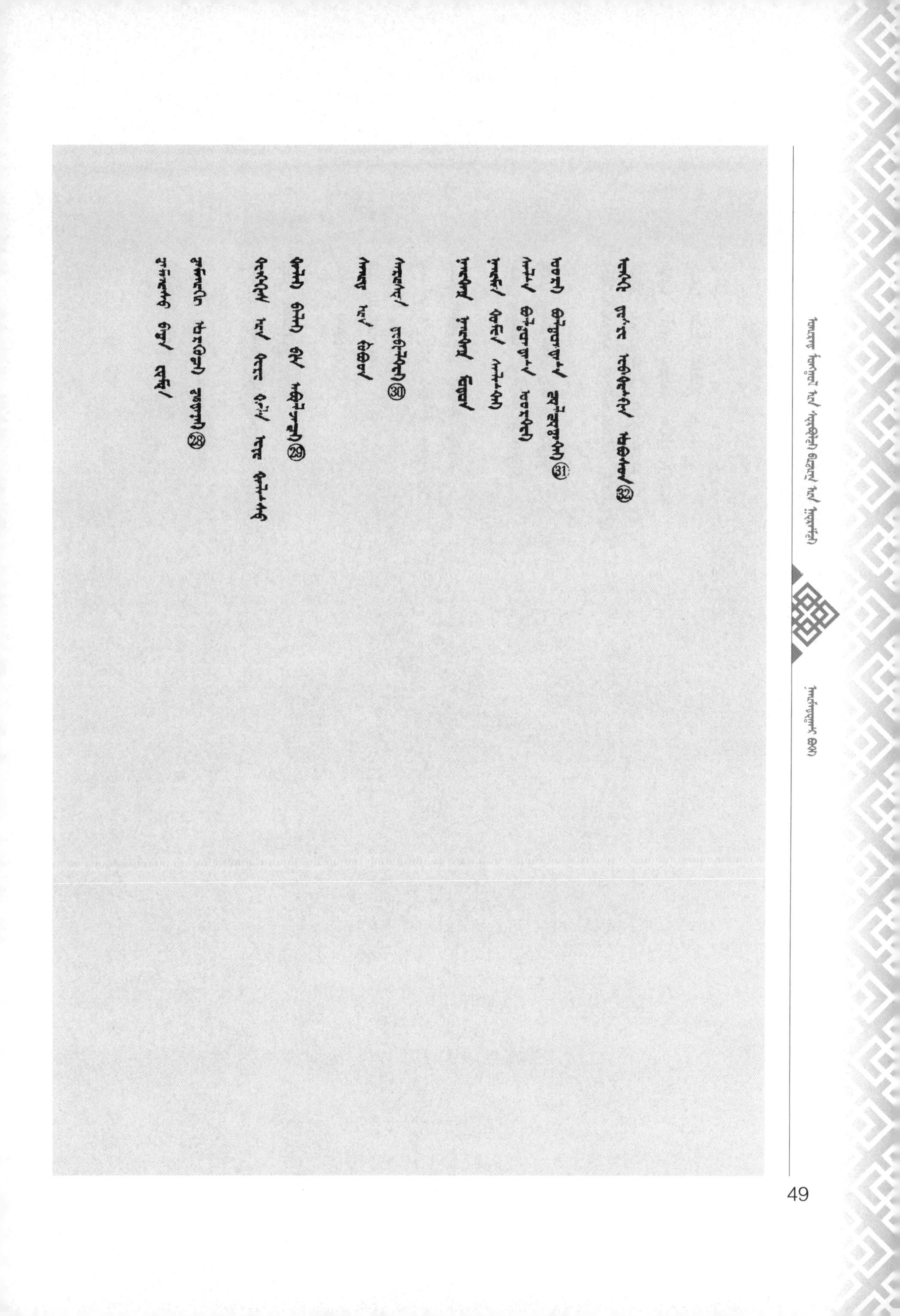

[illegible]
[illegible] ㉘

[illegible]
[illegible] ㉙

[illegible]
[illegible] ㉚

[illegible]
[illegible]
[illegible]
[illegible] ㉛

[illegible] ㉜

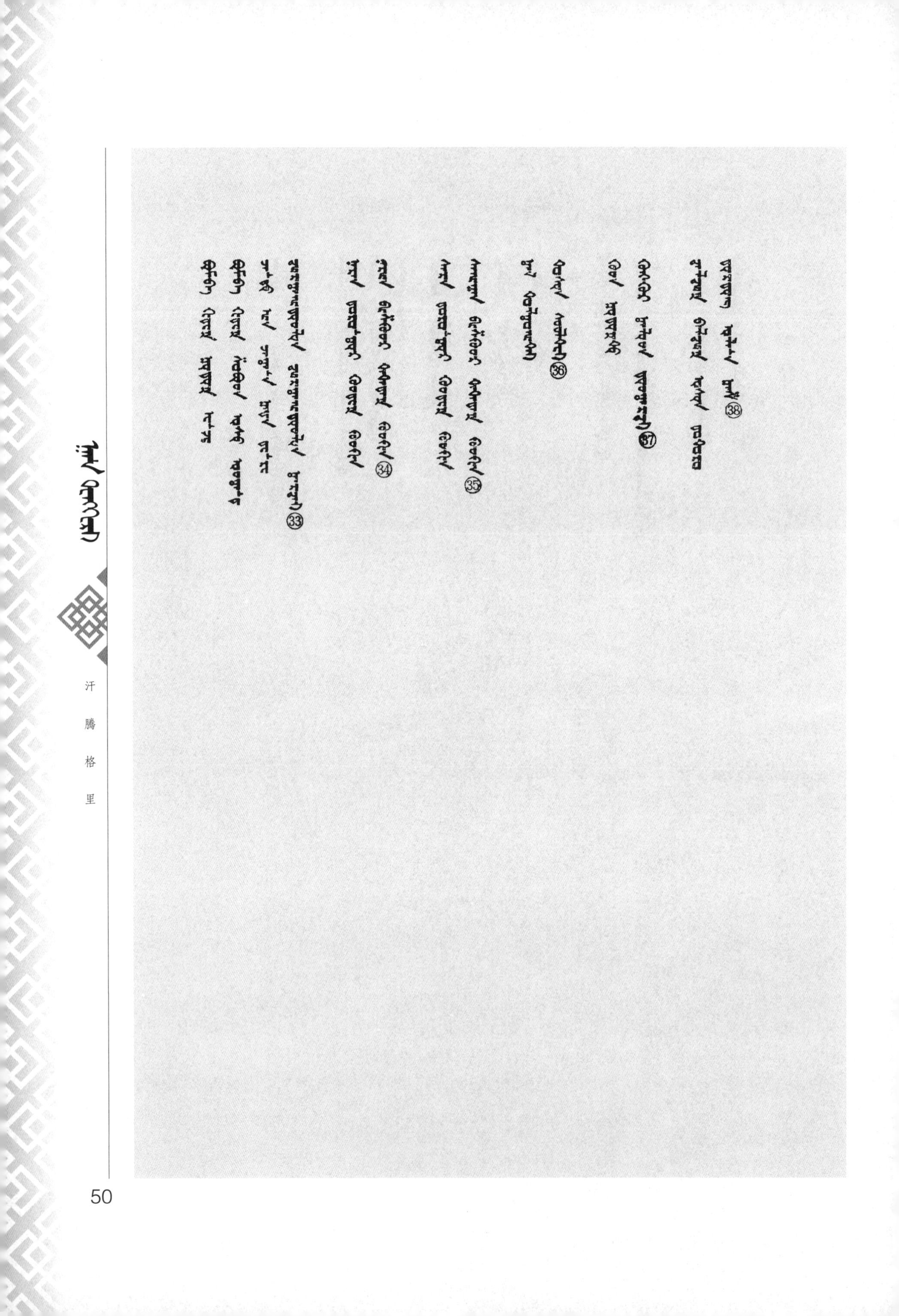

[illegible]
[illegible]
[illegible]
[illegible] ㉝

[illegible]
[illegible] ㉞

[illegible]
[illegible] ㉟

[illegible]
[illegible] ㊱

[illegible]
[illegible] ㊲

[illegible]
[illegible] ㊳

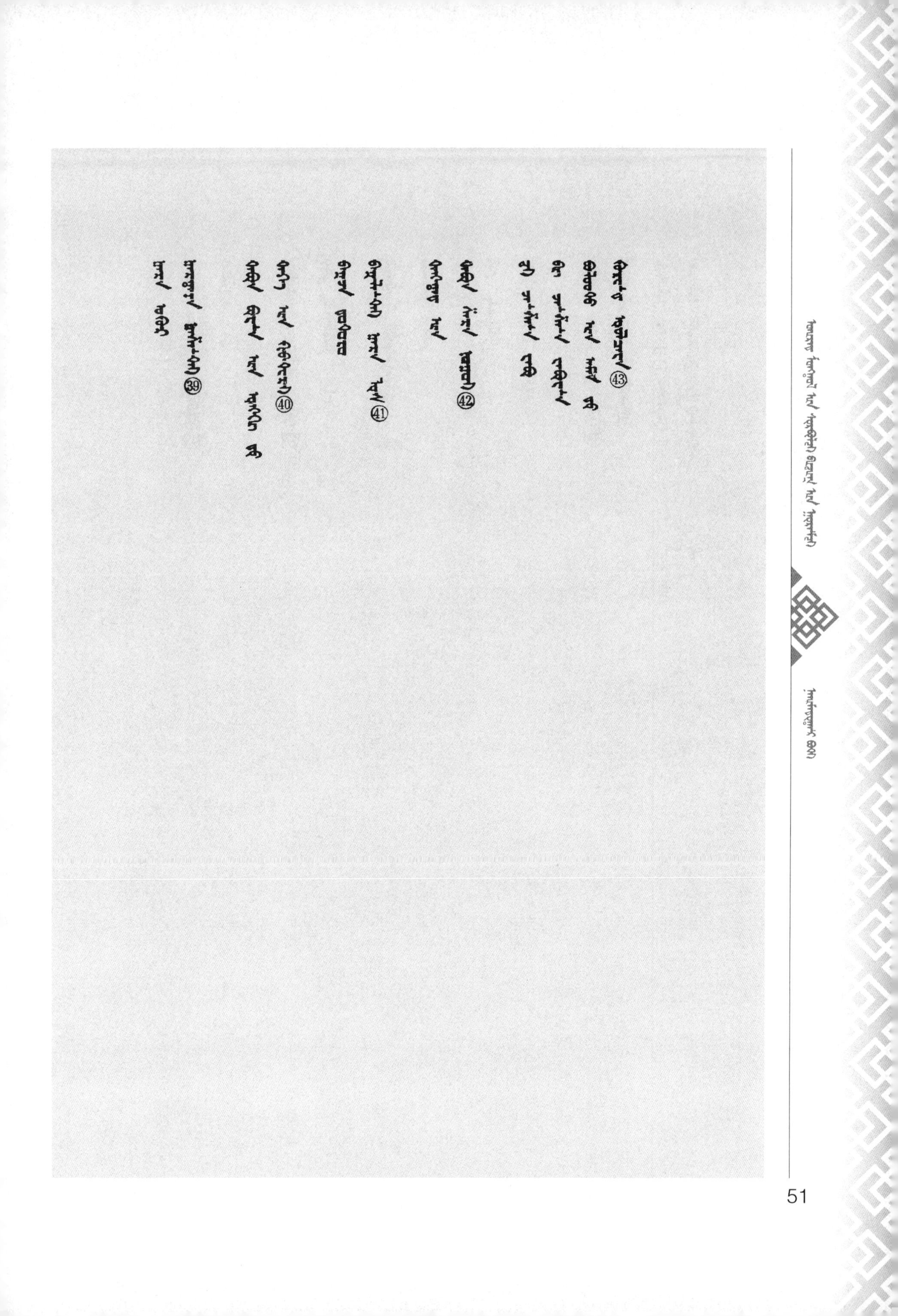

[illegible] [illegible]㊸
[illegible] [illegible] [illegible] [illegible]
[illegible] [illegible] [illegible]
[illegible] [illegible] [illegible]

[illegible] [illegible] [illegible]㊷
[illegible] [illegible]

[illegible] [illegible] [illegible]㊶
[illegible] [illegible]

[illegible] [illegible] [illegible]㊵
[illegible] [illegible] [illegible] [illegible] [illegible]

[illegible] [illegible]㊴
[illegible] [illegible]

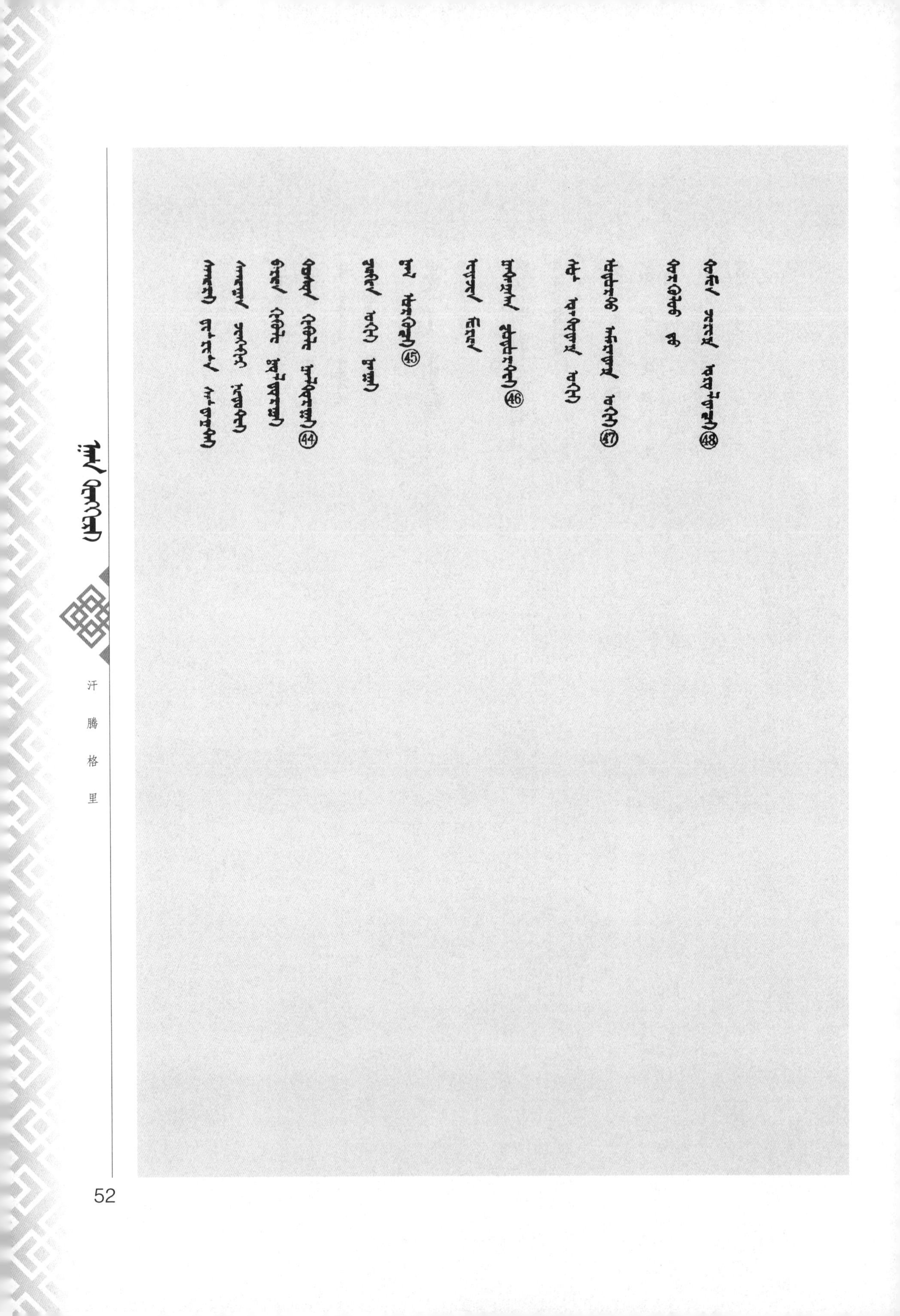

[illegible]

[illegible]

[illegible] ㊹

[illegible]

[illegible] ㊺

[illegible]

[illegible] ㊻

[illegible]

[illegible] ㊼

[illegible]

[illegible] ㊽

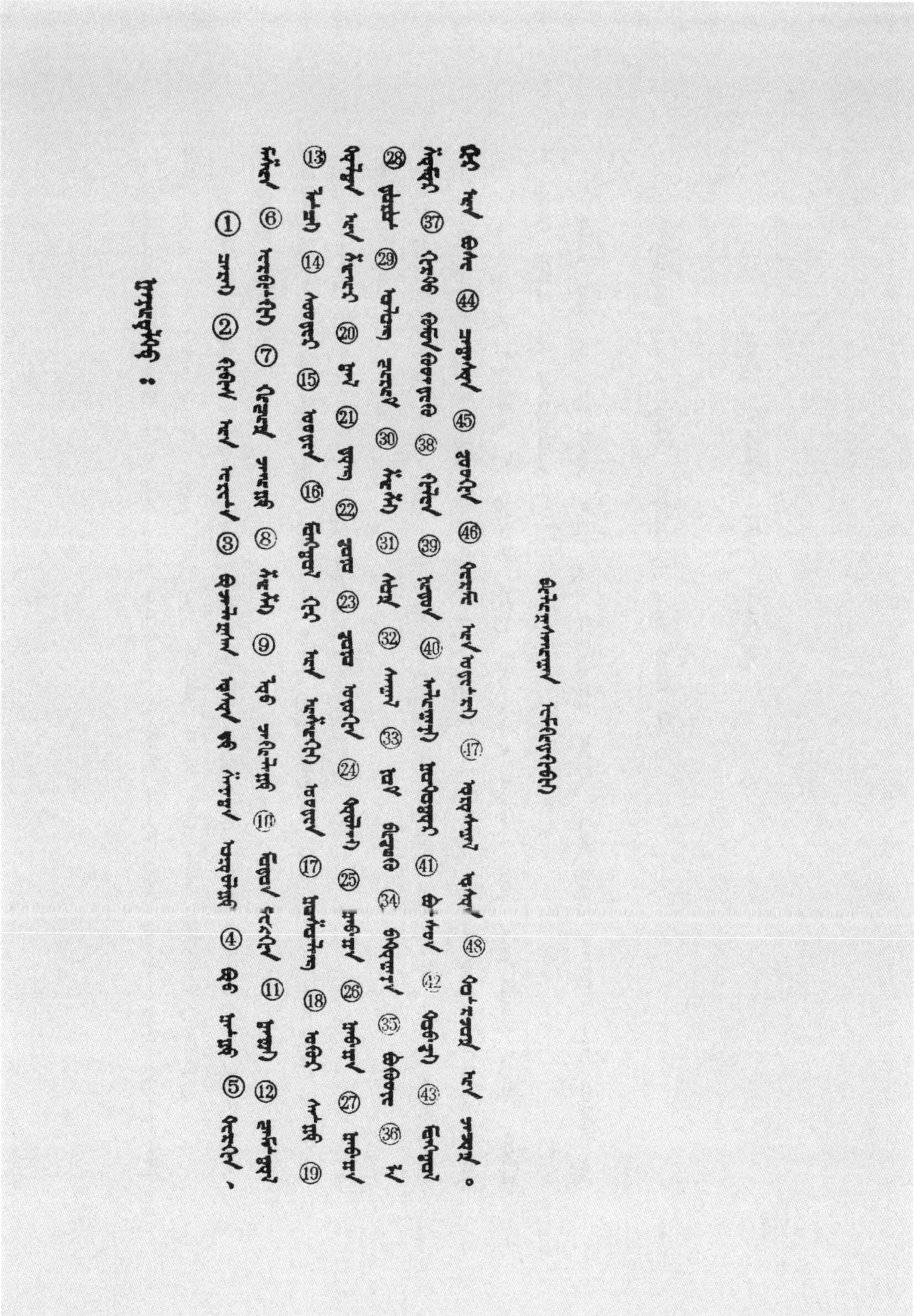

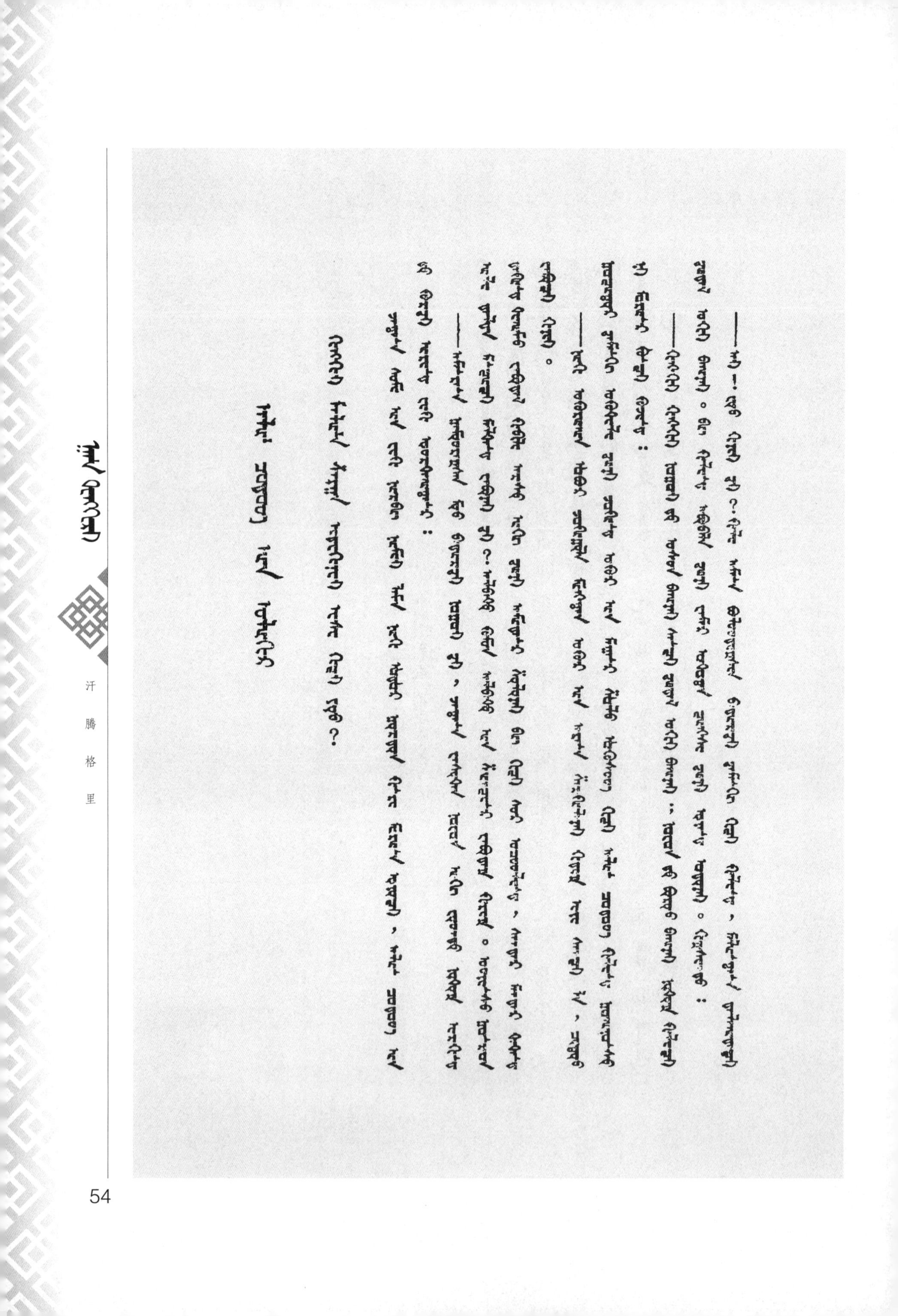

[illegible]

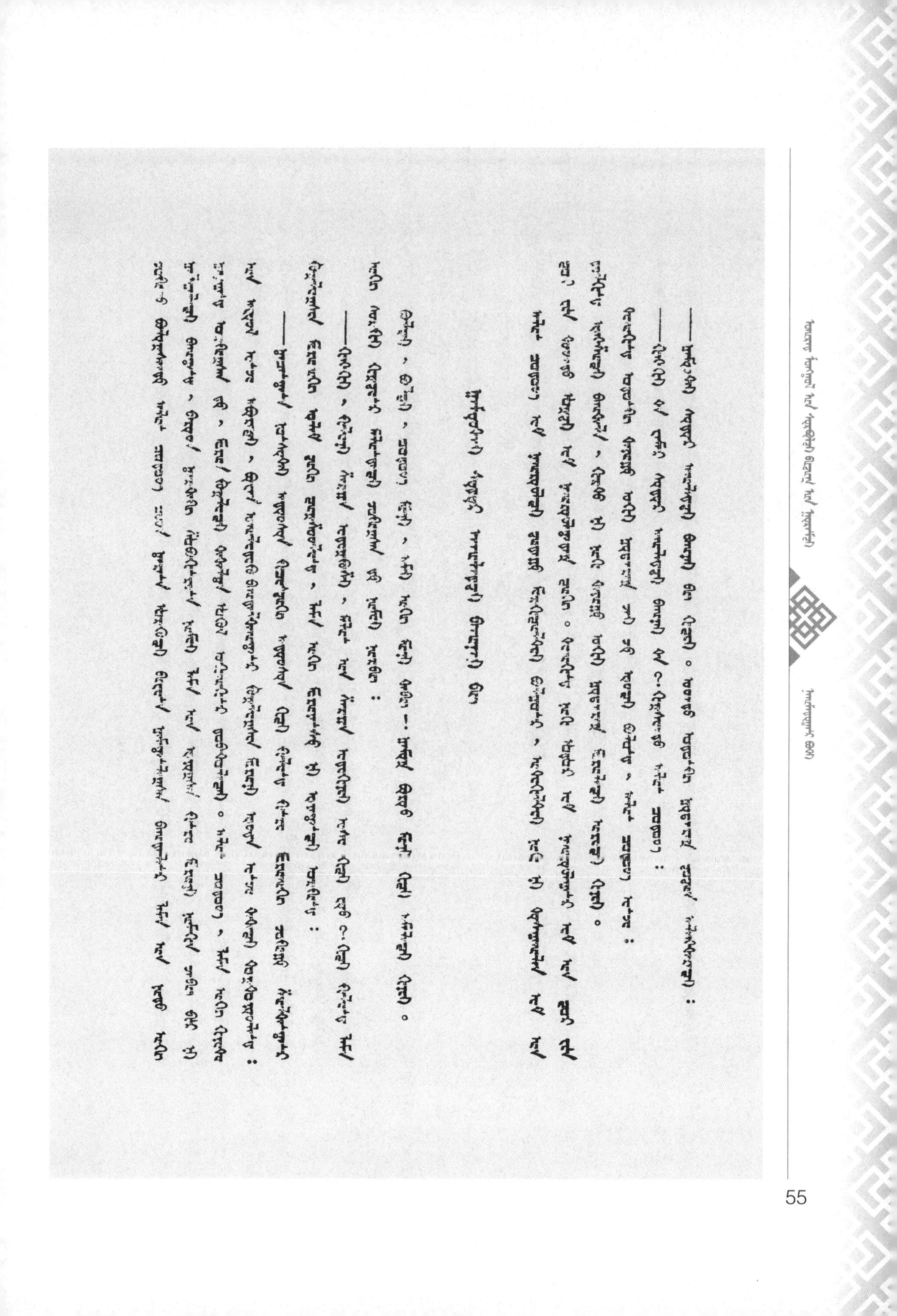

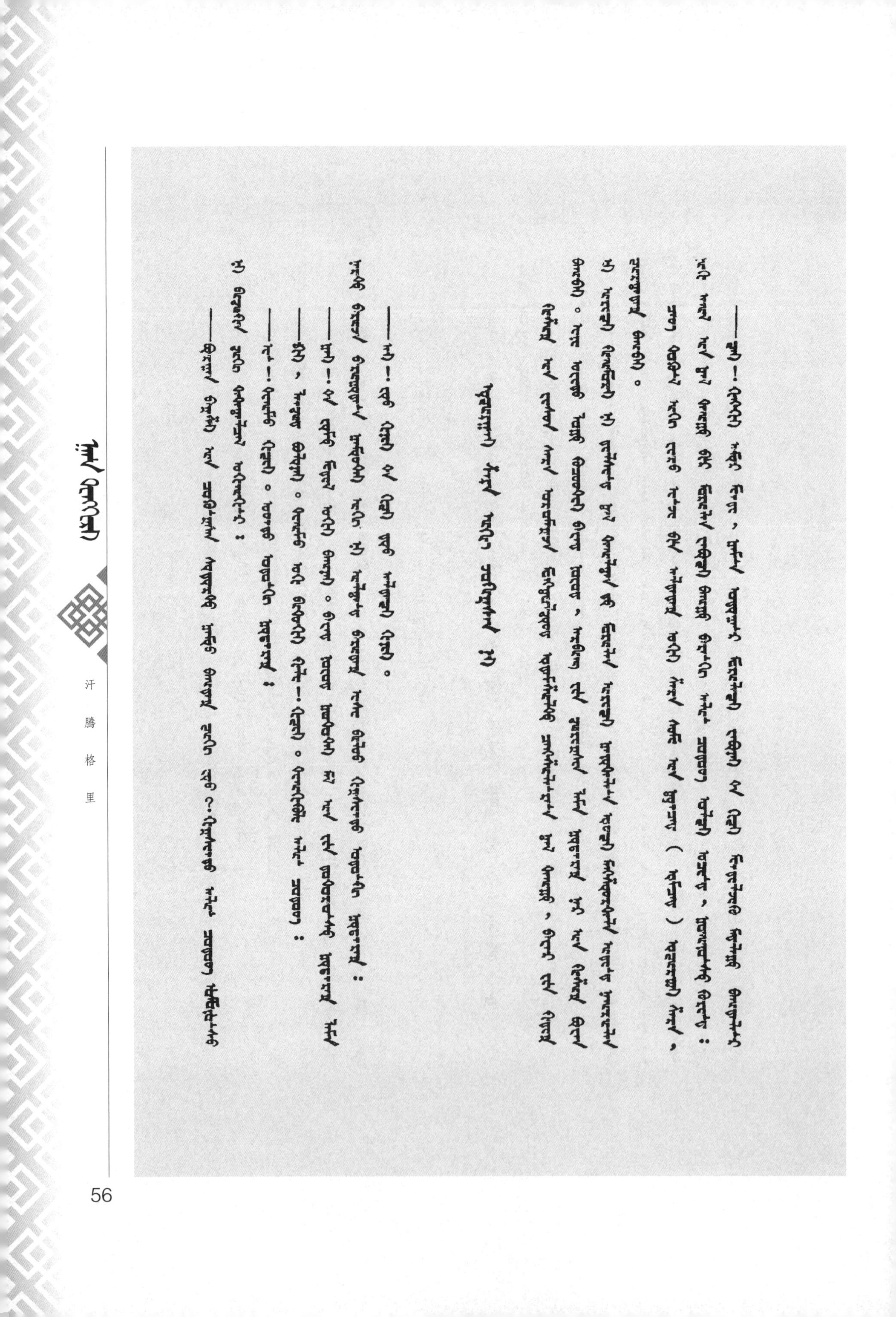

[illegible]

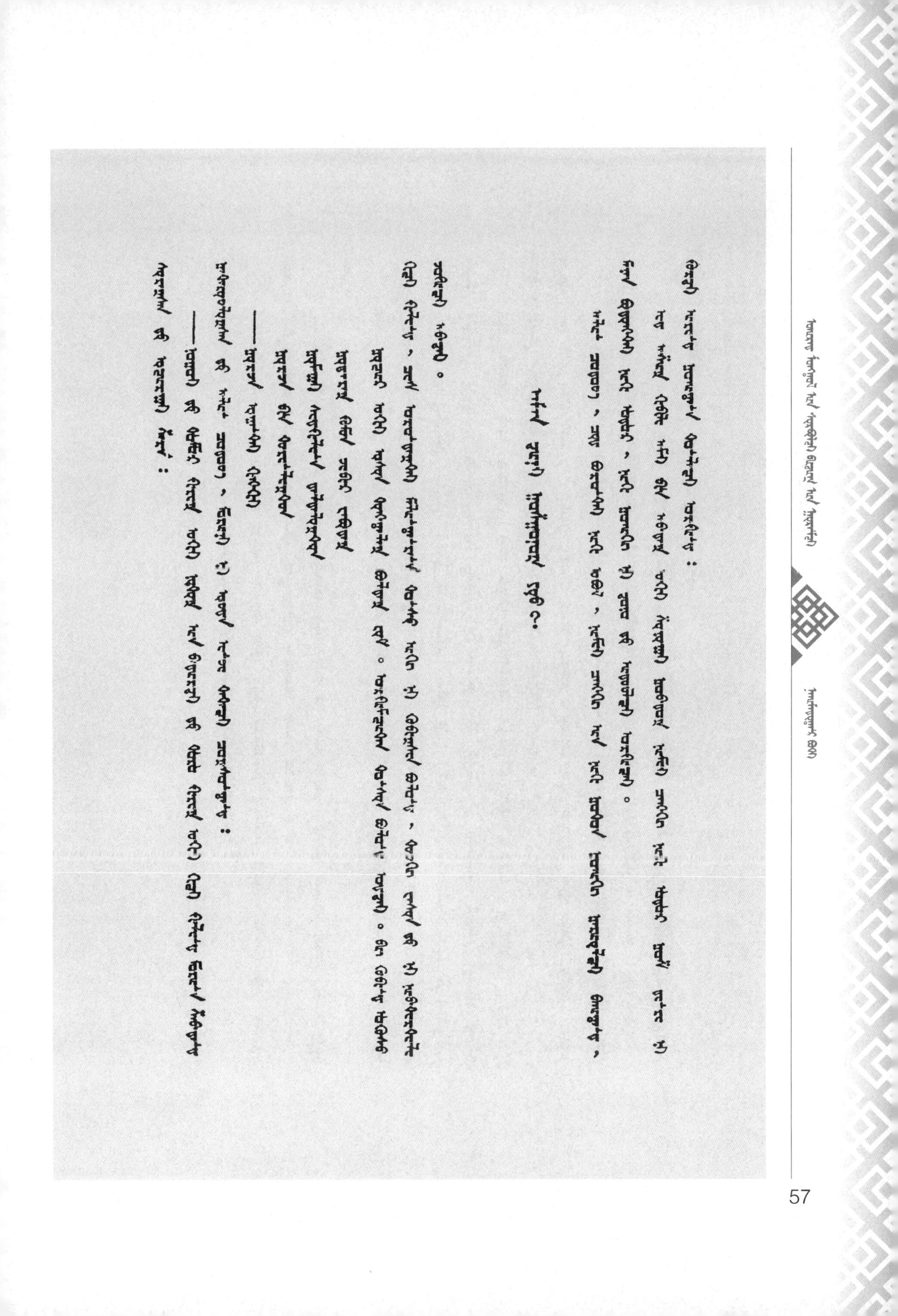

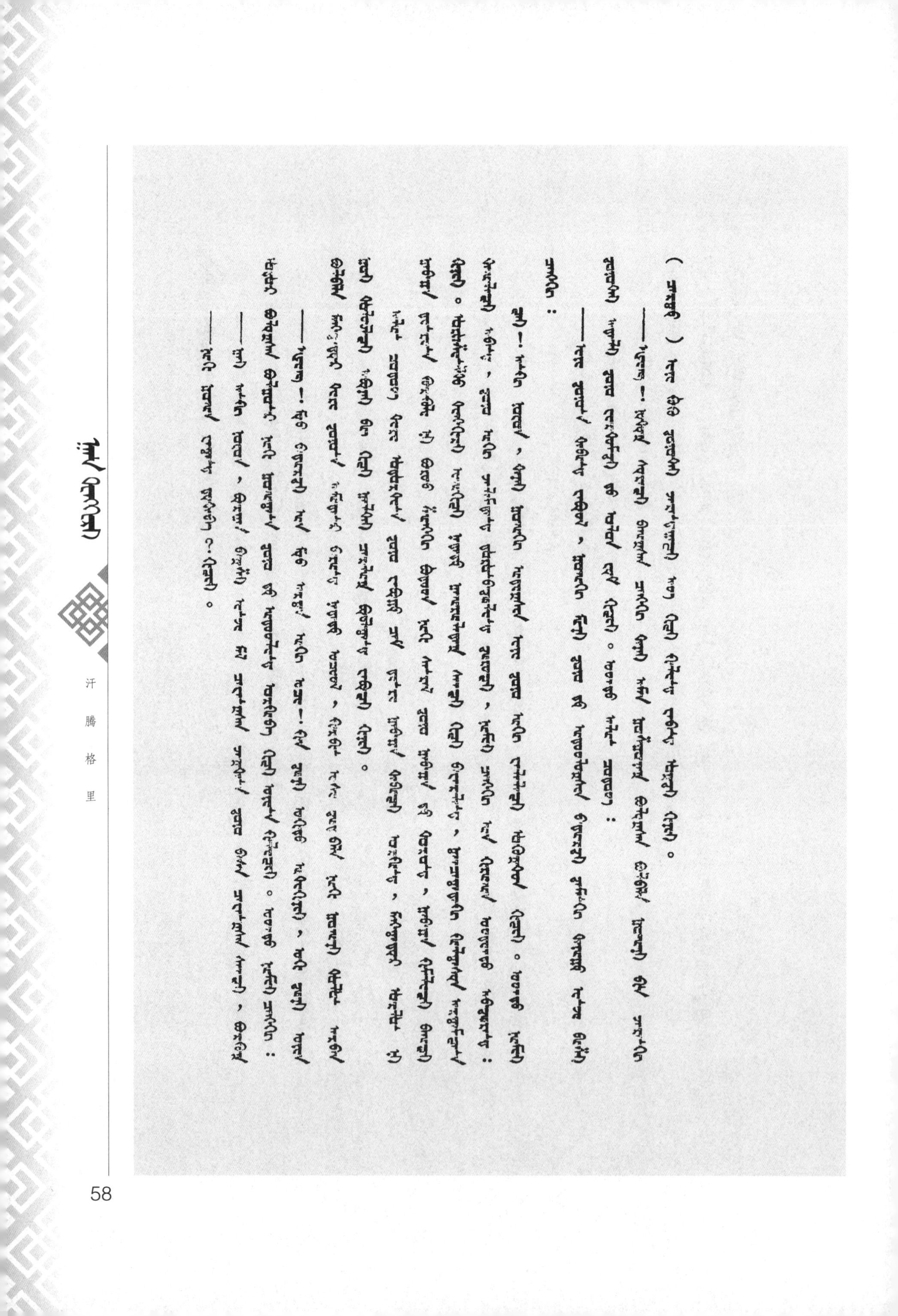

[illegible]

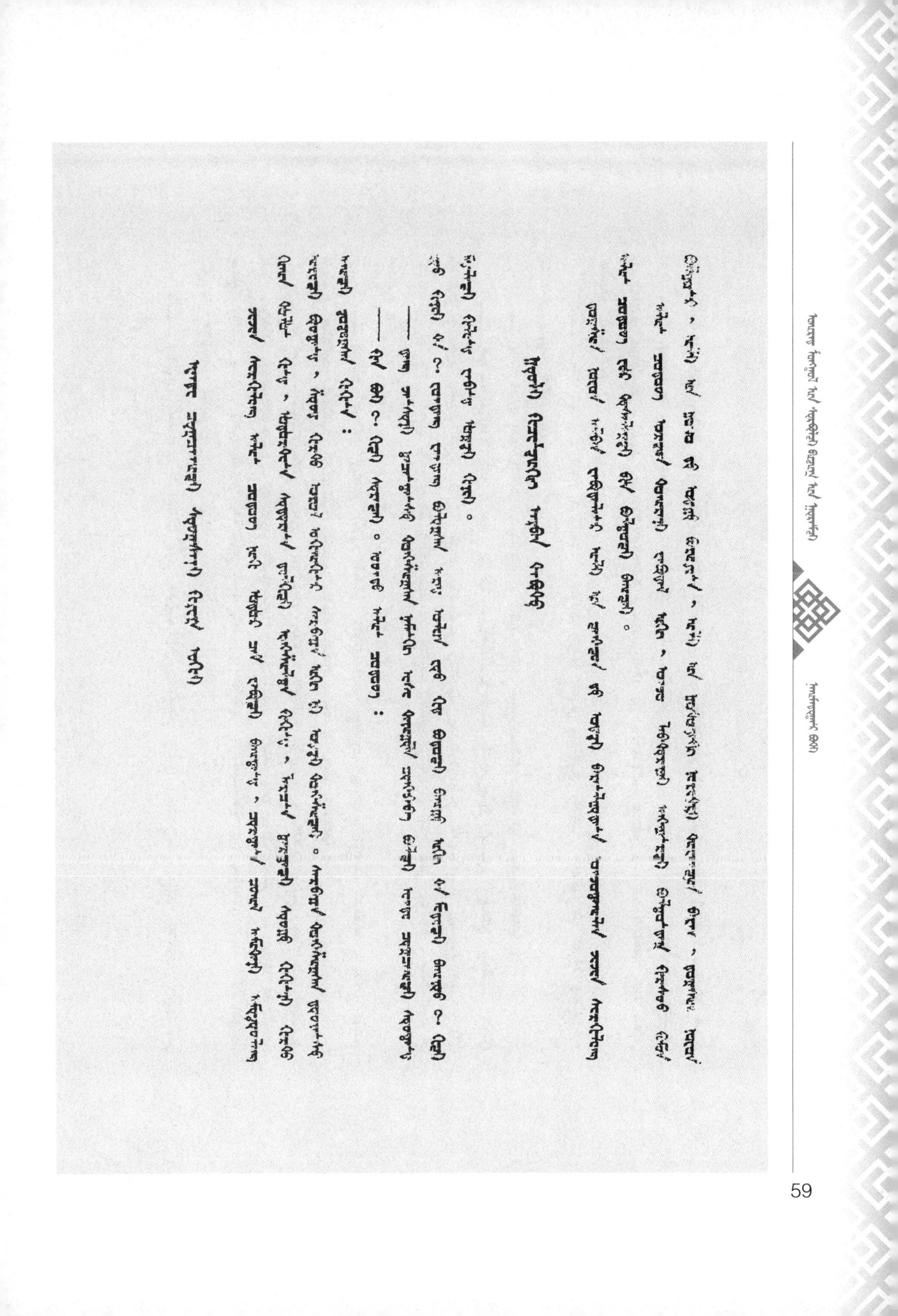

[illegible]

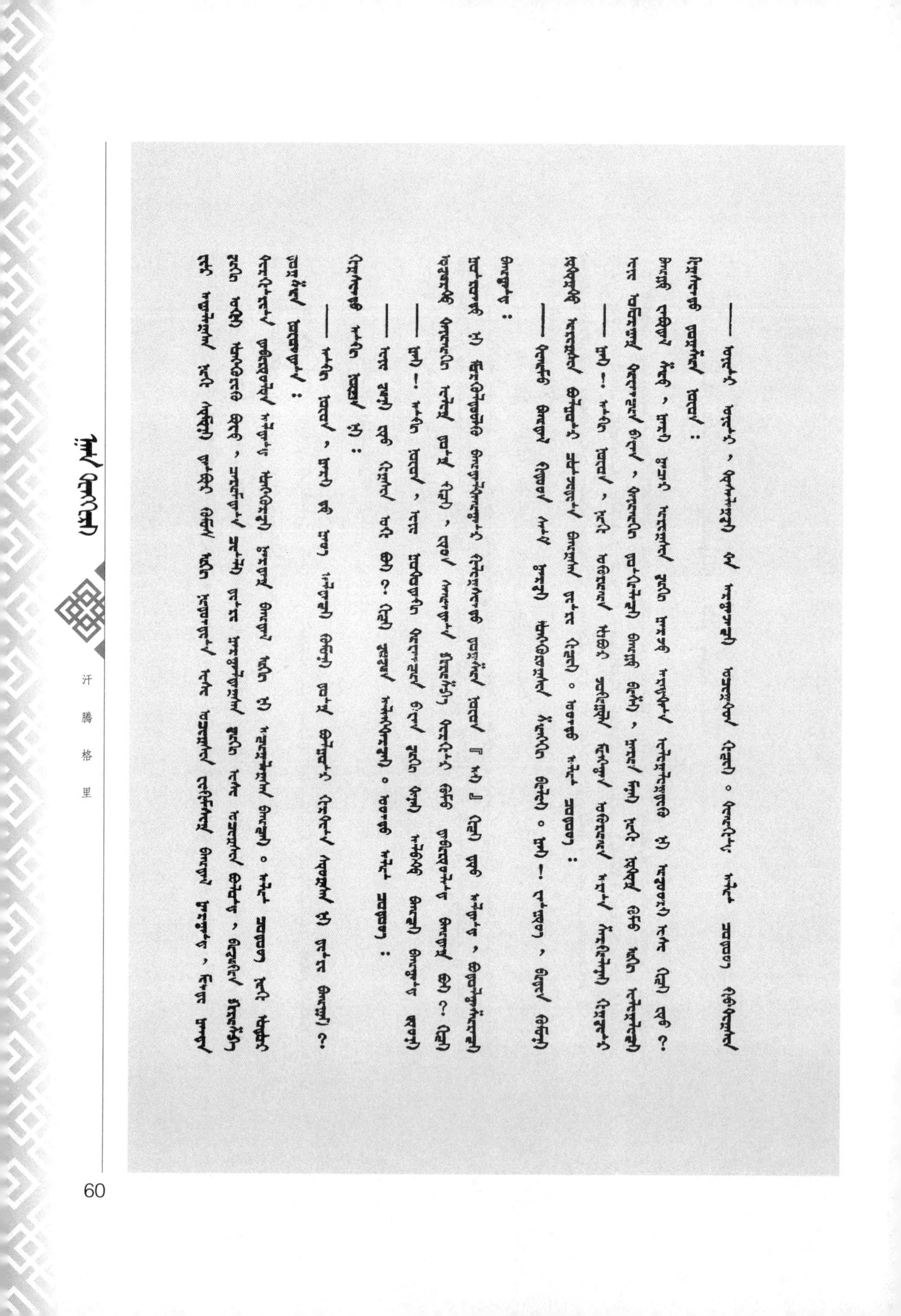

[illegible]

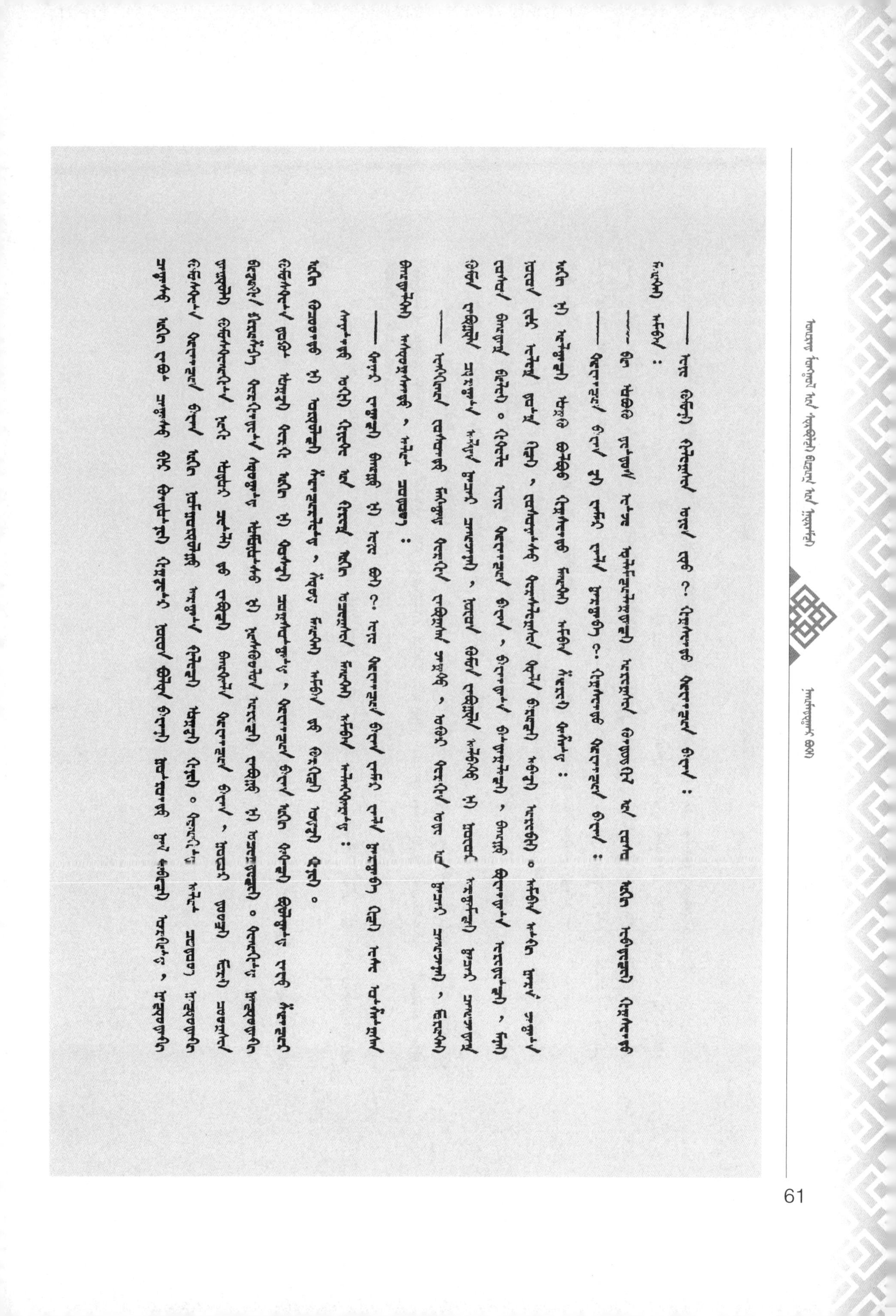

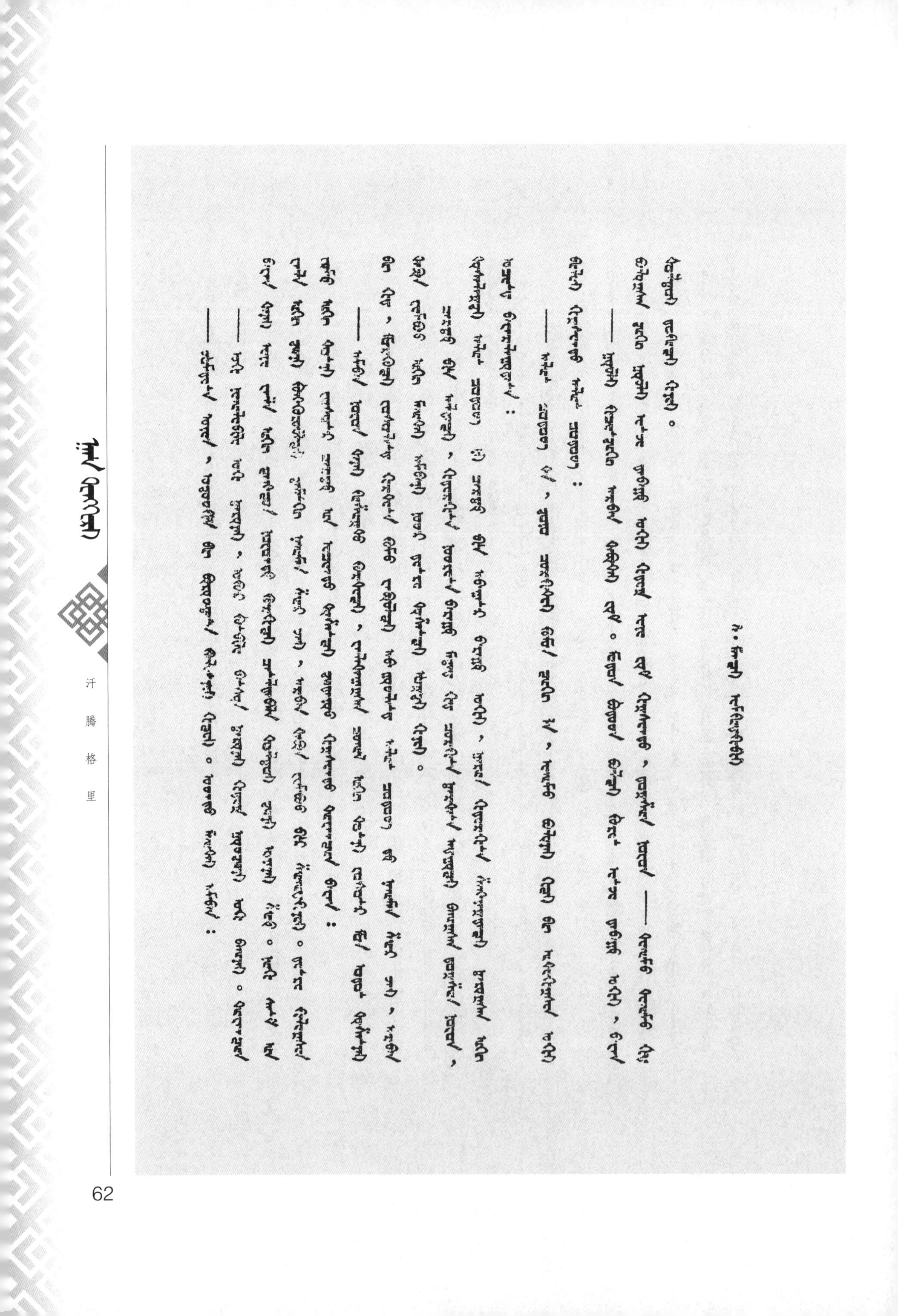

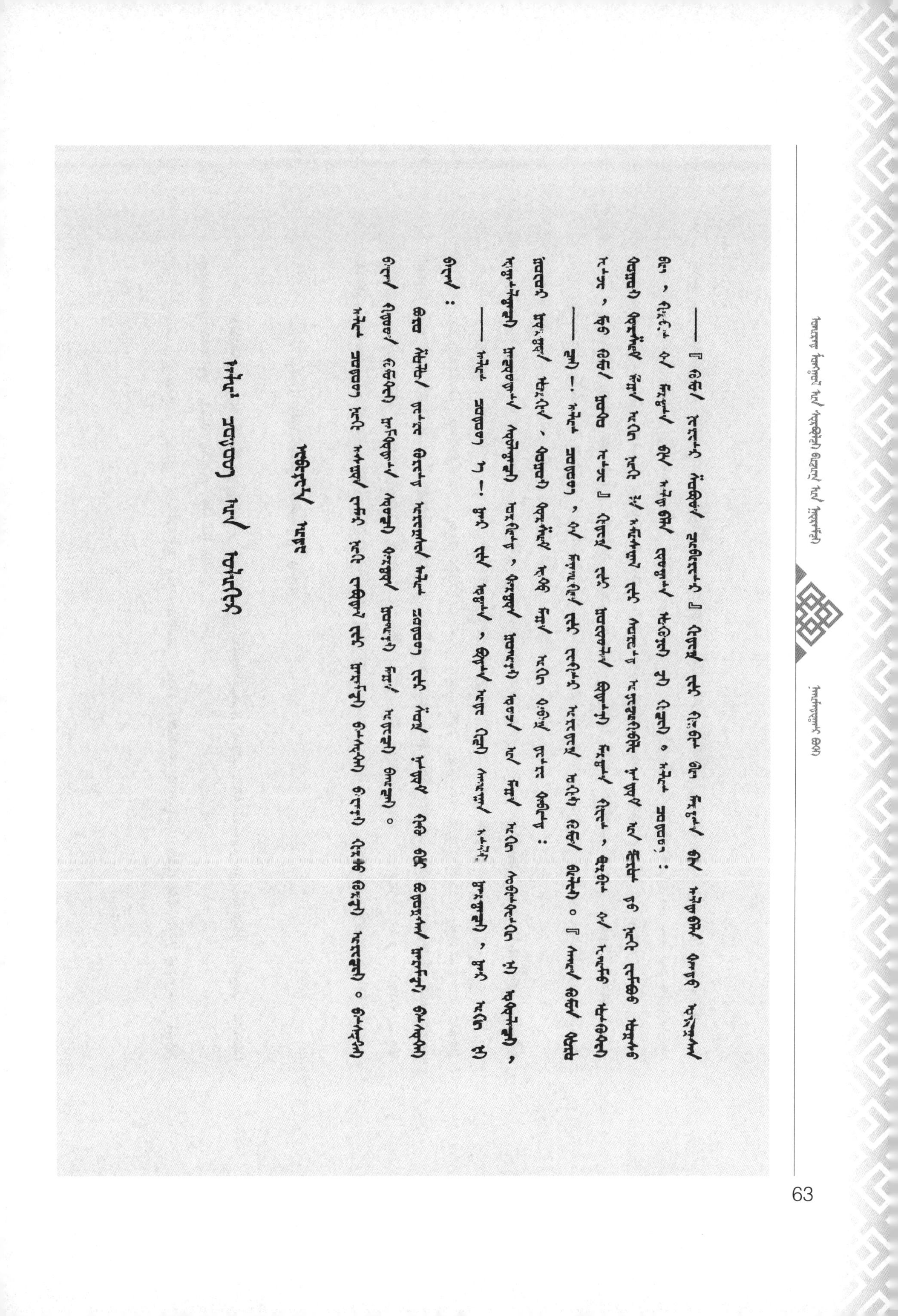

[illegible]

[illegible]

[illegible]

[illegible]

[illegible]

[illegible]

[illegible]

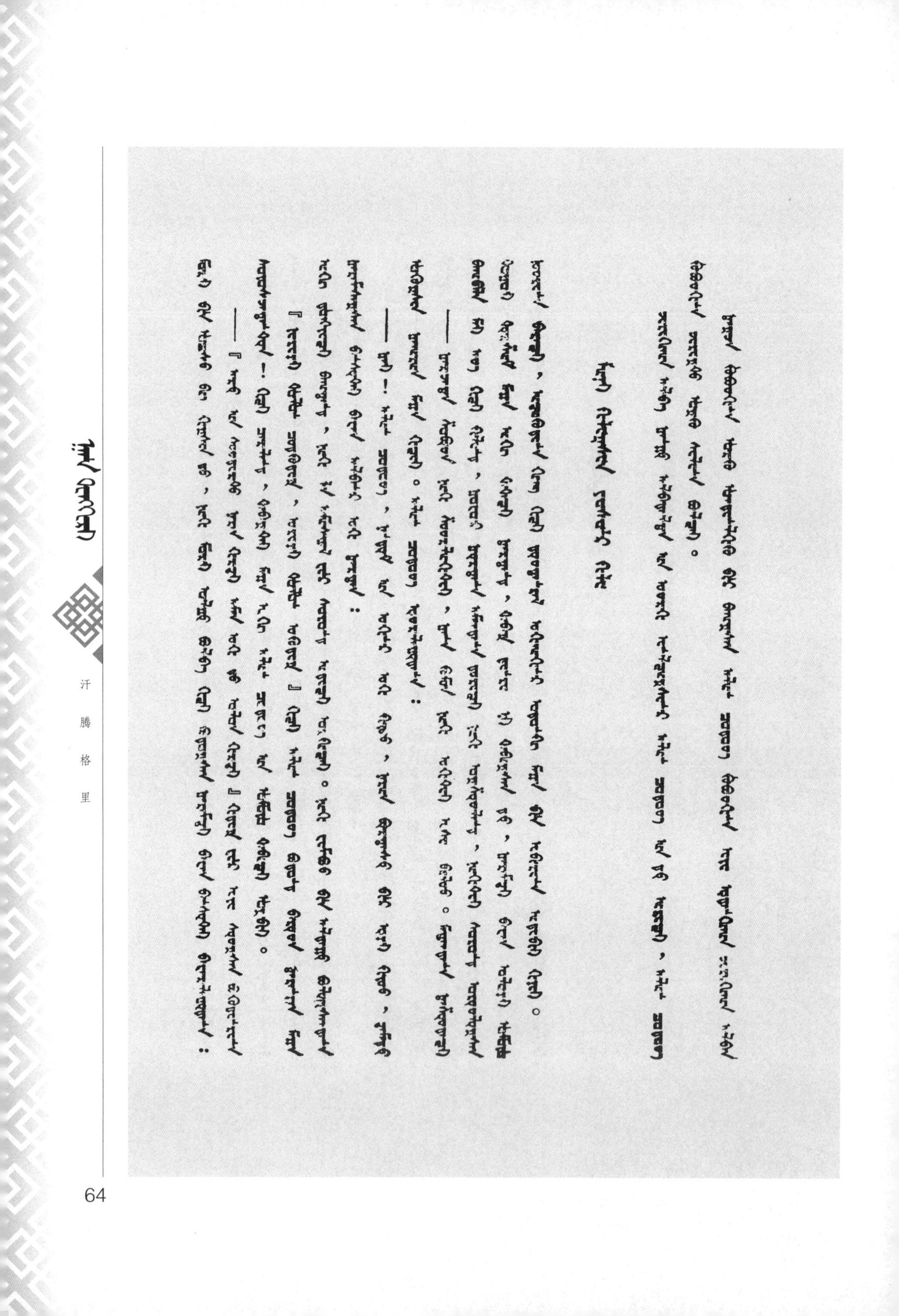

[illegible]

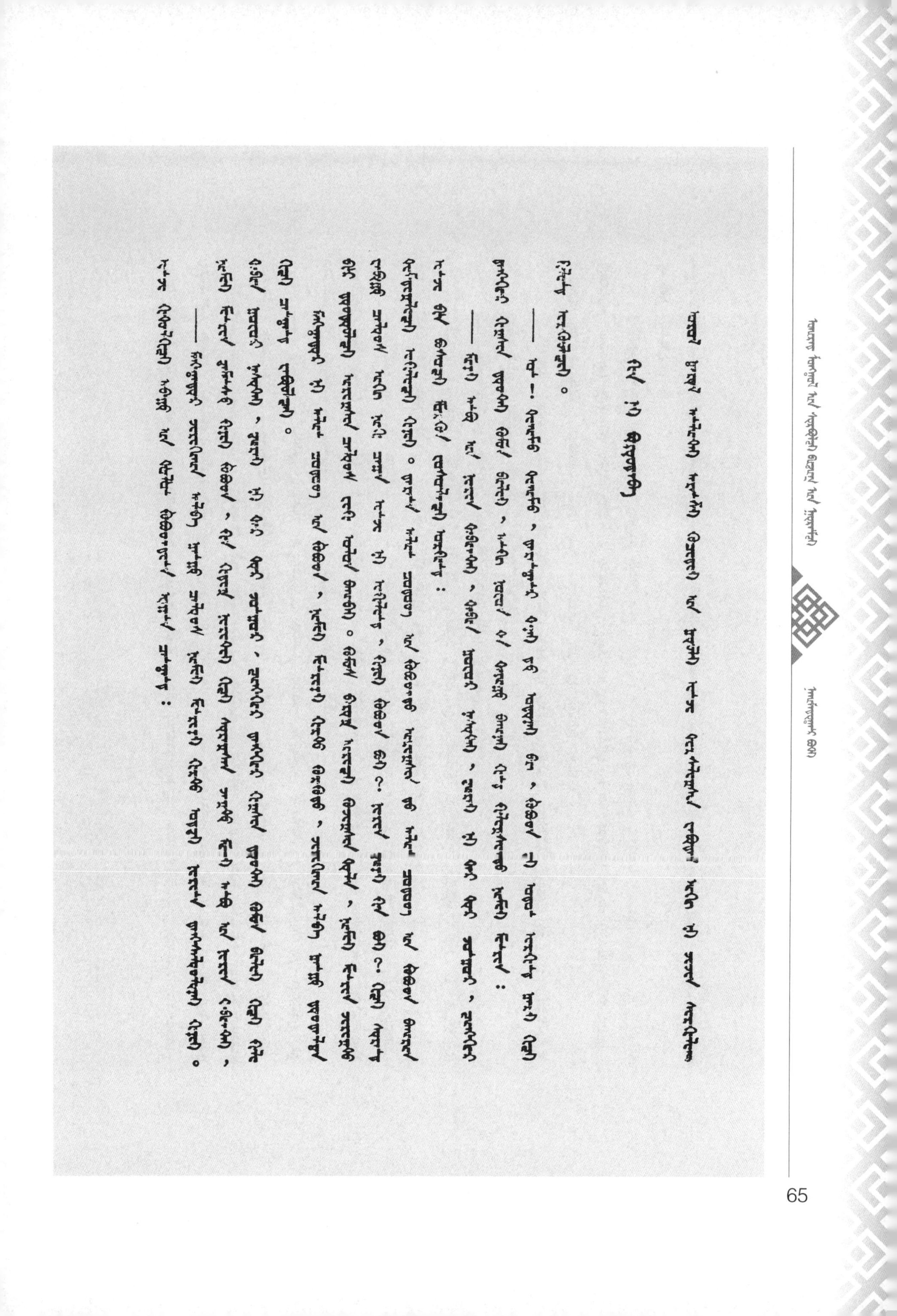

[illegible]

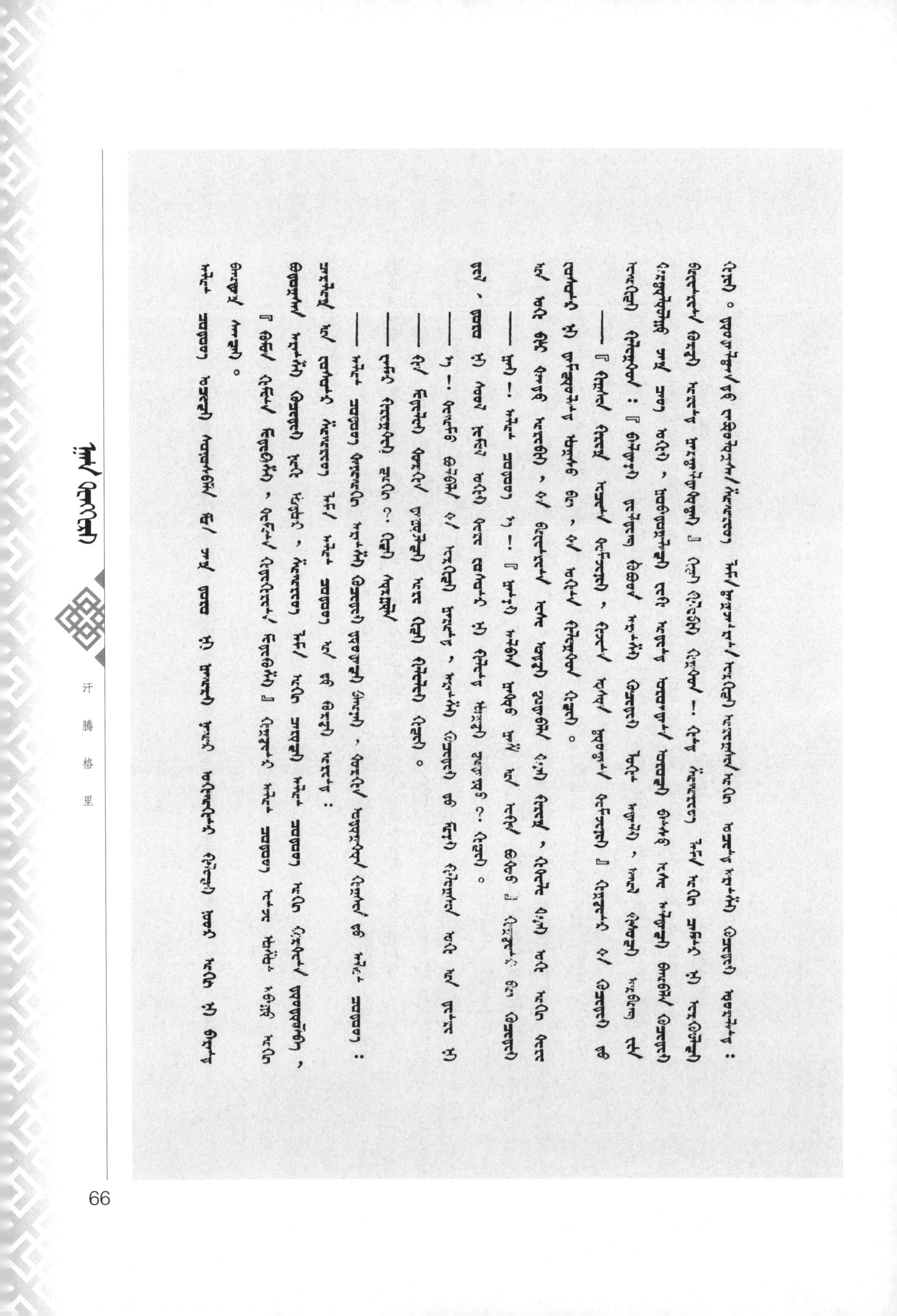

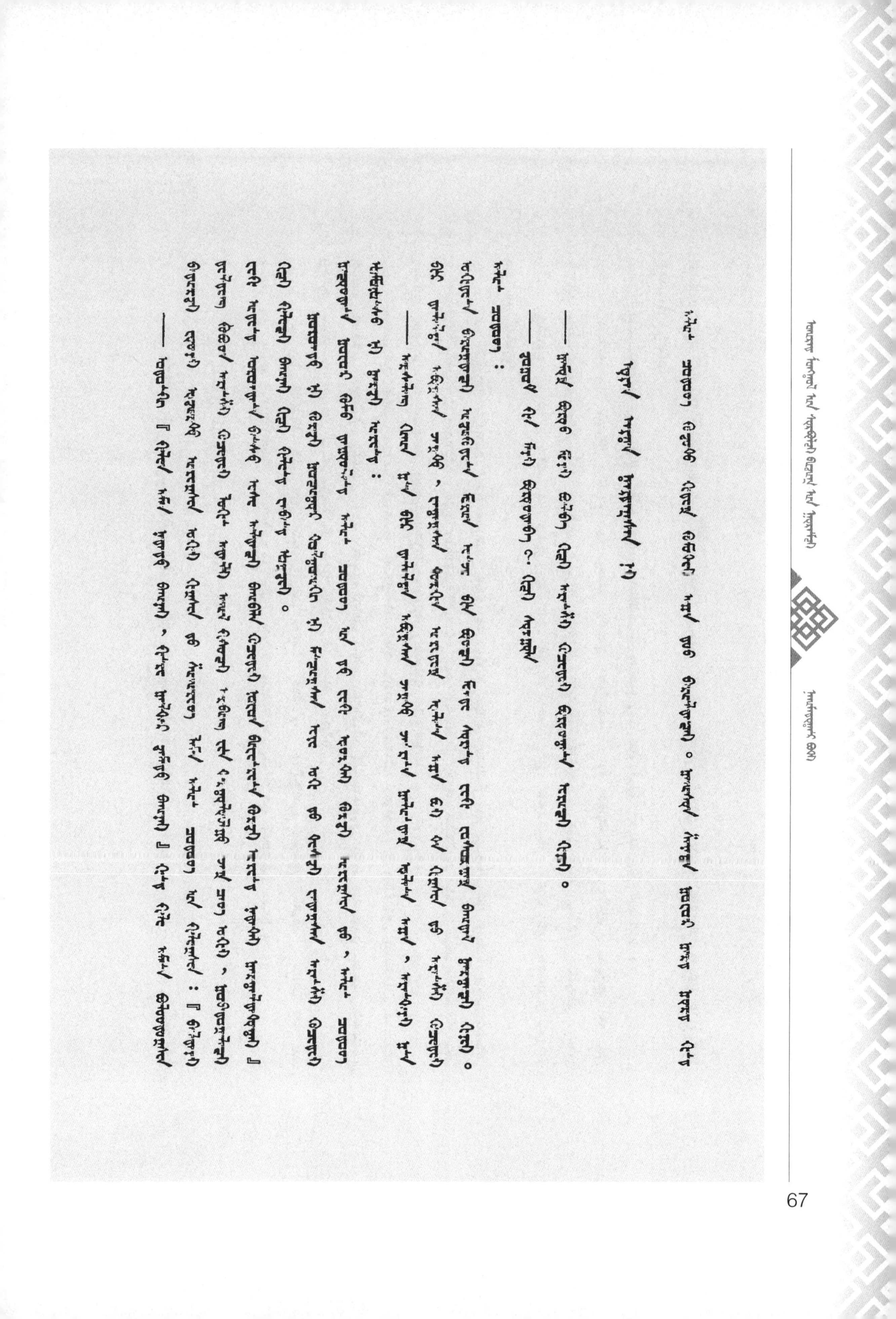

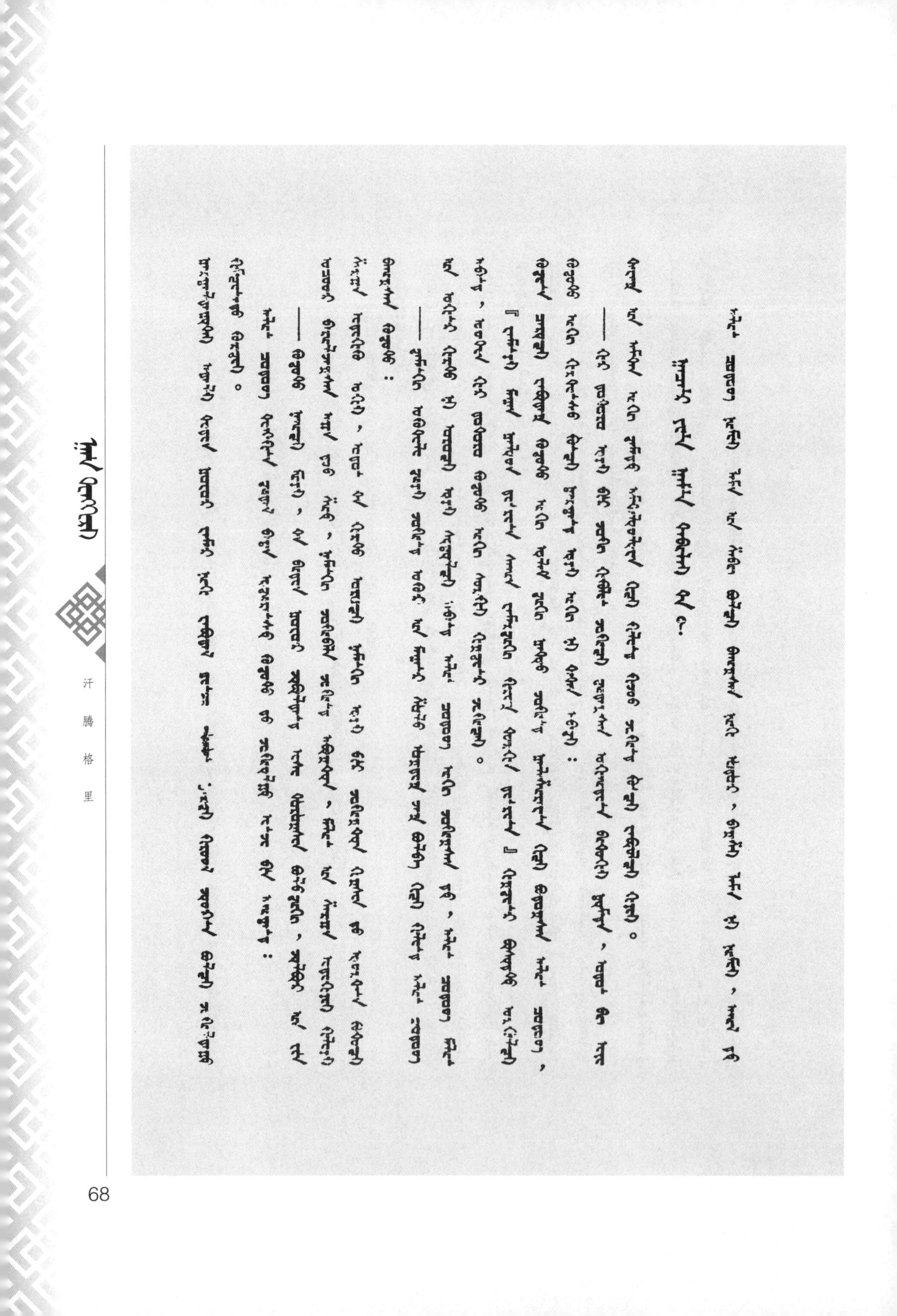

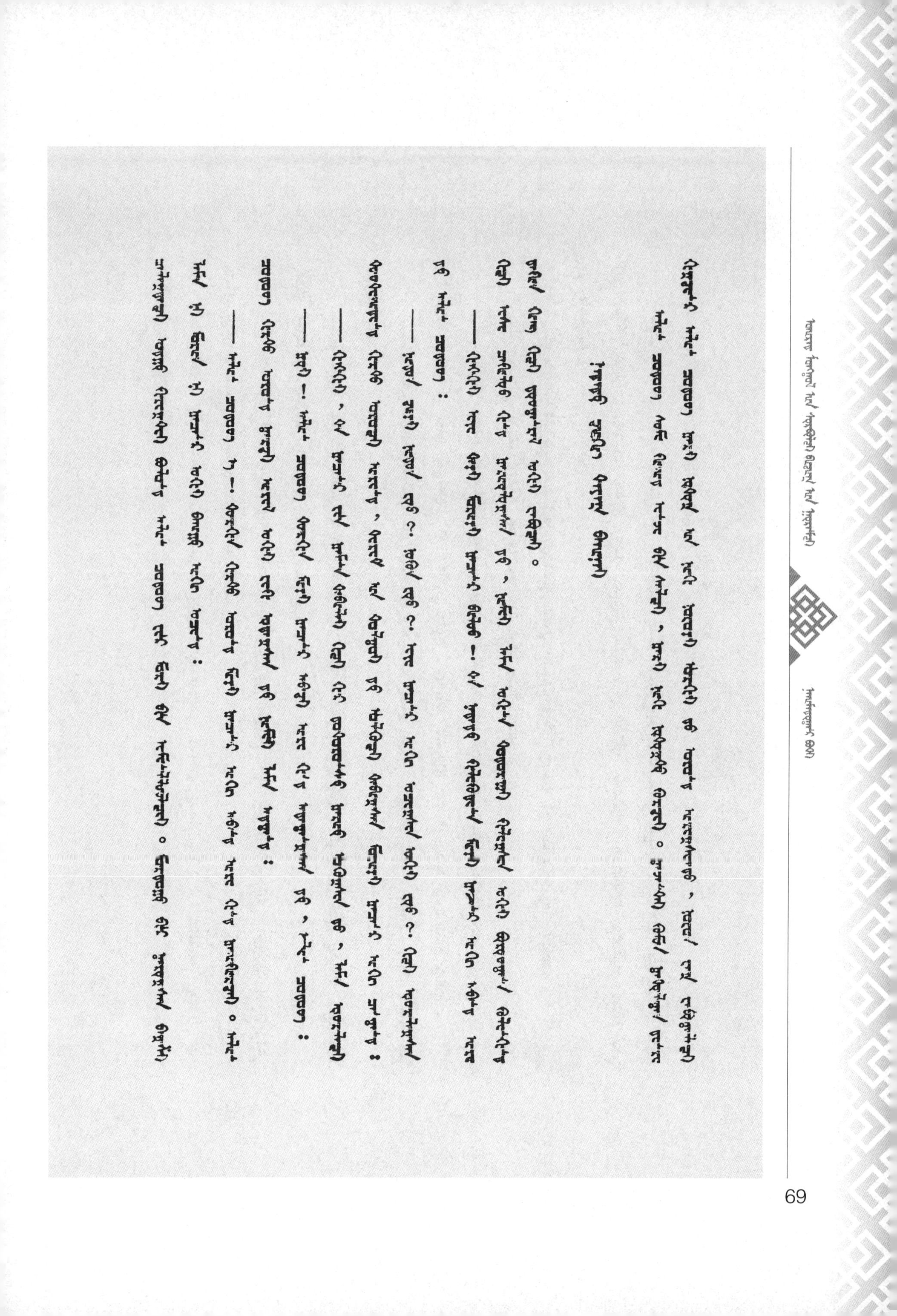

[illegible]
[illegible]

[illegible]

[illegible]
[illegible]
[illegible]
[illegible]
[illegible]
[illegible]
[illegible]
[illegible]
[illegible]
[illegible]
[illegible]
[illegible]

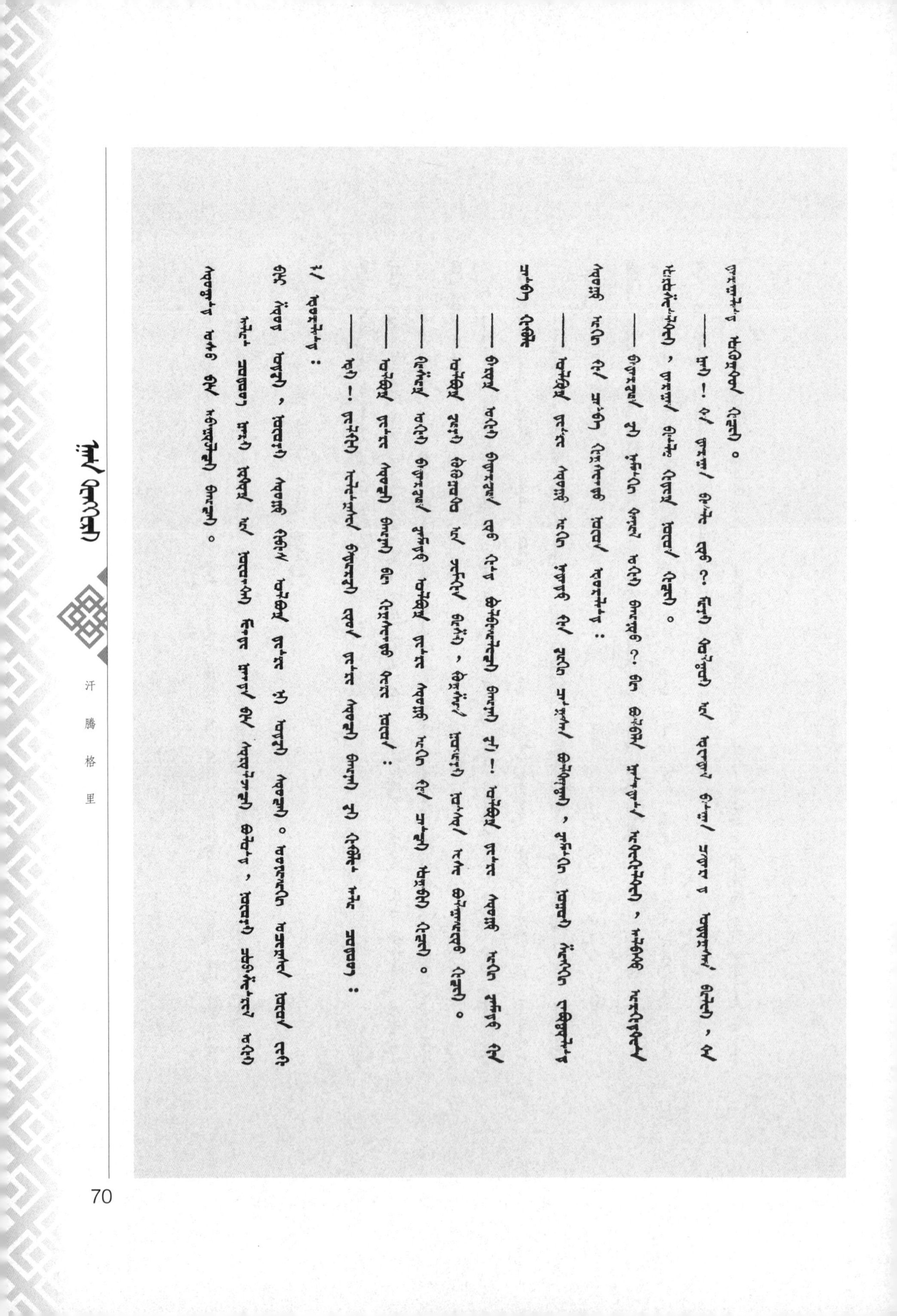

[illegible] 。

[illegible] 。 [illegible]

[illegible] :

—— [illegible] :

—— [illegible] :

—— [illegible] 。

—— [illegible] 。

—— [illegible]

—— [illegible] :

—— [illegible] 。

—— [illegible] 。

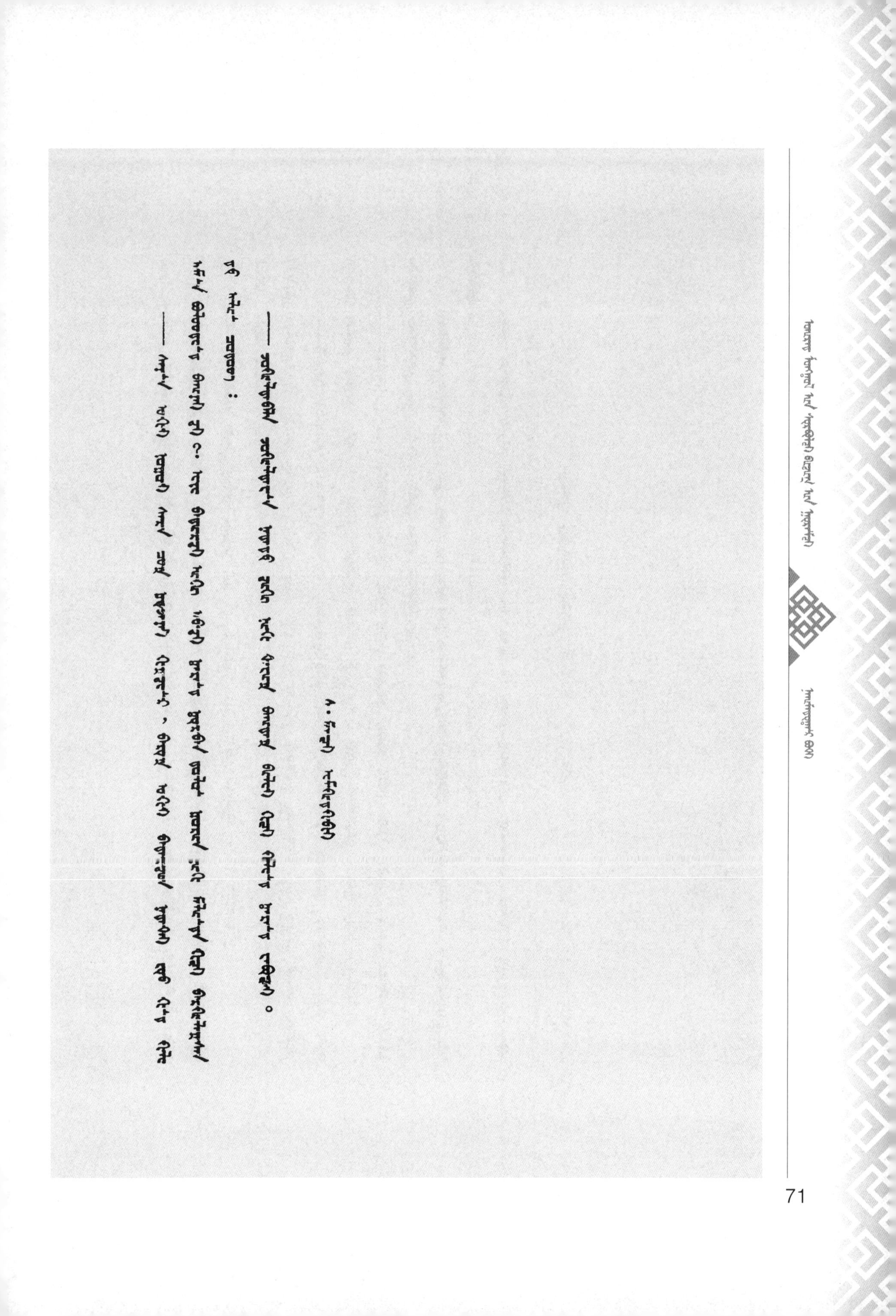

[illegible] ——

[illegible] ?

[illegible] :

—— [illegible] 。

[illegible]

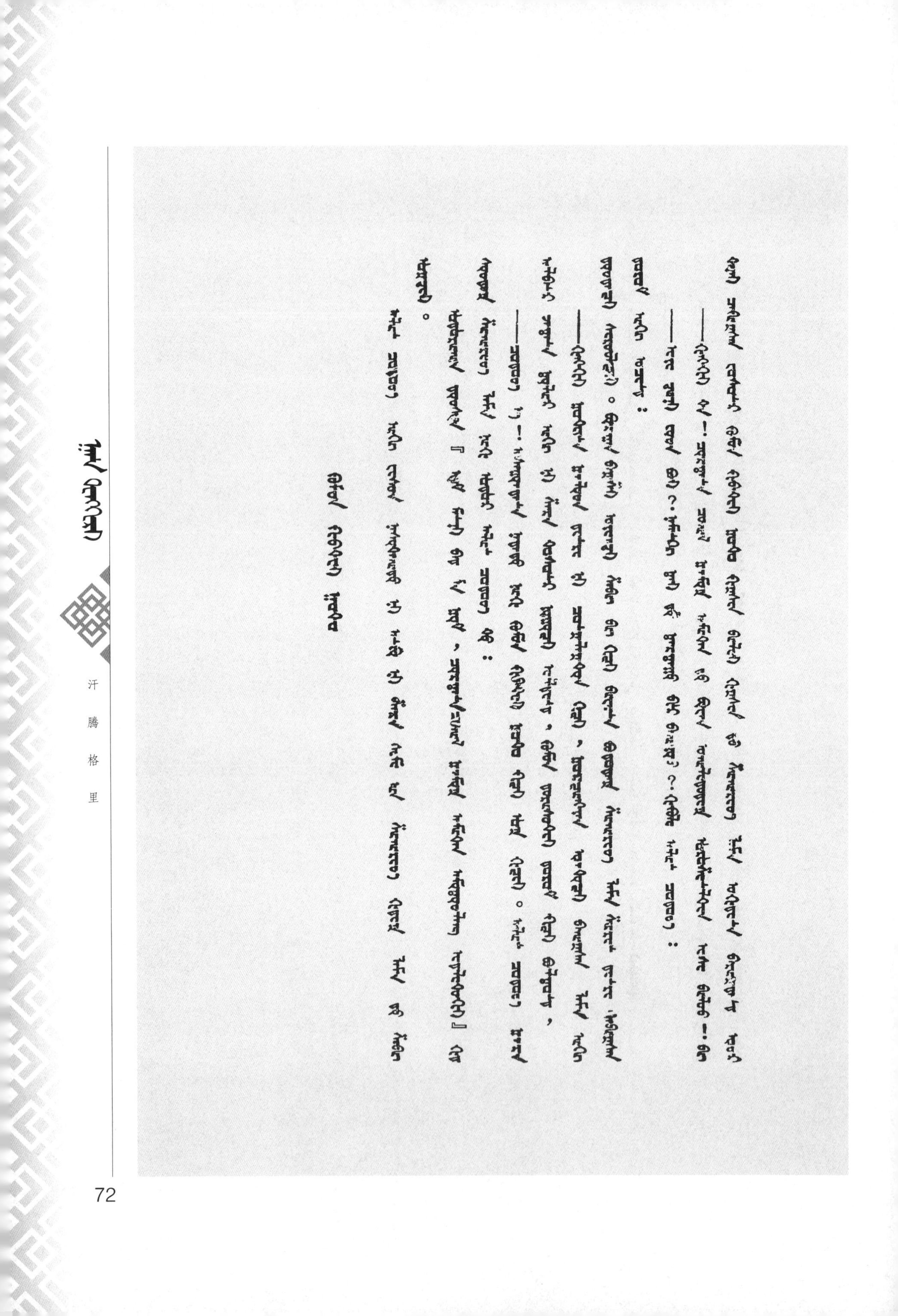

[illegible]
—— [illegible]
—— [illegible]
[illegible]

[illegible]
—— [illegible]
[illegible]
—— [illegible]
[illegible]

[illegible]
[illegible]

[illegible]

[illegible]

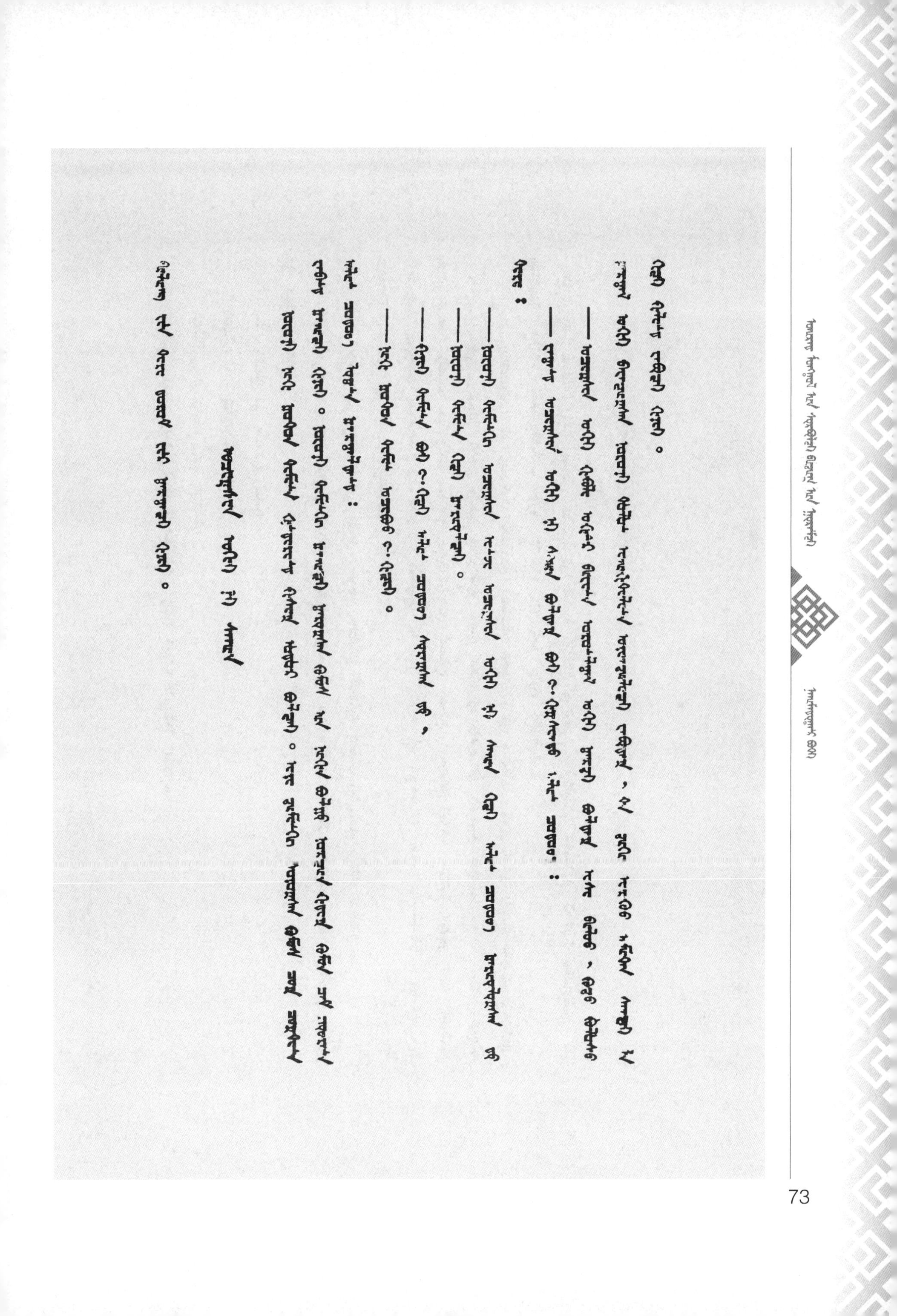

[illegible]

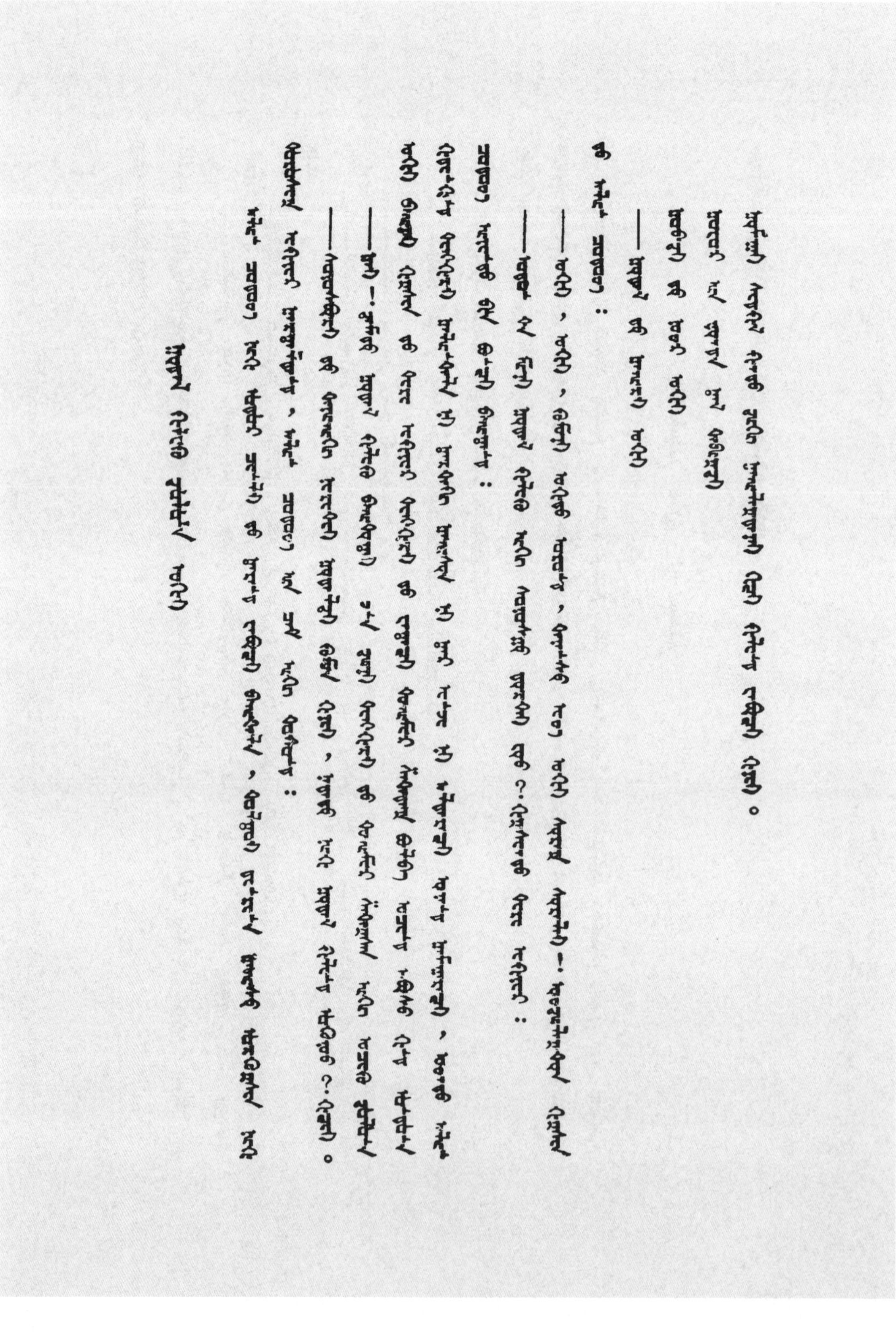

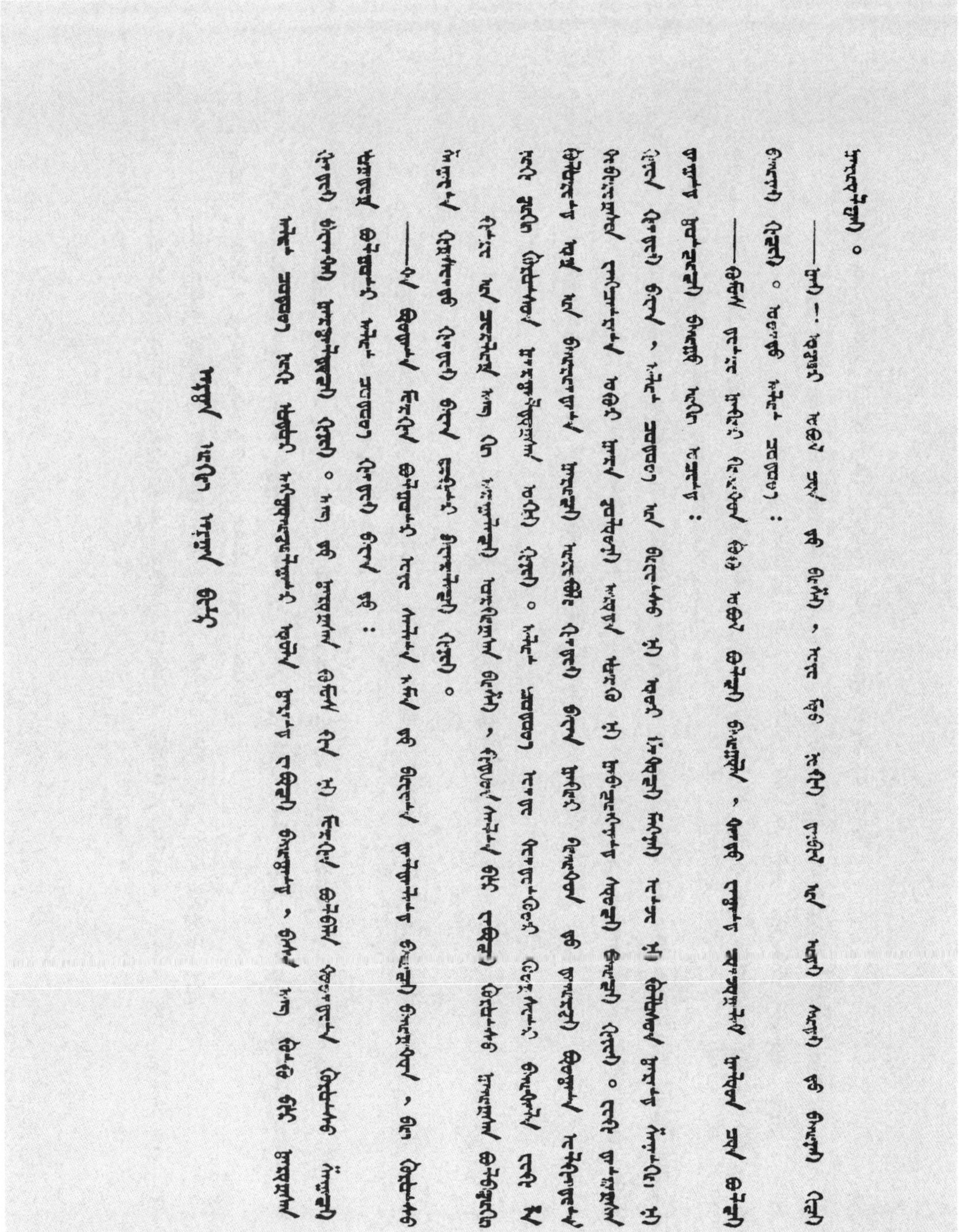

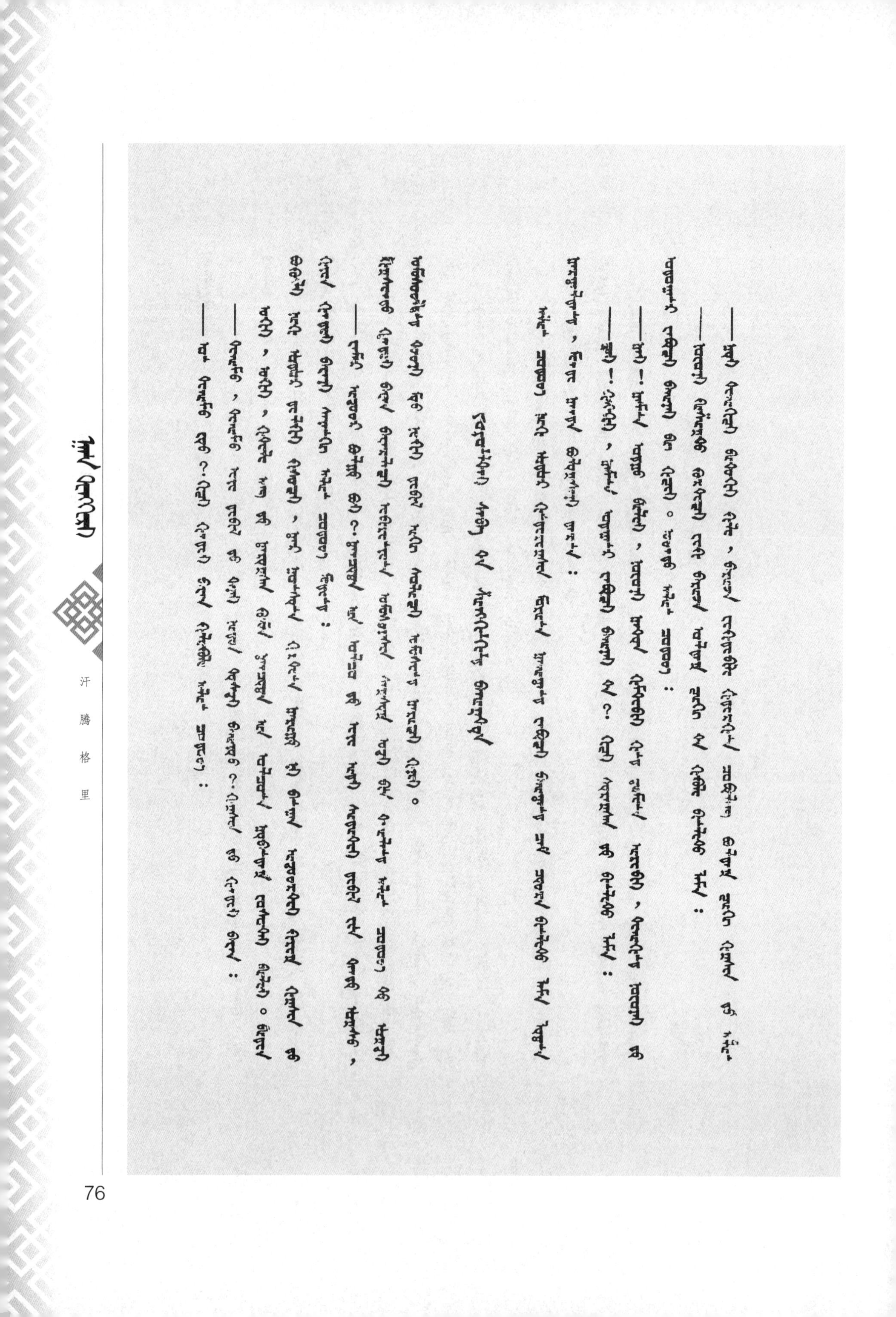

[illegible]

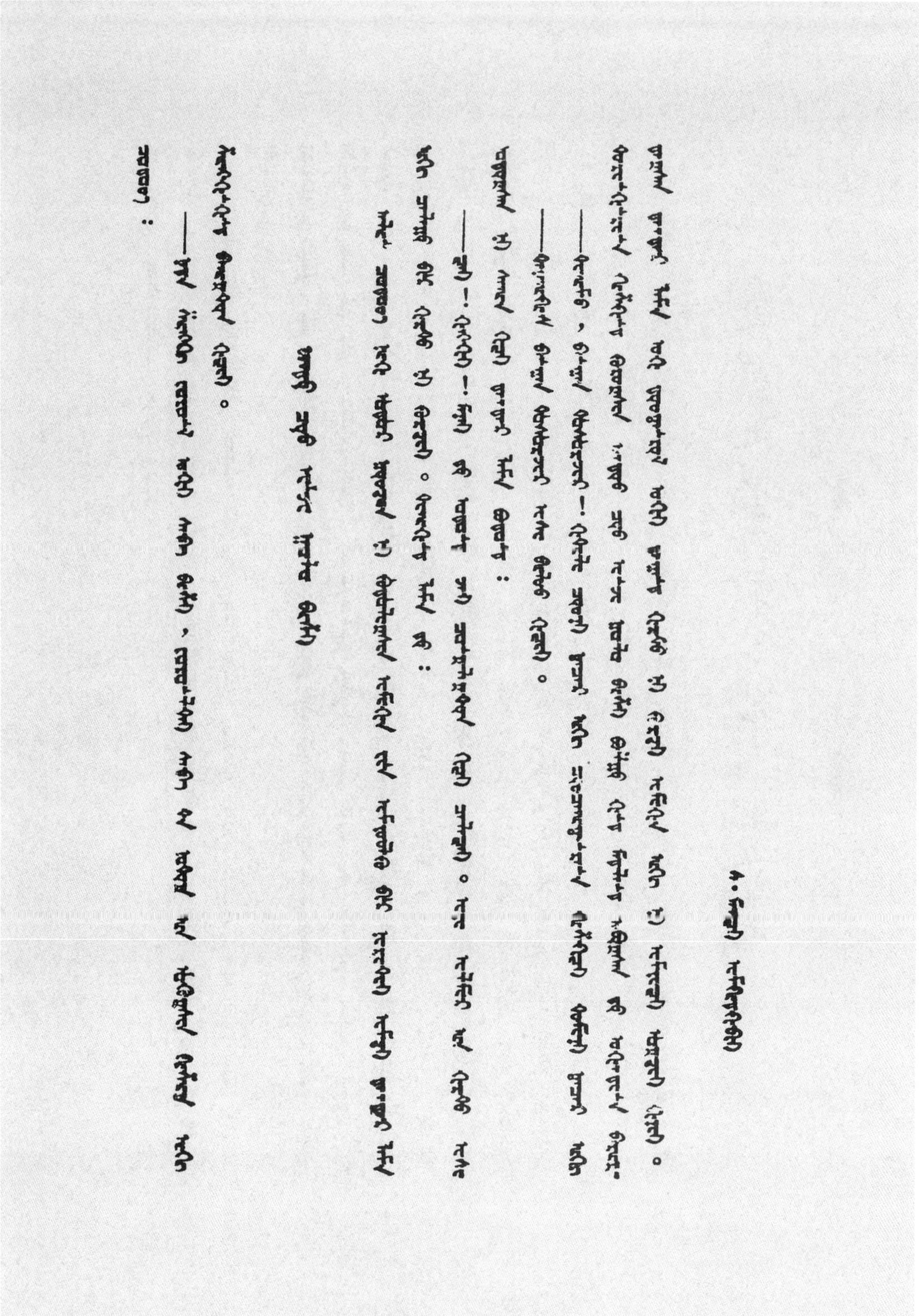

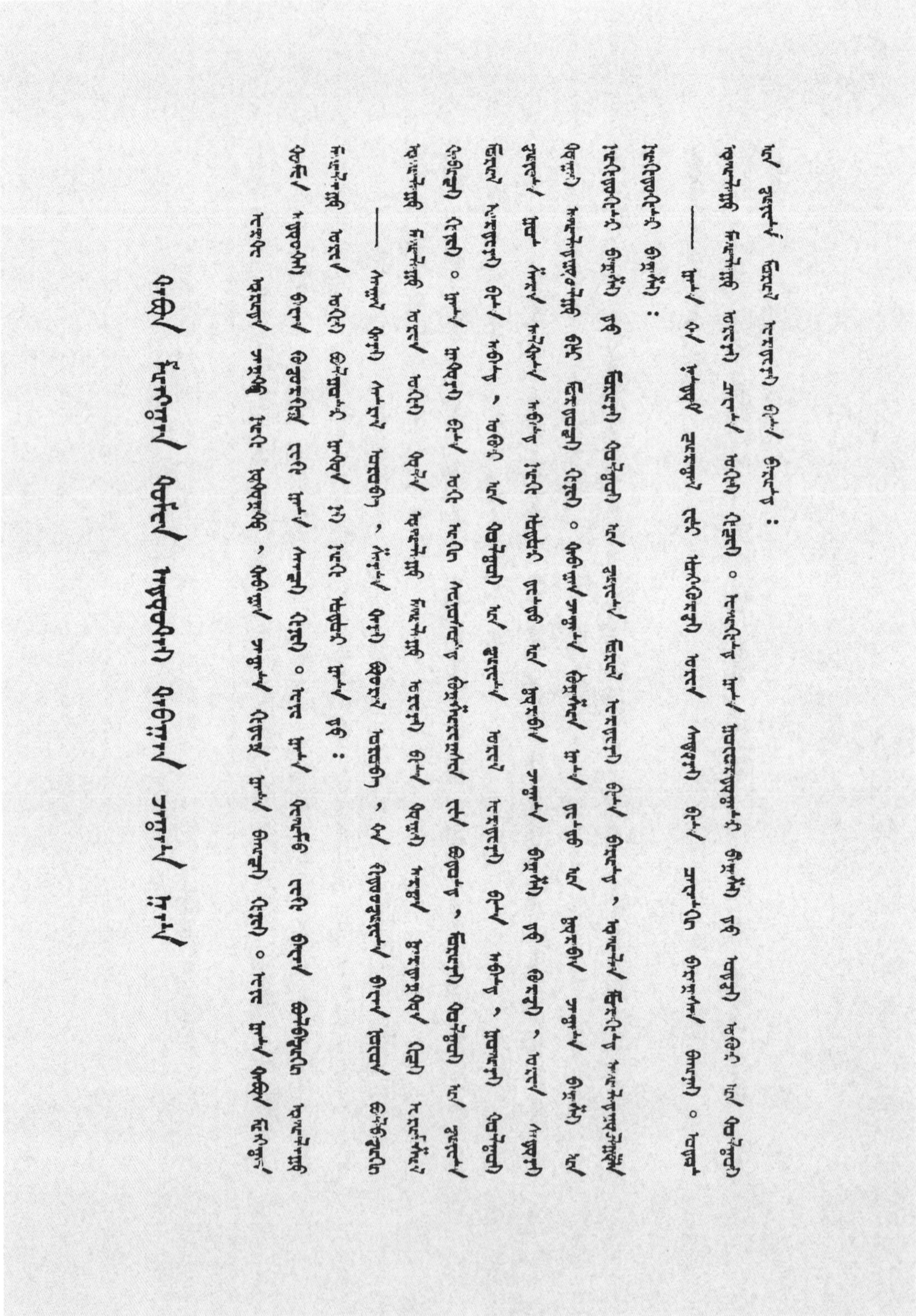

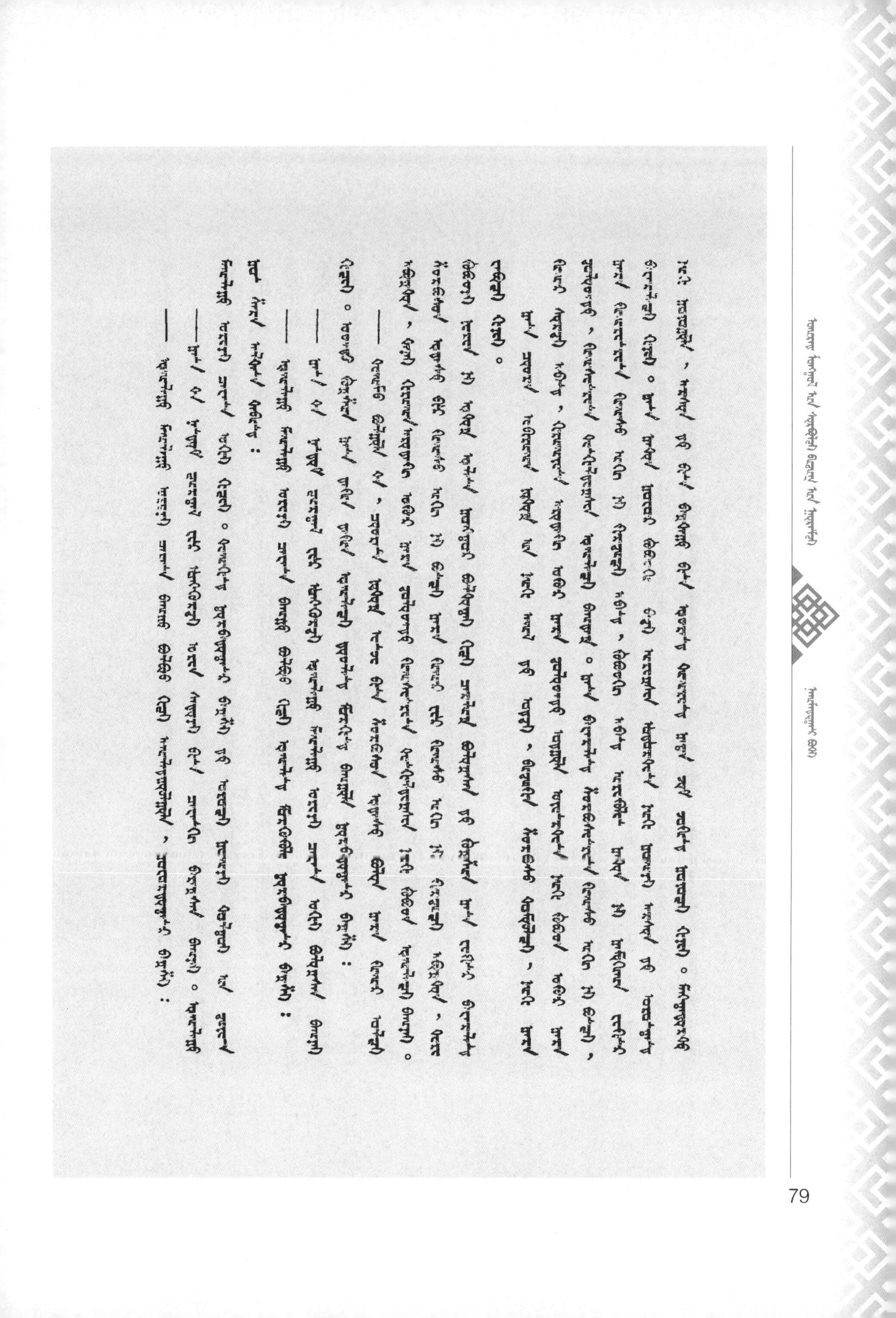

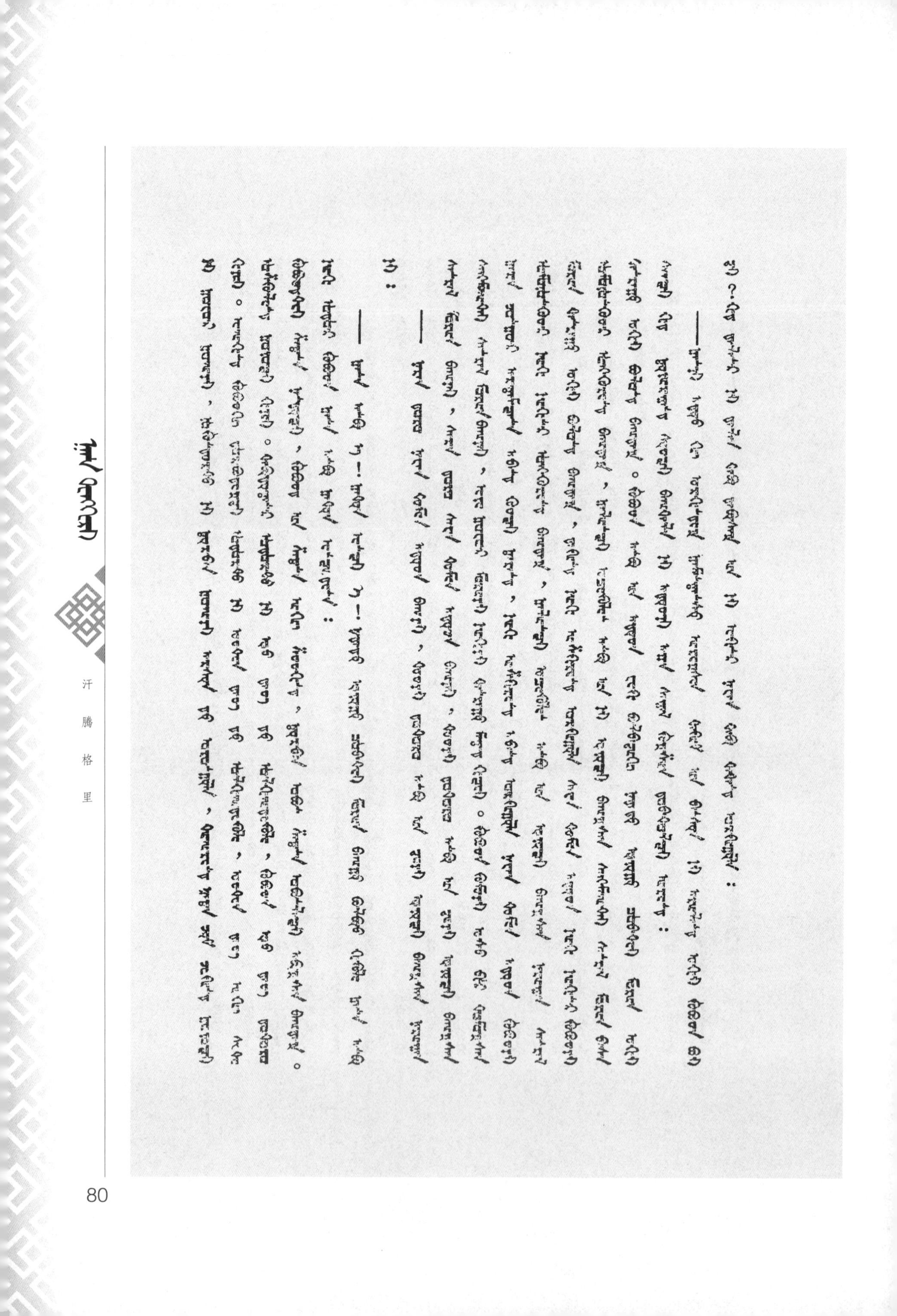

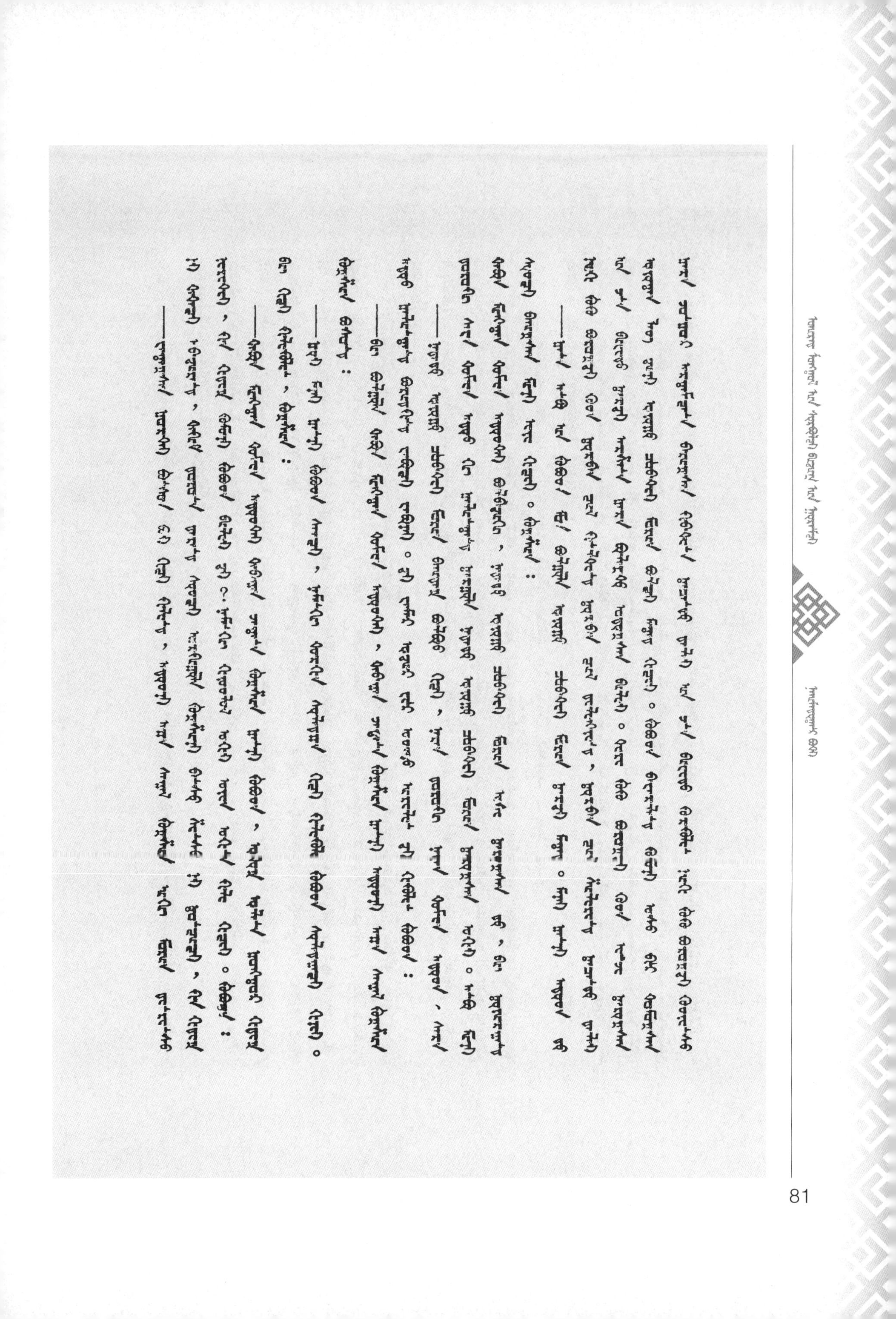

[illegible]

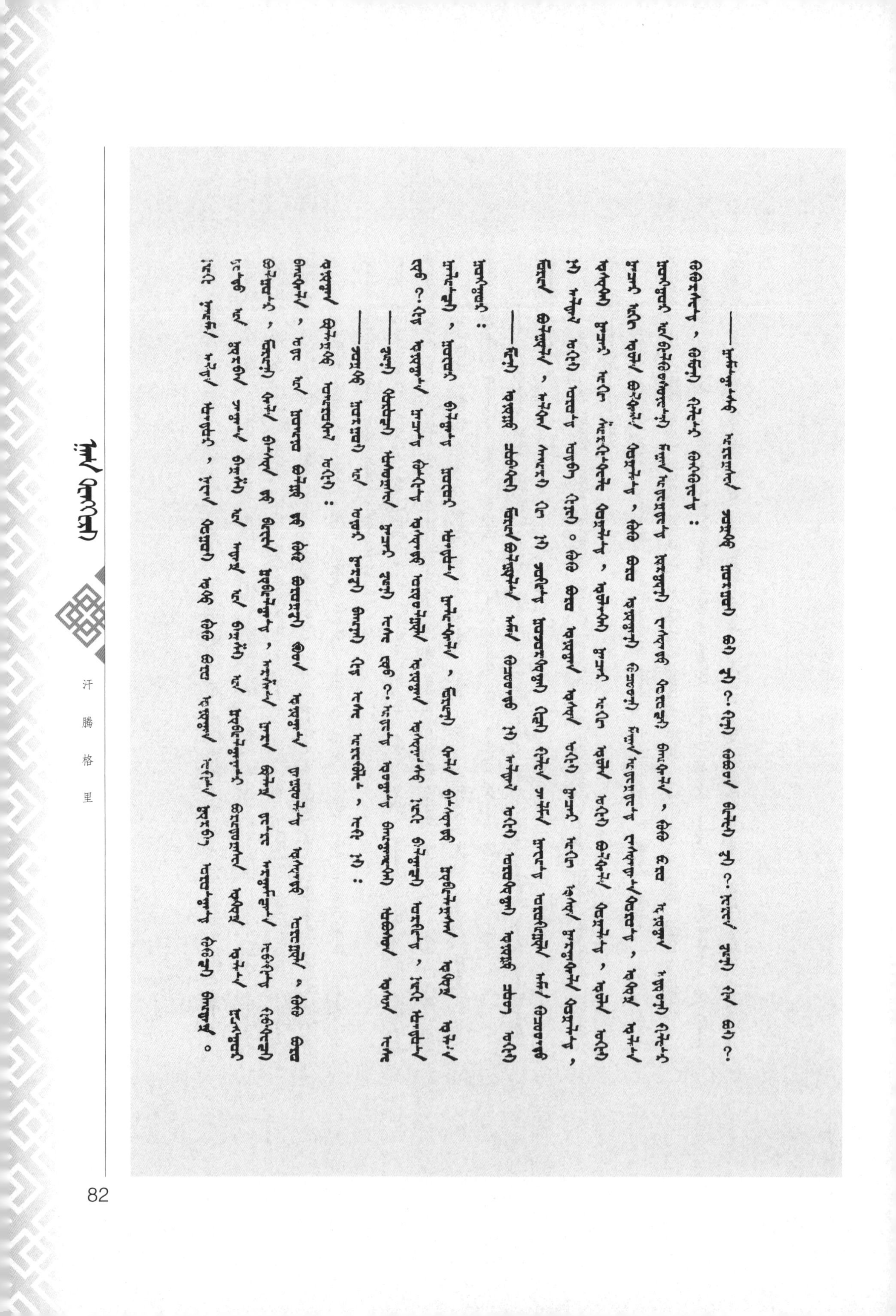

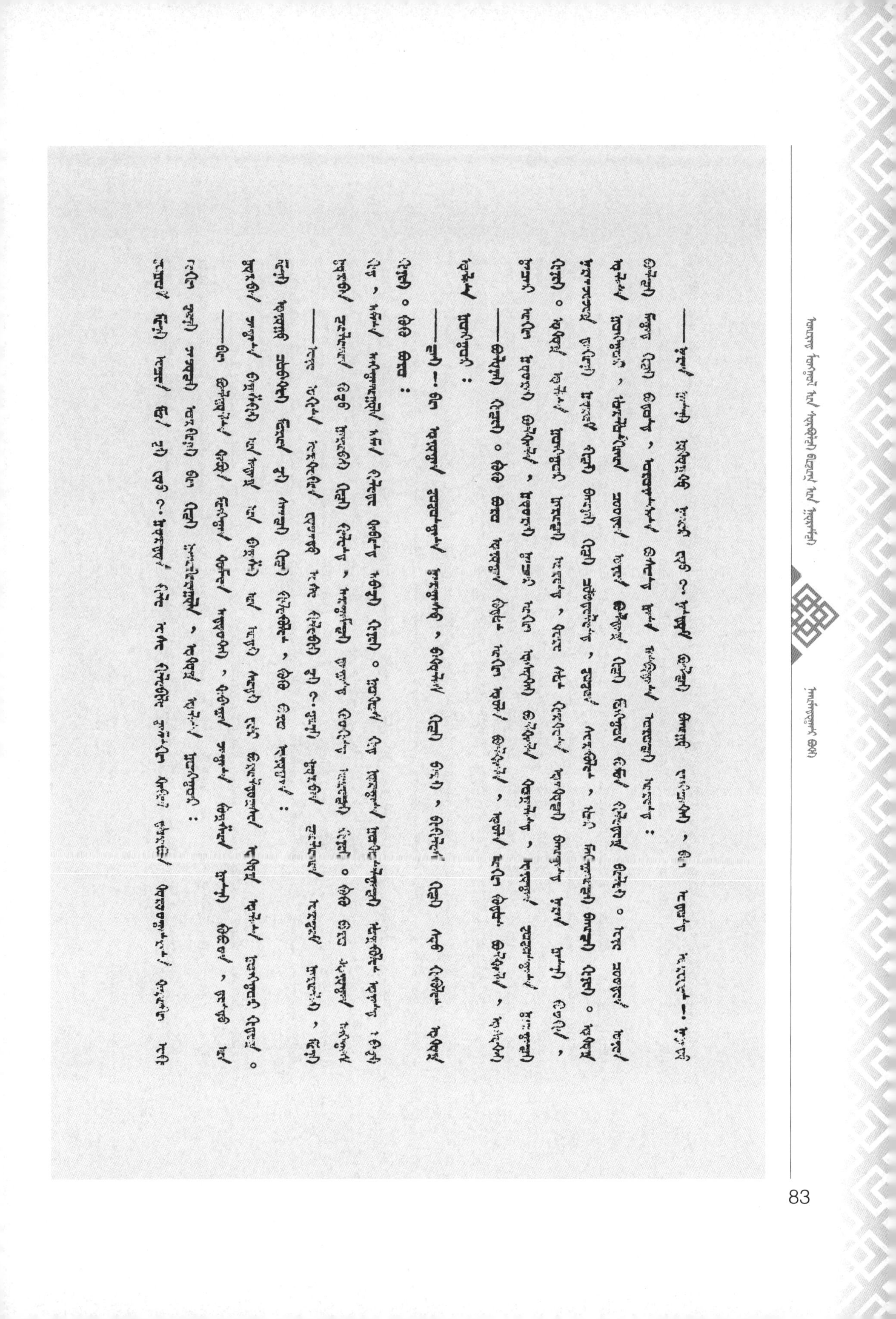

ᠪᠣᠯᠤᠭ᠋ᠠ ᠲᠡ ᠭᠡᠪᠡ ᠠᠨᠠᠭᠤ᠂ ᠪᠢᠳᠡᠨ ᠪᠦᠬᠦᠨ ᠢᠶᠡᠨ ᠬᠤᠪᠢᠰᠬᠠᠯ ᠪᠣᠯᠵᠤ ᠶᠠᠭᠤ ᠬᠡᠯᠡᠨ ᠪᠣᠯᠤᠭ᠋ᠰᠠᠨ ᠠᠪᠤᠭ᠋ᠠ᠂ ᠪᠢᠳᠡᠨ ᠦ ᠬᠠᠮᠲᠤ
ᠬᠠᠮᠲᠤ ᠪᠠᠢᠨ᠎ᠠ ᠭᠡᠪᠡ᠂ ᠶᠠᠭᠤ ᠴᠤ ᠬᠤᠪᠢᠰᠬᠠᠯ ᠦᠭᠡᠢ ᠭᠡᠪᠡ᠃ ᠬᠠᠪᠤᠷ ᠬᠠᠯᠠᠭᠤᠨ ᠰᠠᠷᠠᠭᠤᠯ ᠪᠠᠢᠭ᠎ᠠ ᠪᠢᠰᠢ ᠦᠭᠡ ᠬᠡᠯᠡᠨ

——ᠲᠡᠭᠦᠨ ᠳᠦ ᠪᠣᠯᠪᠠᠯ ᠪᠢ ᠴᠢ ᠤᠤ? ᠬᠡᠯᠡᠬᠦ ᠦᠭᠡ ᠲᠠᠢ ᠪᠣᠯᠪᠠᠰᠤ ᠲᠤᠰᠠᠯᠠᠵᠤ ᠪᠣᠯᠤᠨ᠎ᠠ ᠭᠡᠵᠦ ᠶᠠᠭᠤ ᠬᠡᠯᠡᠨ

ᠬᠡᠯᠡᠪᠡᠷᠢ ᠰᠠᠶᠢᠬᠠᠨ ᠬᠠᠷᠠᠭᠤᠯ ᠭᠡᠪᠡ:

ᠲᠡᠷᠡ ᠡᠳᠦᠷ ᠬᠠᠯᠠᠭᠤᠨ ᠭᠡᠪᠡ ᠲᠡᠭᠦᠨ ᠢ ᠬᠡᠯᠡᠭᠰᠡᠨ ᠭᠡᠪᠡ᠃ ᠬᠠᠪᠤᠷ ᠬᠠᠯᠠᠭᠤᠨ ᠰᠠᠷᠠᠭᠤᠯ ᠰᠠᠭᠤᠯᠲᠠᠢ ᠶᠢ ᠲᠤᠰᠠᠯᠠᠬᠤ ᠲᠤᠰᠠᠯᠠᠮᠵᠢ

ᠪᠣᠯᠭᠠᠵᠤ ᠬᠠᠪᠤᠷ ᠬᠠᠯᠠᠭᠤᠨ ᠰᠠᠷᠠᠭᠤᠯ ᠲᠡᠷᠡ ᠡᠳᠦᠷ ᠪᠠᠷ ᠤᠨᠠᠭ᠎ᠠ ᠪᠣᠯᠵᠠᠢ᠂ ᠬᠠᠷᠢᠭᠤᠴᠠᠭ᠎ᠠ ᠶᠢ ᠬᠦᠯᠢᠶᠡᠨ ᠡᠳᠦᠷ ᠪᠣᠯᠭᠠᠨ

ᠪᠣᠯᠤᠭᠰᠠᠨ ᠪᠣᠯᠤᠨ ᠪᠣᠯᠪᠠᠰᠤ᠂ ᠪᠢ ᠪᠢᠳᠡ ᠪᠣᠯᠤᠨ ᠶᠢ ᠲᠡᠷᠡ ᠪᠣᠯᠤᠭᠰᠠᠨ ᠶᠠᠪᠤᠨ ᠬᠡᠯᠡᠨ ᠬᠦᠮᠦᠨ ᠪᠤᠰᠤᠭᠰᠠᠨ ᠬᠠᠷᠢᠬᠤ ᠭᠡᠪᠡ᠃

ᠰᠠᠷᠠᠭᠤᠯ ᠪᠢᠰᠢ ᠪᠣᠯᠪᠠᠯ ᠲᠡ ᠭᠡᠪᠡ ᠲᠤᠰᠠᠯᠠᠬᠤ᠂ ᠬᠠᠪᠤᠷ ᠬᠠᠯᠠᠭᠤᠨ ᠰᠠᠷᠠᠭᠤᠯ᠂ ᠪᠠᠷᠠᠨ ᠬᠠᠯᠠᠭᠤᠨ ᠶᠠᠭᠤ ᠴᠤ ᠰᠠᠶᠢᠬᠠᠨ ᠪᠢ

——ᠲᠡ ᠰᠠᠶᠢᠨ ᠶᠠᠭᠤ ᠴᠤ ᠰᠠᠶᠢ᠂ ᠪᠢ ᠪᠣᠯᠤᠨ ᠪᠣᠯᠭᠠ ᠲᠤᠰᠠᠯᠠᠭᠠᠢ᠂ ᠰᠠᠶᠢᠨ ᠲᠤᠷᠰᠢ ᠰᠠᠶᠢᠬᠠᠨ ᠪᠣᠯᠭᠠᠨ᠎ᠠ᠂

ᠬᠠᠪᠤᠷ ᠬᠠᠯᠠᠭᠤᠨ ᠰᠠᠷᠠᠭᠤᠯ ᠪᠣᠯᠤᠨ ᠰᠠᠶᠢᠬᠠᠨ᠂ ᠪᠣᠯᠤᠨ ᠲᠡᠷᠡ ᠬᠠᠷᠢᠬᠤ ᠪᠣᠯᠵᠤ ᠪᠢᠳᠡ ᠪᠣᠯᠤᠨ ᠢ:

ᠰᠠᠶᠢᠬᠠᠨ ᠬᠡᠯᠡᠨ ᠬᠠᠷᠢᠭᠤᠯᠪᠠ᠂ ᠪᠢᠳᠡ ᠪᠣᠯᠤᠨ ᠪᠣᠯᠤᠭᠰᠠᠨ ᠲᠡᠷᠡ ᠬᠠᠪᠤᠷ ᠬᠡᠯᠡᠨ ᠲᠤᠰᠠᠯᠠᠬᠤ ᠪᠣᠯᠭᠠᠬᠤ ᠬᠠᠷᠢᠬᠤ ᠭᠡᠪᠡ᠃

ᠰᠠᠶᠢᠬᠠᠨ ᠰᠠᠭᠤᠯ ᠬᠡᠯᠡᠨ ᠬᠠᠷᠢᠭᠤᠯᠬᠤ ᠲᠤᠰᠠ ᠭᠡᠪᠡ᠃ ᠬᠠᠪᠤᠷ ᠬᠠᠯᠠᠭᠤᠨ ᠰᠠᠷᠠᠭᠤᠯ ᠲᠡᠭᠦᠨ ᠲᠠᠢ ᠲᠡᠭᠦᠨ ᠬᠡᠯᠡᠨ ᠲᠠᠭᠤᠯᠠᠬᠤ᠂ ᠲᠡᠭᠦᠨ

ᠪᠣᠯᠤᠨ᠂ ᠬᠠᠷᠢᠭᠤ ᠴᠤ ᠲᠤᠰᠠ ᠪᠣᠯᠤᠭᠰᠠᠨ ᠬᠠᠷᠢᠭᠤᠯᠬᠤ ᠪᠣᠯᠤᠨ ᠪᠢᠳᠡᠨ ᠲᠠᠭᠤ ᠪᠢᠯᠡᠭ ᠡᠳᠦᠷ ᠰᠠᠶᠢᠬᠠᠨ ᠪᠣᠯᠤᠨ᠂ ᠲᠡᠭᠦᠨ ᠲᠠᠭᠤ ᠲᠠᠭᠤᠨ

ᠬᠡᠯᠡᠪᠡ᠂ ᠬᠠᠷᠢᠭᠤ ᠴᠤ ᠲᠤᠰᠠ ᠪᠣᠯᠤᠭᠰᠠᠨ ᠲᠠᠭᠤᠯᠠᠬᠤ ᠪᠣᠯᠤᠨ ᠪᠢᠳᠡᠨ ᠡᠳᠦᠷ ᠬᠡᠯᠡᠪᠡ ᠪᠣᠯᠤᠨ᠂ ᠪᠢᠳᠡᠨ ᠬᠠᠯᠠᠭᠤᠨ ᠲᠡᠷᠡ ᠶᠠᠭᠤ

——ᠬᠠᠪᠤᠷ ᠬᠠᠯᠠᠭᠤᠨ ᠰᠠᠷᠠᠭᠤᠯ ᠴᠢ ᠬᠡᠳᠡ ᠶᠢ ᠪᠣᠯᠬᠤ᠂ ᠬᠠᠷᠢᠭᠤᠯ ᠶᠢ ᠪᠣᠯᠭᠠᠵᠤ ᠪᠣᠯᠤᠨ᠂ ᠲᠤᠰᠠᠯᠠᠭᠰᠠᠨ ᠲᠤᠰᠠᠯᠠᠬᠤ ᠭᠡᠪᠡ

ᠬᠡᠯᠡᠪᠡᠷᠢ ᠡᠳᠦᠷ ᠬᠠᠷᠢ ᠶᠢ:

——ᠰᠠᠷᠠᠭᠤᠯ ᠪᠢᠳᠡᠨ ᠪᠠᠢᠨ᠎ᠠ ᠡᠳᠦᠷ ᠲᠤᠰᠠ ᠪᠢᠯᠡ᠂ ᠬᠠᠷᠢᠨ ᠲᠤᠰᠠᠯᠠᠭᠰᠠᠨ ᠬᠠᠷᠢᠭᠤᠯᠬᠤ ᠬᠠᠷᠢᠭᠤᠯ ᠲᠤᠰᠠᠯᠠᠭᠰᠠᠨ ᠲᠤ ᠭᠡᠪᠡ

ᠪᠣᠯᠤᠨ ᠲᠤᠰᠠᠯᠠᠭᠰᠠᠨ ᠲᠠᠭᠤ ᠲᠠᠭᠤᠨ᠂ ᠬᠠᠷᠢᠭᠤ ᠲᠤᠰᠠᠯᠠᠭᠰᠠᠨ ᠰᠠᠷᠠᠭᠤᠯ ᠪᠣᠯᠤᠭᠰᠠᠨ ᠪᠣᠯᠪᠠᠯ ᠤᠤ? ᠭᠡᠪᠡ ᠬᠡᠯᠡᠨ ᠪᠣᠯᠤᠭᠰᠠᠨ ᠰᠠᠶᠢᠨ ᠬᠡᠯᠡᠭᠰᠡᠨ ᠢ:

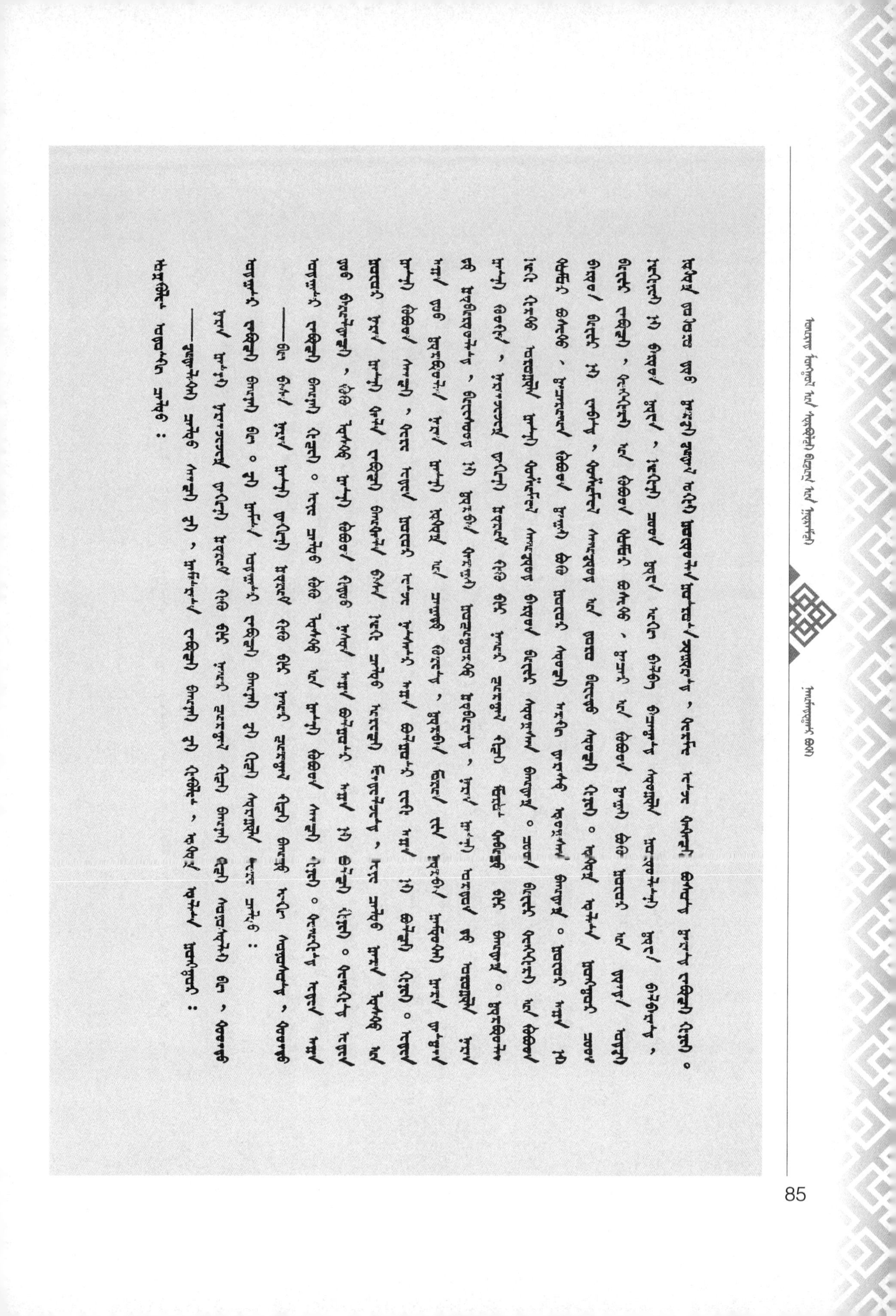

[illegible]

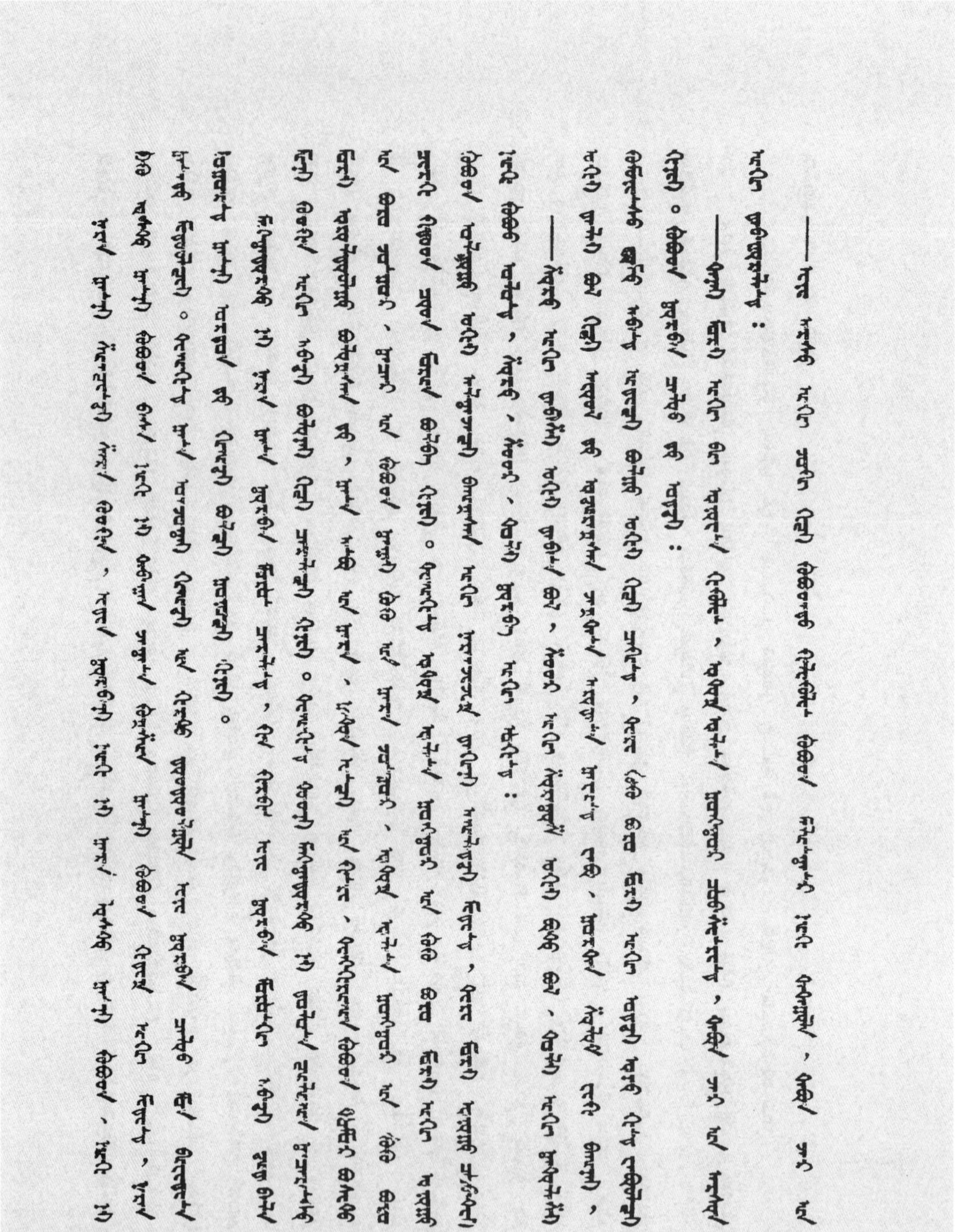

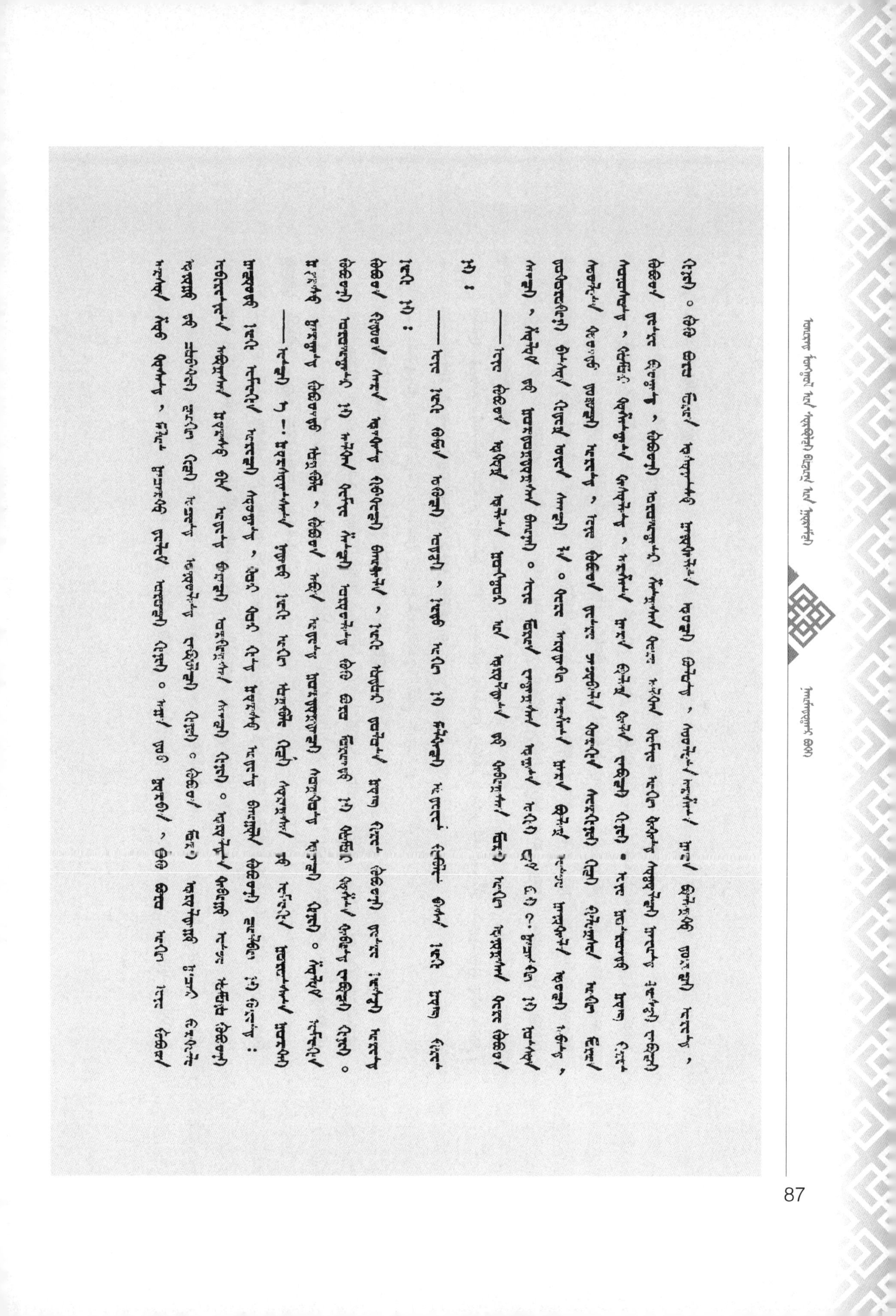

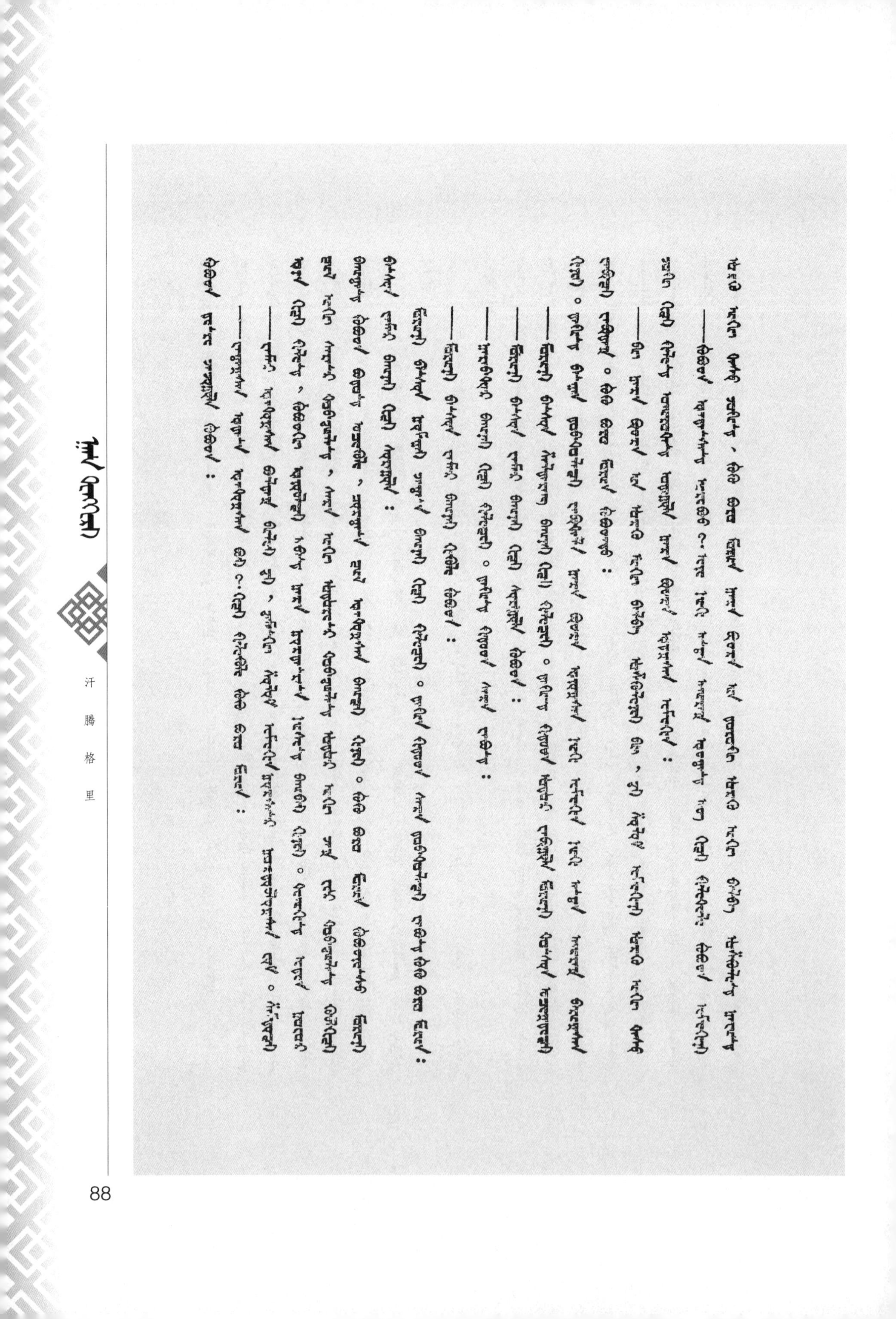

[illegible]

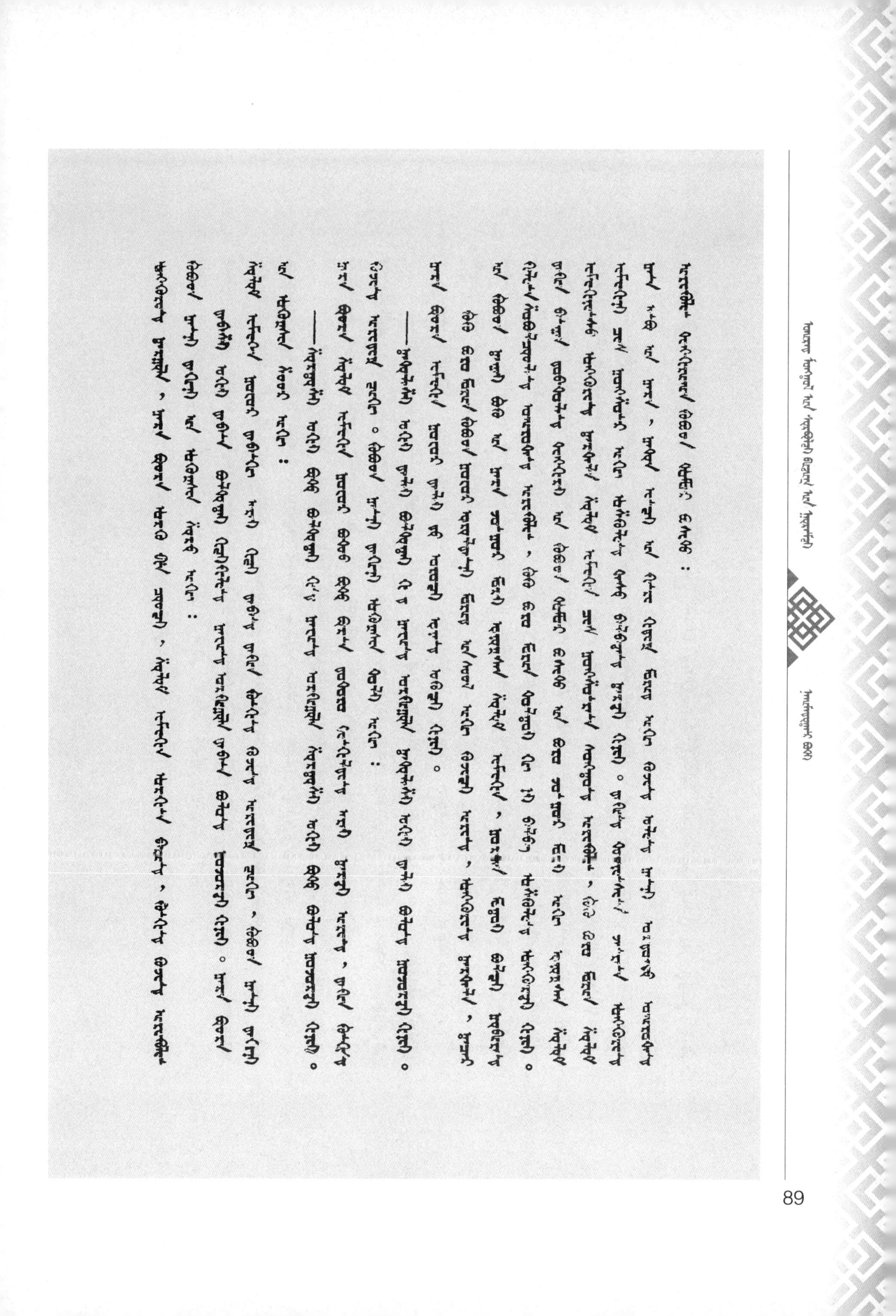

[illegible] :

[illegible] 。

[illegible] 。

——[illegible] 。

[illegible] :

[illegible]

——[illegible] 。

[illegible] :

[illegible] 。 [illegible] :

[illegible]

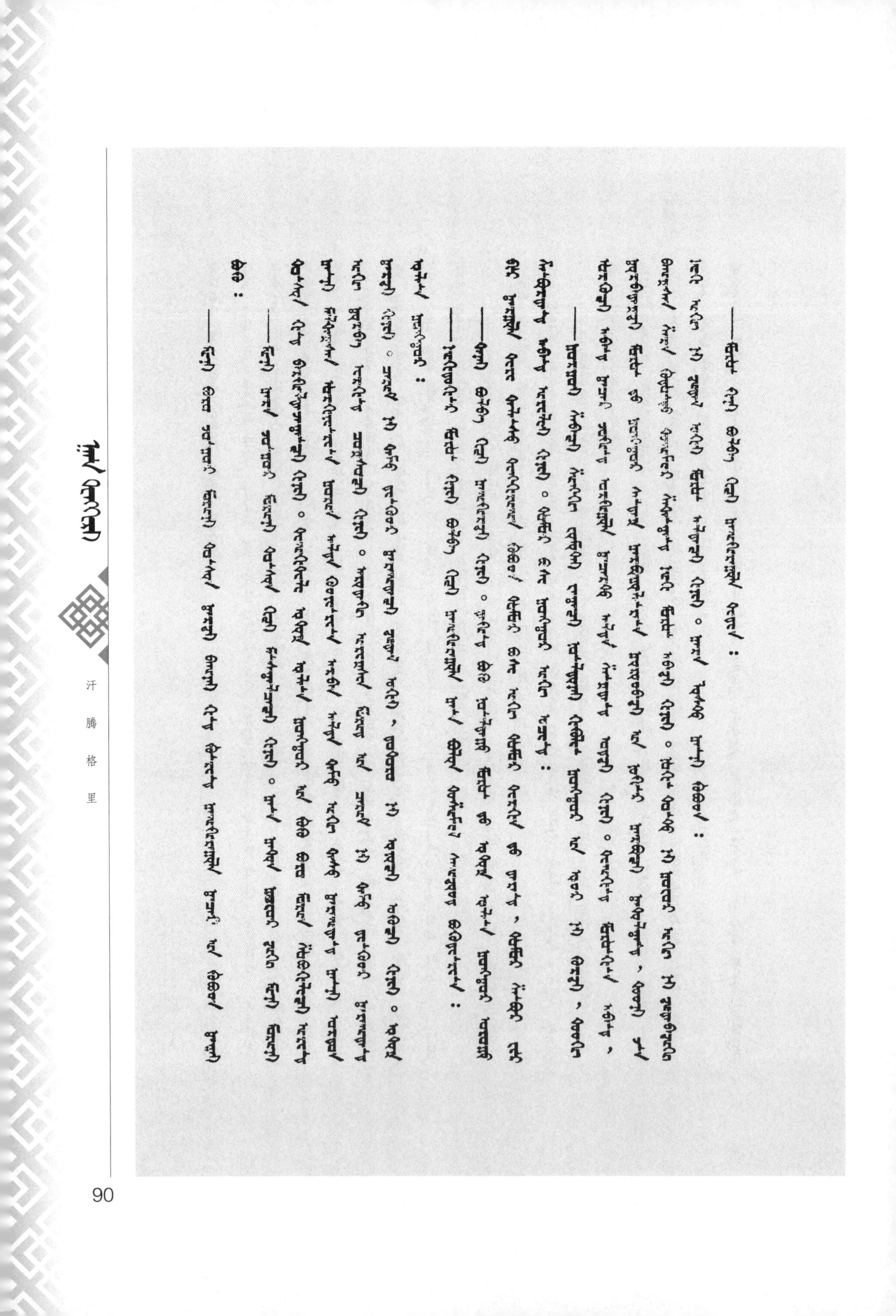

[illegible]

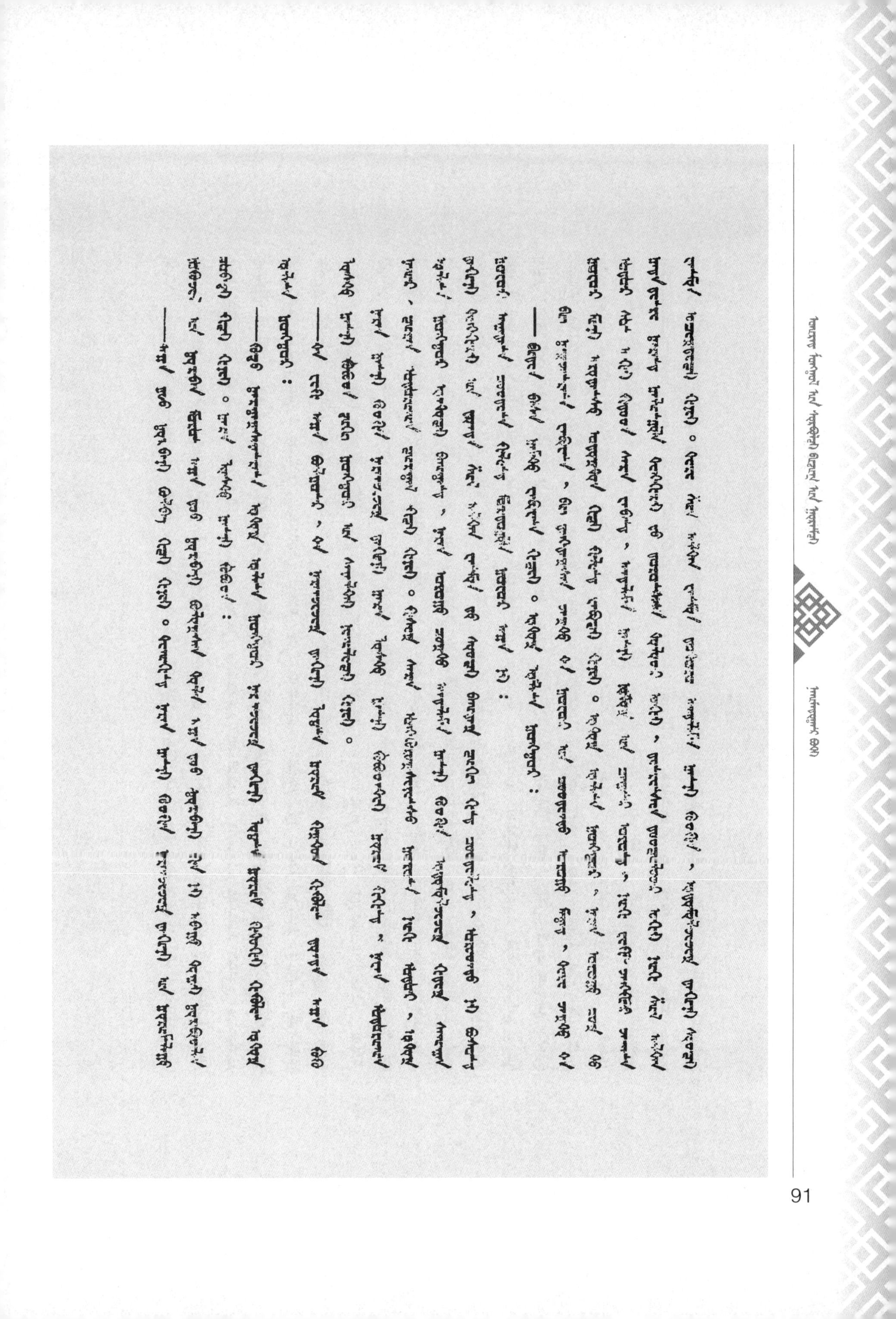

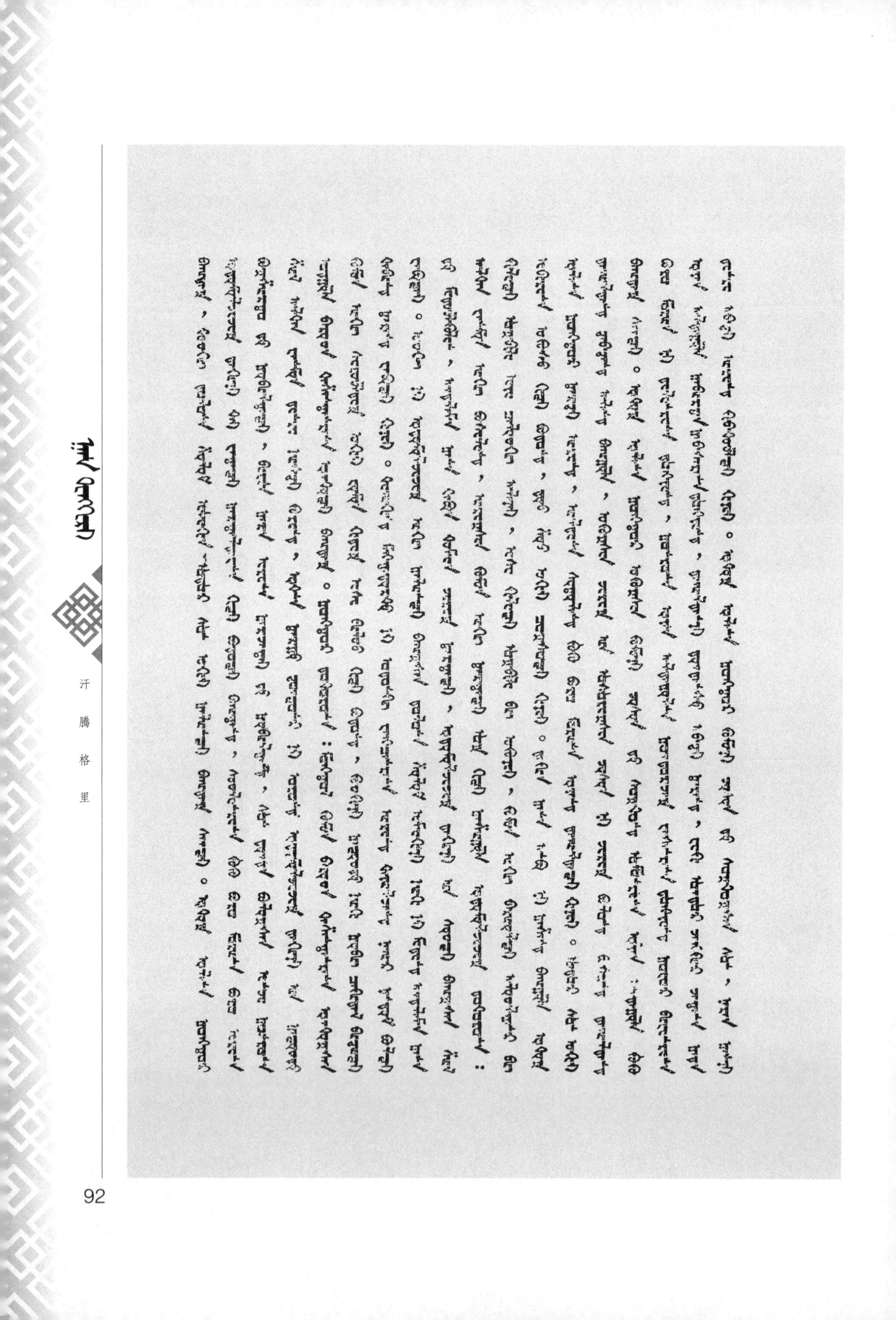

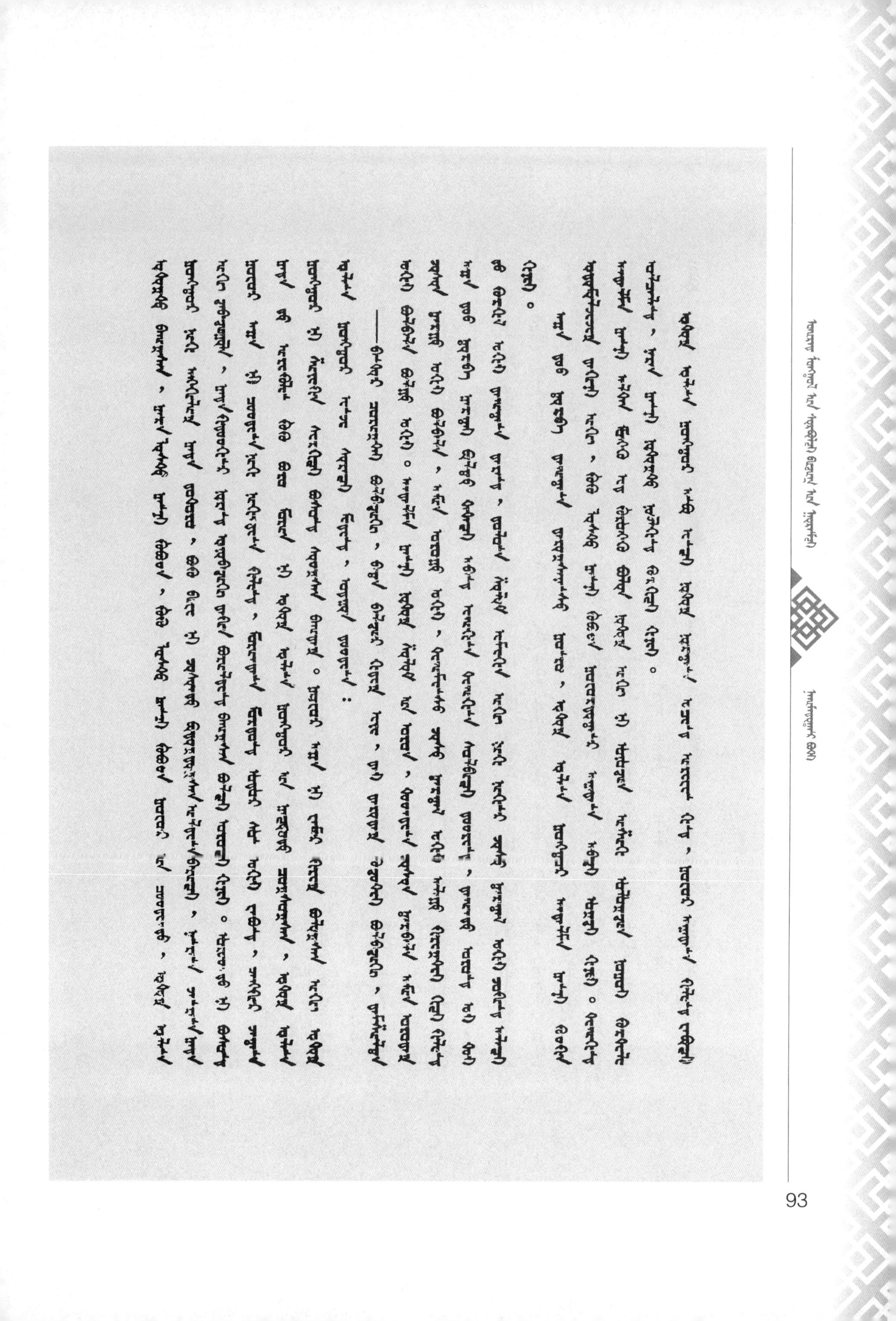

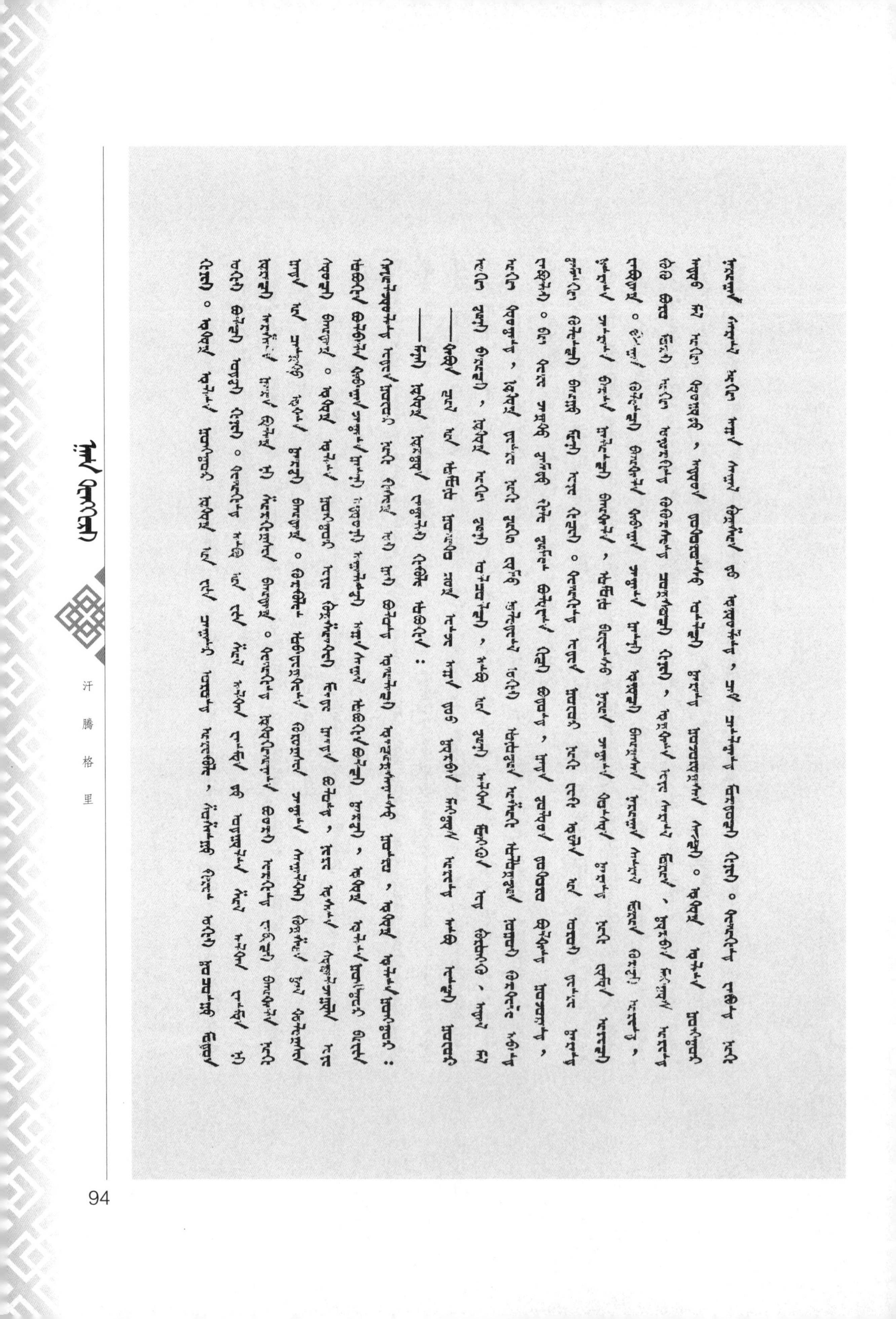

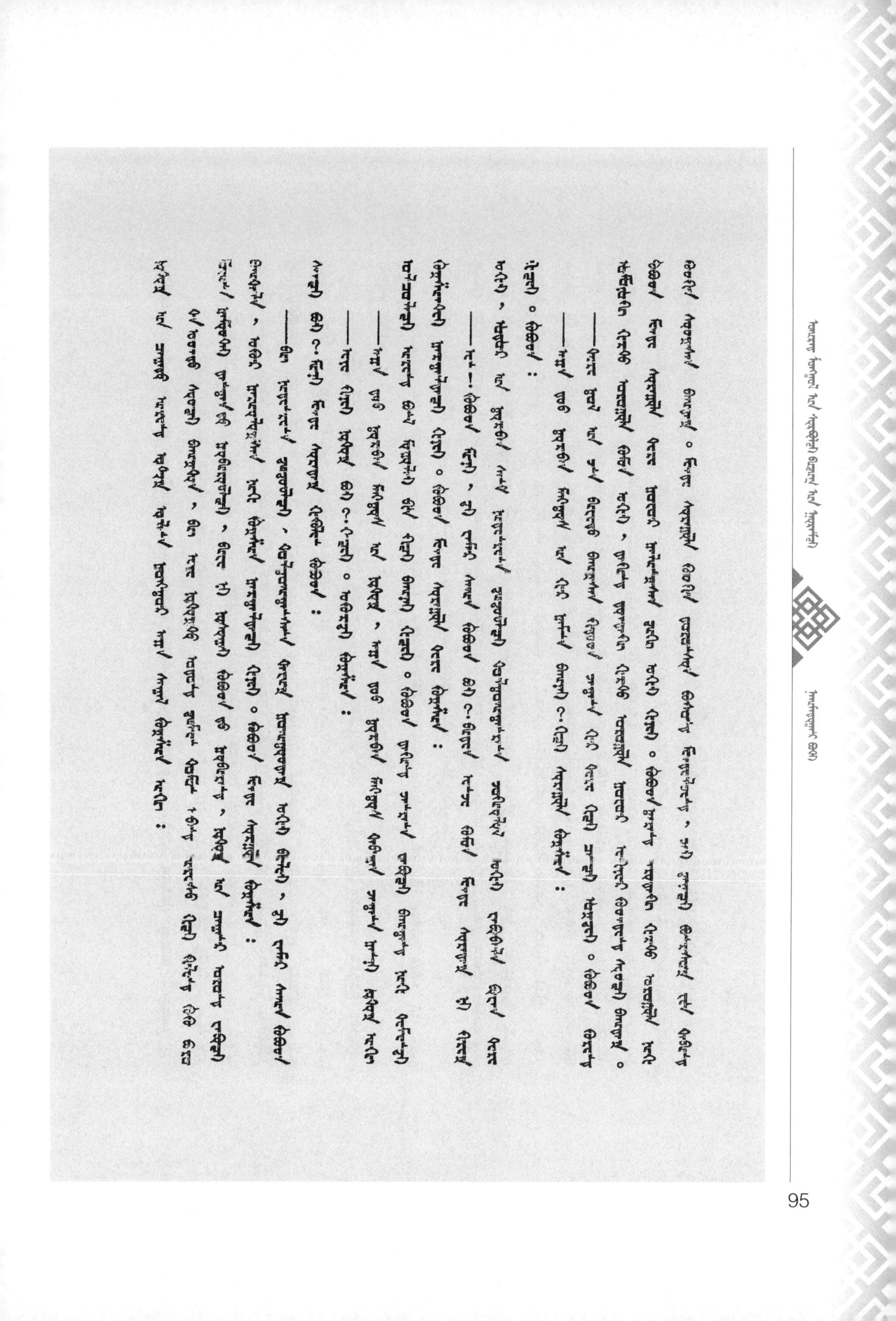

[illegible]

ᠤᠯᠤᠰᠲᠤ ᠪᠡᠨ ᠡᠷᠬᠢᠯᠡᠭᠰᠡᠨ ᠃ ᠪᠣᠯᠤᠨ ᠡᠨᠡ ᠪᠣᠯᠤᠭᠰᠠᠨ ᠪᠣᠯᠪᠠ ᠄

—— ᠮᠠᠨ ᠤ ᠪᠣᠳᠤᠯ ᠢ ᠪᠠᠰᠠ ᠮᠠᠨ ᠤ ᠪᠣᠳᠤᠯ ᠃ ᠲᠡᠷᠡ ᠬᠦᠮᠦᠨ ᠪᠣᠯᠪᠠᠰᠤ ᠂

ᠮᠠᠨ ᠤ ᠪᠣᠳᠤᠯ ᠢ ᠬᠡᠯᠡᠨ ᠪᠣᠯᠤᠭᠰᠠᠨ ᠃ ᠡᠨᠡ ᠮᠠᠨ ᠤ ᠬᠡᠯᠡᠪᠡ ᠃

ᠪᠣᠯᠤᠨ ᠢ ᠬᠡᠯᠡᠭᠰᠡᠨ ᠪᠣᠯᠪᠠ ᠃ ᠲᠡᠷᠡ ᠪᠣᠯ ᠮᠠᠨ ᠤ ᠬᠦᠮᠦᠨ ᠂ ᠪᠢᠳᠡ ᠲᠡᠷᠡ ᠪᠣᠯᠤᠨ ᠄

—— ᠮᠠᠨ ᠤ ᠪᠣᠳᠤᠯ ᠢ ᠬᠡᠯᠡᠭᠰᠡᠨ ᠲᠡᠷᠡ ᠬᠦᠮᠦᠨ ᠂ ᠲᠡᠷᠡ ᠪᠣᠯ ᠮᠠᠨ ᠤ ᠪᠣᠳᠤᠯ

ᠪᠣᠯᠤᠨ ᠂ ᠬᠡᠯᠡᠭᠰᠡᠨ ᠬᠡᠯᠡᠪᠡ ᠃ ᠲᠡᠷᠡ ᠪᠣᠯᠪᠠ ᠮᠠᠨ ᠤ ᠪᠣᠳᠤᠯ ᠄

ᠬᠡᠯᠡᠭᠰᠡᠨ ᠭᠡᠵᠦ ᠪᠣᠯᠤᠨ ᠂ ᠲᠡᠷᠡ ᠬᠦᠮᠦᠨ ᠪᠣᠯᠪᠠ ᠂ ᠪᠢᠳᠡ ᠮᠠᠨ ᠤ ᠬᠡᠯᠡᠪᠡ

ᠮᠠᠨ ᠤ ᠪᠣᠳᠤᠯ ᠪᠣᠯᠤᠨ ᠂ ᠲᠡᠷᠡ ᠬᠦᠮᠦᠨ ᠢ ᠬᠡᠯᠡᠭᠰᠡᠨ ᠪᠣᠯᠪᠠ ᠃

ᠪᠣᠯᠤᠨ ᠂ ᠬᠡᠯᠡᠪᠡ ᠮᠠᠨ ᠤ ᠬᠦᠮᠦᠨ ᠢ ᠭᠡᠵᠦ ᠬᠡᠯᠡᠪᠡ ᠄

—— ᠮᠠᠨ ᠤ ᠪᠣᠳᠤᠯ ᠢ ᠬᠡᠯᠡᠭᠰᠡᠨ ᠪᠣᠯᠤᠨ ᠲᠡᠷᠡ ᠬᠦᠮᠦᠨ ᠂ ᠪᠢᠳᠡ

ᠪᠣᠯᠪᠠ ᠄

—— ᠮᠠᠨ ᠤ ᠪᠣᠳᠤᠯ ᠢ ᠬᠡᠯᠡᠭᠰᠡᠨ ᠪᠣᠯᠤᠨ ᠲᠡᠷᠡ ᠬᠦᠮᠦᠨ ᠃ ᠪᠢᠳᠡ ᠮᠠᠨ ᠤ ᠬᠦᠮᠦᠨ ᠂ ᠪᠣᠯᠪᠠ ᠃

ᠭᠡᠵᠦ ᠪᠣᠯᠤᠨ ᠃ ᠲᠡᠷᠡ ᠬᠦᠮᠦᠨ ᠢ ᠮᠠᠨ ᠤ ᠪᠣᠳᠤᠯ ᠃ ᠪᠢᠳᠡ ᠬᠡᠯᠡᠪᠡ

ᠮᠠᠨ ᠤ ᠬᠦᠮᠦᠨ ᠢ ᠬᠡᠯᠡᠭᠰᠡᠨ ᠪᠣᠯᠤᠨ ᠂ ᠲᠡᠷᠡ ᠪᠣᠯᠪᠠ ᠮᠠᠨ ᠤ ᠪᠣᠳᠤᠯ ᠃ ᠬᠡᠯᠡᠪᠡ ᠄

ᠪᠣᠯᠤᠨ ᠢ ᠮᠠᠨ ᠤ ᠬᠦᠮᠦᠨ ᠂ ᠲᠡᠷᠡ ᠬᠡᠯᠡᠭᠰᠡᠨ ᠪᠣᠯᠤᠨ ᠃ ᠮᠠᠨ ᠤ ᠪᠣᠳᠤᠯ ᠢ ᠪᠣᠯᠪᠠ ᠂

ᠬᠡᠯᠡᠭᠰᠡᠨ ᠮᠠᠨ ᠤ ᠬᠦᠮᠦᠨ ᠂ ᠪᠣᠯᠤᠨ ᠭᠡᠵᠦ ᠪᠣᠯᠪᠠ ᠃ ᠲᠡᠷᠡ ᠮᠠᠨ ᠤ ᠪᠣᠳᠤᠯ

ᠪᠣᠯᠤᠨ ᠮᠠᠨ ᠤ ᠬᠦᠮᠦᠨ ᠢ ᠬᠡᠯᠡᠭᠰᠡᠨ ᠃ ᠪᠣᠯᠪᠠ ᠄

—— ᠬᠡᠯᠡᠪᠡ ᠮᠠᠨ ᠤ ᠪᠣᠳᠤᠯ ᠢ ᠬᠡᠯᠡᠭᠰᠡᠨ ᠪᠣᠯᠤᠨ ᠲᠡᠷᠡ ᠬᠦᠮᠦᠨ ᠂ ᠬᠡᠯᠡᠪᠡ ᠂ ᠬᠡᠯᠡ ᠪᠠ

ᠪᠠᠭᠤᠯᠭᠠ ᠂ ᠮᠠᠨ ᠤ ᠪᠣᠳᠤᠯ ᠢ ᠬᠡᠯᠡᠭᠰᠡᠨ ᠮᠠᠨ ᠤ ᠬᠦᠮᠦᠨ ᠃ ᠪᠣᠯᠪᠠ ᠄

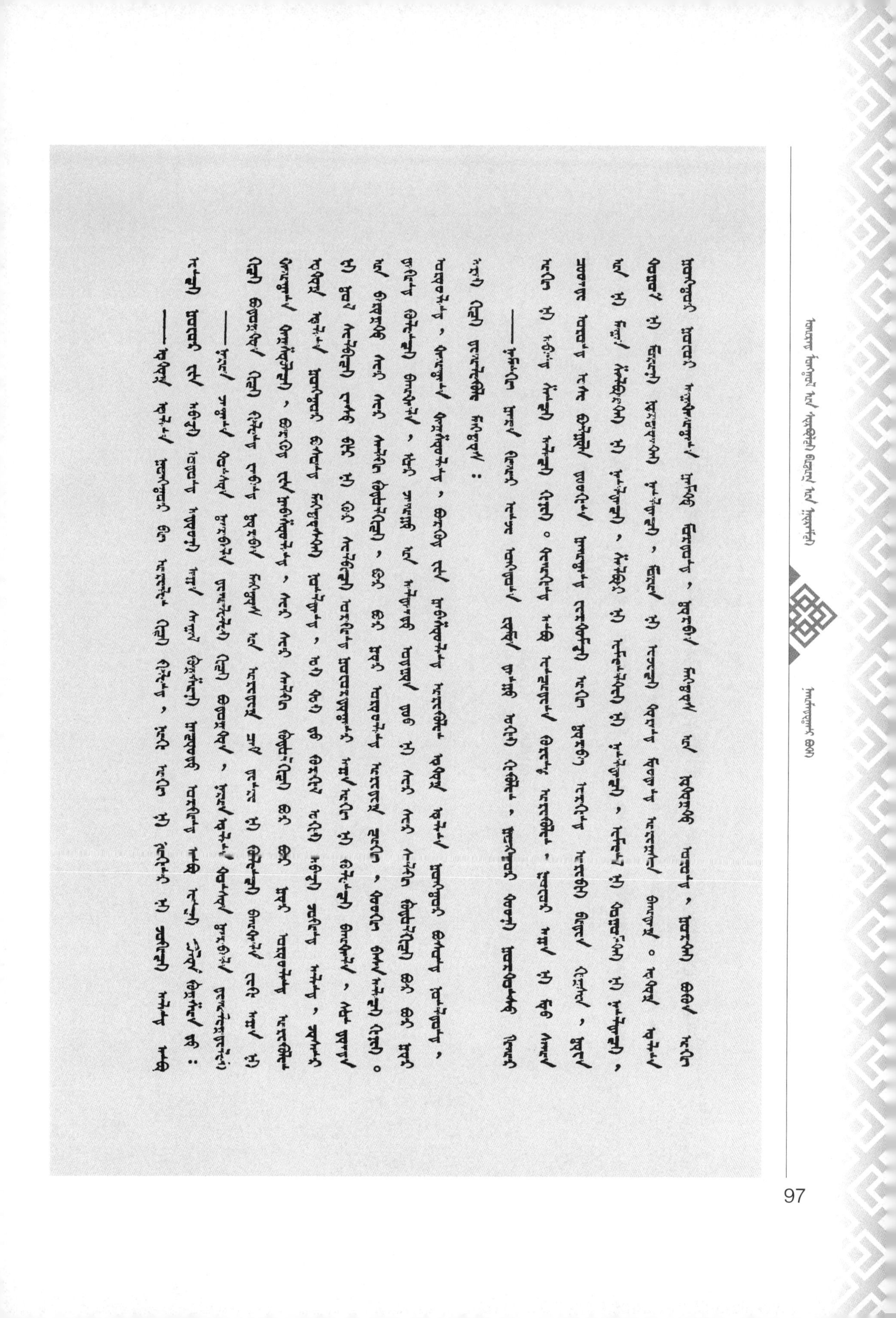

[illegible]

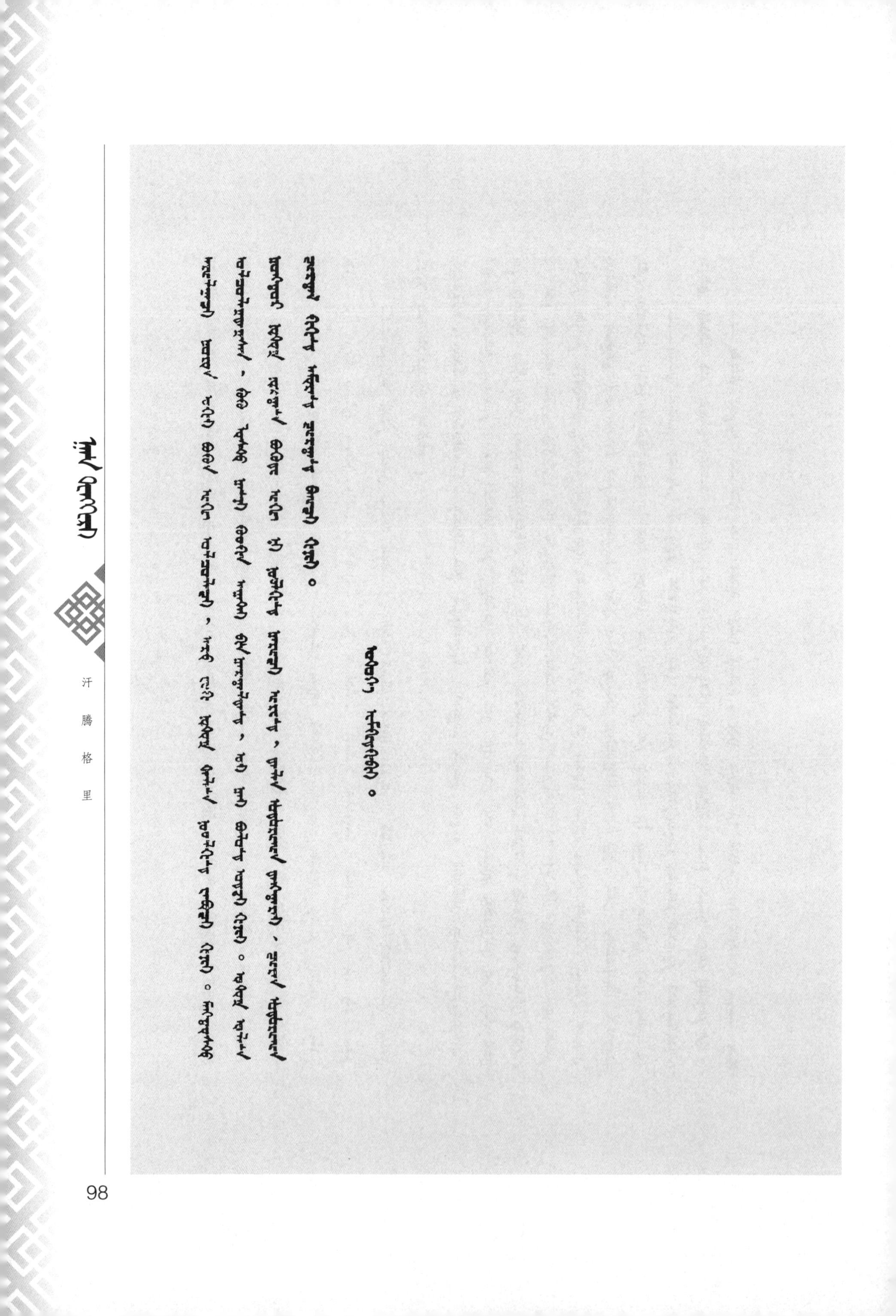

[illegible]

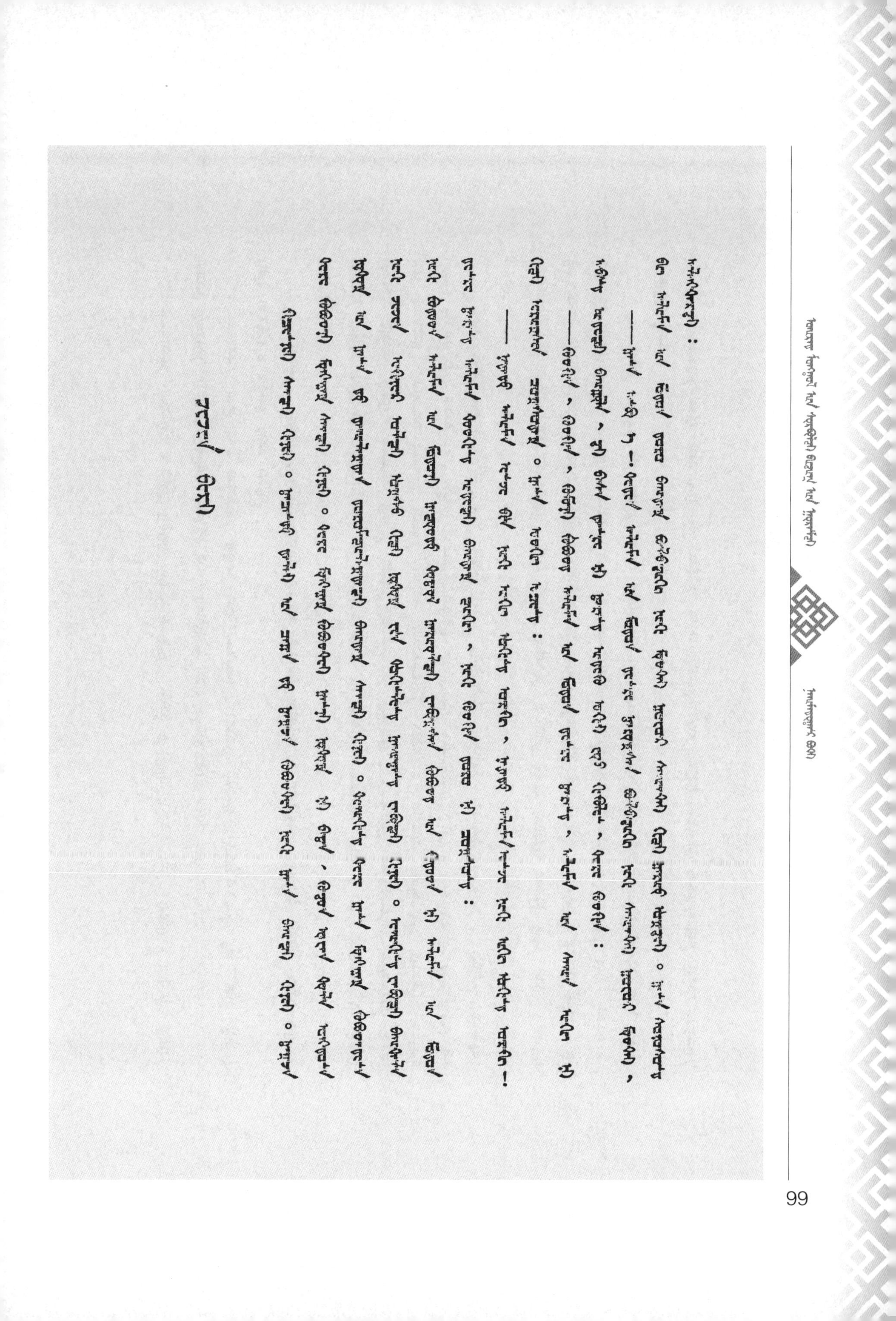

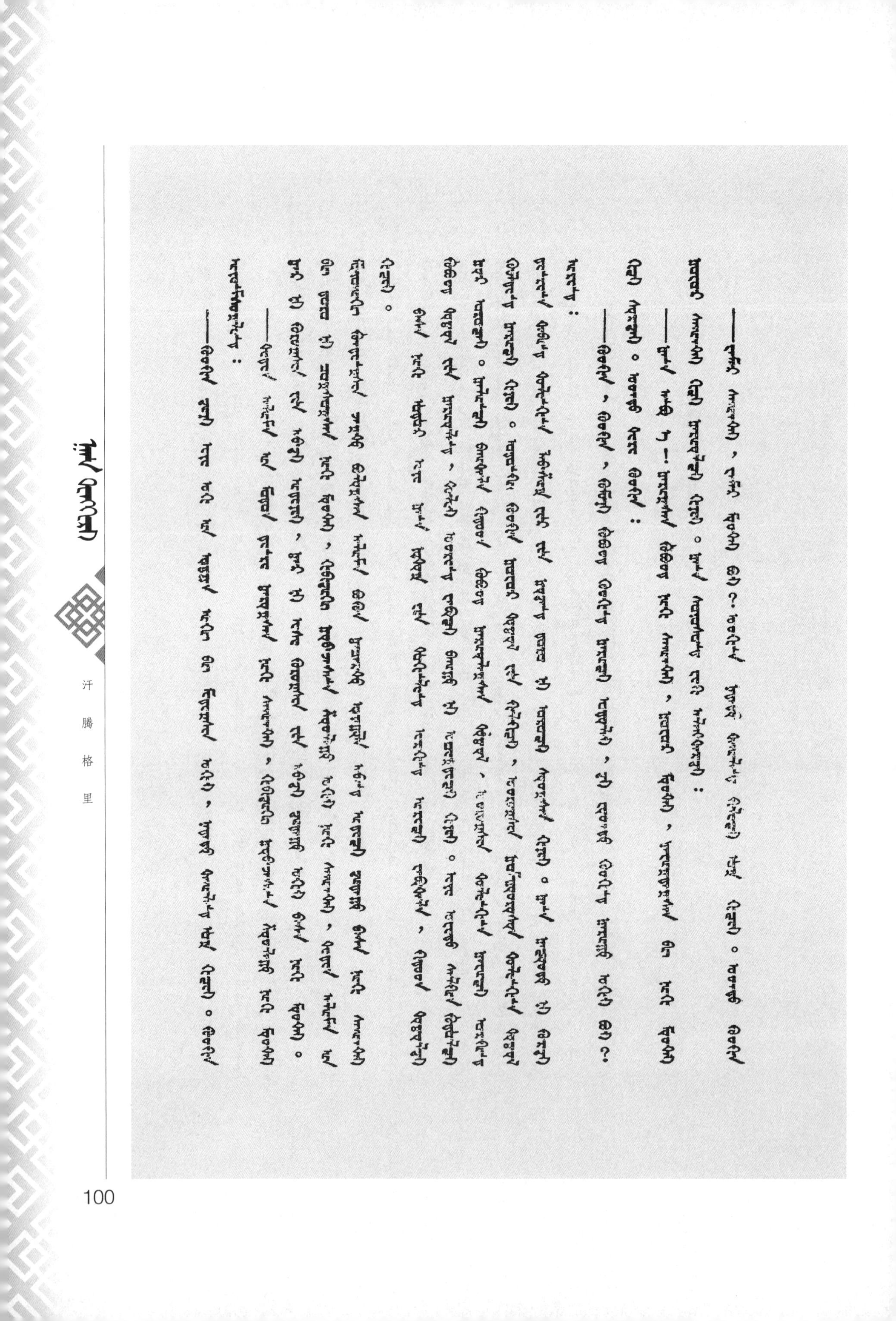

[illegible]

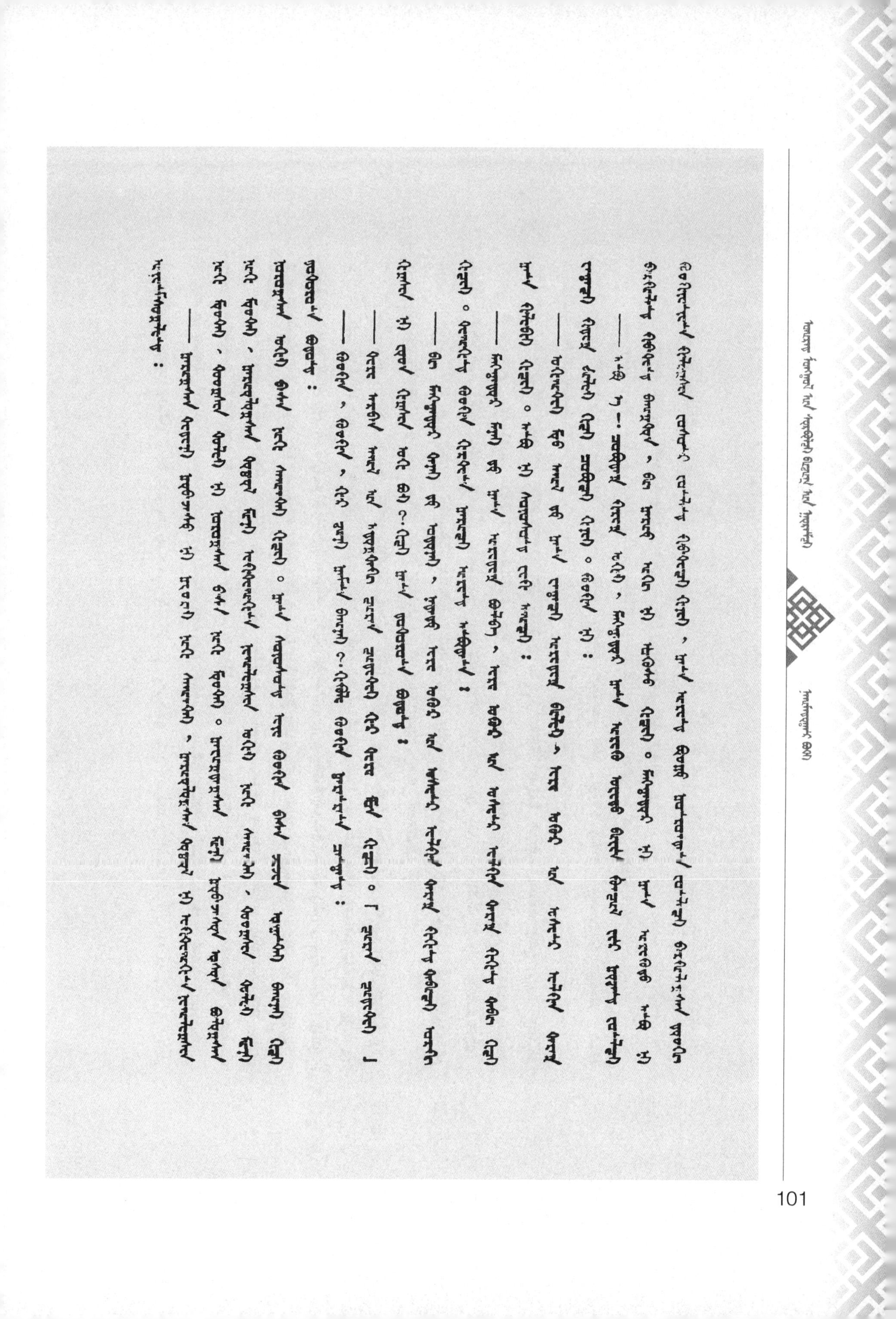

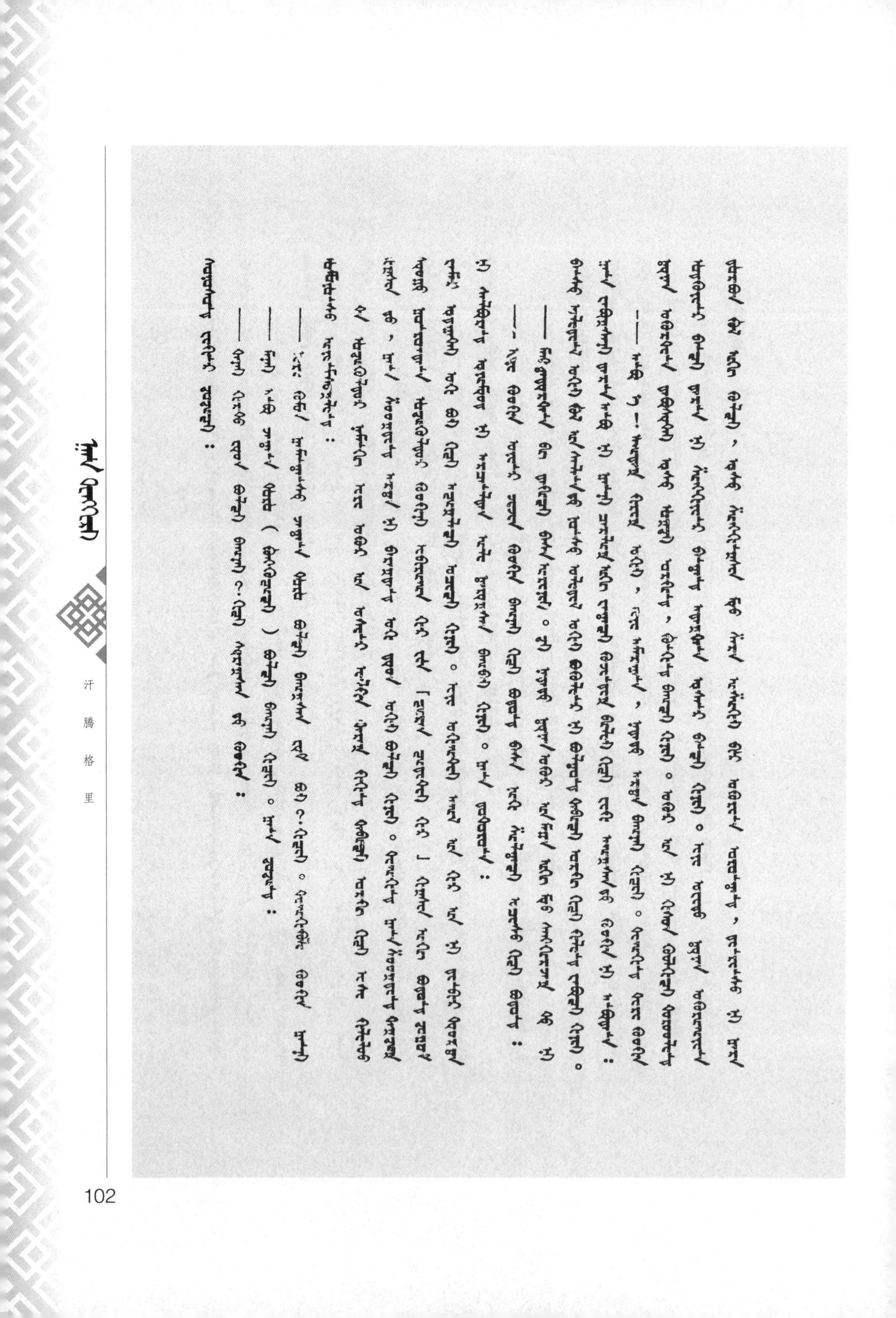

[illegible]

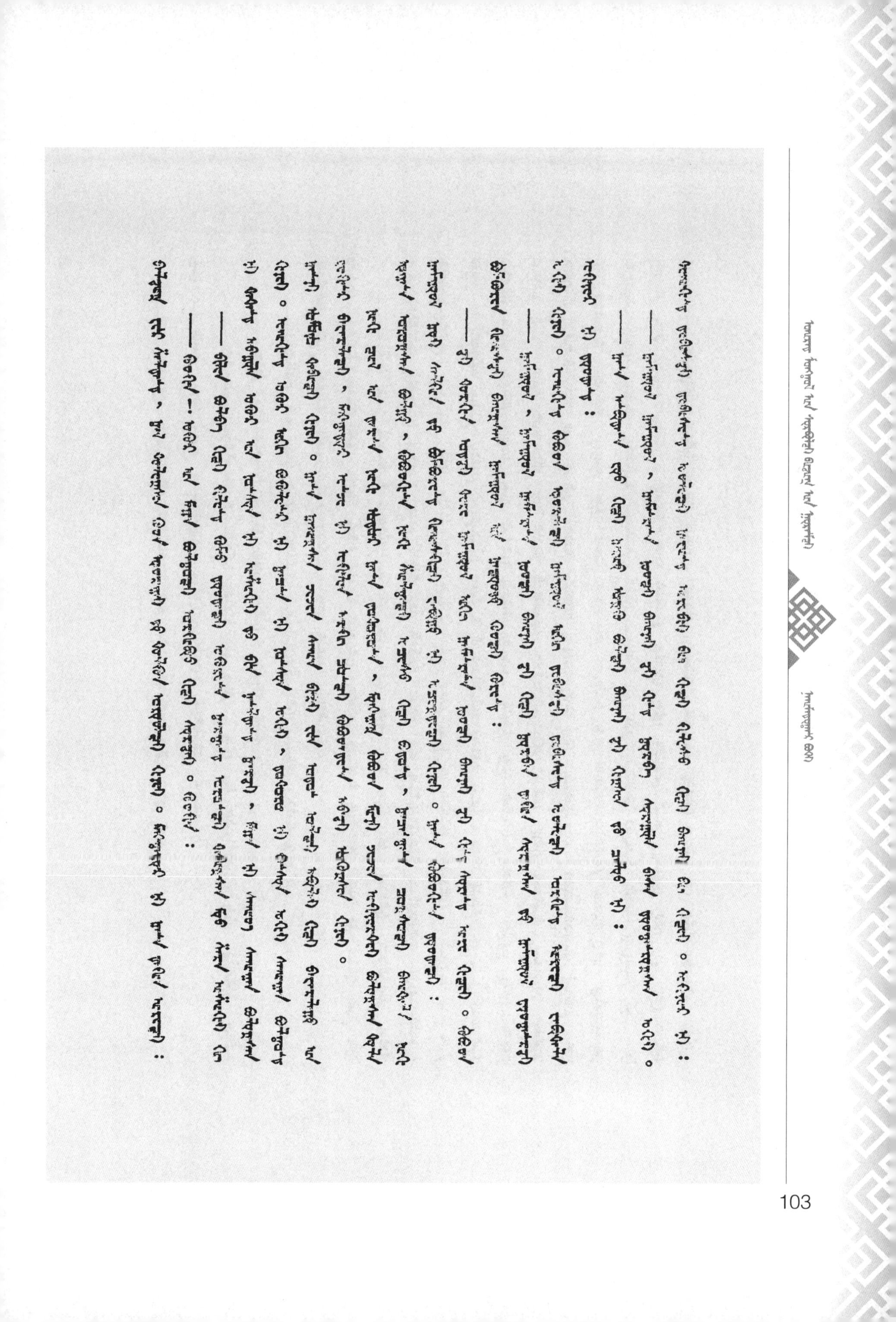

[illegible] :

—— [illegible] ᠃

—— [illegible] :

[illegible] :

[illegible]

—— [illegible]

[illegible] :

—— [illegible] ᠃ [illegible] :

[illegible]

[illegible] ᠃

[illegible]

—— [illegible]

—— [illegible] ᠃ [illegible] :

[illegible] :

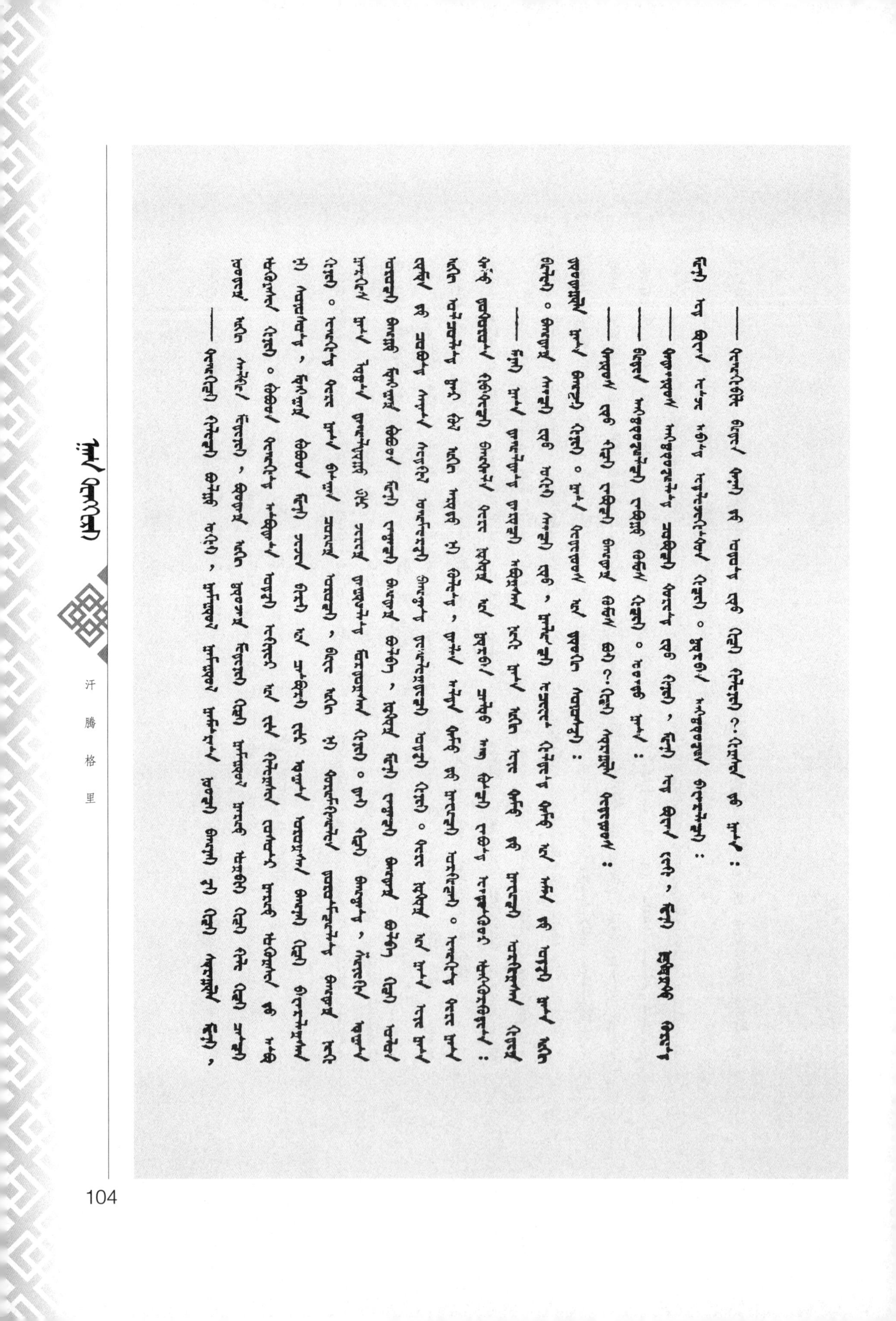

[illegible]

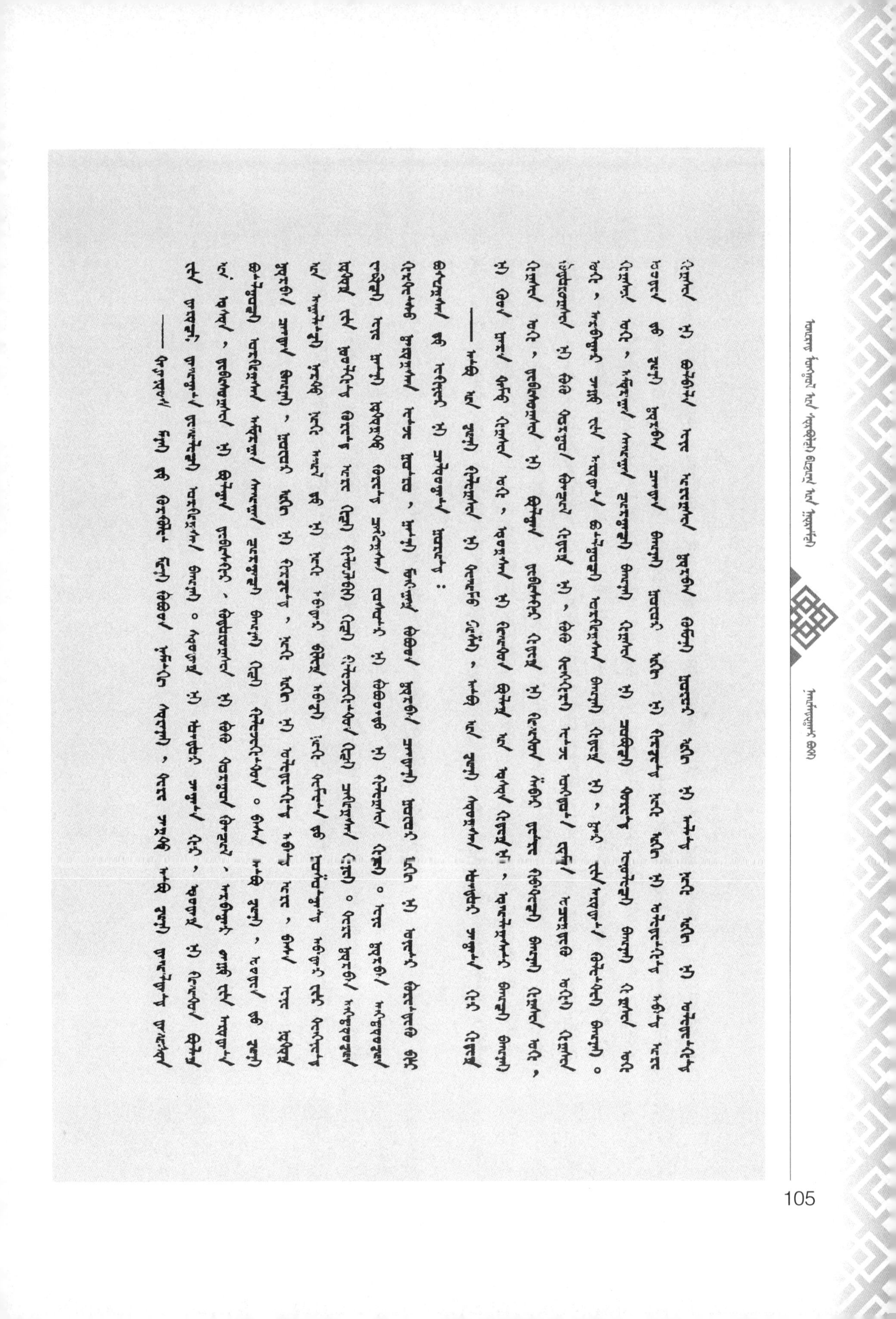

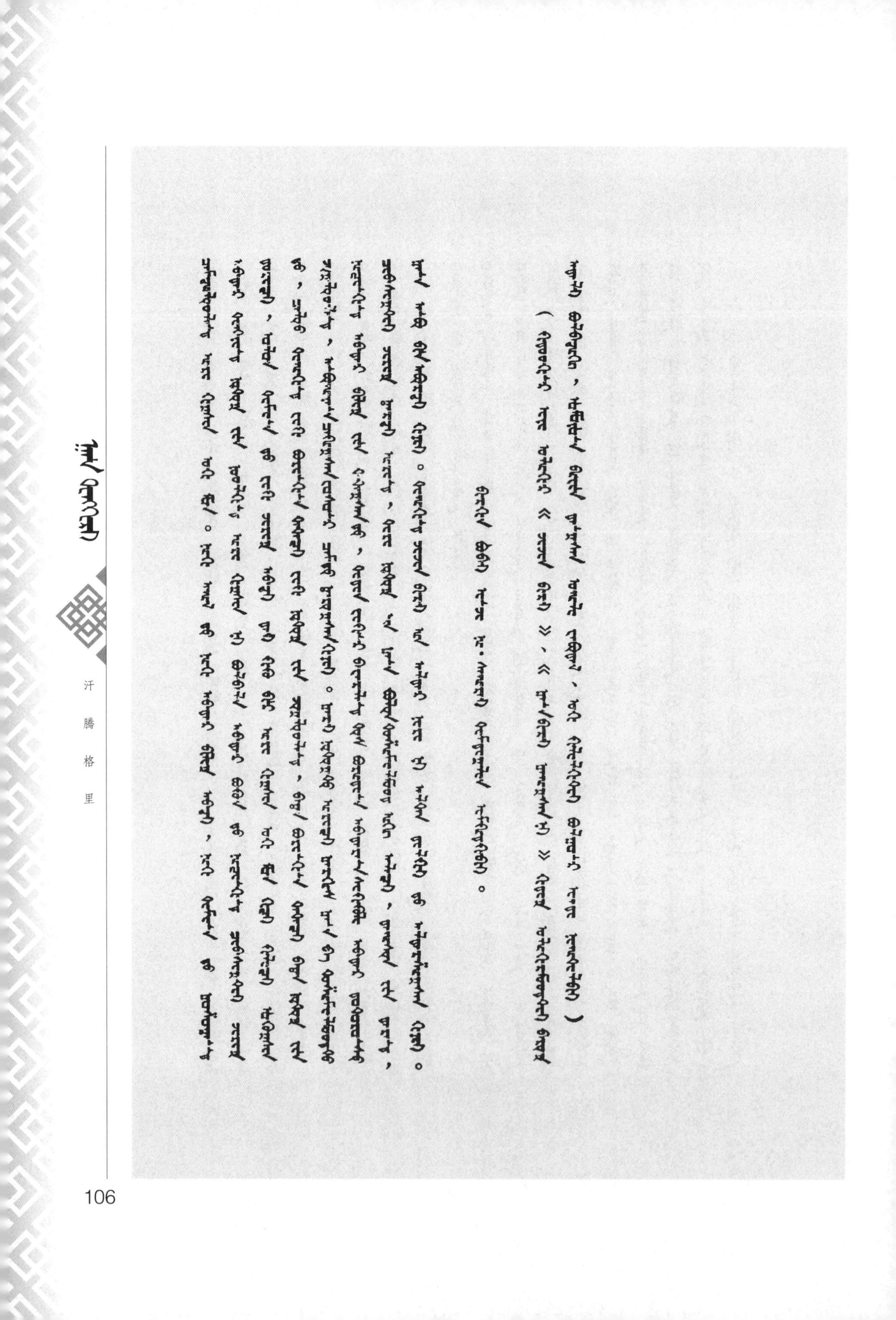

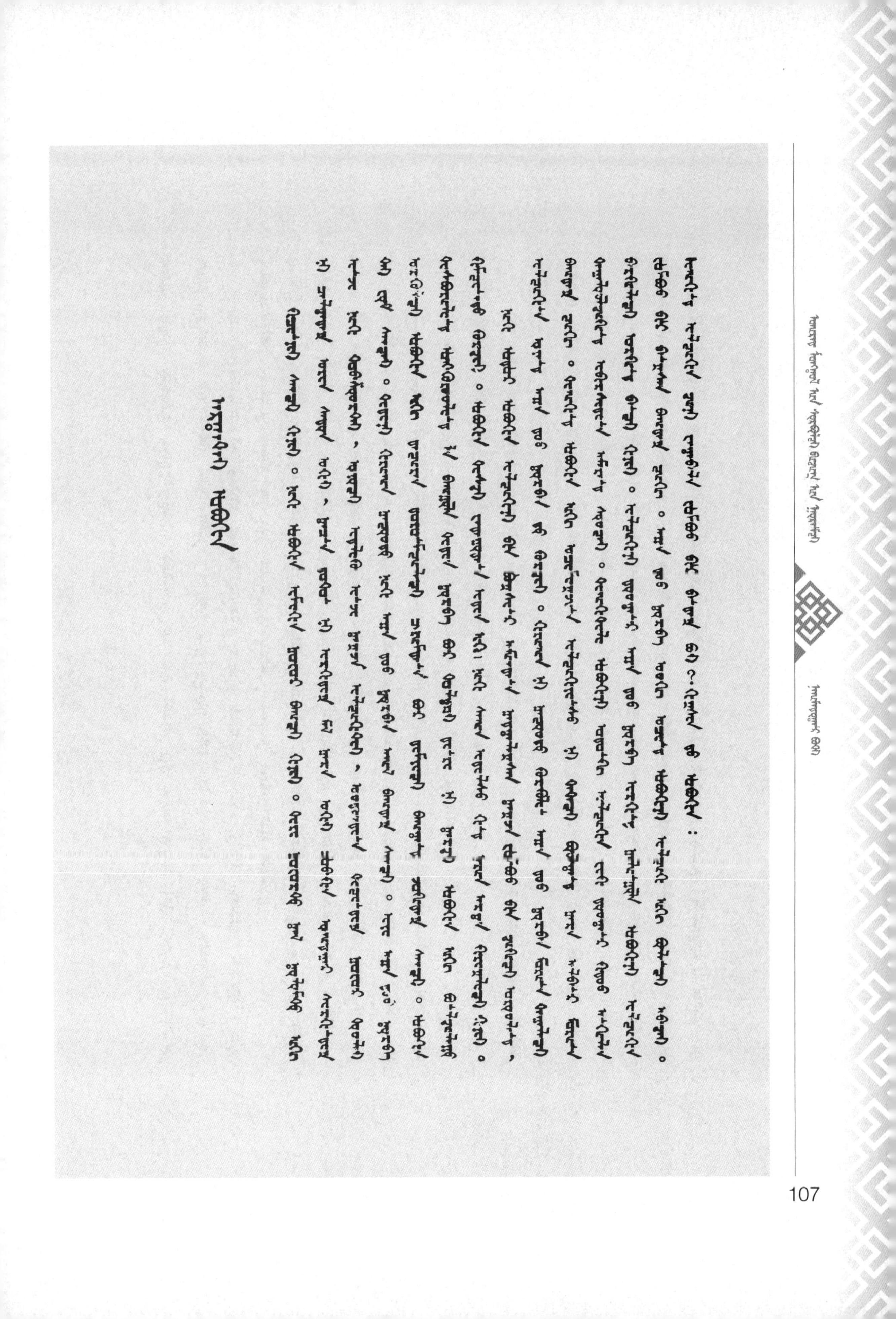

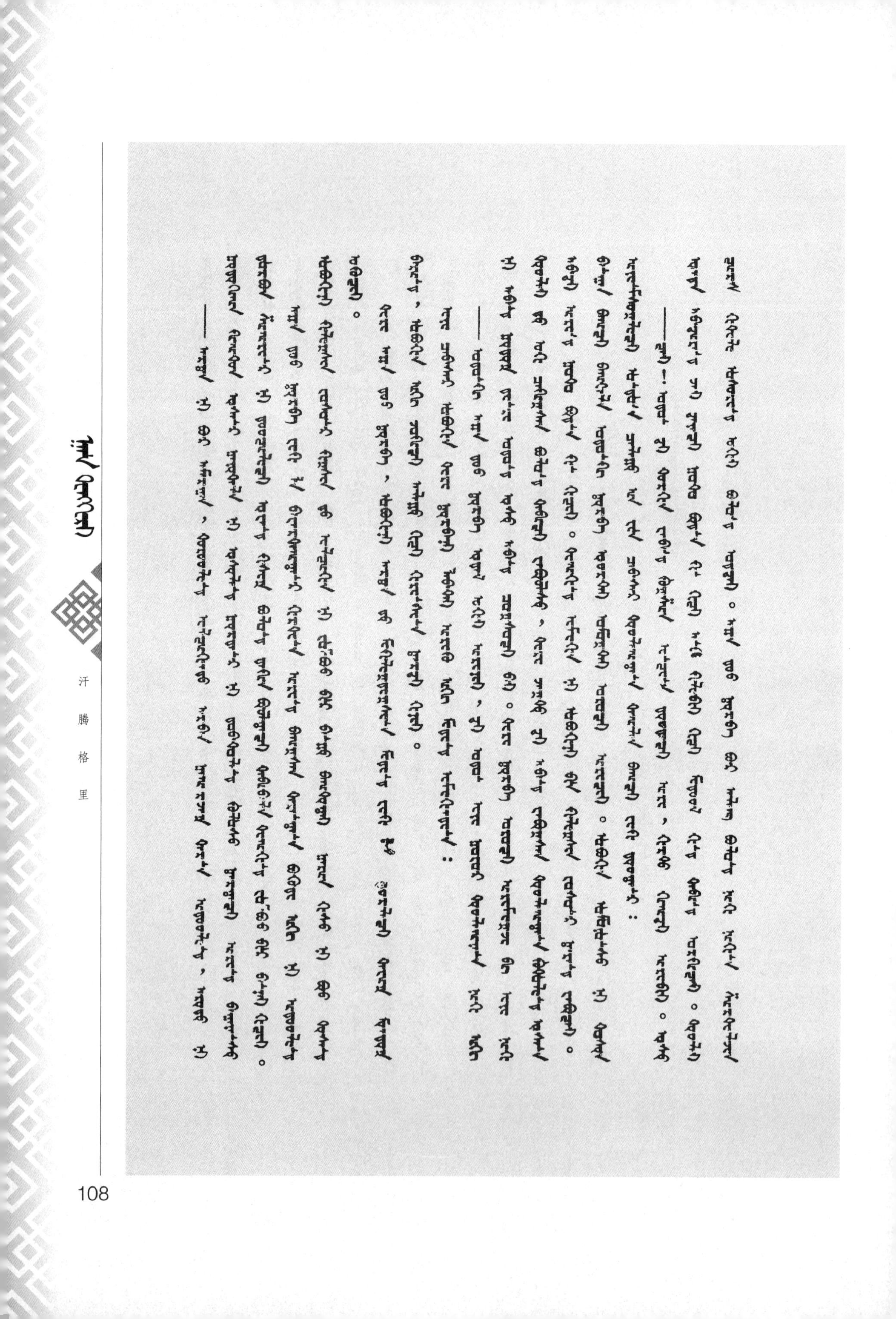

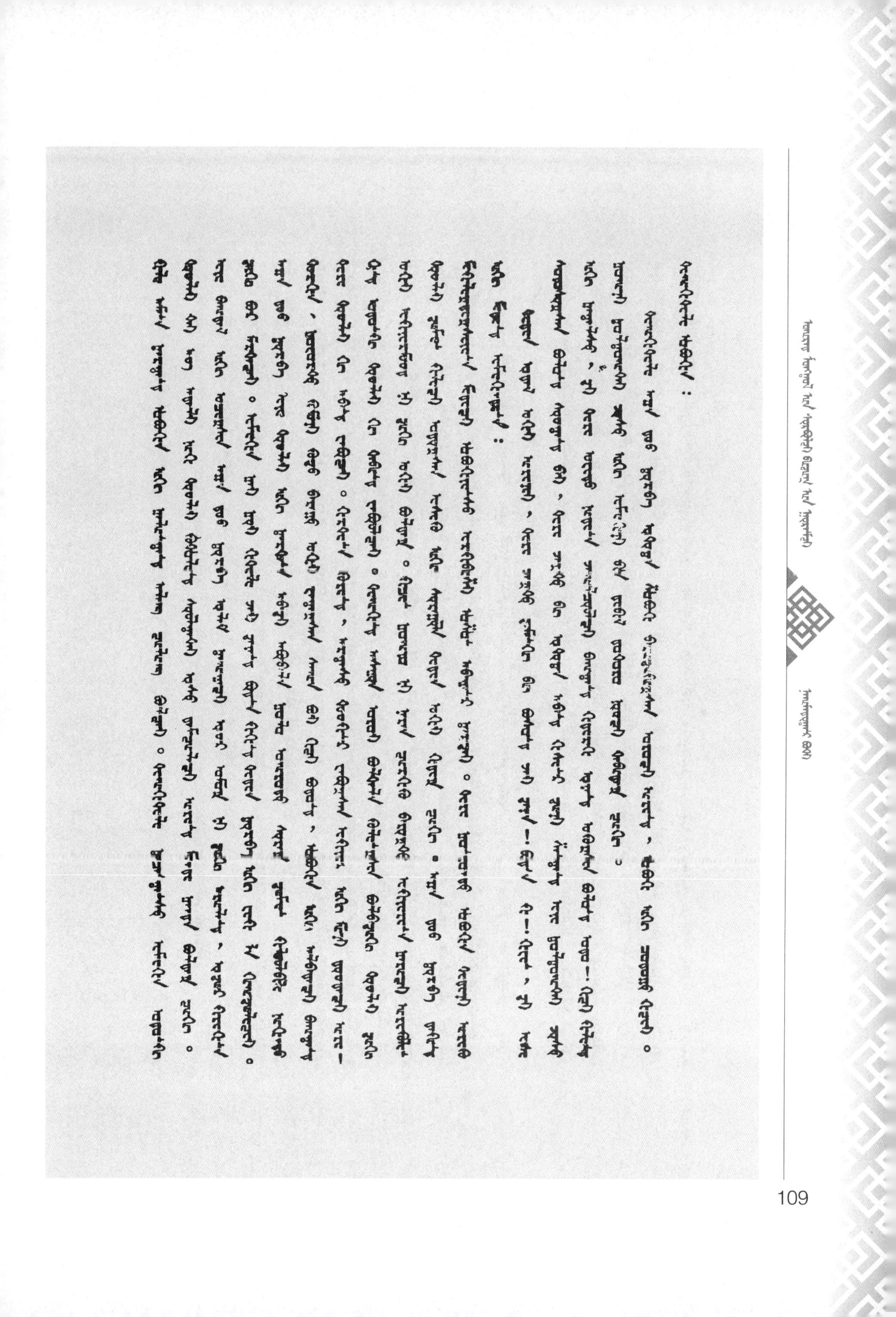

[illegible]

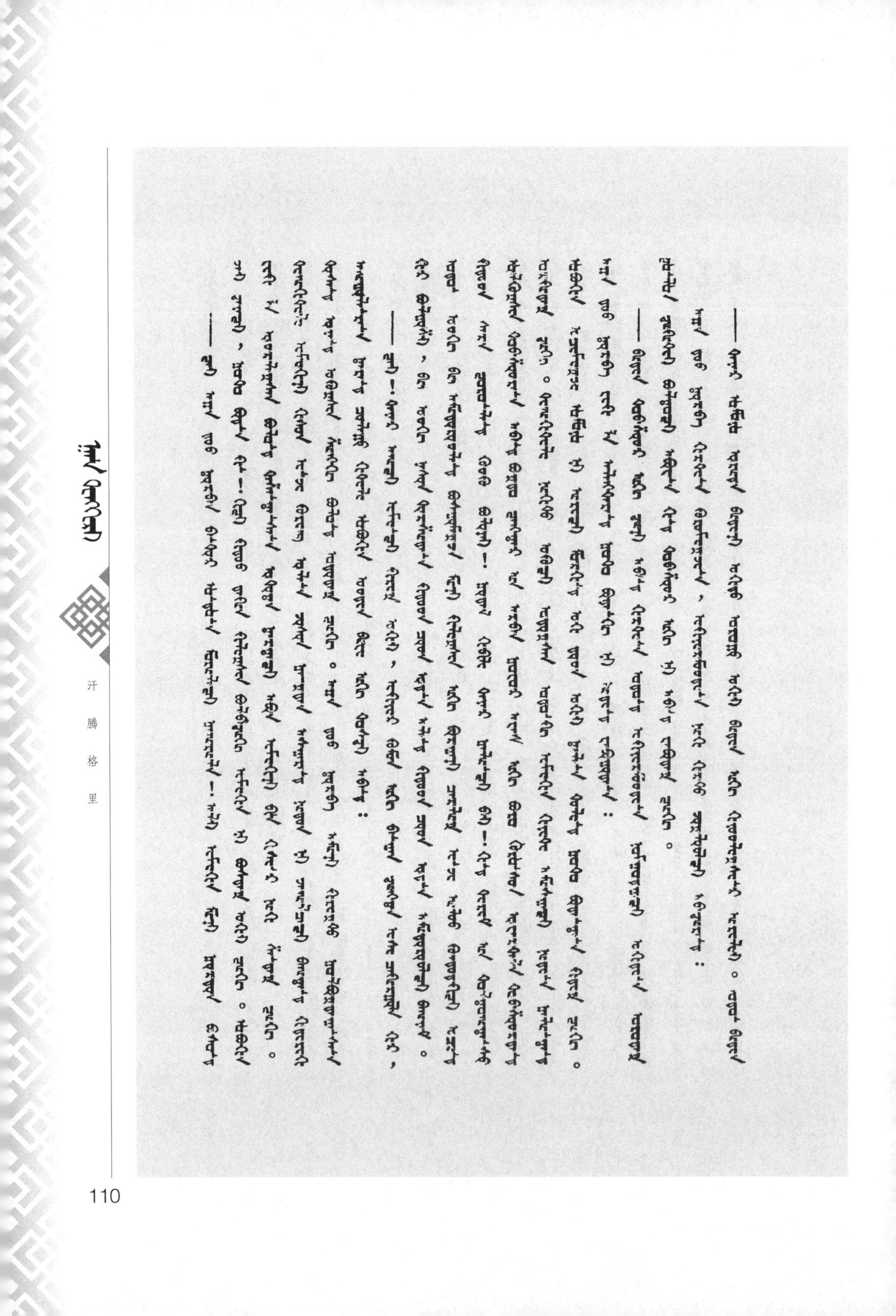

[illegible]

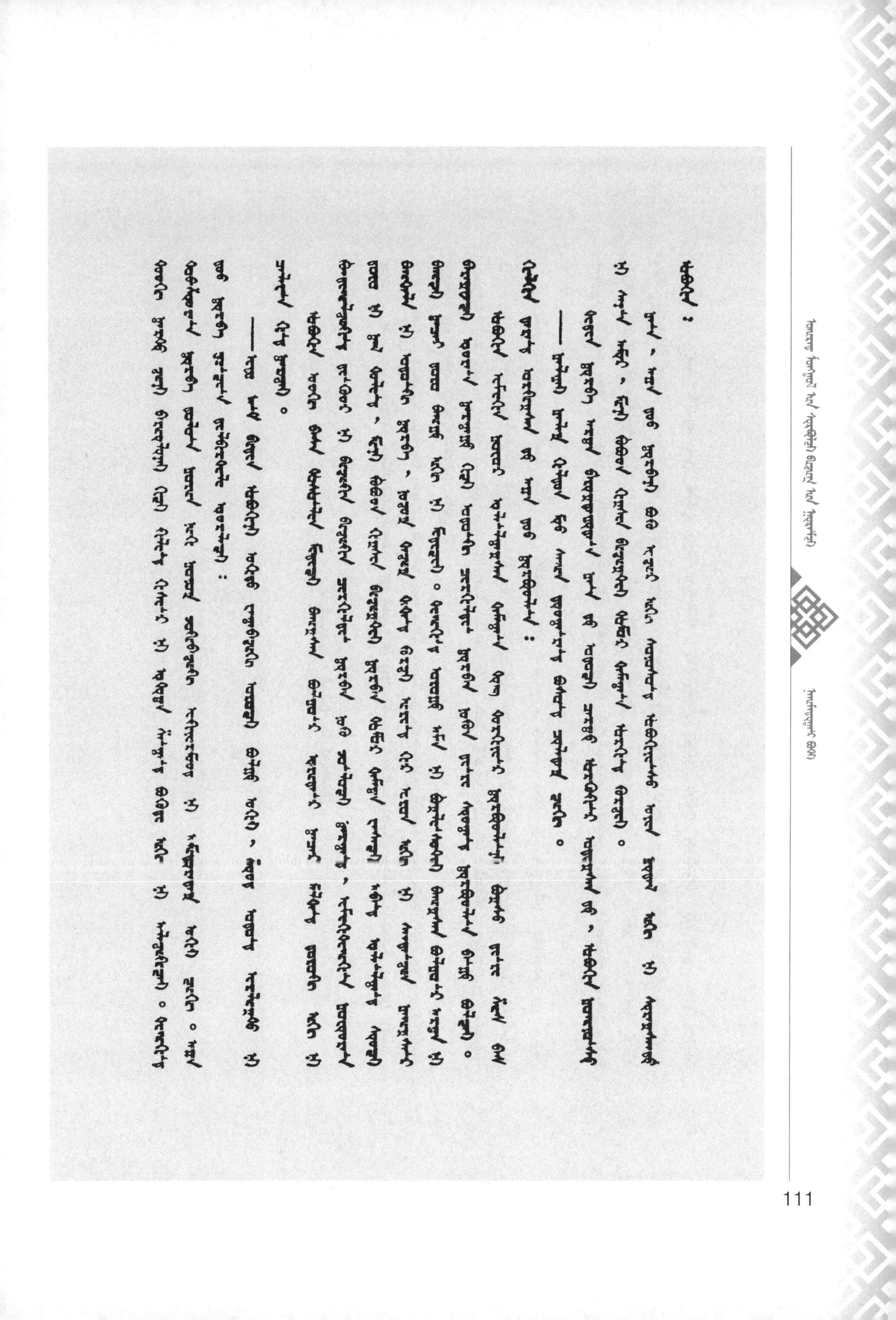

[illegible] :

[illegible]
[illegible] 。

[illegible]

—— [illegible] 。

[illegible] :

[illegible]
[illegible] 。
[illegible] 。 [illegible]
[illegible]
[illegible]
[illegible]

[illegible]
[illegible] 。

—— [illegible]
[illegible] :

[illegible] 。 [illegible]
[illegible] 。 [illegible]

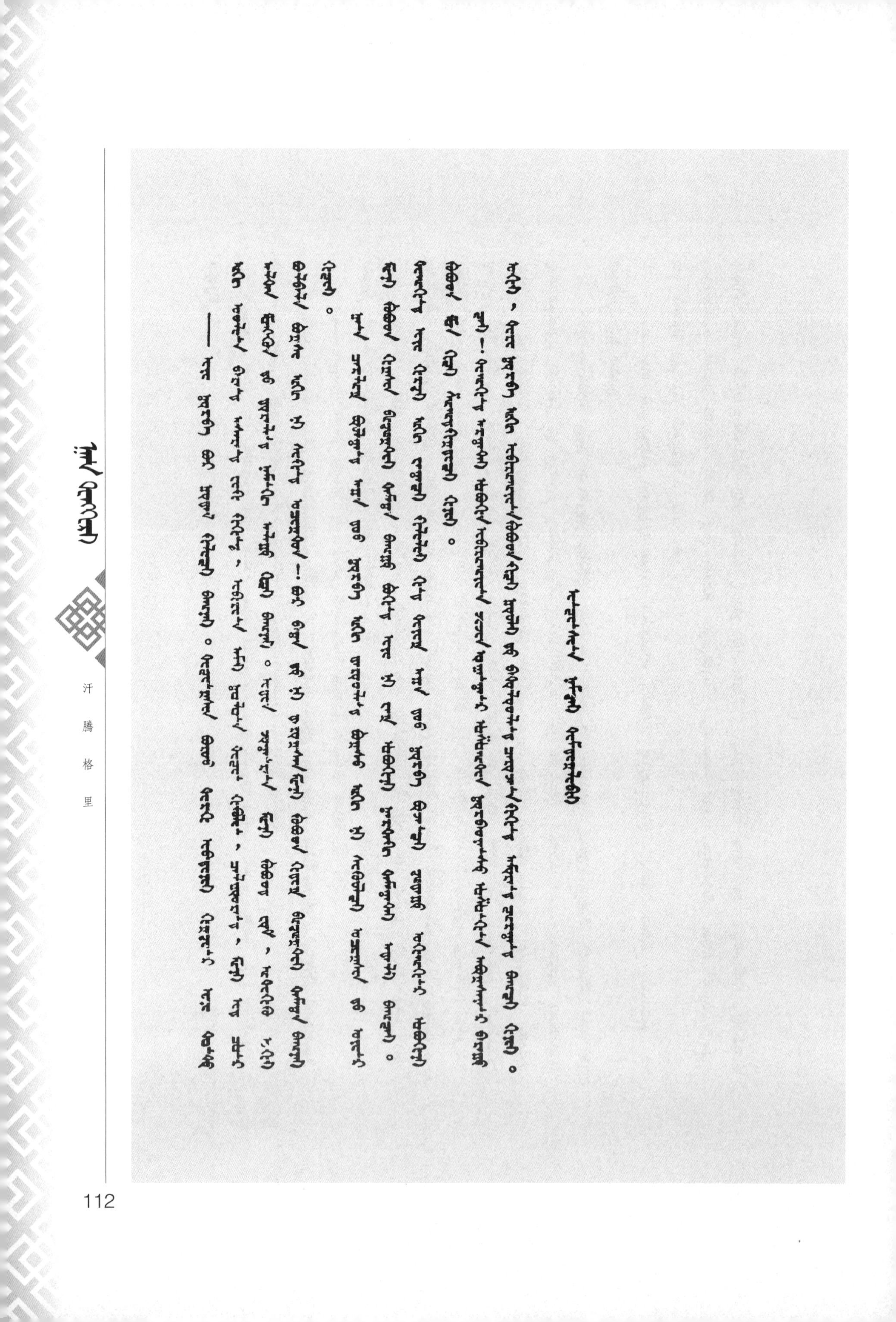

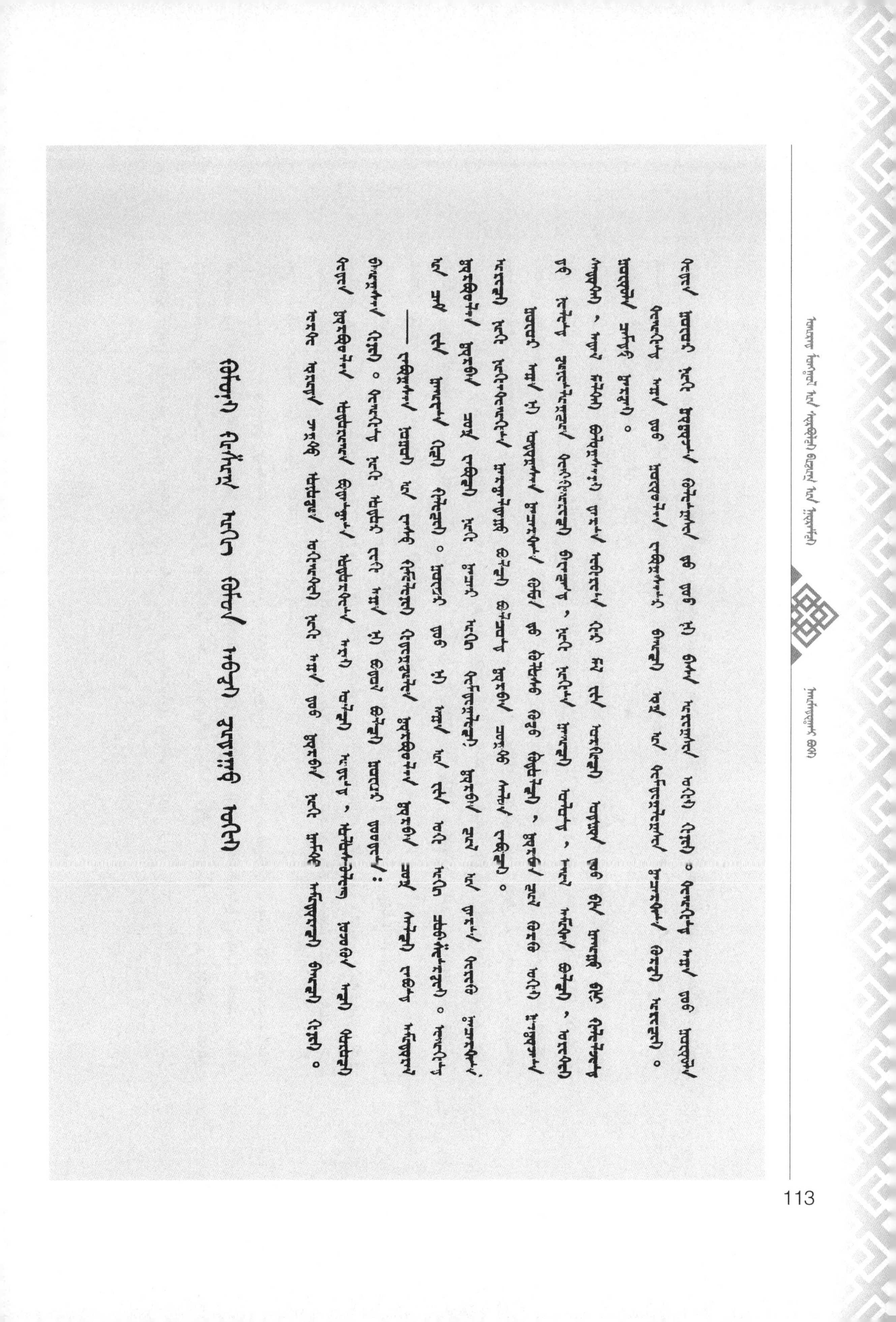

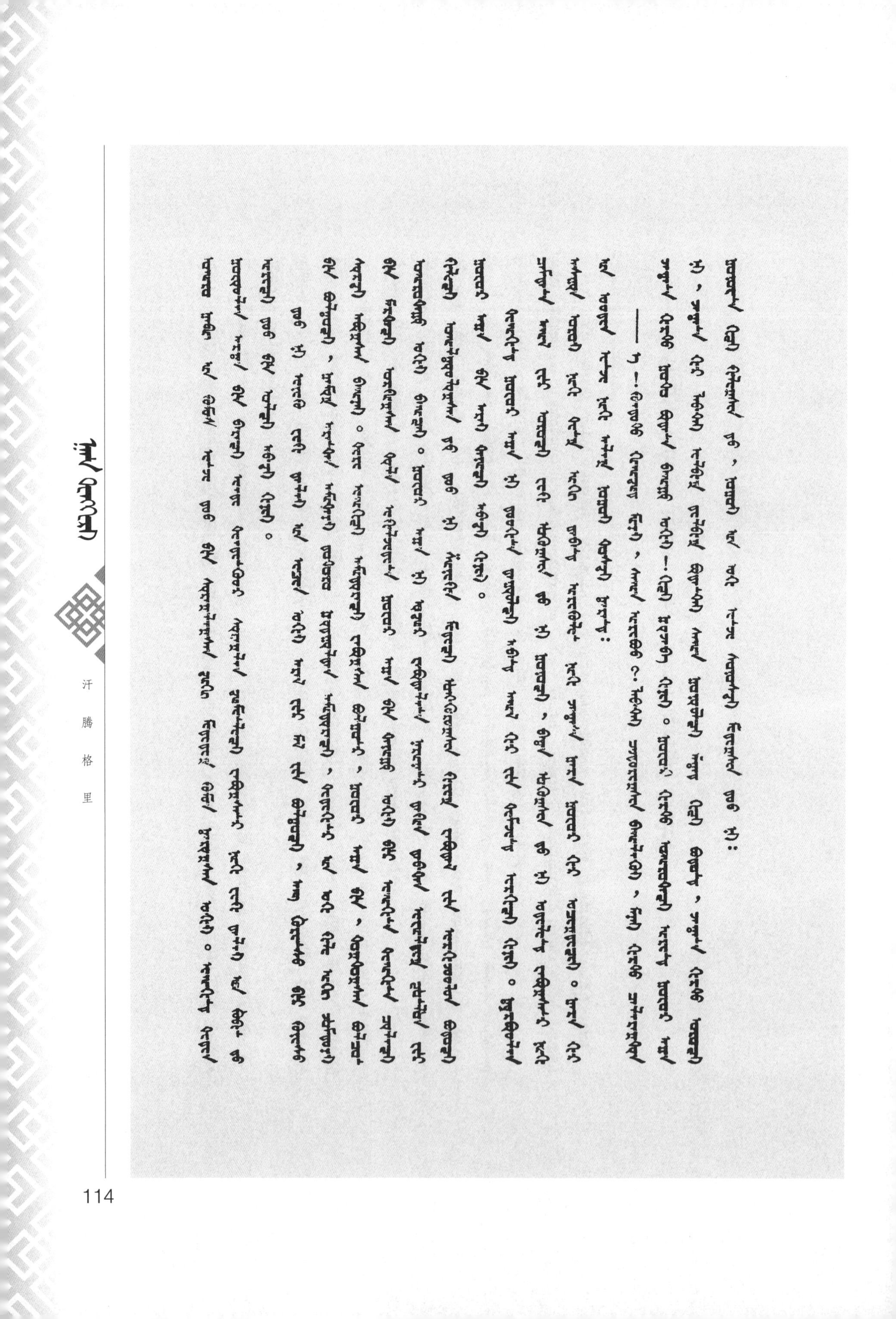

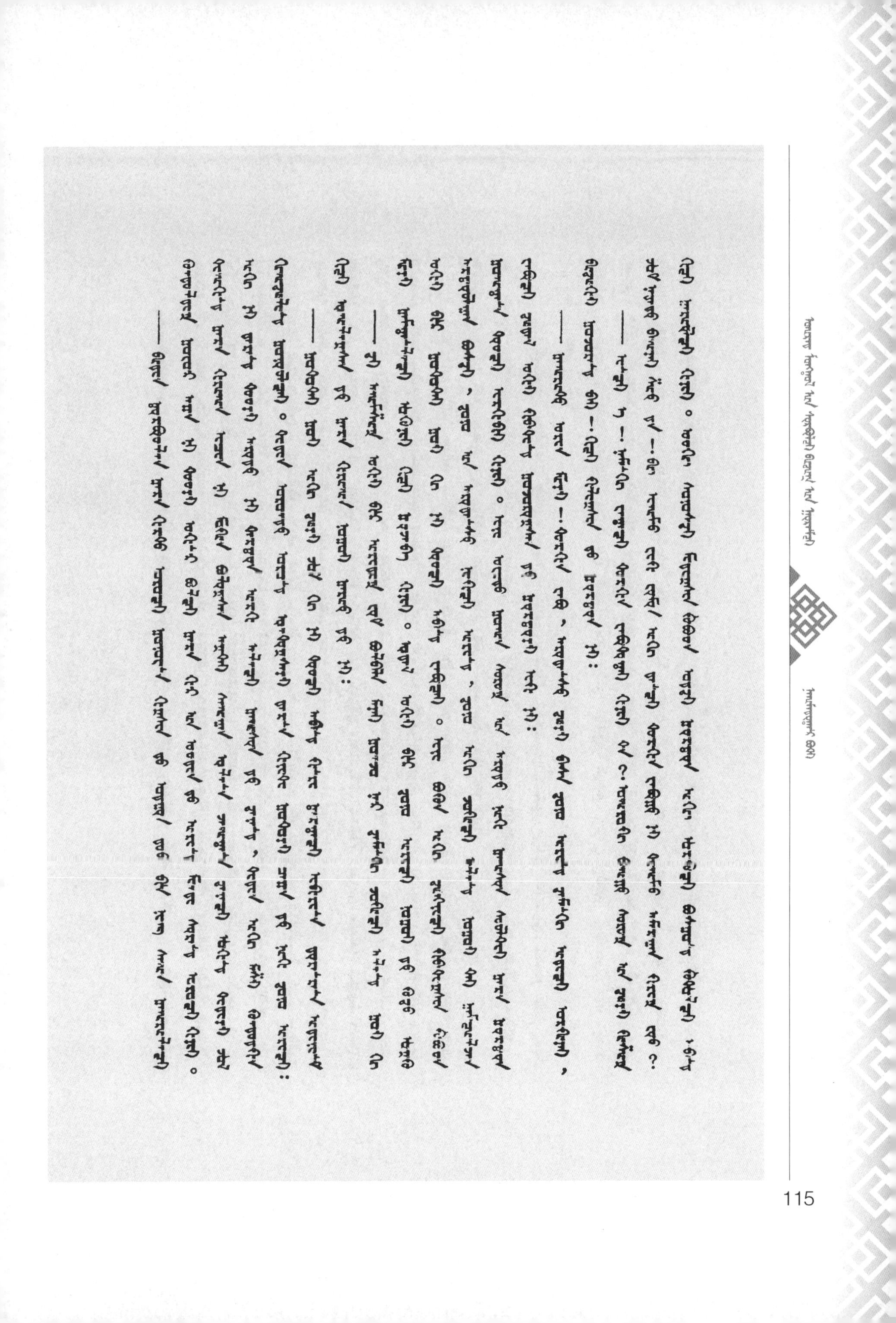

[illegible]

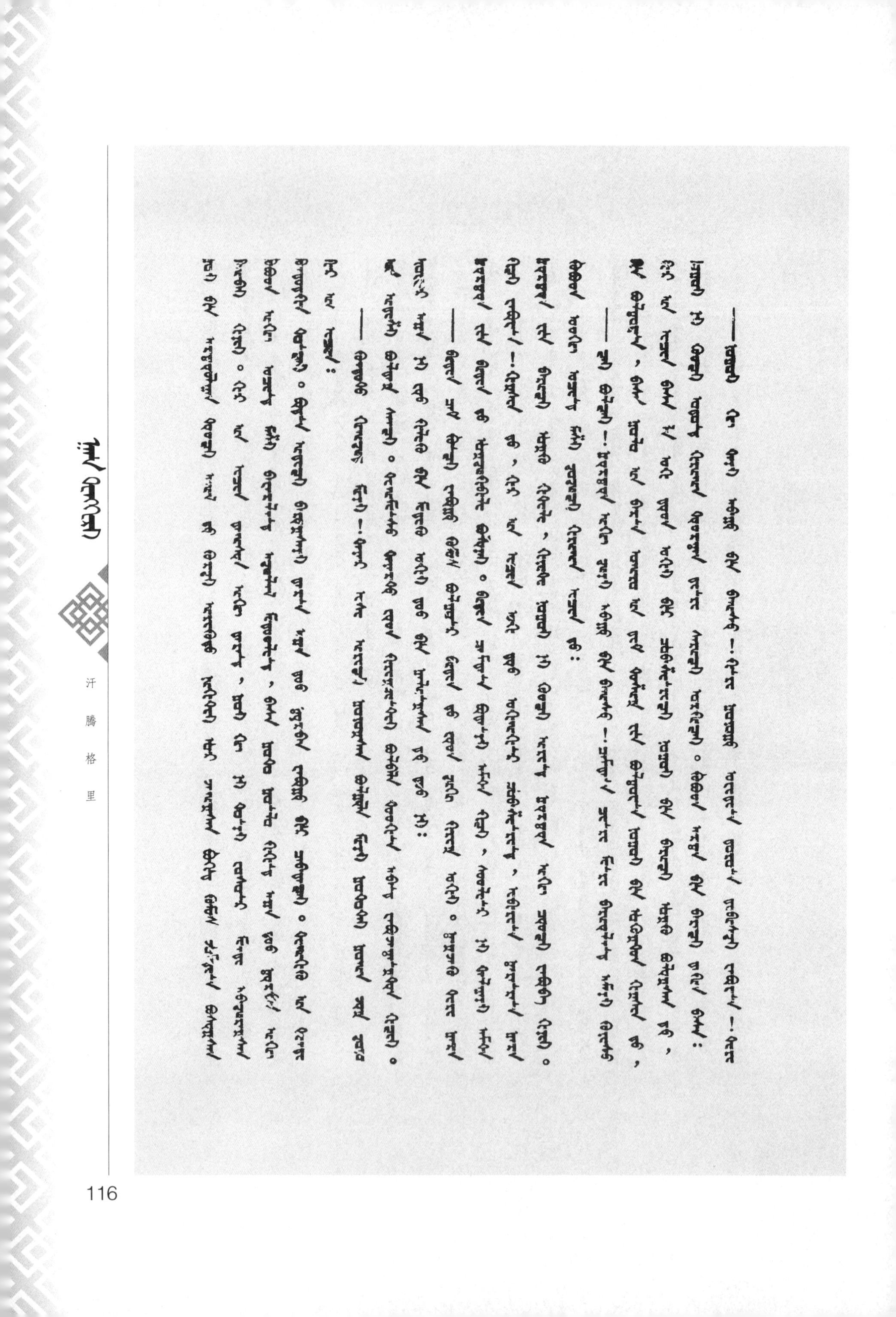

[illegible]

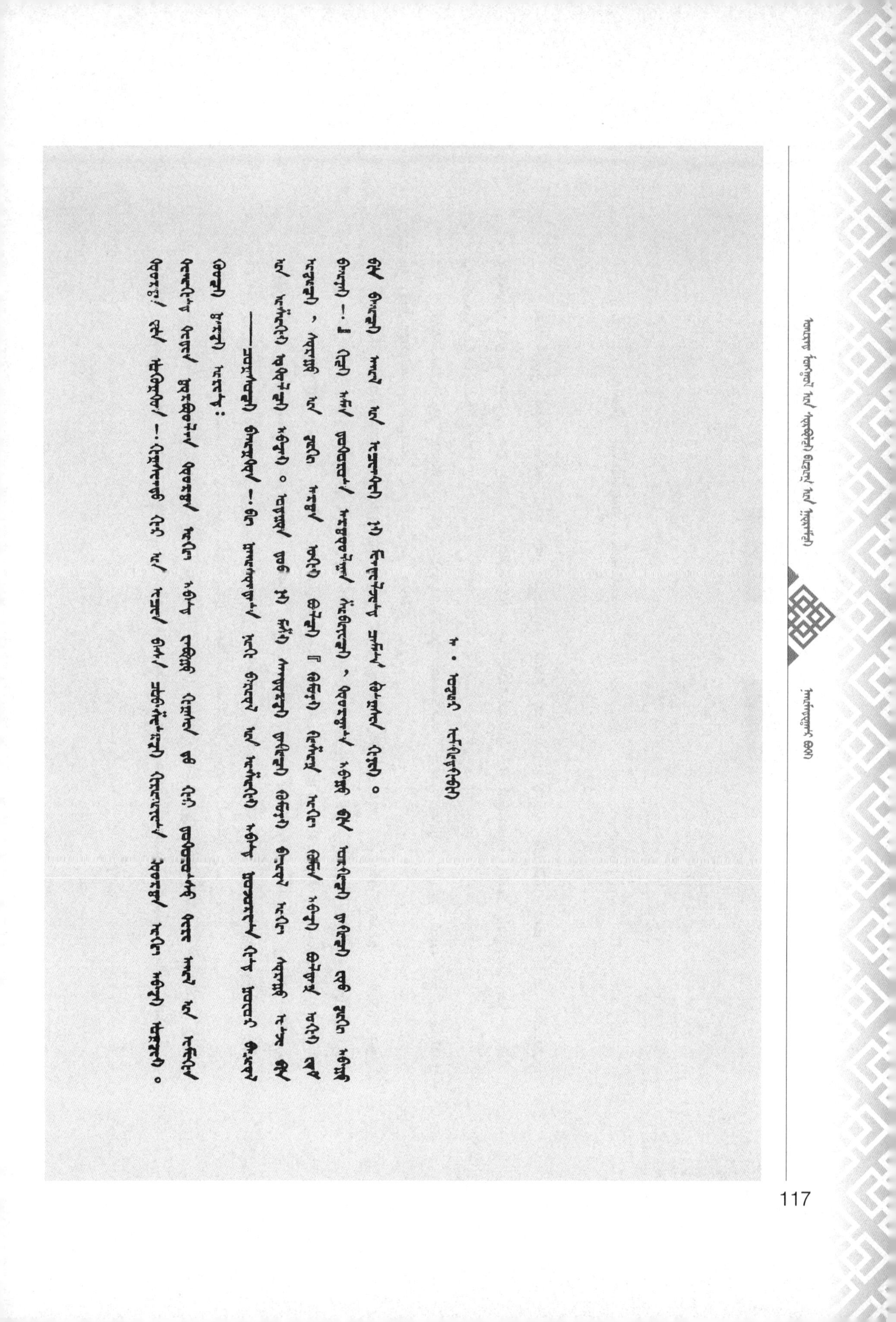

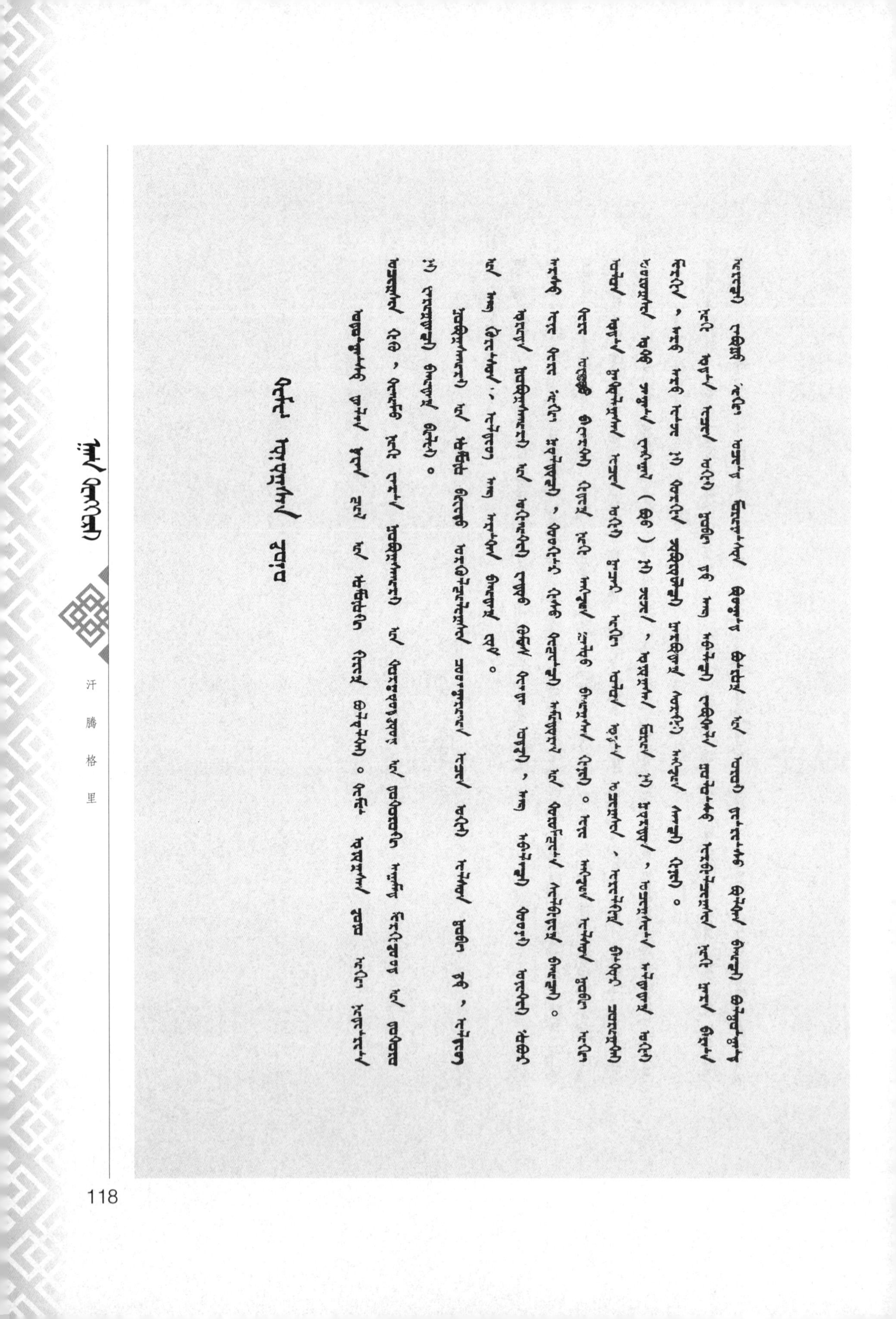

[illegible]

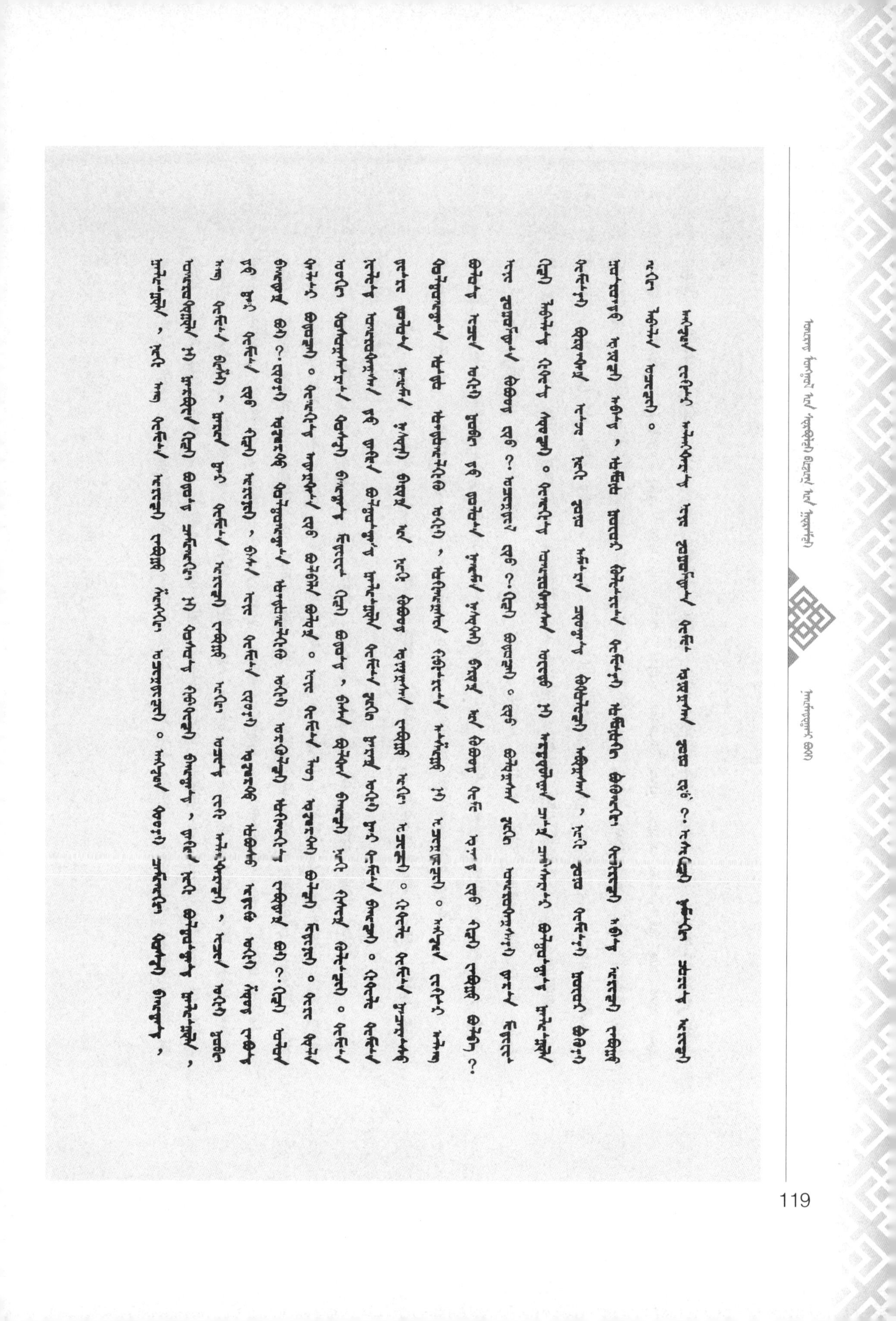

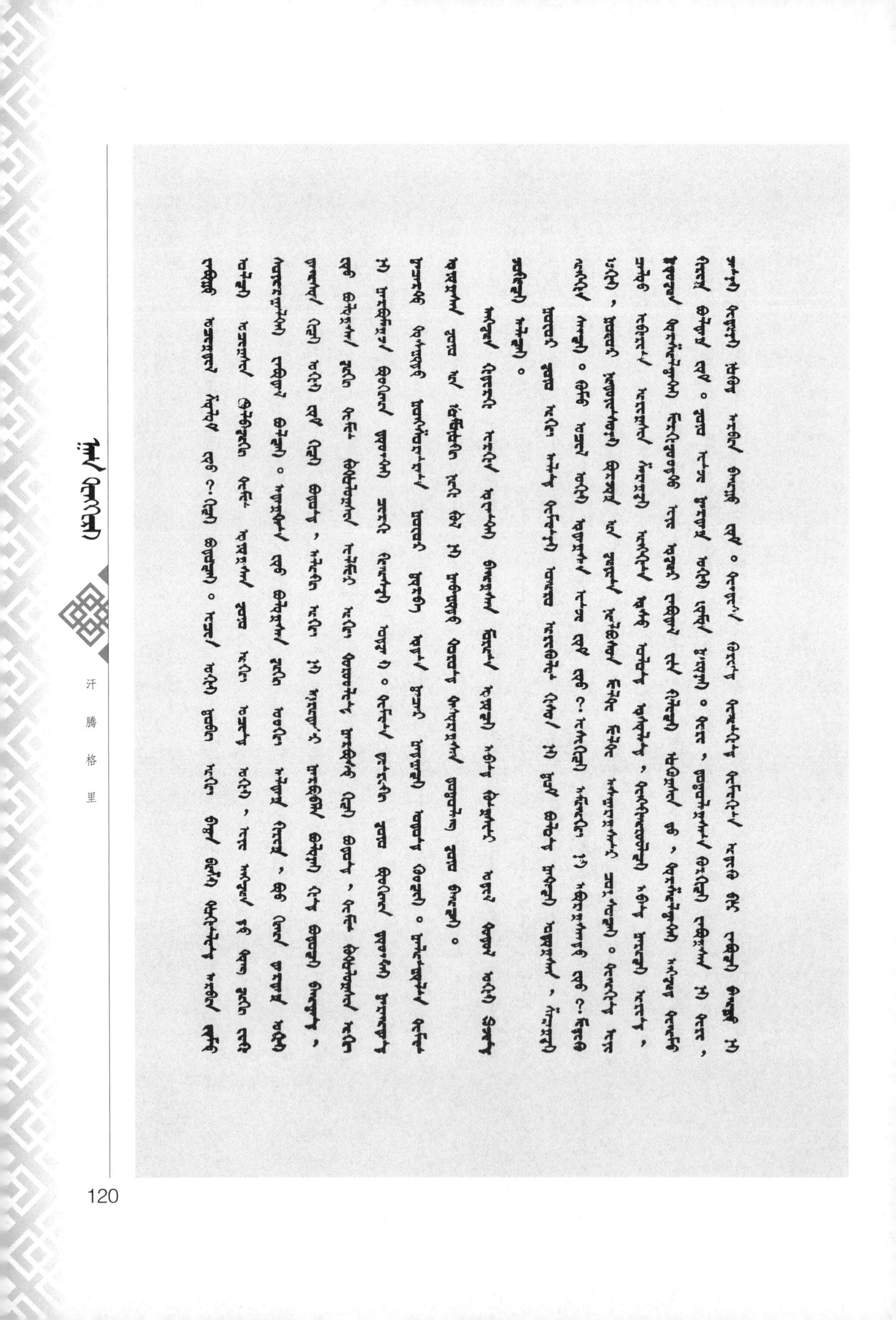

[illegible]

[illegible]

[illegible]

ᠲᠠᠢ ᠪᠠᠶᠢᠨ᠎ᠠ ᠃

᠘ · ᠪᠣᠭᠣᠮ ᠲᠠᠬᠢᠯᠭ᠎ᠠ

ᠮᠠᠯᠴᠢᠳ ᠤᠨ ᠪᠣᠯᠪᠠᠰᠤ ᠬᠦᠮᠦᠨ ᠢ ᠲᠡᠭᠦᠨ ᠦ ᠭᠡᠷ ᠪᠦᠯᠢ ᠬᠦᠮᠦᠰ ᠦᠨ ᠬᠠᠷᠢᠶ᠎ᠠ ᠲᠠᠯᠠ ᠪᠠᠷ ᠮᠡᠳᠡᠨ᠎ᠡ ᠪᠣᠯ ᠬᠠᠮᠤᠭ ᠮᠡᠳᠡᠯᠭᠡ ᠪᠣᠯᠤᠨ ᠲᠡᠭᠦᠨ ᠦ ᠬᠡᠷᠡᠭ ᠵᠠᠷᠭᠤ ᠮᠡᠳᠡᠭᠰᠡᠨ ᠪᠣᠯᠭᠠᠨ᠎ᠠ ᠬᠣᠶᠠᠷ ᠳᠠᠬᠢᠨ ᠲᠠᠢ ᠪᠢᠴᠢᠭᠯᠡᠭᠰᠡᠨ ᠪᠠᠶᠢᠨ᠎ᠠ ᠃

ᠲᠡᠷᠡ ᠪᠣᠯᠪᠠᠰᠤᠨ ᠵᠠᠷᠤᠭ ᠵᠠᠩᠭ᠎ᠠ ᠪᠠᠢᠳᠠᠯ ᠲᠠᠢ ᠵᠠᠭᠤ ᠪᠣᠰᠤᠭ᠎ᠠ ᠵᠡᠷᠭᠡ᠂ ᠮᠣᠩᠭᠣᠯ ᠪᠢᠴᠢᠭᠯᠡᠯ ᠪᠠᠢᠳᠠᠯ ᠲᠠᠢ ᠪᠣᠯᠤᠨ ᠬᠣᠶᠠᠷ᠂ ᠲᠡᠷᠡ ᠦᠭᠡᠢ ᠪᠠᠶᠢᠨ᠎ᠠ ᠃

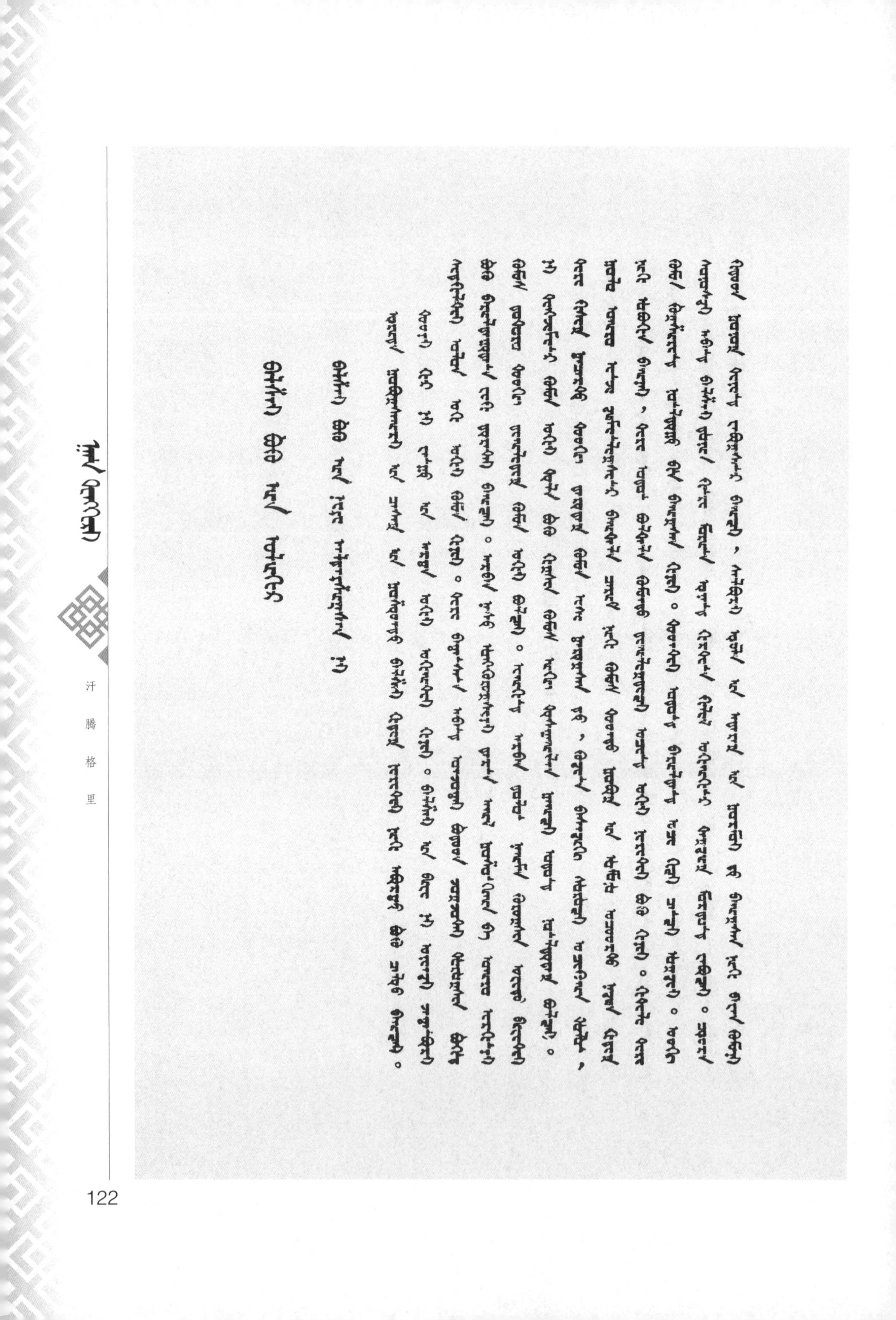

ᠪᠣᠭᠳᠠ ᠶᠢᠨ ᠬᠠᠨ ᠣᠷᠭᠢᠯ

[illegible]

[illegible]

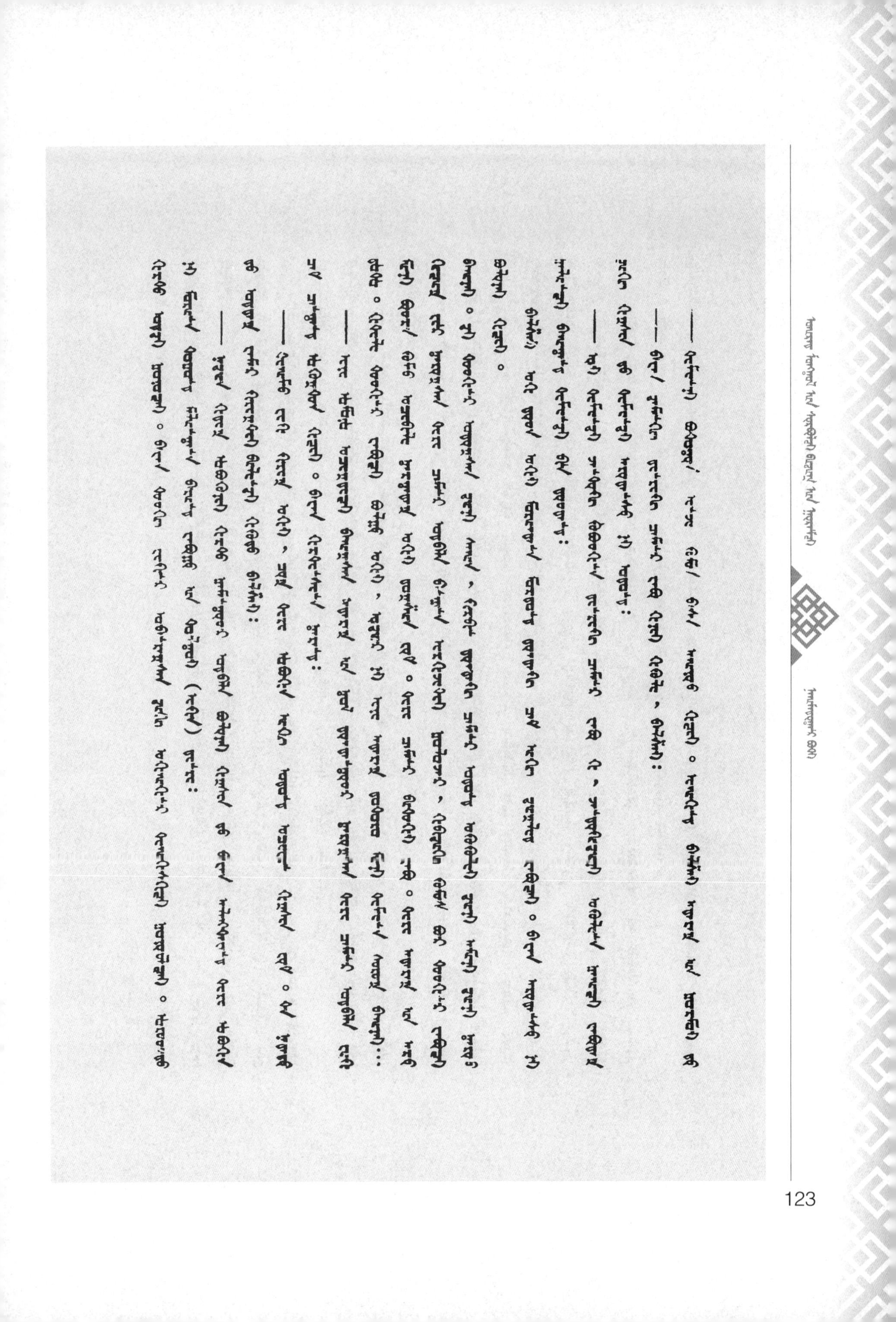

ᠪᠣᠯᠣᠮᠵᠢᠲᠠᠢ ᠬᠠᠮᠤᠭ ᠬᠡᠯᠡᠨ ᠭᠠᠵᠠᠷ ᠲᠠᠯ᠎ᠠ ᠲᠠᠯᠠᠪᠠᠯᠠᠬᠤ ᠪᠣᠯᠣᠨ ᠥᠨᠳᠥᠷ ᠪᠣᠯᠤᠨ ᠬᠡᠯᠡᠭᠰᠡᠨ ᠨᠢᠭᠤᠷᠲᠠᠢ ᠬᠠᠷᠠᠭᠠᠳ ᠂ ᠮᠠᠯᠴᠢᠳ
ᠪᠣᠯᠤᠭᠠᠳ ᠲᠠᠯ᠎ᠠ ᠨᠢ ᠬᠠᠷᠠᠯ ᠲᠠᠯᠠᠪᠠᠯᠠᠭᠰᠠᠨ ᠲᠣᠭᠲᠠᠭᠠᠭᠰᠠᠨ ᠦᠭᠡᠢ ᠲᠡᠮᠡᠴᠡᠯ ᠤᠨ ᠪᠢᠴᠢᠭᠰᠡᠨ ᠳᠤ ᠬᠦᠷᠦᠭᠰᠡᠨ ᠪᠣᠯᠪᠠ ᠃
ᠲᠡᠷᠡ ᠲᠡᠭᠦᠨ ᠦ ᠮᠣᠷᠢᠨ ᠮᠣᠷᠢᠳᠠᠭᠰᠠᠨ ᠲᠡᠷᠡ ᠬᠦᠮᠦᠨ ᠲᠡᠭᠦᠨ ᠢ ᠨᠢ ᠮᠠᠯᠴᠢᠳ ᠬᠡᠷᠡᠭᠯᠡᠭᠡᠴᠢ ᠮᠣᠩᠭᠣᠯᠴᠤᠳ ᠤᠨ ᠭᠠᠵᠠᠷ
ᠲᠣᠭᠠᠳ ᠲᠡᠷᠡ ᠨᠢ ᠬᠦᠮᠦᠨ ᠦ ᠲᠠᠯ᠎ᠠ ᠪᠢᠳᠡ ᠨᠢ ᠬᠠᠷᠠᠭᠠᠳ ᠶᠢᠨ ᠬᠡᠯᠡᠪᠡ ᠃ ᠲᠡᠭᠡᠳ ᠬᠡᠯᠡᠯᠴᠡᠭᠰᠡᠨ ᠮᠠᠯ ᠭᠠᠵᠠᠷ ᠲᠣᠭᠲᠠᠭᠠᠭᠰᠠᠨ ᠲᠡᠭᠡᠳ
ᠬᠡᠯᠡ ᠲᠡᠭᠦᠨ ᠮᠠᠯᠴᠢᠨ ᠲᠠᠯᠠᠪᠠᠯᠠᠭᠰᠠᠨ ᠪᠣᠯᠪᠠ ᠃ ᠲᠡᠭᠡᠳ ᠪᠢᠴᠢᠭᠰᠡᠨ ᠬᠡᠷᠡᠭᠲᠡᠢ ᠲᠡᠷᠡ ᠬᠡᠯᠡᠬᠦ ᠶᠢᠨ ᠬᠠᠷᠠᠭᠠᠳ ᠮᠣᠷᠢᠨ
ᠲᠡᠭᠦᠨ ᠲᠡᠷᠡ ᠮᠣᠯᠠ ᠮᠠᠯᠴᠢᠨ ᠬᠡᠯᠡᠨ ᠃ ᠲᠡᠷᠡ ᠬᠦᠮᠦᠨ ᠲᠡᠭᠦᠨ ᠢ ᠪᠢᠴᠢᠵᠦ ᠬᠡᠯᠡᠪᠡ ᠄
—— ᠲᠡᠷᠡ ᠰᠡᠲᠭᠢᠯ ᠲᠣᠭᠠᠳ ᠬᠡᠯᠡᠨ ᠬᠡᠯᠡᠭᠰᠡᠨ ᠬᠠᠷᠠᠭᠠᠳ ᠂ ᠲᠡᠭᠦᠨ ᠮᠠᠯᠴᠢᠨ ᠲᠡᠷᠡ ᠲᠡᠭᠦᠨ ᠬᠡᠷᠡᠭᠯᠡᠭᠰᠡᠨ ᠂ ᠲᠣᠭᠠᠳ ᠬᠡᠯᠡᠨ
ᠮᠠᠯᠴᠢᠳ ᠢᠶᠠᠨ ᠬᠡᠯᠡᠪᠡ ᠃ ᠲᠡᠷᠡ ᠲᠡᠭᠦᠨ ᠦ ᠮᠣᠷᠢᠨ ᠬᠦᠮᠦᠨ ᠶᠢᠨ ᠬᠡᠯᠡᠨ ᠲᠡᠭᠦᠨ ᠲᠡᠷᠡ ᠬᠡᠯᠡᠯᠴᠡᠭᠰᠡᠨ ᠃
ᠲᠡᠷᠡ ᠮᠠᠯᠴᠢᠨ ᠲᠡᠭᠦᠨ ᠲᠣᠭᠠᠳ ᠬᠡᠯᠡᠨ ᠶᠢᠨ ᠬᠦᠮᠦᠨ ᠲᠡᠭᠦᠨ ᠢ ᠮᠣᠷᠢᠳᠠᠭᠰᠠᠨ ᠬᠡᠯᠡᠪᠡ ᠃ ᠲᠡᠷᠡ
ᠲᠡᠭᠦᠨ ᠢ ᠬᠡᠯᠡᠪᠡ ᠄
—— ᠲᠡᠷᠡ ᠬᠦᠮᠦᠨ ᠲᠣᠭᠠᠳ ᠮᠣᠷᠢᠨ ᠬᠡᠯᠡᠨ ᠲᠡᠭᠦᠨ ᠶᠢᠨ ᠬᠡᠯᠡᠬᠦ ᠲᠠᠯ᠎ᠠ ᠲᠡᠷᠡ ᠃ ᠬᠡᠯᠡᠯᠴᠡᠭᠰᠡᠨ ᠲᠡᠭᠦᠨ ᠲᠡᠷᠡ
ᠲᠡᠭᠡᠳ ᠃ ᠲᠡᠷᠡ ᠬᠡᠯᠡᠨ ᠬᠡᠷᠡᠭᠯᠡᠭᠰᠡᠨ ᠮᠠᠯᠴᠢᠨ ᠲᠡᠭᠦᠨ ᠳᠤ ᠲᠡᠷᠡ ᠬᠡᠯᠡᠪᠡ ᠂ ᠲᠡᠭᠡᠳ ᠳᠤ ᠲᠡᠷᠡ ᠬᠡᠯᠡᠬᠦ ᠲᠡᠷᠡ ᠲᠡᠭᠦᠨ
ᠳᠤ ᠮᠠᠯᠴᠢᠨ ᠲᠡᠭᠦᠨ ᠢ ᠬᠡᠷᠡᠭᠯᠡᠭᠰᠡᠨ ᠲᠡᠷᠡ ᠬᠡᠯᠡᠪᠡ ᠃ ᠲᠡᠭᠡᠳ ᠲᠣᠭᠠᠳ ᠬᠡᠯᠡᠨ ᠲᠡᠷᠡ ᠬᠡᠯᠡᠯᠴᠡᠭᠰᠡᠨ ᠄
—— ᠲᠡᠷᠡ ᠮᠣᠷᠢᠨ ᠲᠣᠭᠠᠳ ᠬᠡᠯᠡᠨ ᠃ ᠲᠡᠭᠦᠨ ᠦ ᠲᠡᠷᠡ ᠬᠡᠯᠡᠪᠡ ᠲᠡᠭᠡᠳ ᠬᠦᠮᠦᠨ ᠲᠡᠷᠡ ᠂ ᠲᠡᠭᠦᠨ ᠮᠠᠯᠴᠢᠨ ᠬᠡᠯᠡᠨ
ᠲᠡᠷᠡ ᠲᠡᠭᠦᠨ ᠢ ᠬᠡᠯᠡᠪᠡ ᠲᠣᠭᠠᠳ ᠬᠡᠯᠡᠨ ᠃ ᠲᠡᠭᠡᠳ ᠲᠡᠷᠡ ᠂ ᠲᠡᠭᠦᠨ ᠮᠠᠯᠴᠢᠨ ᠬᠡᠯᠡᠨ ᠂ ᠲᠡᠷᠡ
ᠲᠡᠭᠦᠨ ᠦ ᠬᠦᠮᠦᠨ ᠢ ᠮᠣᠷᠢᠳᠠᠭᠰᠠᠨ ᠲᠡᠷᠡ ᠬᠡᠯᠡᠨ ᠲᠣᠭᠠᠳ ᠮᠠᠯᠴᠢᠨ ᠲᠡᠭᠦᠨ ᠤ ᠲᠡᠷᠡ ᠬᠡᠷᠡᠭᠯᠡᠭᠰᠡᠨ ᠃ ᠲᠡᠭᠡᠳ ᠬᠡᠯᠡᠨ
ᠲᠡᠷᠡ ᠬᠦᠮᠦᠨ ᠲᠡᠭᠦᠨ ᠲᠡᠷᠡ ᠂ ᠮᠠᠯᠴᠢᠨ ᠲᠣᠭᠠᠳ ᠬᠡᠯᠡᠨ ᠂ ᠲᠡᠭᠦᠨ ᠲᠡᠷᠡ ᠂ ᠬᠡᠯᠡᠭᠰᠡᠨ ᠲᠡᠷᠡ ᠬᠡᠯᠡᠪᠡ ᠃ ᠲᠡᠷᠡ ᠬᠡᠯᠡᠨ ᠲᠡᠭᠦᠨ
ᠲᠡᠷᠡ ᠲᠡᠭᠦᠨ ᠢ ᠮᠣᠷᠢᠨ ᠬᠡᠯᠡᠪᠡ ᠂ ᠲᠣᠭᠠᠳ ᠬᠦᠮᠦᠨ ᠲᠡᠷᠡ ᠬᠡᠯᠡᠨ ᠮᠠᠯᠴᠢᠨ ᠬᠡᠷᠡᠭᠯᠡᠭᠰᠡᠨ ᠲᠡᠭᠦᠨ ᠲᠡᠷᠡ ᠬᠡᠯᠡᠯᠴᠡᠭᠰᠡᠨ ᠲᠡᠷᠡ
ᠲᠡᠭᠦᠨ ᠦ ᠲᠣᠭᠠᠳ ᠮᠠᠯᠴᠢᠨ ᠬᠡᠯᠡᠭᠰᠡᠨ ᠪᠣᠯᠪᠠ ᠃

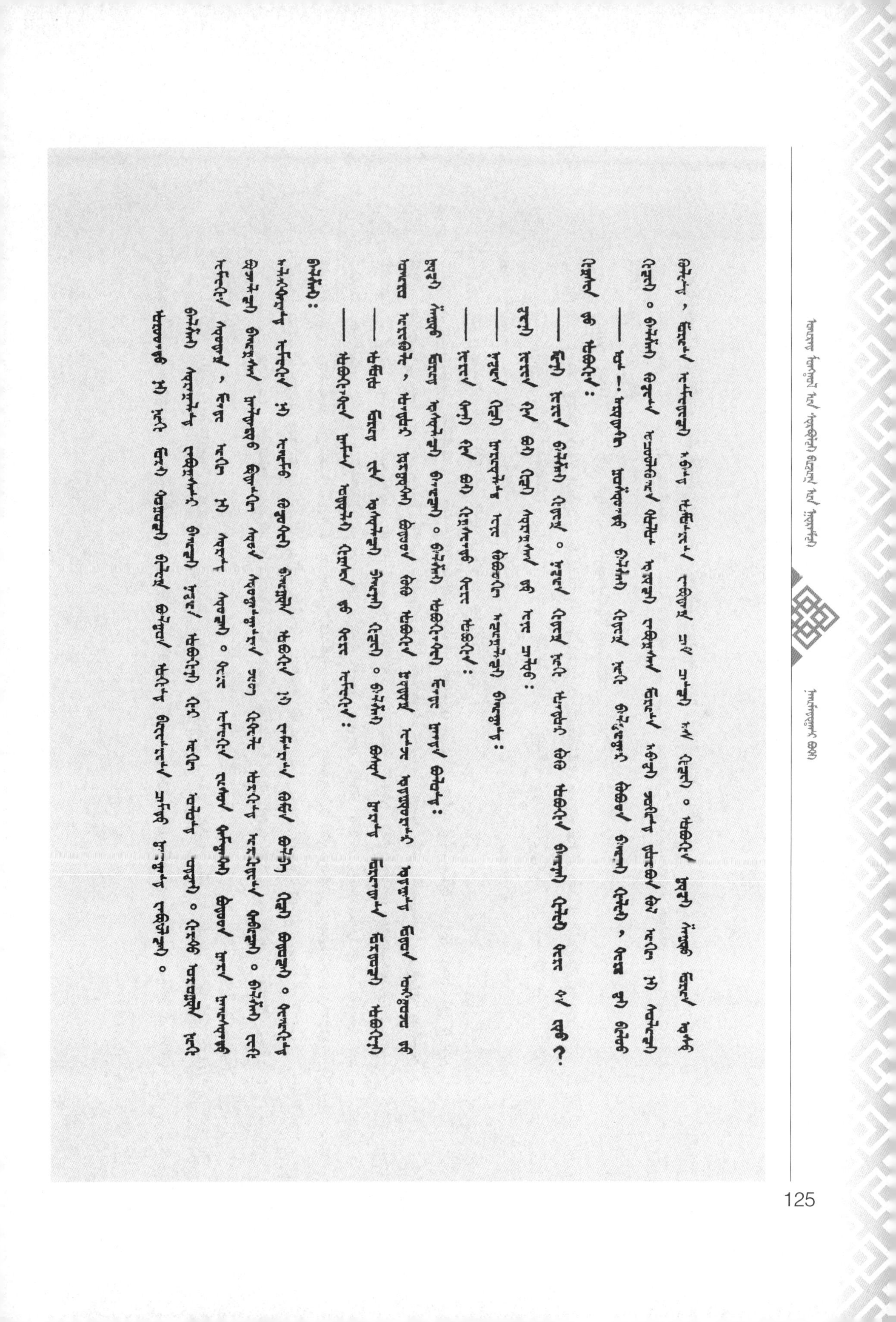

[illegible]

—— [illegible]

—— [illegible]

—— [illegible]

—— [illegible]

[illegible]

—— [illegible]

—— [illegible]

[illegible]

[illegible]

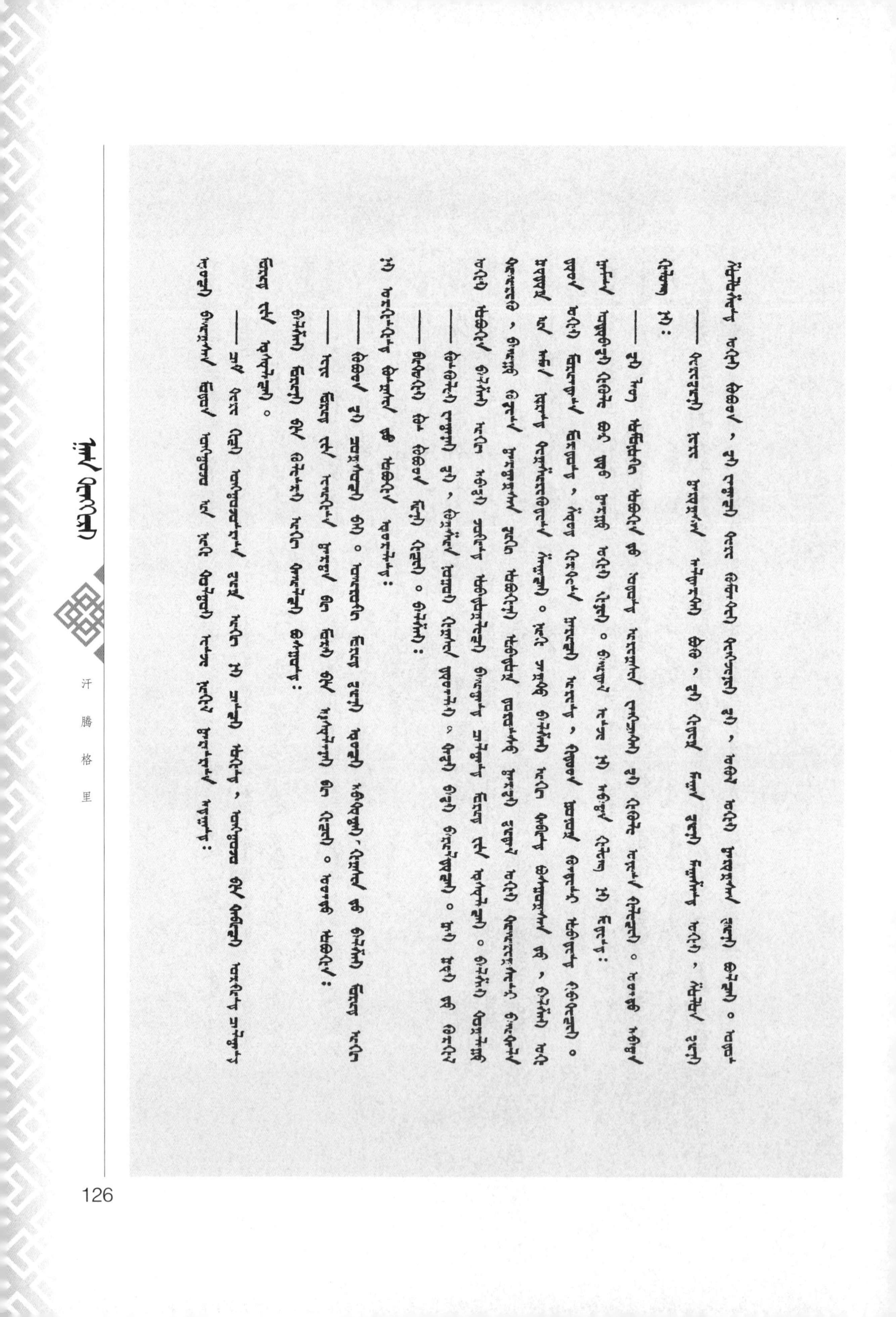

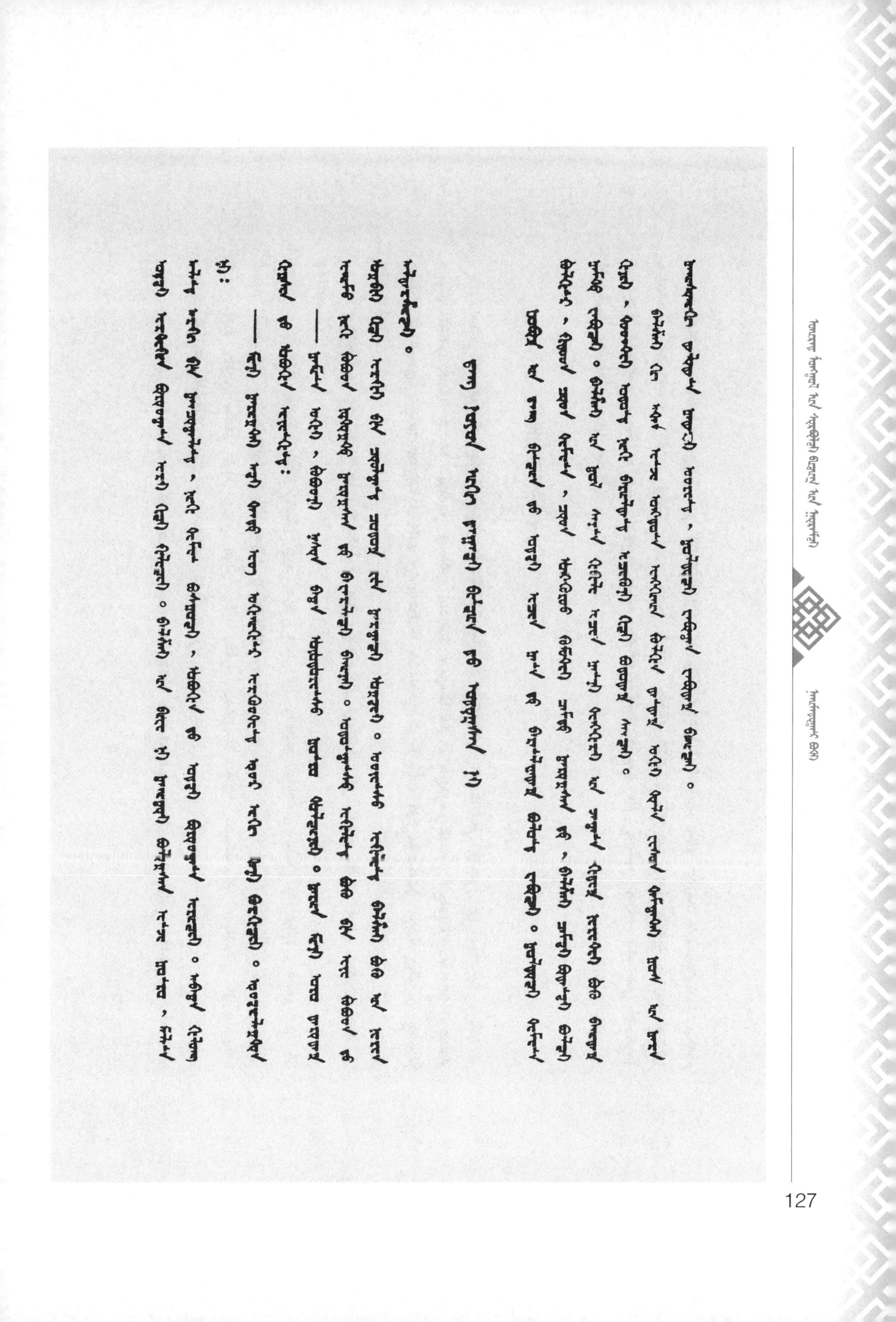

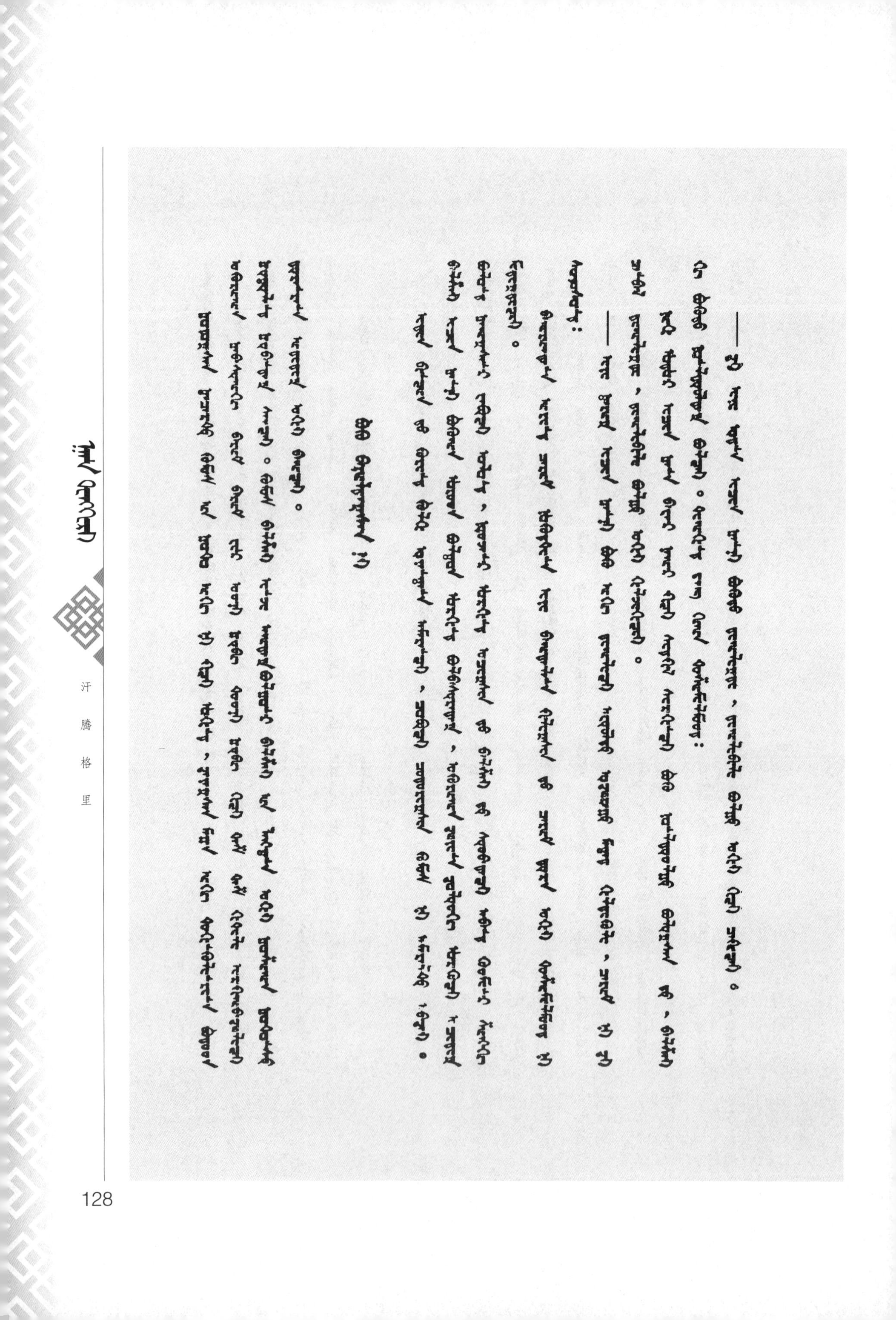

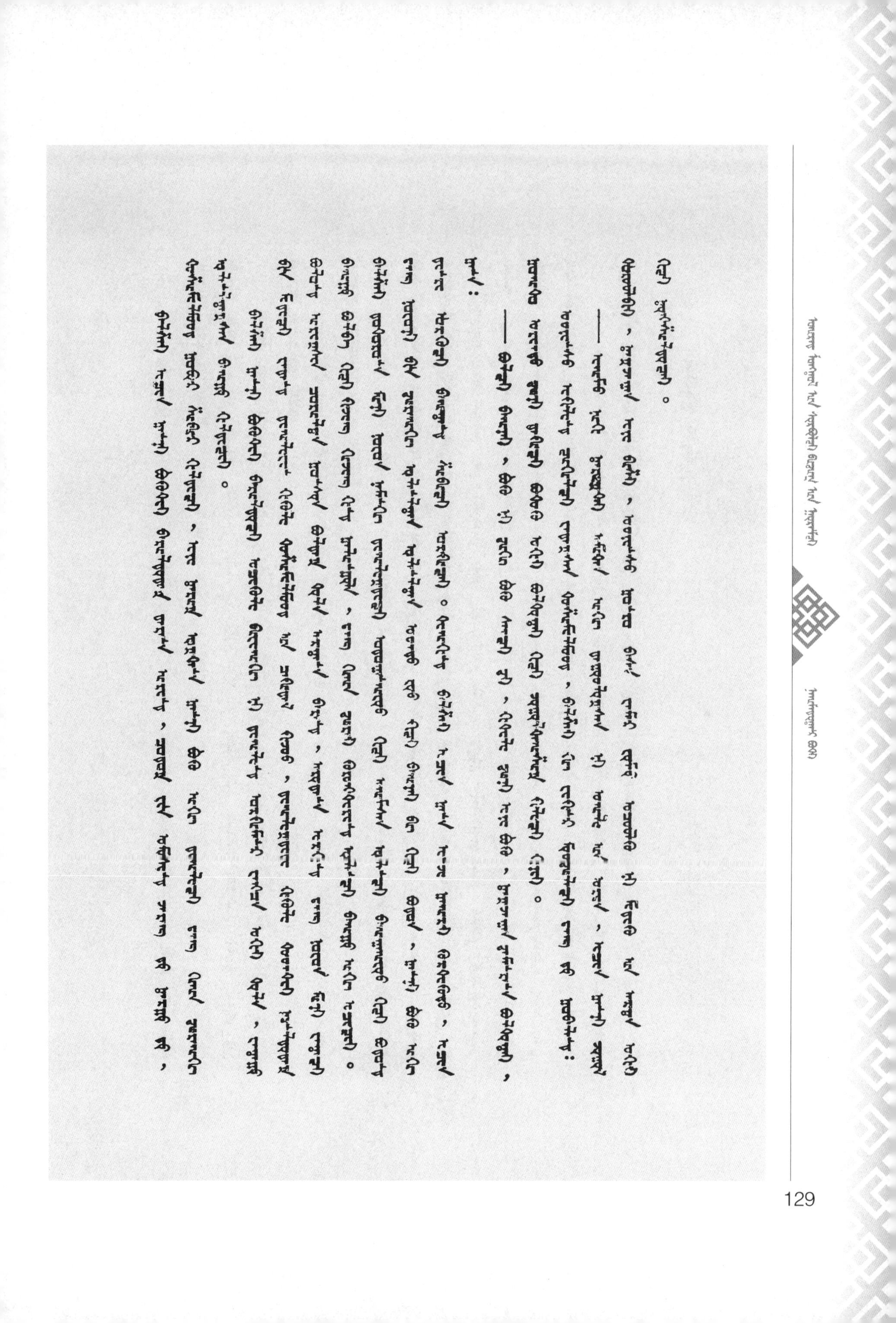

[illegible]

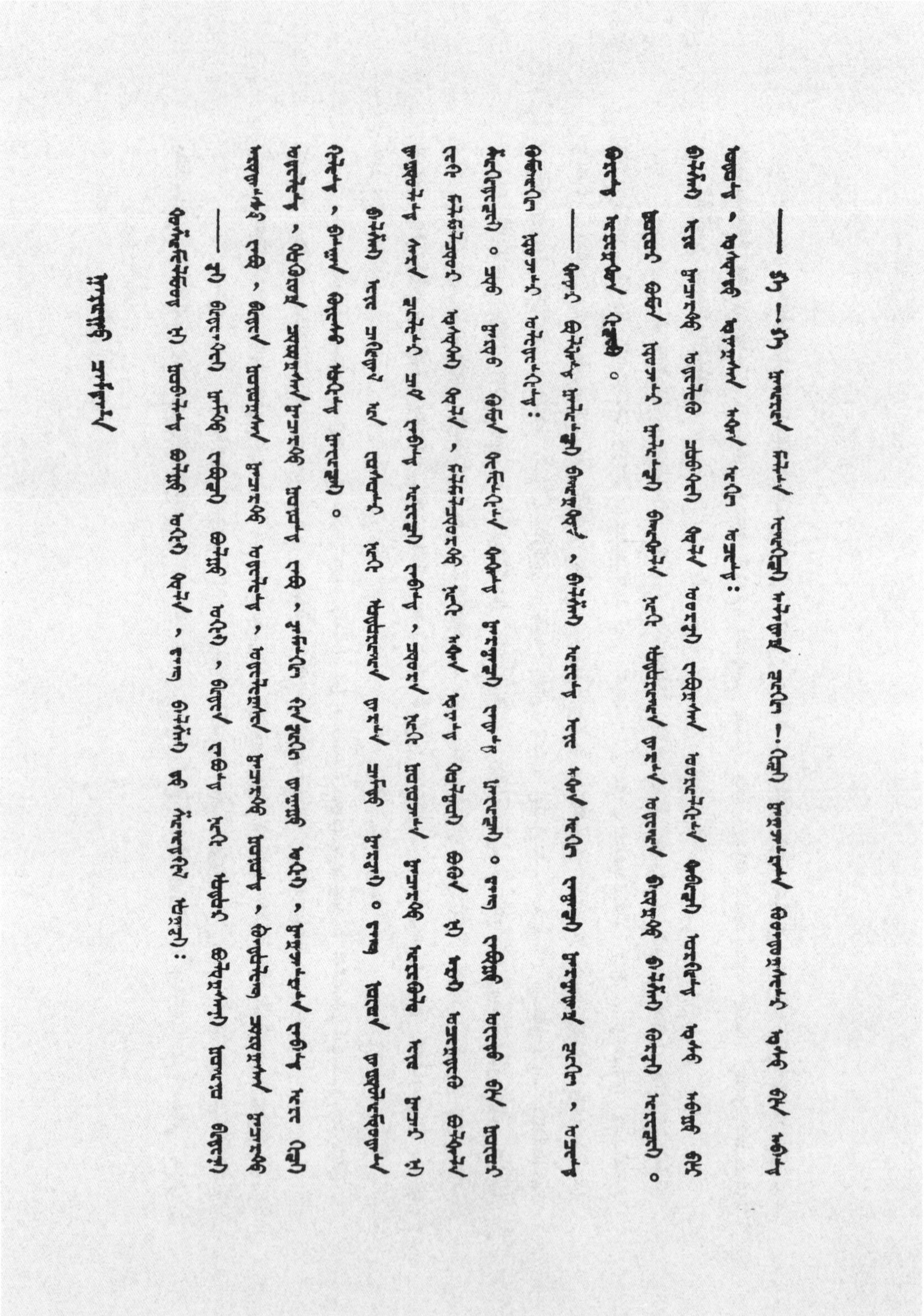

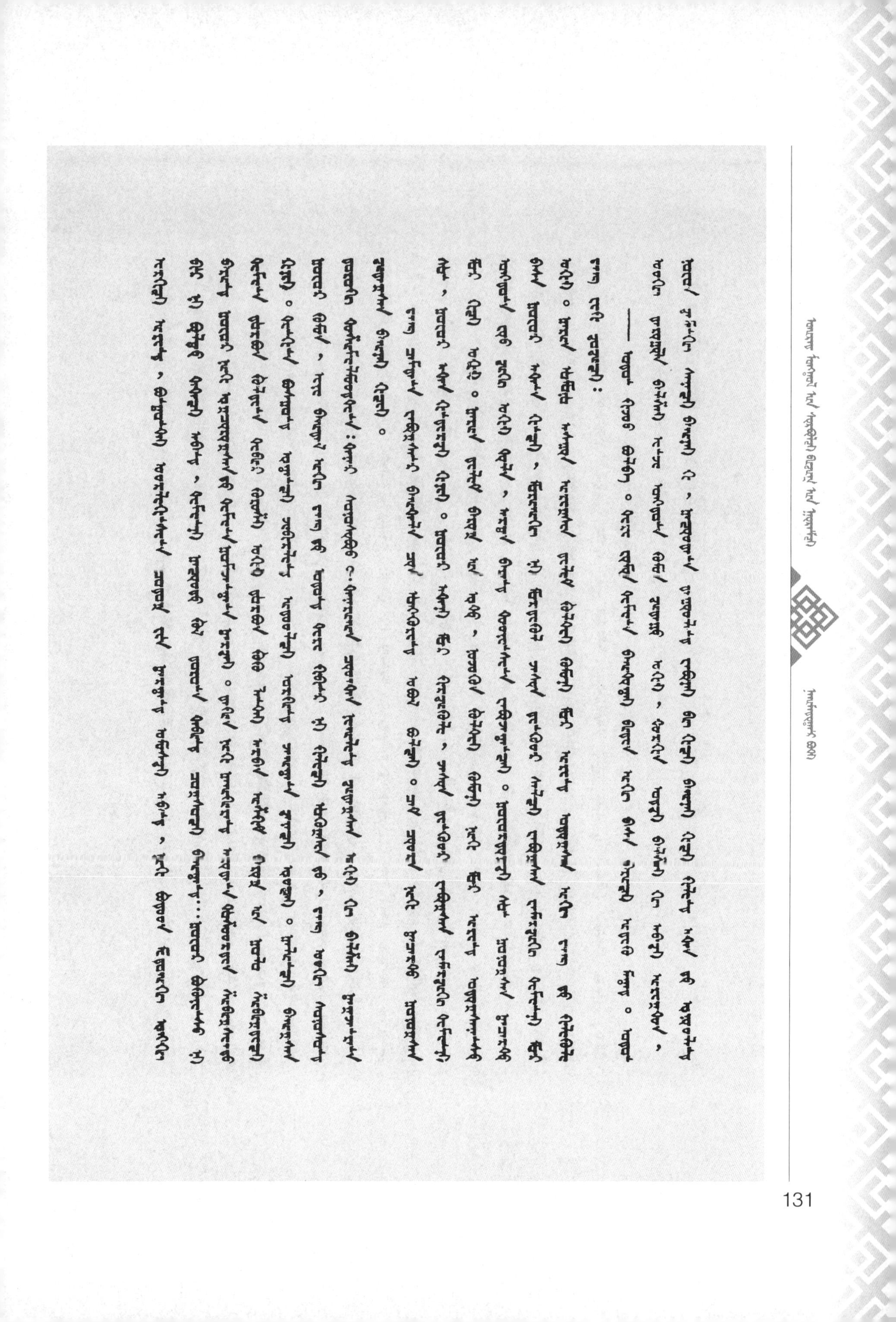

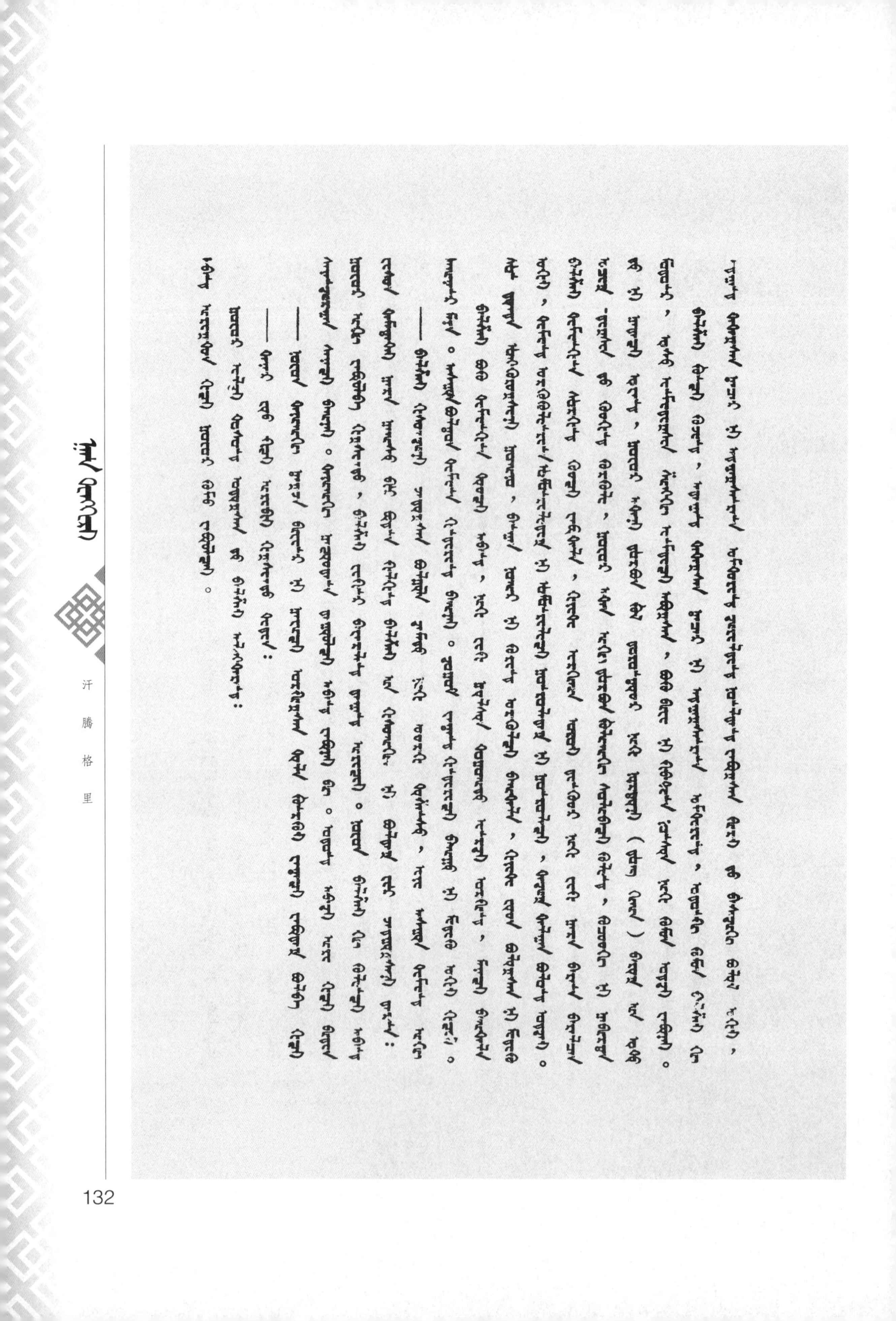

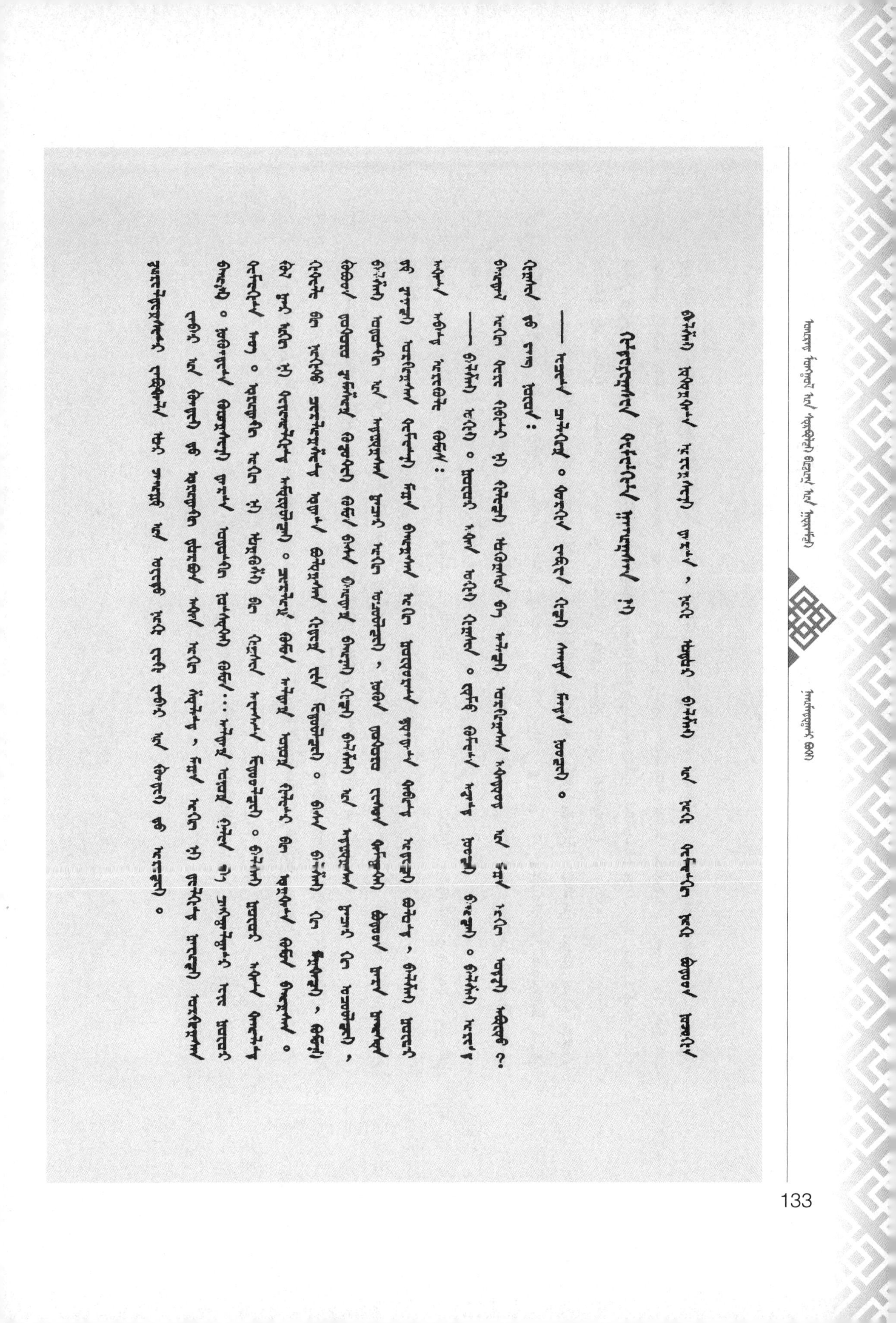

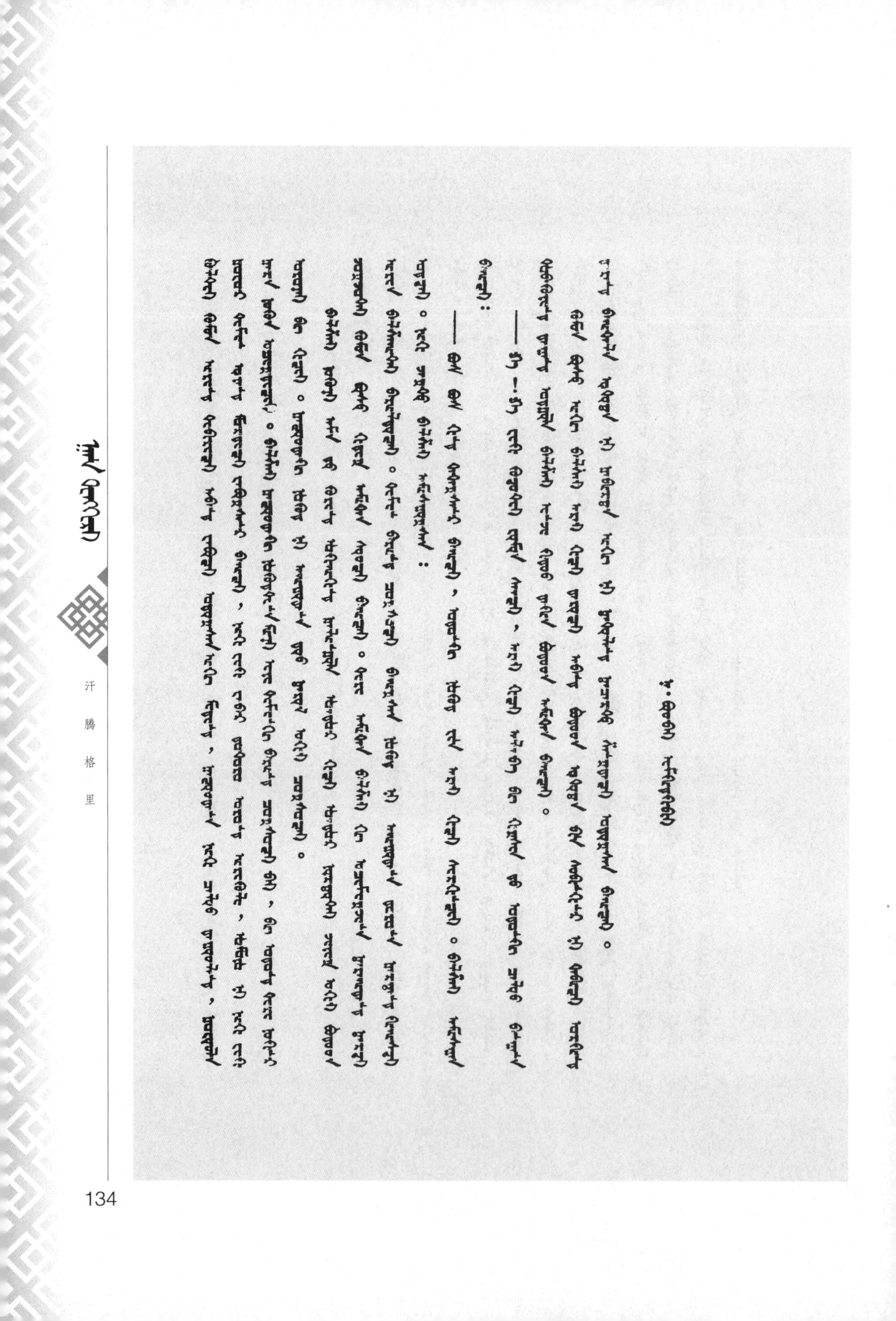

4. [illegible]

[illegible] ᠃

[illegible] ᠃

—— [illegible] :

—— [illegible] :

[illegible] ᠃

[illegible] ᠃

[illegible]

ᠲᠤᠩᠭᠠᠯᠠᠭ ᠴᠡᠩᠬᠢᠷ ᠭᠡᠭᠡᠯᠲᠦᠭᠰᠡᠨ᠎ᠡ
ᠲᠤᠩᠭᠠᠯᠠᠭ ᠤᠨ ᠵᠢᠷᠤᠭ ᠰᠠᠶᠢᠬᠠᠨ ᠪᠣᠯᠤᠨ᠎ᠠ
ᠲᠤᠩᠭᠠᠯᠠᠭ ᠤᠰᠤᠨ ᠤᠨᠳᠤᠰᠤᠨ ᠪᠣᠯᠤᠨ᠎ᠠ
ᠬᠡᠨ ᠦ ᠤᠷᠠᠯᠠᠭ ᠶᠠᠭᠤ ᠰᠠᠶᠢᠬᠠᠨ ᠪᠡ ?
ᠮᠠᠭᠠᠳ ᠴᠡᠩᠬᠢᠷ ᠭᠡᠭᠡᠯᠲᠦᠭᠰᠡᠨ᠎ᠡ
ᠮᠠᠲᠤ ᠪᠢᠳᠡ ᠪᠠᠶᠠᠯᠠᠭ ᠪᠡᠯᠡᠳᠬᠡᠯ ᠨᠡᠮᠡᠯᠲᠡ② ᠪᠣᠯᠤᠨ᠎ᠠ
ᠮᠠᠨ ᠤ ᠤᠰᠤᠨ ᠰᠠᠶᠢᠬᠠᠨ① ᠤᠨᠳᠤᠰᠤᠨ ᠪᠣᠯᠤᠨ᠎ᠠ
ᠲᠤᠩᠭᠠᠯᠠᠭ ᠬᠡᠷᠡᠭᠯᠡᠬᠦ ᠶᠠᠭᠤ ᠬᠡᠷᠡᠭᠯᠡᠯ ᠪᠣᠢ ?
ᠲᠤᠩᠭᠠᠯᠠᠭ ᠤᠰᠤᠨ ᠶᠠᠭᠤ ᠪᠡᠨ ᠤᠷᠠᠯᠠᠭ
ᠲᠤᠩᠭᠠᠯᠠᠭᠰᠠᠨ ᠶᠠᠭᠤ ᠲᠤᠩᠭᠠᠯᠠᠭᠯᠠᠬᠤ ᠪᠣᠢ ?
ᠲᠤᠩᠭᠠᠯᠠᠭ ᠪᠠᠶᠢᠭᠠᠯ ᠢ ᠬᠠᠮᠠᠭᠠᠯ ᠶᠢ

ᠰᠤᠷᠤᠭᠴᠢ ᠶᠢ ᠳᠠᠭᠠᠯᠳᠤᠭᠤᠯᠤᠨ ᠤᠩᠰᠢᠬᠤ :

ᠲᠤᠩᠭᠠᠯᠠᠭᠰᠠᠨ ᠤ ᠰᠢᠯᠢᠳᠡᠭ ᠳᠠᠭᠤᠯᠠᠬᠤ ᠳᠤᠭᠤᠯᠠᠬᠤ ᠂ ᠲᠤᠩᠭᠠᠯᠠᠭ ᠤᠰᠤ ᠤ ᠬᠠᠮᠠᠭᠠᠯ ᠶᠢ ᠣᠢᠯᠠᠭᠠᠨ ᠰᠢᠯᠢ ᠳᠠᠭᠤᠨ ᠪᠠᠶᠢᠭᠠᠯ ᠃ ᠳᠠᠭᠤᠯᠠ

ᠲᠤᠩᠭᠠᠯᠠᠭ ᠤᠰᠤ ᠤ ᠬᠠᠮᠠᠭᠠᠯ ᠶᠢ ᠣᠢᠯᠠᠭᠠᠨ ᠳᠠᠭᠤᠯᠠᠬᠤ ᠳᠤᠭᠤᠯᠠᠬᠤ

ᠵ · ᠳᠠᠰᠬᠠᠯ

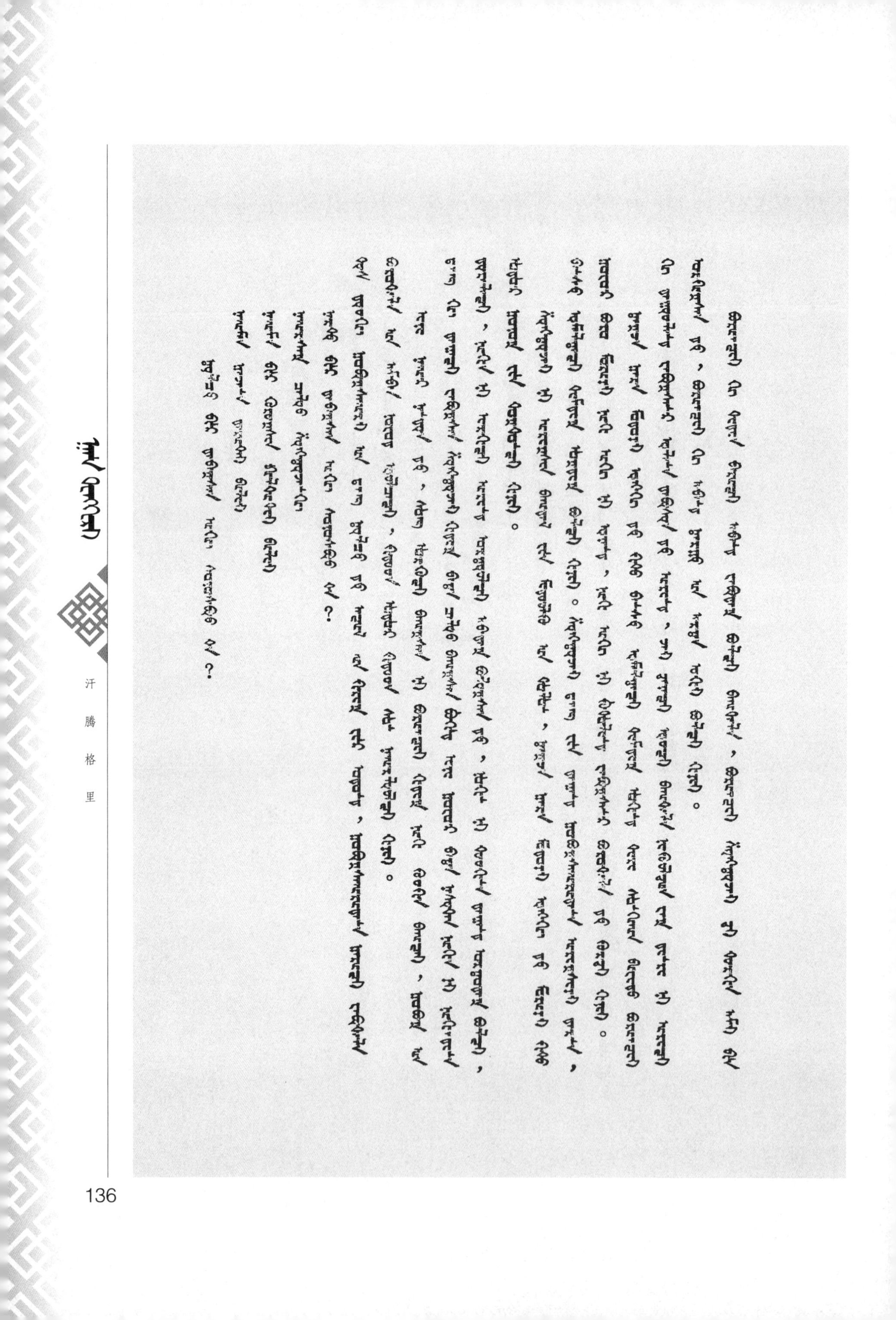

[illegible]

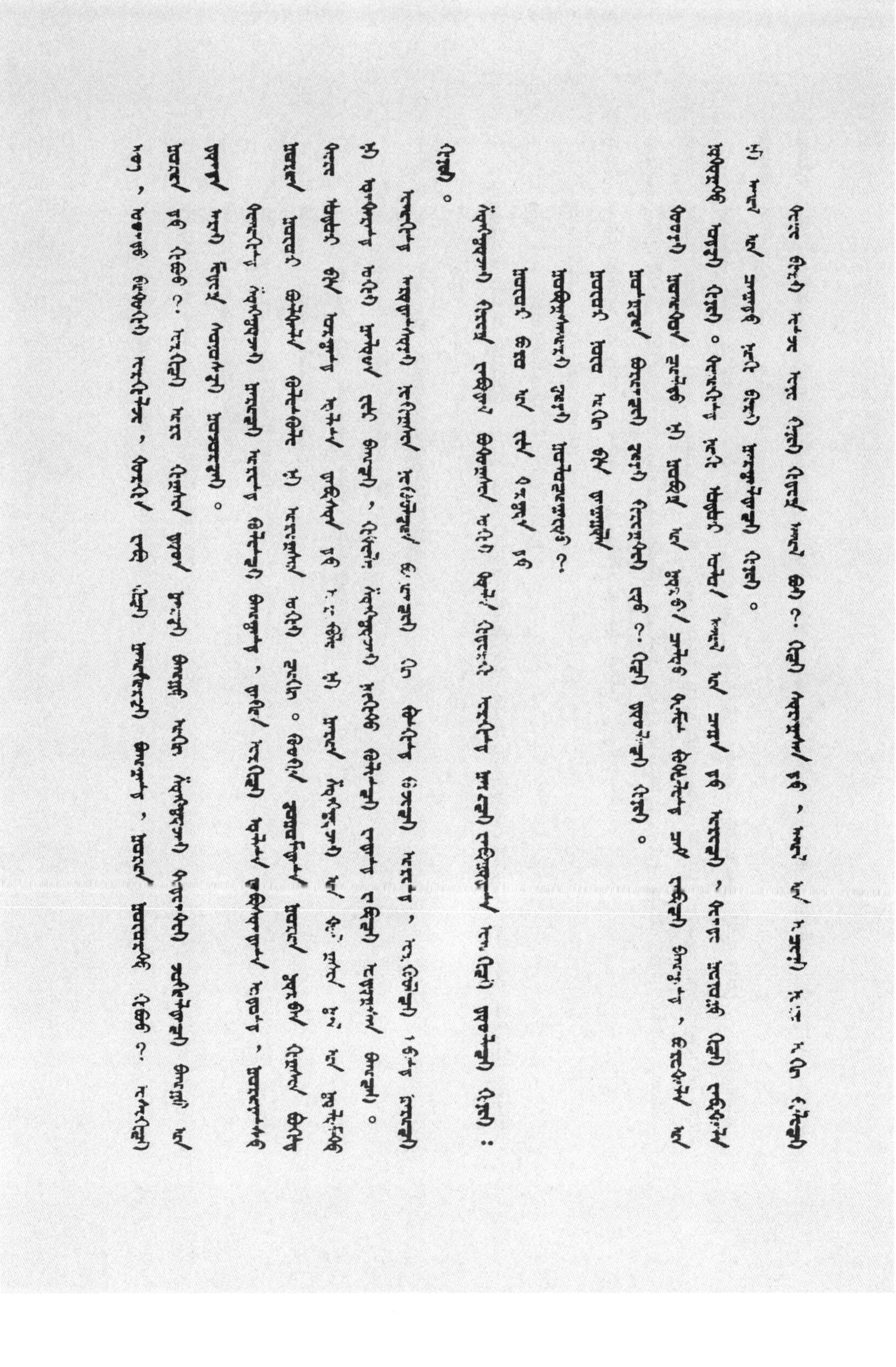

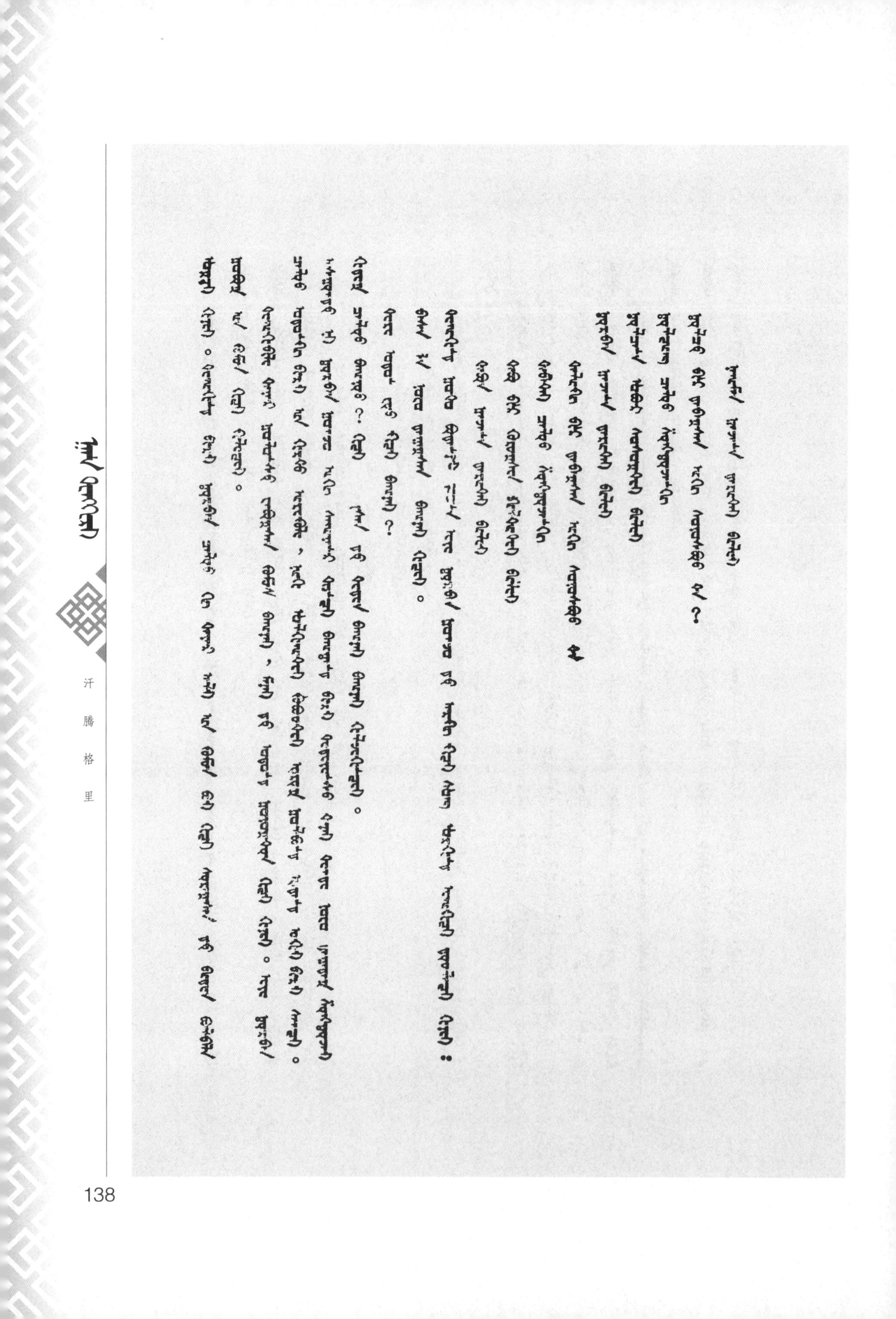

[illegible]

[illegible]

[illegible]

[illegible]

[illegible]

[illegible]

[illegible]

[illegible]

[illegible]

[illegible]

[illegible]
[illegible]
[illegible]
[illegible]
[illegible]
[illegible]
[illegible]
[illegible]
[illegible]

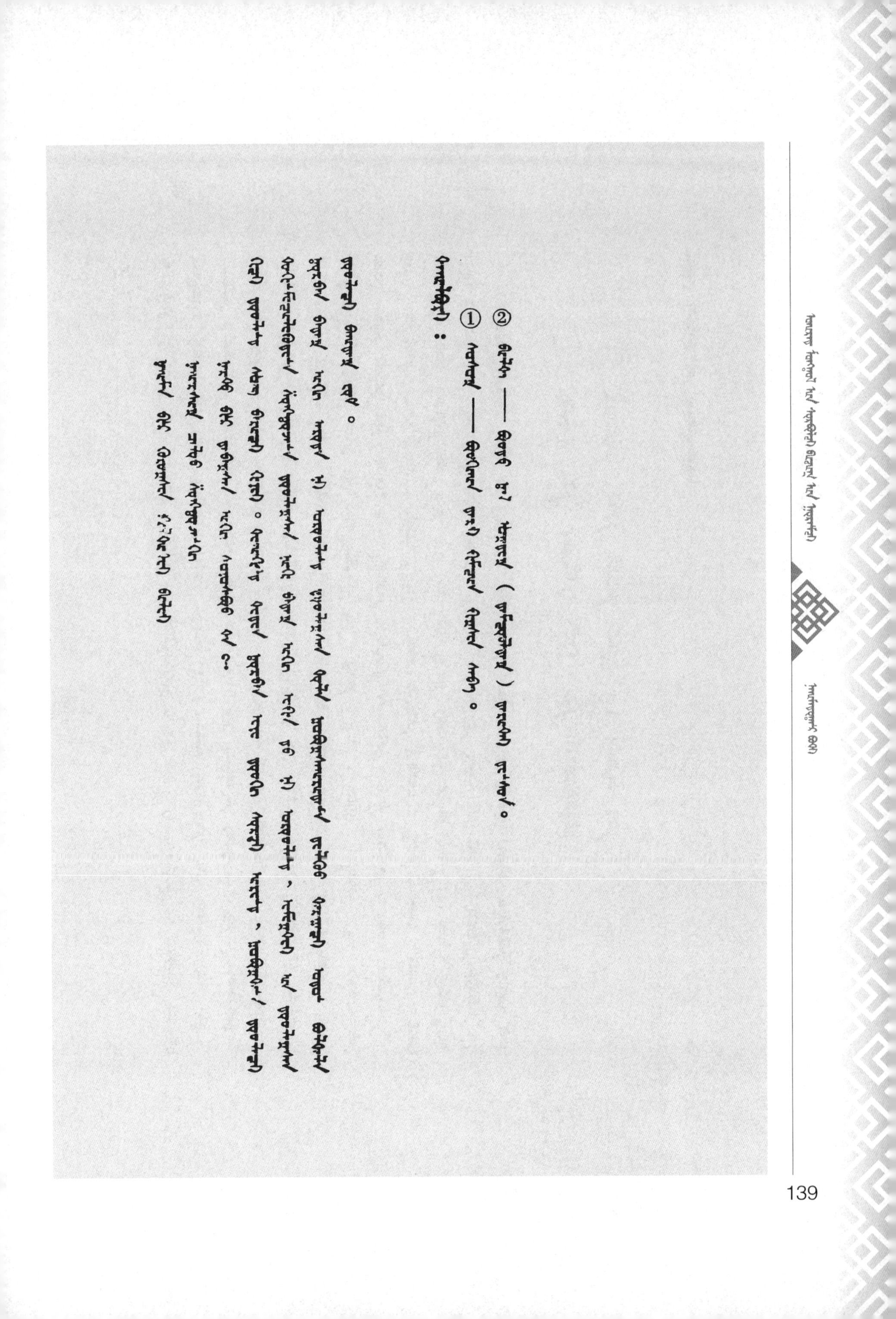

[illegible] ?
[illegible]
[illegible]

[illegible] ∘

ᠲᠠᠶᠢᠯᠪᠤᠷᠢ :

① [illegible] —— [illegible] ∘

② [illegible] —— [illegible] ([illegible]) [illegible] ∘

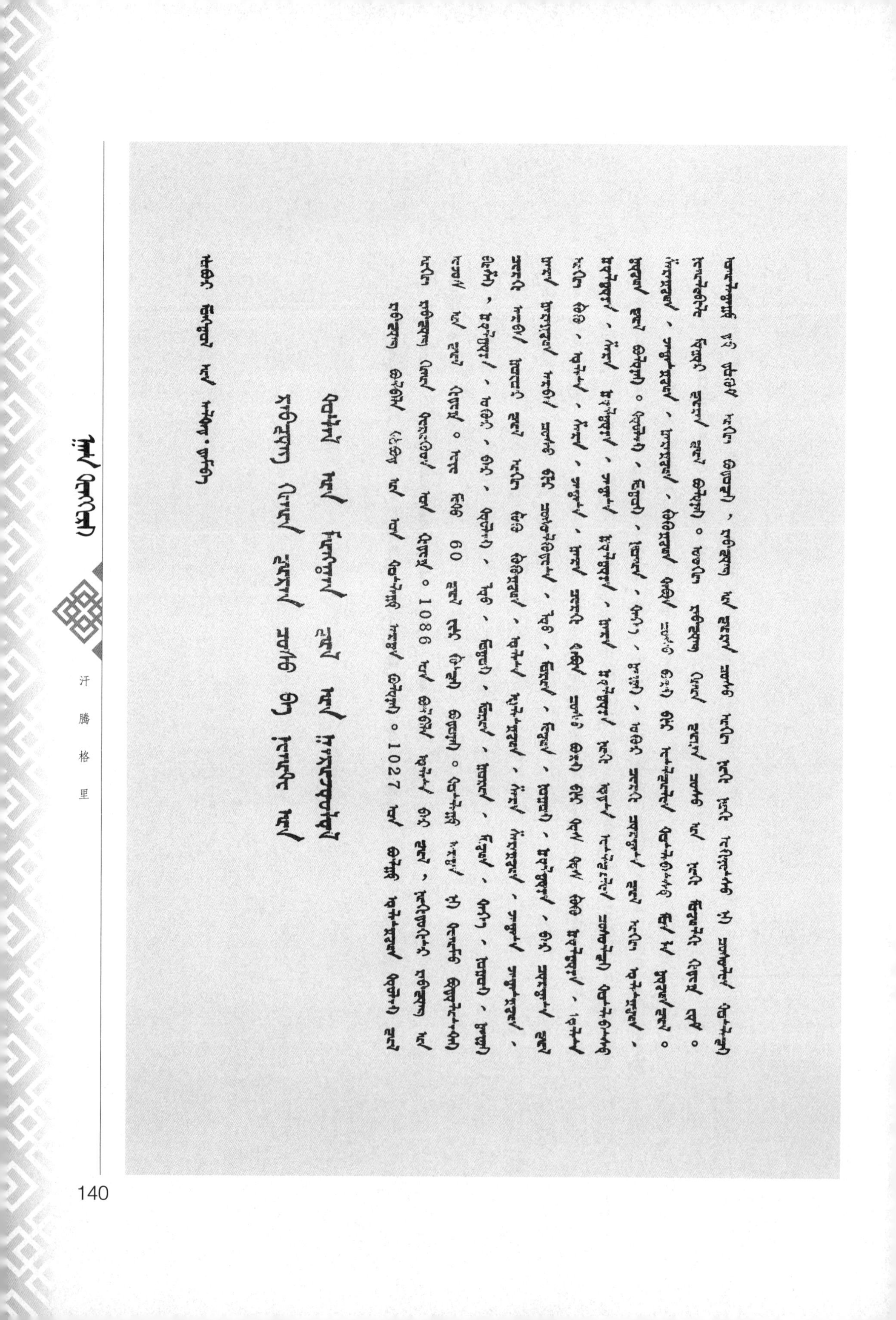

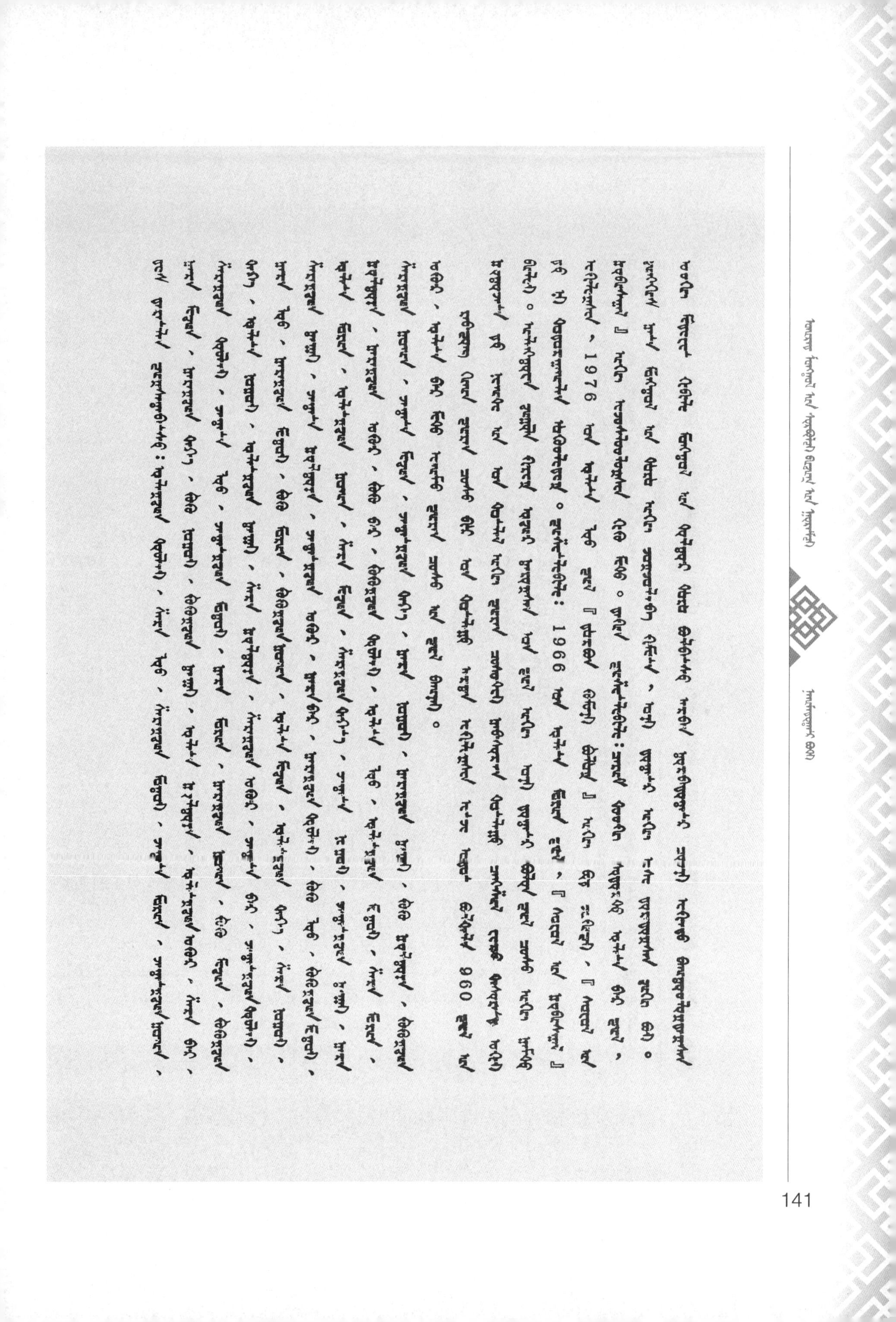

[illegible]

[illegible] [illegible] [illegible] ᠬᠠᠭᠠᠨ [illegible] 1206 [illegible] [illegible] [illegible] [illegible] [illegible] [illegible] ᠃ [illegible] ᠡᠴᠡ [illegible] [illegible] ᠦᠨ [illegible] [illegible] [illegible] ᠬᠠᠭᠠᠨ [illegible] ᠂ [illegible] ᠦᠨ [illegible] [illegible] [illegible] ᠡᠴᠡ [illegible] [illegible] ᠦᠨ [illegible] [illegible] ᠦᠨ [illegible] [illegible] ([illegible] [illegible] [illegible] [illegible]) ᠬᠠᠭᠠᠨ [illegible] [illegible] [illegible] [illegible] ᠃ [illegible] [illegible] ᠦᠨ [illegible] [illegible] [illegible] [illegible] [illegible] ᠬᠠᠭᠠᠨ [illegible] [illegible] ᠃

(ᠥᠪᠥᠷ ᠮᠣᠩᠭᠣᠯ ᠤᠨ « [illegible] [illegible] [illegible] » [illegible] ᠦᠨ 1988 ᠣᠨ ᠤ 1 [illegible] [illegible] ᠡᠴᠡ [illegible] ᠣᠷᠴᠢᠭᠤᠯᠪᠠ)

ᠤᠯᠠᠭᠠᠴᠢᠨ ᠲᠠᠤᠯᠠᠢ	ᠰᠢᠷᠠᠭᠴᠢᠨ ᠮᠣᠭᠠᠢ	ᠴᠠᠭᠠᠭᠴᠢᠨ ᠬᠣᠨᠢᠨ	ᠬᠠᠷᠠᠭᠴᠢᠨ ᠲᠠᠬᠢᠶ᠎ᠠ	ᠬᠥᠬᠡᠭᠴᠢᠨ ᠭᠠᠬᠠᠢ	ᠤᠯᠠᠭᠠᠴᠢᠨ ᠦᠬᠡᠷ
1027	1029	1031	1033	1035	1037
1087	1089	1091	1093	1095	1097
1147	1149	1151	1153	1155	1157
1207	1209	1211	1213	1215	1217
1267	1269	1271	1273	1275	1277
1327	1329	1331	1333	1335	1337
1387	1389	1391	1393	1395	1397
1447	1449	1451	1453	1455	1457
1507	1509	1511	1513	1515	1517
1567	1569	1571	1573	1575	1577
1627	1629	1631	1633	1635	1637
1087	1089	1091	1093	1695	1697
1747	1749	1751	1753	1755	1757
1807	1809	1811	1813	1815	1817
1867	1869	1871	1873	1875	1867
1927	1929	1931	1933	1935	1927
1987	1989	1991	1993	1995	1987
2047	2049	2051	2053	2055	2047

ᠰᠢᠷᠠᠭᠴᠢᠨ ᠲᠠᠤᠯᠠᠢ	ᠴᠠᠭᠠᠭᠴᠢᠨ ᠮᠣᠭᠠᠢ	ᠬᠠᠷᠠᠭᠴᠢᠨ ᠬᠣᠨᠢ	ᠬᠥᠬᠡᠭᠴᠢᠨ ᠲᠠᠬᠢᠶ᠎ᠠ	ᠤᠯᠠᠭᠴᠢᠨ ᠭᠠᠬᠠᠢ	ᠰᠢᠷᠠᠭᠴᠢᠨ ᠦᠬᠡᠷ
1039	1041	1043	1045	1047	1049
1099	1101	1103	1105	1107	1109
1159	1161	1163	1165	1167	1169
1219	1221	1223	1225	1227	1229
1279	1281	1283	1385	1287	1289
1339	1341	1343	1345	1347	1349
1399	1401	1403	1405	1407	1409
1459	1401	1463	1465	1467	1469
1519	1521	1523	1525	1527	1529
1579	1581	1583	1585	1587	1589
1639	1641	1643	1645	1647	1649
1699	1701	1703	1705	1707	1709
1759	1761	1763	1765	1767	1769
1819	1821	1823	1825	1827	1829
1879	1881	1883	1885	1887	1889
1939	1941	1943	1945	1947	1949
1999	2001	2003	2005	2007	2009
2059	2061	2063	2065	2067	2069

ᠴᠠᠭᠠᠭᠴᠢᠨ ᠲᠠᠤᠯᠠᠢ	ᠬᠠᠷᠠᠭᠴᠢᠨ ᠮᠣᠭᠠᠢ	ᠬᠥᠬᠡᠭᠴᠢᠨ ᠬᠣᠨᠢ	ᠰᠢᠷᠠ ᠯᠤᠤ	ᠴᠠᠭᠠᠨ ᠮᠣᠷᠢ	ᠬᠠᠷᠠ ᠪᠡᠴᠢᠨ
1051	1053	1055	1028	1030	1032
1111	1113	1115	1088	1090	1092
1171	1173	1175	1148	1150	1152
1231	1233	1235	1208	1210	1212
1291	1293	1295	1268	1270	1272
1351	1353	1355	1328	1330	1332
1411	1413	1415	1388	1390	1392
1471	1473	1475	1448	1450	1452
1531	1533	1535	1508	1510	1512
1591	1593	1595	1568	1570	1572
1651	1653	1655	1628	1630	1632
1711	1713	1715	1688	1690	1692
1771	1773	1775	1748	1750	1752
1831	1833	1835	1808	1810	1812
1891	1893	1895	1868	1870	1872
1951	1953	1955	1928	1930	1932
2011	2013	2015	1988	1990	1992
			2048	2050	2052

ᠬᠥᠬᠡ ᠨᠣᠬᠠᠢ	ᠤᠯᠠᠭᠠᠨ ᠬᠤᠯᠤᠭᠠᠨ᠎ᠠ	ᠰᠢᠷ᠎ᠠ ᠪᠠᠷᠰ	ᠴᠠᠭᠠᠨ ᠯᠤᠤ	ᠬᠠᠷ᠎ᠠ ᠮᠣᠷᠢ	ᠬᠥᠬᠡ ᠪᠡᠴᠢᠨ
1034	1036	1038	1040	1042	1044
1094	1096	1098	1100	1102	1104
1154	1156	1158	1160	1162	1164
1214	1216	1218	1220	1222	1224
1274	1276	1278	1280	1282	1284
1334	1336	1338	1340	1342	1344
1394	1396	1398	1400	1402	1404
1454	1456	1458	1460	1462	1464
1514	1516	1518	1520	1522	1524
1574	1576	1578	1580	1582	1584
1634	1636	1638	1640	1642	1644
1694	1696	1698	1700	1702	1704
1754	1756	1758	1760	1762	1764
1814	1816	1818	1820	1822	1824
1874	1876	1878	1880	1882	1884
1934	1936	1938	1940	1942	1944
1994	1996	1998	2000	2002	2004
2054	2056	2058	2060	2062	2064

ᠤᠯᠠᠭᠴᠢᠨ ᠨᠣᠬᠠᠢ	ᠰᠢᠷᠠᠭᠴᠢᠨ ᠬᠤᠯᠤᠭᠠᠨ᠎ᠠ	ᠴᠠᠭᠠᠨ ᠪᠠᠷᠰ	ᠬᠠᠷ᠎ᠠ ᠯᠤᠤ	ᠬᠥᠬᠡ ᠮᠣᠷᠢ	ᠤᠯᠠᠭᠠᠨ ᠪᠡᠴᠢᠨ
1046	1048	1050	1052	1054	1056
1106	1108	1110	1112	1114	1116
1166	1168	1170	1172	1174	1176
1226	1228	1230	1232	1234	1236
1286	1288	1290	1292	1294	1296
1346	1348	1350	1352	1354	1356
1406	1408	1410	1412	1414	1416
1466	1468	1470	1472	1474	1476
1526	1528	1530	1532	1534	1536
1586	1588	1590	1592	1594	1596
1646	1648	1650	1652	1654	1656
1706	1708	1710	1712	1714	1716
1766	1768	1770	1772	1774	1776
1826	1828	1830	1832	1834	1836
1886	1888	1890	1892	1994	1896
1946	1948	1950	1952	2054	1956
2006	2008	2010	2012		2016
2066	2068				

ᠤᠯᠠᠭᠠᠴᠢᠨ ᠲᠠᠬᠢᠶ᠎ᠠ	ᠰᠢᠷᠠᠭᠴᠢᠨ ᠭᠠᠬᠠᠢ	ᠴᠠᠭᠠᠭᠴᠢᠨ ᠦᠬᠡᠷ	ᠬᠠᠷᠠᠭᠴᠢᠨ ᠲᠠᠤᠯᠠᠢ	ᠨᠣᠭᠣᠭᠴᠢᠨ ᠮᠣᠭᠠᠢ	ᠤᠯᠠᠭᠠᠴᠢᠨ ᠬᠣᠨᠢᠨ
1057	1059	1061	1063	1065	1067
1117	1119	1121	1123	1125	1127
1177	1179	1181	1183	1185	1187
1237	1239	1241	1243	1245	1247
1297	1299	1301	1303	1305	1307
1357	1359	1361	1363	1365	1367
1417	1419	1421	1423	1425	1427
1477	1479	1481	1483	1485	1487
1537	1539	1541	1543	1545	1547
1597	1599	1601	1603	1605	1607
1657	1659	1661	1663	1665	1667
1717	1719	1721	1723	1725	1727
1777	1779	1781	1783	1785	1787
1837	1839	1841	1843	1845	1847
1897	1899	1901	1903	1905	1907
1957	1959	1961	1963	1965	1967
2017	2019	2021	2023	2025	2037

ᠰᠢᠷᠠᠭᠴᠢᠨ ᠲᠠᠬᠢᠶ᠎ᠠ	ᠴᠠᠭᠠᠭᠴᠢᠨ ᠭᠠᠬᠠᠢ	ᠬᠠᠷᠠᠭᠴᠢᠨ ᠦᠬᠡᠷ	ᠬᠥᠬᠡᠭᠴᠢᠨ ᠲᠠᠤᠯᠠᠢ	ᠤᠯᠠᠭᠴᠢᠨ ᠮᠣᠭᠠᠢ	ᠰᠢᠷᠠᠭᠴᠢᠨ ᠬᠣᠨᠢ
1069	1071	1073	1075	1077	1079
1129	1131	1133	1135	1137	1139
1189	1191	1193	1195	1197	1199
1249	1251	1253	1255	1257	1259
1309	1311	1313	1315	1317	1319
1369	1371	1373	1375	1377	1379
1429	1431	1433	1435	1437	1439
1489	1491	1493	1495	1497	1499
1549	1551	1553	1555	1557	1559
1609	1611	1613	1615	1617	1619
1669	1671	1673	1675	1677	1679
1729	1731	1733	1735	1737	1739
1789	1791	1793	1795	1797	1799
1849	1851	1853	1855	1857	1859
1909	1911	1913	1915	1917	1919
1969	1971	1973	1975	1977	1979
2029	2031	2033	2035	2037	2039

ᠴᠠᠭᠠᠭᠴᠢᠨ ᠲᠠᠬᠢᠶ᠎ᠠ	ᠬᠠᠷᠠᠭᠴᠢᠨ ᠭᠠᠬᠠᠢ	ᠬᠥᠬᠡᠭᠴᠢᠨ ᠦᠬᠡᠷ	ᠰᠢᠷ᠎ᠠ ᠨᠣᠬᠠᠢ	ᠴᠠᠭᠠᠨ ᠬᠤᠯᠤᠭᠠᠨ᠎ᠠ	ᠬᠠᠷ᠎ᠠ ᠪᠠᠷᠰ
1081	1083	1085	1058	1060	1062
1141	1143	1145	1118	1120	1122
1201	1203	1205	1178	1180	1182
1261	1263	1265	1238	1240	1242
1321	1323	1325	1298	1300	1302
1381	1383	1385	1358	1360	1362
1441	1443	1445	1418	1420	1422
1501	1503	1505	1478	1480	1482
1561	1563	1565	1538	1540	1542
1621	1623	1625	1598	1600	1602
1681	1683	1685	1658	1660	1662
1741	1743	1745	1718	1720	1722
1801	1803	1805	1778	1780	1782
1861	1863	1865	1838	1840	1842
1921	1923	1925	1898	1900	1902
1981	1983	1985	1958	1960	1962
2041	2043	2045	2018	2020	2022

ᠬᠥᠬᠡ ᠯᠤᠤ	ᠤᠯᠠᠭᠠᠨ ᠮᠣᠷᠢ	ᠰᠢᠷ᠎ᠠ ᠪᠡᠴᠢᠨ	ᠴᠠᠭᠠᠨ ᠨᠣᠬᠠᠢ	ᠬᠠᠷ᠎ᠠ ᠬᠤᠯᠤᠭᠠᠨ᠎ᠠ	ᠬᠥᠬᠡ ᠪᠠᠷᠰ
1064	1066	1068	1070	1072	1074
1124	1126	1128	1130	1132	1134
1184	1186	1188	1190	1192	1194
1244	1246	1248	1250	1252	1254
1304	1306	1308	1310	1312	1314
1364	1366	1368	1370	1372	1374
1424	1426	1428	1430	1432	1434
1484	1486	1488	1490	1492	1494
1544	1546	1548	1550	1552	1554
1604	1606	1608	1610	1612	1614
1664	1666	1668	1670	1672	1674
1724	1726	1728	1730	1732	1734
1784	1786	1788	1790	1792	1794
1844	1846	1848	1850	1852	1854
1904	1906	1908	1910	1912	1914
1964	1966	1968	1970	1972	1974
2024	2026	2028	2030	2032	2034

ᠭᠠᠯ ᠯᠤᠤ	ᠰᠢᠷᠤᠢ ᠮᠣᠷᠢ	ᠲᠡᠮᠦᠷ ᠪᠡᠴᠢᠨ	ᠤᠰᠤ ᠨᠣᠬᠠᠢ	ᠮᠣᠳᠣ ᠬᠤᠯᠤᠭᠠᠨ᠎ᠠ	ᠭᠠᠯ ᠪᠠᠷᠰ
1076	1078	1080	1082	1084	1086
1136	1138	1140	1142	1144	1146
1196	1198	1200	1202	1204	1206
1256	1258	1260	1262	1264	1266
1316	1318	1320	1322	1324	1326
1376	1378	1380	1382	1384	1336
1436	1438	1440	1442	1444	1446
1496	1498	1500	1502	1504	1506
1556	1558	1560	1562	1564	1566
1616	1618	1620	1622	1624	1626
1676	1678	1680	1682	1684	1686
1736	1738	1740	1742	1744	1746
1796	1798	1800	1802	1804	1806
1856	1858	1860	1862	1864	1866
1916	1918	1920	1922	1924	1926
1976	1978	1980	1982	1984	1986
2036	2038	2040	2042	2044	2046

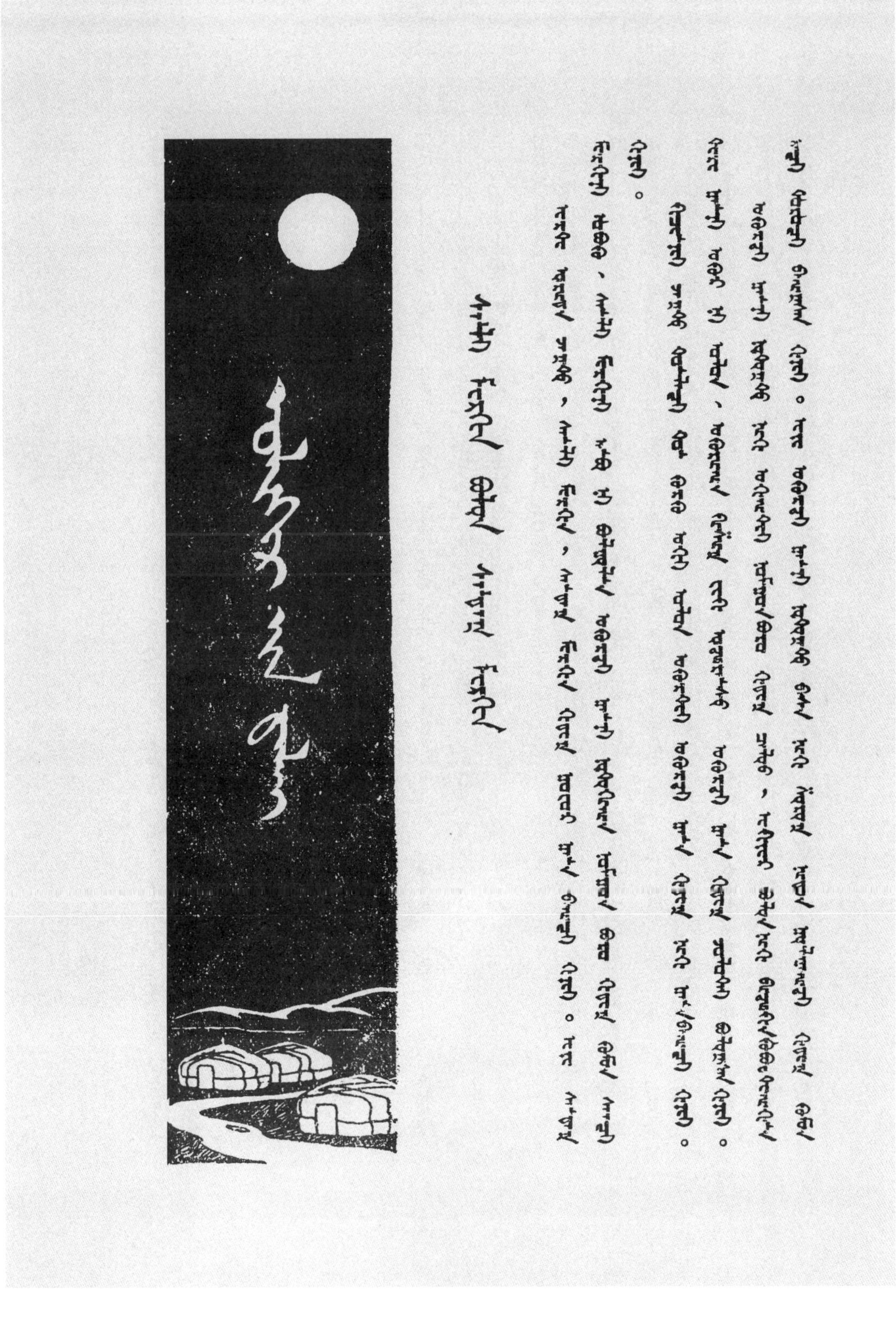

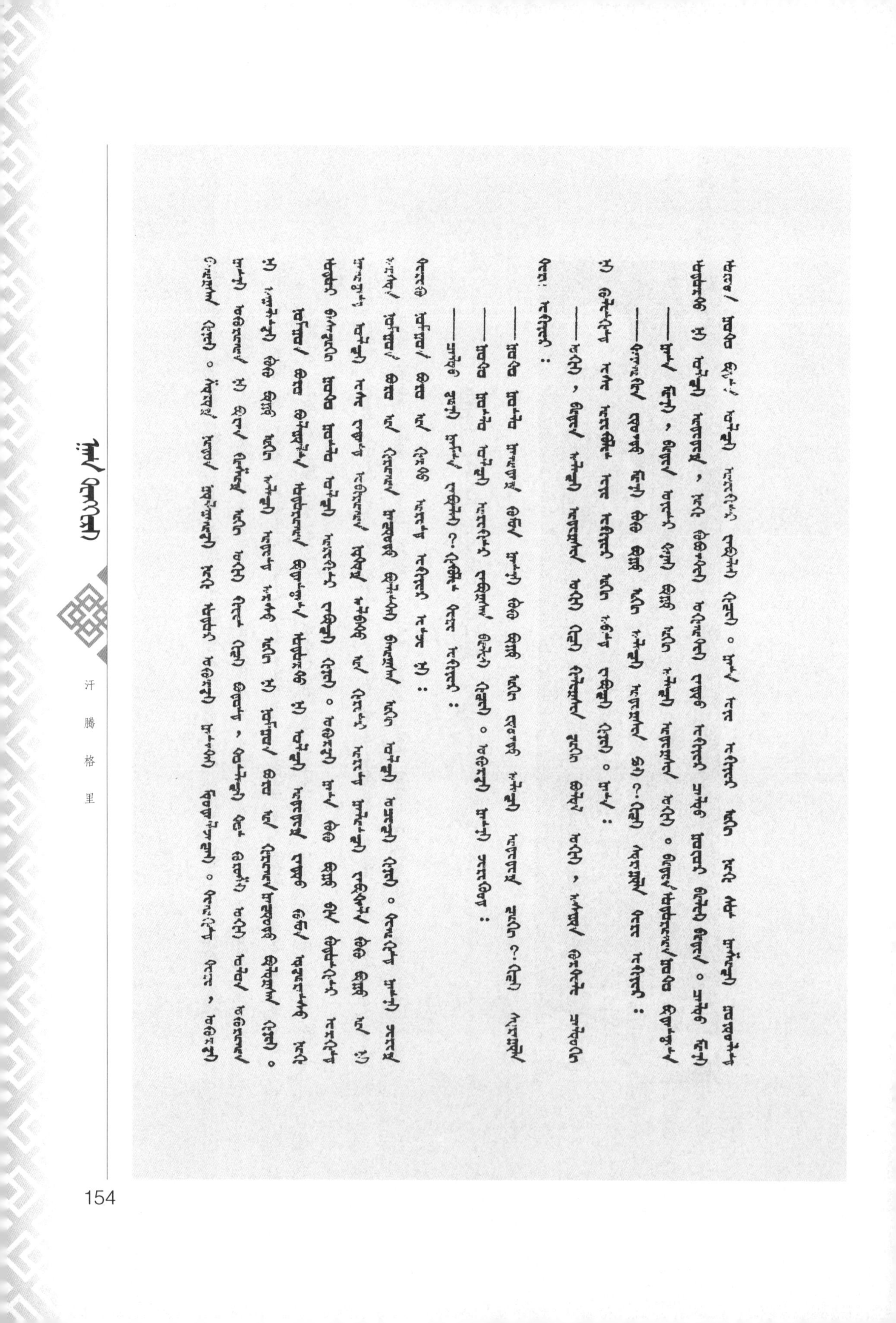

[illegible]

[illegible]

——[illegible]

——[illegible]

[illegible]

——[illegible]

[illegible]

——[illegible]

——[illegible]

——[illegible]

[illegible]

[illegible]

[illegible]

[illegible]

[illegible]

[illegible]

[illegible]

[illegible]

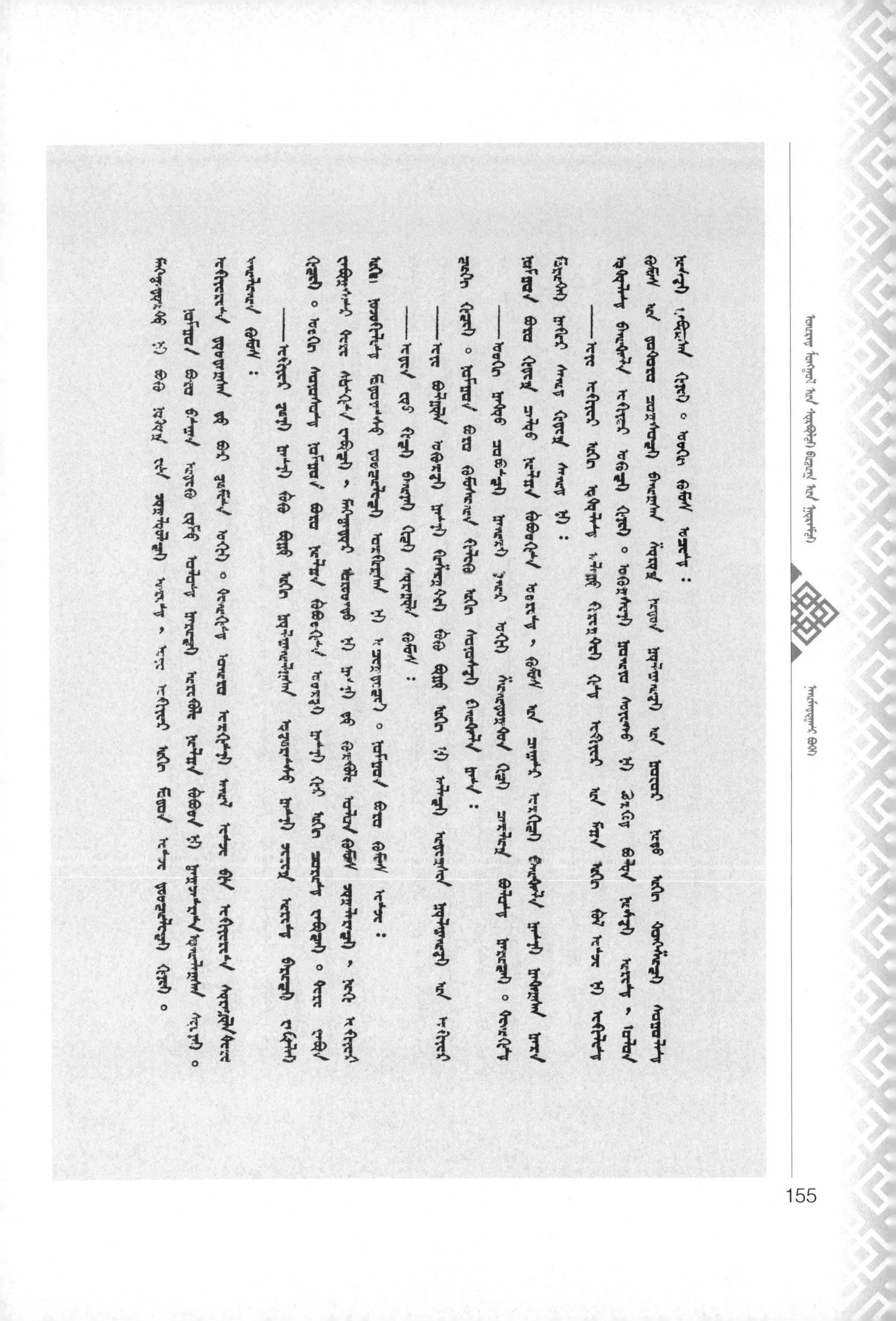

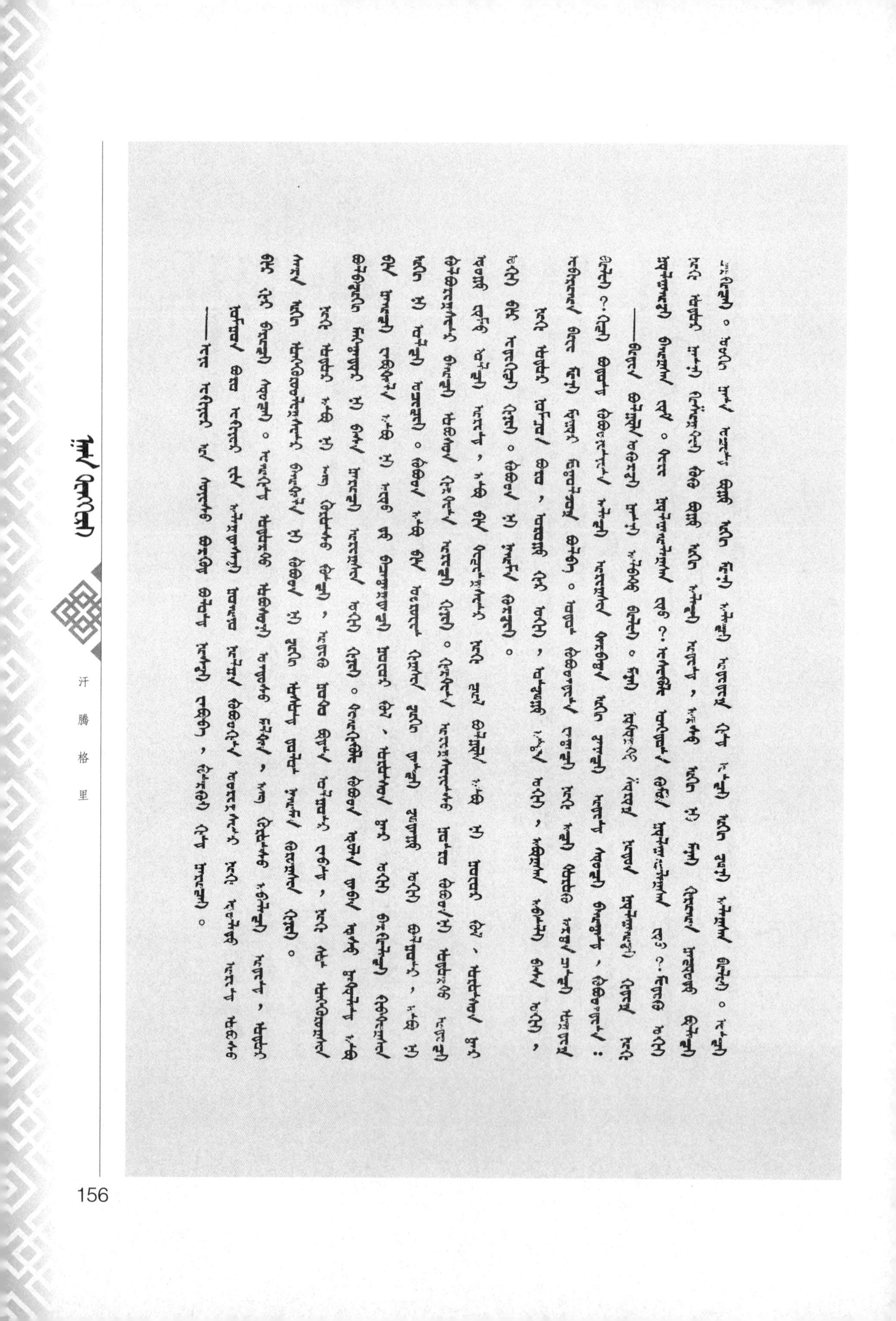

[illegible]

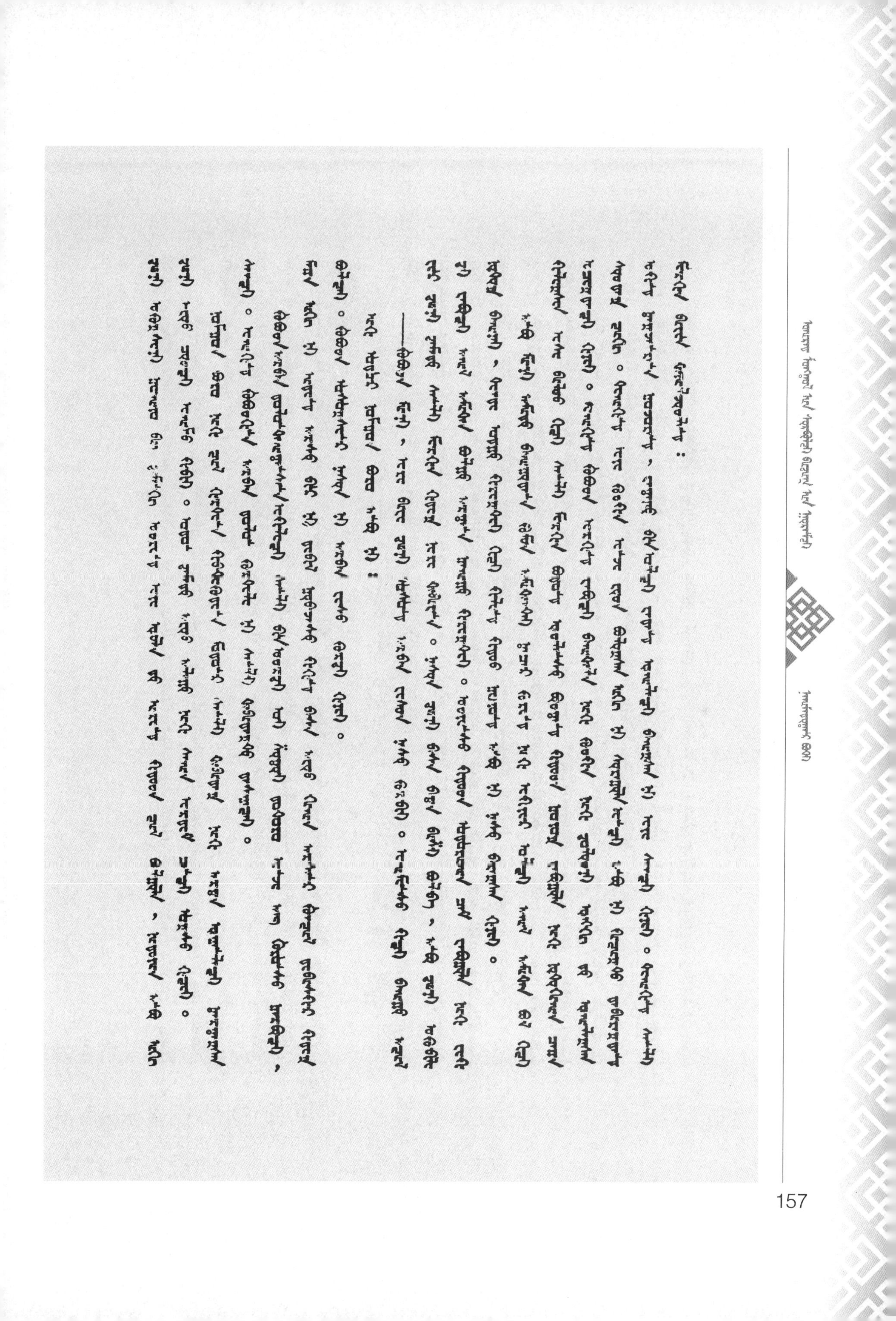

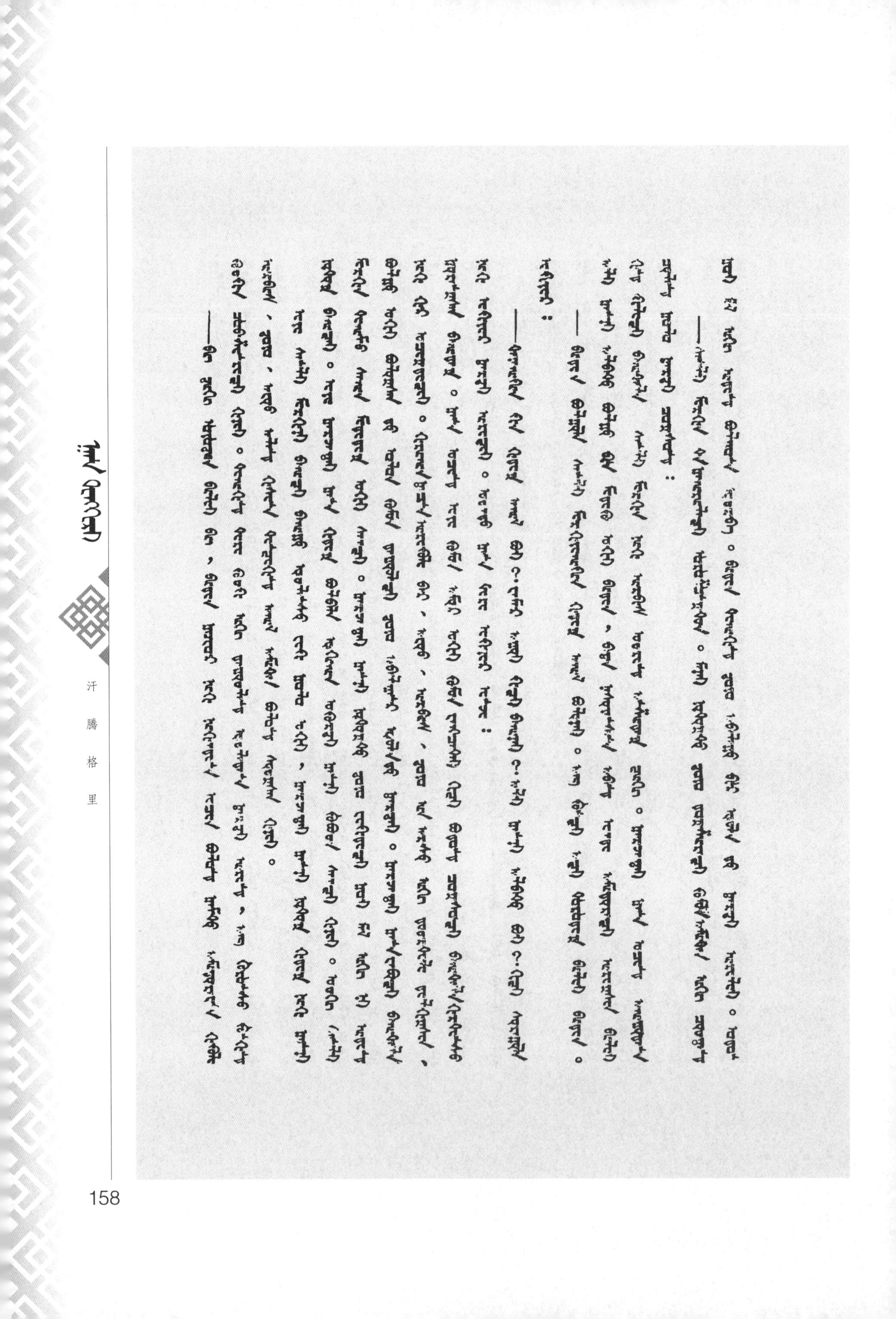

[illegible]

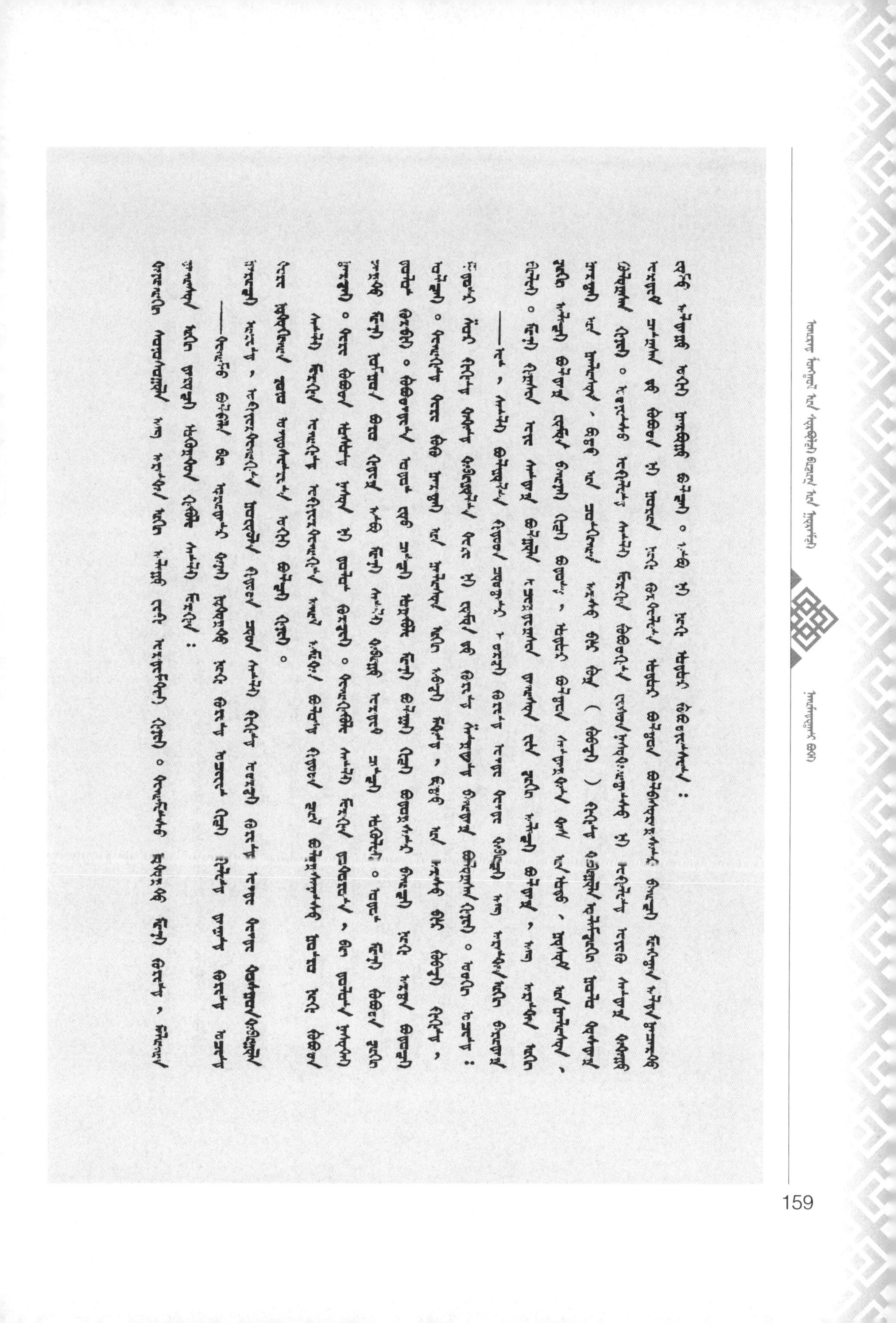

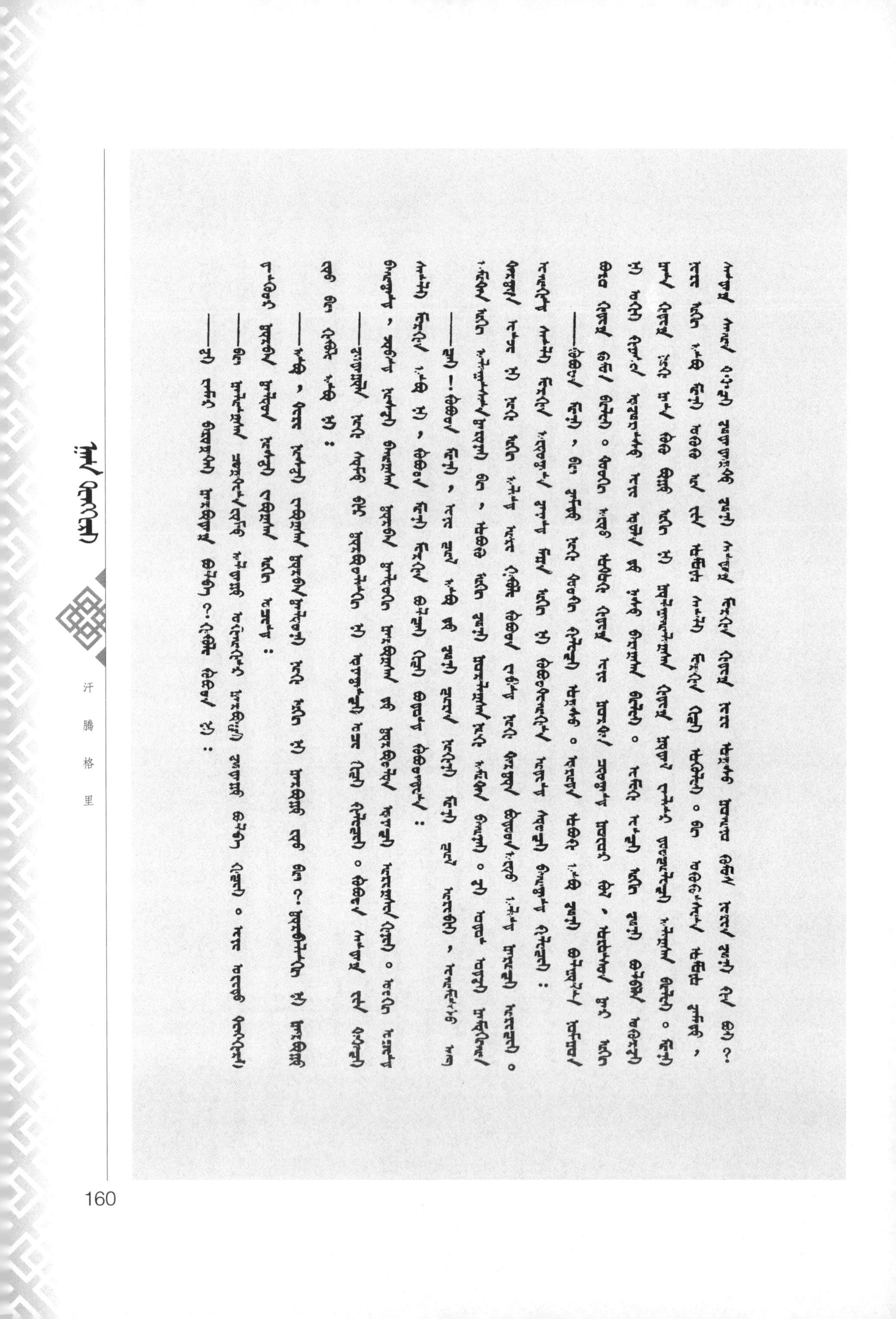

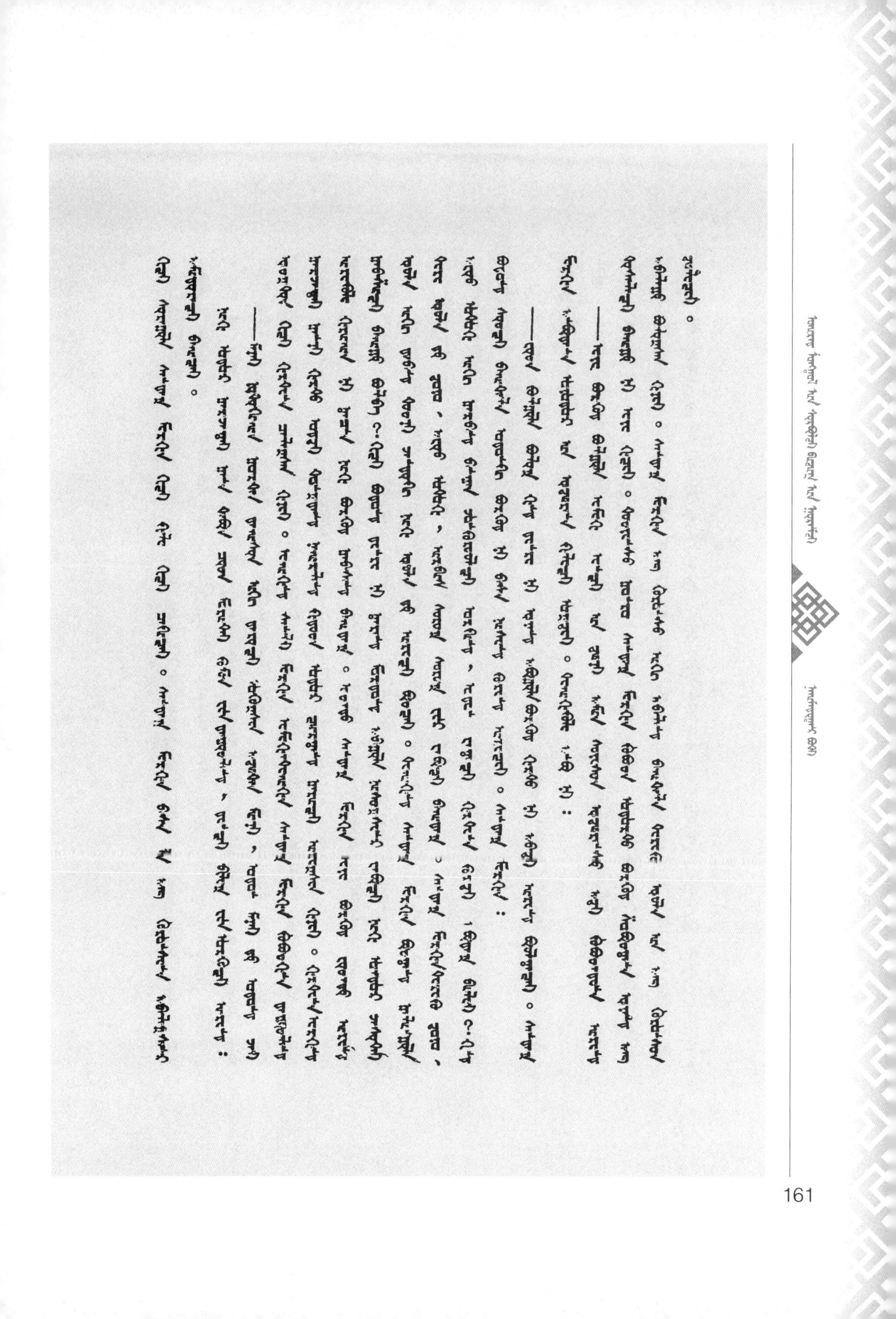

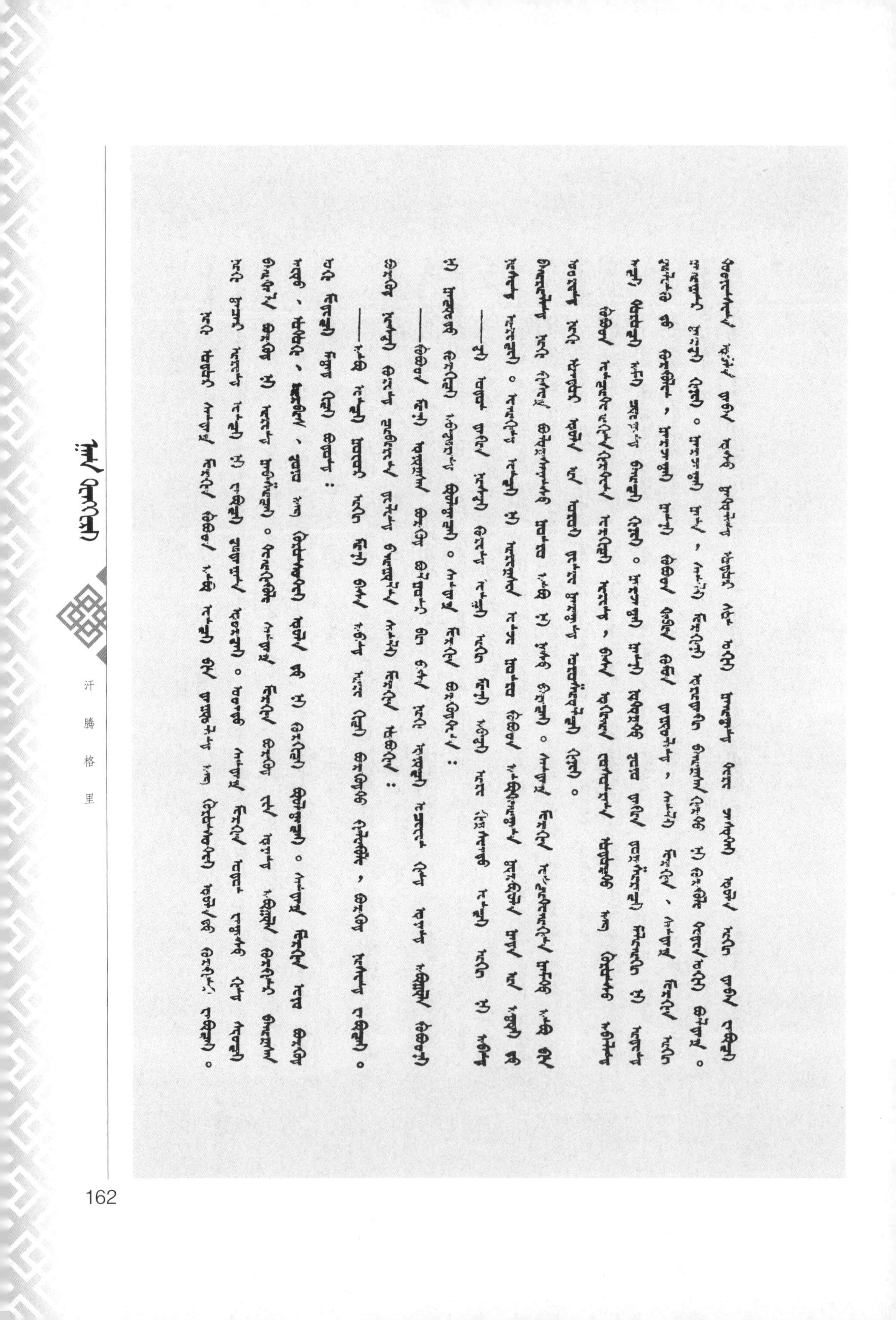

[illegible]

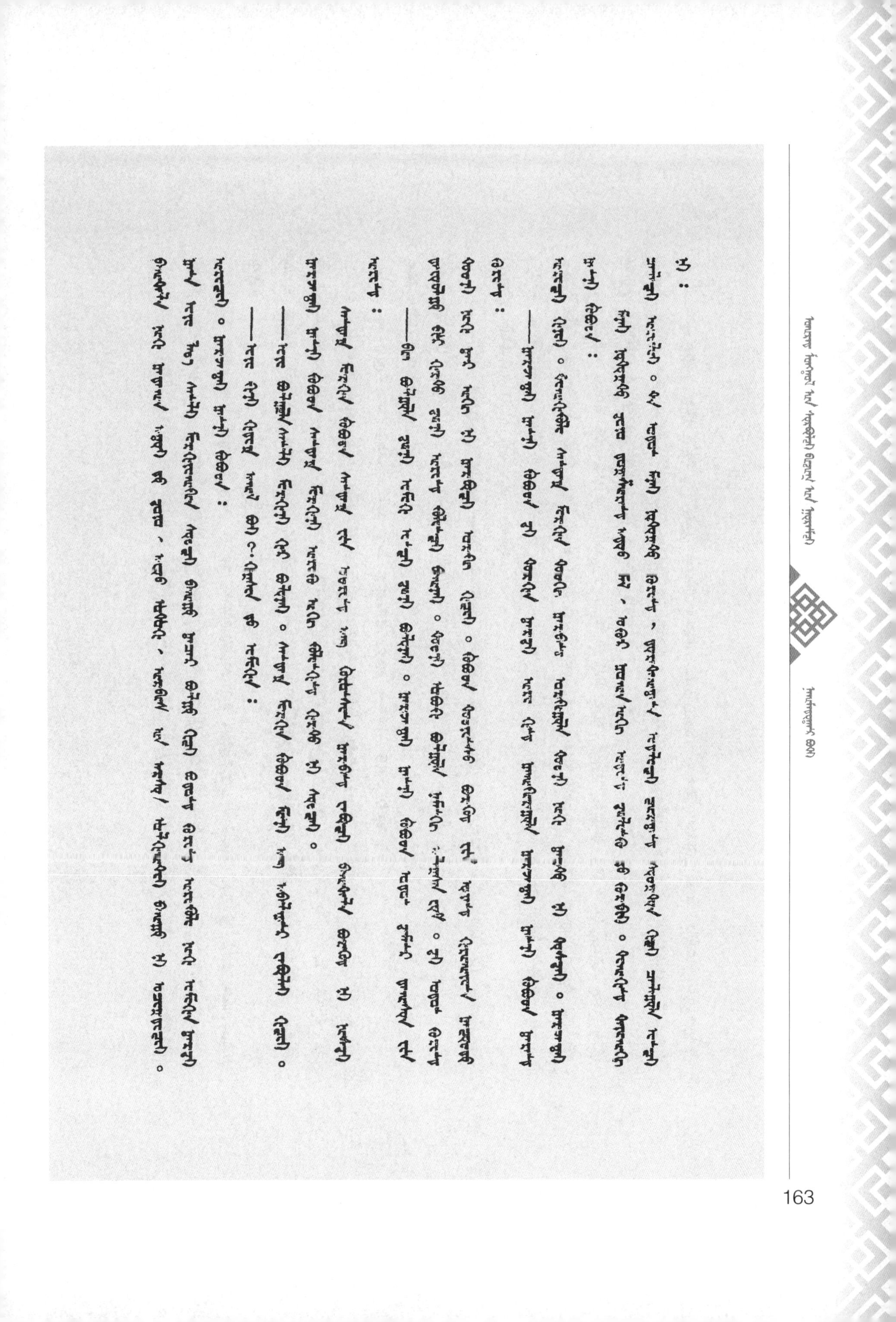

[illegible]

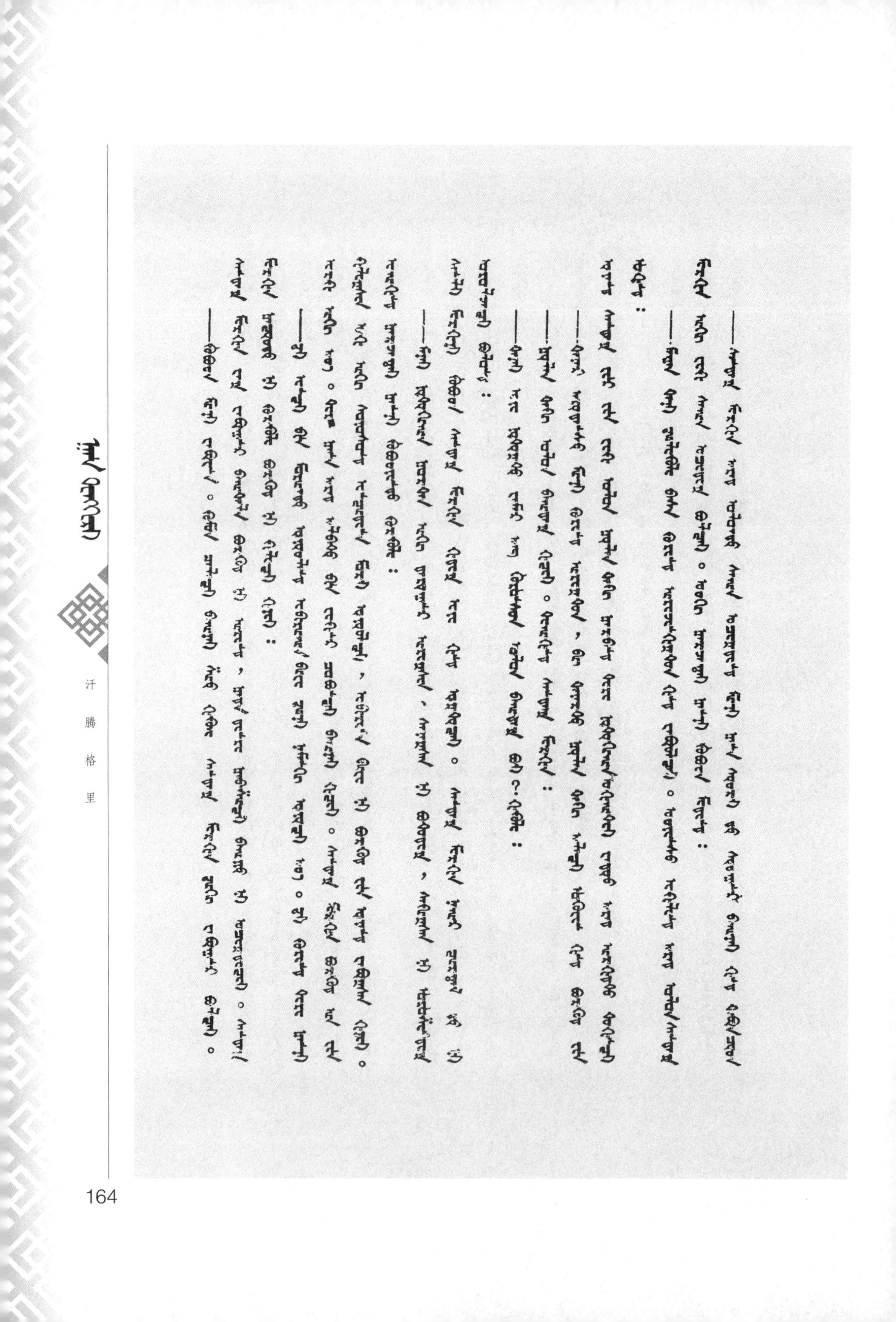

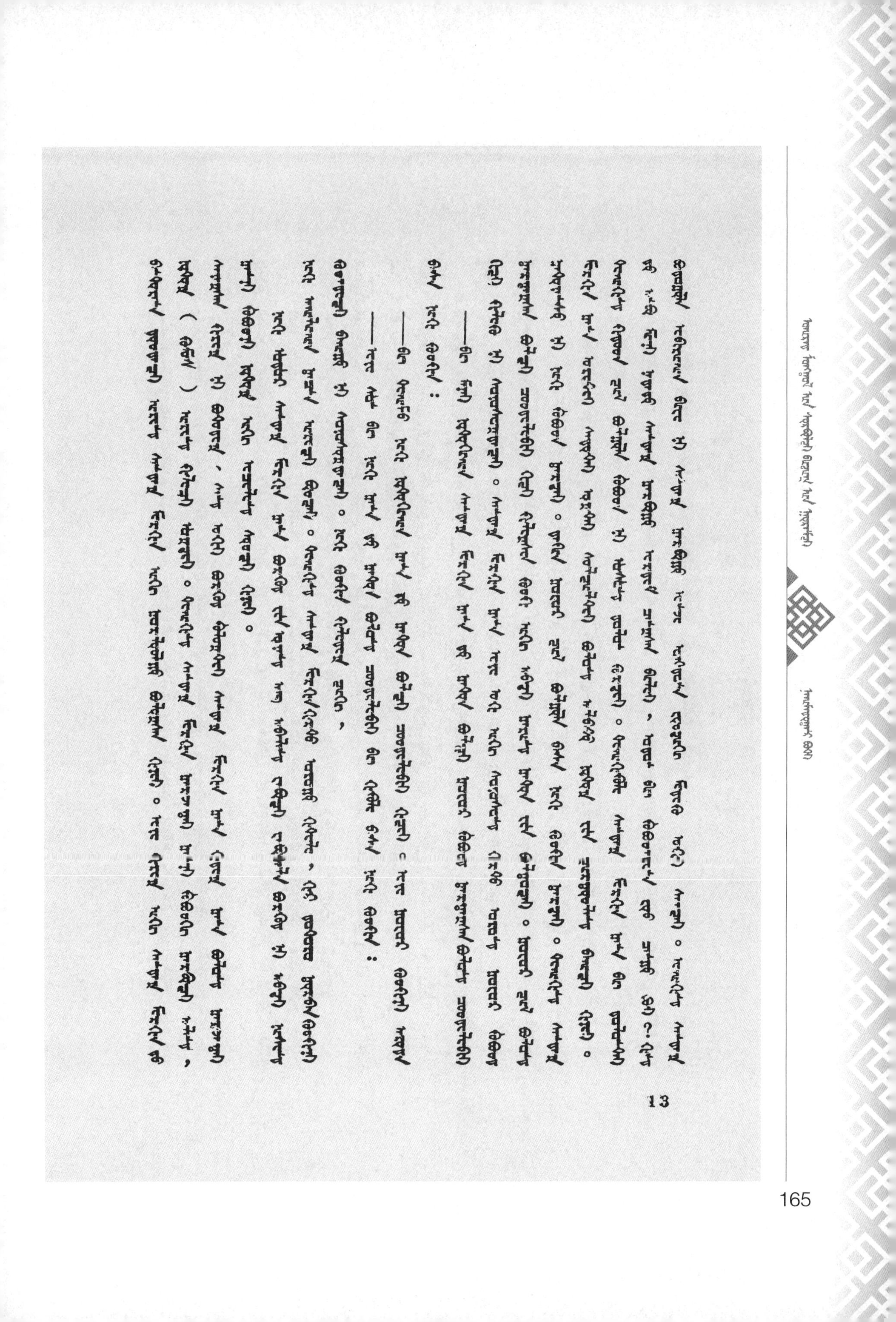

13

[illegible]

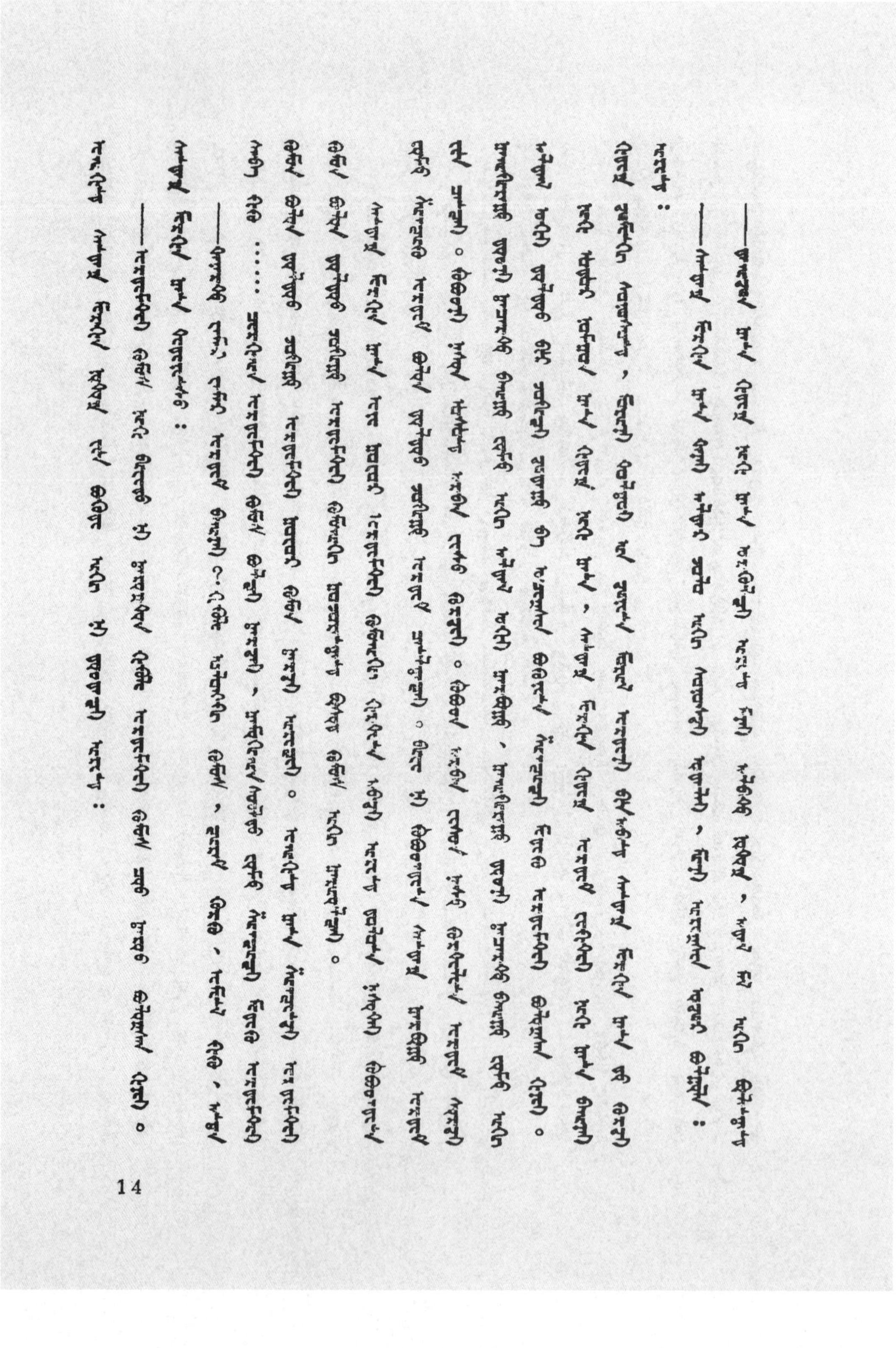

14

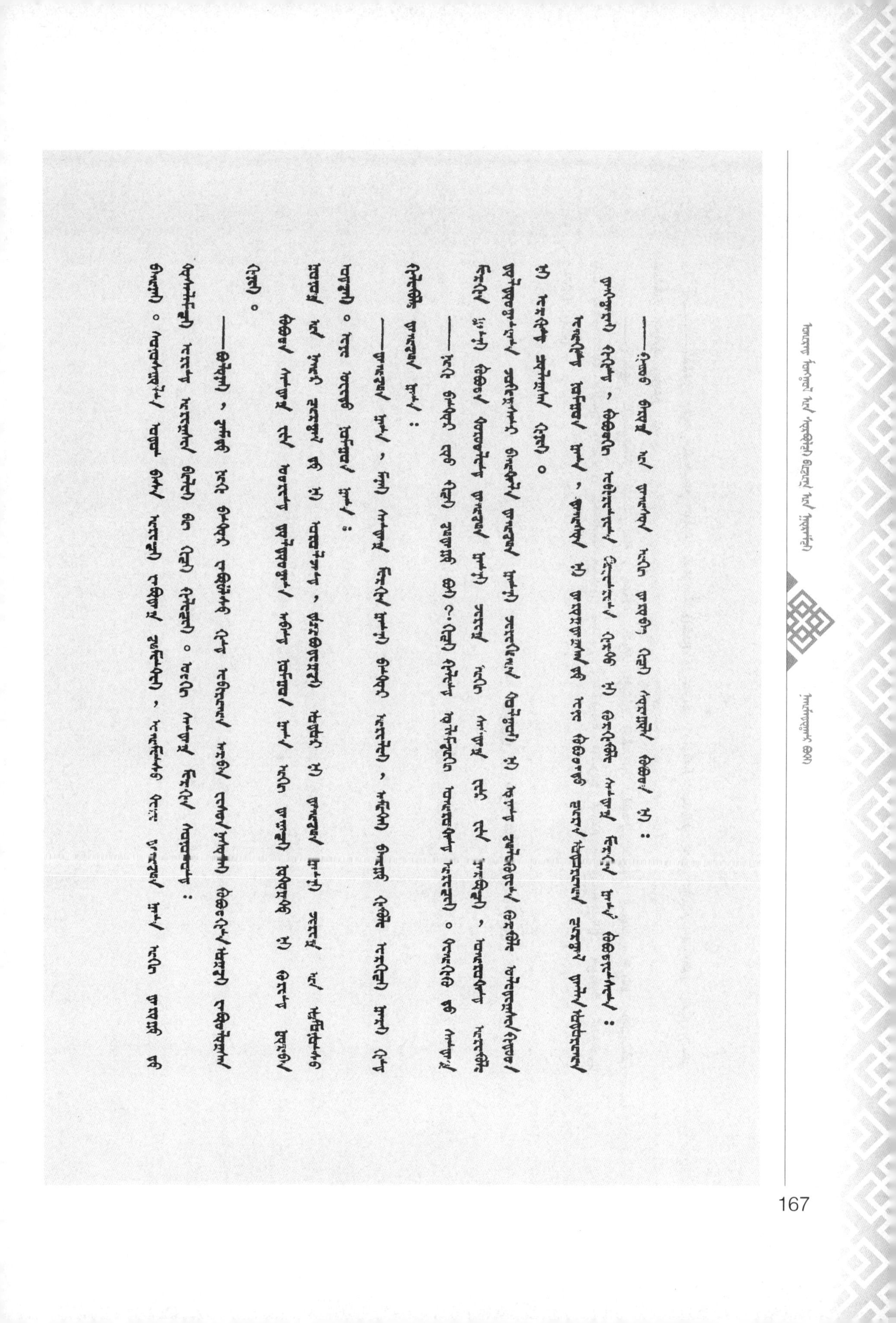

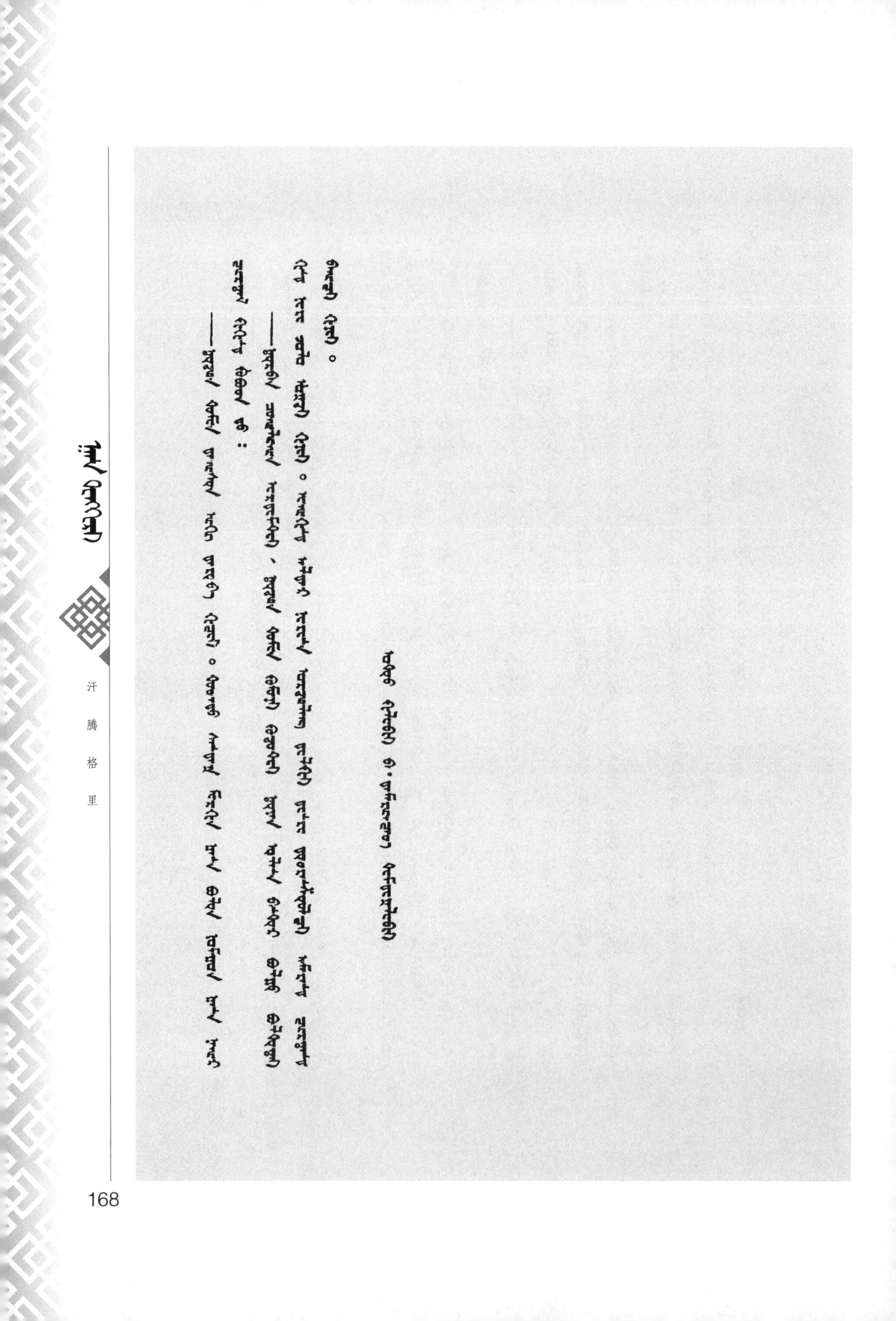

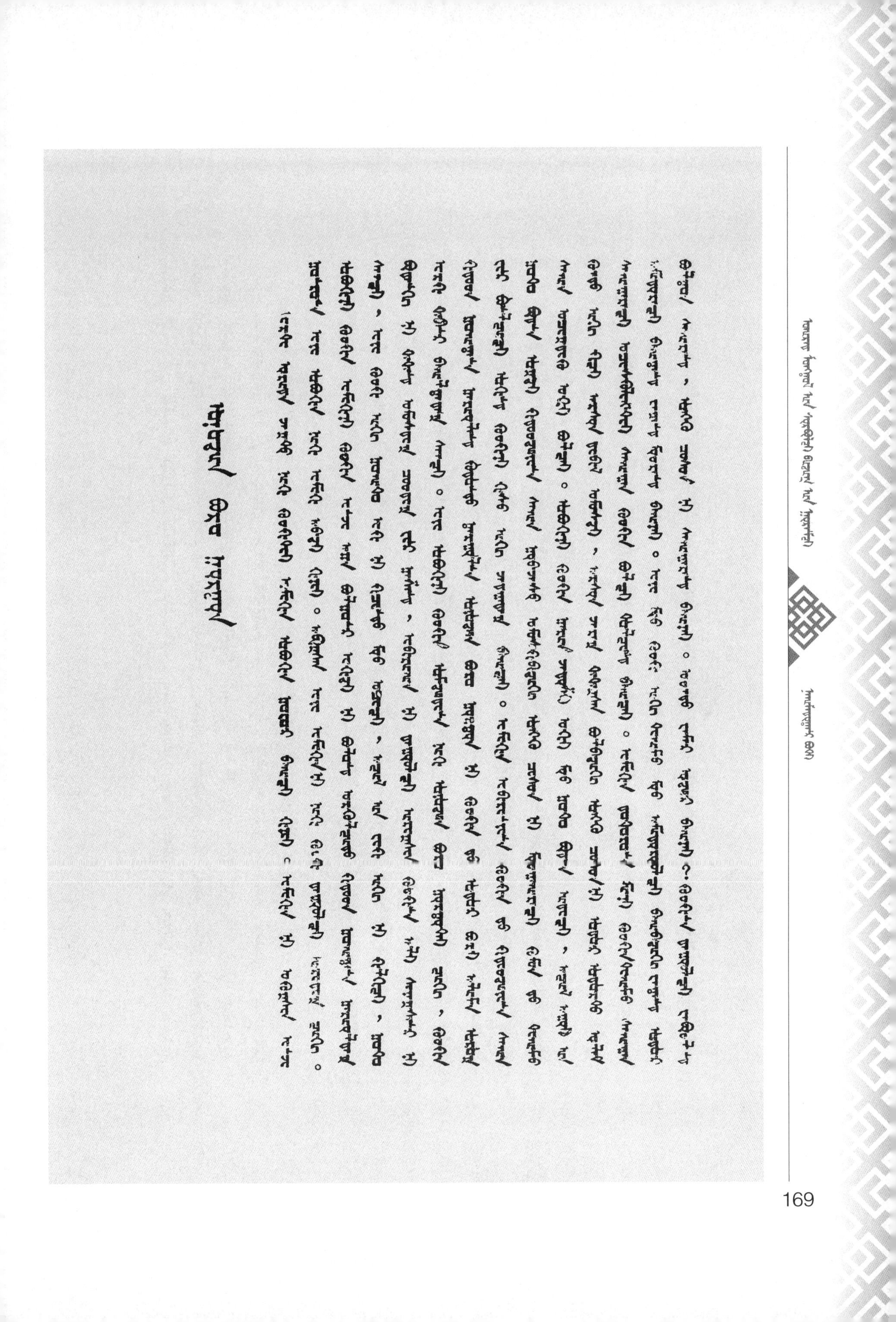

[illegible]

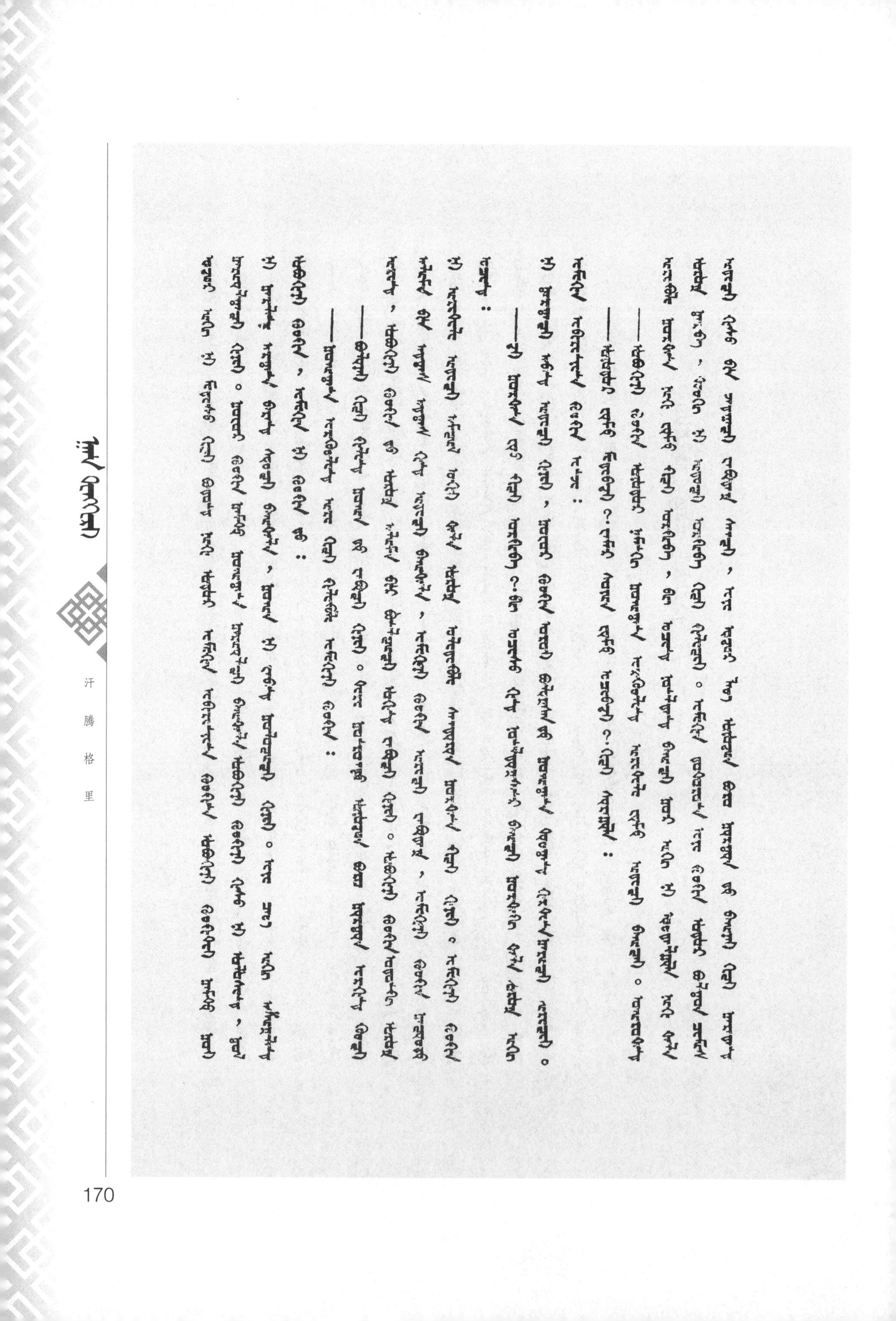

[illegible]

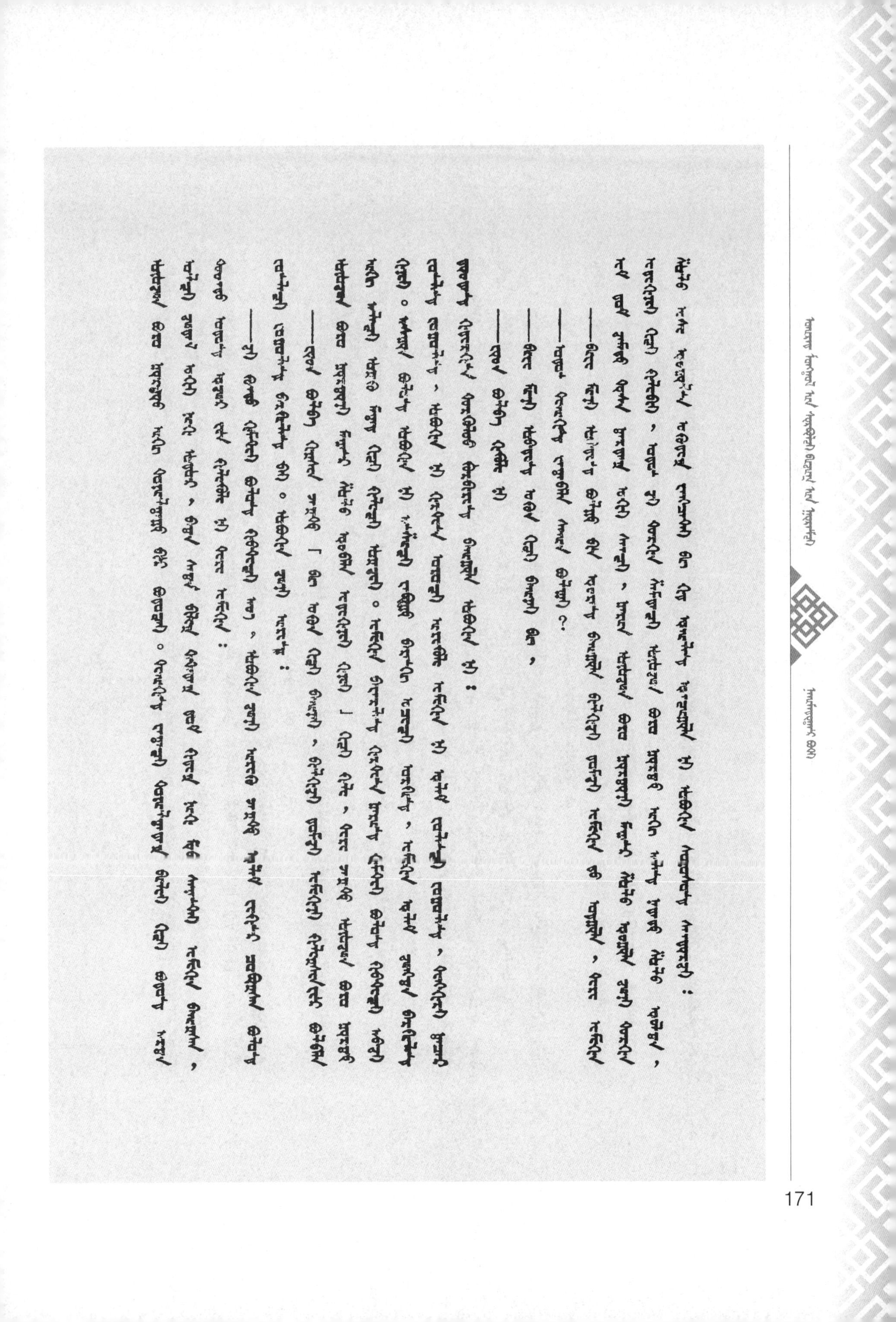

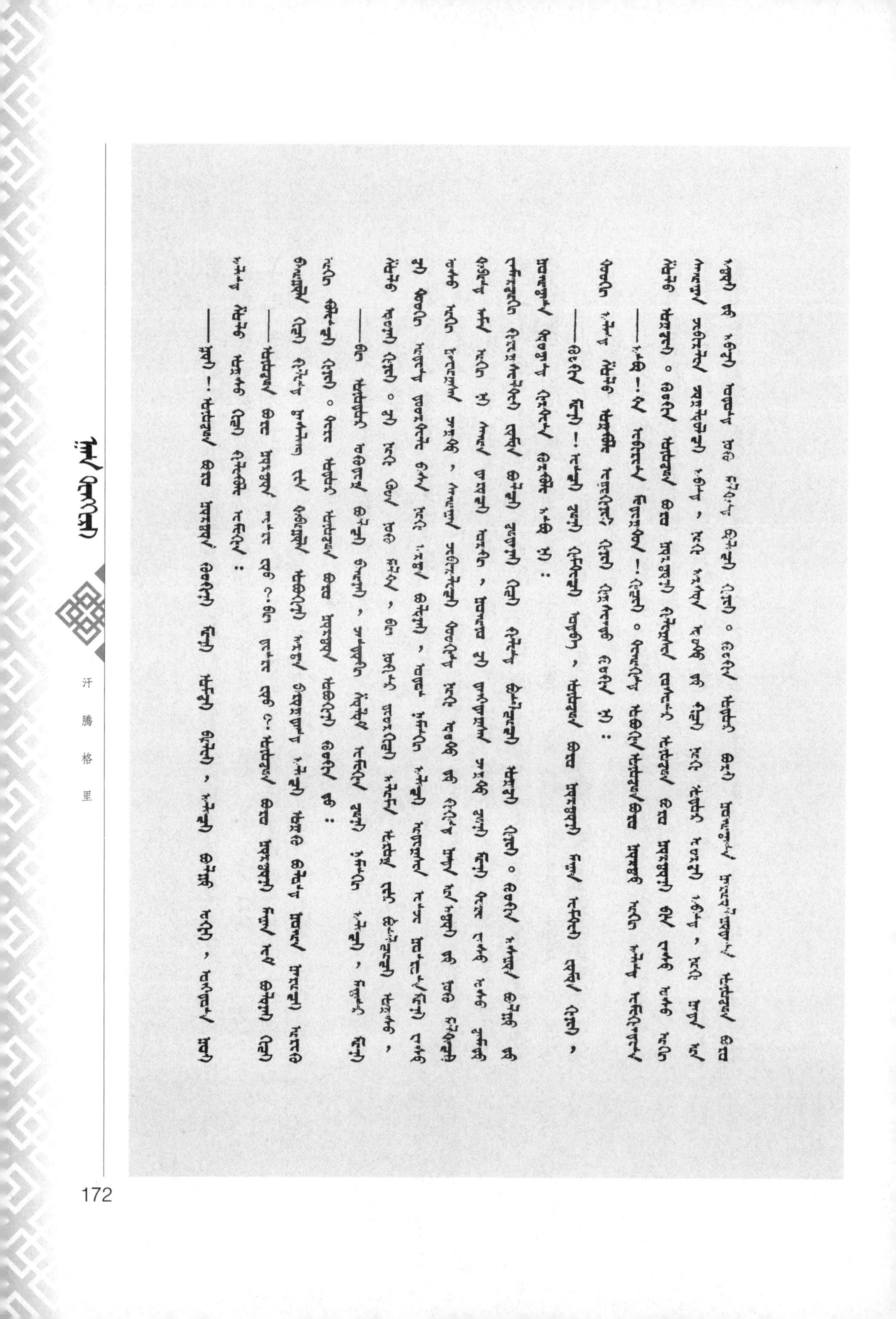

[illegible]

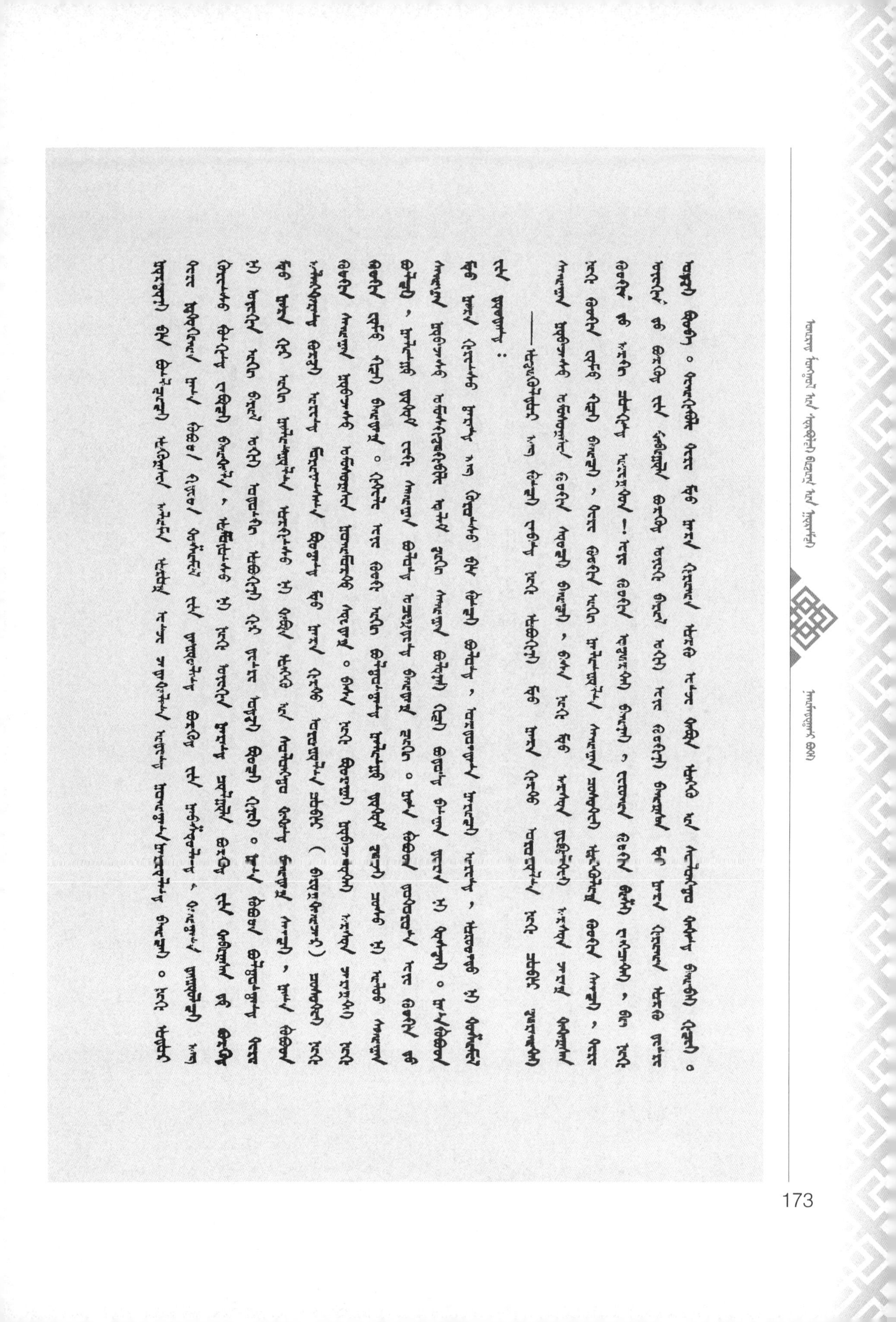

[illegible]

—— [illegible]

[illegible]

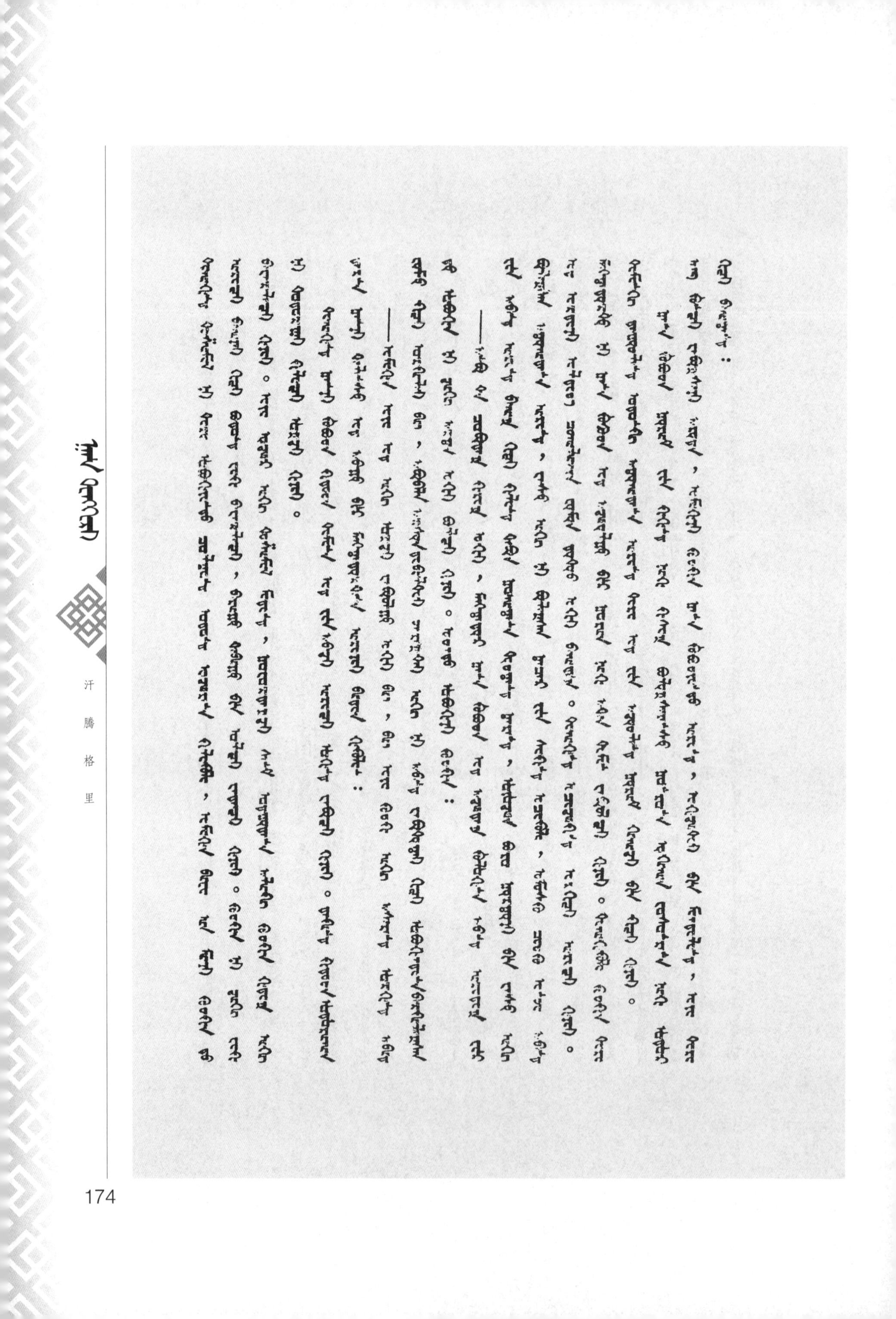

[illegible]

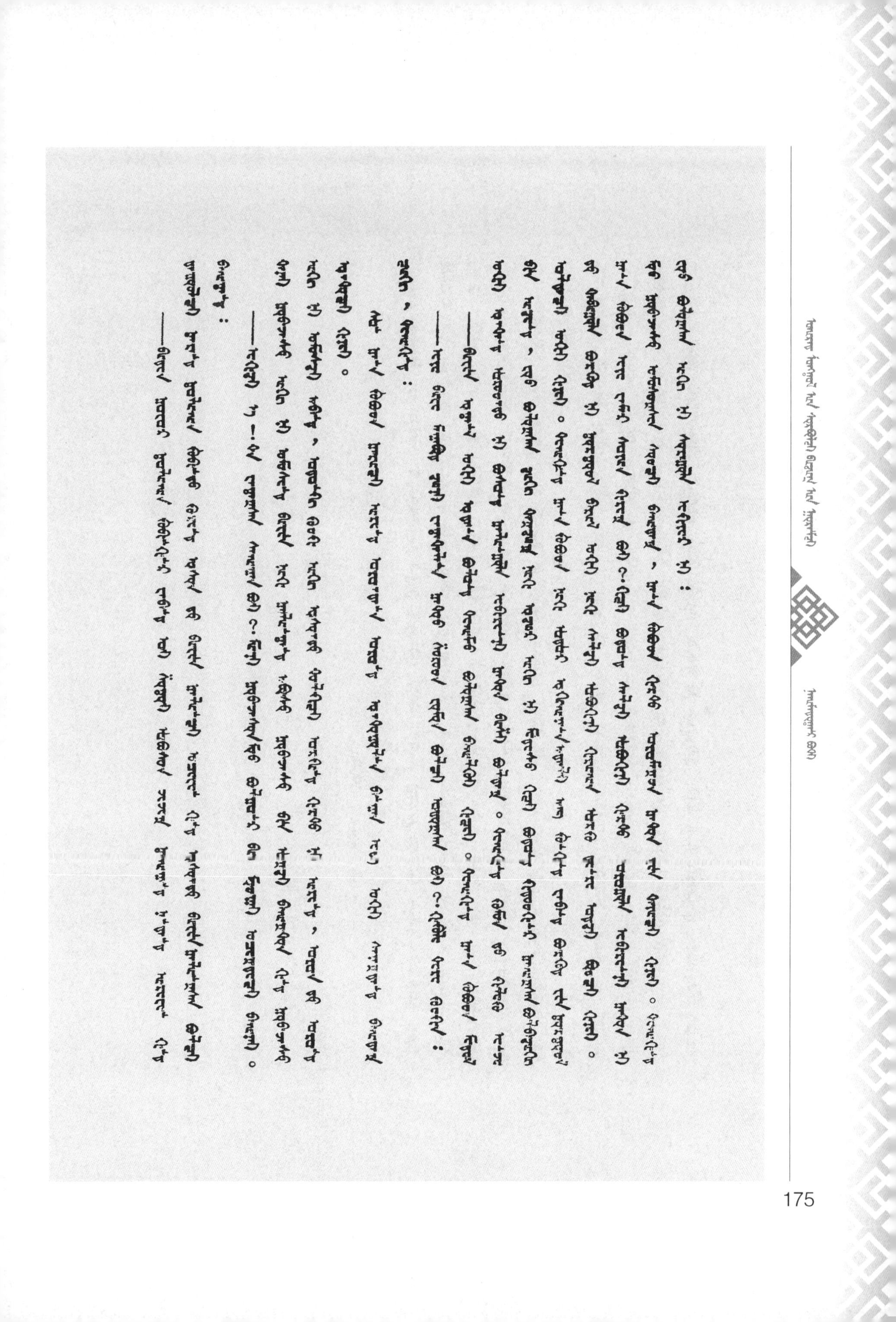

[illegible]

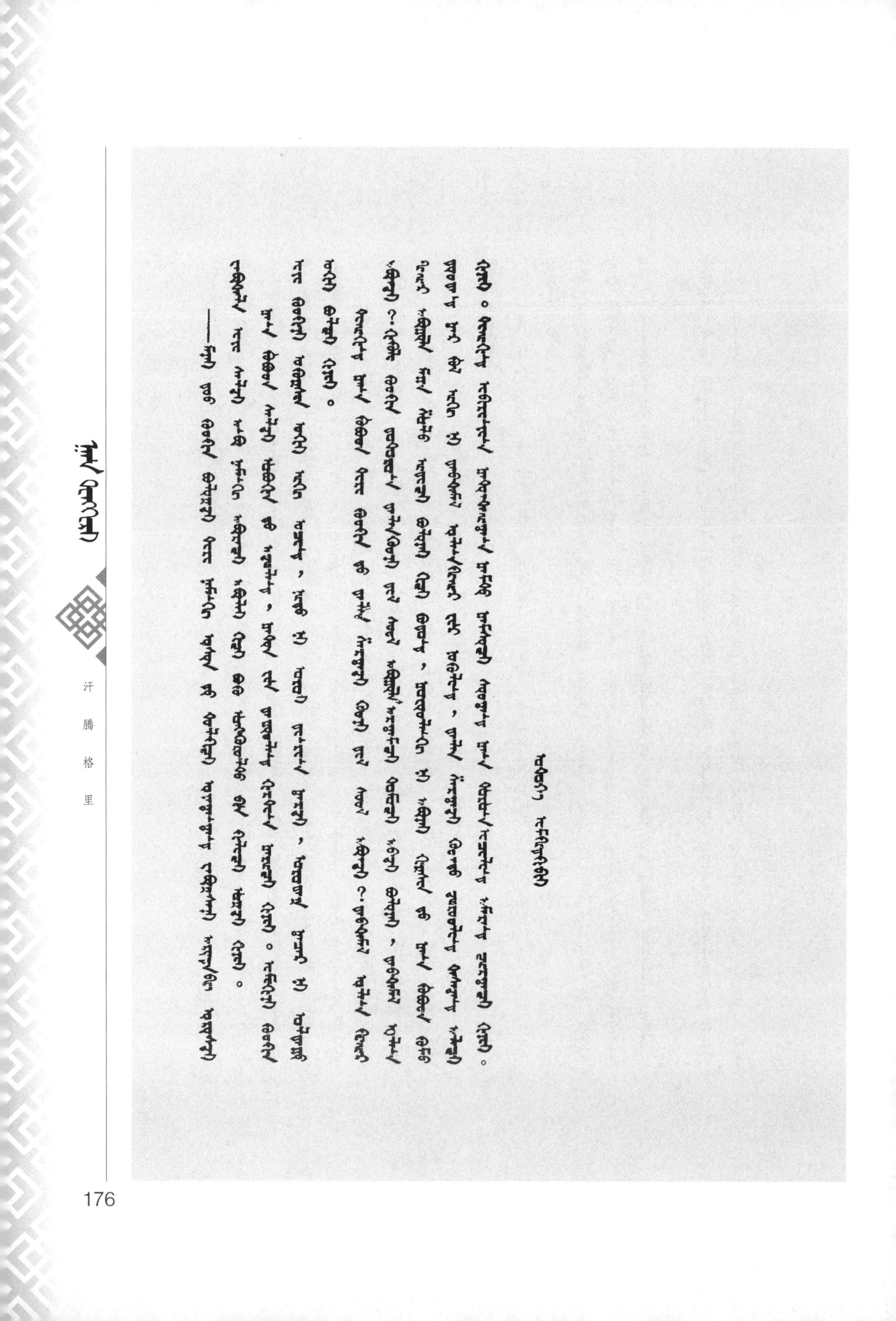

[illegible]

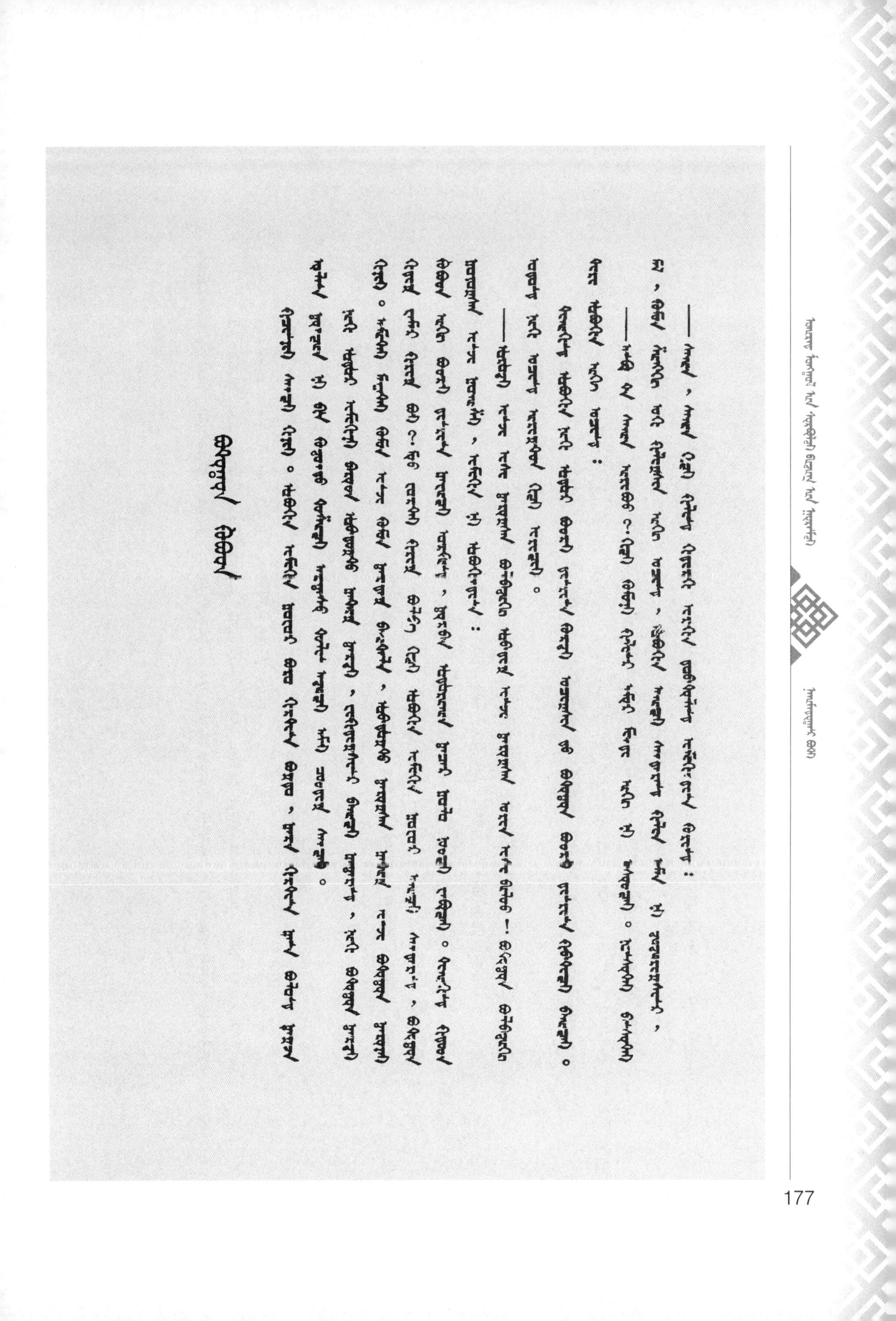

[illegible]

[illegible]

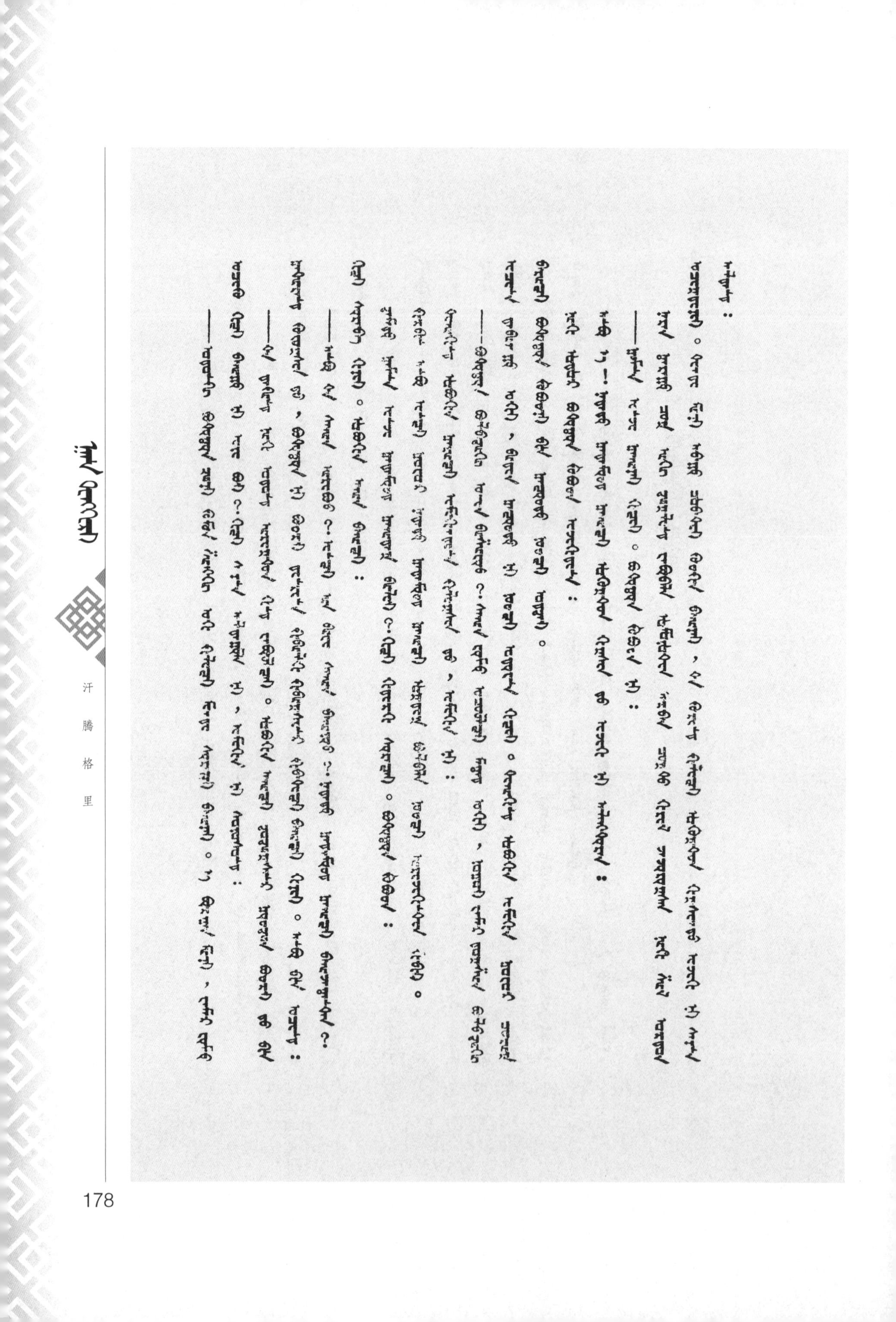

[illegible]

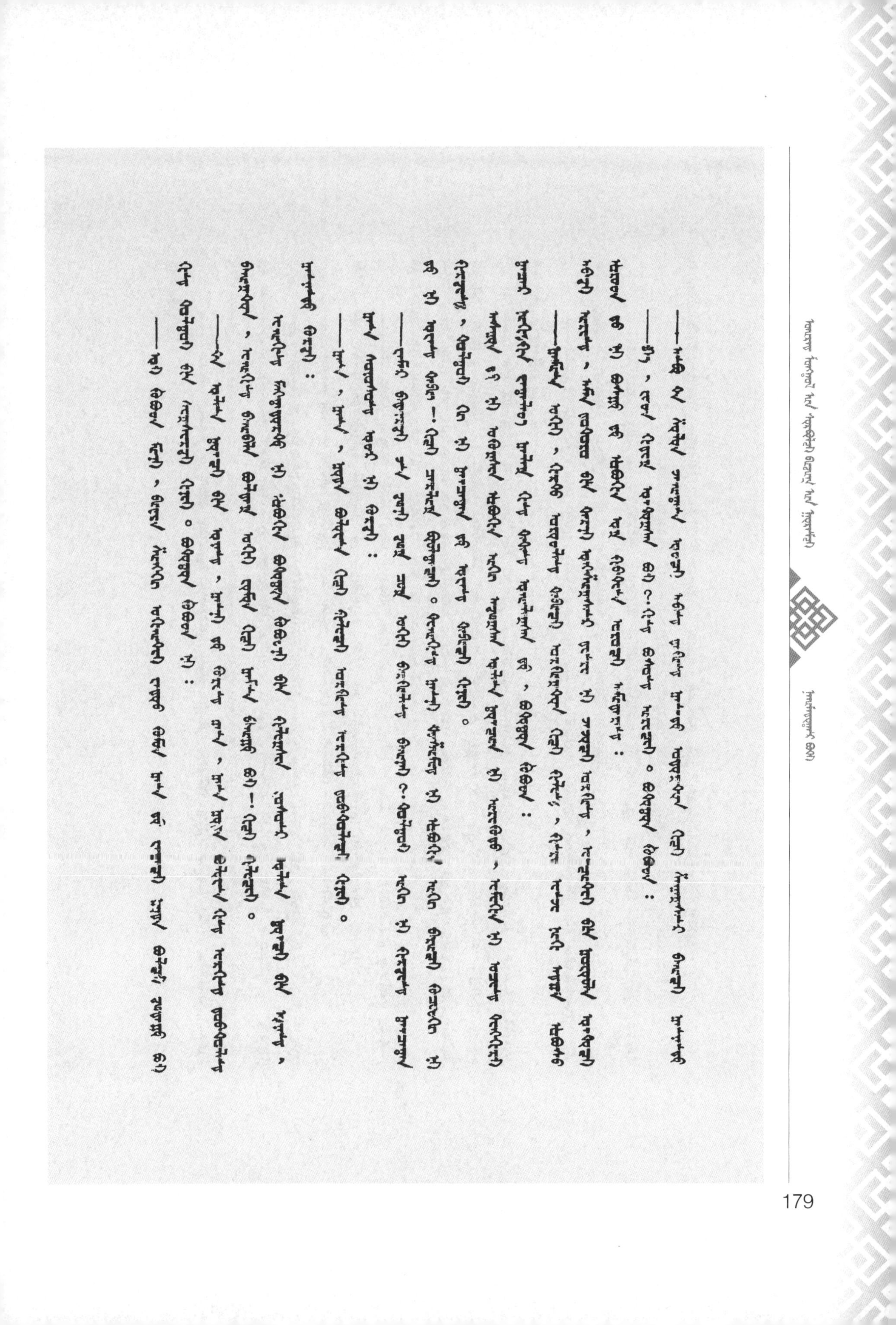

——[illegible]

——[illegible] :

[illegible] :

[illegible]

——[illegible]

[illegible] :

[illegible]

[illegible] ◦

[illegible]

——[illegible]

[illegible] :

——[illegible] ◦

[illegible] :

[illegible]

[illegible] ◦

——[illegible]

[illegible] :

——[illegible]

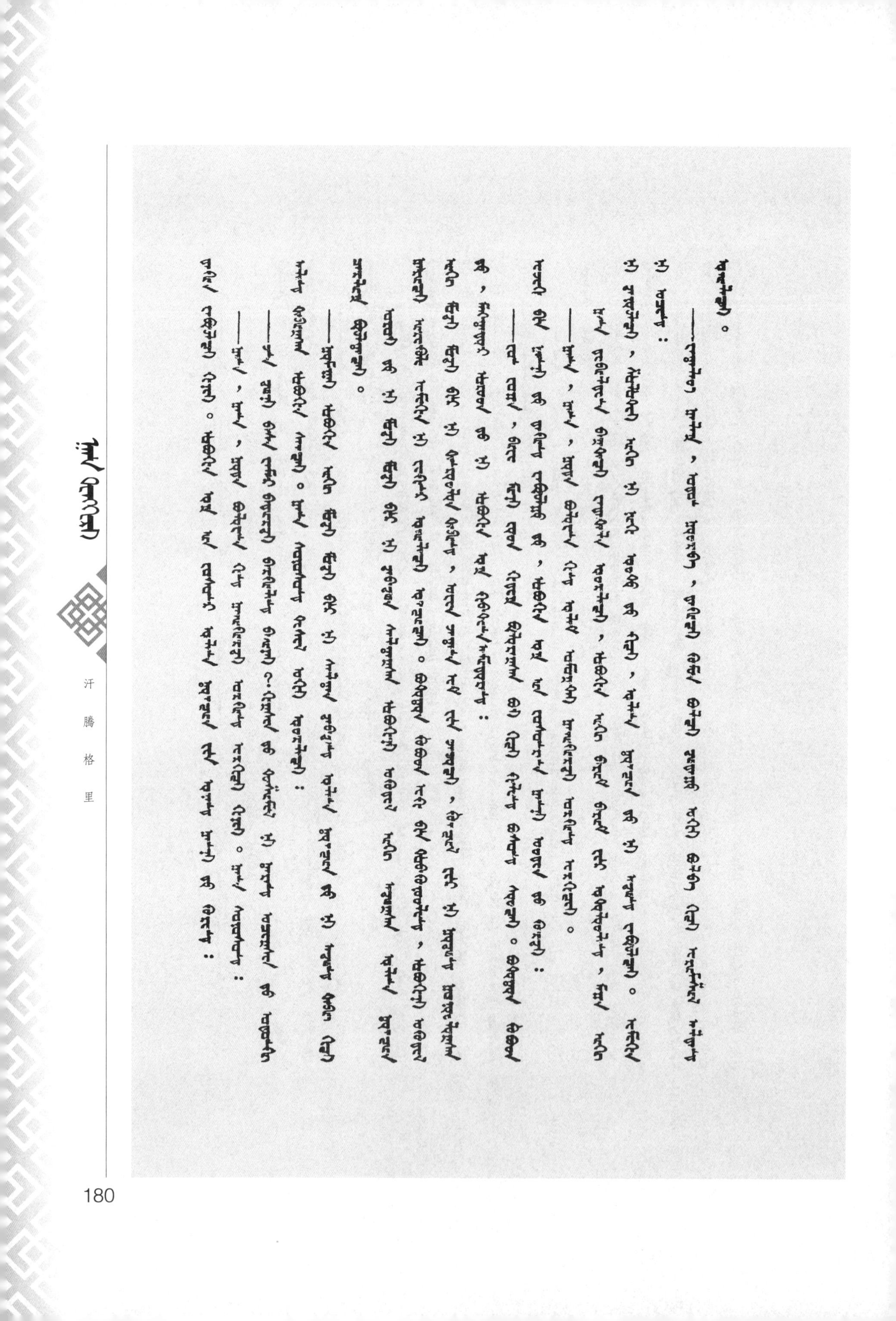

——ᠥᠪᠡᠭᠡᠨ ᠪᠠ ᠪᠠᠷᠢᠭᠰᠠᠨ ᠪᠣᠯᠠᠢ ᠃

ᠬᠡᠯᠡᠭᠰᠡᠨ ᠪᠢ ,

[illegible]

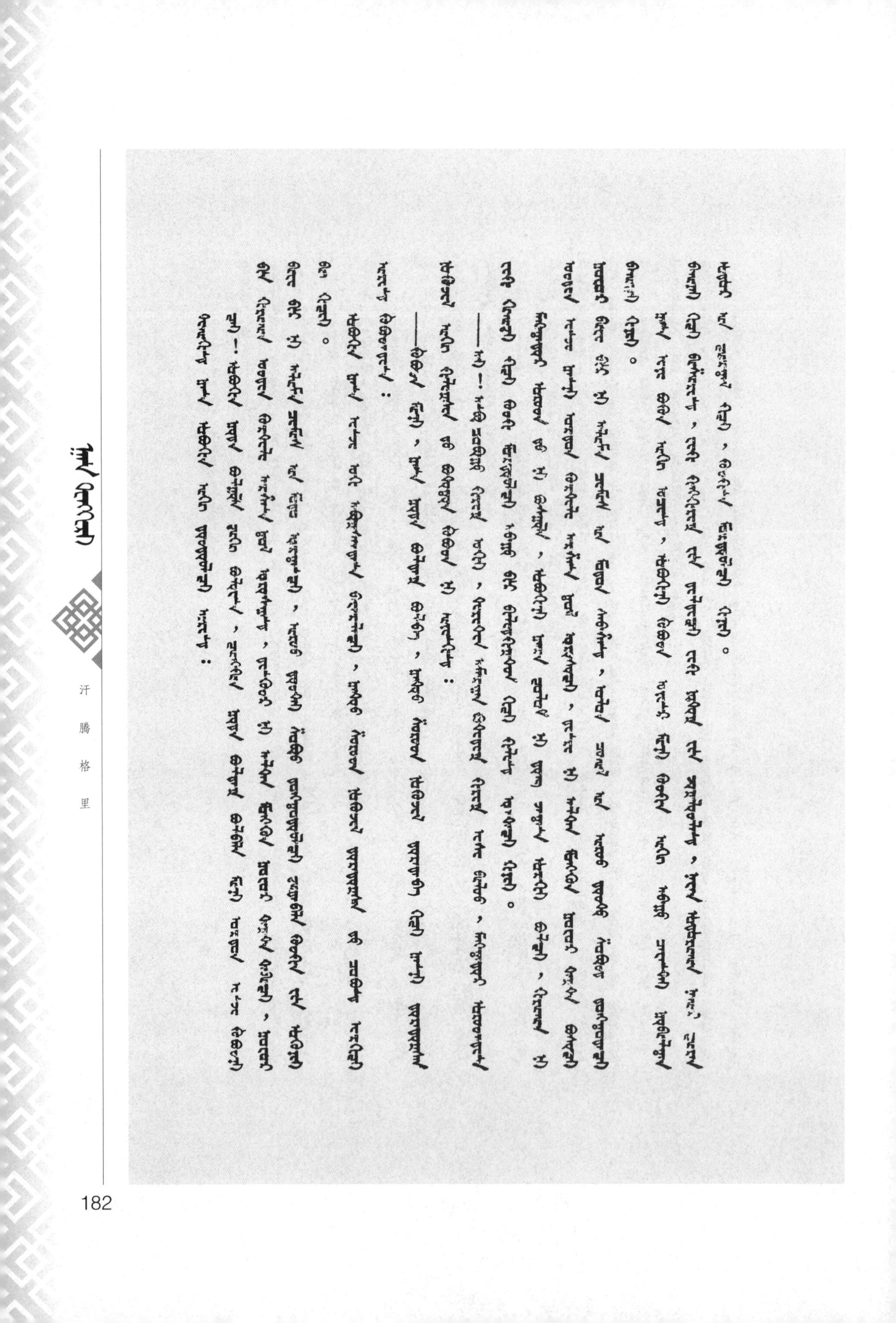

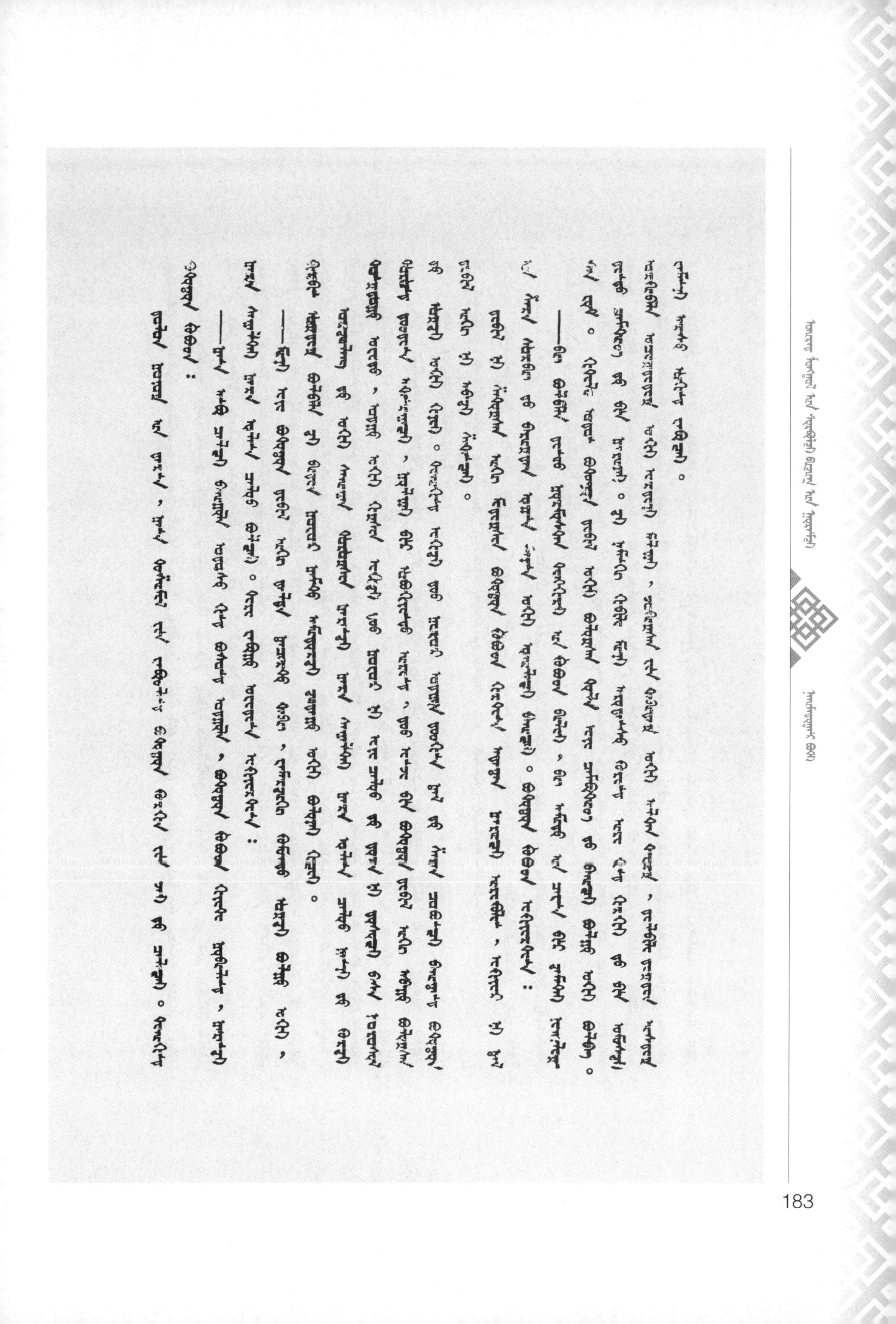

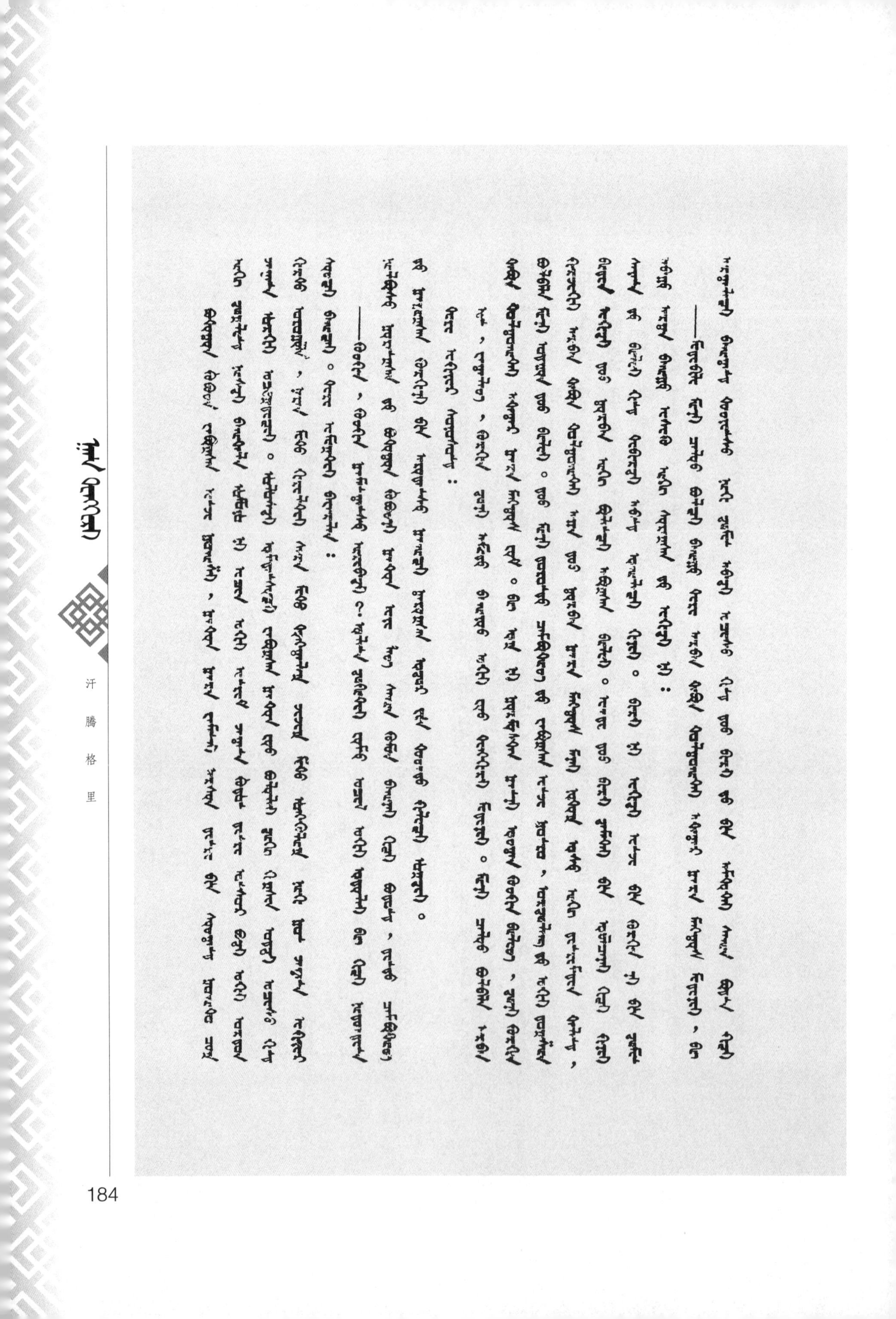

[illegible]

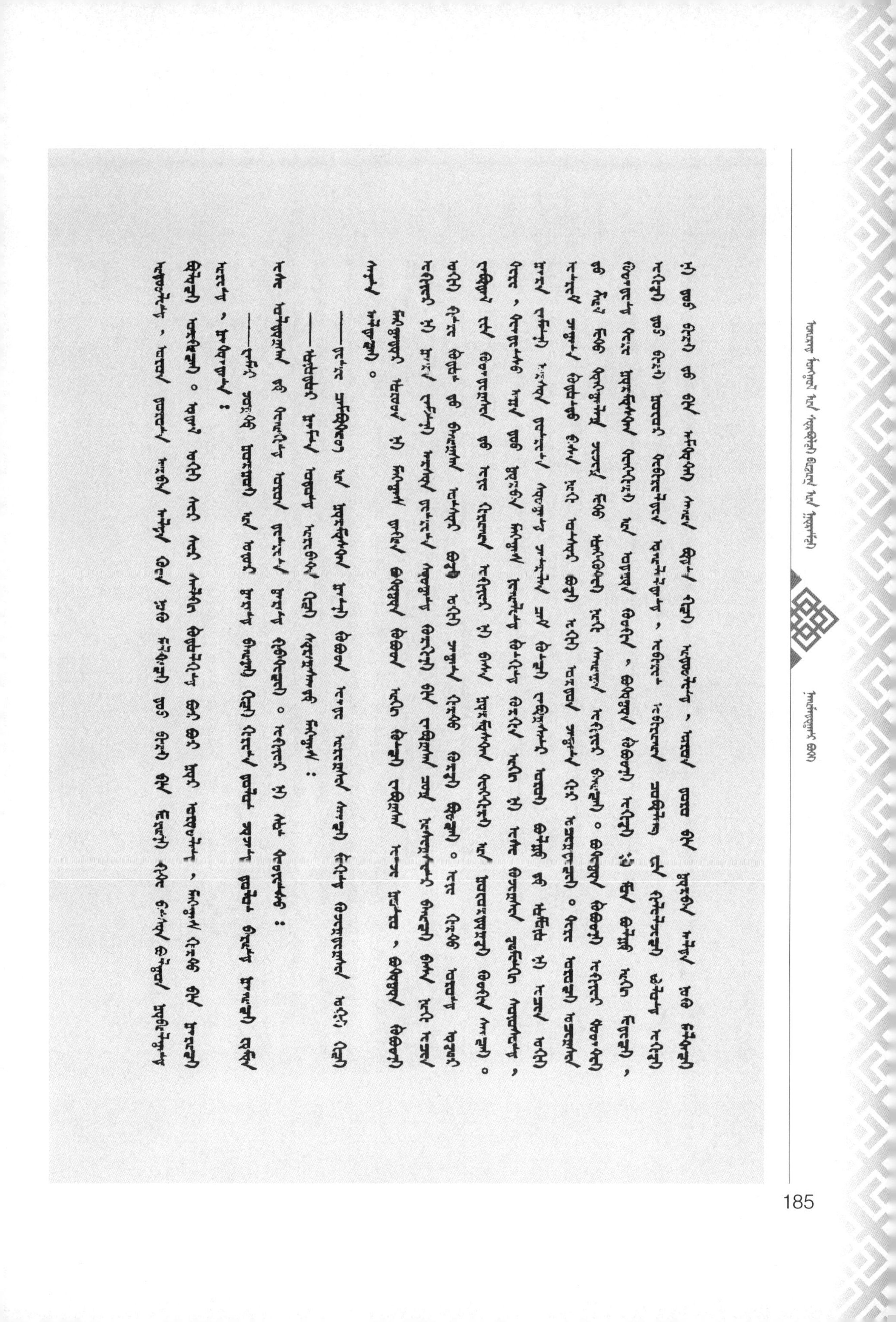

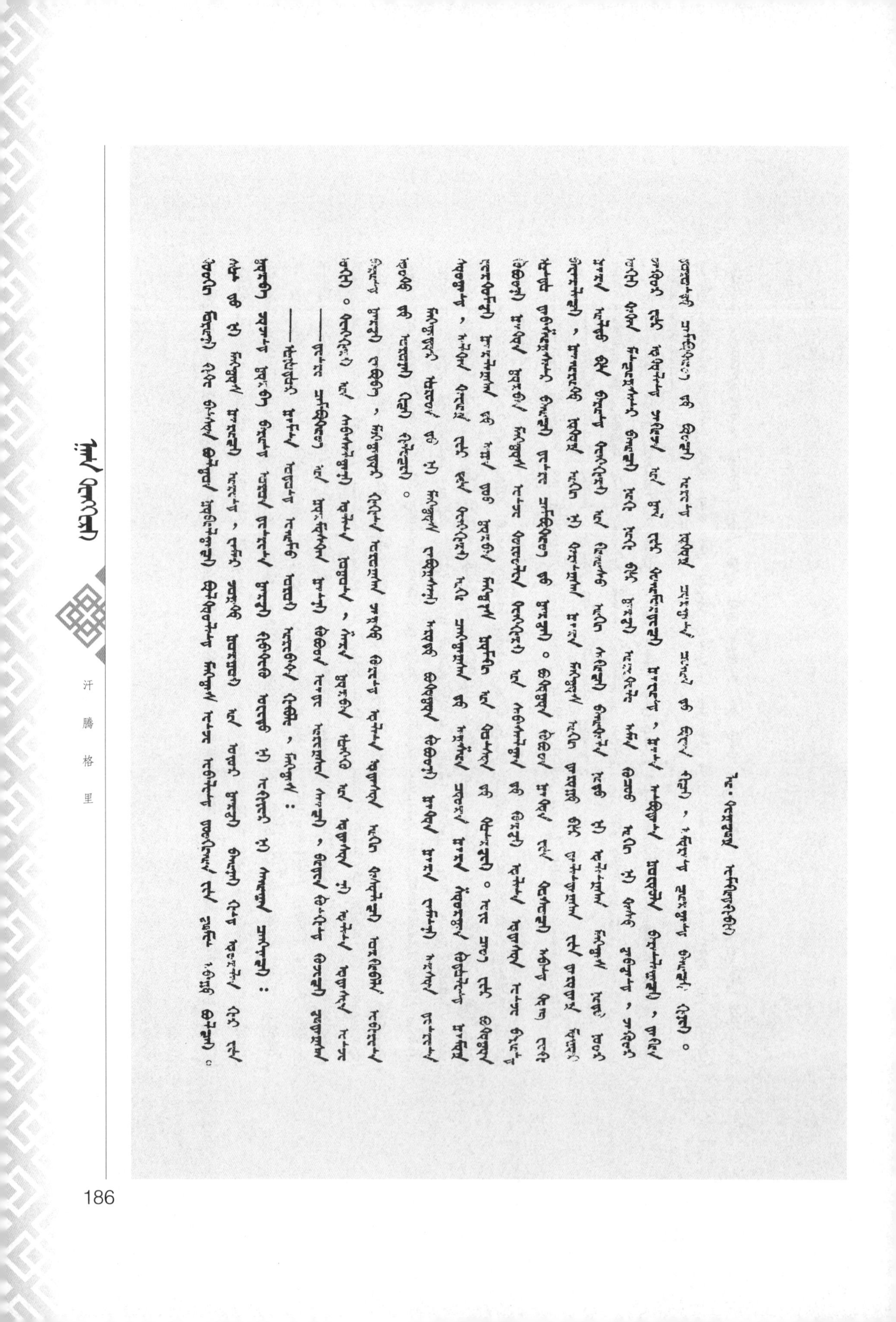

[illegible]

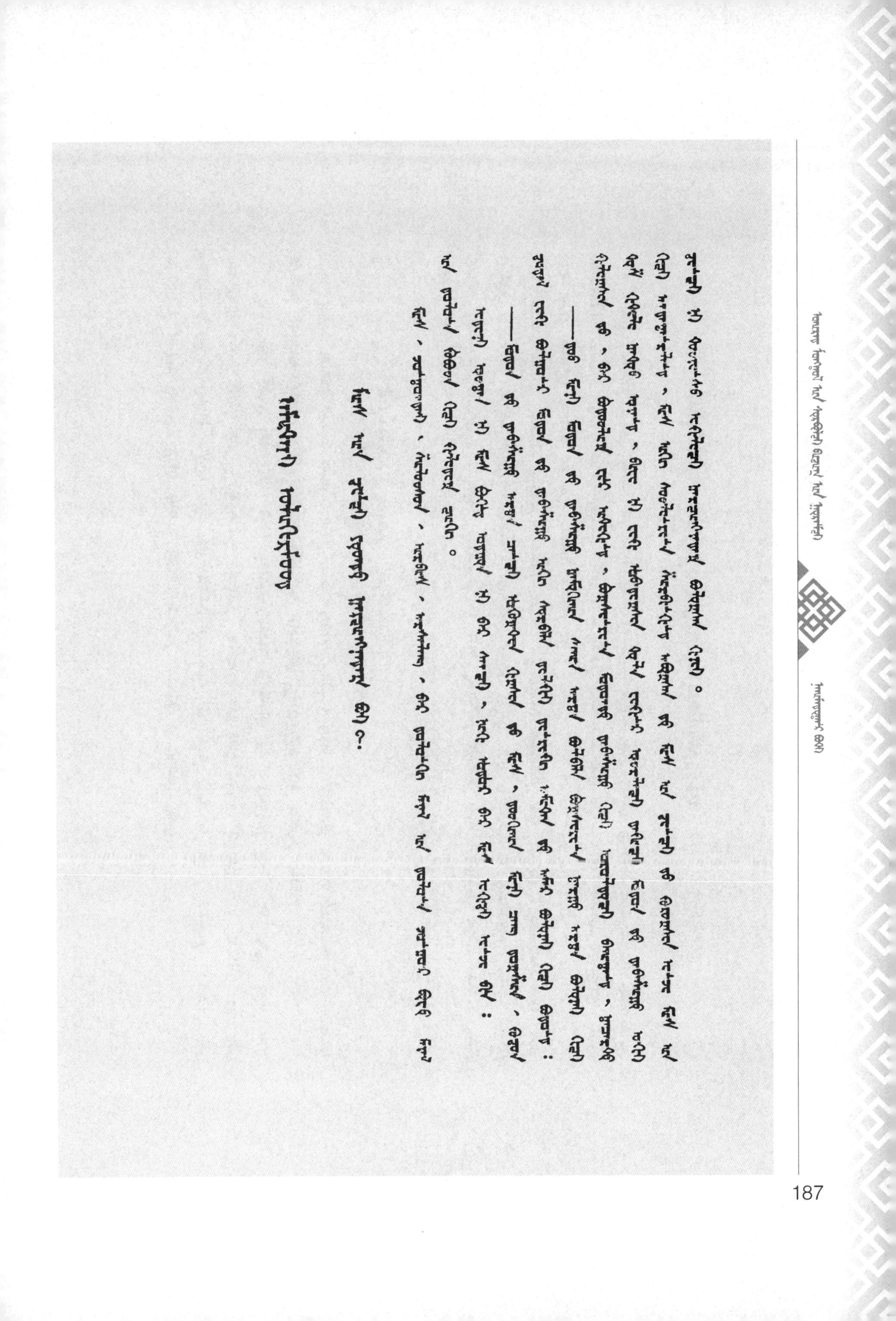

[illegible]

[illegible] ?

[illegible]

[illegible] 。

[illegible] :

—— [illegible]

[illegible] :

—— [illegible]

[illegible] 。

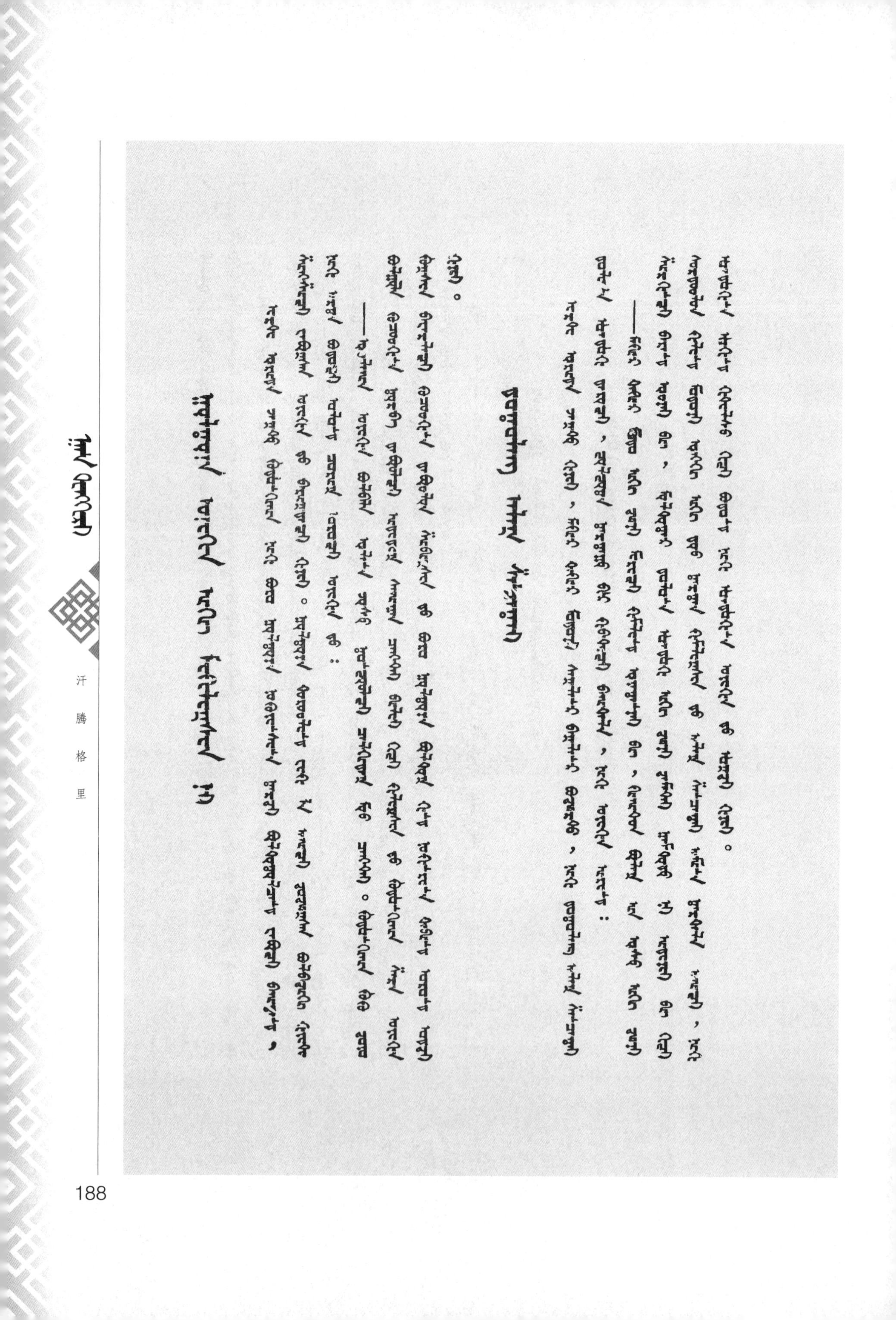

[illegible]

ᠮᠣᠩᠭᠣᠯ ᠦᠨᠳᠦᠰᠦᠲᠡᠨ ᠦ ᠪᠠᠶᠠᠷ ᠨᠠᠭᠠᠳᠤᠮ [illegible]

[illegible]

9 · [illegible]

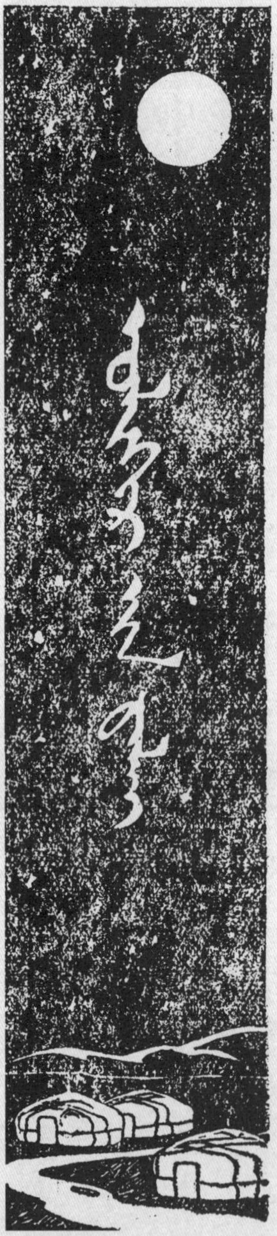

[illegible]

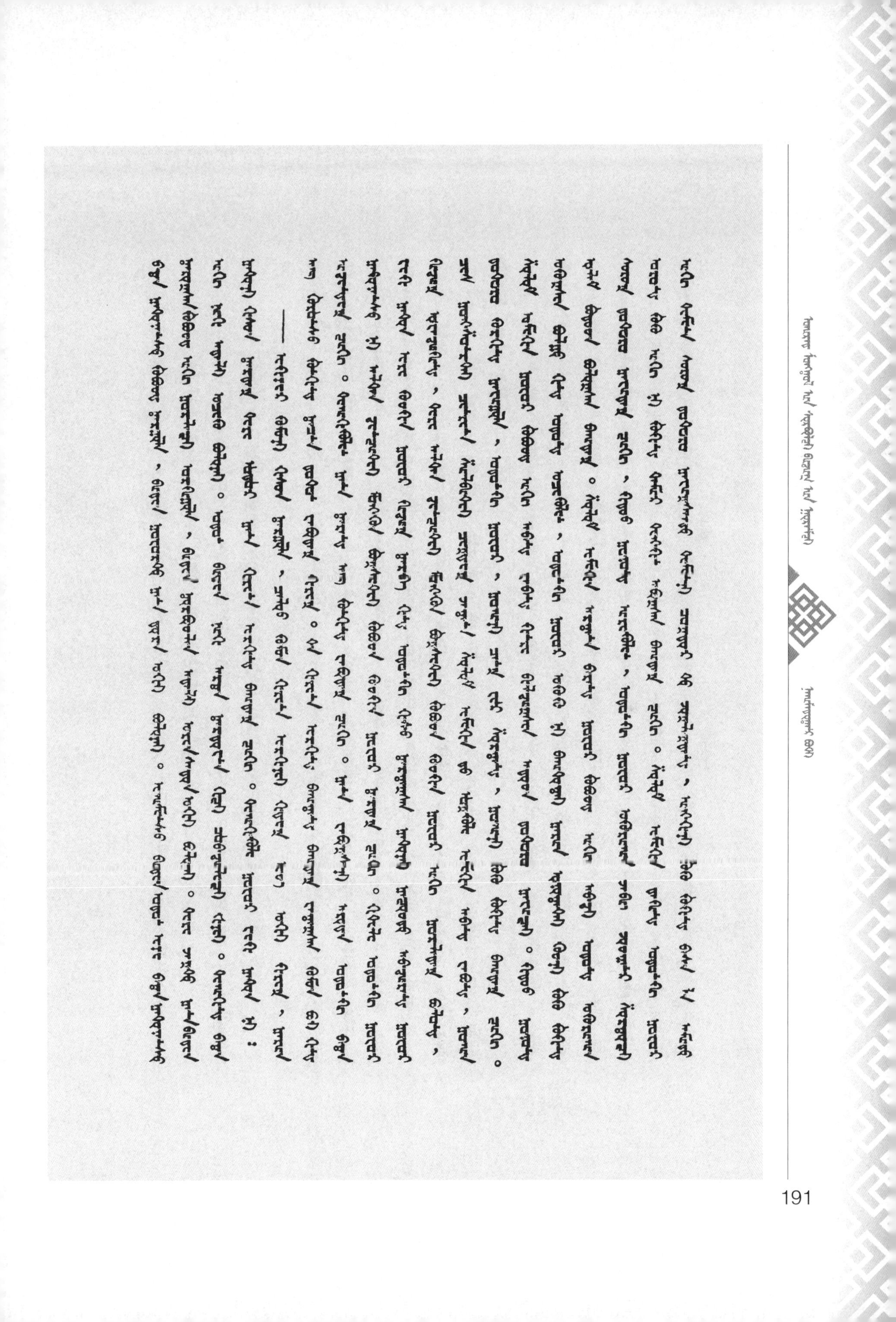

[illegible]

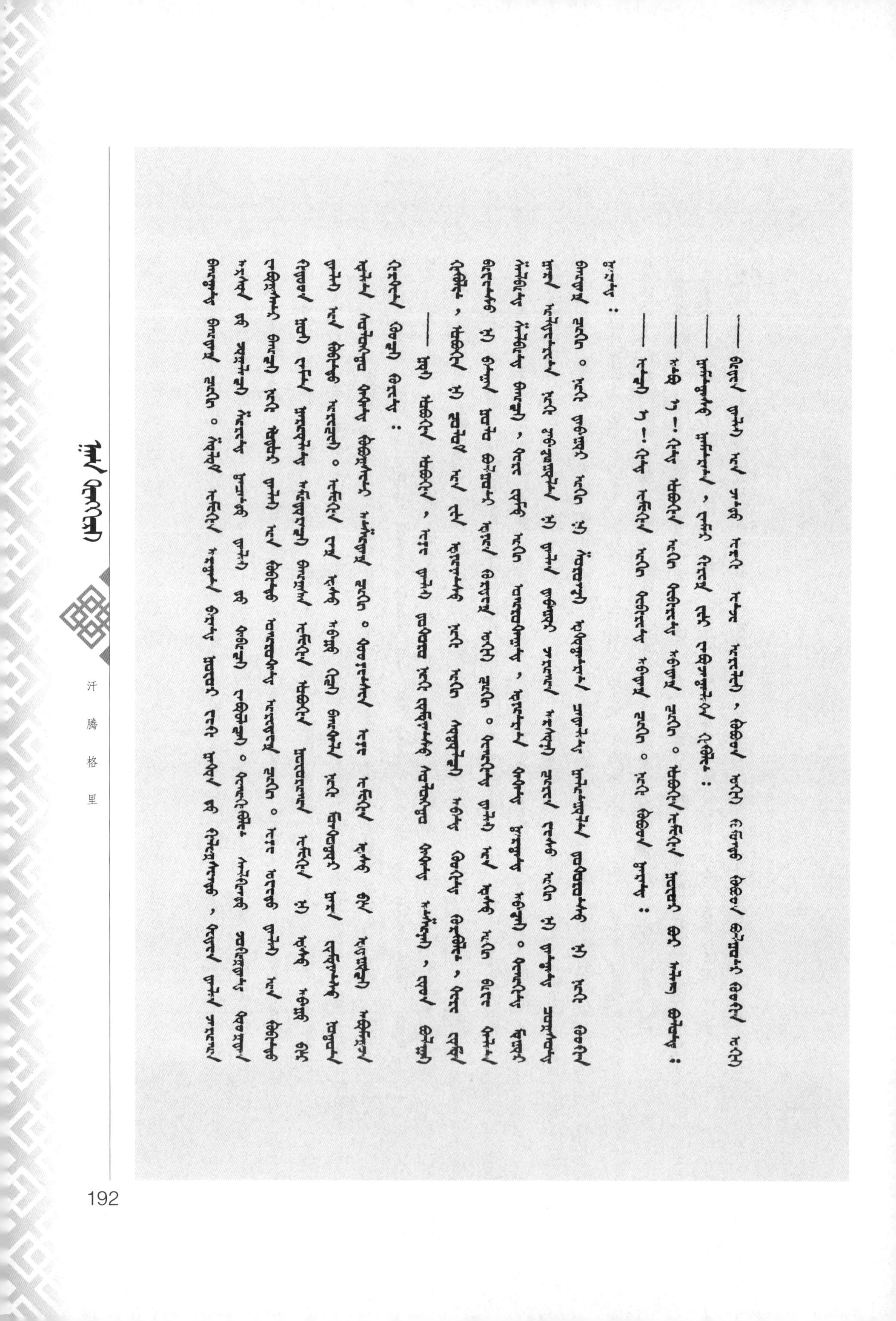

[illegible]

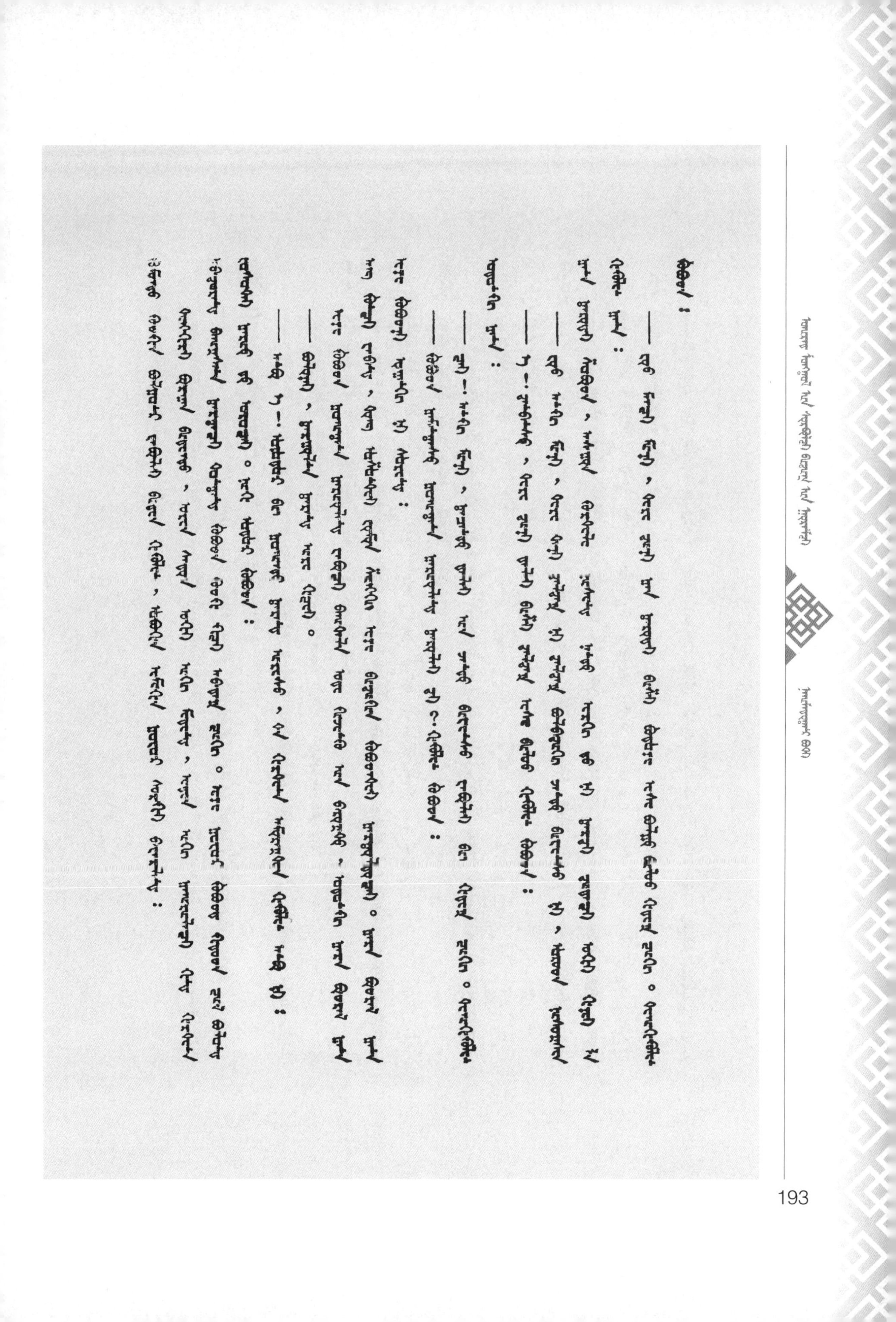

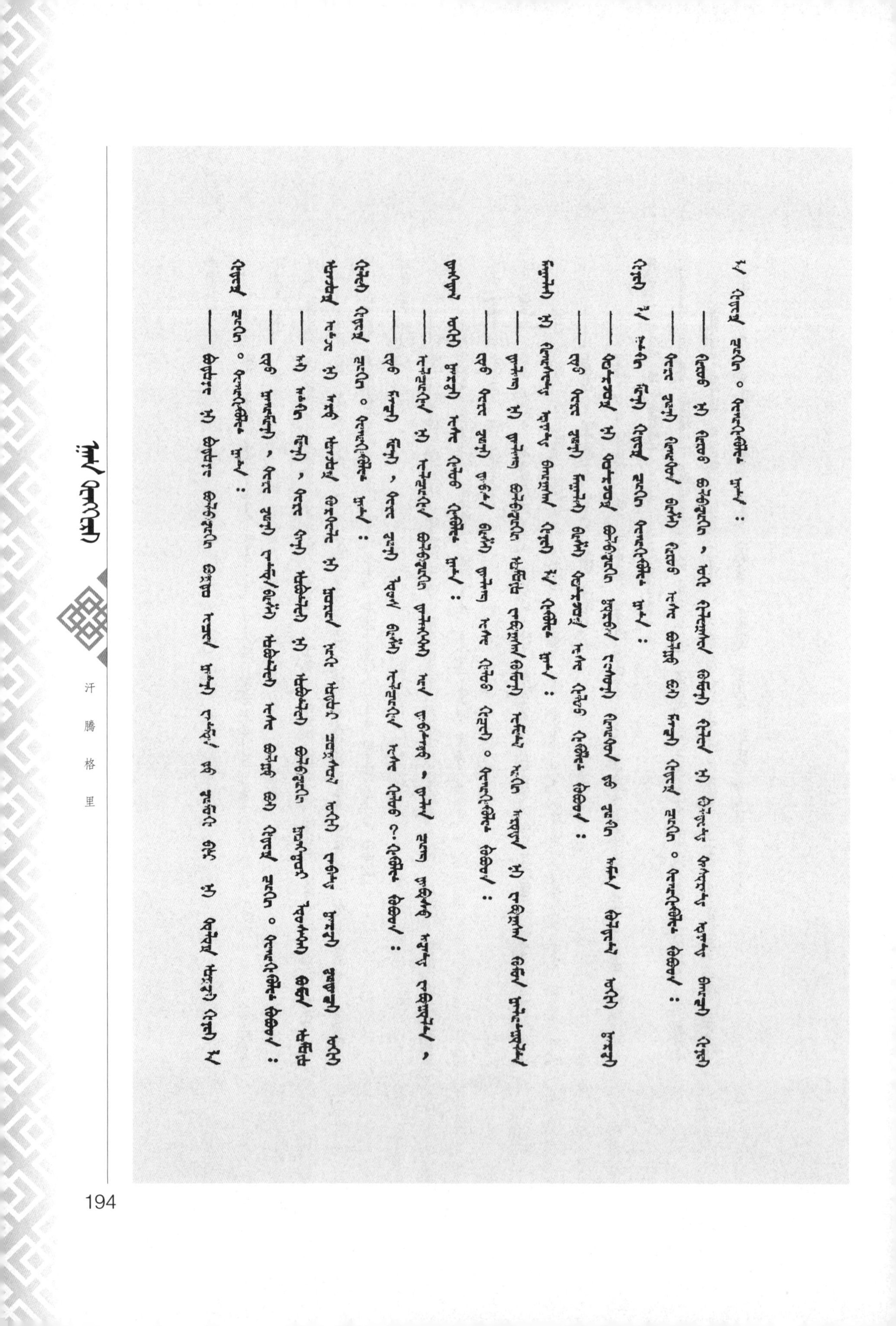

[illegible]

—— [illegible]

—— [illegible]

[illegible]

—— [illegible]

—— [illegible]

[illegible]

—— [illegible]

—— [illegible]

[illegible]

—— [illegible]

—— [illegible]

[illegible]

[illegible]

—— [illegible]

—— [illegible]

[illegible]

—— [illegible]

ᠭᠡᠷᠡᠯ ᠢ ᠰᠢᠷᠭᠡᠵᠦ ᠪᠣᠯᠣᠨ᠎ᠠ
ᠮᠣᠷᠢ ᠶᠢ ᠤᠨᠤᠵᠤ ᠪᠣᠯᠣᠨ᠎ᠠ
ᠮᠣᠳᠣ ᠶᠢ ᠬᠠᠳᠠᠭᠠᠵᠤ ᠪᠣᠯᠣᠨ᠎ᠠ ᠃
ᠰᠠᠨᠳᠠᠯᠢ ᠶᠢ ᠰᠠᠭᠤᠵᠤ ᠪᠣᠯᠣᠨ᠎ᠠ ᠃
ᠰᠠᠷᠮᠢ ᠶᠢ ᠲᠠᠷᠢᠵᠤ ᠪᠣᠯᠣᠨ᠎ᠠ

—— ᠬᠦᠮᠦᠨ ᠪᠦᠬᠦᠨ ᠶᠠᠭᠤ ᠶᠢ ᠪᠣᠯᠣᠭᠰᠠᠨ ᠪᠣᠯ ᠪᠡ ?
—— ᠲᠡᠷᠡ ᠬᠦᠮᠦᠨ ᠪᠦᠬᠦᠨ ᠭᠠᠳᠠᠭᠤᠷ ᠰᠠᠶᠢᠬᠠᠨ ᠭᠡᠷᠡᠯ ᠦᠭᠡᠢ ᠪᠡ ? ᠲᠡᠷᠡ ᠭᠡᠵᠦ ᠦᠭᠡᠢ :
—— ᠡᠨᠡ ᠭᠡᠷᠡᠯ ᠦᠨᠡᠬᠡᠷ ᠪᠡᠷ ᠪᠣᠯᠣᠨ᠎ᠠ ᠂ ᠬᠦᠮᠦᠨ ᠭᠡᠷᠡᠯ ᠰᠠᠶᠢᠬᠠᠨ ᠪᠡᠷ ᠪᠣᠯᠣᠨ᠎ᠠ ᠭᠡᠵᠦ ᠬᠡᠯᠡ :
—— ᠲᠡᠷᠡ ᠰᠠᠶᠢᠬᠠᠨ ᠮᠣᠷᠢ ᠦᠭᠡᠢ ᠪᠡ ᠭᠡᠵᠦ ᠦᠭᠡᠢ :

ᠭᠡᠵᠦ ᠬᠡᠯᠡ :

—— ᠰᠠᠷᠠ ᠮᠣᠳᠣ ᠨᠢ ᠂ ᠡᠨᠡ ᠭᠡᠷᠡᠯ ᠳᠦ ᠪᠡᠷ ᠪᠣᠯᠣᠨ᠎ᠠ ᠂ ᠮᠣᠷᠢ ᠭᠡᠷᠡᠯ ᠮᠣᠳᠣ ᠪᠡᠷ ᠪᠣᠯᠣᠨ᠎ᠠ ᠡᠮᠡ ᠪᠣᠯᠪᠠ
—— ᠲᠡᠶ᠂ ᠲᠡᠷᠡ ᠰᠠᠶᠢᠬᠠᠨ ᠮᠣᠷᠢ ᠦᠭᠡᠢ ᠰᠠᠶᠢᠨ ᠪᠡ ? ᠲᠡᠷᠡ ᠭᠡᠵᠦ ᠦᠭᠡᠢ :
—— ᠰᠠᠷᠮᠢ ᠭᠡᠷᠡᠯ ᠰᠠᠷᠠ ᠪᠡᠷ ᠪᠣᠯᠣᠨ᠎ᠠ ᠂ ᠰᠠᠨᠳᠠᠯᠢ ᠭᠡᠷᠡᠯ ᠰᠠᠭᠤᠯᠳ ᠪᠡᠷ ᠪᠣᠯᠣᠨ᠎ᠠ ᠭᠡᠵᠦ ᠬᠡᠯᠡ :
—— ᠮᠣᠷᠢ᠂ ᠲᠡᠷᠡ ᠰᠠᠶᠢᠬᠠᠨ ᠰᠠᠨᠳᠠᠯᠢ ᠦᠭᠡᠢ ᠰᠠᠶᠢᠨ ᠪᠡ ? ᠲᠡᠷᠡ ᠭᠡᠵᠦ ᠦᠭᠡᠢ :
—— ᠰᠠᠷᠠ ᠭᠡᠷᠡᠯ ᠳᠣᠭᠣᠯᠠᠩ ᠪᠡᠷ ᠪᠣᠯᠣᠨ᠎ᠠ ᠂ ᠰᠠᠷᠠᠭᠤᠯ ᠭᠡᠷᠡᠯ ᠮᠣᠳᠣ ᠪᠡᠷ ᠪᠣᠯᠣᠨ᠎ᠠ ᠭᠡᠵᠦ ᠬᠡᠯᠡ :
—— ᠲᠡᠷᠡ ᠰᠠᠶᠢᠬᠠᠨ ᠰᠠᠷᠠᠭᠤᠯ ᠦᠭᠡᠢ ᠰᠠᠶᠢᠨ ᠪᠣᠯᠣᠨ ᠲᠡᠷᠡ ᠭᠡᠵᠦ ᠦᠭᠡᠢ :
—— ᠭᠡᠷᠡᠯ ᠲᠦᠯᠡ ᠪᠣᠯᠣᠭᠰᠠᠨ ᠭᠠᠷᠴᠤ ᠲᠤᠰᠠ ᠭᠠᠷᠭᠠᠨ ᠭᠠᠳᠠᠭᠠᠳ ᠲᠠᠩᠭᠠᠷᠠᠭ᠎ᠢᠶᠠᠷ ᠳᠠᠭᠠᠭᠠᠷᠠ ᠭᠠᠷᠴᠤ ᠶᠢ ᠭᠡᠵᠦ ᠬᠡᠯᠡ :
—— ᠪᠠᠶᠠᠷ ᠳᠤᠷᠠᠨ ᠭᠠᠷᠴᠤ ᠪᠣᠯᠤᠨ ᠂ ᠭᠡᠷᠡᠯ ᠲᠦᠯᠡ ᠭᠠᠷᠴᠤ ᠭᠡᠵᠦ ᠦᠭᠡᠢ :

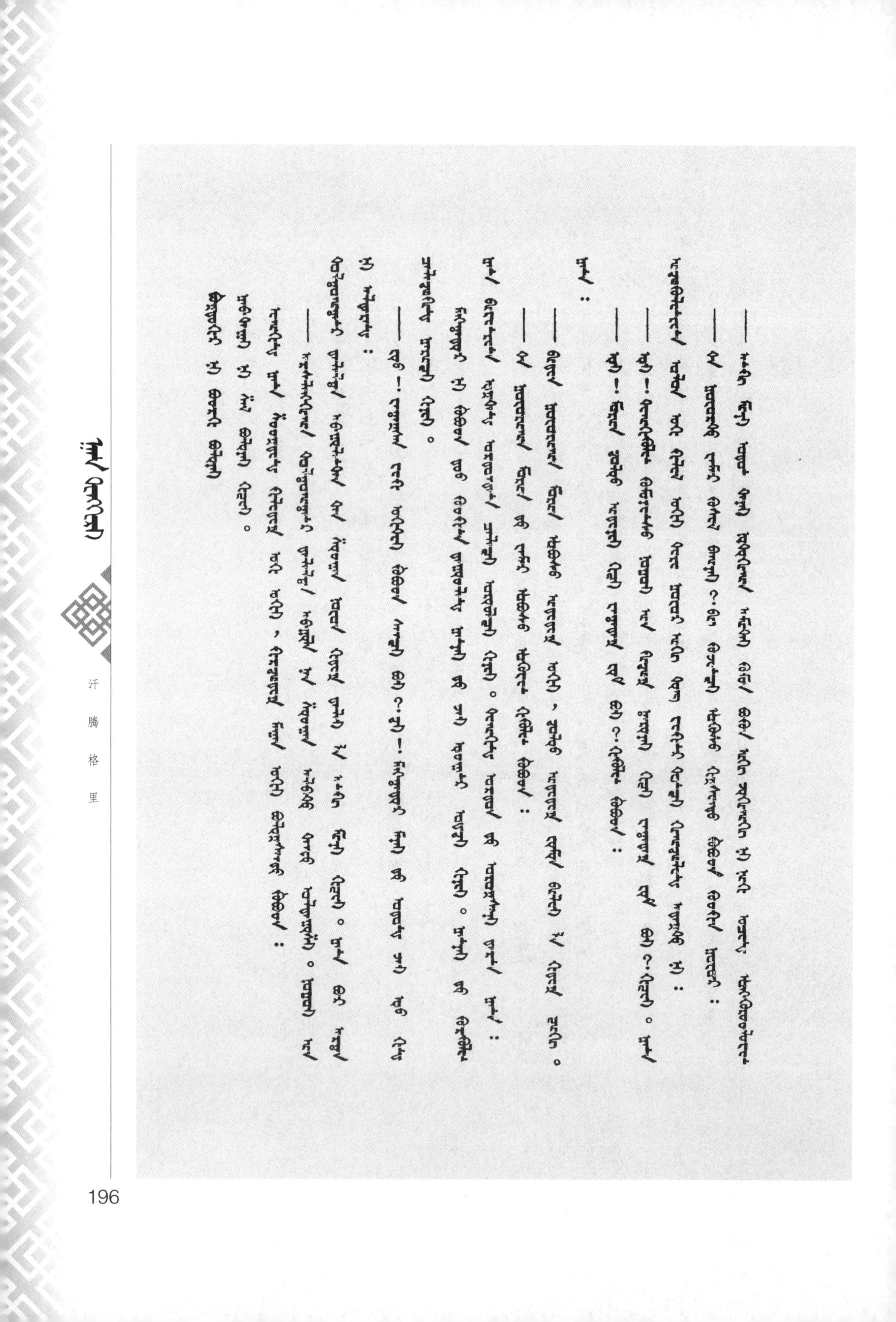

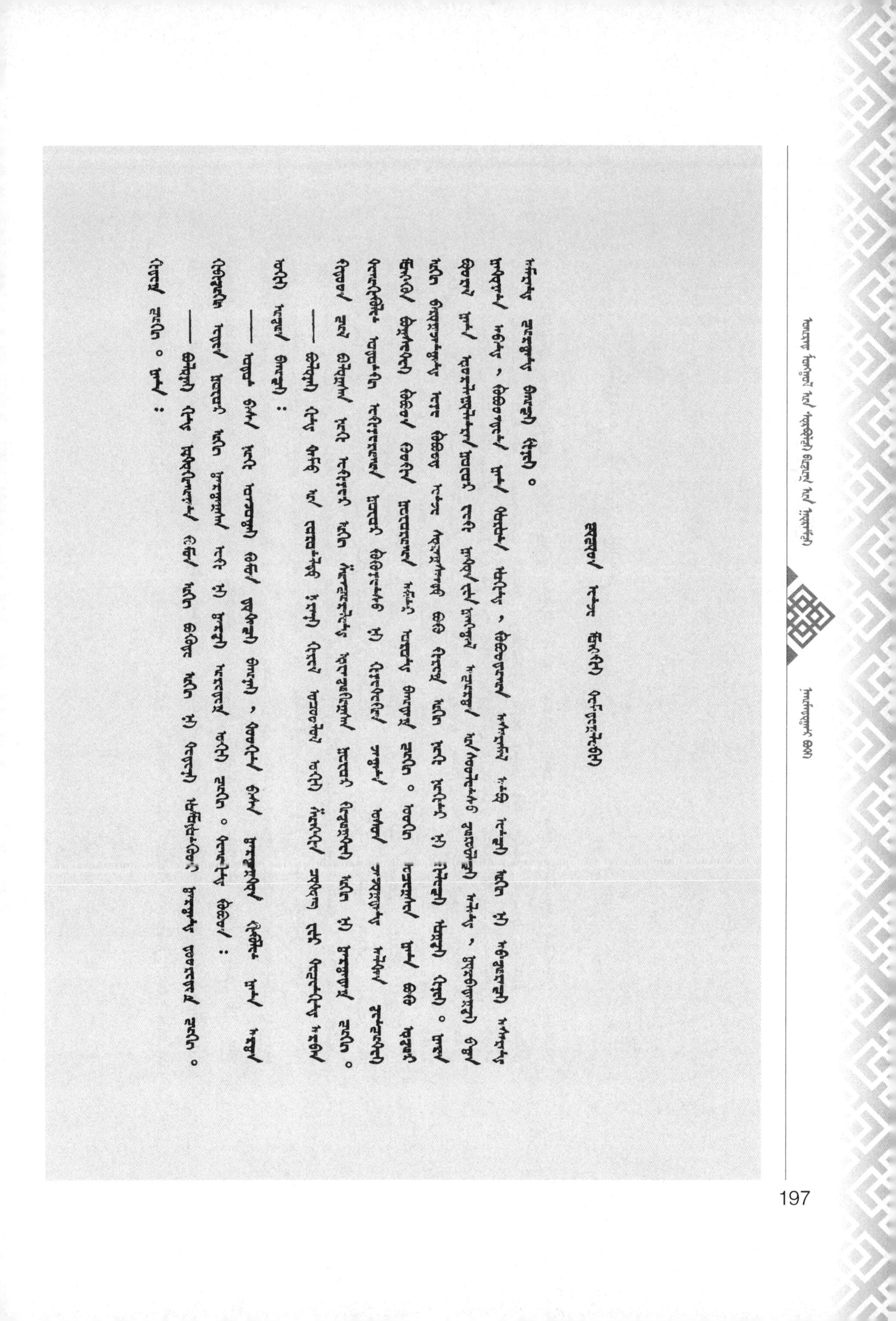

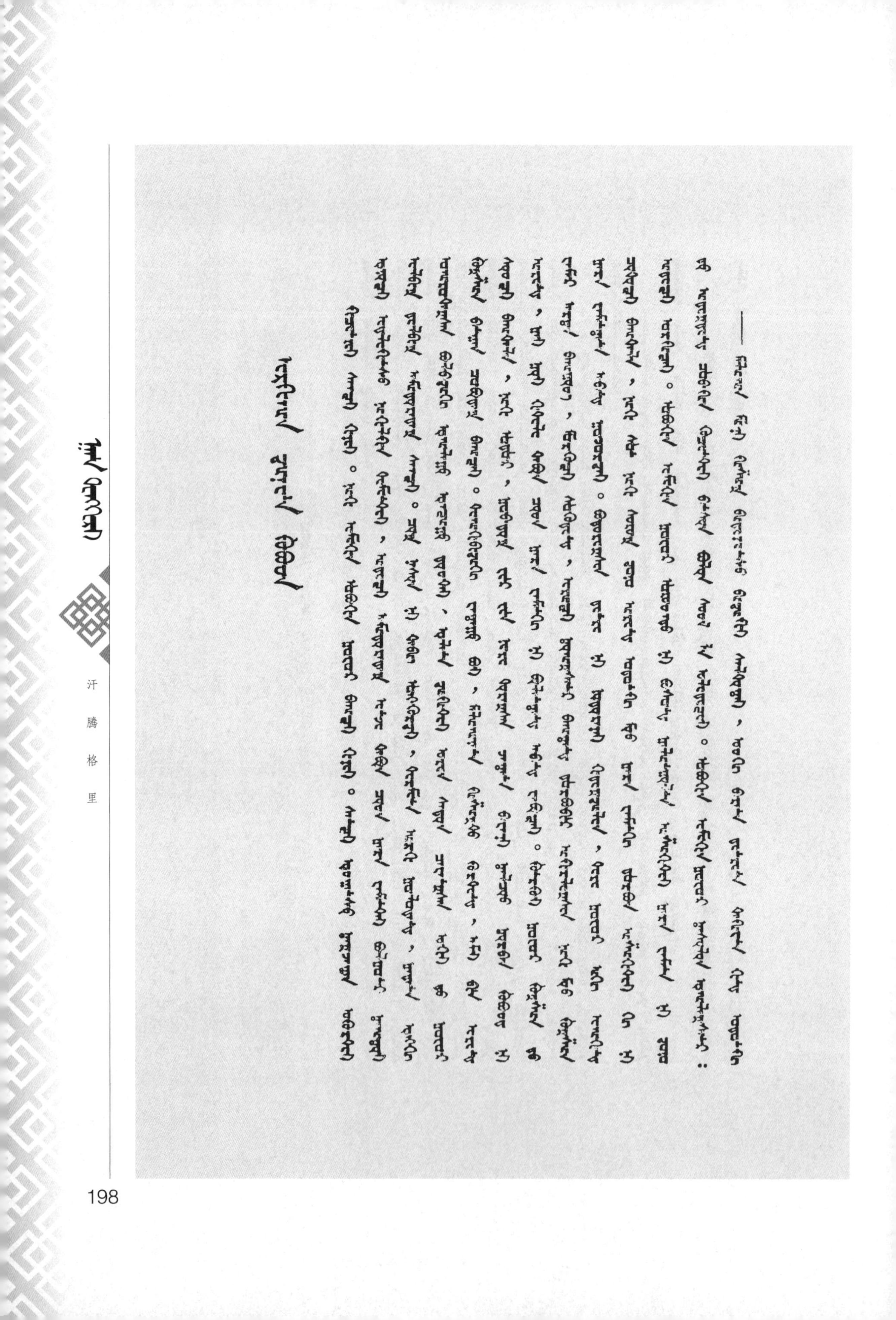

[illegible]

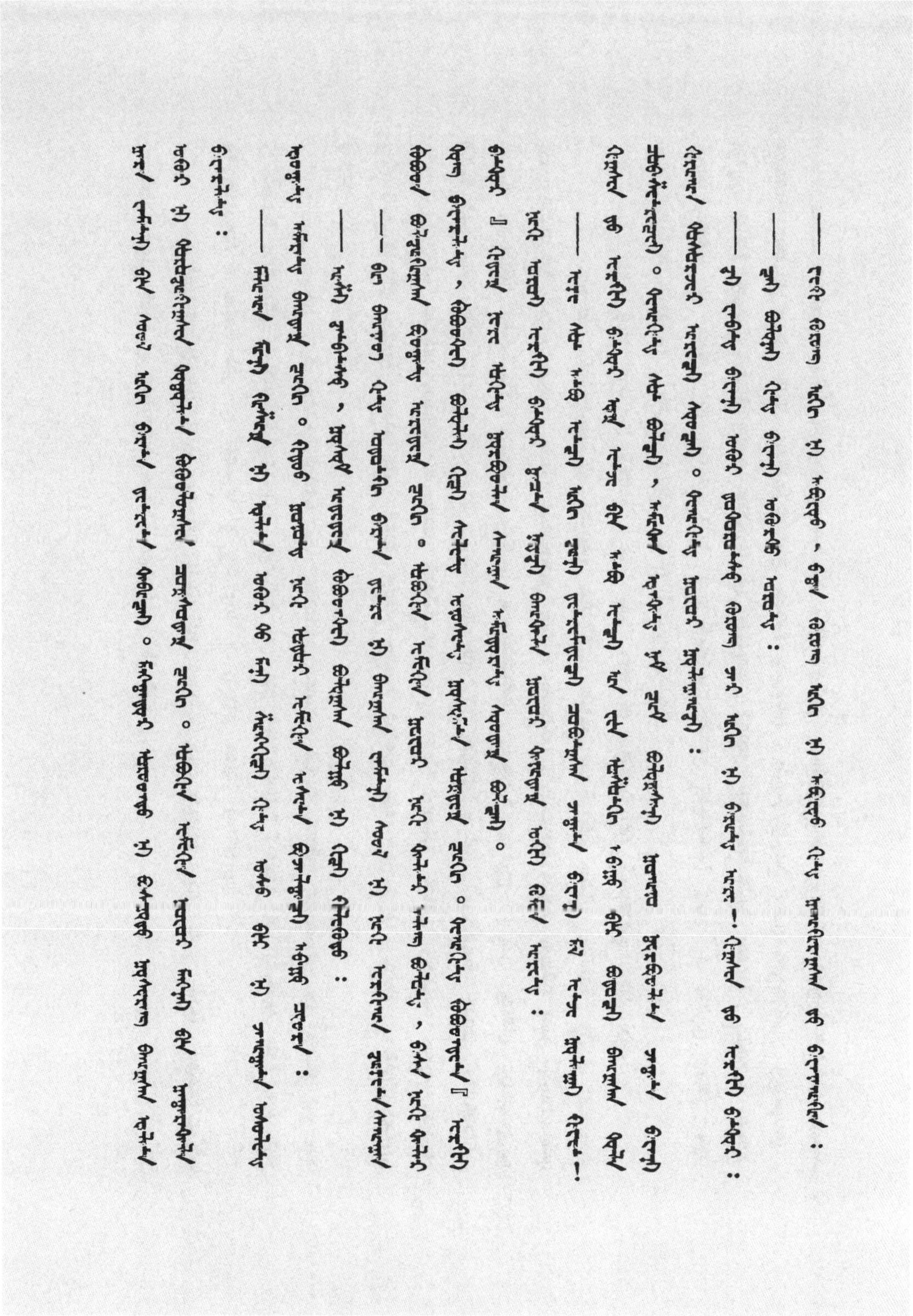

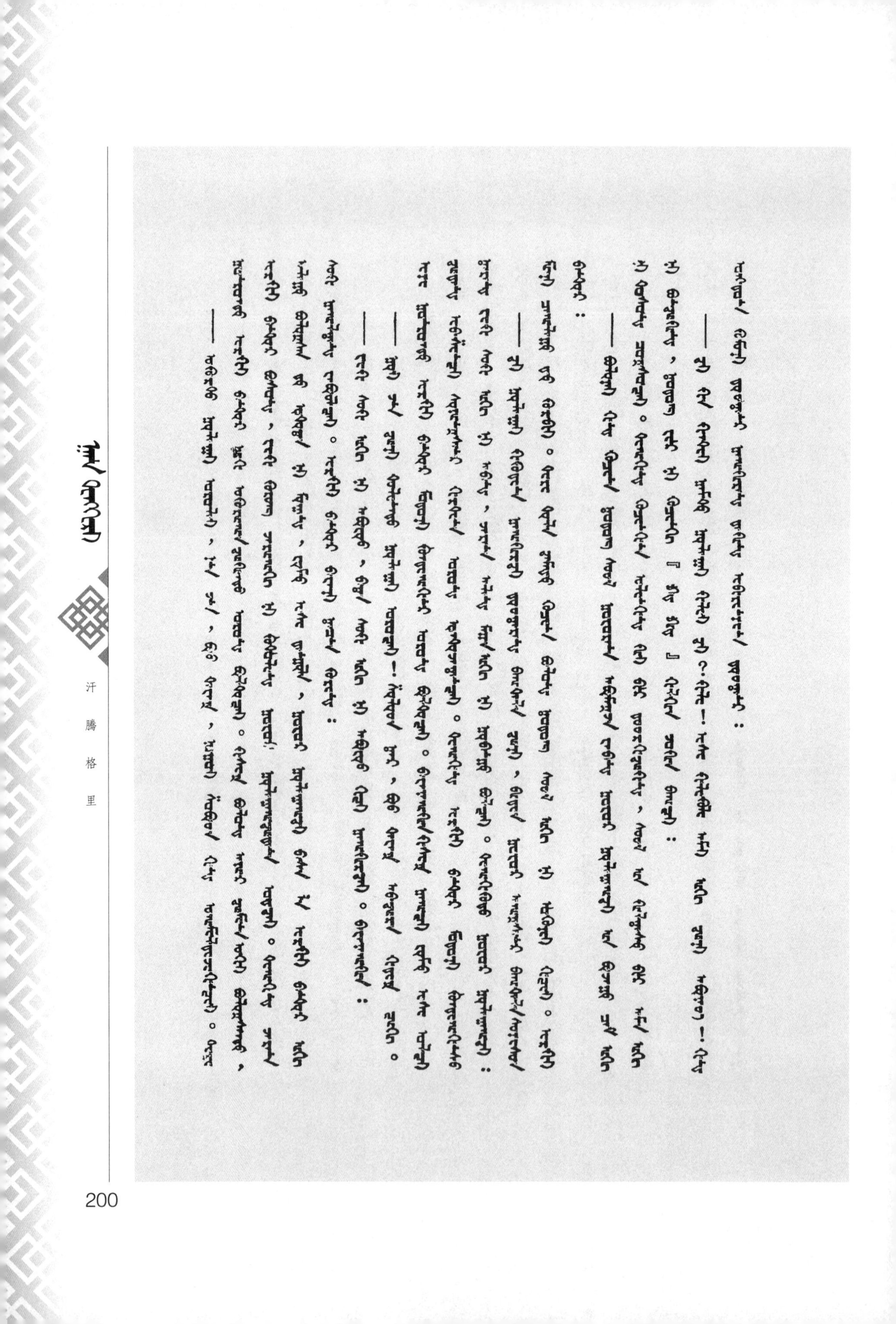

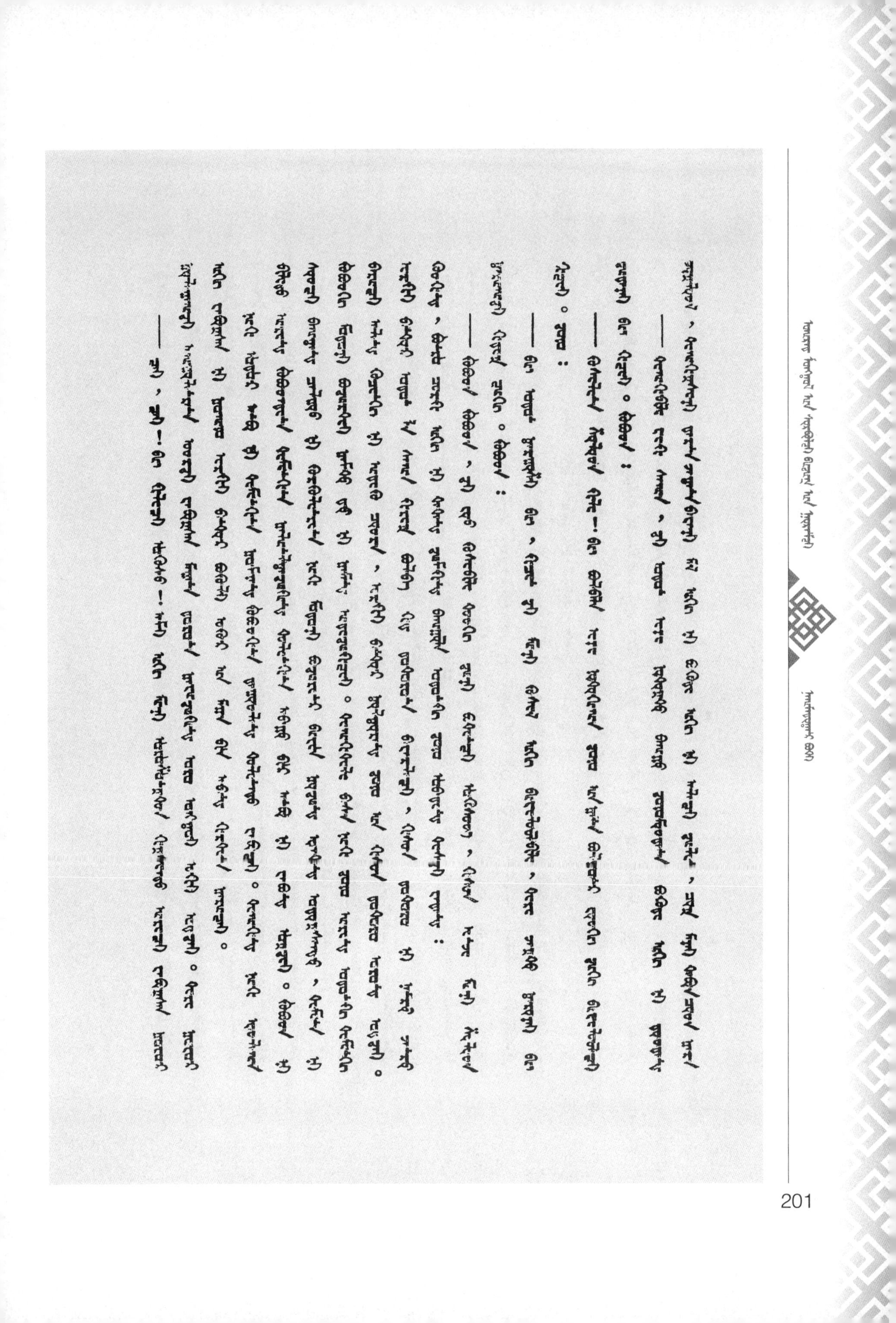

[illegible]

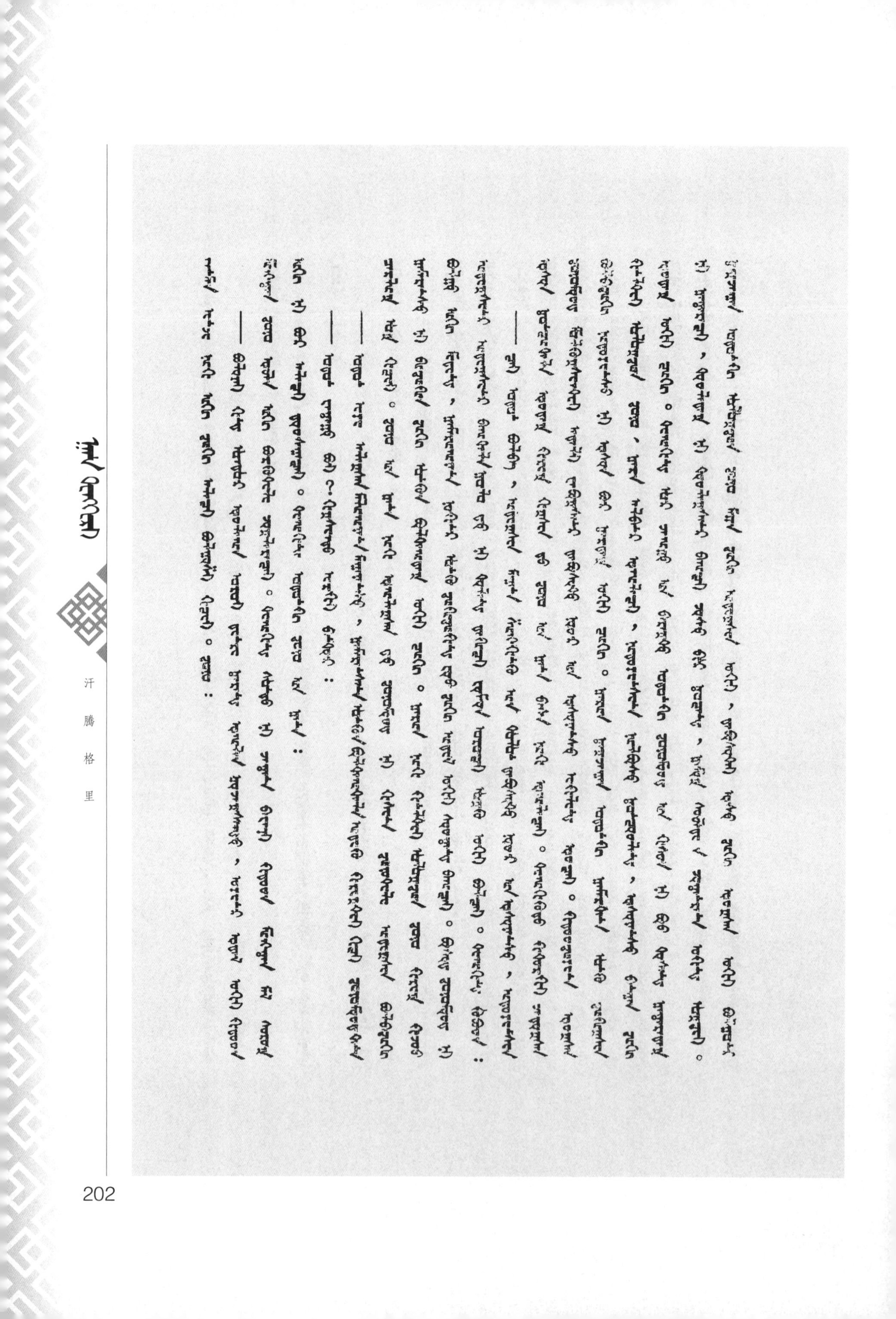

[illegible]

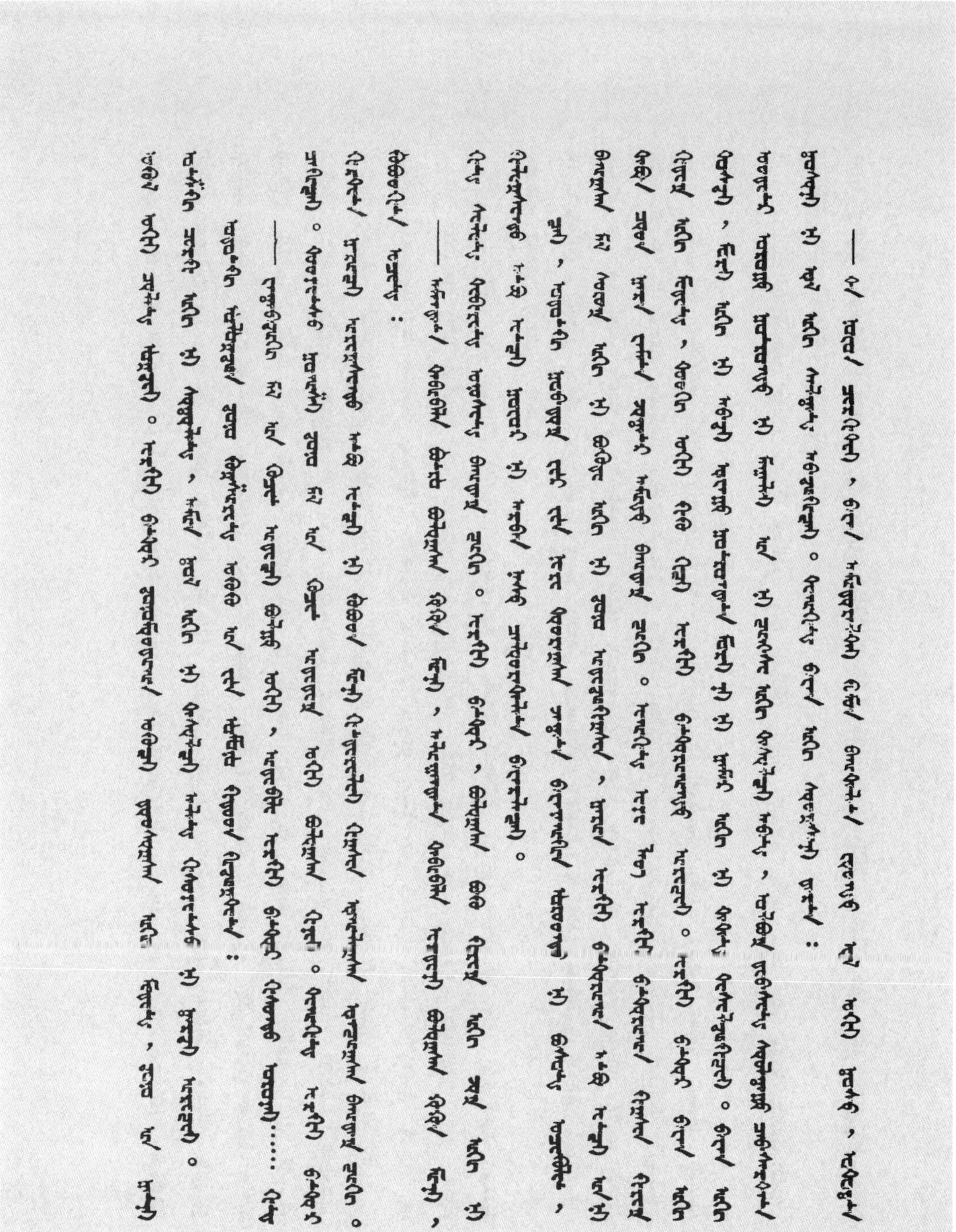

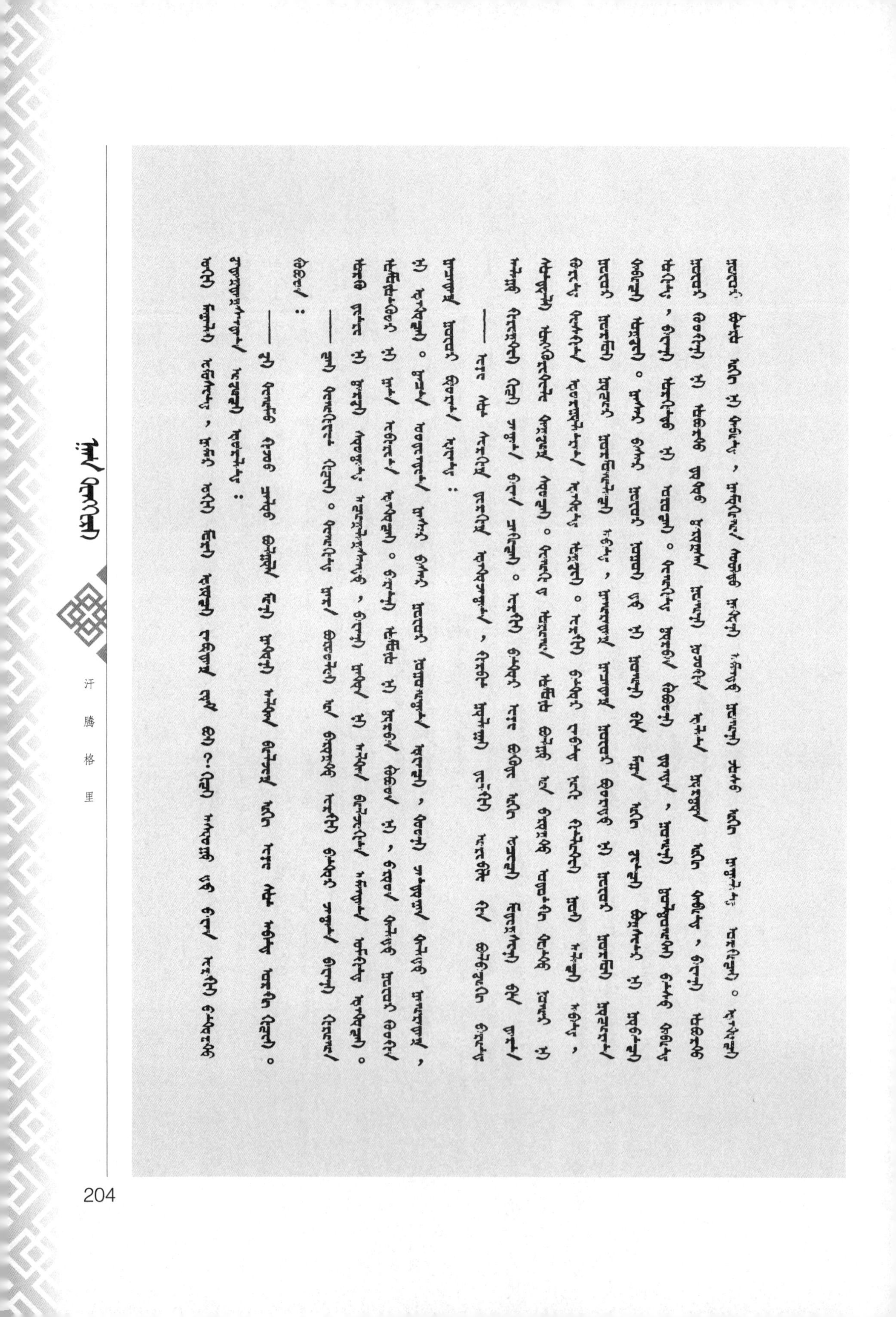

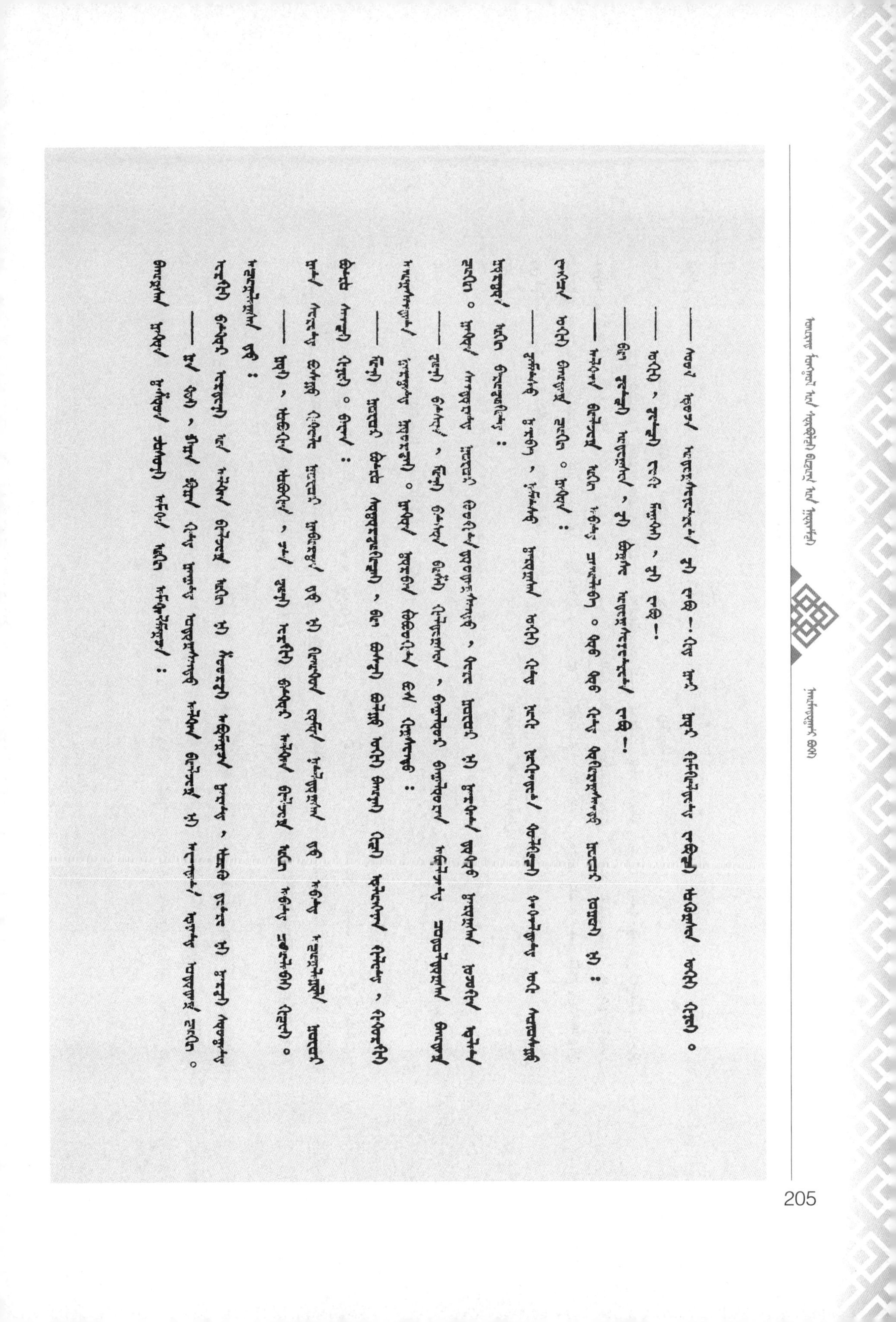

[illegible]

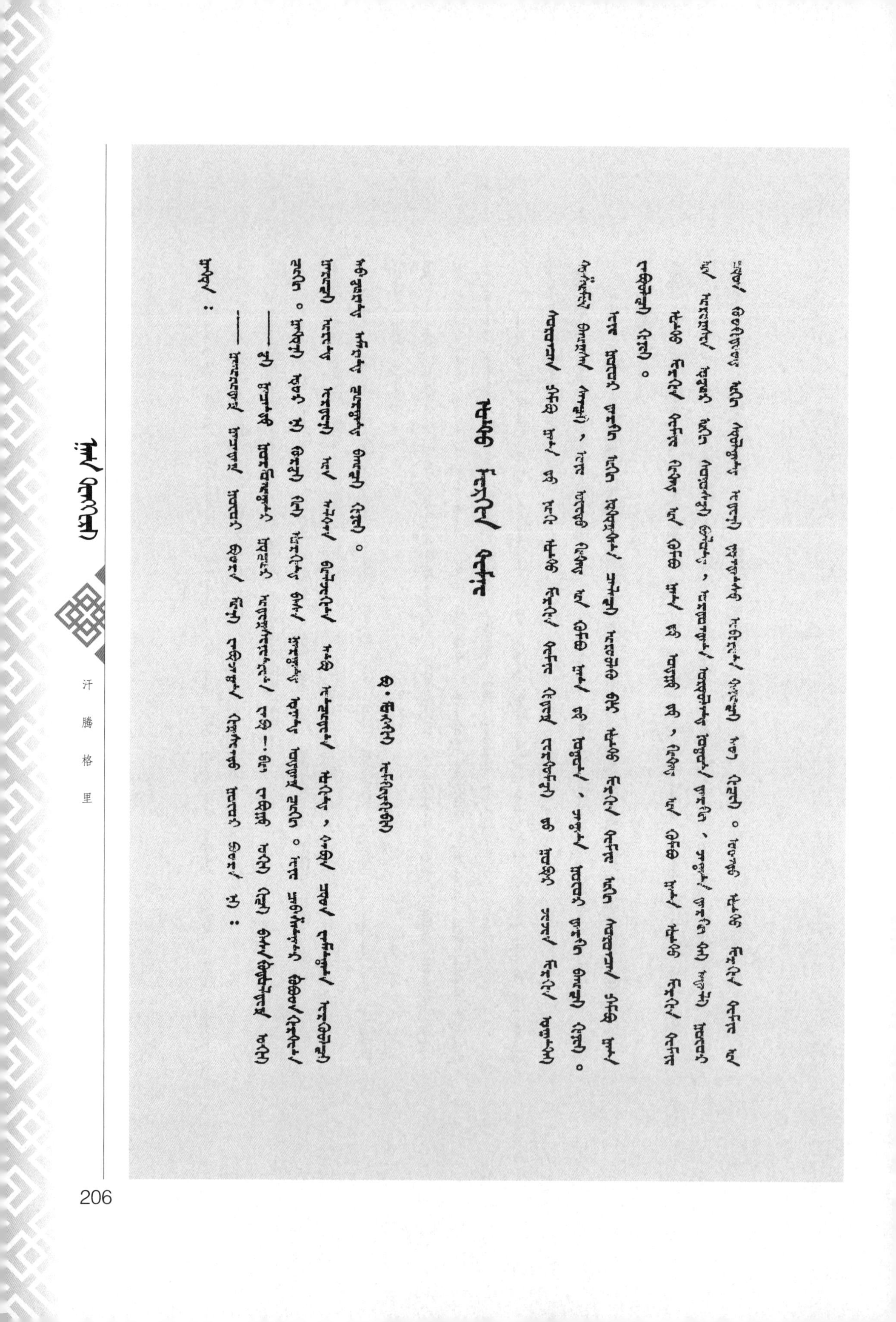

[illegible]

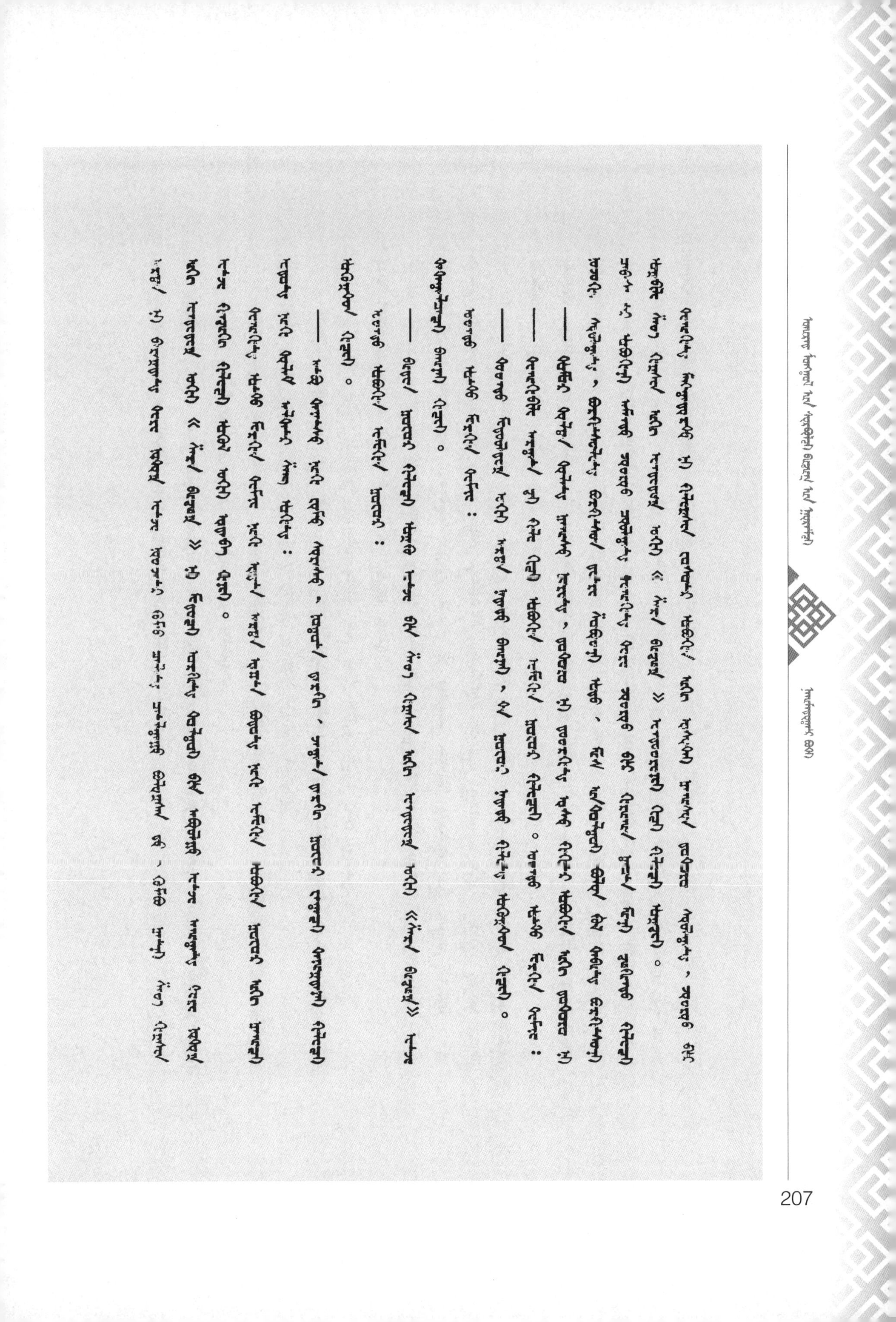

[illegible] « [illegible] » [illegible] ᠃

[illegible] :

—— [illegible] ᠃

[illegible] :

—— [illegible] «[illegible]» [illegible] ᠃

[illegible] :

—— [illegible] ᠃

—— [illegible] ᠃ [illegible] :

—— [illegible] « [illegible] » [illegible] ᠃

[illegible]

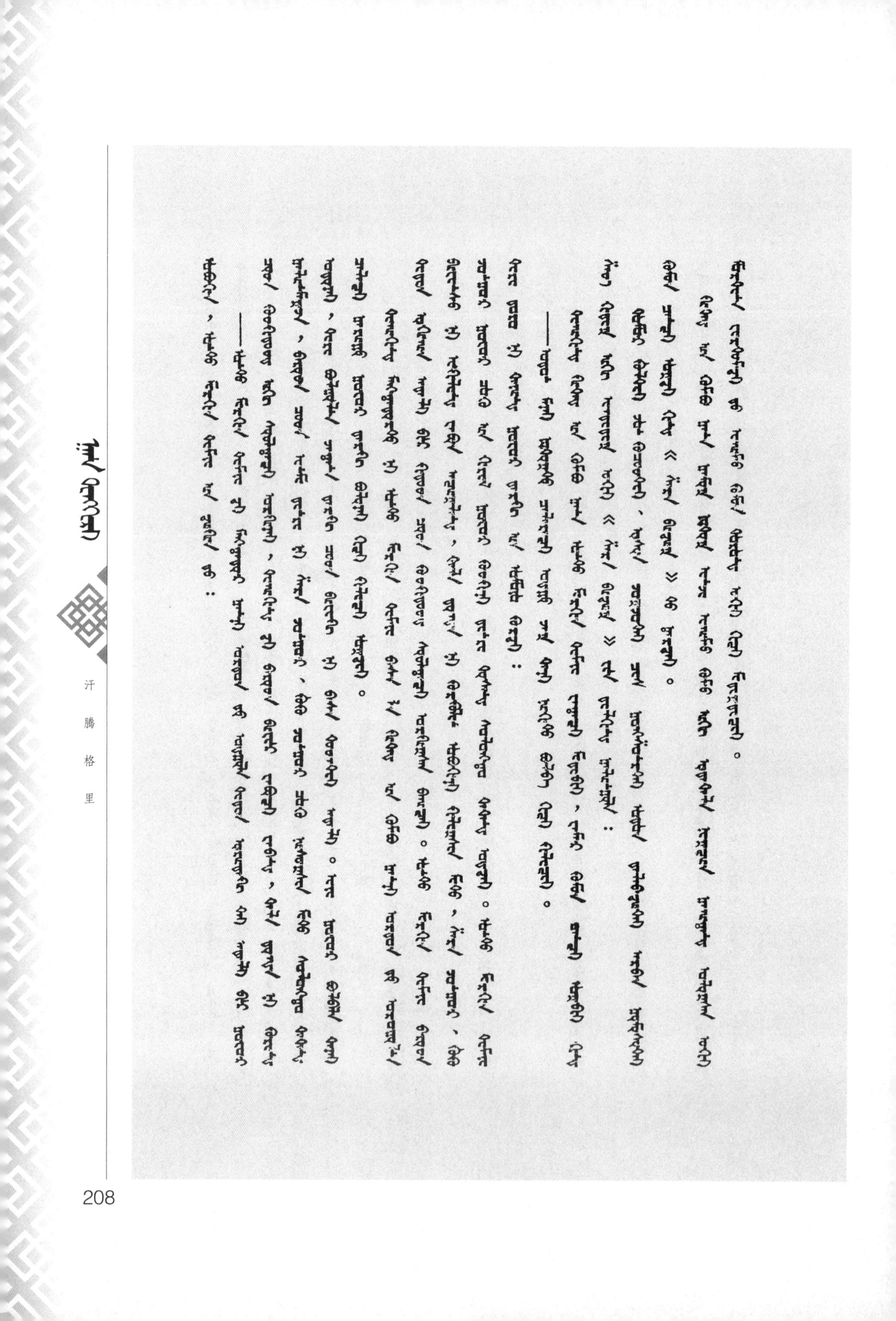

ᠡᠷᠲᠡ ᠤᠷᠢᠳᠠ ᠶᠢᠨ ᠴᠠᠭ ᠲᠤ ᠬᠡᠷᠡᠭᠯᠡᠵᠦ ᠪᠠᠢᠭᠰᠠᠨ ᠮᠣᠩᠭᠣᠯᠴᠤᠳ ᠤᠨ ᠦᠰᠦᠭ ᠪᠢᠴᠢᠭ ᠪᠣᠯᠤᠭᠰᠠᠨ ᠮᠥᠷᠲᠡᠭᠡᠨ ᠪᠠᠢᠭᠰᠠᠨ ᠪᠠᠢᠨ᠎ᠠ ᠭᠡᠵᠦ ᠦᠵᠡᠭᠰᠡᠨ ᠪᠠᠢᠨ᠎ᠠ᠂ ᠬᠢᠳᠠᠨ ᠪᠢᠴᠢᠭ ᠦᠰᠦᠭ ᠬᠡᠷᠡᠭᠯᠡᠭᠰᠡᠨ ᠲᠤᠬᠠᠢ ᠮᠡᠳᠡᠭᠡ ᠪᠠᠢᠨ᠎ᠠ ᠃

ᠬᠢᠳᠠᠳ ᠤᠨ ᠪᠢᠴᠢᠭ ᠦᠰᠦᠭ ᠦᠨᠳᠦᠰᠦᠨ ᠳᠡᠭᠡᠷ᠎ᠡ ᠲᠦᠷᠦᠭᠰᠡᠨ ᠦᠰᠦᠭ ᠪᠢᠴᠢᠭ ᠪᠣᠯᠤᠨ᠎ᠠ ᠃

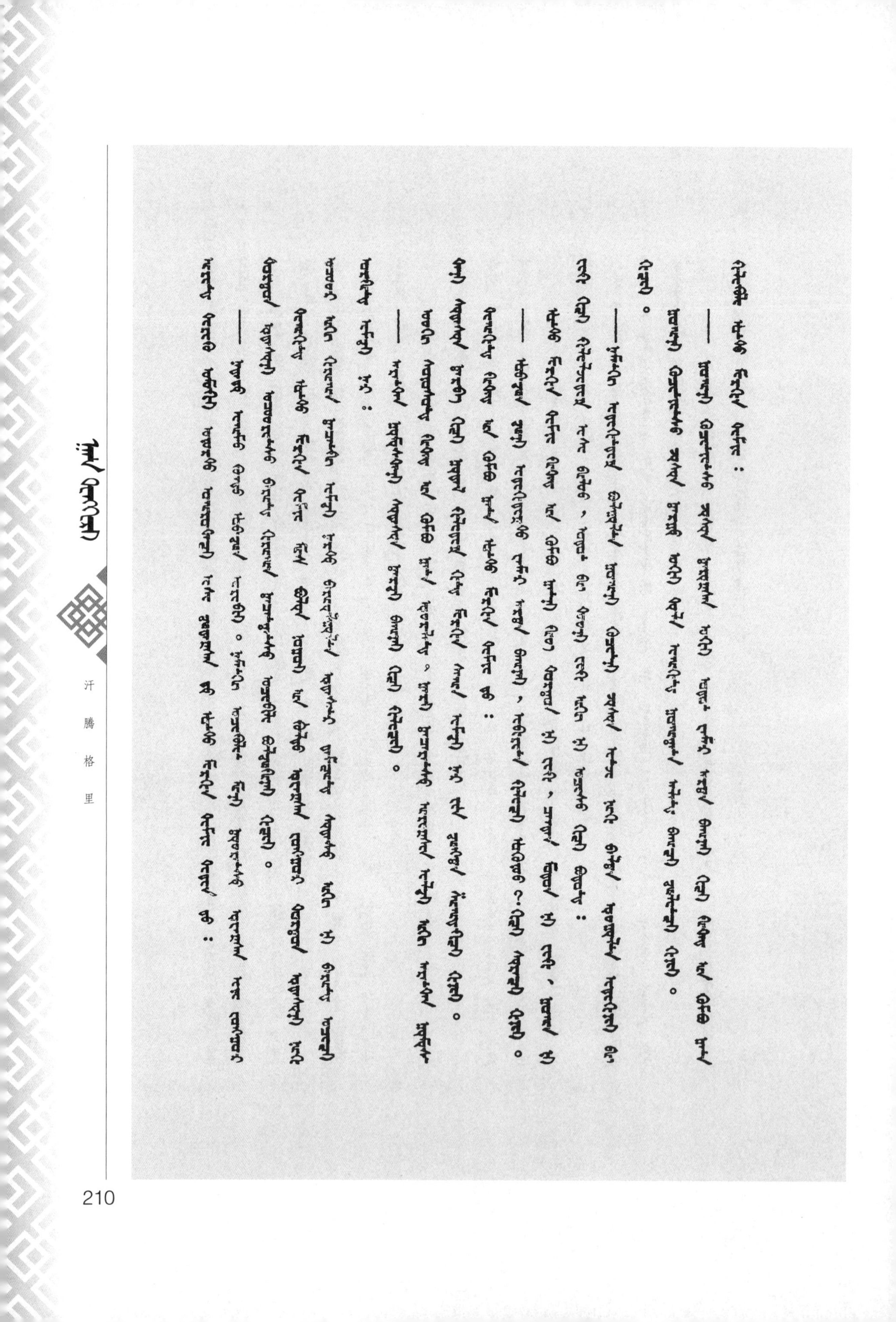

[illegible]

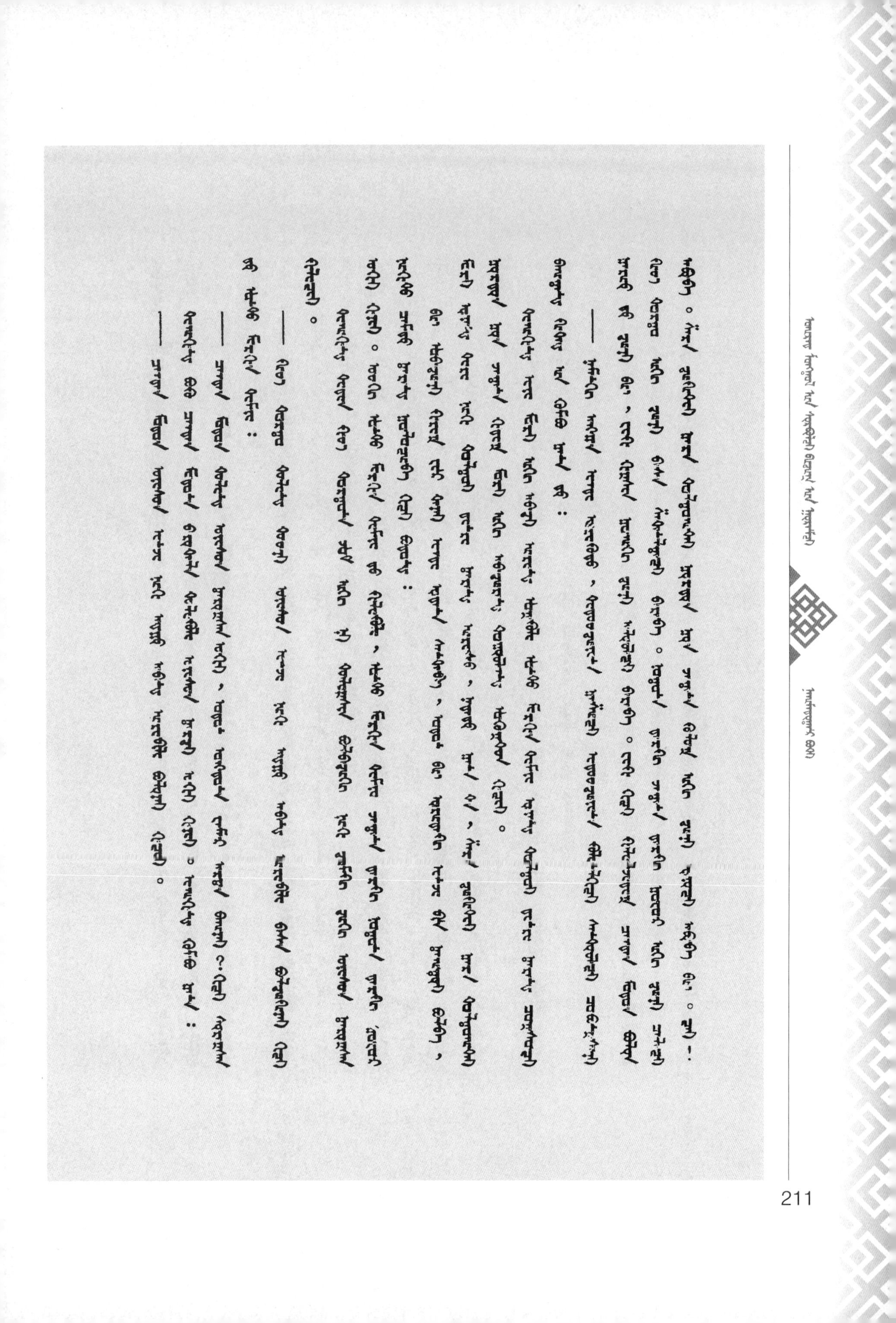

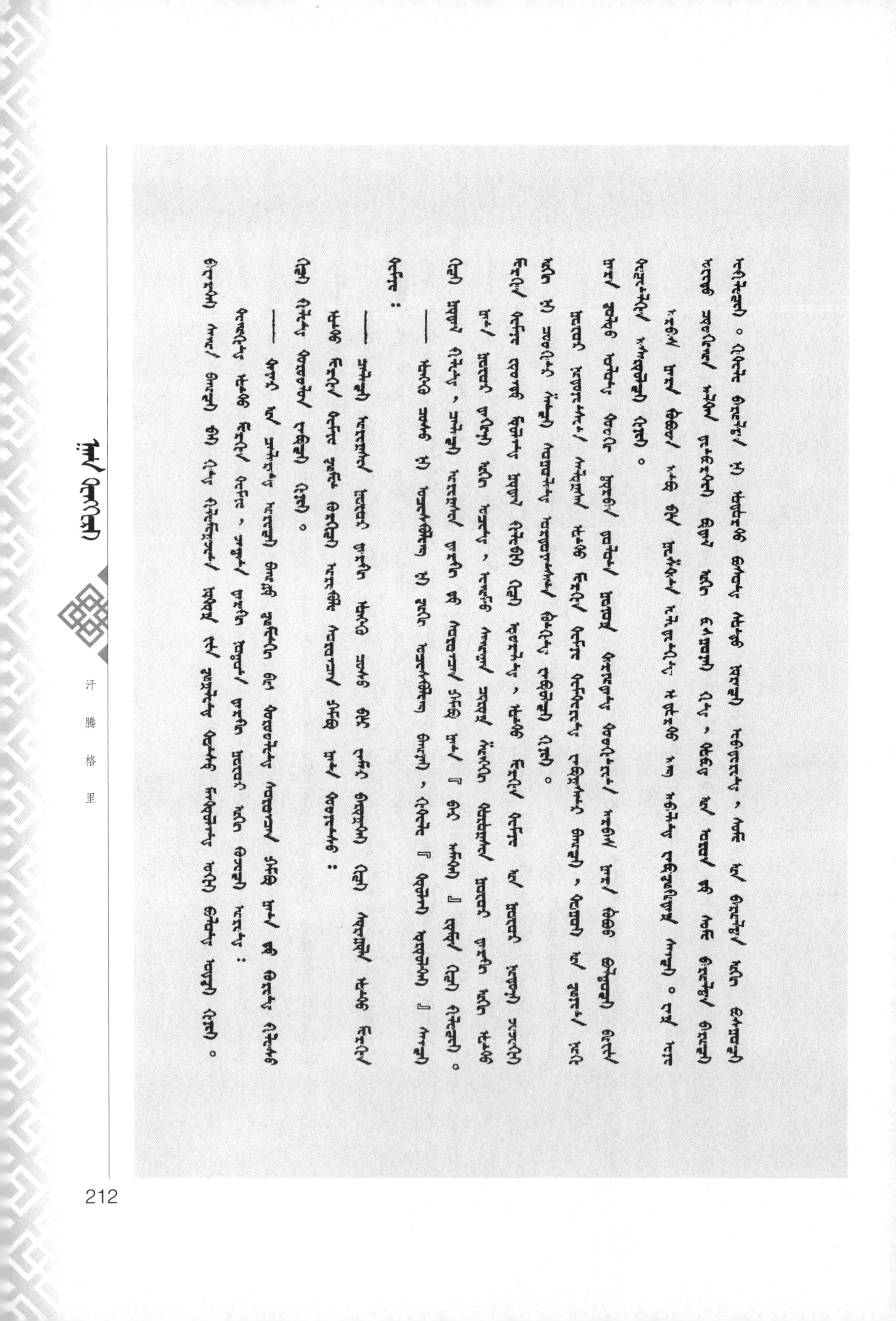

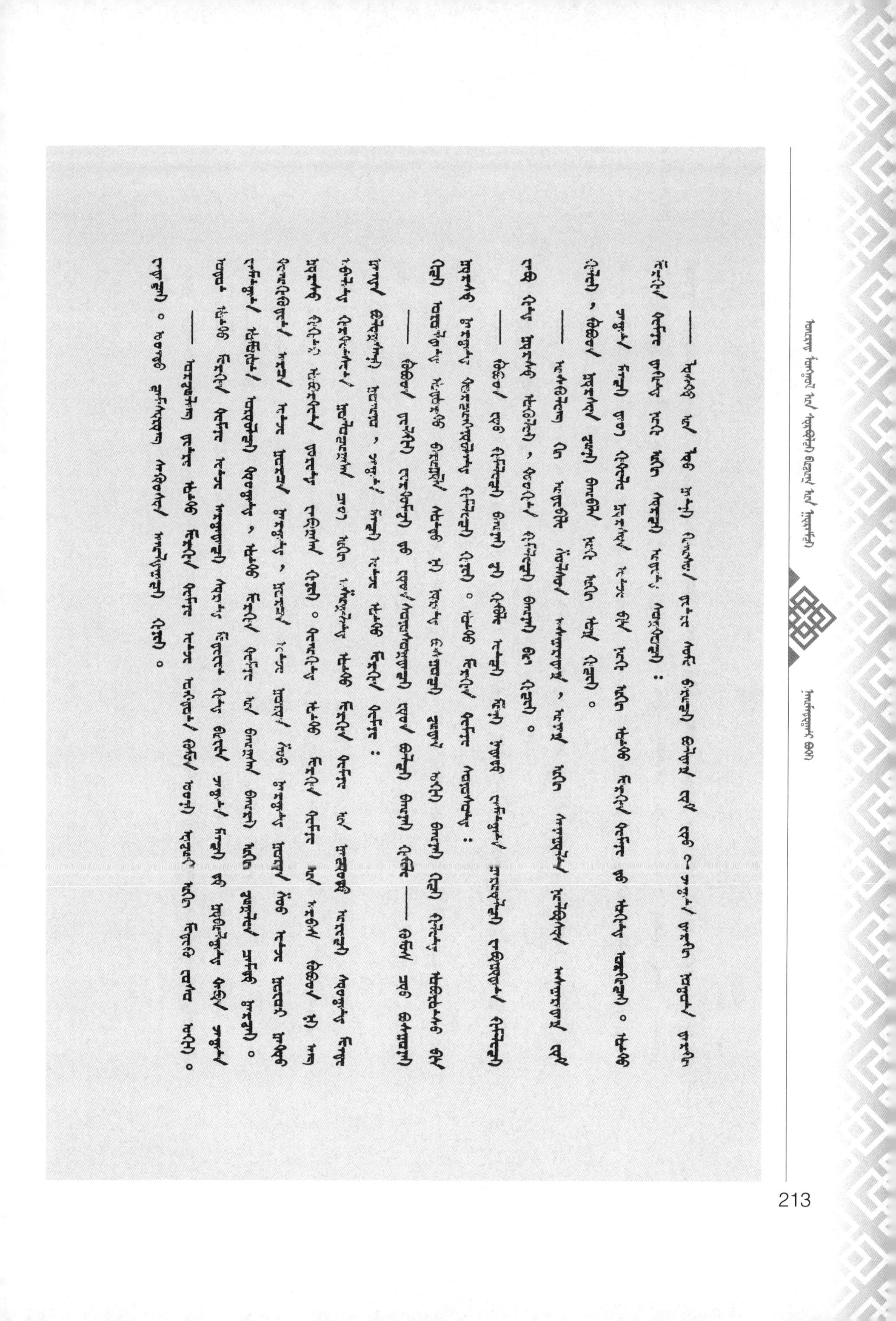

—— [illegible] :

[illegible] ᠃

—— [illegible] ᠃

—— [illegible] :

[illegible]

—— [illegible] —— [illegible] :

[illegible] ᠃

[illegible]

—— [illegible] ᠃

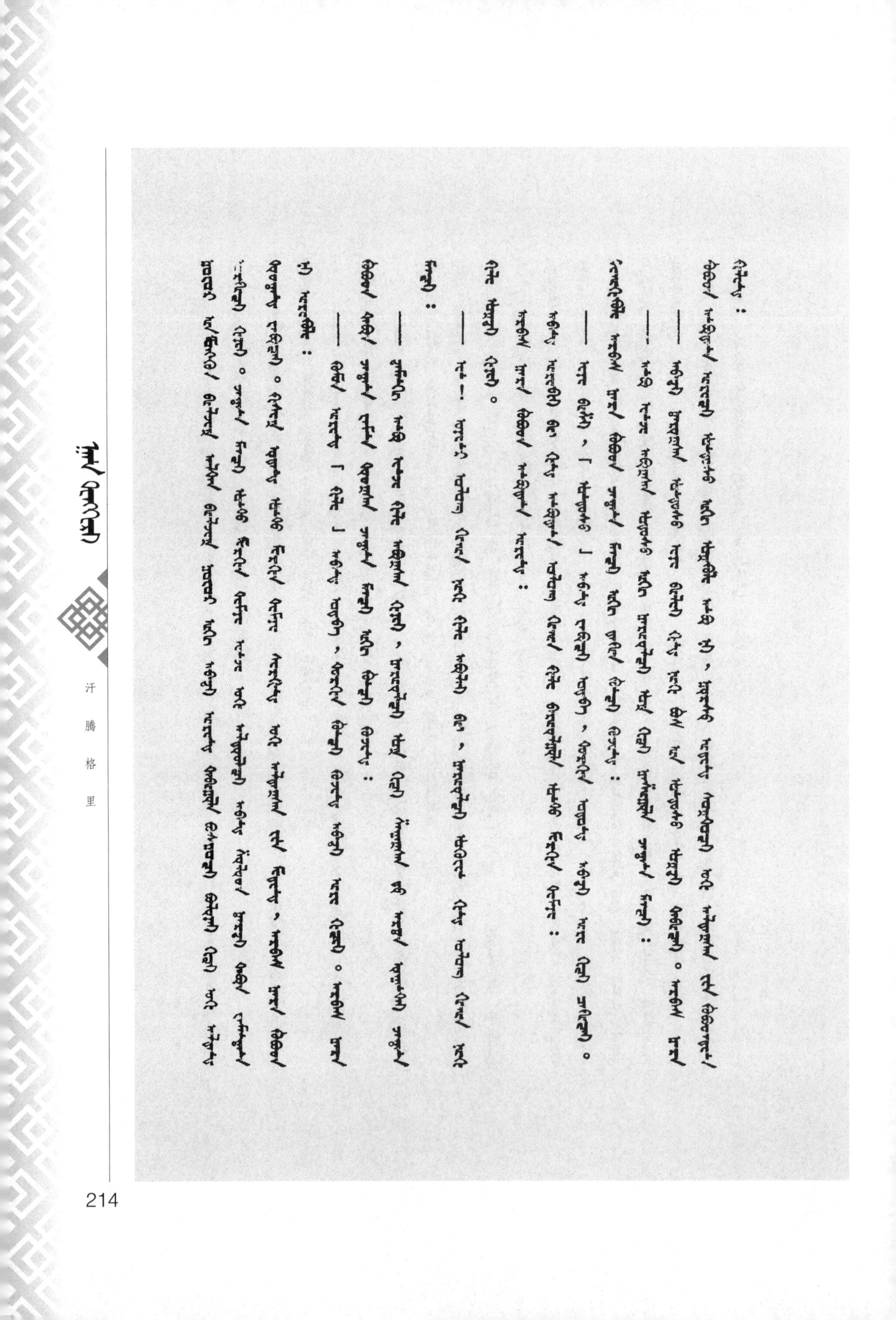

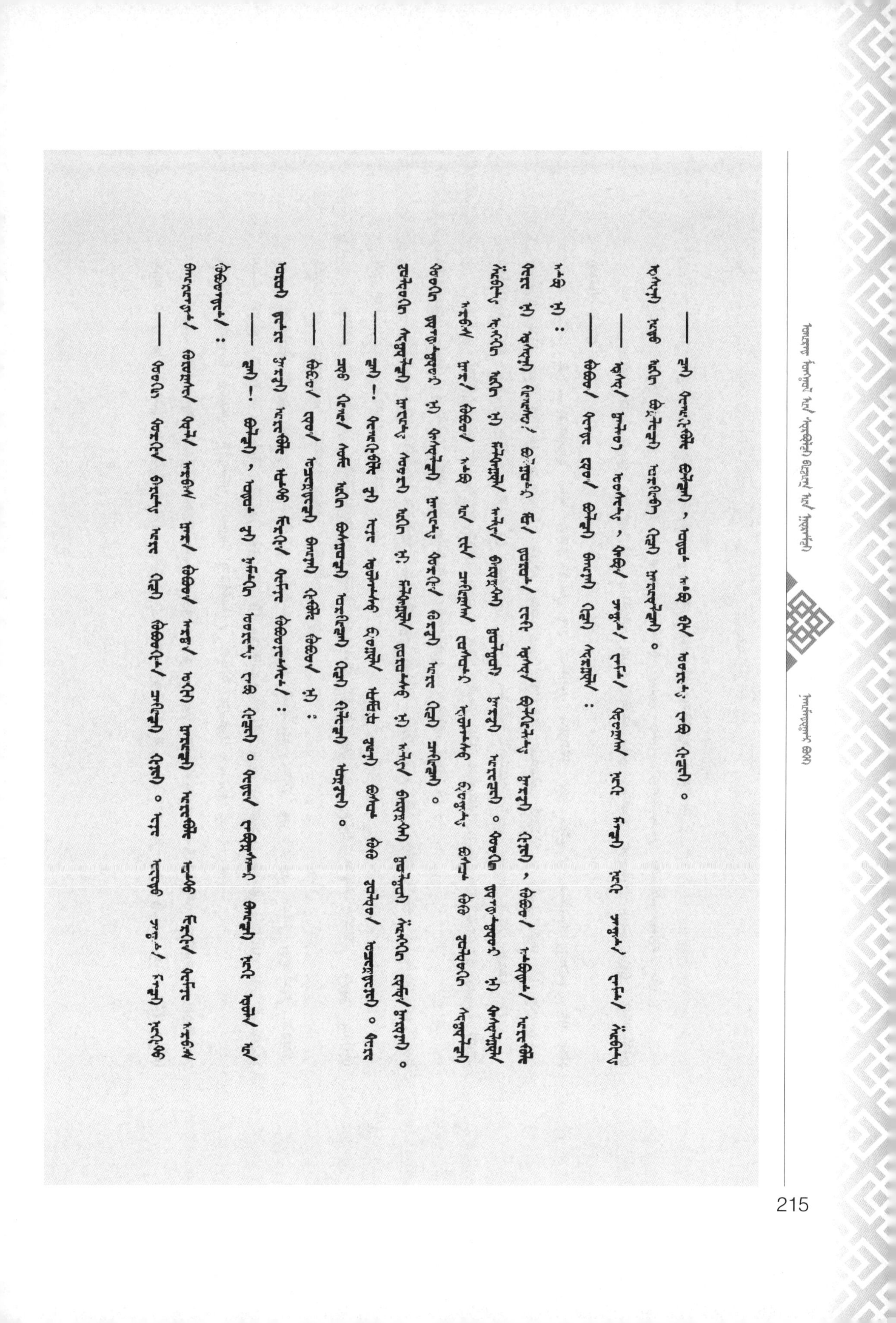

[illegible]

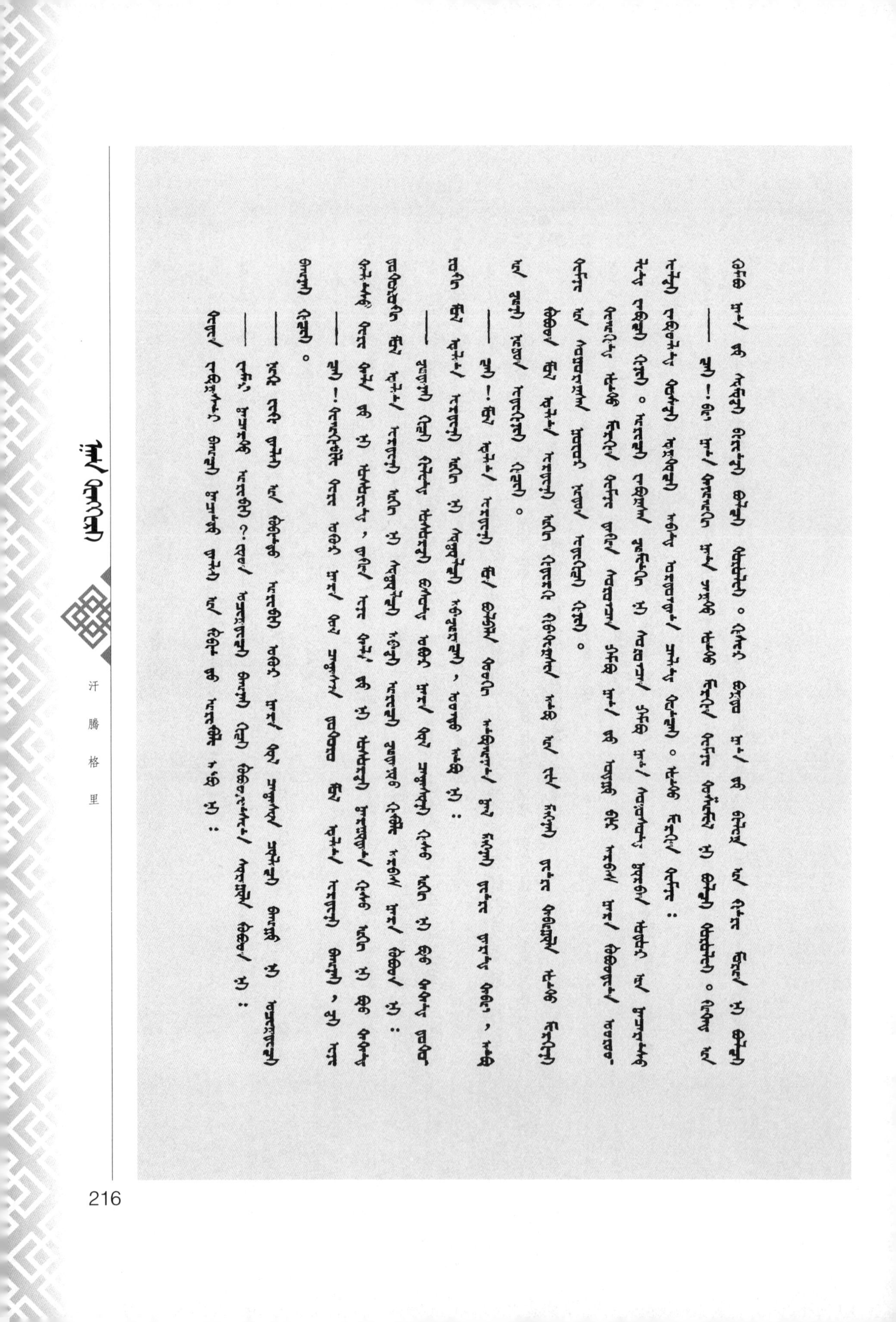

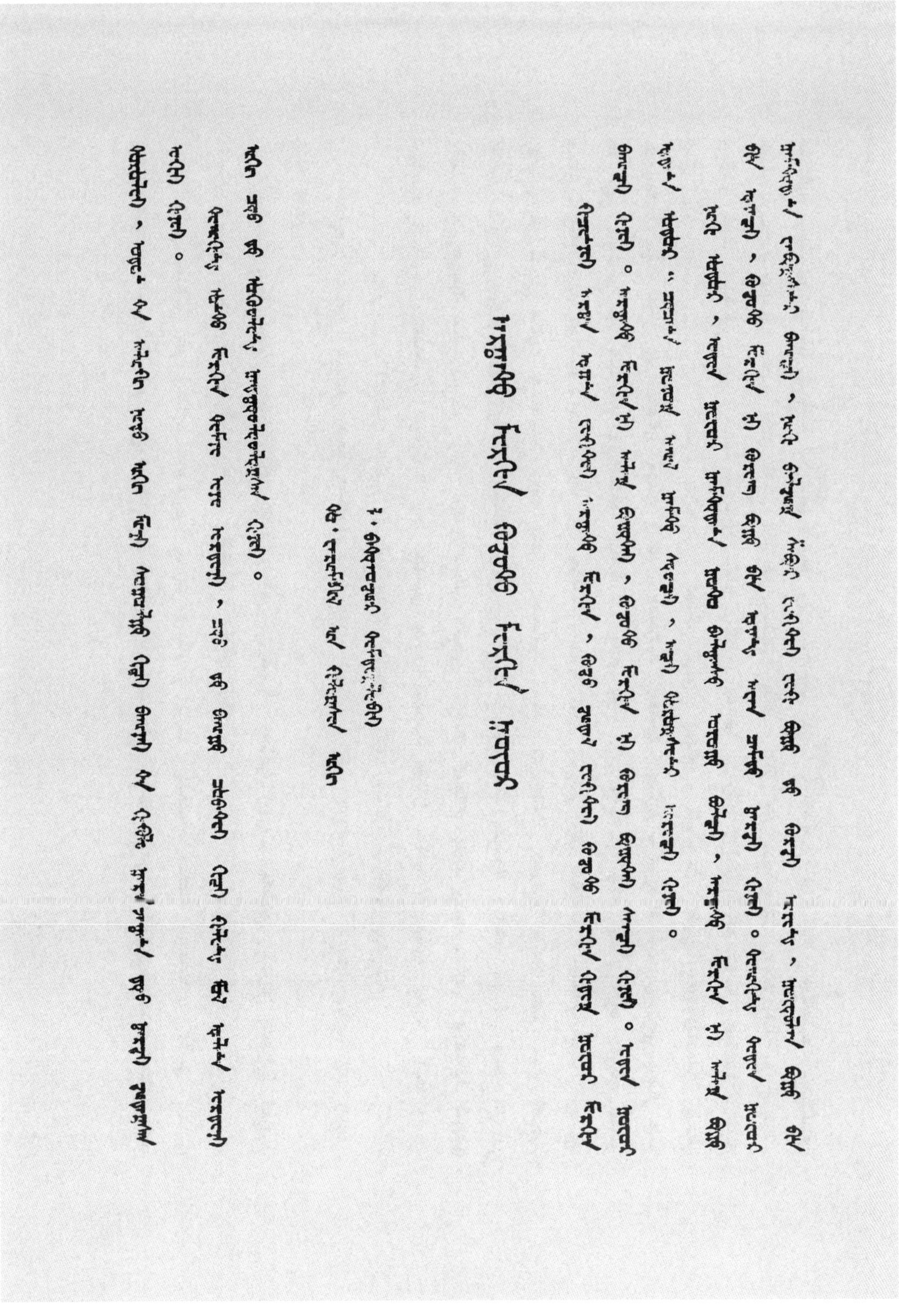

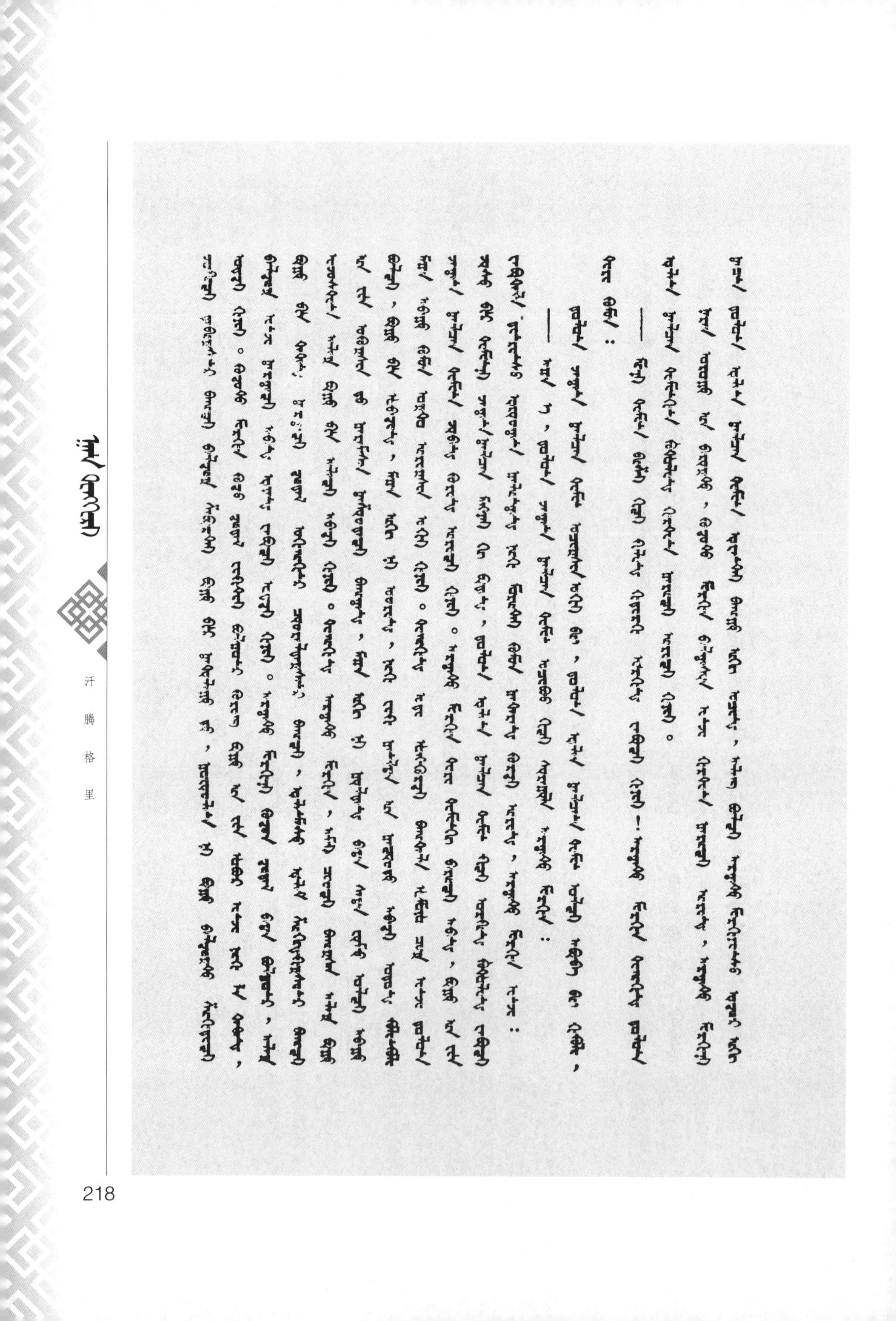

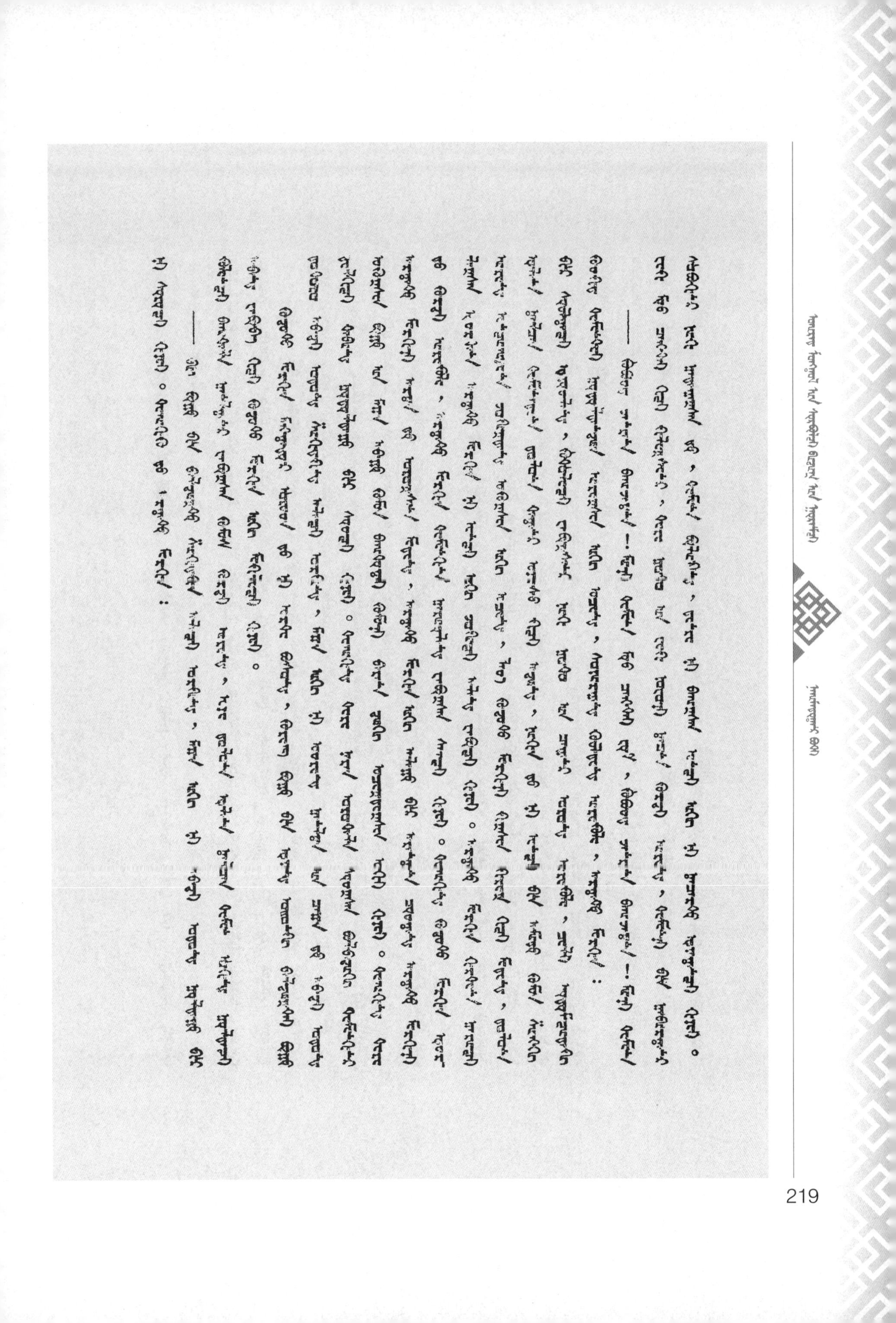

[illegible]

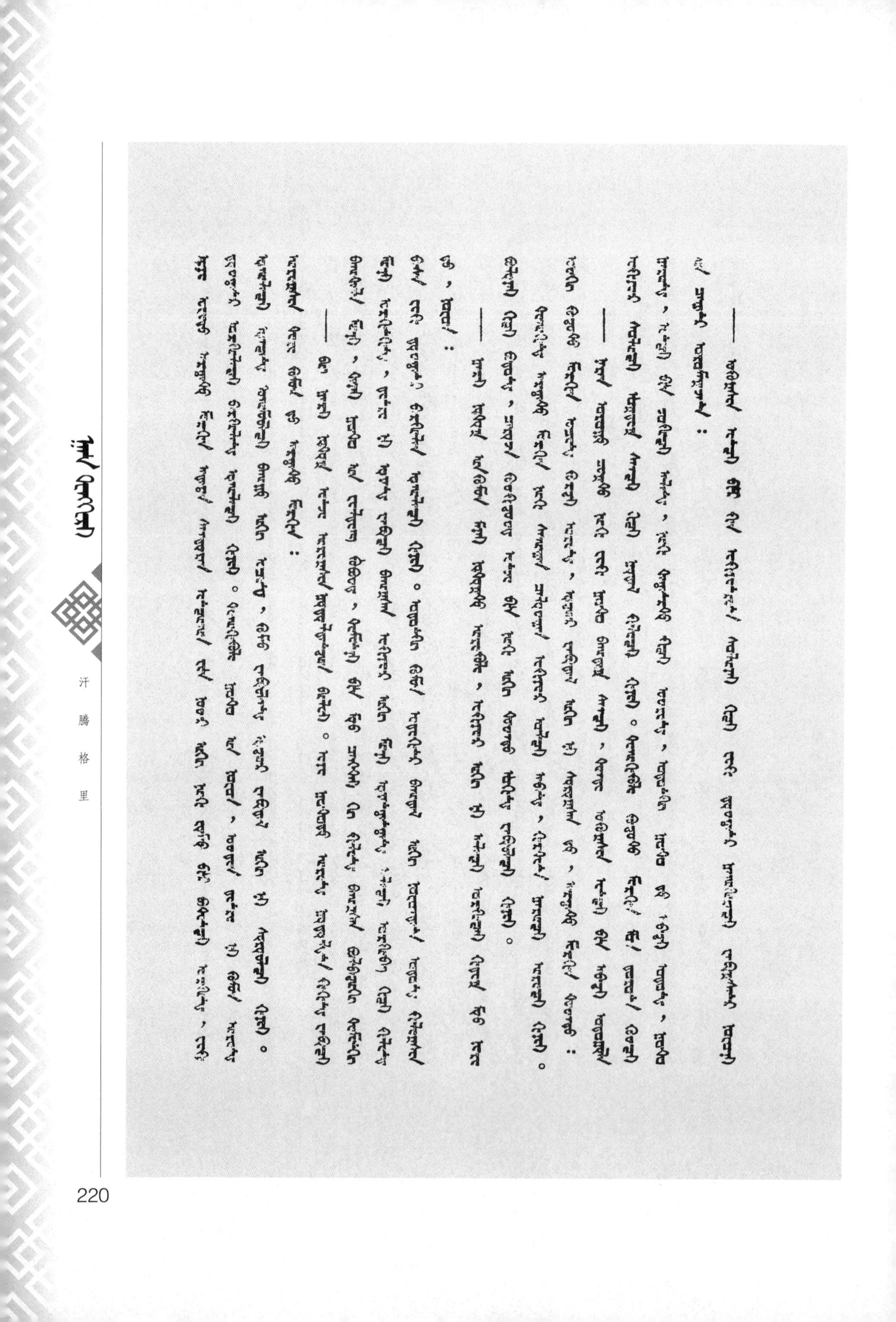

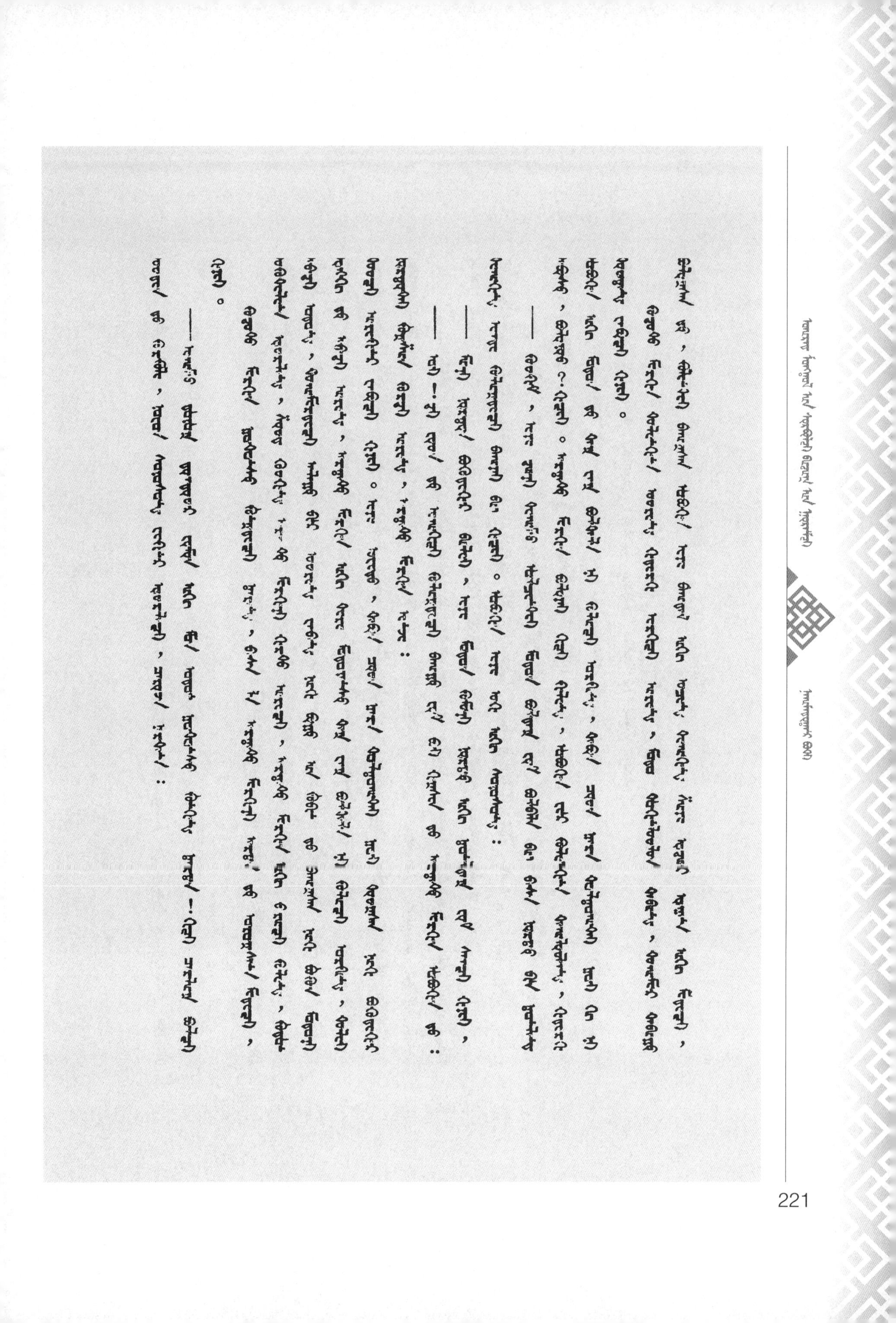

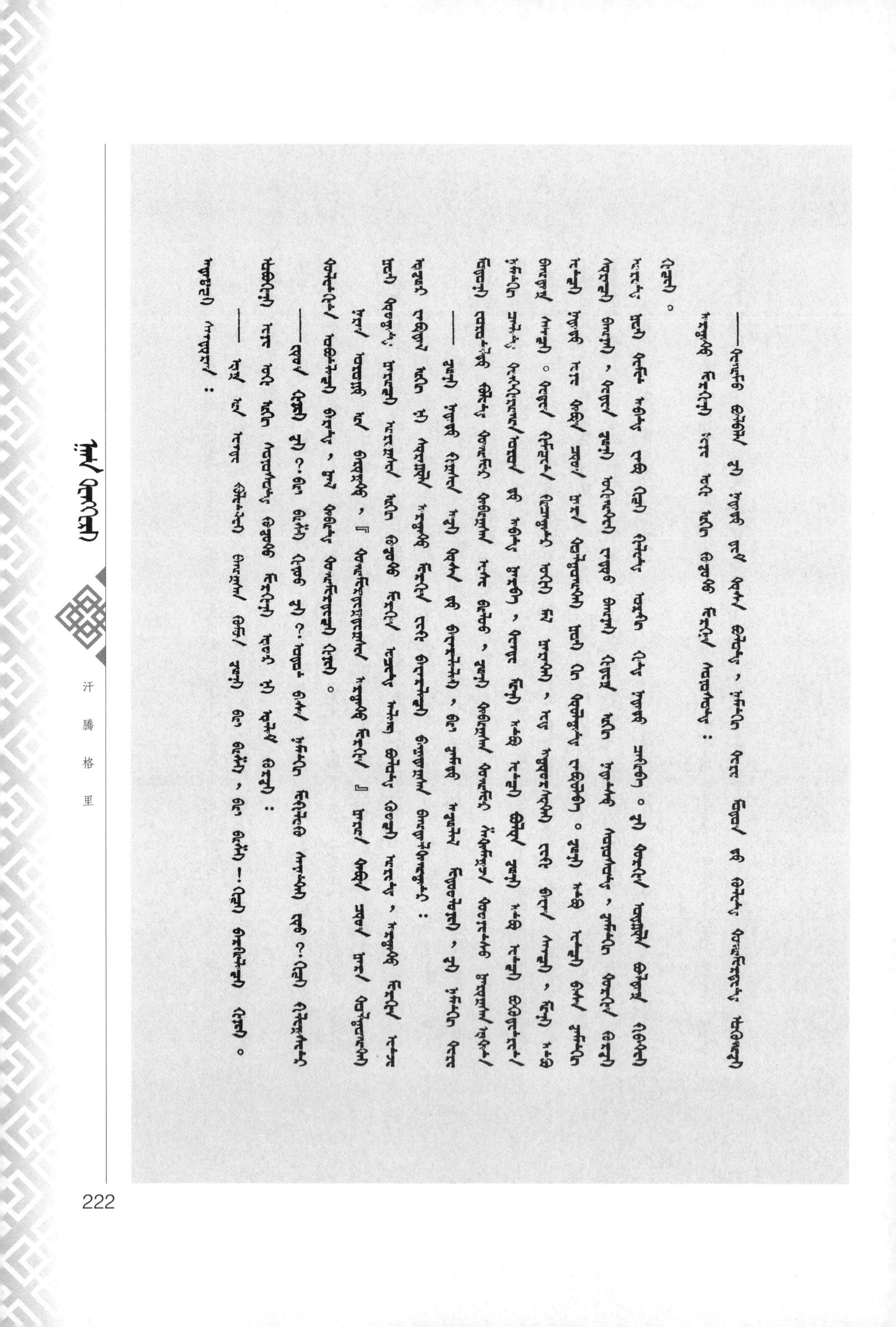

[illegible]

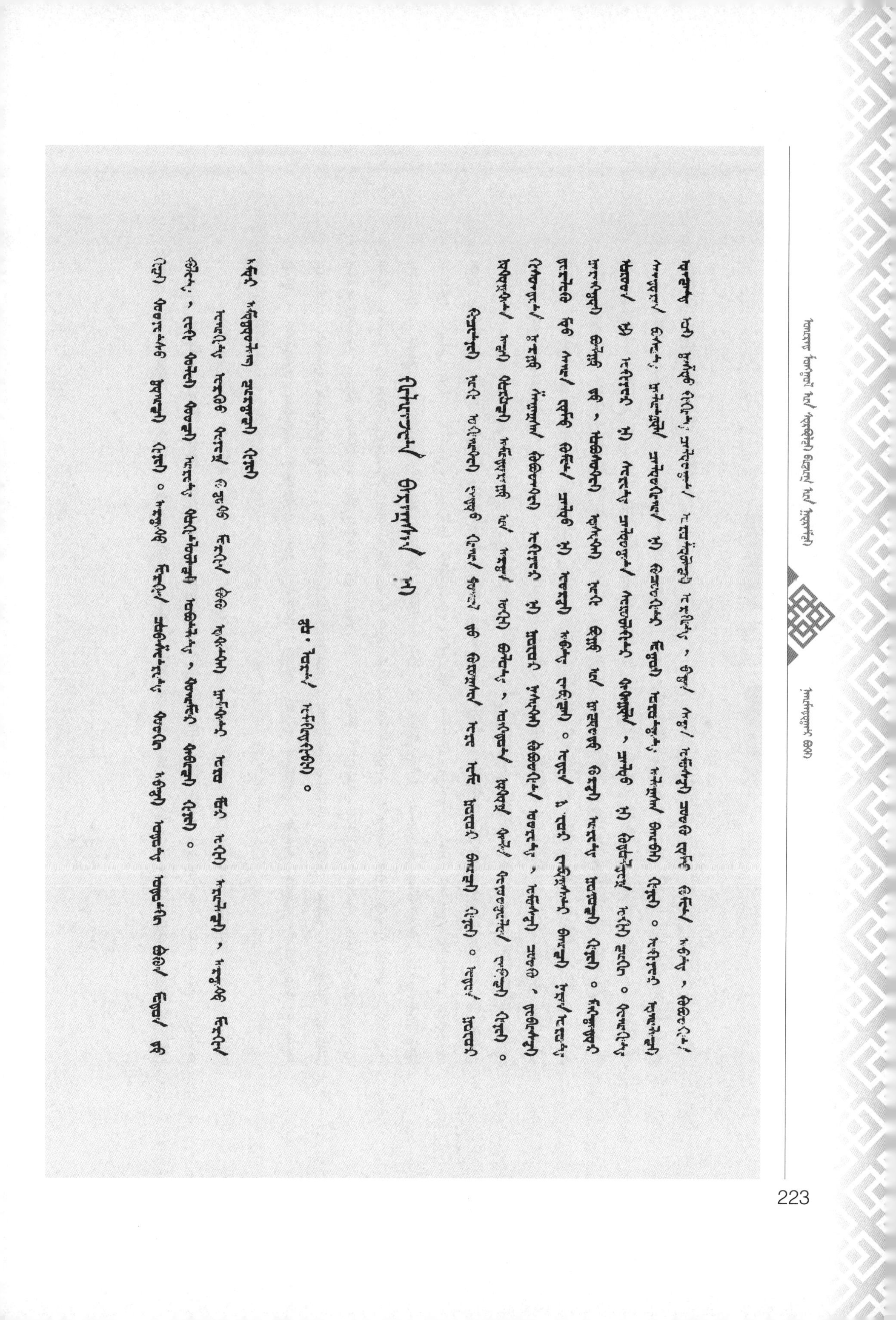

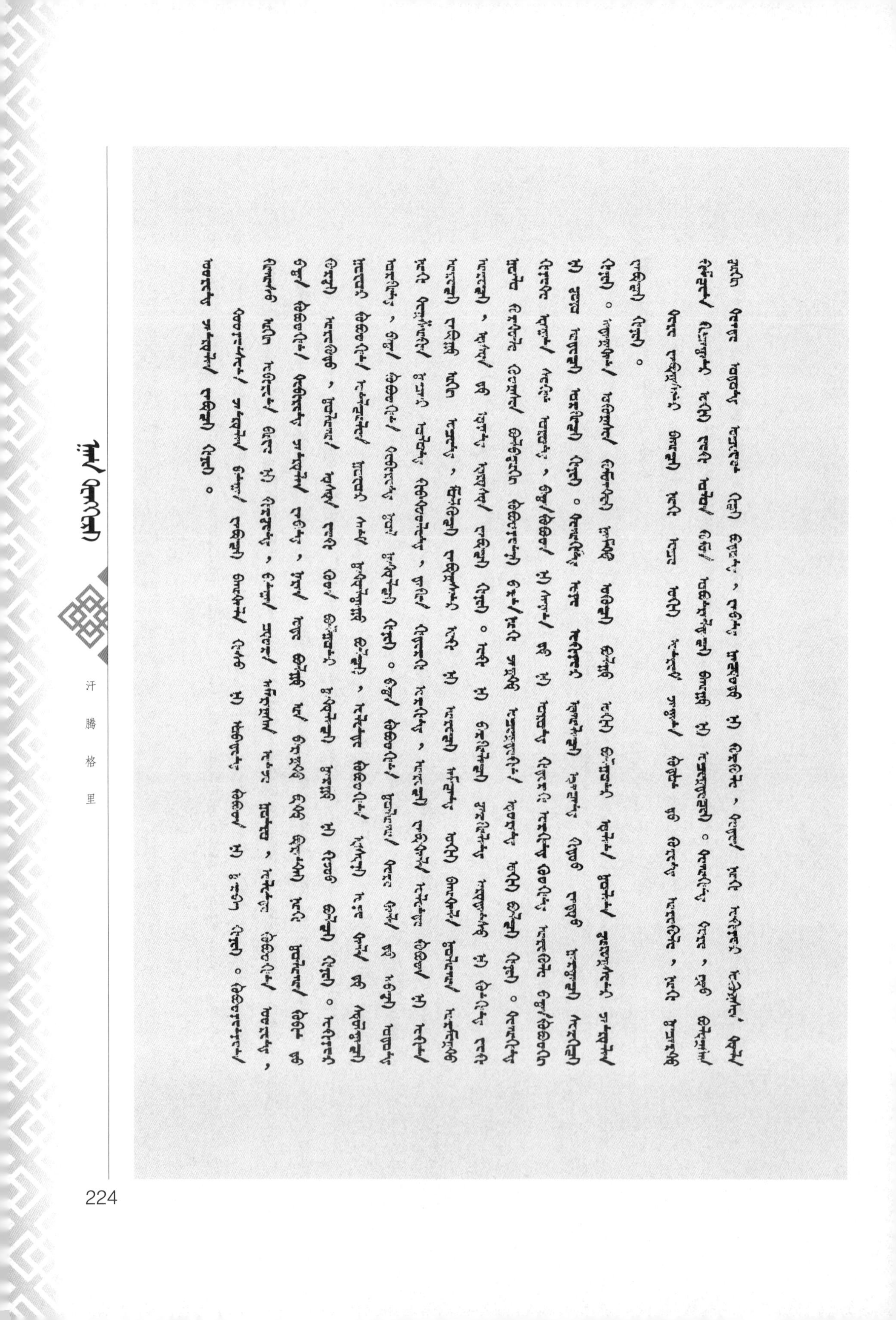

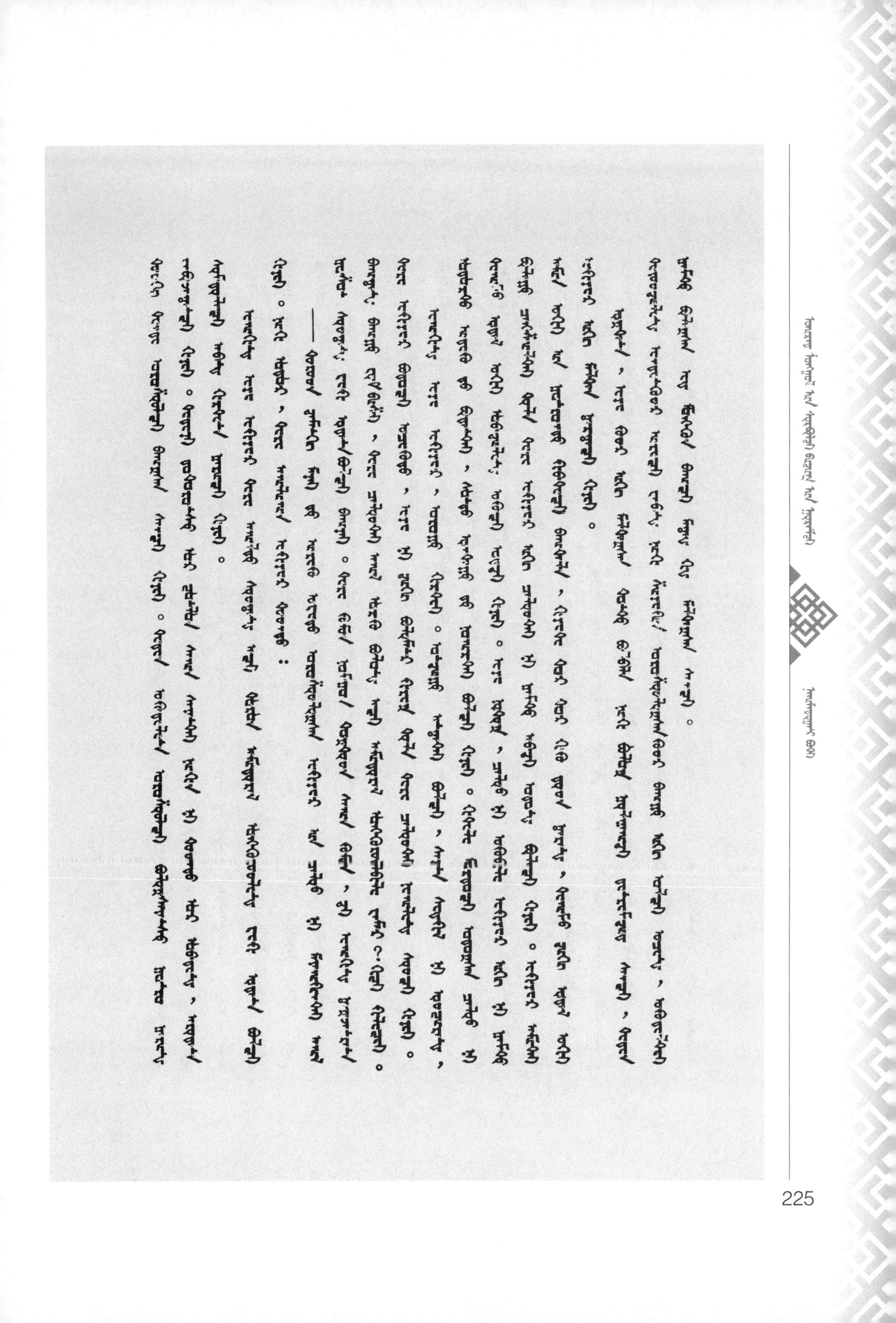

[illegible]

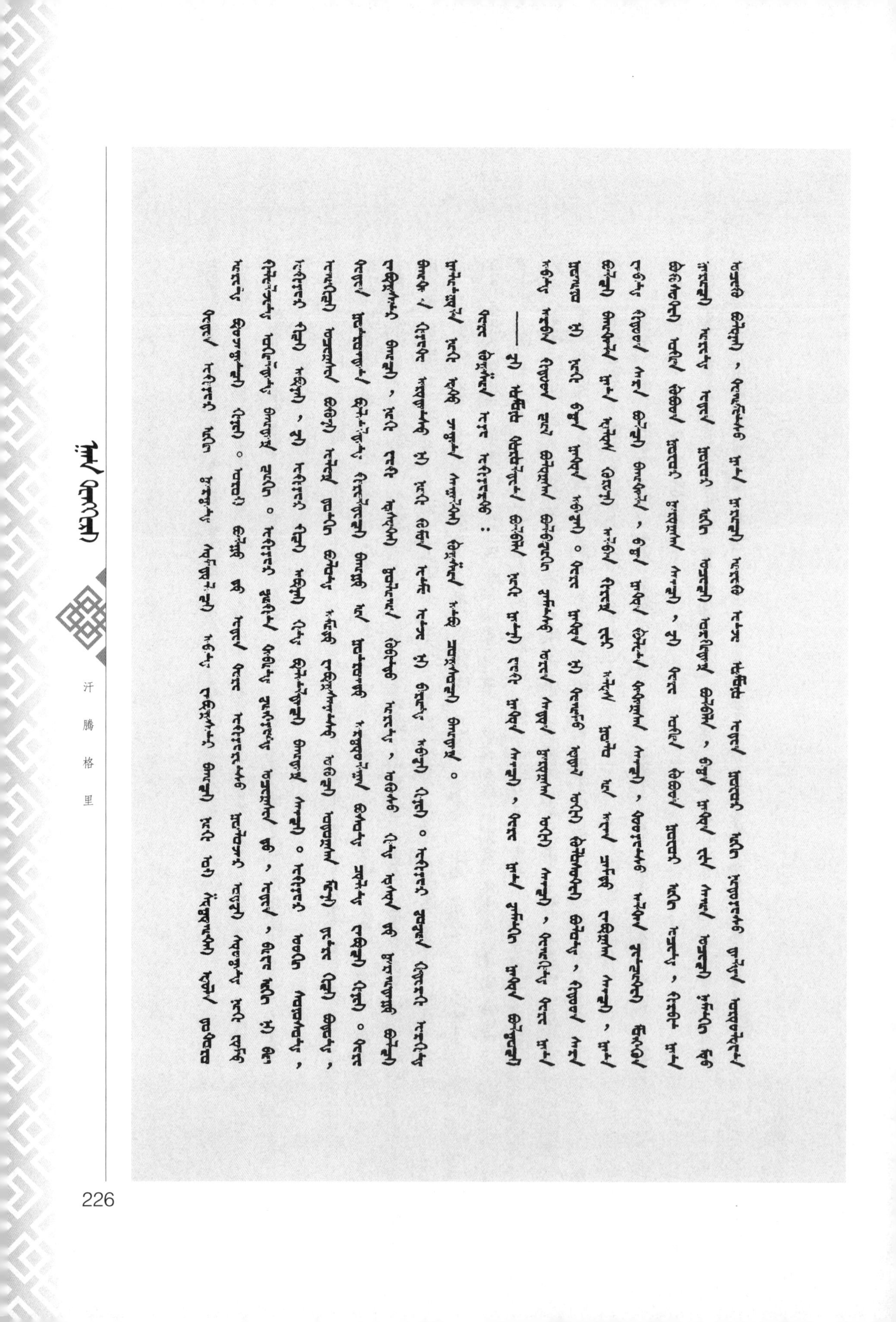

[illegible]

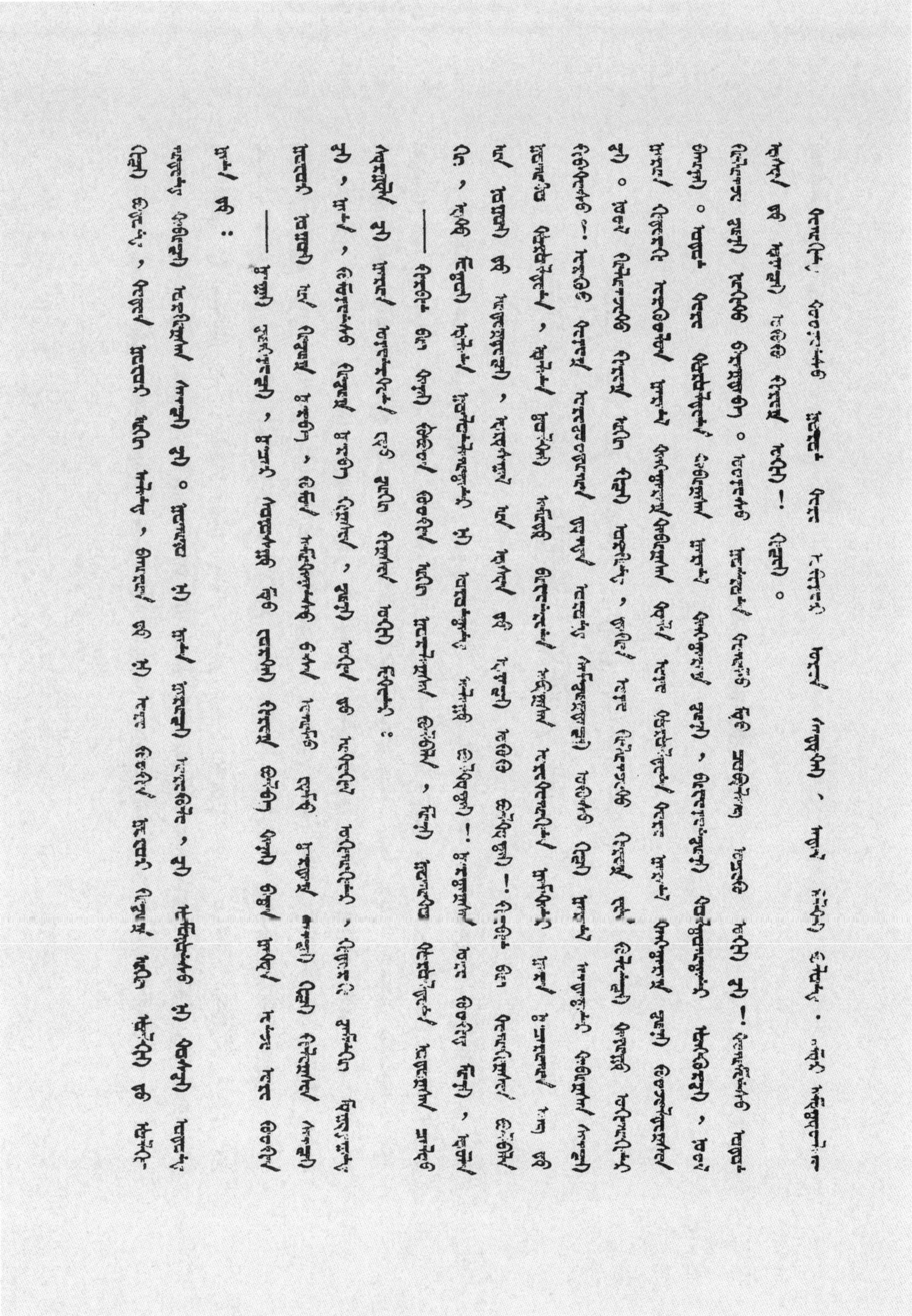

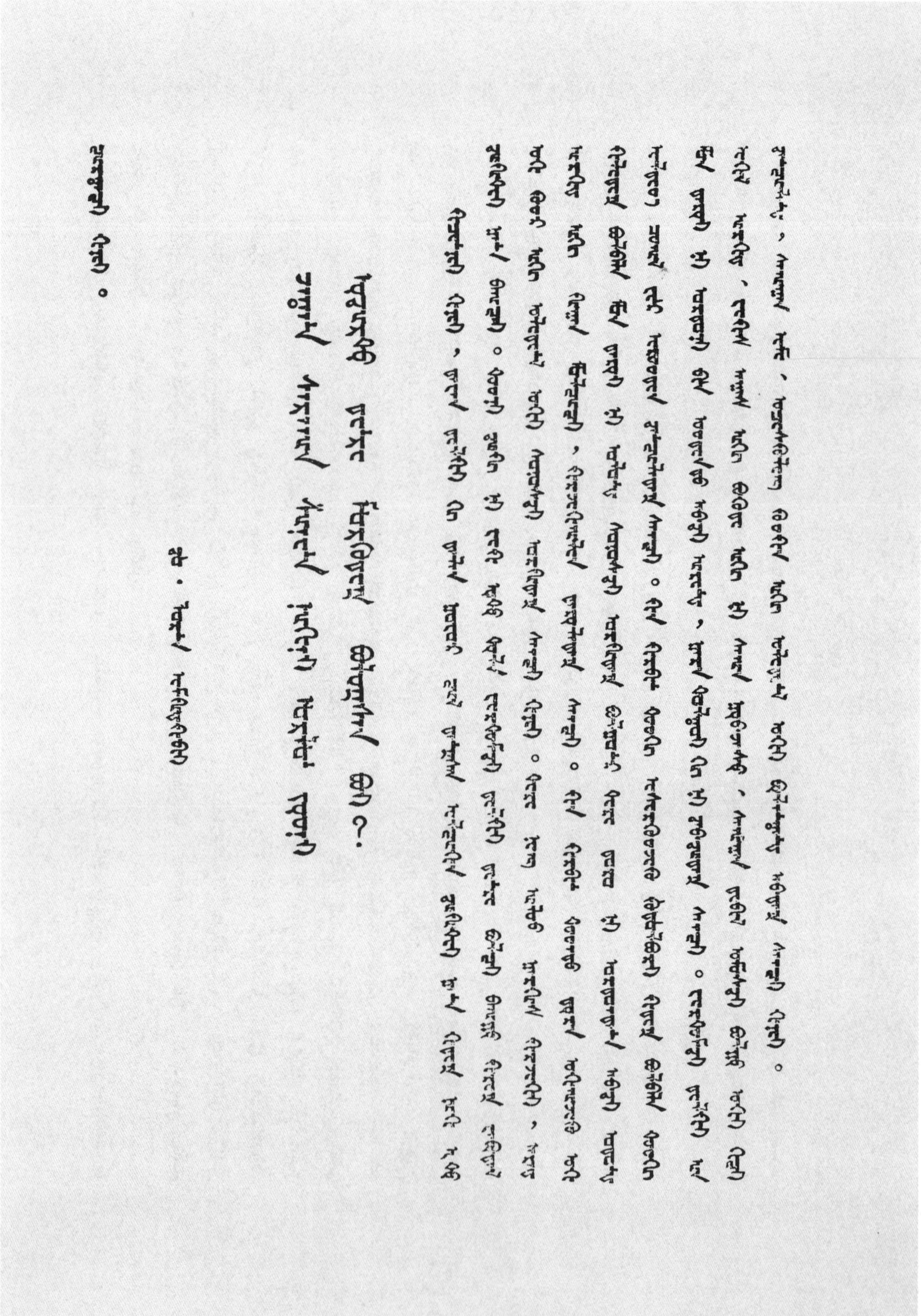

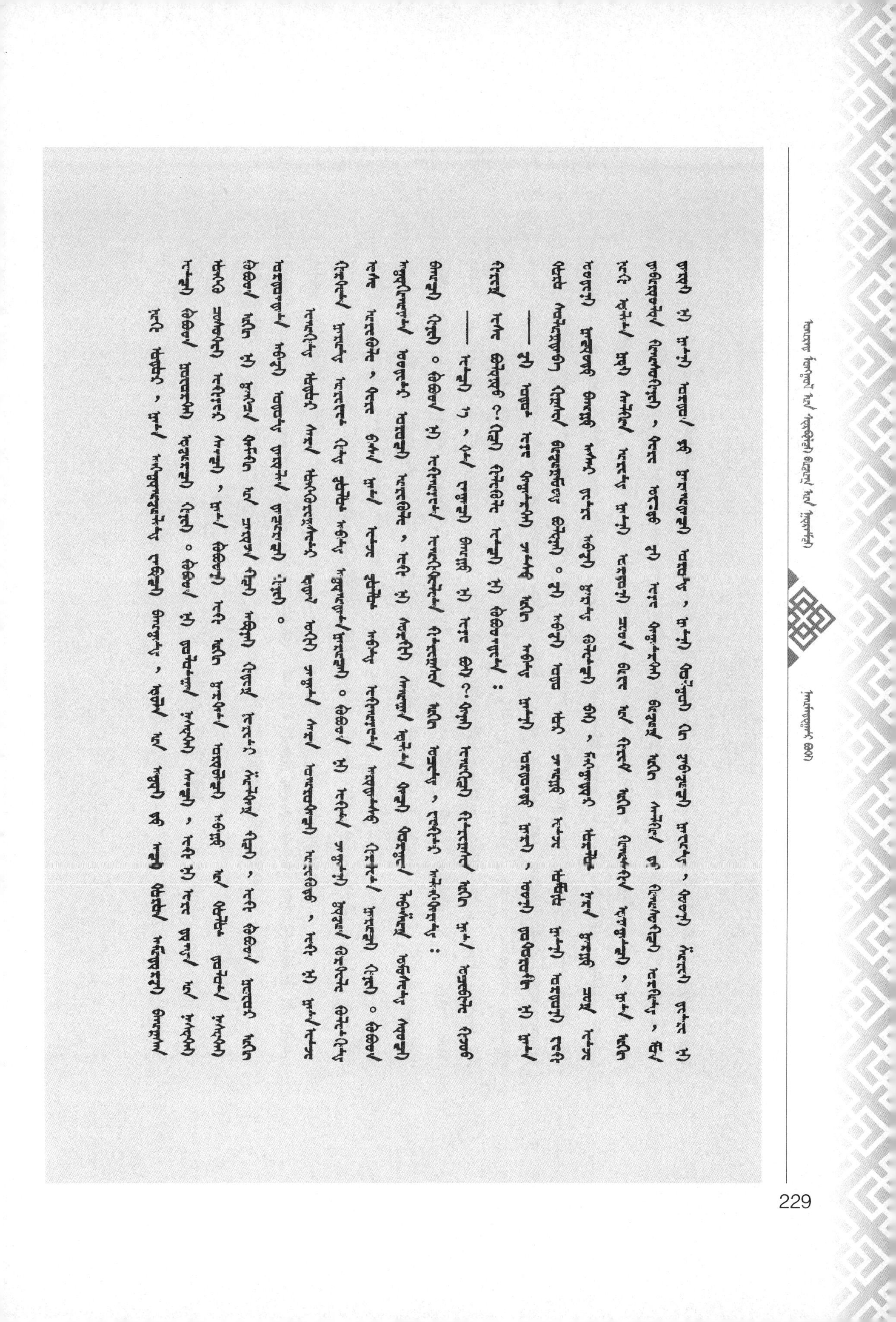

[illegible]

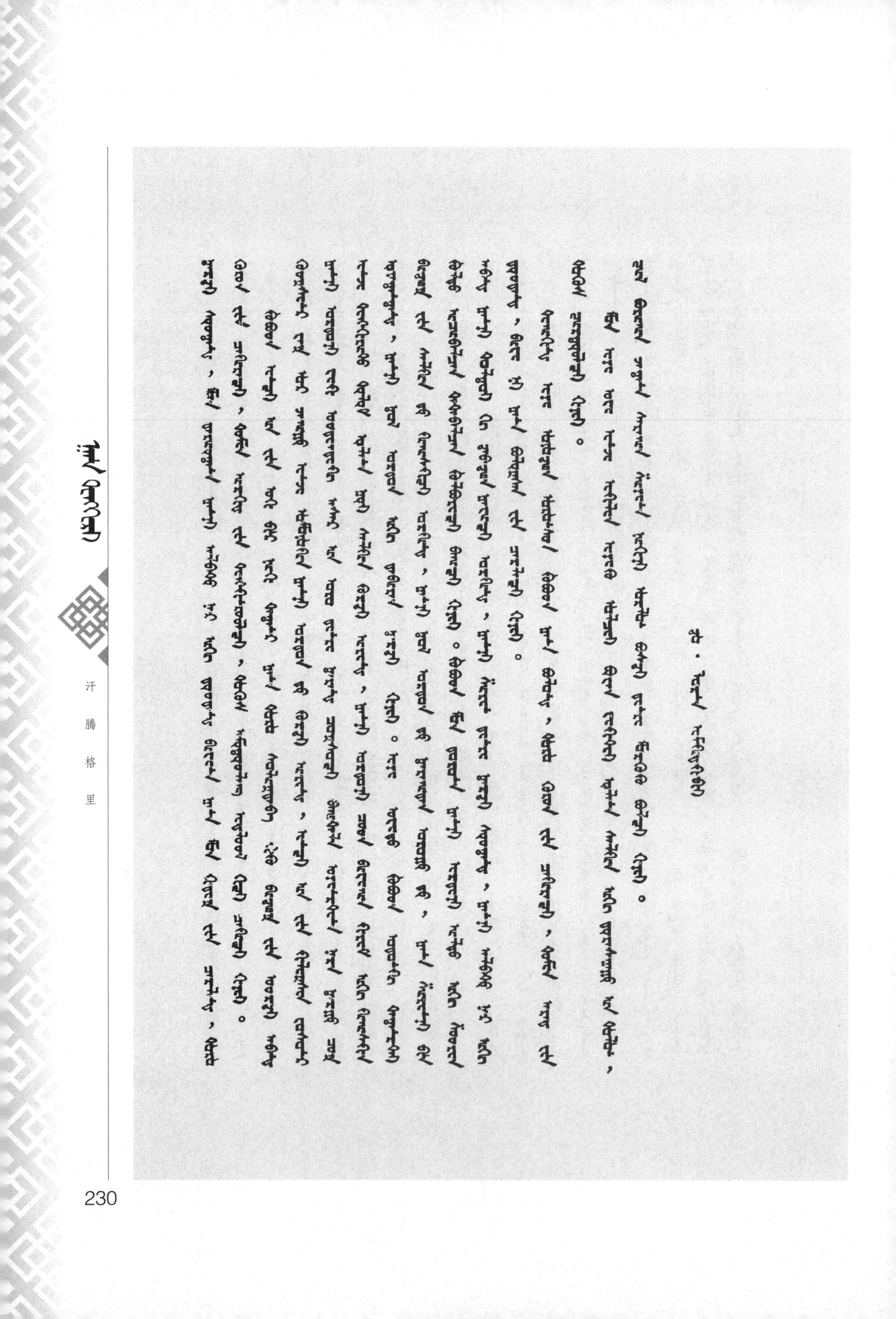

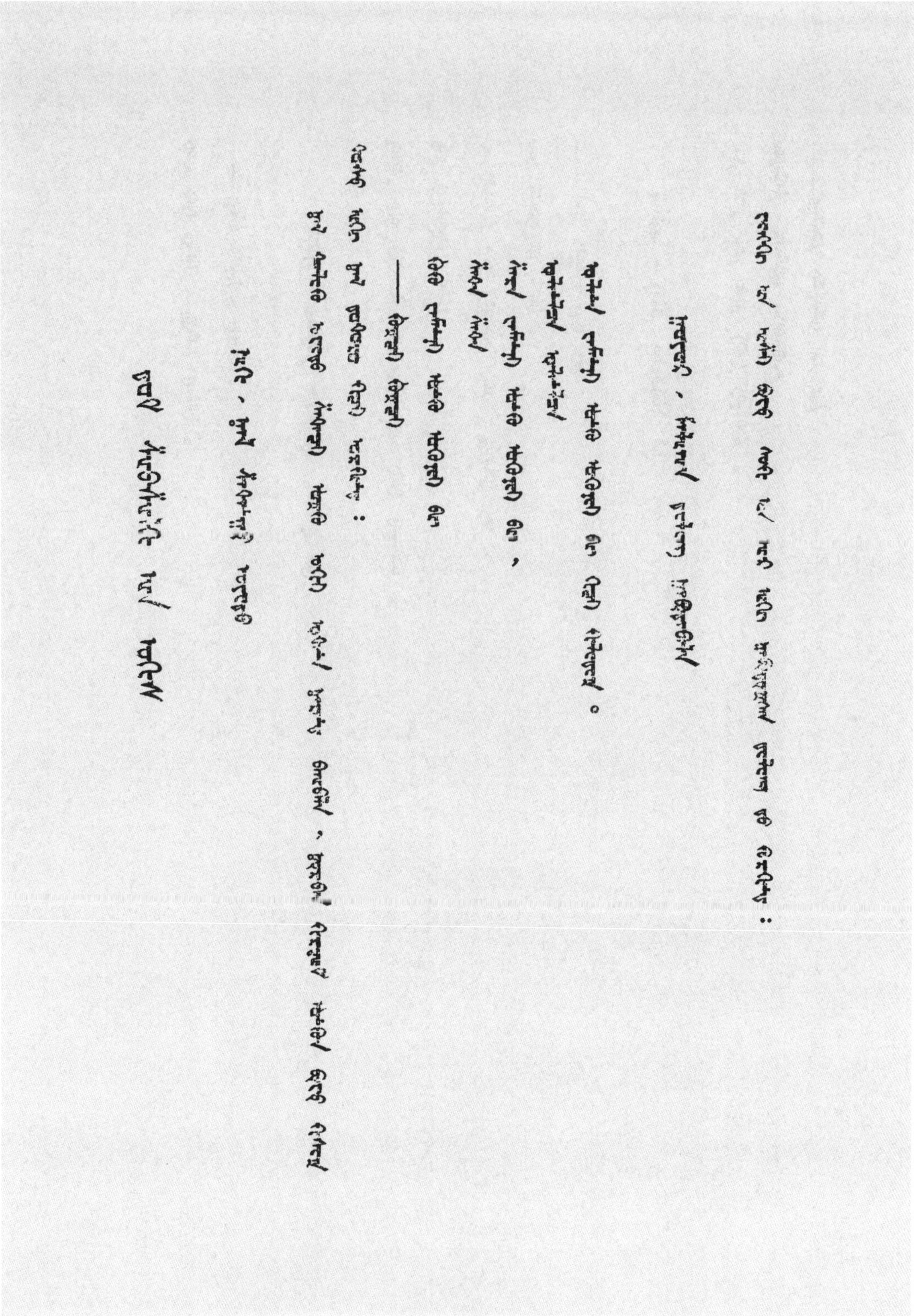

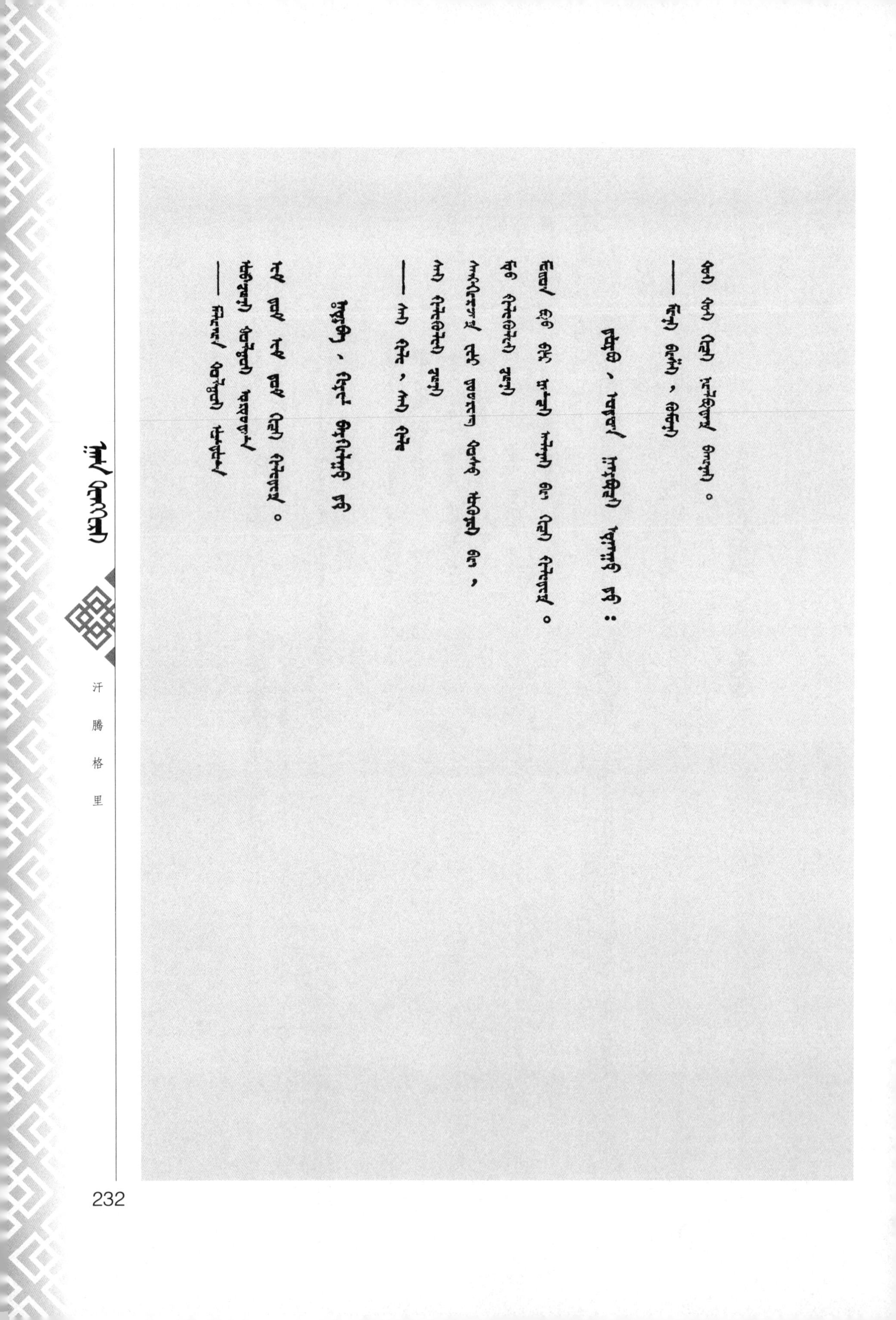

[illegible] 。

—— [illegible] 、 [illegible]

[illegible] 、 [illegible] :

[illegible] 。

[illegible]

[illegible] ,

[illegible]

—— [illegible] , [illegible]

[illegible] 、 [illegible]

[illegible] 。

[illegible]

—— [illegible]

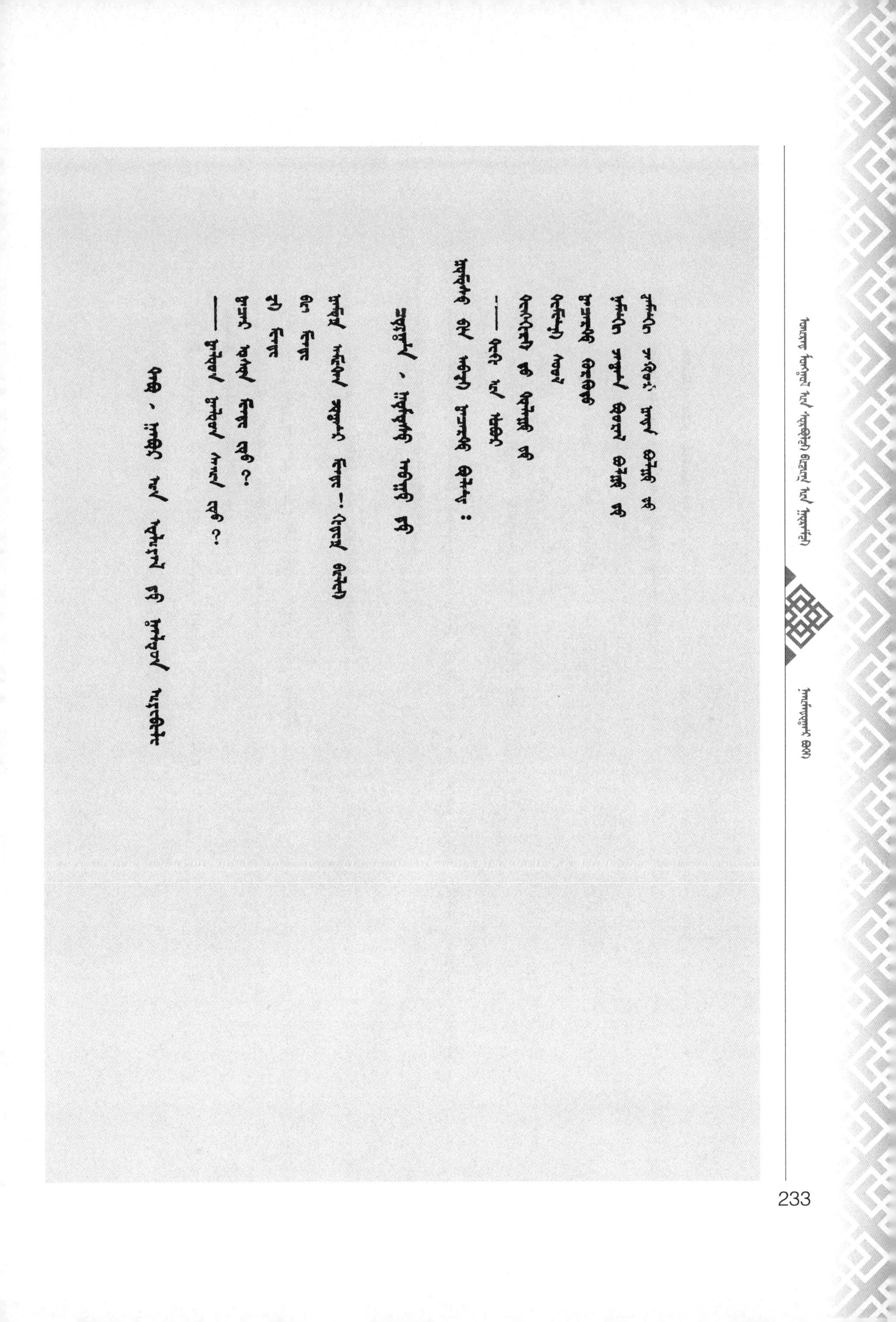

[illegible]
[illegible]
[illegible]
[illegible]
[illegible]
—— [illegible]
[illegible] :

[illegible] , [illegible]

[illegible] ! [illegible]
[illegible]
[illegible]
[illegible] ?
—— [illegible] ?

[illegible] , [illegible]

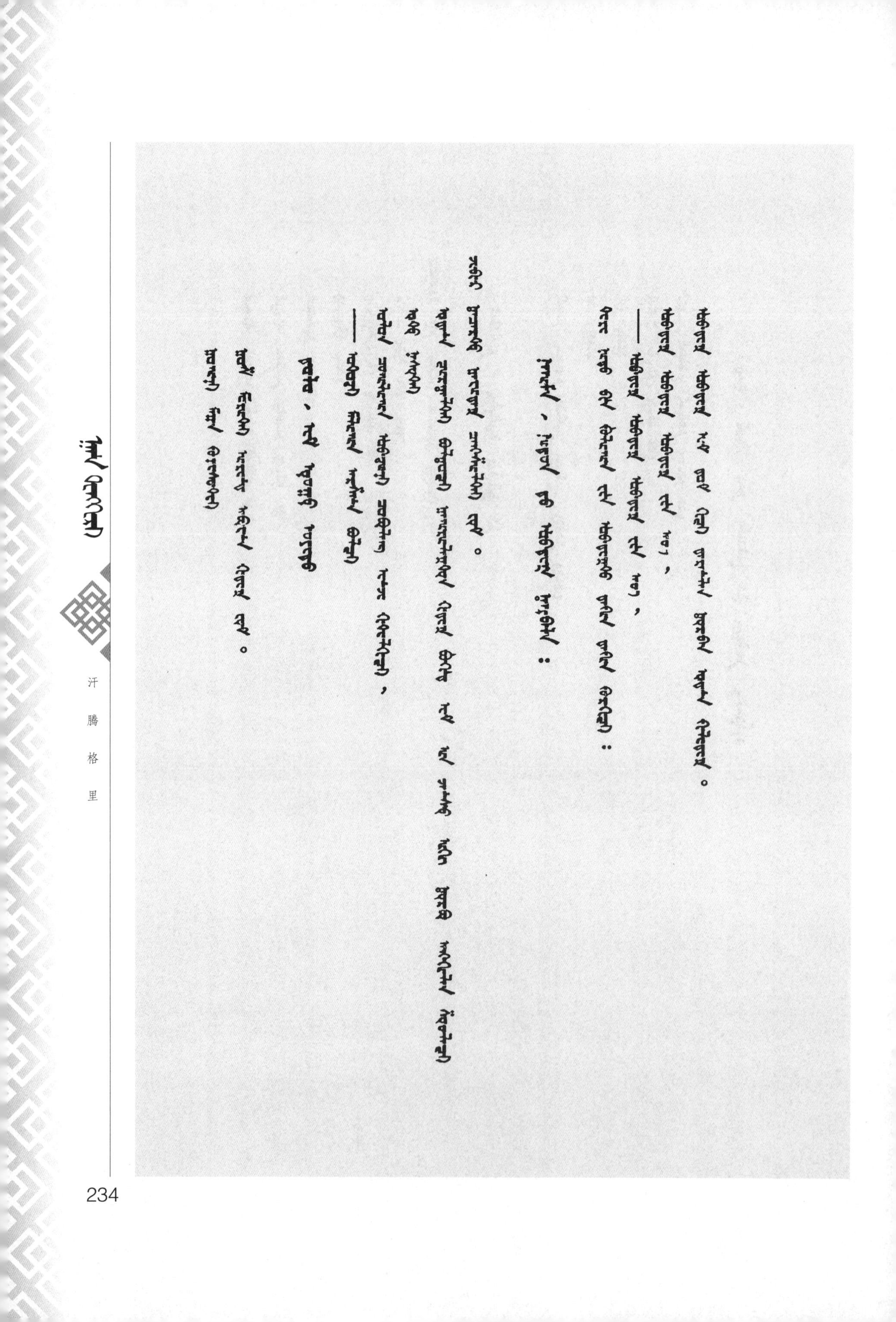

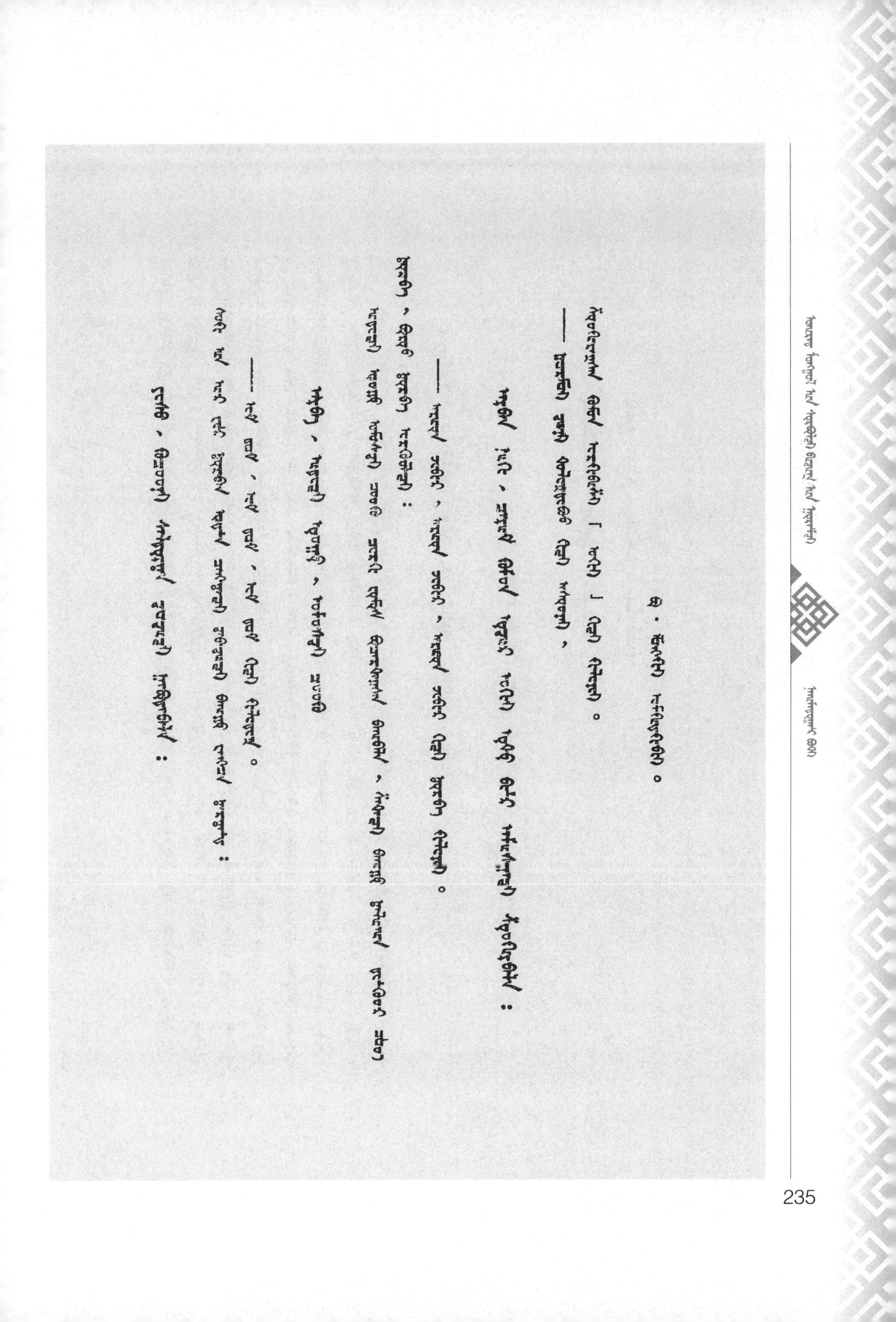

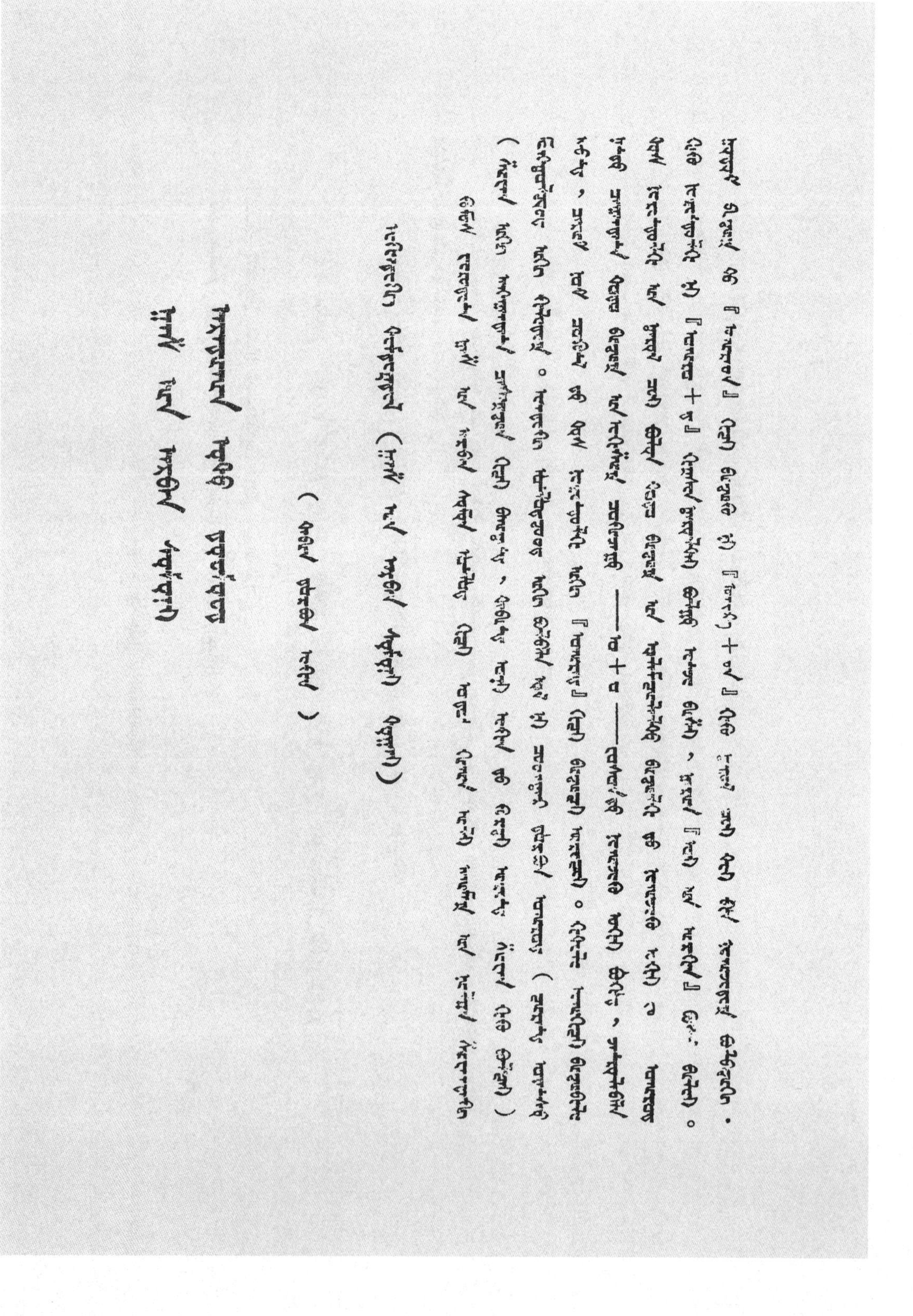

ᠤᠨ ᠰᠤᠳᠤᠯᠤᠯ ᠤᠨ ᠡᠮᠬᠡᠳᠬᠡᠯ ᠰᠡᠳᠬᠦᠯ » ᠰᠡᠳᠬᠦᠯ ᠤᠨ 1985 ᠣᠨ 2 ᠳᠤᠭᠠᠷ ᠳᠤ) ᠨᠡᠢᠲᠡᠯᠡᠭᠳᠡᠭᠰᠡᠨ 『ᠭᠠᠨᠵᠤᠷ』 ᠪᠢᠴᠢᠭ ᠬᠡᠯᠡ ᠪᠢᠴᠢᠵᠡᠢ ᠃ ᠲᠡᠷᠡ « ᠮᠣᠩᠭᠣᠯ ᠤᠨ ᠪᠢᠴᠢᠭᠳᠡᠯ ᠦᠨ ᠬᠡᠯᠡᠨ ᠮᠣᠩᠭᠣᠯᠴᠢᠯᠠᠯ ᠤᠨ ᠠᠰᠠᠭᠤᠳᠠᠯ » (« ᠭᠠᠵᠠᠷ ᠳᠣᠷᠣᠭᠠᠳ

ᠲᠡᠷᠡ ᠪᠦᠲᠦᠭᠡᠯ ᠳᠦ 『ᠭᠠᠨᠵᠤᠷ』 ᠤᠨ ᠮᠣᠩᠭᠣᠯᠴᠢᠯᠠᠯ ᠤᠨ ᠲᠤᠬᠠᠢ ᠤᠨ ᠬᠡᠯᠡᠯ ᠦᠭᠡᠰ ᠮᠣᠩᠭᠣᠯ ᠦᠭᠡᠰ ᠪᠢᠴᠢᠭᠳᠡᠭᠰᠡᠨ ᠪᠠᠶᠢᠳᠠᠯ ᠢ ᠰᠢᠨᠵᠢᠯᠡᠨ ᠲᠣᠭᠠᠴᠢᠭᠰᠠᠨ ᠪᠣᠯᠤᠨ᠎ᠠ ᠃

ᠮᠣᠩᠭᠣᠯᠴᠢᠯᠠᠭᠰᠠᠨ ᠬᠡᠯᠡ ᠦᠭᠡᠰ ᠢ ᠪᠠᠷᠢᠮᠲᠠ ᠪᠣᠯᠭᠠᠨ ᠠᠪᠴᠤ ᠦᠵᠡᠪᠡᠯ ᠃ ᠭᠠᠨᠵᠤᠷ ᠤᠨ ᠣᠷᠴᠢᠭᠤᠯᠤᠭᠰᠠᠨ ᠨᠡᠷ᠎ᠡ ᠲᠣᠮᠢᠶ᠎ᠠ ᠪᠣᠯᠤᠨ ᠬᠣᠪᠢᠯᠭᠠᠭᠰᠠᠨ ᠮᠠᠰᠢ ᠣᠯᠠᠨ ᠲᠣᠯᠢ ᠬᠡᠯᠡᠰ ᠢ ᠮᠣᠩᠭᠣᠯᠴᠢᠯᠠᠭᠰᠠᠨ ᠦᠭᠡ ᠪᠠᠢᠨ᠎ᠠ ᠶᠢ ᠬᠡᠯᠡᠨ ᠬᠡᠪᠯᠡᠯ ᠳᠦ ᠣᠷᠣᠭᠤᠯᠤᠨ ᠲᠣᠭᠠᠴᠢᠭᠰᠠᠨ ᠪᠠᠢᠨ᠎ᠠ ᠃ ᠬᠣᠯᠪᠣᠭ᠎ᠠ ᠶᠢᠨ ᠦᠭᠡ (ᠮᠣᠩᠭᠣᠯ ᠬᠡᠯᠡᠨ ᠦᠭᠡ) ᠲᠣᠭ᠎ᠠ ᠶᠢ ᠬᠡᠯᠡ ᠲᠣᠭᠠᠴᠠᠨ ᠪᠠᠢᠭᠤᠯᠤᠯ ᠨᠢᠭᠡᠳᠦᠭᠡᠷ ᠲᠣᠭᠠᠯᠠᠯ ᠃ ᠲᠡᠷᠡ ᠪᠠᠷᠢᠮᠲᠠ ᠬᠡᠮᠵᠢᠶ᠎ᠡ 3 ᠂ ᠵᠢᠷᠤᠭ 2 ᠲᠣᠭ᠎ᠠ) ᠲᠣᠭᠠᠴᠠᠯ ᠪᠣᠯᠤᠨ ᠲᠣᠭ᠎ᠠ ᠬᠣᠯᠪᠣᠭᠳᠠᠯ ᠪᠠᠢᠳᠠᠯ ᠃ ᠵᠢᠱᠢᠶᠡᠯᠡᠪᠡᠯ : ᠨᠢᠭᠡᠳᠦᠭᠡᠷ ᠤᠨ ᠦᠭᠡ ᠪᠠᠢᠳᠠᠯ ᠪᠠᠢᠨ᠎ᠠ ᠃ ᠮᠣᠩᠭᠣᠯᠴᠢᠯᠠᠭᠰᠠᠨ ᠲᠣᠭᠠᠴᠠᠯ ᠦᠭᠡ ᠰᠠᠨᠠᠯ ᠬᠡᠯᠡ ᠲᠣᠭ᠎ᠠ ᠪᠣᠯᠤᠨ᠎ᠠ ᠂ ᠬᠠᠮᠤᠭ ᠤᠨ ᠬᠣᠯᠪᠣᠭ ᠲᠣᠭᠠᠴᠠᠨ (ᠮᠣᠩᠭᠣᠯᠴᠢᠯᠠᠭᠰᠠᠨ ᠪᠢᠴᠢᠭ ᠦᠭᠡ ᠲᠡᠶᠢᠨ ᠳᠦ ᠰᠠᠨᠠᠯ ᠦᠭᠡ ᠂ ᠲᠣᠭᠠᠨ ᠤᠨ ᠦᠭᠡ ᠂ ᠪᠢᠴᠢᠭ ᠤᠨ ᠦᠭᠡ……ᠪᠦᠷᠢᠳᠬᠡᠯ ᠪᠠᠭᠰᠢ ᠂ ᠪᠢᠳᠡ ᠂ ᠪᠠᠭᠰᠢ ᠪᠢᠳᠡ ᠶᠢᠨ ᠲᠣᠭᠠᠴᠠᠭᠰᠠᠨ ᠪᠦᠲᠦᠭᠡᠯ ᠬᠣᠯᠪᠣᠭᠳᠠᠯ ᠢ ᠪᠠᠭᠰᠢ ᠡᠷᠳᠡᠮ ᠦᠭᠡ ᠪᠠᠢᠨ᠎ᠠ ᠃ ᠵᠢᠱᠢᠶᠡᠯᠡᠪᠡᠯ ᠪᠣᠯᠪᠠᠰᠤ ᠡᠷᠳᠡᠮ ᠂ ᠬᠡᠯᠡᠨ ᠂ ᠪᠠᠭᠰᠢ ᠬᠡᠯᠡᠨ ᠂ ᠪᠣᠯᠪᠠᠰᠤ ᠬᠡᠯᠡᠨ (ᠵᠢᠷᠤᠭ ᠲᠣᠭᠠᠴᠠᠯ ᠲᠣᠭᠠᠨ ᠦᠭᠡ ᠪᠠᠢᠨ᠎ᠠ ᠪᠣᠯᠤᠨ᠎ᠠ) ᠂ ᠪᠠᠭᠰᠢ ᠂ ᠭᠠᠨᠵᠤᠷ ᠪᠢᠴᠢᠭᠰᠡᠨ ᠰᠤᠷᠤᠭᠴᠢ ᠂ ᠲᠣᠭᠠᠴᠠᠨ ᠲᠡᠷᠡ ᠪᠦᠬᠦ ᠮᠣᠩᠭᠣᠯᠴᠢᠯᠠᠯ ᠲᠣᠭᠠᠴᠠᠭᠰᠠᠨ ᠬᠠᠮᠤᠭ ᠦᠭᠡ ᠳᠦ ᠪᠠᠢᠭᠤᠯᠤᠨ᠎ᠠ ᠃ ᠲᠣᠭᠠᠴᠠᠯ : ᠡᠷᠳᠡᠮ ᠂ ᠮᠣᠩᠭᠣᠯᠴᠢᠯᠠᠯ ᠬᠡᠯᠡᠨ ᠡᠷᠳᠡᠮ ᠢ ᠪᠢᠴᠢᠭ ᠳᠦ ᠲᠣᠭᠠᠴᠠᠭᠰᠠᠨ ᠬᠡᠯᠡᠨ ᠲᠣᠭᠠᠴᠠᠨ ᠰᠠᠨᠠᠯᠲᠠ ᠲᠣᠭᠠᠴᠠᠭᠰᠠᠨ ᠪᠠᠢᠨ᠎ᠠ ᠲᠡᠷᠡ ᠪᠠᠢᠨ᠎ᠠ ᠢ (ᠪᠠᠢᠳᠠᠯ ᠲᠣᠭᠠᠴᠠᠯ ᠤᠨ ᠲᠡᠷᠡ ᠳᠦ) ᠪᠢᠴᠢᠭᠳᠡᠭᠰᠡᠨ ᠂ ᠪᠢᠴᠢᠭᠳᠡᠭᠰᠡᠨ ᠲᠣᠭ᠎ᠠ ᠳᠦ ᠪᠠᠢᠳᠠᠯ ᠪᠠᠢᠨ᠎ᠠ ᠃ ᠲᠣᠭᠠᠴᠠᠯ ᠤᠨ ᠪᠠᠢᠭᠤᠯ ᠮᠣᠩᠭᠣᠯᠴᠢᠯᠠᠯ ᠂ ᠮᠣᠩᠭᠣᠯᠴᠢᠯᠠᠭᠰᠠᠨ ᠪᠦᠲᠦᠭᠡᠯ ᠪᠢᠴᠢᠭ ᠬᠣᠯᠪᠣᠭᠳᠠᠭᠰᠠᠨ ᠪᠠᠢᠨ᠎ᠠ ᠃ ᠭᠠᠨᠵᠤᠷ ᠤᠨ ᠪᠢᠴᠢᠭ ᠳᠦ ᠂ ᠪᠠᠭᠰᠢ ᠤᠨ ᠡᠷᠳᠡᠮ ᠬᠡᠯᠡᠨ ᠬᠡᠯᠡᠨ ᠲᠣᠭᠠᠴᠠᠭᠰᠠᠨ ᠲᠡᠷᠡ ᠲᠣᠭᠠᠴᠠᠯ ᠪᠢᠴᠢᠭ ᠮᠣᠩᠭᠣᠯᠴᠢᠯᠠᠭᠰᠠᠨ ᠲᠣᠭᠠᠴᠠᠭᠰᠠᠨ ᠂ ᠪᠠᠭᠰᠢ ᠤᠨ ᠪᠢᠴᠢᠭ ᠲᠡᠷᠡ ᠲᠣᠭ᠎ᠠ ᠂ ᠲᠣᠭᠠᠴᠠᠨ ᠮᠣᠩᠭᠣᠯᠴᠢᠯᠠᠭᠰᠠᠨ ᠬᠡᠯᠡᠨ ᠲᠣᠭᠠᠨ ᠬᠡᠯᠡ ᠲᠣᠭᠠᠴᠠᠨ ᠪᠢᠴᠢᠭᠳᠡᠭᠰᠡᠨ ᠲᠣᠭᠠᠴᠠᠯ ᠢ ᠮᠣᠩᠭᠣᠯᠴᠢᠯᠠᠭᠰᠠᠨ ᠪᠠᠢᠳᠠᠯ ᠪᠠᠢᠨ᠎ᠠ) ᠤᠨ ᠲᠣᠭᠠᠨ ᠬᠠᠮᠤᠭ ᠪᠠᠢᠭᠰᠠᠨ ᠂ 1757 ᠣᠨ

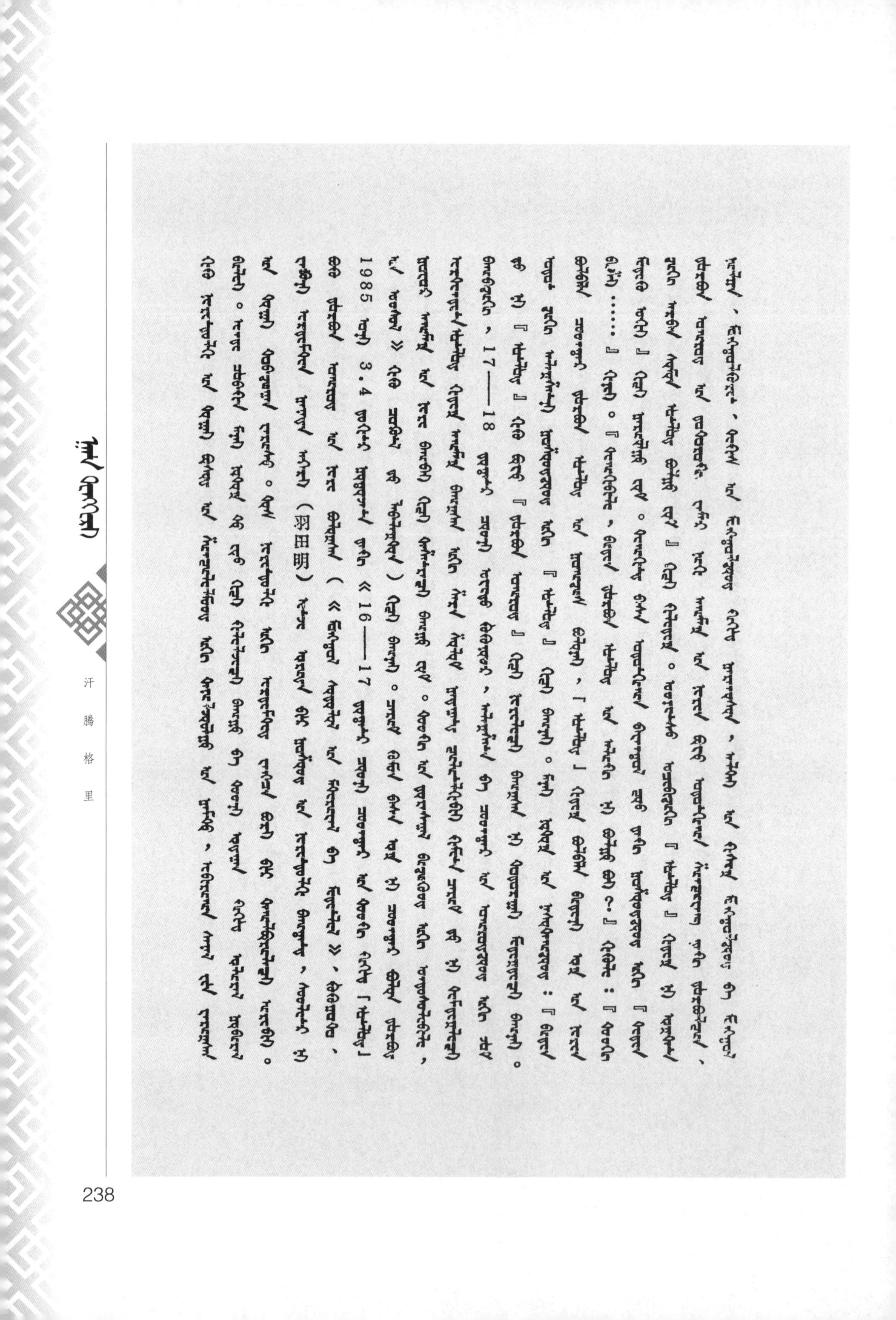

ᠪᠣᠯᠤᠨ ᠲᠠᠶᠢᠯᠪᠤᠷᠢᠯᠠᠬᠤ ᠰᠤᠷᠪᠠᠯ ᠬᠠᠷᠢ (羽田明) ᠪᠢᠴᠢᠭ ᠲᠣᠭᠠᠨ ᠪᠣᠯ ᠰᠤᠷᠪᠠᠯᠵᠢ ᠶᠢᠨ ᠲᠠᠶᠢᠯᠪᠤᠷᠢᠯᠠᠬᠤ ᠪᠣᠯᠤᠨ᠎ᠠ ، ᠲᠡᠭᠦᠨ ᠢ

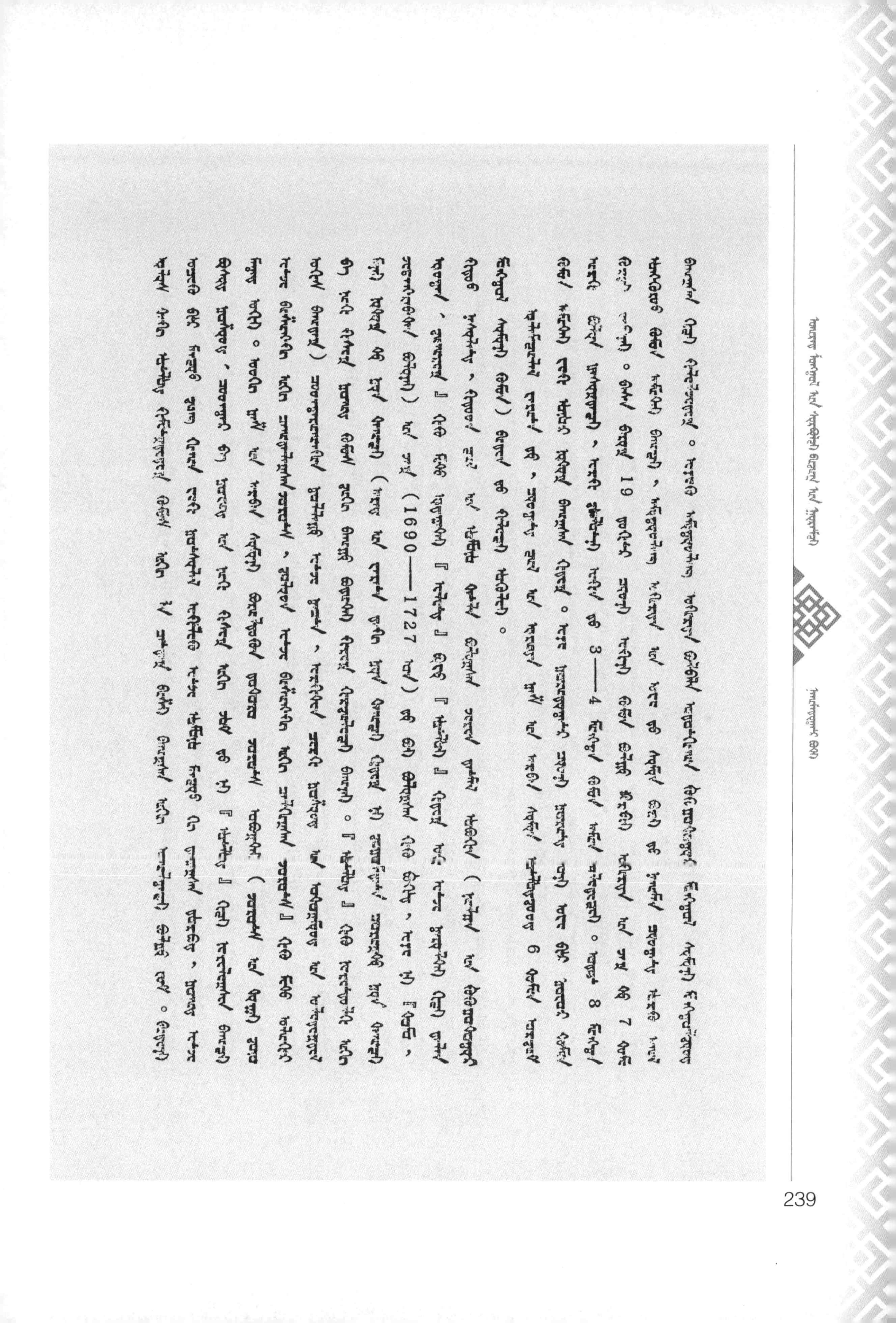

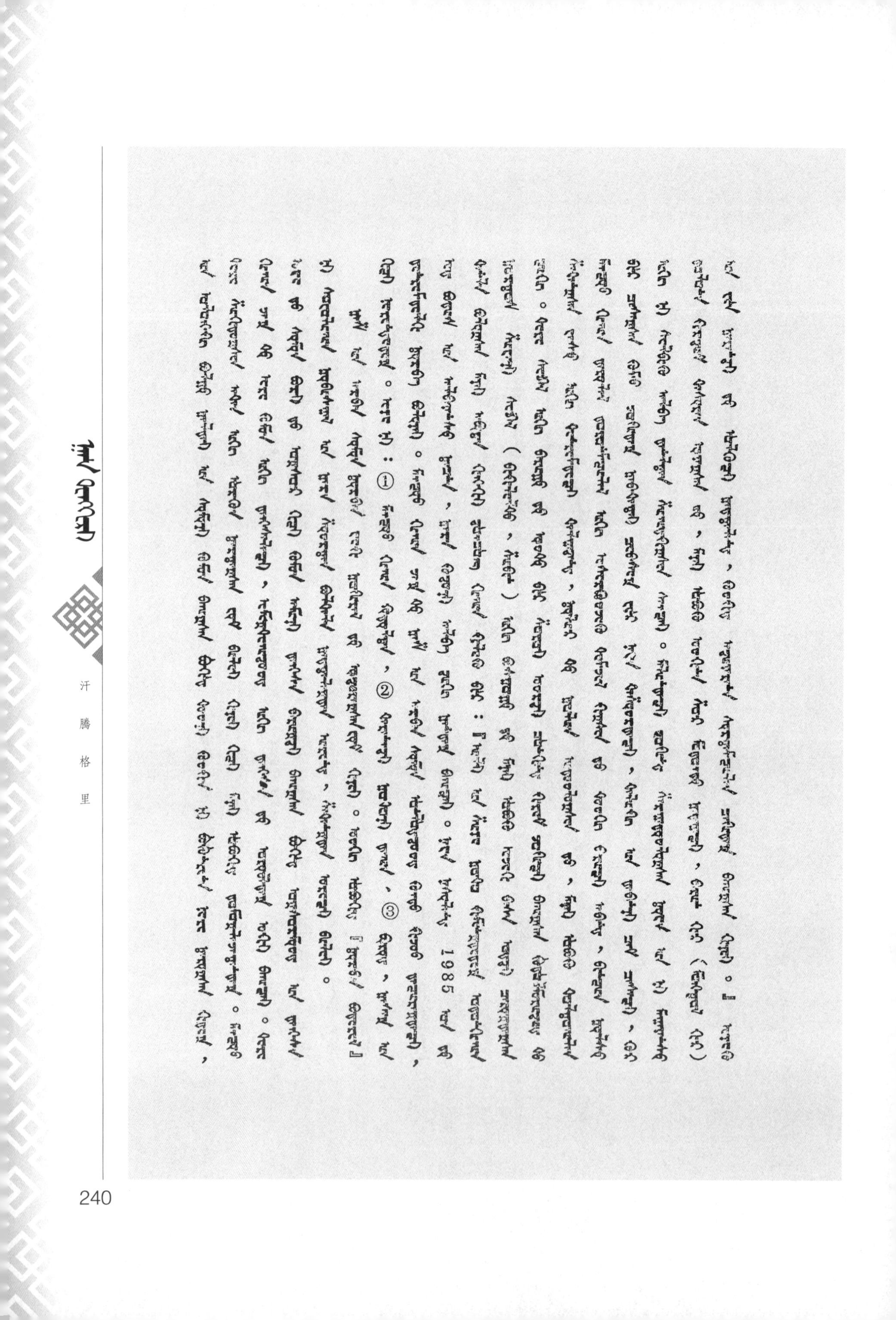

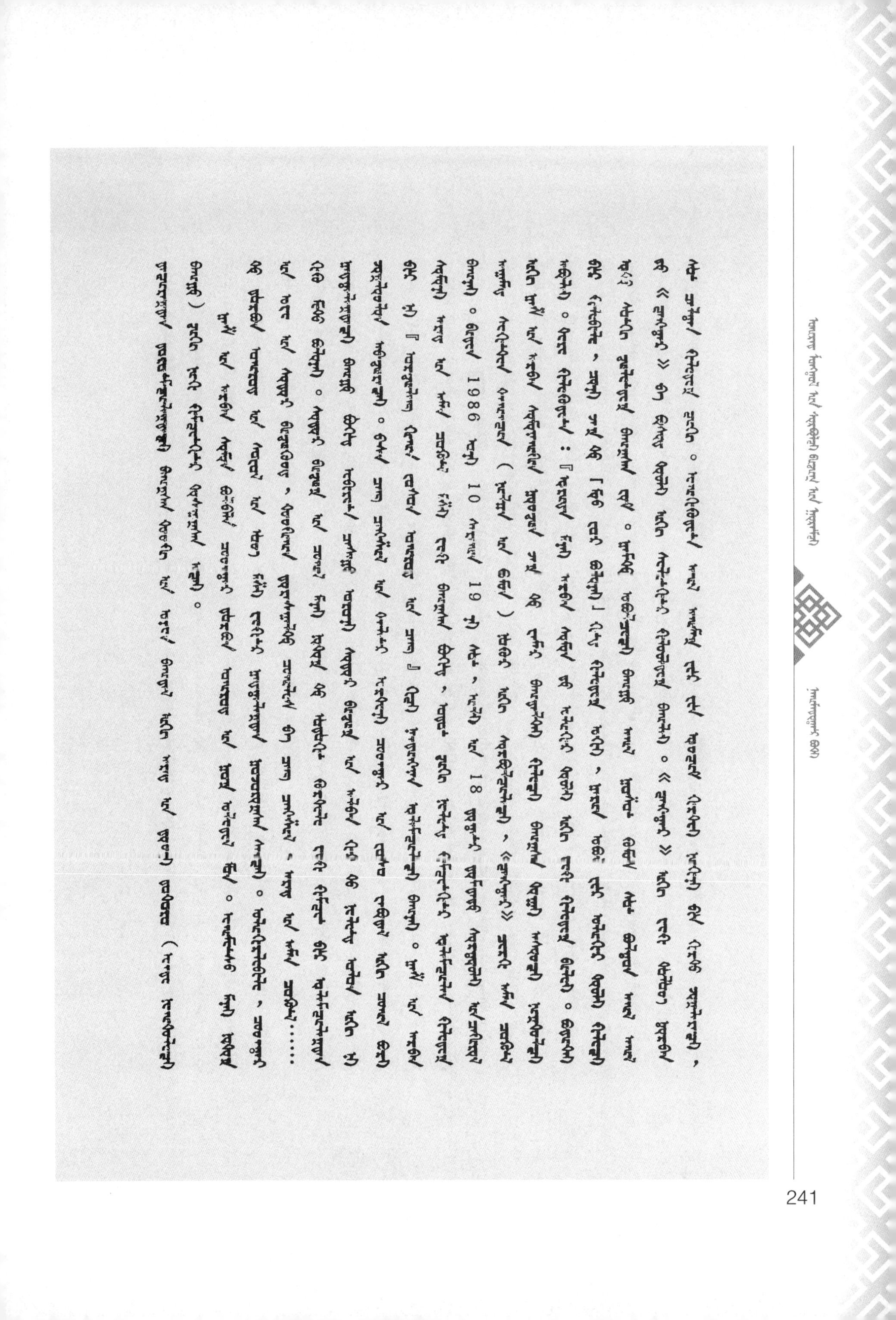

[illegible]

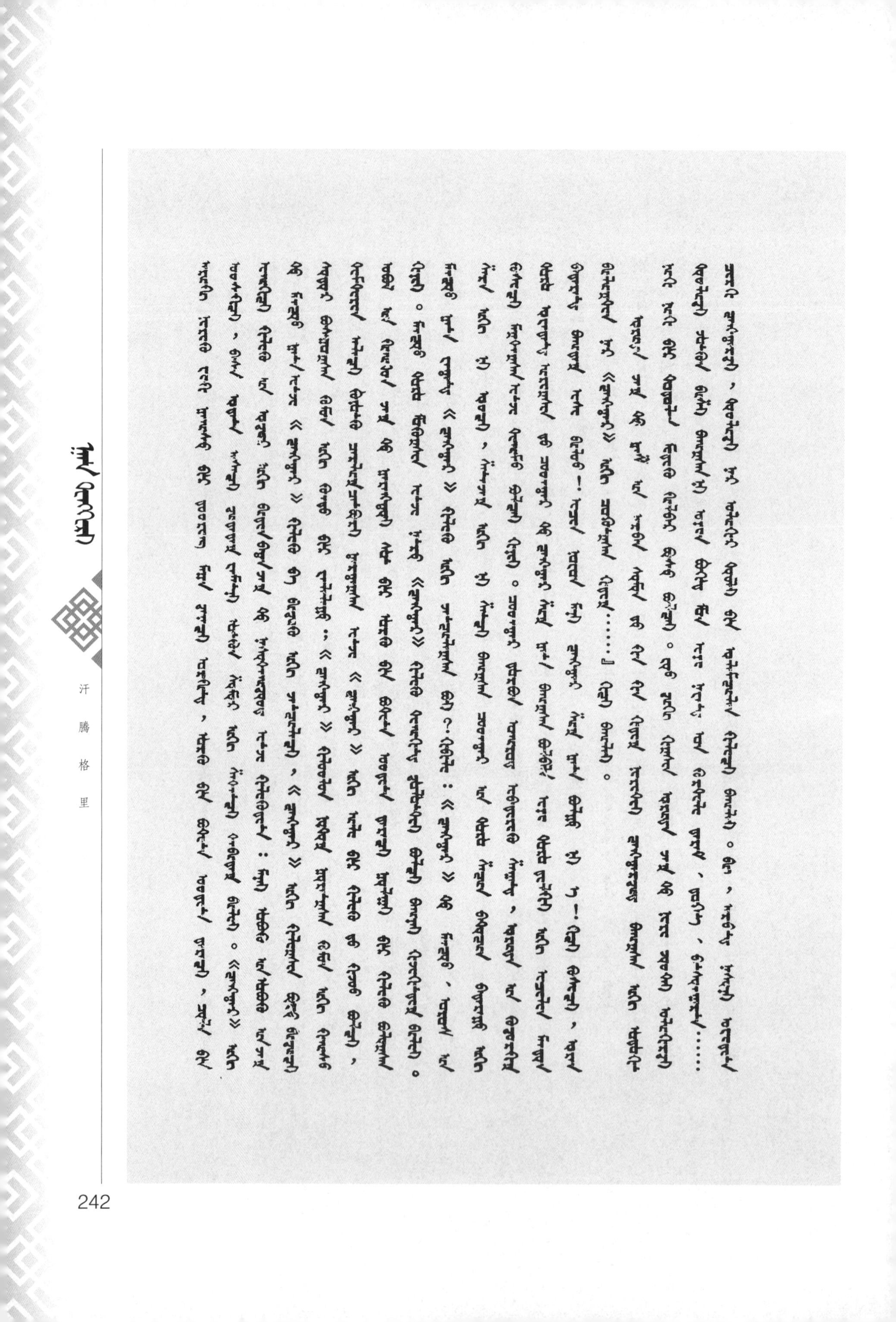

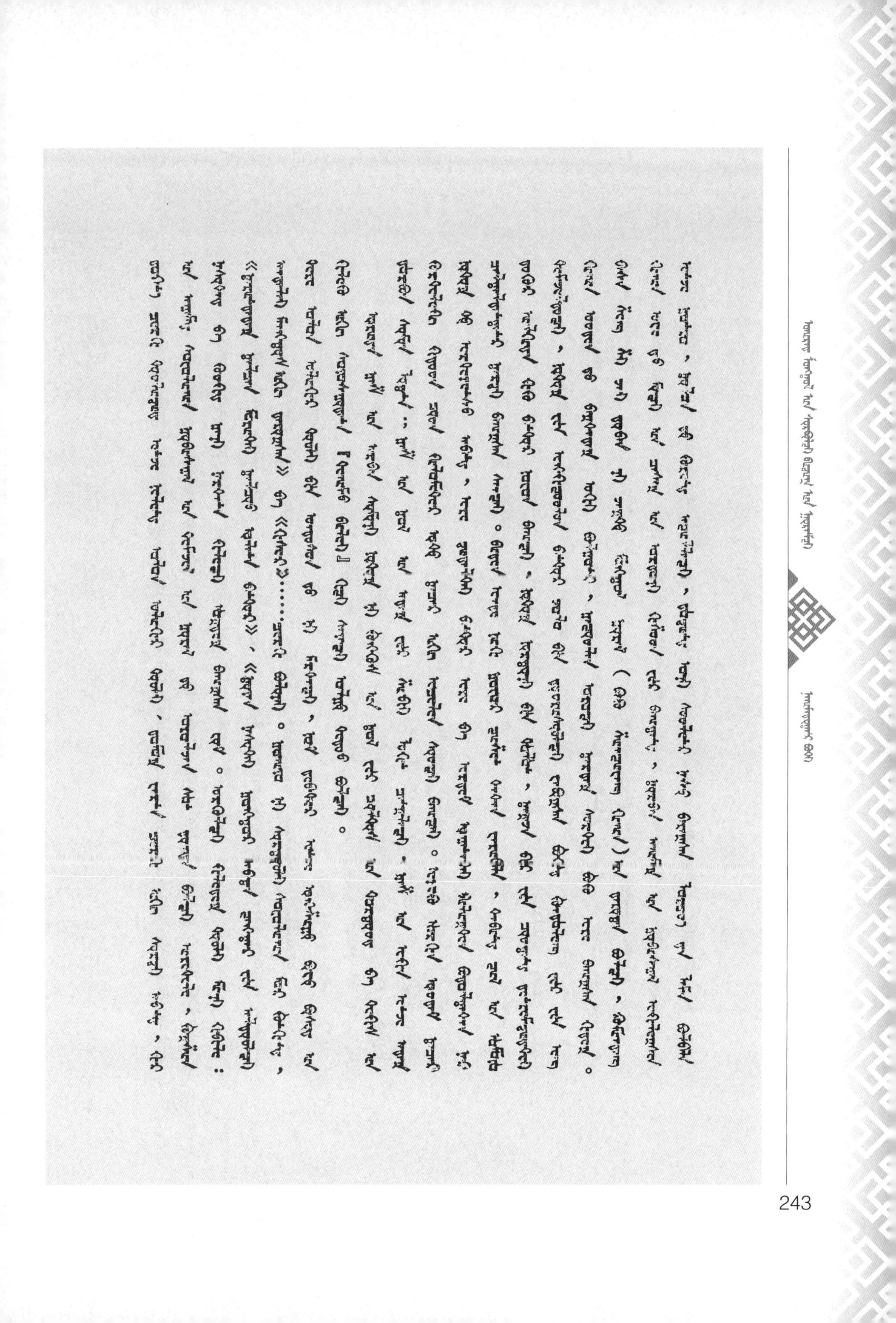

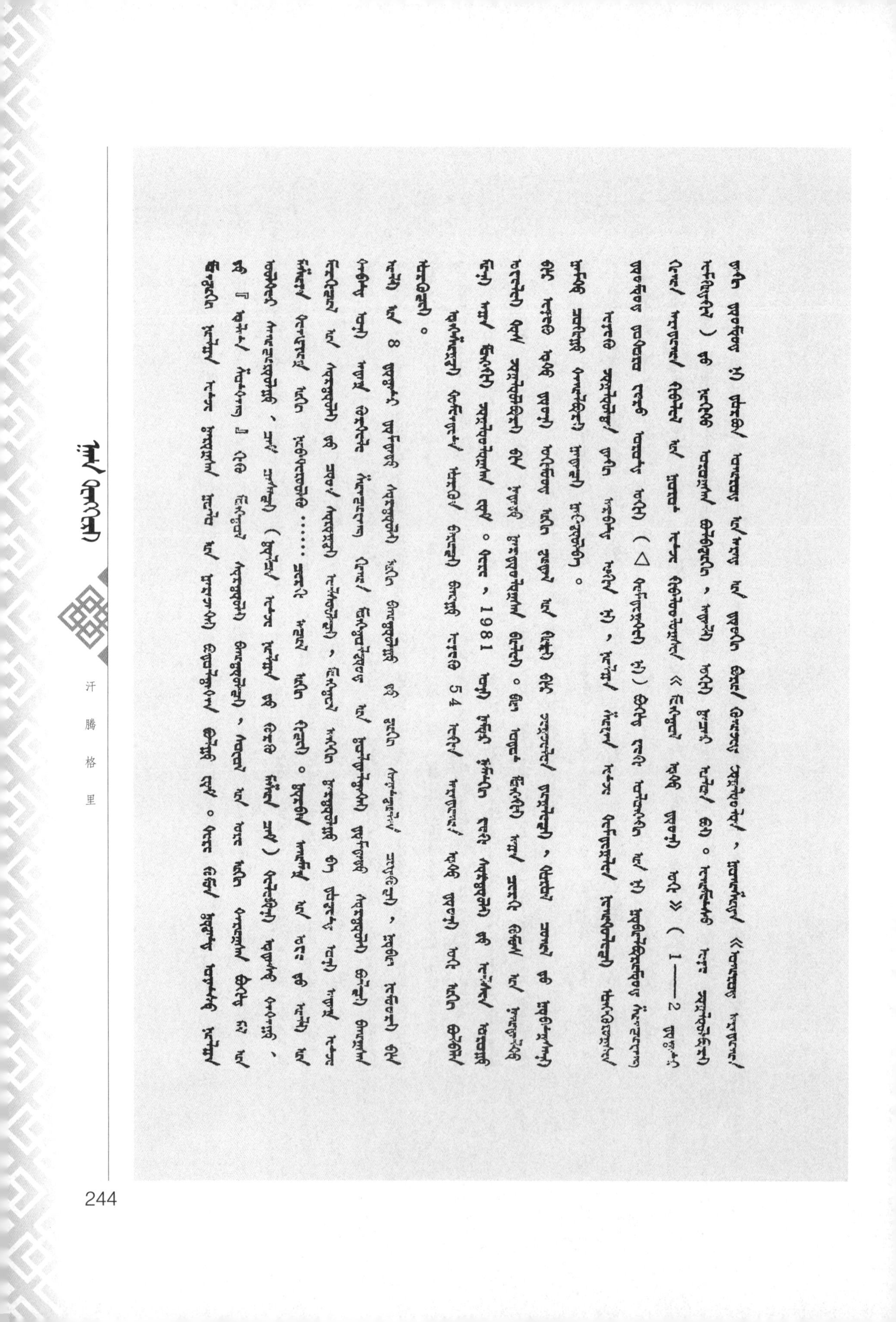

[illegible] 《[illegible]
[illegible]) [illegible] 。[illegible]
[illegible] 《[illegible]》(1——2 [illegible]
[illegible] (△ [illegible]) [illegible]

[illegible] 。

[illegible] 。[illegible] 1981 [illegible]

[illegible] 54 [illegible] 。

[illegible] 8 [illegible] ……[illegible] 。[illegible] ([illegible]) [illegible] 『[illegible]』 [illegible] 。[illegible]

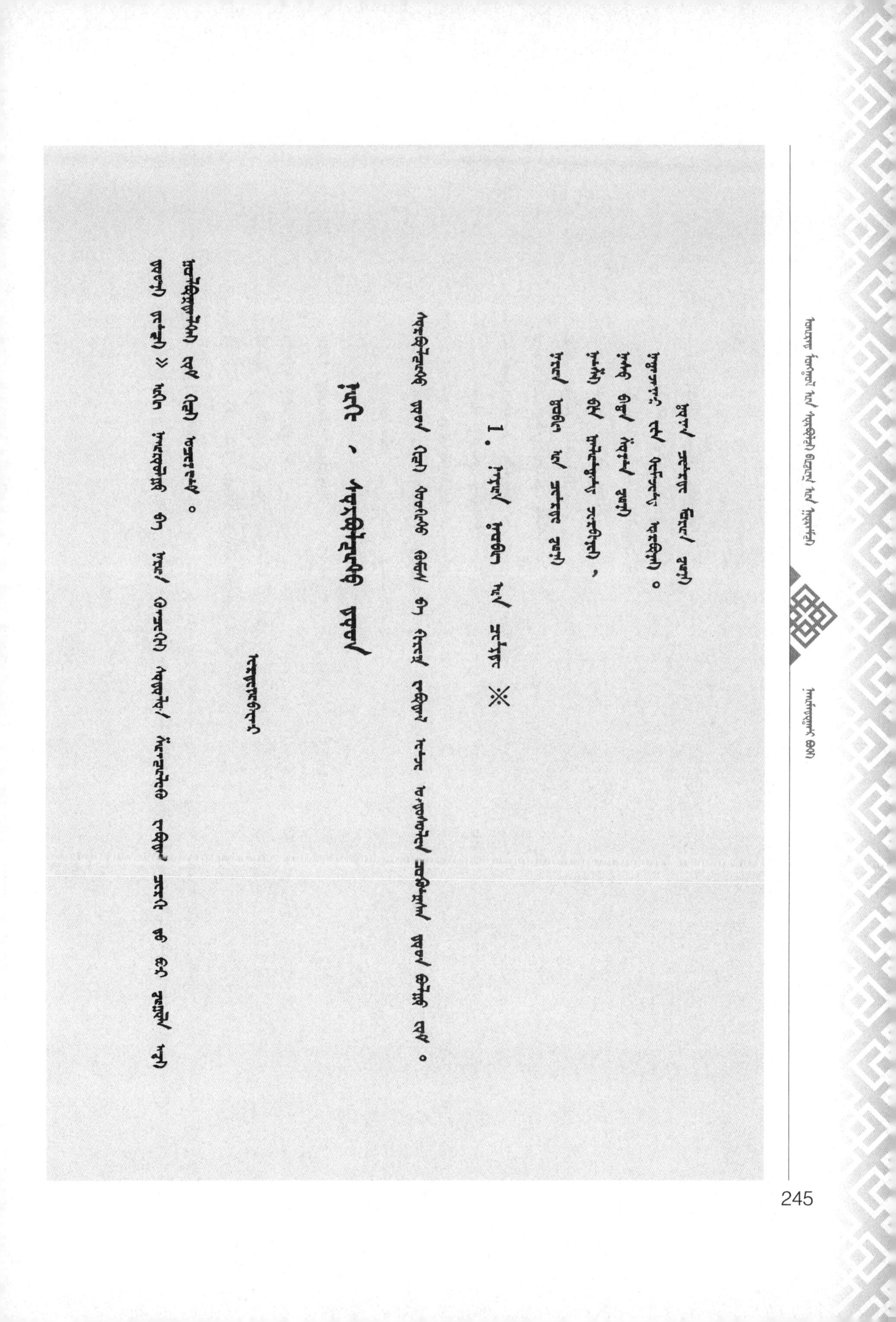

[illegible] 《 [illegible] [illegible] 。

[illegible]

[illegible] 、 [illegible]

[illegible] 。

1. [illegible] ※

[illegible]
[illegible] ,
[illegible]
[illegible] 。
[illegible]

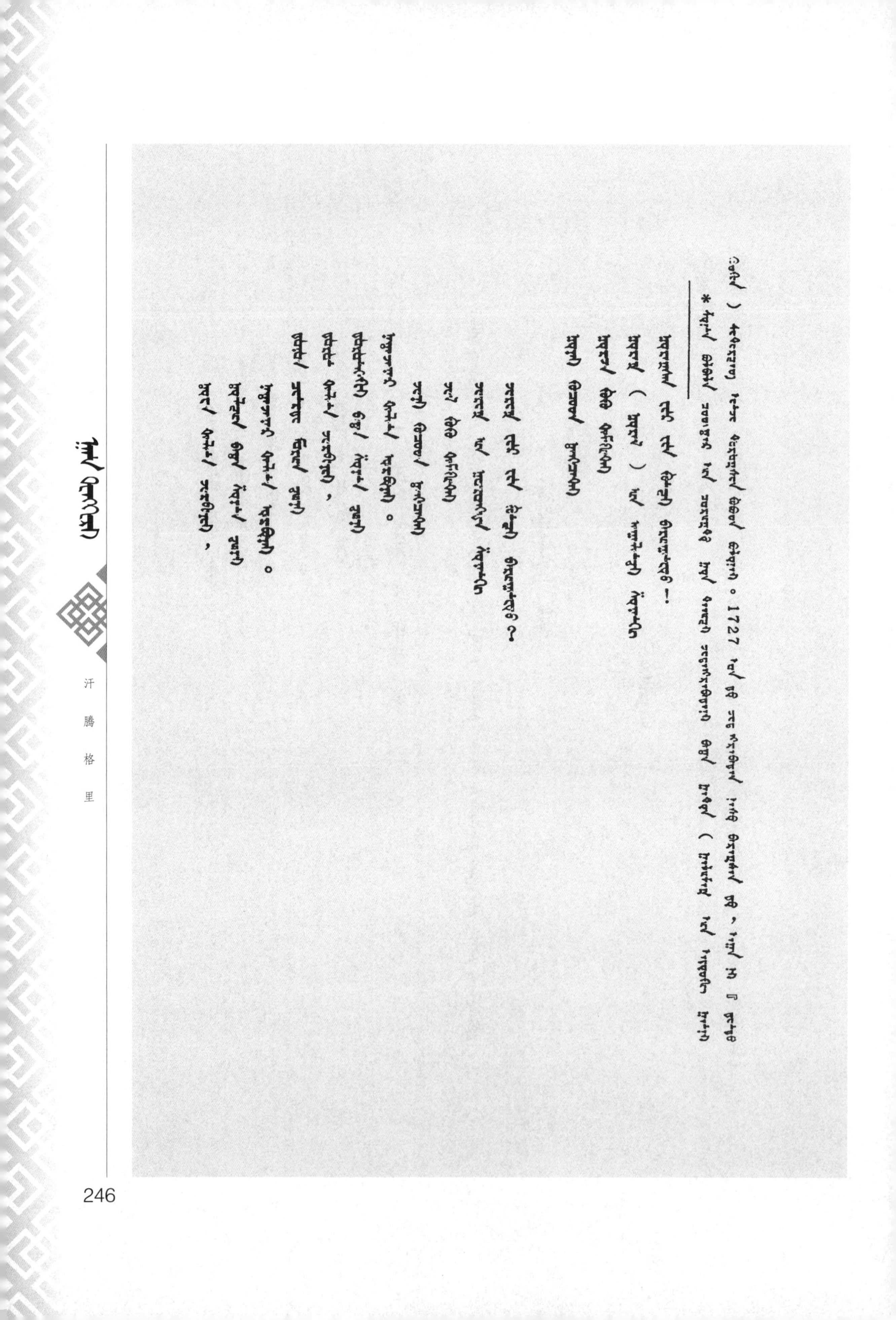

[illegible] ,
[illegible] 。
[illegible] ,
[illegible] 。

[illegible] ?

[illegible] ([illegible]) [illegible]
[illegible] !

---

* [illegible] ([illegible]) [illegible] 。1727 [illegible] , [illegible]

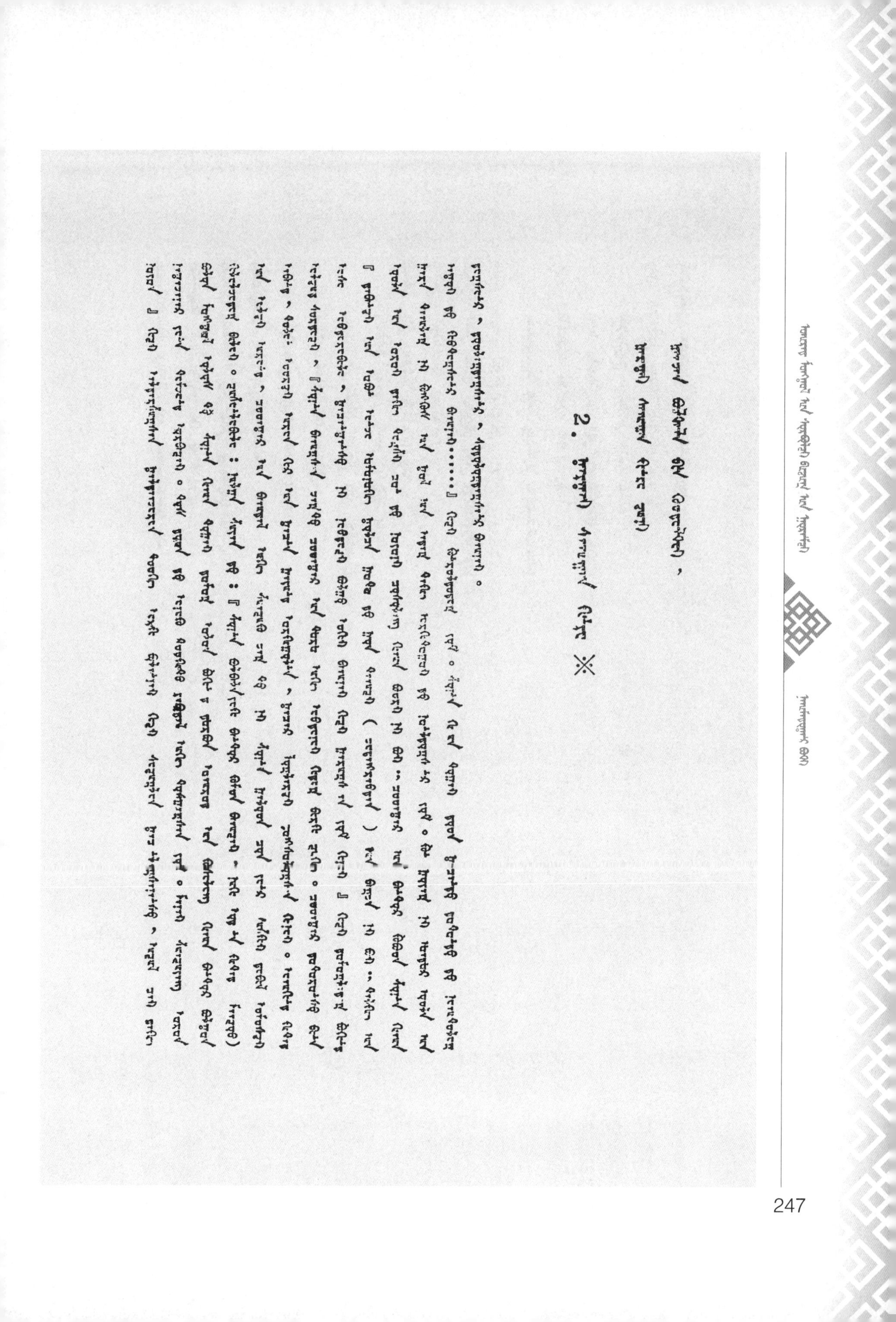

2.

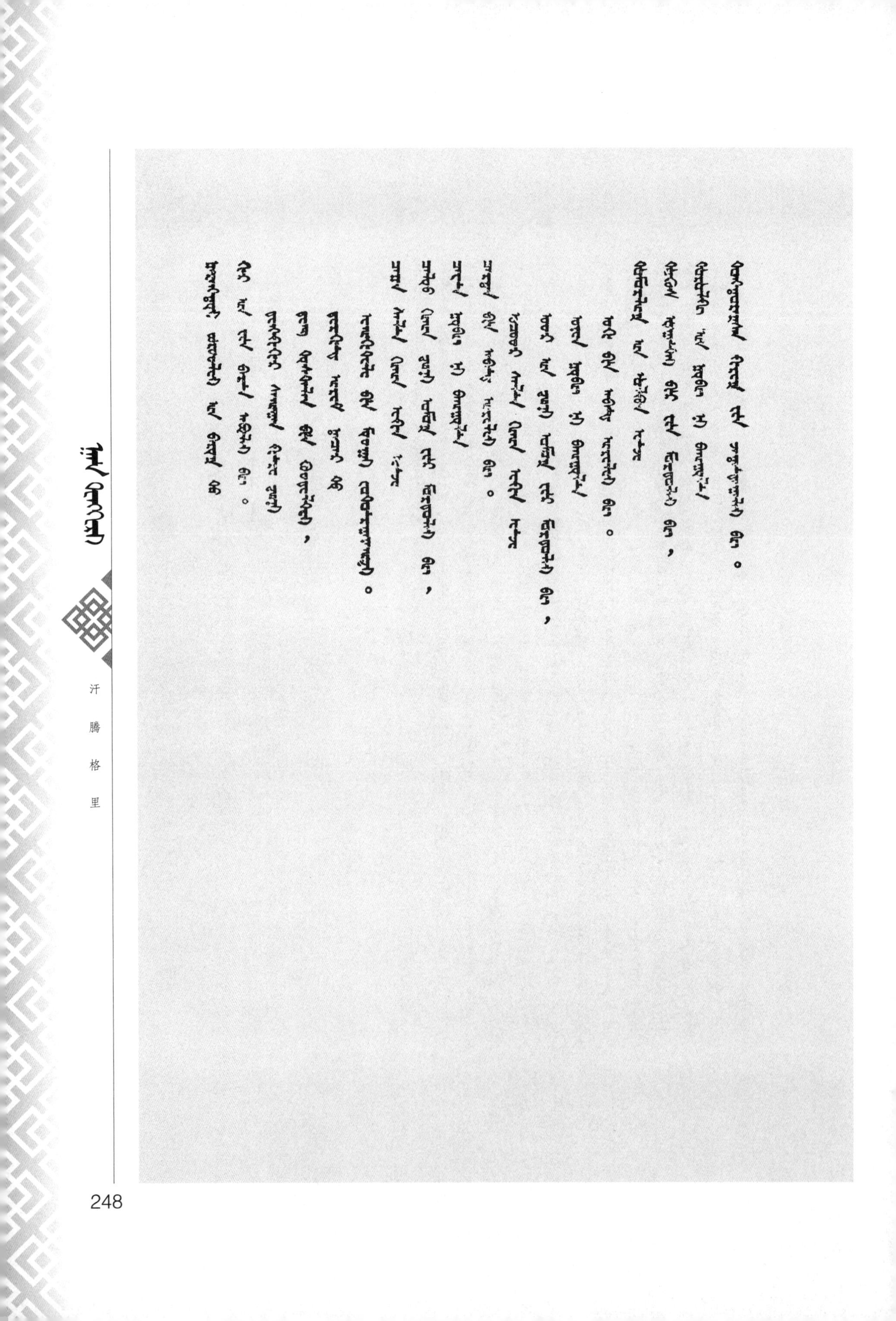

[illegible]

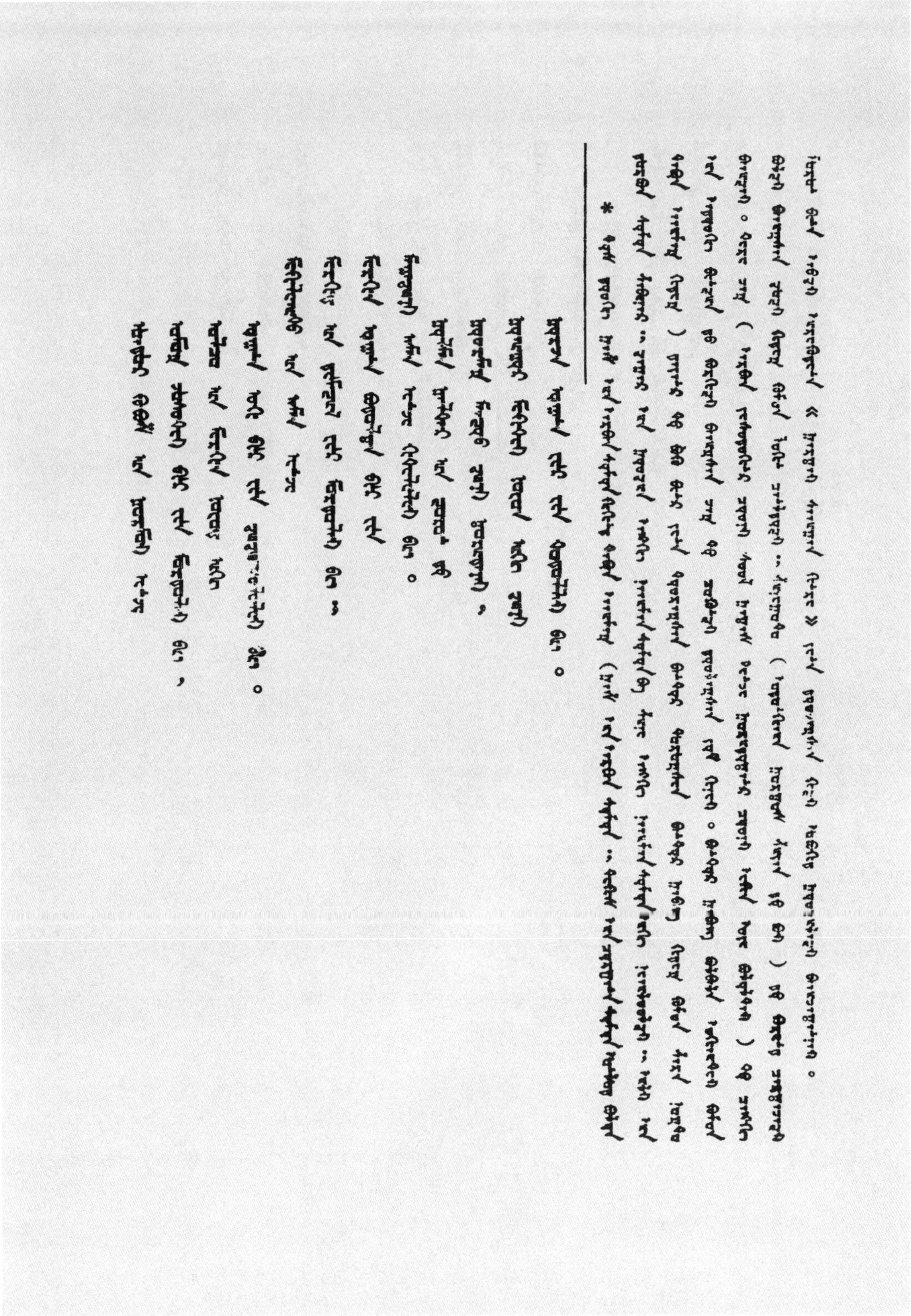

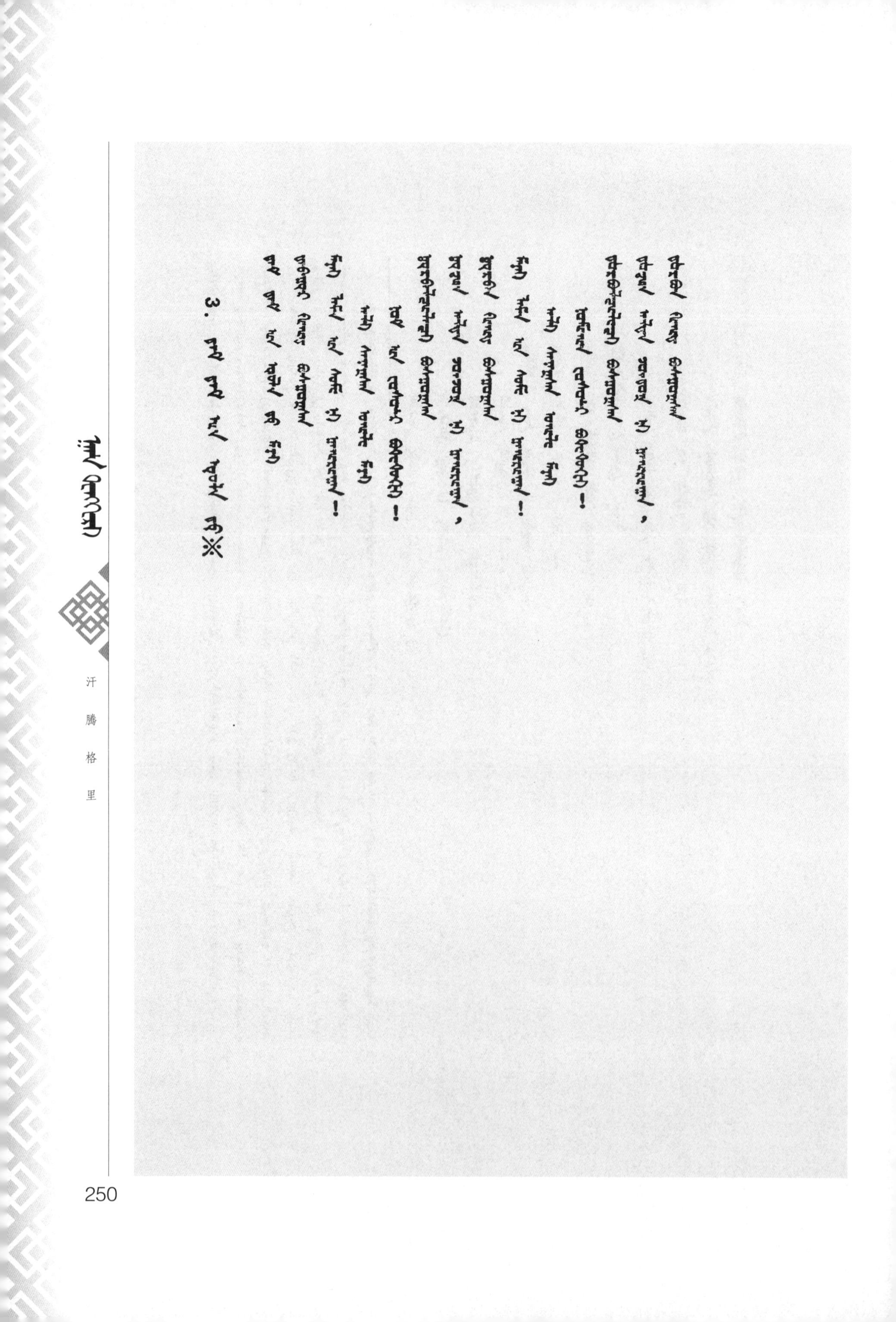

3. [illegible] ※

[illegible]
[illegible]!
[illegible]
[illegible]!
[illegible]
[illegible]!
[illegible]
[illegible],
[illegible]
[illegible]!
[illegible]
[illegible]!
[illegible]
[illegible],
[illegible]

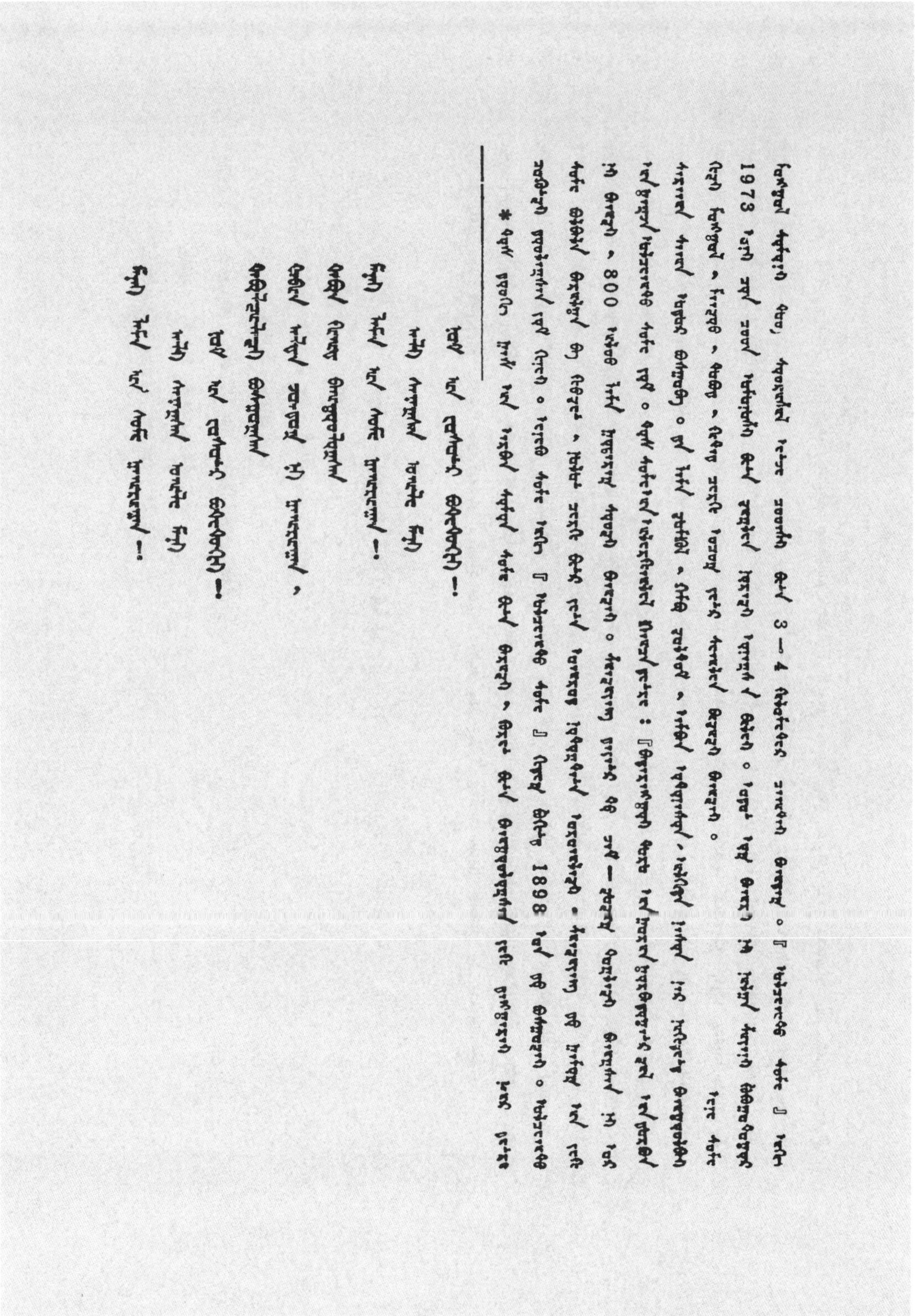

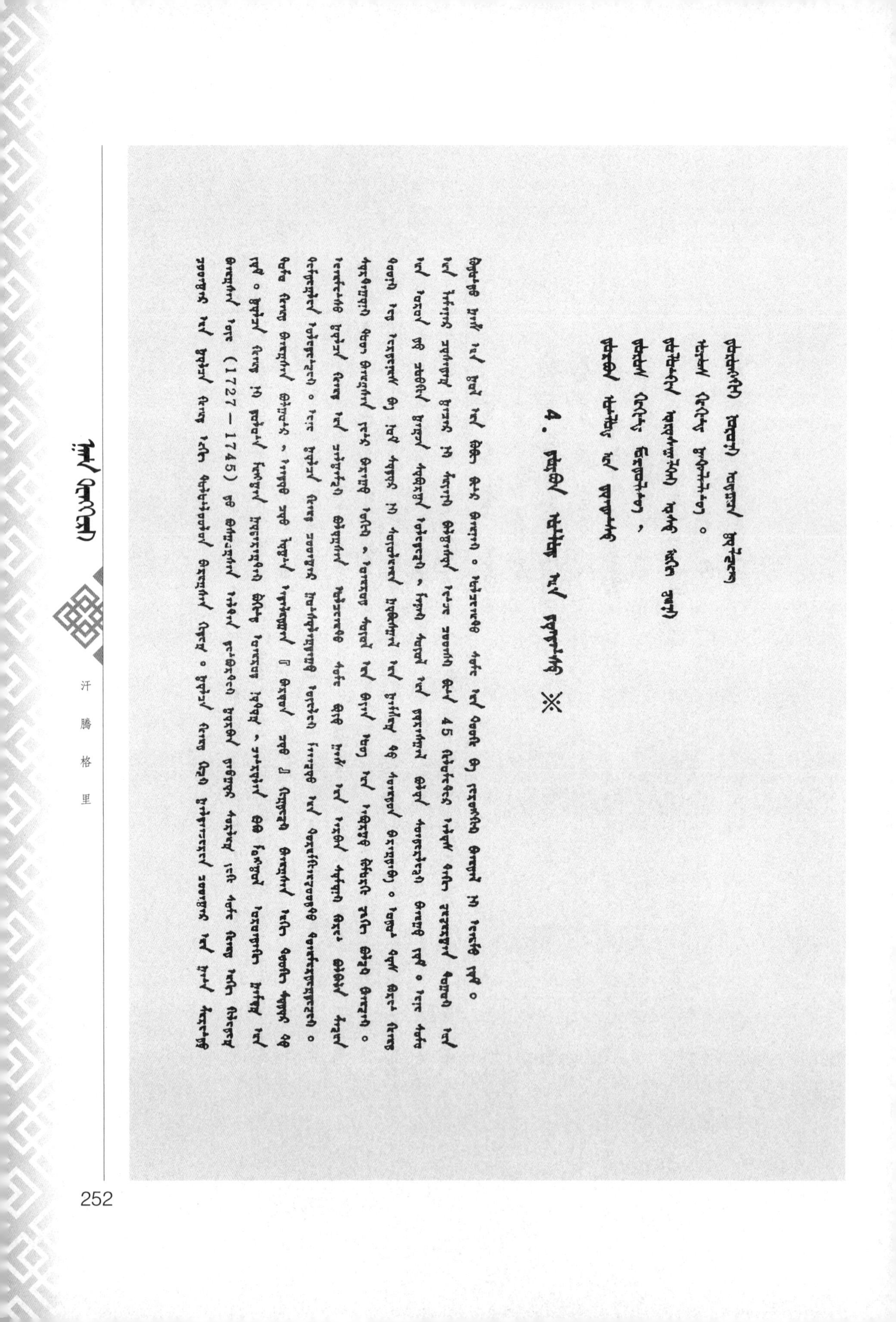

[illegible] ∘

[illegible] ,

[illegible]

4. [illegible] ※

[illegible] ∘ [illegible] 45 [illegible] ∘ [illegible] ∘ [illegible] ∘ [illegible] 『 [illegible] 』 [illegible] ∘ [illegible] (1727 — 1745) [illegible] ∘ [illegible]

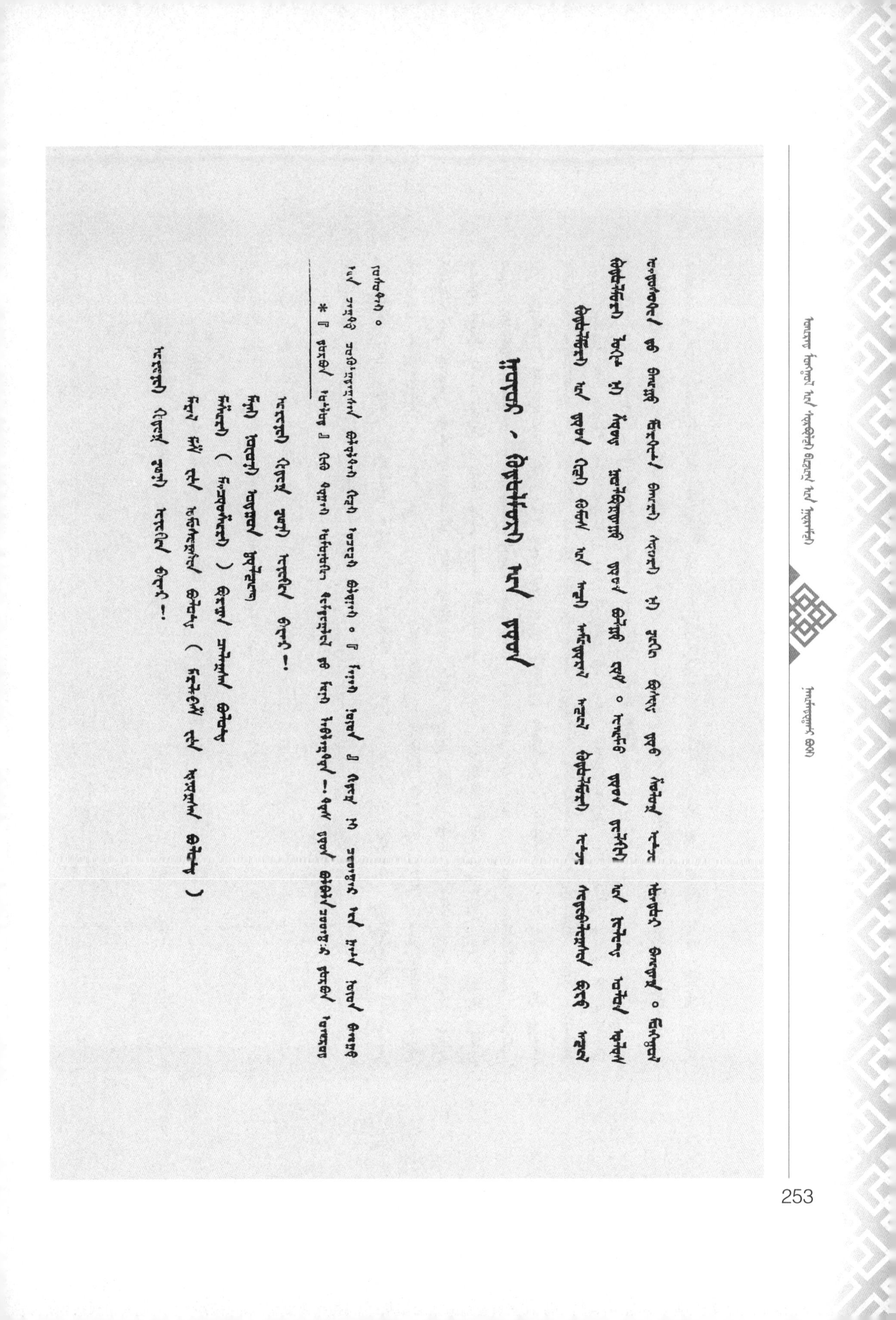

[illegible]

[illegible]

[illegible]

[illegible]

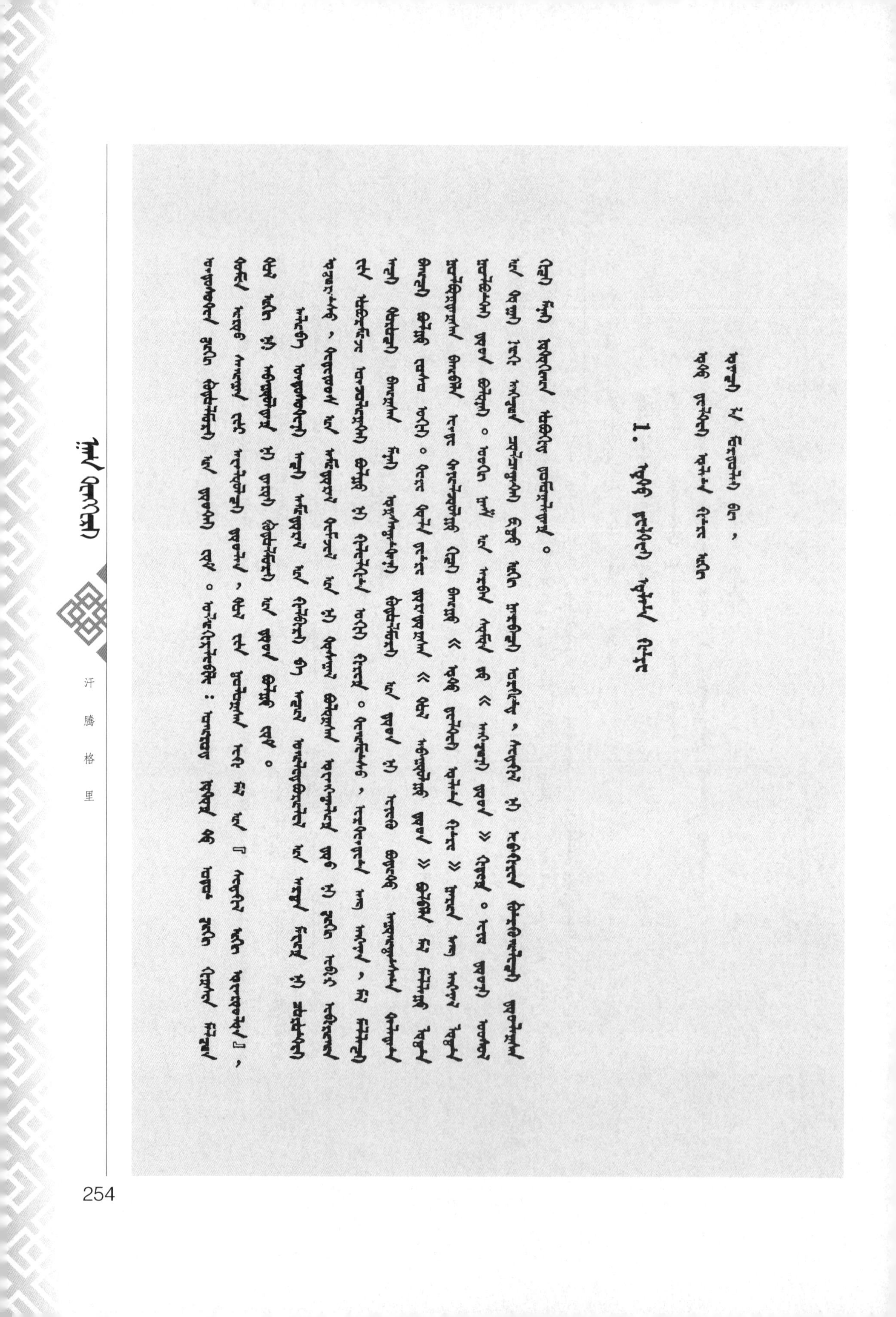

[illegible]

[illegible]

1. [illegible]

[illegible]

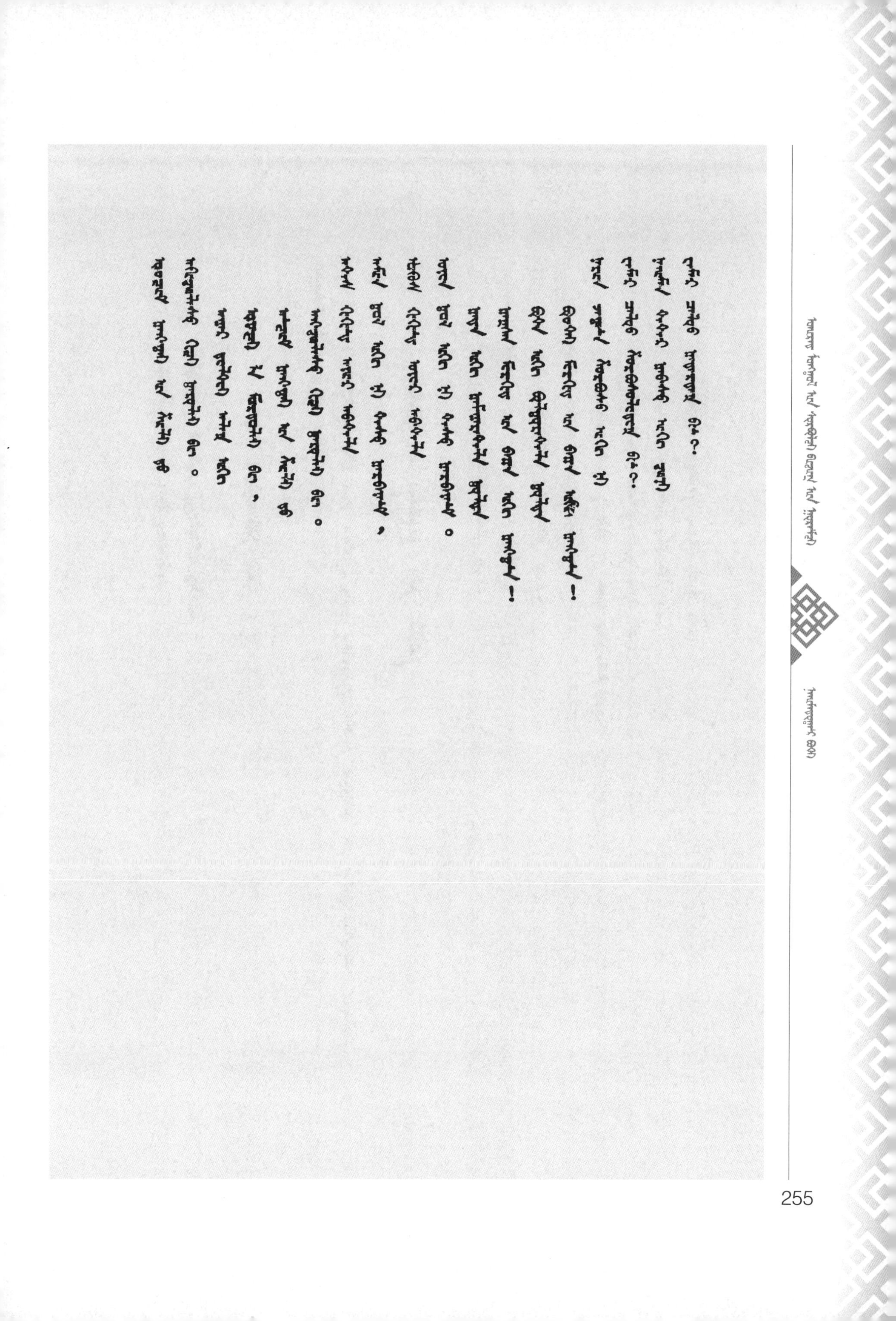

[illegible] [illegible] [illegible] [illegible]?
[illegible] [illegible] [illegible] [illegible] [illegible]
[illegible] [illegible] [illegible] [illegible]?
[illegible] [illegible] [illegible] [illegible] [illegible]
[illegible] [illegible] ᠲᠠ [illegible] [illegible] [illegible]!
[illegible] [illegible] [illegible] [illegible]
[illegible] [illegible] ᠲᠠ [illegible] [illegible] [illegible]!
[illegible] [illegible] [illegible] [illegible]
[illegible] [illegible] [illegible] [illegible] [illegible] [illegible]。
[illegible] [illegible] [illegible] [illegible]
[illegible] [illegible] [illegible] [illegible] [illegible] [illegible],
[illegible] [illegible] [illegible] [illegible]
[illegible] [illegible] [illegible] [illegible]。
[illegible] [illegible] ᠲᠠ [illegible] ᠳᠤ
[illegible] [illegible] [illegible] [illegible],
[illegible] [illegible] [illegible] [illegible]
[illegible] [illegible] [illegible] [illegible]。
[illegible] [illegible] ᠲᠠ [illegible] ᠳᠤ

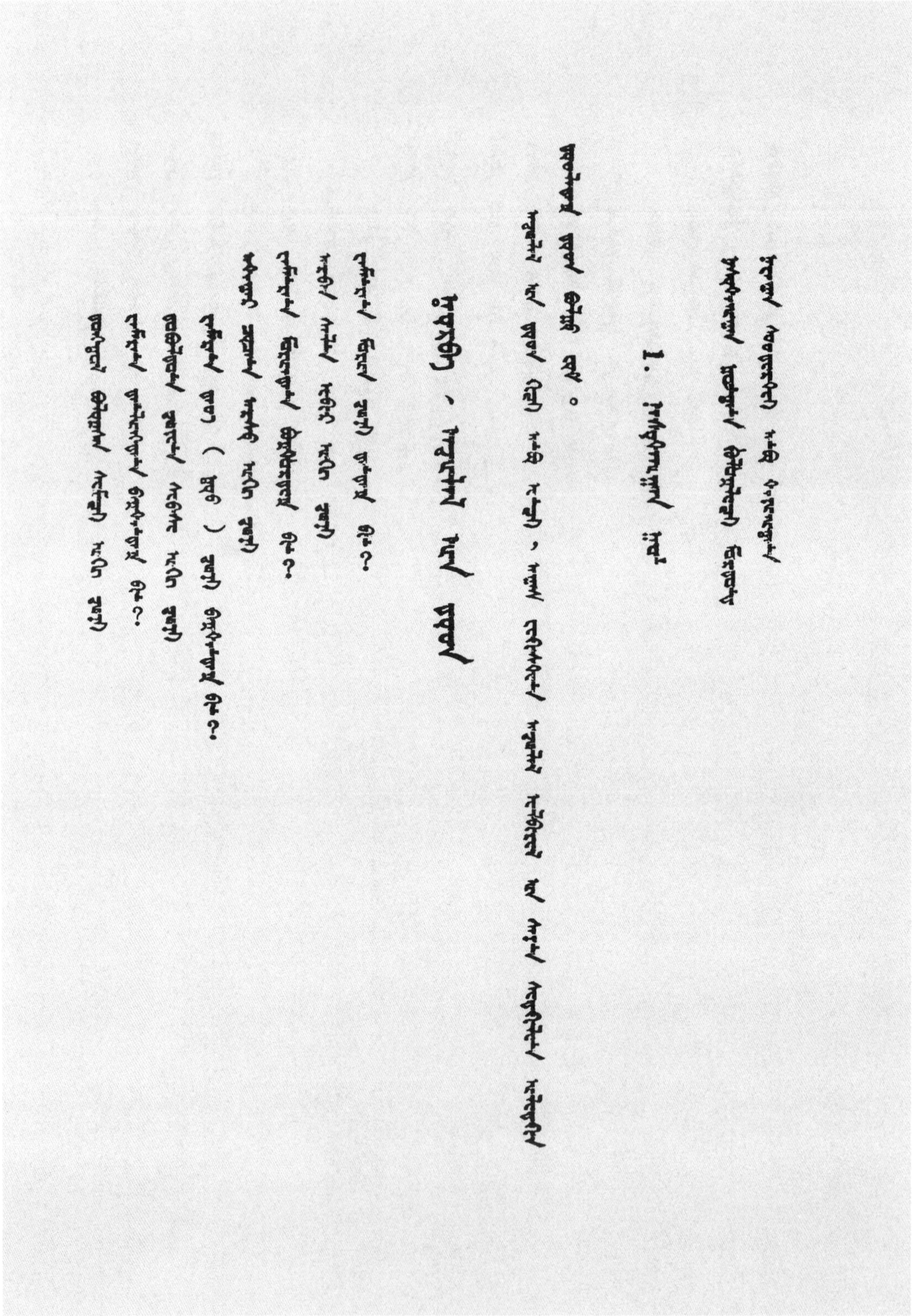

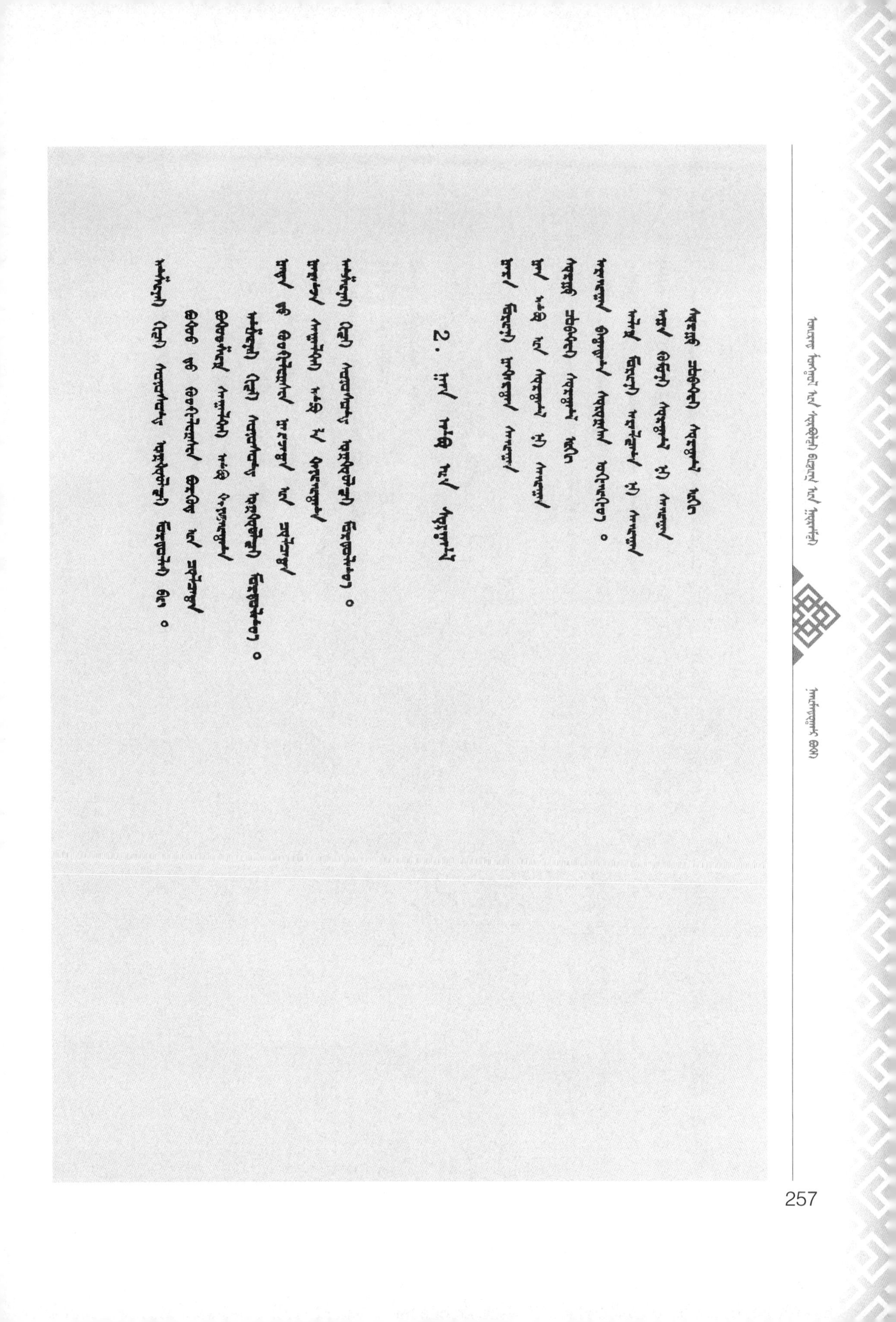

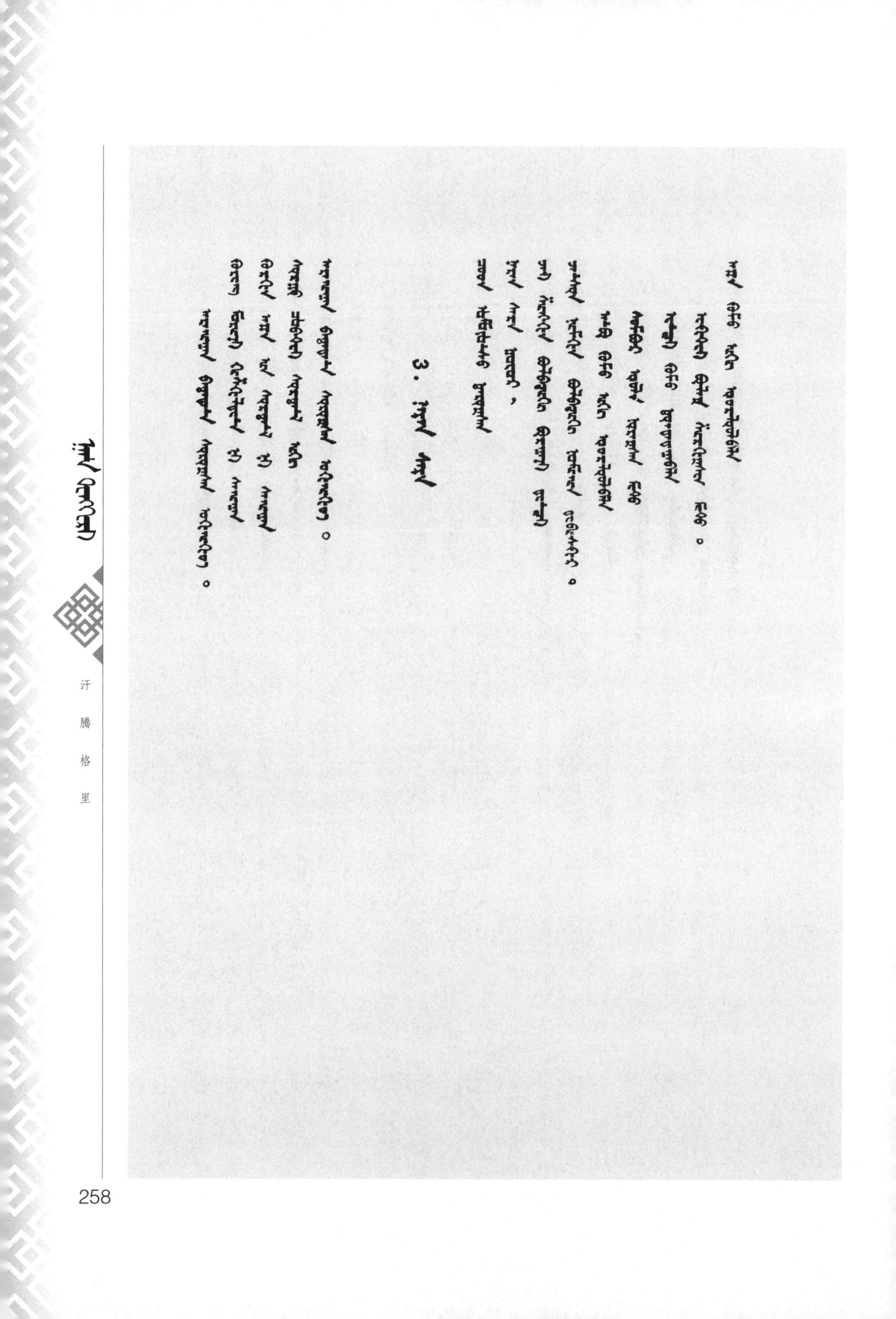

[illegible]
[illegible]
[illegible]
[illegible]
[illegible]
[illegible]
[illegible]
[illegible]
[illegible]

3. [illegible]

[illegible]
[illegible]
[illegible]
[illegible]
[illegible]

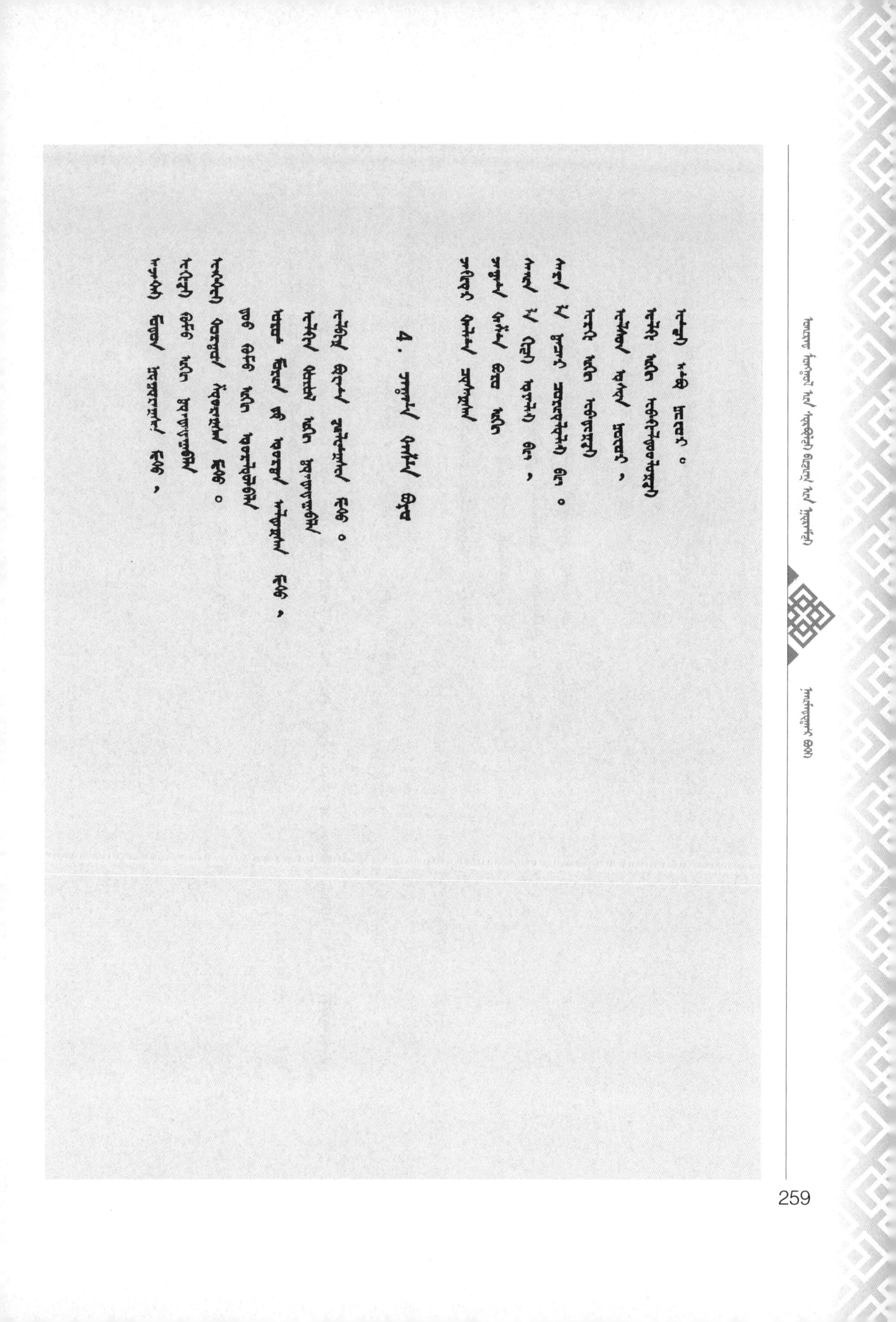

[illegible]

[illegible]

[illegible]

[illegible]

[illegible]

[illegible]

[illegible]

[illegible]

4. [illegible]

[illegible]

[illegible]

[illegible]

[illegible]

[illegible]

[illegible]

[illegible]

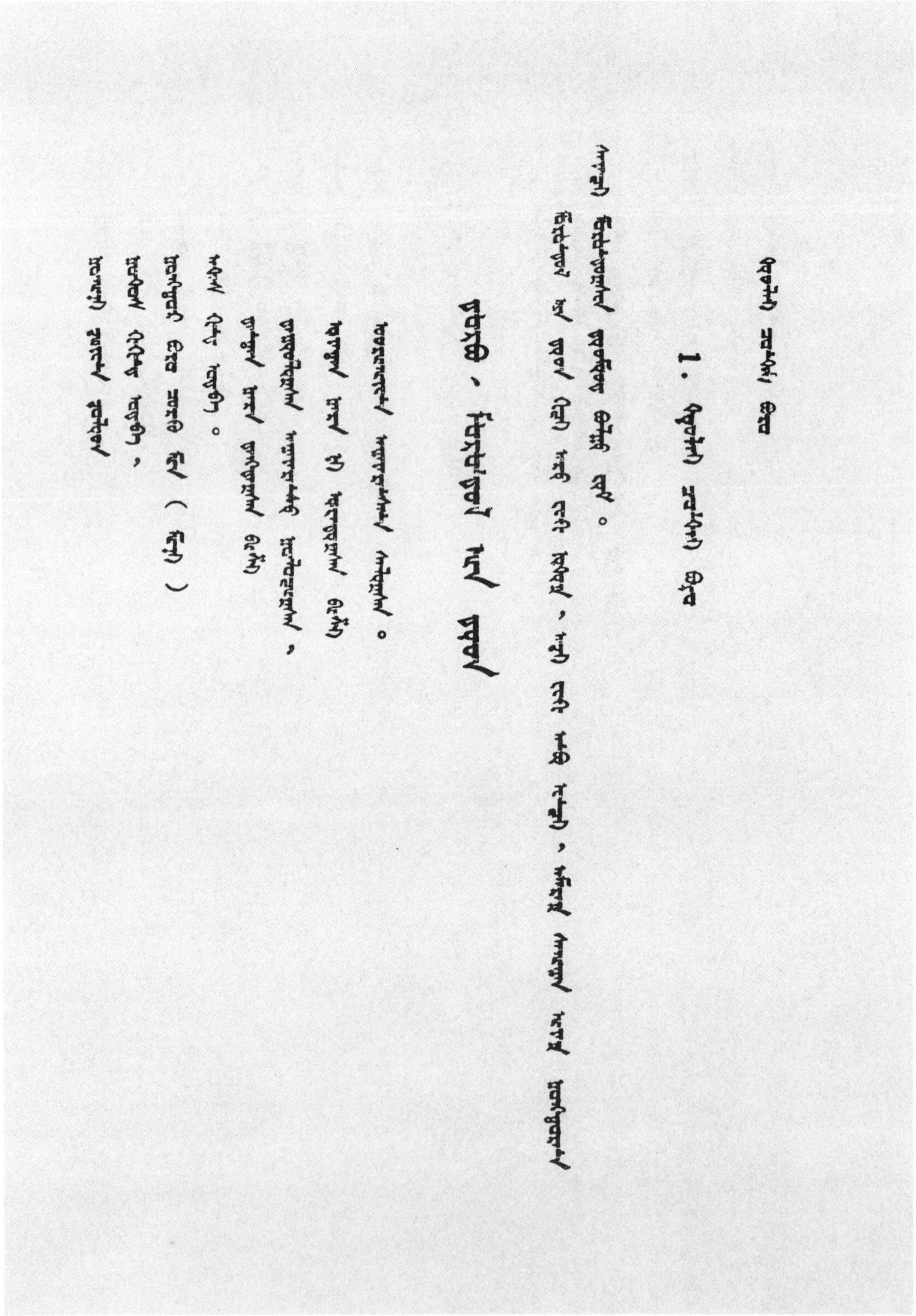

ᡐᠠᠯᠠᡅᠨ ᡋᡅᡎᠠ ᡍᠠᠯᡅᡎᠠᠷᡅᠨ
ᡑᠠᠯᠠᡅᠶᡅᠨ ᡍᠣᠶᠣᡋ ᡍᡅᡄᠯᡍᠠ ᡋᡅ ?
ᡐᠠᠯᠠᡅᠨ ᡋᠣᠯᠣᠨ ᡅᠨ ᡍᡅᡄᠯᡍᠠ

2. ᡐᠠᠯᠠᡅᠨᡋᠣᠯᠣᡎᠣᠨ ᡅᠨ ᡍᡅᡄᠯᡍᠠ

ᡋᠣᠯᠣᡋᠣᠯᠣᠨ ᡅᠨᠣᠯᠠᡅ ᡑᠠᠯᠠᡅᠨ ᡋᡅ 。
ᠨᡅᡄᠨ ᡋᡅᠷᡅᡄᠯᠠᡅᠨ ᡅᠨᡎᠠᠯᠠᡅᠨ
ᡍᠠᠷᠠᠨ ᡍᠠᠯᡅᠨ ᠨᡅᡄᠨ ，
ᡍᠠᠷᠠᡅᠨ ᡋᡅᡋᡅᠯᡅᠶᡅᠨ ᡍᠠᠷᠠᠨ
ᡋᠣᠯᠣᡋᠣᠯᠣᠨ ᡅᠨᠣᠯᠠᡅ ᡋᡅᠯᡅᡎᡅᡋᡅ ?
ᠨᡅᡄᠨ ᡋᡅᠷᡅᡄᠯᠠᡅᠨ ᡅᠨᡎᠠᠯᡅᠨ
ᡉᠨᡅᠯᡅᠶᡅᠨ ᡎᠠᠯᡅᠨ ᠨᡅᡄᠨ ，
ᡉᠨᡅᠯᡅᠨ ᡋᡅᡋᡅᠯᡅᠶᡅᠨ ᡉᠨᡅᠯᡅᠨ
ᡋᠣᠯᠣᡋᠣᠯᠣᠨ ᡅᠨᠣᠯᠠᡅ ᡋᡅᠯᡅᡎᡅᡋᡅ ?
ᠨᡅᡄᠨ ᡋᡅᠷᡅᡄᠯᠠᡅᠨ ᡅᠨᡎᠠᠯᡅᠨ
ᡋᡅᠷᡅᠯᡅᠶᡅᠨ ᡍᠠᠯᡅᠨ ᠨᡅᡄᠨ

[illegible]

3. ᠬᠠᠨ ᠲᠩᠷᠢ ᠶᠢᠨ ᠳᠠᠭᠤᠤ △

ᠬᠠᠮᠲᠤ ᠪᠢᠳᠡ ᠳᠠᠭᠤᠯᠠᠶ᠎ᠠ !
[illegible]
ᠬᠠᠮᠤᠭ ᠤᠨ ᠰᠠᠶᠢᠨ ᠳᠠᠭᠤᠤ ᠶᠤ ?
[illegible] ᠶᠢᠨ ᠳᠠᠭᠤᠤ
ᠬᠠᠮᠲᠤ ᠪᠢᠳᠡ ᠳᠠᠭᠤᠯᠠᠶ᠎ᠠ !
[illegible]
ᠬᠠᠮᠤᠭ ᠤᠨ ᠰᠠᠶᠢᠨ ᠳᠠᠭᠤᠤ ᠶᠤ ?
[illegible] ᠶᠢᠨ ᠳᠠᠭᠤᠤ
ᠬᠠᠮᠲᠤ ᠪᠢᠳᠡ ᠳᠠᠭᠤᠯᠠᠶ᠎ᠠ !
[illegible]
ᠬᠠᠮᠤᠭ ᠤᠨ ᠰᠠᠶᠢᠨ ᠳᠠᠭᠤᠤ ᠶᠤ ?
[illegible] ᠶᠢᠨ ᠳᠠᠭᠤᠤ
ᠬᠠᠮᠲᠤ ᠪᠢᠳᠡ ᠳᠠᠭᠤᠯᠠᠶ᠎ᠠ !

ᠪᠢᠷᠠᠭᠤ ᠬᠤᠷᠠᠭᠠᠳ ᠨᠢ ᠬᠦᠯᠢᠶᠡᠵᠦ ᠪᠠᠢᠨ᠎ᠠ
ᠪᠢᠳᠡᠨ ᠪᠦᠬᠦᠨ ᠳᠠᠭᠤᠯᠠᠶ᠎ᠠ ᠂
ᠪᠦᠵᠢᠭ ᠦᠨ ᠠᠶᠠᠰ ᠪᠢᠷ ᠪᠡ

4. ᠪᠦᠵᠢᠭ ᠦᠨ ᠠᠶᠠᠰ ᠪᠢᠷ

ᠬᠡᠨ ᠬᠦᠮᠦᠨ ᠬᠦᠯᠢᠶᠡᠵᠦ ᠪᠠᠢᠨ᠎ᠠ ᠪᠤᠢ ?
ᠳᠠᠭᠤᠯᠠᠬᠤ ᠳᠠᠭᠤᠨ ᠳᠠᠭᠤᠯᠠᠵᠤ
ᠳᠠᠭᠤᠨ ᠦ ᠪᠢᠷ ᠬᠦᠴᠦᠯᠡᠭᠡᠷᠡᠢ ᠂
ᠳᠠᠭᠤᠨ ᠠᠶᠠᠰ ᠬᠦᠭᠵᠢᠭᠡᠷ
ᠬᠡᠨ ᠬᠦᠮᠦᠨ (ᠬᠡᠨ ᠬᠦᠮᠦᠨ) ᠬᠦᠯᠢᠶᠡᠵᠦ ᠪᠠᠢᠨ᠎ᠠ ᠪᠤᠢ ?
ᠪᠦᠵᠢᠭᠯᠡᠵᠦ ᠪᠠᠶᠠᠷᠯᠠᠵᠤ ᠳᠠᠭᠤᠯᠠᠵᠤ
ᠪᠦᠵᠢᠭ ᠦᠨ ᠪᠢᠷ ᠬᠦᠴᠦᠯᠡᠭᠡᠷᠡᠢ ᠂
ᠪᠦᠵᠢᠭ ᠠᠶᠠᠰ ᠬᠦᠭᠵᠢᠭᠡᠷ
ᠮᠣᠩᠭᠣᠯ ᠬᠦᠮᠦᠨ ᠨᠢ ᠰᠤᠷᠤᠯᠴᠠᠵᠤ ᠪᠠᠢᠨ᠎ᠠ ᠃
ᠬᠠᠮᠲᠤᠪᠠᠷ ᠪᠦᠵᠢᠭᠯᠡᠵᠦ ᠳᠠᠭᠤᠯᠠᠵᠤ ᠪᠠᠢᠨ᠎ᠠ
ᠬᠦᠷ ᠦᠨ ᠪᠢᠷ ᠬᠦᠴᠦᠯᠡᠭᠡᠷᠡᠢ ᠂

ᠦᠭᠡᠰ ᠰᠤᠷᠭᠠᠭᠤᠯᠢᠯᠲᠠᠨ ᠬᠡᠯᠡᠯᠴᠡᠬᠦ

5. ᠦᠭᠡᠰ ᠰᠤᠷᠭᠠᠭᠤᠯᠢᠭᠤ ᠶᠢᠨ ᠬᠡᠯᠡᠯᠴᠡᠬᠦ △

ᠡᠷᠬᠢ ᠲᠡᠢ ᠦᠨ ᠪᠠᠶᠢᠳᠠᠯ ᠢ ᠰᠠᠶᠢᠵᠢᠷᠠᠭᠤᠯᠤᠨ᠎ᠠ ᠃

ᠪᠣᠯᠤᠨ ᠤᠯᠤᠰ ᠤᠨ ᠰᠡᠳᠬᠢᠯ

ᠬᠥᠭᠵᠢᠯ ᠲᠡᠢ ᠦᠨ ᠪᠠᠶᠢᠳᠠᠯ ᠢ ᠬᠥᠭᠵᠢᠭᠦᠯᠦᠨ᠎ᠡ ᠂

ᠬᠥᠭᠵᠢᠬᠦ ᠴᠢᠬᠤᠯᠠ ᠪᠠᠶᠢᠳᠠᠯ ᠰᠡᠳᠬᠢᠯ ᠮᠠᠲᠤ

ᠡᠷᠬᠢ ᠲᠡᠢ ᠦᠨ ᠪᠠᠶᠢᠳᠠᠯ ᠢ ᠰᠠᠶᠢᠵᠢᠷᠠᠭᠤᠯᠤᠨ᠎ᠠ ᠃

ᠲᠥᠷᠥ ᠶᠢᠨ ᠤᠯᠤᠰ ᠤᠨ ᠰᠡᠳᠬᠢᠯ

ᠲᠥᠷᠥ ᠲᠡᠢ ᠦᠨ ᠪᠠᠶᠢᠳᠠᠯ ᠢ ᠰᠠᠶᠢᠵᠢᠷᠠᠭᠤᠯᠬᠤ ᠪᠣᠯ ᠂

ᠲᠥᠷᠥ ᠶᠢᠨ ᠴᠢᠬᠤᠯᠠ ᠪᠠᠶᠢᠳᠠᠯ ᠰᠡᠳᠬᠢᠯ ᠮᠠᠲᠤ

ᠬᠡᠮᠵᠢᠶ᠎ᠡ ᠡᠷᠬᠢ ᠦᠭᠡᠢ ᠃

ᠪᠠᠷᠢᠮᠲᠠᠯᠠ ᠦᠨ ᠬᠠᠷᠢᠴᠠᠯᠠᠯ

ᠪᠠᠷᠢᠮᠲᠠᠯᠠᠯ ᠦᠨᠳᠦᠰᠦᠨ ᠵᠠᠷᠴᠢᠮ ᠂

ᠪᠠᠷᠢᠮᠲᠠᠯᠠᠨ᠎ᠠ （ ᠪᠠᠷᠢᠮᠲᠠᠨ᠎ᠠ ） ᠬᠡᠷᠡᠭ ᠮᠠᠲᠤ ᠦᠢᠯᠡᠳᠬᠦᠨ

ᠠᠯᠢᠪᠠ ᠲᠦᠯᠢᠨ ᠮᠠᠲᠤ ᠬᠠᠷᠢᠴᠠᠨ ᠪᠠᠶᠢᠯᠭᠠᠨ᠎ᠠ ᠃

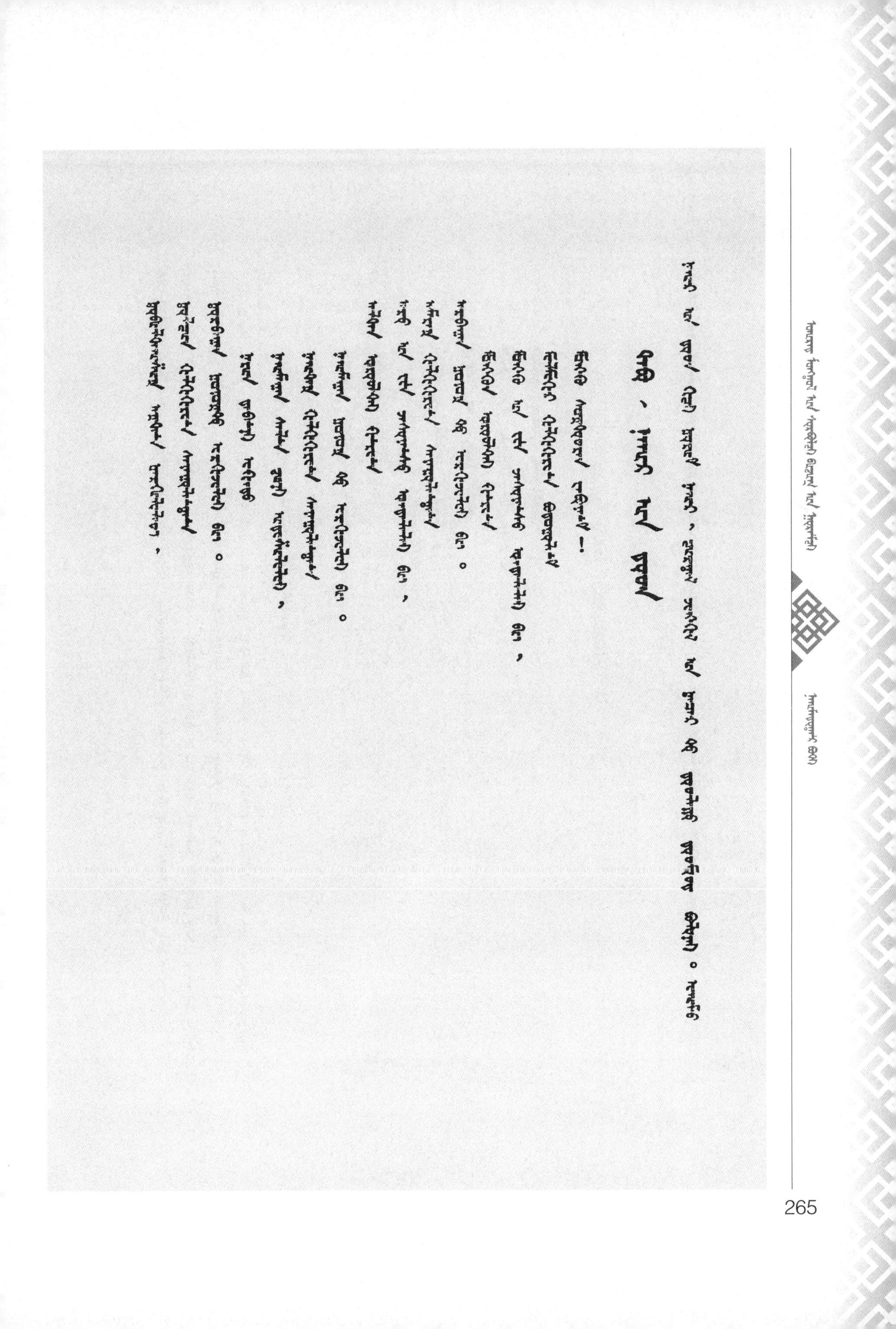

[illegible]。[illegible]

[illegible]、[illegible]

[illegible] —
[illegible]
[illegible]、
[illegible]
[illegible]。
[illegible]
[illegible]、
[illegible]
[illegible]。
[illegible]
[illegible]、
[illegible]
[illegible]。
[illegible]
[illegible]、

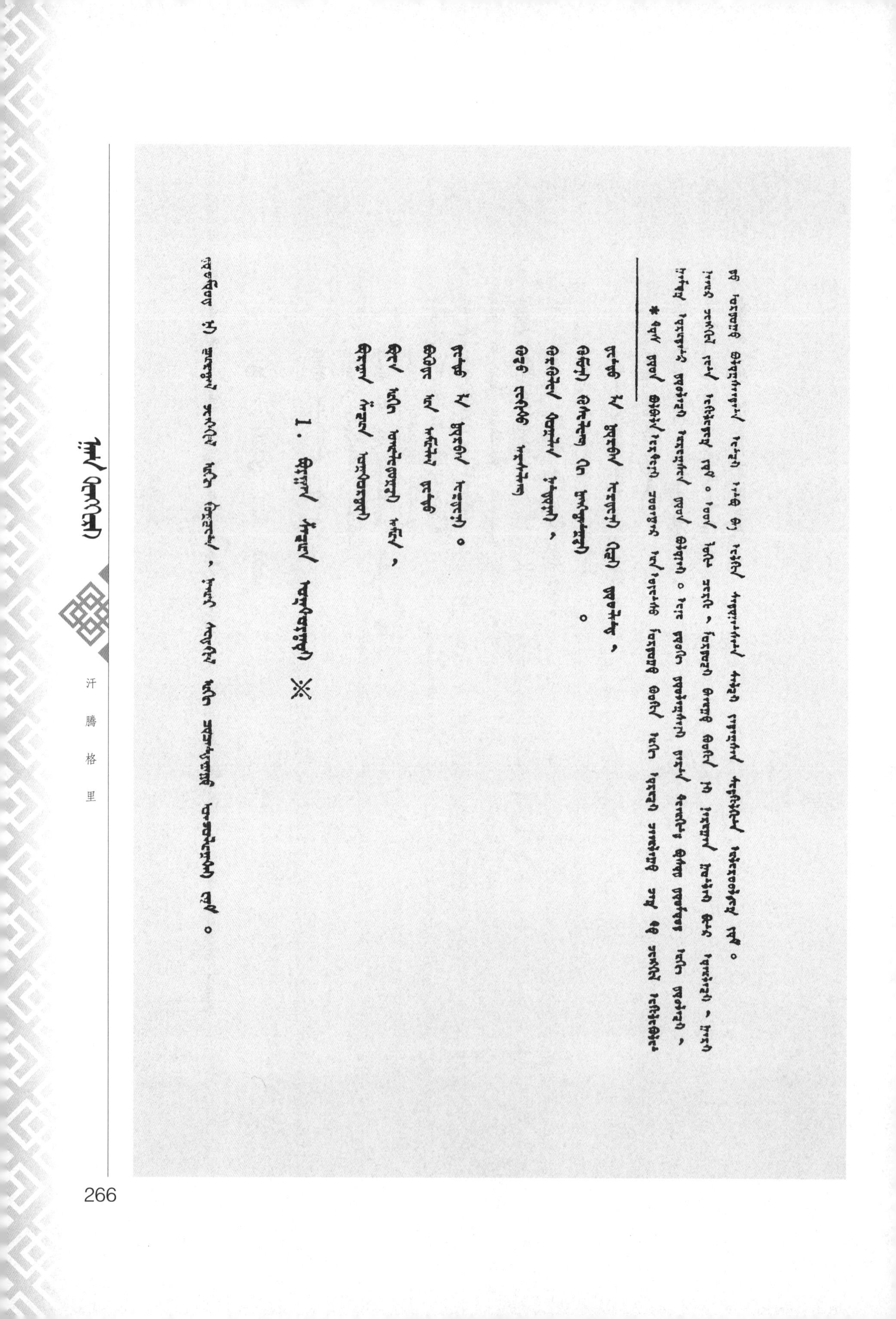

ᠲᠣᠭᠣᠷᠢᠭᠰᠠᠨ ᠬᠠᠶᠢᠷᠠᠨ ᠪᠣᠯᠵᠠᠭᠠᠯ
ᠲᠣᠭᠣᠷᠢᠭᠰᠠᠨ ᠤᠨ ᠰᠠᠢᠬᠠᠨ ᠰᠠᠶᠢᠷᠠᠨ ᠂
ᠲᠡᠭᠦᠷᠭᠡ ᠮᠥᠩᠭᠦᠨ ᠠᠮᠤᠭᠤᠯᠠᠩ
ᠵᠢᠷᠭᠠᠯᠠᠩ ᠤᠨ ᠪᠣᠯᠣᠨ ᠪᠣᠯᠲᠤᠭᠠᠢ᠃
ᠪᠣᠯ ᠰᠠᠶᠢᠬᠠᠨ ᠪᠣᠯᠵᠠᠭᠠᠯ
ᠪᠣᠭᠳᠠ ᠰᠠᠶᠢᠨ ᠵᠣᠷᠢᠯᠭᠠ ᠂
ᠪᠣᠯ ᠰᠠᠶᠢᠬᠠᠨ ᠬᠡᠮᠵᠢᠶ᠎ᠡ

2. ᠪᠣᠯ ᠰᠠᠶᠢᠬᠠᠨ ᠬᠡᠮᠵᠢᠶ᠎ᠡ

ᠬᠠᠮᠤᠭ ᠠᠮᠢᠲᠠᠨ ᠲᠡᠩᠭᠡᠷᠢ ᠲᠡᠭᠦᠷᠭᠡᠨ᠃
ᠬᠣᠣᠰ ᠬᠣᠰ ᠤᠨ ᠭᠠᠷᠠᠭᠠᠨ ᠰᠡᠯᠢ
ᠪᠣᠶᠠᠨ ᠠᠮᠢᠲᠠᠨ ᠲᠡᠩᠭᠡᠷᠢ ᠲᠡᠭᠦᠷᠭᠡᠨ᠃
ᠪᠣᠶᠠᠨ ᠬᠣᠰ ᠤᠨ ᠭᠠᠷᠠᠭᠠᠨ ᠰᠡᠯᠢ

ᠲᠡᠭᠦᠨ ᠦ ᠬᠦ ᠰᠡᠯᠢ ᠪᠣᠯᠤᠨ ᠂ ᠬᠠᠭᠤᠷᠠᠭᠰᠠᠨ

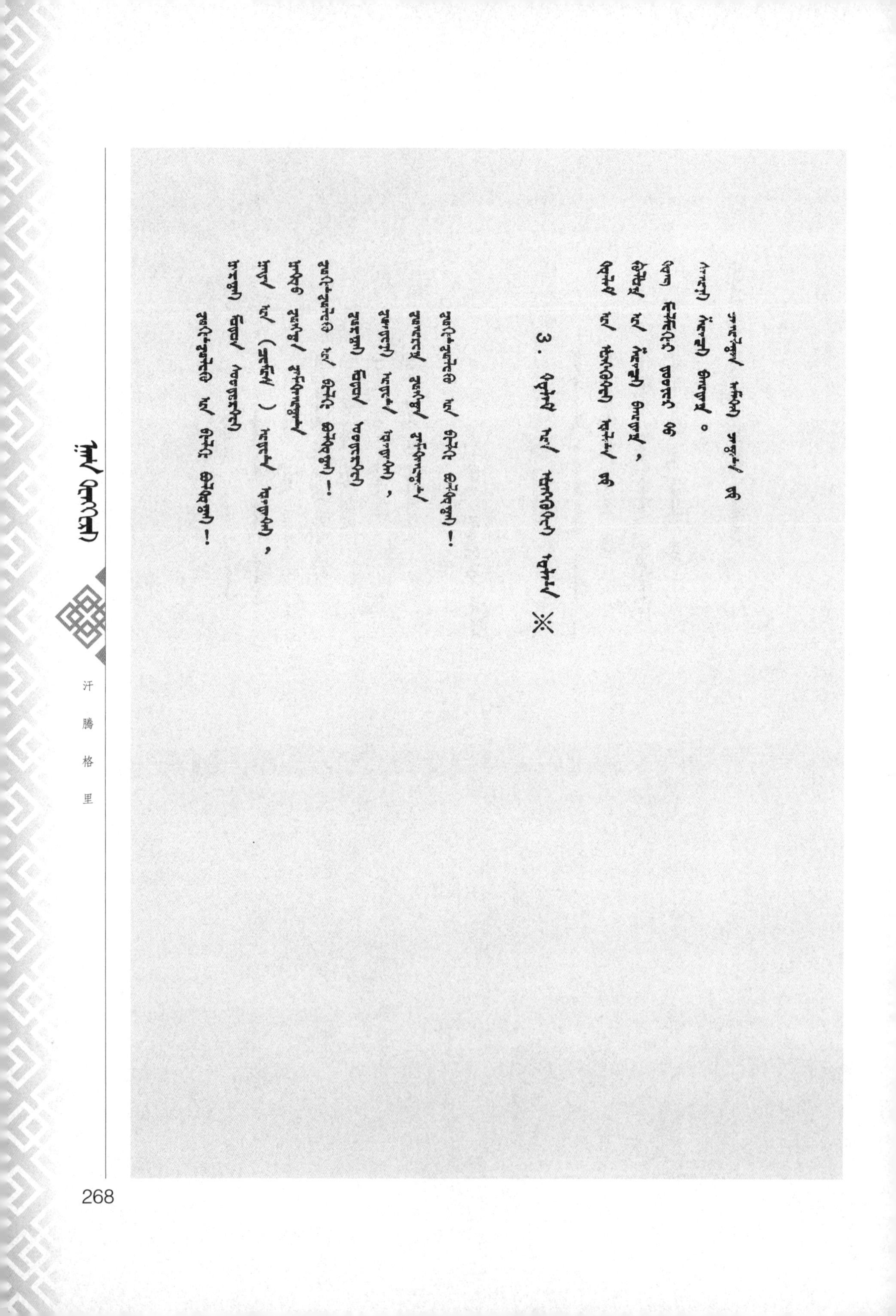

[illegible]
[illegible] 。
[illegible]
[illegible] ，
[illegible]

3. [illegible] ※

[illegible] !
[illegible]
[illegible] ，
[illegible]
[illegible] !
[illegible]
[illegible] ([illegible]) [illegible] ，
[illegible]
[illegible] !

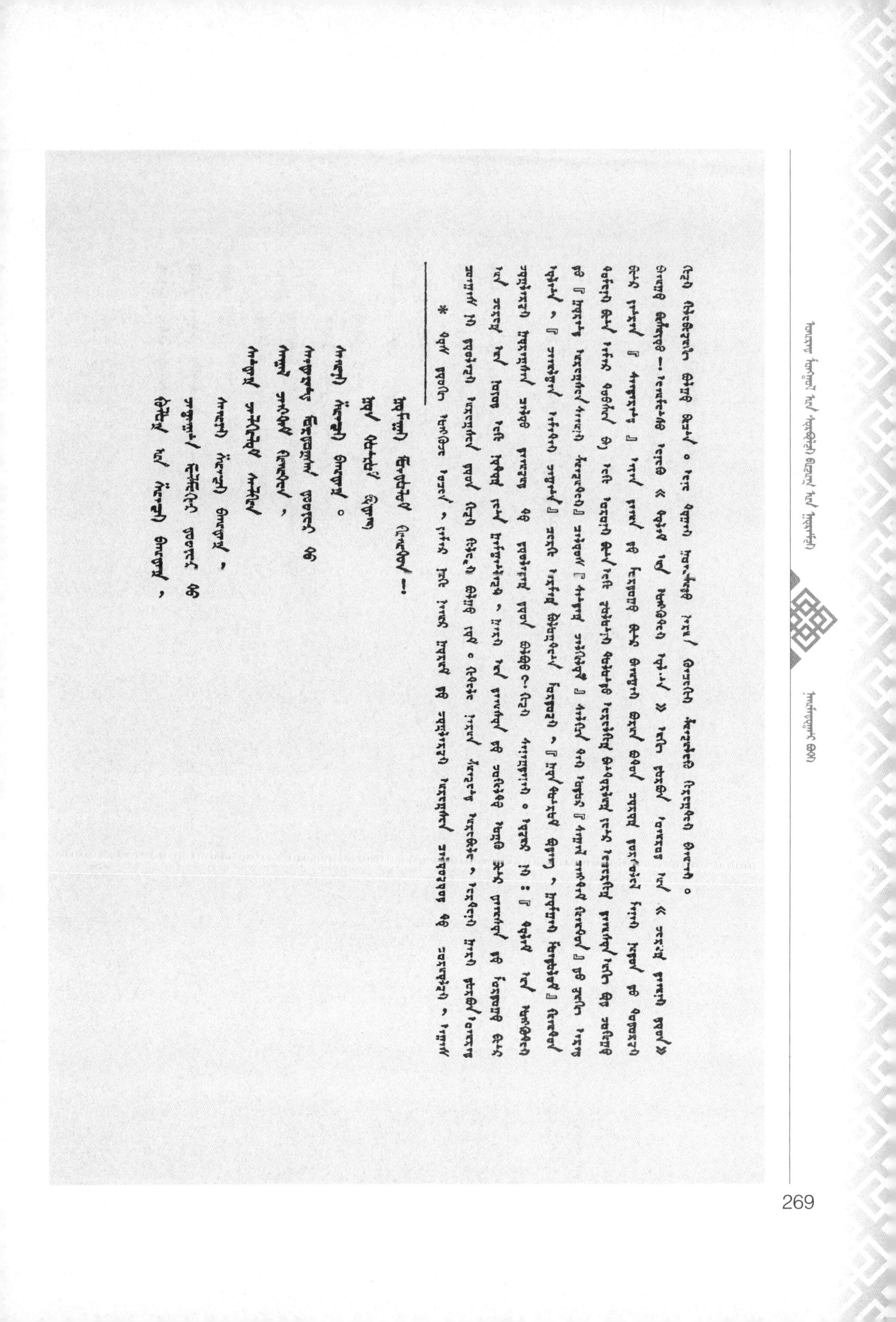

[illegible]

* [illegible]

[illegible]
[illegible]
[illegible]
[illegible]
[illegible]
[illegible]
[illegible]
[illegible]
[illegible]

ᠲᠩᠷᠢ ᠶᠢᠨ ᠬᠠᠷᠢᠶᠠᠯ
ᠮᠠᠨᠠᠢ ᠮᠥᠩᠬᠡ ᠬᠠᠷᠢᠶᠠᠯᠲᠤ ᠪᠣᠯ !
ᠪᠣᠭᠳᠠ ᠬᠠᠨ ᠲᠩᠷᠢ ᠬᠠᠷᠢᠶᠠᠯᠲᠤ
ᠮᠣᠩᠭᠣᠯᠴᠤᠳ ᠤᠨ ᠲᠩᠷᠢ ᠪᠣᠯᠤᠨ᠎ᠠ ᠃
ᠪᠠᠷᠠᠭᠤᠨ ᠬᠦᠮᠦᠨ ᠪᠠᠢᠭᠠᠯᠢ ᠮᠥᠩᠬᠡ ᠵᠠᠶᠠᠭᠠᠲᠤ ᠲᠩᠷᠢ
ᠪᠣᠭᠳᠠ ᠮᠥᠩᠬᠡ ᠬᠠᠷᠢᠶᠠᠯᠲᠤ ᠪᠣᠯ !
ᠪᠠᠭᠤᠯᠭᠠ ᠬᠠᠨ ᠲᠩᠷᠢ ᠬᠠᠷᠢᠶᠠᠯᠲᠤ
ᠮᠣᠩᠭᠣᠯᠴᠤᠳ ᠤᠨ ᠲᠩᠷᠢ ᠪᠣᠯᠤᠨ᠎ᠠ ᠃
ᠪᠢᠯᠢᠭᠲᠦ ᠮᠥᠩᠬᠡ ᠮᠣᠩᠭᠣᠯᠴᠤᠳ
ᠰᠦᠯᠳᠡᠲᠦ ᠮᠣᠩᠭᠣᠯ ᠤᠨ ᠲᠩᠷᠢ ᠪᠣᠯᠤᠨ᠎ᠠ ᠂
ᠪᠢᠴᠢᠭᠰᠡᠨ ᠬᠠᠨ ᠲᠩᠷᠢ ᠶᠢᠨ ᠳᠠᠭᠤᠨ

4. ᠪᠢᠴᠢᠭᠰᠡᠨ ᠬᠠᠨ ᠲᠩᠷᠢ

ᠠᠮᠢᠳᠤᠷᠠᠯ ᠬᠦᠮᠦᠨ ᠪᠣᠯᠤᠭᠰᠠᠨ ᠃
ᠬᠡᠷᠡᠭᠯᠡᠬᠦ ᠶᠠᠰᠤᠯᠠᠯ ᠪᠠᠶᠠᠨ ᠳᠤ

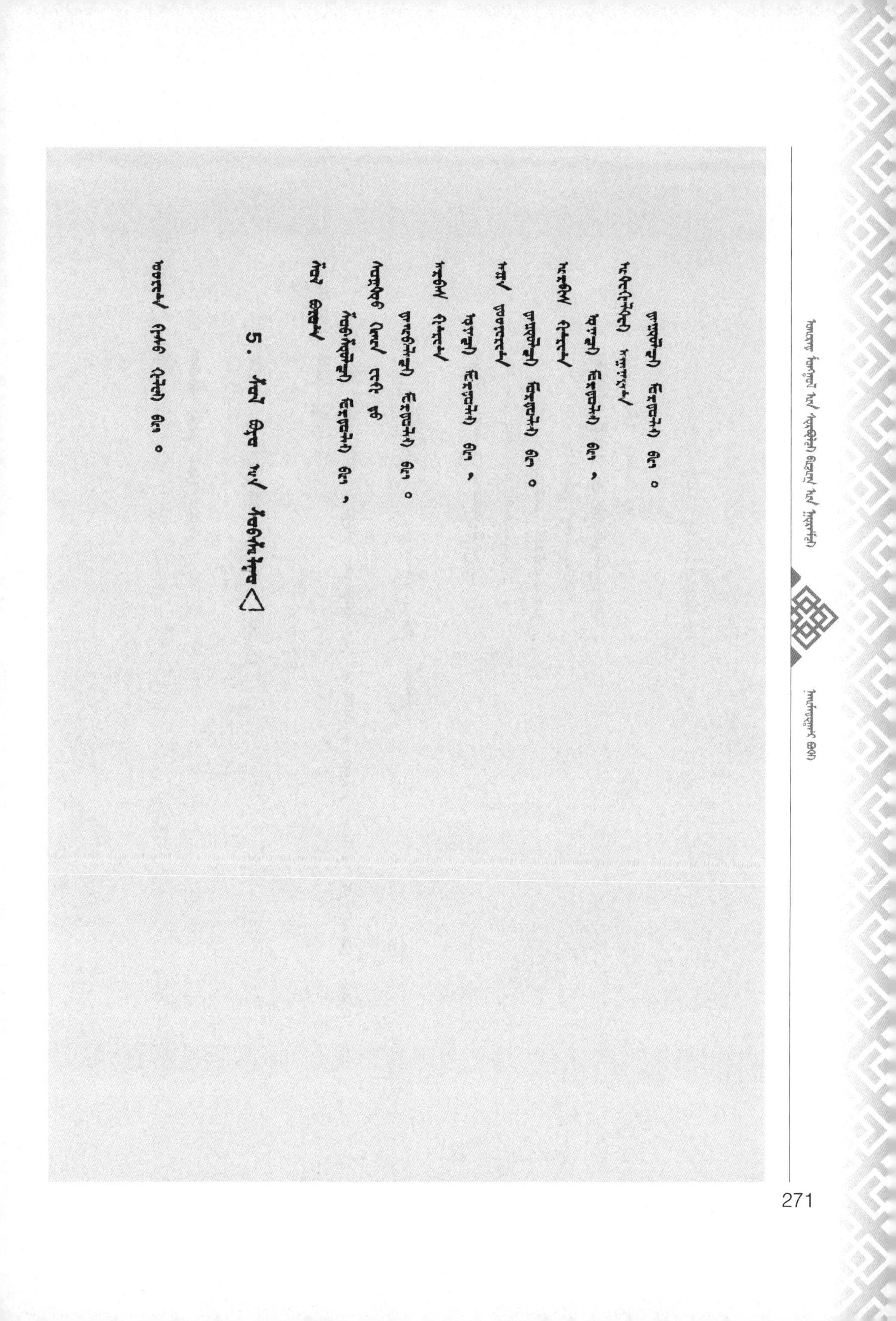

[illegible] ᠃
[illegible]
[illegible] ,
[illegible]
[illegible] ᠃
[illegible]
[illegible] ,
[illegible]
[illegible] ᠃
[illegible]
[illegible] ,
[illegible]

5. [illegible]

[illegible] ᠃

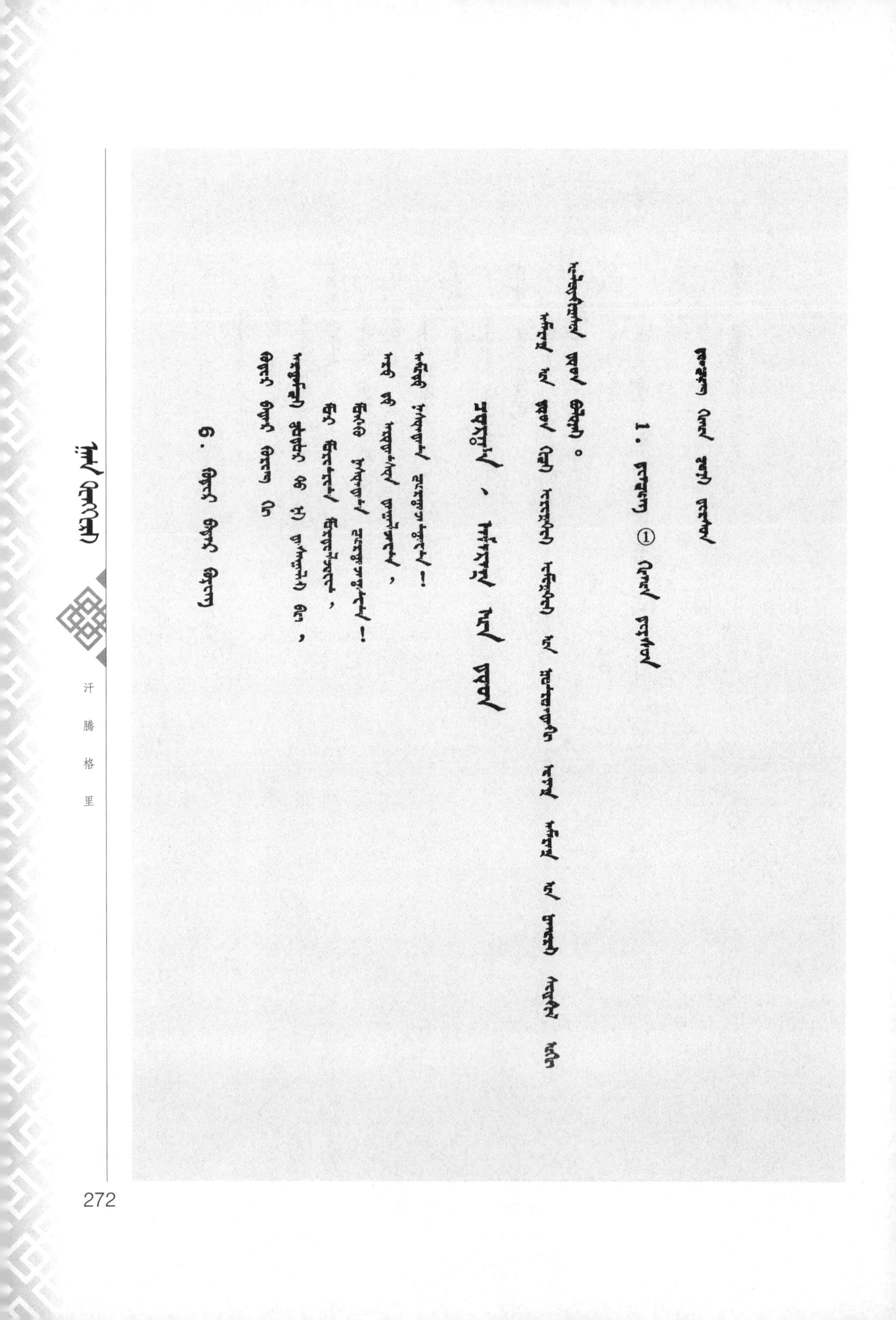

[illegible]

1. [illegible] ① [illegible]

[illegible]

[illegible]

[illegible] [illegible] [illegible] —!

[illegible] [illegible] [illegible] [illegible] ,

[illegible] [illegible] [illegible] —!

[illegible] [illegible] [illegible] ,

[illegible] [illegible] [illegible] [illegible] [illegible] [illegible] ,

[illegible] [illegible] [illegible] [illegible]

6. [illegible] [illegible] [illegible]

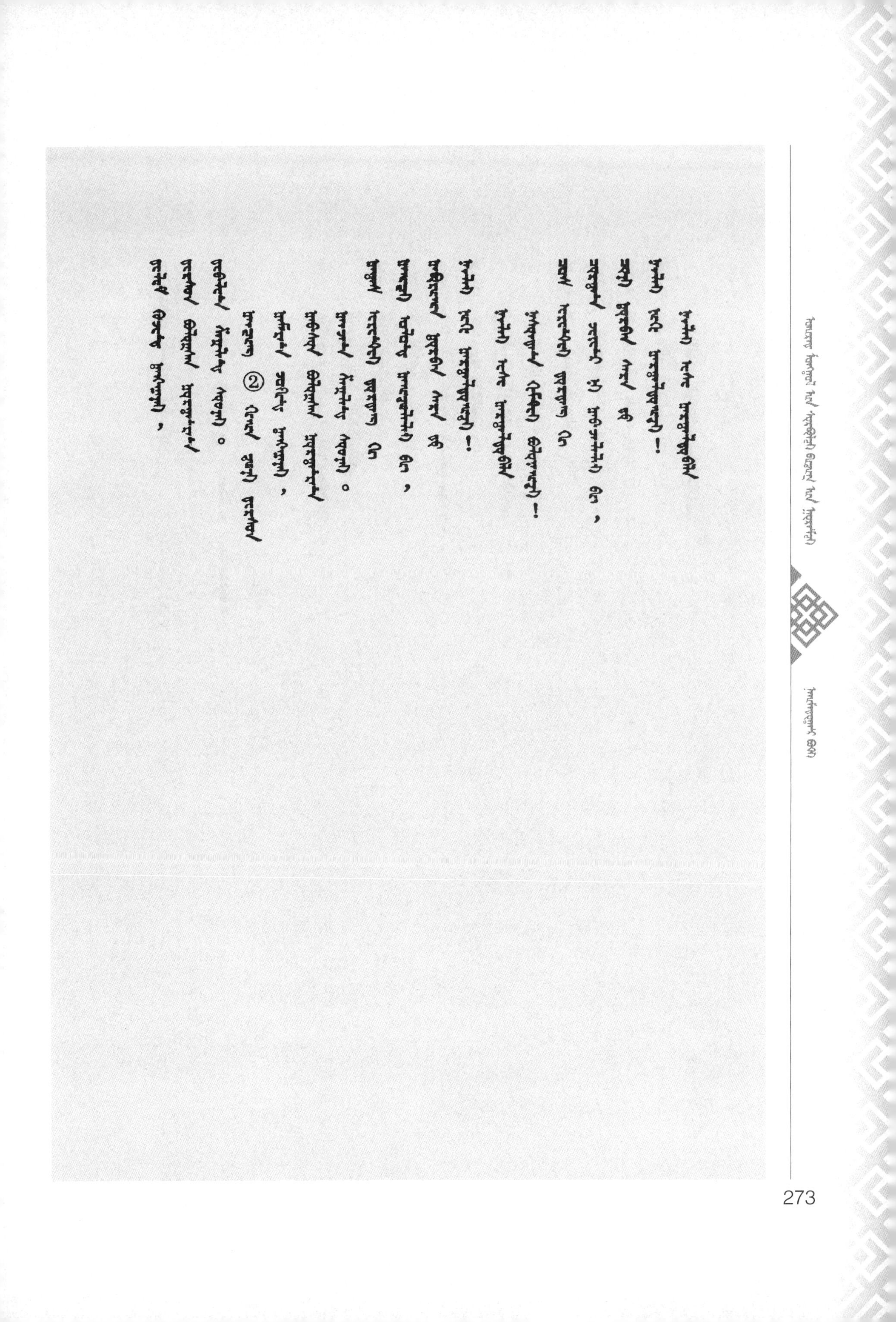

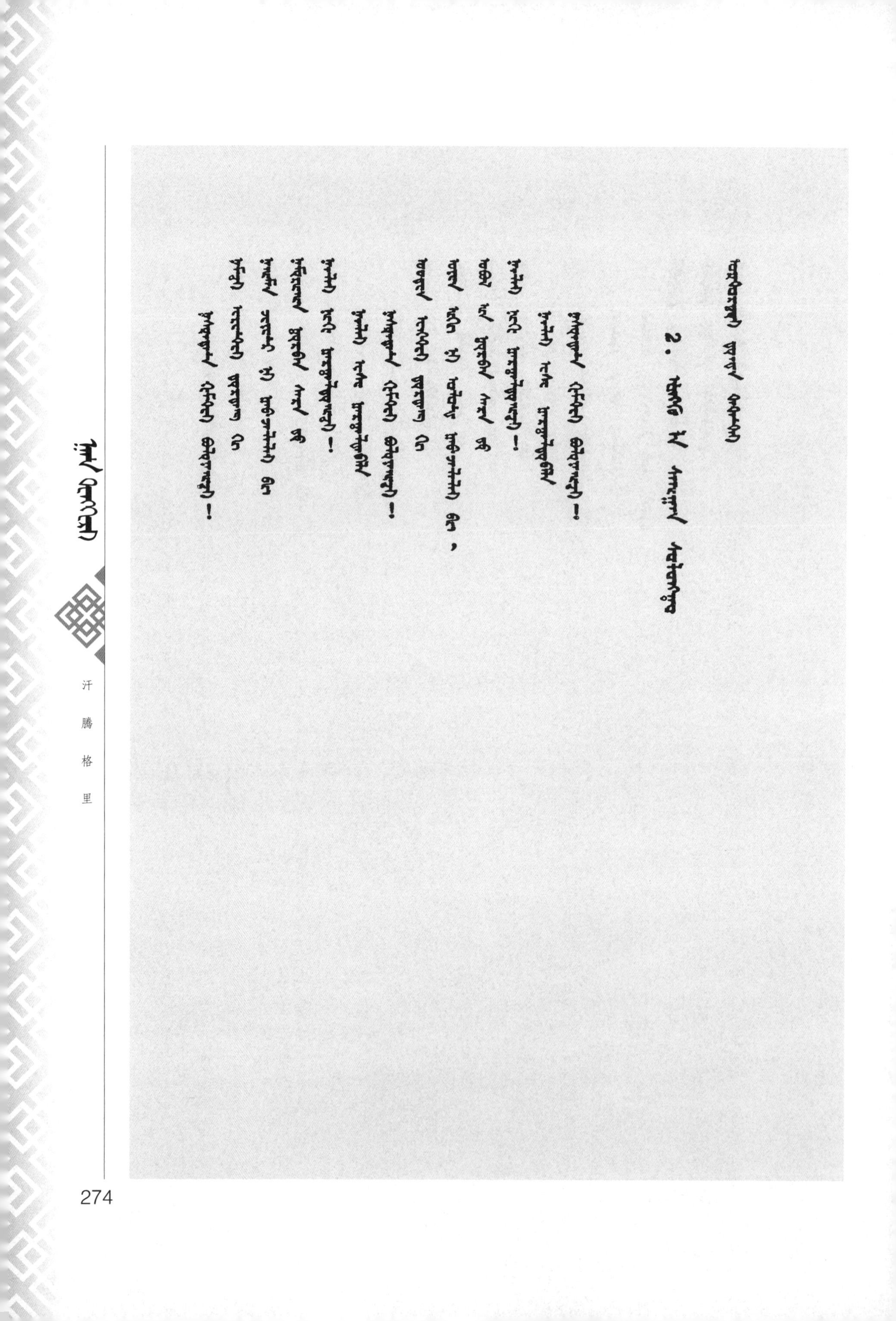

[illegible]

2. ᠲᠩᠷᠢ ᠳᠦ ᠰᠠᠴᠤᠯᠢ ᠰᠠᠴᠤᠬᠤ

[illegible] —
[illegible]
[illegible] —
[illegible]
[illegible] ,
[illegible]
[illegible] —
[illegible]
[illegible] —
[illegible]
[illegible]
[illegible]
[illegible] —

ᡍᠠᠷᠠᡍᠠᠨ ᡍᠠᠷᠠᡍᠠᠨ ᡁᠣᠯᡅᠣᠨ
ᠨᡅᡍᡄᠨ ᠰᠠᠷᠠᡍᠠᠨ ᡑᡇᡇᠨ᠂
ᡍᠠᠯᡅᡅᠨ ᡁᡇᠷᡅᡅᠨ ᡑᡇᡇᠨ ᡋᡅ

3. ᡍᠠᠯᡅᡅᠨ ᡁᡇᠷᡅᡅᠨ ᡑᡇᡇᠨ

ᡋᡇᡍᡇᡋᡇᠨᡅᡅ ᡎᠠᡎᠠᠯᠠᡍᠠᠨ ᡑᡇᡇᠯᠠᡍᠠ！
ᡋᡇᠨ ᡎᠠᠯᡅᡎᡆᠨ ᡁᠠᠯᡍᠠᡎᠠᠨ
ᡋᡇᡍᡇ ᡅᡅ ᡑᡇᡇᠨ ᡋᡄᠯᡅᡄᡑᡄᠨ᠂
ᡋᡇᠨ ᡅᡅ ᡅᡄᠮᡅᡅ ᡅᡅᠨ ᡋᡇᠯᡄ ᡋᡄ
ᡋᡇᡍᡇᡋᡇᠨᡅᡅ ᡎᠠᡎᠠᠯᠠᡍᠠᠨ ᡑᡇᡇᠯᠠᡍᠠ！
ᡑᡇᡋᡇᠨᡅᡅ ᡑᡇᡋᡅᡅ ᡑᠠᡍᠠᠯᠠᠨ
ᡑᡇᡋᡇᠨᡅᡅ ᡅᡅ ᡑᡇᡇᠨ ᡑᠠᡍᠠ ᡋᡄᠯᡅᡄᡑᡄᠨ᠂
ᡑᡇᡋᡇᠨᡅᡅ ᡅᡄᠮᡅᡅ ᡅᡅᠨ ᡋᡇᠯᡄ ᡋᡄ
ᡋᡇᡍᡇᡋᡇᠨᡅᡅ ᡎᠠᡎᠠᠯᠠᡍᠠᠨ ᡑᡇᡇᠯᠠᡍᠠ！
ᡍᠠᠯᡋᡇᡅᡅ ᡁᡇᠷᡅᡅᠨ ᠰᠠᠯᡅᠠᠨ
ᡍᠠᠯᡋᡇ ᡅᡅ ᠰᠠᠷᠠᡍᠠᠨ ᠰᠠᡋᠠᠯᡅᡍᠠ᠂

ᠪᠣᠯᠪᠠᠰᠤ ᠰᠠᠶᠢᠨ ᠬᠠᠷᠢᠯᠴᠠᠭ᠎ᠠ ᠨᠢ
ᠪᠣᠯᠪᠠᠰᠤᠷᠠᠭᠰᠠᠨ ᠬᠦᠮᠦᠵᠢᠯ ᠦᠨ ᠬᠠᠷᠢᠯᠴᠠᠭ᠎ᠠ ᠪᠠᠷ
ᠪᠣᠯᠪᠠᠰᠤ ᠬᠦᠮᠦᠨ ᠠᠷᠠᠳ ᠮᠢᠨᠢ
ᠬᠠᠷᠢᠯᠴᠠᠭᠠᠨ ᠨᠢ ᠠᠮᠢᠳᠤᠷᠠᠯ!
ᠬᠠᠷᠢᠯᠴᠠᠭᠠᠨ ᠤ ᠰᠠᠶᠢᠬᠠᠨ ᠤ ᠰᠠᠶᠢᠨ ᠪᠢᠯᠡ ᠦ?
ᠬᠦᠮᠦᠵᠢᠯ ᠬᠠᠷᠢᠯᠴᠠᠭ᠎ᠠ ᠠᠮᠤᠷ 。
ᠬᠡᠷᠪᠡ ᠰᠠᠶᠢᠨ ᠬᠠᠷᠢᠯᠴᠠᠭ᠎ᠠ ᠨᠢ
ᠬᠡᠷᠡᠭᠯᠡᠭᠰᠡᠨ ᠬᠦᠮᠦᠵᠢᠯ ᠦᠨ ᠬᠠᠷᠢᠯᠴᠠᠭ᠎ᠠ ᠪᠠᠷ,
ᠬᠡᠷᠡᠭᠯᠡᠨ ᠬᠦᠮᠦᠨ (ᠠᠷᠠᠳ ᠬᠦᠮᠦᠨ) ᠠᠷᠠᠳ ᠮᠢᠨᠢ
ᠬᠠᠷᠢᠯᠴᠠ ᠶᠢᠨ ᠬᠡᠪ ᠬᠠᠷᠢᠯᠴᠠᠭ᠎ᠠ ᠪᠢᠯᠡ!
ᠬᠠᠷᠢᠯᠴᠠᠭ᠎ᠠ ᠰᠠᠶᠢᠨ ᠬᠠᠷᠢᠯᠴᠠᠭ᠎ᠠ ᠨᠢ
ᠲᠤᠷᠰᠢᠯᠲᠠ ᠶᠢᠨ ᠡᠭᠦᠳᠡᠭᠡᠳ ᠲᠤᠷᠰᠢᠯᠲᠠ,
ᠲᠤᠷᠰᠢᠯᠲᠠ ᠰᠠᠶᠢᠨ ᠲᠤᠷᠰᠢᠯᠲᠠ ᠴᠤ
ᠳᠤᠷᠠᠳᠬᠠᠯ ᠠᠮᠢᠳᠤᠷᠠᠯ ᠪᠣᠯᠵᠤ ᠪᠠᠢᠨ᠎ᠠ 。
ᠳᠤᠷᠠᠪᠠᠷ ᠰᠠᠶᠢᠬᠠᠨ ᠠᠮᠤᠷ ᠴᠤ
ᠳᠤᠷᠠᠳᠠᠨ ᠪᠣ ᠬᠡᠷ (ᠬᠡᠷᠴᠤ) ᠠᠮᠤᠷ ᠬᠦᠮᠦᠨ ᠪᠢᠯᠡ,
ᠳᠤᠷ ᠰᠠᠶᠢᠬᠠᠨ ᠳᠤᠷᠠᠨ ᠴᠤ
ᠮᠢᠨᠦ ᠰᠠᠶᠢᠬᠠᠨ ᠠᠮᠢᠨ ᠪᠣᠯᠣᠭᠰᠠᠨ!

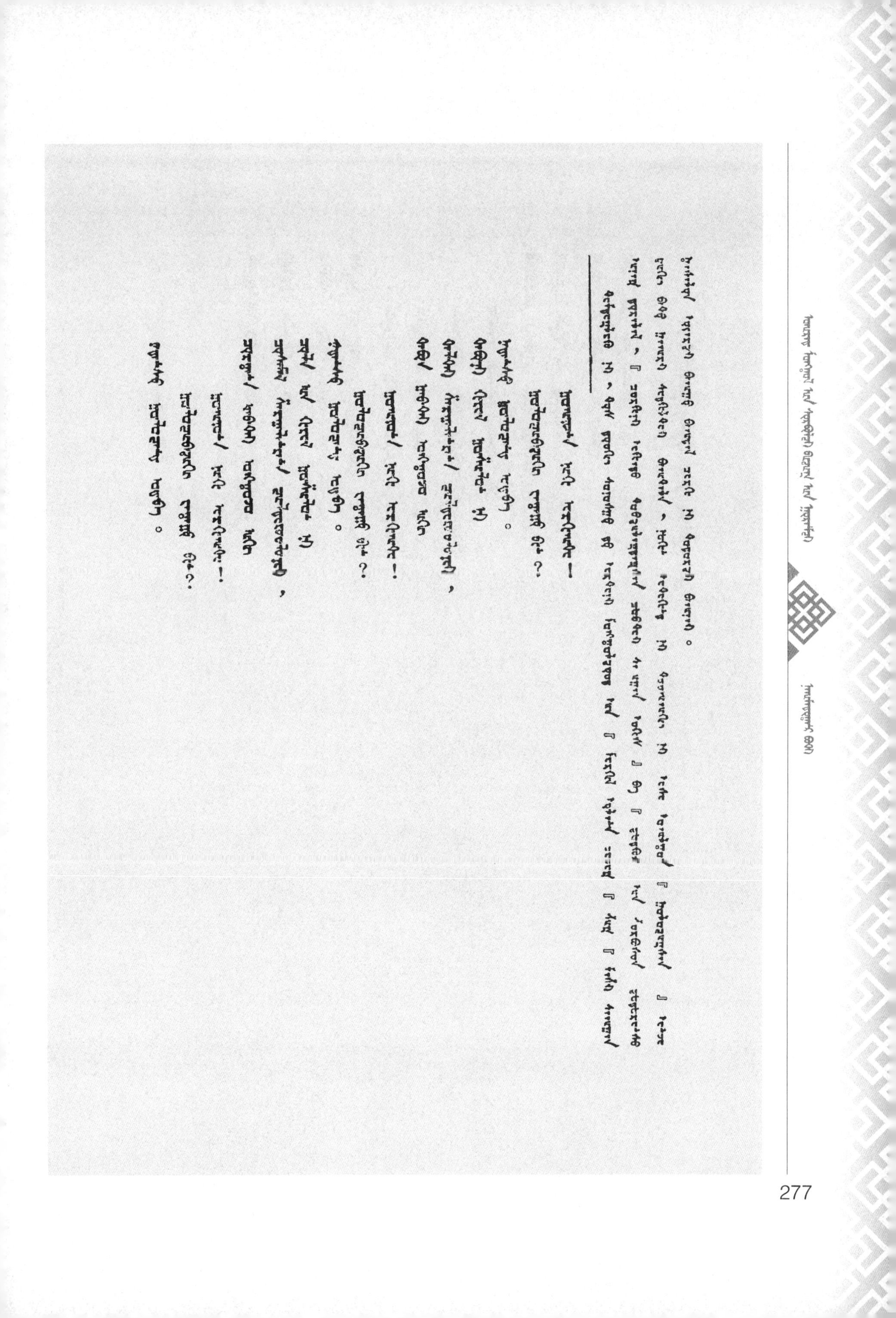

[illegible]
[illegible]
[illegible]
[illegible]

[illegible]
[illegible]
[illegible]
[illegible]
[illegible]
[illegible]
[illegible]
[illegible]
[illegible]
[illegible]
[illegible]
[illegible]
[illegible]
[illegible]
[illegible]

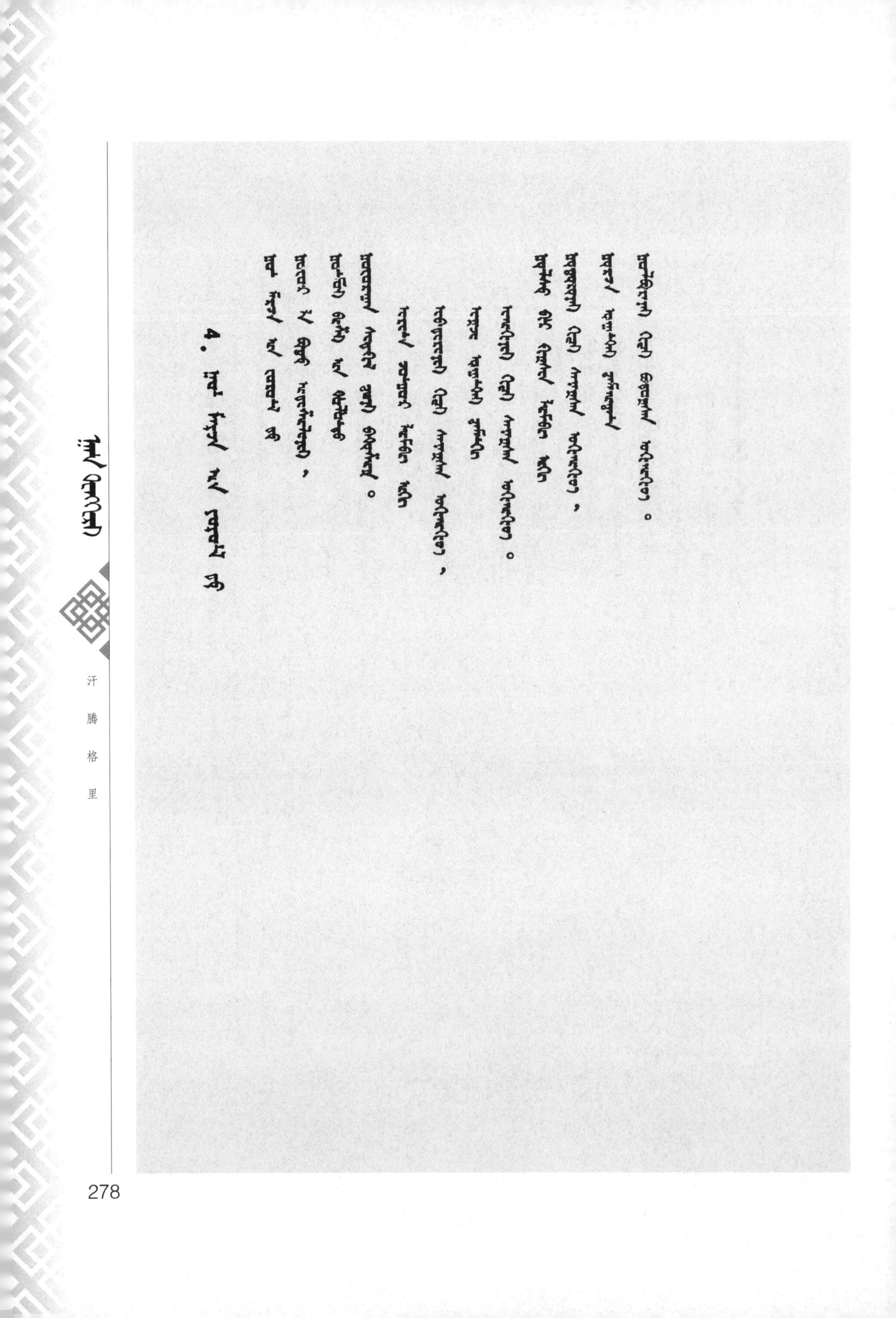

4. [illegible]

[illegible]
[illegible]
[illegible]
[illegible]
[illegible]
[illegible]
[illegible]
[illegible]
[illegible]
[illegible]
[illegible]
[illegible]

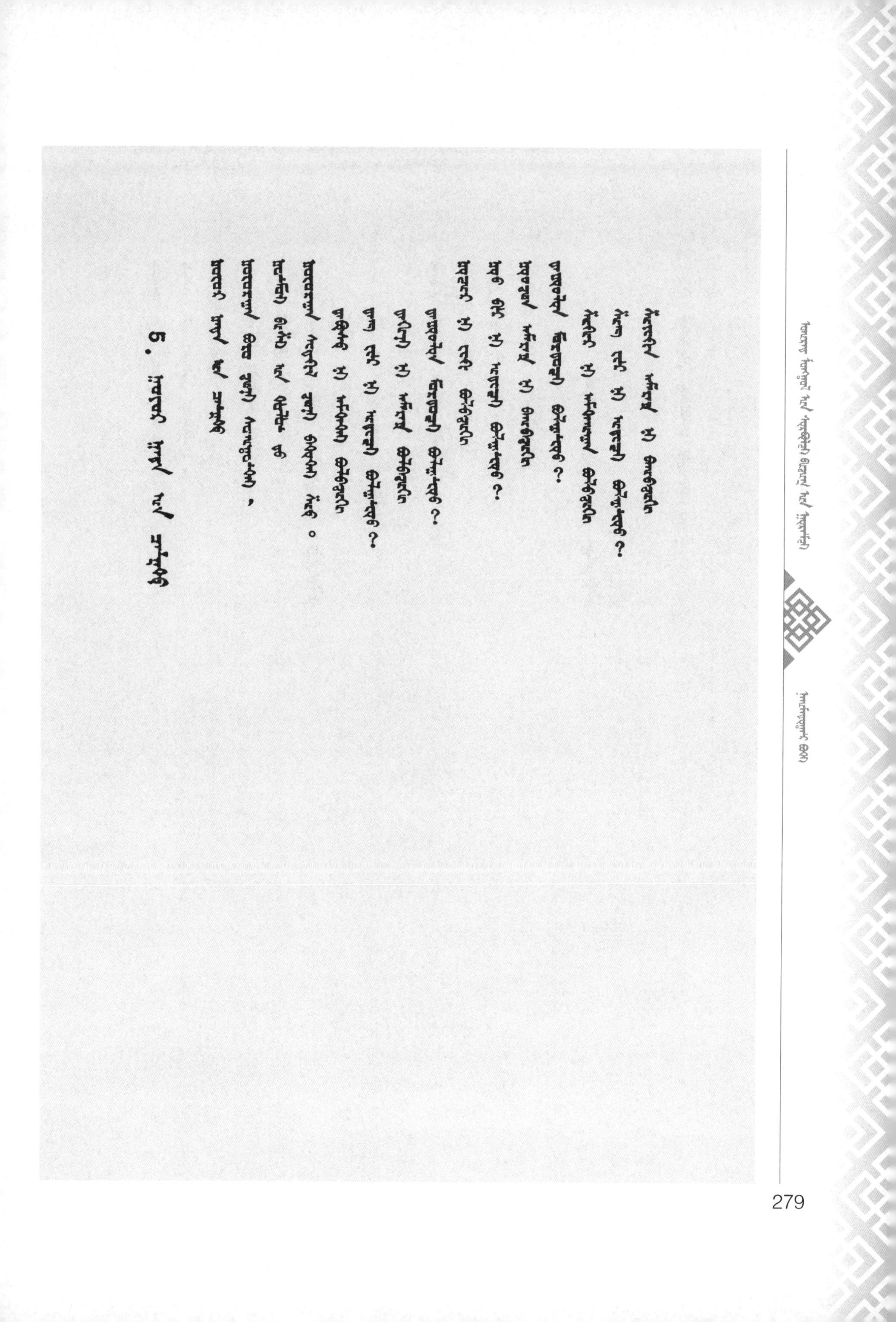

[illegible]
[illegible] ?
[illegible]
[illegible] ?
[illegible]
[illegible] ?
[illegible]
[illegible] ?
[illegible]
[illegible] ?
[illegible]
[illegible] ∘
[illegible]
[illegible] ,
[illegible]

5. [illegible]

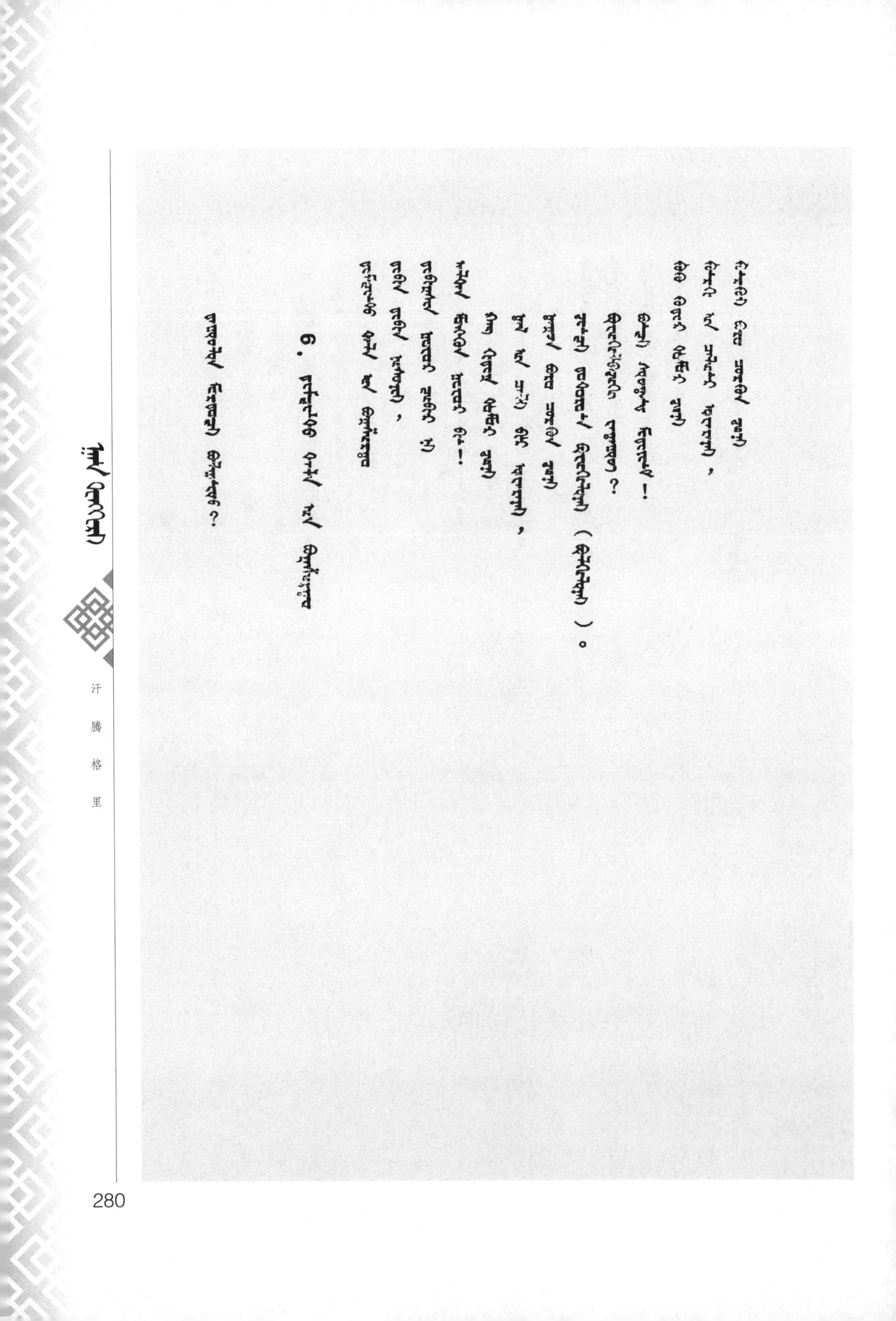

[illegible]
[illegible]，
[illegible]
[illegible]！
[illegible]？
[illegible]（[illegible]）。
[illegible]
[illegible]，
[illegible]
[illegible]！
[illegible]
[illegible]，
[illegible]

6. [illegible]

[illegible]？

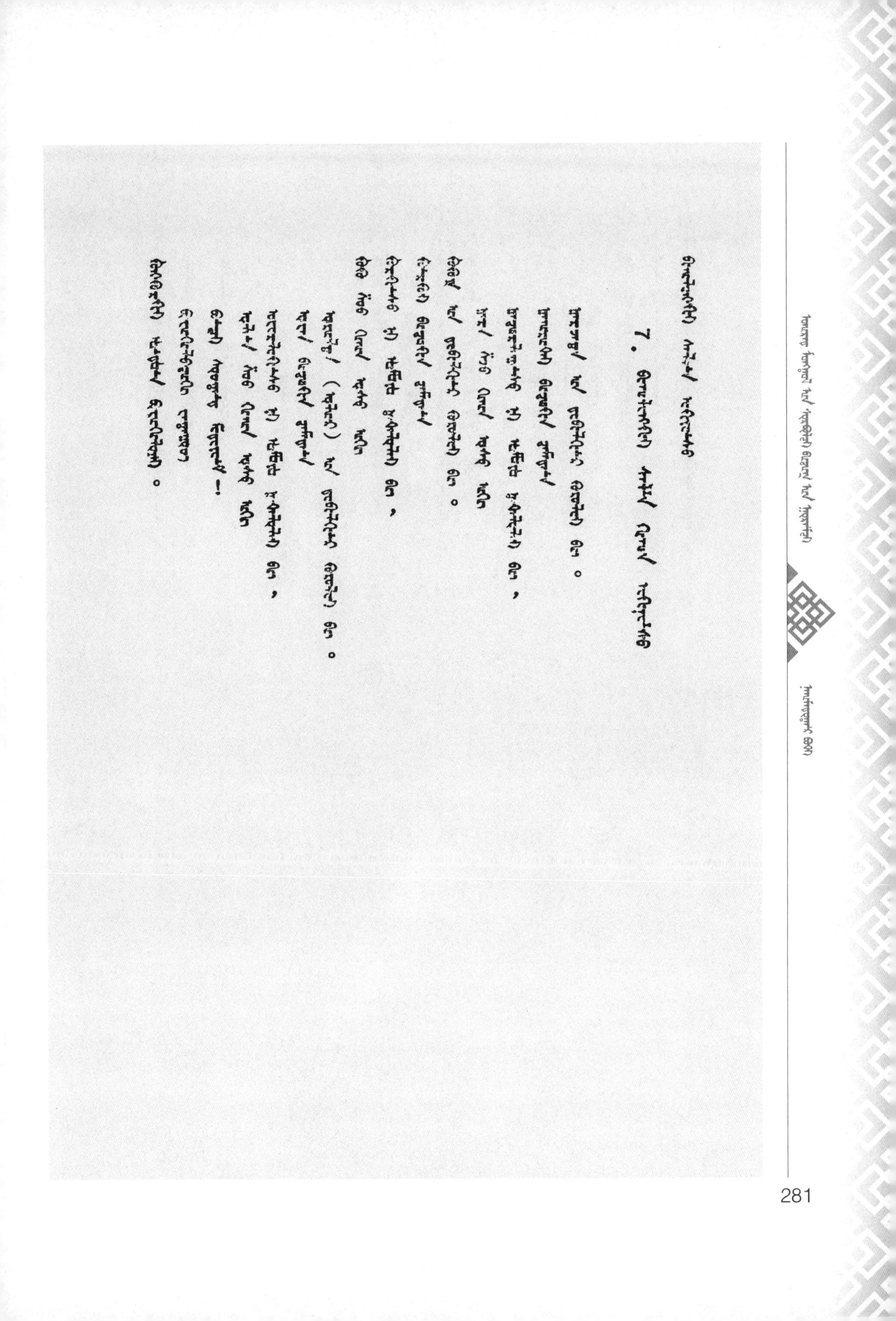

[illegible]

7. [illegible]

[illegible] 。
[illegible]
[illegible] ,
[illegible]
[illegible] 。
[illegible]
[illegible] ,
[illegible]
[illegible] ([illegible]) [illegible] 。
[illegible]
[illegible] ,
[illegible]
[illegible] !
[illegible]
[illegible] 。

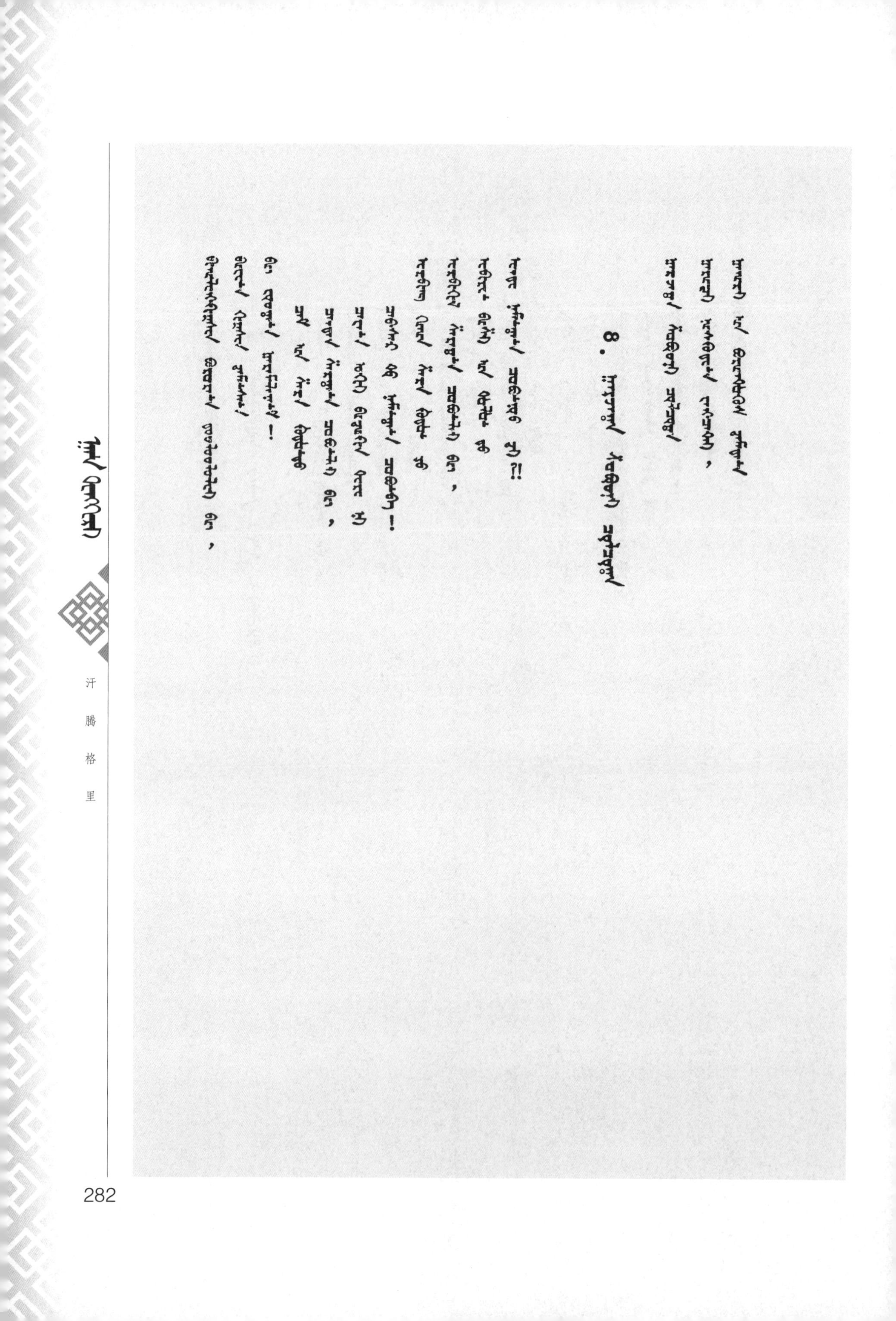

[illegible]
[illegible]
[illegible]

8. [illegible]

[illegible]
[illegible]
[illegible]
[illegible]
[illegible]
[illegible]
[illegible]
[illegible]
[illegible]
[illegible]
[illegible]

ᠬᠠᠰ ᠪᠠᠲᠤ ᠶᠢᠨ ᠬᠠᠰᠤ

9. ᠬᠠᠷᠠ ᠰᠠᠷᠠᠭᠤᠯ ᠪᠣᠯᠵᠣᠭᠠᠨ

ᠪᠣᠯᠵᠣᠭᠠᠨᠳᠠᠭᠠᠨ ᠴᠠᠭᠲᠤ ᠢᠷᠡᠭᠡᠷᠡᠢ ᠪᠢᠯᠡ !
ᠰᠠᠷᠠᠲᠠᠢ ᠭᠡᠷᠡᠯᠲᠡᠢ ᠰᠦᠨᠢ
ᠰᠡᠷᠢᠭᠦᠨ ᠬᠡᠩᠭᠡᠷᠭᠡᠨ ᠳᠠᠭᠤᠲᠠᠢ ᠂
ᠰᠡᠷᠡᠯᠲᠡᠢ ᠰᠡᠳᠬᠢᠯ ᠪᠣᠯᠵᠣᠭᠠᠨ
ᠪᠣᠯᠵᠣᠭᠠᠨᠳᠠᠭᠠᠨ ᠴᠠᠭᠲᠤ ᠢᠷᠡᠭᠡᠷᠡᠢ ᠪᠢᠯᠡ ᠃
ᠨᠠᠷᠠᠲᠠᠢ ᠭᠡᠷᠡᠯᠲᠡᠢ ᠡᠳᠦᠷ
ᠨᠠᠷᠠᠨ ᠬᠡᠩᠭᠡᠷᠭᠡᠨ ᠳᠠᠭᠤᠲᠠᠢ ᠂
ᠨᠠᠶᠢᠵᠠ ᠰᠡᠳᠬᠢᠯ ᠪᠣᠯᠵᠣᠭᠠᠨ
ᠪᠣᠯᠵᠣᠭᠠᠨᠳᠠᠭᠠᠨ ᠴᠠᠭᠲᠤ ᠢᠷᠡᠭᠡᠷᠡᠢ ᠪᠢᠯᠡ ᠃
ᠣᠳᠣᠲᠠᠢ ᠭᠡᠷᠡᠯᠲᠡᠢ ᠰᠦᠨᠢ
ᠣᠳᠣᠨ ᠬᠡᠩᠭᠡᠷᠭᠡᠨ ᠳᠠᠭᠤᠲᠠᠢ ᠂
ᠣᠷᠣᠨ ᠰᠡᠳᠬᠢᠯ ᠪᠣᠯᠵᠣᠭᠠᠨ
ᠪᠣᠯᠵᠣᠭᠠᠨᠳᠠᠭᠠᠨ ᠴᠠᠭᠲᠤ ᠢᠷᠡᠭᠡᠷᠡᠢ ᠪᠢᠯᠡ ᠃

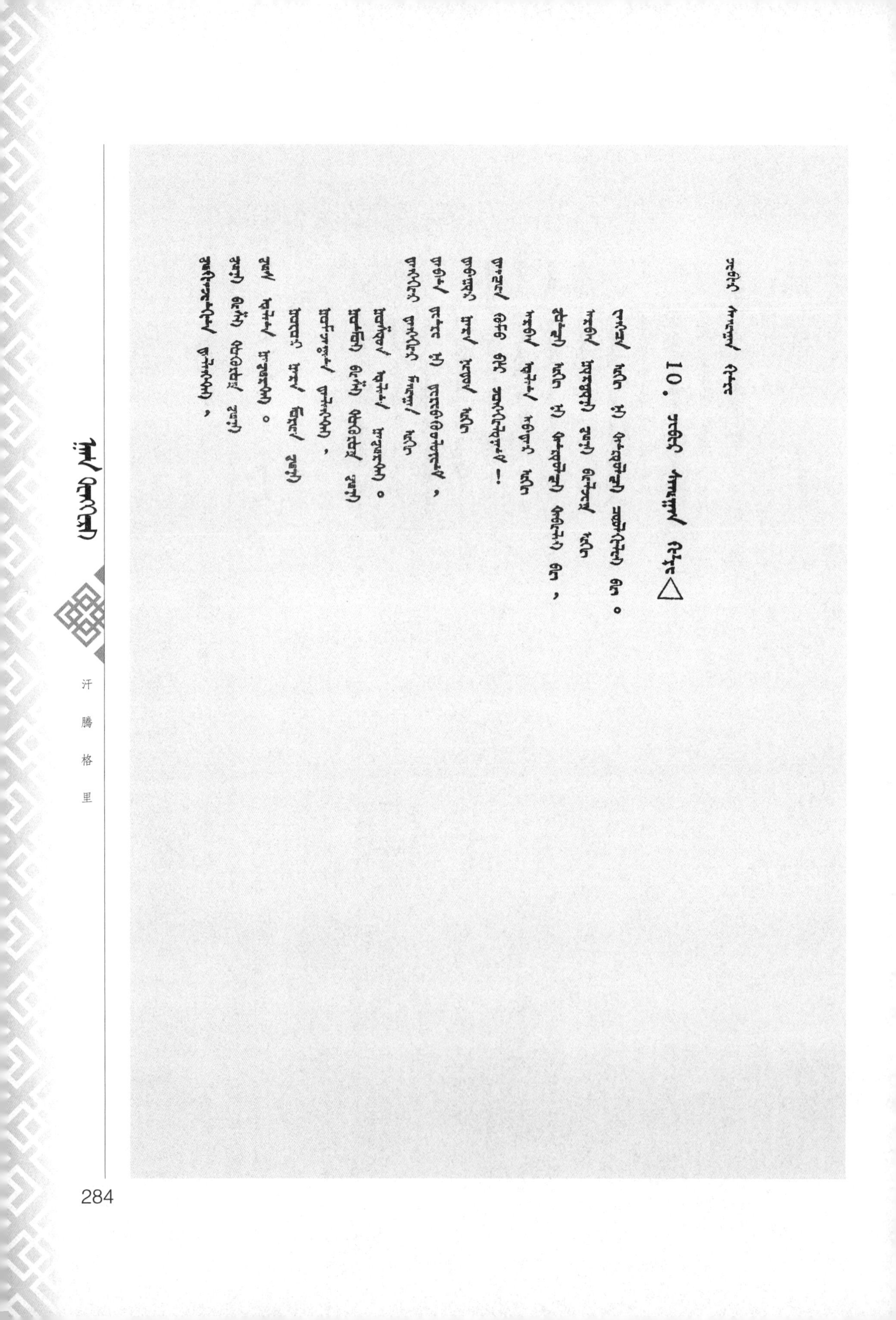

[illegible]

10. [illegible]

[illegible]

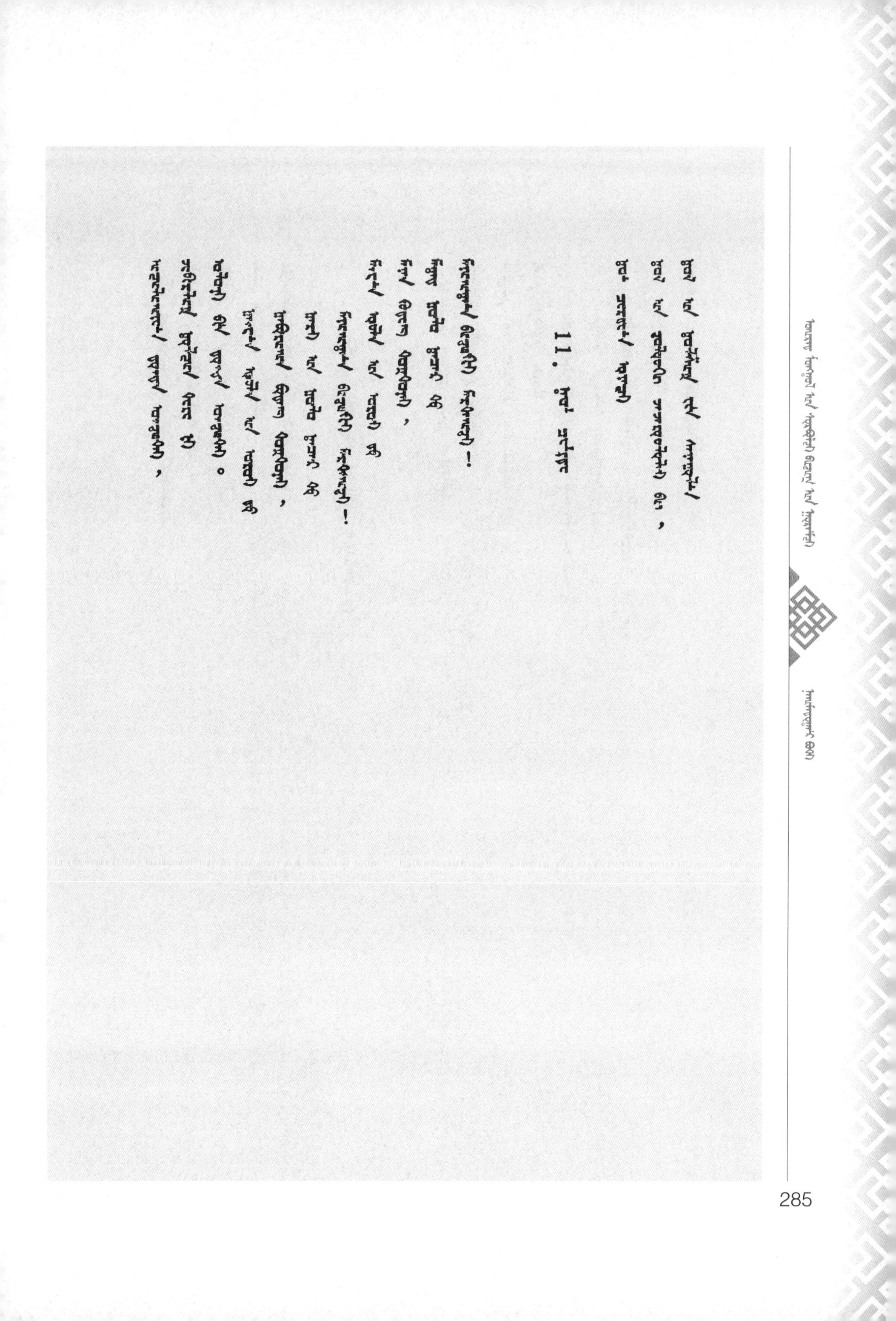

[illegible]
[illegible]
[illegible]

11. [illegible]

[illegible]
[illegible]
[illegible]
[illegible]
[illegible]
[illegible]
[illegible]
[illegible]
[illegible]
[illegible]
[illegible]

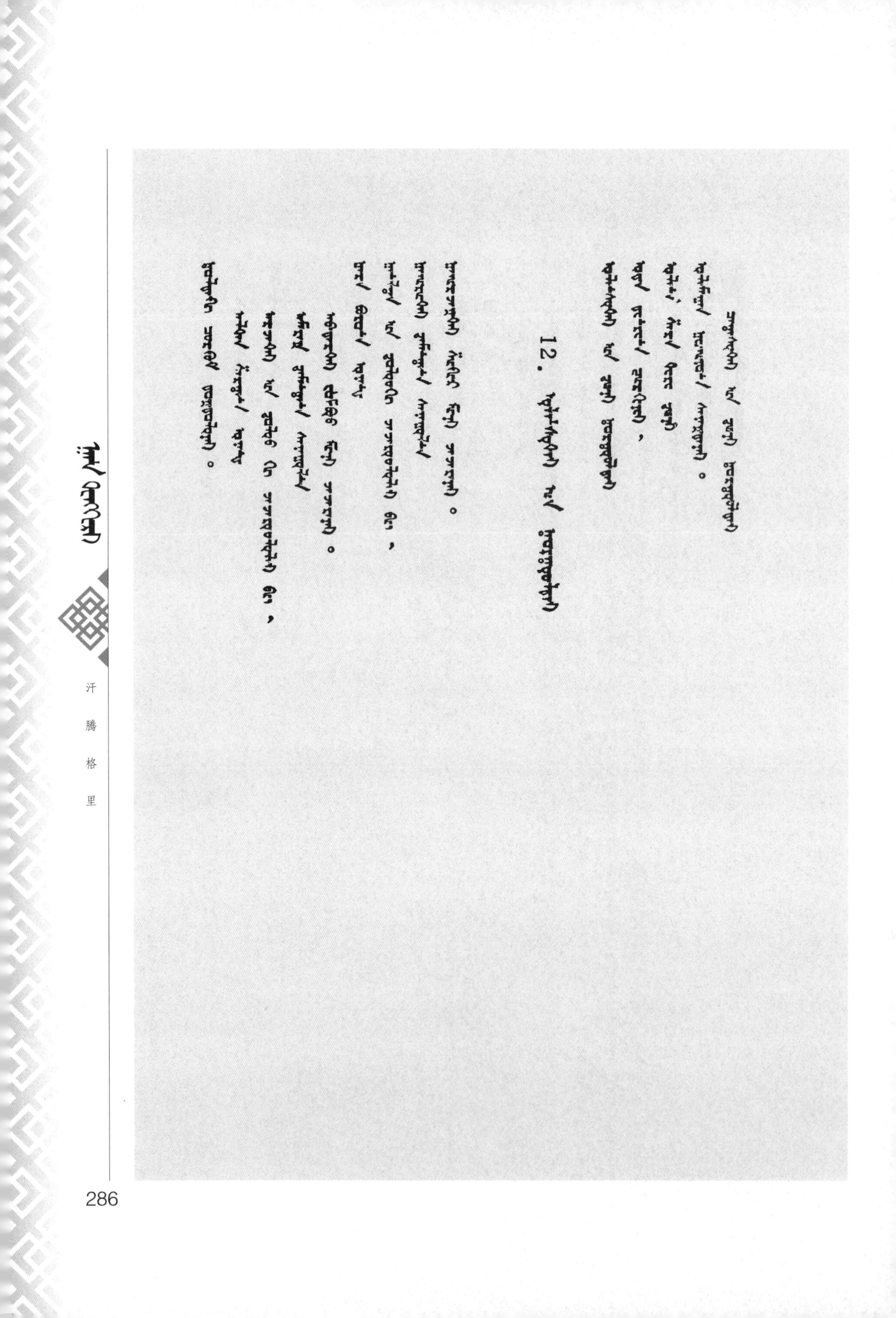

[illegible]
[illegible]
[illegible]
[illegible]
[illegible]

12. [illegible]

[illegible]
[illegible]
[illegible]
[illegible]
[illegible]
[illegible]
[illegible]
[illegible]
[illegible]

ᠮᠣᠩᠭᠣᠯᠵᠢᠨ ᠪᠠᠷᠠᠭᠤᠨ ᠬᠡᠭᠡᠷ ᠮᠣᠷᠢ
ᠮᠣᠩᠭᠣᠯᠴᠤᠳ ᠤᠨ ᠮᠠᠯ ᠮᠠᠯᠵᠢᠯ ᠂
ᠮᠠᠯ ᠰᠠᠶᠢᠨ ᠬᠡᠭᠡᠷ ᠮᠣᠷᠢ
ᠮᠣᠷᠢ ᠪᠡ ᠰᠠᠢᠨ ᠬᠣᠷᠢᠭᠤᠯ ᠠᠭᠰᠠᠨ ᠠ ᠃
ᠮᠣᠷᠢ ᠶᠢᠨ ᠮᠣᠷᠢᠲᠠᠢ ᠬᠡᠭᠡᠷ ᠮᠣᠷᠢ
ᠮᠣᠷᠢ ᠶᠢᠨ ᠬᠡᠯᠡᠨ ᠪᠡ ᠪᠣᠯᠵᠣᠭᠠᠨ ᠠ ᠂
ᠮᠣᠷᠢ ᠪᠣᠷᠣᠭᠠᠨ ᠰᠢᠪᠠᠭᠤ

13. ᠮᠣᠷᠢ ᠪᠣᠷᠣᠭᠠᠨ ᠰᠢᠪᠠᠭᠤ

ᠬᠦᠷᠡᠩ ᠮᠣᠩᠭᠣᠯᠴᠤᠳ ᠠᠭᠰᠠᠨ ᠠ ᠃
ᠬᠠᠯᠢᠭᠤᠨ ᠪᠠᠷᠠᠭᠤᠨ ᠬᠡᠭᠡᠷ ᠮᠣᠷᠢ
ᠬᠠᠯᠢᠭᠤᠯᠠᠯ ᠪᠣᠭᠣᠷᠤᠯ ᠬᠡᠯᠡᠭᠰᠡᠨ ᠂
ᠬᠠᠷᠢᠶᠠᠳ ᠤᠨ ᠮᠣᠩᠭᠣᠯᠴᠤᠳ ᠤᠨ
ᠬᠦᠷᠡᠩ ᠮᠣᠩᠭᠣᠯᠴᠤᠳ ᠠᠭᠰᠠᠨ ᠠ ᠃
ᠳᠠᠯᠠᠨ ᠬᠠᠯᠢᠭᠤ ᠬᠡᠭᠡᠷ ᠮᠣᠷᠢ
ᠳᠠᠯᠠ ᠪᠣᠭᠣᠷᠤᠯ ᠬᠡᠯᠡᠭᠰᠡᠨ ᠂

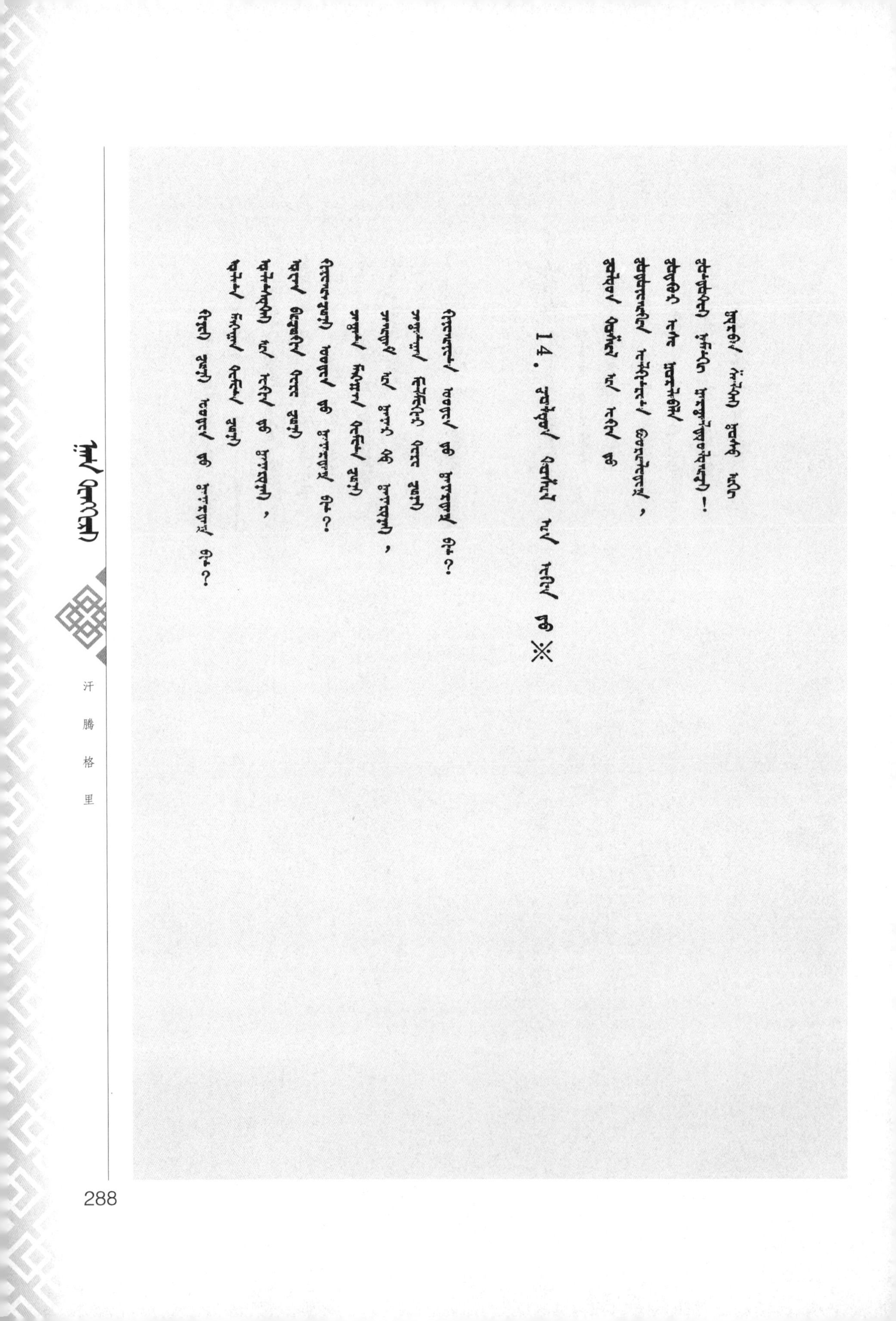

[illegible]
[illegible] !
[illegible]
[illegible] ,
[illegible]

14. [illegible] ※

[illegible] ?
[illegible]
[illegible] ,
[illegible]
[illegible] ?
[illegible]
[illegible] ,
[illegible]
[illegible] ?

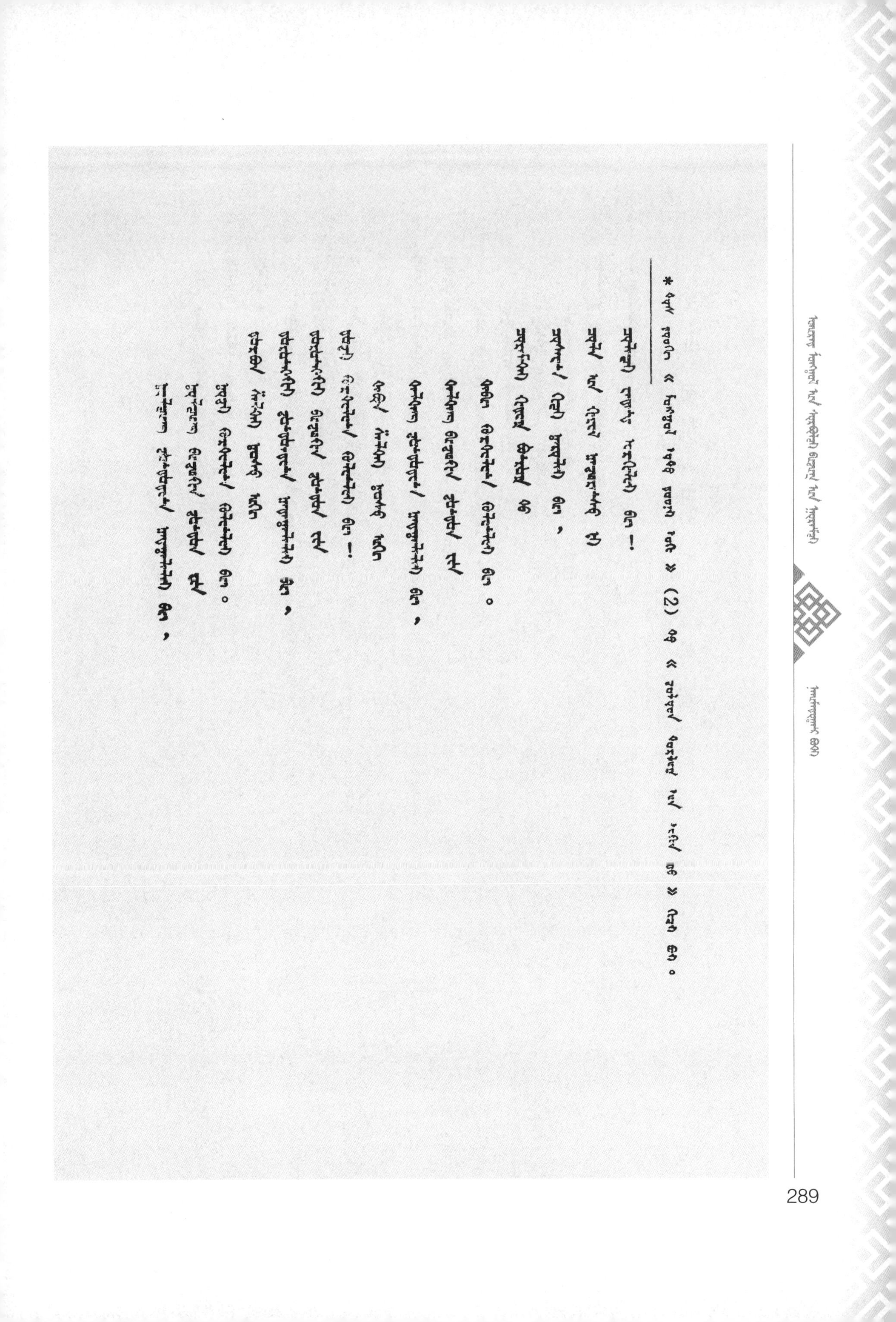

[illegible] !
[illegible]
[illegible] ,
[illegible]
[illegible] .
[illegible]
[illegible] ,
[illegible]
[illegible] !
[illegible]
[illegible] ,
[illegible]
[illegible] .
[illegible]
[illegible] ,

* [illegible] « [illegible] » (2) [illegible] « [illegible] » [illegible] .

15. ᡐᡄᠷ ᡋᡄᠯᡄᡎᡄᠯ ᡐᡄᠷᡄ

ᡐᡄ ᡋᡄᠯᡄᡎᡄᠯ ᡐᡄᠷᡄ ᠨᡄᠷ
ᡐᡄᠷᡄᠨᡄᠨ ᡇᡋᡆᠷᡆᠯᡆᠨ ᠮᡇᠨᡇᡎᡇᠯᡇᠨ ᡋᡅ ,
ᡐᡄ ᠨᡅ ᠮᡇᠨᡎᡇᠯ ᠮᡄᠨᡄᠯᡄᠨ
ᡐᡄᠷᡄᠯᡄᠨ ᡋᡆᠯᡎᡇᠯ ᡐᡄᠷᡄᠨᡄᠨ ,
ᡐᡄᠷᡄᠯᡄᡋᡄᠯᡄᠨ ᠨᡄᠮᡄᡋᡄ !!
ᡐᡄᠷ ᡋᡅ ᠮᡇ ᠮᡄᠨᡄᠯ ᡓᠠᡎᠠᠯᡇᠯᠠᠨ !
ᡋᡅᠯᡄᠨ ᡎᡄᠨᡄᠷ ᡋᡆᡎᡇᠯᡇᠯ
ᡋᡅᠯᡄᠨ ᠨᡄᠷᡄᠨᡋᡄᠯ ᡇᠨᡄᠮᡄᠨ
ᠮᠠᠯᡎᠠᠨ ᡐᡅᠮᡄᠯ ᠮᠠᠯᡎᠠᠨ ᡔᡆᠷᡆᠨ
ᠨᡄᠷᡄᠯᡄᠯ ᡋᡆᠯᡎᡄ ᡋᡆᡎᡇᠯ ᠨᡄᡋᡄᠨᡄᠨ ᡋᡅ ,
ᠨᡄᠮᡄᠯ ᡋᡅᠷᡄᠯ ᠮᡄᠯᡄᠨ
ᠨᡋᡅᠮᡇᠨ ᠮᡄᡋᡄᠯ ᠮᡄᠯᡄᠨᡄᠨᡄᡋᡄᠯ !
ᡇᡄᠷᡄᠨᡄ ᡎᡄᠨᡄᠷ ᡋᡆᡎᡇᠯᡇᠯ
ᡇᡄᠷᡄᠨᡄᠨ ᡓᡆᡋᠠᠨ ᡇᠨᡄᠮᡄᠨ
ᠮᠠᠯᡎᠠᠨ ᡐᡅᡋᡄᠮ ᠮᠠᠯᡎᠠᠨ ᡔᡆᠷᡆᠨ

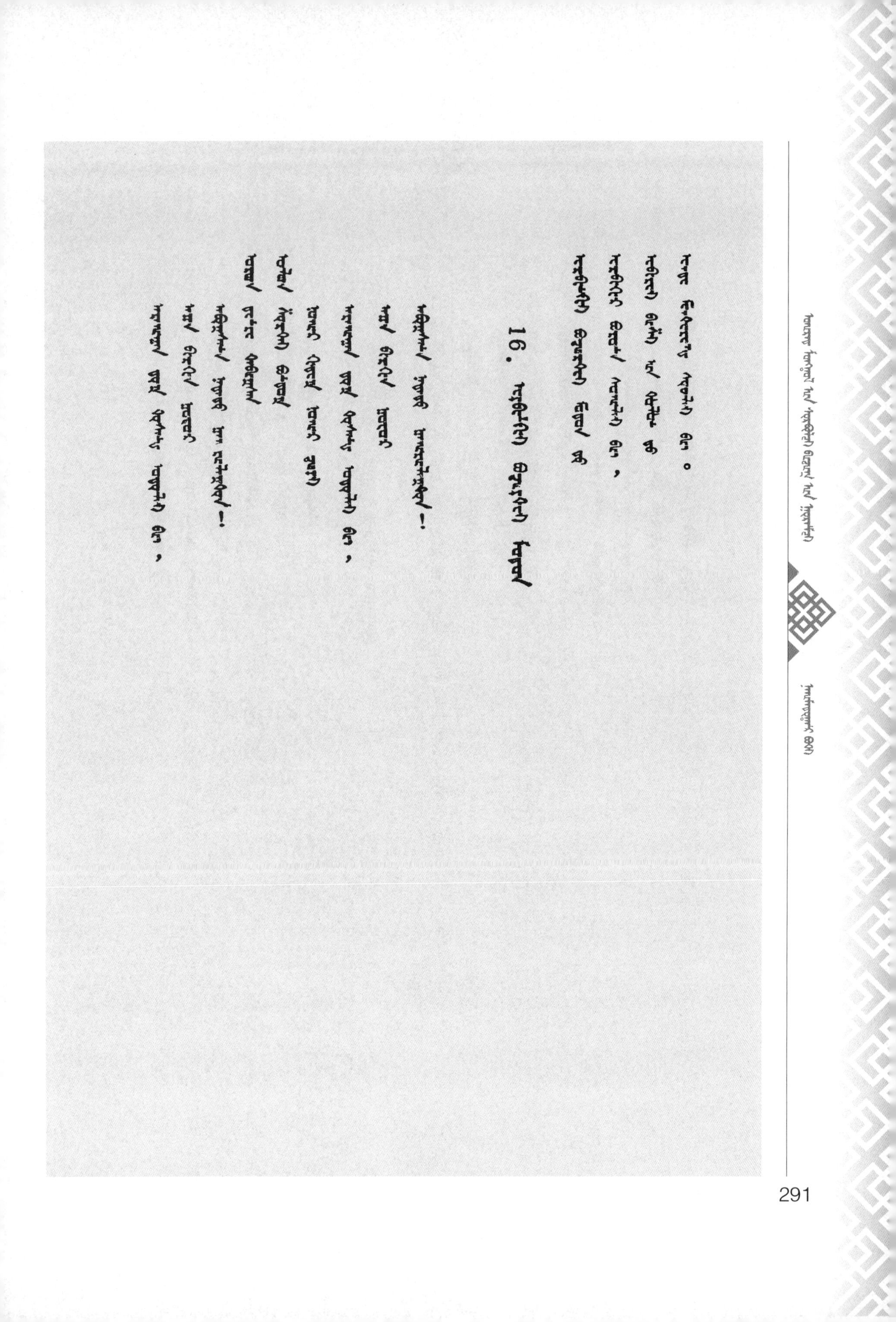

[illegible] ᠃
[illegible]
[illegible] ᠂
[illegible]

16. [illegible]

[illegible]!
[illegible]
[illegible] ᠂
[illegible]
[illegible]
[illegible]
[illegible]!
[illegible]
[illegible] ᠂

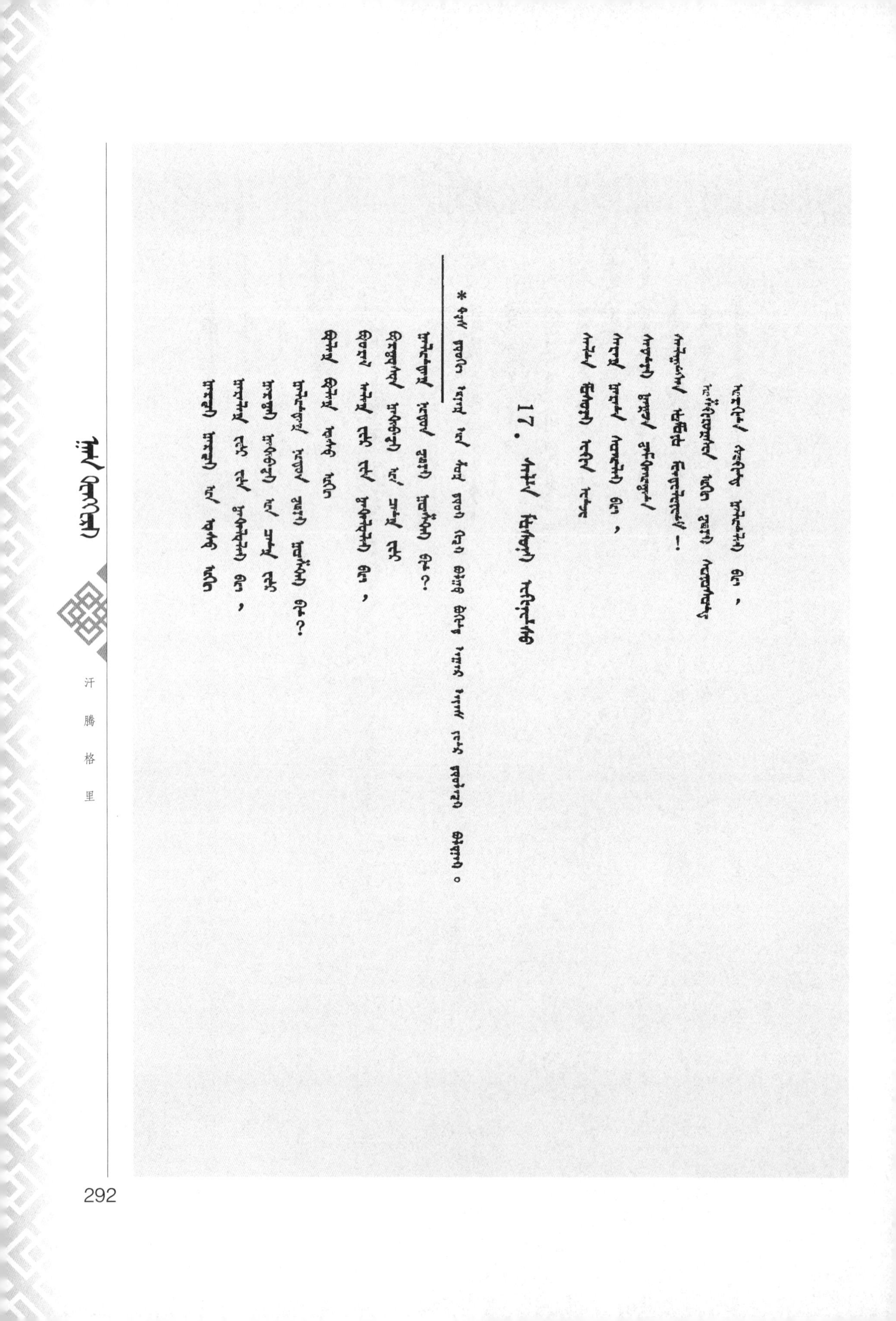

[illegible] ,
[illegible]
[illegible] !
[illegible]
[illegible] ,
[illegible]

17. [illegible]

[illegible] ,
[illegible]
[illegible] ,
[illegible]
[illegible] ,
[illegible]
[illegible] ,
[illegible]

* [illegible] 。

ᠪᠢᠳᠡ ᠶᠢ ᠲᠥᠷᠥᠭᠦᠯᠦᠭᠰᠡᠨ ᠠᠨᠠᠪᠠ ᠪᠡ?
ᠬᠠᠢᠷᠠᠲᠠᠢ ᠬᠠᠢᠷᠠᠨ ᠡᠬᠡ ᠮᠢᠨᠢ
ᠬᠠᠷᠠᠭᠰᠠᠨ ᠤ ᠳᠤᠷ ᠠᠭᠤᠯ ᠰᠢᠷᠭᠠᠬᠢᠯᠠᠭᠰᠠᠨ ᠪᠢᠯᠡ ,
ᠬᠠᠢᠷᠠᠯᠠᠭᠰᠠᠨ ᠨᠢᠭᠤᠷᠴᠢᠯᠠᠭᠰᠠᠨ ᠠᠮᠢᠷ ᠠᠮᠢᠨ

ᠪᠢᠳᠡ ᠶᠢ ᠲᠥᠷᠥᠭᠦᠯᠦᠭᠰᠡᠨ ᠠᠨᠠᠪᠠ ᠪᠡ?
ᠰᠠᠶᠢᠬᠠᠨ ᠰᠠᠶᠢᠨ ᠡᠬᠡ ᠮᠢᠨᠢ
ᠰᠡᠳᠬᠢᠯ ᠤᠨ ᠳᠤᠯᠠᠭᠠ ᠬᠠᠶᠢᠷᠯᠠᠭᠰᠠᠨ ,
ᠡᠬᠡ ᠪᠣᠯᠣᠭᠰᠠᠨ ᠤ ᠰᠠᠶᠢᠨ ᠪᠡ

18. ᠡᠬᠡ ᠪᠣᠯᠣᠭᠰᠠᠨ ᠤ ᠰᠢᠯᠦᠭ

ᠦᠷᠭᠦᠯᠵᠢ ᠬᠠᠢᠷᠠᠯᠠᠨ ᠨᠣᠭᠣᠭᠠᠨ ᠪᠢᠯᠡ !
ᠦᠷᠭᠦᠯᠵᠢ ᠬᠠᠷᠠᠭᠠᠨ ᠪᠢᠯᠡ
ᠦᠷᠭᠦᠯᠵᠢ ᠦᠷᠭᠦᠯᠵᠢᠯᠡᠨ ᠨᠣᠭᠣᠭᠠᠨ ᠪᠢᠯᠡ ,
ᠦᠷᠭᠦᠯᠵᠢᠯᠡᠭᠰᠡᠨ ᠠᠮᠢᠨ ᠳᠤᠷ ᠰᠠᠶᠢᠬᠠᠨ
ᠬᠠᠷᠠᠭᠠᠯᠠᠨ ᠪᠢᠳᠡᠨᠴᠢᠯᠡᠨ ᠨᠣᠭᠣᠭᠠᠨ ᠪᠢᠯᠡ 。
ᠬᠠᠷᠠᠭᠠᠯᠠᠭᠰᠠᠨ ᠬᠠᠷᠠᠭᠠᠨ ᠪᠢᠯᠡ

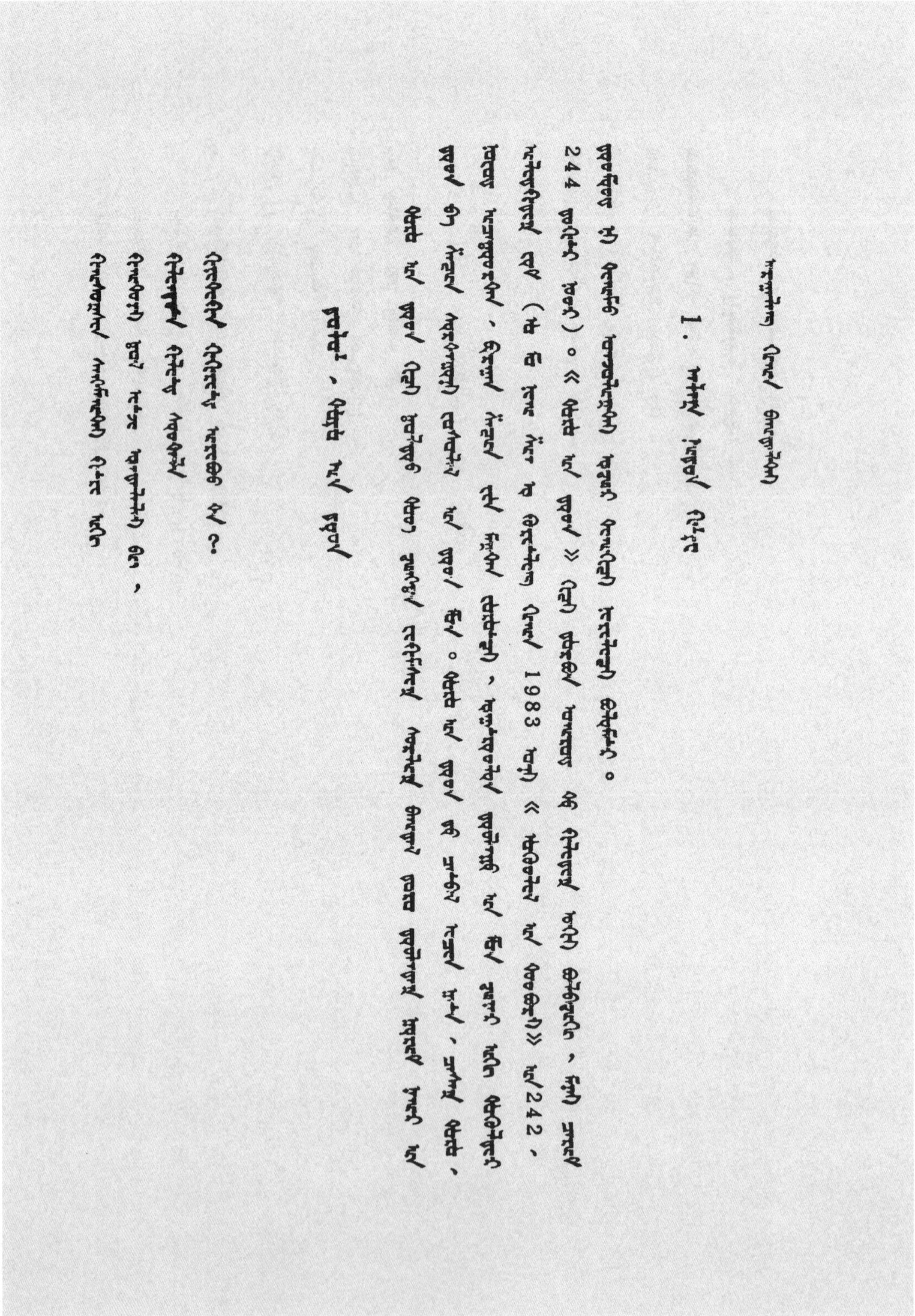

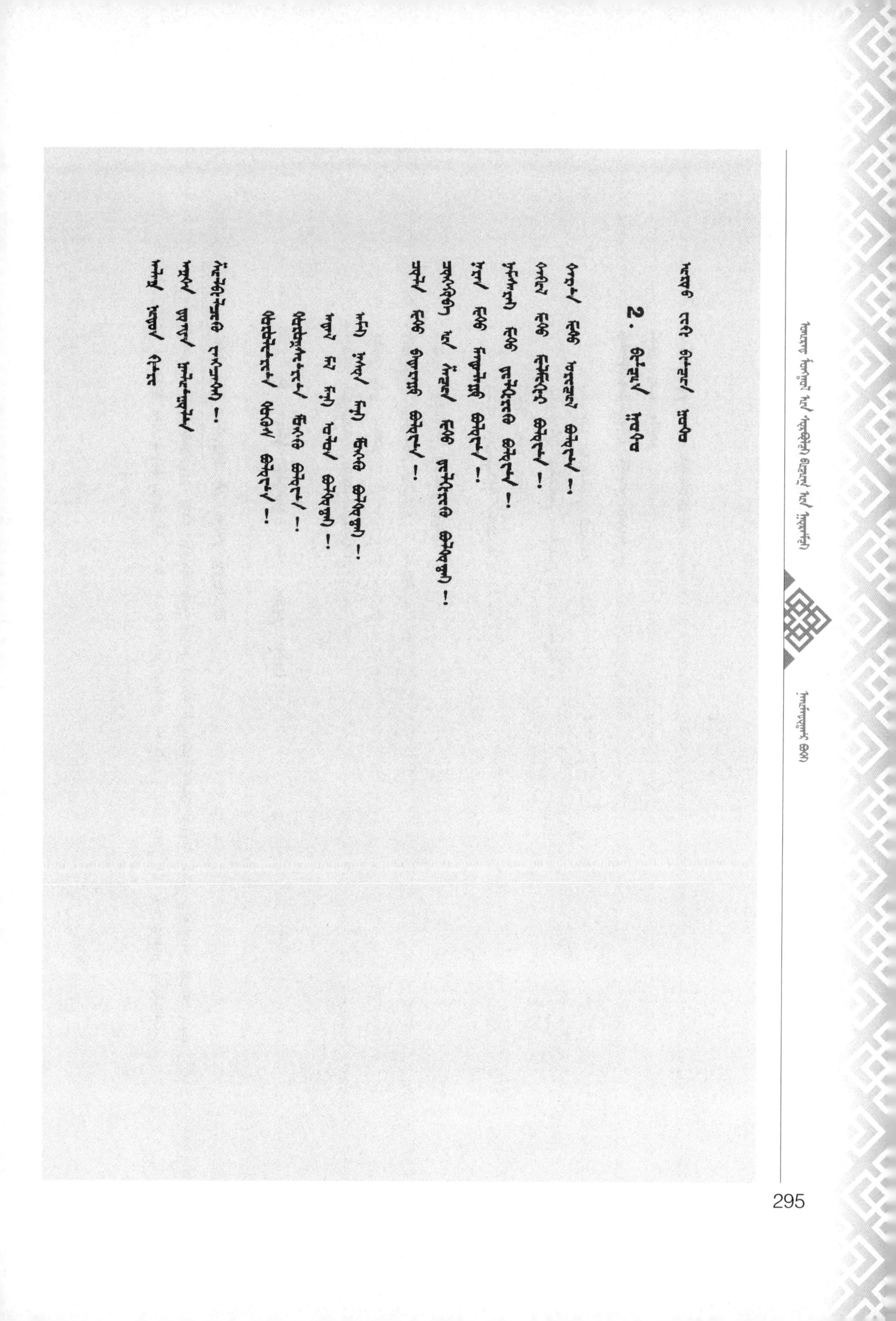

[illegible] [illegible] [illegible] [illegible]

2. [illegible] [illegible]

[illegible] [illegible] [illegible] [illegible]!
[illegible] [illegible] [illegible] [illegible]!
[illegible] [illegible] [illegible] [illegible]!
[illegible] [illegible] [illegible] [illegible]!
[illegible] [illegible] [illegible] [illegible] [illegible] [illegible]!
[illegible] [illegible] [illegible] [illegible]!

[illegible] [illegible] [illegible] [illegible] [illegible]!
[illegible] [illegible] [illegible] [illegible] [illegible]!
[illegible] [illegible] [illegible]!
[illegible] [illegible] [illegible]!

[illegible] [illegible]!
[illegible] [illegible] [illegible]
[illegible] [illegible] [illegible]

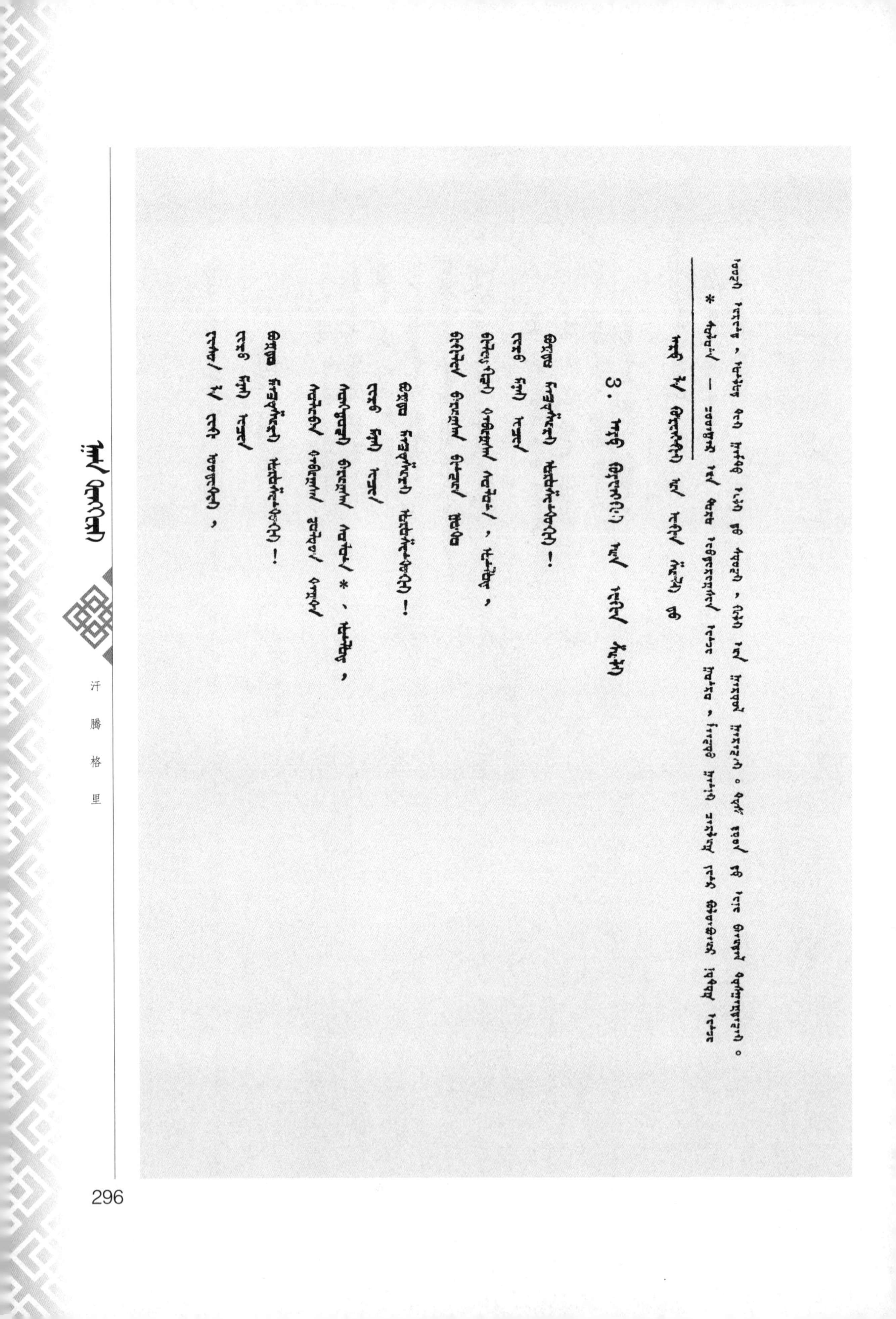

[illegible]
* [illegible]

[illegible]

3. [illegible]

[illegible]
[illegible]
[illegible]
[illegible]

[illegible]
[illegible]
[illegible] * , [illegible]
[illegible]

[illegible]
[illegible]
[illegible] ,

ᠰᠣᠩᠭᠣᠭᠰᠠᠨ ᠳᠠᠭᠤᠤᠳ ᠤᠨ ᠨᠣᠲ᠋ ᠳᠤ

4. ᠰᠣᠩᠭᠣᠭᠰᠠᠨ ᠳᠠᠭᠤᠤᠳ ᠤᠨ ᠦᠭᠡ

ᠪᠠᠭᠠᠭᠠᠨ ᠬᠦᠭᠡᠨ ᠦ ᠵᠢᠷᠭᠠᠯᠠᠩ ᠪᠠᠷ ᠢᠶᠠᠨ —
ᠪᠣᠯᠤᠭᠰᠠᠨ (ᠪᠠᠭ᠎ᠠ ᠨᠠᠰᠤ) ᠪᠠᠨ ᠬᠦᠰᠦᠯ ᠦ ᠵᠢᠷᠭᠠᠯᠠᠩ ᠪᠢᠯᠡ
ᠪᠦᠬᠦᠯᠢ ᠬᠤᠪᠢᠴᠤᠯᠠᠭᠰᠠᠨ ᠡᠬᠡ ᠮᠢᠨᠢ ᠳᠤᠷᠠᠳᠠᠭ ᠪᠠᠶᠢᠯᠠ ,
ᠪᠦᠭᠦᠳᠡ ᠪᠠᠨ ᠬᠠᠶᠢᠷᠠᠯᠠᠭᠰᠠᠨ ᠪᠠᠶᠠᠷ ᠪᠠᠨ ᠬᠠᠮᠢᠭ᠎ᠠ ᠪᠠᠶᠢᠯᠠ ,

ᠪᠠᠭᠠᠭᠠᠨ ᠬᠦᠭᠡᠨ ᠦ ᠵᠢᠷᠭᠠᠯᠠᠩ ᠪᠠᠷ ᠢᠶᠠᠨ —
ᠨᠠᠰᠤᠯᠠᠭᠰᠠᠨ ᠬᠦᠰᠦᠯ ᠦ ᠵᠢᠷᠭᠠᠯᠠᠩ ᠪᠢᠯᠡ
ᠬᠠᠢᠷᠯᠠᠭᠰᠠᠨ ᠬᠤᠪᠢᠴᠤᠯᠠᠭᠰᠠᠨ ᠡᠬᠡ ᠮᠢᠨᠢ ᠳᠤᠷᠠᠳᠠᠭ ᠪᠠᠶᠢᠯᠠ ,
ᠨᠠᠳᠠᠳ ᠪᠠᠨ ᠬᠠᠶᠢᠷᠠᠯᠠᠭᠰᠠᠨ ᠨᠠᠰᠤ ᠪᠠᠨ ᠬᠠᠮᠢᠭ᠎ᠠ ᠪᠠᠶᠢᠯᠠ ,

ᠬᠠᠶᠢᠷᠠᠯᠠᠭᠰᠠᠨ ᠨᠤᠲᠤᠭ ᠤᠨ ᠬᠦᠮᠦᠨ ᠪᠢᠯᠡ ᠃
ᠨᠠᠰᠤᠨ ᠪᠠᠨ ᠬᠠᠶᠢᠷ ᠪᠠᠶᠠᠷ ᠤᠨ ᠪᠦᠬᠦᠨ
ᠨᠤᠲᠤᠭ ᠪᠠᠨ ᠨᠠᠳᠠᠳ ᠨᠠᠷᠠᠨ ᠪᠠᠶᠠᠰᠬᠤᠯᠠᠩ ,

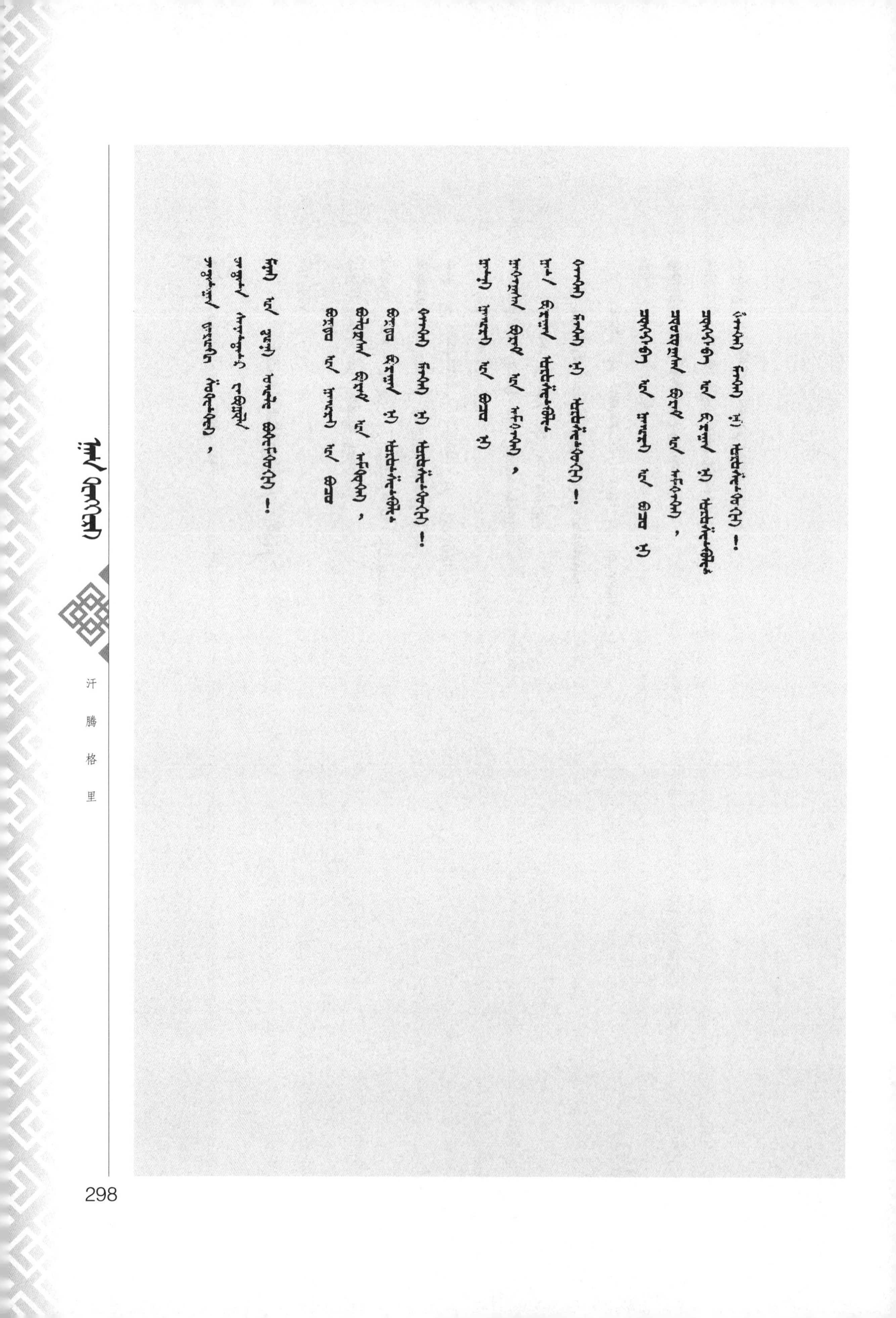

[illegible] !
[illegible]
[illegible] ,
[illegible]

[illegible] !
[illegible]
[illegible] ,
[illegible]

[illegible] !
[illegible]
[illegible] ,
[illegible]

[illegible] !
[illegible]
[illegible] ,

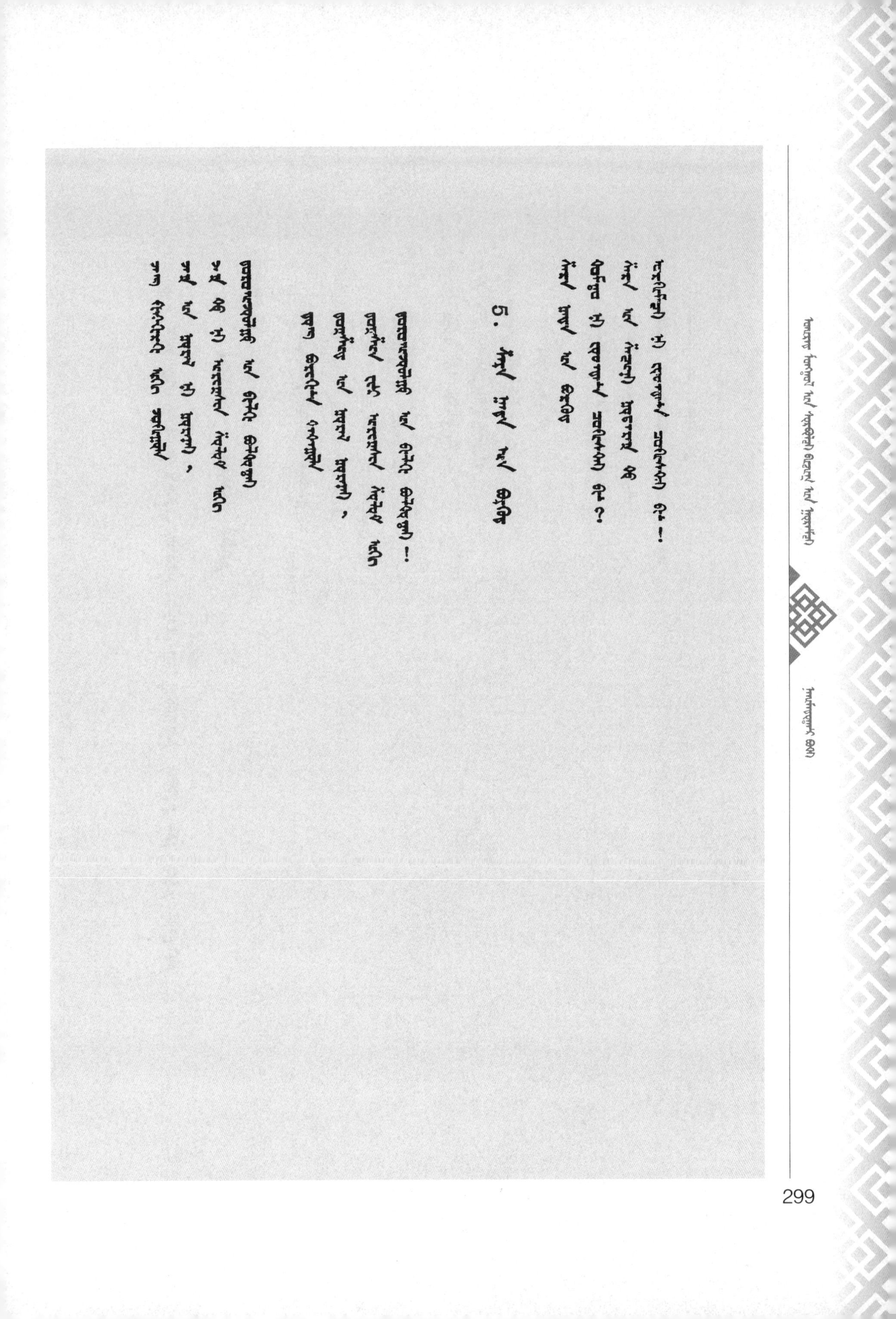

[illegible] !
[illegible]
[illegible] ?
[illegible]

5. [illegible]

[illegible] !
[illegible]
[illegible] ,
[illegible]

[illegible]
[illegible]
[illegible] ,
[illegible]

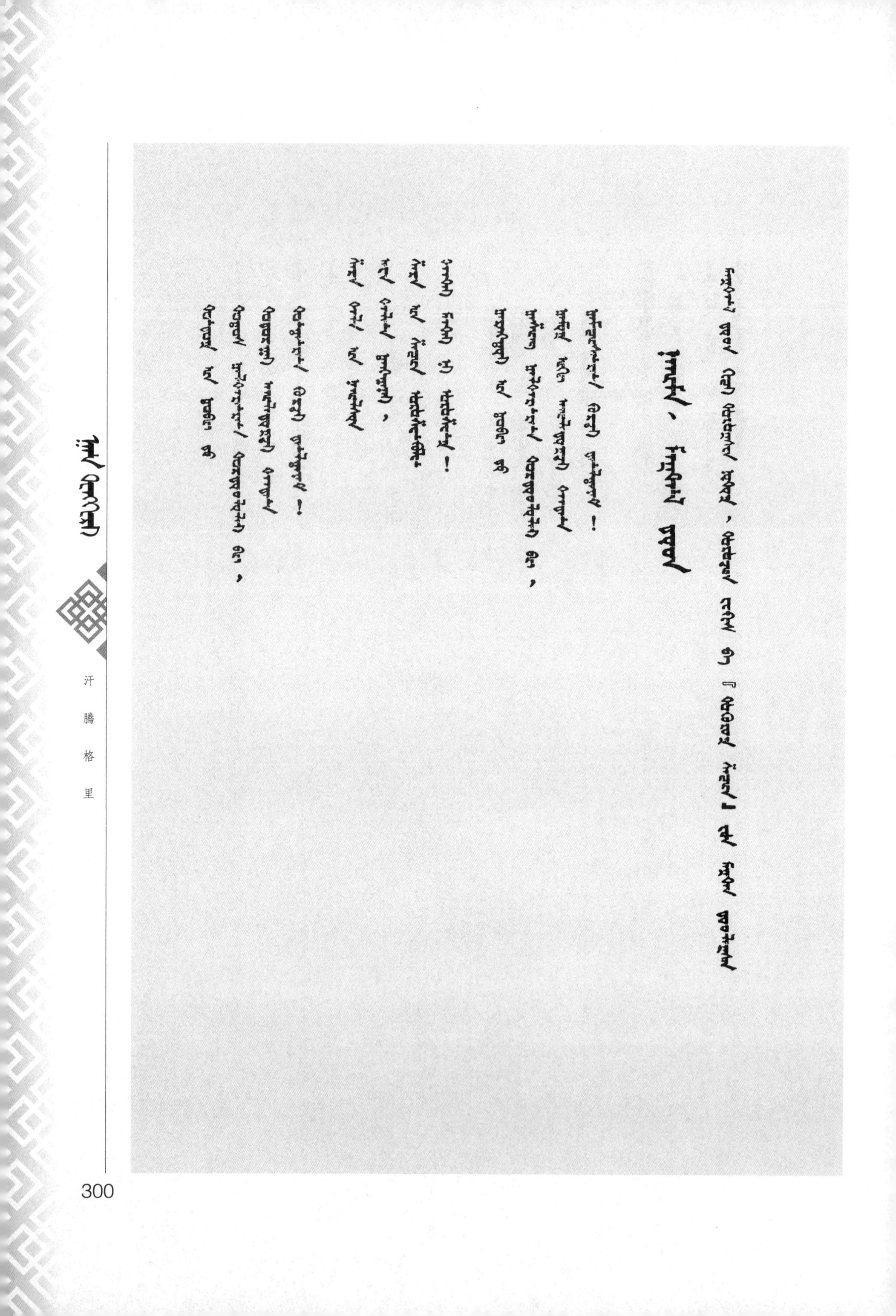

[illegible]

[illegible]

[illegible] !
[illegible]
[illegible] ,
[illegible]

[illegible] !
[illegible]
[illegible] ,
[illegible] !

[illegible] !
[illegible]
[illegible] ,
[illegible]

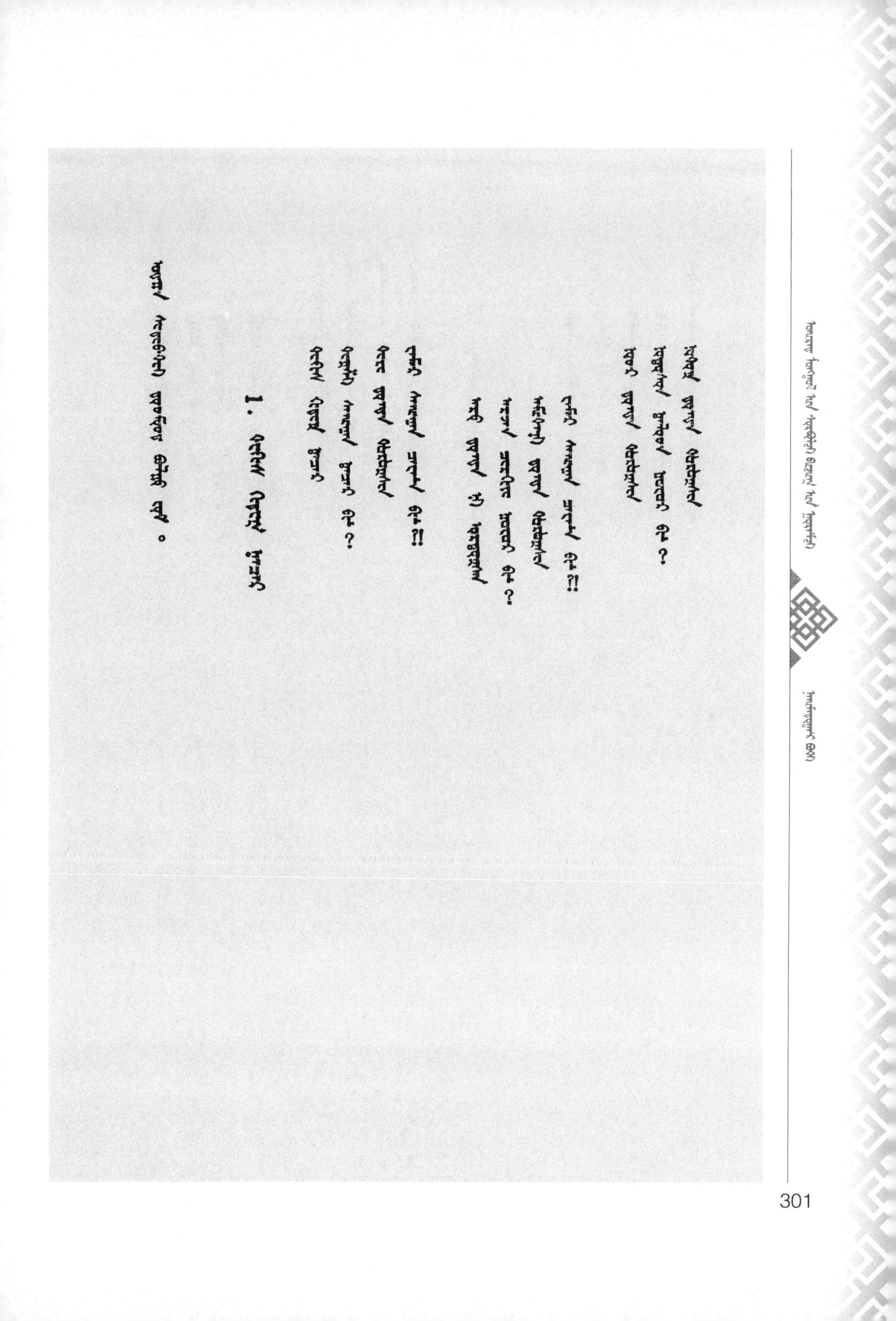

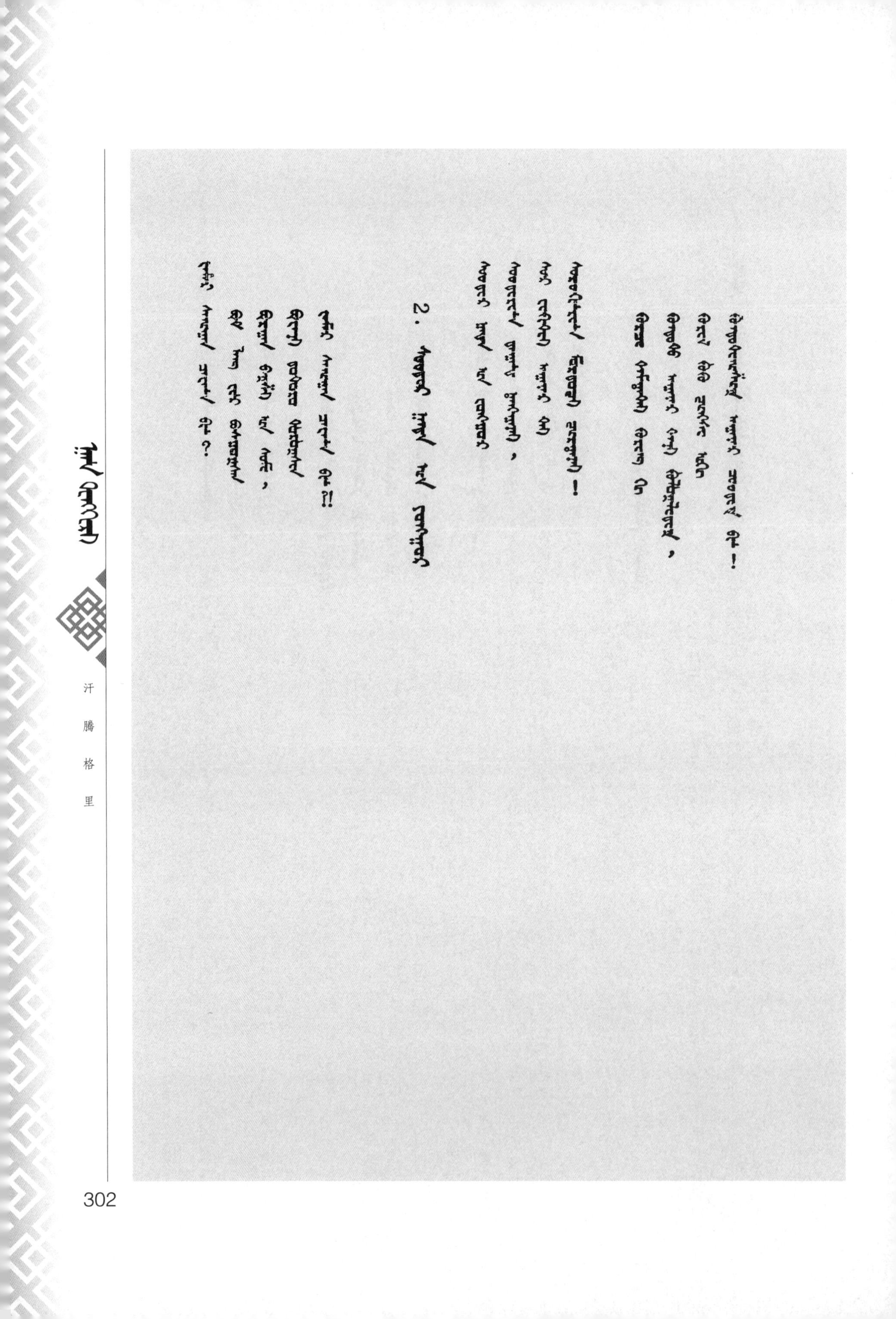

[illegible] [illegible] [illegible] ᠪᠢᠰᠢ !
[illegible] [illegible] [illegible] [illegible]
[illegible] [illegible] [illegible] [illegible] ,
[illegible] [illegible] [illegible] [illegible]

[illegible] [illegible] [illegible] !
[illegible] [illegible] [illegible] [illegible]
[illegible] [illegible] [illegible] ,
[illegible] [illegible] [illegible] [illegible]

2. [illegible] [illegible] [illegible] [illegible]

[illegible] [illegible] [illegible] ᠪᠢᠰᠢ ?!
[illegible] [illegible] [illegible]
[illegible] [illegible] [illegible] [illegible] ,
[illegible] [illegible] [illegible] [illegible]
[illegible] [illegible] [illegible] ᠪᠢᠰᠢ ?

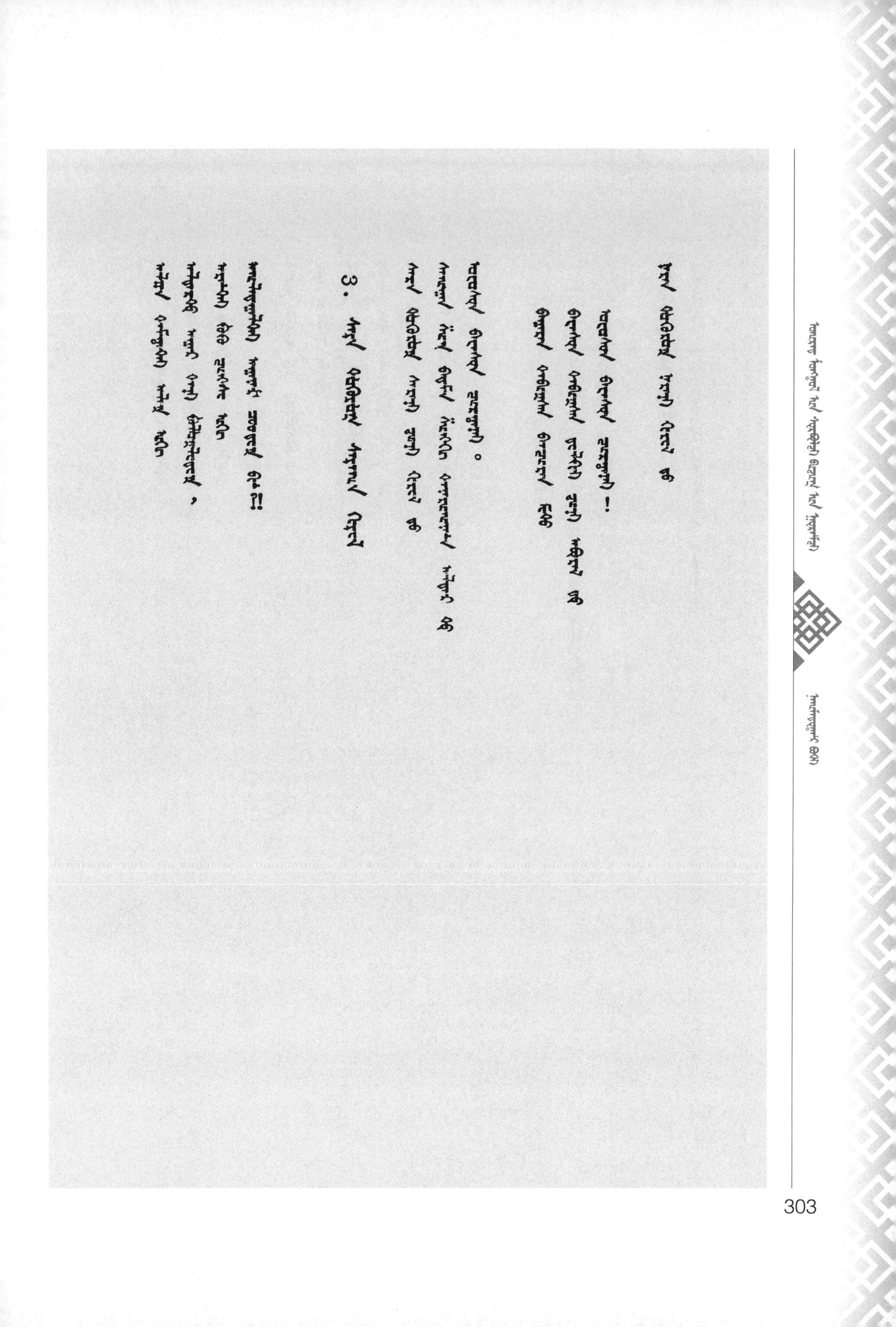

[illegible]

[illegible] !
[illegible]
[illegible]

[illegible] 。
[illegible]
[illegible]

3. [illegible]

[illegible] ?!
[illegible]
[illegible] ,
[illegible]

ᠪᠣᠭᠳᠠ ᠴᠢᠩᠭᠢᠰ ᠬᠠᠭᠠᠨ ᠢᠶᠡᠨ
ᠪᠦᠬᠦ ᠶᠢ ᠠᠷᠢᠭᠤᠯᠤᠭᠴᠢ ᠭᠤᠶᠤᠯᠳᠠᠶᠠ᠂
ᠪᠠᠲᠤ ᠪᠢᠳᠡ ᠶᠢᠨ ᠬᠠᠢᠷᠠ

ᠮᠥᠩᠬᠡ ᠲᠩᠷᠢ ᠶᠢᠨ ᠭᠤᠶᠤᠯᠳᠠᠶᠠ!
ᠬᠠᠨ ᠲᠩᠷᠢ ᠬᠠᠢᠷᠠ
ᠮᠥᠩᠬᠡ ᠣᠷᠣᠨ ᠶᠢᠨ ᠭᠤᠶᠤᠯᠳᠠᠶᠠ᠂
ᠬᠠᠮᠤᠭ ᠬᠦᠮᠦᠨ ᠪᠠᠶᠠᠰᠬᠤᠯᠠᠩ ᠬᠠᠢᠷᠠ ᠪᠢ

4. ᠮᠠᠭᠲᠠᠭᠠᠯ ᠦᠭᠡ *

ᠬᠠᠷᠠᠯ ᠪᠠᠶᠠᠷ ᠵᠠᠯᠪᠠᠷᠢᠶ᠎ᠠ!
ᠬᠠᠷᠠᠭᠠᠯᠠᠭᠰᠠᠨ ᠪᠦᠬᠦ ᠭᠤᠶᠤᠯᠲᠠ ᠥᠷᠡᠰᠢᠶᠡᠯ ᠬᠠᠢᠷᠠ ᠪᠢ
ᠬᠠᠭᠠᠨ ᠣᠷᠳᠣᠨ ᠬᠠᠭᠠᠯᠭ᠎ᠠ ᠳᠡᠭᠡᠷ᠎ᠡ ᠪᠢ

ᠬᠠᠷᠠᠯ ᠪᠠᠶᠠᠷ ᠵᠠᠯᠪᠠᠷᠢᠶ᠎ᠠ!
ᠮᠠᠭᠲᠠᠭᠠᠯᠠᠭᠰᠠᠨ ᠪᠦᠬᠦ ᠭᠤᠶᠤᠯᠲᠠ ᠥᠷᠡᠰᠢᠶᠡᠯ ᠬᠠᠢᠷᠠ ᠪᠢ

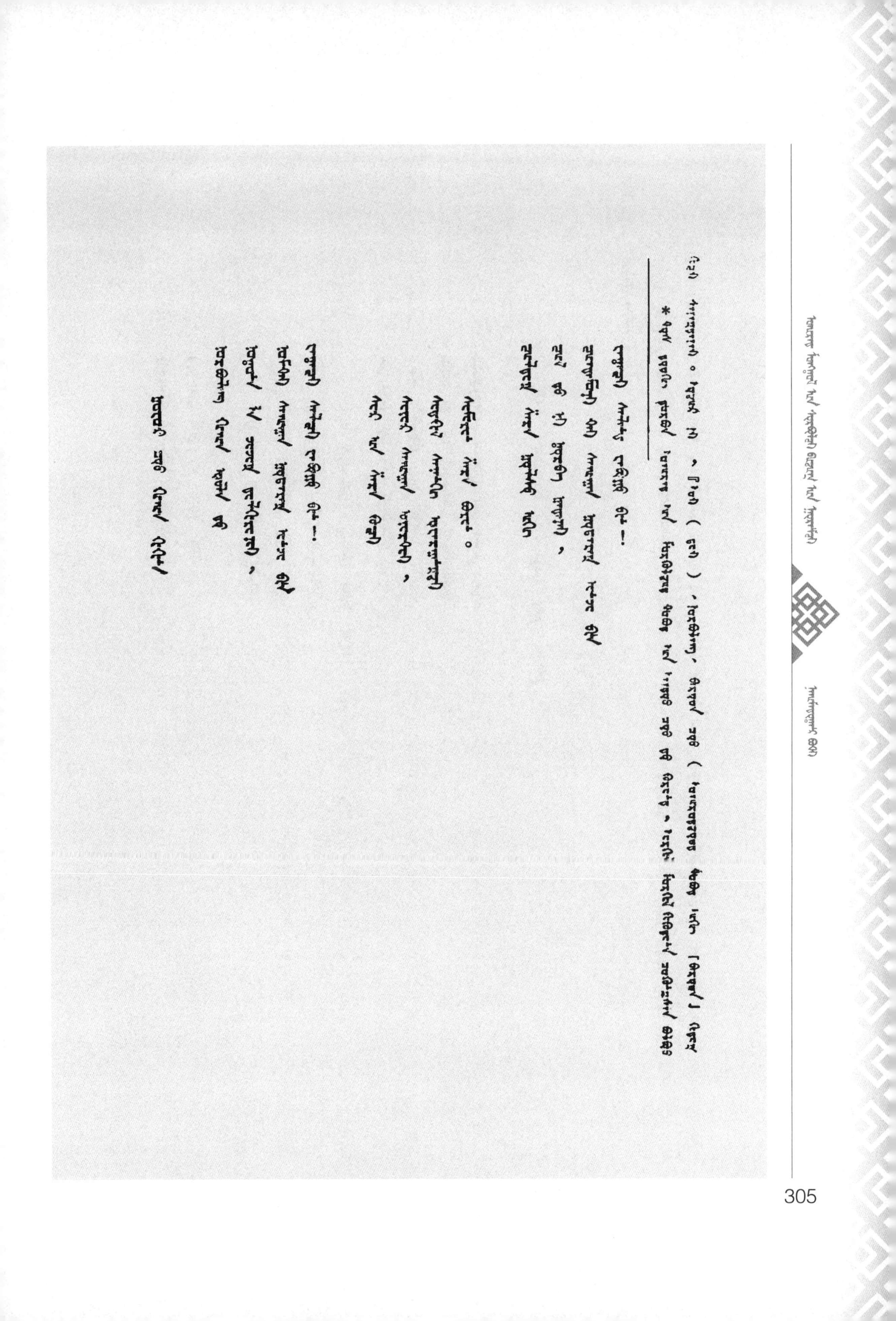

[illegible]

[illegible]

[illegible]

[illegible]

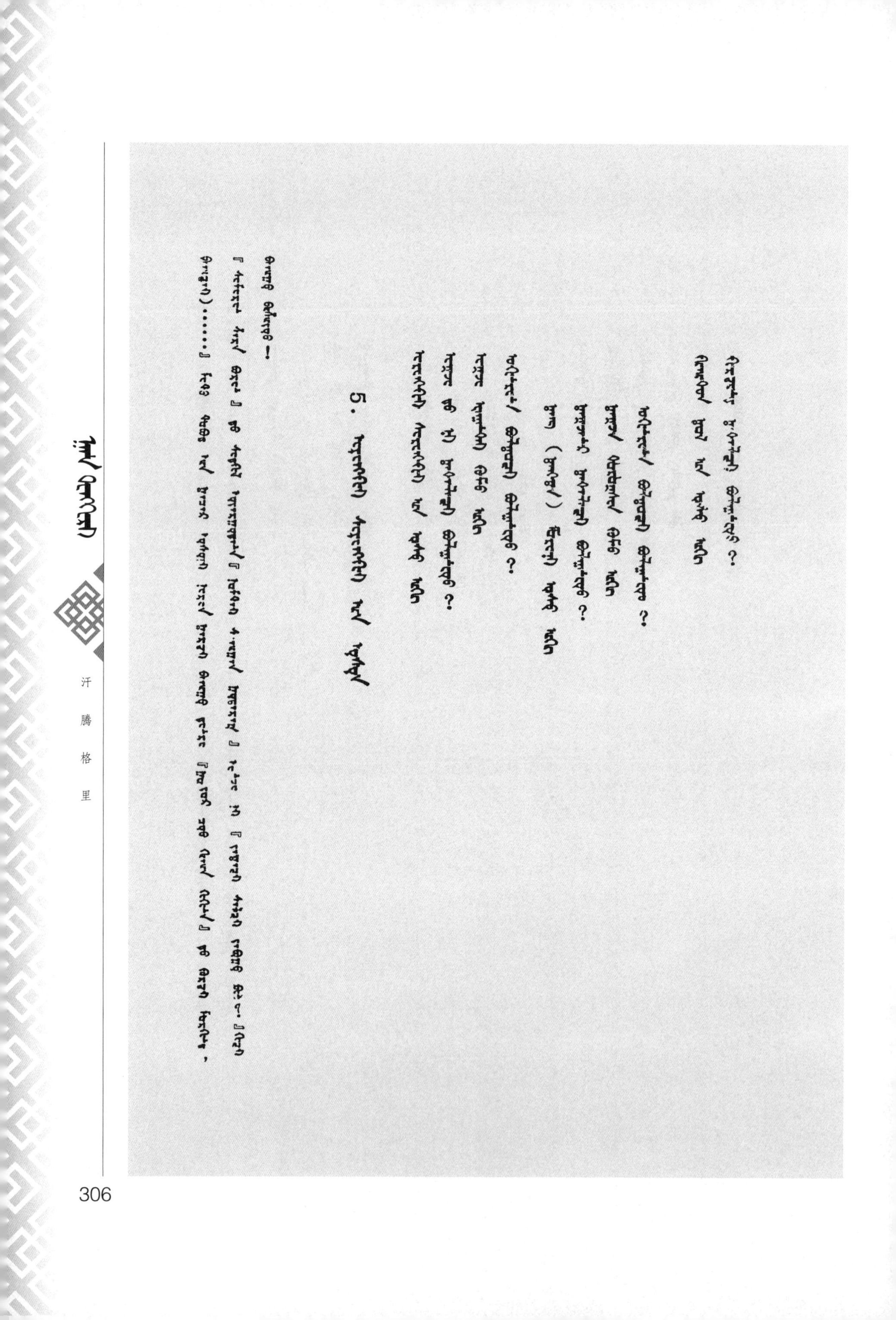

[illegible] ,
[illegible]
[illegible] !

5. [illegible]

[illegible] ?
[illegible]
[illegible] ?
[illegible]
[illegible] ?
[illegible]
[illegible] ?
[illegible]
[illegible] ?
[illegible]

ᠬᠠᠷᠢᠭᠤ ᠦᠭᠡᠢᠰᠬᠡᠨ ᠵᠣᠭᠰᠣᠭᠣᠭᠰᠠᠨ ᠪᠣᠯ ᠂
ᠬᠡᠳᠦᠢ ᠰᠠᠶᠢᠬᠠᠨ ᠬᠣᠪᠴᠠᠰᠤ ᠪᠡ

ᠬᠡᠨ ᠪᠠᠶᠠᠷᠯᠠᠬᠤ ᠬᠡᠷᠡᠭᠲᠡᠢ ᠪᠣᠢ ᠤᠤ?
ᠳᠡᠭᠡᠯ ᠳᠠᠭᠠᠨ ᠲᠠᠯᠠᠷᠬᠠᠭ ᠬᠦᠮᠦᠨ ᠰᠢᠭ
ᠳᠡᠭᠡᠳᠦ ᠰᠠᠶᠢᠬᠠᠨ ᠬᠦᠯᠦᠭ ᠲᠡᠰ ᠬᠣᠪᠴᠠᠰᠯᠠᠭᠰᠠᠨ ᠪᠣᠯ ᠂
ᠳᠡᠪᠡᠰᠬᠡᠷ ᠦᠭᠡᠢ ᠮᠡᠳᠡᠬᠦ ᠦᠭᠡᠢ

1. ᠵᠢᠱᠢᠶᠡᠯᠡᠯ ᠦᠭᠡᠰ

ᠰᠤᠷᠤᠭᠴᠢᠳ ᠬᠠᠷᠢᠭᠤ ᠪᠢᠴᠢᠭᠯᠡᠭᠡ ᠪᠢᠴᠢᠭᠯᠡᠬᠦ ᠠᠷᠭ᠎ᠠ ᠶᠢᠨ ᠬᠡᠷᠡᠭᠯᠡᠭᠰᠡᠨ ᠵᠢᠱᠢᠶ᠎ᠠ ᠪᠣᠯᠭᠠ ᠶᠢᠨ᠃
ᠬᠠᠷᠢᠭᠤ ᠶᠢᠨ ᠲᠤᠰ ᠰᠢᠭ ᠬᠡᠷᠡᠭ ᠲᠡᠶ ᠪᠡ ᠪᠠᠷᠢᠮᠲᠠᠯᠠᠨ ᠬᠦᠮᠦᠨ ᠪᠢ ᠬᠡᠳᠦᠢ ᠵᠣᠬᠢᠶᠠᠯᠲᠠ ᠬᠡᠷᠡᠭᠯᠡᠵᠦ ᠪᠢᠴᠢᠨ᠎ᠡ

ᠳᠥᠷᠪᠡ᠂ ᠬᠡᠷᠡᠭᠯᠡᠬᠦ ᠳᠠᠰᠬᠠᠯ

ᠪᠢᠴᠢᠭᠯᠡᠭᠡ ᠪᠢᠴᠢᠭᠰᠡᠨ ᠪᠢᠴᠢᠭᠡᠳ ᠤᠤ?
ᠰᠤᠷᠤᠭᠰᠠᠨ ᠪᠠᠶᠠᠷᠯᠠᠭᠰᠠᠨ ᠪᠢᠴᠢᠭ ᠦᠭᠡᠢ

ᠬᠠᠷᠠᠯᠴᠠᠭᠰᠠᠨ ᠪᠠᠶᠢᠯᠳᠤᠭᠰᠠᠨ
ᠬᠠᠭᠤᠯᠢ ᠬᠠᠷᠠᠨ ᠳᠤ
ᠠᠮᠢᠳᠤᠷᠠᠯ ᠮᠢᠩᠭᠠ ᠠᠷᠢᠯᠬᠤᠪᠠ！
ᠬᠦᠮᠦᠨ ᠲᠥᠷᠥᠯ ᠠᠮᠠᠳᠠᠮᠠᠢ
ᠬᠤᠪᠢᠨ ᠪᠠᠷᠢᠭᠰᠠᠨ
ᠠᠮᠤᠭᠤᠯᠠᠩ ᠠᠮᠢᠳᠤᠷᠠᠯ
ᠠᠮᠢᠳᠤ ᠲᠡᠩᠷᠢ ᠬᠦᠰᠡᠯᠡᠭᠰᠡᠨ，
ᠠᠮᠤᠭᠤᠯᠠᠩ ᠠᠮᠢᠳᠤᠷᠠᠯ

2. ᠠᠮᠢᠳᠤ ᠲᠡᠩᠷᠢ

ᠬᠡᠨ ᠴᠢ ᠪᠠᠷᠠᠭᠤᠨᠬᠦᠮᠦᠨ ᠬᠡᠯᠡᠬᠦ ᠪᠤᠢ ?!
ᠪᠢᠳᠡᠨᠦ ᠮᠣᠩᠭᠤᠯᠴᠤᠳ ᠬᠦᠮᠦᠨ ᠮᠢᠩᠭᠠ
ᠪᠢᠳᠡ ᠪᠠᠭᠠᠳᠤᠷ ᠪᠣᠣᠯᠲᠣᠯᠢᠨ ᠪᠢᠯᠡ，
ᠪᠦᠬᠦᠨᠢ ᠬᠡᠨ ᠲᠤᠭᠤᠯ ᠬᠦᠮᠦᠨ ᠪᠢ

ᠬᠡᠨ ᠴᠢ ᠪᠠᠷᠠᠭᠤᠨᠬᠦᠮᠦᠨ ᠬᠡᠯᠡᠬᠦ ᠪᠤᠢ ?
ᠬᠡᠷᠡᠭᠲᠡᠢ ᠮᠣᠩᠭᠤᠯᠴᠤᠳ ᠬᠦᠮᠦᠨ ᠮᠢᠩᠭᠠ

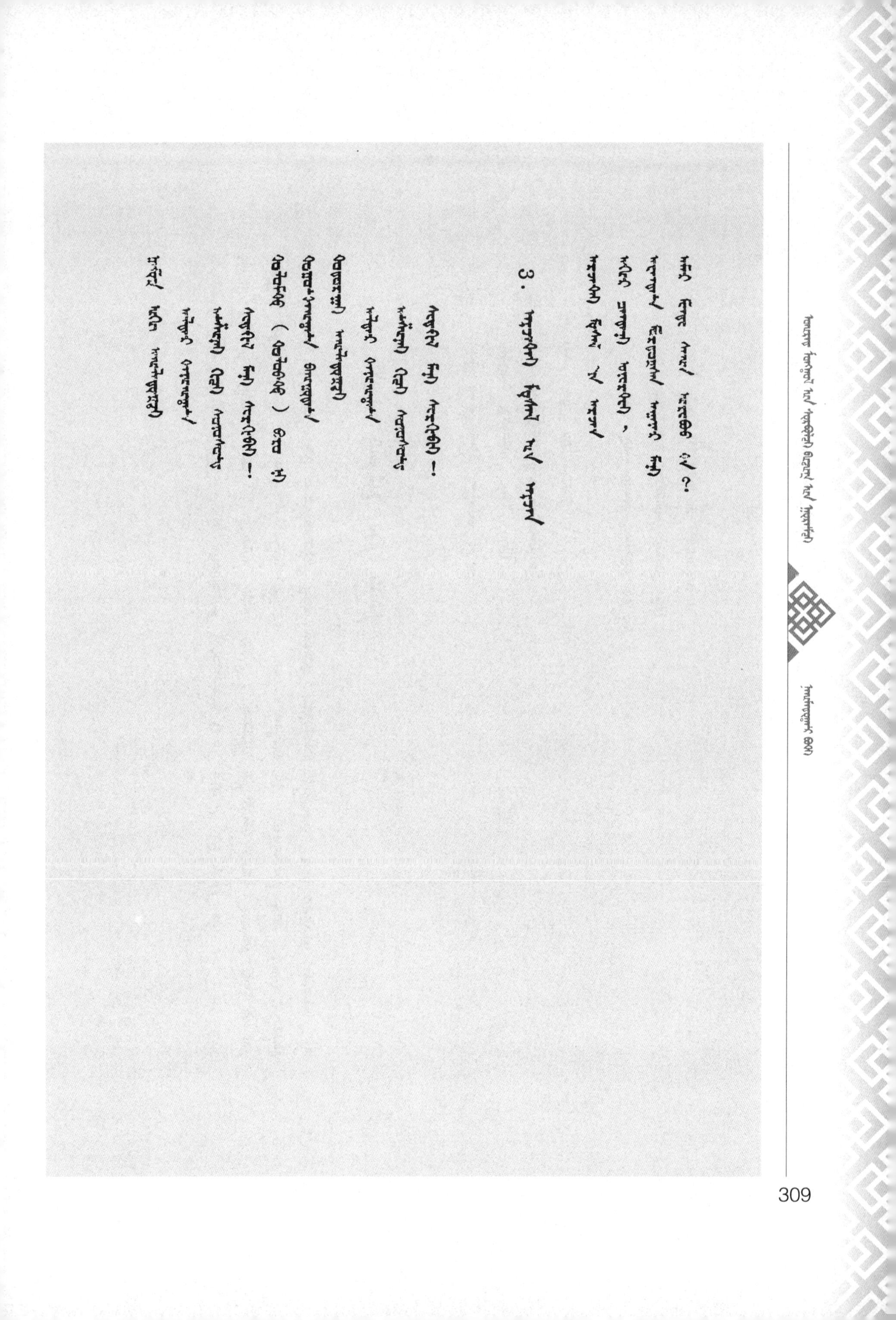

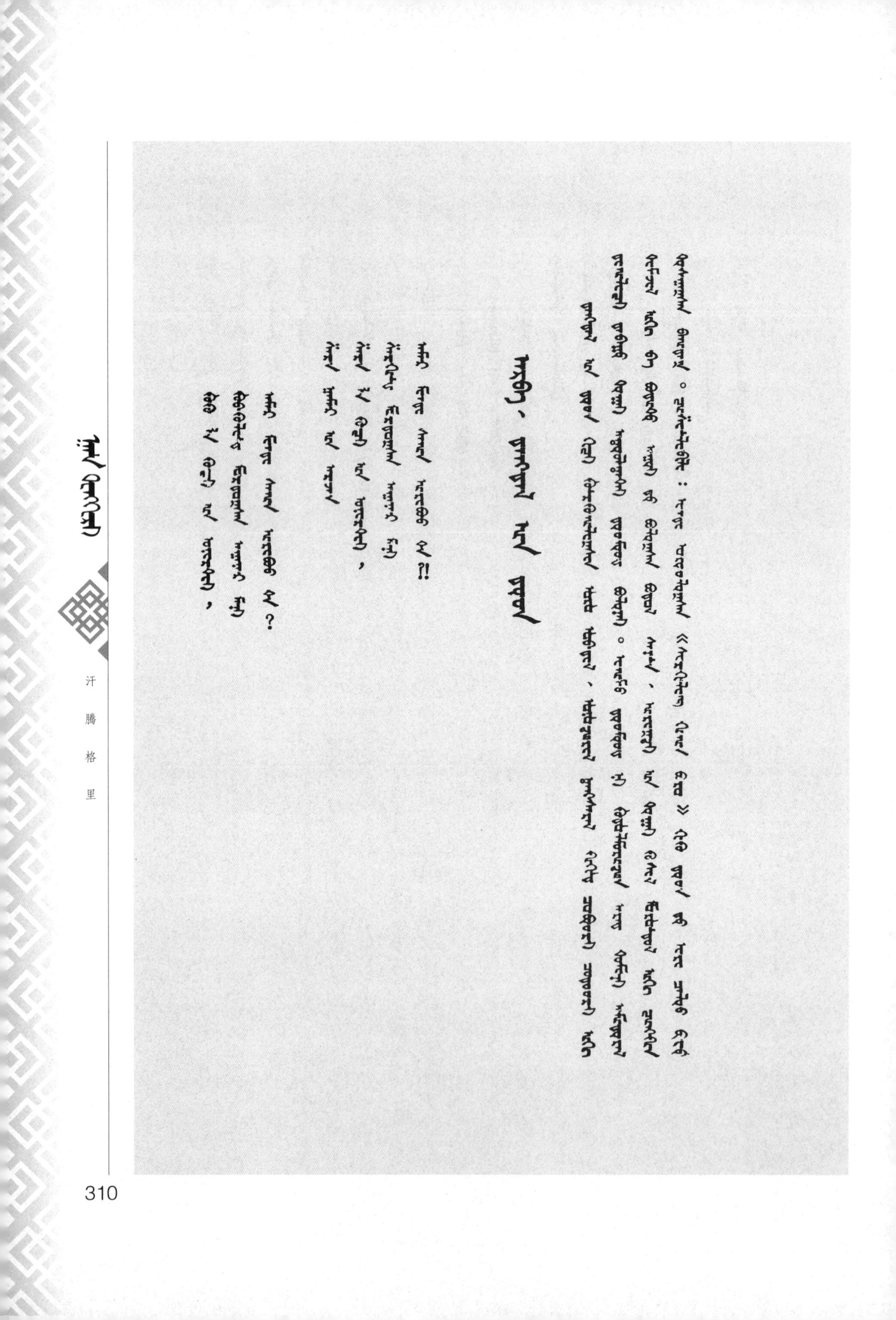

[illegible]

ᠵᠢᠱᠢᠶᠡᠯᠡᠪᠡᠯ 「 ᠳᠤᠷᠠᠰᠬᠠᠯ 」 ᠶᠢᠨ 「 ᠮᠣᠷᠢᠨ 」 ᠪᠣᠯᠤᠨ 「 ᠬᠦᠮᠦᠨ 」 ᠢ ᠵᠦᠢᠷᠯᠡᠭᠰᠡᠨ ᠪᠣᠯᠪᠠᠰᠤ ᠮᠣᠷᠢᠨ ᠤ ᠪᠠᠶᠢᠳᠠᠯ ᠢ ᠳᠦᠷᠰᠦᠯᠡᠭᠰᠡᠨ ᠪᠠᠢᠨ᠎ᠠ ᠃
ᠡᠨᠡ ᠪᠣᠯ ᠤᠷᠠᠨ ᠪᠢᠴᠢᠯᠭᠡ ᠶᠢᠨ ᠬᠡᠷᠡᠭᠯᠡᠭᠡ ᠮᠥᠨ ᠃

I. ᠵᠦᠢᠷᠯᠡᠯ ᠦᠨ ᠪᠠᠢᠳᠠᠯ

ᠮᠠᠯᠢᠶᠠᠨ ᠣᠷᠣᠭᠠᠨ ᠳᠠᠯᠠᠢ
ᠰᠠᠶᠢᠬᠠᠨ ᠬᠠᠷᠠᠭᠠᠨ ᠤ ᠠᠮᠲᠠᠲᠠᠢ ᠂
ᠬᠠᠯᠠᠭᠤᠨ ᠰᠡᠷᠡᠭᠦᠨ ᠰᠠᠷᠢᠬᠠᠨ
ᠬᠥᠬᠡᠷᠡᠭᠡᠨ ᠰᠠᠷᠠᠨ ᠲᠠᠯᠠᠭᠠᠨ ᠃
ᠮᠠᠯᠢᠶᠠᠨ ᠣᠷᠣᠭᠠᠨ ᠳᠠᠯᠠᠢ
ᠰᠠᠷᠠᠨ ᠬᠠᠷᠠᠭᠠᠨ ᠤ ᠭᠡᠷᠡᠯᠲᠡᠢ ᠂
ᠬᠠᠯᠠᠭᠤᠨ ᠰᠡᠷᠡᠭᠦᠨ ᠰᠠᠷᠢᠬᠠᠨ
ᠡᠨᠡ ᠰᠢᠯᠦᠭᠯᠡᠯ ᠦᠨ (ᠮᠠᠯᠢᠶᠠᠨ ᠣᠷᠣᠭᠠᠨ) ᠪᠣᠯ ᠃
ᠵᠦᠢᠷᠯᠡᠭᠰᠡᠨ ᠪᠣᠳᠠᠳᠤ (ᠪᠣᠳᠠᠳᠤ)
ᠬᠠᠷᠢᠨ ᠨᠢ ᠶᠢ ᠲᠣᠳᠣᠷᠬᠠᠶᠢᠯᠠᠬᠤ ᠪᠣᠯ ᠂
ᠵᠦᠢᠷᠯᠡᠯ ᠦᠨ ᠲᠣᠭ᠎ᠠ ᠪᠣᠢ

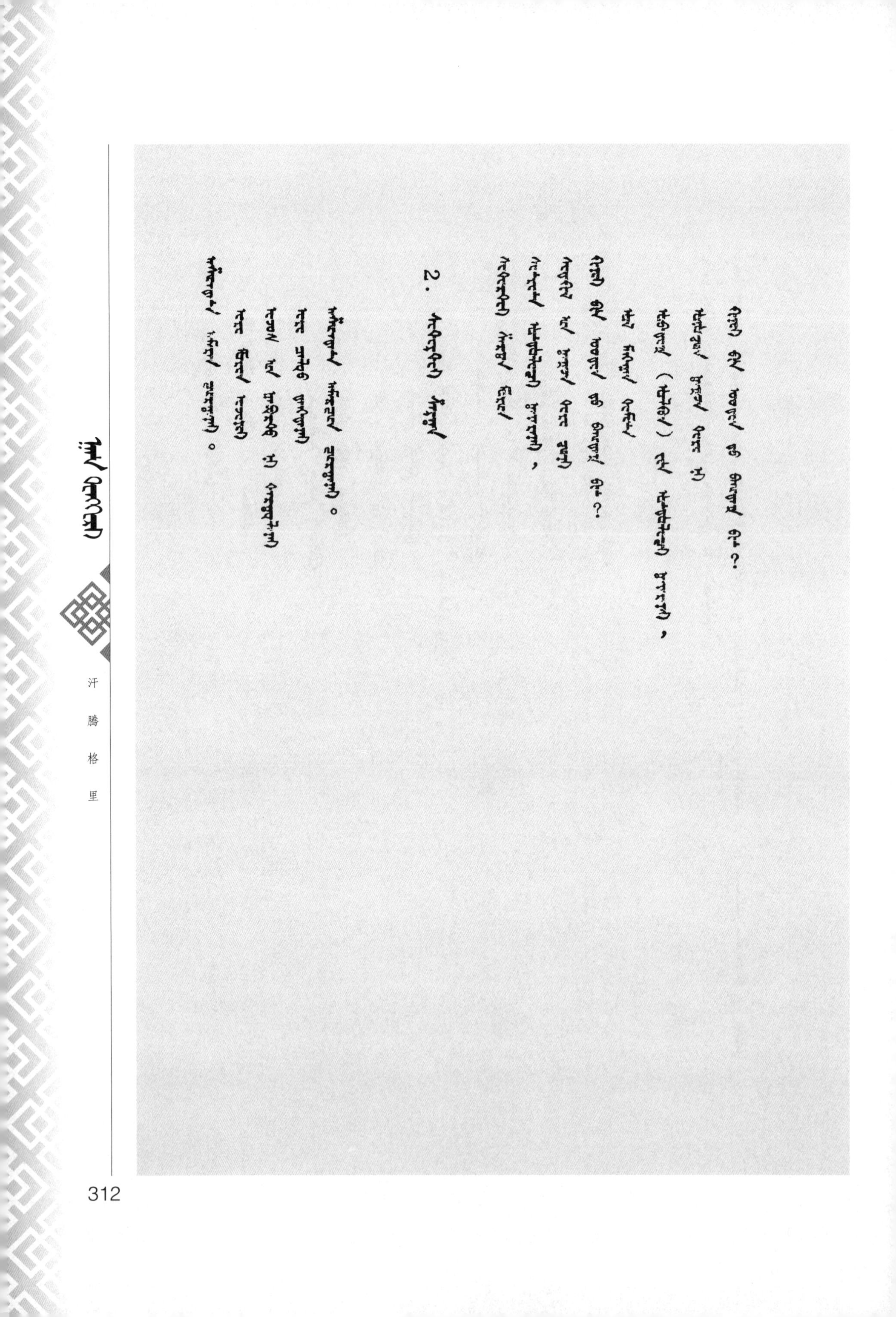

[illegible] ?
[illegible]
[illegible] ([illegible]) [illegible] ,
[illegible]
[illegible] ?
[illegible]
[illegible] ,
[illegible]

2. [illegible]

[illegible] 。
[illegible]
[illegible]
[illegible]
[illegible] 。

ᠪᠢᠳᠡ ᠪᠡᠷ ᠮᠠᠨᠳᠤᠯ ᠤᠨ ᠪᠠᠶᠢᠭᠠ ᠪᠢᠰᠢ ?!
ᠮᠣᠩᠭᠣᠯᠴᠤᠳ ᠪᠣᠯᠪᠠᠯ ᠪᠠᠶᠠᠷ ᠲᠠᠢ
ᠮᠣᠩᠭᠣᠯ ᠬᠦᠮᠦᠨ ᠰᠡᠳᠬᠢᠯ ᠤᠨ ᠲᠡᠮᠳᠡᠭ ᠂
ᠮᠣᠩᠭᠣᠯ ᠬᠡᠯᠡᠨ ᠪᠢᠴᠢᠭ

ᠲᠡᠷᠢᠭᠦᠯᠡᠭᠴᠢ ᠂ ᠵᠣᠬᠢᠶᠠᠯ ᠰᠣᠶᠣᠯ ᠤᠨ
ᠪᠠᠭᠰᠢ ᠨᠠᠷᠠᠨᠲᠣᠶᠠ ᠂

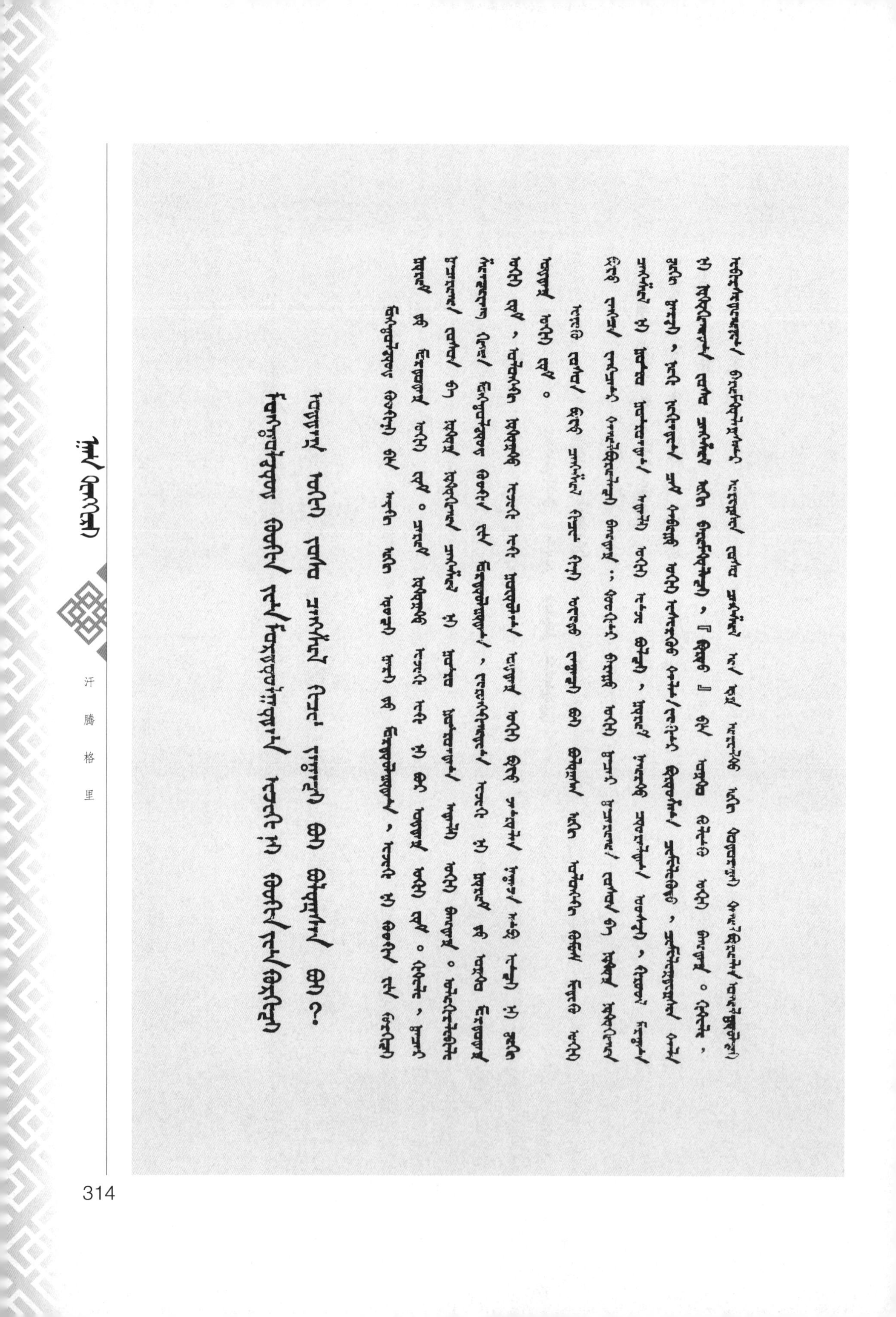

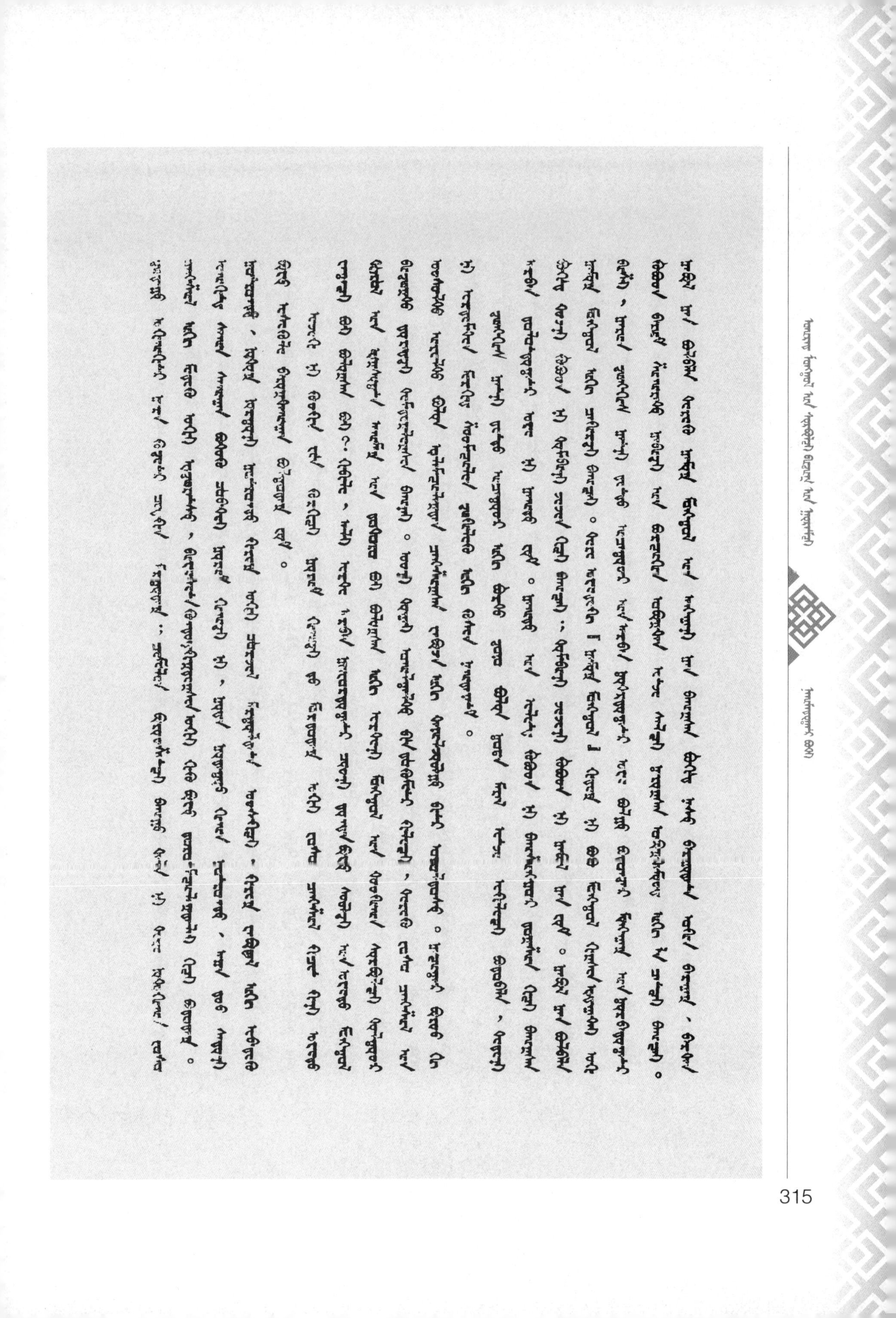

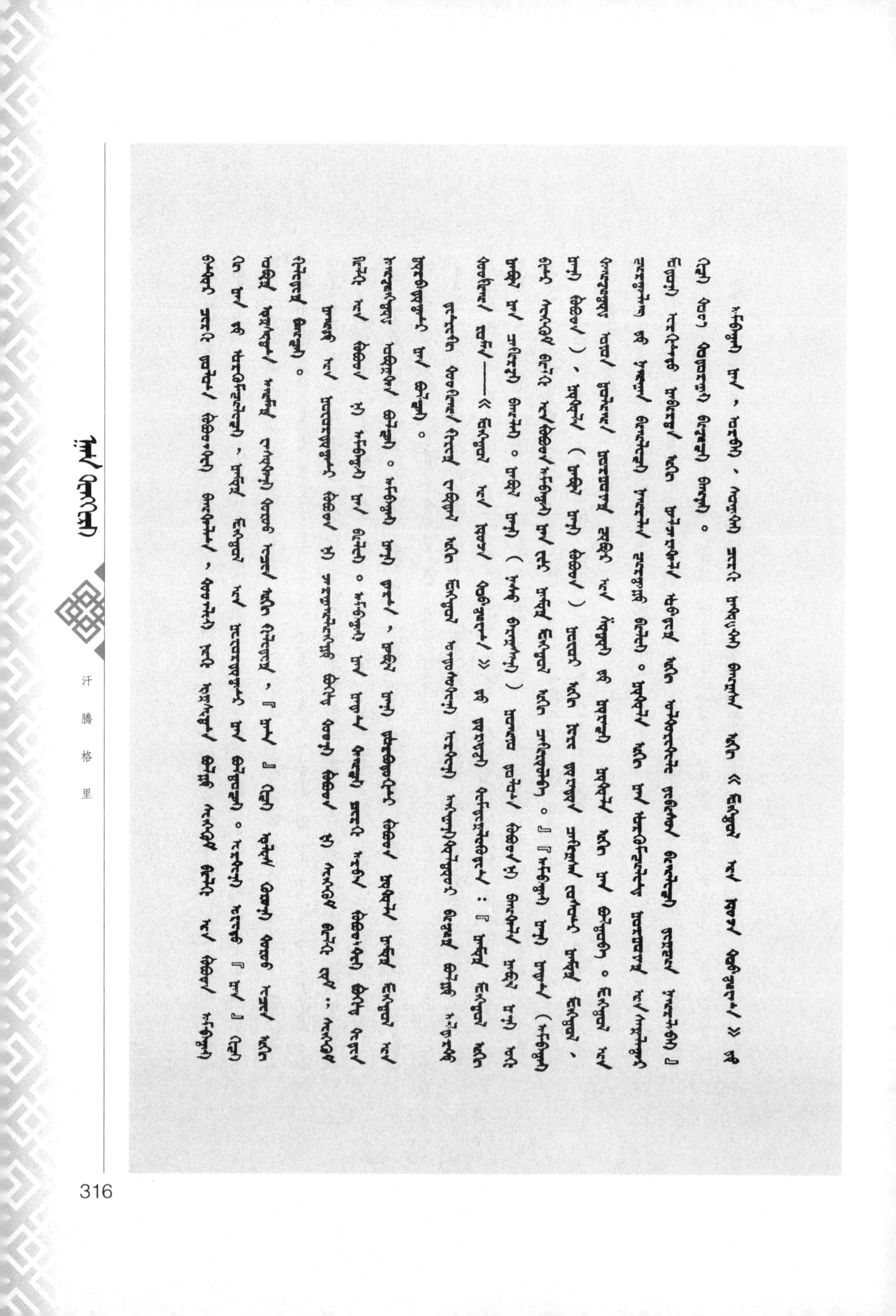

[illegible]

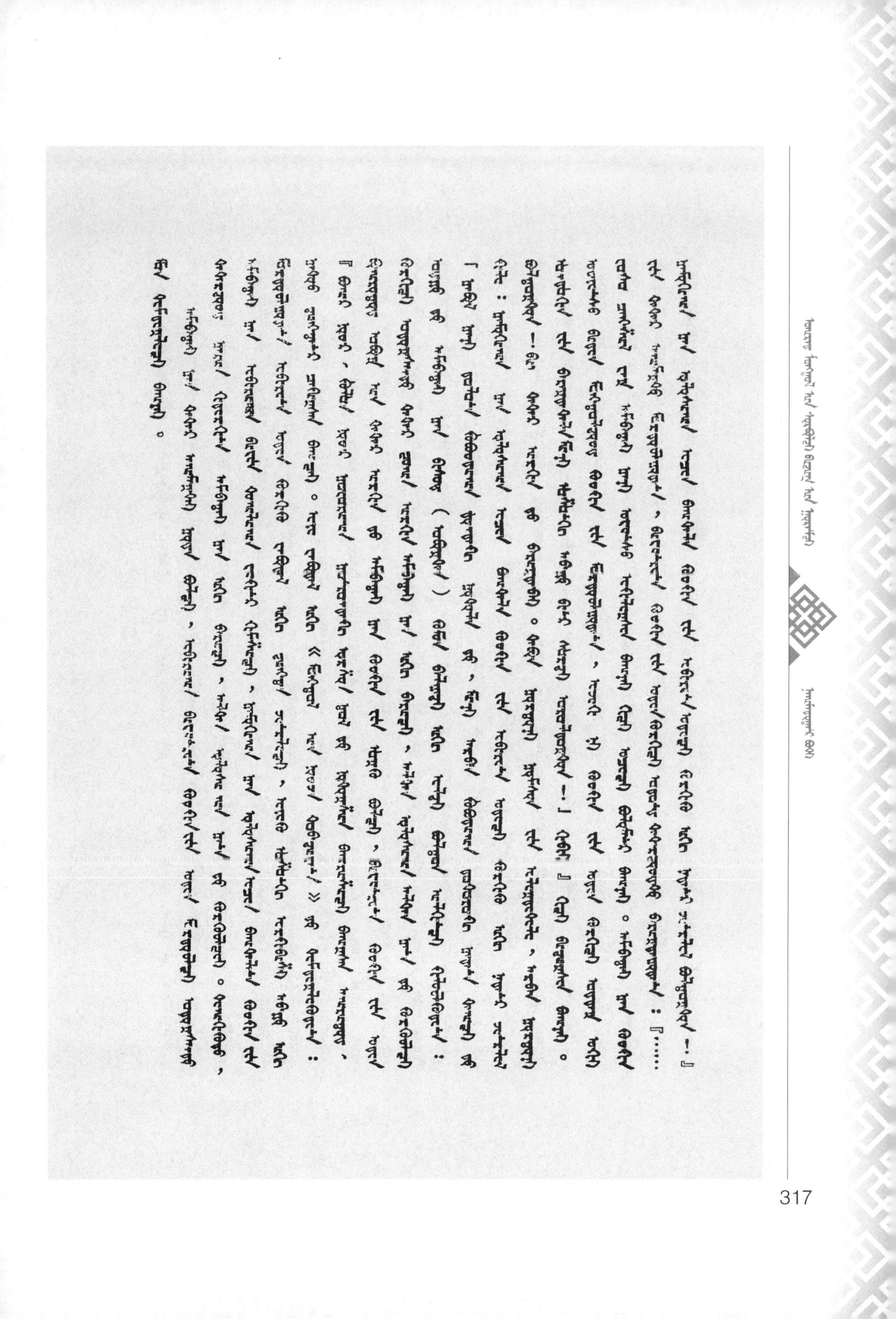

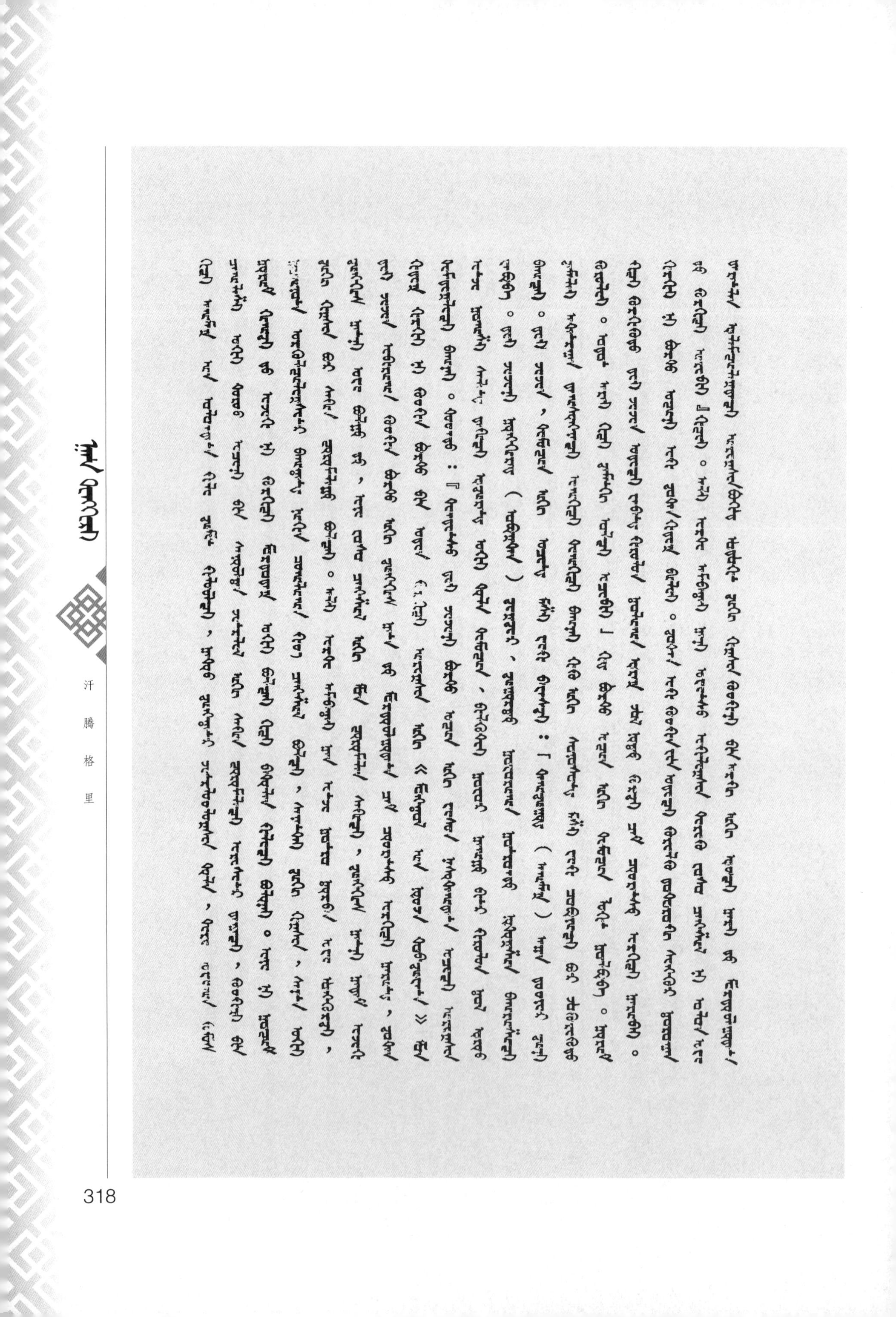

ᠠᠳᠠᠯᠢ ᠵᠢᠷᠠ ᠶᠢᠨ ᠠᠷᠠᠳ ᠤᠨ ᠬᠦᠮᠦᠨ ᠦ ᠬᠠᠷᠠᠭᠠᠳ ᠪᠠᠶᠢᠨ᠎ᠠ ᠃

ᠶᠢᠰᠦᠭᠡᠢ ᠪᠠᠭᠠᠲᠤᠷ ᠲᠠᠲᠠᠷ ᠤᠨ ᠲᠡᠮᠦᠵᠢᠨ ᠦᠭᠡ ᠶᠢ ᠪᠠᠷᠢᠵᠤ ᠢᠷᠡᠬᠦ ᠳᠦ ᠂ ᠥᠭᠡᠯᠦᠨ ᠦᠵᠢᠨ ᠣᠨᠠᠨ ᠤ ᠳᠡᠯᠢᠭᠦᠨ ᠪᠣᠯᠳᠠᠭ (ᠳᠡᠯᠢᠭᠦᠨ ᠪᠣᠯᠳᠠᠭ) ᠲᠤ ᠬᠥᠪᠡᠭᠦᠨ ᠲᠥᠷᠦᠭᠰᠡᠨ ᠪᠠᠶᠢᠨ᠎ᠠ ᠄ 『 ᠬᠦᠮᠦᠨ ᠦ ᠲᠥᠷᠦᠭᠰᠡᠨ ᠪᠠᠶᠢᠨ᠎ᠠ 』 ᠬᠡᠮᠡᠨ ᠬᠡᠯᠡᠭᠰᠡᠨ ᠪᠠᠶᠢᠨ᠎ᠠ ᠃ ᠲᠡᠷᠡ ᠬᠥᠪᠡᠭᠦᠨ (1162 ᠣᠨ) ᠳᠤ ᠲᠥᠷᠦᠭᠰᠡᠨ ᠬᠦᠮᠦᠨ ᠨᠢ « ᠲᠡᠮᠦᠵᠢᠨ » ᠭᠡᠵᠦ ᠨᠡᠷᠡᠶᠢᠳᠦᠭᠰᠡᠨ ——ᠲᠡᠮᠦᠵᠢᠨ ᠪᠠᠶᠢᠨ᠎ᠠ ᠃ ᠲᠡᠮᠦᠵᠢᠨ ᠪᠠᠷᠠᠭᠤᠨ ᠭᠠᠷ ᠲᠠᠭᠠᠨ ᠰᠢᠭᠠᠭᠠ ᠶᠢᠨ ᠴᠢᠨᠢᠭ᠌ ᠨᠥᠵᠢ ᠠᠳᠬᠤᠭᠰᠠᠨ ᠲᠥᠷᠦᠭᠰᠡᠨ ᠪᠠᠶᠢᠨ᠎ᠠ ᠃

ᠲᠡᠮᠦᠵᠢᠨ ᠦ ᠡᠴᠢᠭᠡ ᠶᠢᠰᠦᠭᠡᠢ ᠪᠠᠭᠠᠲᠤᠷ ᠂ ᠡᠬᠡ ᠥᠭᠡᠯᠦᠨ ᠦᠵᠢᠨ ᠨᠢ ᠂ « ᠲᠡᠮᠦᠵᠢᠨ » ᠬᠡᠮᠡᠨ ᠨᠡᠷᠡᠶᠢᠳᠦᠭᠰᠡᠨ ᠄ 『 ᠲᠡᠮᠦᠵᠢᠨ ᠦᠭᠡ ᠶᠢ ᠪᠠᠷᠢᠵᠤ ᠢᠷᠡᠬᠦ ᠳᠦ ᠲᠥᠷᠦᠭᠰᠡᠨ ᠲᠤᠯᠠ ᠂ ᠲᠡᠭᠦᠨ ᠦ ᠨᠡᠷᠡ ᠶᠢ ᠥᠭᠴᠡᠢ ᠃ 』 ᠬᠡᠮᠡᠨ ᠨᠡᠷᠡᠶᠢᠳᠦᠭᠰᠡᠨ ᠪᠠᠶᠢᠨ᠎ᠠ ᠃ 『 ᠲᠡᠮᠦᠵᠢᠨ ᠦ ᠨᠡᠷᠡ ᠶᠢᠨ ᠤᠴᠢᠷ ᠢ ᠲᠠᠶᠢᠯᠪᠤᠷᠢᠯᠠᠬᠤ ᠳᠤ ᠂ ᠲᠡᠮᠦᠷ ᠬᠡᠮᠡᠬᠦ ᠦᠭᠡ ᠪᠡᠷ ᠡᠬᠢᠯᠡᠭᠰᠡᠨ ᠪᠠᠶᠢᠨ᠎ᠠ ᠃ 』 ᠭᠡᠵᠦ ᠪᠡᠨ ᠲᠡᠮᠦᠵᠢᠨ ᠦ ᠲᠥᠷᠦᠭᠰᠡᠨ ᠤᠴᠢᠷ ᠢ ᠬᠡᠯᠡᠵᠡᠢ ᠃ 『 ᠶᠠᠭ ᠲᠡᠷᠡ ᠴᠠᠭ ᠲᠤ ! 』 ᠬᠡᠮᠡᠨ ᠪᠠᠶᠢᠨ᠎ᠠ ᠃ ᠲᠡᠷᠡ ᠴᠠᠭ ᠲᠤ ᠂ ᠲᠡᠮᠦᠵᠢᠨ ᠦ ᠬᠠᠷᠠᠭᠠᠳ ᠪᠠᠶᠢᠨ᠎ᠠ ᠃

ᠤᠨᠳᠤᠰᠤ ᠶᠢᠨ ᠬᠠᠭᠠᠨ ᠤ ᠲᠥᠷᠦᠯ ᠢ ᠲᠤᠷᠰᠢᠭᠰᠠᠨ ᠠᠷᠢᠭᠤᠨ ᠪᠠᠶᠢᠨ᠎ᠠ ᠃

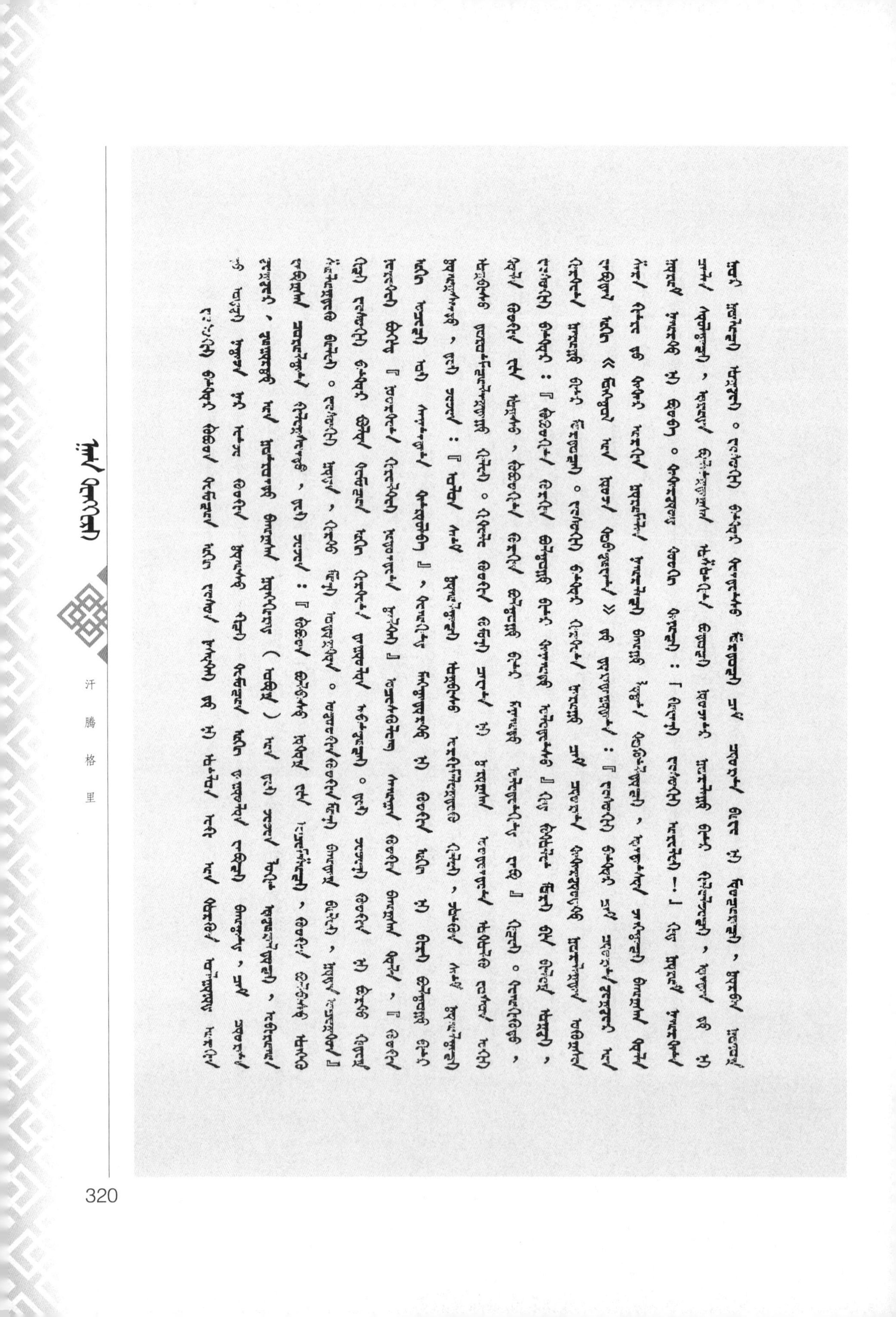

[illegible]

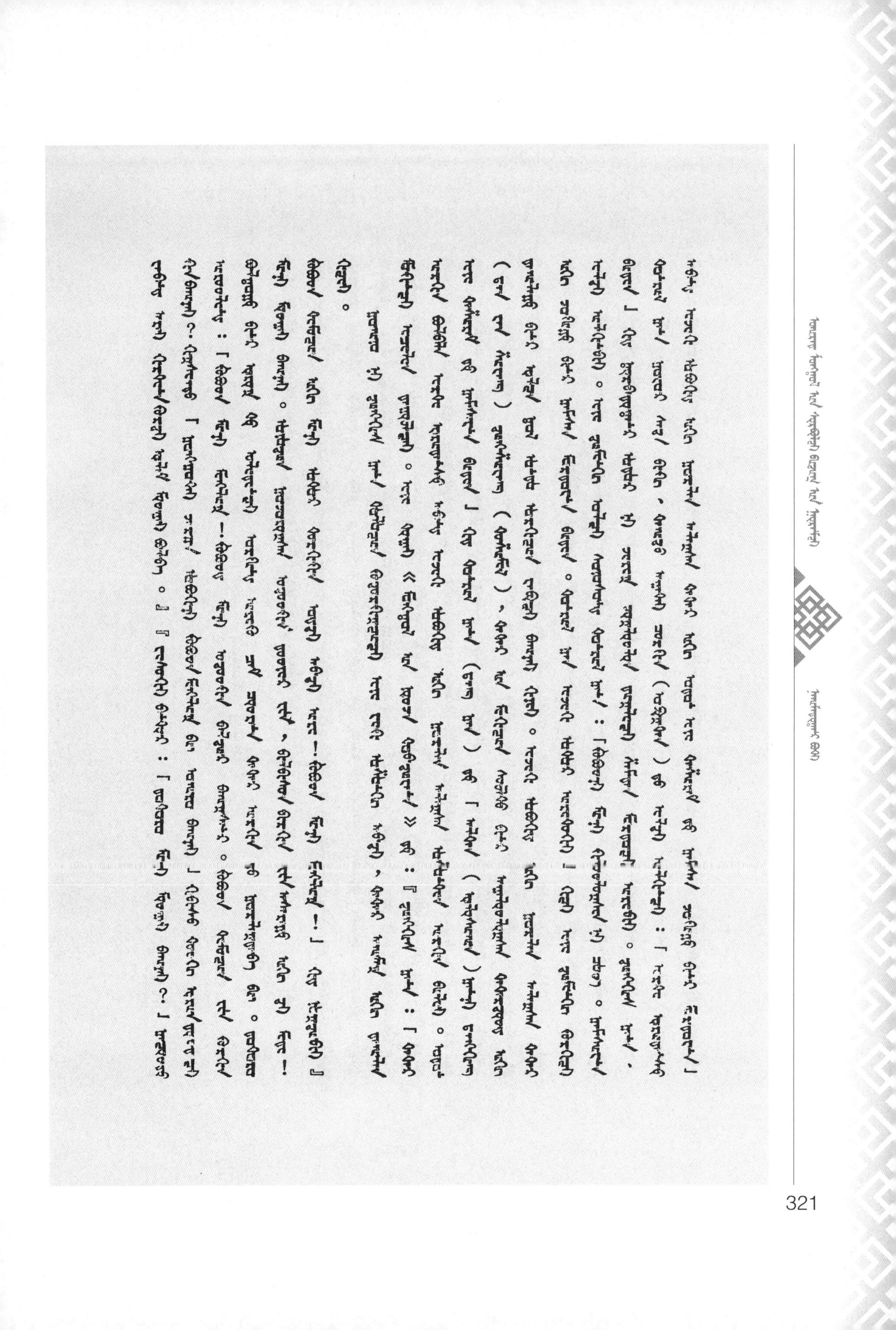

[illegible]

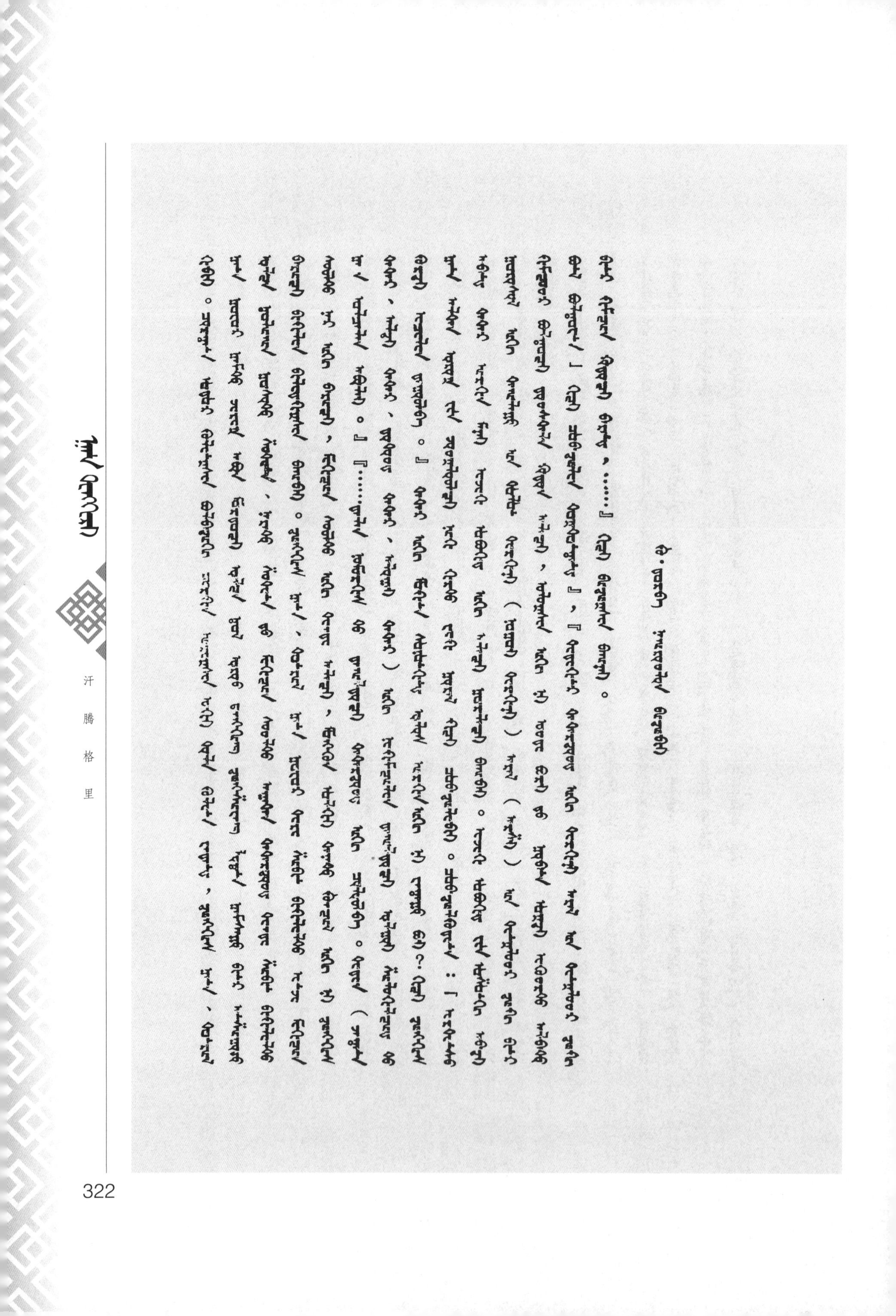

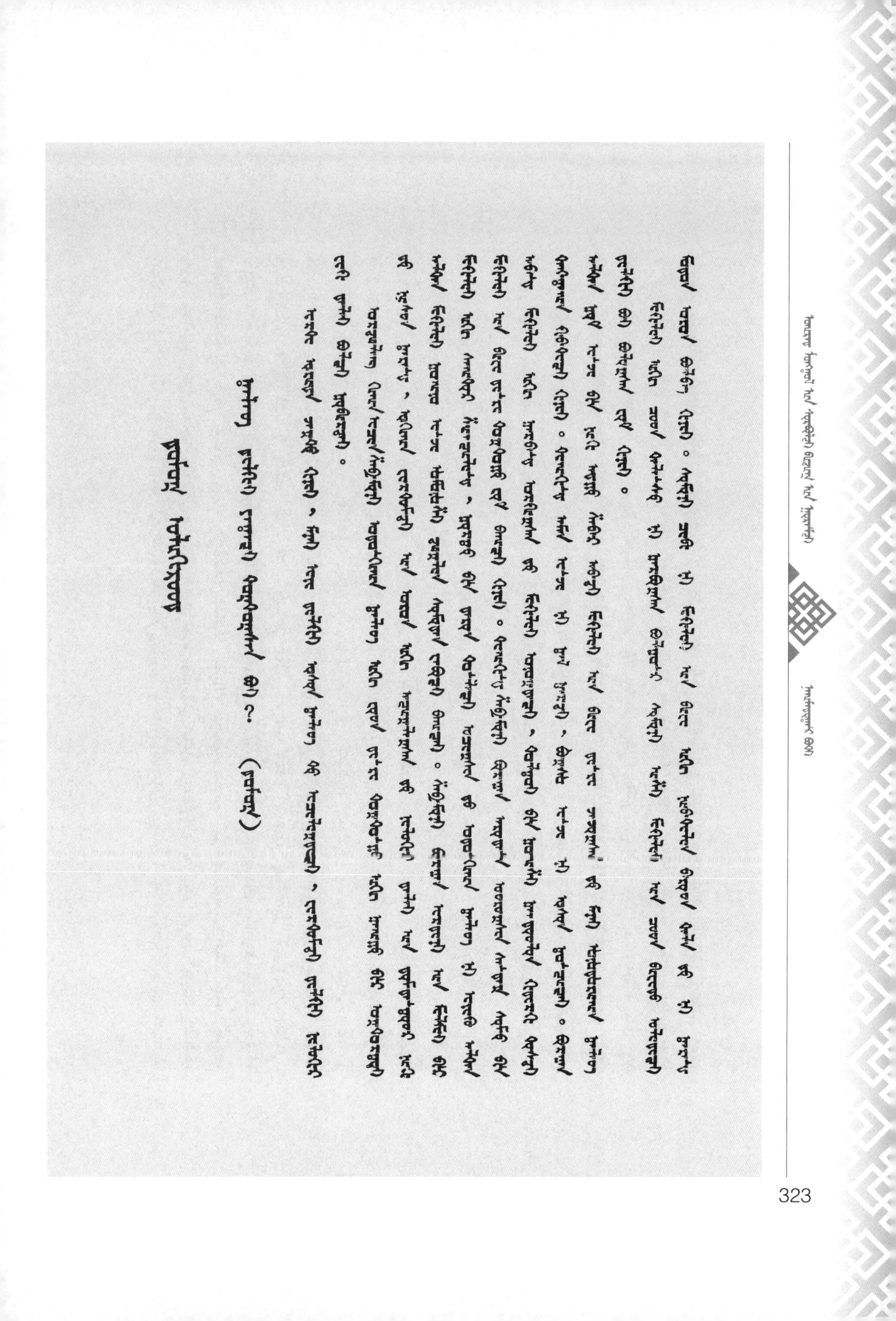

ᠪᠣᠯᠣᠷ [illegible]

[illegible] ? (ᠪᠣᠯᠣᠷ)

[illegible]

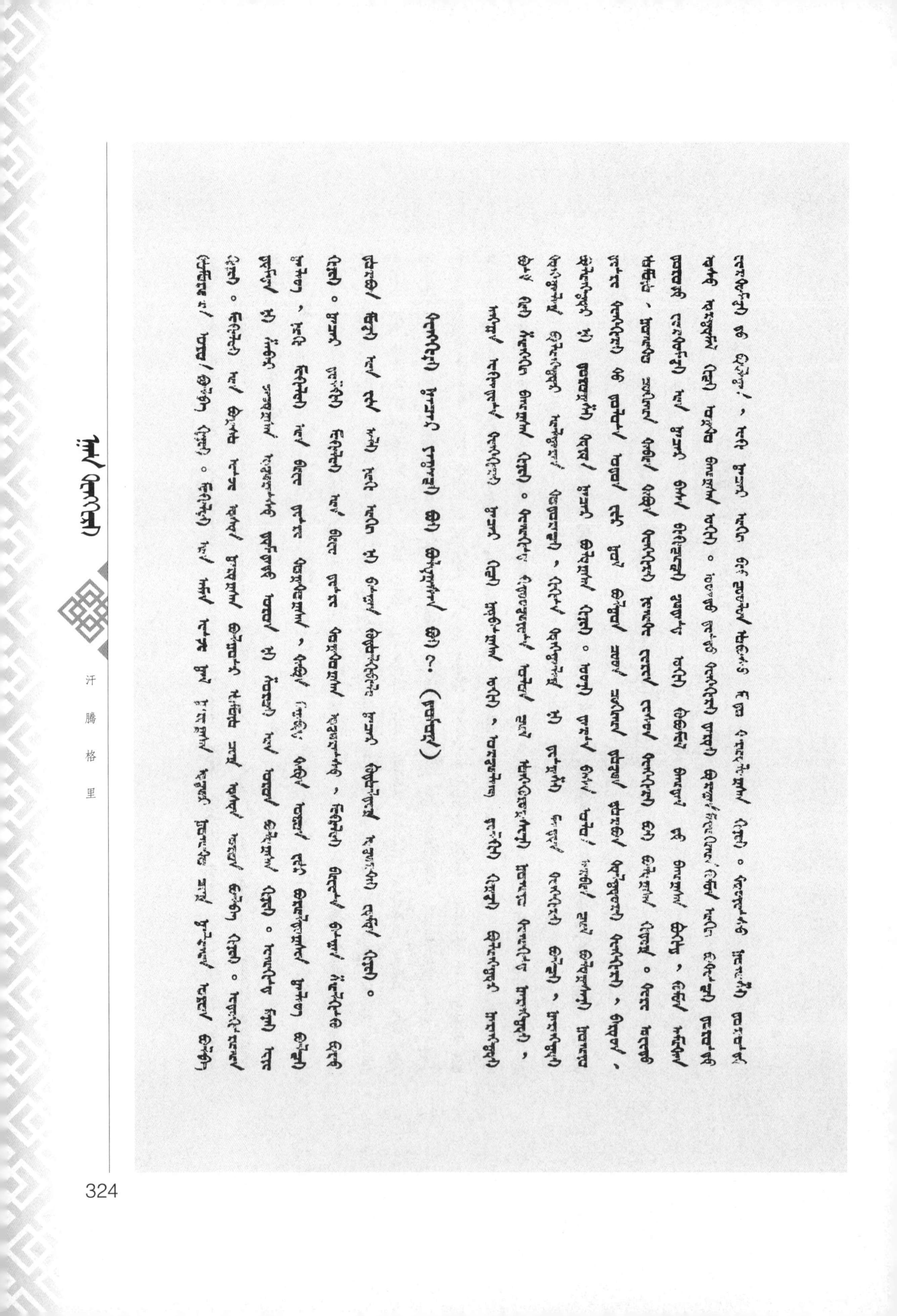

[illegible]

[illegible]

[illegible]

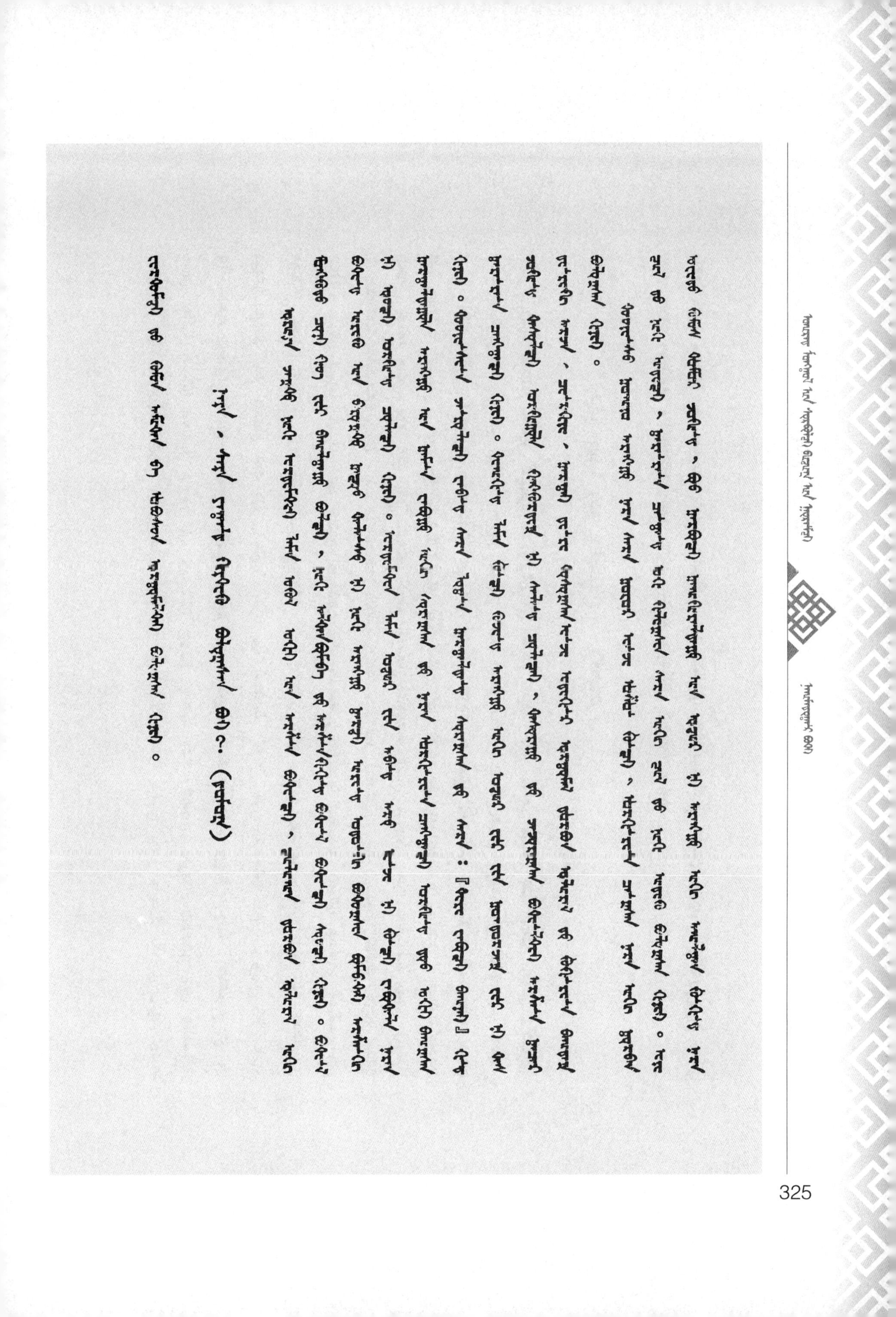

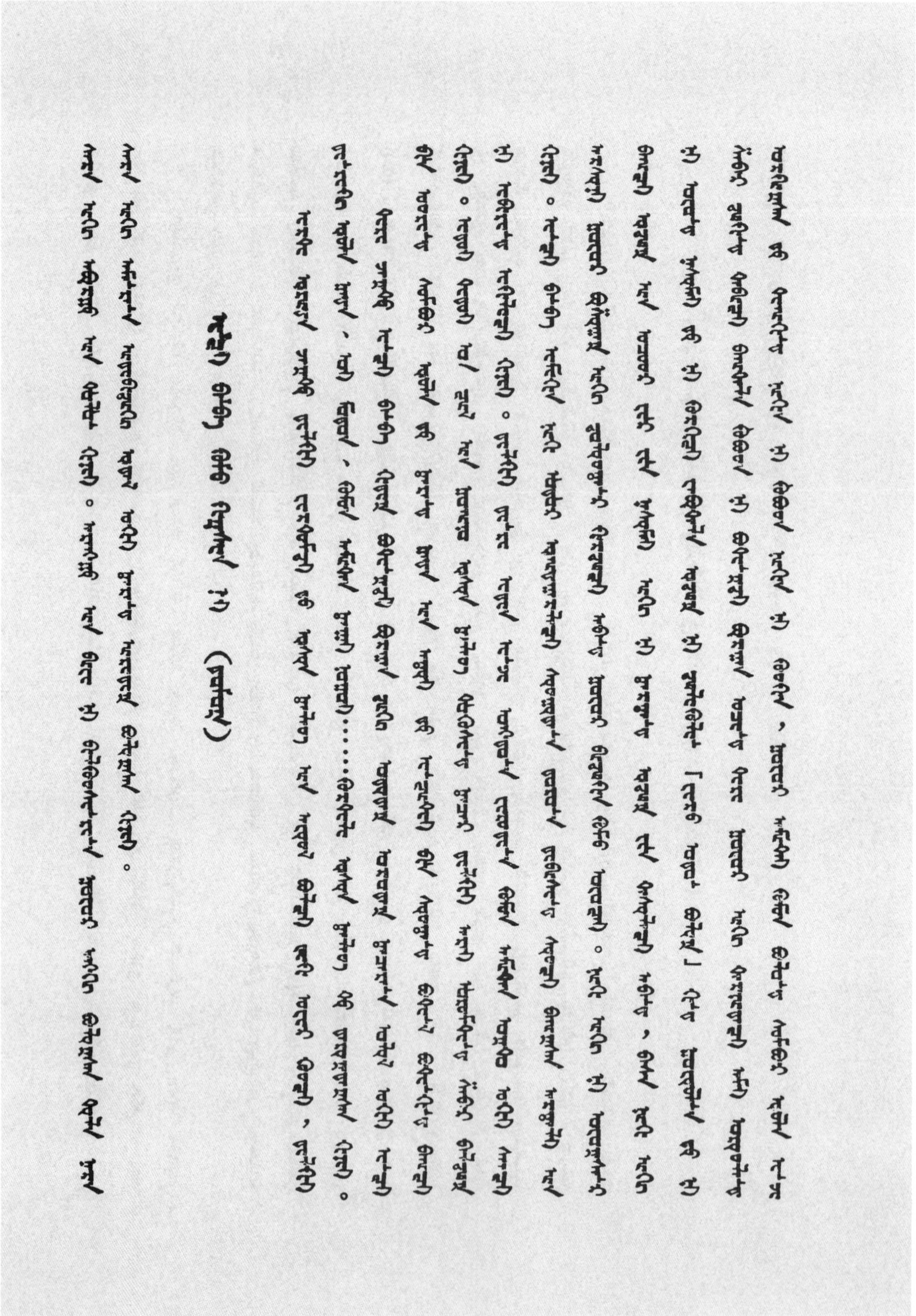

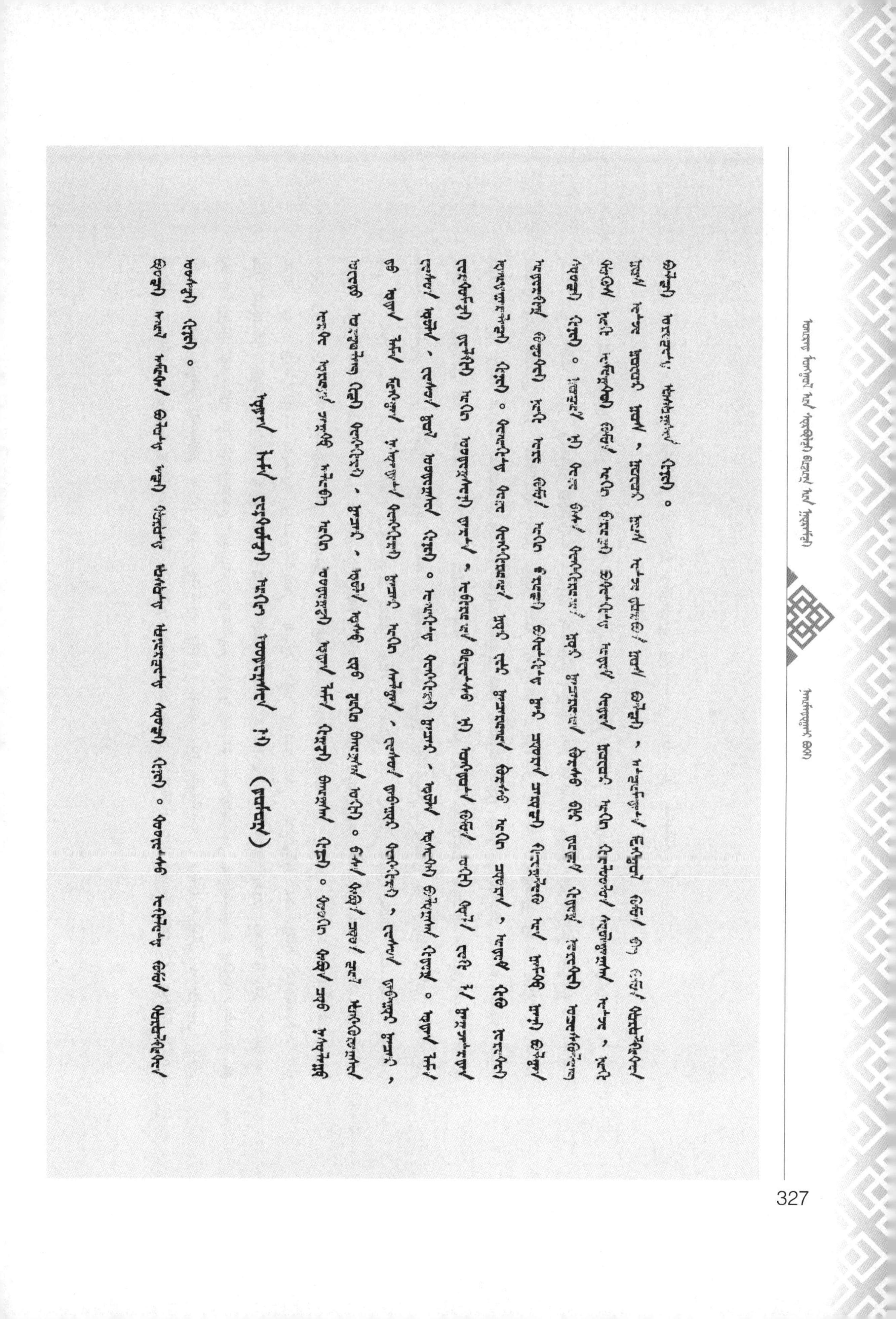

[illegible]

[illegible]

[illegible]

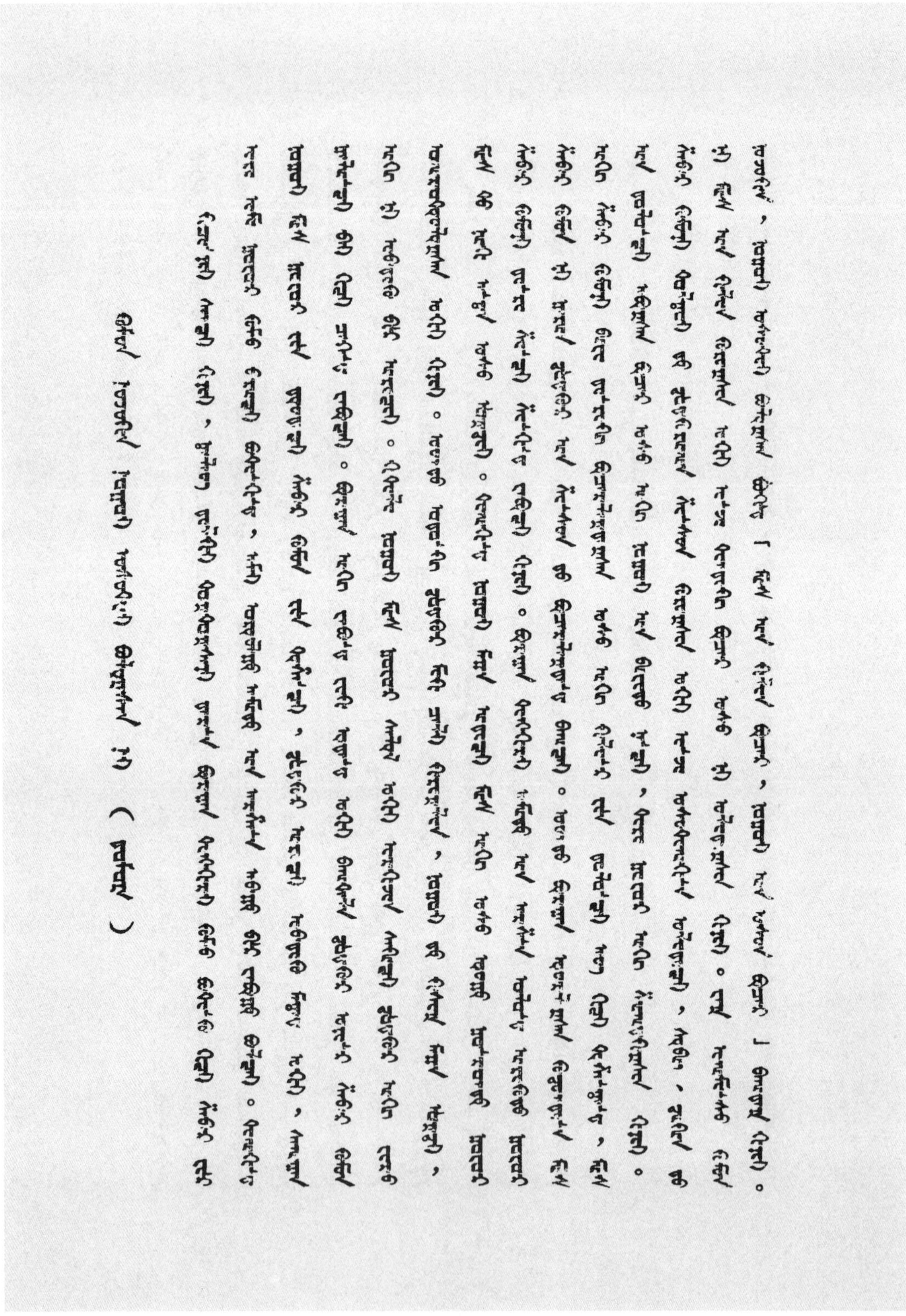

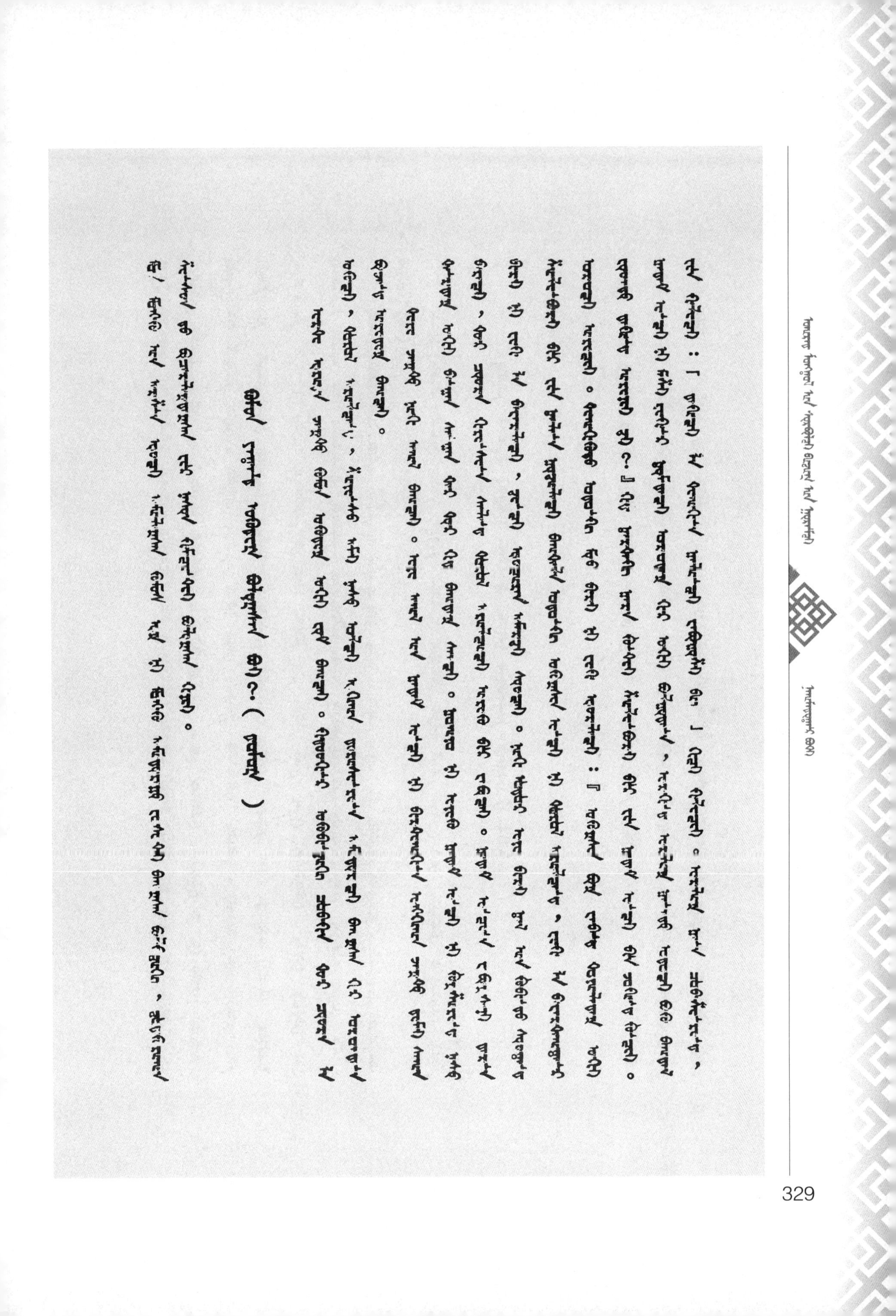

[illegible]

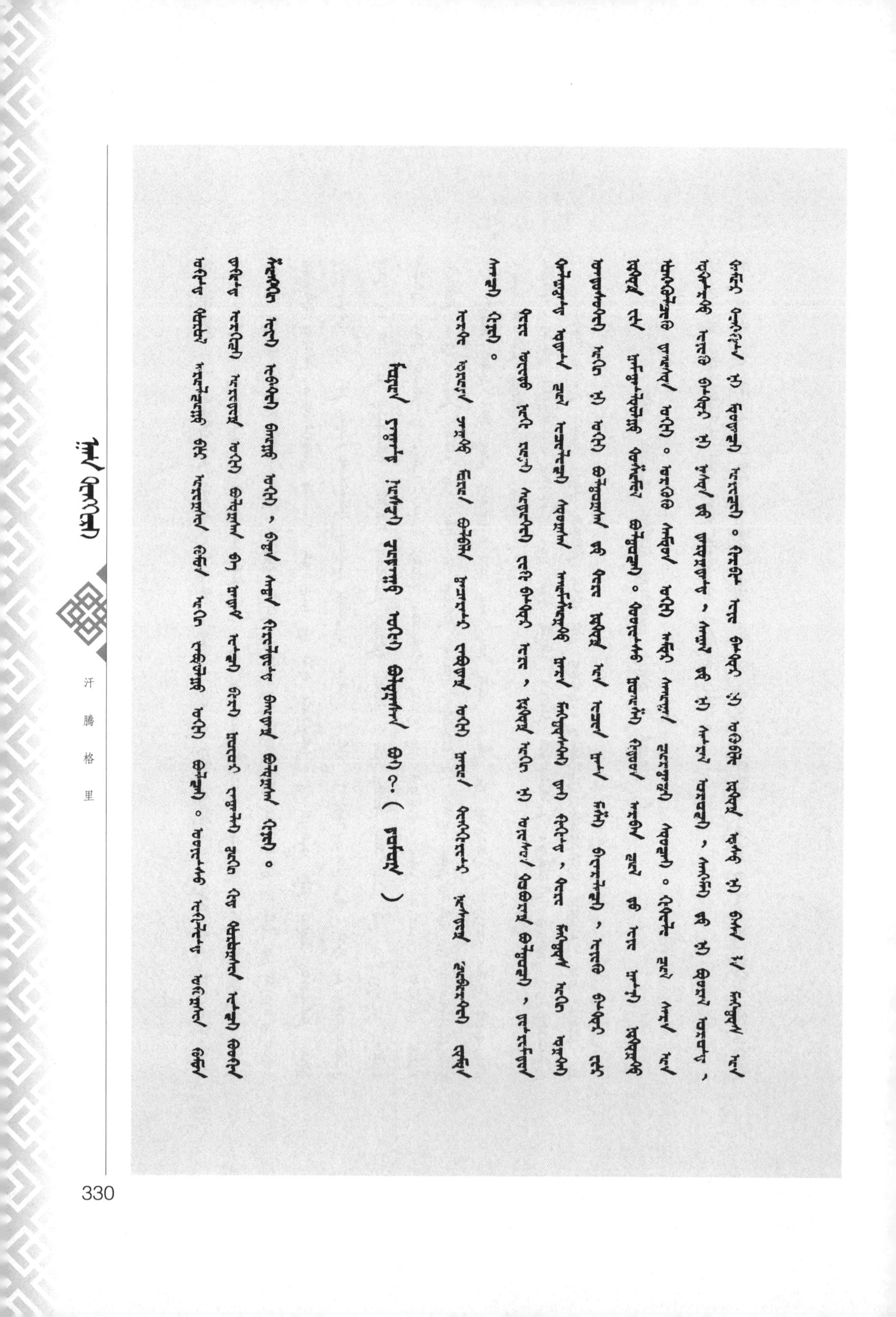

[illegible]
[illegible]
[illegible]

[illegible]

[illegible]
[illegible]
[illegible]
[illegible]
[illegible]
[illegible]
[illegible]
[illegible]
[illegible]

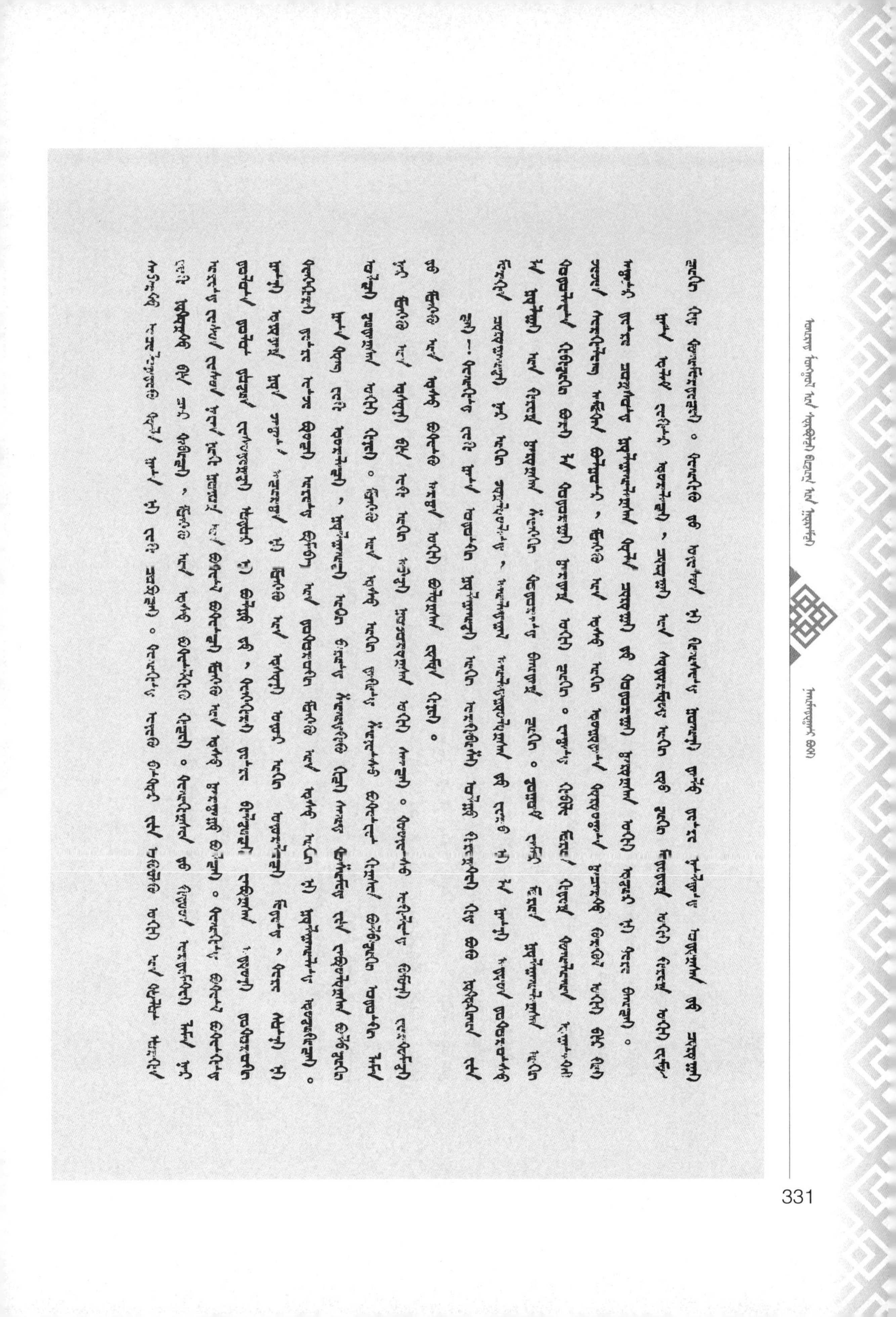

[illegible]

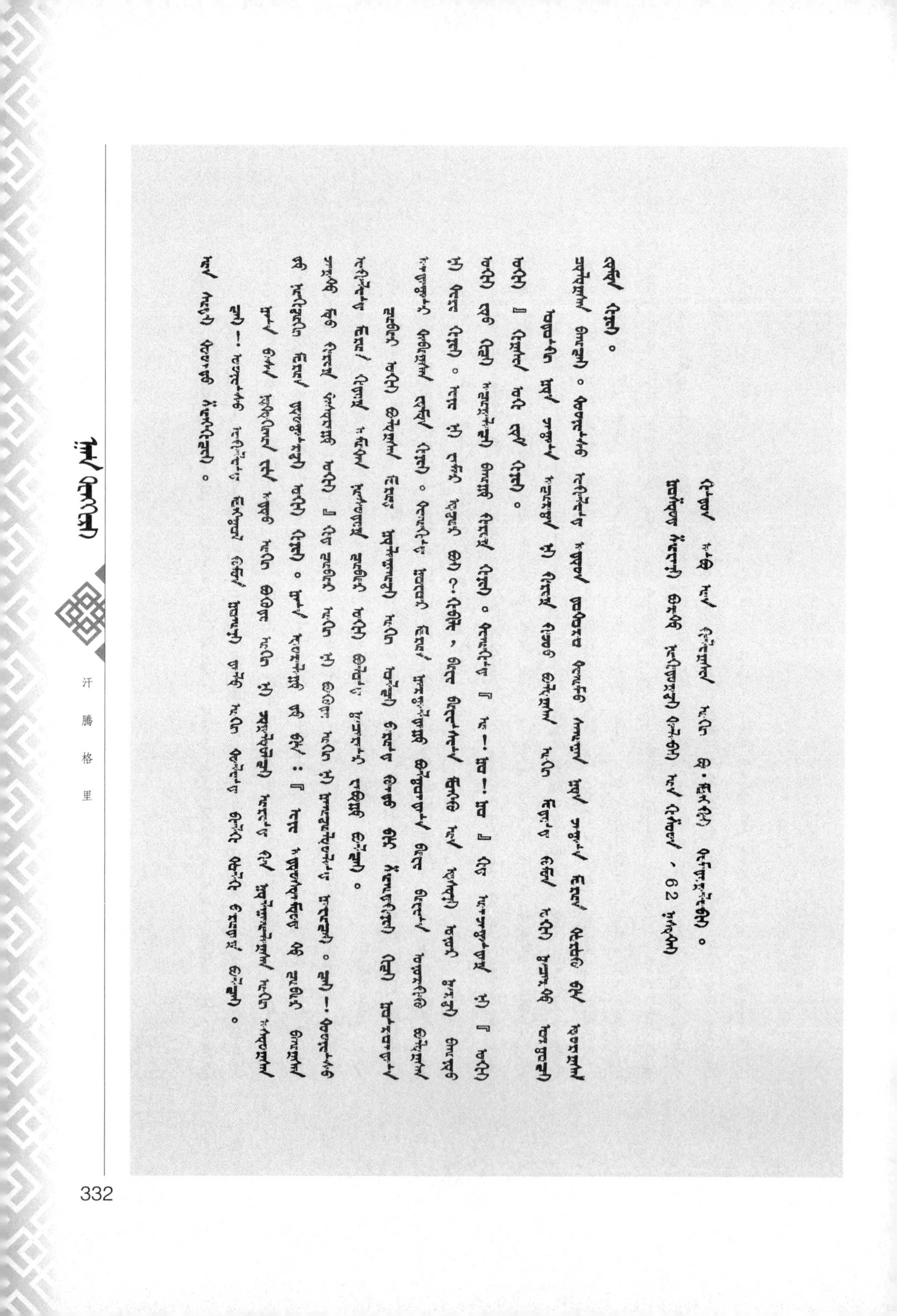

[illegible]

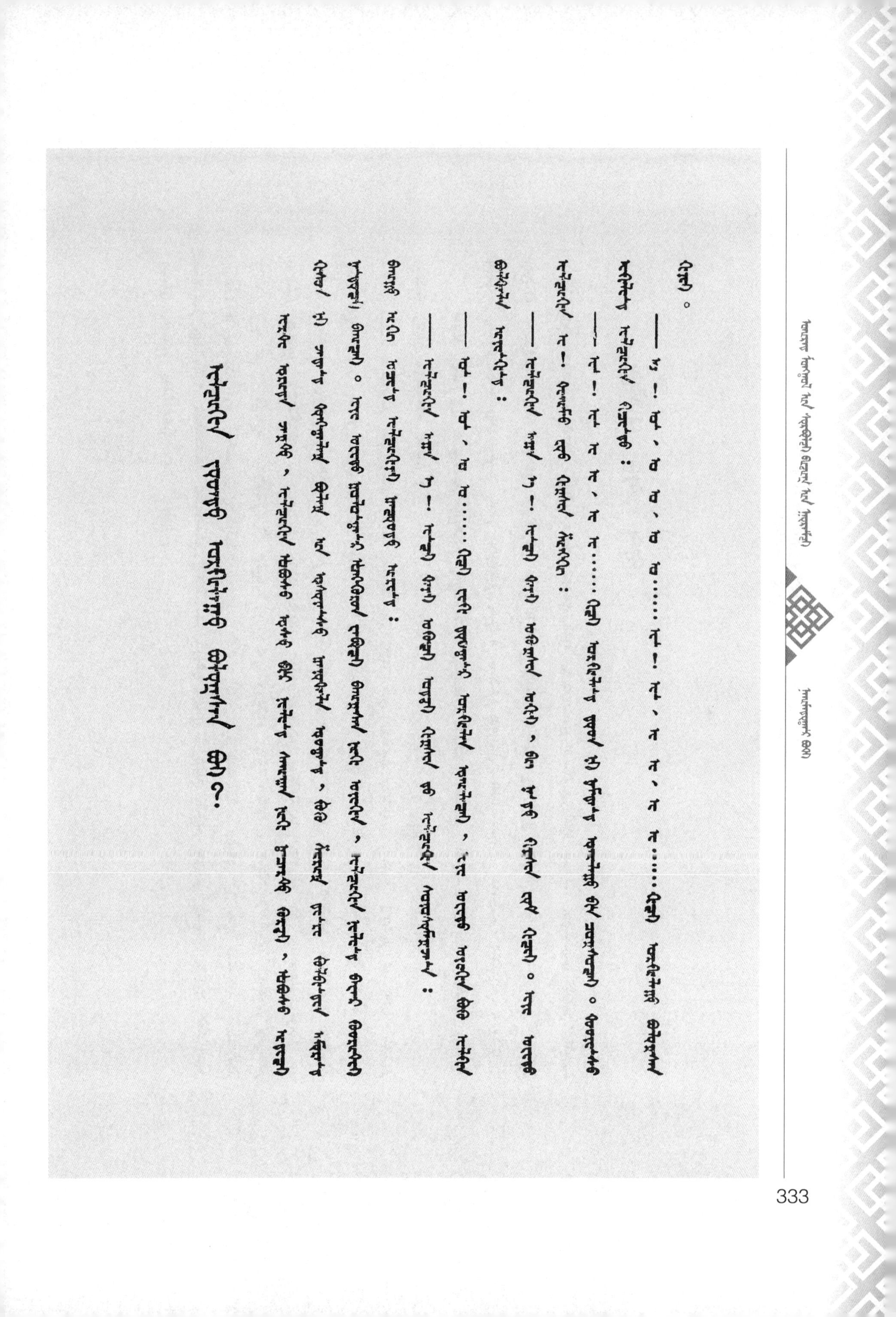

[illegible]

[illegible]

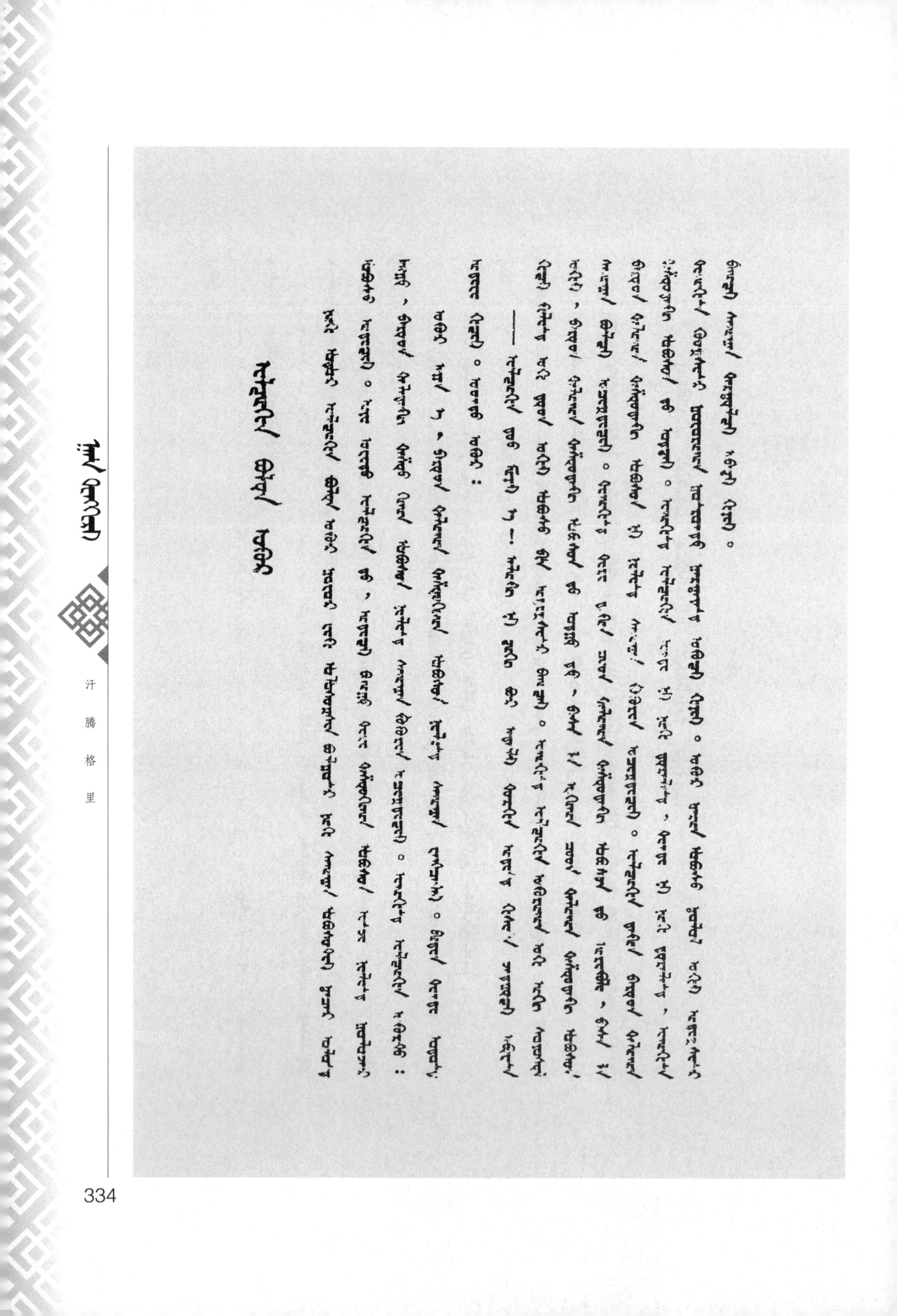

[illegible]

[illegible]

[illegible]

[illegible]

[illegible]

[illegible]

[illegible]

[illegible]

[illegible]

[illegible]

[illegible]

[illegible]

[illegible]

[illegible]

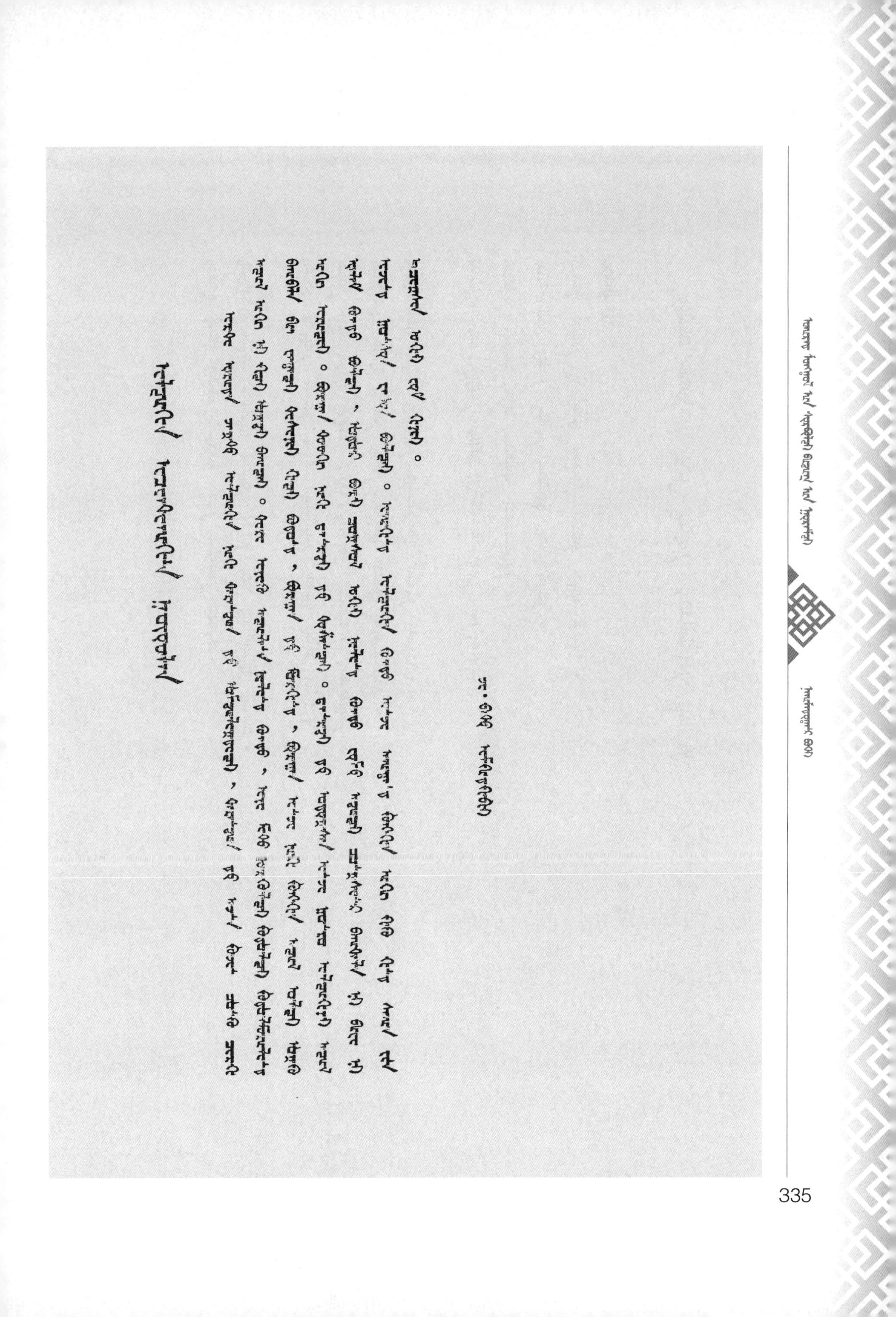

[illegible]

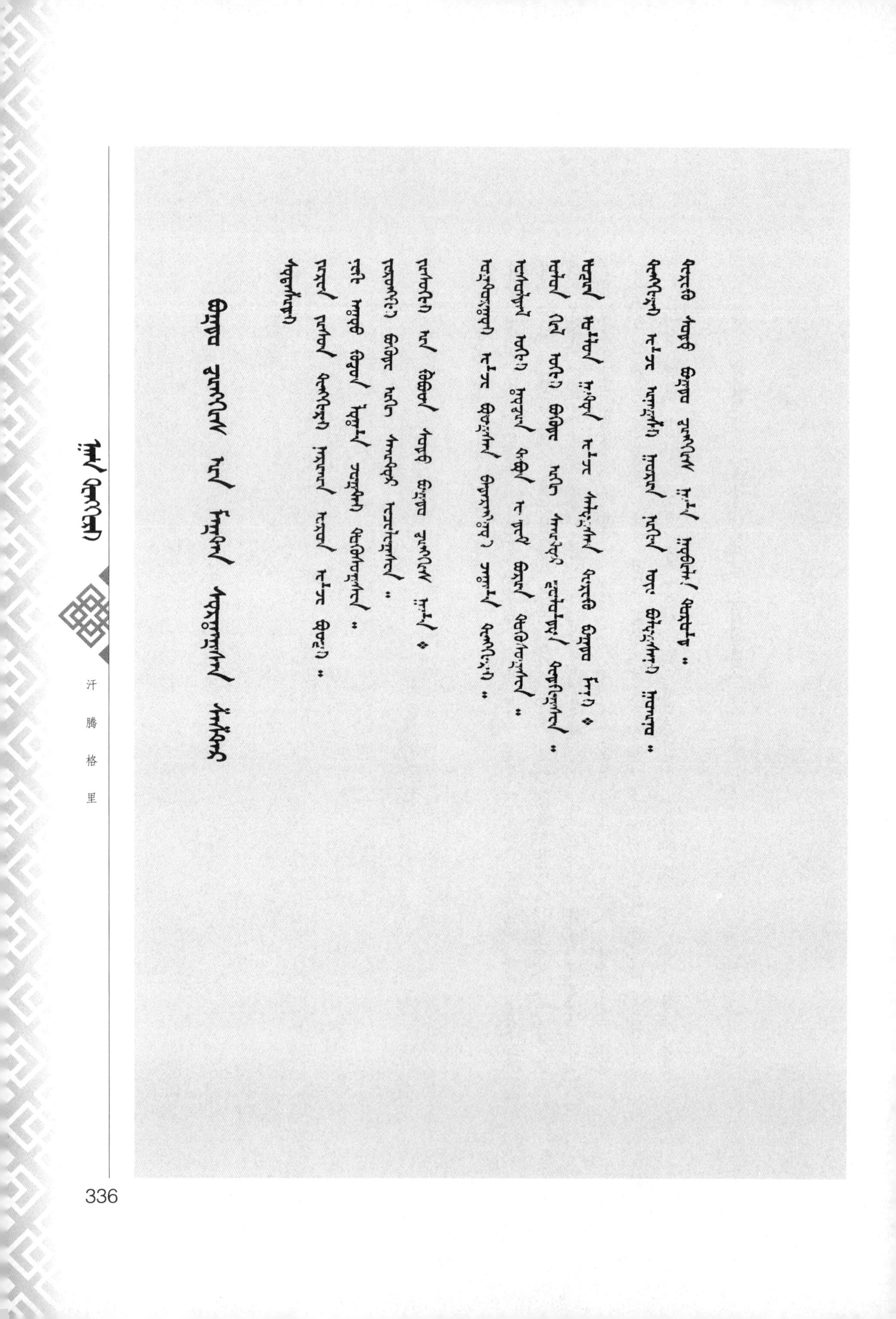

[illegible]

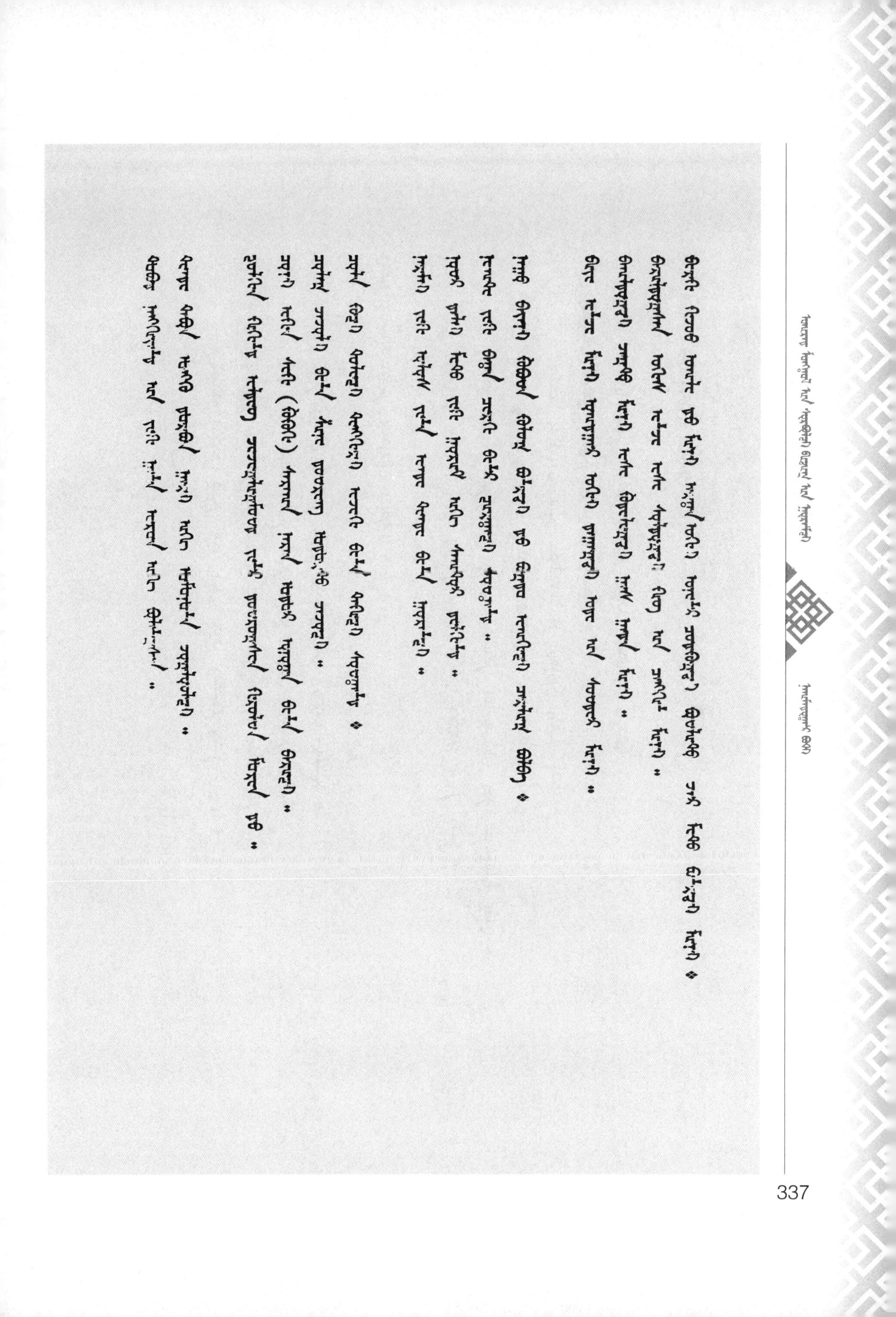

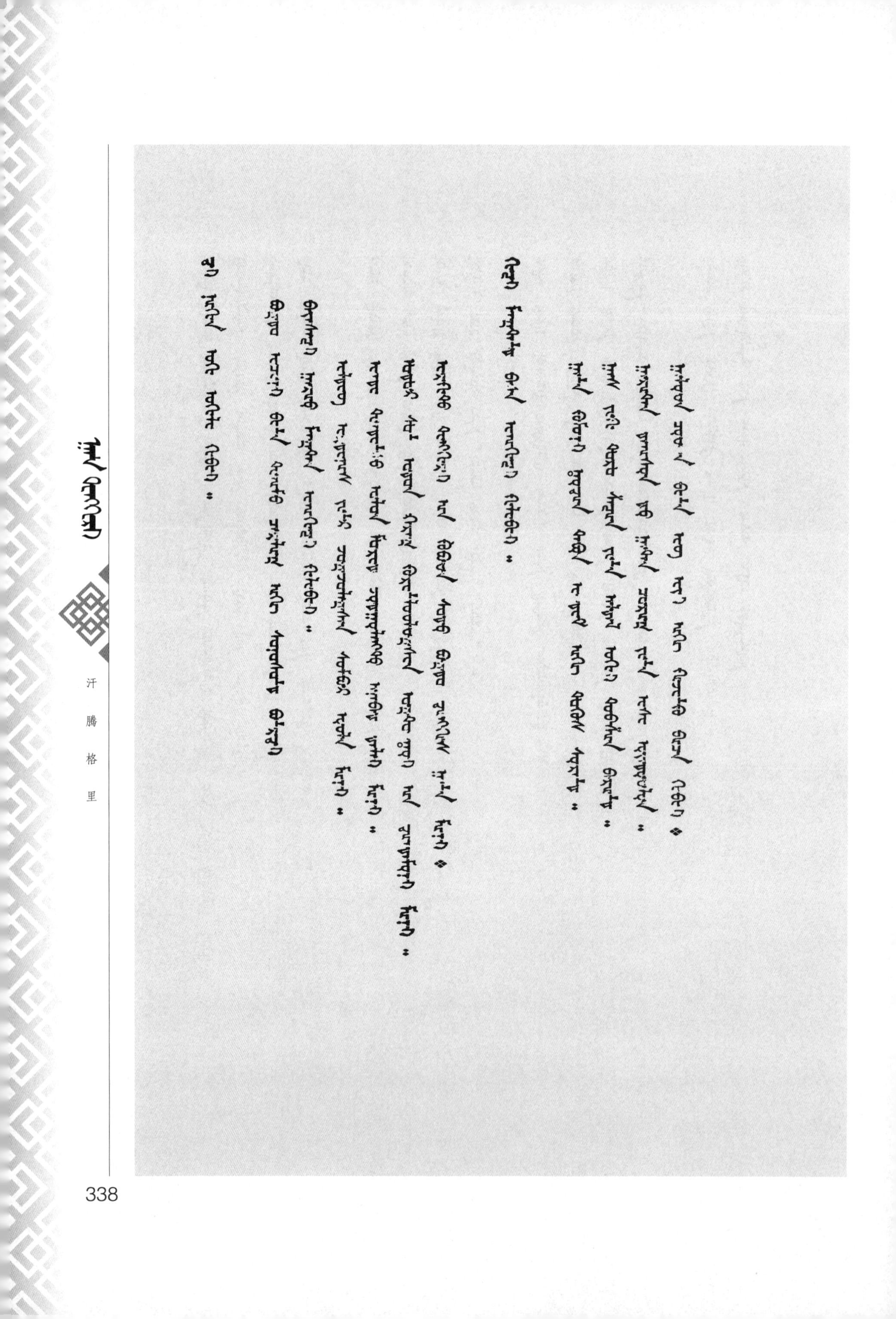

[illegible] ◆
[illegible] ᠄
[illegible] ᠄
[illegible] ᠄

[illegible] ᠄

[illegible] ◆
[illegible] ᠄
[illegible] ᠄
[illegible] ᠄
[illegible] ᠄
[illegible]

[illegible] ᠄

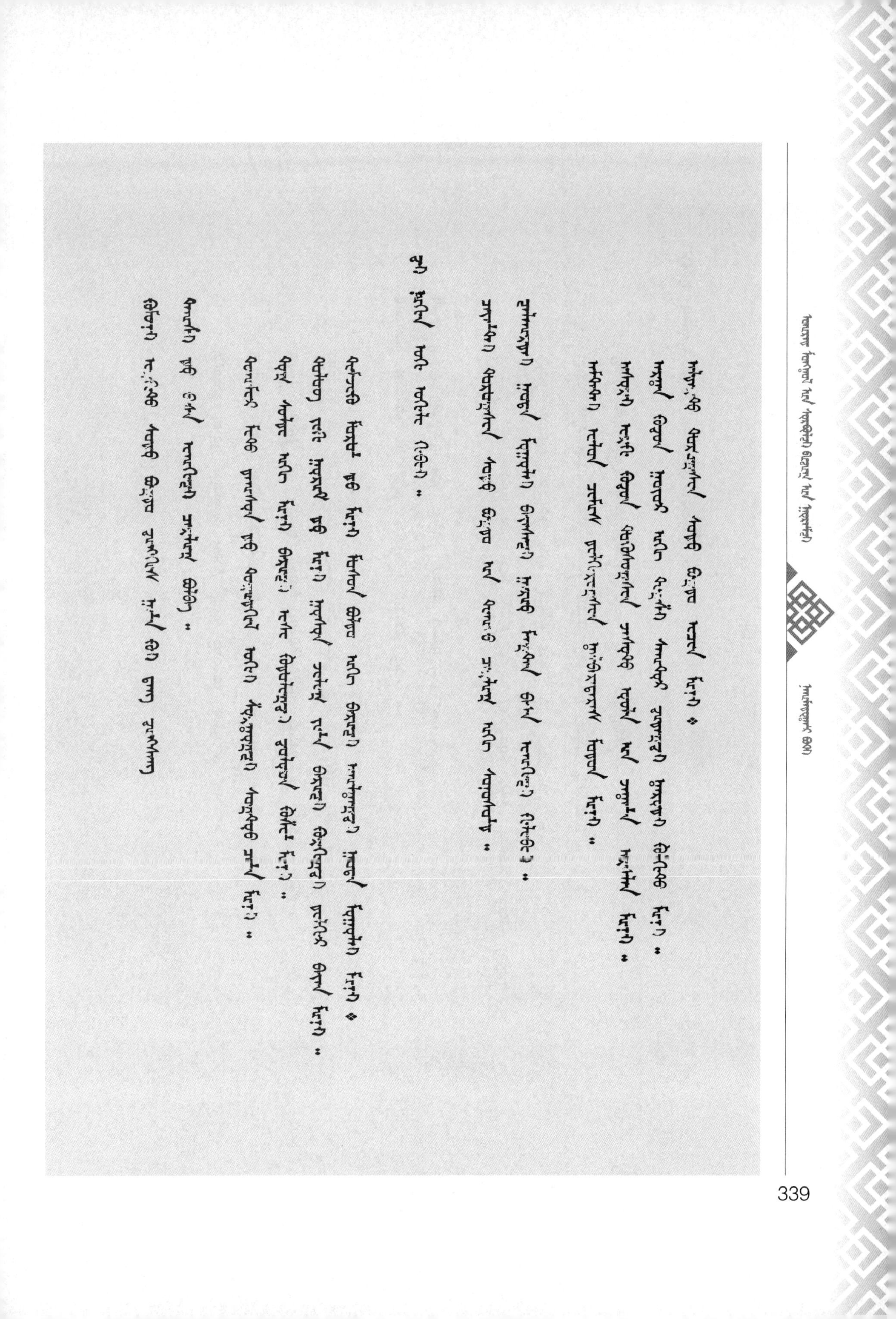

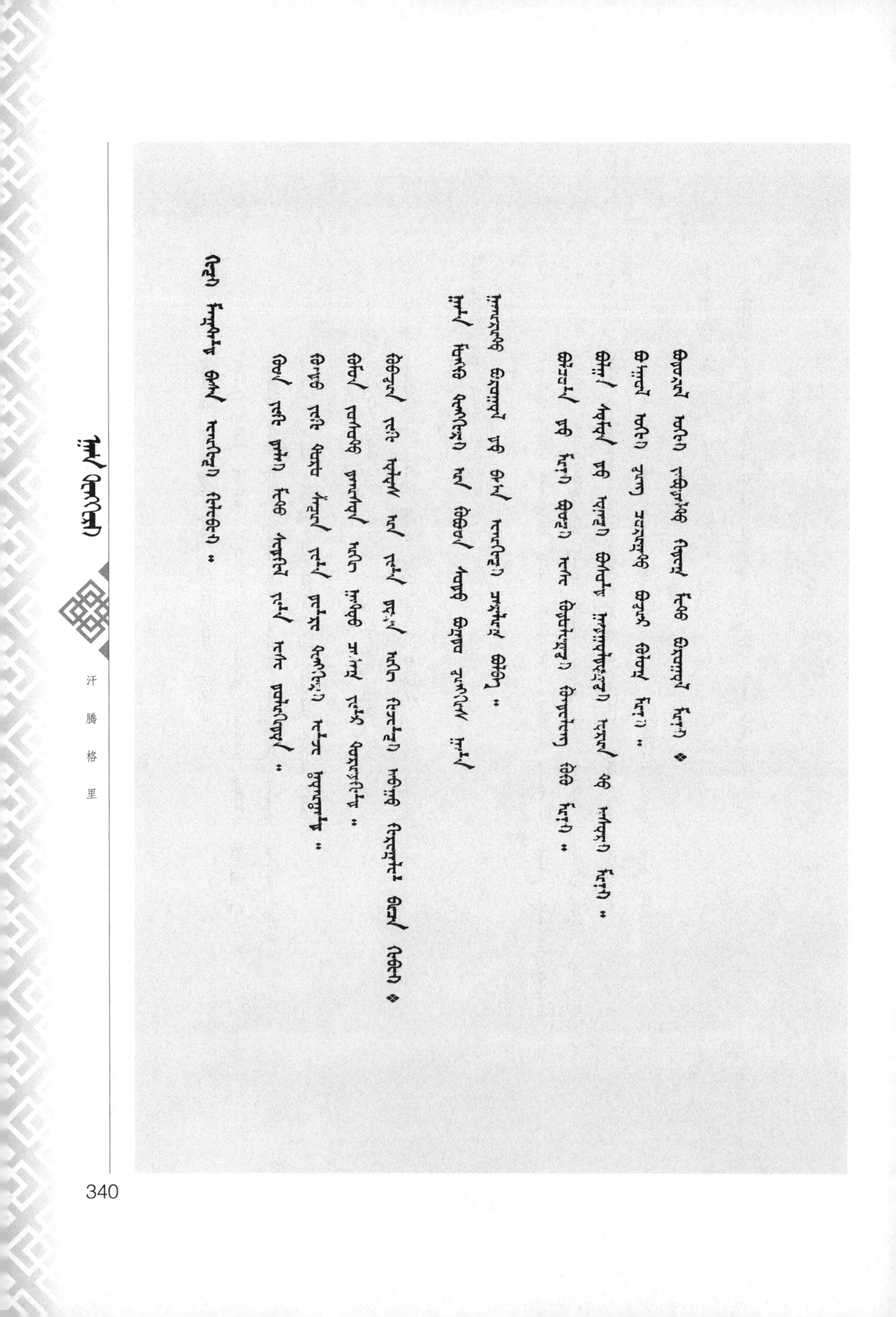

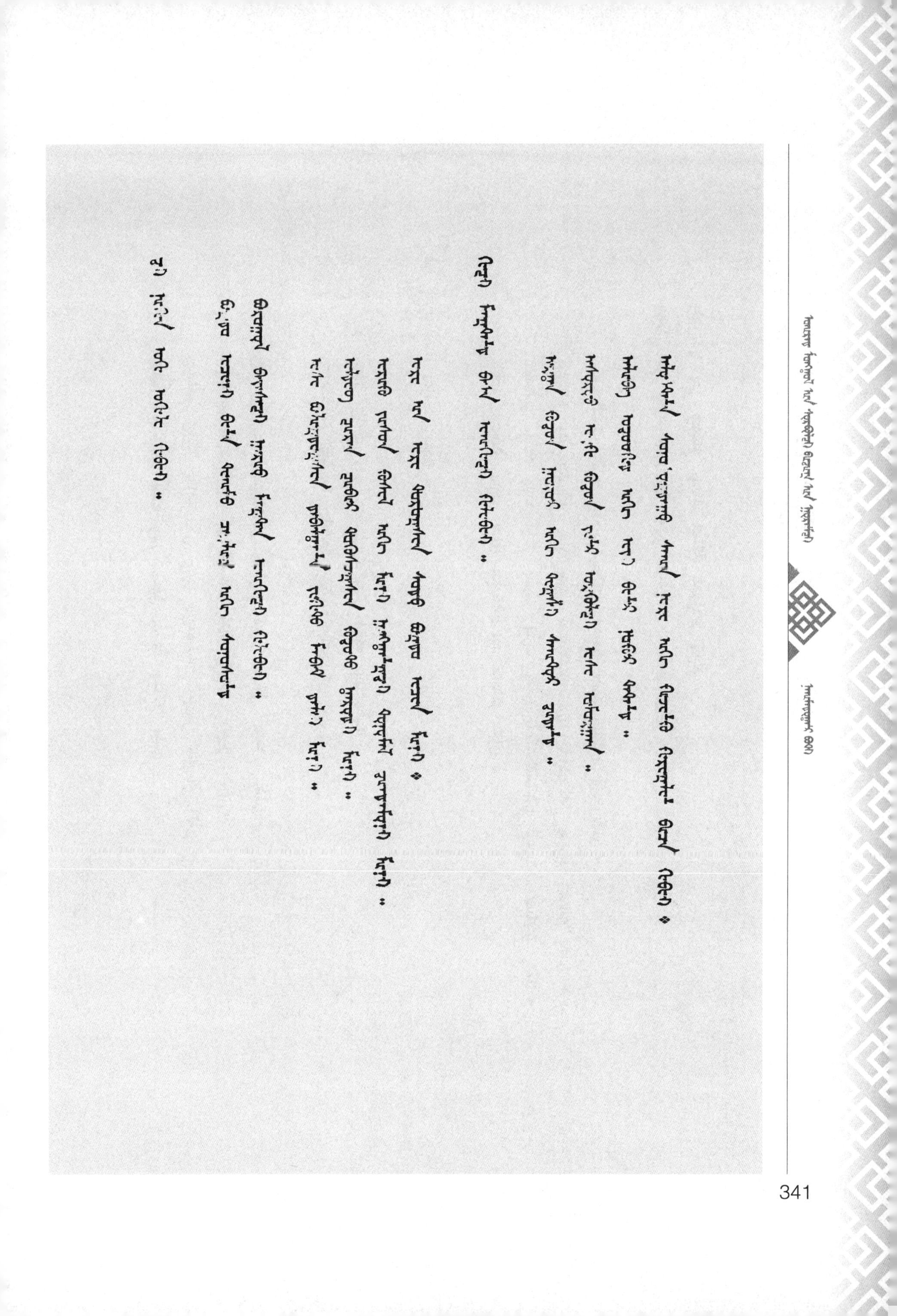

[illegible]

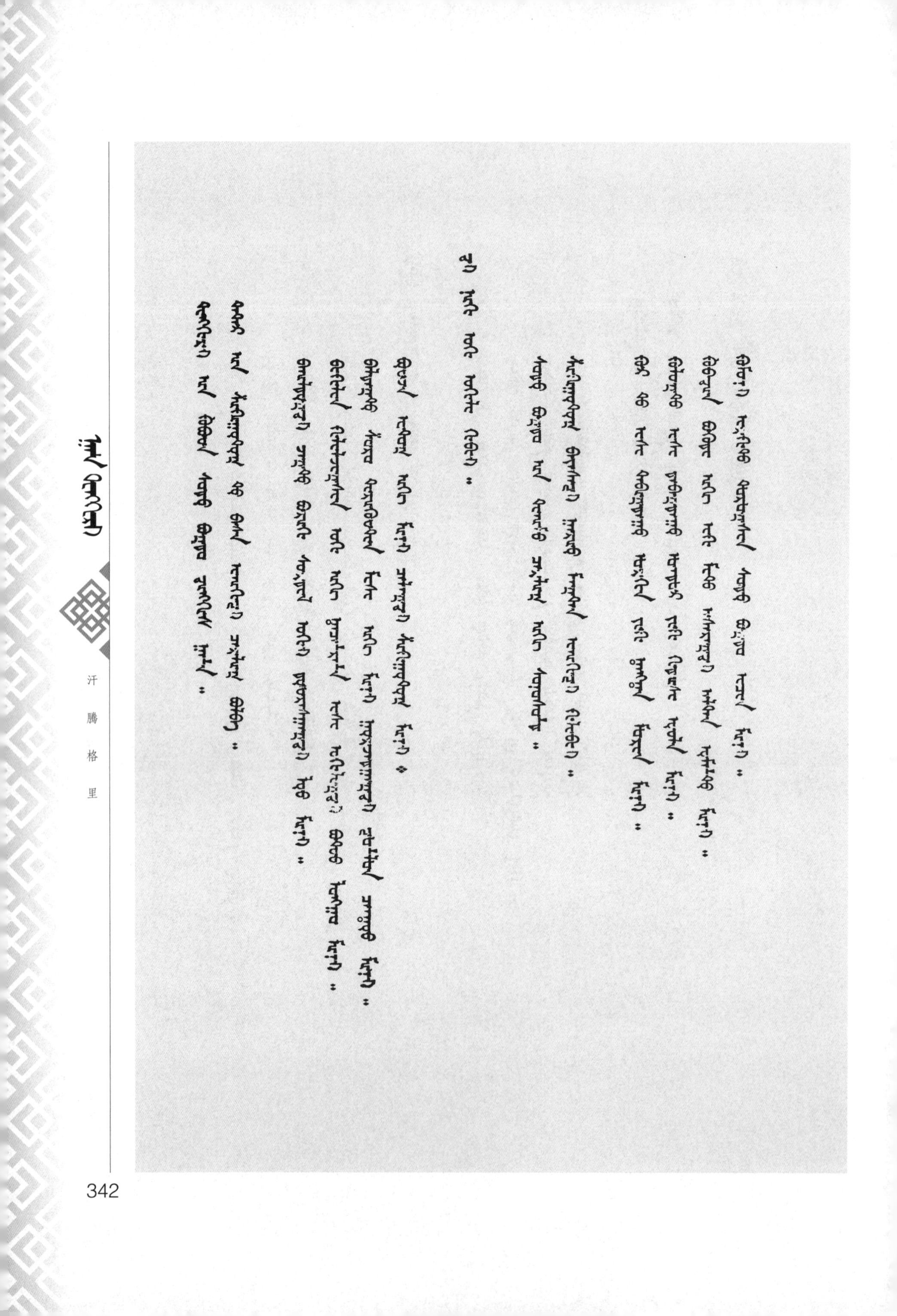

[illegible] ::
[illegible] ::

[illegible] ::
[illegible] ::
[illegible] ::
[illegible] ::

[illegible] ::

[illegible] ::
[illegible] ::

[illegible] ::
[illegible] ::
[illegible] ::
[illegible] ::

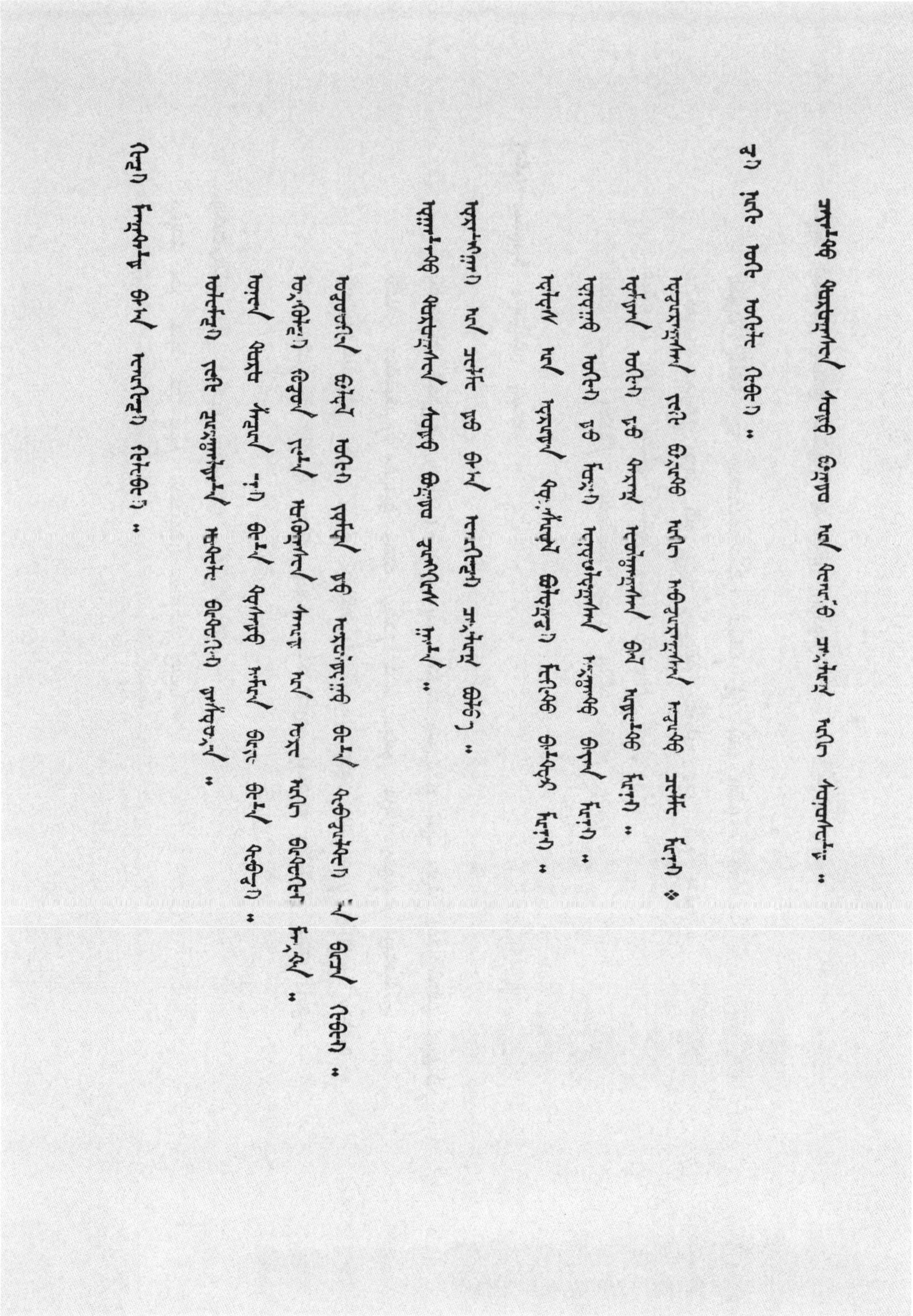

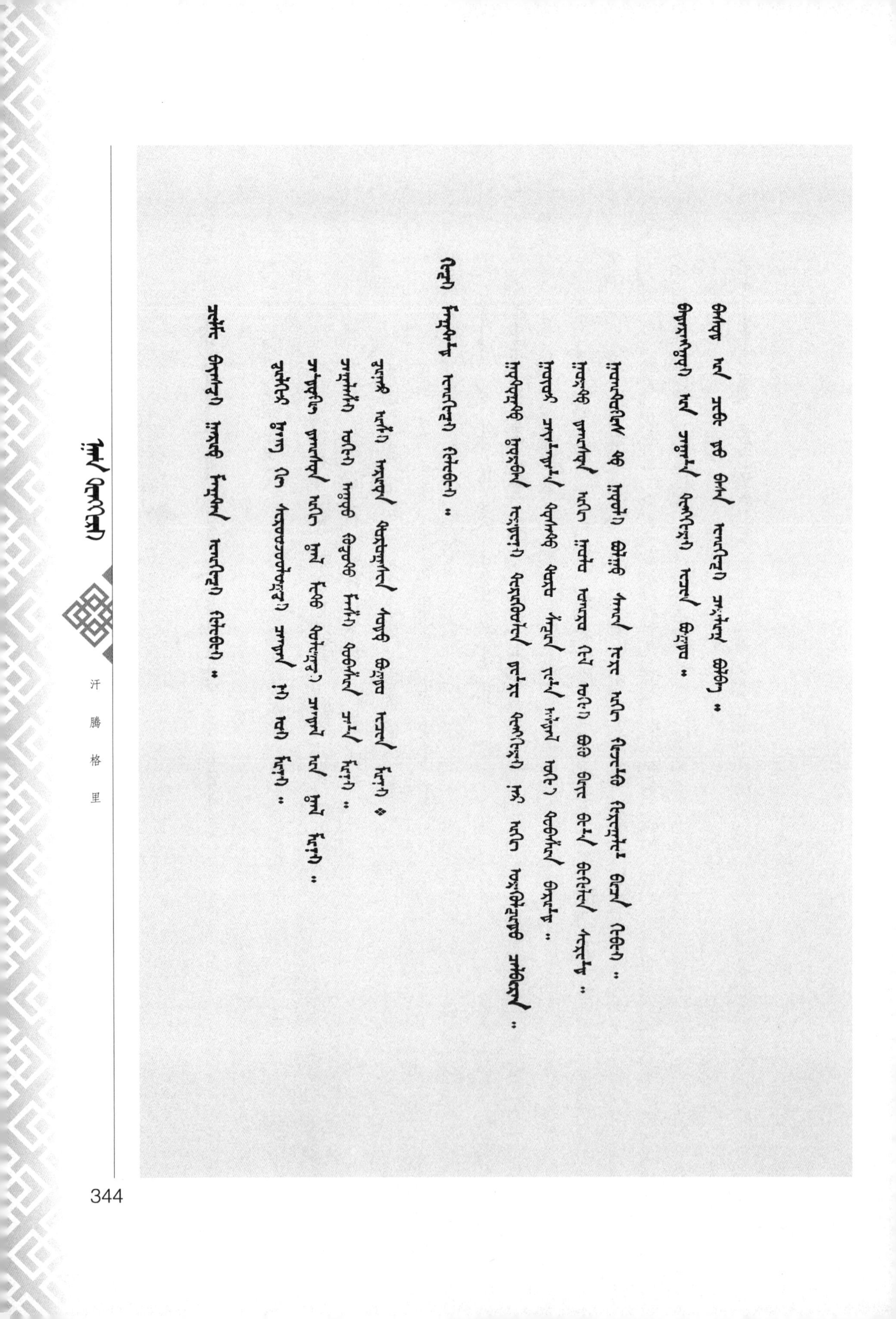

[illegible]

[illegible]

[illegible]

[illegible]

[illegible]

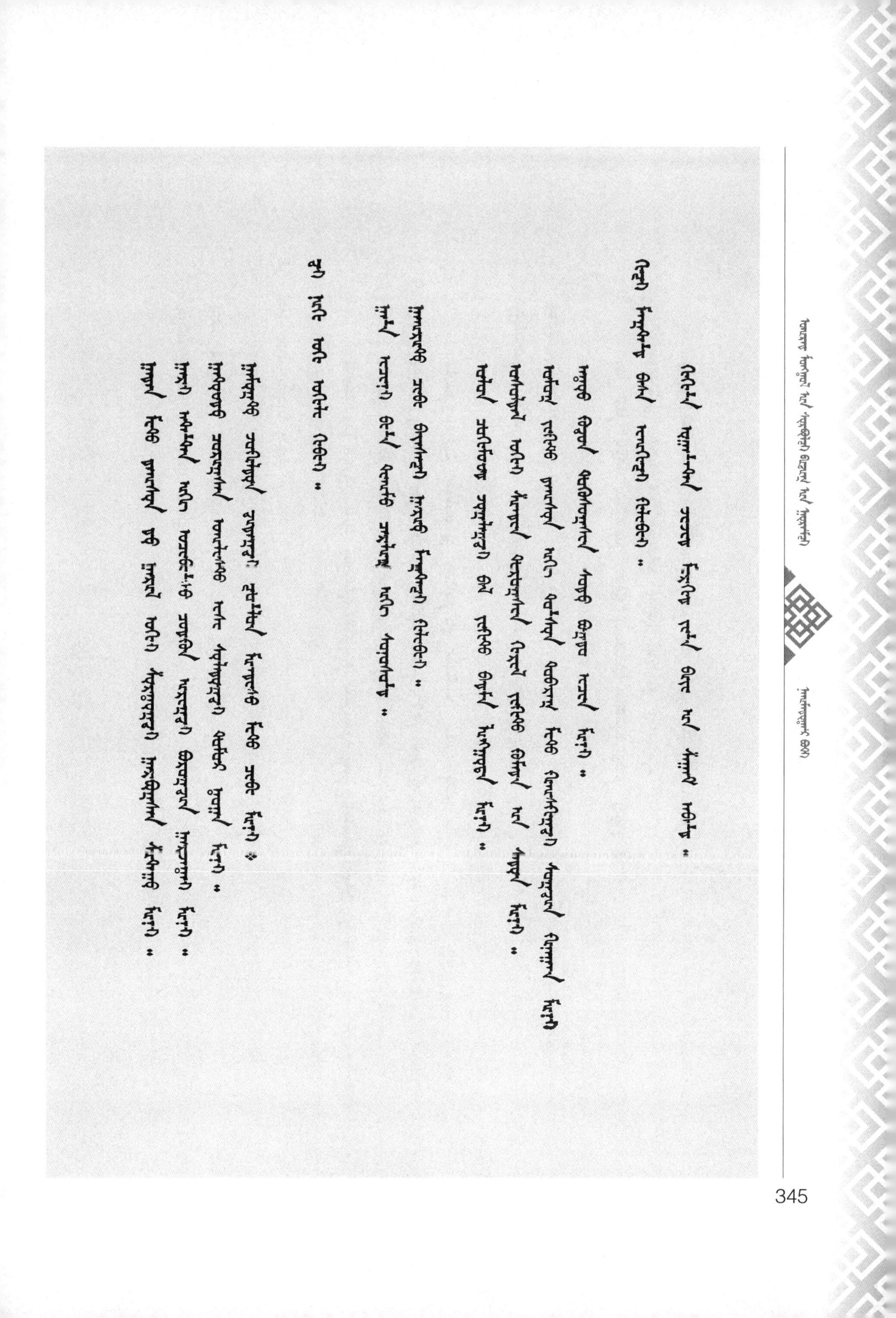

[illegible]

[illegible]

[illegible]
[illegible]
[illegible]
[illegible]

[illegible]
[illegible]

[illegible]

[illegible]
[illegible]
[illegible]
[illegible]

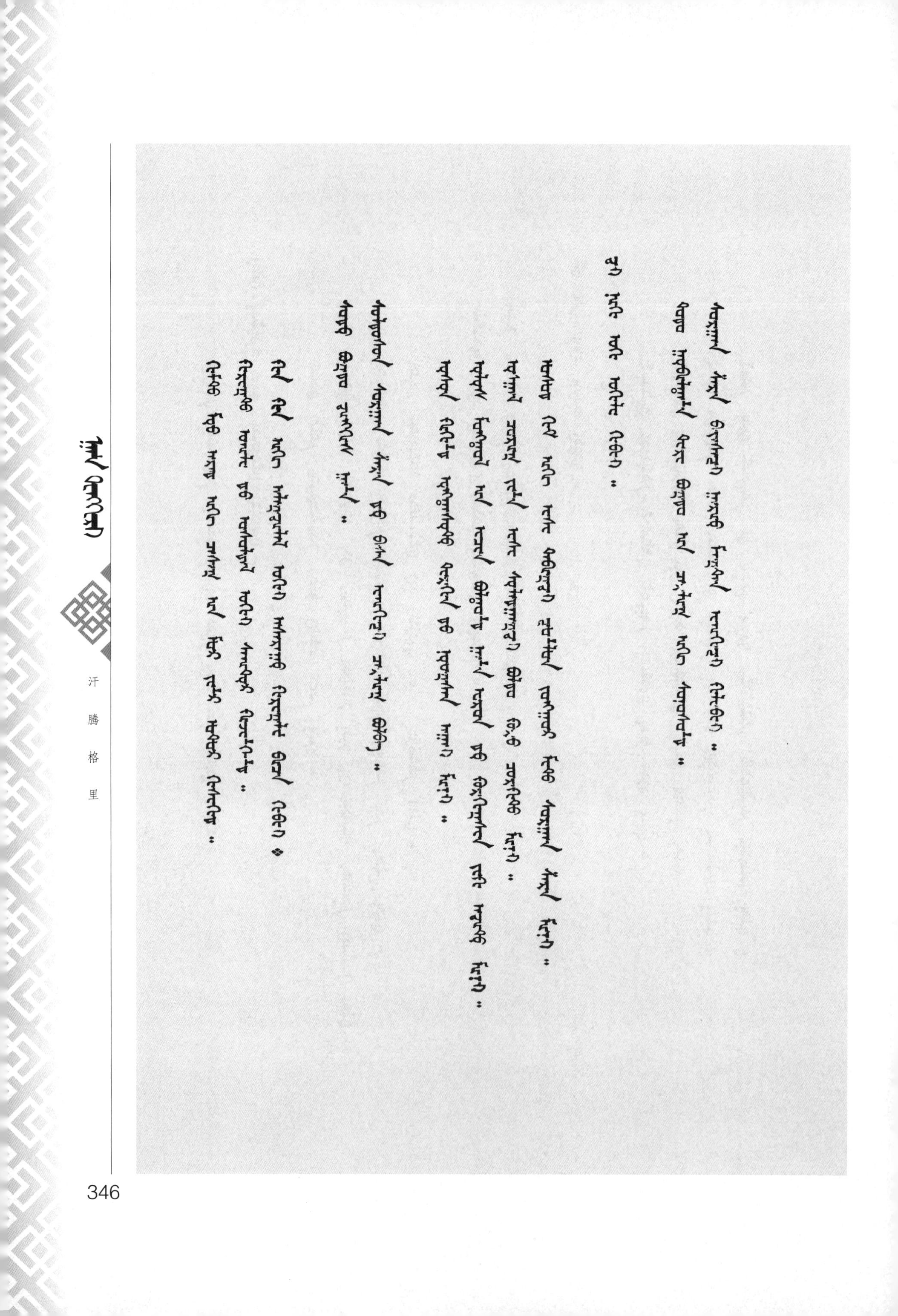

[illegible]
[illegible]

[illegible]

[illegible]
[illegible]
[illegible]
[illegible]

[illegible]
[illegible]

[illegible]
[illegible]
[illegible]

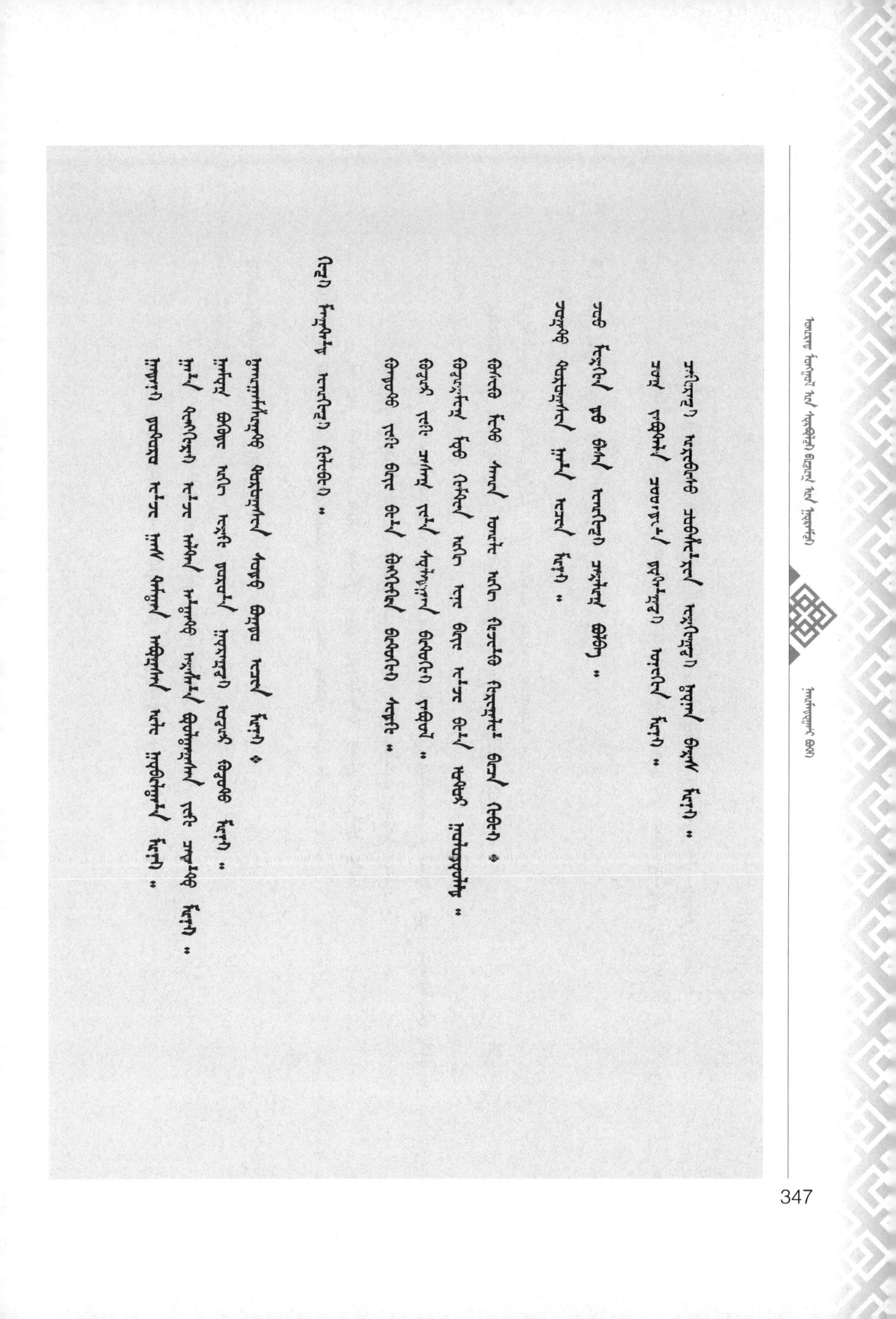

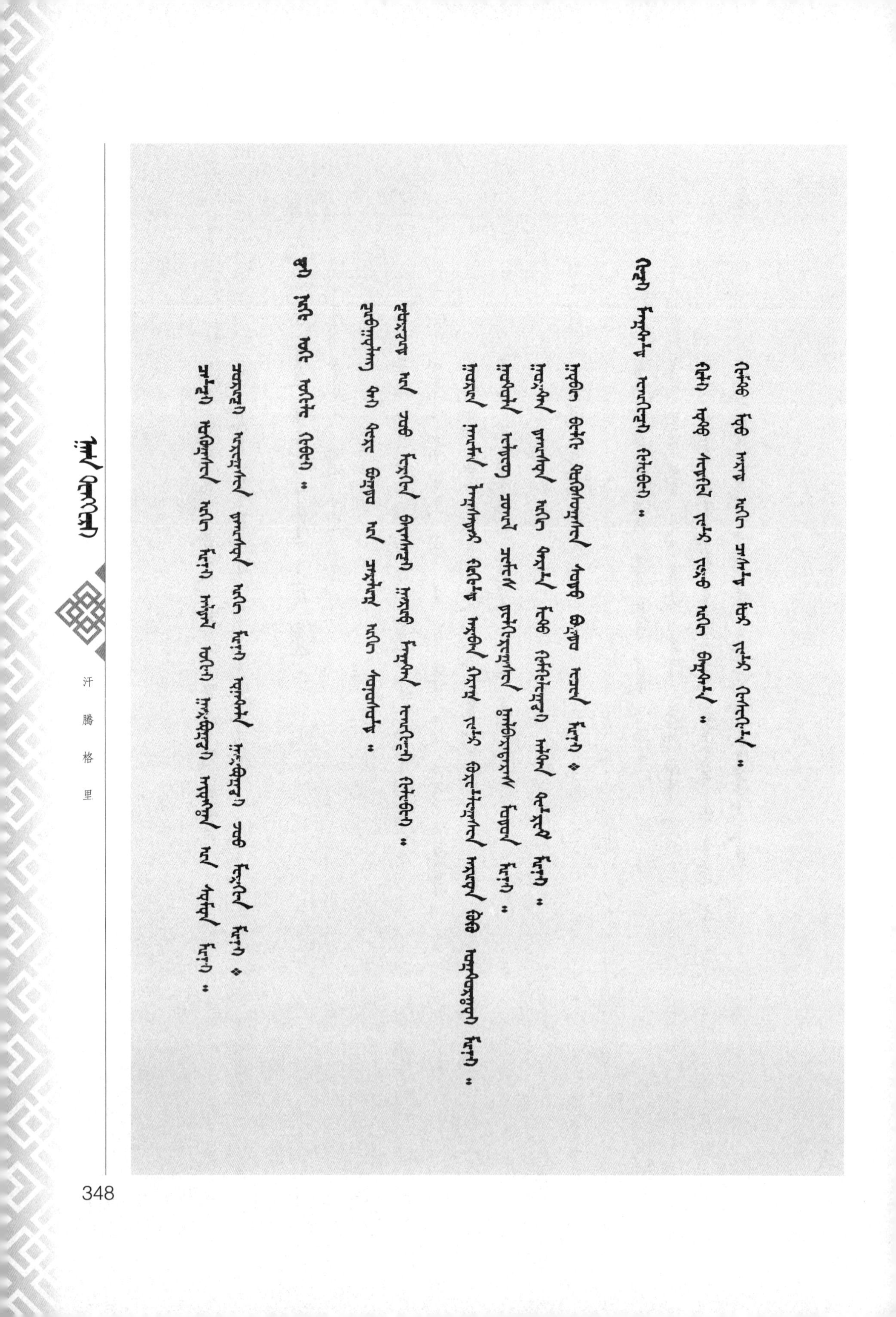

[illegible]
[illegible]

[illegible]

[illegible]
[illegible]
[illegible]
[illegible]

[illegible]
[illegible]

[illegible]

[illegible]
[illegible]
[illegible]

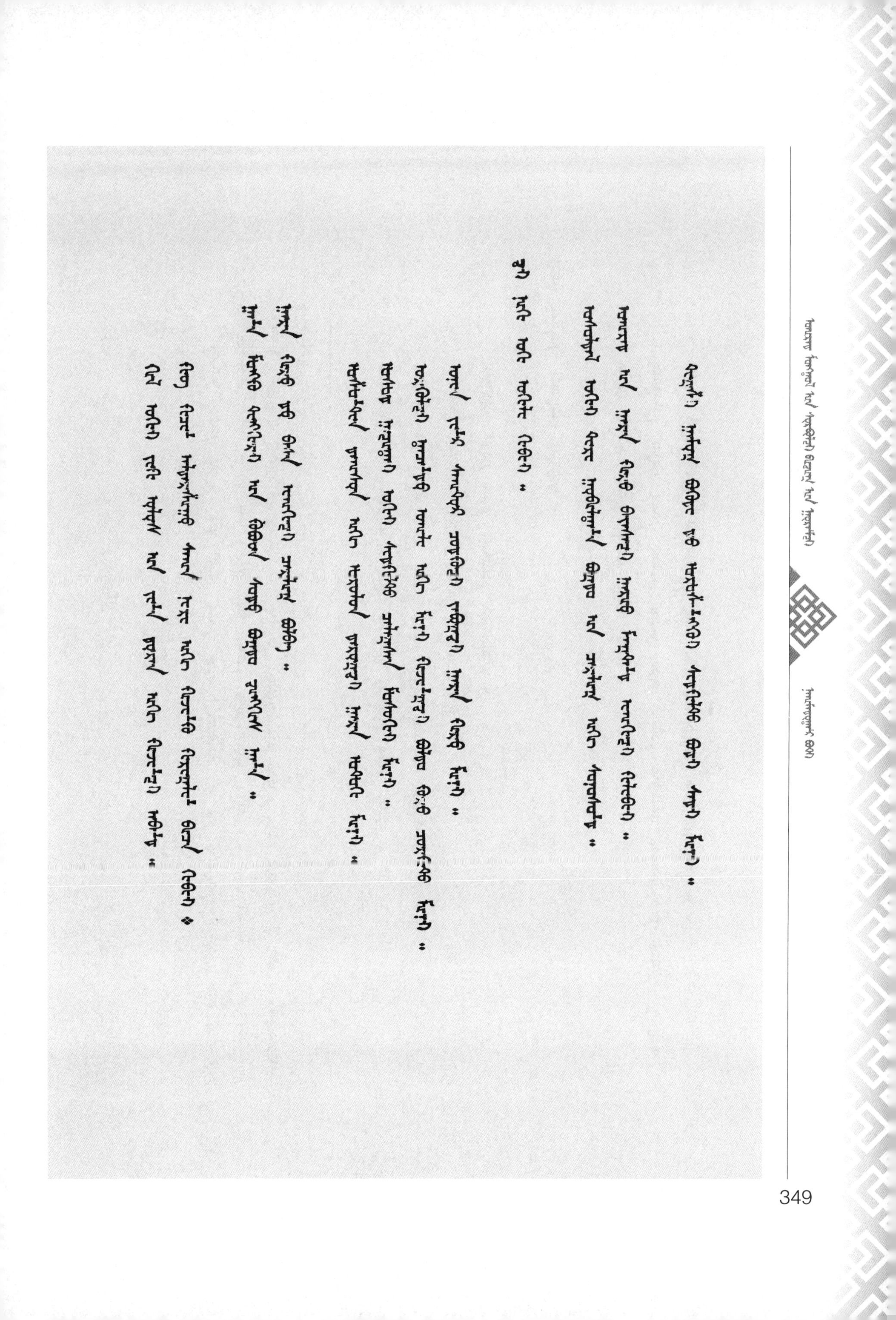

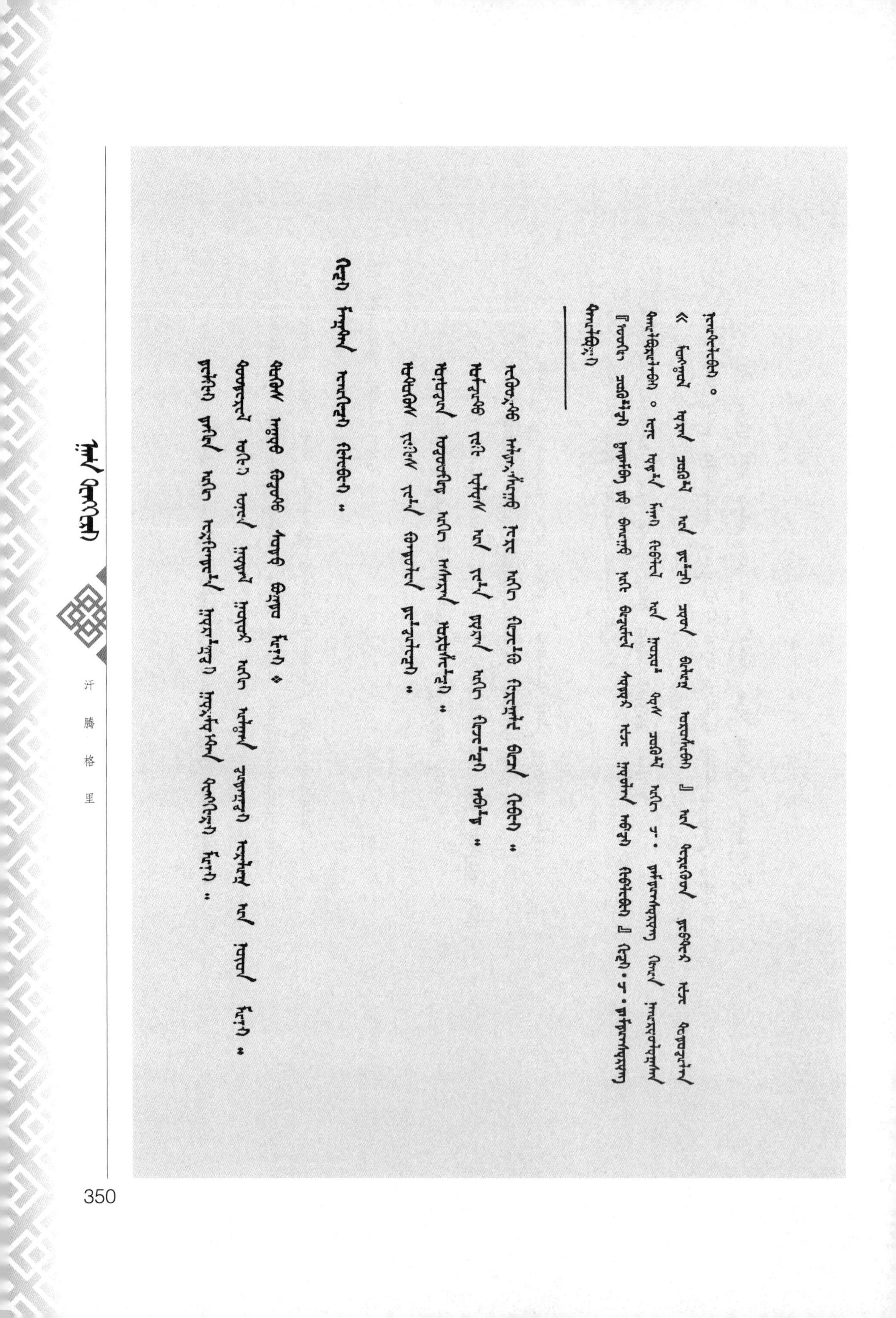

[illegible] ᠃
《[illegible]》[illegible]
[illegible] ᠃ [illegible]
『[illegible]』[illegible]
[illegible]

[illegible] ᠃
[illegible] ᠃
[illegible] ᠃
[illegible] ᠃

[illegible] ᠃

[illegible] ◆
[illegible] ᠃
[illegible] ᠃

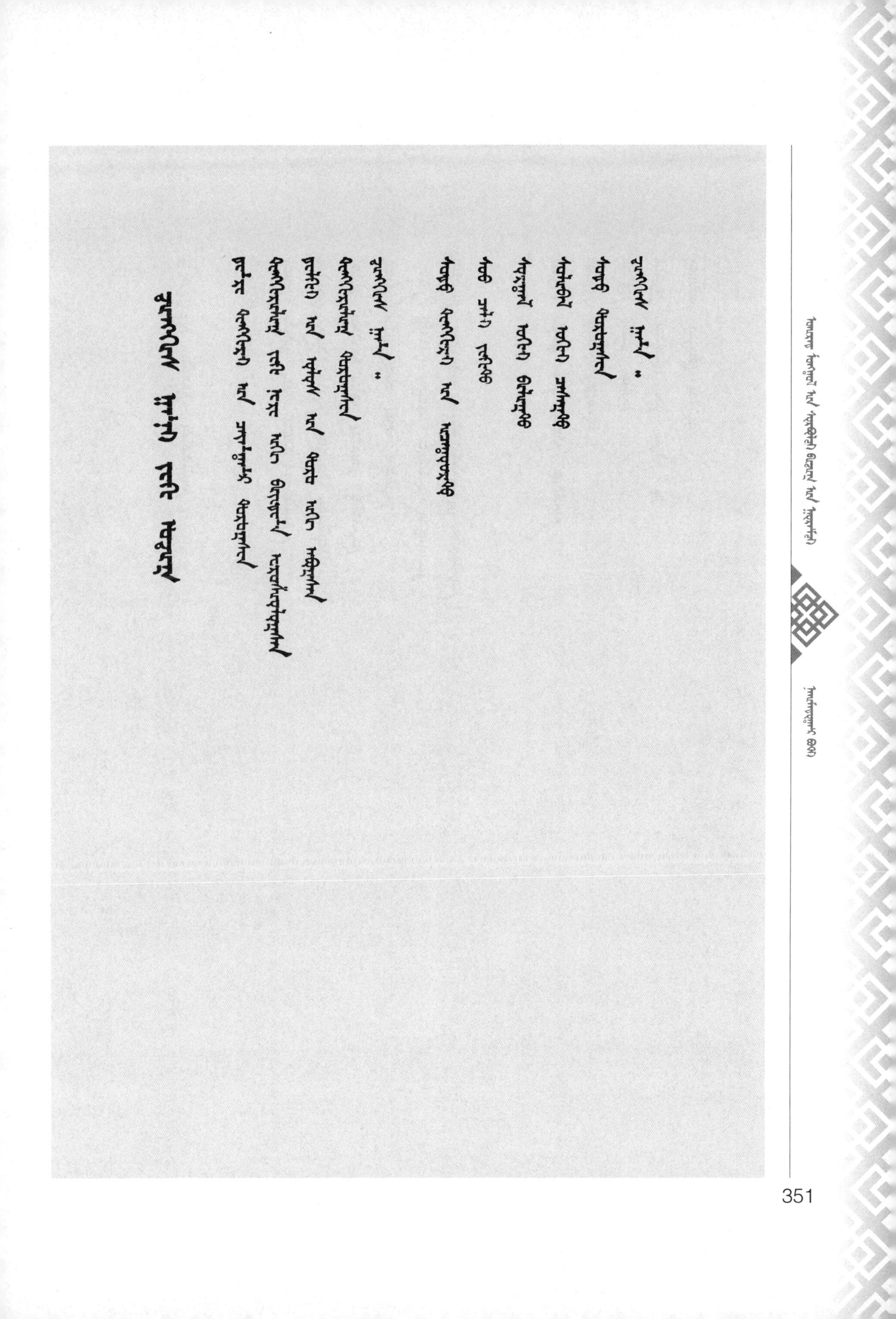

[illegible]

[illegible]
[illegible]
[illegible]
[illegible]
[illegible]
[illegible]

[illegible]
[illegible]
[illegible]
[illegible]
[illegible]
[illegible]

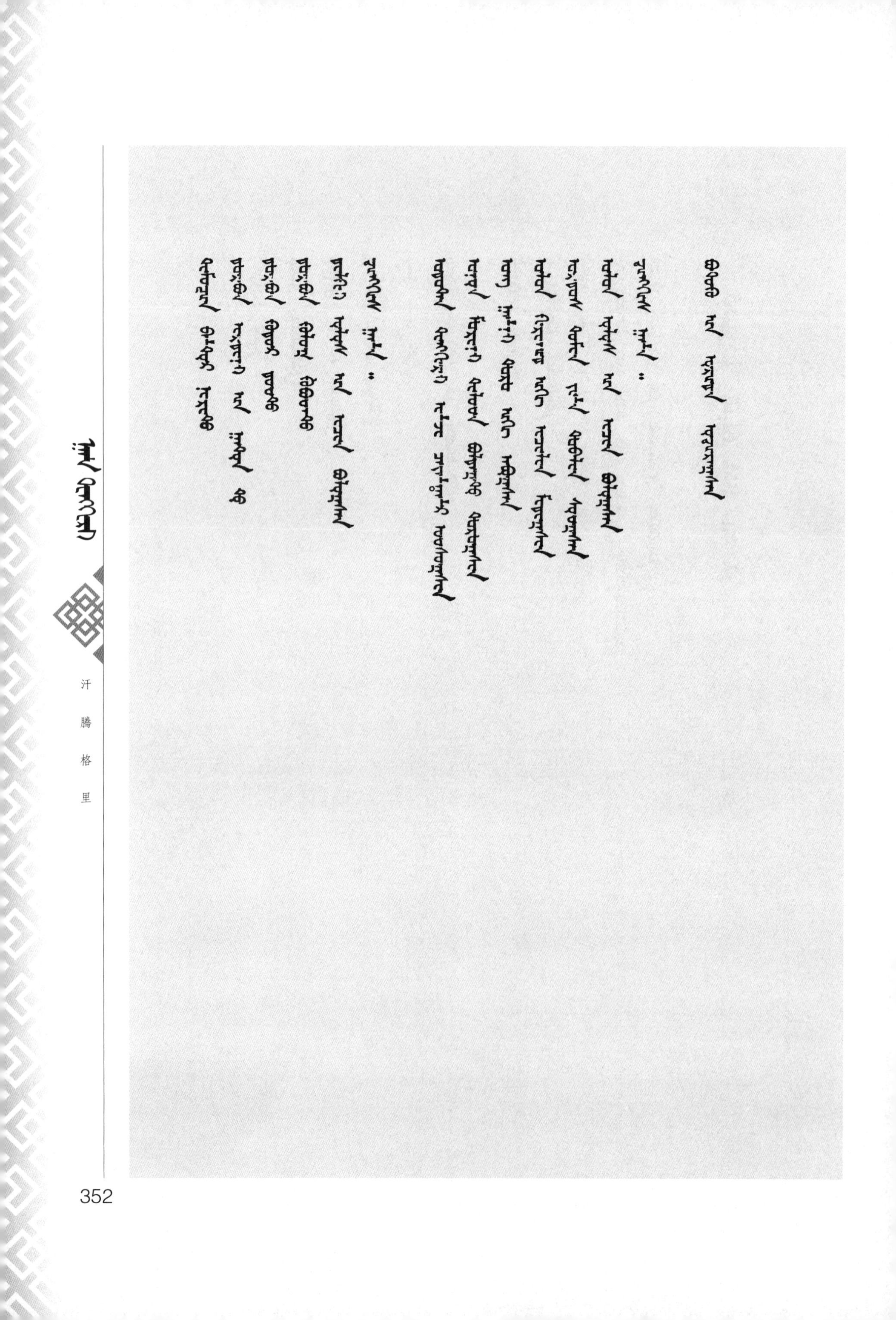

[illegible]

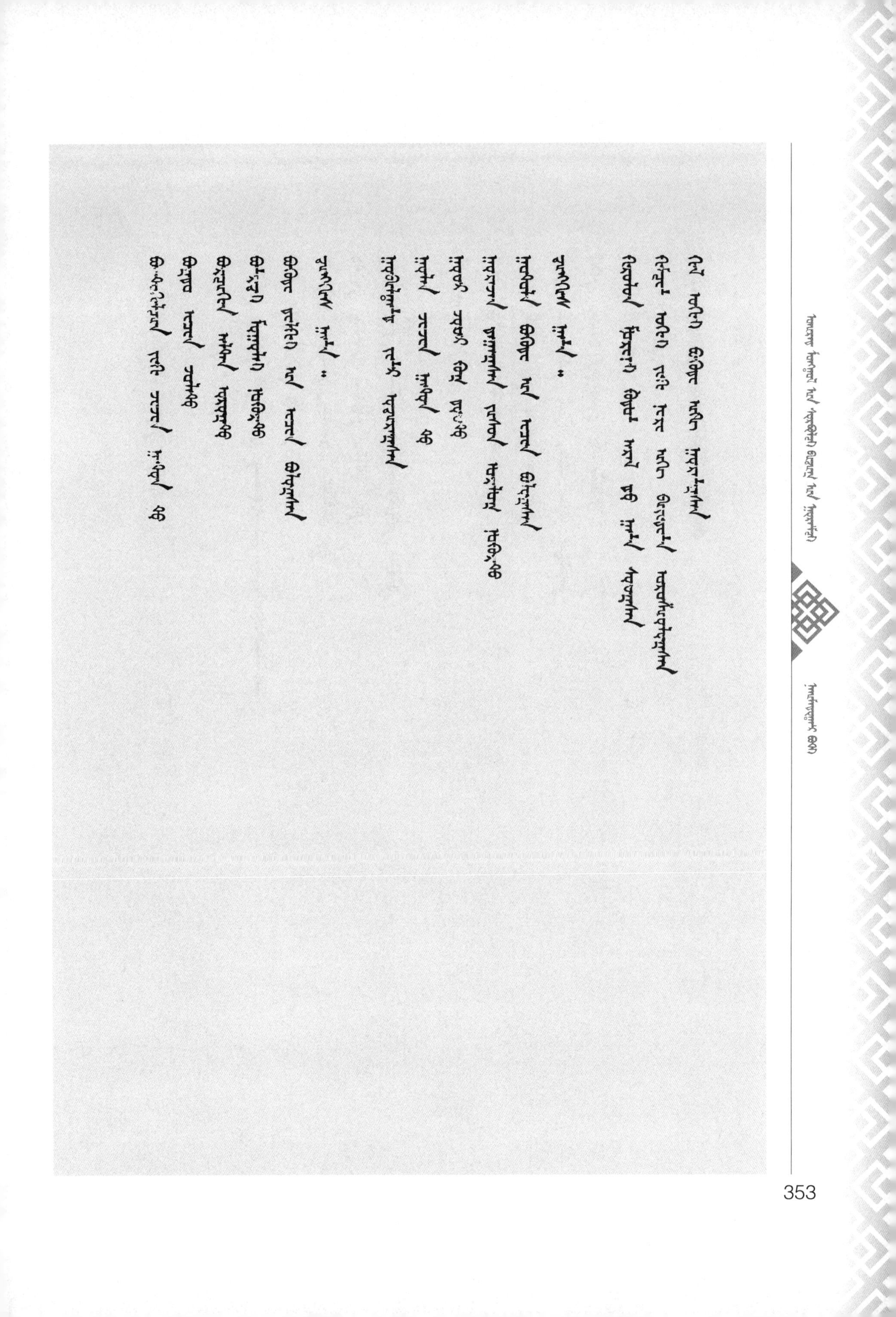

[illegible]
[illegible]
[illegible]

[illegible]
[illegible]
[illegible]
[illegible]
[illegible]
[illegible]

[illegible]
[illegible]
[illegible]
[illegible]
[illegible]
[illegible]

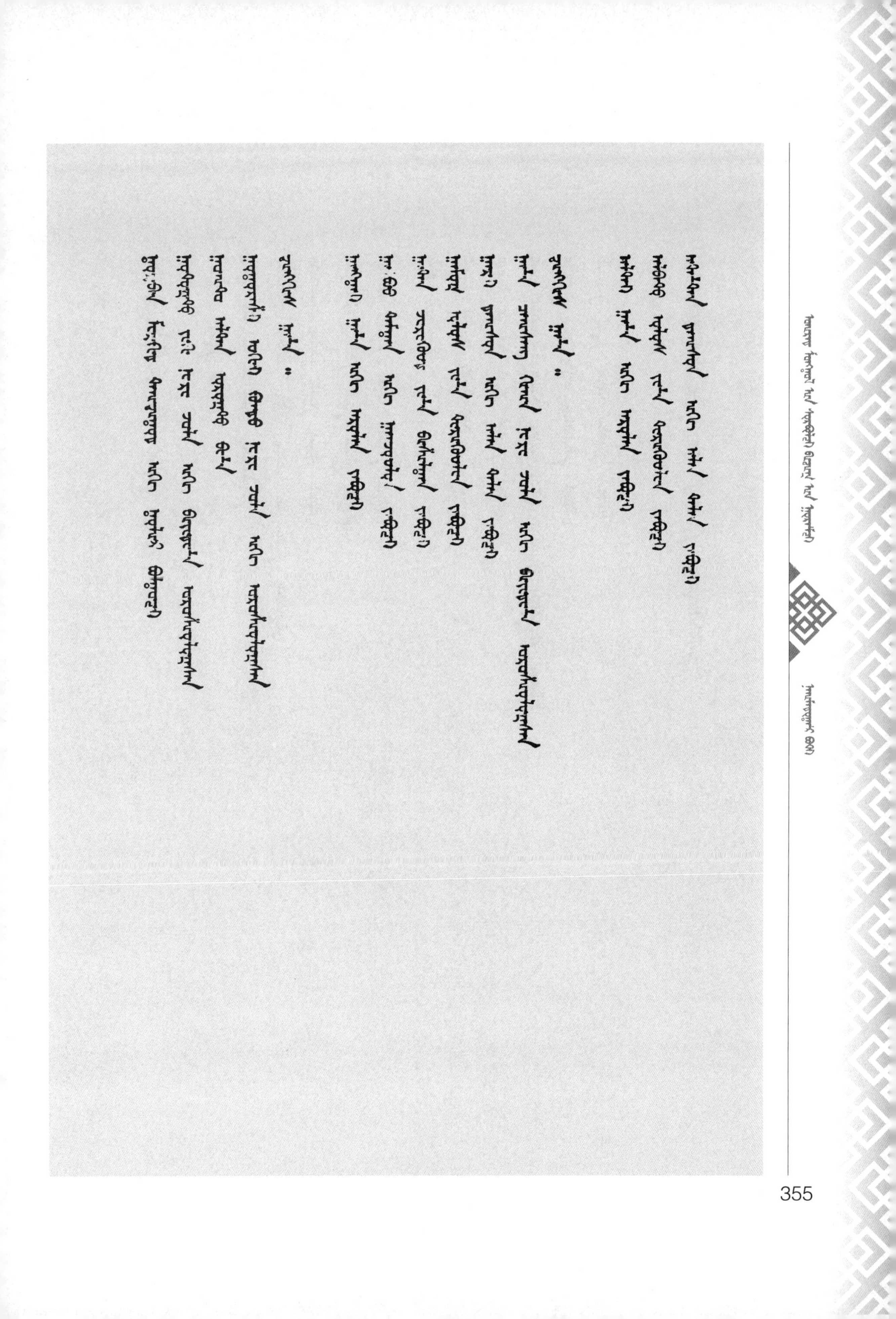

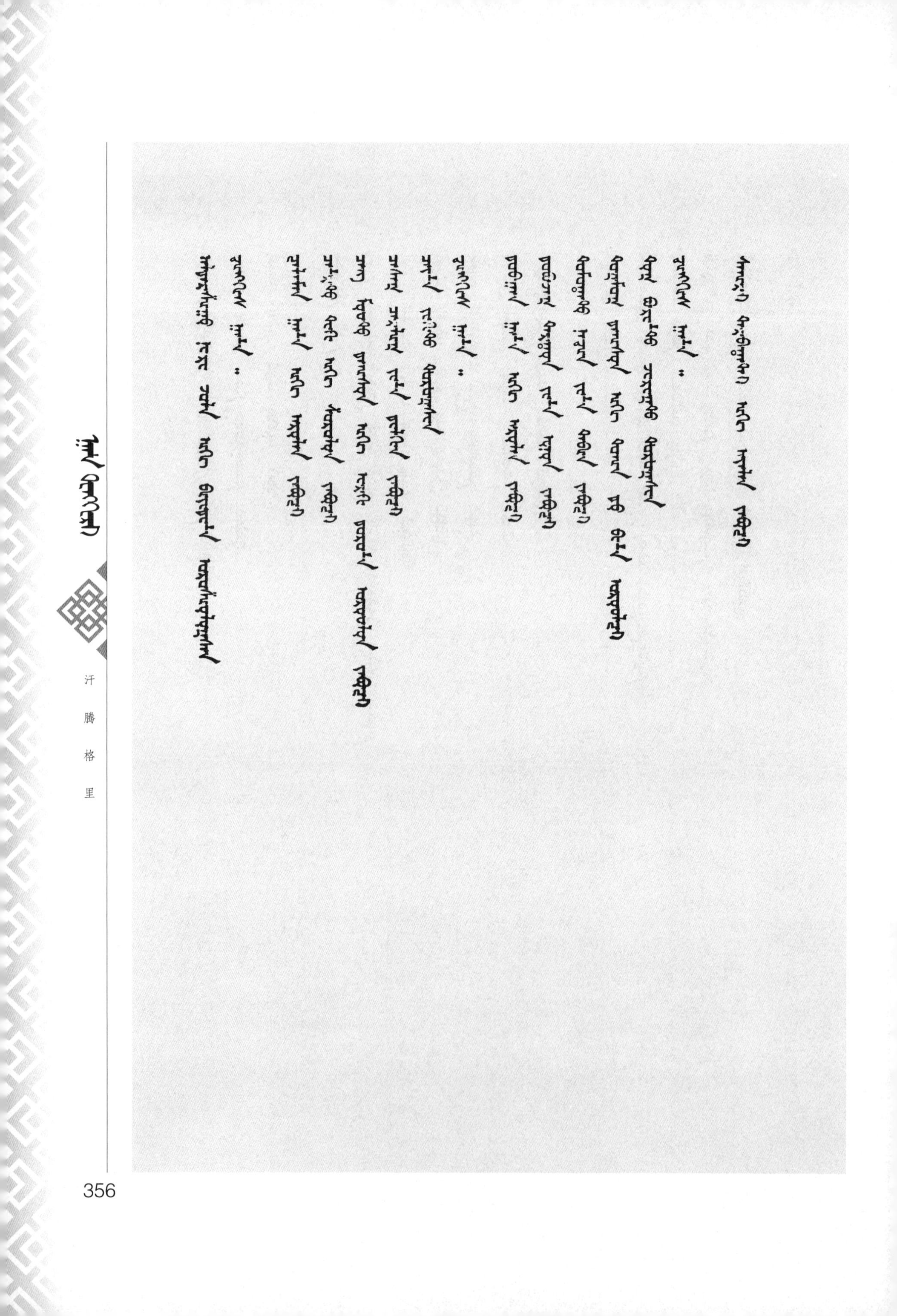

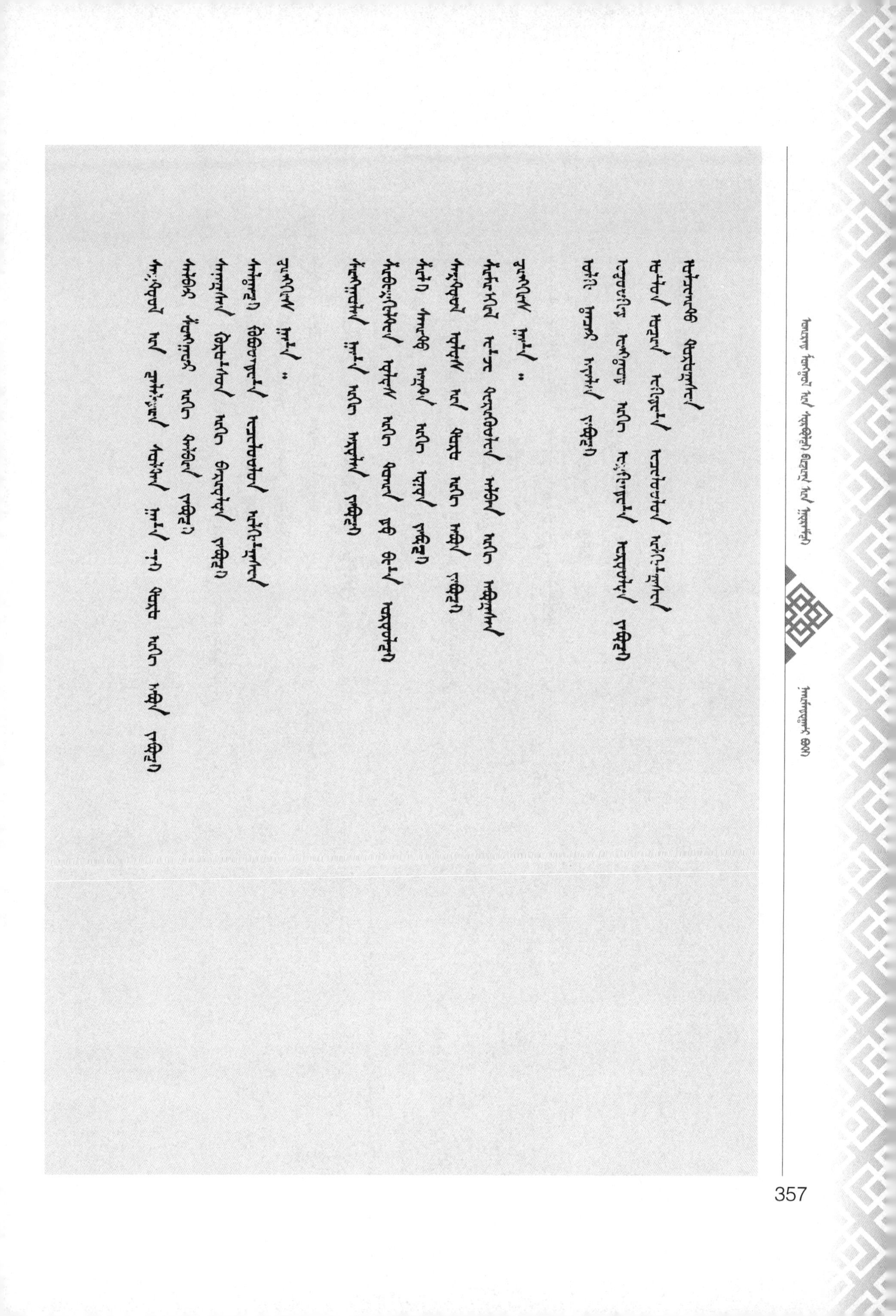

[illegible]
[illegible]
[illegible]
[illegible]

[illegible]
[illegible]
[illegible]
[illegible]
[illegible]
[illegible]

[illegible]
[illegible]
[illegible]
[illegible]
[illegible]

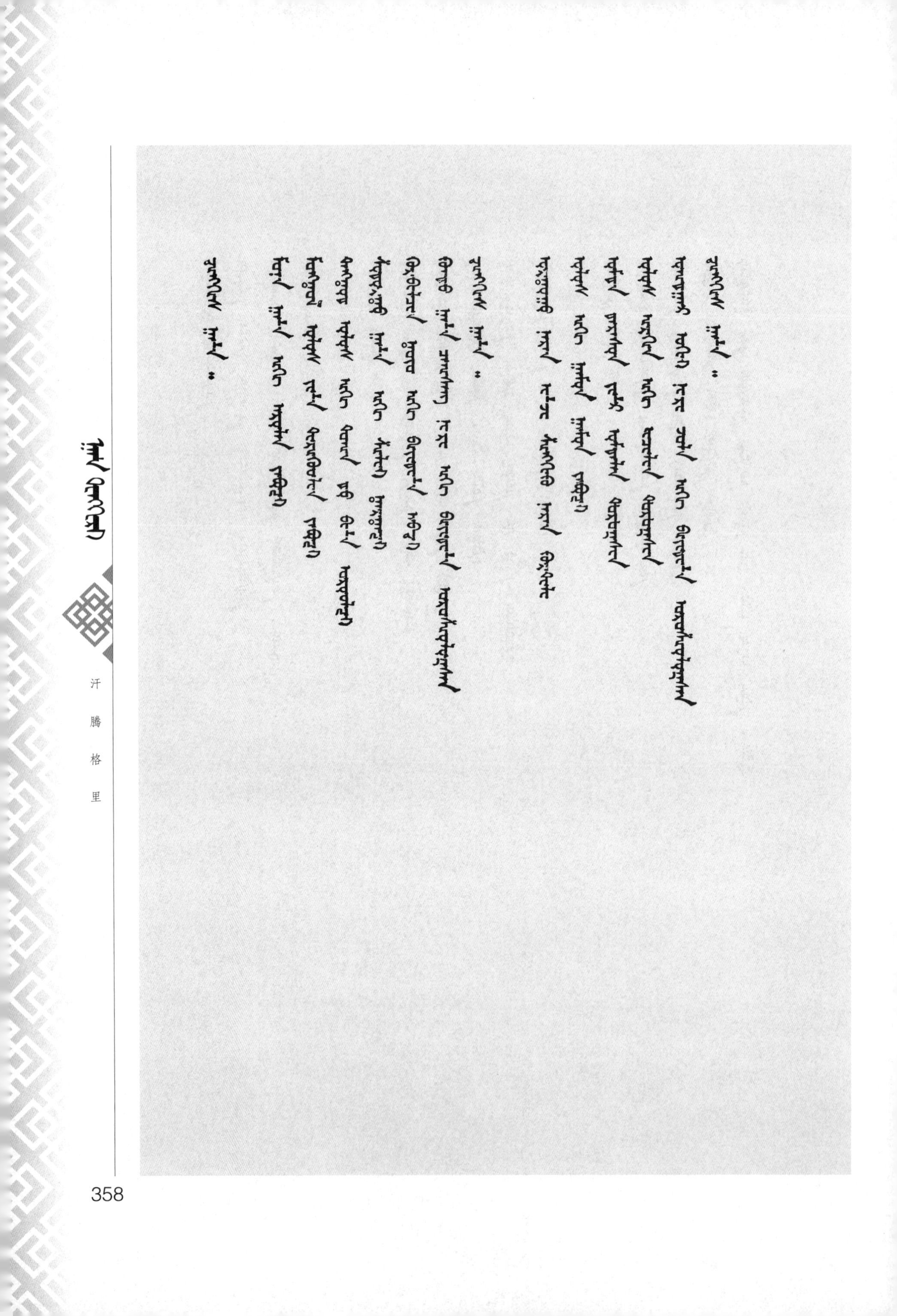

[illegible]

[illegible]
[illegible]
[illegible]
[illegible]
[illegible]
[illegible]
[illegible]

[illegible]
[illegible]
[illegible]
[illegible]
[illegible]
[illegible]

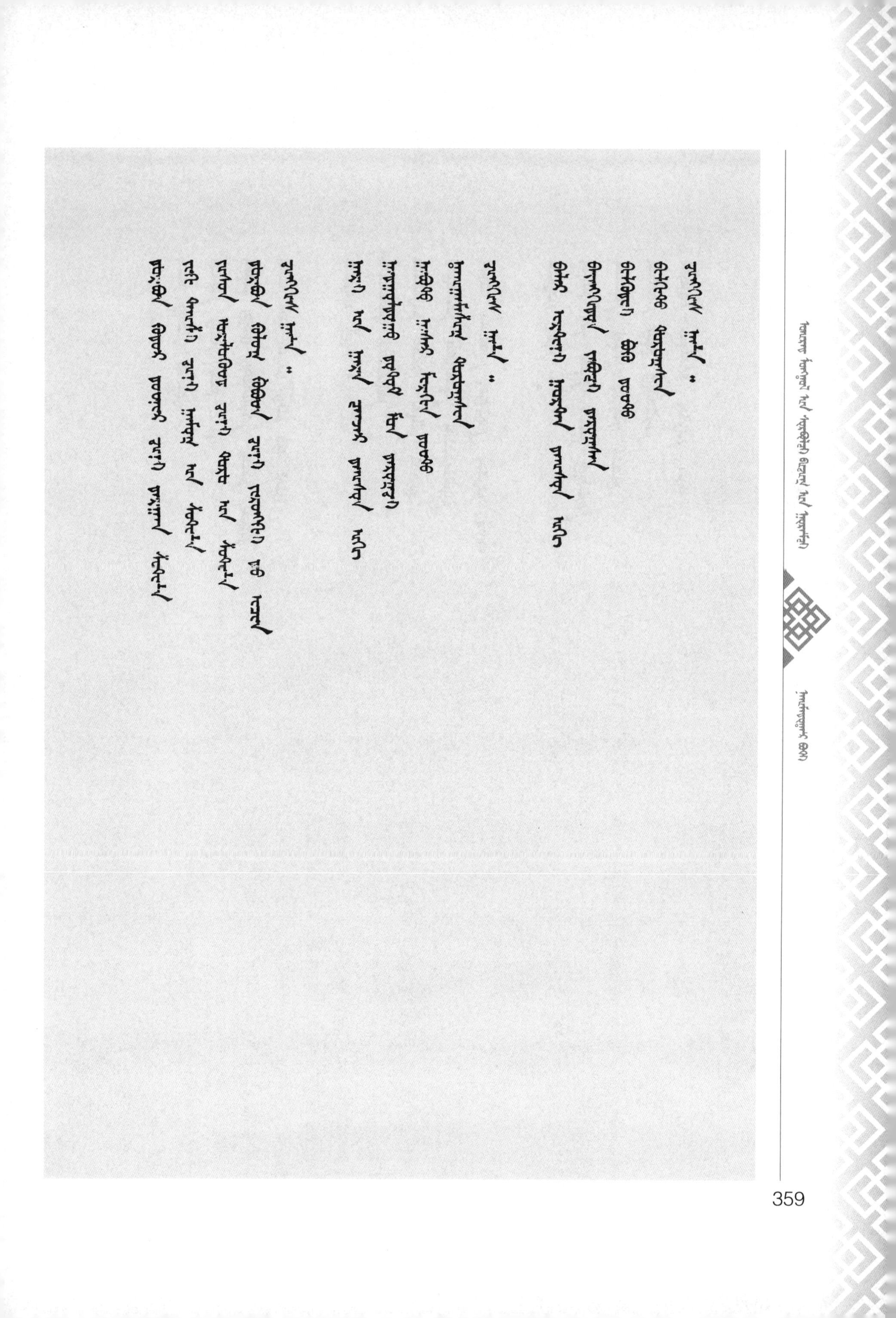

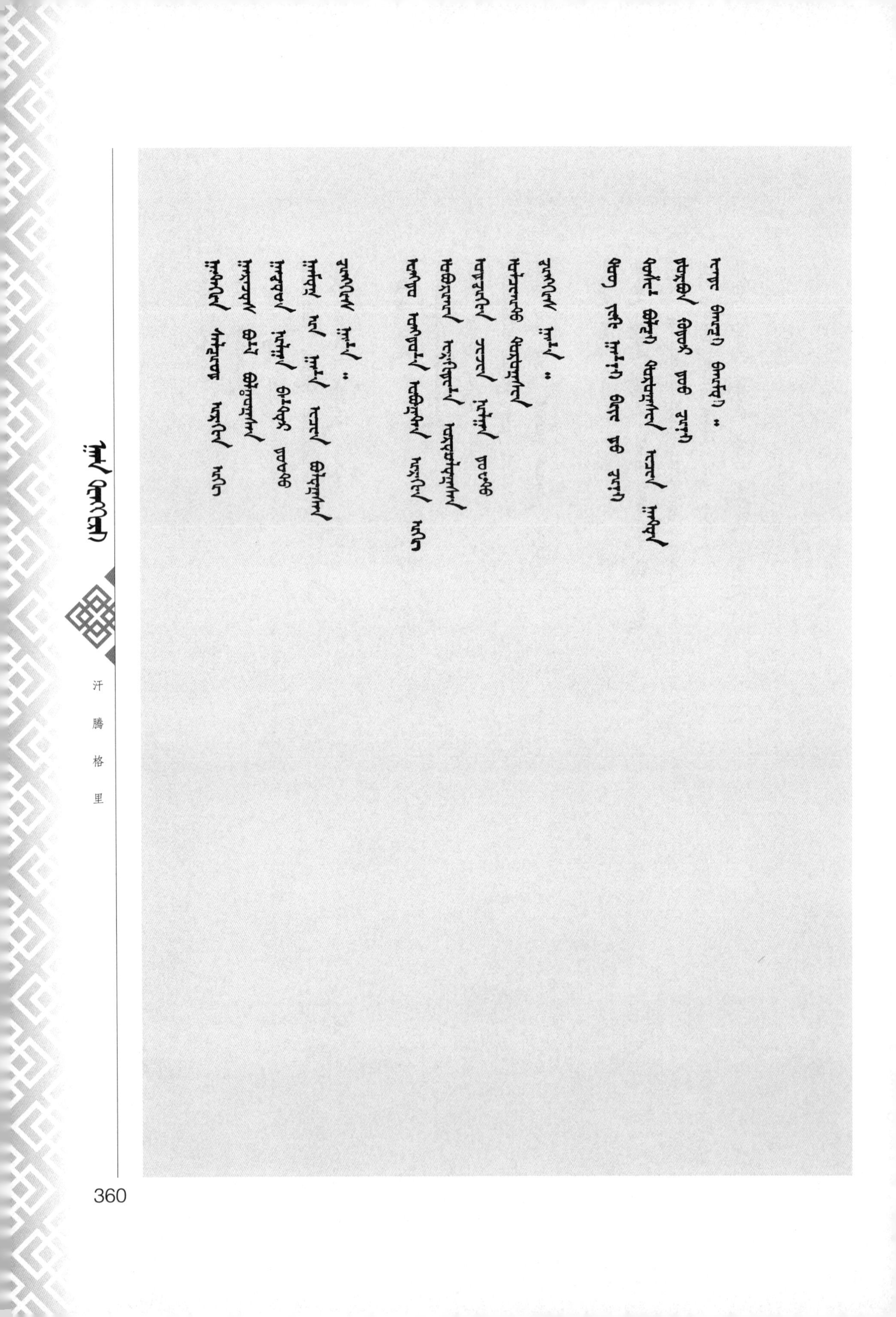

[illegible]
[illegible]
[illegible]
[illegible]
[illegible] ::

[illegible]
[illegible]
[illegible]
[illegible]
[illegible] ::

[illegible]
[illegible]
[illegible]
[illegible] ::

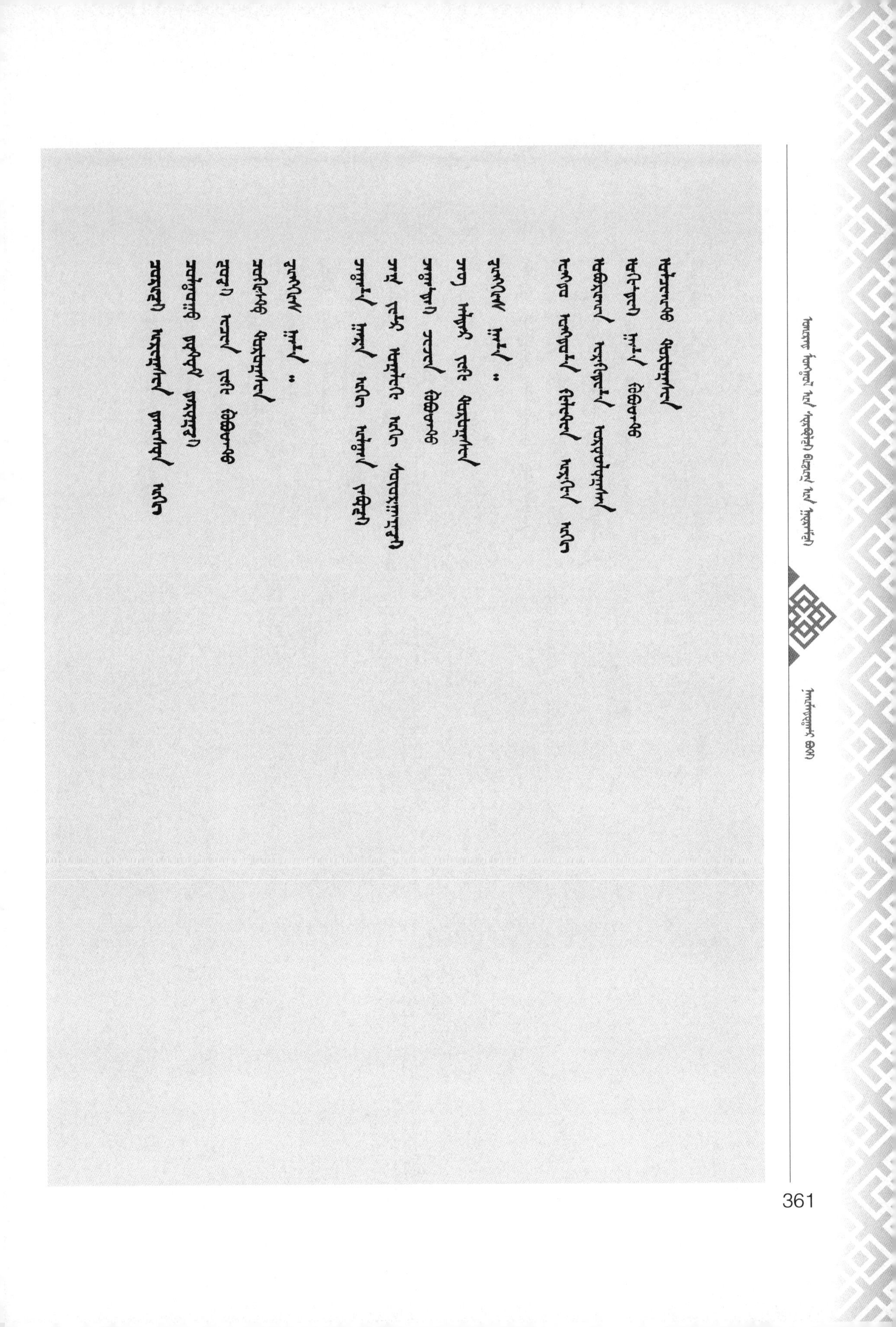

[illegible]
[illegible]
[illegible]
[illegible]

[illegible] ::
[illegible]
[illegible]
[illegible]
[illegible]

[illegible] ::
[illegible]
[illegible]
[illegible]
[illegible]

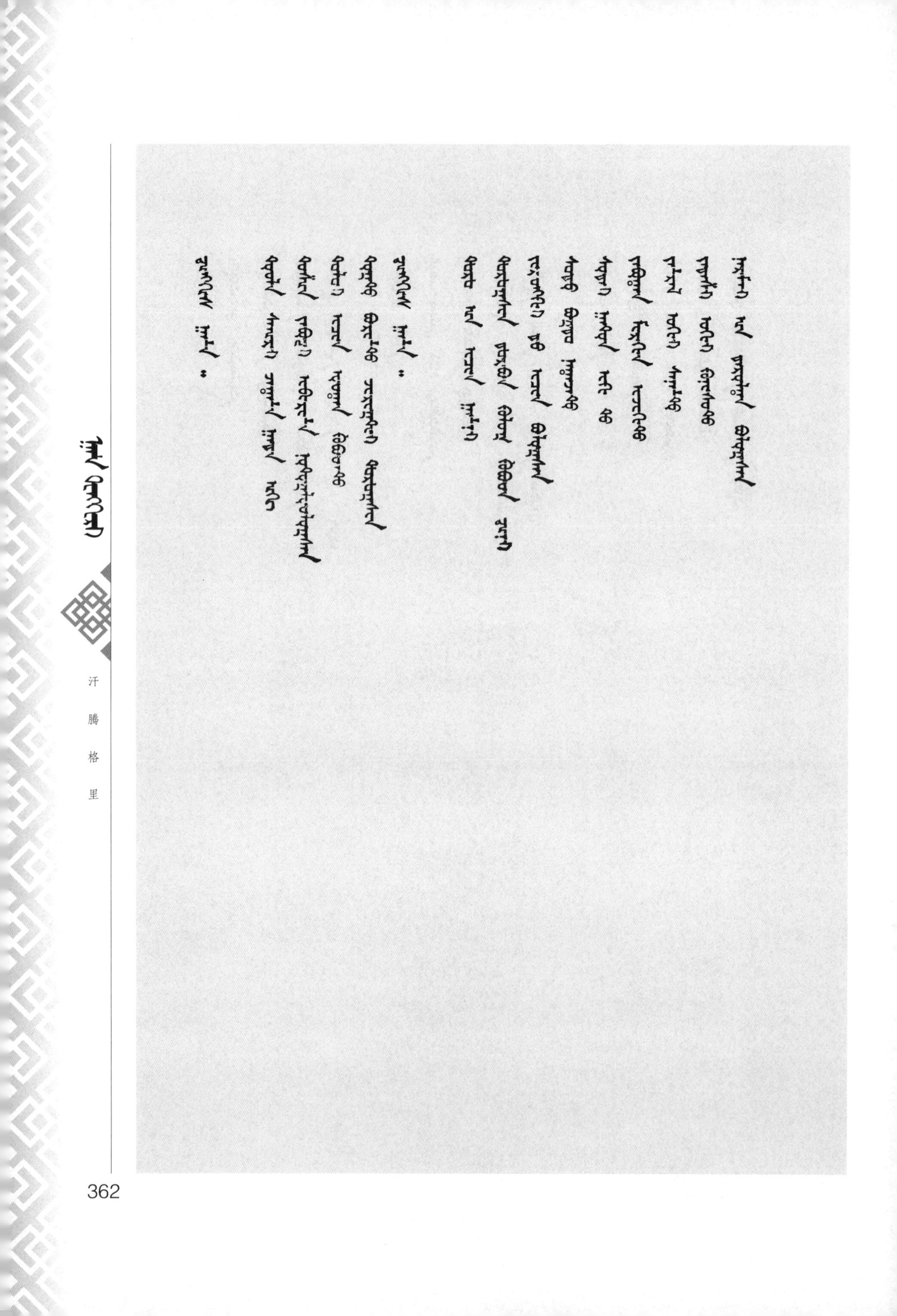

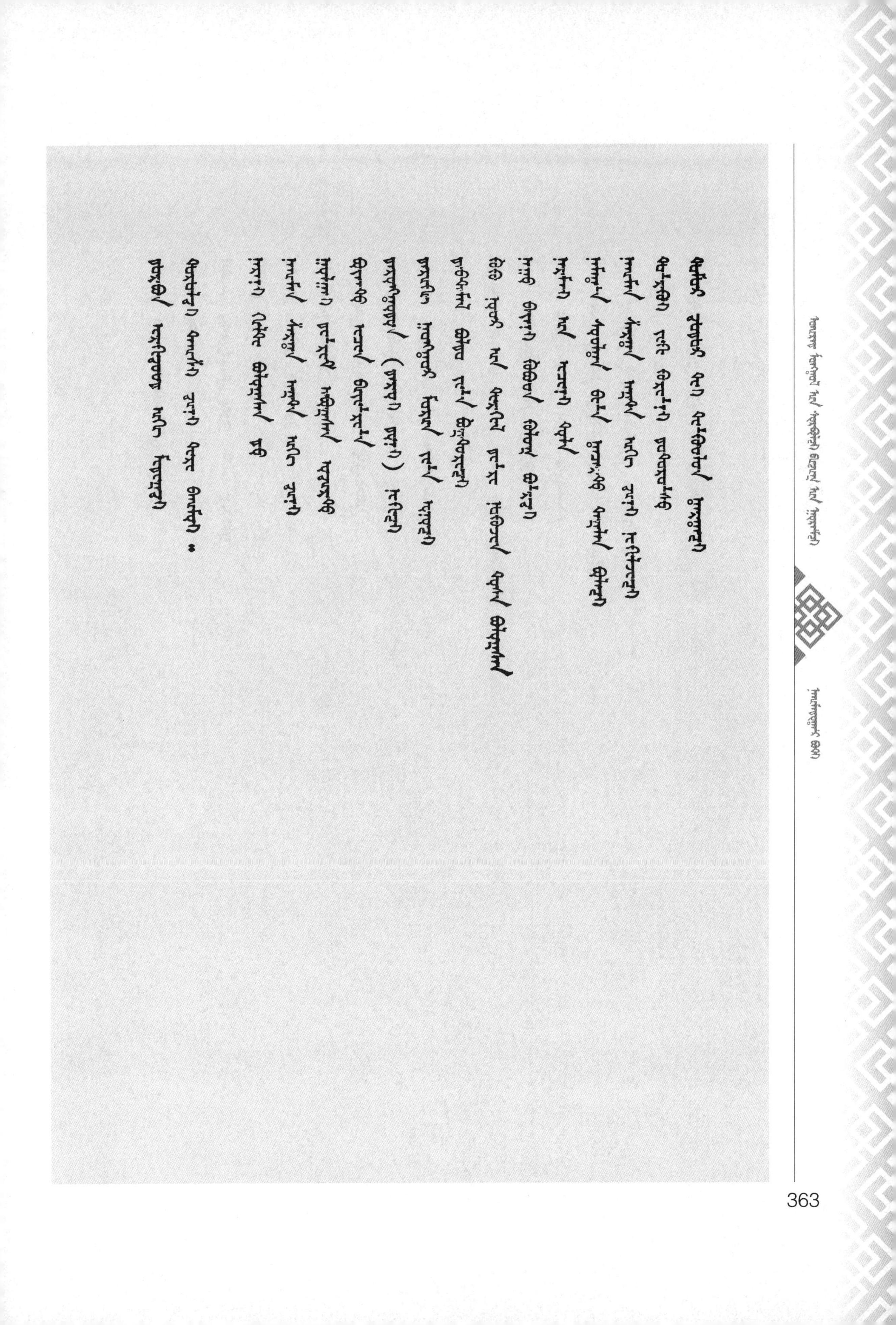

[illegible]
[illegible]
[illegible]
[illegible]
[illegible]
[illegible]
[illegible]
[illegible]
[illegible]
[illegible]
[illegible]
[illegible]
[illegible]
[illegible]

[illegible] ᠃
[illegible]

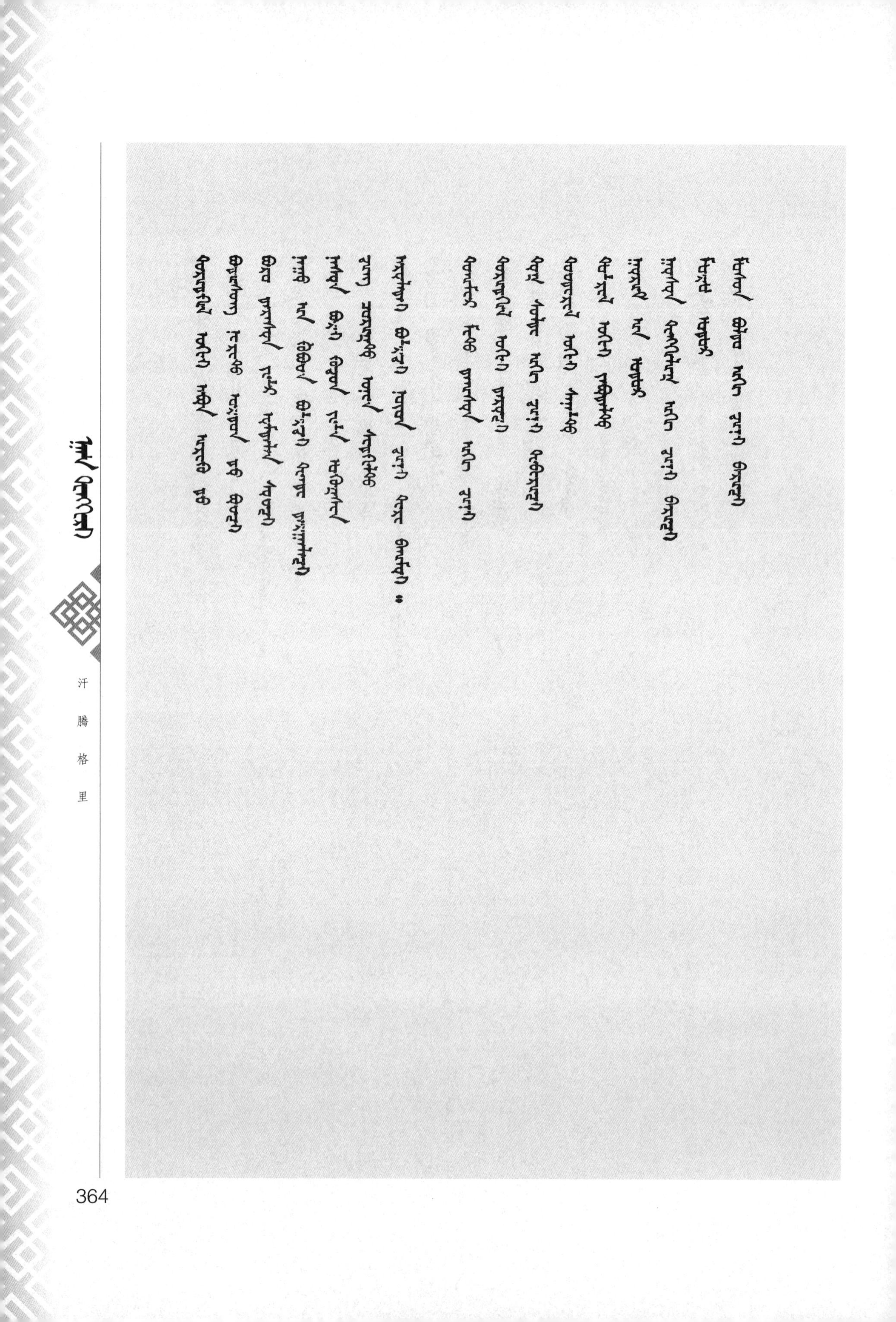

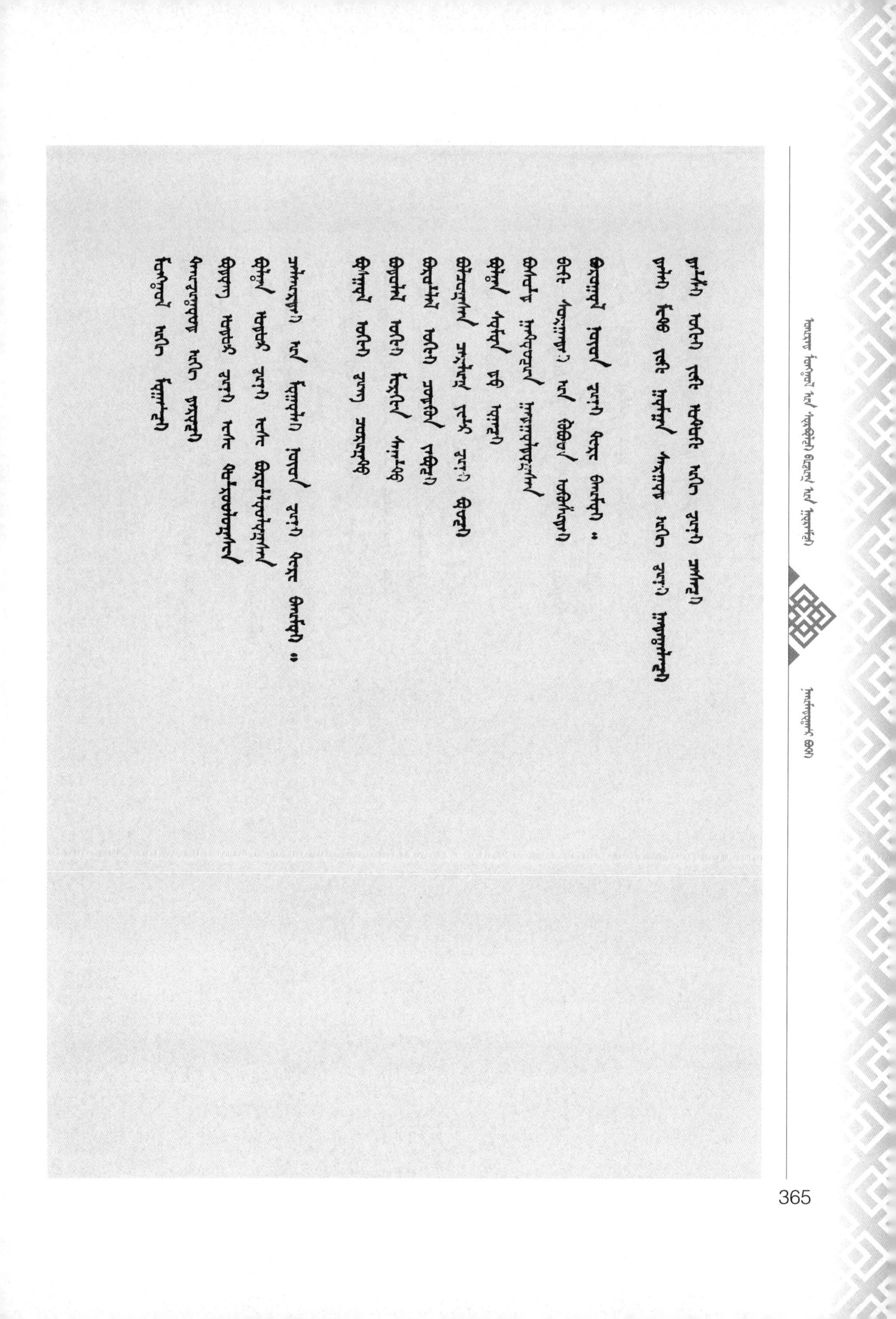

[illegible]
[illegible]

[illegible]
[illegible]
[illegible]
[illegible]
[illegible]
[illegible]
[illegible]
[illegible]

[illegible]
[illegible]
[illegible]
[illegible]
[illegible]

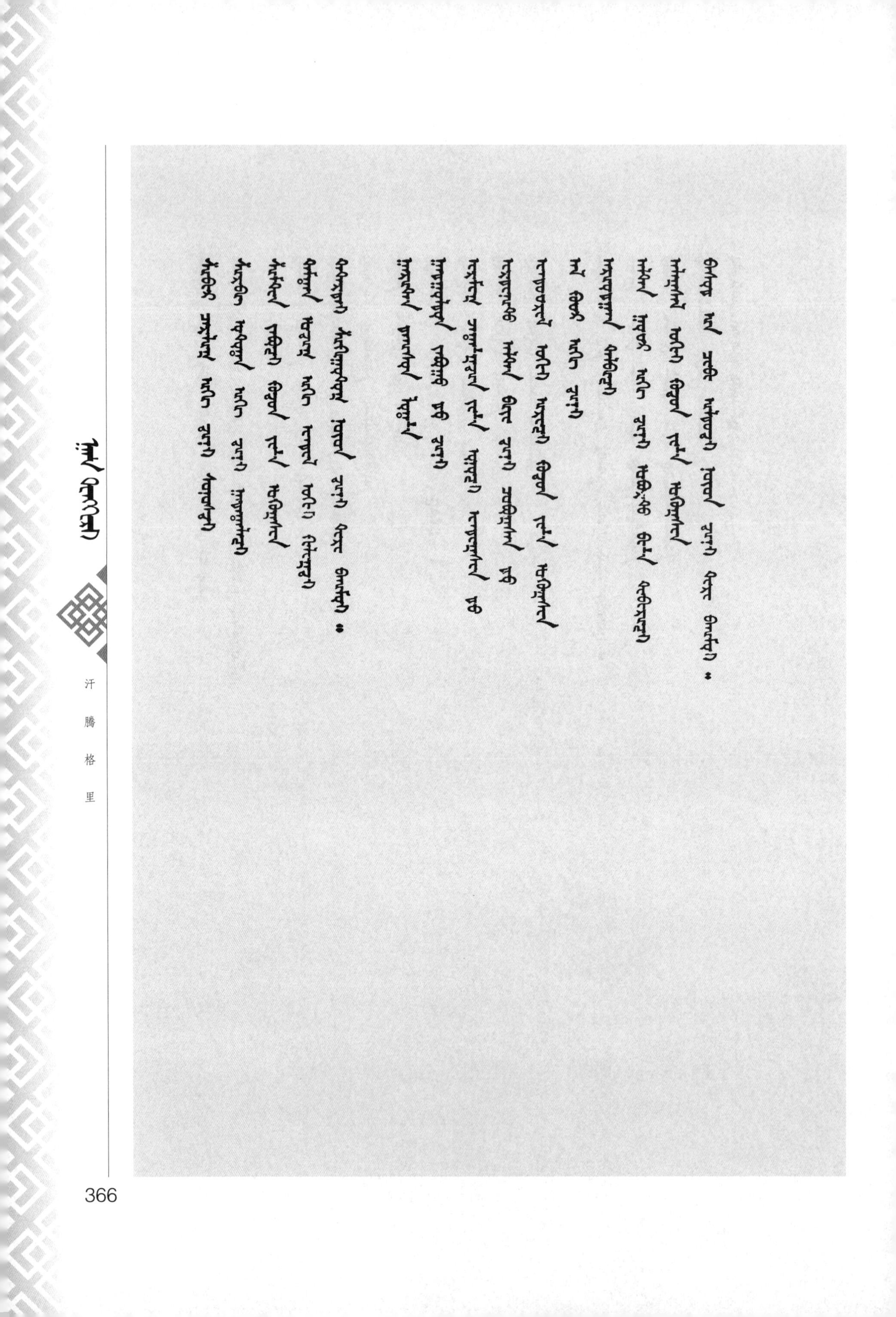

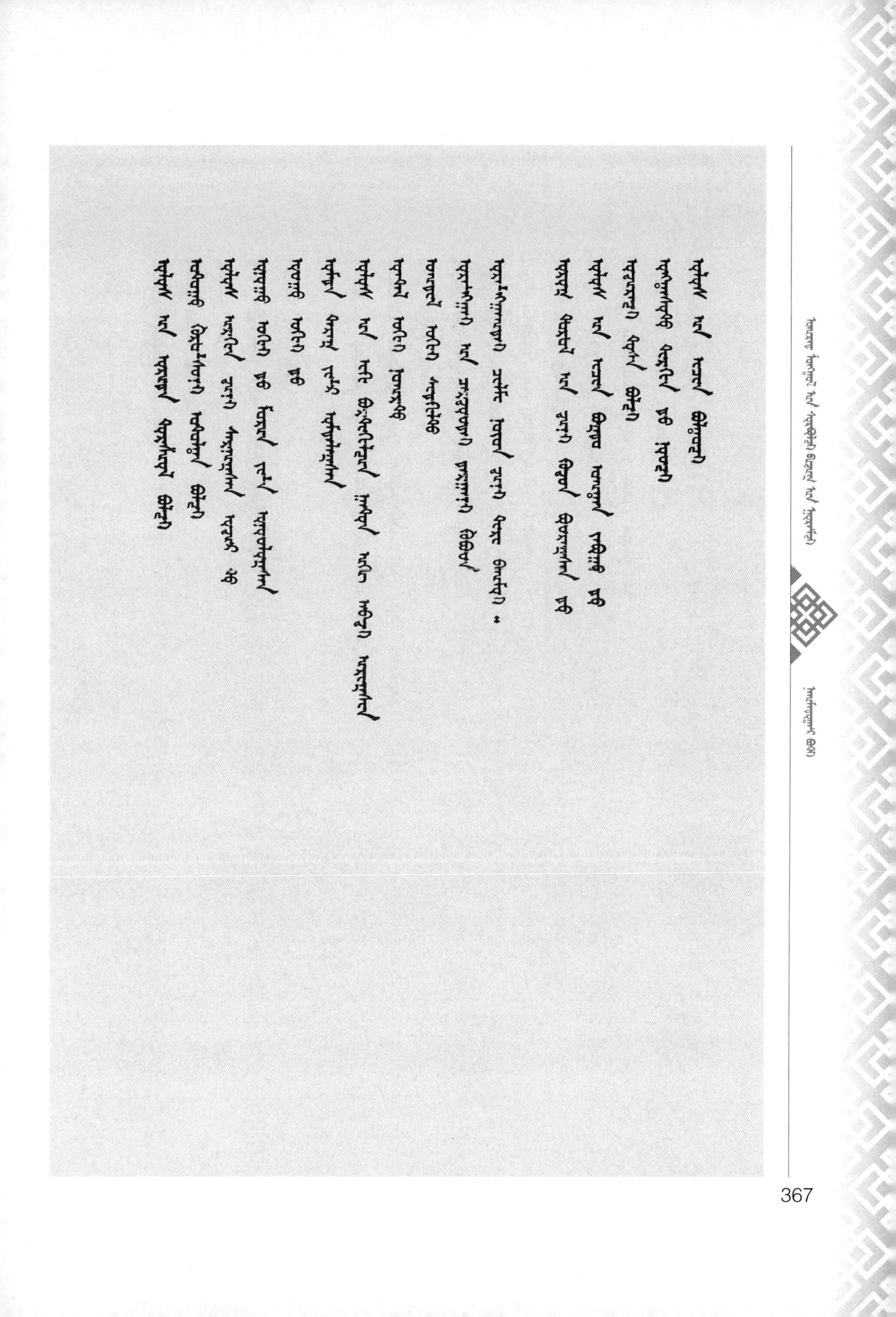

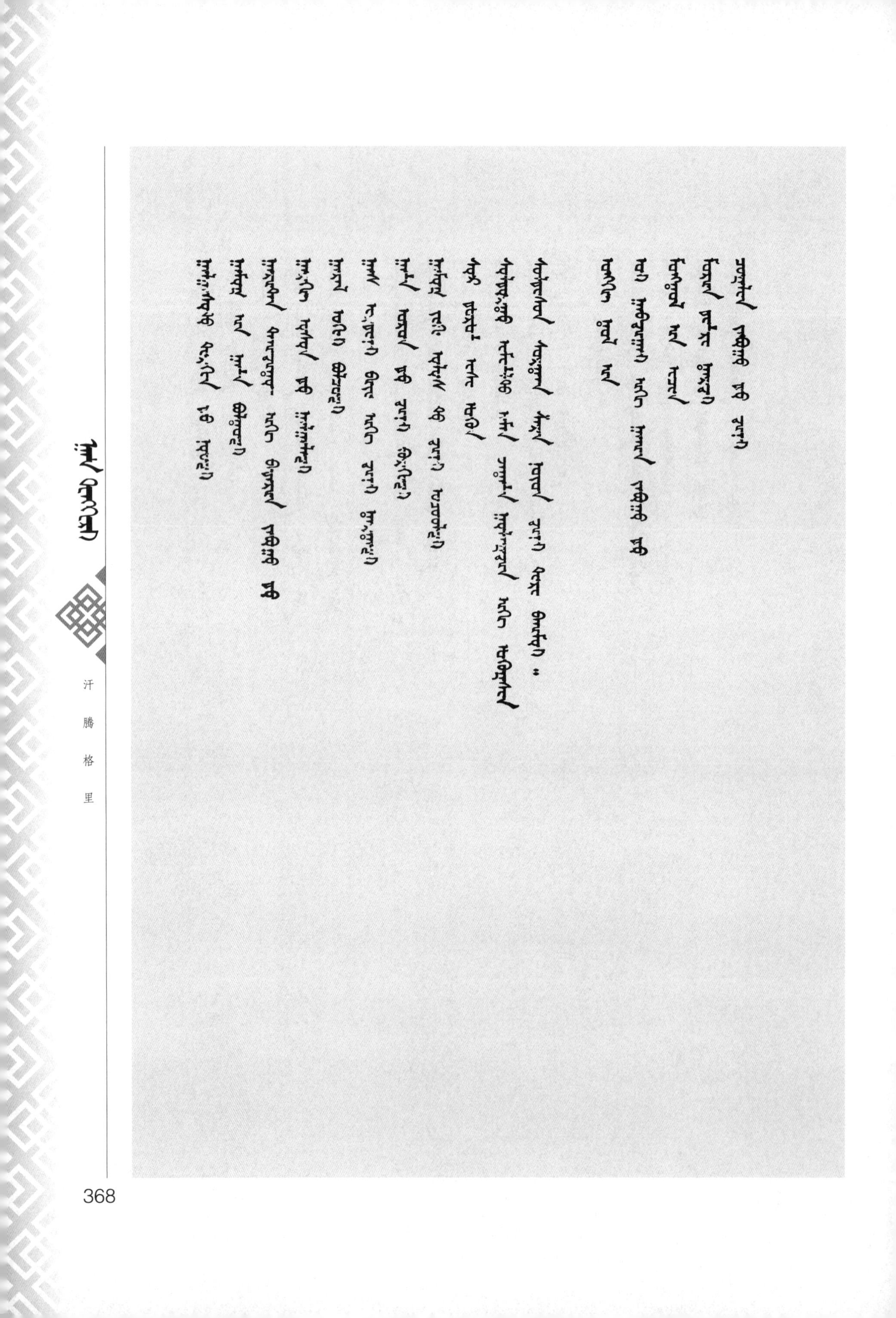

[illegible]
[illegible]
[illegible]
[illegible]
[illegible]
[illegible]
[illegible]
[illegible]
[illegible]
[illegible]
[illegible]

[illegible]
[illegible]
[illegible]
[illegible]
[illegible]

ᡋᡇᠯᡅ ᠰᡇᡍᡇᠯᡅᡍᡇᠯ ᡑᡅ ᡋᠠᠶᠠᠨ
ᡋᡇᡋᡇ ᡎᠠᠷᡅᠨ ᠰᠠᡍᡅᠯᡅᡋ
ᠮᠠᡋᡎᡅ ᠮᠠᠯᡅᠨ ᡎᠠᠷᡎᠠᡎᡋ
ᡓᠠᠯᠠᠨ ᡓᠠᠯᡎᠠᡑᠠ ᡎᡅᠯᡎᠠᠨ ᡍᠠᠷᠠᡋ
ᡎᠠᠯᡑᠠᡋᡅ ᡎᡅ
ᡋᡆᡍᡆᠯᠠᠨ ᡍᠠᠷᠠᡑᡅ ᠮᠠᡓᠠᡋᡅᠯᡋ
ᡔᠠᠷᡅᠨ ᡔᠠᠷᡅᡎᡅ
ᠮᠠᠯᠠᠨ ᠰᠠᠷᡅᡎᡅ
ᠮᠠᠷᡍᠠᠯᡑ ᡋᡅᠯᡅᠨ ᡎᡇᡋ ᡎᡅᡓᡅ
ᡋᡅᡎᡇᠯ ᠰᠠᠷᡅᡎᡅ
ᡍᠠᠷᡎᡇᠯᠠᠨ ᡋᡅᠯᡅᠨ ᡎᡇᡋ ᡎᡅᡓᡅ
ᡔᠠᠷᠠᠨ ᠰᠠᠷᠠᡎᡅ
ᡔᠠᠷᡎᡇᠯᡑᠠ ᡋᡅᠯᡅᠨ ᡎᡇᡋ ᡎᡅᡓᡅ
ᡇᡑᠠᡍᡋᠠᠨ ᡎᡅᠨ ᡔᠠᡑᠠᡋ ᡎᠠᠷᠠᠯᠠᠨ ᡋᡋ ᡓᠠᠯᡇᡑᠠᡎᡅ
ᡇᡑᠠᡋᠠᠨ ᡇᡑᠠᡍᡋᡅ ᠮᠠᡎᠠ ᡎᠠᡋᠠᠨ ᡎᡋᠠᠯᠠᠨ
ᡓᠠᡋᠯᡅᡑᠠᠷᡅᡎᡅ ᡎᠠᠷᠠᠨ ᠮᠠᠷᡅᡎᡅ
ᡓᠠᡋᠠᠷᡅᡎᠠᠨ ᡋᠠᠮᡅᡎᡅ

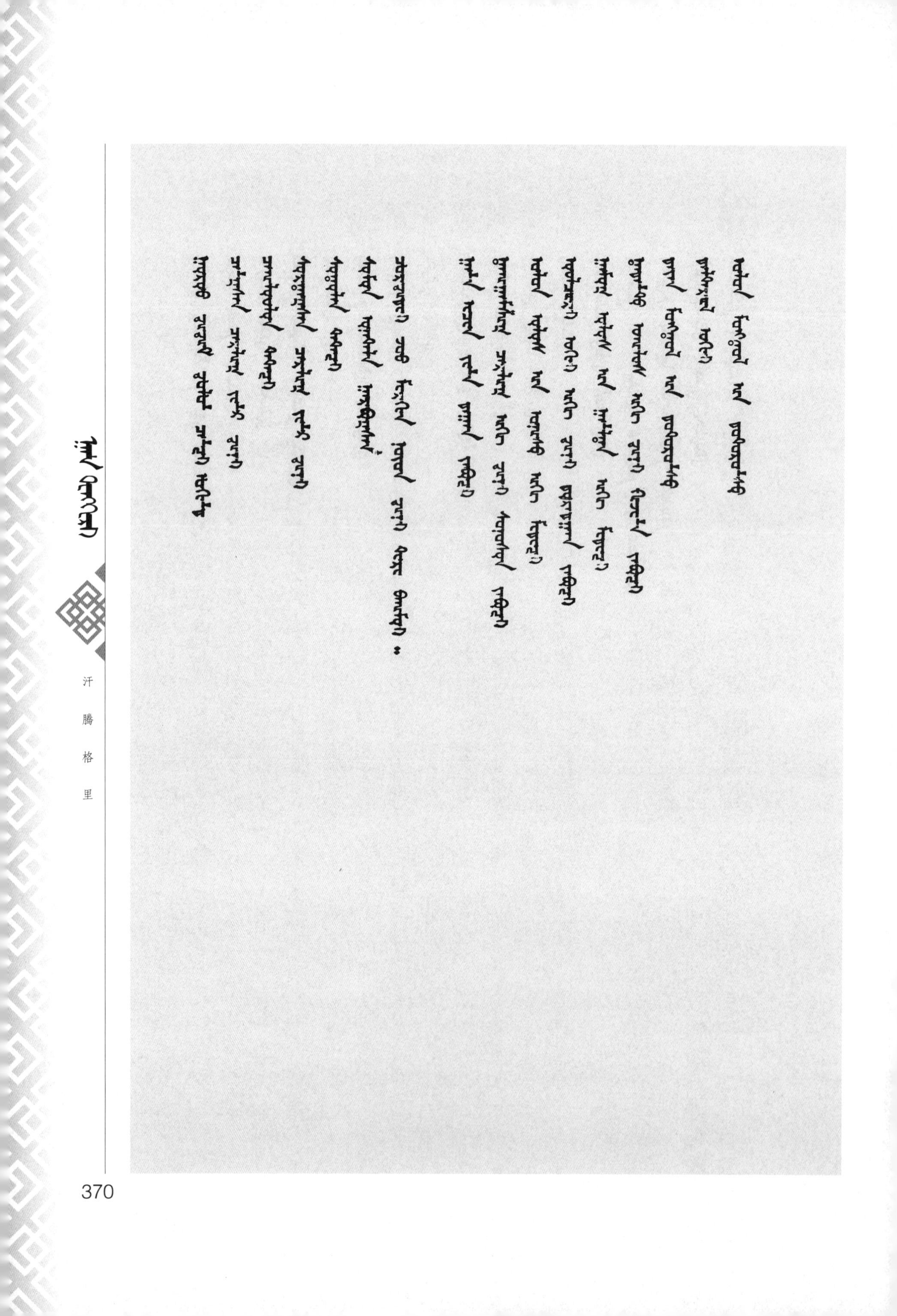

[illegible]

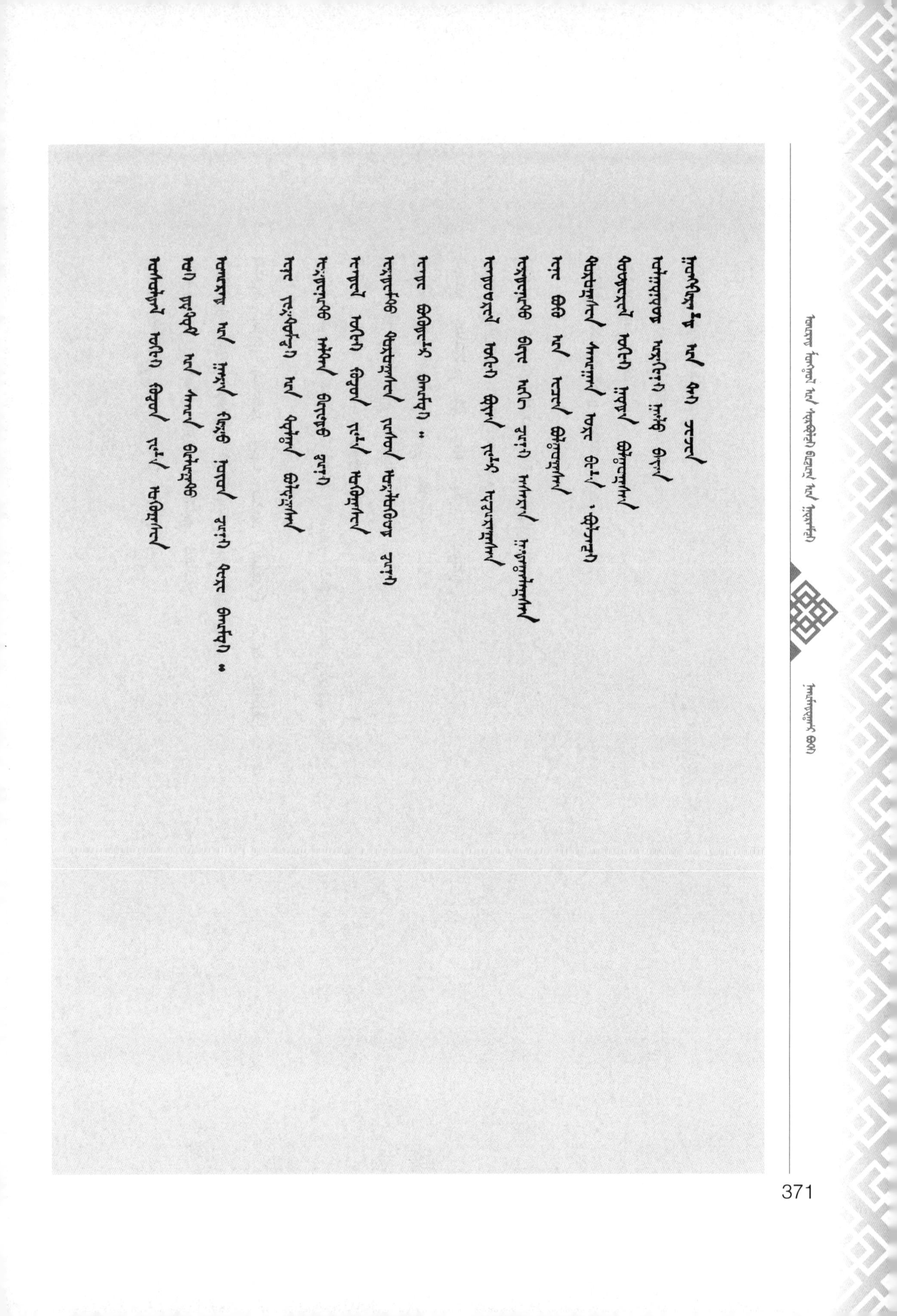

[illegible]
[illegible]
[illegible] ::

[illegible]
[illegible]
[illegible]
[illegible]
[illegible] ::

[illegible]
[illegible]
[illegible]
[illegible]
[illegible]
[illegible]
[illegible]

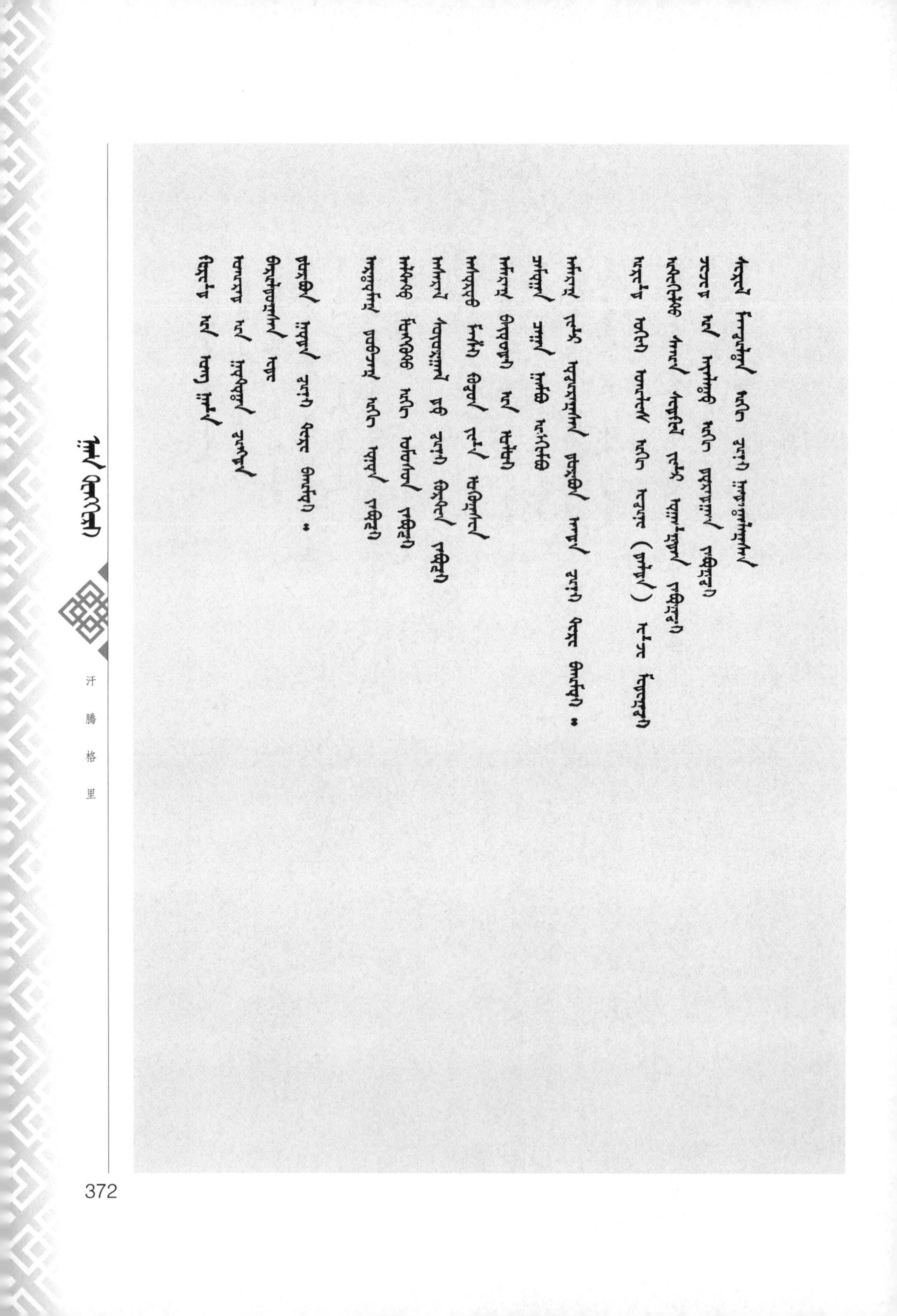

[illegible]
[illegible]
[illegible]
[illegible]

[illegible]
[illegible]
[illegible]
[illegible]
[illegible]
[illegible]
[illegible]

[illegible]
[illegible]
[illegible]
[illegible]

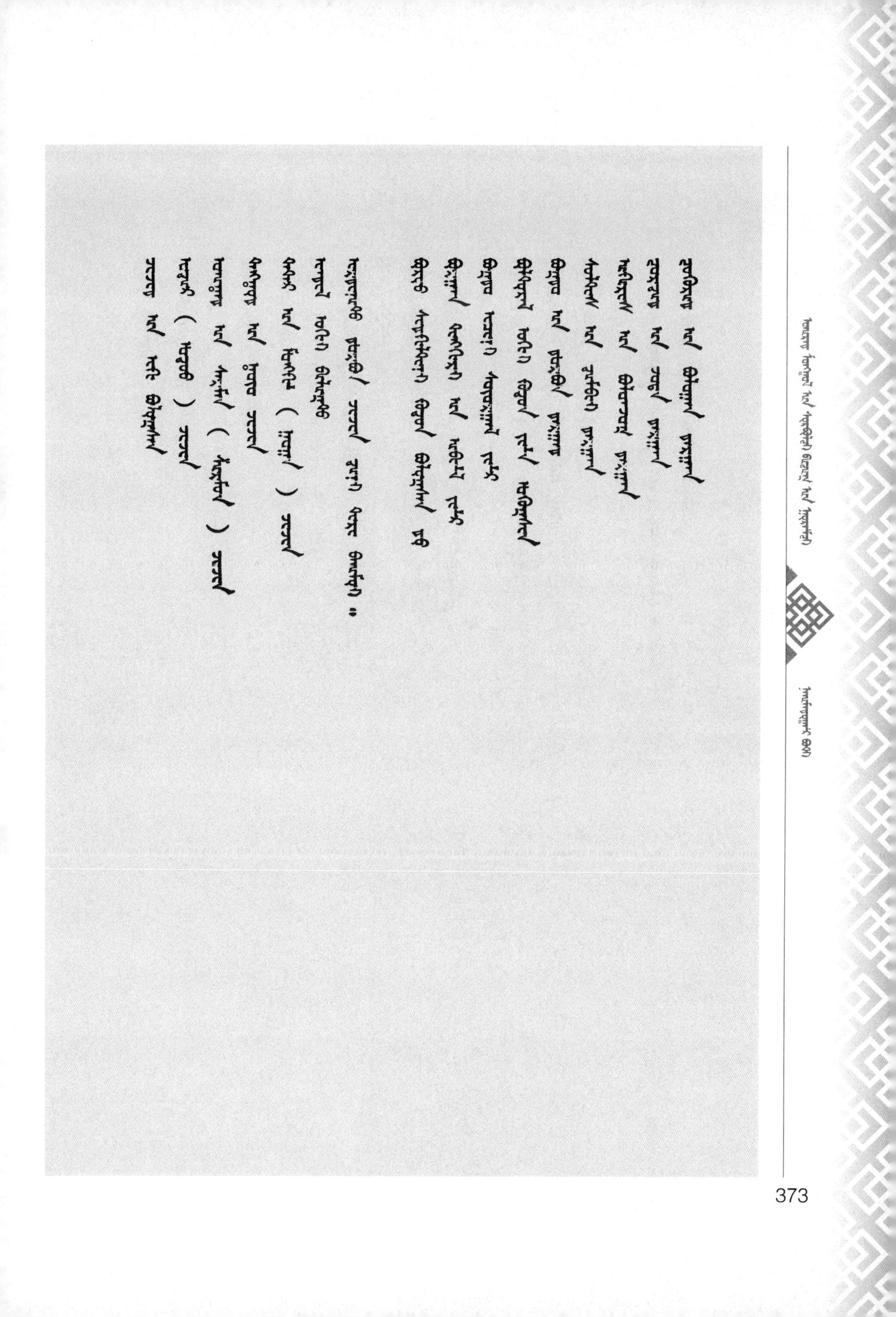

[illegible] [illegible] [illegible] [illegible]
[illegible] [illegible] [illegible] [illegible]
[illegible] [illegible] [illegible] [illegible]
[illegible] [illegible] [illegible] [illegible]
[illegible] [illegible] [illegible] [illegible]
[illegible] [illegible] [illegible] [illegible] [illegible]
[illegible] [illegible] [illegible] [illegible]
[illegible] [illegible] [illegible] [illegible] [illegible]
[illegible] [illegible] [illegible] [illegible] [illegible]

[illegible] [illegible] [illegible] [illegible] [illegible] [illegible] ᠃
[illegible] [illegible] [illegible]
[illegible] [illegible] [illegible] ([illegible]) [illegible]
[illegible] [illegible] [illegible] [illegible]
[illegible] [illegible] [illegible] ([illegible]) [illegible]
[illegible] ([illegible]) [illegible]
[illegible] [illegible] [illegible] [illegible]

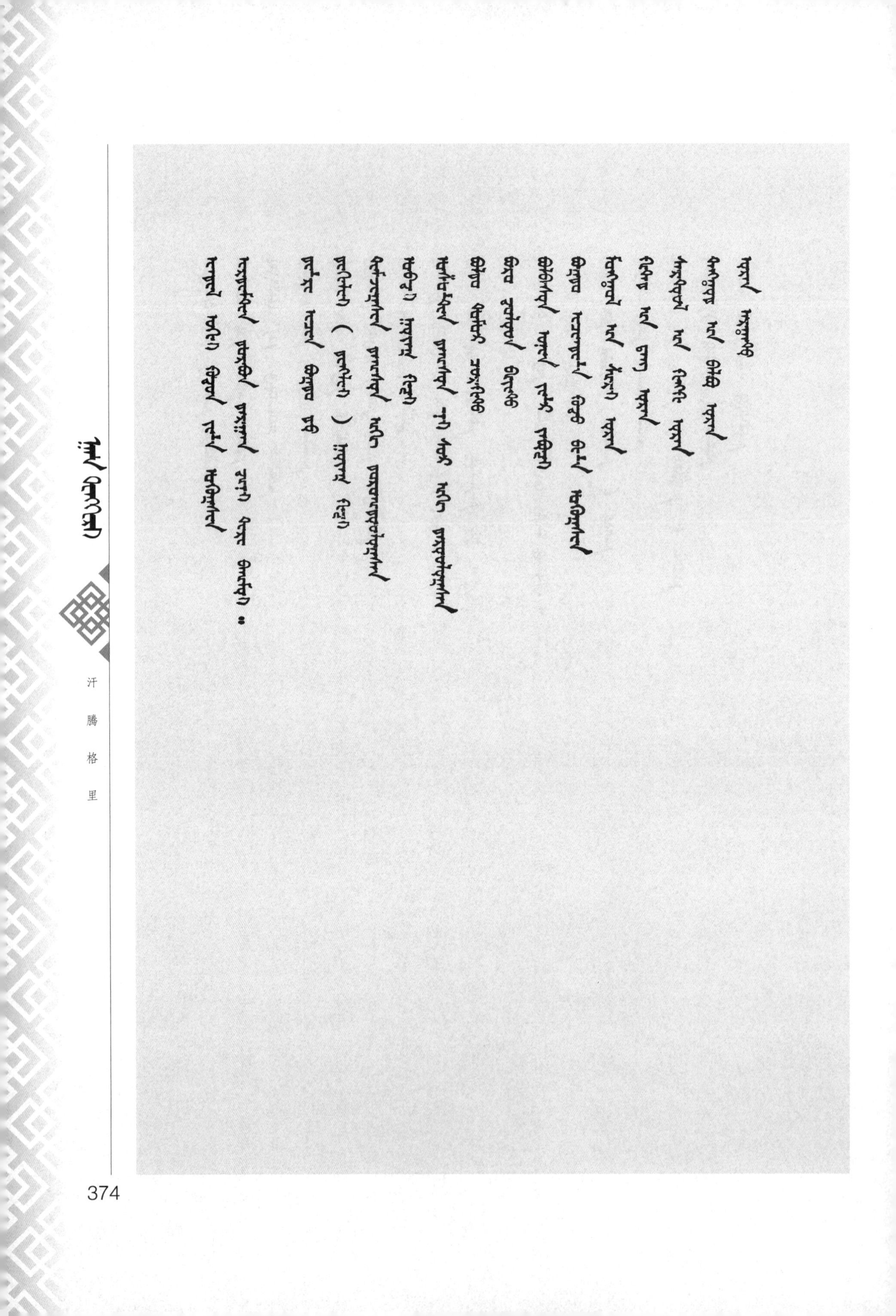

ᠬᠠᠷᠠᠭᠠᠳ ᠳᠠᠭᠤᠯᠠᠪᠠ

ᠬᠠᠶᠢᠷᠯᠠᠨ ᠪᠣᠳᠣᠵᠤ ᠮᠠᠨ ᠤ ᠳᠠᠭᠤᠤ ᠪᠠᠶᠢᠨ᠎ᠠ ᠃

ᠬᠦᠭᠵᠢᠮ ᠮᠠᠨ ᠤ ᠳᠠᠭᠤ ᠪᠠᠶᠢ

ᠬᠦᠮᠦᠰ ᠮᠠᠨ ᠤ ᠰᠠᠶᠢᠬᠠᠨ ᠮᠠᠯ ᠵᠢᠷᠭᠠᠯ ᠢ ᠳᠤ

ᠬᠦᠮᠦᠰ ᠰᠠᠶᠢᠬᠠᠨ ᠳᠤ

ᠬᠦᠭᠵᠢᠮ ᠪᠠᠶᠢᠭᠠ ᠮᠠᠯ ᠪᠠᠶᠢᠭᠠᠯᠢ ᠰᠠᠶᠢᠬᠠᠨ ᠳᠤ

ᠬᠠᠶᠢᠷᠯᠠᠨ ᠮᠠᠨ ᠤ ᠬᠠᠶᠠᠯᠠᠭᠠᠳ ᠮᠠᠯ ᠵᠢᠷᠭᠠᠯ

ᠬᠣᠶᠠᠷ ᠬᠦᠮᠦᠨ ᠮᠠᠨ ᠤ ᠬᠠᠶᠠᠯᠠᠭ᠎ᠠ ᠪᠠᠶᠠᠷᠯᠠᠨ ᠮᠠᠯ ᠵᠢᠷᠭᠠᠯ

ᠬᠣᠷᠢᠶᠠᠯᠠᠭᠠᠳ ᠬᠦᠭᠵᠢᠮ ᠳᠤ

ᠬᠣᠷᠢᠶᠠᠯᠠᠭᠰᠠᠨ ᠪᠠᠶᠠᠷ

ᠬᠠᠮᠲᠤ ᠪᠡᠶᠡ ᠪᠡᠶ᠎ᠡ ᠪᠠᠶᠢᠭᠤᠯᠤᠨ ᠪᠦᠷᠢᠯᠳᠦᠭᠰᠡᠨ

ᠬᠠᠷᠠᠭ᠎ᠠ ᠪᠠᠶᠠᠷ ᠮᠠᠯ ᠬᠠᠶᠢᠷᠯᠠᠨ ᠪᠠᠶᠢᠭᠤᠯᠤᠨ᠎ᠠ

ᠬᠠᠪᠤᠷ ᠮᠠᠨ ᠤ ᠬᠡᠩᠭᠡᠷᠭᠡ ᠳᠤ ᠰᠡᠷᠡᠭᠦᠨ ᠪᠠᠶᠢᠨ᠎ᠠ

ᠬᠠᠷᠠᠭᠠᠳ ᠲᠠᠯ᠎ᠠ ᠳᠤ ᠬᠠᠶᠢᠷᠠᠨ ᠪᠠᠶᠢᠨ᠎ᠠ

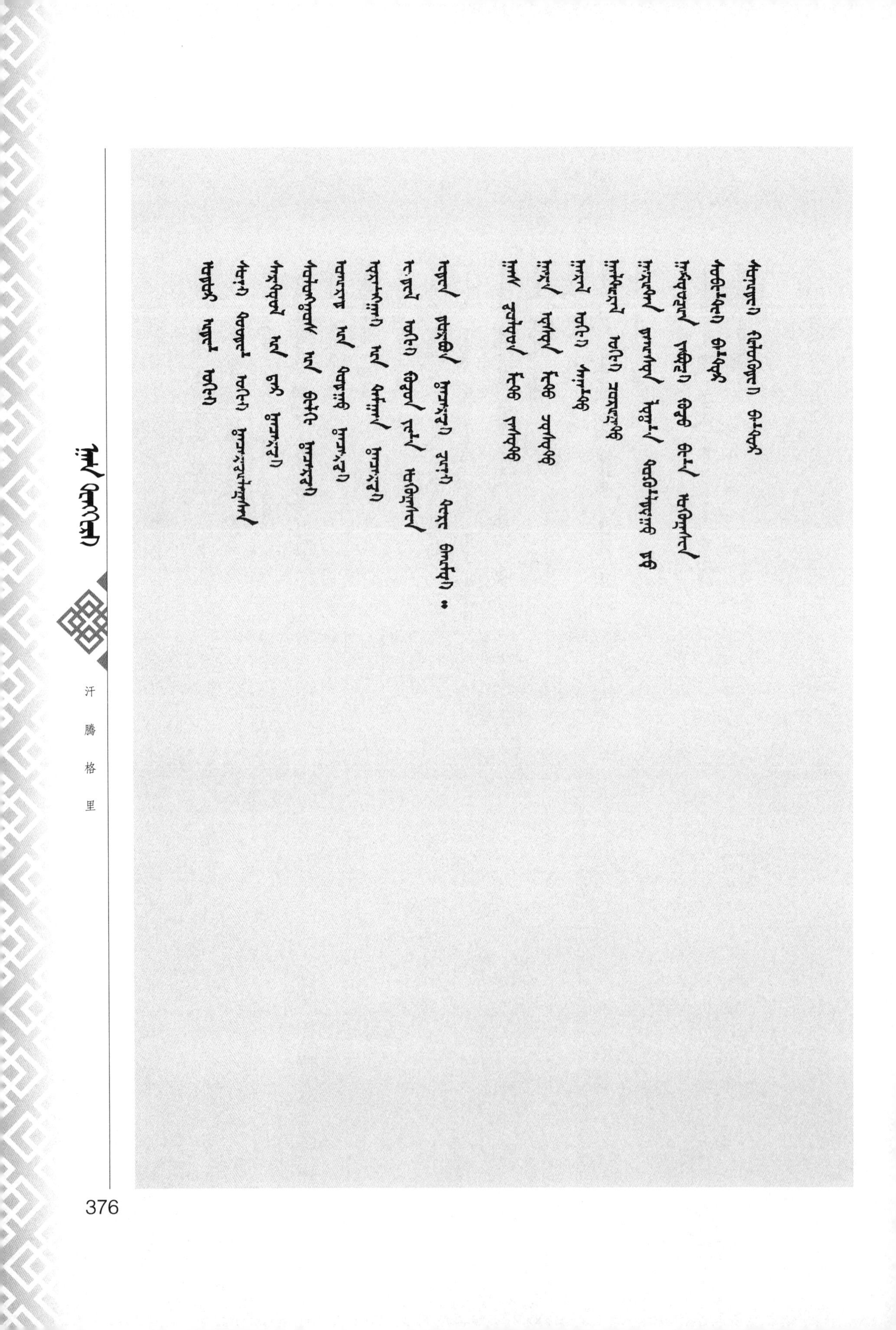

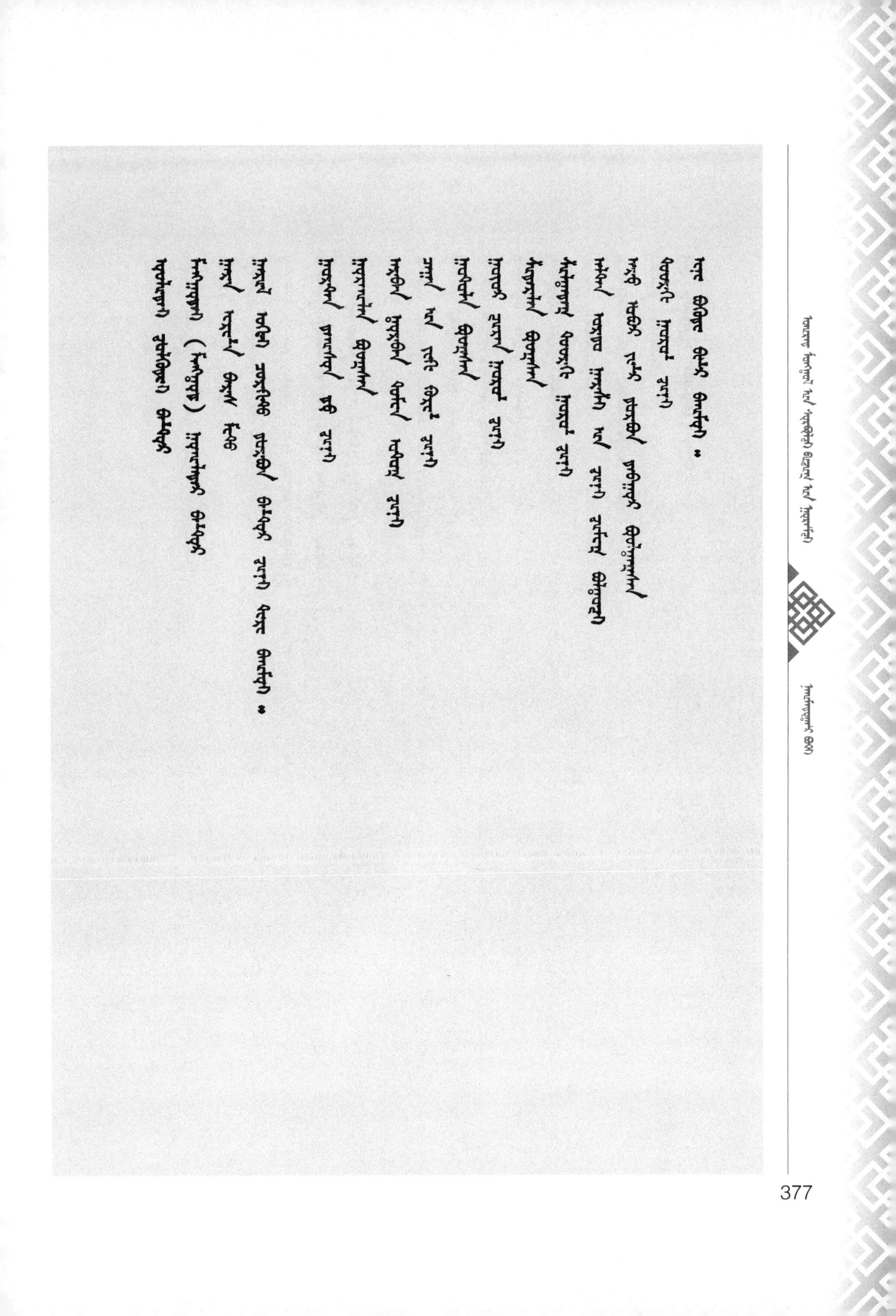

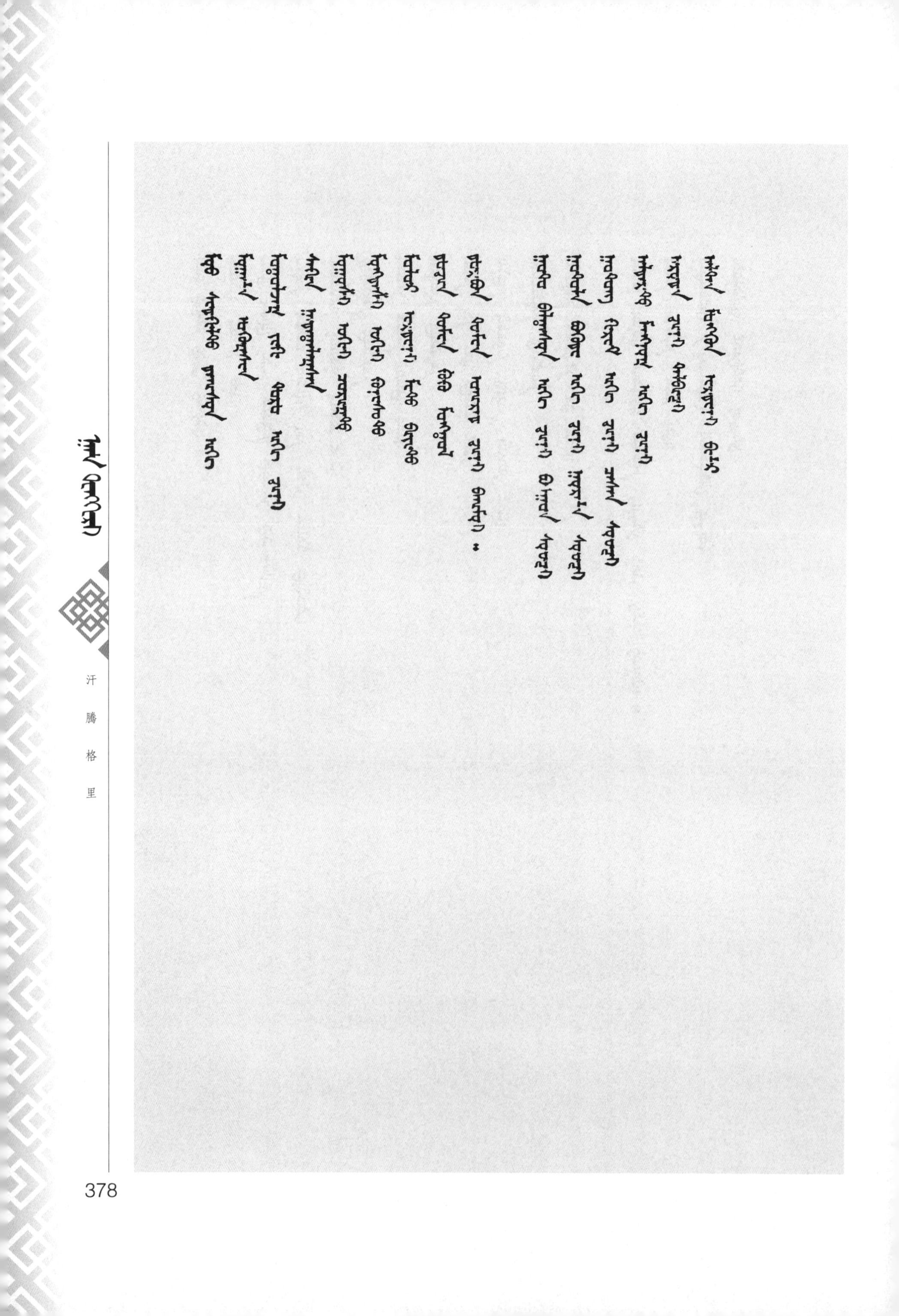

[illegible]

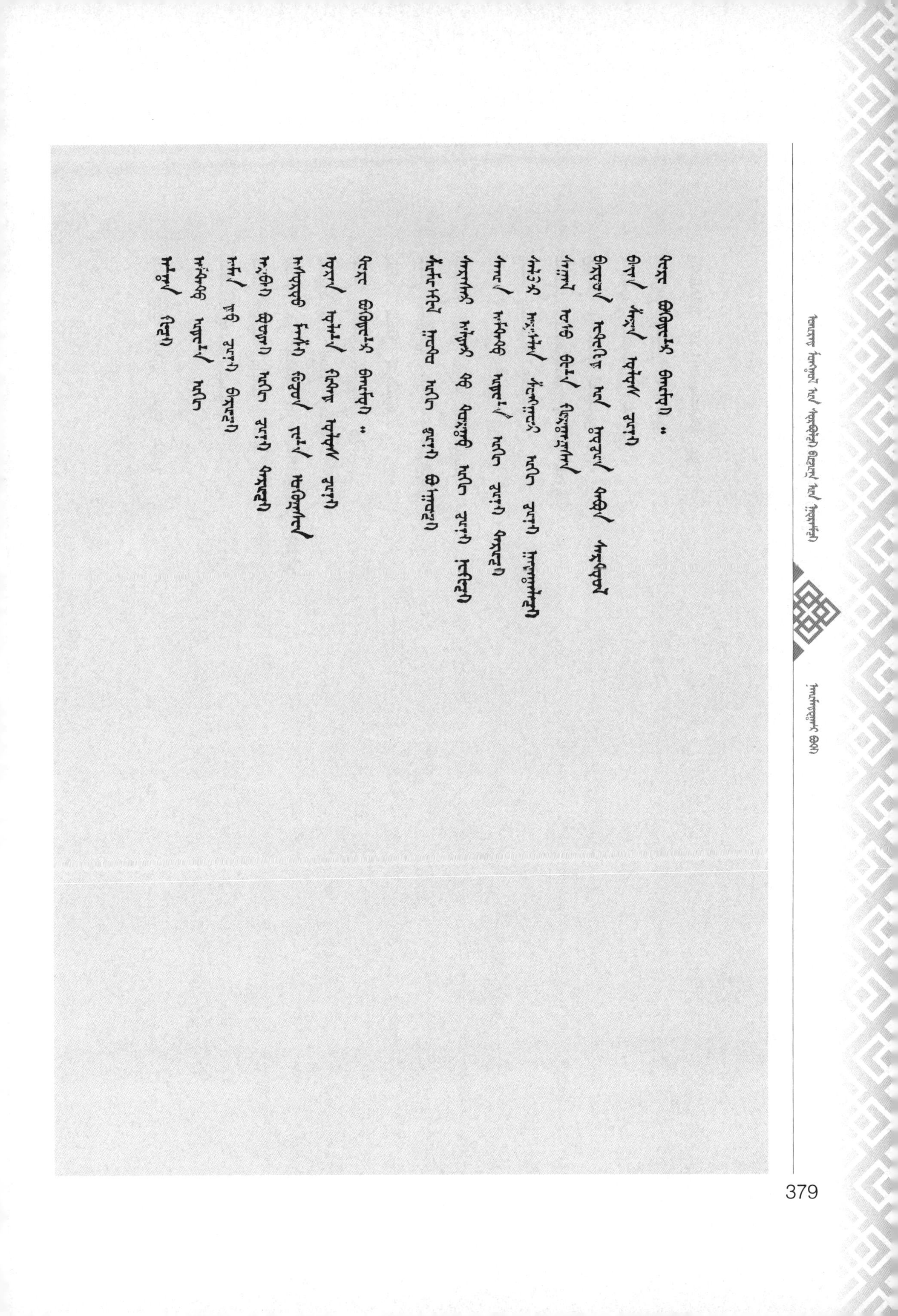

[illegible]
[illegible]
[illegible]
[illegible]
[illegible]
[illegible]
[illegible]
[illegible]

[illegible]
[illegible]
[illegible]
[illegible]
[illegible]
[illegible]
[illegible]

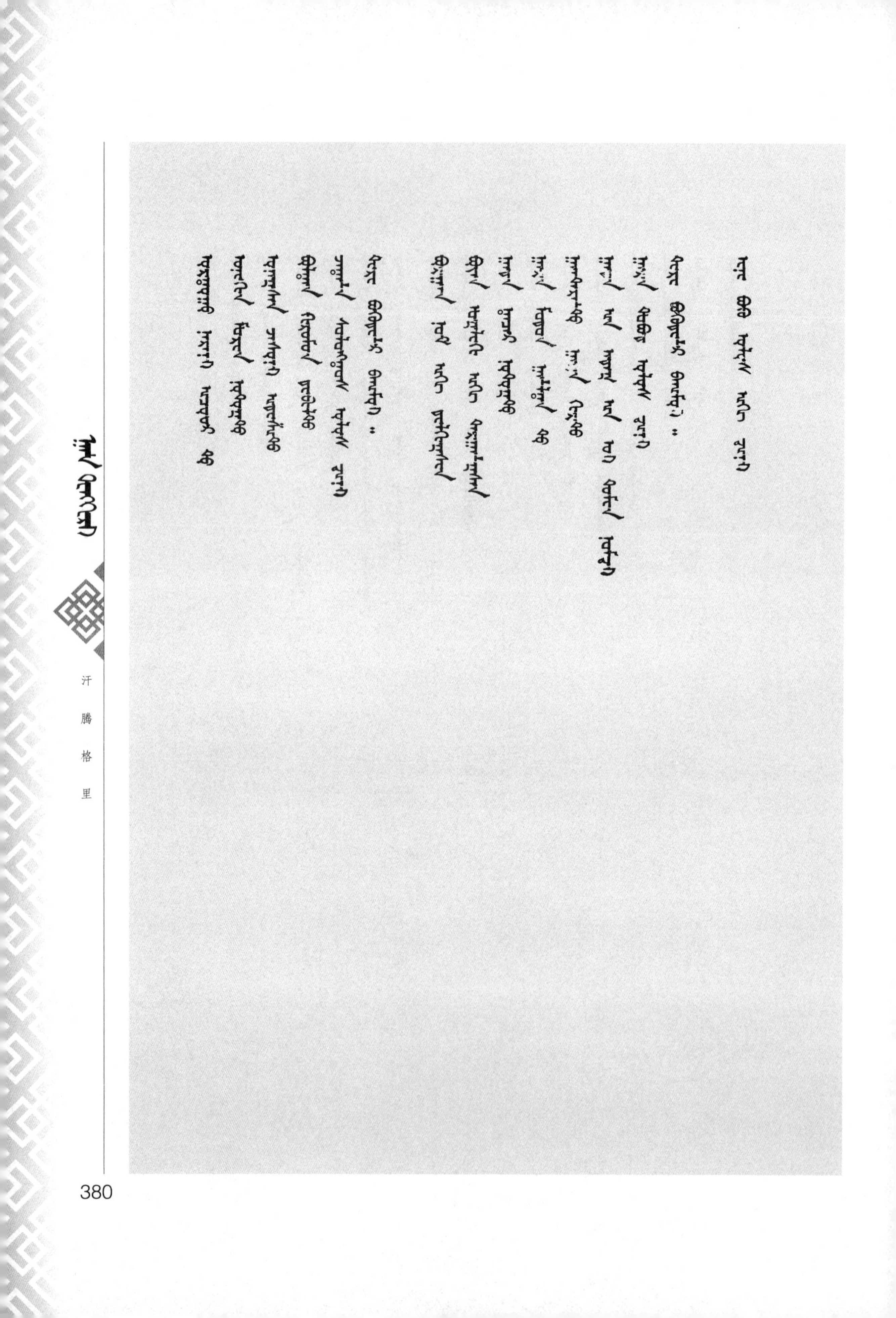

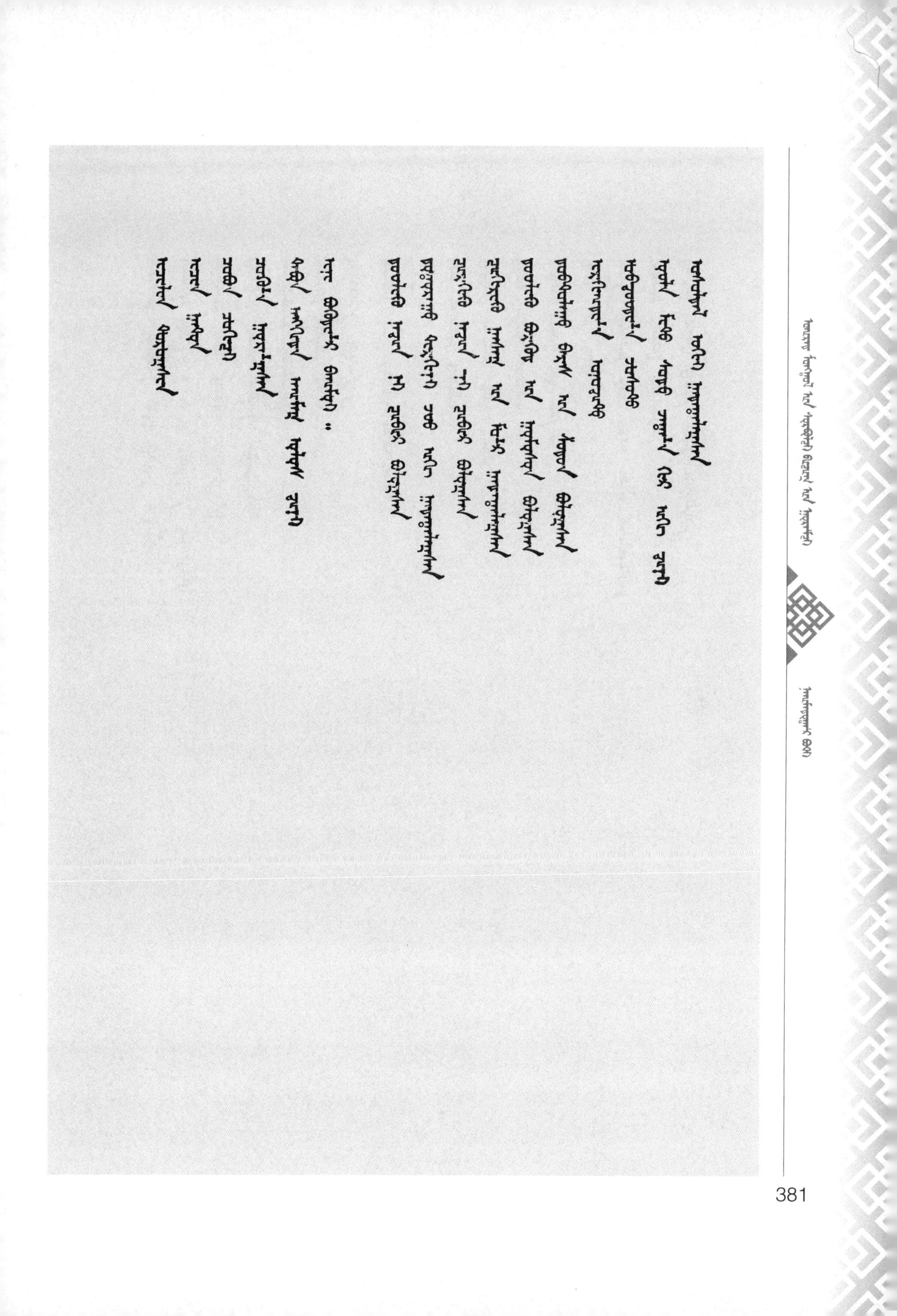

[illegible]
[illegible]
[illegible]
[illegible]
[illegible]
[illegible]
[illegible]
[illegible]
[illegible]
[illegible]

[illegible]
[illegible]
[illegible]
[illegible]
[illegible]
[illegible]

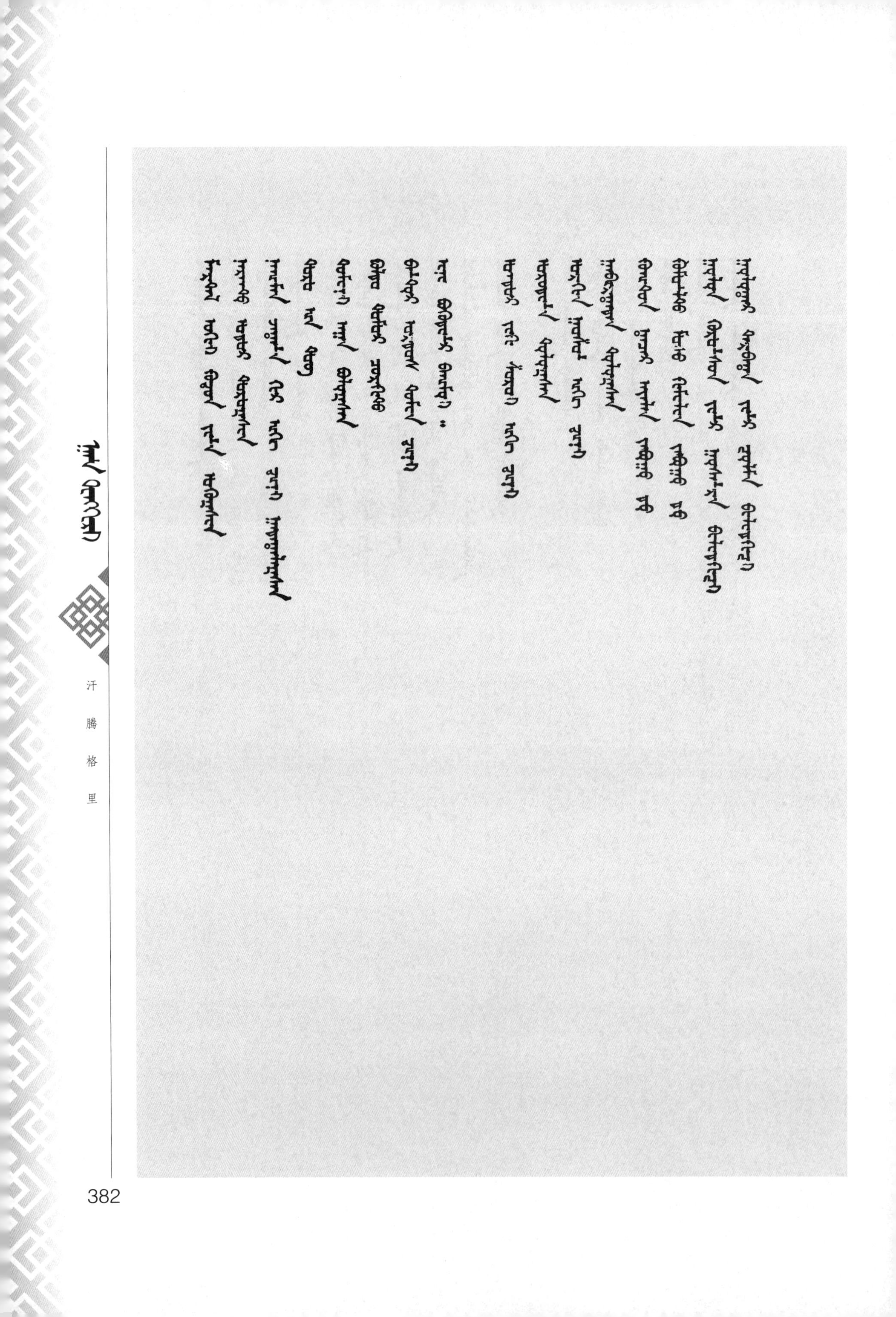

[illegible]

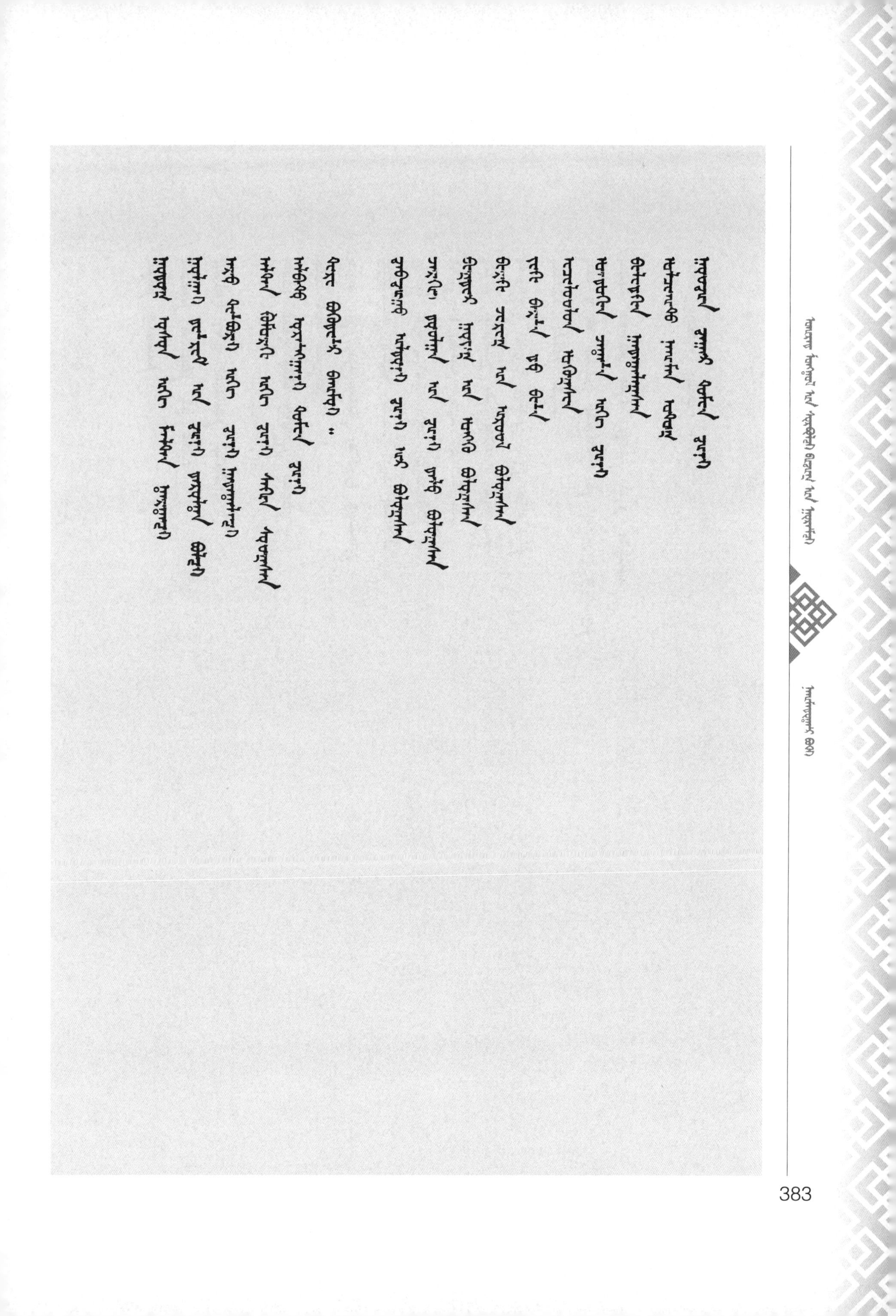

[illegible]
[illegible]
[illegible]
[illegible]
[illegible]
[illegible] ::

[illegible]
[illegible]
[illegible]
[illegible]
[illegible]
[illegible]
[illegible]
[illegible]
[illegible]
[illegible]

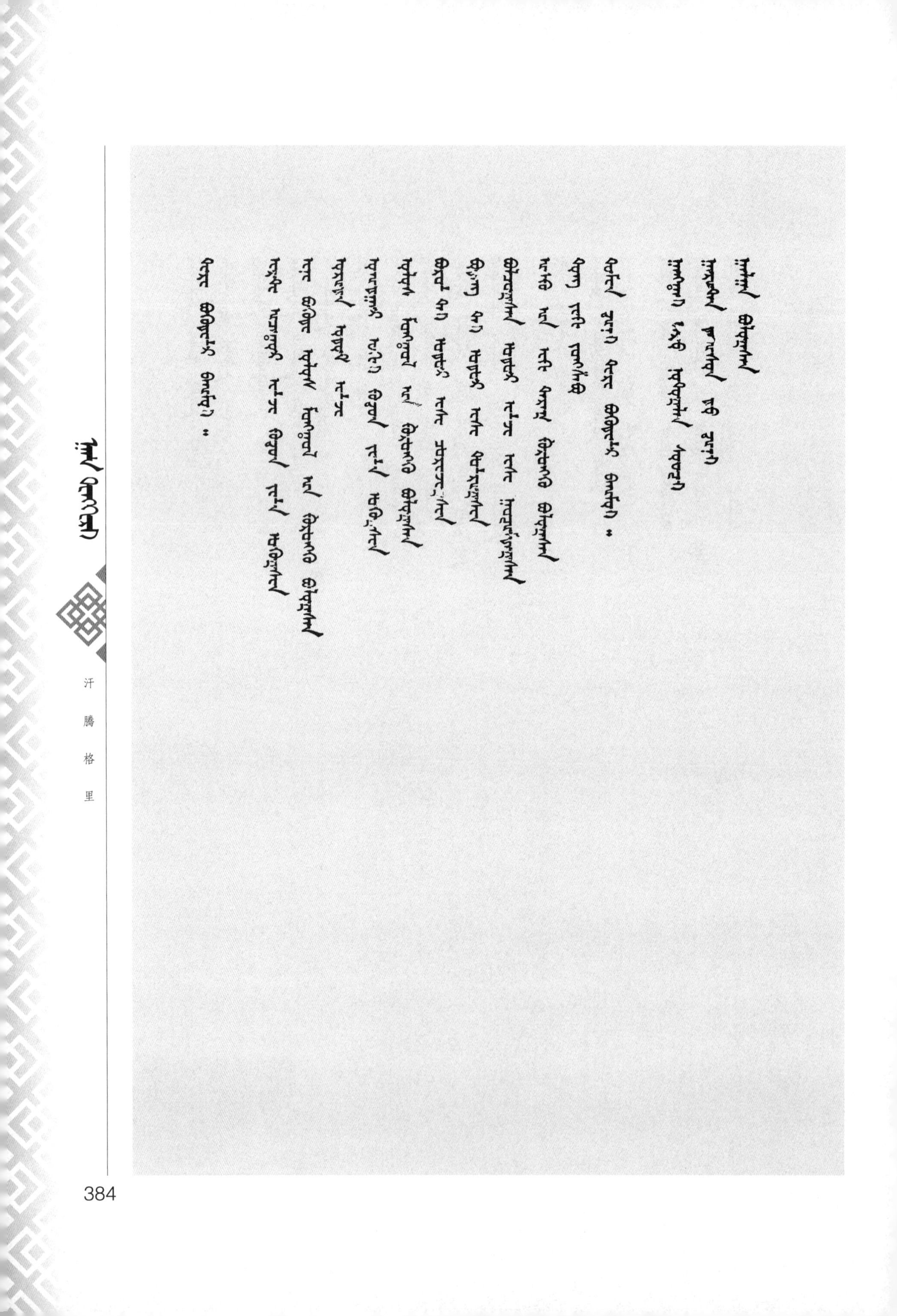

[illegible]

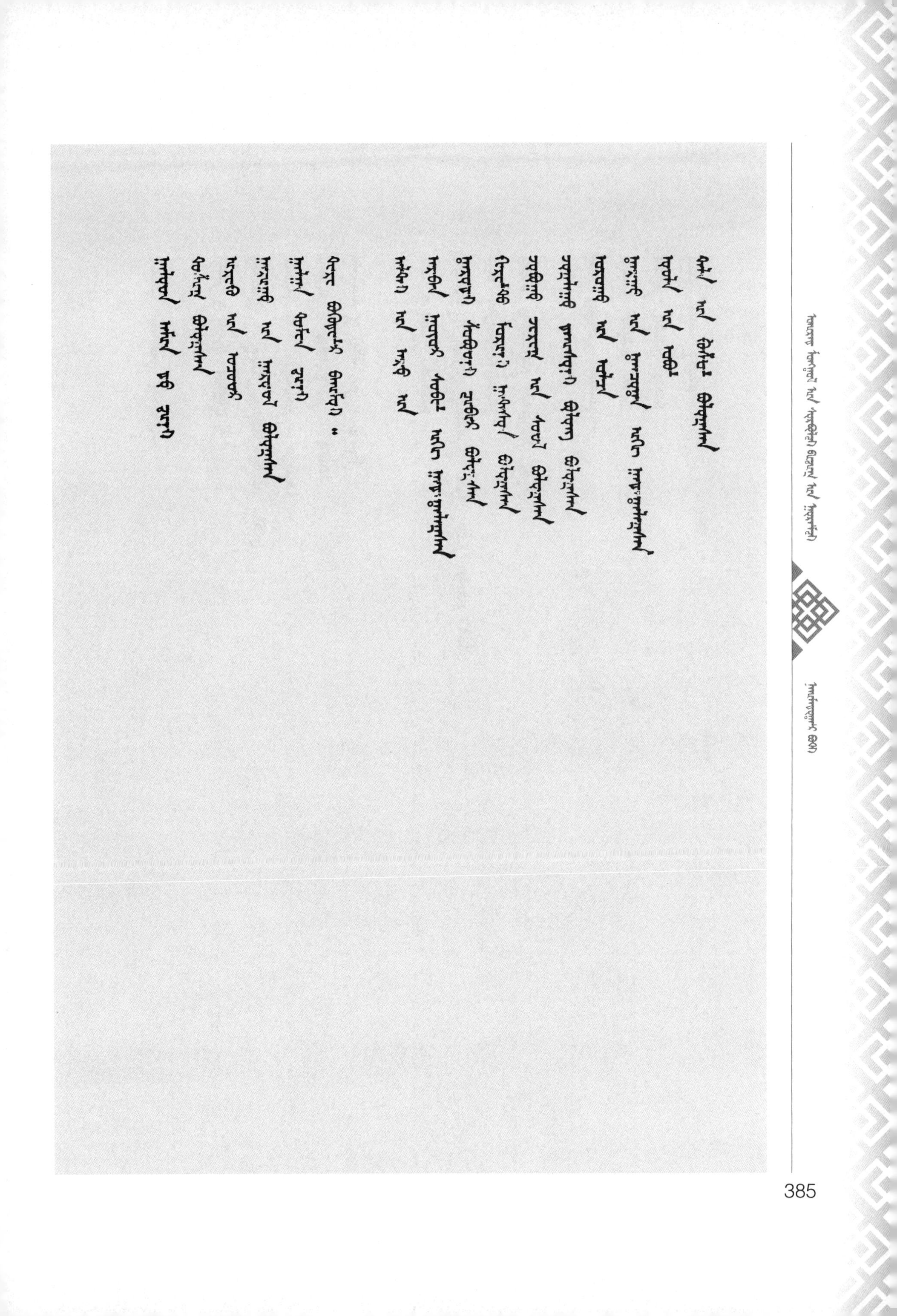

[illegible]
[illegible]
[illegible]
[illegible]
[illegible]
[illegible]
[illegible]
[illegible]
[illegible]
[illegible]

[illegible] ::
[illegible]
[illegible]
[illegible]
[illegible]
[illegible]

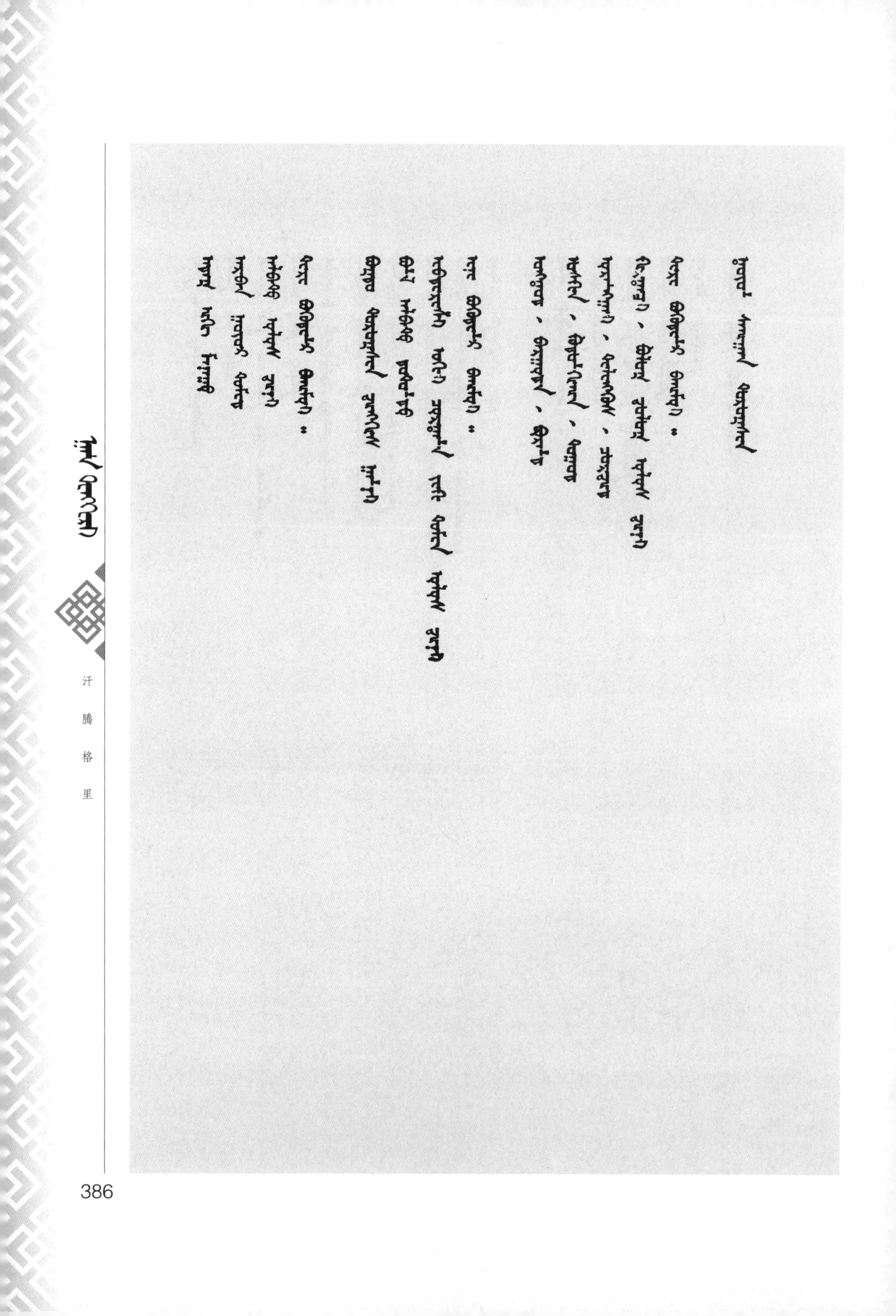

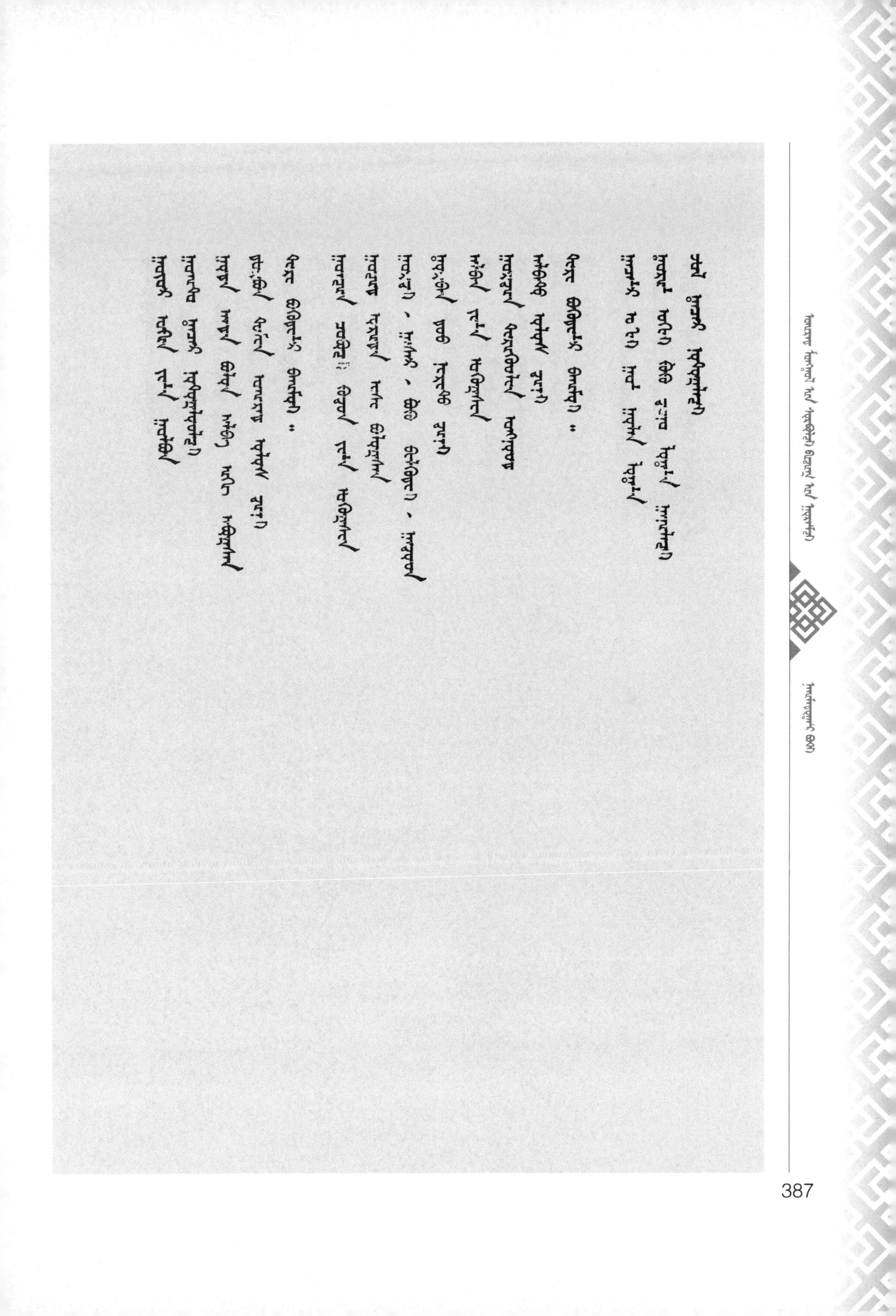

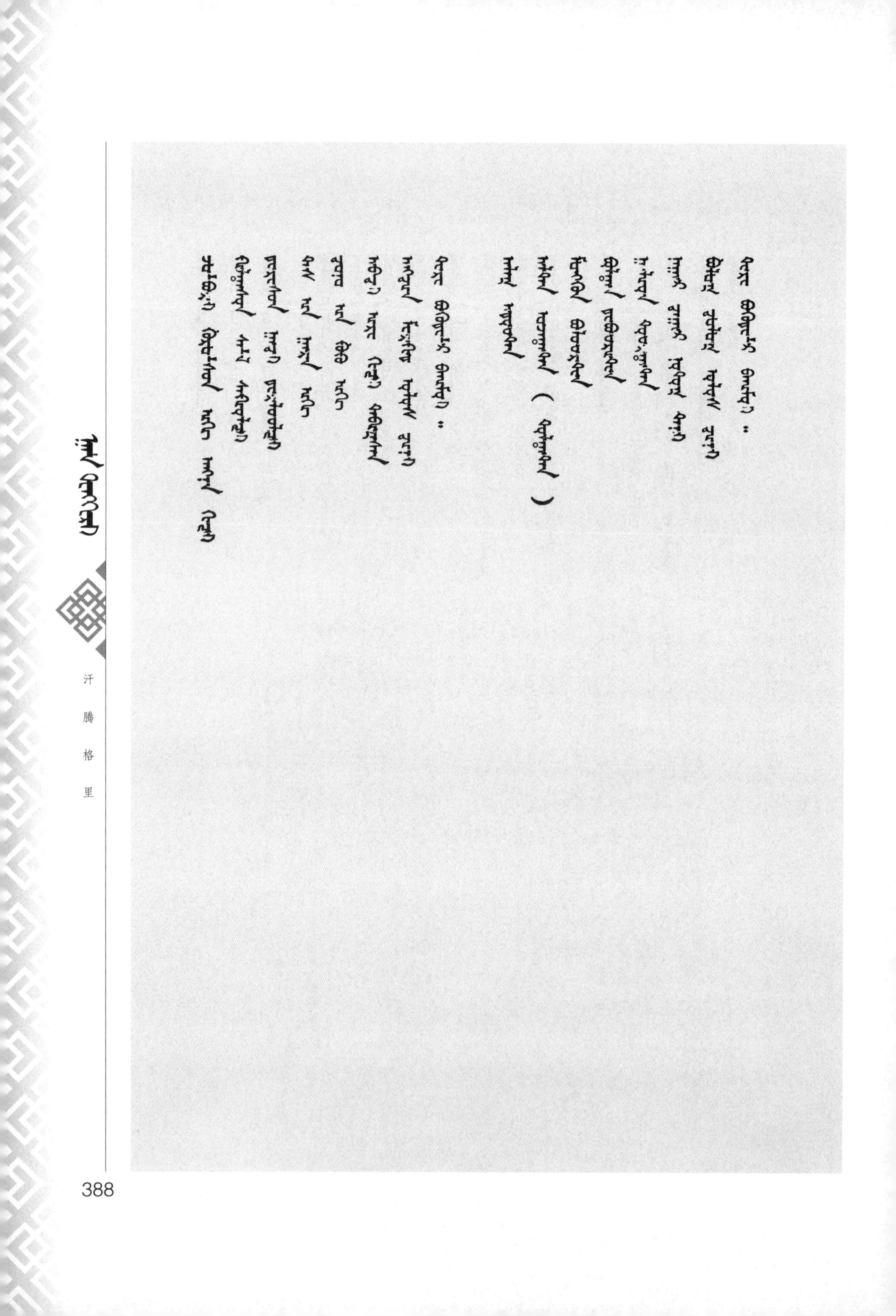

[illegible] ᠃
[illegible]
[illegible]
[illegible]
[illegible]
[illegible]
[illegible] ([illegible])
[illegible]

[illegible] ᠃
[illegible]
[illegible]
[illegible]
[illegible]
[illegible]
[illegible]
[illegible]
[illegible]

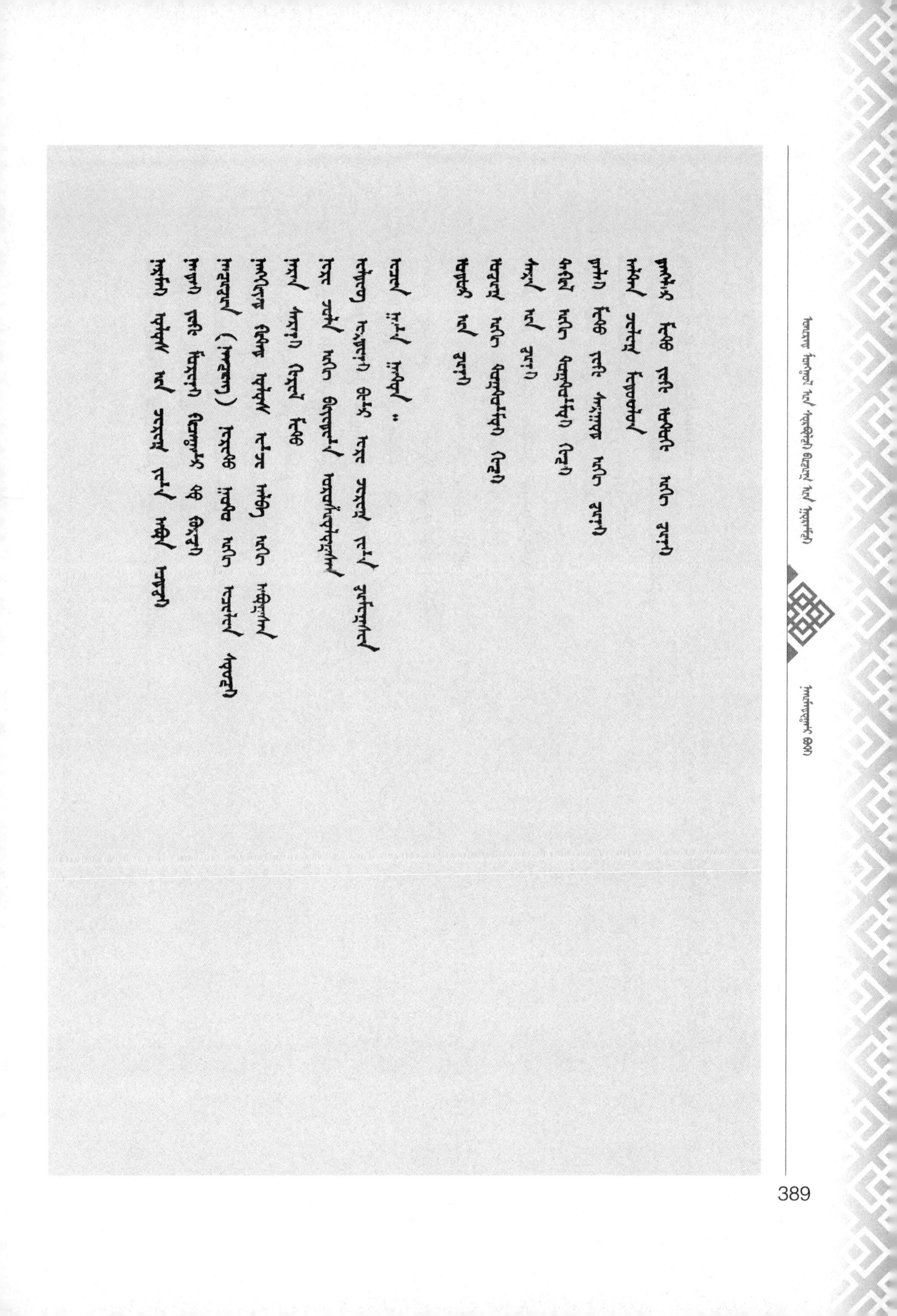

ᠠᠯᠲᠠᠢ ᠂ ᠬᠠᠩᠭᠠᠢ ᠂ ᠲᠢᠶᠠᠨ ᠱᠠᠨ ᠠᠭᠤᠯᠠ ᠶᠢᠨ ᠰᠠᠯᠪᠤᠷᠢ ᠪᠣᠯᠤᠨᠠ ።
ᠮᠣᠩᠭᠣᠯᠴᠤᠳ ᠤᠨ ᠡᠷᠲᠡᠨ ᠦ ᠣᠷᠣᠨ ᠬᠦᠮᠦᠰ ᠪᠡᠷ
ᠲᠡᠷᠡ ᠪᠠᠷᠠᠭᠤᠨᠲᠠᠭᠠᠨ ᠠᠭᠤᠯᠠ ᠶᠢᠨ ᠣᠷᠣᠨ ᠪᠣᠯᠤᠨᠠ ።
ᠲᠡᠮᠦᠴᠢᠨ ᠤᠨ ᠪᠠᠭᠠᠲᠤᠷ ᠬᠦᠮᠦᠨ ᠣᠷᠣᠨ ᠬᠦᠮᠦᠰ ᠪᠡᠷ
ᠲᠡᠯᠡᠬᠡᠢ ᠶᠢ ᠰᠠᠬᠢᠭᠤᠯᠤᠭᠴᠢ ᠪᠣᠯᠤᠨᠠ ።
ᠲᠡᠭᠦᠬᠡᠨ ᠦ ᠡᠷᠲᠡᠨ ᠦ ᠣᠷᠣᠨ ᠬᠦᠮᠦᠰ ᠪᠡᠷ
ᠬᠦᠮᠦᠨ ᠲᠦᠷᠦᠯᠬᠢᠲᠡᠨ ᠦ ᠰᠤᠷᠲᠠᠯ ᠪᠢᠴᠢᠭᠳᠡᠨ ᠳᠡᠭᠡᠷ᠎ᠡ
ᠬᠦᠮᠦᠰᠦᠨ ᠤ ᠲᠦᠷᠦᠯ ᠤᠨ ᠰᠤᠷᠲᠠᠯᠴᠢ ᠪᠢᠴᠢᠭᠳᠡᠨ ᠳᠡᠭᠡᠷ᠎ᠡ
ᠠᠮᠢᠳᠤ ᠪᠢᠴᠢᠭᠲᠦ ᠤᠨ ᠲᠦᠷᠦᠯ ᠤᠨ ᠰᠤᠷᠤᠯ ᠪᠢᠴᠢᠭᠳᠡᠨ ᠳᠡᠭᠡᠷ᠎ᠡ
ᠠᠷᠭᠠᠳ ᠤᠨ ᠲᠦᠷᠦᠯ ᠤᠨ ᠰᠤᠷᠤᠯᠴᠠᠭ᠎ᠠ ᠪᠢᠴᠢᠭᠳᠡᠨ ᠳᠡᠭᠡᠷ᠎ᠡ
ᠰᠤᠷᠭᠠᠭᠤᠯᠢ ᠤᠨ ᠲᠦᠷᠦᠯ ᠤᠨ ᠪᠢᠴᠢᠭ ᠪᠢᠴᠢᠭᠳᠡᠨ ᠳᠡᠭᠡᠷ᠎ᠡ
ᠰᠤᠷᠲᠠᠯ ᠤᠨ ᠲᠦᠷᠦᠯ ᠤᠨ ᠰᠤᠷᠤᠯᠴᠢ ᠪᠢᠴᠢᠭᠳᠡᠨ ᠳᠡᠭᠡᠷ᠎ᠡ

ᠬᠠᠭᠠᠨ ᠲᠡᠷᠡ ᠠᠭᠤᠯᠠ ᠶᠢᠨ ᠰᠠᠬᠢᠭᠤᠯ ᠪᠣᠯᠤᠨᠠ ።
ᠬᠠᠷᠠᠭᠠᠯ ᠲᠠᠯᠠᠪᠤ ᠰᠠᠢᠬᠠᠨ ᠪᠠᠢᠵᠤ ᠠᠭᠤᠯᠠ
ᠮᠣᠩᠭᠣᠯᠴᠤᠳ ᠤᠨ ᠡᠷᠲᠡᠨ ᠦ ᠪᠤᠷᠬᠠᠨ ᠣᠷᠣᠨ ᠣᠷᠣᠰᠢᠭᠤᠯᠪᠠ
ᠬᠠᠷᠠᠯ ᠲᠠᠯᠪᠢᠨᠠ ᠰᠢᠨᠵᠢᠯᠡᠨ

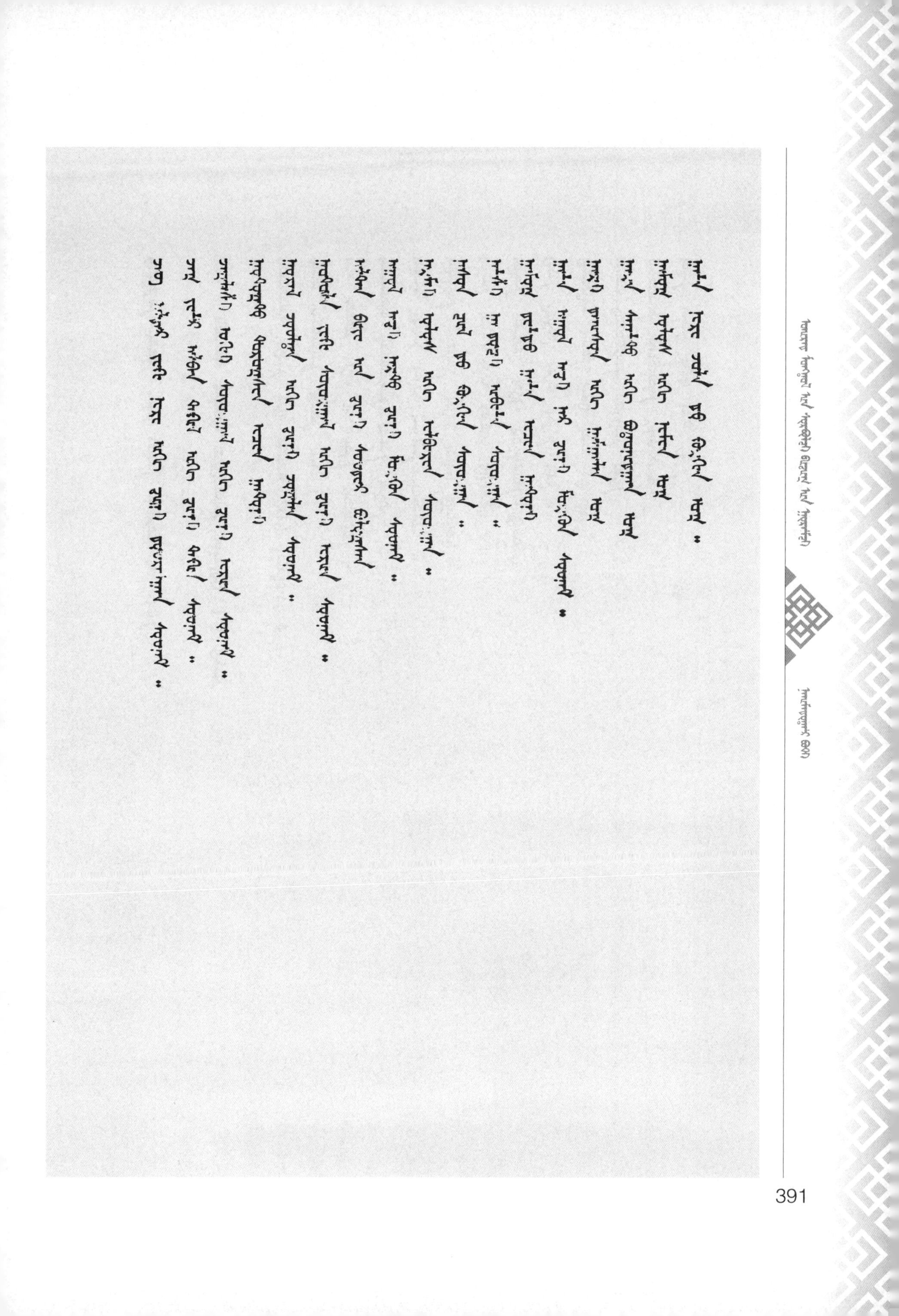

[illegible]
[illegible]
[illegible]
[illegible]
[illegible]
[illegible]
[illegible]
[illegible]
[illegible]
[illegible]
[illegible]
[illegible]
[illegible]
[illegible]
[illegible]
[illegible]
[illegible]

ᠪᠣᠷᠤᠭᠠᠨ ᠣᠷᠣᠭᠰᠠᠨ ᠨᠢᠭᠡ ᠤᠳᠠᠭ᠎ᠠ ᠪᠣᠳᠤᠯ ᠤᠨ ᠬᠡᠯᠡᠭ

ᠬᠤᠪᠢᠰᠬᠠᠯ ᠦᠨ ᠰᠠᠷ᠎ᠠ ᠶᠢᠨ 15 ᠪᠣᠯᠤᠨ

◆ ᠰᠠᠷᠠᠭᠤᠯ ᠣᠳᠣ ᠨᠠᠷᠠᠨ ᠲᠠᠩᠭᠠᠷᠤᠭ ᠪᠣᠯᠤᠨ᠎ᠠ
ᠰᠠᠷᠠᠭᠤᠯ ᠪᠣᠯᠬᠤ ᠬᠠᠷᠠ ᠬᠦᠮᠦᠨ
ᠬᠠᠷᠠ ᠬᠠᠷᠠᠭᠠᠨ ᠬᠠᠷᠠ ᠬᠠᠷᠠᠭᠰᠠᠨ ᠰᠠᠷᠠᠭᠤᠯ ᠃
ᠬᠠᠷᠠᠭᠰᠠᠨ ᠪᠣᠯᠬᠤ ᠬᠠᠷᠠ ᠬᠦᠮᠦᠨ
ᠬᠠᠷᠠᠭᠤ ᠪᠢᠯᠡ ᠬᠠᠷᠠ ᠬᠦᠮᠦᠨ ᠰᠠᠷᠠᠭᠤᠯ ᠃
ᠬᠠᠷᠠᠭᠤᠯ ᠲᠠᠷᠠᠭᠠᠳ ᠬᠠᠷᠠ ᠬᠠᠷᠠᠨ ᠪᠣᠯᠤᠭᠰᠠᠨ
ᠬᠠᠷᠠᠭᠤ ᠨᠠᠷᠠ ᠬᠠᠷᠠ ᠬᠠᠷᠠᠭᠤ ᠪᠣᠯᠤᠭᠰᠠᠨ
ᠬᠠᠷᠠᠨ ᠬᠠᠷᠠᠭᠤ ᠬᠠᠷᠠ ᠬᠦᠮᠦᠨ ᠪᠣᠯᠤᠭᠰᠠᠨ
ᠪᠢᠯᠡ ᠪᠣᠯᠤᠭᠠᠳ ᠬᠠᠷᠠ ᠨᠠᠷᠠᠨ ᠬᠠᠷᠠ ᠃
ᠪᠣᠷᠤᠭᠠᠨ ᠬᠦᠮᠦᠨ ᠬᠠᠷᠠ ᠬᠠᠷᠠ ᠲᠠ ᠪᠢᠯᠡ
ᠪᠣᠯᠤᠨ ᠰᠠᠷᠠᠭᠤᠯ ᠲᠠᠷᠠᠭᠠᠨ ᠬᠦᠮᠦᠨ
ᠨᠠᠷᠠᠭᠤᠯ ᠬᠠᠷᠠᠭᠰᠠᠨ ᠰᠠᠷᠠᠭᠤᠯ
ᠬᠦᠮᠦᠨ ᠬᠦᠮᠦᠨ ᠬᠠᠷᠠ ᠬᠠᠷᠠ ᠪᠢᠯᠡ

ᠰᠢᠨᠵᠢᠯᠡᠬᠦ ᠤᠬᠠᠭᠠᠨ ᠪᠣᠯᠪᠠᠰᠤᠷᠠᠯ [illegible]
[illegible] [illegible]
[illegible] [illegible] [illegible]

[illegible] [illegible] [illegible] [illegible] [illegible] [illegible] ::
[illegible] [illegible] ᠬᠡᠮᠡᠨ [illegible]
[illegible] [illegible] [illegible] [illegible] [illegible] [illegible]
[illegible] [illegible] ᠬᠡᠮᠡᠨ [illegible] [illegible]
[illegible] [illegible] ᠬᠡᠮᠡᠨ [illegible] [illegible]

[illegible] [illegible] ([illegible]) [illegible] [illegible] [illegible] [illegible] [illegible] ::
[illegible] [illegible] [illegible]
[illegible] [illegible] [illegible]
[illegible] [illegible] [illegible] [illegible] ᠬᠡᠮᠡᠨ [illegible] [illegible]
[illegible] [illegible] [illegible] [illegible] [illegible]
[illegible] [illegible] ᠬᠡᠮᠡᠨ [illegible] [illegible]
[illegible] ([illegible]) [illegible] ᠬᠡᠮᠡᠨ [illegible] [illegible]

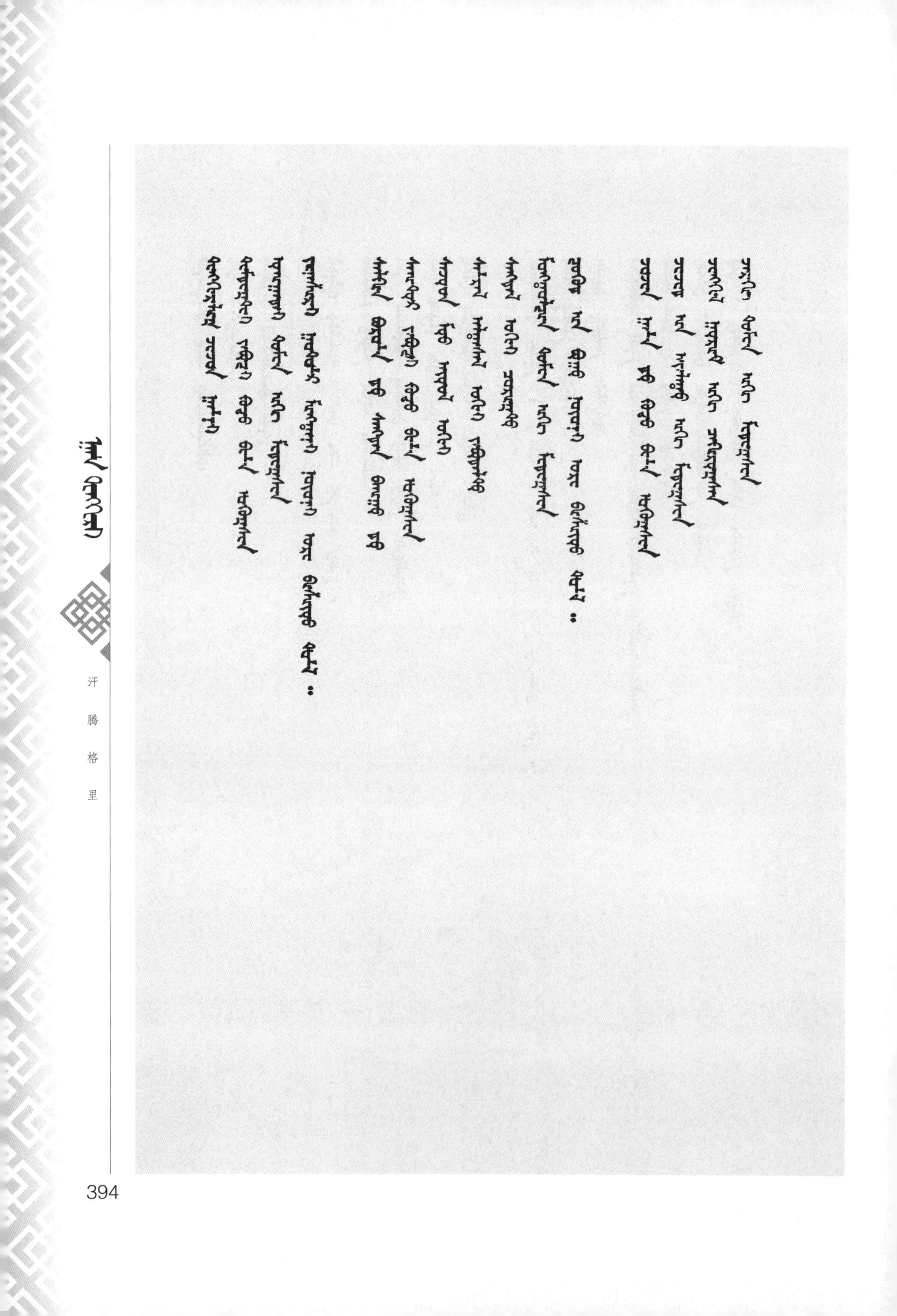

[illegible]
[illegible]
[illegible]
[illegible] ::

[illegible]
[illegible]
[illegible]
[illegible]
[illegible]
[illegible]
[illegible] ::

[illegible]
[illegible]
[illegible]
[illegible]

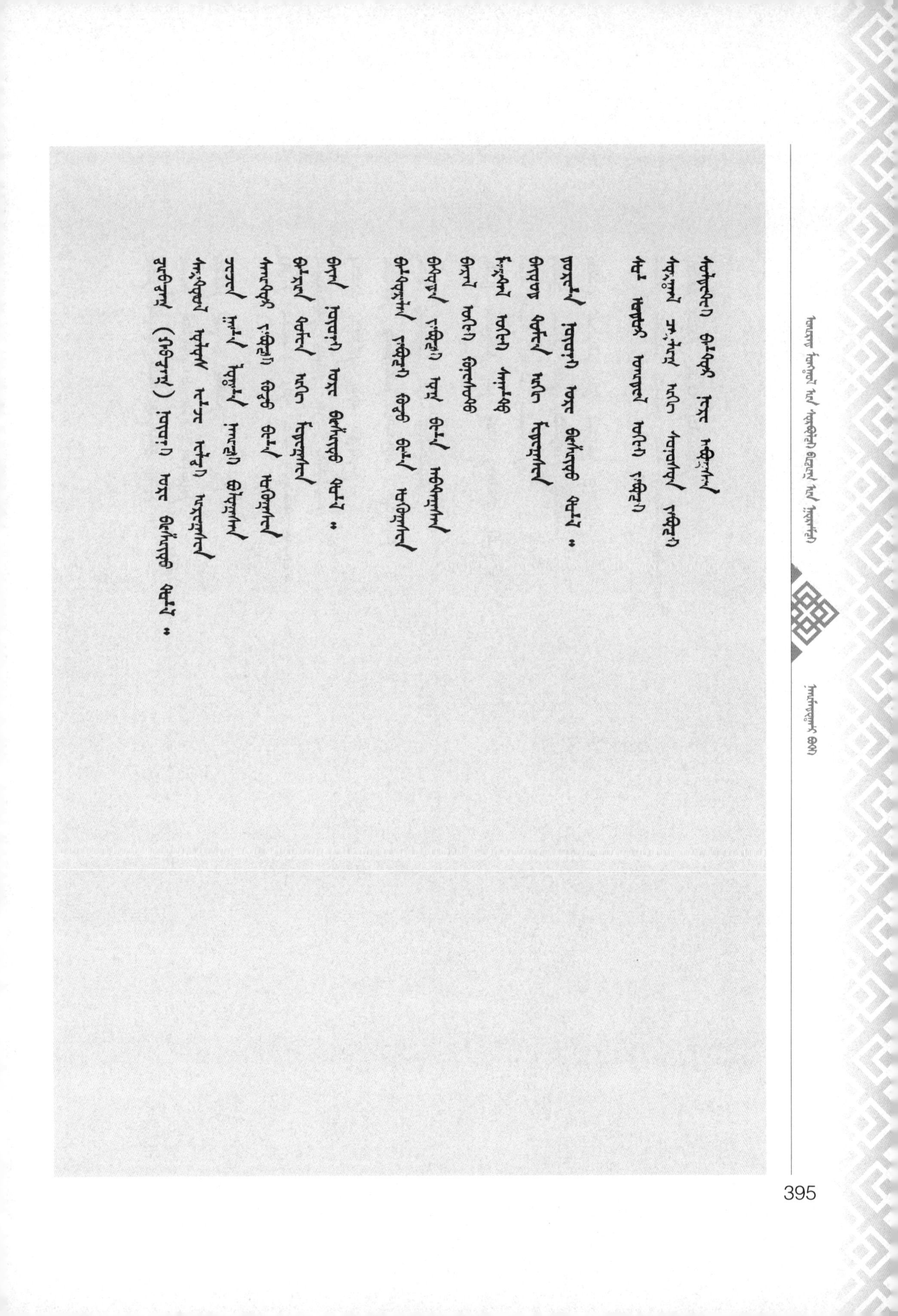

[illegible]
[illegible]
[illegible]

[illegible]
[illegible]
[illegible]
[illegible]
[illegible]
[illegible]

[illegible]
[illegible]
[illegible]
[illegible]
[illegible]
[illegible]

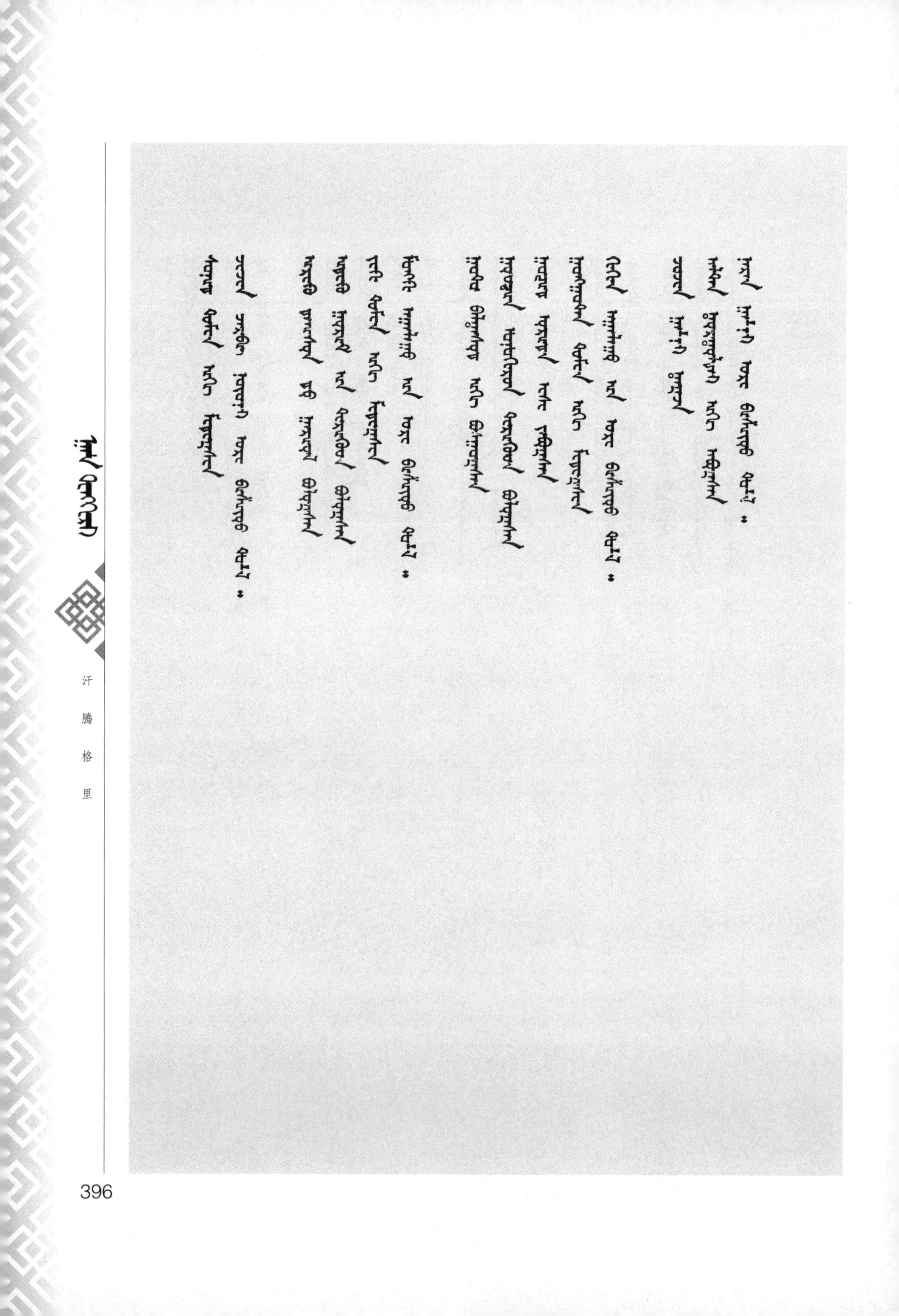

[illegible]
[illegible] ᠃

[illegible]
[illegible]
[illegible]
[illegible] ᠃

[illegible]
[illegible]
[illegible]
[illegible]
[illegible] ᠃

[illegible]
[illegible]
[illegible] ᠃

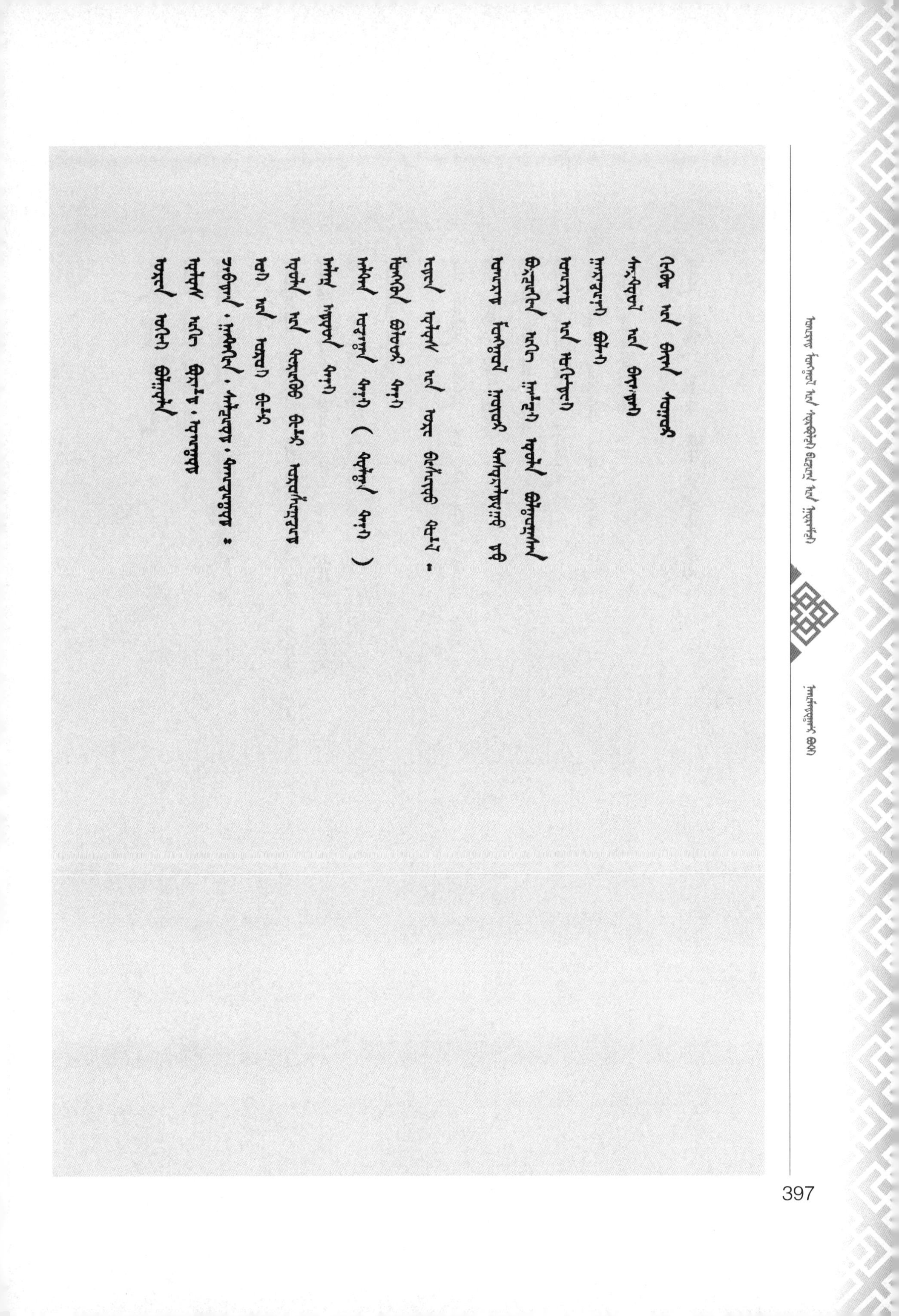

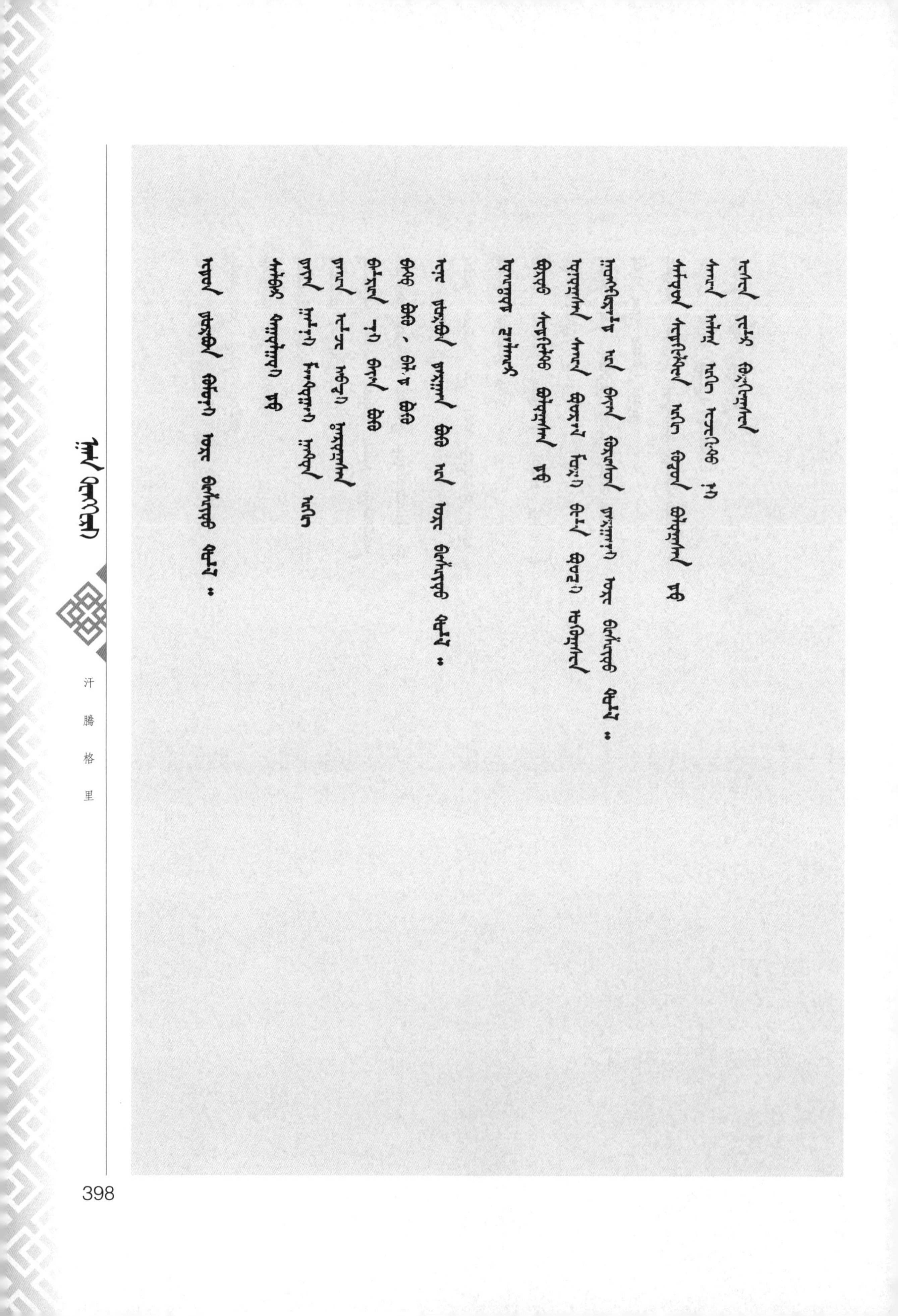

[illegible]
[illegible]
[illegible]

[illegible] ᠄
[illegible]
[illegible]
[illegible]

[illegible] ᠄
[illegible]
[illegible]
[illegible]
[illegible]
[illegible]

[illegible] ᠄

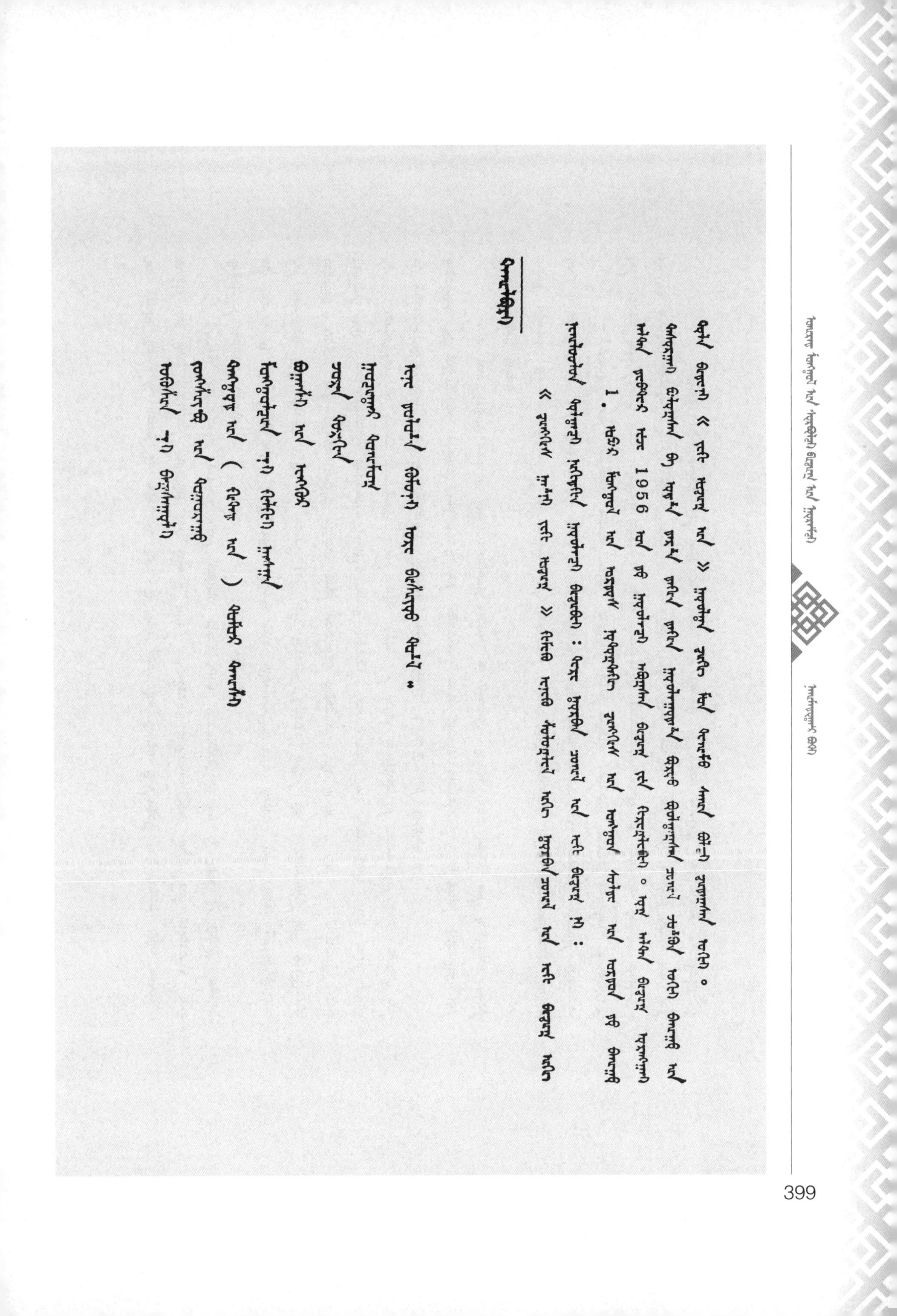

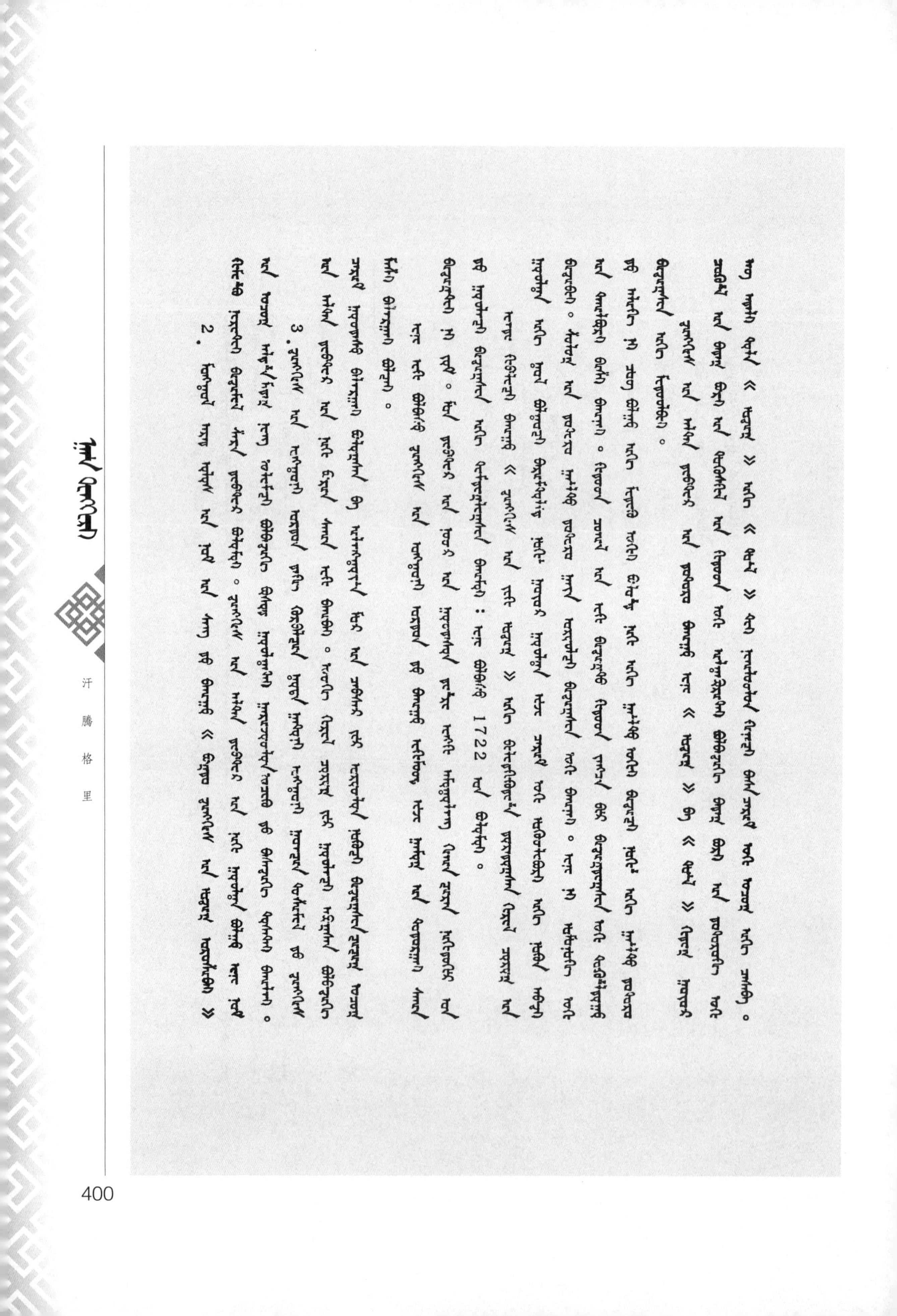

[illegible] «[illegible]» [illegible] «[illegible]» [illegible] ᠃

[illegible] «[illegible]» [illegible] «[illegible]» [illegible] ᠃

[illegible] ᠃ [illegible] ᠃ [illegible] ᠃ [illegible]

[illegible] «[illegible]» [illegible] ᠄ [illegible] 1722 [illegible] ᠃

[illegible] ᠃ [illegible]

[illegible] ᠃

[illegible] ᠃ [illegible]

3. [illegible] ᠃ [illegible] ᠃ [illegible]

2. [illegible] «[illegible]»

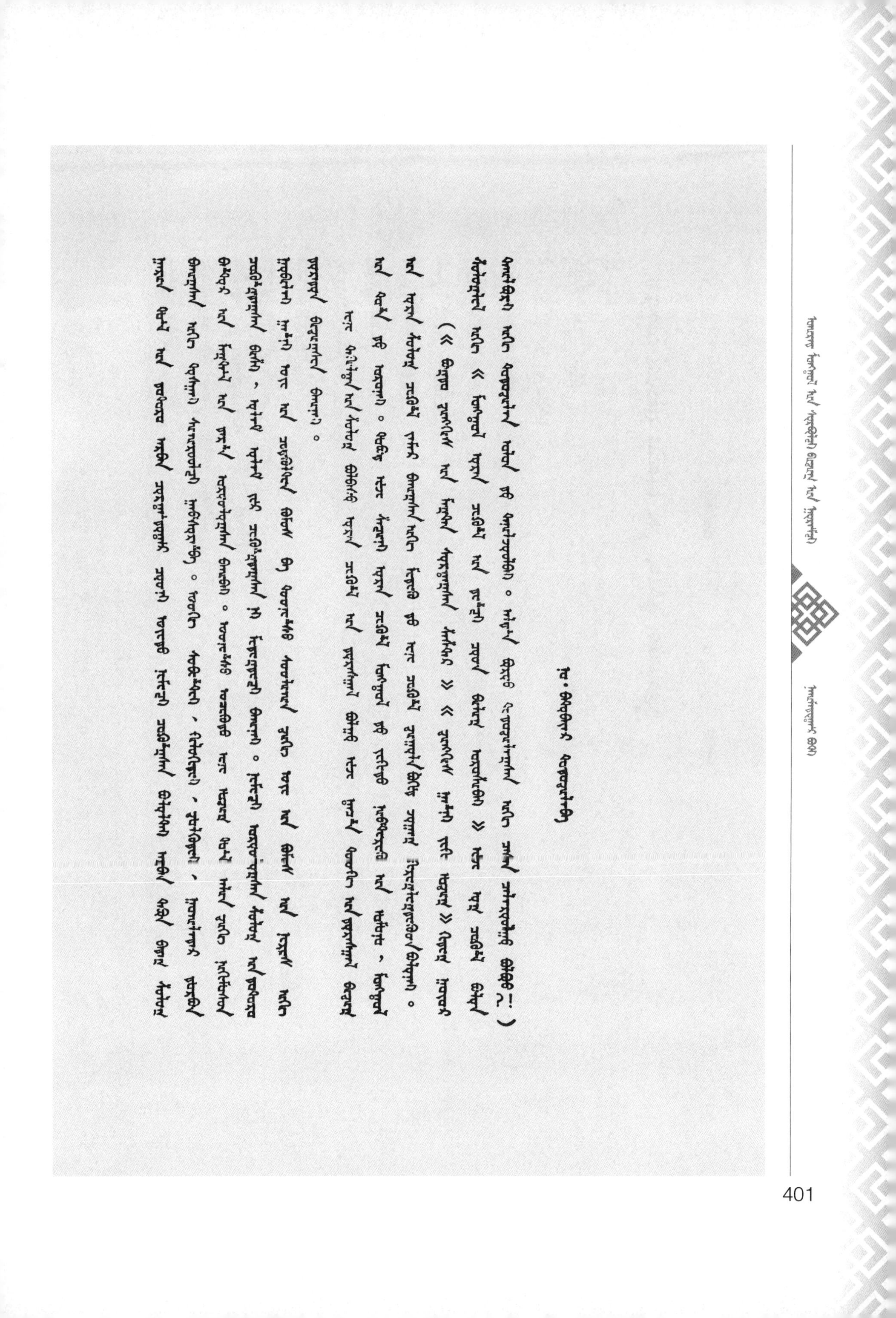

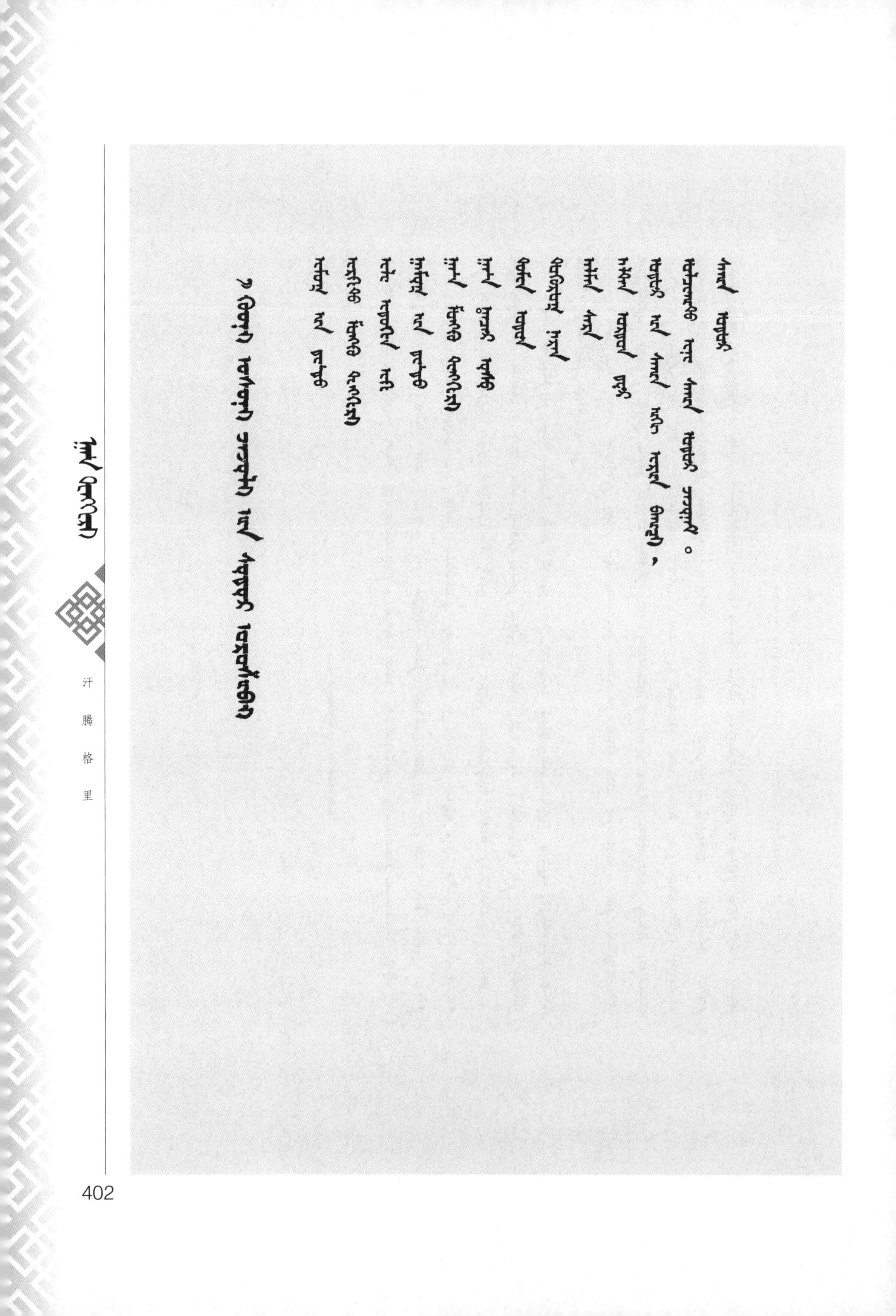

[illegible]

[illegible]

[illegible]

[illegible]

[illegible]

[illegible]

[illegible]

[illegible]

[illegible]

[illegible]

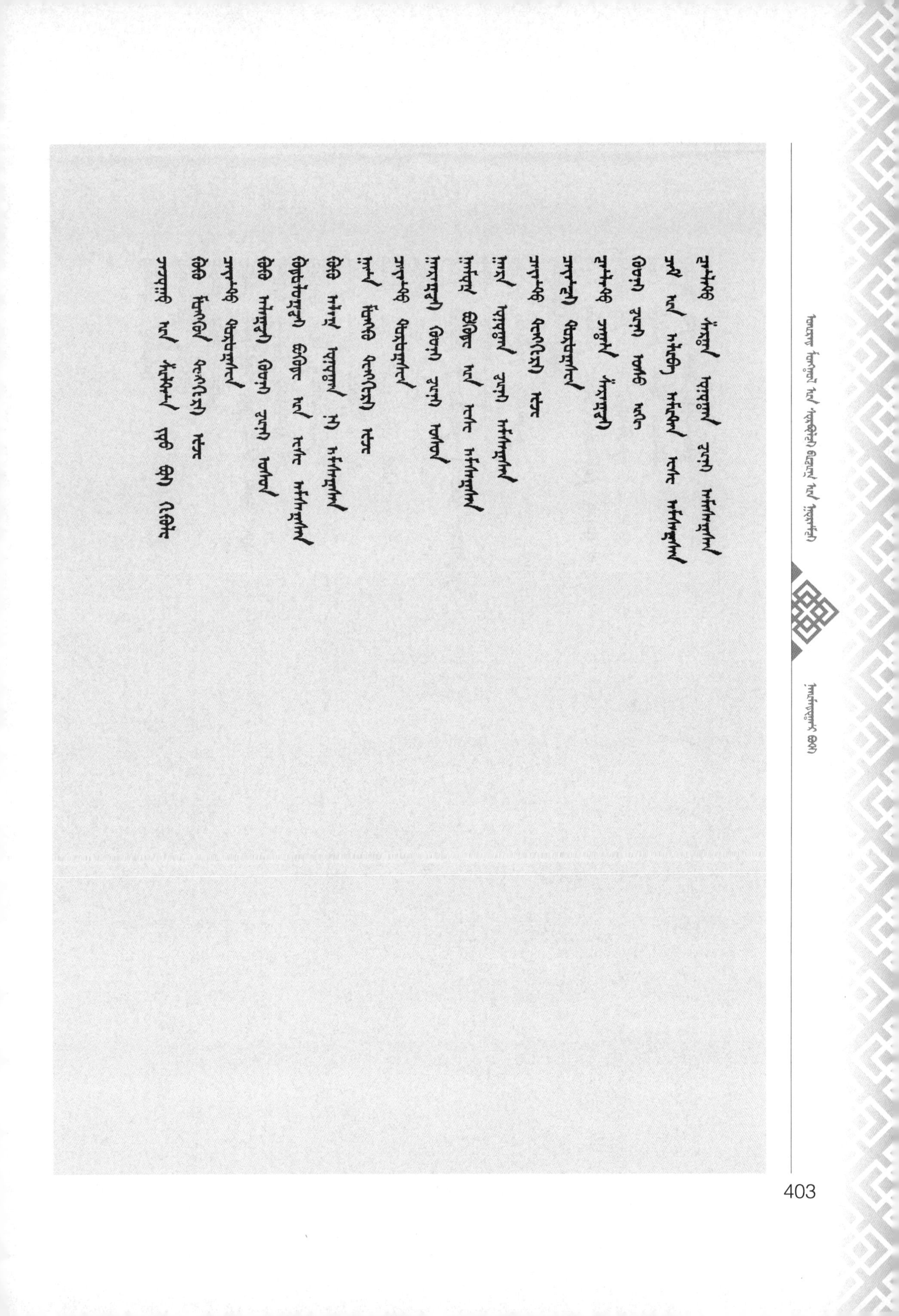

[illegible]
[illegible]
[illegible]
[illegible]
[illegible]
[illegible]
[illegible]
[illegible]
[illegible]
[illegible]
[illegible]
[illegible]
[illegible]
[illegible]
[illegible]
[illegible]
[illegible]
[illegible]

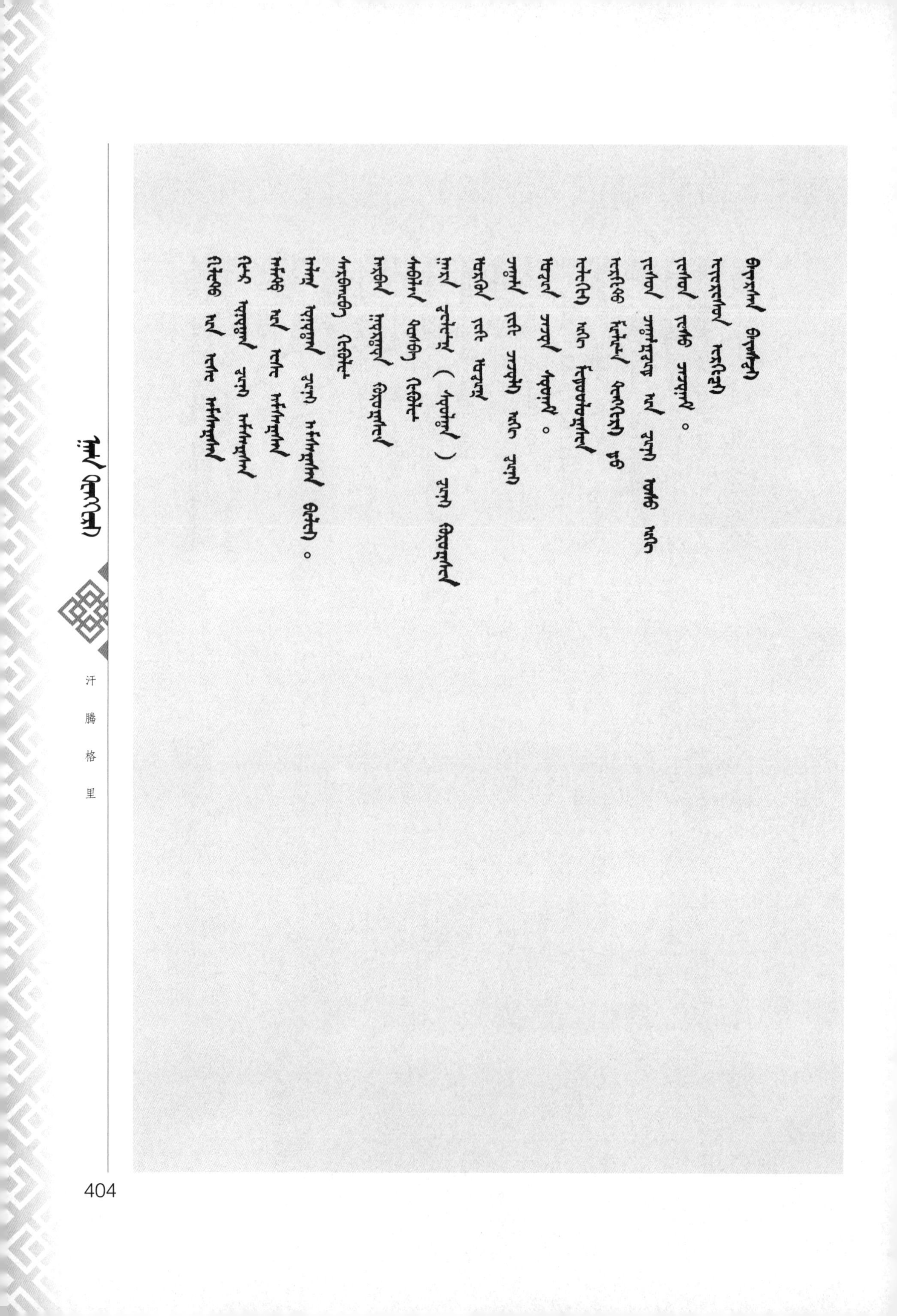

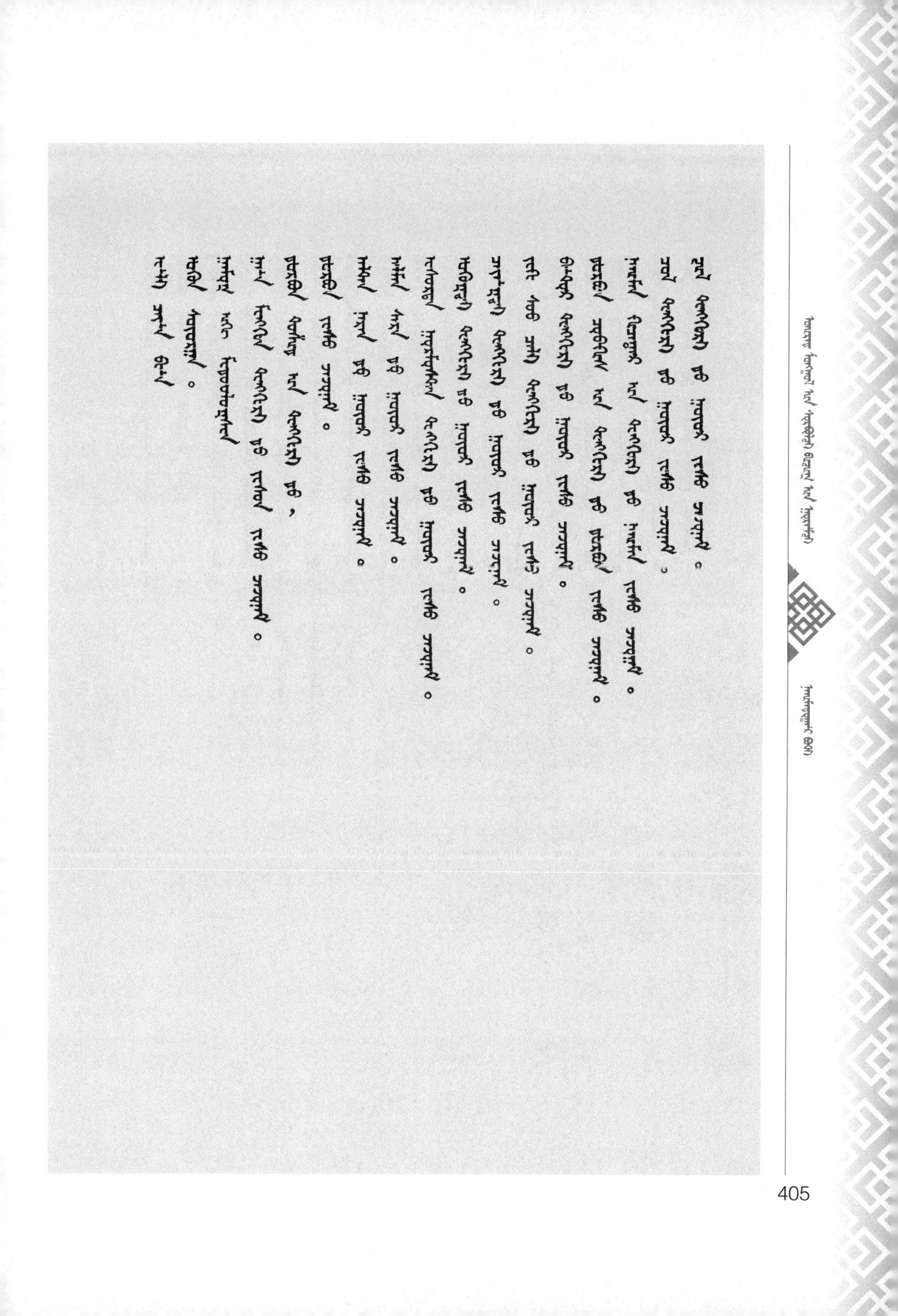

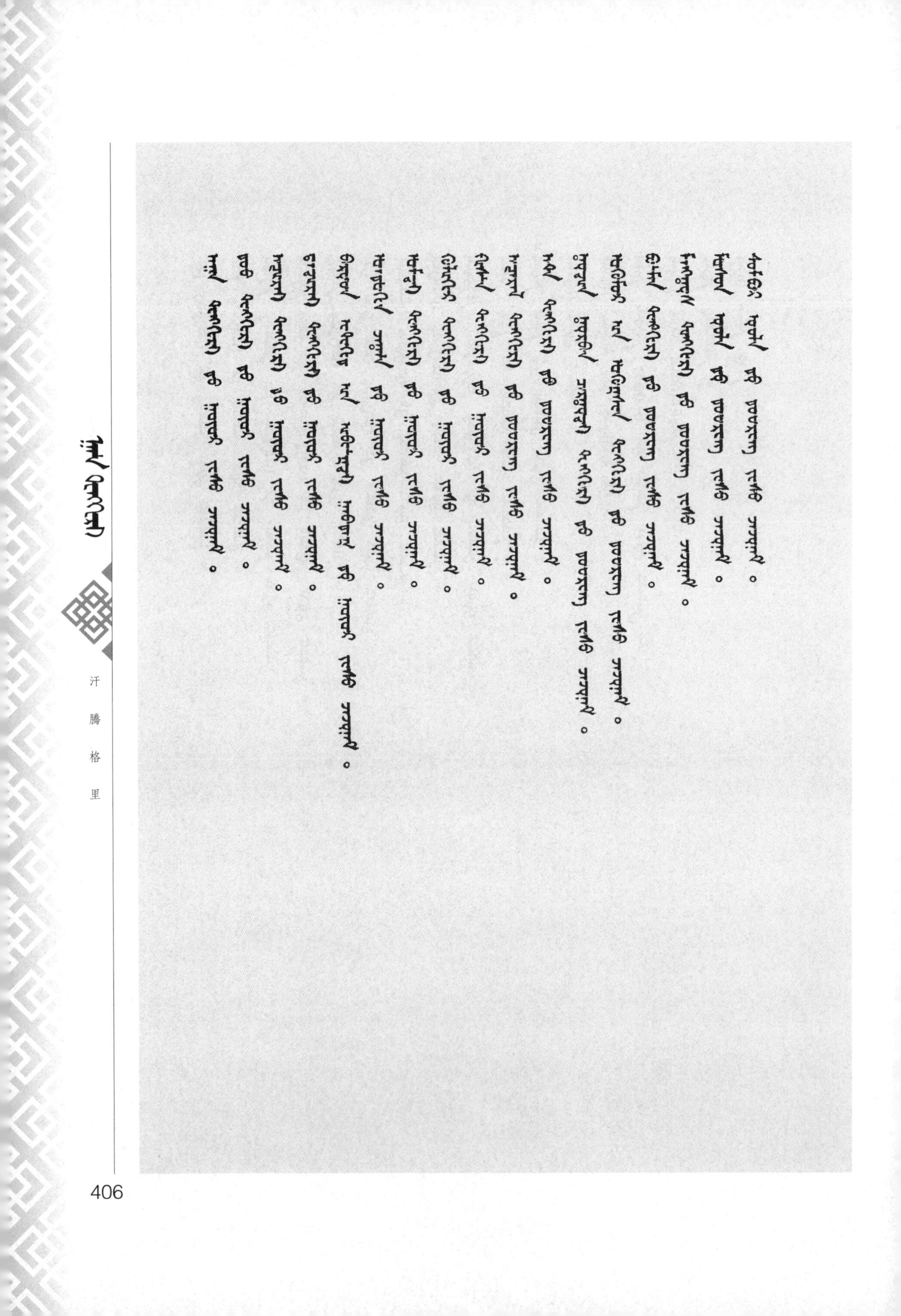

[illegible] 。
[illegible] 。
[illegible] 。
[illegible] 。
[illegible] 。
[illegible] 。
[illegible] 。
[illegible] 。
[illegible] 。
[illegible] 。
[illegible] 。
[illegible] 。
[illegible] 。
[illegible] 。
[illegible] 。
[illegible] 。
[illegible] 。

[illegible] [illegible]
[illegible] [illegible] ᠮᠥᠷᠭᠦᠨ [illegible] ᠵᠠᠯᠪᠠᠷᠢᠨ᠎ᠠ ᠃
[illegible] [illegible] [illegible] [illegible] [illegible]
[illegible] [illegible] [illegible] [illegible] [illegible]
[illegible] [illegible] ᠮᠥᠷᠭᠦᠨ [illegible] ᠵᠠᠯᠪᠠᠷᠢᠨ᠎ᠠ ᠃
[illegible] [illegible] [illegible]
[illegible] [illegible] [illegible] [illegible]
[illegible] [illegible] ᠳᠤ ᠮᠥᠷᠭᠦᠨ [illegible] ᠵᠠᠯᠪᠠᠷᠢᠨ᠎ᠠ ᠃
[illegible] [illegible] [illegible] [illegible] ᠳᠤ ᠮᠥᠷᠭᠦᠨ [illegible] ᠵᠠᠯᠪᠠᠷᠢᠨ᠎ᠠ ᠃
[illegible] [illegible] [illegible] [illegible] [illegible]
[illegible] [illegible] [illegible] ᠳᠤ ᠮᠥᠷᠭᠦᠨ [illegible] ᠵᠠᠯᠪᠠᠷᠢᠨ᠎ᠠ ᠃
[illegible] [illegible] [illegible] [illegible] [illegible]
[illegible] [illegible] [illegible] ᠮᠥᠷᠭᠦᠨ [illegible] ᠵᠠᠯᠪᠠᠷᠢᠨ᠎ᠠ ᠃
[illegible] [illegible] [illegible] [illegible] ᠳᠤ ᠮᠥᠷᠭᠦᠨ [illegible] ᠵᠠᠯᠪᠠᠷᠢᠨ᠎ᠠ ᠃
[illegible] [illegible] ᠳᠤ ᠮᠥᠷᠭᠦᠨ [illegible] ᠵᠠᠯᠪᠠᠷᠢᠨ᠎ᠠ ᠃
[illegible] [illegible] ᠳᠤ ᠮᠥᠷᠭᠦᠨ [illegible] ᠵᠠᠯᠪᠠᠷᠢᠨ᠎ᠠ ᠃
[illegible] [illegible] ᠳᠤ ᠮᠥᠷᠭᠦᠨ [illegible] ᠵᠠᠯᠪᠠᠷᠢᠨ᠎ᠠ ᠃

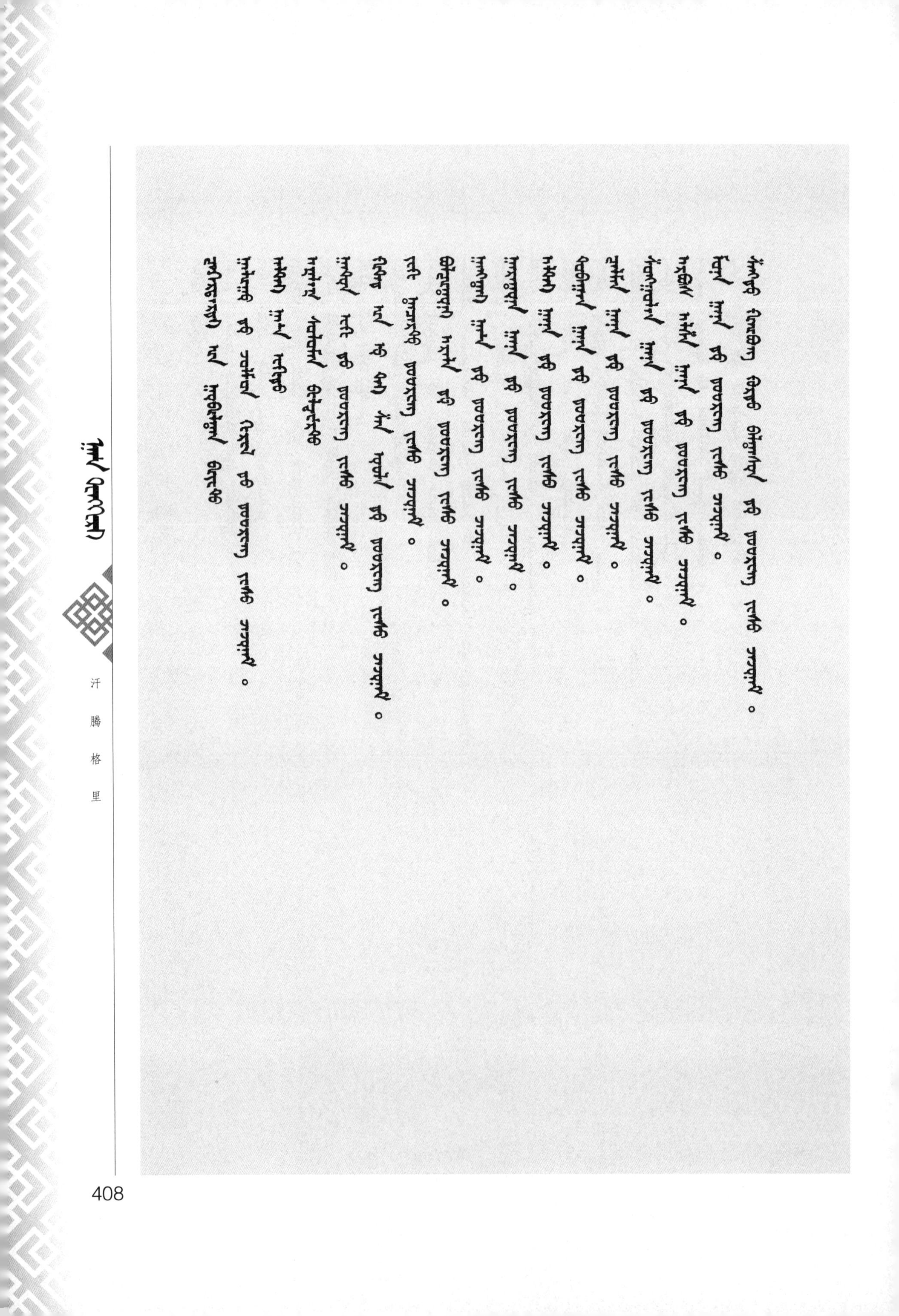

[illegible]

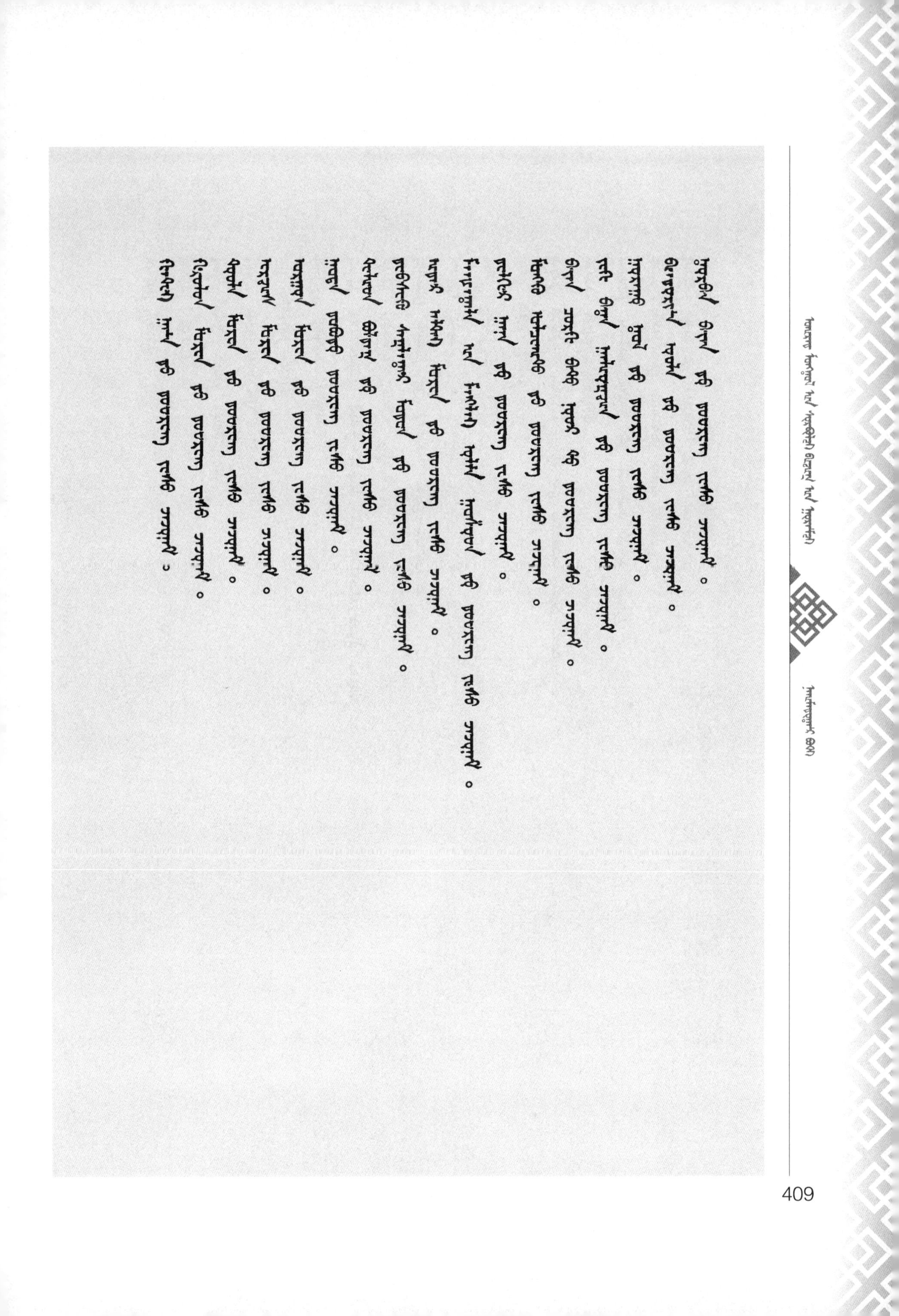

[illegible] ◦
[illegible] ◦
[illegible] ◦
[illegible] ◦
[illegible] ◦
[illegible] ◦
[illegible] ◦
[illegible] ◦
[illegible] ◦
[illegible] ◦
[illegible] ◦
[illegible] ◦
[illegible] ◦
[illegible] ◦
[illegible] ◦
[illegible] ◦
[illegible] ◦

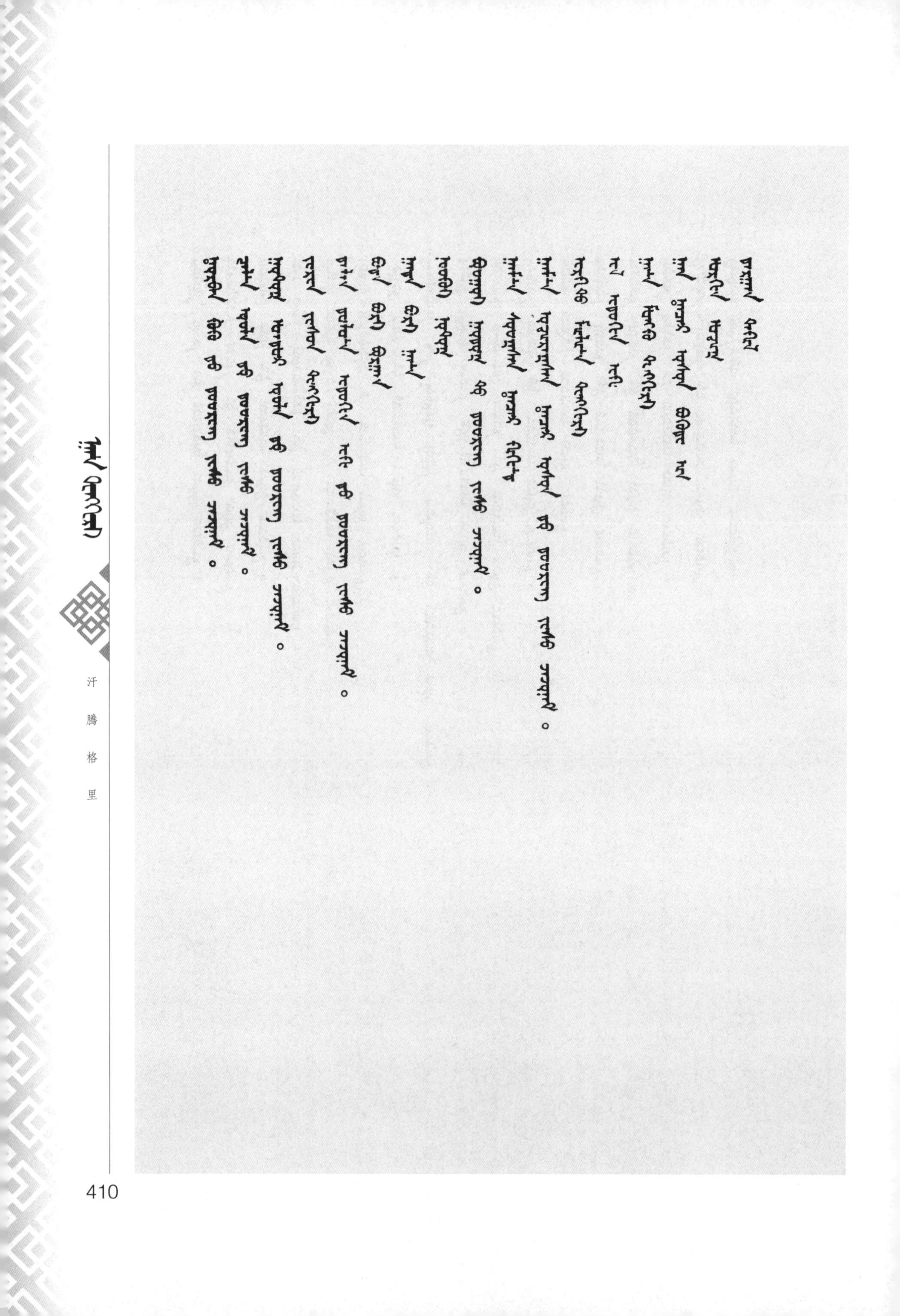

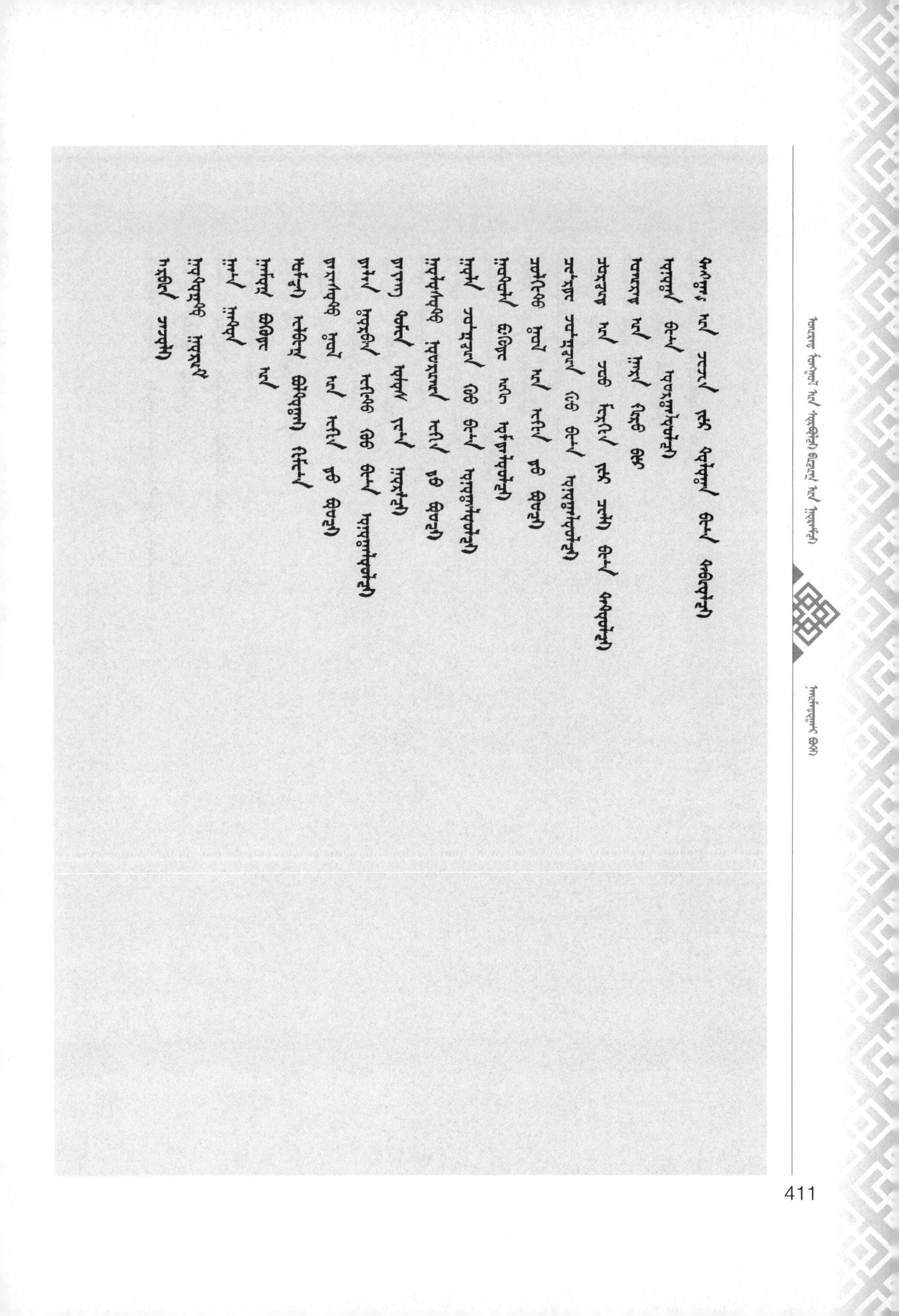

[illegible]
[illegible]
[illegible]
[illegible]
[illegible]
[illegible]
[illegible]
[illegible]
[illegible]
[illegible]
[illegible]
[illegible]
[illegible]
[illegible]
[illegible]
[illegible]
[illegible]

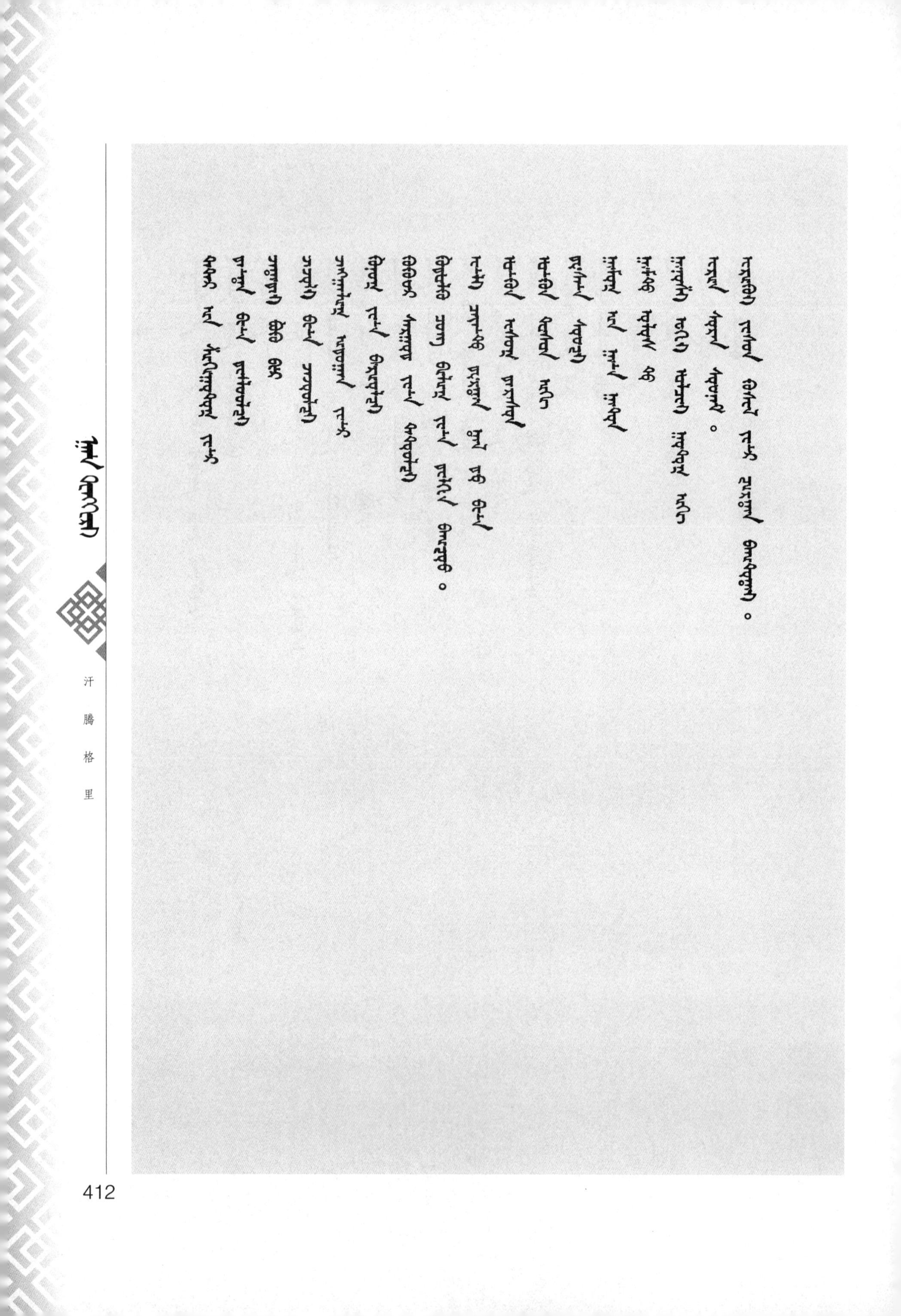

[illegible]

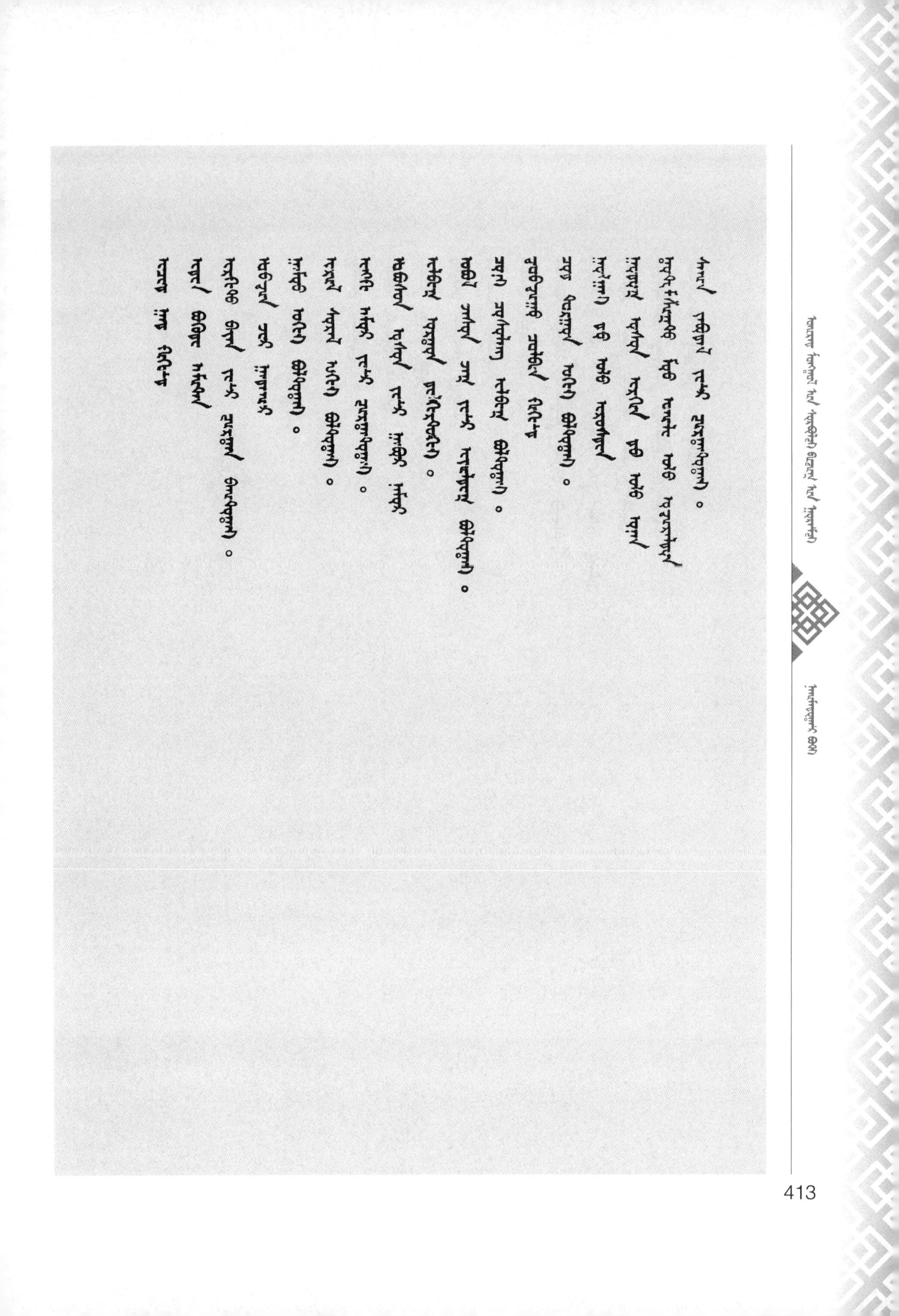

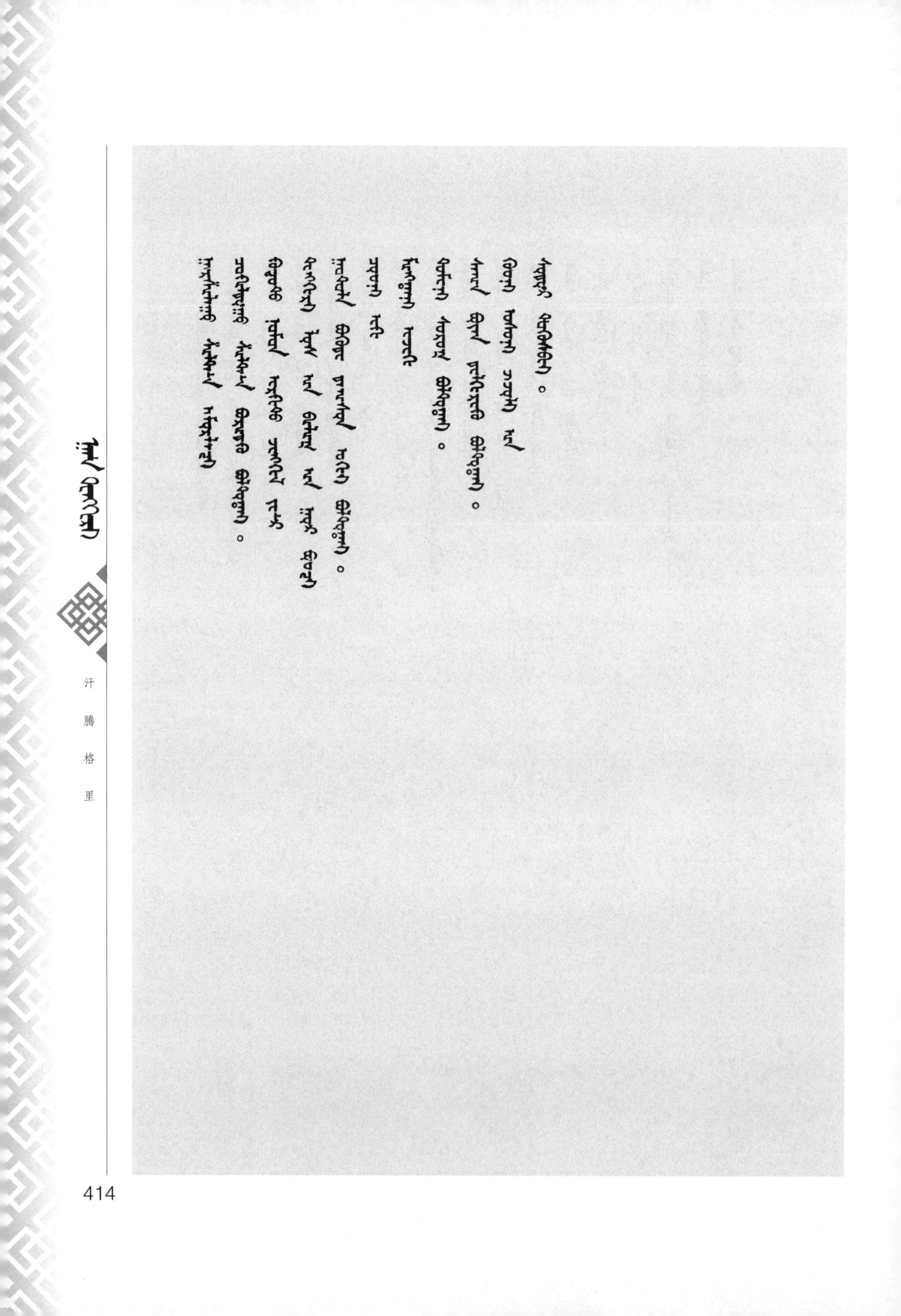

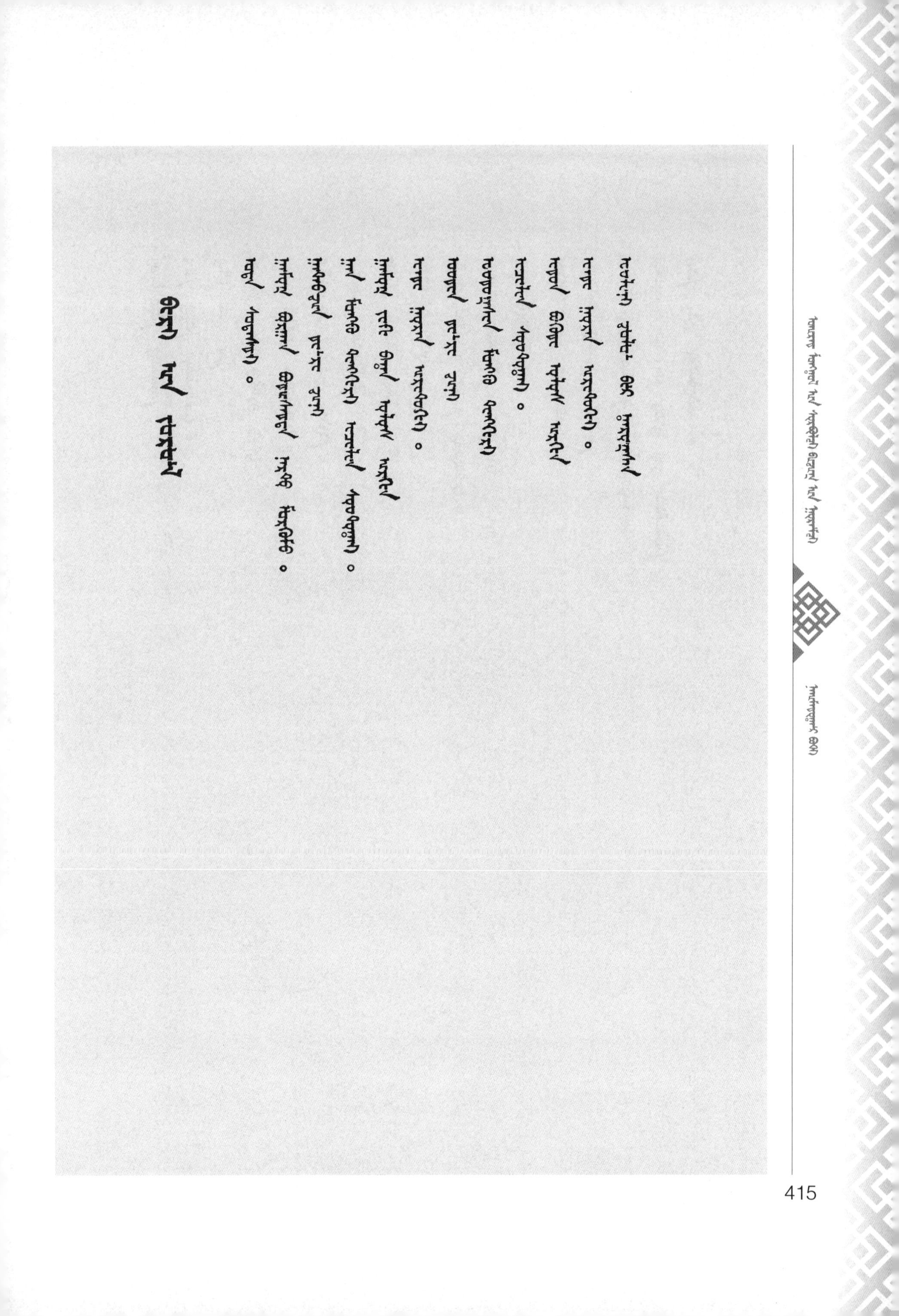

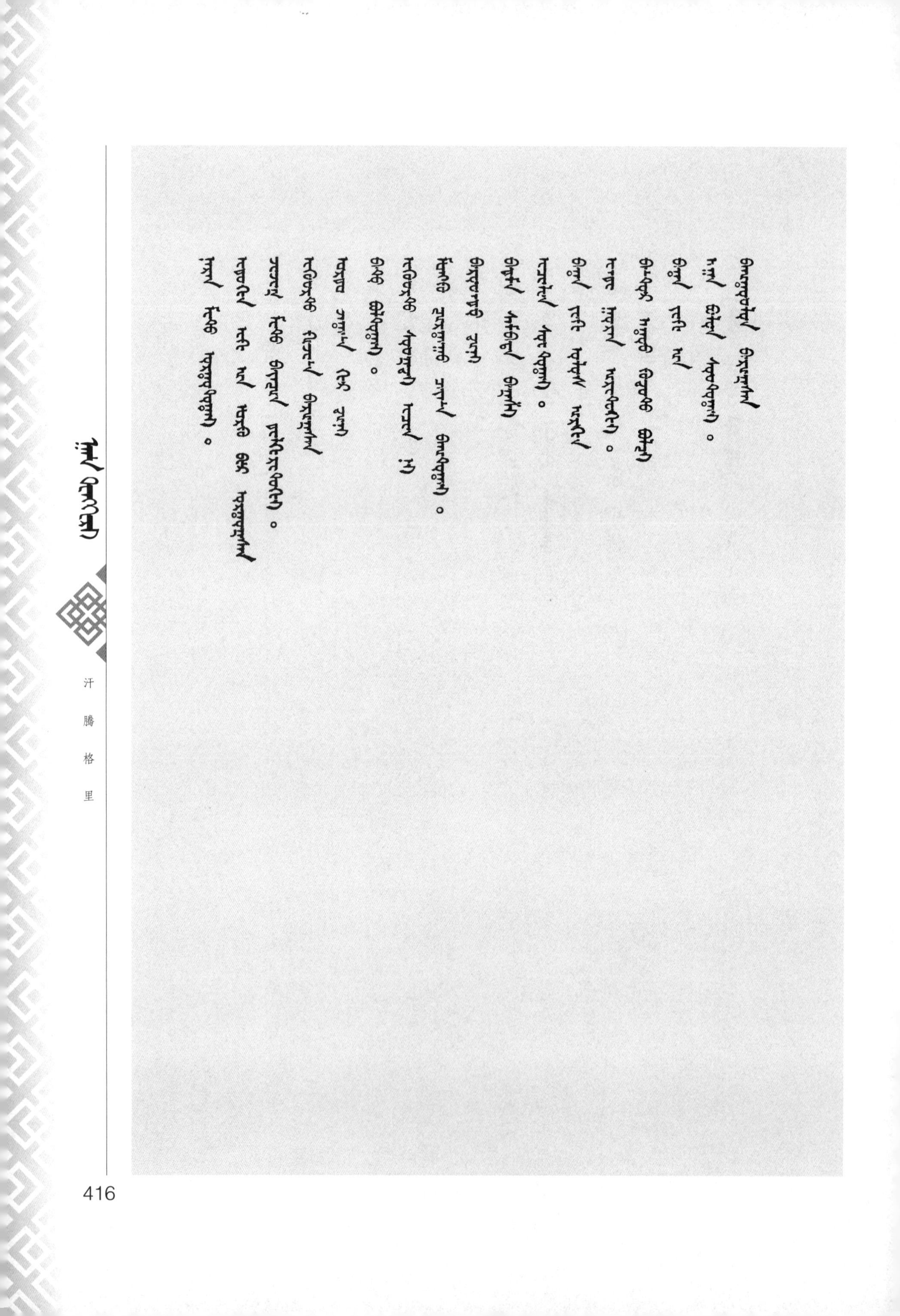

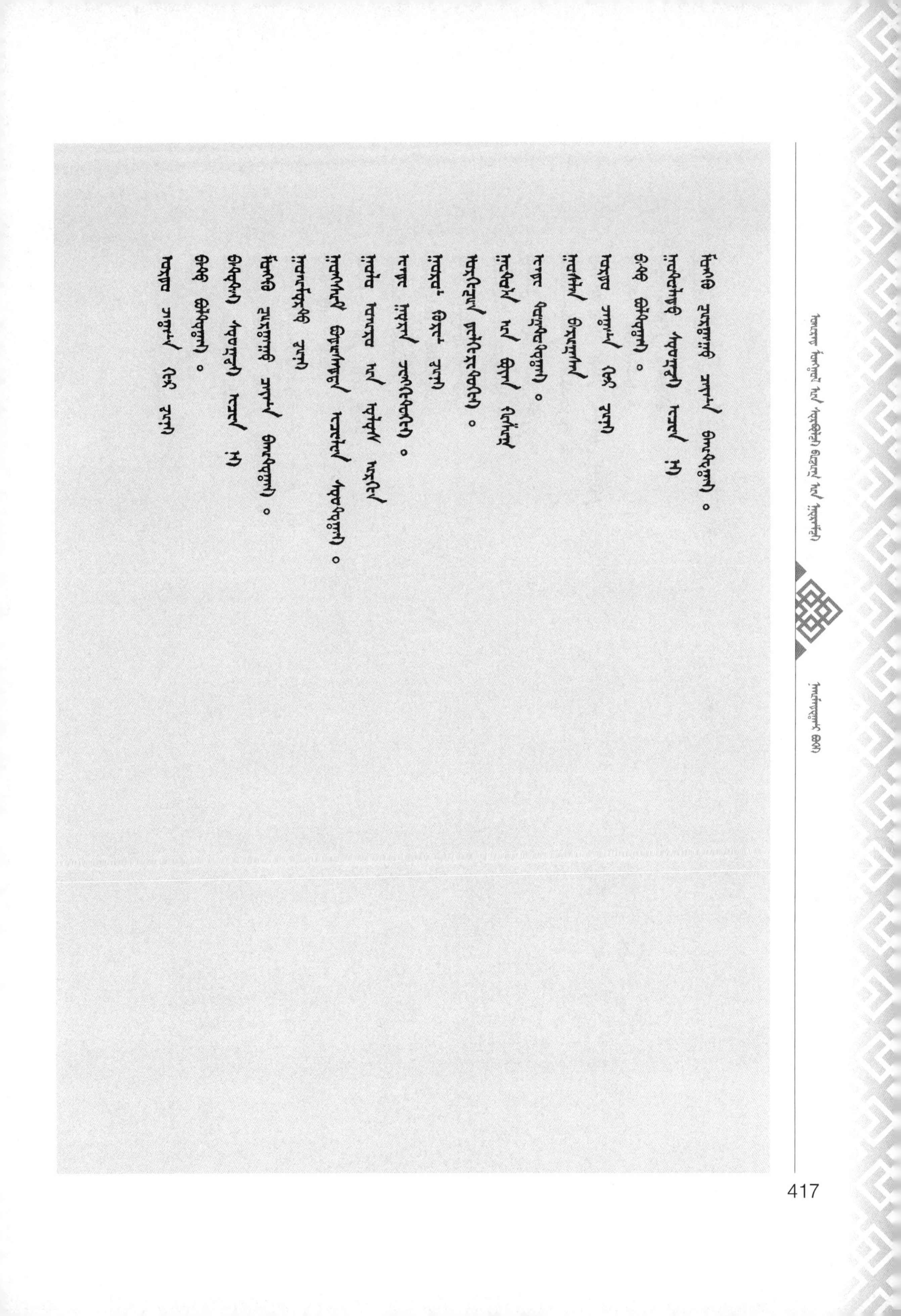

[illegible]
[illegible]
[illegible]
[illegible]
[illegible]
[illegible]
[illegible]
[illegible]
[illegible]
[illegible]
[illegible]
[illegible]
[illegible]
[illegible]
[illegible]
[illegible]
[illegible]

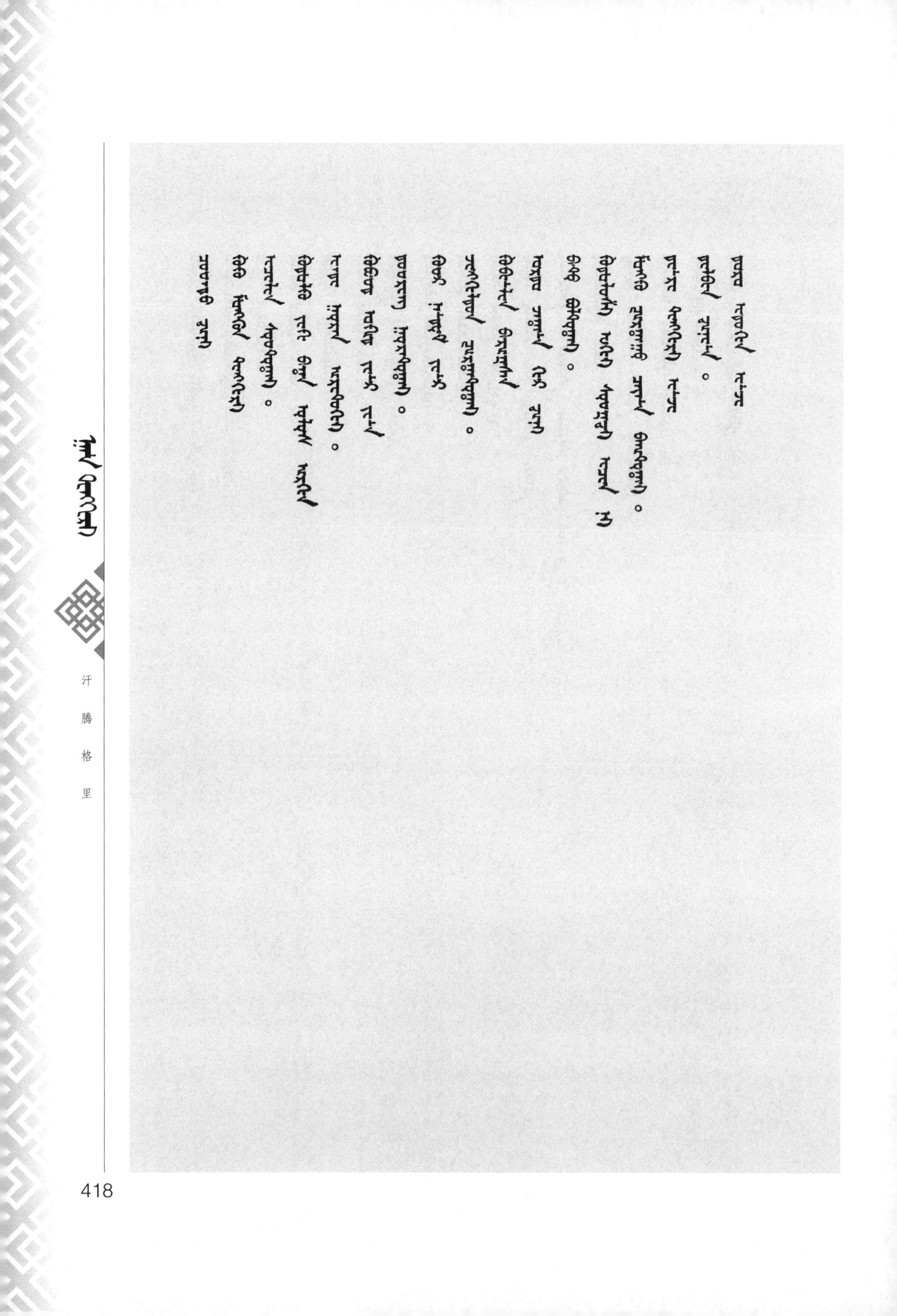

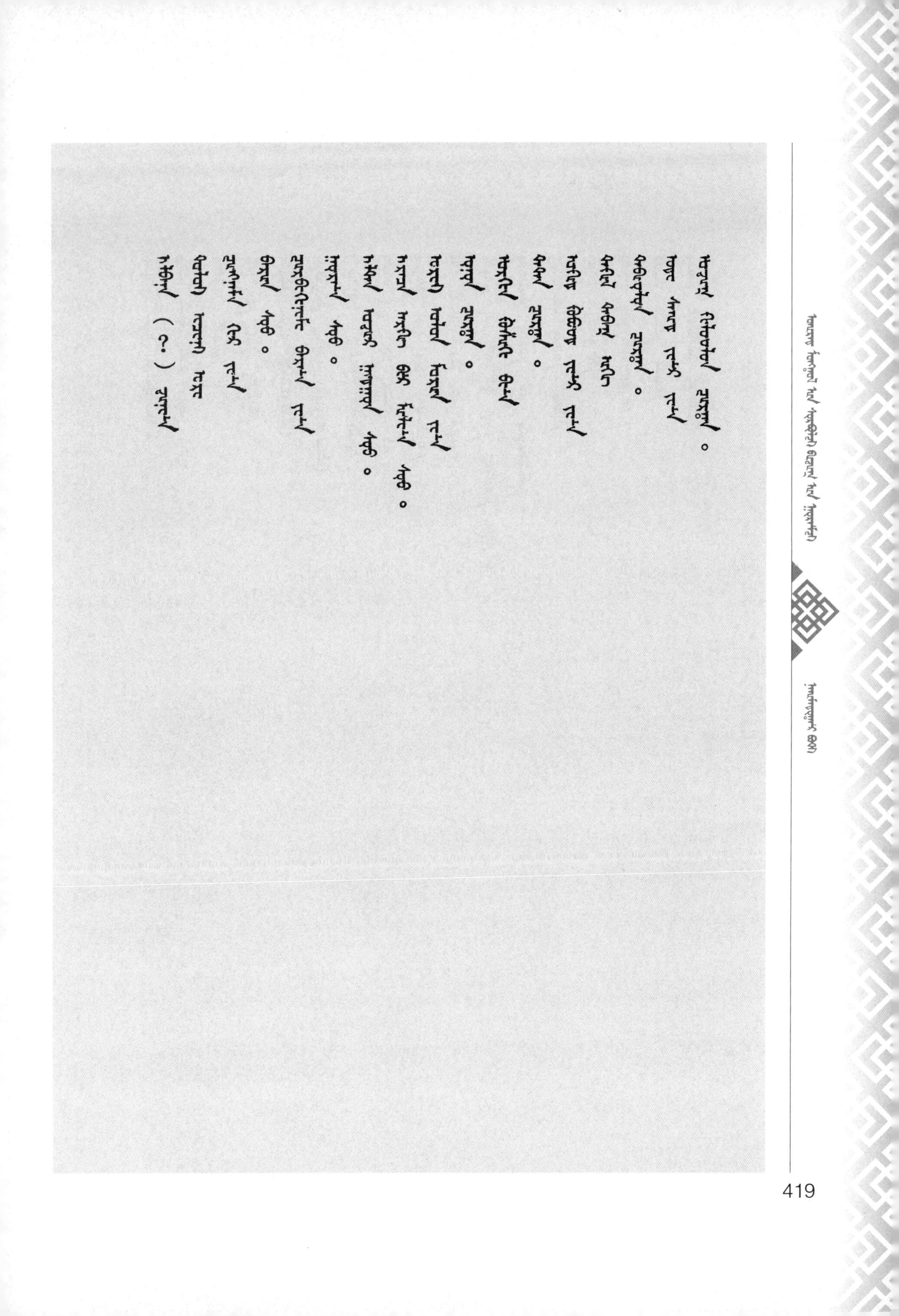

[illegible] 。
[illegible]
[illegible] 。
[illegible]
[illegible]
[illegible] 。
[illegible]
[illegible] 。
[illegible]
[illegible] 。
[illegible] 。
[illegible] 。
[illegible]
[illegible] 。
[illegible]
[illegible]
[illegible] (?) [illegible]

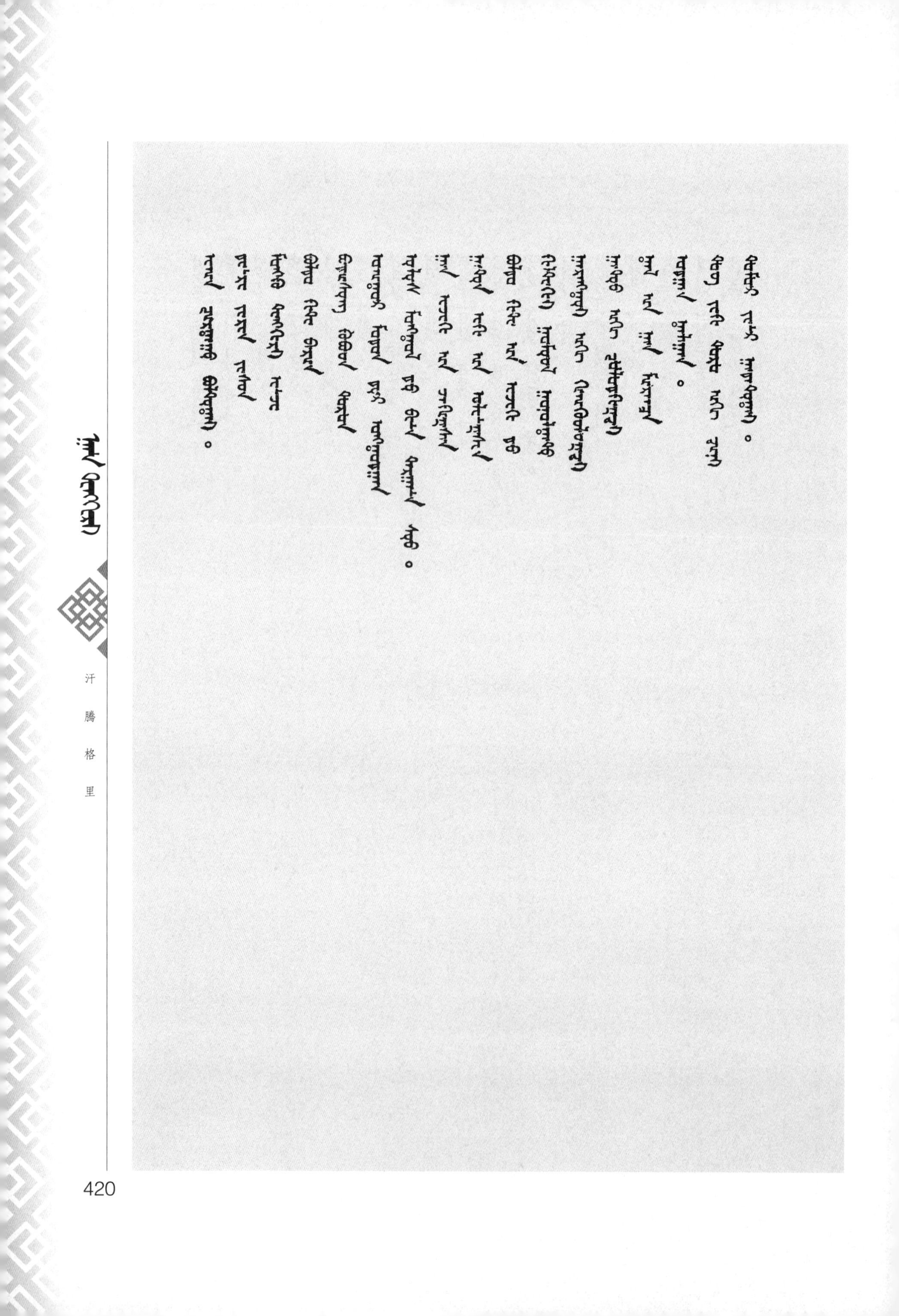

[illegible]
[illegible]
[illegible]
[illegible]
[illegible]
[illegible]
[illegible]
[illegible]
[illegible]
[illegible]
[illegible]
[illegible]
[illegible]
[illegible]
[illegible]
[illegible]
[illegible]

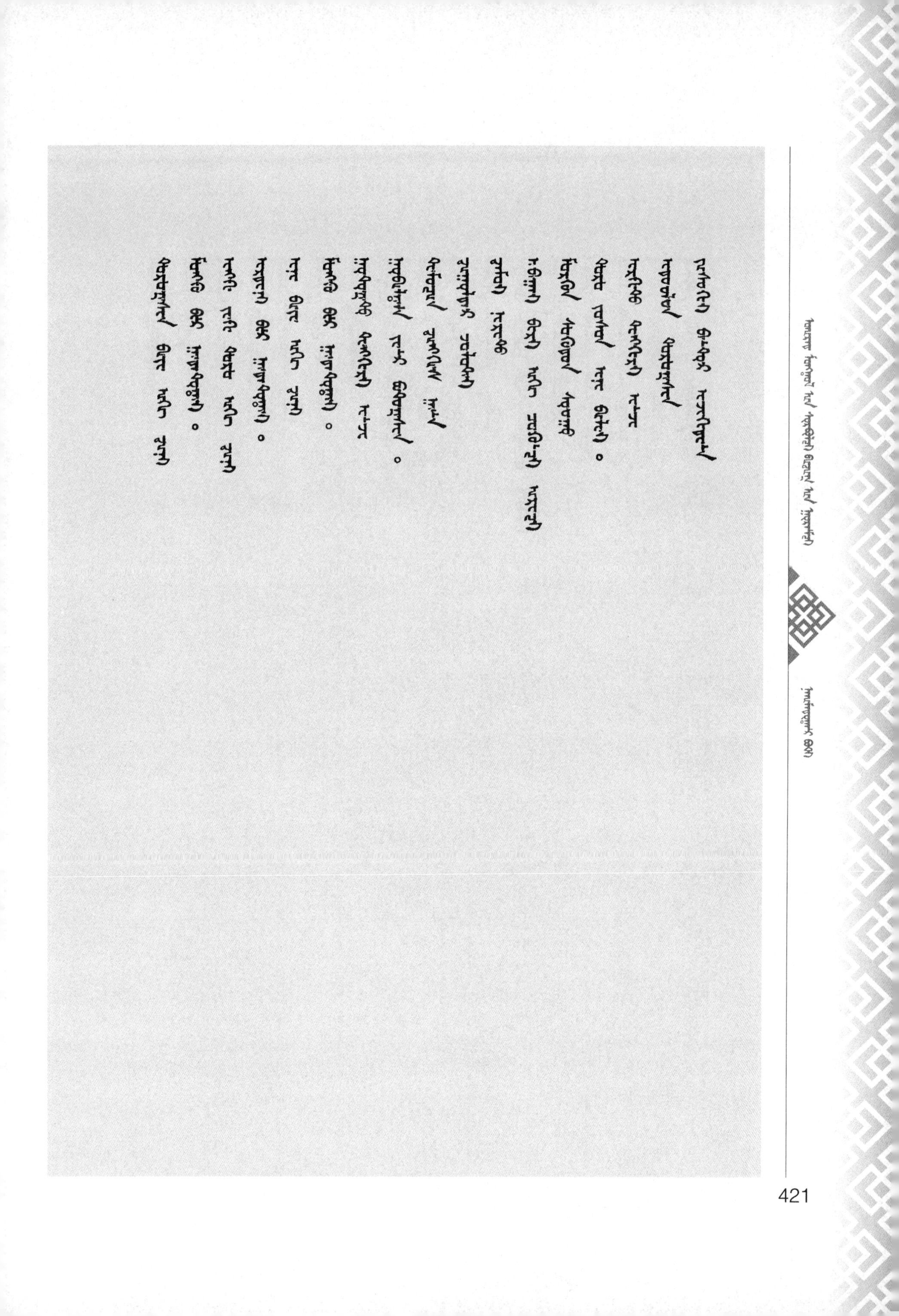

[illegible]

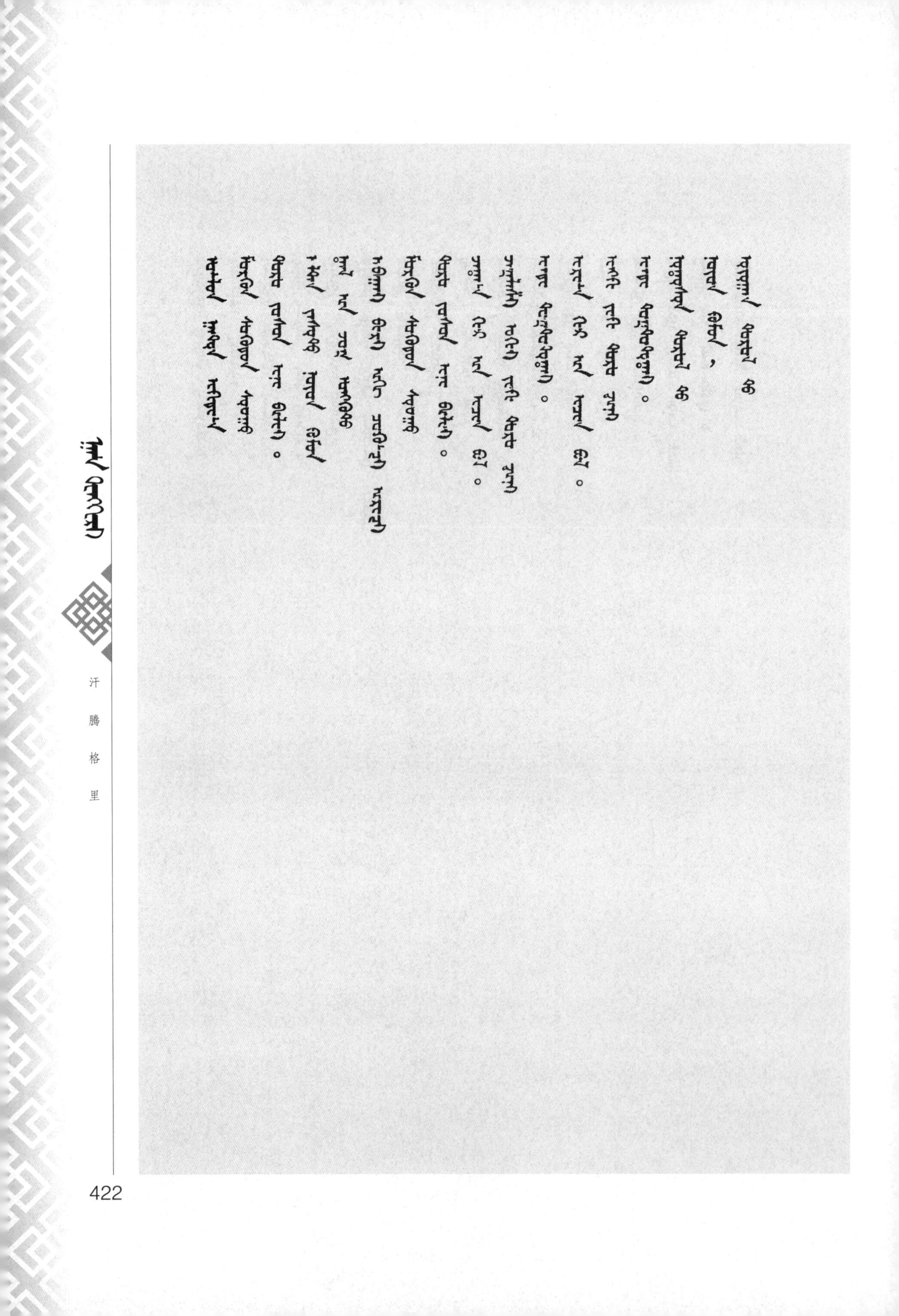

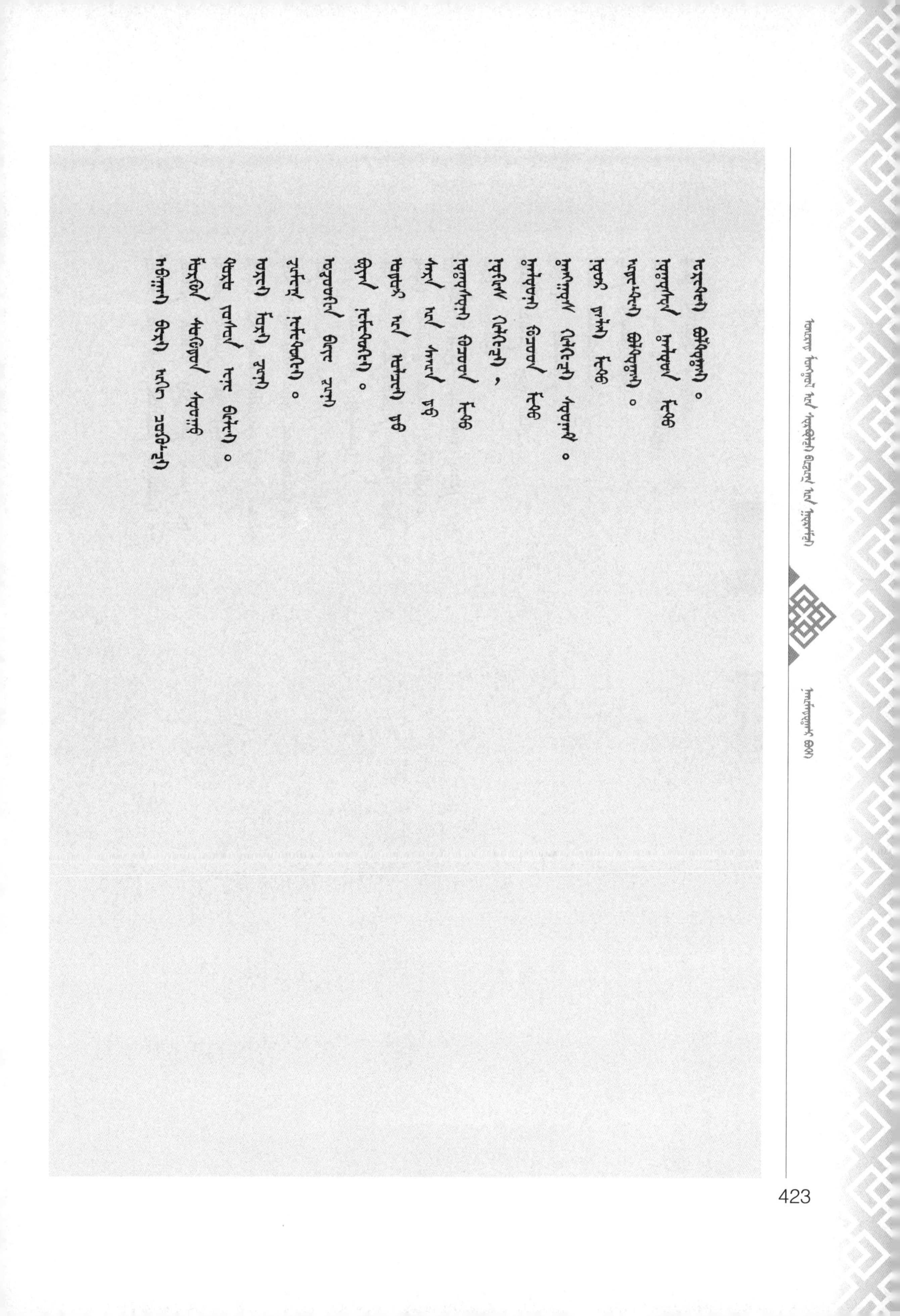

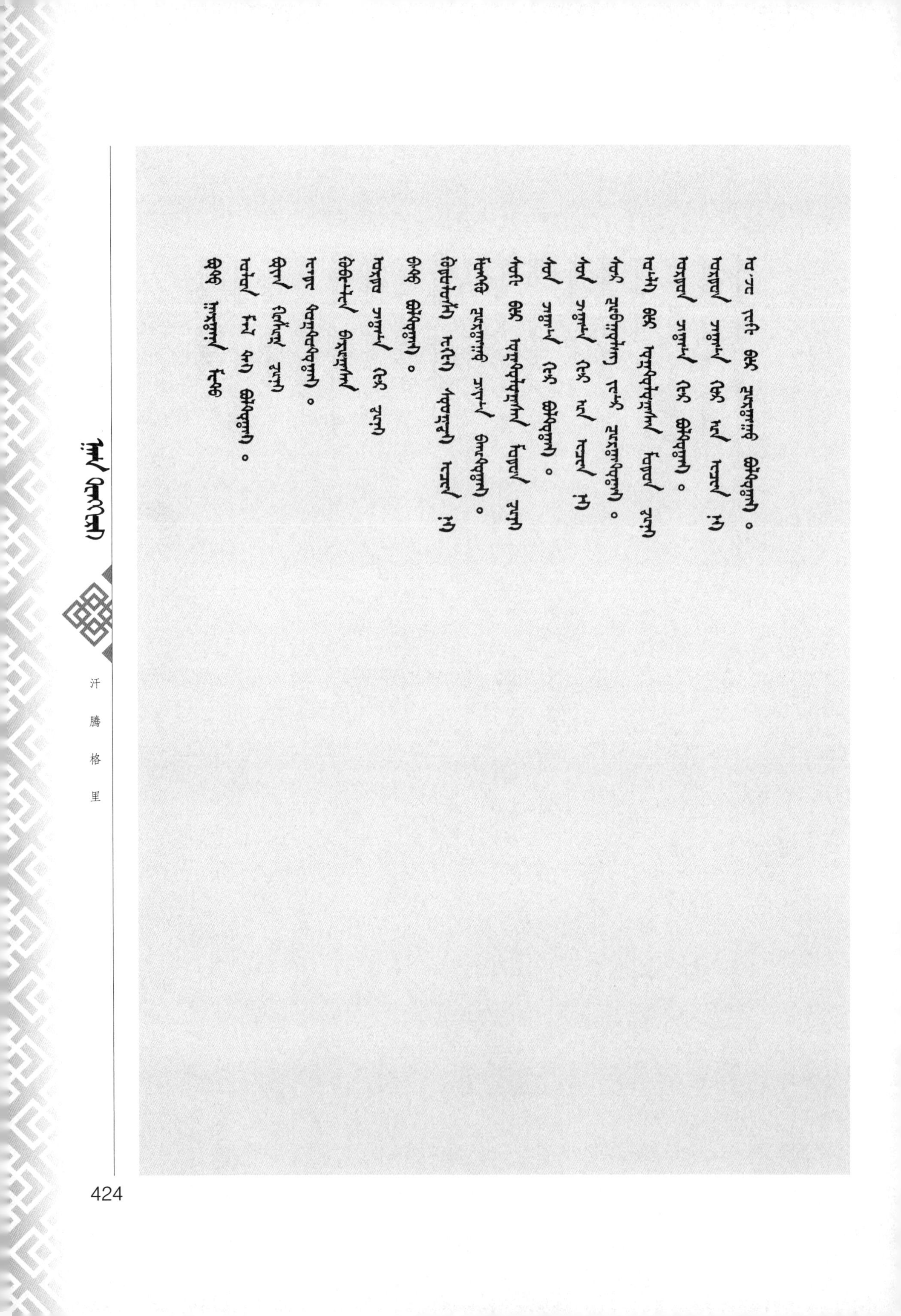

[illegible]
[illegible]
[illegible]
[illegible]
[illegible]
[illegible]
[illegible]
[illegible]
[illegible]
[illegible]
[illegible]
[illegible]
[illegible]
[illegible]
[illegible]
[illegible]
[illegible]

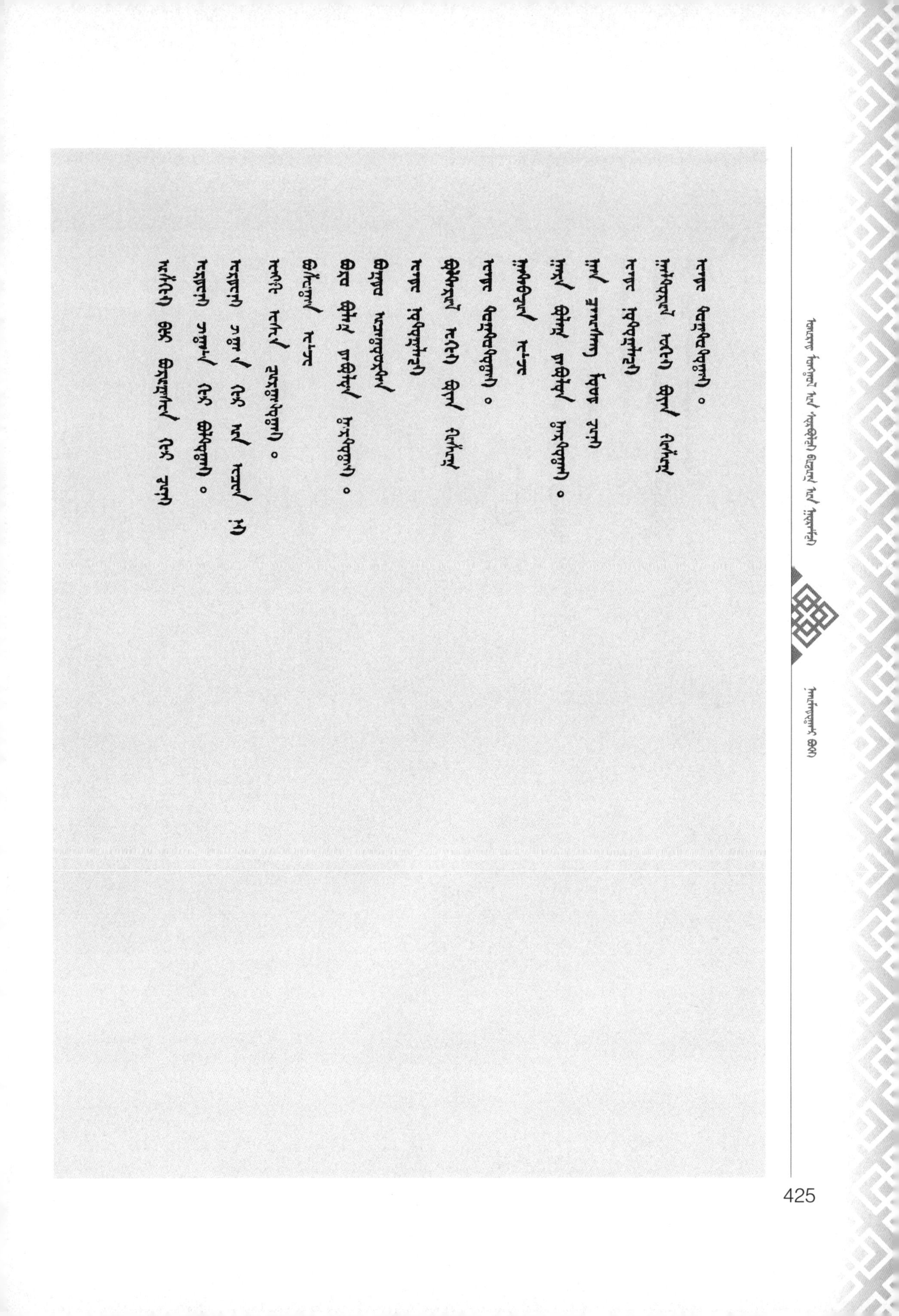

[illegible]

[illegible]

[illegible]

[illegible]

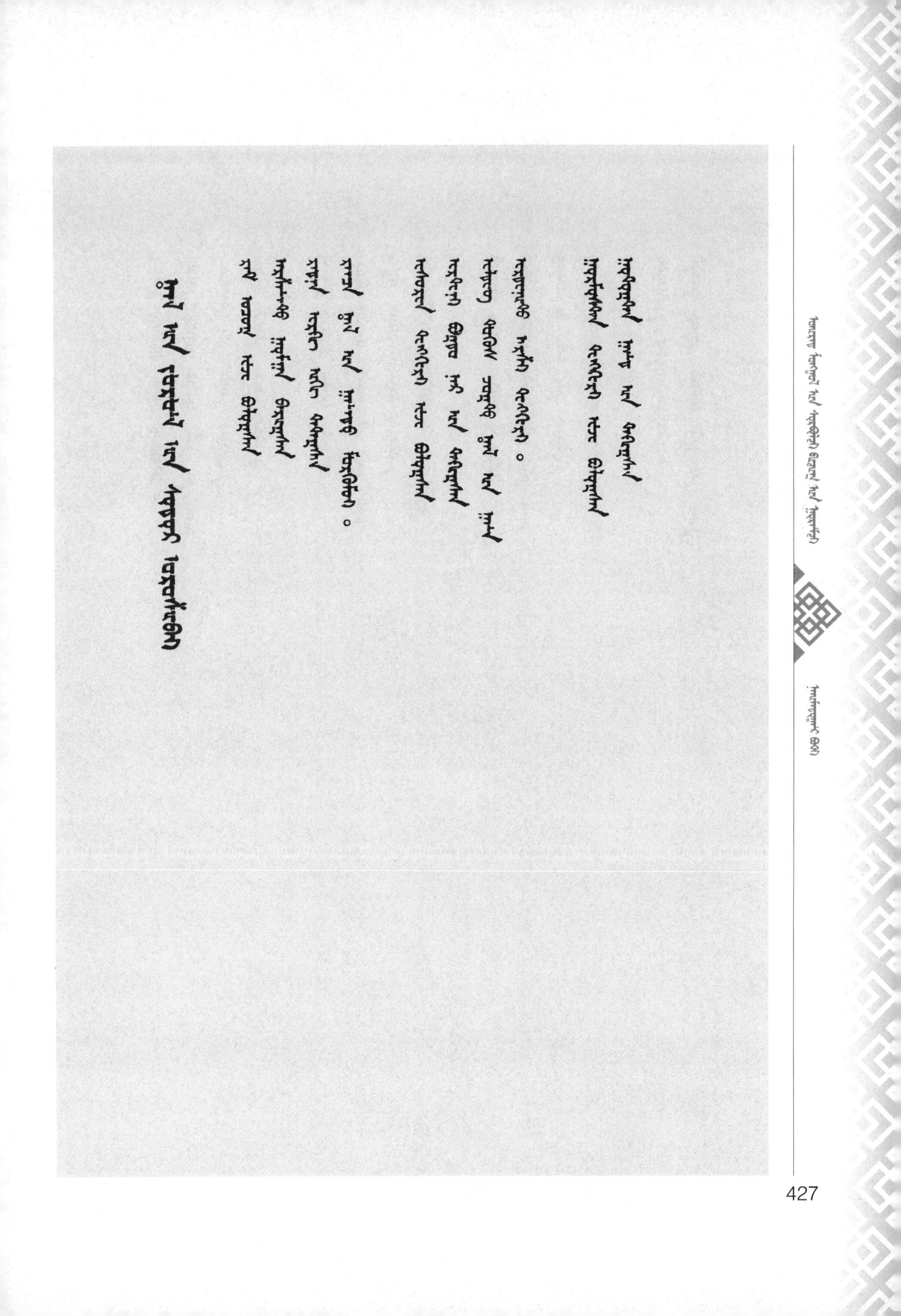

[illegible]
[illegible]

[illegible]
[illegible]
[illegible]
[illegible]

[illegible]
[illegible]
[illegible]
[illegible]

[illegible]

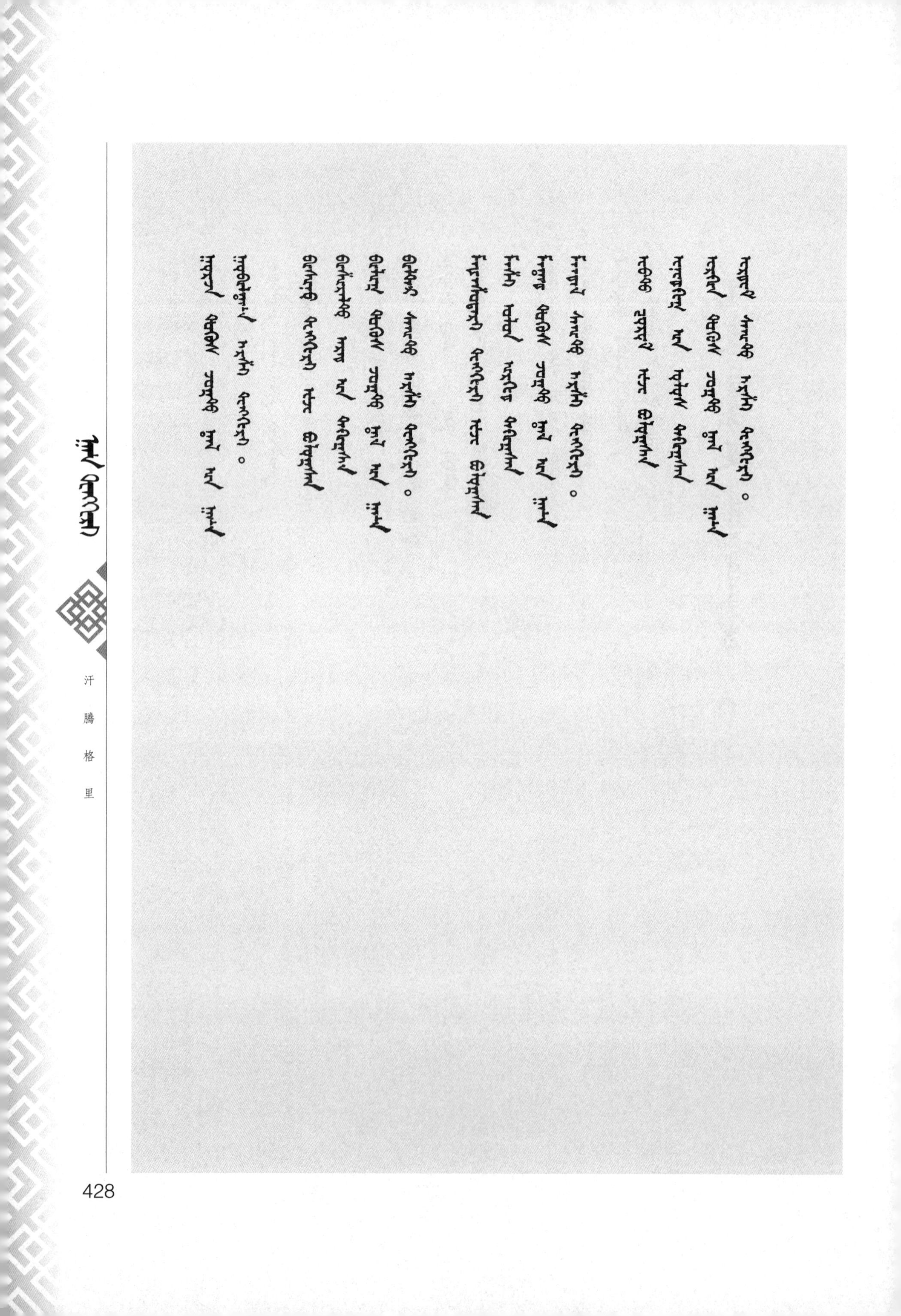

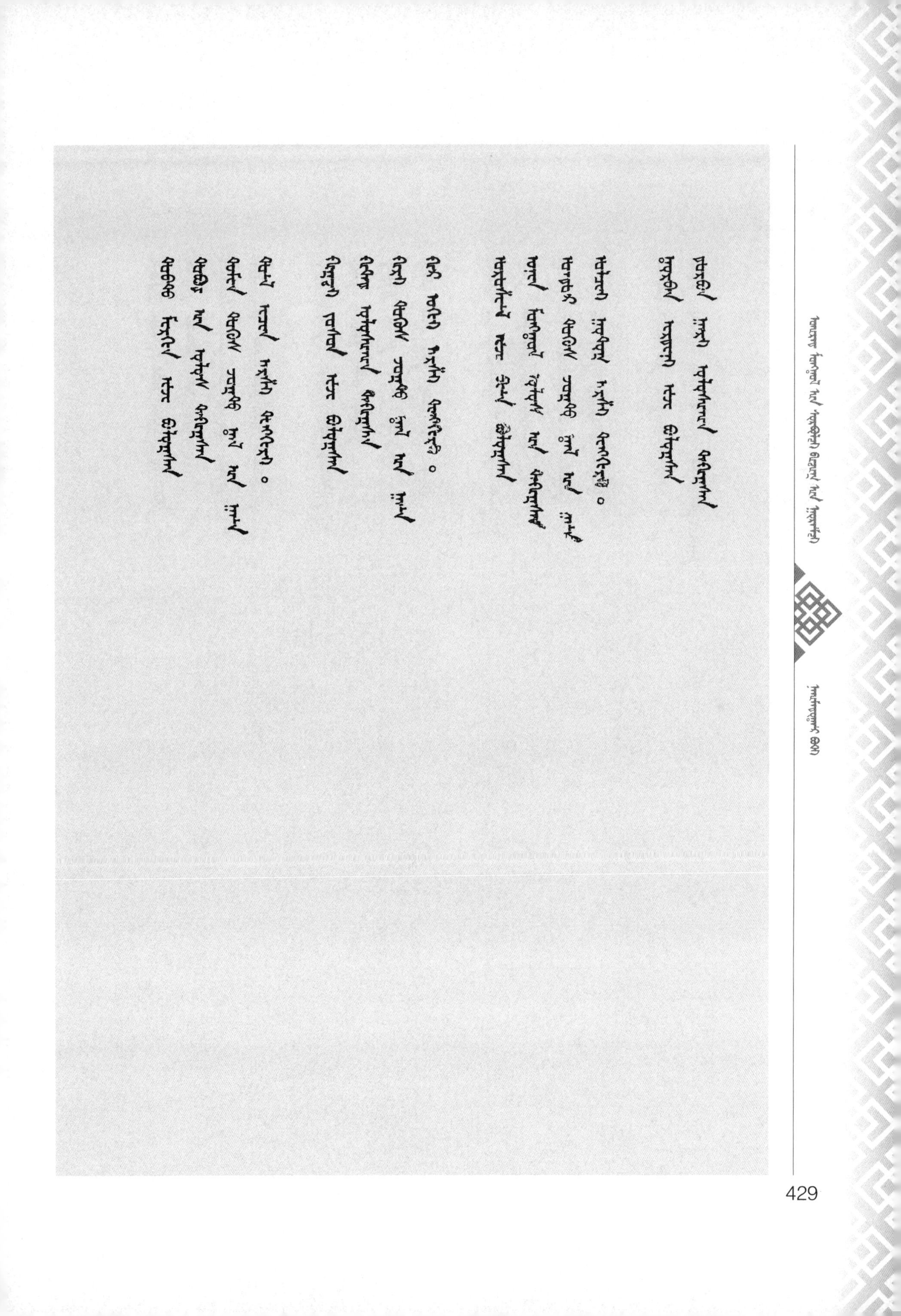

[illegible]
[illegible]

[illegible] 。
[illegible]
[illegible]
[illegible]

[illegible] 。
[illegible]
[illegible]
[illegible]

[illegible] 。
[illegible]
[illegible]
[illegible]

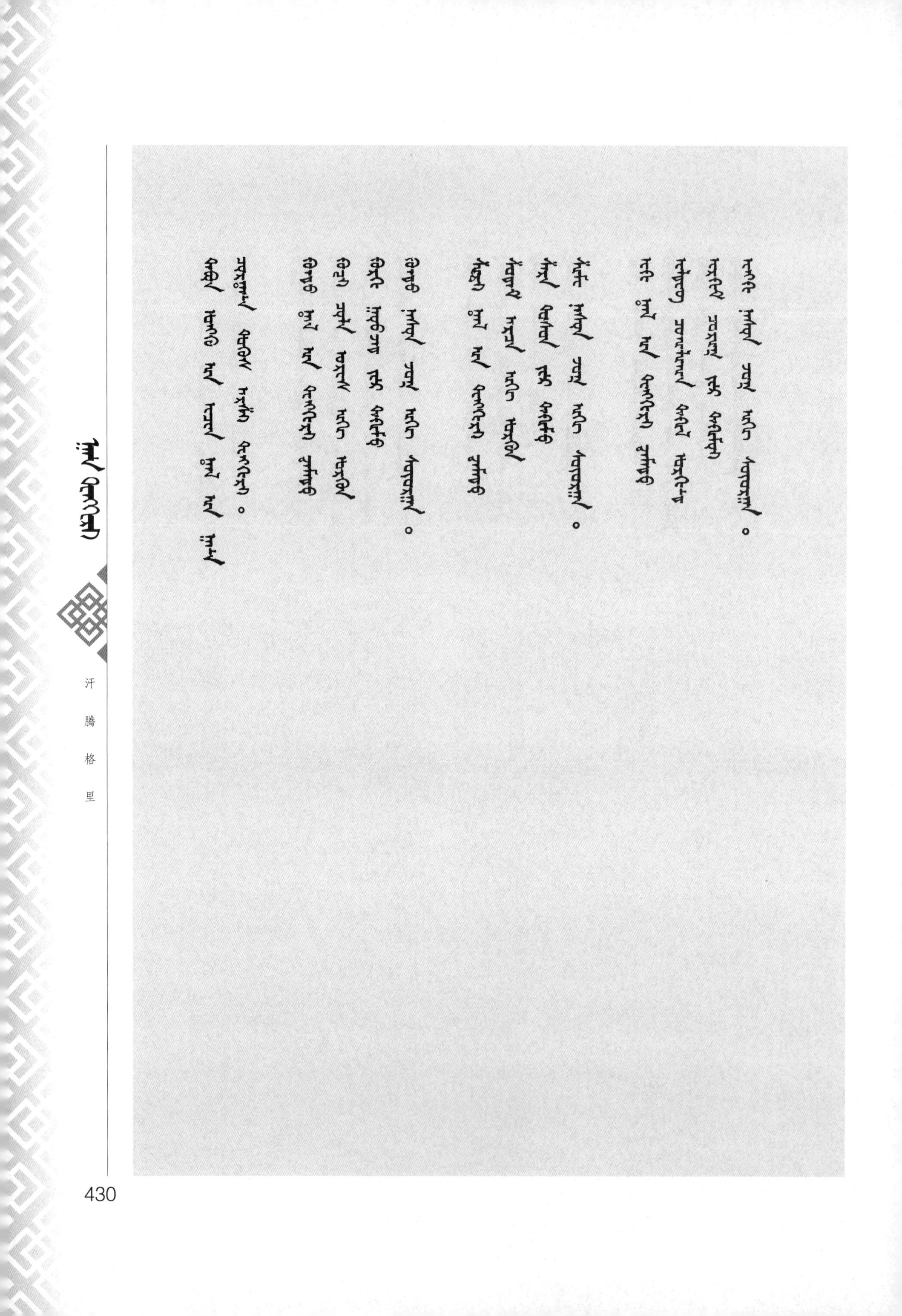

[illegible]
[illegible]
[illegible]
[illegible]

[illegible]
[illegible]
[illegible]
[illegible]

[illegible]
[illegible]
[illegible]
[illegible]

[illegible]
[illegible]

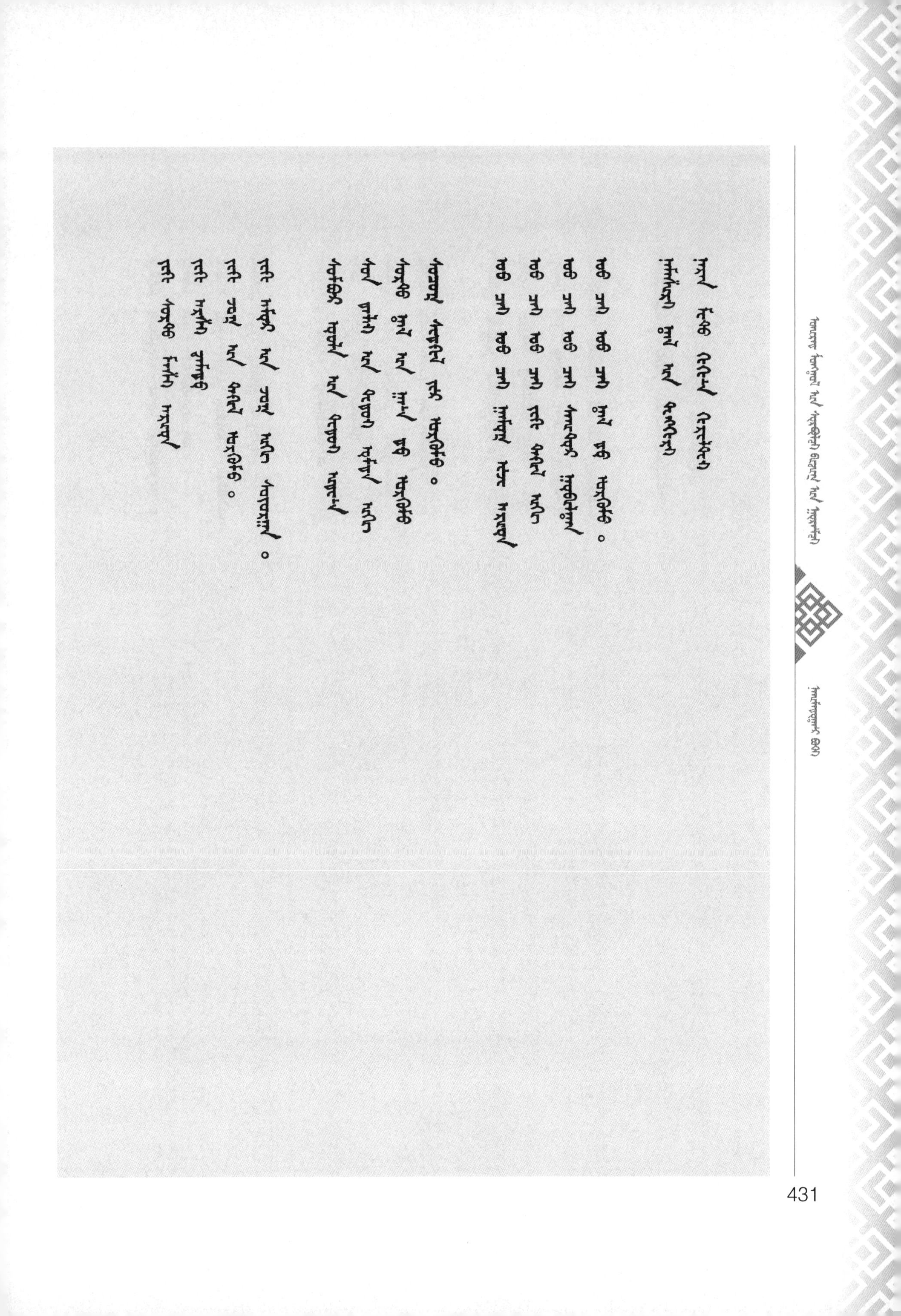

[illegible]
[illegible]

[illegible] ᠃
[illegible]
[illegible]
[illegible]

[illegible] ᠃
[illegible]
[illegible]
[illegible]

[illegible] ᠃
[illegible] ᠃
[illegible]
[illegible]

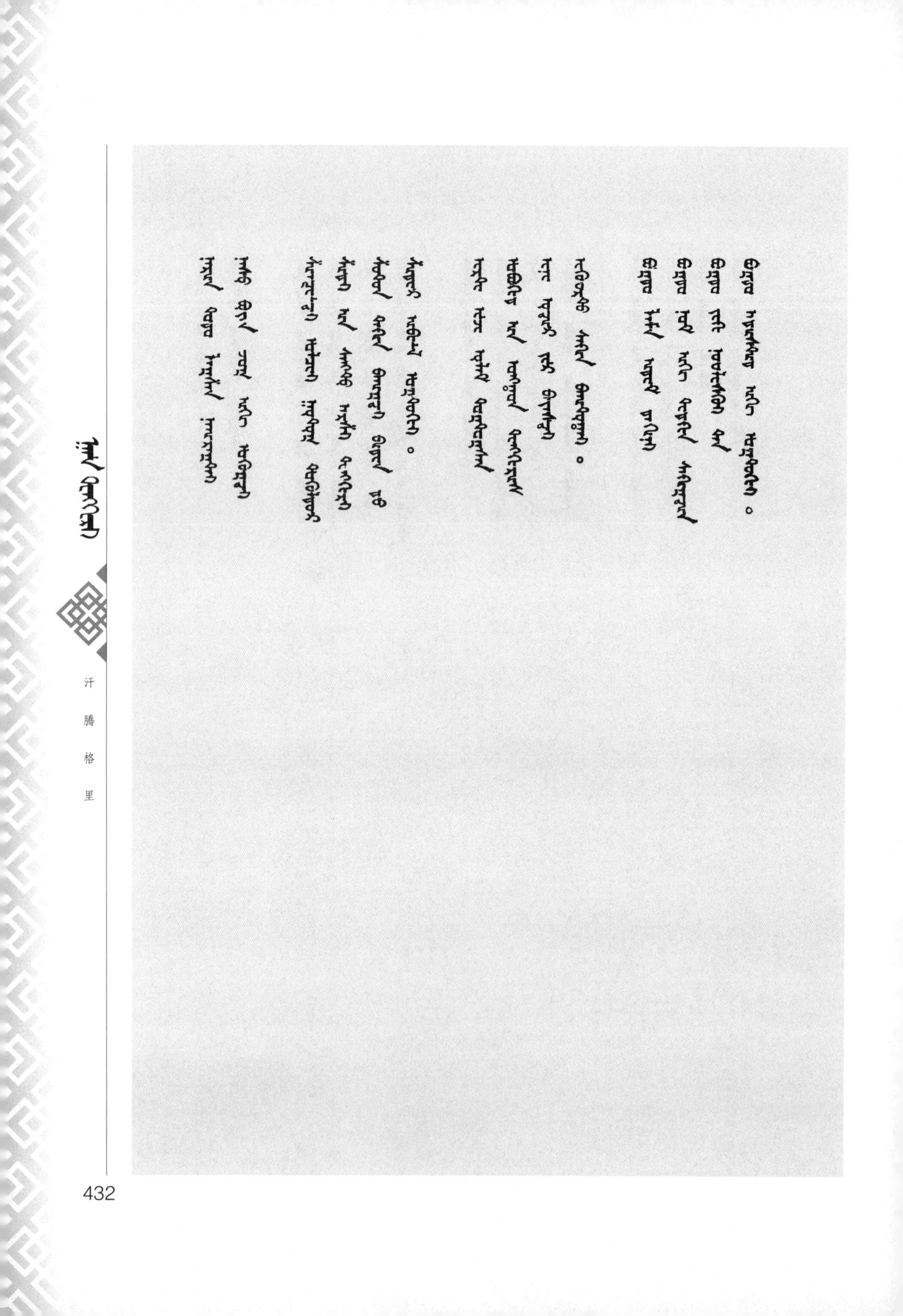

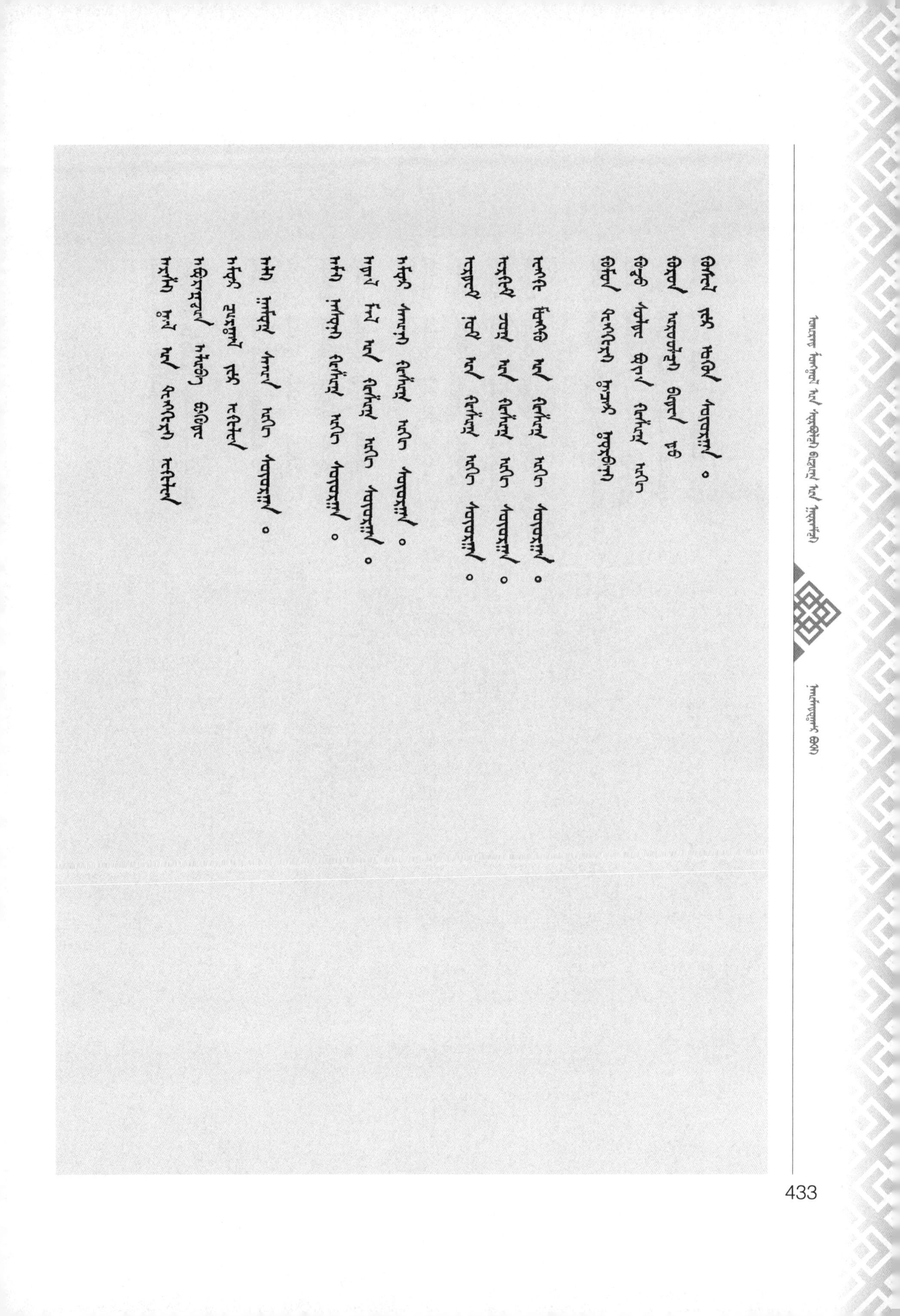

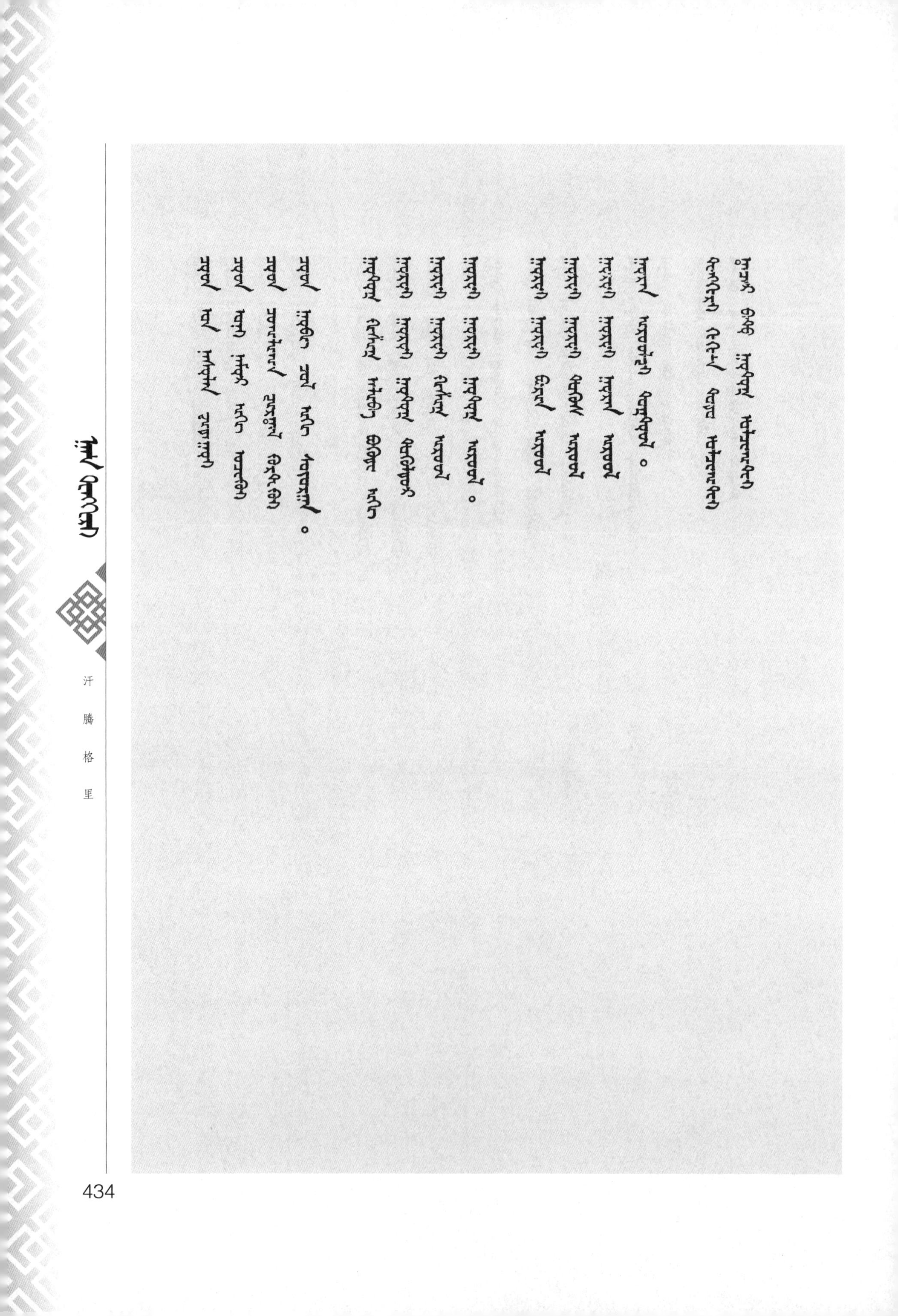

[illegible]

ᡍᡇᡎᡇᠯᡅᡐᡅᠨ

ᡍᠠᡎᡇᠷ ᡅ ᡍᠠᡏᡅᡎ ᡍᡄᡍᡄᡃ ᡍᠠᠯᡅᡎᡅᠨ ᠃
ᡍᠠᡏᡇᠷ ᡋᡇᠯᠠᠨ ᡍᡆᡏᡇᡎ ᡋᡇᡍᡇᡇᠯᡇᠨ
ᡍᠠᡎᡇᠯ ᡋᡅᡎᡇᠯᡇᠨ ᡍᠠᡏᡇᡍ ᡍᡇᡎ ᡋᡇᠯ
ᡍᠠᡐᡆ ᡋᡆᠯᡇᡎᠠ ᡍᠠᡎᡇᠯ ᡍᡇᡎ ᡋᡇᡎ

ᡍᠠᡎᡇᡎ ᡍᠠᡏᡅᡎ ᡍᡄᡍᡄᡃ ᡍᠠᠯᡅᡎᡅᠨ ᠃
ᡍᠠᡎᡇᡎ ᡍᠠᡏᡇᠯᡅᠨ ᡅᠯᡄ ᡅ ᡋᡇᡎᡇᠯᡇᠨ ᡅ
ᡍᠠᡎᡇᡎ ᡍᡆᠯᡇ ᡍᡇᡎᠠ ᡋᡇᡎᡇᠯ ᡍᠠᡎᡇᡎᡇᠯᡇᠨ
ᡍᠠᡎᡇᡎ ᡍᡅᠯᡄ ᡍᠠᡎᡇᡎᡇᠯ ᡋᡇᡎᡇᠯᡇᠨ

ᡋᡇᡎᡇᠯ ᡍᠠᡏᡅᡎ ᡍᡄᡍᡄᡃ ᡍᠠᠯᡅᡎᡅᠨ ᠃

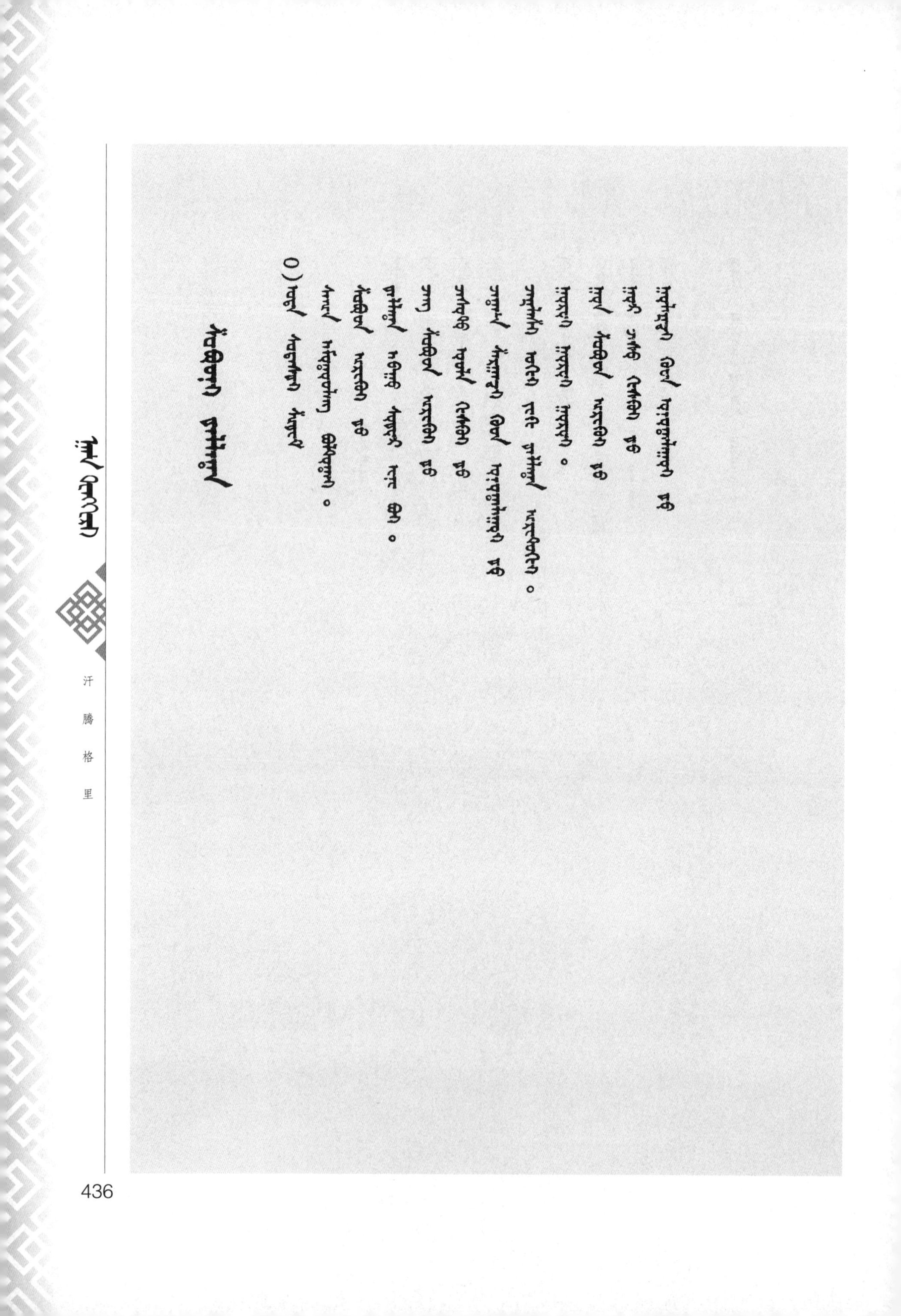

[illegible]

[illegible]
[illegible]
[illegible]
[illegible]
[illegible]
[illegible]
[illegible]
[illegible]
[illegible]
[illegible]
[illegible]

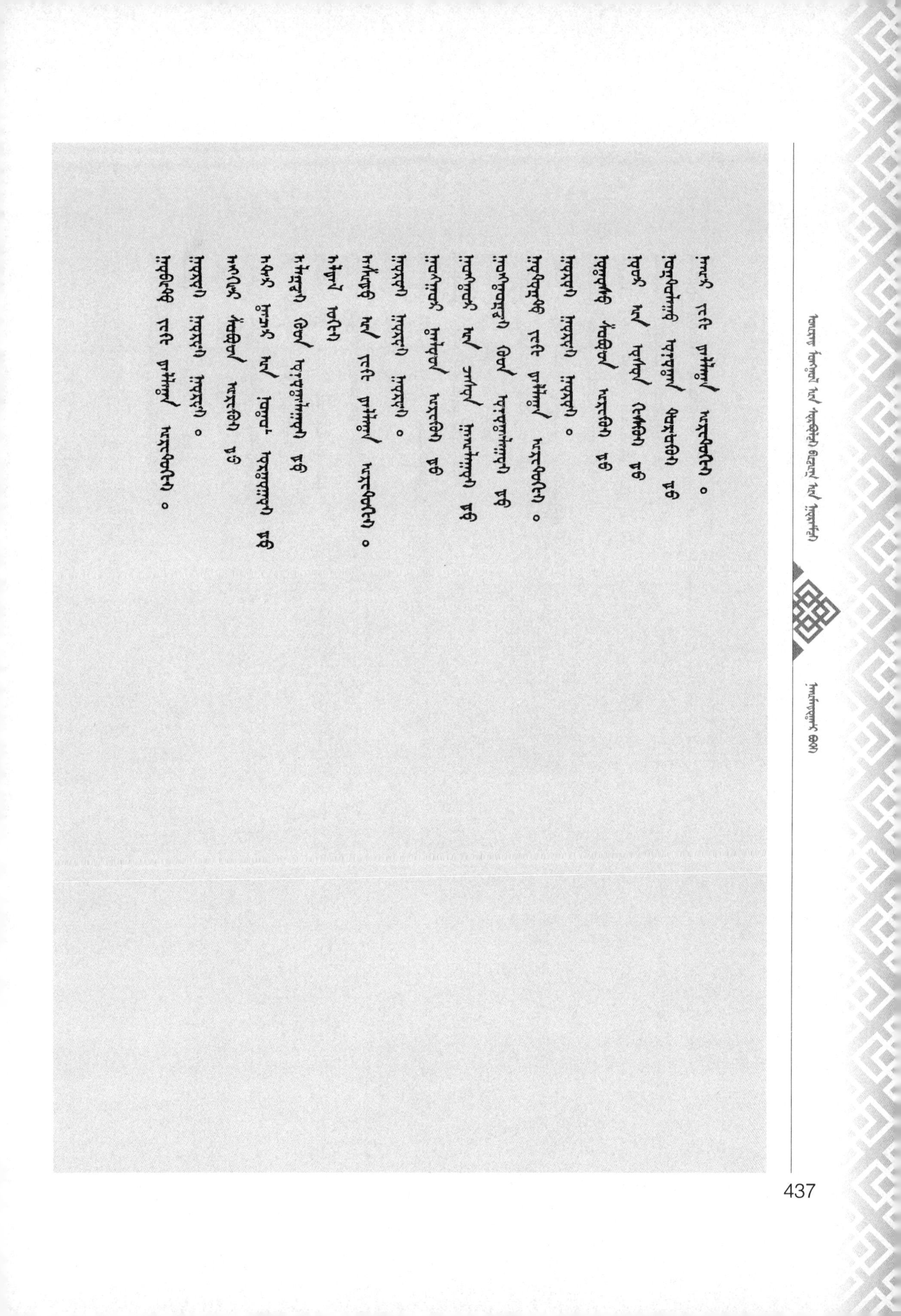

[illegible]
[illegible]
[illegible]
[illegible]
[illegible]
[illegible]
[illegible]
[illegible]
[illegible]
[illegible]
[illegible]
[illegible]
[illegible]
[illegible]
[illegible]
[illegible]
[illegible]

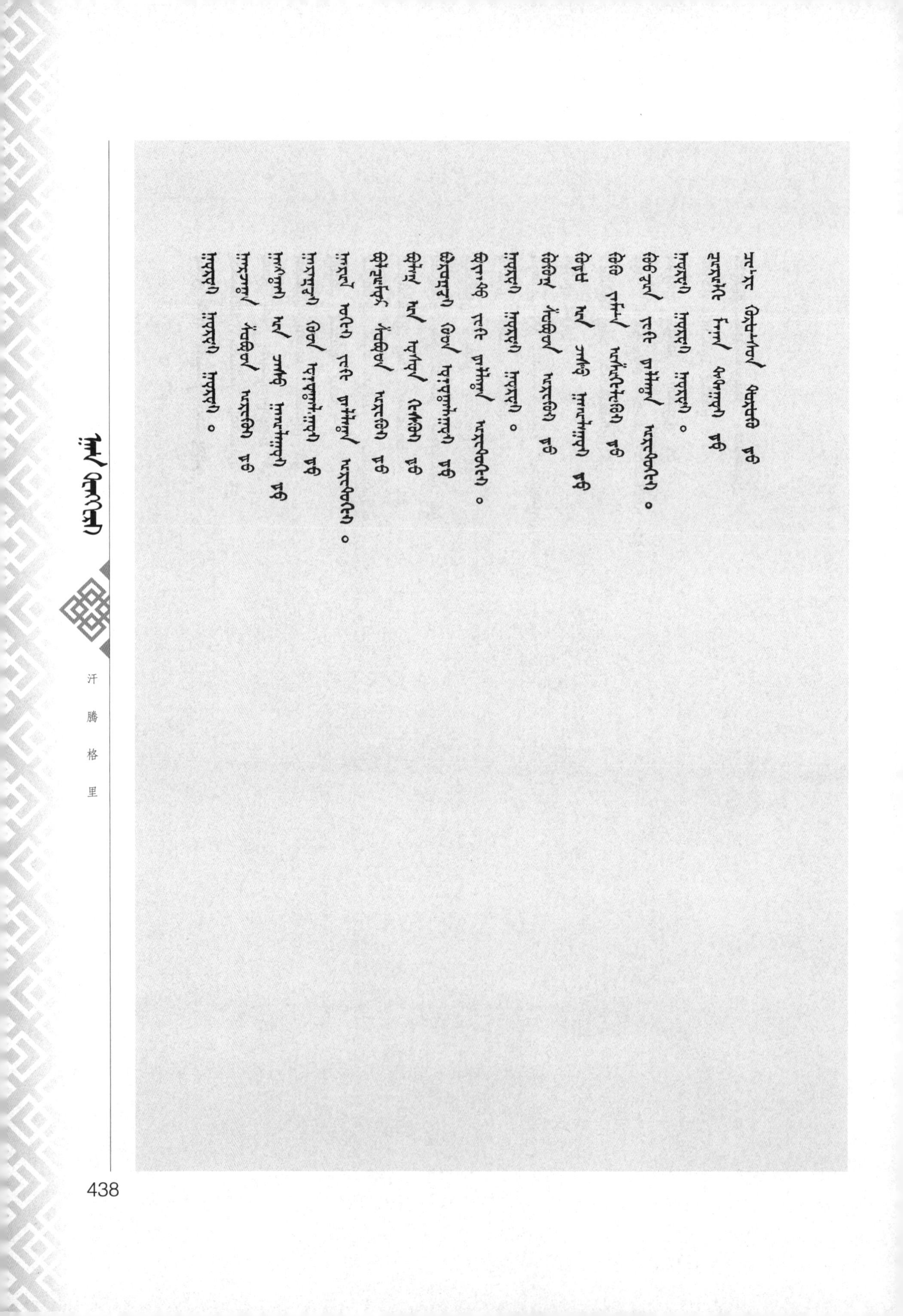

[illegible]
[illegible]
[illegible]
[illegible]
[illegible]
[illegible]
[illegible]
[illegible]
[illegible]
[illegible]
[illegible]
[illegible]
[illegible]
[illegible]
[illegible]
[illegible]
[illegible]

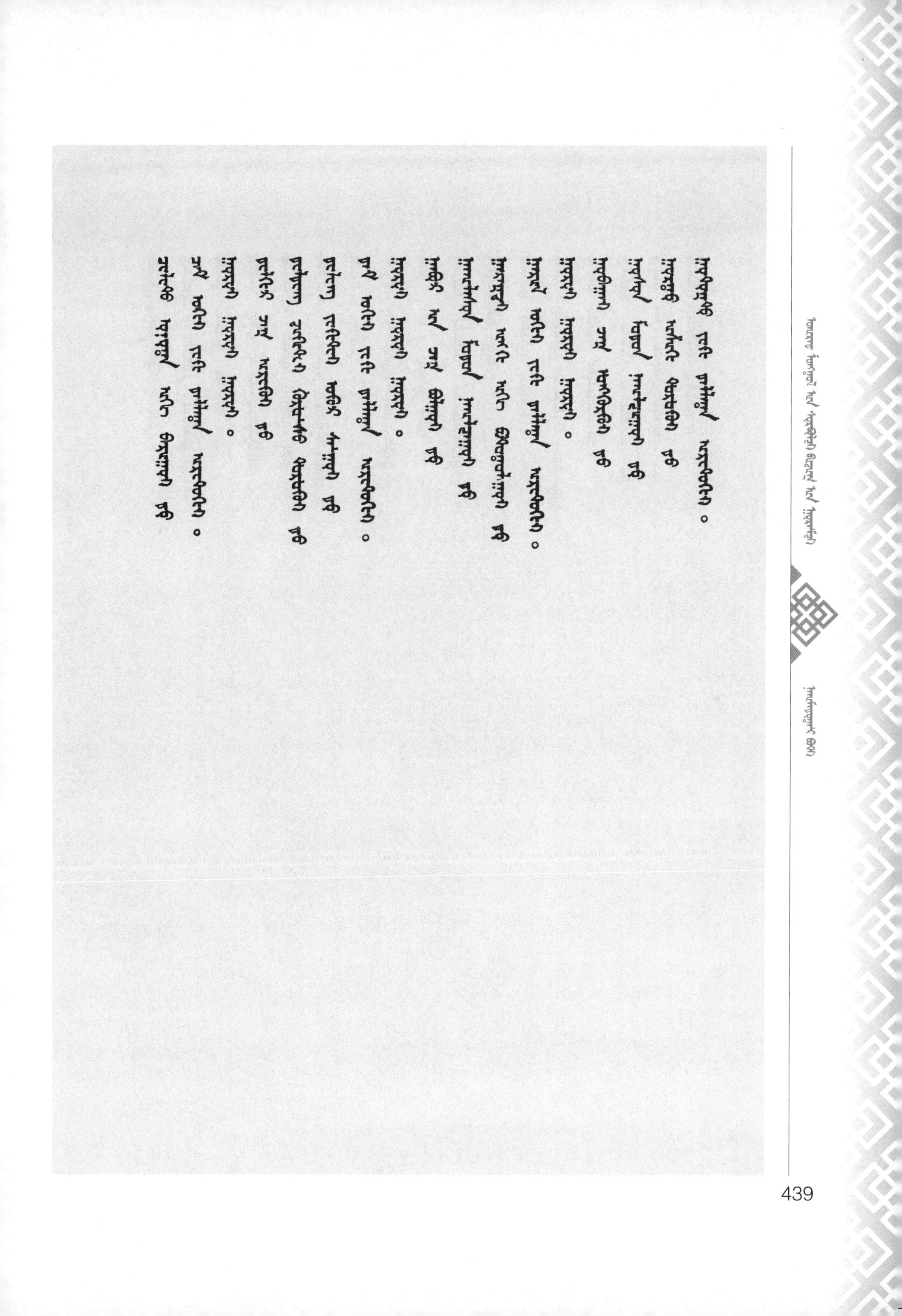

[illegible]
[illegible]
[illegible]
[illegible]
[illegible]
[illegible]
[illegible]
[illegible]
[illegible]
[illegible]
[illegible]
[illegible]
[illegible]
[illegible]
[illegible]
[illegible]
[illegible]

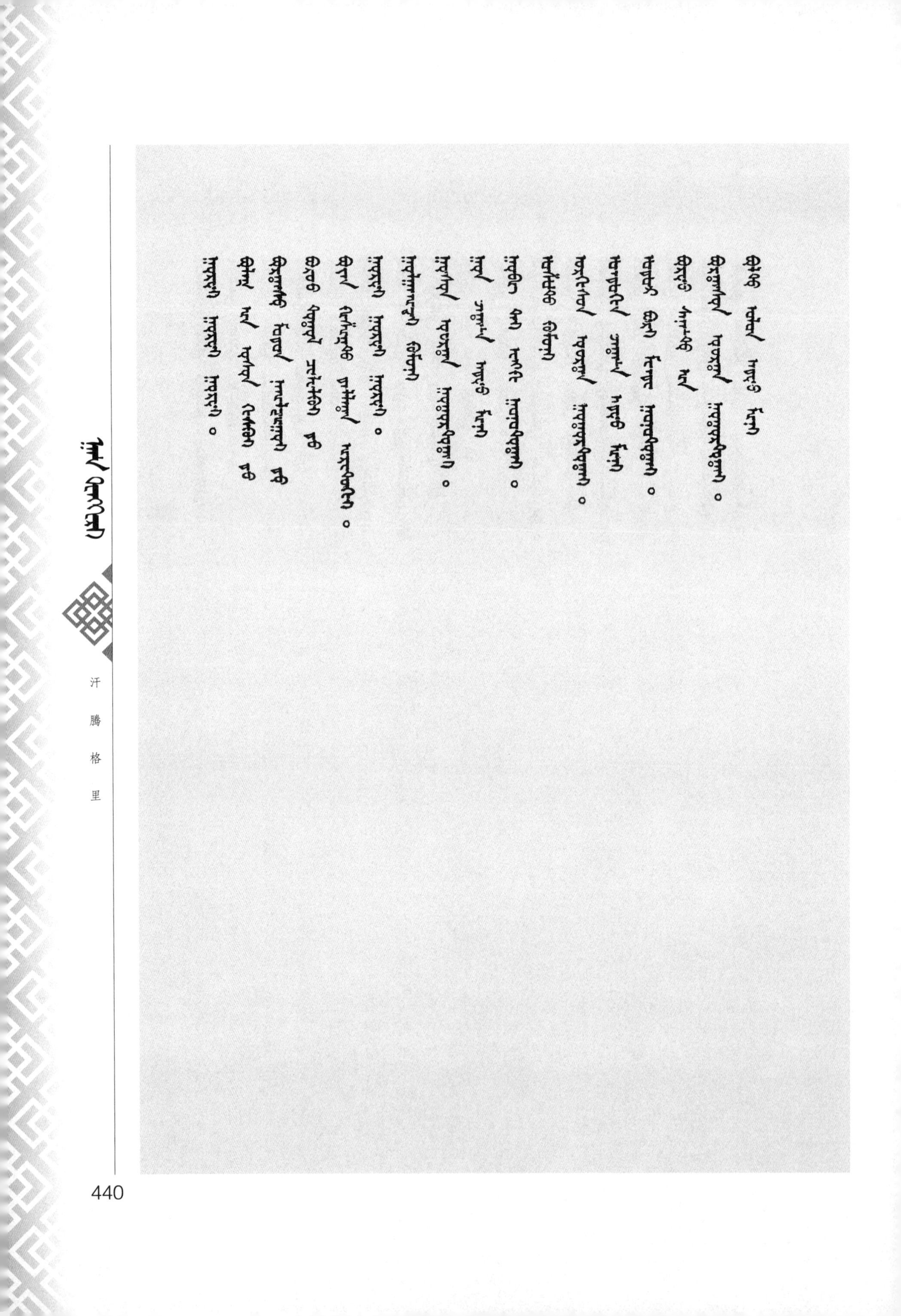

[illegible]
[illegible]
[illegible]
[illegible]
[illegible]
[illegible]
[illegible]
[illegible]
[illegible]
[illegible]
[illegible]
[illegible]
[illegible]
[illegible]
[illegible]
[illegible]
[illegible]

ᡍᠠᠷᡅᠶᠠᡍᠠᡐᡅ ᡋᡅᡑᡄ ᡋᡅᠰᡅᠨ ᡍᡆᠯᡋᡆᡎᡆᡑᡆᡍᡆ
ᡍᡇᠷᠠᠨ ᡐᡆᠯᡆᡅ ᡋᡅᠰᡅᠨ ᡒᡅᠯᠠᡎᡄᠨ
ᡍᡇᠷᡇᡅ ᡍᡇᠷᡇᡅ ᡍᡇᠷᡇᡅ ◦
ᡋᡅᡑᡄ ᡐᡇᠷᡇᠯ ᡅᡎᡇᠯ ᡄᡎᡅ ᡍᡇᡋᡅ ᡐᡇᡋᡅ ᡋᡆᠯᡐᡆᡎᡆᡅ ◦
ᡋᡅᡐᡄᡋᡅ ᡋᡇᠷᡇᡑᡇᠯᠠᠨ ᡐᡆᠯᠠᠨ ᡋᡆᠯᡐᡆᡎᡆᡅ ◦
ᡗᡇᡎᠠᠨ ᡋᡇᡋᡅ ᡐᡇᠷᡇᠯ ᡅᡎᡇᡅᠨ ᡋᡅᡑᡄ ᡍᡇᡎᡇᠷᡇᡑᡆᡎᡆᡅ ◦
ᡗᡇᠨ ᡋᡇᠷᡇᡑᡇᠯᠠᠨ ᡐᡆᠯᠠᠨ ᡋᡆᠯᡐᡆᡎᡆᡅ ◦
ᡐᡇᡋᡄᡎᡅᡐᡄᠷ ᡔᠠᠨ ᡗᡇᠯᡅᡍᡅᡋᡅ ᡋᡆᠯᡐᡆᡎᡆᡅ ◦
ᡐᡇᡒᡅᡍᡎᡇᠯᠠᠨ ᡍᡇᡋᡅ ᡒᡅᡎᡅᡅ
ᡐᡇᡋᡍᡎᡇᠯᡋᡅ ᡐᡇᡎᡇᡅ ᡋᡅᡑᡄ ᡐᡇᡒᡅᡍᡅᡋᡆᡎᡆᡅ ◦
ᡐᡇᠯᠠᡍᡅᡋᡅ ᡒᡇᠯᠠᡍ
ᡍᡇᠷᡇᡅ ᡍᡇᠷᡇᡅ ᡍᡇᠷᡇᡅ ◦
ᡍᡇᠷᡇᡎᡇᠯᡇᡅ ᡄᡎᡅ ᡐᡅᡍᡐᡅᠷ ᡍᡇᡋᡆᡋᡆᡎᡆᡅ ◦
ᡍᡆᡋᡇᠨ ᡐᡆᠯᠠᠨ ᡄᠷᡇᠨ ᡍᡇᠷᡅ
ᡍᡇᠰᡅᠯᡅᠨ ᡐᡆᠷᡇᠨ ᡍᡆᡋᡆᠷᡆᡎᡆᡅ ◦
ᡍᡇᠷᠠᠨ ᡅᡍᡅᡋᡅ ᡍᠠᠨ
ᡋᡅᠷᡆᡍᡅᡅ ᡄᡎᡅ ᡐᡅᡍᡐᡅᠷ ᡍᡆᡋᡆᡋᡆᡎᡆᡅ ◦

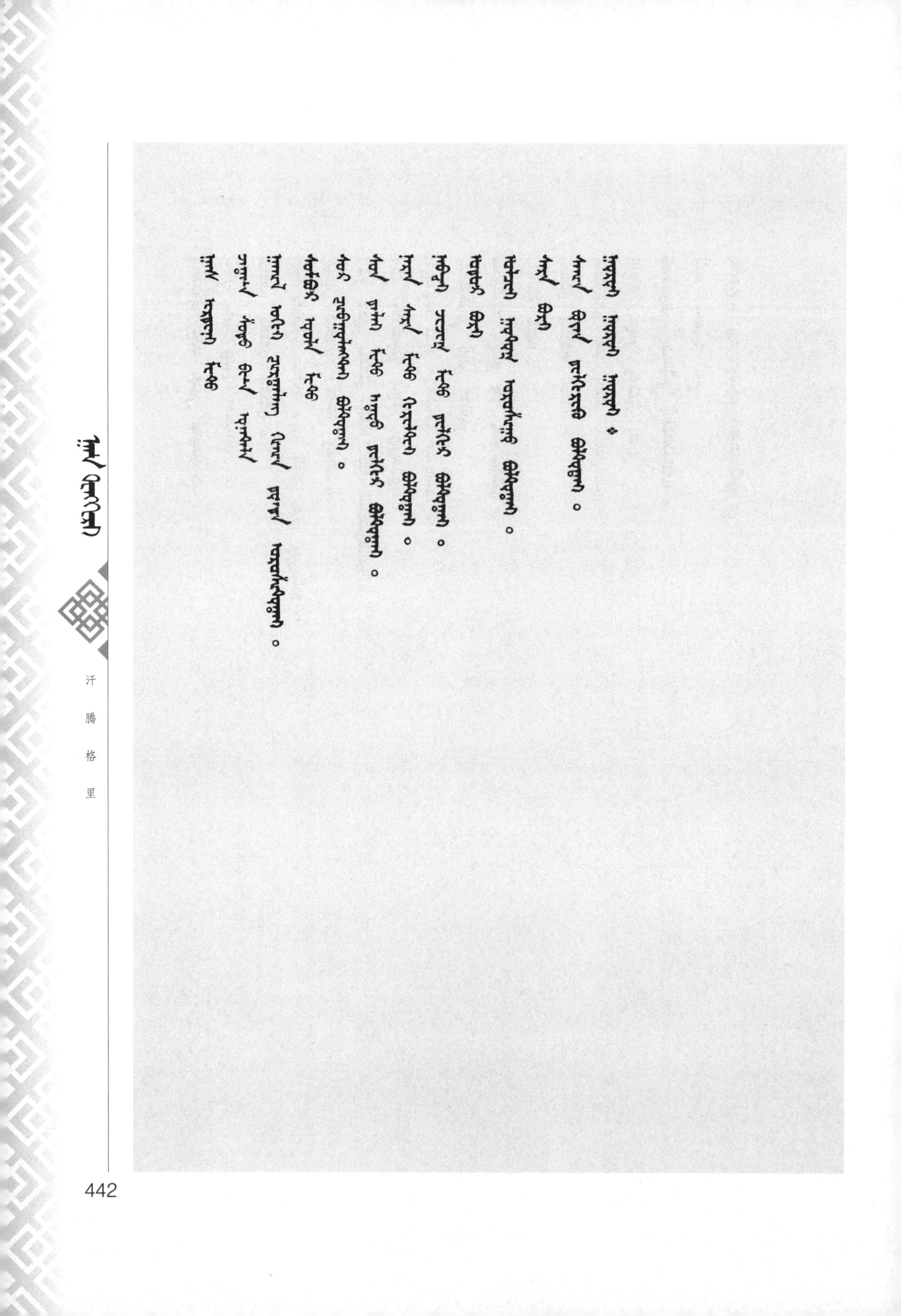

[illegible] ◆
[illegible] ◦
[illegible]
[illegible] ◦
[illegible]
[illegible] ◦
[illegible] ◦
[illegible] ◦
[illegible] ◦
[illegible]
[illegible] ◦
[illegible]
[illegible]

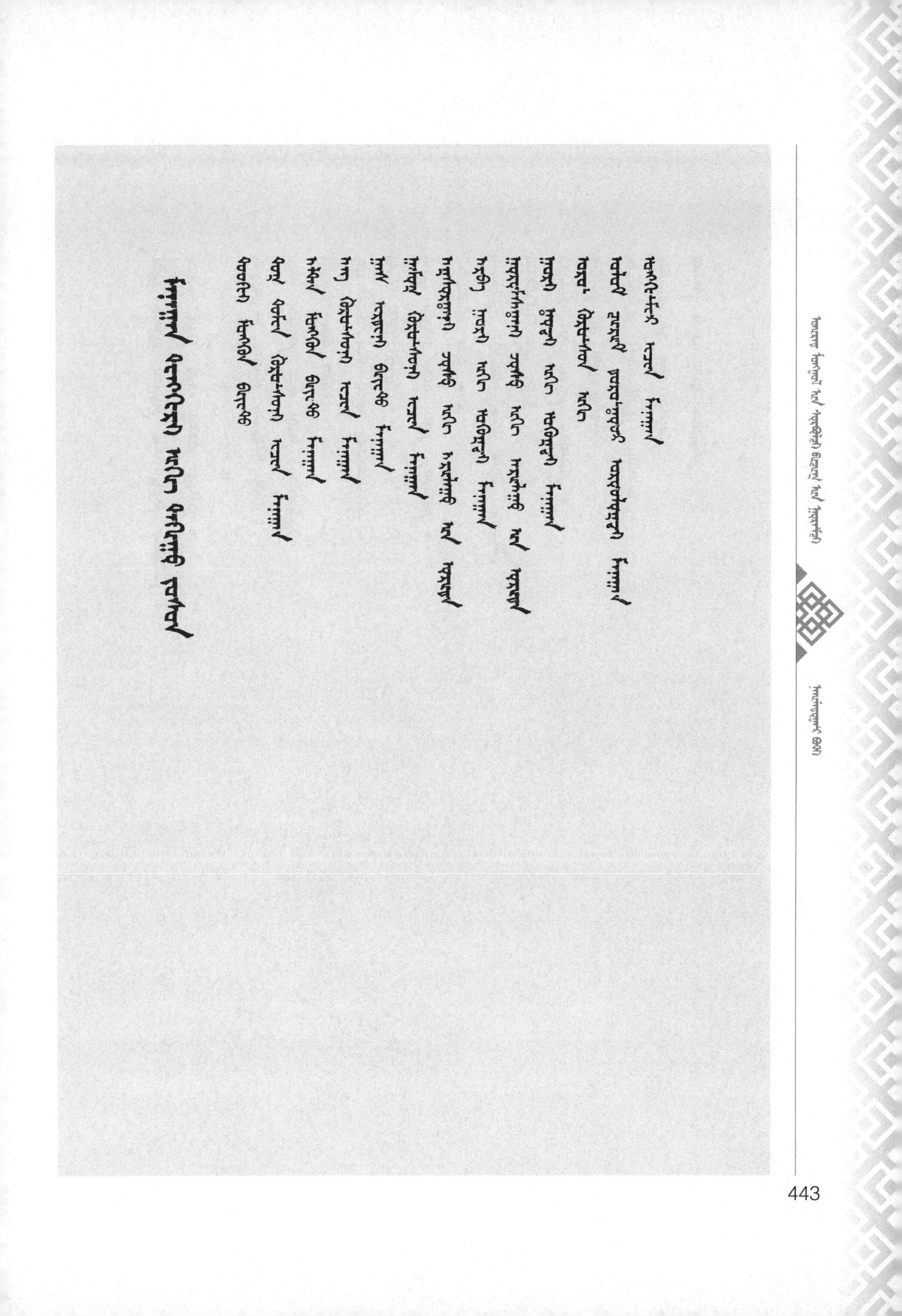

[illegible]

[illegible]
[illegible]
[illegible]
[illegible]
[illegible]
[illegible]
[illegible]
[illegible]
[illegible]
[illegible]
[illegible]
[illegible]
[illegible]

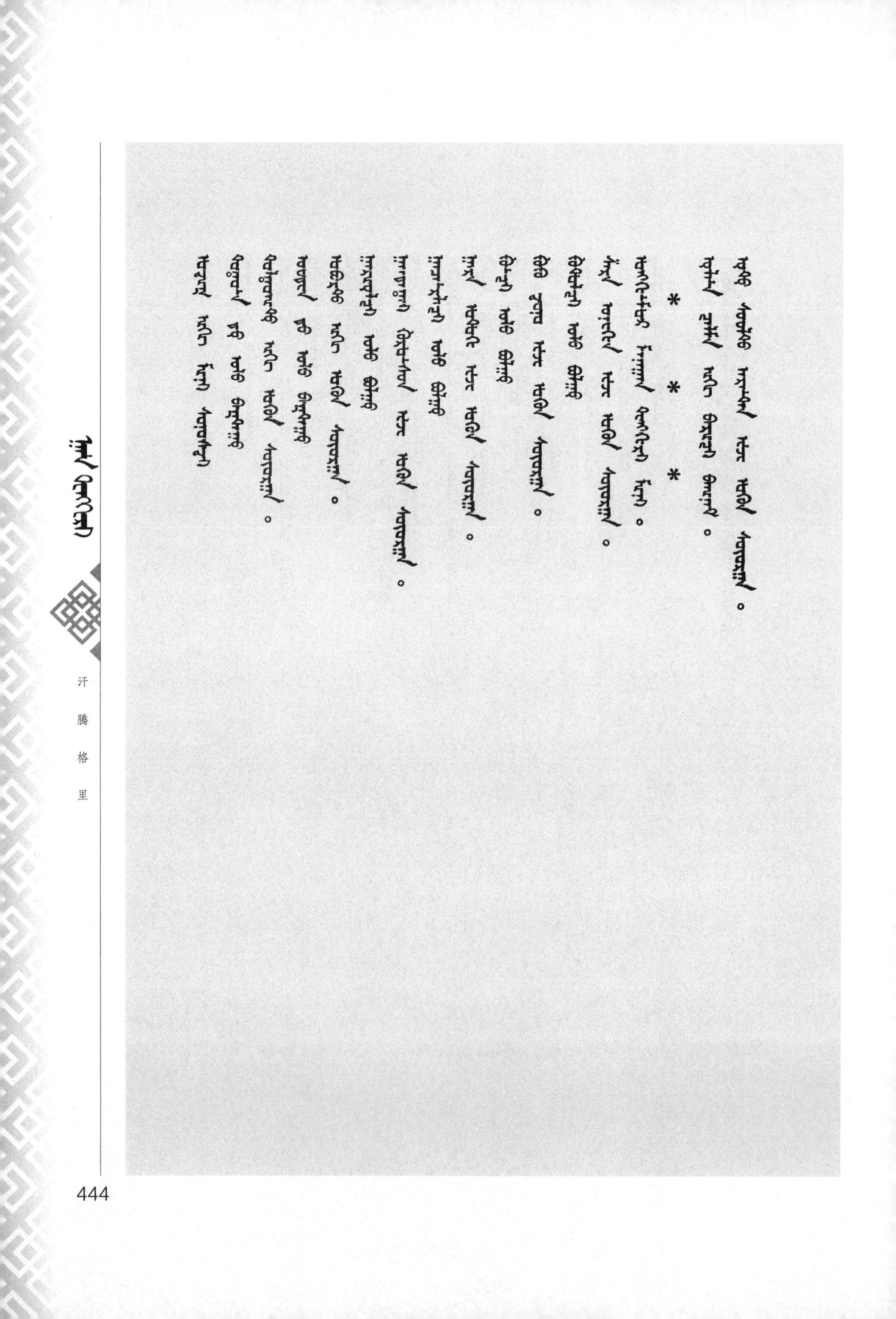

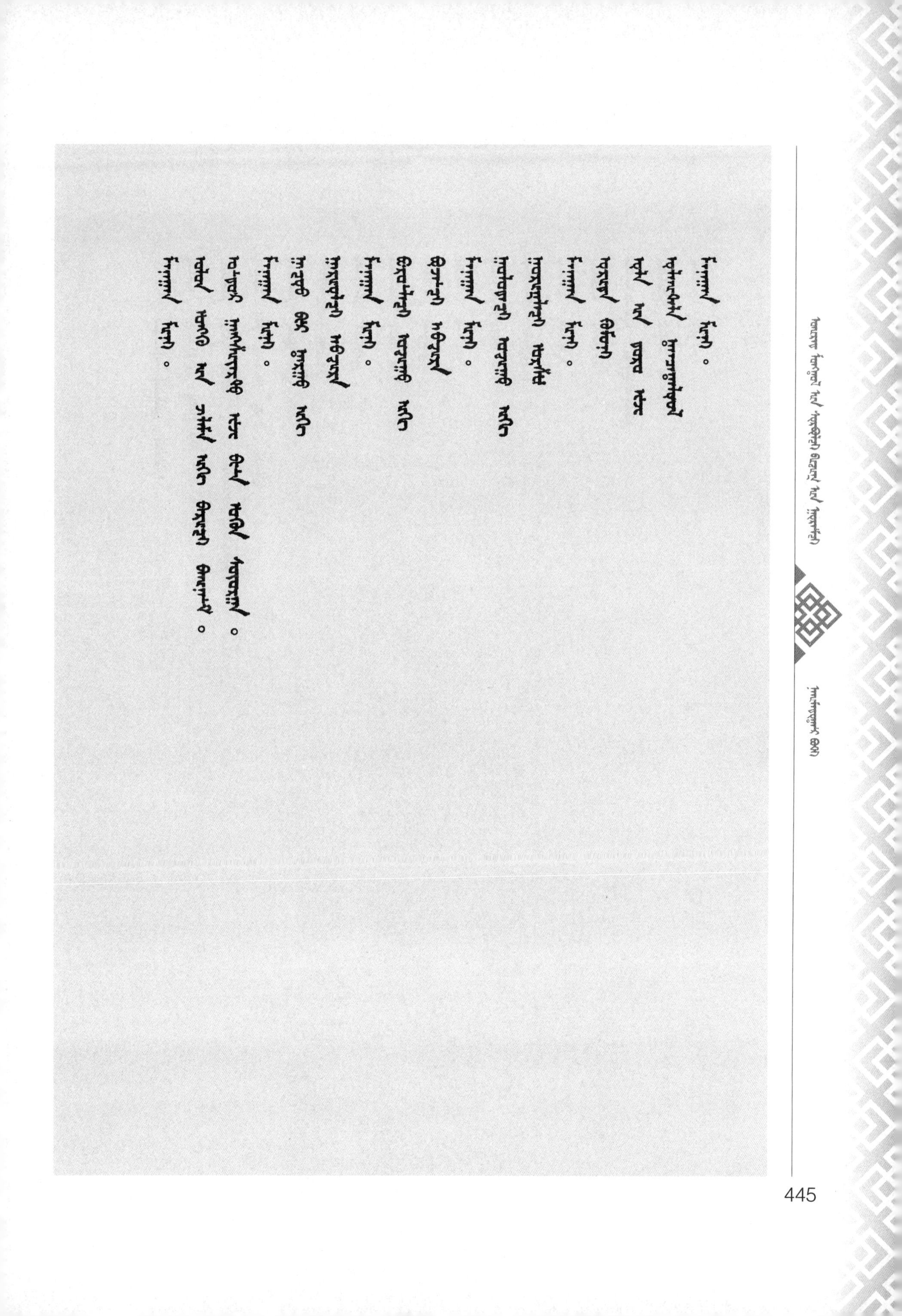

[illegible] ᠃

[illegible]

[illegible] ᠃

[illegible]

[illegible] ᠃

[illegible]

[illegible] ᠃

[illegible]

[illegible] ᠃

[illegible] ᠃

[illegible] ᠃

[illegible] ᠃

ᠬᠠᠢᠷᠬᠠᠨ ᠬᠠᠢᠷᠬᠠᠨ ᠬᠠᠢᠷᠬᠠᠨ ᠃
ᠲᠡᠩᠭᠢᠰ [illegible] ᠮᠢᠨᠢ ᠃
[illegible] [illegible] [illegible] [illegible] [illegible] [illegible] ᠃
[illegible] [illegible] [illegible] [illegible] [illegible]
ᠲᠡᠩᠭᠢᠰ ᠮᠢᠨᠢ ᠃
[illegible] [illegible]
[illegible] [illegible]
ᠲᠡᠩᠭᠢᠰ ᠮᠢᠨᠢ ᠃
[illegible] [illegible]
[illegible] [illegible]
ᠲᠡᠩᠭᠢᠰ ᠮᠢᠨᠢ ᠃
[illegible] [illegible]
[illegible] [illegible]
ᠲᠡᠩᠭᠢᠰ ᠮᠢᠨᠢ ᠃
[illegible] [illegible]
[illegible] [illegible] [illegible]
[illegible] [illegible]

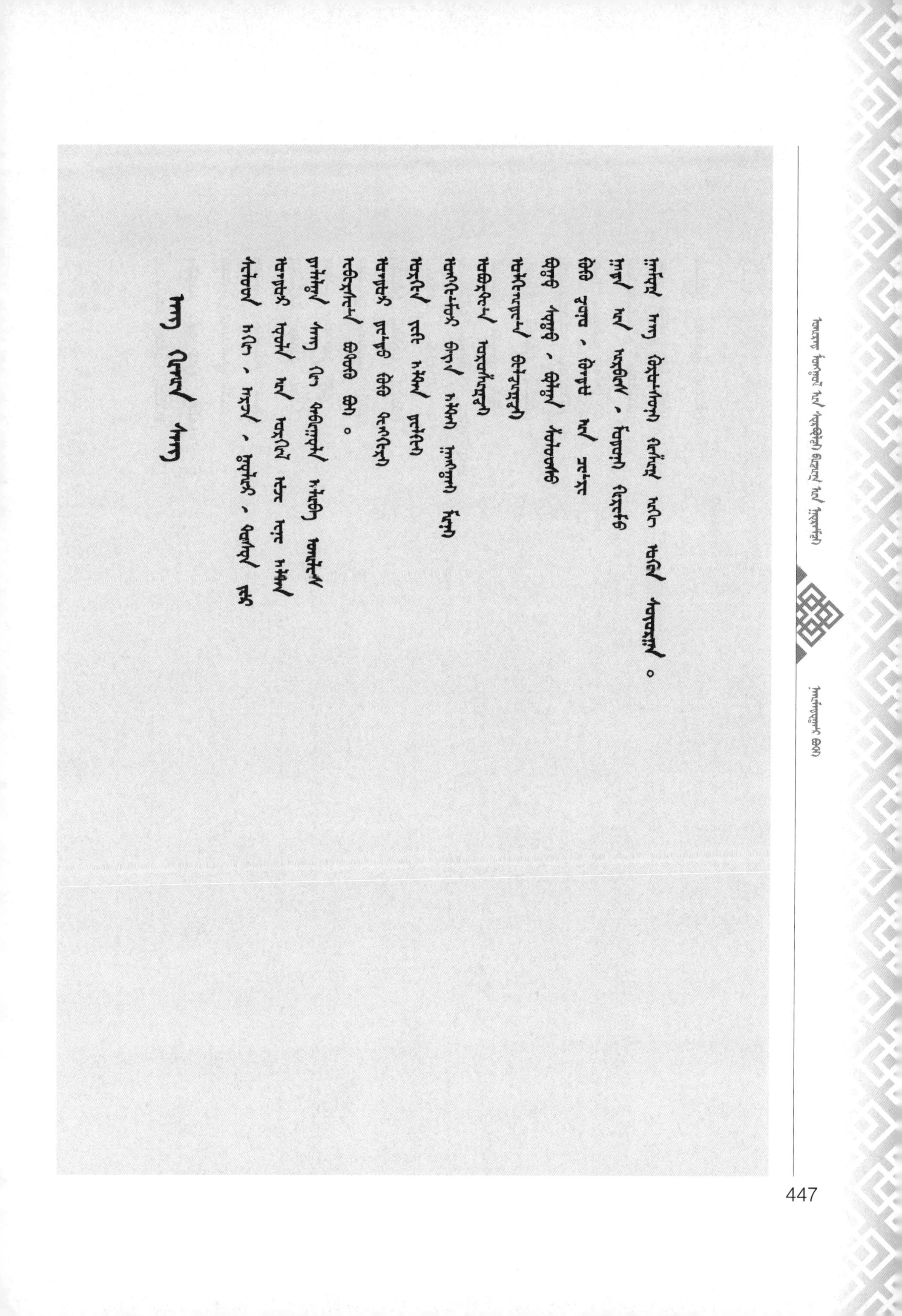

[illegible] 。
[illegible]
[illegible]
[illegible]
[illegible]
[illegible]
[illegible]
[illegible]
[illegible]
[illegible] 。
[illegible]
[illegible]
[illegible]

[illegible]

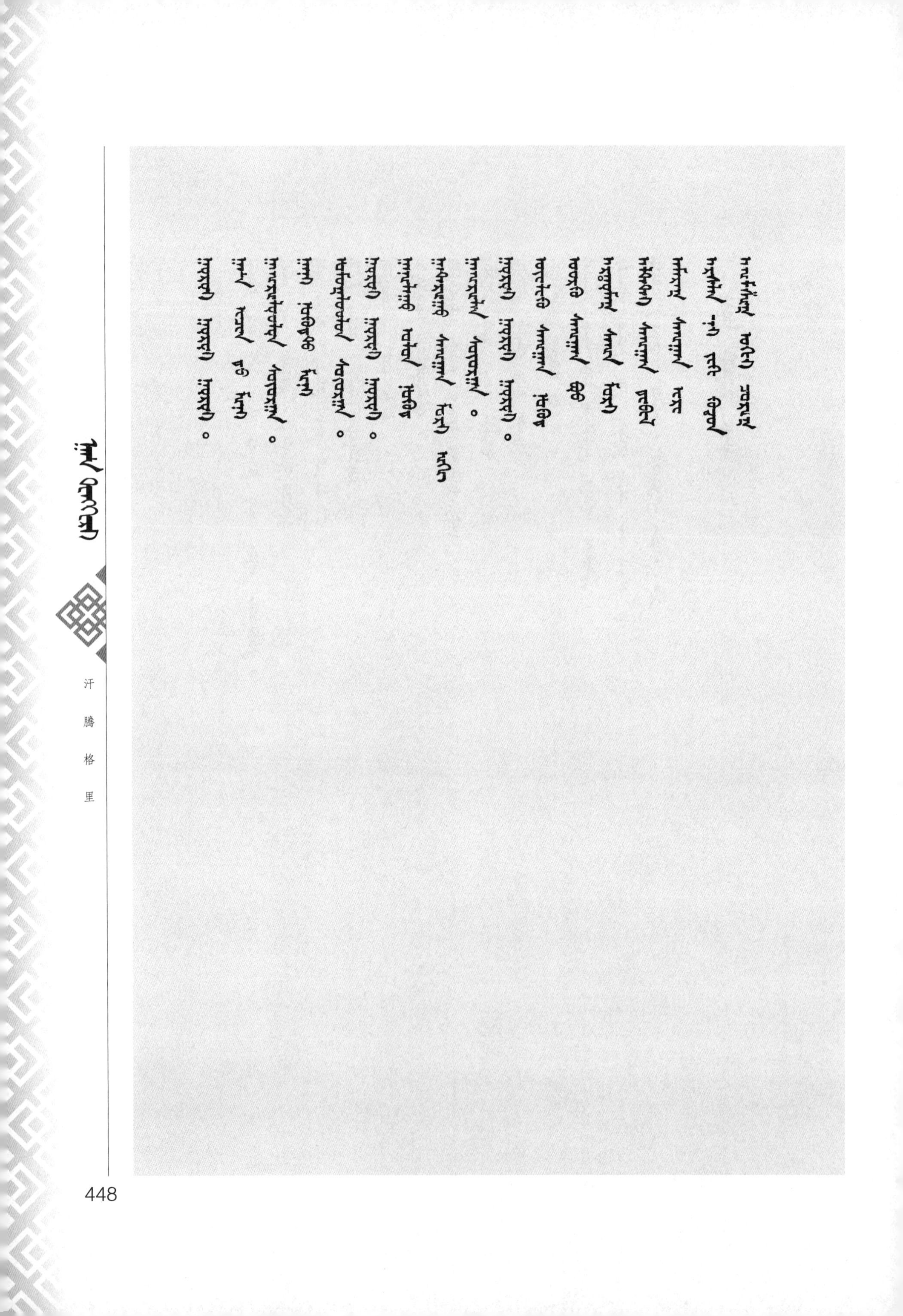

[illegible]

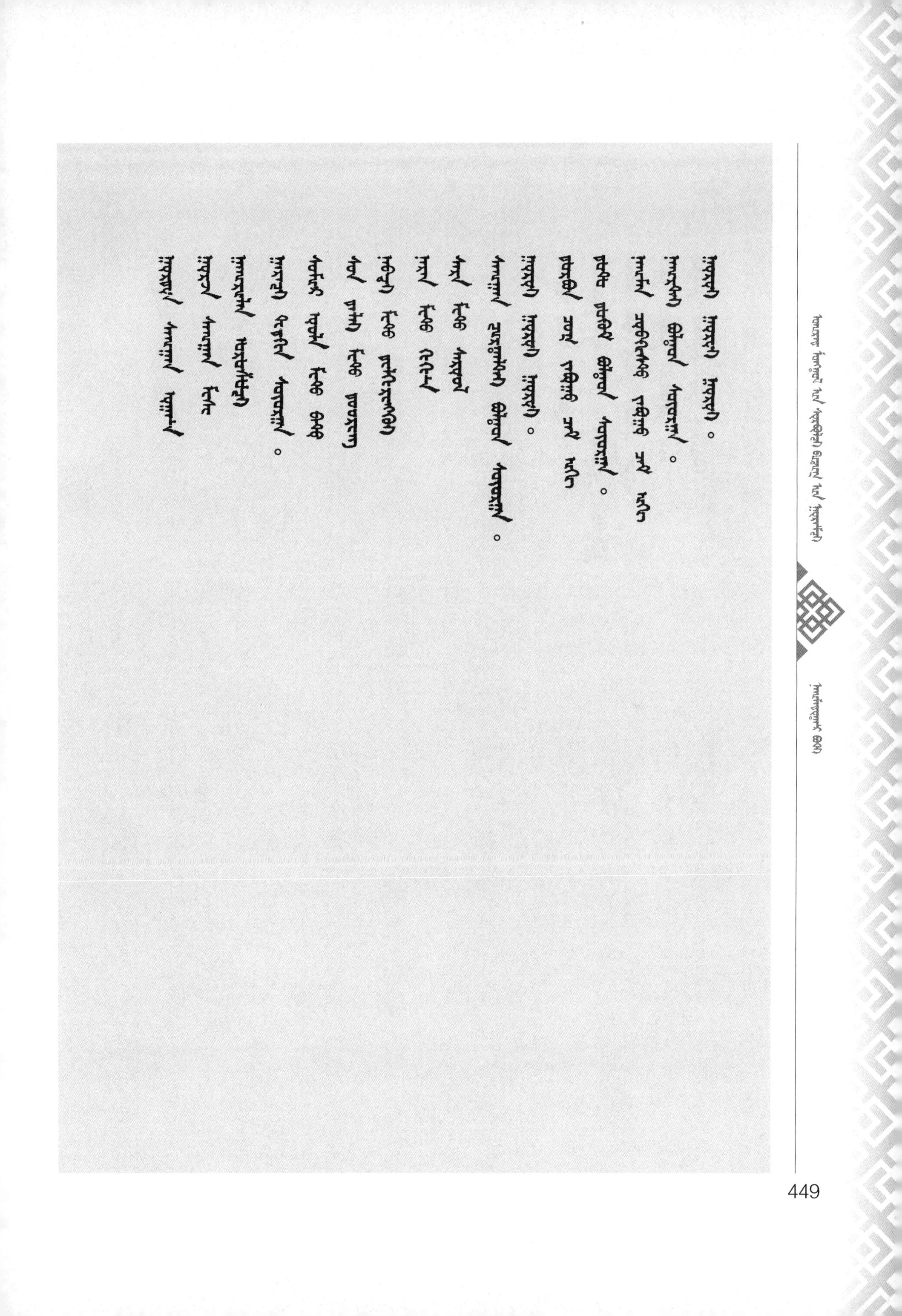

[illegible]
[illegible]
[illegible]
[illegible] ◦
[illegible]
[illegible]
[illegible]
[illegible]
[illegible]
[illegible] ◦
[illegible] ◦
[illegible]
[illegible] ◦
[illegible]
[illegible] ◦
[illegible] ◦

ᠲᠡᠩᠭᠡᠷ ᠲᠡᠩᠭᠡᠷᠢᠶᠡᠨ ᠪᠢ ᠬᠦᠮᠦᠨᠯᠢᠭ
ᠮᠠᠨᠠᠢ ᠪᠠᠶᠢᠭᠠ ᠲᠡᠩᠭᠡᠷ ᠶᠢᠨ
ᠮᠥᠩᠬᠡ ᠶᠢᠨ ᠪᠤᠷᠬᠠᠨ ᠪᠠᠭᠰᠢ ᠮᠢᠨᠢ
ᠲᠠᠩᠭᠠᠷᠤᠭᠯᠠᠯ ᠬᠠᠶᠠᠨ᠂ ᠲᠡᠩᠭᠡᠷᠯᠢᠭ ᠬᠠᠶᠠᠨ ᠃
ᠲᠡᠩᠭᠡᠷᠢ ᠲᠡᠩᠭᠡᠷᠢ ᠲᠡᠩᠭᠡᠷᠢ ᠃

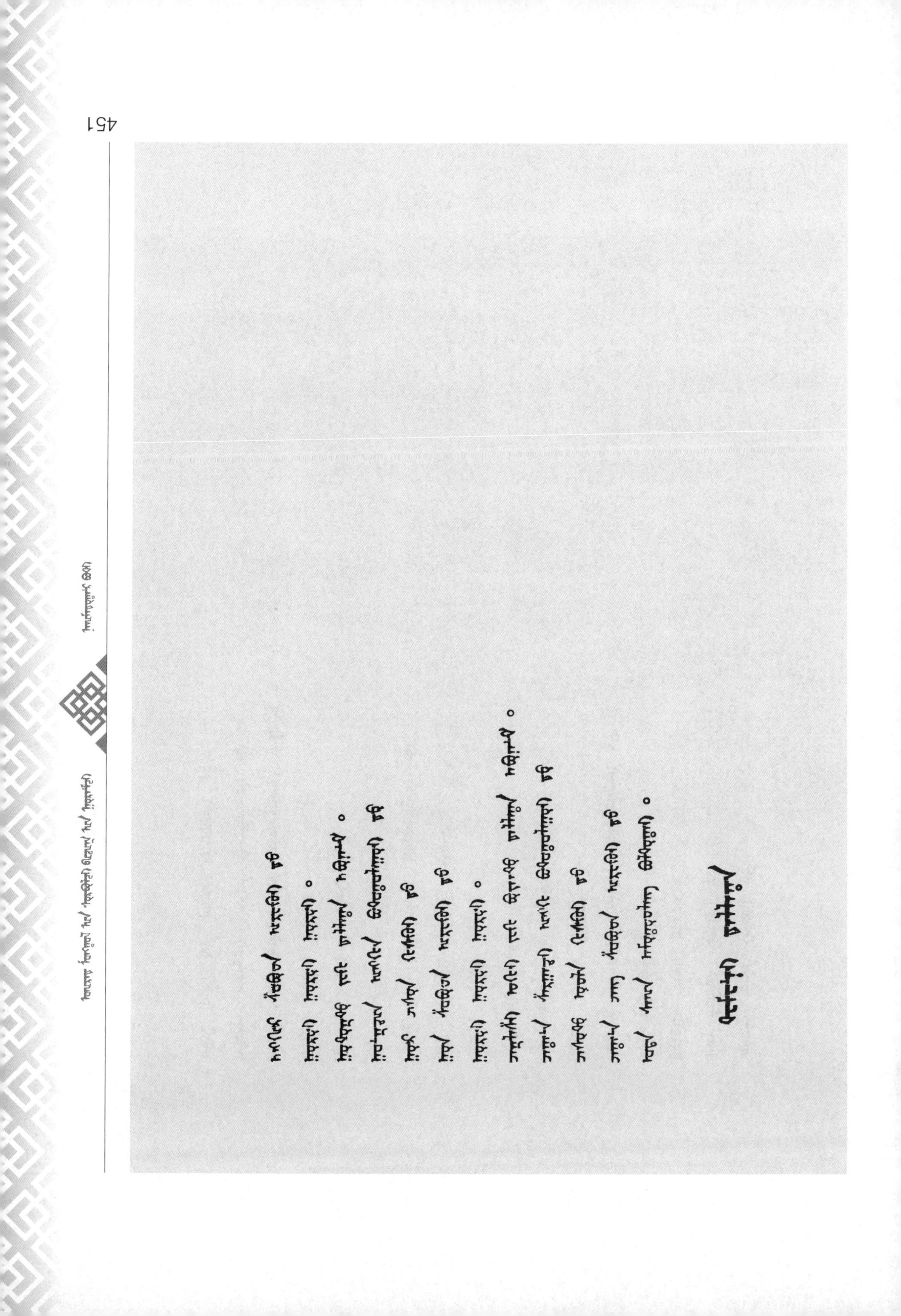

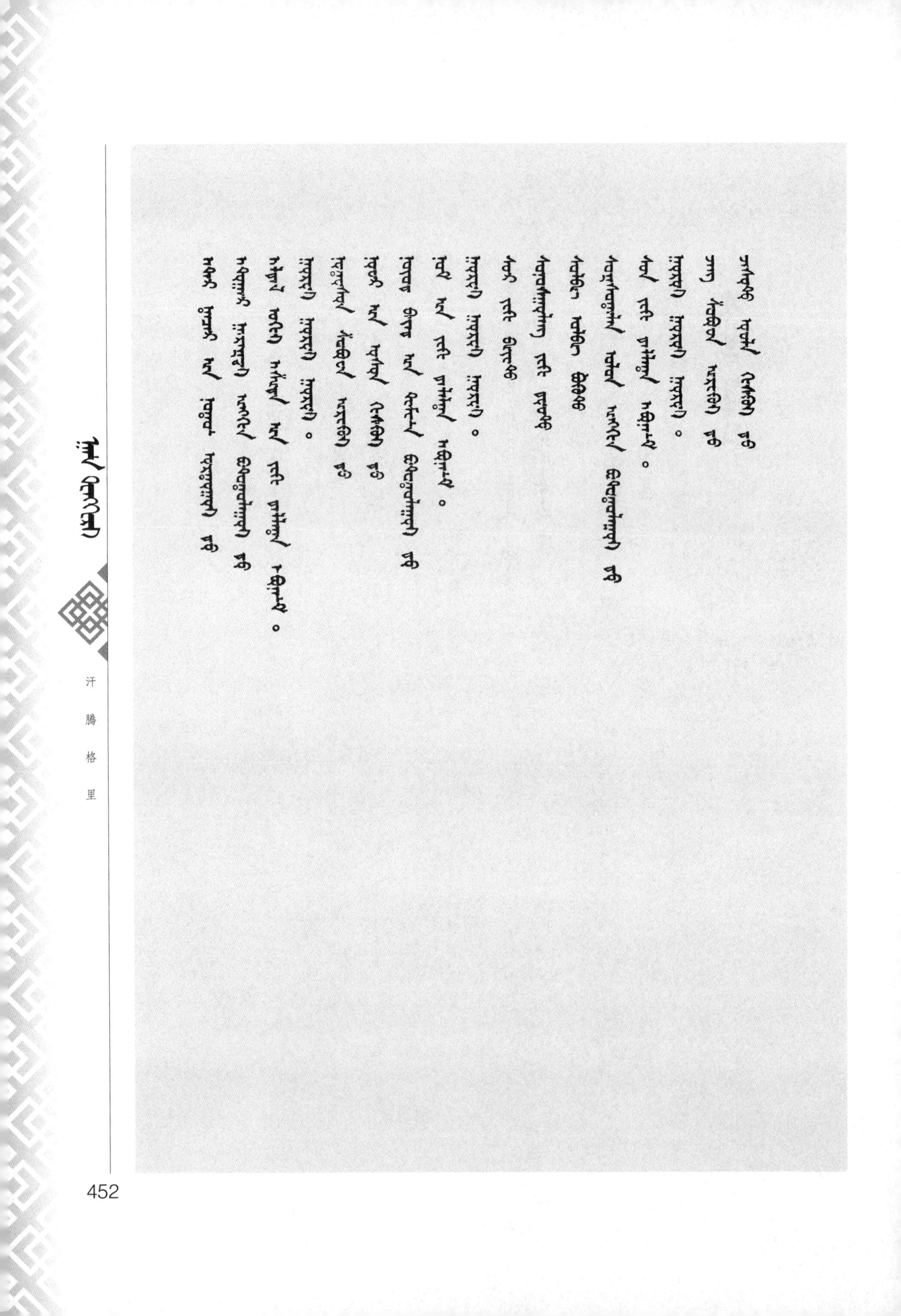

ᠬᠤᠷᠠᠢ ᠬᠤᠷᠠᠢ ᠬᠤᠷᠠᠢ ᠃
[illegible] ᠃
[illegible]
[illegible]
[illegible]
[illegible]
[illegible]
ᠬᠤᠷᠠᠢ ᠬᠤᠷᠠᠢ ᠬᠤᠷᠠᠢ ᠃
[illegible] ᠃
[illegible]
[illegible]
[illegible]
[illegible]
[illegible]
[illegible] ᠃
[illegible]
[illegible]

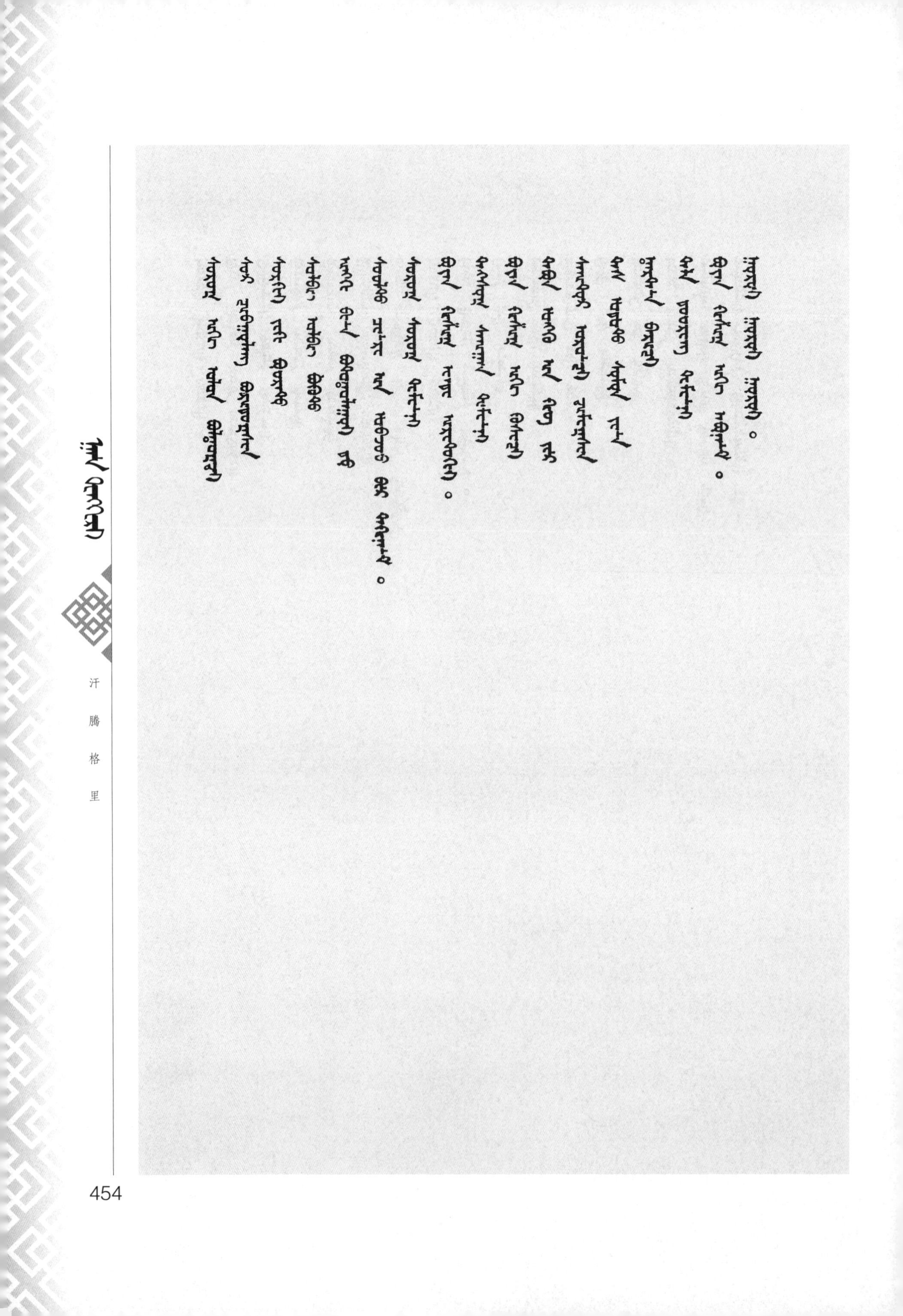

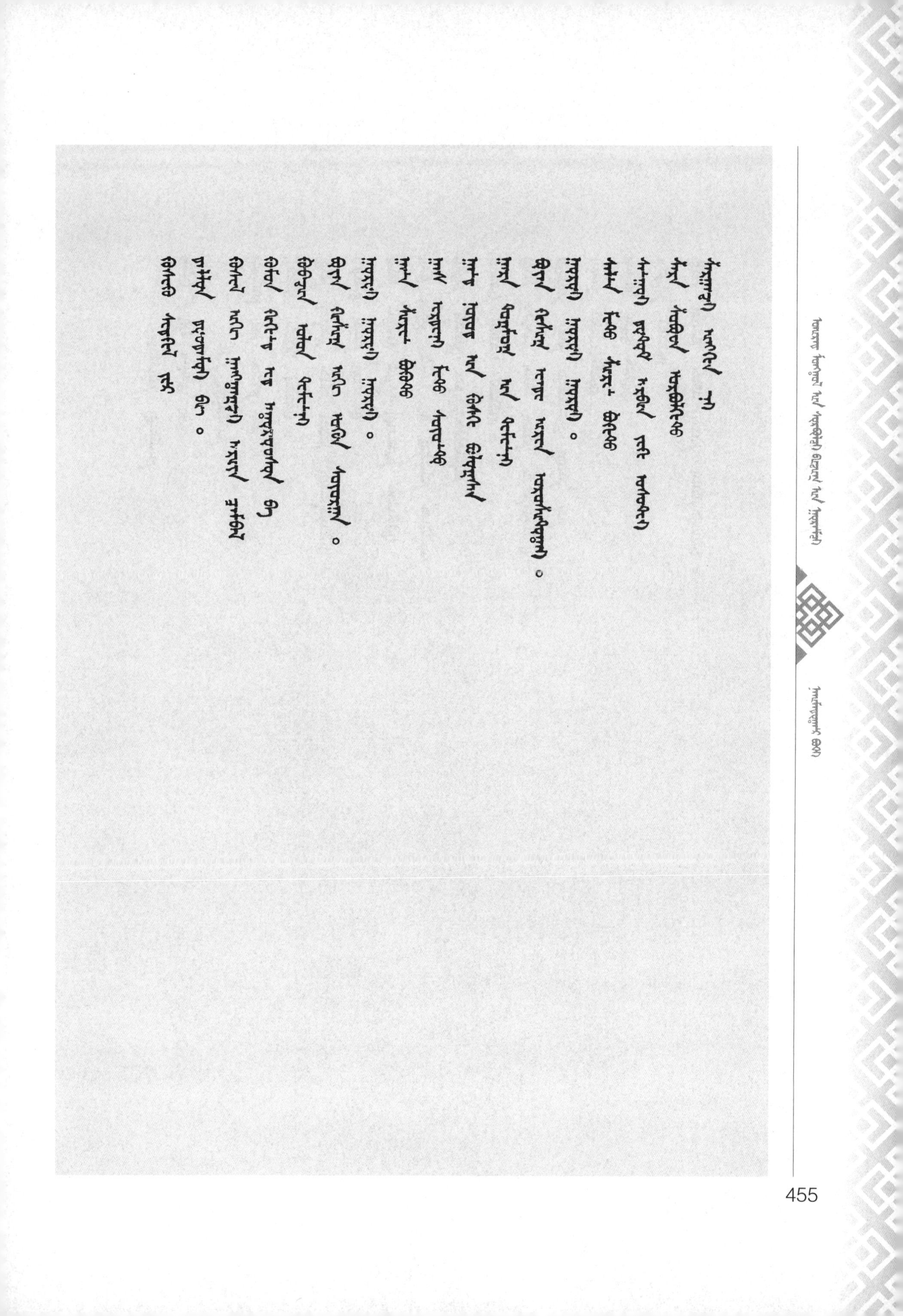

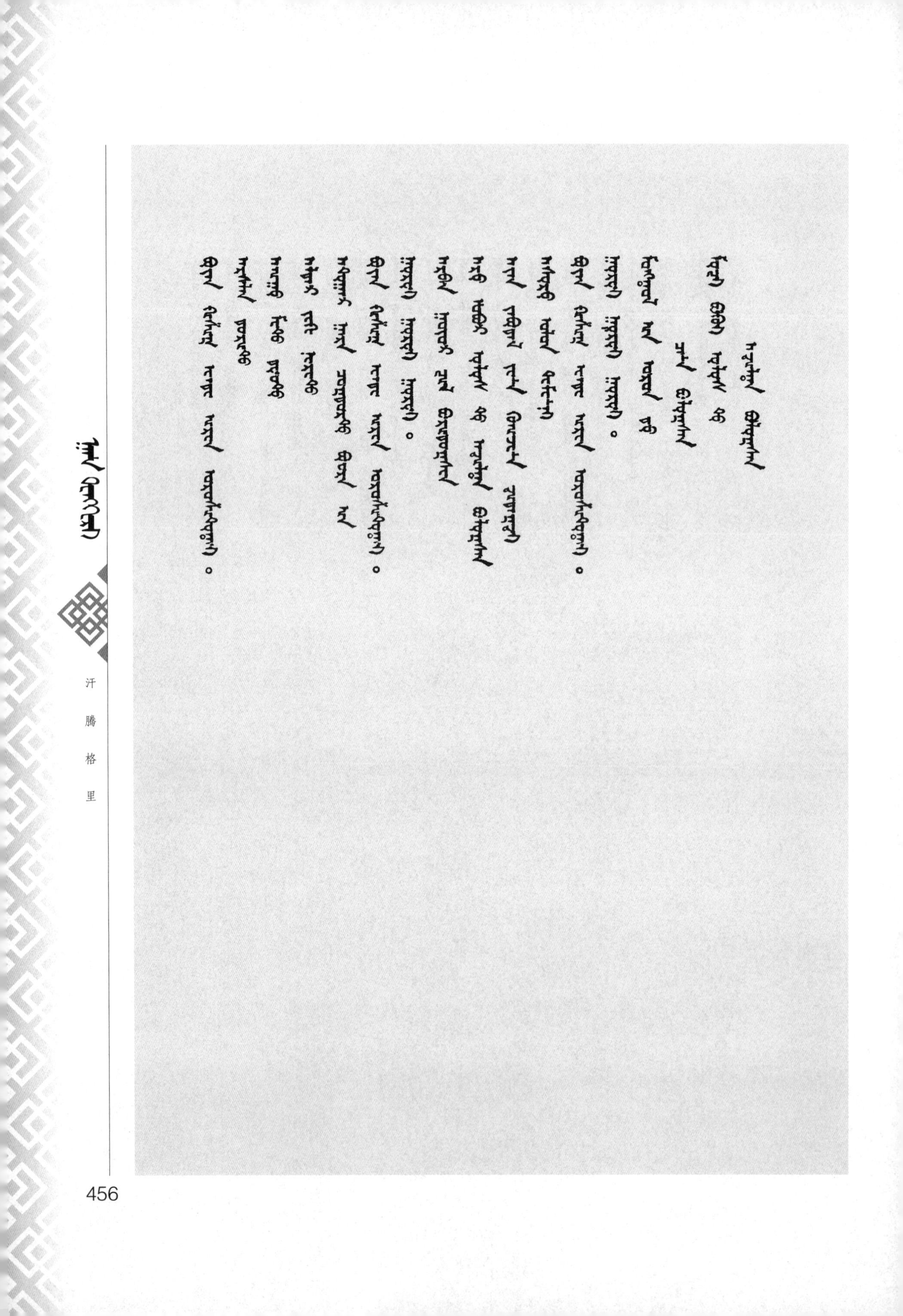

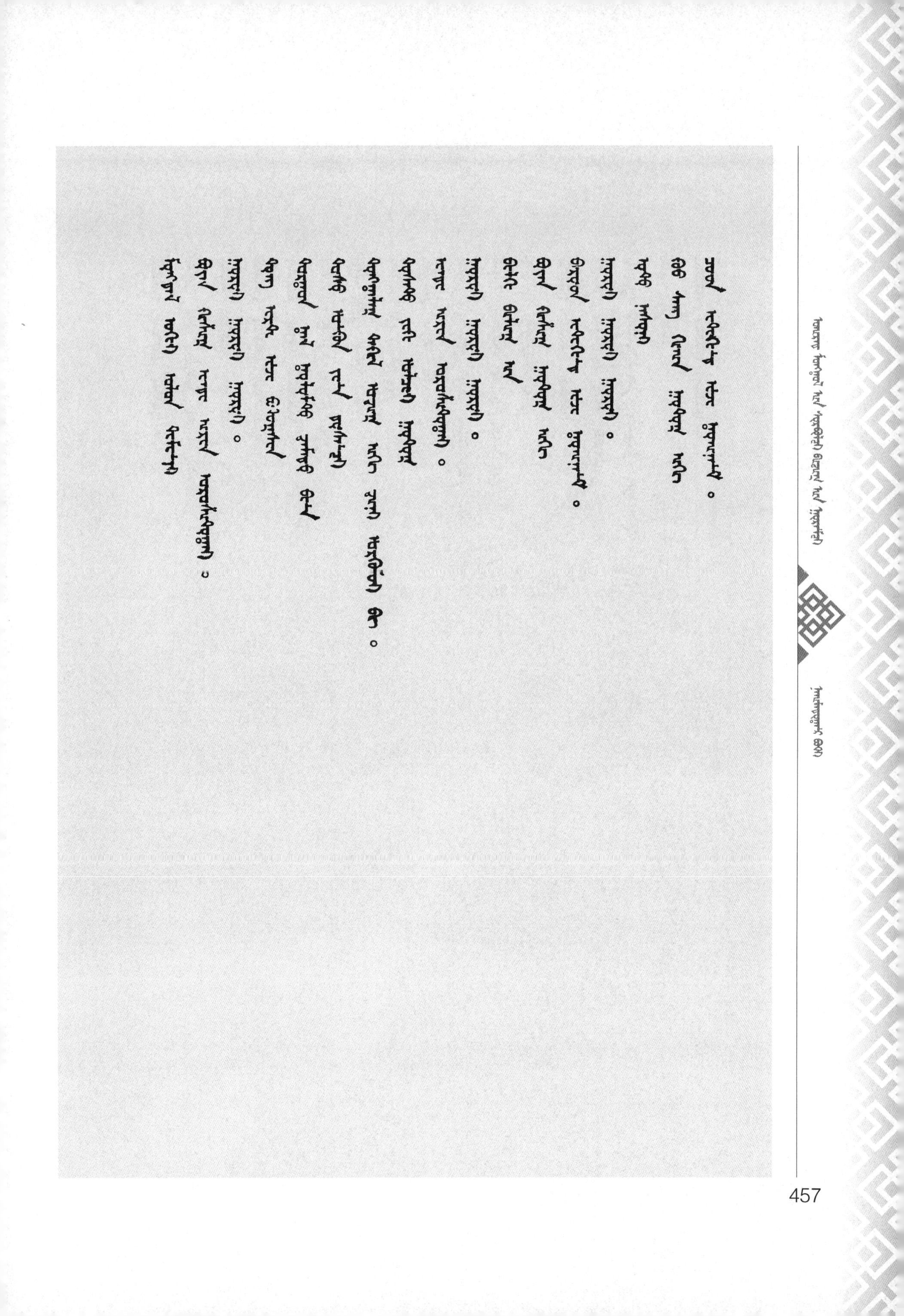

ᠬᠤᠷᠠᠢ ᠬᠤᠷᠠᠢ ᠬᠤᠷᠠᠢ ᠃

[illegible]

[illegible]

[illegible] ᠃

ᠬᠤᠷᠠᠢ ᠬᠤᠷᠠᠢ ᠬᠤᠷᠠᠢ ᠃

[illegible]

[illegible]

[illegible] ᠃

[illegible]

[illegible]

[illegible]

[illegible] ᠃

ᠬᠤᠷᠠᠢ ᠬᠤᠷᠠᠢ ᠬᠤᠷᠠᠢ ᠃

[illegible]

[illegible] ᠃

ᠬᠤᠷᠠᠢ ᠬᠤᠷᠠᠢ ᠬᠤᠷᠠᠢ ᠃

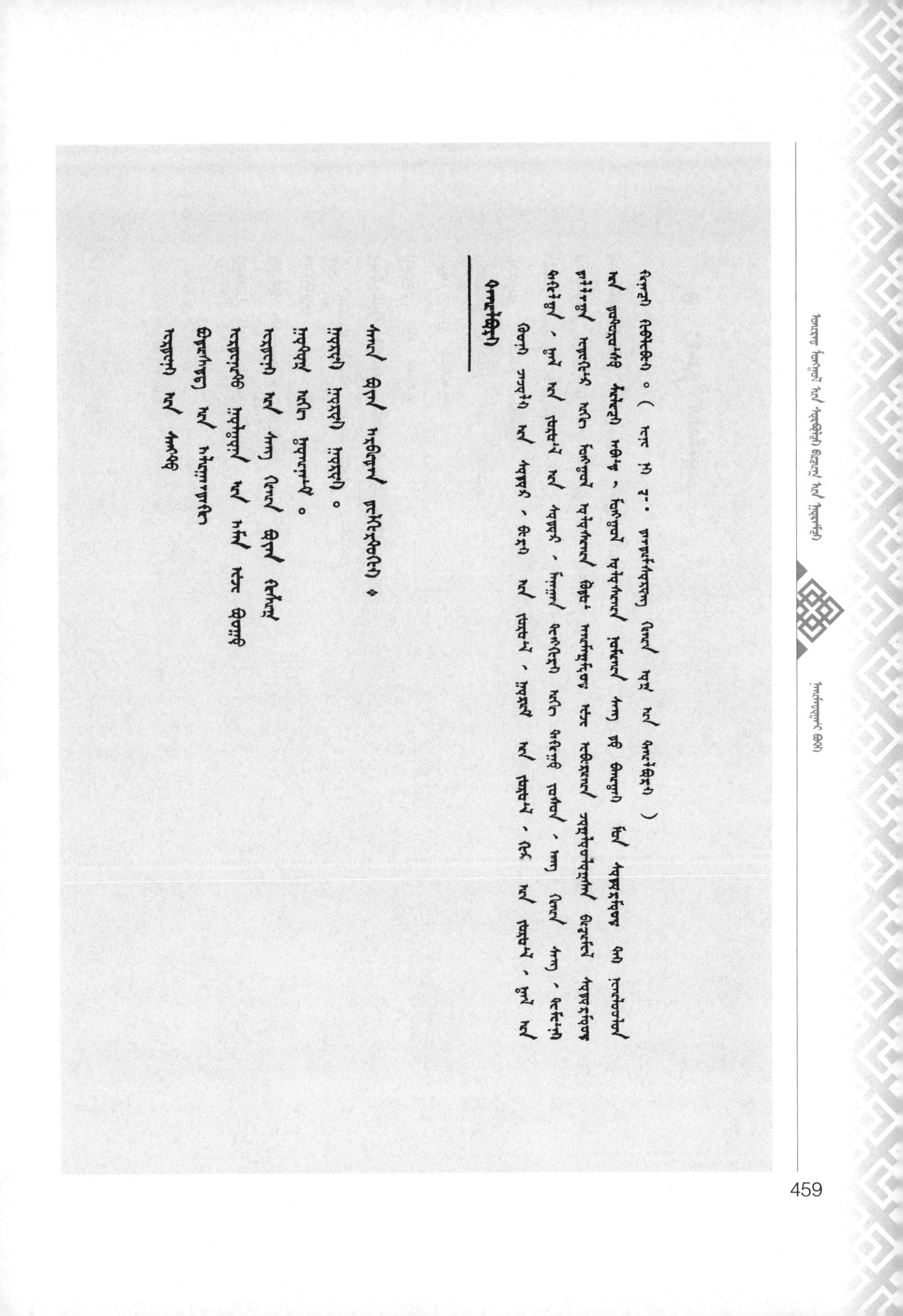

[illegible]
[illegible]
[illegible]
[illegible]
[illegible]
[illegible]
[illegible] ◈

[illegible]

[illegible] [illegible] [illegible] [illegible] [illegible] ([illegible])

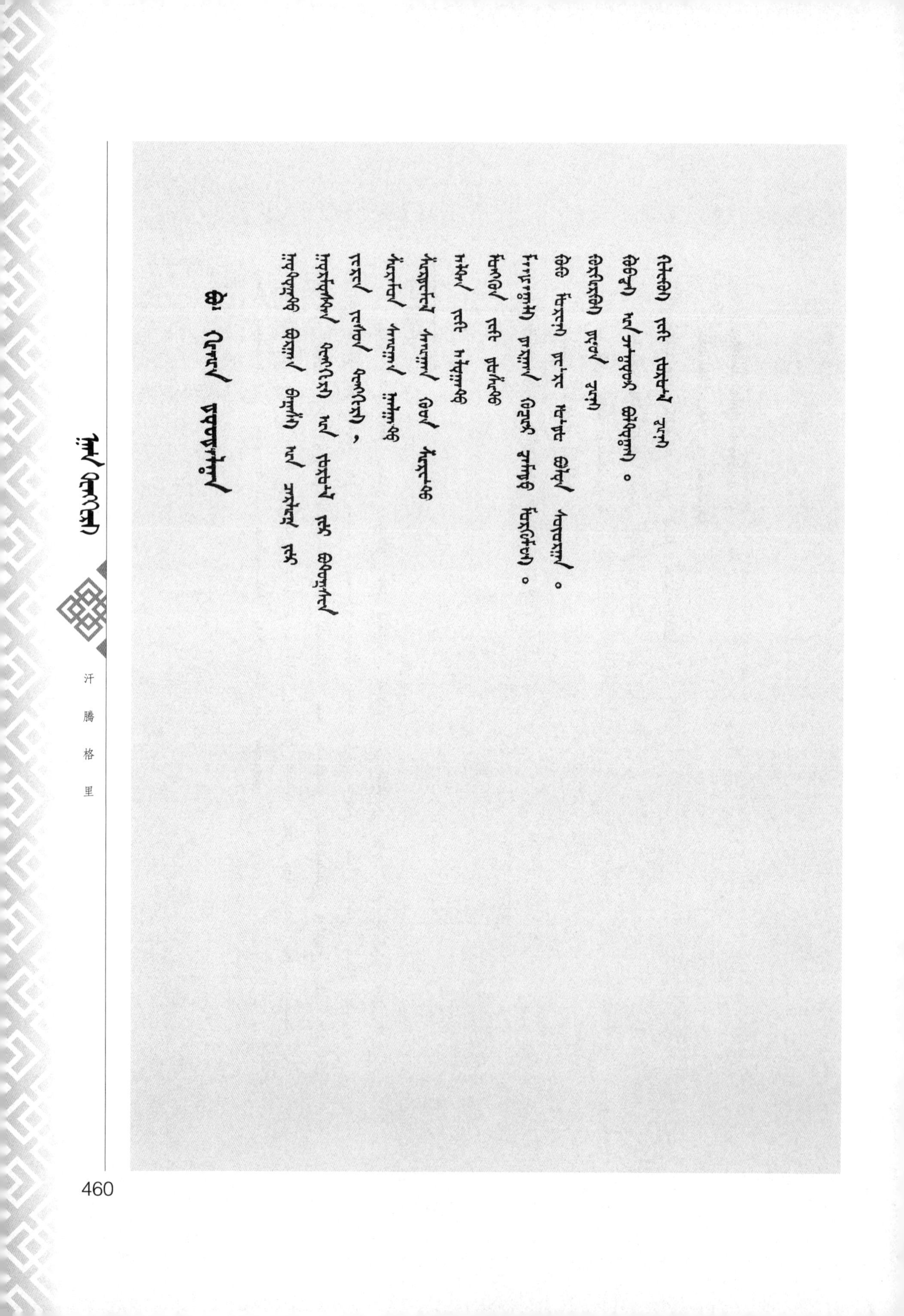

[illegible]

[illegible]
[illegible]
[illegible]
[illegible]
[illegible]
[illegible]
[illegible]
[illegible]
[illegible]
[illegible]
[illegible]
[illegible]

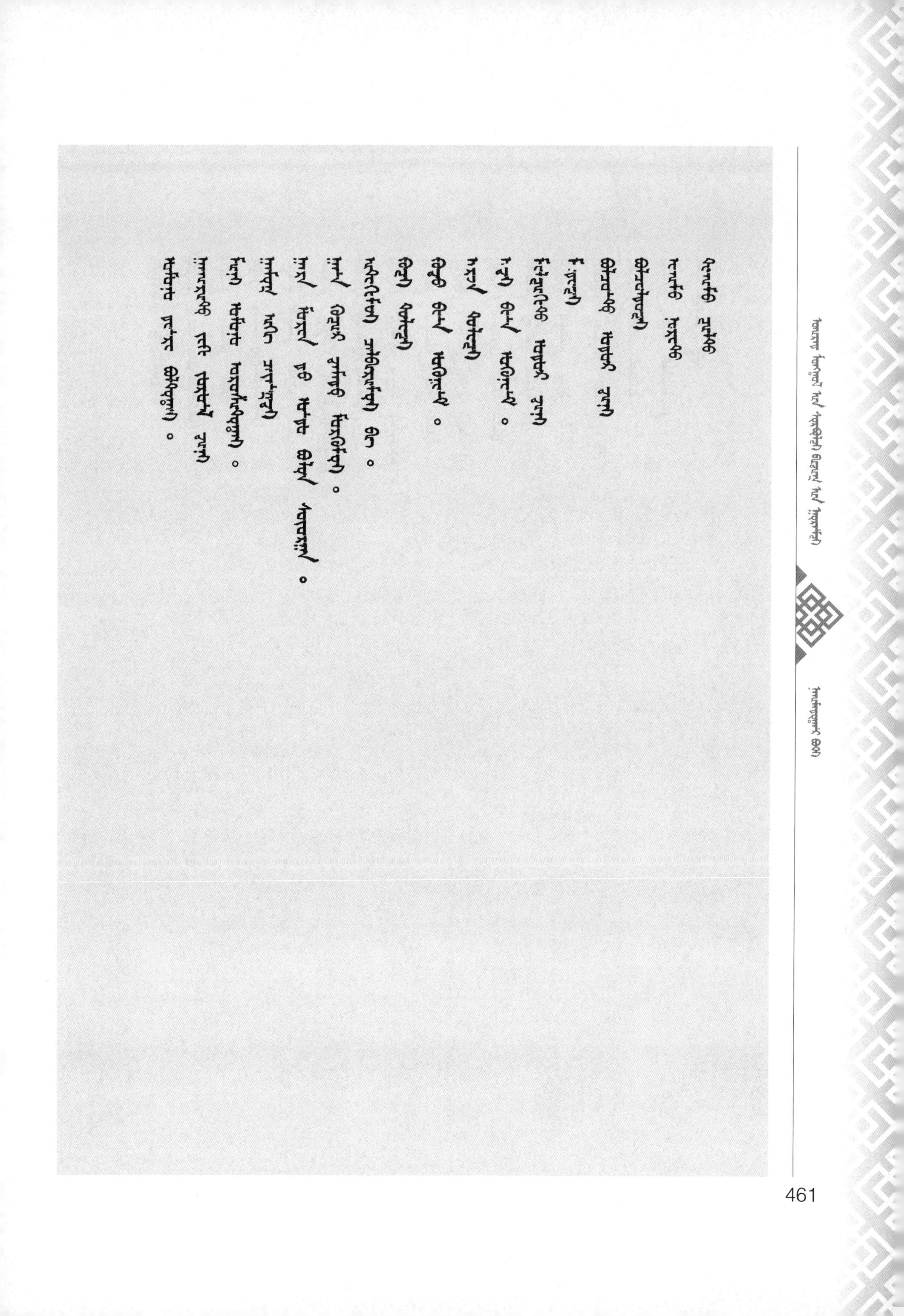

[illegible]
[illegible]
[illegible]
[illegible]
[illegible]
[illegible]
[illegible] 。
[illegible]
[illegible] 。
[illegible]
[illegible] 。
[illegible] 。
[illegible] 。
[illegible]
[illegible] 。
[illegible]
[illegible] 。

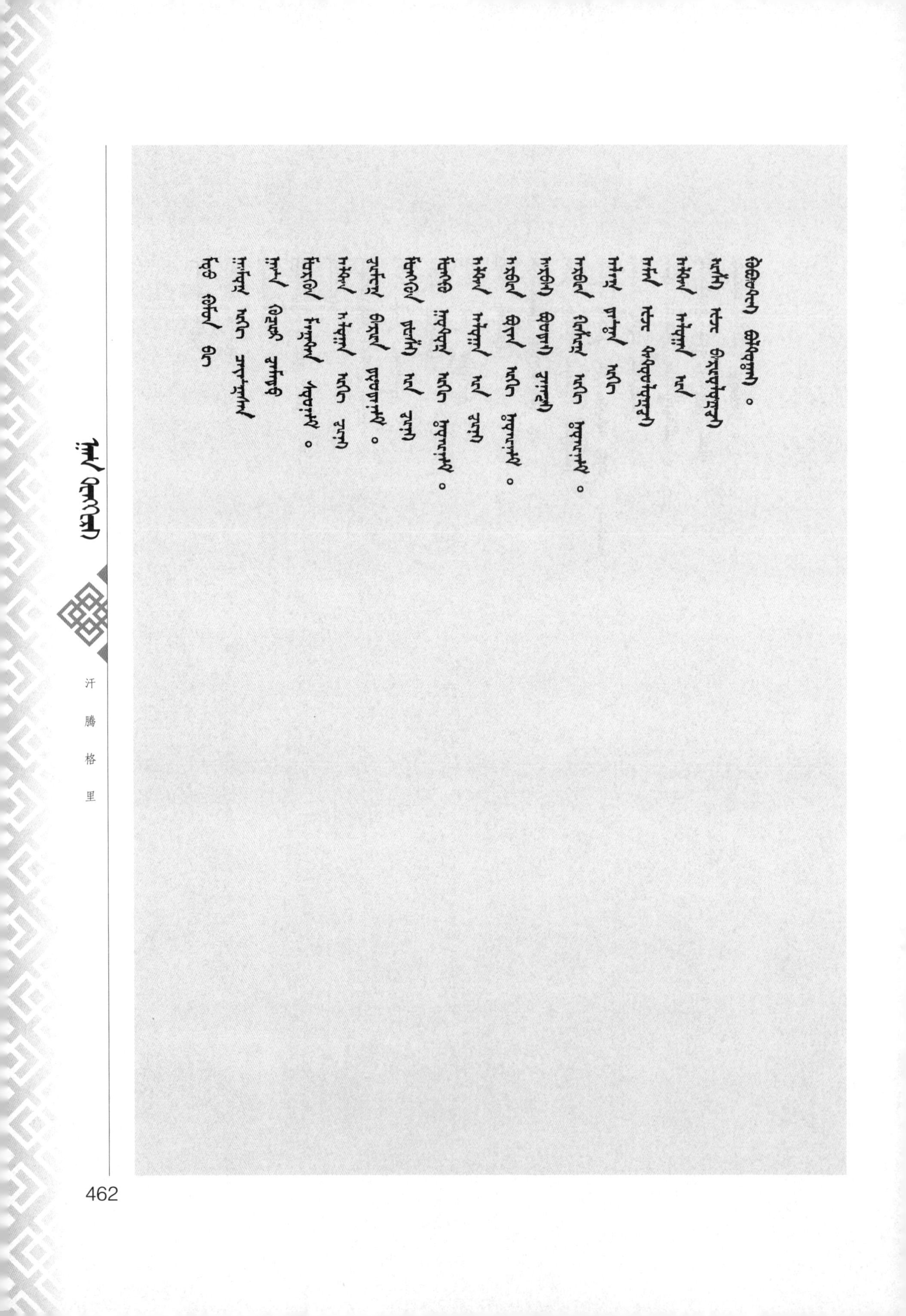

ᡕᠠ ᠪᠠᡕᡅᠨᠠ ◦
[illegible] [illegible] [illegible]
[illegible] [illegible] [illegible]
[illegible] [illegible] [illegible]
[illegible] [illegible] [illegible] [illegible] ◦
ᡕᠠ ᠪᠠᡕᡅᠨᠠ ◦
[illegible] [illegible] [illegible]
[illegible] [illegible] [illegible] [illegible]
[illegible] [illegible] [illegible]
[illegible] [illegible] [illegible] [illegible]
[illegible] [illegible] [illegible] ◦
ᡕᠠ ᠪᠠᡕᡅᠨᠠ ◦

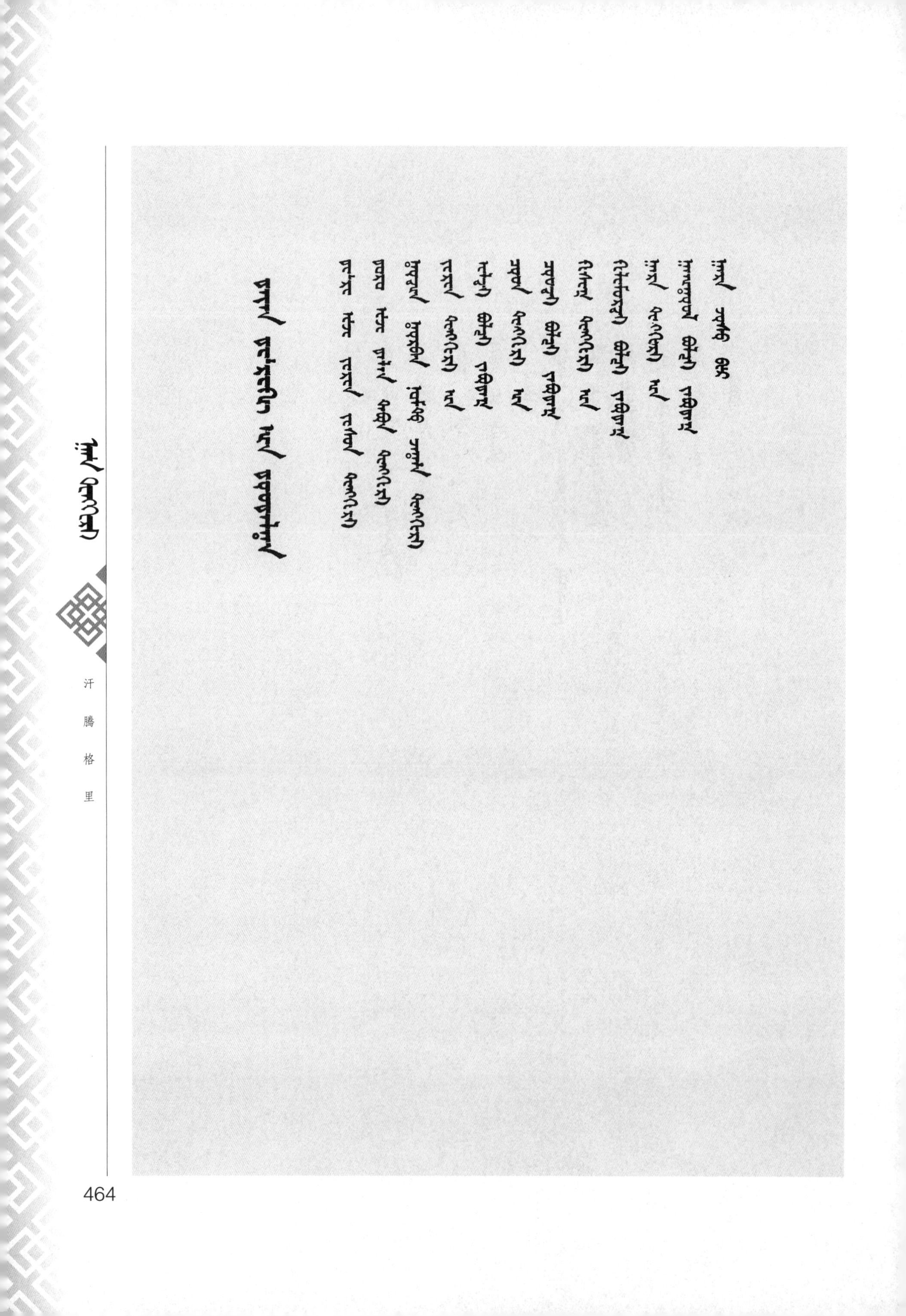

[illegible]

[illegible]
[illegible]
[illegible]
[illegible]
[illegible]
[illegible]
[illegible]
[illegible]
[illegible]
[illegible]
[illegible]
[illegible]

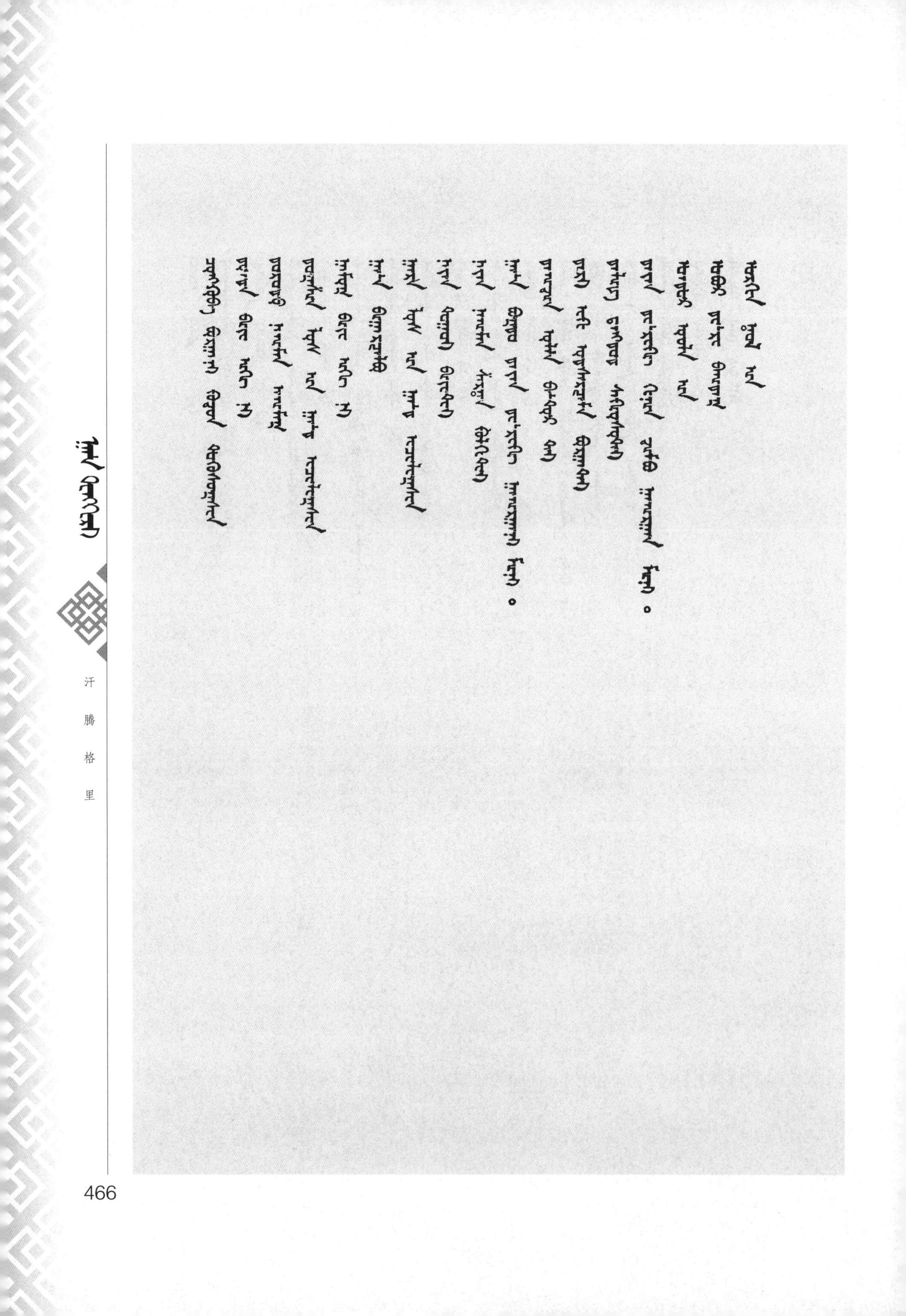

[illegible]

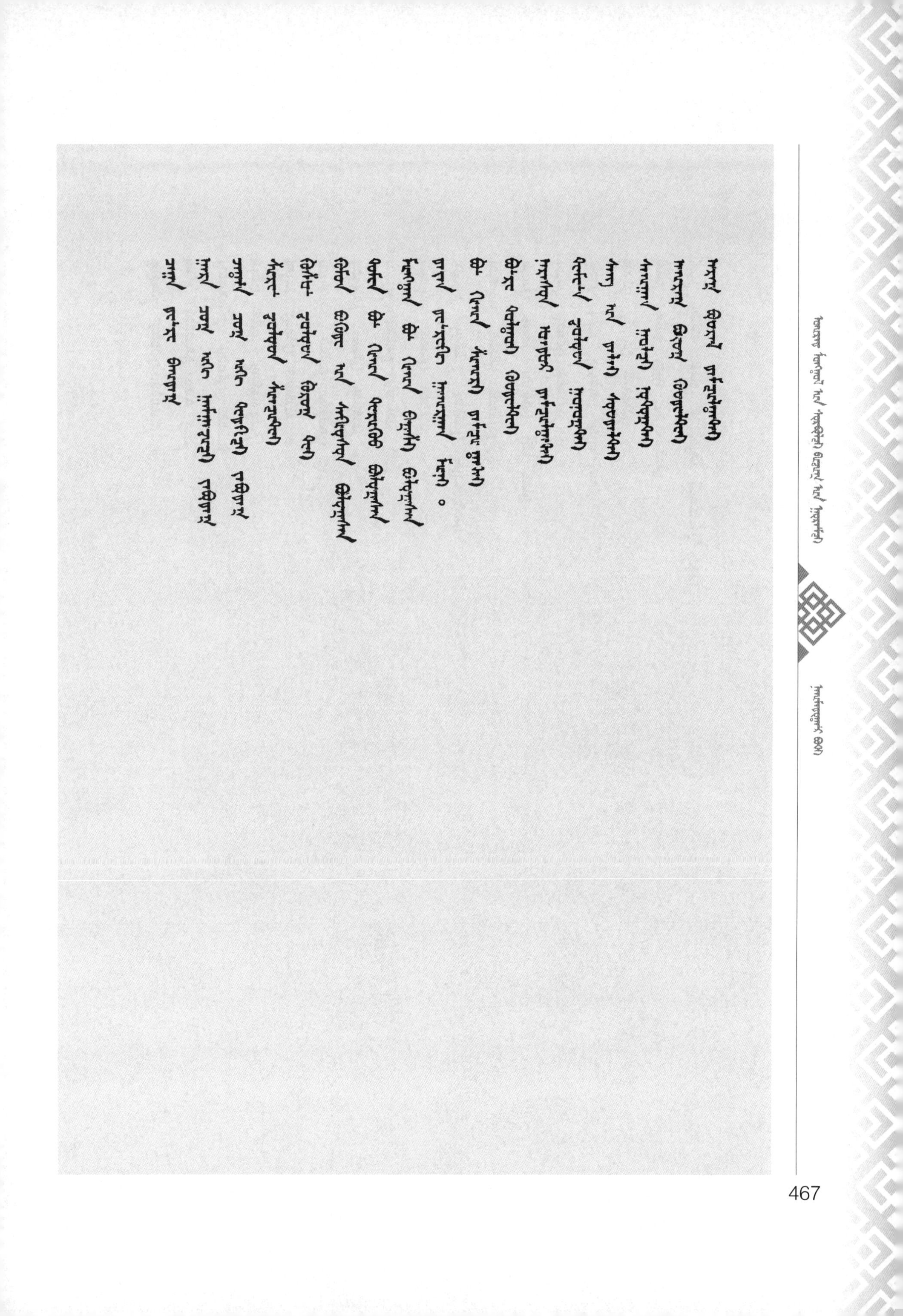

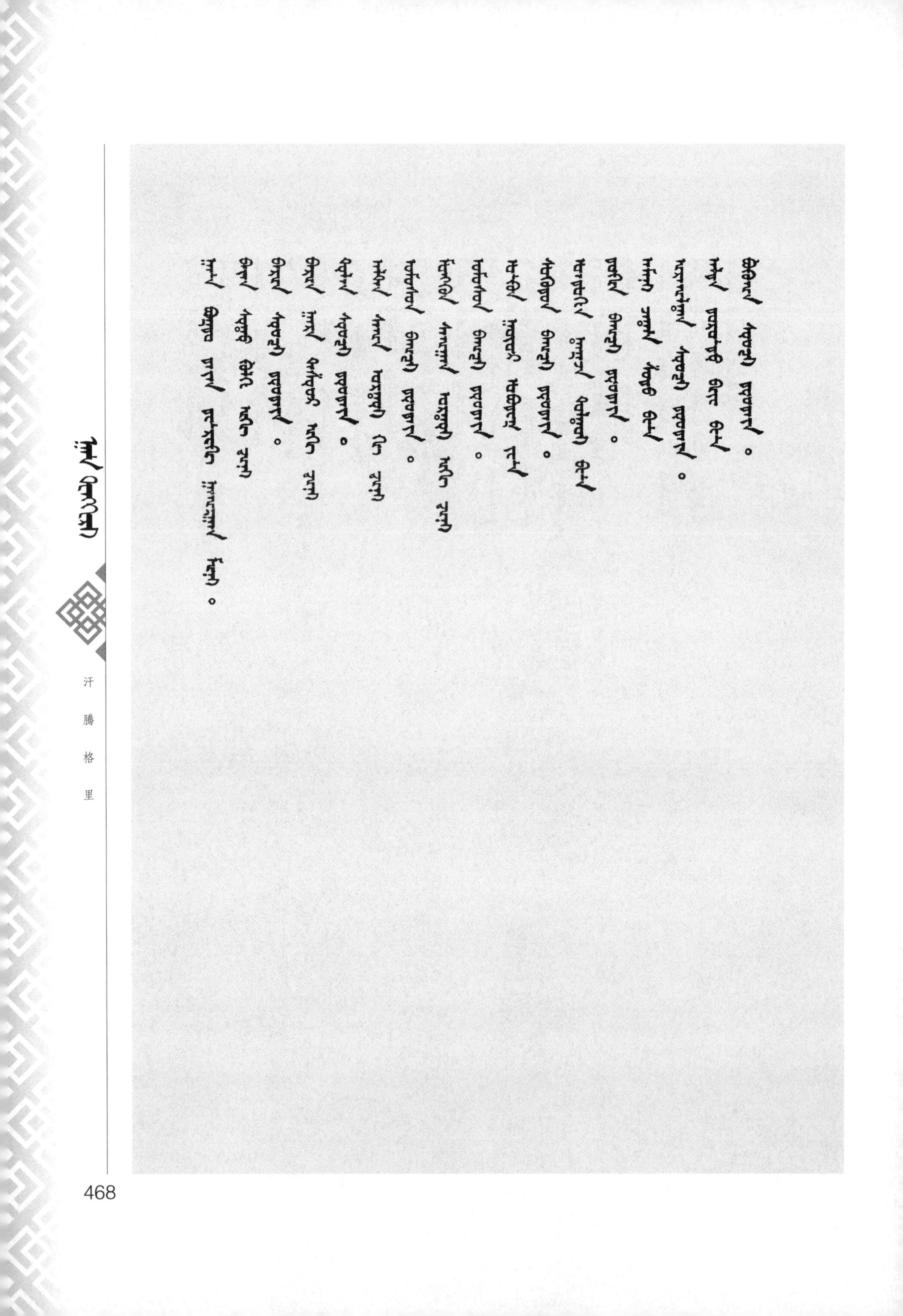

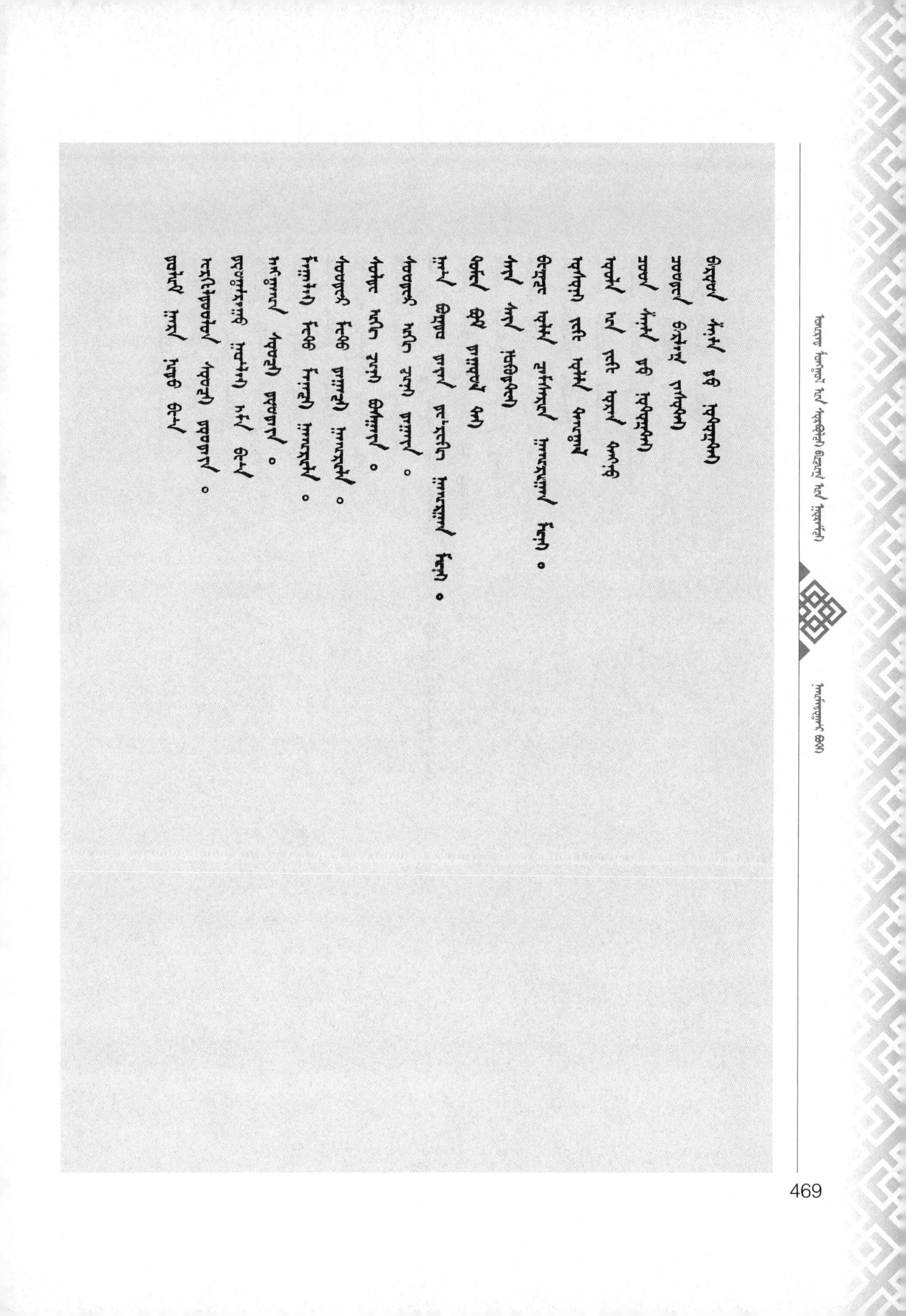

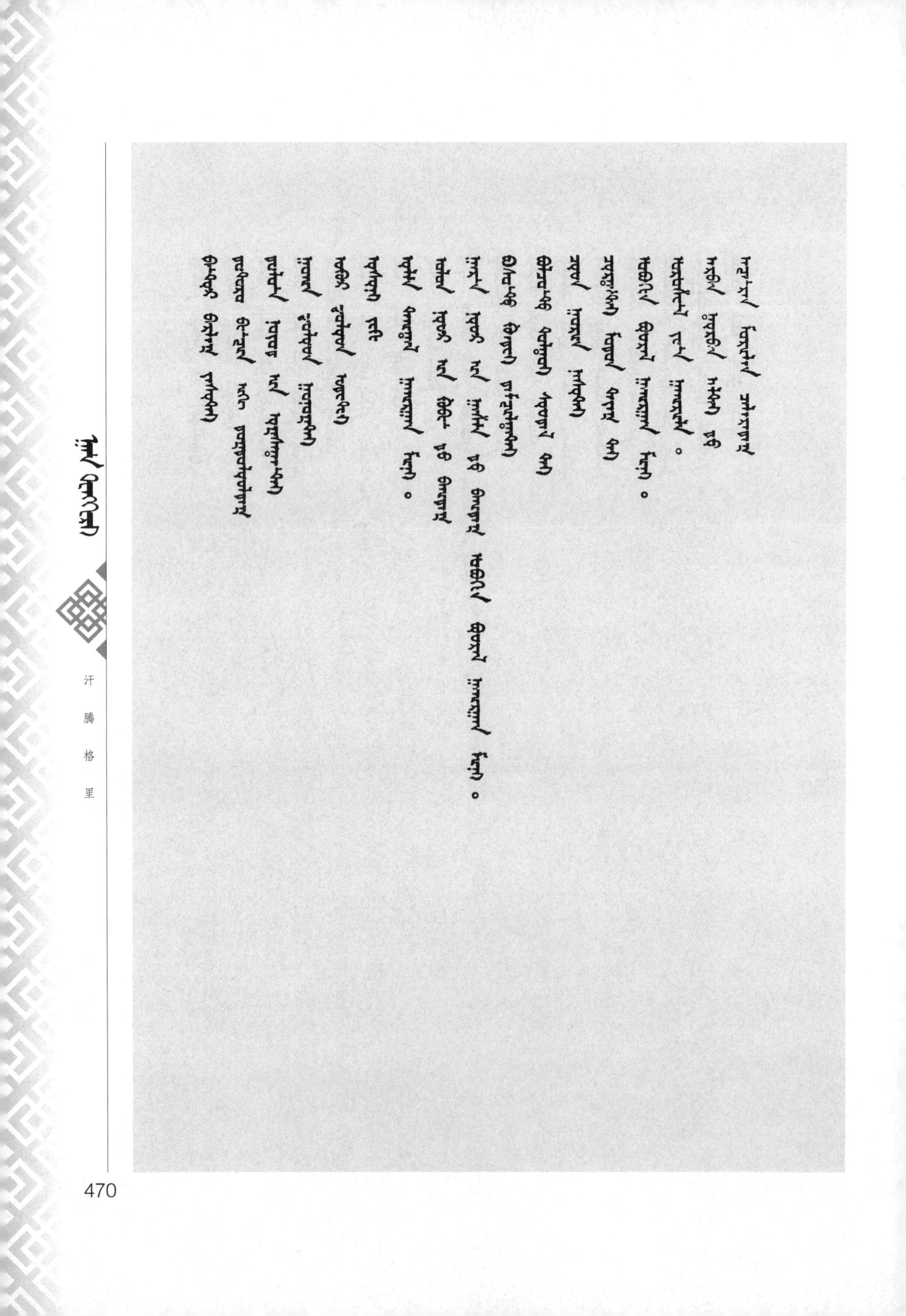

[illegible]
[illegible]
[illegible]
[illegible]
[illegible]
[illegible]
[illegible]
[illegible]
[illegible]
[illegible]
[illegible]
[illegible]
[illegible]
[illegible]
[illegible]
[illegible]
[illegible]
[illegible]

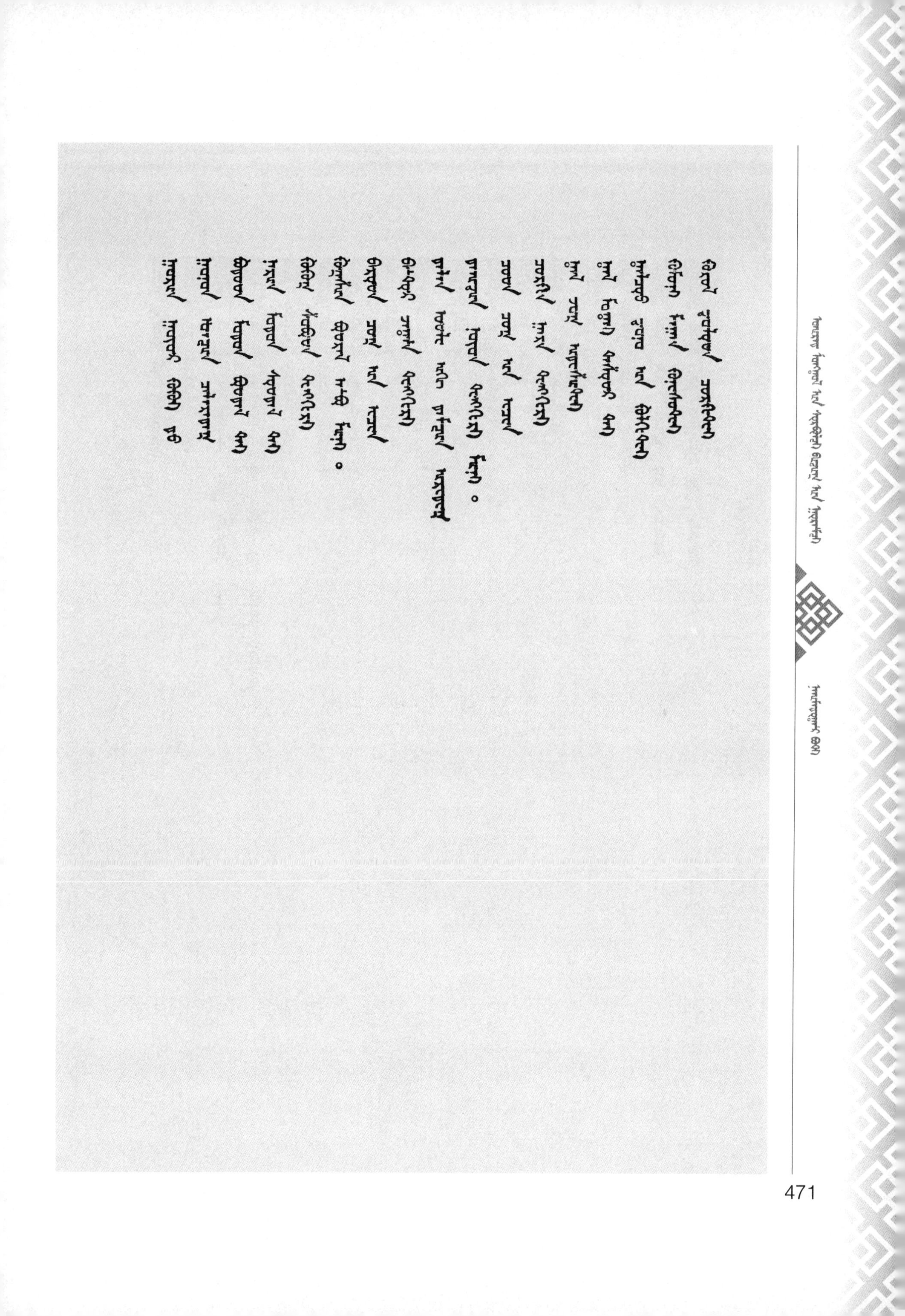

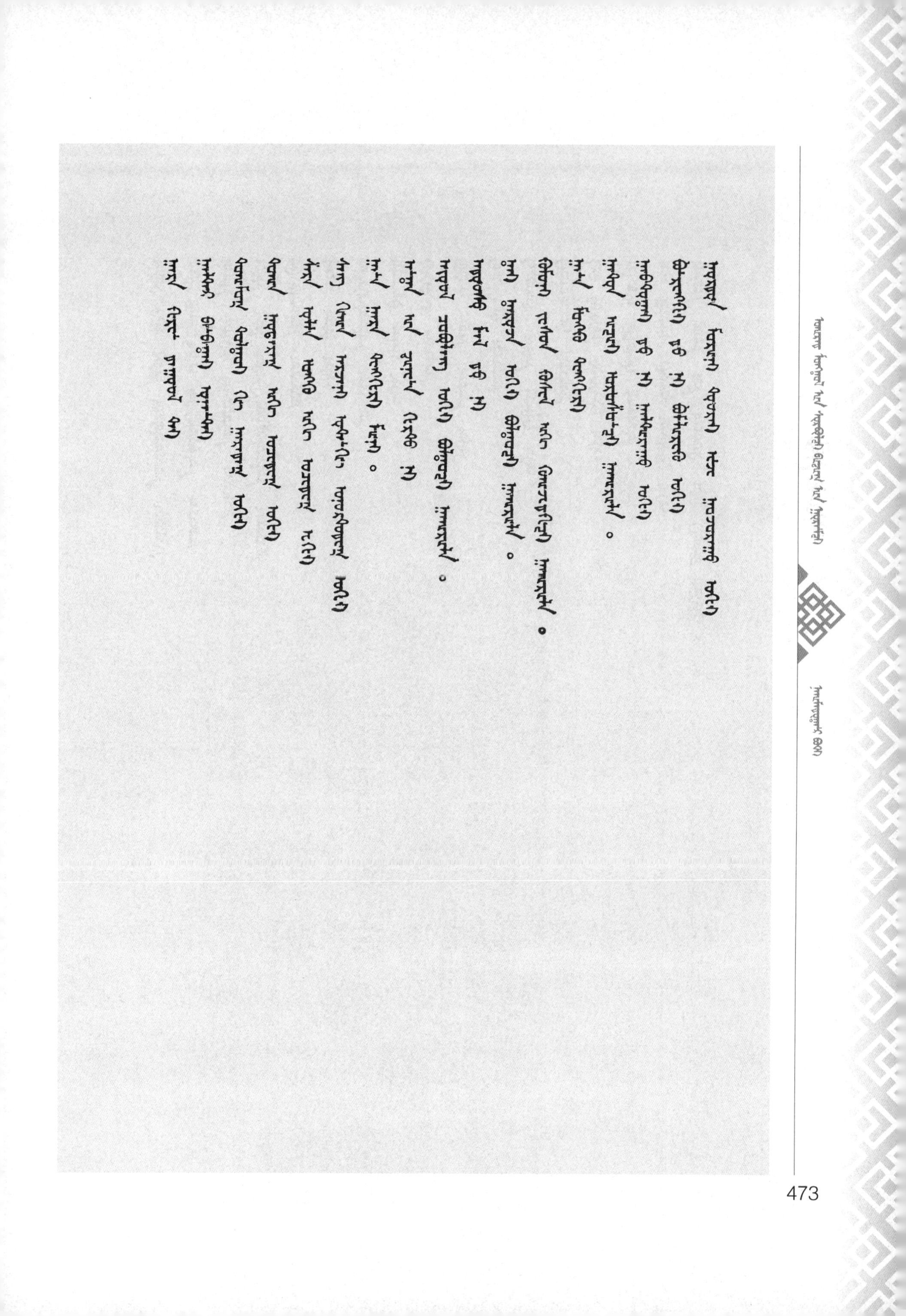

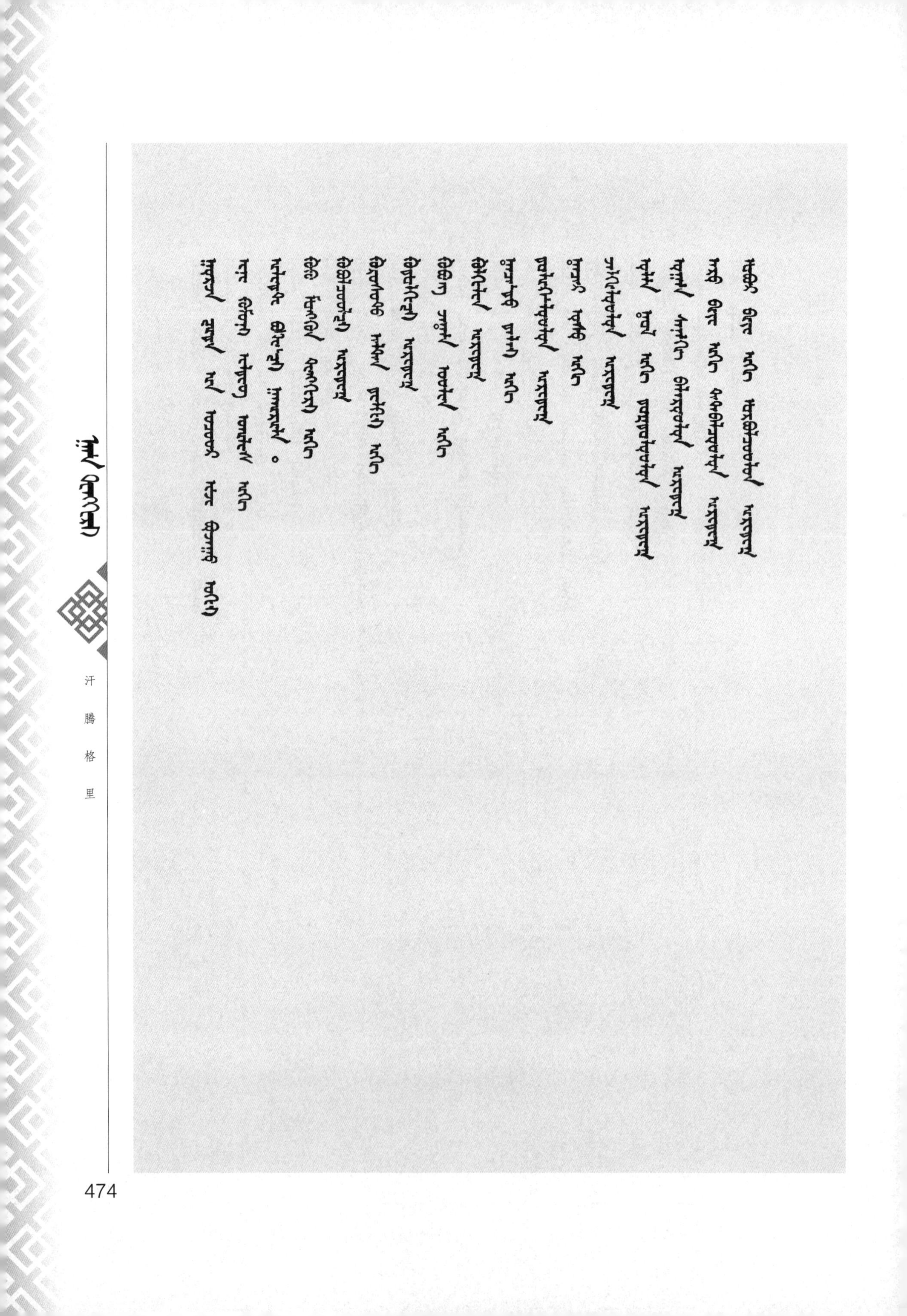

[illegible]
[illegible]
[illegible]
[illegible]
[illegible]
[illegible]
[illegible]
[illegible]
[illegible]
[illegible]
[illegible]
[illegible]
[illegible]。
[illegible]
[illegible]

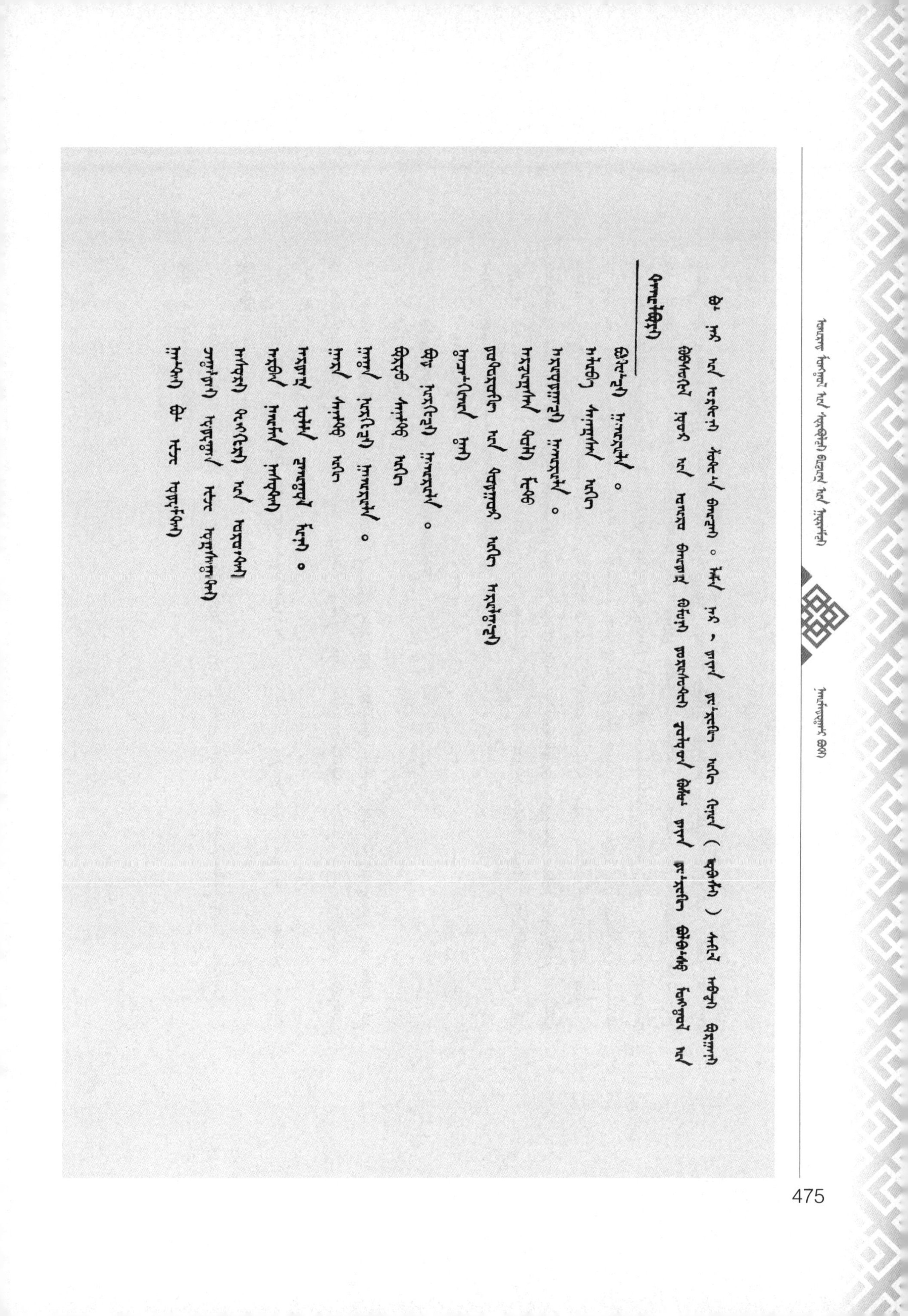

[illegible]
[illegible]

[illegible]

[illegible]
[illegible]
[illegible]
[illegible]
[illegible]
[illegible]
[illegible]
[illegible]
[illegible]
[illegible]
[illegible]
[illegible]
[illegible]
[illegible]

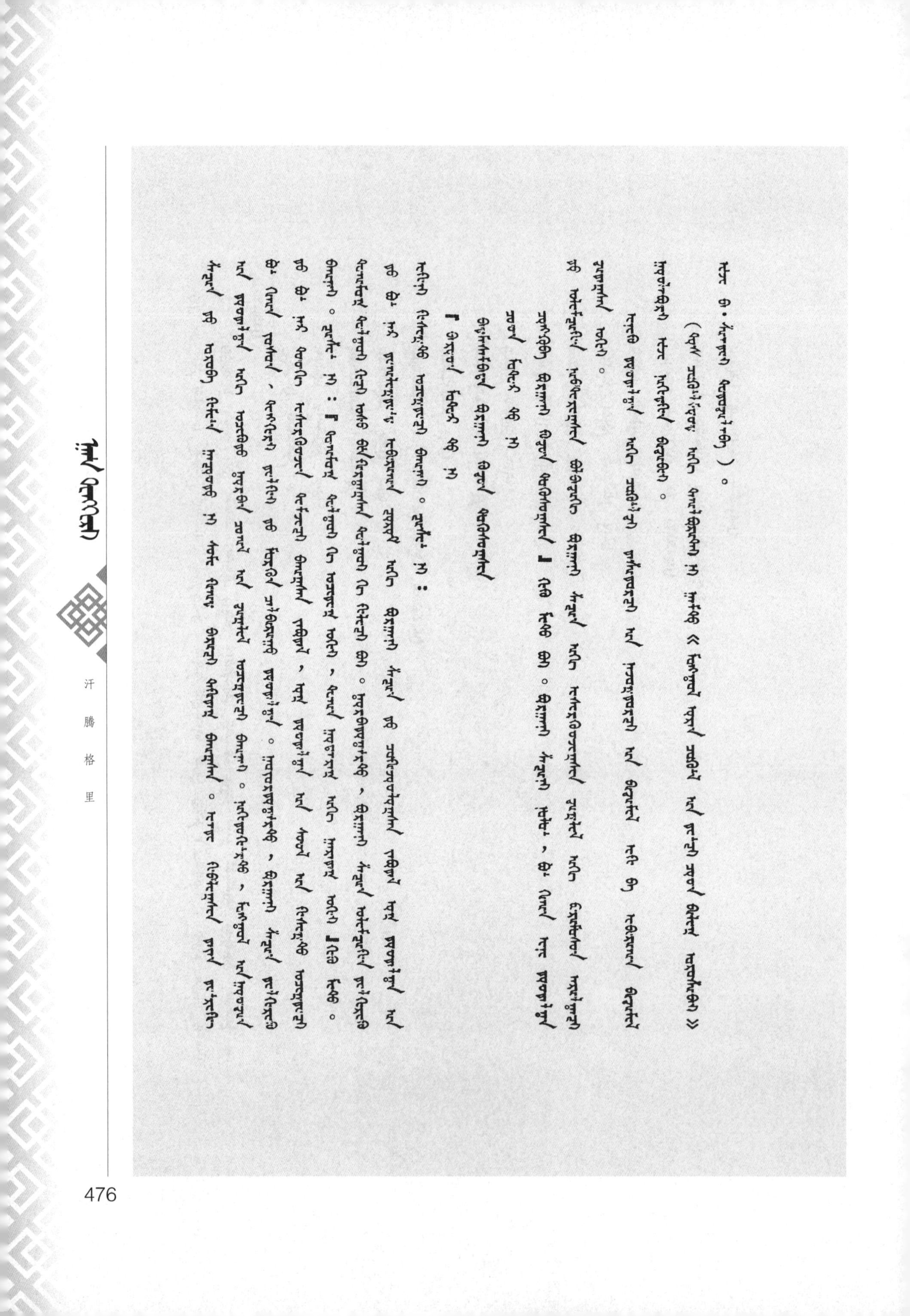

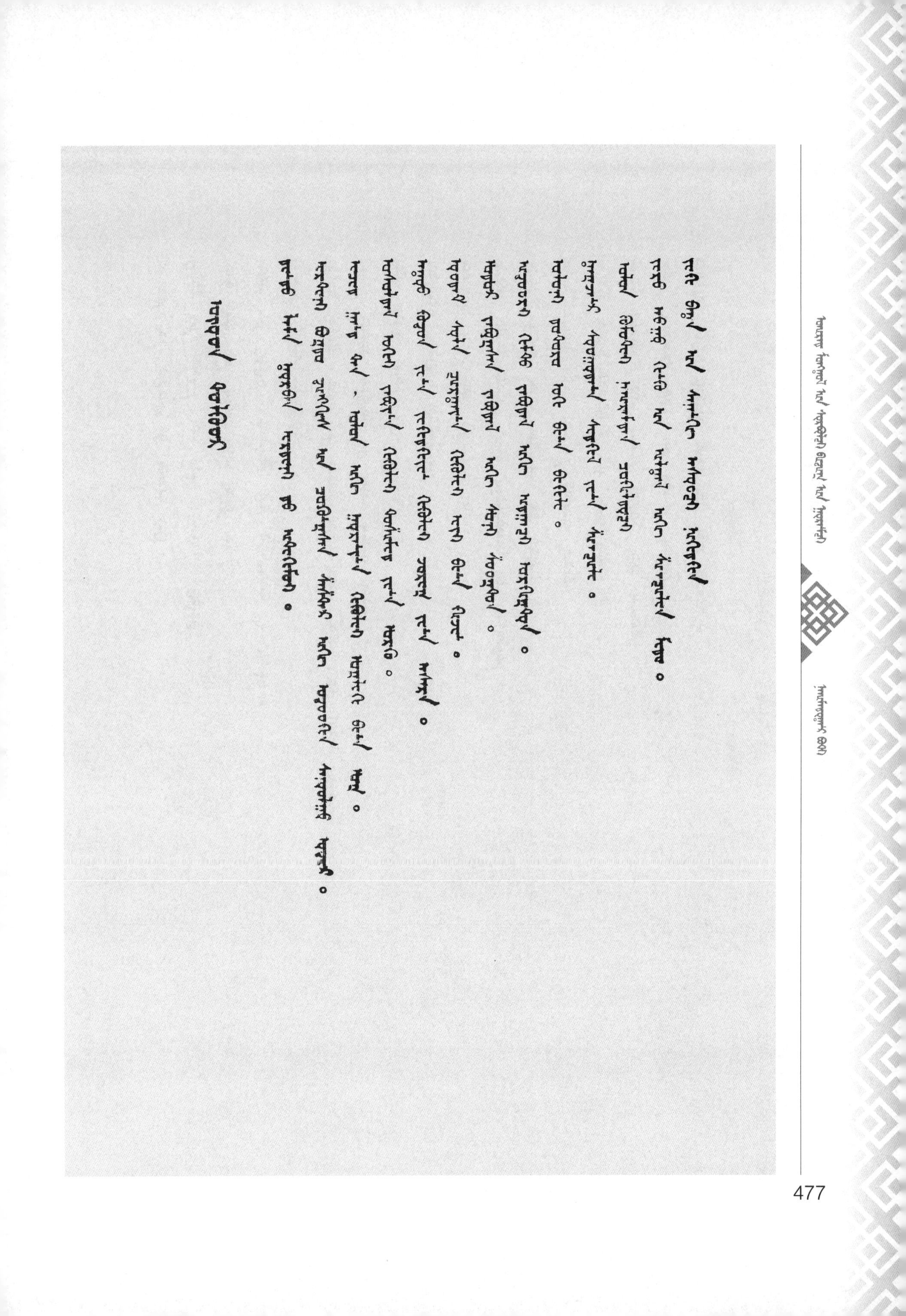

[illegible]

[illegible]

[illegible]

[illegible]

[illegible]

[illegible]

[illegible]

[illegible]

[illegible]

[illegible]

[illegible]

[illegible]

[illegible]

[illegible]

[illegible]

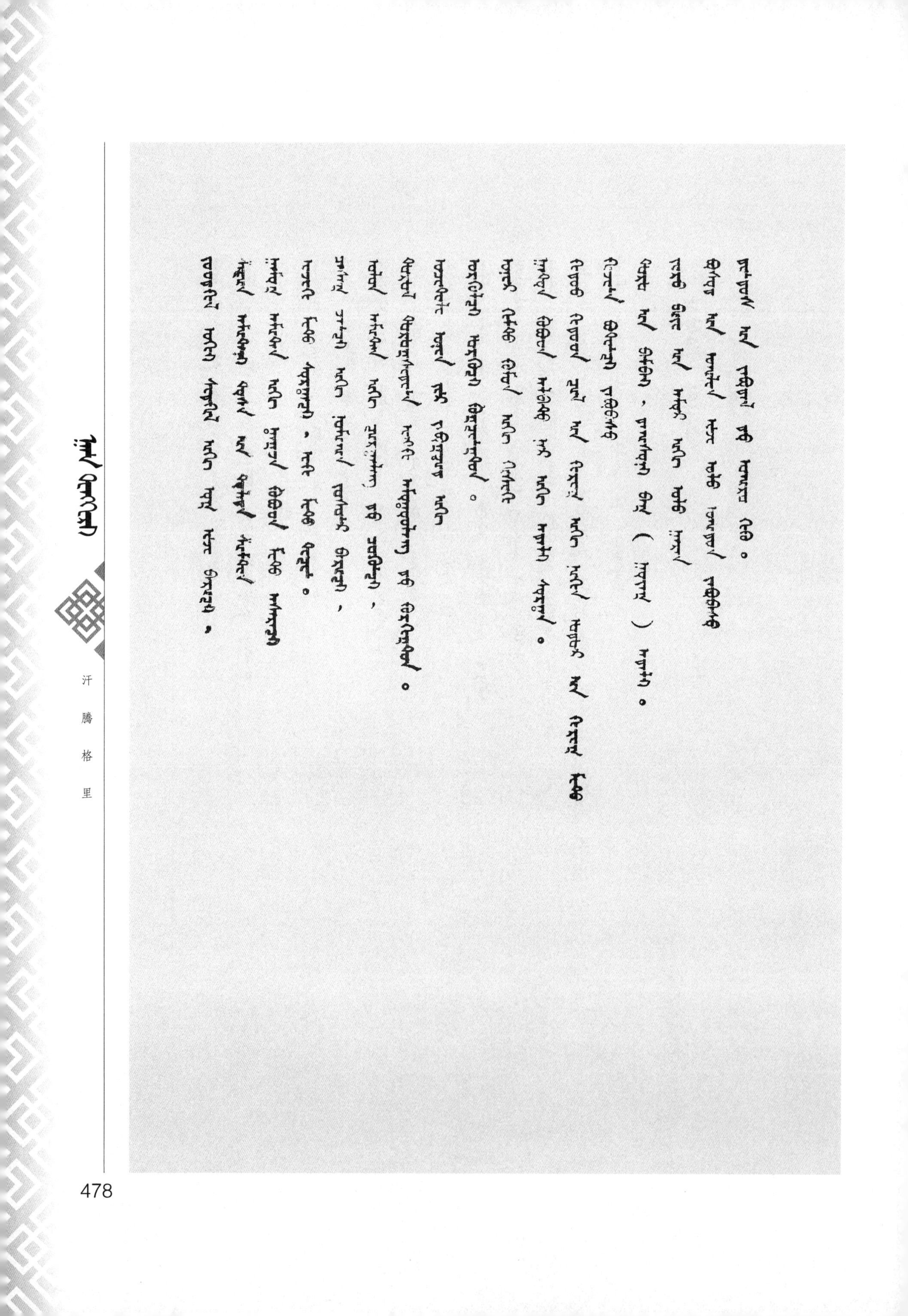

[illegible]
[illegible]
[illegible]
[illegible]
[illegible]
[illegible]
[illegible]
[illegible]
[illegible]
[illegible]
[illegible]
[illegible]
[illegible]
[illegible]
[illegible]
[illegible]
[illegible]

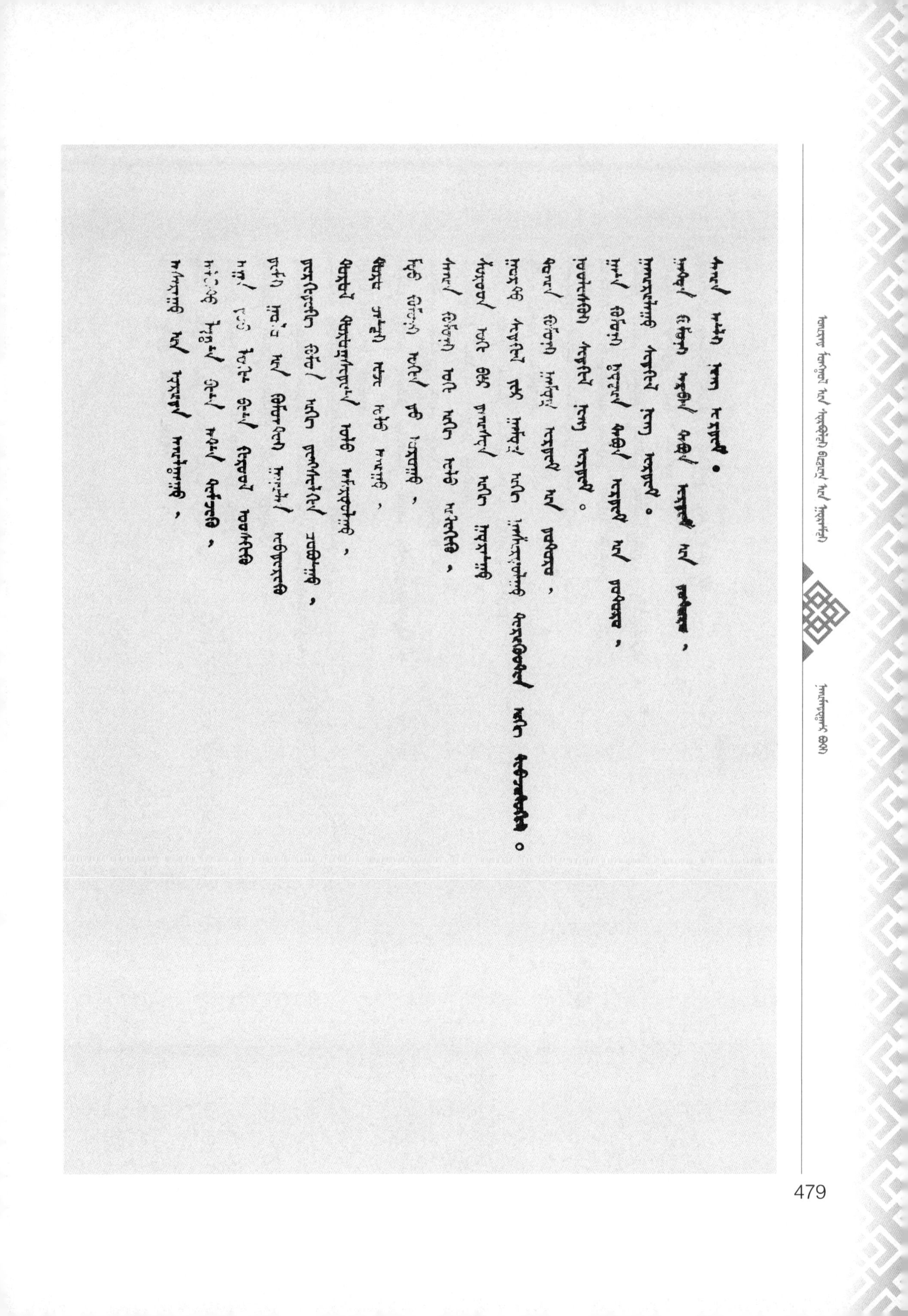

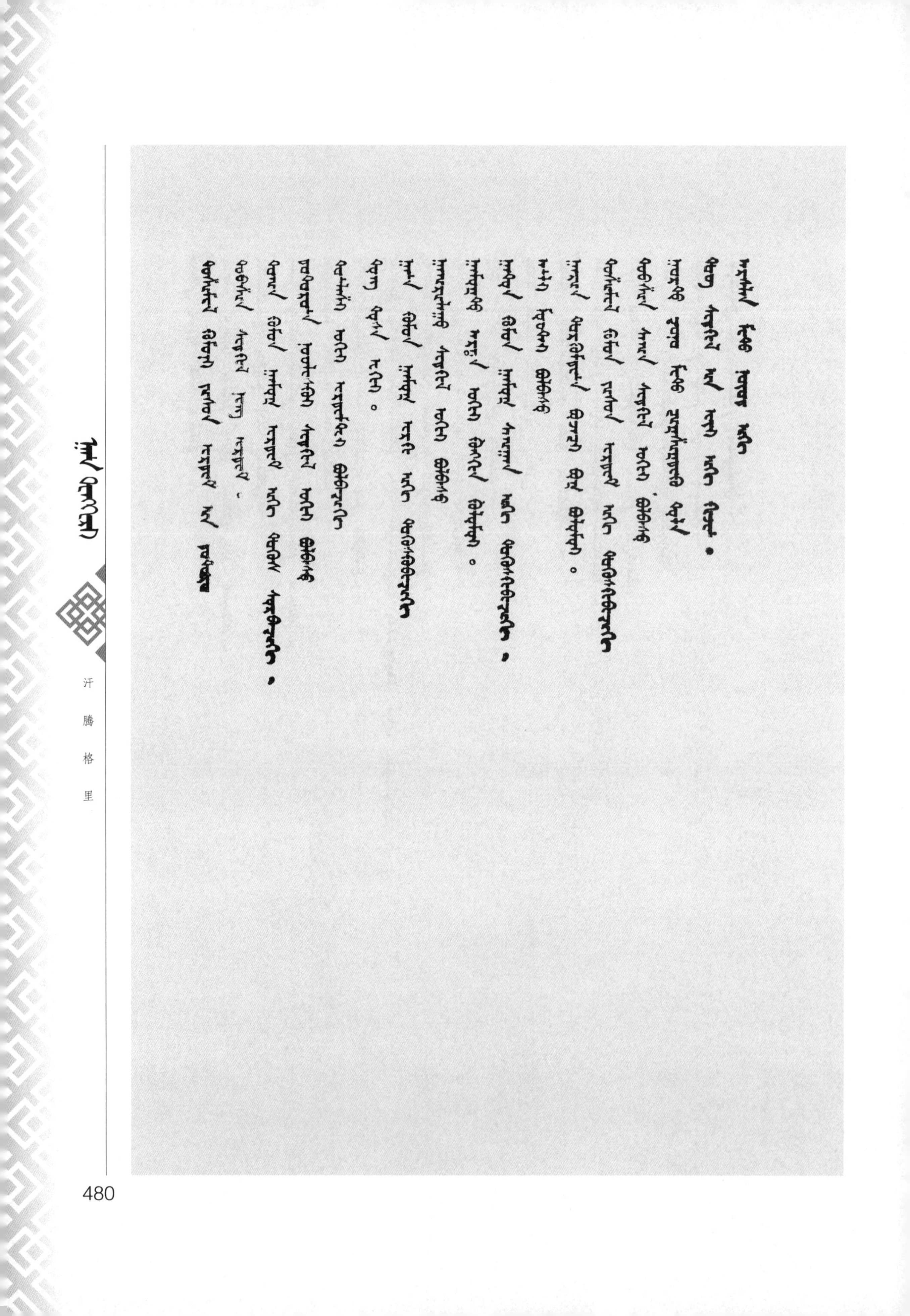

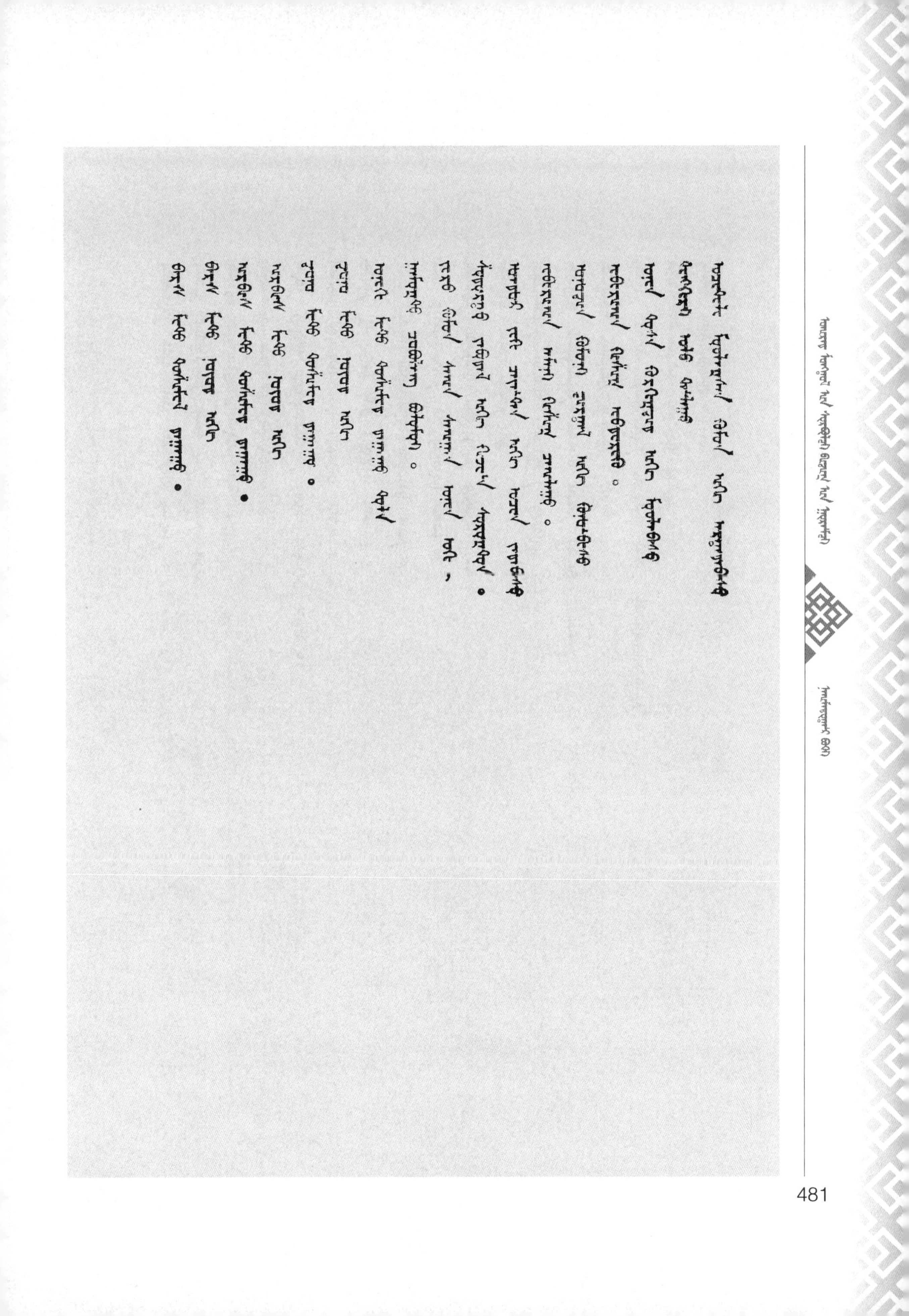

[illegible]
[illegible]
[illegible]
[illegible]
[illegible]
[illegible]
[illegible]
[illegible]
[illegible]
[illegible]
[illegible]
[illegible]
[illegible]
[illegible]
[illegible]
[illegible]
[illegible]

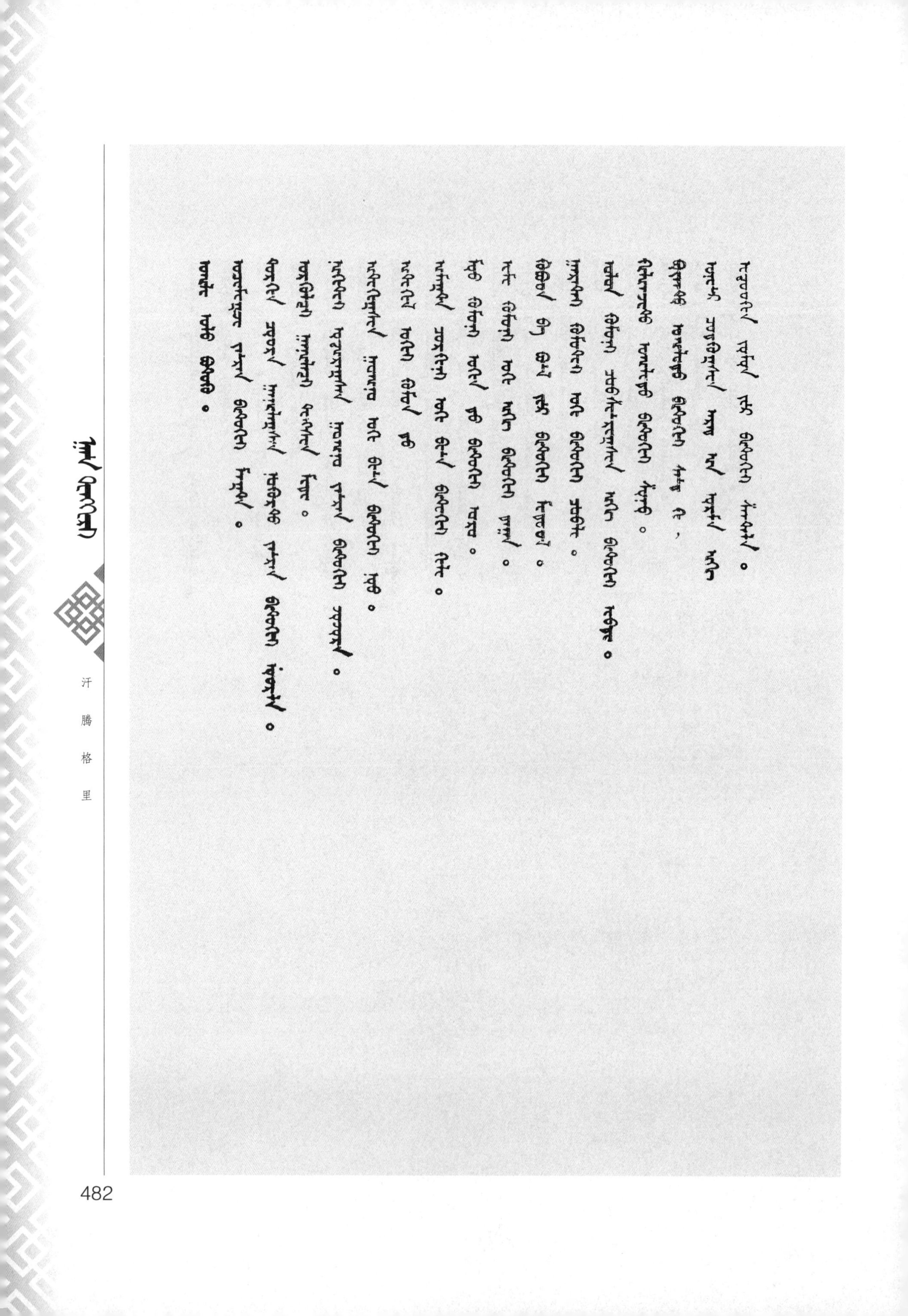

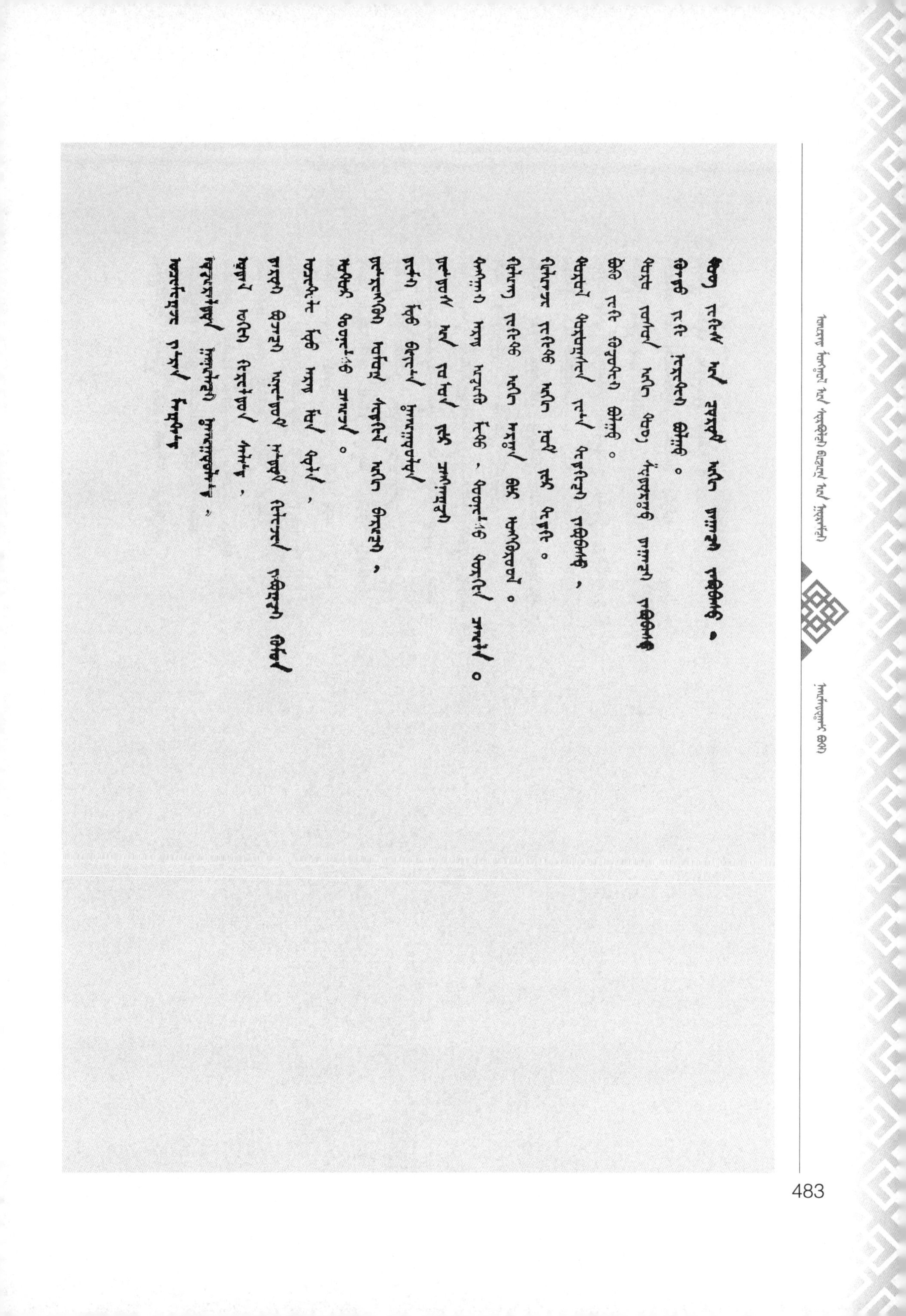

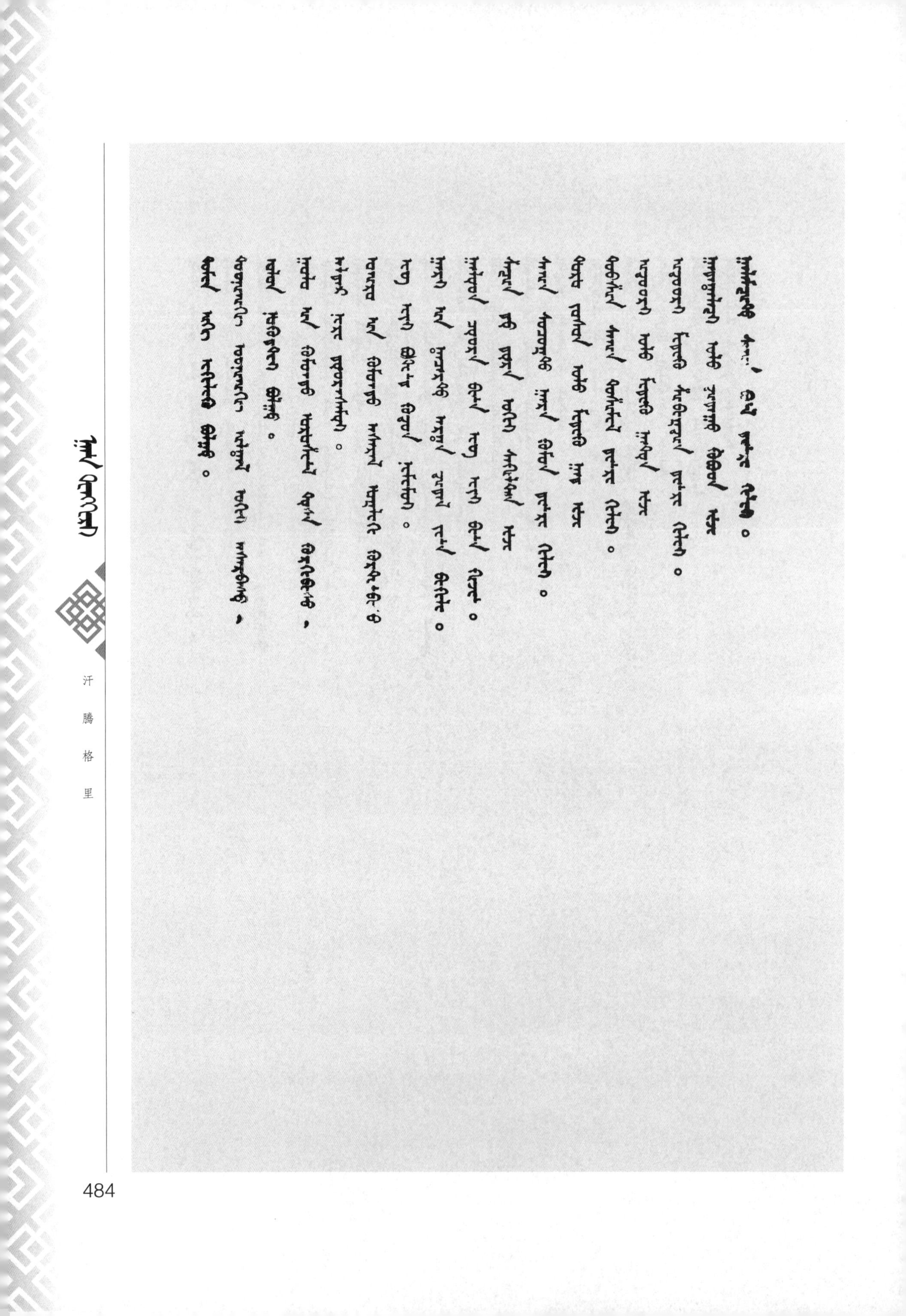

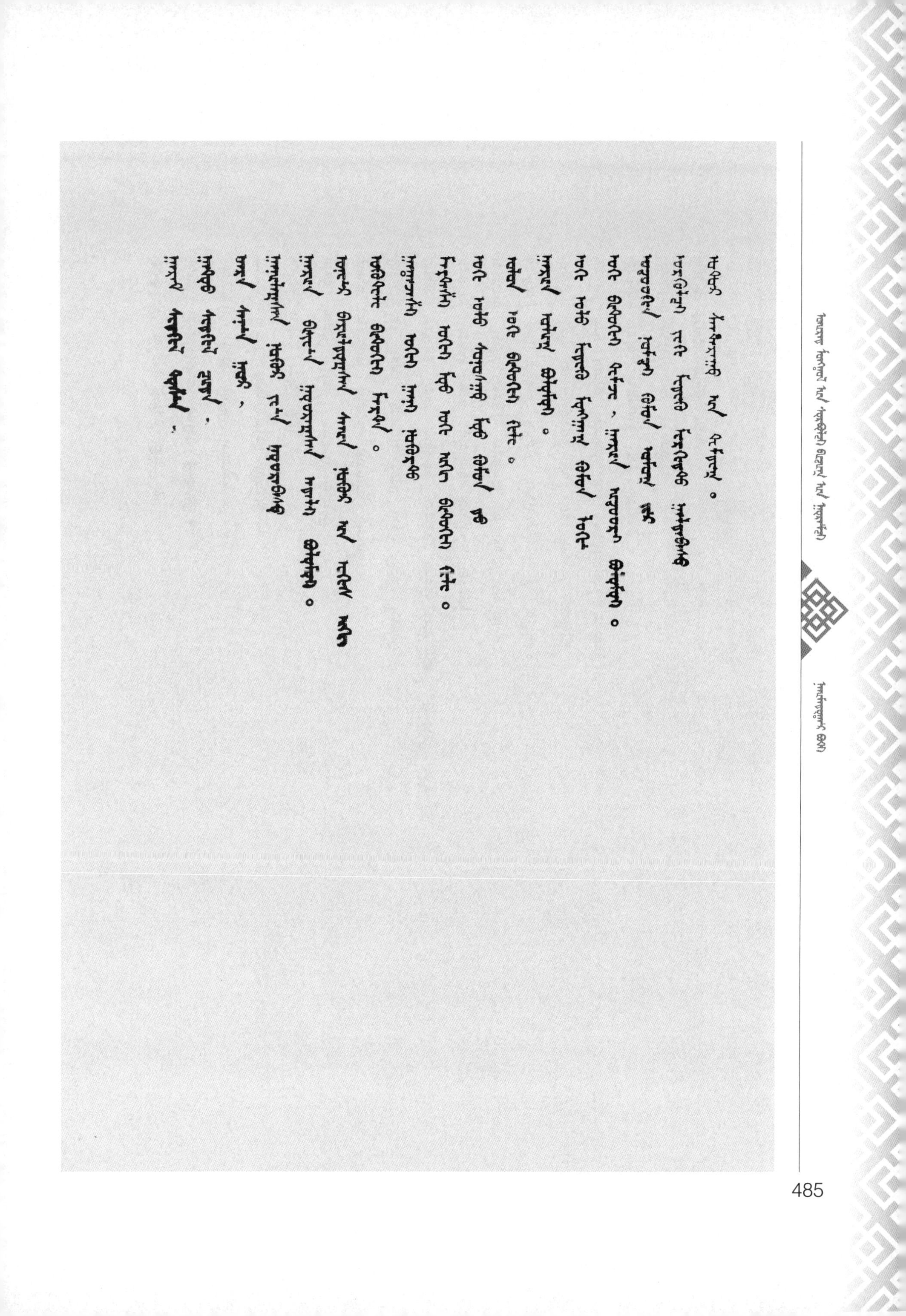

[illegible]

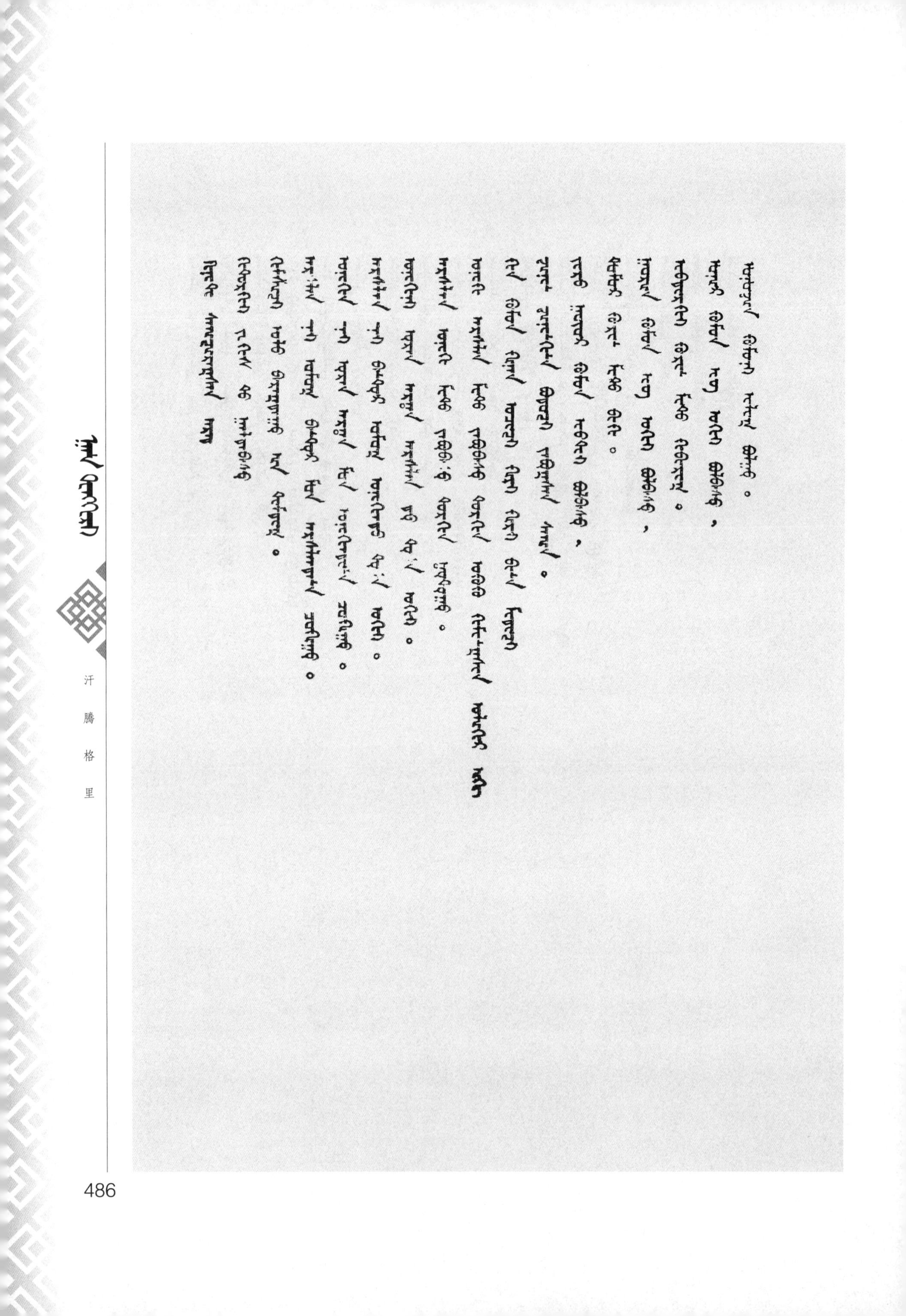

[illegible]
[illegible]
[illegible]
[illegible]
[illegible]
[illegible]
[illegible]
[illegible]
[illegible]
[illegible]
[illegible]
[illegible]
[illegible]
[illegible]
[illegible]
[illegible]
[illegible]

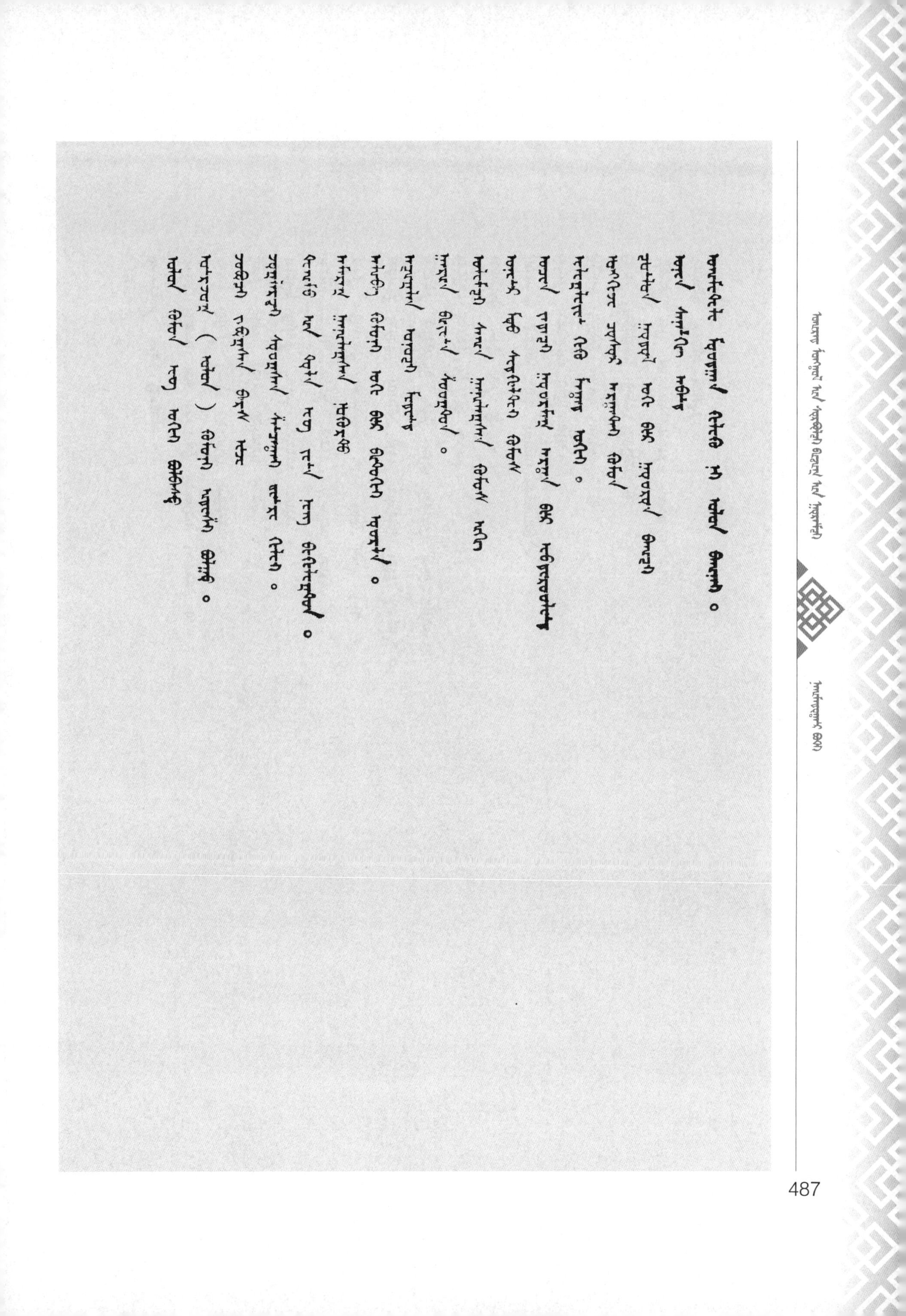

[illegible]
[illegible]
[illegible]
[illegible]
[illegible]
[illegible]
[illegible]
[illegible]
[illegible]
[illegible]
[illegible]
[illegible]
[illegible]
[illegible]
[illegible]
[illegible]
[illegible]

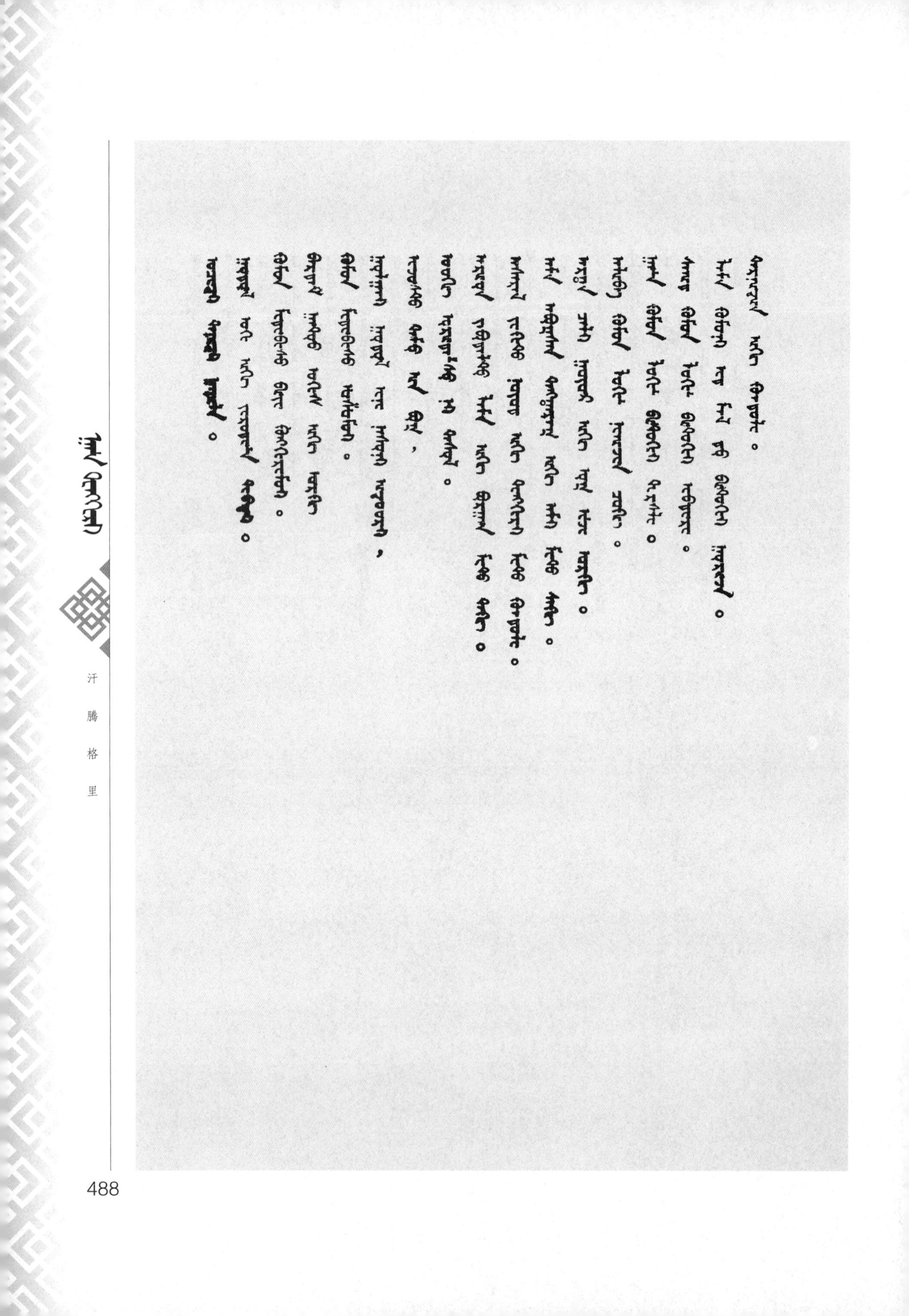

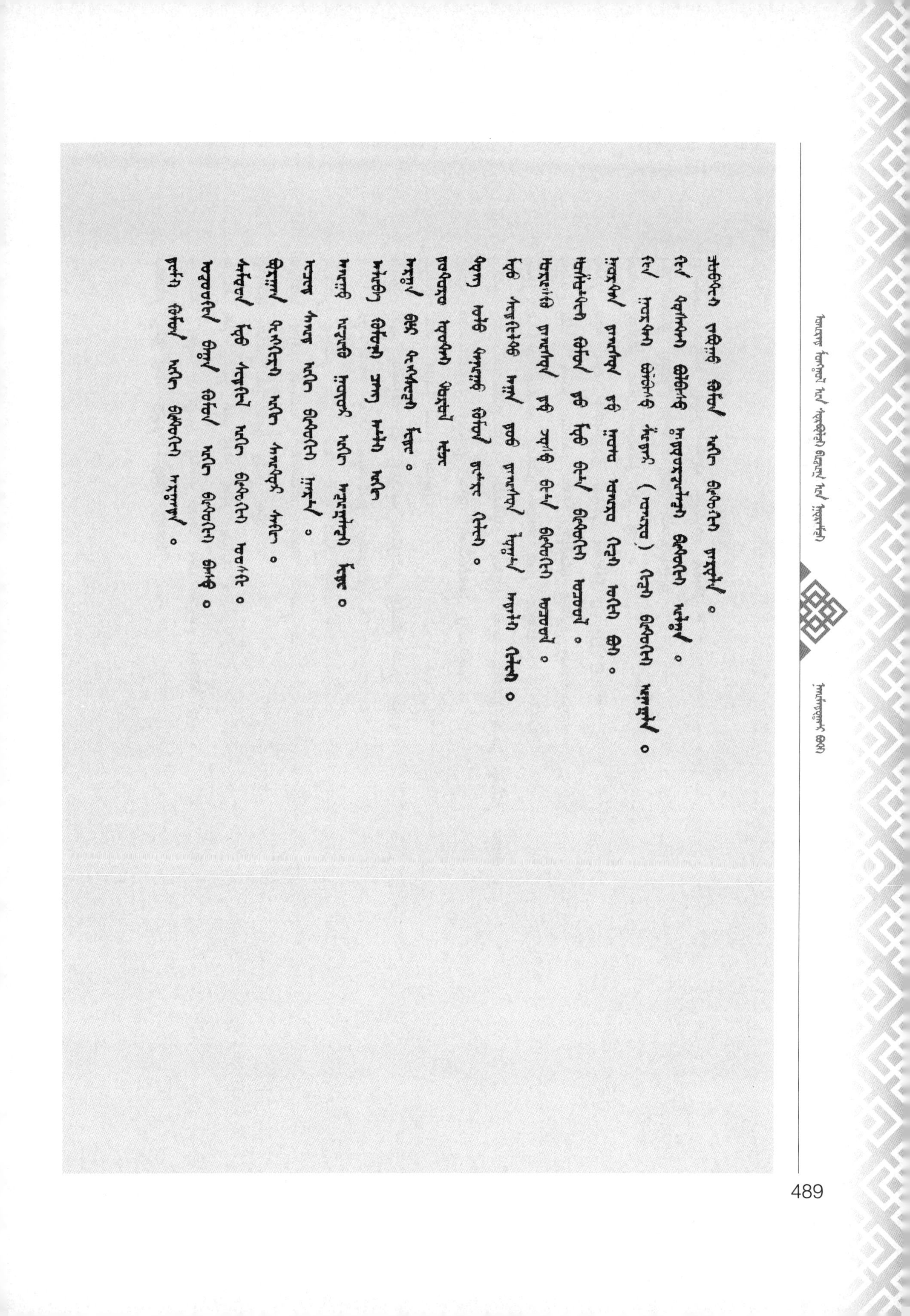

[illegible]
[illegible]
[illegible]
[illegible]
[illegible]
[illegible]
[illegible]
[illegible]
[illegible]
[illegible]
[illegible]
[illegible]
[illegible]
[illegible]
[illegible]
[illegible]
[illegible]

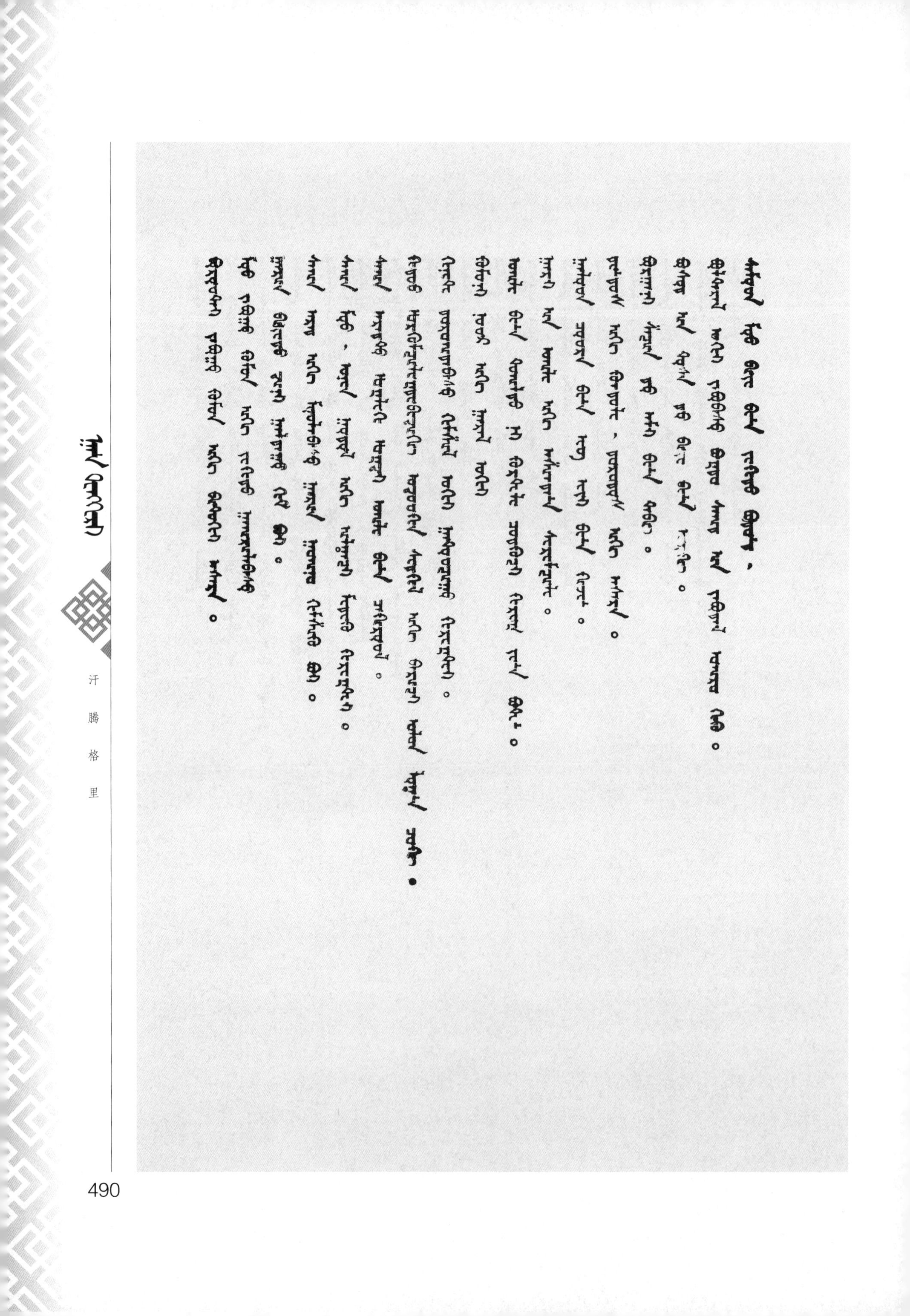

[illegible]
[illegible]
[illegible]
[illegible]
[illegible]
[illegible]
[illegible]
[illegible]
[illegible]
[illegible]
[illegible]
[illegible]
[illegible]
[illegible]
[illegible]
[illegible]
[illegible]

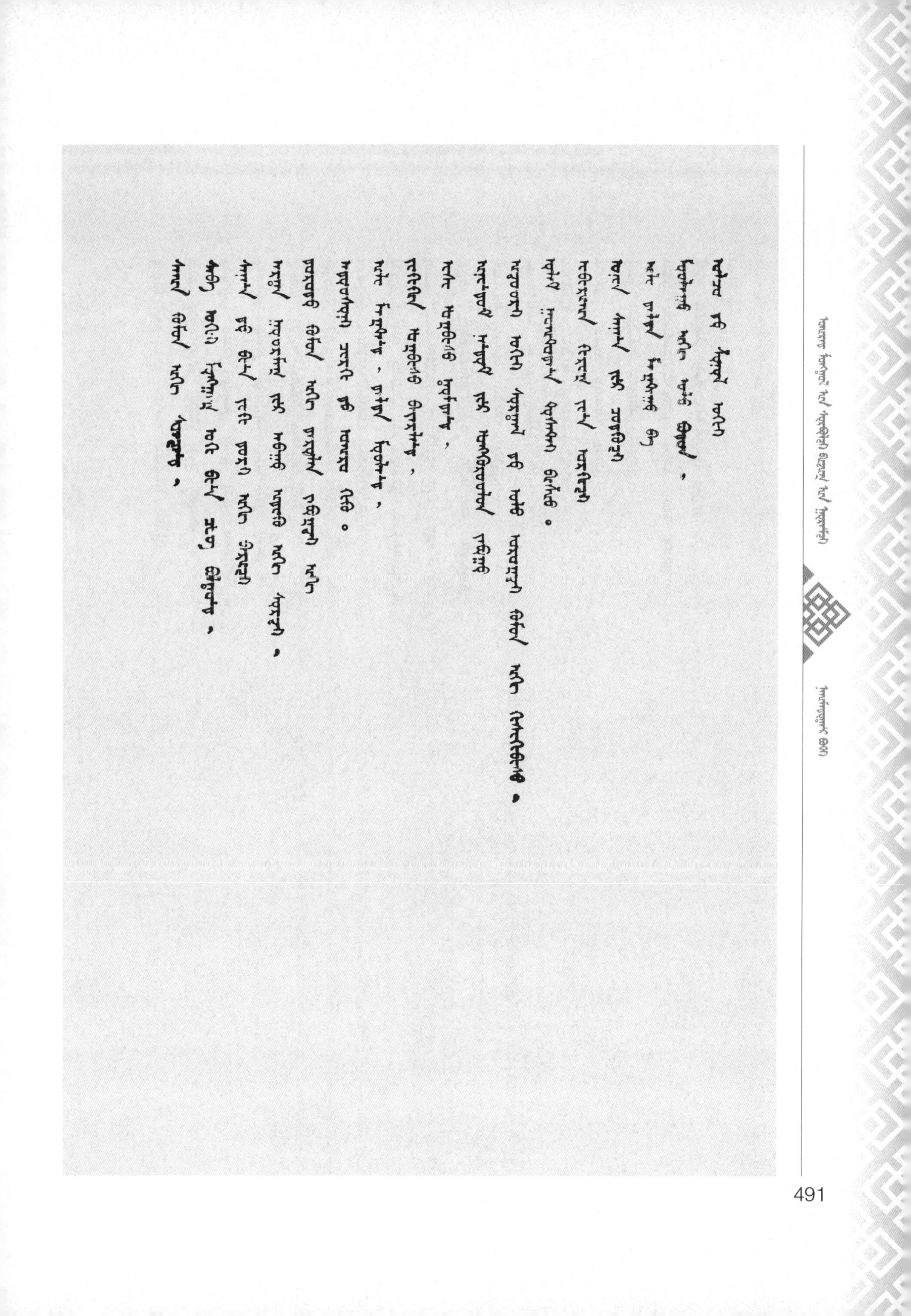

[illegible]
[illegible]
[illegible]
[illegible]
[illegible]
[illegible]
[illegible]
[illegible]
[illegible]
[illegible]
[illegible]
[illegible]
[illegible]
[illegible]
[illegible]
[illegible]
[illegible]
[illegible]

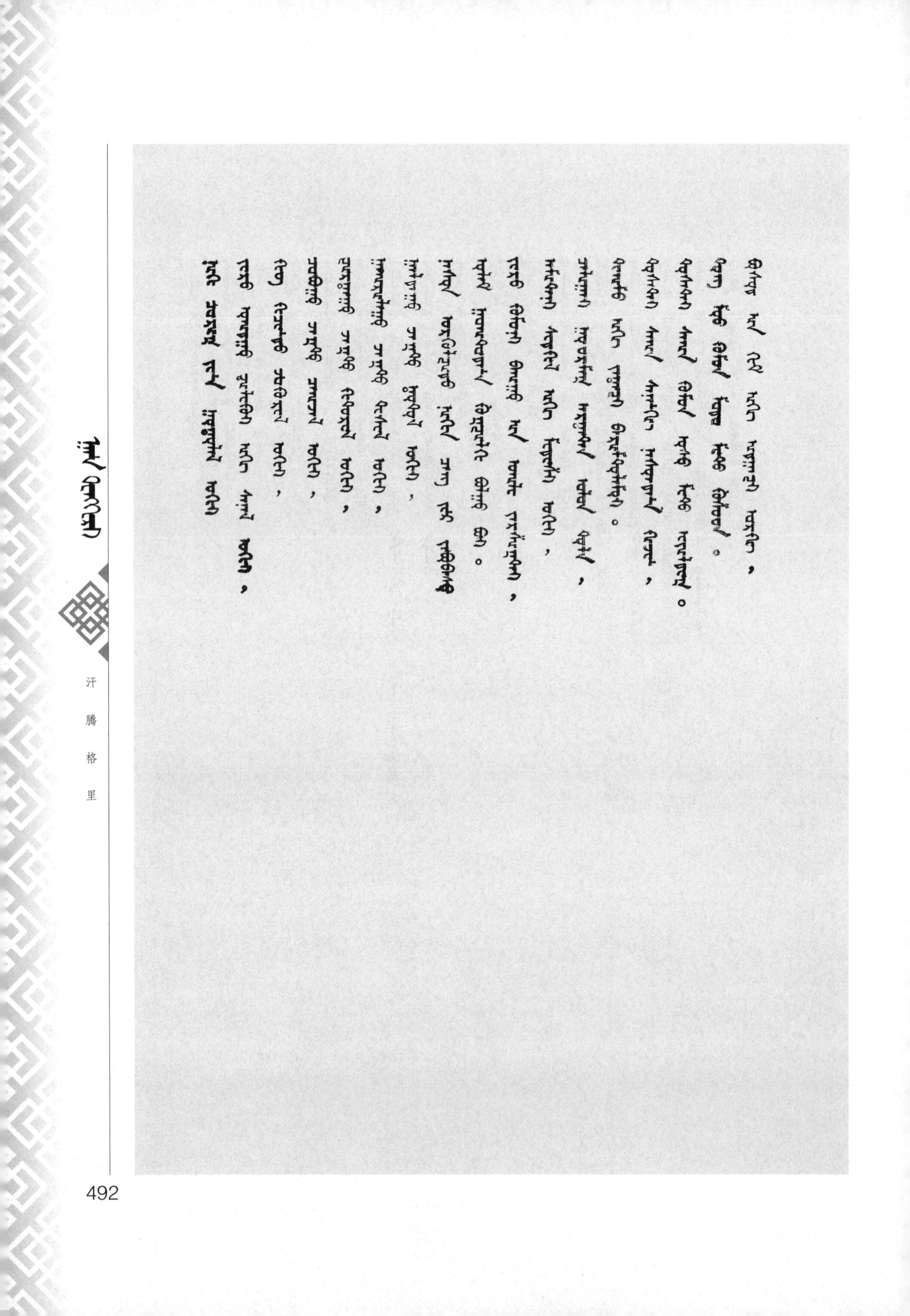

[illegible]

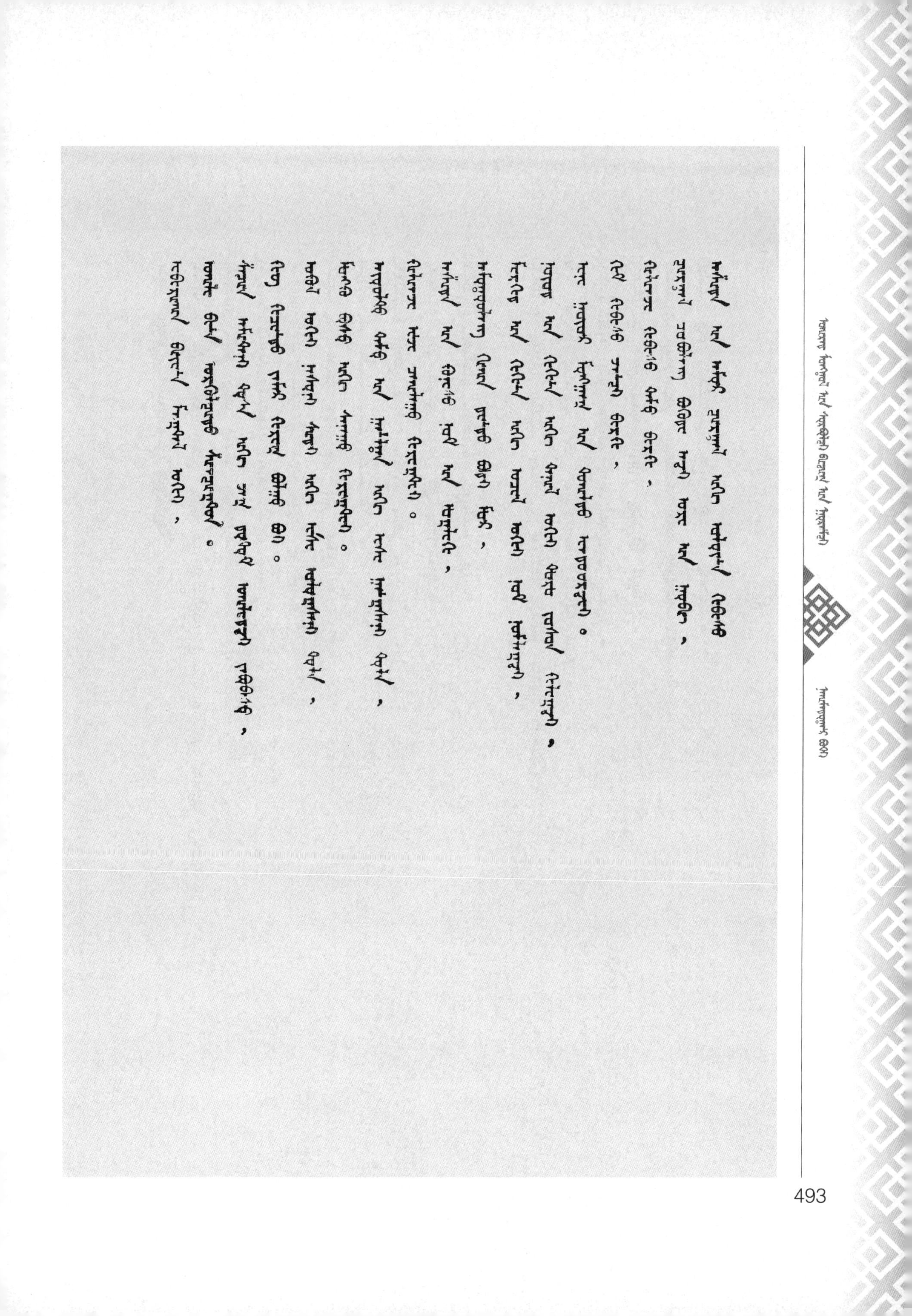

[illegible]
[illegible]
[illegible]
[illegible]
[illegible]
[illegible]
[illegible]
[illegible]
[illegible]
[illegible]
[illegible]
[illegible]
[illegible]
[illegible]
[illegible]
[illegible]
[illegible]

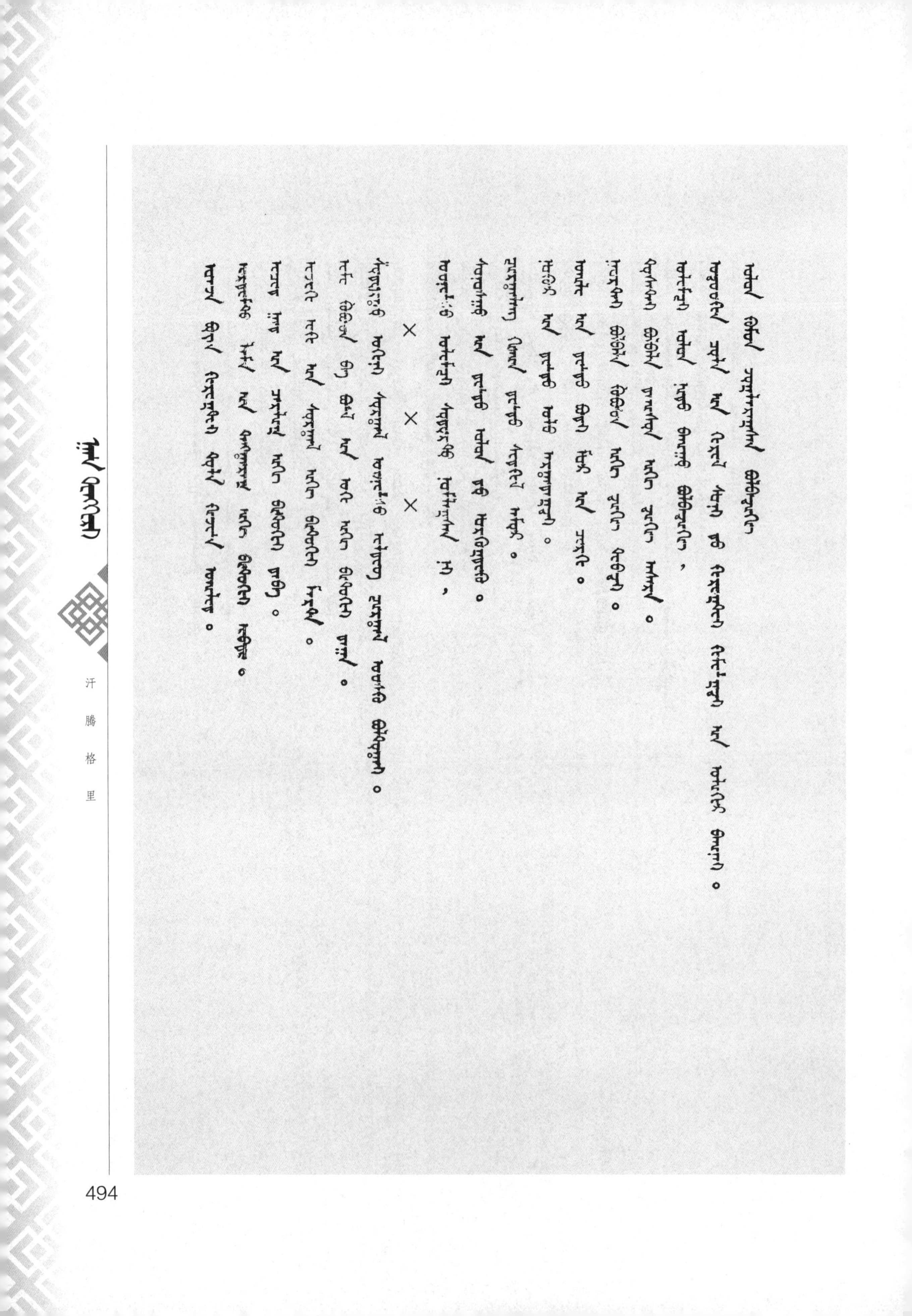

[illegible]
[illegible]
[illegible]
[illegible]
[illegible]
[illegible]

× × ×

[illegible]
[illegible]
[illegible]
[illegible]
[illegible]
[illegible]
[illegible]
[illegible]
[illegible]
[illegible]

[illegible] ᡍᡄᠮᡄᠨ [illegible] [illegible] [illegible] ◦
[illegible] ᡍᡄᠮᡄᠨ [illegible] [illegible] [illegible] [illegible] ◦
[illegible] ᡍᡄᠮᡄᠨ [illegible] [illegible] [illegible] ◦
[illegible] ᡍᡄᠮᡄᠨ [illegible] [illegible] [illegible] [illegible] [illegible] ◦
[illegible] [illegible] [illegible] ◦
[illegible] [illegible] [illegible] [illegible] ᡍᡄᠮᡄᠨ [illegible] [illegible] ◦
[illegible] [illegible] [illegible] [illegible] [illegible] ᡍᡄᠮᡄᠨ [illegible] [illegible] [illegible] ◦
[illegible] [illegible] [illegible] [illegible] ◦
[illegible] [illegible] [illegible] [illegible] ◦
[illegible] ᡍᡄᠮᡄᠨ [illegible] [illegible] [illegible] ᡍᡄᠮᡄᠨ [illegible] [illegible] ◦
[illegible] [illegible] [illegible] [illegible] [illegible] ◦
[illegible] [illegible] [illegible] [illegible] [illegible] [illegible] ،
[illegible] [illegible] [illegible] [illegible] ◦
[illegible] [illegible] [illegible] ᡍᡄᠮᡄᠨ [illegible] [illegible]
[illegible] [illegible] [illegible] [illegible] [illegible] [illegible] [illegible] [illegible] [illegible] [illegible] ◦
[illegible] [illegible] ᡍᡄᠮᡄᠨ [illegible] [illegible] [illegible] [illegible] [illegible] ،
[illegible] [illegible] [illegible] [illegible] [illegible] [illegible] [illegible] ◦

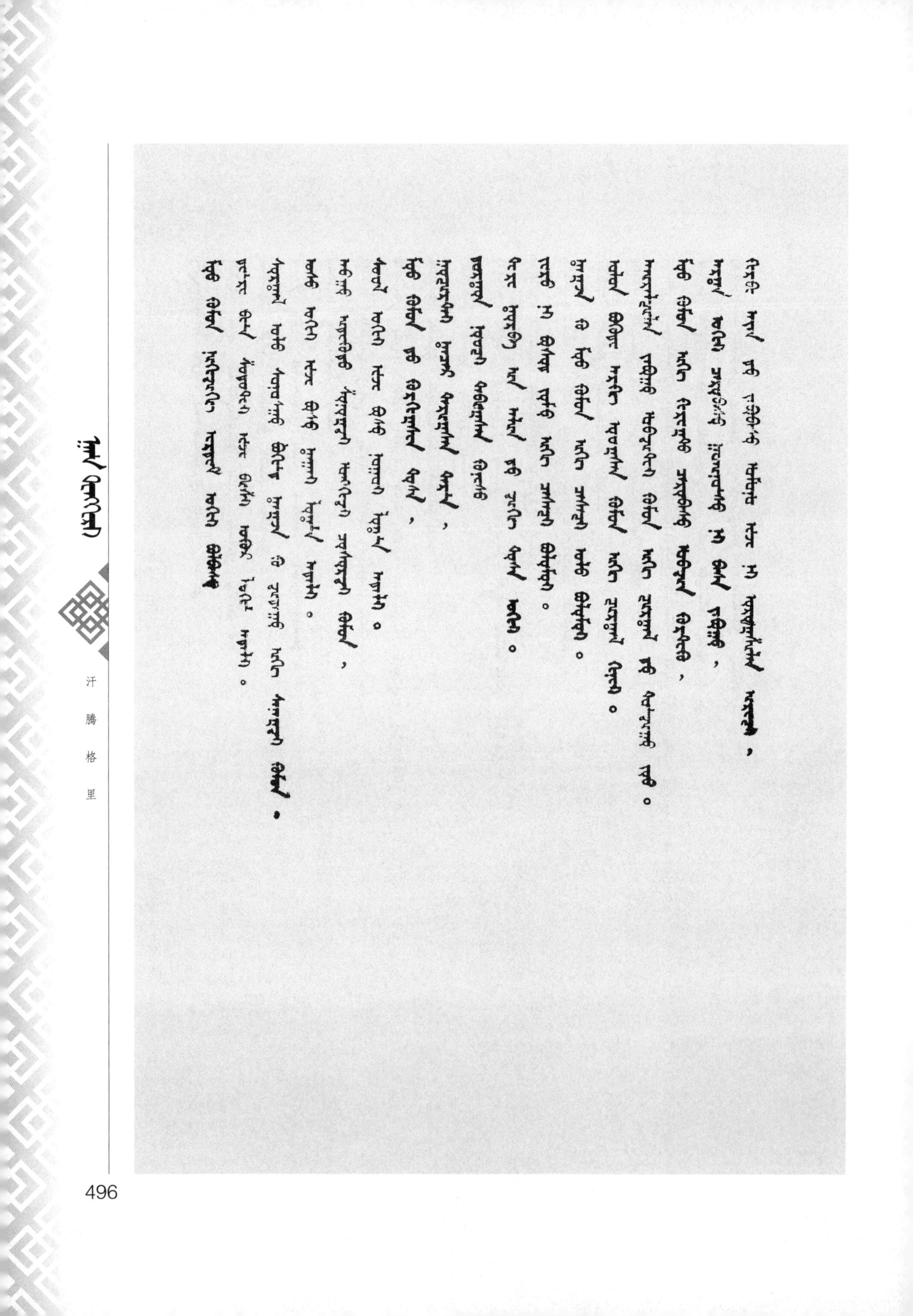

[illegible]

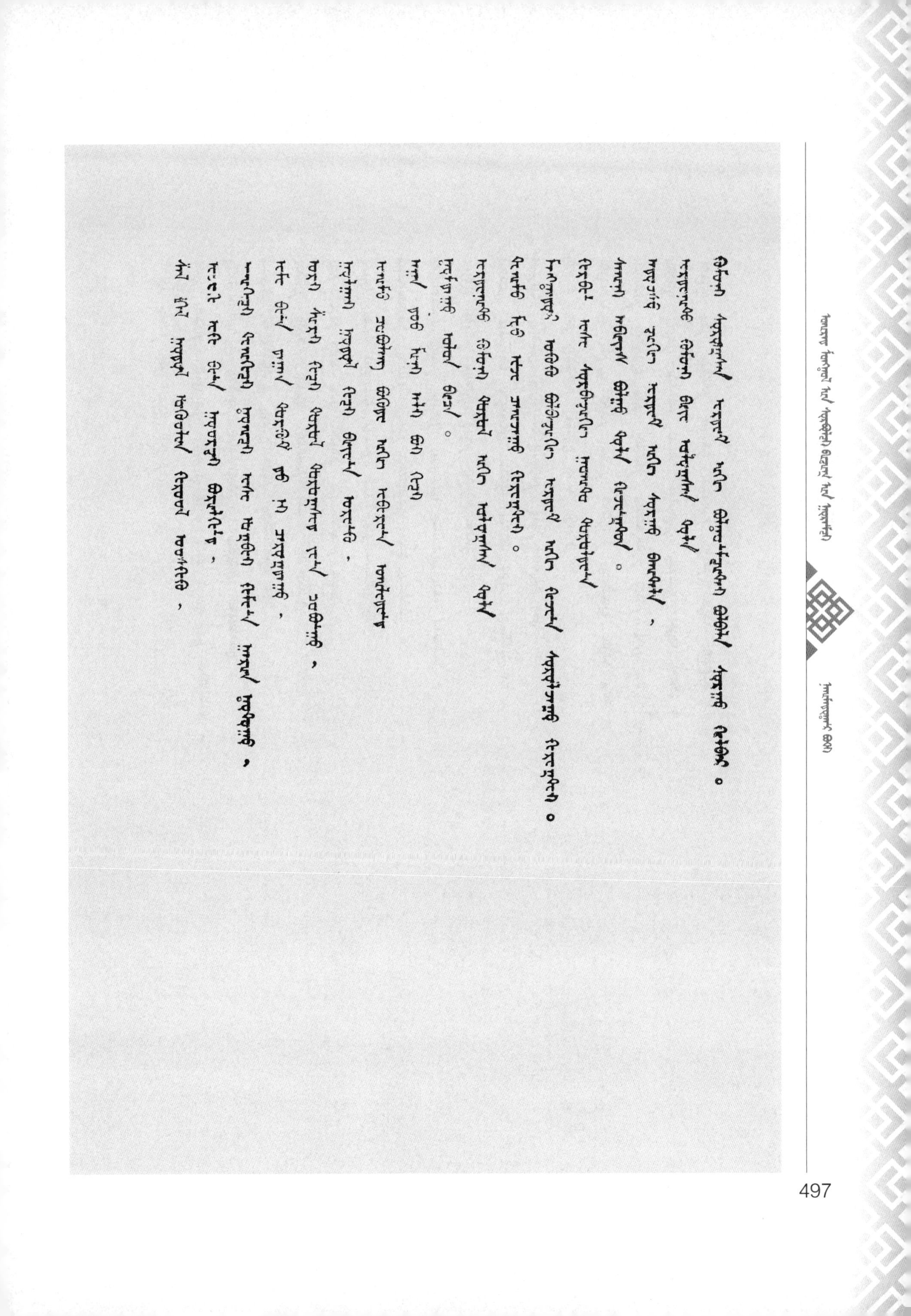

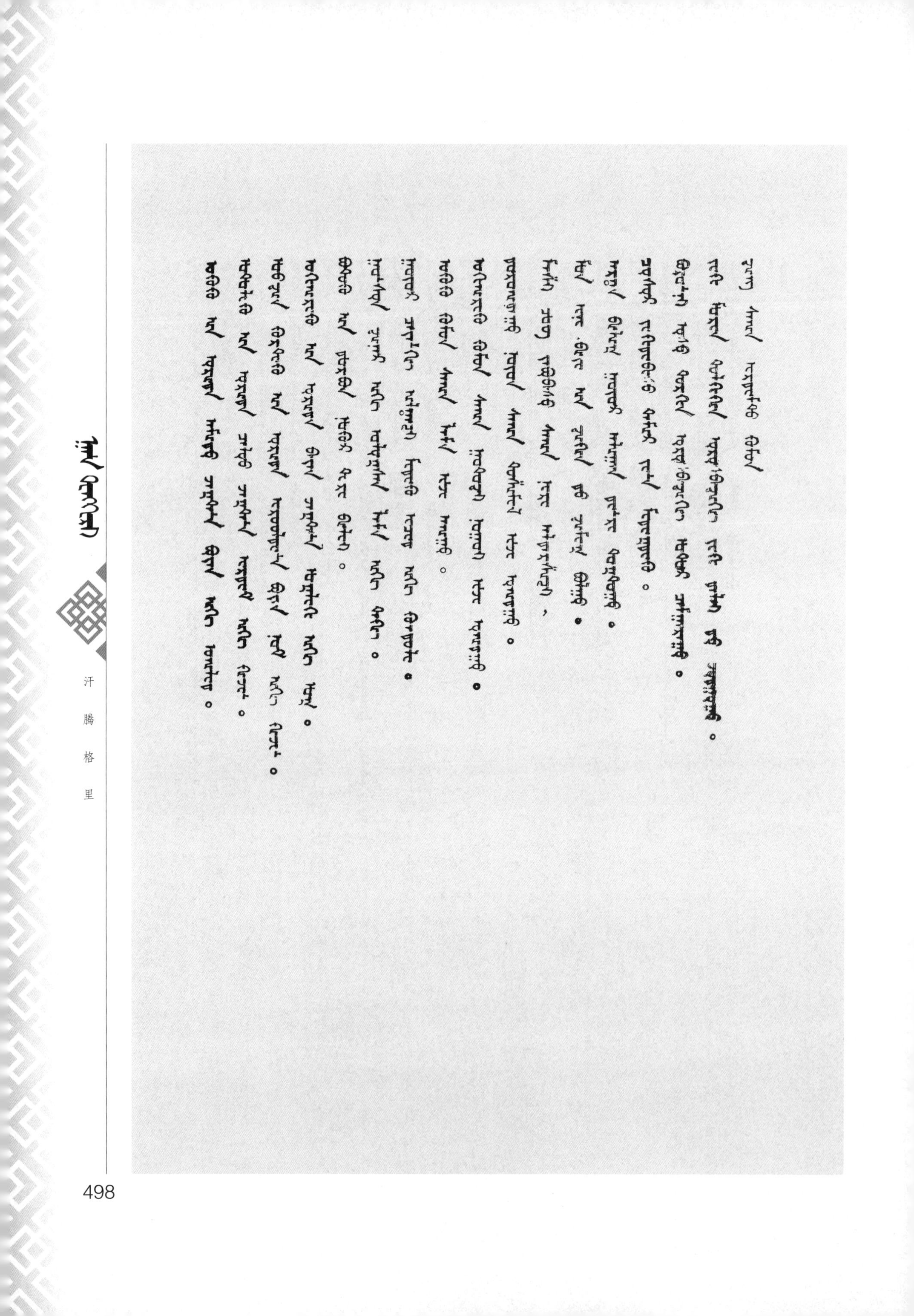

[illegible]

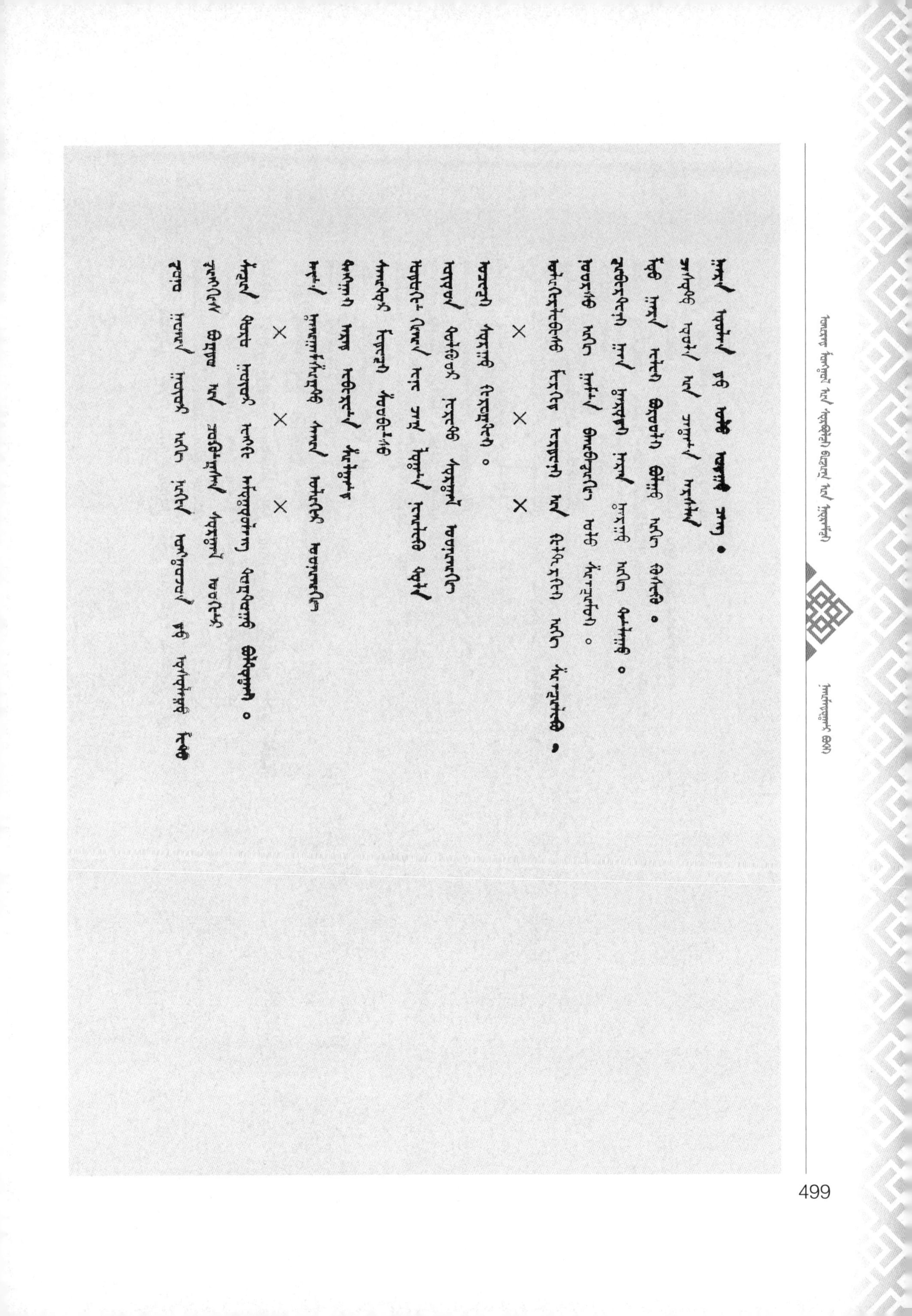

[illegible]
[illegible]
[illegible]
[illegible]
[illegible]
[illegible]

× × ×

[illegible]
[illegible]
[illegible]
[illegible]
[illegible]
[illegible]

× × ×

[illegible]
[illegible]
[illegible]

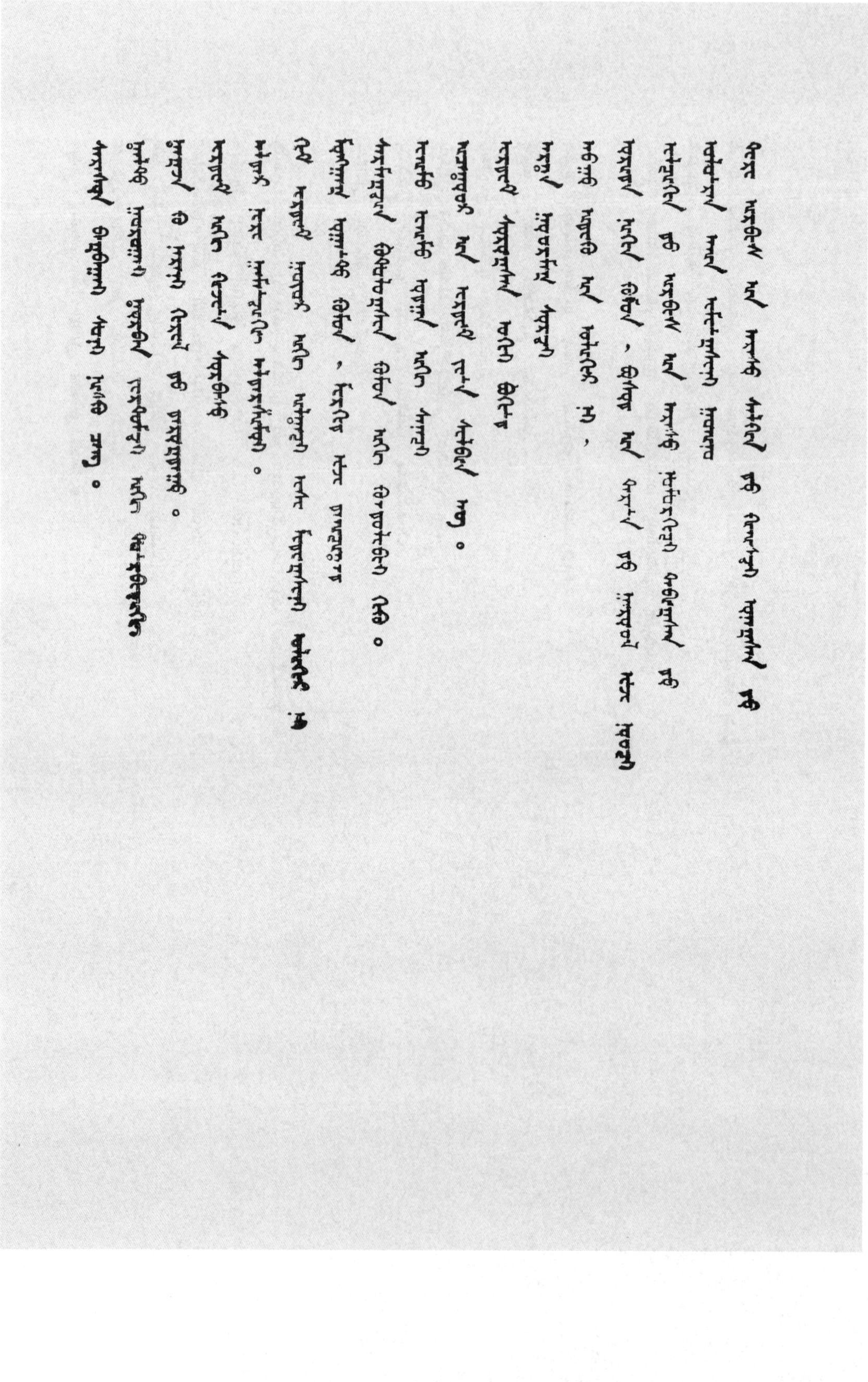

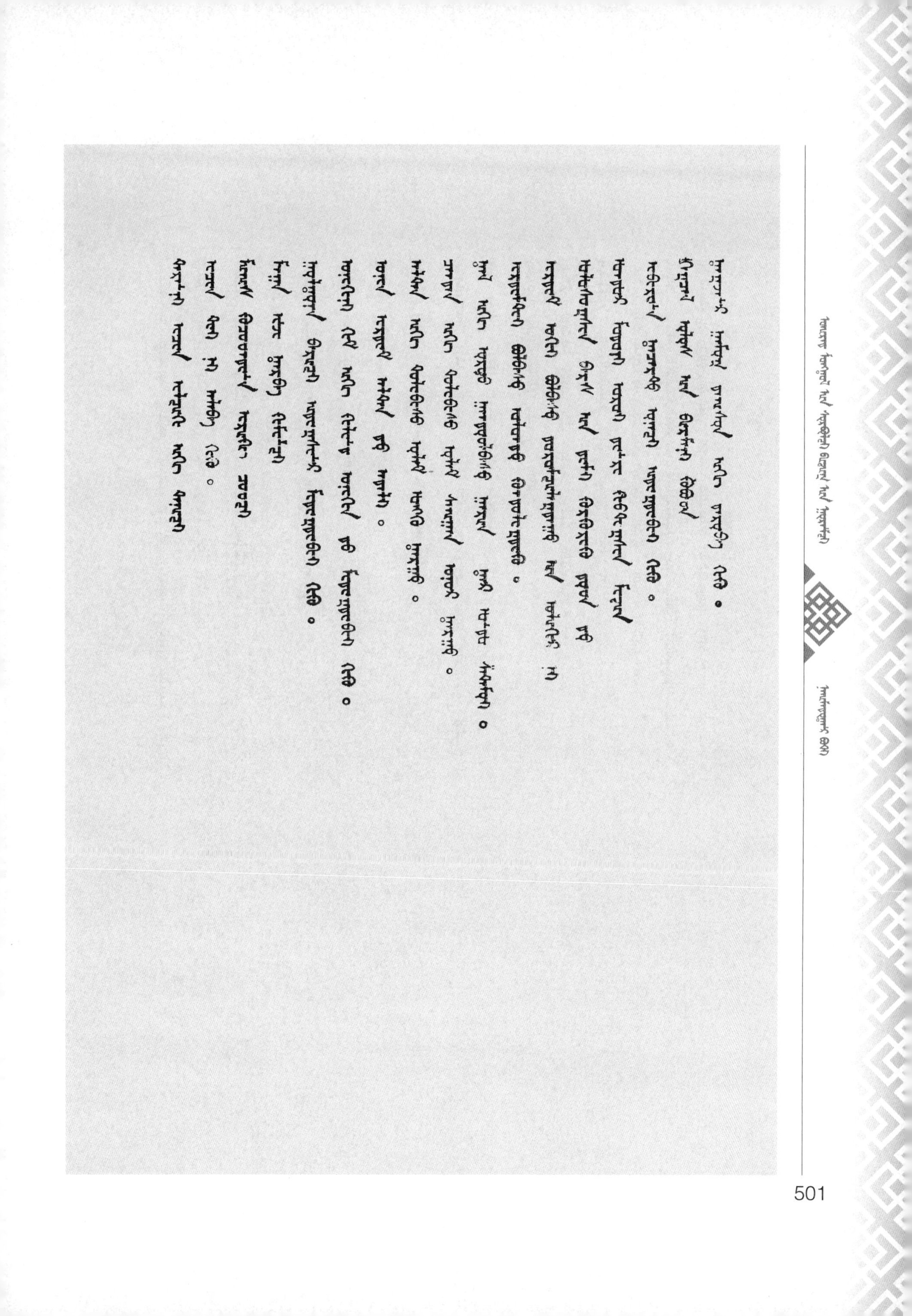

[illegible]
[illegible]
[illegible]
[illegible]
[illegible]
[illegible]
[illegible]
[illegible]
[illegible]
[illegible]
[illegible]
[illegible]
[illegible]
[illegible]
[illegible]
[illegible]
[illegible]

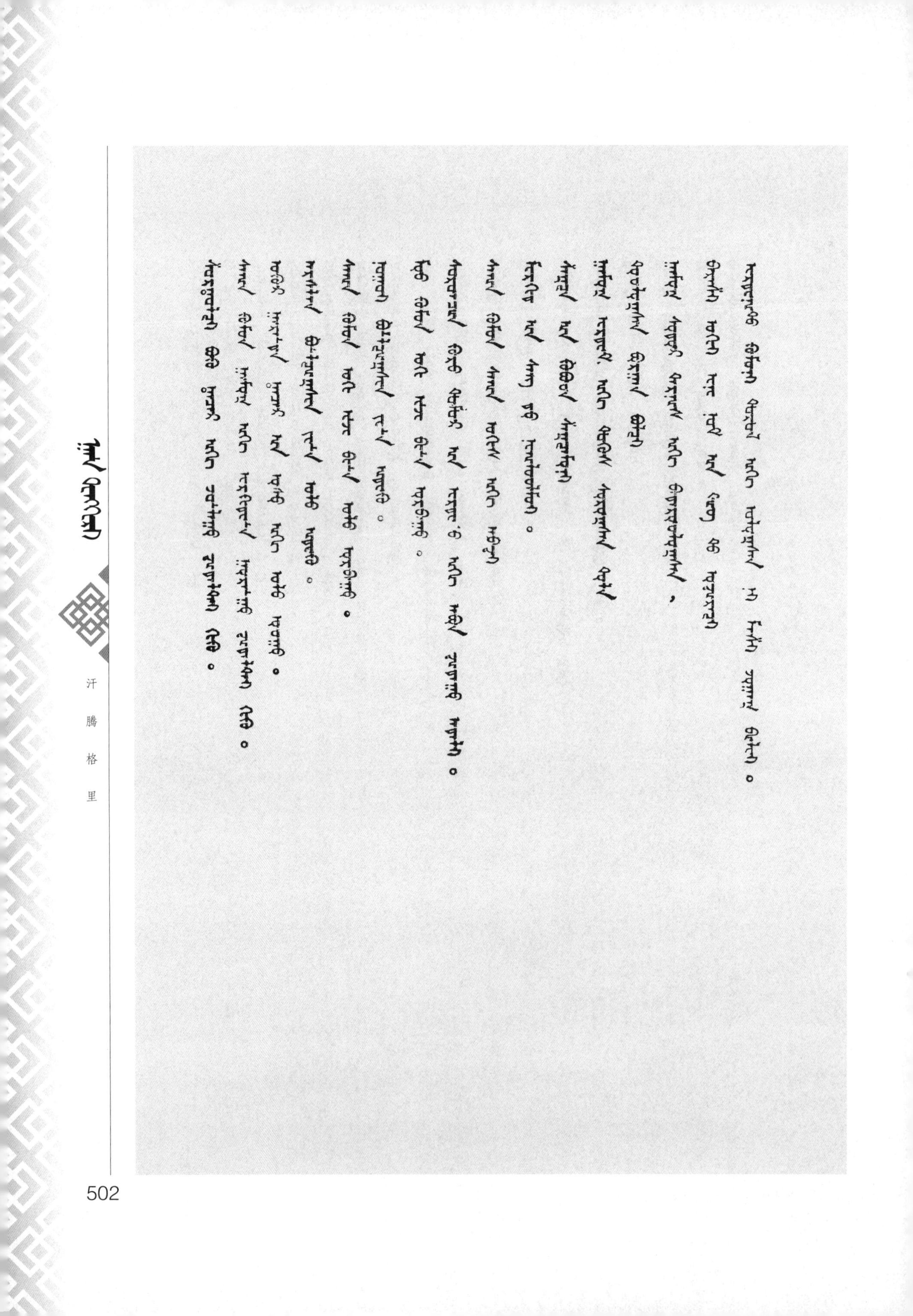

[illegible]

[illegible]

[illegible]

[illegible]

[illegible]

[illegible]

[illegible]

[illegible]

[illegible]

[illegible]

[illegible]

[illegible]

[illegible]

[illegible]

[illegible]

[illegible]

[illegible]

ᠬᠣᠶᠢᠭᠤᠯᠠᠭᠠᠪ ᠪᠢᠴᠢᠭᠡᠳ ᠬᠠᠷ᠎ᠠ ᠵᠠᠭᠤᠷ ᠪᠢᠳᠡᠨ ᠨᠤᠮᠤᠨ ᠲᠠᠭᠤᠪ ᠂
ᠰᠠᠷᠠ ᠶᠢᠨ ᠭᠡᠷᠡᠯ ᠳᠦ ᠮᠠᠰᠢ ᠲᠡᠭᠦᠨ ᠪᠢᠳᠡᠭᠦᠳᠡᠨ ᠪᠠᠶᠢᠭᠤᠯᠤᠨ
ᠬᠠᠮᠤᠭ ᠪᠢᠴᠢᠭᠡᠳ ᠳᠡᠭᠡᠷ᠎ᠡ ᠨᠢᠭᠤᠴᠠ ᠪᠠᠷᠢᠭᠰᠠᠨ ᠃

(ᠪᠠᠶᠠᠨ ᠳᠡᠯᠭᠡᠷ ᠡᠨᠡ ᠵ · ᠪᠢᠴᠢᠭᠯᠡᠭᠰᠡᠨ ᠰᠣᠶᠣᠯ ᠬᠠᠮᠲᠤ ᠶᠢᠨ 《 ᠮᠣᠩᠭᠣᠯ ᠤᠨ ᠳᠡᠯᠭᠡᠷ ᠦᠨ
ᠪᠢᠴᠢᠭ ᠰᠣᠶᠣᠯ ᠤᠨ ᠲᠡᠦᠬᠡ 》 ᠡᠨᠡ ᠵ · ᠪᠢᠳᠡᠨ ᠪᠣᠯᠪᠠ ᠃ ᠪᠢᠴᠢᠭᠰᠡᠨ ᠲᠡᠭᠦᠬᠡᠨ ᠡᠨᠡ ᠬᠢᠭᠰᠡᠨ ᠃)

ᠮᠥᠩᠭᠡᠨ ᠭᠡᠷᠡᠯᠲᠦ

— ᠬᠠᠪᠲᠠᠰᠤ ᠬᠠᠷᠢᠶ᠎ᠠ ᠶᠢᠨ ᠰᠣᠶᠣᠯ ᠤᠨ ᠪᠢᠴᠢᠭ ᠦᠨ ᠴᠤᠭᠯᠠᠭᠤᠯᠭ᠎ᠠ

(ᠮᠣᠩᠭᠣᠯ ᠪᠢᠴᠢᠭ)

ᠠ · ᠮᠥᠩᠭᠡᠨᠴᠡᠴᠡᠭ ᠨᠠᠢᠷᠠᠭᠤᠯᠪᠠ

ᠰᠢᠨᠵᠢᠶᠠᠩ ᠤᠨ ᠠᠷᠠᠳ ᠤᠨ ᠬᠡᠪᠯᠡᠯ ᠦᠨ ᠬᠣᠷᠢᠶ᠎ᠠ ᠬᠡᠪᠯᠡᠨ ᠨᠡᠢᠲᠡᠯᠡᠪᠡ

ᠰᠢᠨᠵᠢᠶᠠᠩ ᠤᠨ ᠠᠷᠠᠳ ᠤᠨ ᠬᠡᠪᠯᠡᠯ ᠦᠨ ᠬᠣᠷᠢᠶ᠎ᠠ ᠶᠢᠨ ᠬᠡᠪᠯᠡᠯ ᠦᠨ ᠦᠢᠯᠡᠳᠪᠦᠷᠢ ᠳᠦ ᠬᠡᠪᠯᠡᠪᠡ

ᠪᠦᠬᠦ ᠭᠠᠵᠠᠷ ᠤᠨ ᠰᠢᠨ᠎ᠡ ᠬᠤᠳᠠᠯᠳᠤᠭ᠎ᠠ ᠶᠢᠨ ᠳᠡᠯᠭᠡᠭᠦᠷ ᠲᠦ ᠬᠤᠪᠢᠶᠠᠷᠢᠯᠠᠪᠠ

2020 ᠣᠨ ᠤ 12 ᠰᠠᠷ᠎ᠠ ᠳᠤ ᠨᠢᠭᠡᠳᠦᠭᠡᠷ ᠬᠡᠪᠯᠡᠯ

2020 ᠣᠨ ᠤ 12 ᠰᠠᠷ᠎ᠠ ᠳᠤ ᠨᠢᠭᠡᠳᠦᠭᠡᠷ ᠤᠳᠠᠭ᠎ᠠ ᠬᠡᠪᠯᠡᠪᠡ

ᠬᠡᠪᠯᠡᠭᠰᠡᠨ ᠲᠣᠭ᠎ᠠ : 1—1000 ᠳᠡᠪᠲᠡᠷ

ISBN 978—7—228—20461—8

ᠦᠨ᠎ᠡ : 68.00 ᠶᠤᠸᠠᠨ